Buch

J R ist ein elfjähriger Junge. Und er ist ein Finanzgenie. Arglos, aber mit der Konsequenz eines ins Spiel vertieften Kindes, errichtet J R ein Firmenimperium, das schon bald Wirtschaftsexperten und Untersuchungsausschüsse beschäftigt. Er nimmt den amerikanischen Traum beim Wort, erwirbt billigen Aktienplunder, »macht« ein Vermögen, das nur auf dem Papier besteht, und bringt mit seinen Geschäften die New Yorker Börse ins Trudeln. Als Strohmann für unvermeidliche Kontakte mit der Erwachsenenwelt gewinnt J R seinen Musiklehrer Edward Bast. Aber auch Bast ist mit der Krake namens J R Corporation zunehmend überfordert. Als das monströse Unternehmen schließlich ins Wanken gerät und in sich zusammenstürzt, reißt es ganze Wirtschaftszweige mit ins Verderben. Unverzagt schmiedet J R allerdings schon bald wieder neue Pläne.

Autor

William Gaddis (1922–1998) zählt mit Don DeLillo, Richard Ford und Thomas Pynchon zu den bedeutendsten amerikanischen Schriftstellern unserer Tage. Nach dem Studium in Harvard reiste er mehrere Jahre durch Europa, Zentralamerika und Nordafrika und arbeitete an seinem ersten Roman, »Die Fälschung der Welt«, die 1955 in Amerika erschien. Die Kritik vermißte das Positive, und das Buch verschwand bald darauf in der Versenkung. Jahrelang arbeitete Gaddis als Produzent von Lehrfilmen für Industrie und Militär und erwarb sich jenes Insiderwissen, das ihm später noch zugute kommen sollte. Doch erst 1975, zwanzig Jahre nach seinem Debüt, erschien Gaddis' zweiter Roman, »J R«, der prompt den _National Book Award_ erhielt. Es folgten »Die Erlöser« (1985) und »Letzte Instanz« (1994), letzteres ebenfalls mit dem _National Book Award_ ausgezeichnet. Kurz vor seinem Tod vollendete Gaddis noch das Hörspiel »Torschlußpanik« sowie den Roman »Agape, Agape«. »Die Fälschung der Welt« wird als Taschenbuch ebenfalls bei Goldmann erscheinen.

William Gaddis
J R

Roman

Aus dem Amerikanischen von
Marcus Ingendaay und Klaus Modick

Die Originalausgabe erschien 1975 unter dem Titel
»J R«
bei Alfred A. Knopf, New York

Umwelthinweis:
Alle bedruckten Materialien dieses Buches
sind chlorfrei und umweltschonend.

Manhattan Bücher erscheinen im Goldmann Verlag, München,
einem Unternehmen der Verlagsgruppe Bertelsmann GmbH

Genehmigte Ausgabe 11/99
Copyright © der Originalausgabe 1971, 1974, 1975
by William Gaddis
Copyright © für die deutsche Übersetzung 1996 by
Zweitausendeins Versand, Frankfurt am Main
Lizenzausgabe mit freundlicher Genehmigung
von Zweitausendeins Versand, Frankfurt am Main
Die Nutzung des Labels Manhattan
erfolgt mit freundlicher Genehmigung
des Hans-im-Glück-Verlags, München
Umschlaggestaltung: Design Team München
Umschlagfoto: Photonica/Dahls
Druck: Graphischer Großbetrieb Pößneck
Verlagsnummer: 54130
AB · Herstellung: Sebastian Strohmaier
Made in Germany
ISBN 3-442-54130-1

1 3 5 7 9 10 8 6 4 2

For Matthew

Once more unto the breach, dear friend, once more

—Geld...? mit einer Stimme, die raschelte.
—Papier, ja.
—Das war damals ganz neu für uns. Papiergeld.
—Papiergeld haben wir erst gesehen, als wir in den Osten kamen.
—Als wir es zum erstenmal zu Gesicht bekamen, sah es so merkwürdig aus. Leblos.
—Man mochte nicht glauben, daß es überhaupt etwas wert war.
—Vor allem, wenn Vater mit seinem Kleingeld herumklimperte.
—Das waren noch echte Silberdollar.
—Und silberne Halb- und Vierteldollarmünzen, ja Julia. Die von seinen Schülern. Ich hör noch, wie er ...
Aus einer Wolkentasche ergoß sich plötzlich, durch die Blätter des Baums draußen gebrochen, Sonnenlicht über den Fußboden.
—Wenn er dann die Veranda heraufkam, hat es bei jedem Schritt geklimpert.
—Seine Schüler mußten bei ihm die Vierteldollarmünzen, die sie ihm brachten, auf dem Handrücken halten, wenn sie ihre Tonleitern übten. Er nahm fünfzig Cent die Stunde, verstehen Sie, Mister...
—Coen, ohne h. Meine Damen, wenn Sie nun...
—Ach, das ist genauso wie die Geschichte von Vaters letztem Willen, daß man seine Büste im Hafen von Vancouver versenken und seine Asche dort ins Wasser streuen sollte, James und Thomas waren im Ruderboot draußen, und beide schlugen mit den Rudern gegen die Büste, weil sie hohl war und nicht untergehen wollte, und während sie noch da draußen waren, begann es zu stürmen, und seine Asche flog ihnen in den Bart.
—Es hat nie eine Büste von Vater gegeben, Anne. Und ich kann mich auch nicht entsinnen, daß er je in Australien war.
—Sag ich ja. So werden Märchen in die Welt gesetzt.
—Nun ja, es nützt nichts, sie in Gegenwart eines Wildfremden zu wiederholen.
—Ich würde Mister Cohen kaum als Fremden bezeichnen, Julia. Er weiß mehr über unsere Verhältnisse als wir selbst.

—Meine Damen, bitte. Ich bin wirklich nicht hierhergekommen, um meine Nase in Ihre Privatangelegenheiten zu stecken, aber da Ihr Bruder gestorben ist, ohne ein Testament zu hinterlassen, müssen bestimmte Dinge besprochen werden, die sonst wohl nie auf den Tisch kämen. Um nun auf die Frage zurückzukommen, ob ...
—Ich bin sicher, daß wir nichts zu verbergen haben. Daß ein Bruder es im Leben zu nichts bringt, kommt ja häufiger vor.
—Treten Sie doch näher und setzen Sie sich, Mister Cohen.
—Du könntest ihm genauso gut die ganze Geschichte erzählen, Julia.
—Also, Vater war erst sechzehn. Wie ich schon sagte, schuldete Ira Cobb ihm Geld. Das war für Arbeit, die Vater erledigt hatte, wahrscheinlich hat er irgendwelche Landmaschinen repariert. Vater war schon immer geschickt mit den Händen. Und dann ergab sich dies Problem wegen des Geldes; anstatt Vater zu bezahlen, schenkte Ira ihm eine alte Geige. Mit der setzte sich Vater in die Scheune und versuchte, die ersten Töne herauszukriegen. Tja, als sein Vater das hörte, kam er sofort runter und zertrümmerte die Geige auf Vaters Kopf. Wir waren nun mal eine Quäkerfamilie, in der man einfach keine Dinge trieb, die sich nicht auszahlten.
—Natürlich, Miss Bast, Ihr Vater in Ehren ... Um aber nun auf die Frage der Eigentumsverhältnisse zurückzukommen ...
—Aber darüber reden wir doch, mein Gott, sind Sie ungeduldig. Denn Onkel Dick, Vaters älterer Bruder, war den ganzen Weg bis Indiana zurückmarschiert, zu Fuß, müssen Sie wissen, den ganzen Weg vom Gefängnis in Andersonville.
—Und nach der Sache mit der Geige verließ Vater sein Elternhaus und wurde Lehrer.
—Das einzige, was er sich in seinem ganzen Leben gewünscht hatte, war, gerade soviel Land zu besitzen, wie er in jeder Richtung überblicken konnte. Ich hoffe, wir konnten Ihnen in dieser Angelegenheit behilflich sein.
—Es wäre allerdings noch sehr viel hilfreicher, wenn er sich endlich setzen würde. Nur aus dem Fenster zu schauen, bringt gar nichts.
—Ich hatte gehofft, sagte Mister Coen vom äußersten Ende des Zimmers, wo er sich gegen den Fensterrahmen zu stützen schien, —ich hatte damit gerechnet, daß Mrs. Angel heute bei uns sein würde, fuhr er in einem Ton fort, der so hoffnungslos war wie der Blick, den er auf die immergrüne Bepflanzung dicht vor dem Fenster geworfen hatte. Von der untergehenden Sonne verlassen, versperrte dieses Gestrüpp

die Sicht auf die verwilderten Rosensträucher, wurde seinerseits jedoch vom Geißblatt erwürgt, das auch die Weinlaube auf der Rückseite bereits vollständig überwuchert hatte, während ein anderes Gebäude vor seinen Augen lautlos vom Rhododendron verschlungen wurde.
—Mrs. Angel?
—Die Tochter des Verstorbenen.
—Oh, das ist Stellas Ehename, nicht wahr? Erinnerst du dich noch, Julia, daß Vater zu sagen pflegte ...
—Was denn, Stella hat vorhin doch angerufen, das hast du mir selbst gesagt, Anne. Um zu sagen, daß sie einen späteren Zug nimmt.
—Der Name ist von Engels abgeleitet worden, irgendwann im Lauf der Zeit ...
—Ich fürchte, daß ich sie dann verpassen werde; ich muß zum Gericht ...
—Ich verstehe nicht ganz, warum das überhaupt sein muß, Mister Cohen. Nur weil Stellas Mann so ungeduldig ist, daß er sogar Rechtsanwälte einschaltet und vor Gericht rennt ...
—Sie verlieren da gleich einen Knopf. Mister Cohen. Bei Thomas gabs ähnliche Probleme, als er dicker wurde. Bei ihm hat sich auch keine Bügelfalte gehalten.
—Miss ... Bast. Ich fürchte, daß ich mich nicht verständlich gemacht habe. Mein heutiger Gerichtstermin hat rein gar nichts mit dieser Angelegenheit zu tun. Es gibt keinen Grund, irgend etwas in dieser Sache vor Gericht auszutragen. Glauben Sie mir, Miss Bast ... meine Damen, das Letzte, was ich mir wünschen würde, wäre ... Sie beide vor Gericht wiederzusehen. Also. Sie müssen verstehen, daß ich nicht einfach als Mister Angels Rechtsbeistand hier bin; in erster Linie bin ich Berater von General Roll ...
—Erinnerst du dich, als Thomas damals damit anfing, Julia? Und wir dachten, es wäre ein Freund, den er beim Militär kennengelernt hatte?
—Es war natürlich James, der Freunde beim Militär hatte.
—Ja, er riß aus in den Krieg, wissen Sie, Mister Cohen. Ein kleiner Trommler im spanischen Krieg.
—Im ... spanischen Krieg? murmelte er undeutlich und umklammerte die Lehne des Queen-Anne-Sessels vor dem leeren Kamin.
—Ja. Er war ja noch ein Kind.
—Aber ... der spanische Krieg? Das war siebenunddreißig, nicht wahr, oder achtunddreißig?
—Oh, nein, nicht gar so lange her. Ich glaube, Sie meinen siebenund-

neunzig, oder wars achtundneunzig, Anne? Wann wurde die Maine versenkt?
—Die was? Davon habe ich noch nie gehört. Fühlen Sie sich nicht wohl, Mister Cohen?
—Ja, Thomas machte sich gleich nach James aus dem Staub, aber für den Krieg war er natürlich noch zu klein. Er schloß sich einer Zwergen-Show an, die durch die Stadt kam, spielte in der Pause Klarinette, durfte sich auch um die Hunde kümmern und machte Mietställe ausfindig, wo sie untergebracht wurden. Ihnen ist vielleicht die Narbe aufgefallen, Mister Cohen, da hat ihm einer der Bluthunde den Daumen aufgerissen. Er nahm sie mit ins Grab, die Narbe, aber sie wollen uns doch nicht so bald verlassen, Mister Cohen? Natürlich, wenn wir alle ihre Fragen beantwortet haben, ich weiß, daß Sie ein sehr beschäftiger Mann sind.
—Mister Cohen mag vielleicht ein schönes Glas kaltes Wasser.
—Nein, ich brauche ... kein Wasser. Wenn Sie, meine Damen, wenn Sie ... mir nur für einen Augenblick Ihre ungeteilte Aufmerksamkeit schenken wollen ...
—Wir haben überhaupt keine Einwände, Mister Cohen. Wir erzählen Ihnen alles, was wir wissen.
—Ja, aber einiges davon ist nicht unbedingt relevant ...
—Wenn Sie uns einfach sagen, was Sie wissen wollen, anstatt im Zimmer herumzuwandern und mit den Armen zu fuchteln. Wir sähen die Sache genauso gern geregelt wie alle anderen.
—Ja ... danke, Miss Bast. Ganz genau. Also. Wie uns allen bekannt ist, besteht die Masse des Vermögens Ihres Bruders in seinem Mehrheitsanteil an der General Roll Corporation ...
—Anteil! Ich denke, Thomas hatte mindestens vierzig Anteile, oder waren's fünfundvierzig, Anne? Wir haben nämlich ...
—Ganz genau, Miss Bast. Seit seiner Gründung ist General Roll als Unternehmen de facto im Besitz von Mitgliedern Ihrer Familie gewesen. Unter Leitung des Verstorbenen und in letzter Zeit der seines Schwiegersohns Mister Angel, hat General Roll beträchtliche Zuwächse ...
—Angesichts der Dividenden würde man nicht auf die Idee kommen, Mister Cohen. Es hat einfach keine gegeben.
—Ganz genau. Darin besteht eine der Schwierigkeiten, denen wir uns nun gegenübersehen. Da Ihrem Bruder und in letzter Zeit seinem Schwiegersohn daran gelegen war, die Firma eher zu vergrößern als

einfach die Überschüsse abzuschöpfen, ist ihr Nettowert beachtlich gestiegen, und aus diesem Wertzuwachs haben sich natürlich gewisse Verpflichtungen ergeben, die zu erfüllen die Firma derzeit heftig gedrängt wird. Da vor seinem Tod keine Kaufvereinbarung mit dem Verstorbenen getroffen wurde, kein Übernahmeplan existiert, der jeden der Vorstandsmitglieder mit einer Lebensversicherung versorgen würde, und es auch keine körperschaftsimmanente Regelung gibt, die es der Firma gestattet hätte, den Anteil des Verstorbenen aufzukaufen, beläuft sich aufgrund des Nichtvorhandenseins einer Vereinbarung wie der eben genannten die erforderliche Summe zur Begleichung der Erbschaftsteuer ...
—Julia, ich bin sicher, daß Mister Cohen die Dinge nur unnötig kompliziert ...
—Gekrönt durch die Komplikationen, die eigentlich immer eintreten, wenn der Verstorbene stirbt, ohne ein Testament zu hinterlassen ...
—Julia, kannst du nicht ...
—Des weiteren verkompliziert durch einige ungelöste und auch etwas heikle Aspekte der familiären Situation, die ich heute mit Ihnen und ...
—Mister Cohen, bitte! Setzen Sie sich und kommen Sie auf den Punkt.
—Julia, weißt du noch? Auch Charlotte starb, ohne ein Testament zu hinterlassen, und Vater hat die Sachen einfach unter uns aufgeteilt. Also, ich hatte den Eindruck, daß James sich dabei zu ...
—Ja, James hat mit seinen Gefühlen nie hinterm Berg gehalten. Setzen Sie sich hier hin, Mister Cohen, und hören Sie auf, mit diesem Blatt Papier herumzufuchteln.
—Es ist ... ganz einfach die Verzichtserklärung, die ich eingangs erwähnte, sagte er resignierend und setzte sich in den Queen-Anne-Sessel, dessen Armlehne in seiner Hand abbrach.
—Julia? Ich dachte, Edward hätte das repariert?
—Er hat das Schloß des Seiteneingangs repariert, Anne.
—Es funktionierte aber nicht, als ich Mister Cohen hereinließ. Er mußte durch die Hintertür.
—Ich dachte, Sie wären an der Seite hereingekommen, Mister Cohen.
—Nun ja, ich hab ihn hereingelassen, Julia. Ist ja auch egal.
—Ich dachte, Edward hat ...
—Ihn hereingelassen?

—Nein. Das Schloß repariert.
Nachdem es Mister Coen gelungen war, die Armlehne des Sessels wieder an ihre alte Stelle zu plazieren, rückte er sorgsam von ihr ab. —Das ist die Verzichtserklärung, die Ihr Neffe Edward unterschreiben muß, sagte er und stützte die Ellenbogen auf seine kaum stabileren Knie. —Es handelt sich um eine, eine reine Formsache in diesem Fall. Wo ein Wille ist, ist natürlich ...
—Auch ein Weg. Sie sind heute recht geistreich, Mister Cohen. Aber weißt du, was ich glaube, Anne? Es ist Thomas' letzter Wille, der so kompliziert ist.
—Ja, und schau dir bloß diese Nachrufe an. Ich frage mich, warum Mister Cohen sie mitgebracht hat, außer um die Dinge noch weiter zu verwirren. Für Außenstehende ist nicht einmal klar, wer von den beiden nun gestorben ist. Hast du diesen hier gesehen? Er handelt nur von James, James, und Thomas wird überhaupt nicht erwähnt.
—Ich habe ihn einfach beigefügt ... begann er in einem Ton, aus dem die Grabestiefe widerzuhallen schien, während er die Zeitungsausschnitte zu fixieren suchte, die vor seinem verglasten Blick angeflattert kamen. —Die Zeitung hört etwas von einem Todesfall, und wenn jemand unter Zeitdruck nur den Familiennamen mitbekommt, greift er vielleicht zu dem Nachruf, der, wie im Fall Ihres Bruders James, bereits fertig vorliegt, so prominent, wie Ihr Bruder James nun einmal ist, man hat halt einen in der Schublade und bringt ihn nur auf den neusten Stand ...
—Aber James ist nicht tot! Er ist nur verreist ...
—Ja, im Ausland, er nimmt dort irgendeine Auszeichnung in Empfang.
—Richtig, aber ich glaube, wenn Sie diesen Ausschnitt genauer lesen ...
—Das scheint alles zu sein, was James heutzutage so treibt, er reist durch die Welt und nimmt Auszeichnungen entgegen.
—Es ist aber nicht so, daß er sie nicht verdient hätte, Julia. Vermittle Mister Cohen keinen falschen Eindruck, wir wollen ihm nicht auch noch eine Geschichten auftischen, die er dann irrigerweise für bare Münze nimmt.
—Ich ... meine Damen, ich versichere Ihnen, alles, was ich mitnehmen will, ist diese Verzichtserklärung mit der Unterschrift Ihres Neffen. Da Ihre Brüder sich nicht, äh, besonders nahestanden und der Verstorbene

kein Testament hinterließ, ist die Zusammenarbeit der Hinterbliebenen von ganz besonderer ...
—Das klingt aber reichlich dramatisch, Mister Cohen.
—Nun ja, da Sie es ansprechen, Miss Bast ...
—Ich glaube, ich weiß, was er sagen will. Er will die alten Geschichten wieder aufwärmen, daß James und Thomas sich nicht verstanden.
—Ich glaube nicht, daß er aus dem Stand zwei Brüder nennen könnte, die sich füreinander so oft aus dem Weg gegangen sind wie James und Thomas. Keiner von beiden hatte je eine Stelle, von der der andere nicht behauptet hätte, sie ihm verschafft zu haben.
—Das Russische Symphonie ...
—Und Sousas Kapelle? Natürlich gab es zwischen den Jungs eine gewisse Konkurrenz. Niemand leugnet das, Mister Cohen. Wir hatten ein Familienorchester, müssen Sie wissen, und sie übten drei bis vier Stunden täglich. Jede Woche gab Vater demjenigen, der die meisten Fortschritte gemacht hatte, zehn Cent. Von ihrem sechsten Lebensjahr an, bis sie das Elternhaus verließen ...
—Ja, Julia spielte ... wo gehen Sie jetzt denn hin, Mister Cohen? Ich bin sicher, wir finden noch ein Stück schwarzen Faden, wenn Sie nur mal einen Moment stillsitzen würden. Und während wir miteinander plaudern, nähe ich Ihnen den Knopf wieder an.
—Während wir hier auf Ihren Neffen Edward warten, lassen Sie mich bitte nochmals auf einen Punkt ...
—Was das auch immer für ein Papier sein mag, das Sie da mitgebracht haben, ich kann mir nicht denken, daß er es mit der Unterschrift besonders eilig haben wird.
—Ja, ich erinnere mich, Vater hat uns immer eingeschärft, nichts zu unterschreiben, was wir nicht sorgfältig gelesen haben.
—Aber ... meine Damen! Ich will ja, daß er es liest, ich bitte sogar darum. Ich bitte Sie dringend, es zu lesen! Es sind nur ein paar Zeilen, die reinste Formalität, eine Verzichtserklärung, um die Einsetzung der Tochter des Verstorbenen, einer Stella, Mrs. Angel, als Nachlaßverwalterin des Vermögens ihres Vaters zu ermöglichen, die wir dann dem Gericht unterbreiten können ...
—Mister Cohen, Sie haben ausdrücklich gesagt, daß Sie hoffen, uns die Gerichte zu ersparen. Hast du nicht auch gehört, wie er das gesagt hat, Anne?
—Ja, das hat er gesagt. Und ich bin mir gar nicht sicher, was James von alledem halten wird.

—James hat einen ausgeprägten Sinn für Gerechtigkeit, Mister Cohen, und obwohl er Komponist ist, kennt er sich in Gesetzesdingen doch recht gut aus. Wenn es darauf hinausläuft, daß wir alle vor Gericht müssen, nur um festzustellen, was hier richtig und falsch ist ...
—Madam, Miss Bast, bitte, ich ... Ich beschwöre Sie, dergleichen wird überhaupt nicht beabsichtigt, und ich sehe auch keinen Grund, warum es je dazu kommen sollte. Das Gesetz, Miss Bast, lassen Sie mich erklären, das Gesetz ...
—Geben Sie auf die Lampe acht, Mister Cohen.
—Es ist keine Frage der Gerechtigkeit, keine von richtig oder falsch. Das Recht schafft Ordnung, Miss Bast. Ordnung!
—Also, Mister Cohen, sitzen Sie bitte still. Ich habe hier im Korb etwas schwarzen Faden gefunden.
—Und eine Vereinbarung im Rahmen der gesetzlichen Vorschriften erfolgt zum Schutz aller Beteiligten. Ich möchte nur nochmals darauf ...
—Vielleicht ziehen Sie doch besser Ihre Jacke aus. Ich fürchte, Sie verlieren sonst diese Unterlagen.
—Ja. Danke. Nein. Also ...
—Es ist Zwirn und sollte recht gut halten. Es wird womöglich den Anzug überleben.
—Ich versichere Ihnen, daß die Unterzeichnung dieser Verzichtserklärung in keiner Weise Ansprüche beeinträchtigt, die Ihr Neffe gegenüber dem Vermögen des Verstorbenen geltend machen könnte. Aber in Anbetracht seiner etwas unklaren Stellung ...
—Ich habe es für Vaters Mantelknöpfe besorgt. Es hat die Mäntel immer überlebt.
—Ich weiß nicht, was Sie daraus für Schlüsse ziehen, Mister Cohen, aber ...
—So ist doch wohl, soviel ich weiß, Miss Bast, die Stellung Ihres Neffen Edward innerhalb der Familie. Seine Mutter, die unter dem Namen Nellie bekannt war ...
—Sie war nicht einfach als Nellie bekannt. Sie hieß so, obwohl viele Leute dachten, es sei ihr Spitzname. Aber ich sehe keinen Grund, in den alten Geschichten herumzuwühlen ...
—Ich glaube, wenn James einmal mit seinen Memoiren fertig ist, könnten Sie bitte Ihren Arm etwas anheben, Mister Cohen? Eine Menge neugieriger Leute werden da noch Überraschungen erleben, vor allem nach dem ganzen Klatsch, den das damals nach sich zog ...

—Meine Damen! Ich bin nicht gekommen, um in alten Geschichten herumzuwühlen! Aber was den Nachlaß Ihres Bruders angeht, ist seine Beziehung zu Nellie und Ihrem Neffen Edward von außerordentlicher Wichtigkeit. Wenn ich recht unterrichtet bin, hatte Ihr Bruder Thomas ein Kind, Stella, und zwar mit seiner ersten, später verstorbenen Frau ...
—Ich weiß heute wirklich nicht mehr, wer wann damals starb, Mister Cohen. Immerhin lebte sie ja noch, als ...
—Natürlich, ich bitte vielmals um Vergebung. Jedenfalls heiratete Thomas erneut, und zwar eine gewisse Nellie, die sich zu gegebener Zeit jedoch anscheinend wieder von ihm trennte, um in einer nichtehelichen Lebensgem ... äh, also um ...
—Ja, um James zu heiraten. Genau. Aber ich würde kaum sagen zu gegebener Zeit, Mister Cohen. Ich glaube, wir waren alle recht überrascht.
—Ich weiß nicht, Anne. Nellie war etwas flatterhaft.
—Ich erinnere mich, daß James dies Wort gebrauchte, wo du es gerade sagst. Das war, als Rachmaninoff zu Besuch kam, ich erinnere mich, weil er sich gerade seine Finger hatte versichern lassen. Reichen Sie mir mal bitte die Schere, Mister Cohen?
—Wie dem auch sei, ja, danke, hier ... also, wie dem auch sei, in Anbetracht der Tatsache, daß es weder stichhaltige Anhaltspunkte gibt für eine rechtskräftig geschlossene Ehe zwischen besagter Nellie und James ...
—Mein lieber Mister Cohen ...
—Noch Dokumente beizubringen sind, aus denen eine rechtmäßige und bindende Scheidung zwischen der vorgenannten Nellie und dem Verstorbenen ...
—Das scheint doch wohl kaum erforderlich ...
—Und obgleich es allgemein bekannt gewesen zu sein scheint, daß diese vorgenannte Nellie praktisch als, äh, die Ehefrau des Bruders James des Verstorbenen anzusehen war, als ihr Sohn Edward geboren wurde, und auch seit geraumer Zeit vor diesem Ereignis als solche gelebt hat, ist nichtsdestoweniger, und zwar aufgrund der nach wie vor fehlenden Geburtsurkunde, aus welcher die Begleitumstände seiner, äh, Abstammung hervorgehen, davon auszugehen, daß sich Edward in einer Position befindet, die es ihm erlaubt, einen durchaus substantiellen Anspruch auf das fragliche Vermögen zu erheben, und deshalb ...

—Ich habe kaum ein Wort von dem verstanden, was Sie gesagt haben, Mister Cohen, und woher haben Sie denn das Papier, von dem Sie ablesen?
—Aber ich habe es geschrieben, Miss Bast, es ist ...
—Seine Brille sieht fast genauso aus wie die, die James in jenem Sommer in der Nähe von Tannersville verlor, nicht wahr, Julia?
—Allein die Vorstellung, den ganzen Klatsch wieder auszugraben. Überhaupt, Edward war hier völlig glücklich, und James war ihm ein guter Vater, es hat nie irgendwelche Zweifel gegeben, was seine ...
—Das will ich auch gar nicht bestreiten, Miss Bast. Der Punkt ist einfach der, daß er im Hinblick auf das Vermögen Ihres Bruders, jedenfalls bis seine rechtliche Stellung zweifelsfrei geklärt ist ... was ist ...
—Hier hängt nur noch ein kleines Fädchen, wenn Sie mal stillhalten könnten ...
—Ja, nochmals vielen Dank für den Knopf, Miss Bast, aber ...
—Wollen Sie denn schon gehen?
—Nein, ich hoffe bloß, denke bloß besser, also im Stehen ... kann ich mich besser konzen ...
—Er verliert da seine Unterlagen, Julia.
—Miss Bast, und ... ja, danke Miss Bast, und deshalb ...
—Nach Nellies Tod, Mister Cohen.
—Selbst in Anbetracht dieser Umstände bleibt die Tatsache ...
—James hat ihn dann hierhergebracht, wissen Sie, und wir haben ihn praktisch großgezogen. James' Arbeit hat immer so hohe Anforderungen gestellt. Da hinten, das ist sein Studio, Sie können es durch das Seitenfenster sehen, und manchmal haben wir ihn tagelang nicht zu Gesicht bekommen ...
—Aber der Punkt, der Punkt, Miss Bast, der rechtlich hier relevante Punkt ist ...
—Julia, ich glaube, ich habe da etwas gehört, es klang wie ein Hämmern, als würde da jemand hämmern ...
—Die Annahme, verstehen Sie, die Annahme der Ehelichkeit bleibt in erster Instanz, solange nicht rechtskräftig widerlegt, eine der stärksten Annahmen, die das Recht kennt, und hat auch dann Bestand, Miss Bast, ja, wo hab ich's denn gleich? Verfahren Hubert gegen Cloutier, es sei denn, gesunder Menschenverstand und Vernunft würden gewissermaßen per Verfassungsklage außer Kraft gesetzt ... höchstrichterlich ...

—Es ist gar keine Frage, Julia, daß James seinerzeit in einer Verfassung war, die uns allen Anlaß zur Klage bot ... höchst unangenehm ...
—Im allgemeinen hat diese Annahme auch dann Bestand, wenn konkrete Anhaltspunkte ehelicher Untreue seitens der Frau vorliegen, im Hinblick auf den Anspruch Ihres Neffen selbst dann, wenn Ehebruch und der Beginn der Schwangerschaft zeitlich zusammenfallen, siehe die Entscheidung im Verfahren Bassel gegen die Ford Motor Company ...
—Mister Cohen, bitte, Edward hat gar nichts gegen die Ford Motor Company oder sonst jemanden, jetzt ...
—Ich konstatiere lediglich den ihm offenstehenden Rechtsweg, Miss Bast, für den Fall, daß er Klage erheben ...
—Hämmern, hast du nicht gehört?
—Ihre Zeugenaussage und die Ihres Bruders James im Hinblick auf die Dauer des eheähnlichen Zusammenlebens mit der besagten Nellie vor Edwards Geburt wird möglicherweise, da ja die Annahme prima facie fortbesteht, daß, Moment mal, hier, ja, daß ein im Ehestand geborenes Kind auch dann als ehelich gilt, wenn Mann und Frau getrennt leben und für eine eventuelle Vaterschaft die Dauer der Schwangerschaft als außergewöhnlich lang zu veranschlagen ist, verstehen Sie? In einem Verfahren mit dem Ziel, etwaige Ansprüche auf das hinterlassene Vermögen einer verstorbenen Person festzustellen, liegt die Beweislast allein beim Kläger, der nämlich den Nachweis über eine Blutsverwandtschaft zu führen hat, dies aber nur, sofern diese Blutsverwandtschaft Gegenstand der Verhandlung ist, wie eben in diesem Fall, wo sich der Rechtsanspruch auf das Erbe des Verstorbenen allem Anschein nach aus der Tatsache herleitet, direkter Nachkomme des Verstorbenen zu sein, und ... allerdings während sich in dem einen Fall aus dem Vaterschaftsnachweis tatsächlich, wo haben wir es, tatsächlich auch die Ehelichkeit ergibt, die wiederum die Voraussetzung ist für sein Erbrecht, das heißt, sofern im weiteren Verlauf keine stichhaltigen Anhaltspunkte für das Gegenteil vorgebracht werden können, so sagt, vorbehaltlich einer erneuten Prüfung, die bloße Vaterschaft hingegen noch nichts über die Ehelichkeit des Kindes beziehungsweise seine Erbberechtigung aus, vor allem dann nicht, wenn durch die vorgebrachten Tatsachen oder andere zeugungskräftige ... sagt man zeugungskräftig? andere zeugungskräftige Begleitumstände nicht von einem berechtigten Erbanspruch ausgegangen werden kann. Nun, im Hinblick auf die Stichhaltigkeit des Vaterschaftsnachweises ...

—Mister Cohen, ich versichere Ihnen, daß es ganz unnötig ist, so fortzufahren, wenn ...
—Meine Damen, ich habe keine Wahl. Bei der Verwaltung eines Vermögens von diesen Ausmaßen und dieser Komplexität ist es meine Pflicht, Ihnen und Ihrem Neffen jeden Punkt, der seine Rechte berühren könnte, sonnenklar zu machen. Also.
—Das ist wirklich nett von ihm, Julia, aber ich muß schon sagen ...
—Sie sehen doch ein, daß ein Vorgehen, das die möglichen Rechte Ihres Neffen an diesem Vermögen nicht in Betracht zieht, die rechtliche Stellung aller Beteiligten beeinflussen würde, da es nicht zulässig ist, an der Unehelichkeit eines Kindes festzuhalten, es sei denn, andere rechtsverbindliche Gründe würden unabweisbar eine ...
—Mister Cohen!
—In solcherart gelagerten Fällen obliegt es vielmehr stets derjenigen Partei, welche die Ehelichkeit eines Kindes anficht, auch den Nachweis dafür zu erbringen, daß jede andere Möglichkeit mit an Sicherheit grenzender Wahrscheinlichkeit ausscheidet, das heißt, auf unseren Fall übertragen, zweifelsfrei zu beweisen, daß der Vater des Kindes, das anscheinend in der Ehe gezeugt und geboren wurde, unmöglich identisch sein kann mit dem Ehegatten der Mutter.
—Sonnenklar, in der Tat, Mister Cohen!
—Sonnenklar, und auch auf die Gefahr hin, daß Ihnen, meine Damen, bestimmte juristische Begriffe etwas wolkig vorkommen mögen, im Rahmen einer Beweisführung, die auf eine etwaige Unehelichkeit des Kindes abzielt, wäre beispielsweise eine schriftliche Erklärung der verstorbenen Mutter oder eine andere gerichtsverwertbare Auskunft über die familiären Verhältnisse ein gangbarer Weg, um Licht ins Dunkel dieser ...
—Nellie war nie eine große Briefeschreiberin.
—Oder Fotografien, er näherte sich mit dem Wust von Aktenblättern der hinteren Wand, —zum Zweck des Vergleichs physischer Charakteristika des Kindes mit denen des Ehemannes und denen des anderen Mannes ...
—Direkt hinter Ihrer linken Schulter, Mister Cohen, das war immer mein Lieblingsbild von James. Da, die beiden Männer, die auf dem Baum sitzen, der andere ist Maurice Ravel. James' Profil kommt da so gut zur Geltung, obwohl er immer das Gefühl hatte, daß unser indianisches Blut ...
—Ich glaube nicht, daß wir das jetzt vertiefen sollten, Anne.

—Schon gut, meine Damen. Ich habe es hier irgendwo...
—Wirklich, Anne...
—Ja, hier, selbst wo nach Territorialstatut die Nachkommenschaft aus einer nicht rechtskräftig geschlossenen Ehe als ehelich angesehen wurde, so galt dies nicht für Mischlingskinder eines Weißen und einer Indianerin.
—Es ist Cherokee-Blut, Mister Cohen. Das war der einzige Stamm, der ein eigenes Alphabet hatte.
—Und zwar ungeachtet dessen, ob die betreffende Eheschließung im Einklang mit den Sitten der Indianer und in einer Indianerreservation innerhalb des amerikanischen Rechtsgebiets erfolgt ist, und damit, denke ich, wäre das erledigt. Mit diesem Bereich müssen wir uns nicht befassen, Miss Bast.
—Vielleicht möchte er mal das Bild von Charlotte mit dem indianischen Federschmuck sehen, als sie auf Tournee war mit...
—Nun. Da scheint es noch eine weitere Schwester zu geben. Carlotta.
—Das ist genau die, von der Anne spricht. Sie hängt da gleich hinter Ihnen, Mister Cohen.
—Sie was? Wer...?
—Seien Sie vorsichtig, sonst zerbrechen Sie noch etwas. Sie hängt da, direkt über dem Gebäude mit der Kuppel. Das ist eine von James' Freimaurerlogen. Charlotte trägt einen grünen Filzhut, aber auf dem Bild kommt die Farbe natürlich nicht zur Geltung. Sie kaufte sich ihn für ihre Hochzeit.
—Wissen Sie, Mister Cohen, sie hat dieses Haus neu hergerichtet. Nach dem Schlaganfall, wegen dem sie die Bühne verlassen mußte. Sie hat sich am Keith Circuit durchaus einen Namen gemacht, wo sie eine Uraufführung... wie hieß noch das Lied, Julia? Ich weiß, daß das Programmheft hier irgendwo rumliegt, wahrscheinlich drüben in James' Atelier. Sie trägt da einen Hut, der so gemacht ist, daß er wie ein Gänseblümchen aussieht. Deshalb hat sie natürlich den Namen Carlotta angenommen.
—Und sie starb an dem Schlaganfall?
—Nein, ganz und gar nicht. Sie machte sofort weiter, mit einer perlenbestickten Tasche am gelähmten Arm, und abgesehen von einem leichten Hinken, wenn sie müde war, hätte man nie geahnt, was sie alles durchgemacht hat. Die Winter verbrachte sie meistens in Kairo.
—Kai...ro? Das... das hieße Ägypten? Vielleicht... Der Tremor schien seine Stimme erfaßt zu haben, durchzuckte seinen Arm bis

hinunter zum Handgelenk, das dort hilflos und auf halber Höhe in seiner Armbanduhr steckte, —wenn ich mit Ihrem Neffen Edward gesprochen habe, wird er dann ...
—Wenn Mister Cohen doch nur auf den Punkt kommen würde, bräuchten wir Edward überhaupt nicht zu belästigen.
—Ja, Mister Cohen. Wenn Sie uns nur sagen, wie wir die Dinge für ihn regeln können ...
—Dinge für ihn regeln? Er ist doch kein Kind mehr, oder?
—Kind! Er ist größer als Sie, Mister Cohen, und Sie müssen durchaus nicht so schreien.
—Höher, Julia, aber nicht direkt größer. Ich habe gerade den Bund an der grauen Hose abgenäht ...
—Mit ... mit Kind meinte ich nur im juristischen Sinn ein Kind, ein, jemand, der noch nicht einundzwanzig ist, also minderjährig.
—Edward? Laß mich mal nachdenken, Julia. Nellie starb in dem Jahr, als James seine Oper vollendete, und ...
—Nein, sie starb in dem Jahr, als er damit anfing, Anne. Genauer gesagt, er fing in dem Jahr damit an, als sie starb, und das müßte dann ...
—Seine Oper Philoktet. Vielleicht kennen Sie sie, Mister Cohen?
—Das kann er unmöglich, Anne. Sie ist nie aufgeführt worden.
—Also, das war in dem Winter, als James in Zürich war. Vielleicht hat Mister Cohen ...
—Hoppla! Jetzt ist ihm die Brille runtergefallen ...
—Hoffentlich ist die nicht zerbrochen? Das ist übrigens eine gute Methode, um abzunehmen, Mister Cohen. Sich so zum Fußboden runterbeugen und wieder hoch. Die Frau, die mir das erzählt hat, traf ich auf der Damentoilette bei A & S. Sie machte das mit einem Kartenspiel. Sie warf das ganze Spiel auf den Fußboden und bückte sich dann, um eine Karte nach der anderen aufzuheben. Ich bin mir sicher, daß ein Teil des Gewichts durch Transpiration verlorengeht, aber vielleicht sollte Mister Cohen ...
—Mister Cohen schwitzt doch auch so schon genug ...
—Wenn wir noch ein wenig Geduld für ihn aufbringen, wird er schon damit herausrücken, daß er nur gekommen ist, damit Edward dies Stück Papier unterschreibt.
—Haben Sie sonst nichts auf dem Herzen, Mister Cohen?
—Ich ... danke Ihnen für Ihre Geduld, ja, ich brauche nur eine Kopie seiner Geburtsurkunde.

—Na also. Siehst du, Anne?
—Sie dient nur als Nachweis von Alter und Herkunft. Ich hatte, also ich war auch nicht davon ausgegangen, daß er noch minderjährig ist, und bete zu Gott, daß ich mich nicht auch noch damit befassen ... und Sie, meine Damen, nicht weiter belästigen muß, der Wert seiner Unterschrift, verstehen Sie, auf dieser Verzichtserklärung, hängt natürlich von seiner juristischen Vertragsmündigkeit ab, obgleich natürlich auch ein Minderjähriger in gewisser Hinsicht bereits rechtsfähig sein kann ...
—Rechtsfähig! Ich versichere Ihnen, Mister Cohen ...
—Was ihn unter anderem dazu berechtigt, frei über sein Einkommen zu verfügen, aber ...
—Jeden Penny, den Edward verdient ...
—Seine Vertragsmündigkeit aber nicht unbedingt vergrößert, siehe Magen gegen Manon, ich meine Mason gegen Wright, tatsächlich ist es so, daß ein von einem Unmündigen geschlossener Vertrag zwar durch ihn für nichtig erklärt werden kann, deswegen allein aber nicht nichtig ist. Ausgenommen davon sind Gegenstände des täglichen Bedarfs, was aber relativ ist. Vergleicht man nun diesen nichtigen Vertrag, der an und für sich nicht nichtig ist, mit dem von einem Geisteskranken geschlossenen Vertrag, ein Vertrag, dessen Unterschrift noch aus einer Zeit stammt, in der er noch nicht für unmündig erklärt worden ist, dann verdienen Sie, meine Damen, jeden erdenklichen ...
—Oh, Julia.
—Armer Edward.
—Sehen Sie? Sie, meine Damen, Sie verdienen jeden erdenklichen rechtlichen Schutz, weil der Unmündige selbst der einzige ist, der Vorteile aus seiner Unmündigkeit ziehen kann. Der Schutz der Unmündigkeit kann Erwachsenen nicht gewährt werden, aber der Unmündige kann praktisch nach Belieben jeden Vertrag anfechten. Dabei genügt im allgemeinen die erklärte Absicht, einen Vertrag anfechten zu wollen. In einem Verfahren gegen ihn, unabhängig davon, ob es nun von Gläubigern, Konkursverwaltern, Bürgen oder sonst jemandem mit einem berechtigten Interesse an der Einhaltung dieses Vertrags angestrengt wird, reicht bereits die bloße Erklärung von Unmündigkeit zur Abwehr etwaiger Ansprüche aus, ein Vorrecht, das der Gegenseite versagt bleiben muß, kurz: Nur der Unmündige kann Unmündigkeit geltend machen.
—Was sein Alter angeht, ist Edward ...

—Zu Ihrem eigenen Schutz, meine Damen. Die Geburtsurkunde. Sie ist unerläßlich. Denn dieser Unmündige, meine Damen, dieser Unmündige kann anfechten, wann immer es ihm beliebt, selbst wenn er ursprünglich falsche Angaben zu seinem Alter gemacht hat, um die Gegenseite zum Abschluß eines Vertrags zu bewegen, bedenken Sie das, meine Damen. Denken Sie an Danzinger gegen die Iron Clad Realty Company.
—Ich glaube, er möchte ein Glas Wasser, Julia.
—Diese Tür, Mister Cohen.
—Übrigens, fehlende Adoptionsdokumente können das Gesamtbild ganz erheblich ändern, da adoptierte und leibliche Kinder rechtlich gleichgestellt sind. Falls insofern das Kind das leibliche Kind des Bruders des Verstorbenen wäre, aber vom Verstorbenen adoptiert worden wäre, hätte es natürlich jedes Recht auf Teilhabe an diesem Vermögen. Wenn es andererseits ...
—Jetzt fängt er mit Reuben an, Julia.
—James hat Reuben nie richtig adoptiert.
—Bei der Verteilung dieses Vermögens, oder anders ausgedrückt: Da zur Begleichung der Steuerschuld Teile des Vermögens veräußert werden müssen ...
—Jetzt machen sie sich über unsere Bäume her.
—Vermutlich wirkt unser Grundstück auf solche Leute wie ein riesiges Anwesen, Julia, Leute, die sonst nur winzige Papphäuser auf noch kleineren Grundstücken gewohnt sind.
—Man wird Sie dazu zwingen, Ihre Anteile offenzulegen ...
—Die gehen davon aus, daß alles käuflich ist.
—Natürlich muß im Hinblick auf die gegenwärtige Marktsituation ein hieb- und stichfestes Verkehrswertgutachten erstellt werden ...
—Das haben die Wasserleute auch gesagt, als sie vor Gericht Stein und Bein geschworen haben, daß da hinten, ausgerechnet zwischen unseren Bäumen, die einzige Stelle sei, an der sie ihr Pumpwerk errichten könnten.
—Da kein Teil des gesamten Vermögens jemals zuvor öffentlich angeboten worden ist.
—Heute nacht hab ich's da draußen hämmern gehört, Julia.
—Und ich dachte, daß ich das Geräusch eines Lastwagens gehört hätte.
—Oder ein Trecker, so einer, mit dem man Bäume umreißt.
—Das wagen sie nicht, nicht die Wasserleute. Sie können doch nicht einfach bei Nacht und Nebel unsere Bäume fällen.

—Heute morgen waren sie noch da.
—Die Wasserleute? Warum hast du mich nicht gerufen?
—Nein, die Bäume, Anne, die Bäume.
—Da bin ich aber froh, daß du sie gesehen hast. Ich hab gar nicht nachgeschaut.
—Eigentlich hab ich auch gar nicht nachgeschaut. Aber ich weiß, daß ich sie vermißt hätte, wenn sie weg gewesen wären, als ich am Küchenfenster vorbeigegangen bin.
—Vielleicht hat Mister Cohen nachgeschaut, als er herkam.
—Was ist mit den Eichen, Mister Cohen?
—Ein paar Robinien waren auch dabei.
—Es sind aber die Eichen, Anne, die besonders auffallen.
—Vor einer etwaigen Veräußerung würden Sie natürlich in angemessener Form benachrichtigt.
—Was Mister Cohen so für angemessen hält, ich kann sie nicht mal ohne Brille lesen, Anne? Hast du die neueste gelesen? Sie war doch eben noch hier.
—Sie liegt da auf dem Kaminsims, eine Schloßansicht. James hatte immer eine schwierige Handschrift, Mister Cohen, und er versucht immer, soviel wie möglich auf einer Postkarte unterzubringen ...
—Anne, ich rede von der Lokalzeitung, Mister Cohen meint diese amtlichen Bekanntmachungen auf den hinteren Seiten, die in einer so winzigen Schrift geschrieben sind, daß niemand sie entziffern kann, und dazu in einer Sprache, die niemand verstehen kann. Übrigens, falls er jetzt einen Augenblick Zeit hat, wäre er vielleicht so nett, uns etwas davon zu übersetzen ...
—Aber Julia, seine Brille ist doch eben zerbrochen.
—Hier ist es ja, ja, die zweite Spalte, hier, Mister Cohen. Nein, gleich hier unten. Mir scheint, man hat irgend etwas mit dem alten Lemp-Haus vor.
—Ist ein Bild dabei? Es war immer das größte Haus der Stadt, und als wir noch kleine Mädchen waren, Mister Cohen ...
—Das ist bloß eine amtliche Bekanntmachung, Anne. Man druckt in amtlichen Bekanntmachungen keine Bilder ab. Können Sie durch den Sprung etwas erkennen, Mister Cohen?
—Ein Jammer, daß Mister Cohen es nicht sehen kann, es ist ein weißes Haus im viktorianischen Stil mit einem Türmchen und einem Schutzdach an einer Seite, und Blutbuchen im Garten. Als Julia und ich kleine Mädchen waren, Mister Cohen, haben wir uns vorgestellt,

dort zu wohnen. Wir träumten davon, daß uns das Schicksal irgendwann ...
—Soviel ich hier entziffern kann, Miss Bast, handelt es sich lediglich um einen Antrag zur Änderung des Bebauungsplans, um das Haus in ein Altenheim umzuwandeln ...
—Der alten Mrs. Lemp ging es noch nie besonders gut, nicht wahr?
—Das war übrigens ihr Sohn, Mister Cohen, den wir vorhin erwähnten, der Rechtsanwalt, mit dem Sie dies alles besprechen sollten.
—Aber Julia, man sollte Mister Cohen doch vorwarnen, wenn er sagt, daß die Justiz kein Interesse an Gerechtigkeit hat ...
—Meine Damen, ich, bitte, offenbar habe ich mich nicht klar genug ausgedrückt, aber ich versichere Ihnen ...
—Er hat sich ganz klar ausgedrückt, nicht wahr, Julia, aber ich denke, daß wir ihn vorwarnen sollten, denn wenn Mister Lemp dieselbe Einstellung an den Tag gelegt hätte, hätte Vater ihn nie beauftragt.
—Sogar James hielt große Stücke auf ihn, und James kann äußerst kritisch sein.
—Ja, und Thomas ebenfalls, Julia, immerhin hat Mister Lemp auch den Prozeß gegen diesen scheußlichen kleinen Mann geführt, der mit seiner neuen Musikinstrumente-Firma sämtliche Ideen stahl, die Thomas hatte.
—Obwohl, das waren überhaupt keine Musikinstrumente, Mister Cohen. Er nannte es zwar The Jubilee Musical Instrument Company, aber sie stellten bloß Apparate her, die Melodien abspielen konnten, und der Prozeß, Anne, war, glaube ich, ursprünglich James' Idee. James hatte nur Verachtung für ihn übrig.
—Er hatte was mit dieser schrecklichen Familie zu tun und mit diesem Politiker irgendwo im Westen, dessen Familie Aktien von der kleinen Firma besaß, die Thomas dort übernahm, könnten sogar noch ein paar davon in der Kommode liegen, jedenfalls war er damals auf der Suche nach einem Hersteller von Schafdärmen ...
—Wir müssen das jetzt nicht vertiefen, Anne, wenn Mister Cohen keine Fragen mehr hat ...
—Aber meine Damen, ich, die Zeitung hier, ich war davon ausgegangen, daß das Lokalblatt ...
—Ja, natürlich ist es das, es erscheint wöchentlich, es hält uns auf dem laufenden.
—Aber es ist, ich stelle gerade fest, es ist aus einer Stadt in Indiana, ich

war davon ausgegangen, wenn Sie Lokalblatt sagen, ich dachte, Ihr Anwalt Mister Lemp ist, ist in Indiana?
—Denken Sie etwa, er ist in Timbuktu?
—Nein nein, ich, ich meinte nur, daß wenn, daß ein Rechtsanwalt aus der Gegend, der mit den örtlichen Gegebenheiten vertrauter ...
—Er ist sehr vertraut damit, danke, Mister Cohen. Ich hab ihm letzte Woche wegen dieser Spielhalle geschrieben, Anne.
—Aber ich meinte, um auf Ihren Neffen zurückzukommen, meine Damen, ich wäre schon für den kleinsten Hinweis auf sein Alter dankbar, entsinnen Sie sich beispielsweise, ob Sie ihn in Ihrer Einkommensteuererklärung als abzugsfähig einsetzen?
—Sie reden von angemessener Benachrichtigung, Mister Cohen, und man setzt uns dies Ding direkt vor die Nase, die spielen da jeden Mittwochabend und parken ihre Autos direkt in unserer Hecke.
—Verstehe, ja, denn falls er es ist, würde das darauf hindeuten, daß er noch minderjährig ist, obwohl ich, ich nehme an, daß er nicht behindert ist?
—Wir können dankbar sein, daß die Hecke noch steht. Sie dämpft den Straßenlärm, sagt James.
—Du könntest Mister Cohen von den beiden Frauen erzählen, die letzte Woche an die Tür gebumst haben, glotzten durch die Wohnzimmerfenster rein und meinten, es würde ein nettes Jugendzentrum abgeben.
—Verstehe, ja, aber Sie sollten wissen, daß Ihr Neffe, meine Damen, Ihr Neffe Edward, für den Fall, daß er noch minderjährig ist ...
—Sahen von der Straße herein und sagten, es habe leer ausgesehen. Was stellen sich die Leute bloß vor?
—Um sowohl seine als auch Ihre Interessen zu schützen, ich, ich verweise hier auf Egnaczyk gegen Rowland, wo der minderjährige Kläger zwar sein Auto wiederhaben, aber den Reparaturvertrag nicht anerkennen wollte, ein Ansinnen, meine Damen, das seinerzeit zu Recht vom Gericht verworfen wurde, weil der Schutz Minderjähriger vom Gesetzgeber als Schild gedacht war, nicht als Schwert und ... da! Ich habe etwas gehört. Höre ich ihn auf der Treppe? Kommt Ihr Neffe endlich herunter?
—Edward?
—Hämmern, Julia.
—Ja, aber nicht Edward. Er ist bestimmt schon längst weg, nicht wahr, Anne?

—Ich glaube, ich habe ihn weggehen hören, als ich den Knopf angenäht hab. Er hat heute Unterricht, wissen Sie, Mister Cohen. Im jüdischen Tempel, Wagner einstudieren ...
—Er ist ... weggegangen? Sie meinen, während ich hier warte, lassen Sie ihn einfach gehen? Er ... Ich verstehe nicht ...
—Wir kontrollieren nicht, wann er kommt oder geht, aber denken Sie ja nicht, daß wir uns nicht auch darüber wundern. Warum muß er ausgerechnet im jüdischen Tempel unterrichten?
—Und was ist bloß in sie gefahren, ausgerechnet Wagner.
—Der Tisch, Mister Cohen, seien Sie vorsichtig ...
—Sie wollen uns schon verlassen?
—Ich, ja, lassen ... ich lasse die Verzichtserklärung für ihn hier, die Sie ... oder sonst jemand bitte unterschreiben will, und Ihre, ich meine seine Geburtsurkunde, hier ist seine Karte, wenn Sie sie mir bitte geben wollen, ich meine, wenn Sie ihm meine Karte geben wollen, Miss Bast, und ihn dringend bitten, sich mit mir in Verbindung zu setzen, damit ich Sie nicht weiter ... belästigen muß ...
—Unser gefälschter Vierteldollar, Julia, den wollten wir Mister Cohen doch zeigen. Eine ziemlich stümperhafte Fälschung, Mister Cohen, an den Rändern scheint schon das Kupfer durch, einer unserer eigenen Handelsvertreter hat ihn uns angedreht. Sehen Sie, da auf dem Kaminsims?
—Ich glaube, daß er gar nichts erkennen kann, Anne. Heute morgen jedenfalls lag das Ding noch nicht auf dem Kaminsims.
—Die klemmt, Mister Cohen. Am besten nehmen Sie den Seiteneingang.
—Es ist der Seiteneingang der klemmt, Julia. Besser, er geht durch die Hintertür. Durch die Küche gehts raus, Mister Cohen ...
—Und, Mister Cohen ...? Wenn Sie sowieso draußen sind, sehen Sie doch bitte mal nach, im hinteren Teil? Wegen der Bäume?
—Und er könnte auch gut ein bißchen rumhorchen Julia ... der Satz verfolgte ihn durch die Gegenwart von Kartoffeln und grünen Bohnen mit Fädchen wie Verpackungskordel, die sich zusammen mit einem geräucherten Schweineschinken auf dem Küchenherd zersetzten, da die Dämmerung nahte, folgte ihm sogar bis zur Hausecke, wo eine herabhängende Dachrinne bei jedem Regen Wasserspuren auf Glas und Schindelwand hinterließ.
—Ich finde, er hat uns überhaupt nicht zugehört. Sieh ihn dir an da draußen, meine Güte! Hat der es aber eilig.

Er machte einen Bogen um einen Apfelbaum, dessen gesamte Krone im vorigen Jahr ausgebrochen war und der jetzt mit einer Rekordernte seine Entlassung aus dem Reich der Nutzpflanzen feierte, mit grellen Farben, kuriosen Formen und absolut geschmacksfreier Frucht. —Sieht aus, als sei der Leibhaftige hinter ihm her.
—Für einen Fremden war er jedenfalls ein Klatschmaul.
—Ich frage mich, was James dazu sagen wird.
—James wird sagen, was er immer gesagt hat. Er weiß, daß ich von vornherein nicht daran geglaubt habe.
—Aber selbst wenn du recht hast, Julia. Wenn sie bis zu Edwards Geburt nicht verheiratet waren, ist er all die Jahre Edwards Vater gewesen.
—Erinnerst du dich noch, was Vater zu sagen pflegte? Der Teufel bezahlt den Pfeifer für seine schönen Weisen.
—Ja. Da fährt er hin ... Das Auto kroch aus der Einfahrt, vorbei an Bäumen, die trotz vollkommener Windstille zu schwanken schienen und ihre zersplitterten Aststümpfe in alle Richtungen streckten, eine Atmosphäre verhärteten Unheils, nach Süden hin abgeschlossen durch eine brütende Eichenreihe, im Westen begrenzt von mehreren hohen Robinien, die sich scharf gegen den westlichen Himmel abhoben. —Das war nicht nett von James.
—Hoffentlich paßt er an der Hecke auf.
—Hast du gestern nacht das Krachen gehört? Und die Sirenen? Ein Wunder, daß sie nicht alle tot sind.
—Hör mal ...!
Zur Todesmelodie quietschender Bremsen raste der Wagen in die Welt hinaus, eine Girlande Liguster im Schlepptau, entging, kaum auf der Straße, nur knapp der direkten Konfrontation mit der ausladenden Trauerpracht angrenzender Blumenfelder, gewann jedoch gerade noch rechtzeitig den sicheren Asphalt zurück, um den von Bonbonpapier und Bierdosen gesäumten Seitenstreifen entlang der Hecke mit einem ähnlichen Massaker zu bedrohen, ein Geschehen, das sich bereits dem halbverhangenen Blick der Dachfenster entzog, welche mit starrer Mißbilligung über die Hecke hinwegsahen, bevor diese einer gelben Scheune Platz machte, doch was bedeutete schon das Gebilde von Menschenhand angesichts des kolossalen Tupelobaums unmittelbar voraus und der drohenden Kollision, welche nur um Haaresbreite und durch ein haarsträubendes Lenkmanöver vermeidbar, dann allerdings ebenso schnell vergessen war, während die Fahrt weiterging,

vorbei an den leeren Fenstern eines ausgeweideten Farmhauses nebst Wirtschaftsgebäuden an der Ecke, wo die Straße vorschriftsgemäß ins vorstädtische Labyrinth mündete und die Dinge sich wieder auf menschliches Maß verkleinerten, Hartriegelsträucher, Berberitze dann, bereits blutrot verfärbt für den Herbst.
Vorbei an der Feuerwache, wo einst schwarzes Kreppapier sich um ein Schild zum Gedenken an UNSER LIEBES VERSTORBENES MITGLIED wand, leicht anzubringen und wieder einzulagern wie ein Limonadenplakat, vorbei an jenem bröckelnden Schandfleck, der vor gar nicht allzu langer Zeit als Marinedenkmal eingeweiht worden war, vorbei an der leeren Schotterfläche eines Parkplatzes, wo ein von allem Schmuck beraubtes Haus bis vor knapp einer Woche noch standgehalten hatte, und weiter durchs Stadtzentrum, aus dem jede Andeutung auf Dauer entweder verschwunden war oder gerade von heulenden Motorsägen zerschnitten wurde, dazu der Chromschimmer der gläsernen Bankfassade vor dem stillen Bild einer Schalterhalle, deren Einrichtung ebenfalls wie geschaffen war für eine fluchtartige Räumung, weg, nur weg, egal wie, was im Augenblick ein leichtes gewesen wäre, denn die Bank hatte ihre gläsernen Pforten geöffnet, leise Musik drang heraus und umschwebte diffus einen Mann, dessen pastellfarbener Anzug zur Einrichtung paßte und der sich am Bordstein der hochbusigen Brünetten mit einem —noch etwas, Mrs. Joubert, aufdrängte, —etwas wollte ich Sie noch fragen, aber, oh, Moment mal, das ist Mister Best, oder Bast heißt er ja wohl. Mister Bast...? Er macht Musikalisches Verstehen, wissen Sie.
—Er?
—Was? Ach, der da, der jetzt herauskommt. Nein, nein das ist Vogel. Coach Vogel. Kennen Sie Coach? Coach? Guten Morgen...
—Guten was? Oh, Whiteback. Guten Morgen, hab Sie gar nicht gesehen. Ich hab gerade Ihre Bank ausgeraubt.
—Ich hab Sie nicht gesehen, rief Mister Whiteback und winkte. —Er, was hat er gemacht? Die Sonne blendet etwas... Das Licht fiel direkt auf seine Linsen und radierte in einem Blitz innerer Leere alles Leben dahinter aus, während er erneut auf sein Thema zurückkam, —hier, der junge Mann, der da kommt ist Bast, man sieht es ihm beinah an, daß er mit Kunst zu tun hat, oder nicht? Mister Bast? Ich hab gerade zu Mrs. Joubert hier gesagt, daß wenn sie schon über den Platzmangel klagt, daß Sie sogar drüben im jüdischen Tempel proben müssen, weil wir die Cafeteria für den Fahrunterricht brauchen, stimmts? Mister

Bast hilft Miss Flesch bei ihrem Ring, damit er Freitag fertig ist, die Stiftung schickt ein Team her, das unser gesamtes internes Schulfernsehprogramm nochmal kurz überprüfen will, und wenn sie dabei einen Blick auf Miss Fleschs Ring werfen, gibt das einen richtigen Schub für den kulturellen Aspekt von, quasi dem Gesamt... aspekt. Soll Ihre Leistungen nicht schmälern, Mrs. Joubert. Sie macht den neuen Fernsehkurs in, was war's noch? Gemeinschaftskunde für die sechste Klasse, Miss Joubert? Was ist denn in der Papiertüte, Sie haben doch nicht etwa die Bank überfallen, Mrs. Joubert?
—Das hier? Nein, das ist nur Geld, sagte sie und schüttelte die Papiertüte. —Nicht meins, das meiner Klasse. Das haben sie gespart, um sich einen Anteil an Amerika zu kaufen. Wir machen eine Klassenfahrt zur Aktienbörse, um da eine Aktie zu kaufen. Die Jungen und Mädchen werden die Kursentwicklung verfolgen und lernen, wie unser System funktioniert, deshalb nennen wir das unseren Anteil an...
—An was?
—An Amerika, ja, eigentlich, weil, wenn sie die Erfahrung machen, etwas selbst zu besitzen...
—Nein, ich meine, welche Aktie?
—Das wollen wir in der heutigen Stunde entscheiden, wenn Sie mal in unseren Kanal reinschauen wollen. Die Börse selbst hat uns eigens dafür einen unterhaltsamen Dokumentarfilm geschickt.
—Unseren Jungen und Mädchen beibringen, was Amerika wirklich ausmacht, muß ganz allgemein...
—Hände hoch!
Basts herumwirbelnder Ellenbogen versetzte Mrs. Joubert einen Stoß vor die Brust, sie ließ die Tüte mit den Münzen fallen, und für einen Augenblick stand er, nach Gleichgewicht ringend, mit erhobener Hand angesichts des angerichteten Schadens verlegen da, bevor die Röte, die von ihrem Gesicht auf seins übersprang, ihn sich bücken ließ, um die Tüte an ihrem oberen Rand aufzuheben, wobei die Münzen aus dem aufgeplatzten Boden über den ungemähten Grasstreifen kollerten und er dort niederknien mußte, wo der Wind ihren Rock bewegte.
—Armes Kind, warum läßt man ihn auch frei herumlaufen...
—Das kommt von den Tests... Mister Whiteback zog einen Fuß von der Stelle zurück, an der sein strumpfbemusterter Knöchel auf der Jagd nach einem Zehncentstück an etwas Fremdes gestoßen war, bemerkte

dort, daß es unter Mrs. Jouberts teuer beschuhtem Fußrücken unversehens zu einem Vierteldollar geworden war, doch schnitt ihm ein entmenschter Schrei das Wort ab.
—Was war das? ... Oh, Mister Bast, tut mir leid, hab ich Ihnen etwa weh getan ...? Sie nahm ihren Absatz von seinem linken Handrücken, während Bast mit der Rechten das Fünfcentstück auflas und an ihrem gebeugten Knie hochsah, um etwas zu sagen.
—Diese Sägen, sie fällen die Bäume im nächsten Block, verbreitern die Burgoyne Street, sagte Mister Whiteback von oben. —Ich kann Sie da absetzen, wenn ... Mister Bast? er fiel wieder in den tänzelnden Boxerschritt der Rumbamusik, die aus dem Innern der Bank quer über den Bürgersteig und dann ins Gras rieselte, wo Bast die Sache anging, als sei das Geld dort von einem Unbekannten verloren worden und also ein glücklicher Fund. —Wenn Sie dann bitte noch den Rest aufsammeln und vor Beginn von Mrs. Jouberts Fernsehsendung vorbeibringen?
—Es waren vierundzwanzig Dollar ...
—Und verpassen Sie Ihre Probe nicht, Mister Bast. Damit es Freitag fertig ist, wir wollen doch dem Stiftungsteam zeigen, wie wir bei unseren jungen Leuten quasi die Begeisterung für den kulturellen Grundstein ins Rollen bringen. Das dient alles der Vorbereitung für das Kulturfestival im nächsten Frühjahr, wissen Sie, Mrs. Joubert ... sehen Sie sich seine Hand da an, ja, wir wollen zeigen, daß es uns gelingt, daß sich dieser kulturelle Grundstein auszahlt wie nie zuvor im Zeitalter des Massenkonsums, der großen Warenströme und landesweiter Werbung, vergleichbar mit Autos und Badeanzügen ...
—Und dreiundsechzig Cent, schloß Mrs. Joubert, das Gewicht bereits zum Gehen verlagert, wobei eine feine Strumpffalte über ihr Knie lief, um dann im Wirbel ihres Rocks zu verschwinden. Währenddessen verleitete ein aus dem geblähten Hosenaufschlag purzelnder Vierteldollar Bast zu einem Hechtsprung auf das Heck von Whitebacks Wagen zu, der mit schrammendem Auspuff soeben vom Bordstein ablegte, in die Burgoyne Street einbog, direkt ins Gekreisch der Sägen, wo Gliedmaßen in betäubungsloser Luftoperation baumelten, und der schließlich auf den Lehrerparkplatz rollte und damit ins beschränkte Blickfeld eines Klassenzimmerfensters im zweiten Stock, von wo Gibbs beobachtete, wie Mrs. Joubert ausstieg und auf das Portal unter ihm zuging; seine Knöchel liefen weiß an, während er den kalten Heizkörper umklammerte und auf die wippende Fülle der Schreitenden

hinabstarrte, bis sie unter der Fensterbank verschwunden war und er sich wieder dem verdunkelten Klassenzimmer zuwandte und der angeregten Zweidimensionalität eines immerzu redenden Gesichts auf dem Bildschirm, das er zwar sehen, aber nicht hören konnte, ein Widerspruch, der sich auf seinen Lippen als leichtes Zucken äußerte und ihn veranlaßte, sich erneut zum Fenster zu drehen, wo er diesmal jedoch ins weitaufgerissene Auge einer Kamera starrte, die nach oben auf ihn gerichtet war und auf den Fries aus Lehrern, die ähnlich verlassen in ihren Fenstern standen, unmittelbar darunter, über dem Eingang, der in Stein gehauene Wahlspruch der Schule

ΙΕΔΕΜ ΓΕΜΕСС

—Oh, können Sie das lesen? fragte der junge Mann mit der Kamera und senkte den Apparat, um ihn der Sammlung von Kameras, Belichtungsmessern und sonstigem Gerät einzuverleiben, mit dem praktisch jede verfügbare Ecke seiner schmächtigen Figur behängt war.
—Lesen nicht gerade, sagte sein Begleiter, der ein Blatt Papier auf dem schweren Buch in seiner Armbeuge ausgebreitet hatte. —Aber ich dachte, ich zeichne es mal ab, es könnte ein gutes Epigramm für das Buch abgeben, wenn ich rausfinde, was es bedeutet. Und fotografieren Sie ruhig ein paar von den gleichgültigen Gesichtern. Der da zum Beispiel, der am Fenster, der in der Jungentoilette raucht, während die Klasse per Fernsehgerät unterrichtet wird, ein Symbol technologischer Arbeitslosigkeit sozusagen.
—Ich glaube nicht, daß die Stiftung ausgerechnet auf diesen Punkt besonderen Wert legt. Aber es ist Ihr Buch.
—Aber die Stiftung bezahlt dafür.
Die Kamera klickte, wurde wieder zu den anderen gehängt und schwang im Gleichschritt, während sie unter der Fensterbank hindurchgingen und dadurch aus Mister Gibbs Blickfeld verschwanden, der hinterrücks von der Botschaft überfallen wurde:

> —Energie ist wandel-, aber nicht zerstörbar ...

Aus einer Kellertür stieg Mister Leroy ins Sonnenlicht, einen Eimer in der Hand und ein Lächeln im Gesicht, das selbst aus der Entfernung noch verbindlich wirkte. Mit diesem Lächeln blickte er geradewegs empor zu Gibbs, der seinerseits keine Möglichkeit mehr sah, soviel Freundlichkeit auszuweichen, indes Leroy in seinen hochgeschnürten Boxstiefeln über den Kiesweg schwebte, die in seinem Fall jedoch zum Ausdruck unerschütterlicher Gewaltlosigkeit geworden waren

> —Wissenschaftler nehmen an, daß die Gesamtmenge der Energie in der Welt heute genauso groß ist wie am Anfang der Zeit...

—Schalt das aus...
—Aber warten Sie, Mister Gibbs, es ist noch nicht vorbei, das ist die Unterrichtseinheit für unseren Test...
—Also gut, wollen wir hier mal Ordnung schaffen, Ordnung ...! Er stand inzwischen selber vor dem Gerät und ließ das Bild auf der Mattscheibe per Knopfdruck ersterben. —Mach mal einer das Licht an. Bevor wir fortfahren, ist irgendeinem von euch je aufgefallen, daß dies alles bloß ein großes Mißverständnis ist? Ihr seid nämlich nicht hier, um irgend etwas zu lernen, sondern etwas beigebracht zu bekommen, und damit ihr eure Prüfungen besteht, muß der Lernstoff organisiert werden, damit er vermittelbar wird, das heißt, er wird zuallererst in handliche Informationshäppchen zerlegt, damit er überhaupt organisiert werden kann, könnt ihr mir folgen? Mit anderen Worten: Ihr denkt wahrscheinlich, die Organisation von Wissen sei stets ein immanenter Bestandteil jenes Wissens selbst, wohingegen Unordnung und Chaos entweder als unmaßgeblich oder sogar als bedrohlich zu betrachten seien. Das genaue Gegenteil ist der Fall. Ordnung ist lediglich ein dünner, gefährdeter Zustand, den wir der grundsätzlichen Wirklichkeit des Chaos überstülpen...
—Aber das haben wir noch nicht durchgenommen, Sie...
—Deswegen nehmt ihr es ja jetzt durch! Wenn ihr nur, wenn ihr nur ein einziges Mal, wenn auch der Betreffende da hinten endlich damit aufhören wollte, sich der Vorstellung zu widersetzen, selbständig zu denken. Also gut, wie gesagt, alles läuft auf die Frage der Energie hinaus, nicht wahr, ein Konzept, das ohne das zweite Gesetz nicht verstanden werden kann, ja? Könnt ihr mich da hinten in der letzten Reihe noch verstehen?
—Das stand aber nicht im Lektüreplan, und deshalb...
—Und genau deshalb... er hielt inne, um die Stifte auf seinem Pult so anzuordnen, daß sie alle in die gleiche Richtung wiesen, bevor er zur Fragestellerin in einer der hinteren Bankreihen aufblickte, hochgeschnürte Wespentaille über dem weiten Rock, Schatten junger Mädchenblüte unter den Ponyfransen, ein Gesicht unter vielen in der konturlosen Leere der Jugend, —deshalb erkläre ich es ja jetzt.

Also, das Konzept, von dem wir gestern sprachen, zuerst einmal eine Formel ...?
—Ein ruhender Körper hat die Tendenz ...
—Schon gut, der nächste ...?
—In Bewegung hingegen ...
—Ich sagte, schon gut! Niemand ...? Wer traut sich zu, das Wort zu buchstabieren ...? Er drehte sich zur Tafel um, die Schreibhand in die Höhe gestreckt, wodurch seine Jacke hochrutschte und ein Loch im Hosenboden den Blick auf seine blauen Unterhosen freigab. Er schrieb e und wartete.
—E?
—Ja, e, stell dir vor. Was kommt dann?
—N?
Gibbs wiederholte, —n, und schrieb den Buchstaben hin.
—D? während die Klingel anschlug.
—Richtig, t, r, o, p, i, e, vervollständigte er das Wort, brach durch entschlossenes Unterstreichen die Kreide ab und sah dann dem flatternden Blondhaar hinterher, ein Blond, das sich in den Schenkeln des Mädchens wiederholte, welches nun ebenfalls von der Woge allgemeinen Aufbruchs erfaßt wurde. Gibbs biß sich auf die Unterlippe, als wolle er damit seine Gedanken unter Kontrolle bringen, nahm erneut seinen Fensterplatz ein, mit Blick auf den Parkplatz, wo gemessenen Schrittes und unbelastet von jeglichem Verdacht, im selben Moment Objekt umfänglicher geistiger Verarbeitung zu sein, Mister diCephalis auf der Bildfläche erschien, am Arm einen schwarzen zusammengerollten Kinderschirm, der dem erwachsenen Original jedoch täuschend ähnelte bis hin zum gekrümmten Griff aus echtem Birkenholz-Imitat, und, das gemeißelte Motto zu Häupten des Eingangs, mit der Glastür haderte, welche sich auch heute nicht nach innen öffnen ließ, was sie übrigens noch nie getan hatte, weswegen Mister diCephalis jetzt innehielt, um den Schirm in die andere Hand zu nehmen, die Tür aufziehend und eintretend in Lärm und Gewühl, und sich dann mit großer Gelassenheit auf jene andere Tür zubewegte, eine Tür aus fast armdickem Holz diesmal, die jedoch, allem soliden Anschein zum Trotz, erstaunlich leicht hinter ihm zufiel, und das nicht etwa, weil sich darin echte Wertarbeit kundtat, sondern weil sie innen hohl war und somit kaum mehr als beweglicher Aufhänger für das Wort Direktor, eine Art Lärmschutzwand gegen die tobende Pausenhalle, deren Schallspitzen allenfalls noch in gedämpfter Form in jenes

Zimmer vordrangen, wo eine maßvolle Disziplin und allerlei würdige Urkunden die Atmosphäre bestimmten, darunter die Horatio-Alger-Auszeichnung und sechsundfünfzig weitere akademische Ehrengrade, welche, angebracht rund um ein einzelnes, billig gerahmtes Porträt, aus olympischer Höhe auf den Betrachter herabschauten, um Zeugnis davon abzulegen, »daß Zuversicht und Selbstvertrauen sowohl des Einzelnen als auch der Gesellschaft im ganzen eine außerordentlich wichtige Vorentscheidung darstellen hinsichtlich der Rolle, die man für sich später in unserer Wirtschaft beanspruchen darf«, woraus mit eiserner Konsequenz folgte, »daß, wenn wir nur den Mut aufbringen oder, anders ausgedrückt, die traditionell weitverbreitete Entschlossenheit, mutig fortzuschreiten, daß es dann außer Frage steht, daß dies schon ein Schritt in die richtige Richtung wäre«, wenn nur in den Augen nicht doch der Zweifel nistete, »ob eine gezielte Kampagne mit dem Ziel, Mut zu machen für die Zukunft, wirklich das Beste ist, denn daß Zuversicht ein PR-Problem sein soll, war mir bislang noch nicht so ...«
—Die Psychologie der Einschüchterung, der Drill, der ganze Quatsch, zerhackte Miss Fleschs Stimme die diffuse Geräuschkulisse, die ihn bis ins Innere des Büros getragen hatte und senkte nach dem ersten Blickkontakt die Augen, Augen, so groß und voller Angst, daß sie immer den Eindruck erweckten, als sei sie soeben das Opfer sexueller Übergriffe oder nackter Gewalt geworden. —Es sind nicht die Kinder, die denken doch, alle die Übungen sind ein Spiel, kriechen unter die Pulte und so, als wär alles bloß Spaß. Die Eltern machen den Ärger, schloß sie brotkauend, der Abbiß an ihrem Sesambrötchen lippenstiftverschmiert wie auch die Kaffeetasse vor ihrem Knie auf dem Tisch und die Zigarette, die sie jetzt zitternd aufnahm. Nun, da sich ihre Kontaktlinsen auf ihn eingestellt hatten, sah sie ihn an, nicht mit jener vorschnellen Entrüstung, sondern nahezu desinteressiert, während er sich verstohlen des Schirms entledigte, indem er ihn an den Rand eines metallenen Schulpapierkorbs hängte, bevor er sich ans Händeschütteln machte.
—Dan? Das ist Mister Hyde, von unserem neuen Schulausschuß. Das ist Dan diCephalis, Mister ...
—Major Hyde, Dan. Angenehm ... Und bläuliches Kammgarn erwuchs unversehens zur Bedrohung für die pastellfarbene Autorität hinter dem Schreibtisch. Bereits Hydes Handschlag riß Mister diCephalis' Arm zur Hälfte aus der bis zur Unkenntlichkeit platt-

gebügelten Manschette. —Wir kennen Dan ja alle aus dem Schulfernsehen. Fahrunterricht, stimmts Dan?
—Das, äh, ja, ich hab mit dem Kurs angefangen, aber ...
—Hat er auch gut gemacht, Major, aber Vogel hat den Job jetzt übernommen, Coach Vogel, er hat wirklich Sinn für, ähm, für Autos, ja, und macht das sehr gut. Dans Fähigkeiten sind uns aber in anderen Bereichen noch viel ...
—Etwas elementare Mathematik, Physik ...
—Haben wir bereits auf Band, Miss Flesch schlug ihre Zähne in das Brötchen, biß ab, hinterließ eine klaffende Wunde und lächelte mit dem Lippenstift auf ihren Zähnen.
—Dan ist jetzt unser Schulpsychologe, unser Fachmann für ... Psycho ... Psycho ...
—metrie. Psycho ...
—Psychometrie, genau. Verantwortlich für alle Prüfungen und, und macht die Sache auch sehr gut, ja. Deshalb hätte ich ihn gern dabei, wenn wir diese, ähm, diese Etatprobleme, es geht um diese Geräte, einige der neuen Testgeräte ...
—Wir reden von den neuen Testgeräten, Dan.
—Das ist ein ziemlicher Haushaltsposten, ja. Vorrangig aber ist die Absicherung der Prüfungsergebnisse, etwas, was wir unbedingt noch, natürlich, um die Prüfungsergebnisse im Hinblick auf die gegenwärtige Situation zu rechtfertigen, mit anderen Worten, diese Anschaffung ist durchaus gerechtfertigt, wenn wir nach einem normgeschneiderten Maß, einer maßgeschneiderten Norm testen wollen, und da die einzige Möglichkeit, diese Norm aufzustellen, im Hinblick auf die gegenwärtige Situation, das heißt, sozusagen nur durch die Tests selber gegeben ist, wird logischerweise auch der eine oder andere durchfallen. Ein Junge, der durch den allgemeinen Intelligenztest fällt oder die mathematisch-musikalische Korrelationsprüfung nicht packt, gut, das läßt sich vielleicht nicht ändern, aber der rennt dann durch die Stadt und bedroht die Leute mit einer Spielzeugpistole. Andere wiederum haben keine Chance beim Standard-Tauglichkeitstest, aber man hat mir gesagt ...
—Es geht nicht um die Geräte, es geht um die Löcher in den Lochkarten, leider decken sich die von der EDV eingestanzten Ergebnisse nicht mit den Prognosen aus dem Persönlichkeitstest, ich schlage deshalb vor, daß in jedem Einzelfall die Norm ...
—Richtig, Dan, die individuelle Norm sollte immer auch die allge-

meine, oder anders ausgedrückt, die allgemeine Norm ist der Maßstab für alles, damit, anders ausgedrückt, im Hinblick auf die Tests die Norm als Norm herauskommt, andernfalls haben wir keine Testnorm, richtig? So gesehen gibt es unter Etatgesichtspunkten gar keine Alternative, als die Dinger anzuschaffen, stimmen Sie dem zu, Major?
—Eins würde ich sagen wollen, Dan, wenn Sie die Sache auf der Haushaltskonferenz in der Art präsentieren können, wie Whiteback sie gerade hier präsentiert hat, wird niemand sich mit Ihnen anlegen wollen, und ich glaube auch nicht, daß Sie die Probleme mit Ihren Löchern unbedingt vertiefen sollten, Dan. Führt nur zu Mißverständnissen und beschert uns eine neue Debatte über all die Apparate, die ihr Spezialisten im letzten Jahr gekauft habt und die noch nicht mal ausgepackt sind.
—Die Geräte sind in Ordnung, es ist nur, daß wir, daß niemand weiß, wie man damit umgeht.
—Genau, die Nutzanwendung bereitet noch gewisse...
—Was man den Leuten einfach nicht klarmachen kann, ist, daß wenn man um Subventionen und Zuschüsse verhandelt, übrigens ganz gleich mit wem, Bund, Staat oder privaten Stiftungen, daß man dann erst Geld ausgeben muß, bevor man Geld bekommt. Die sehen das strikt unter Körperschaftsgesichtspunkten, das heißt, wenn man das Wort Anschubfinanzierung auch nur in den Mund nimmt, halten die ihre Brieftaschen fest, nehmen wir doch nur mal die Idee mit dem Schutzraum...
—Major Hyde hat hier unser Zivilverteidigungsprogramm geleitet, Dan, vielleicht erinnern Sie sich...
—Bevor es sich in einen Rettungsbunker für Muttersöhnchen verwandelt hat und der Sinn fürs Wesentliche verlorengegangen ist, Dan, deshalb wäre es gut, wenn Ihr mobiles Fernsehteam mal vorbeikommen würde, um den Leuten einen Einblick in meinen Schutzraum zu verschaffen, ihnen zu zeigen was...
—Ja gut, obwohl, das war noch vor Dans Zeit, als er damals, ähm, gebaut wurde, damals in den, und er hat die Sache ja auch sehr gut gemacht, damals, als er gebaut wurde und bevor das...
—Bevor das ganze Land den Sinn fürs Wesentliche verloren hat, wir haben doch alle gesehen, wohin diese laxe Art führt, wie eine Seuche hat sich diese Stimmung in unserem Lande breitgemacht, und wenn wir diesen prima jungen Leuten einen guten Einblick in meinen Schutzraum geben, dann ist das wie ein neuer Anfang für sie, vor allem,

wenn wir ihnen zeigen, was Amerika ausmacht und was wir schützen müssen, damit es auch morgen noch ...
—Ja, gut, die jungen Leute sind natürlich, ähm, sind junge Leute, ja, aber ein Schutzraum hat im neuen Haushalt wohl kaum realistische, ähm, vor allem, weil Vern, also, ich glaube nicht, daß Vern ...
—Ich glaube nicht, daß Vern sich Whitebacks Kopf zerbrechen sollte, überhaupt, wenn man einem Bezirksschulrat wie Vern gestattet, den Eltern dieser zukünftigen Staatsbürger vorzuschreiben, daß sie auf ihr demokratisches Recht verzichten sollen, und das in einer Sache, die vielleicht das gesamte ...
—Ja gut, natürlich, ich glaube, Senator, ähm, der Abgeordnete Pecci wollte noch vorbeikommen, um uns über unsere Aussichten bei der Standortentscheidung für dieses neue Kulturzentrum zu informieren, und natürlich ist sein, ähm, ja, ist er das schon?
—Sagen Sie ihm, er soll warten, sagte Miss Flesch durchs Brötchen und knallte den Telefonhörer auf.
—Warten Sie, wir können ihn doch nicht warten lassen, er ist ...
—Irrtum, er wars gar nicht, es ist Skinner, dieser Schulbuchvertreter Mister Skinner ... sie verknotete ihre Knie, —für mich.
—Tut mir leid, Major, ja, Miss Flesch hier, Miss Flesch fungiert hier sozusagen in doppelter Funktion, unsere beste Lehrerin, das wissen Sie ja, und auch unsere Spezialistin für Lehrpläne, sie ist ...
—Freut mich sehr, jemanden kennenzulernen, der die Arbeit nicht scheut. Aber um den Haushalt durchzubringen, müssen wir alles in die Schlacht werfen, was wir aufbieten können, denn die werden sich mit beiden Händen an ihre Brieftaschen krallen, und die Erziehung ihrer Kinder wird das letzte sein, was sie interessiert, etwa dieser Schutzraum, deshalb sollen sie sich ja die Räumlichkeiten ansehen, bevor sie die Idee in der Luft zerreißen ...
—Hallo ...? Ja ja, schicken Sie ihn gleich rein ...
—Mister ...
—Der Abgeordnete ...?
—Nein, es ist nur, es ist Mister Skinner ... Sie hatte, ein Knie sorgfältig neben das andere gestellt, inzwischen zu einer entspannten Sitzposition zurückgefunden. —Ich komm sofort raus, rief sie der Gestalt zu, die sich, beladen mit einer Aktentasche im Gladstone-Design, durch die Tür zurückzog, vorbei an den Nadelstreifen, die drohend aus dem Hintergrund auftauchten.

—Kommen Sie rein, Senator, kommen Sie rein, ich weiß, daß Sie noch Abgeordneter sind, aber ich übe schon mal ...
—Mister ...
—Whiteback, Major ...
—diCephalis, Dan, der Schul ...
—Sehr erfreut ...
—Herr Abgeordneter ...
—Und Miss Flesch hier fungiert sozusagen in doppelter Funktion, stimmts Whiteback? Sie erstellt nicht nur den Lehrplan, sondern entwickelt sich darüber hinaus auch zu einer echten Videopersönlichkeit im Schulfernsehen. Wir wollten nur noch einige Posten durchgehen, bevor der Steuerzahler den Haushalt in die Finger kriegt, fuhr Hyde fort, während der Ring mit blauem Stein an Peccis Hand das Händeschütteln einstellte, um seinen Glanz ausschließlich der nadelgestreiften Präsenz des Abgeordneten zugute kommen zu lassen. —Das einzige, was die im Kopf haben, ist ihr Steuersatz, und selbst den wissen die meisten nicht mal, stimmts, Whiteback? Als Bankdirektor und Vorsitzender des Verwaltungsbeirats hat Whiteback hier einen Logenplatz mit Blick auf beide Seiten der Medaille, nehmen Sie zum Beispiel die Idee, hier dieses Kulturzentrum zu errichten, ich sehe nicht ein, warum wir das nicht gleich koppeln mit ...
—Wenn wir erst mal ihr Vertrauen haben ...
—Ob nun eine Initiative zur Entwicklung dieser Art von Vertrauen das beste ist oder nicht, will ich mal dahingestellt sein lassen, offen gesagt, ich habe es bislang noch nicht als Problem von Öffentlichkeitsarbeit betrachtet, trotzdem sollten wir nicht vergessen, daß Vertrauen als solches notwendig ist und daß ...
—Natürlich bin ich da übrigens ganz Ihrer Meinung, vor allem wenn man den nationalen Rahmen dazudenkt, sind unsere Aussichten insgesamt ...
—PRmäßig tut uns das mit Blick auf das pädagogische Konzept nicht weh, warf Miss Flesch durchs Brötchen ein.
—In der Tat, koppeln Sie es gleich mit dieser Schutzraumgeschichte, und geben Sie den Leuten mit Ihrem mobilen Aufnahmeteam einen Einblick in die Sache. Mein Sohn könnte sogar eine Art Führung veranstalten, er kennt die Anlage auswendig. Wandstärke, Belüftung, Lebensmittelvorrat, Abwasserentsorgung, und dabei ruhig mal erwähnen, was Amerika wirklich ausmacht und was wir ...
—Wenn man denen den kleinen Finger reicht wie mit den religiösen

Feiertagen, wenn alle Karfreitag frei haben, dann wollen die jüdischen Eltern gleich auch zum Passahfest frei ...
—Ist das denn überhaupt ein Feiertag? Ich dachte, es sei nur ein ...
—Nicht zu vergessen der Streit um die Schulgebete, womit wir auch gleich beim Verkehrsmittelchaos sind, denn wenn sie den katholischen Kindern den Schulbus streichen, dann werden über Nacht dreihundert Kinder bei uns abgeladen, und was machen wir dann?
—Oder nehmen Sie dies hier, Aufwendungen für Wachdienst, gut zweihundertdreiunddreißigtausend, gestiegen von siebzehn ...
—Fragen Sie Mister Leroy, das ist sein Bier.
—Richtig. Man braucht bloß das Wort Erziehung in den Mund zu nehmen, und schon halten sie die Brieftaschen fest. Hier sind jetzt zweiunddreißigtausendsechshundertundvierundsiebzig, um den Parkplatz bis vor das Fernsehstudio zu asphaltieren.
—Andere Kostenvoranschläge sind nicht eingegangen.
—Und dann ist da dieser Zwölftausend-Dollar-Posten für Bücher.
—Da sollte eigentlich zwölfhundert stehen, die zwölftausend müßten Papierhandtücher sein. Nebenbei, die Bücher für die Bibliothek stammen diesmal aus einer Schenkung.
—Sind Sie sicher, daß wirklich Bücher gemeint waren? Nein. Das ist eine generelle Schenkung für die Bibliothek.
—Geben Sie es für ein Lochbrett aus. Man braucht in einer Bibliothek einfach ein Lochbrett. Bei Büchern weiß man doch nie, worauf man sich einläßt.
—Richtig. Erinnern Sie sich an Robin Hood? Dieser Schepperman zum Beispiel ...
—Schepperman! Das erinnert mich an die Inschrift über der Eingangstür, nebenbei, das war Gibbs' Idee ...
—Bis jetzt hat es funktioniert, aber er wird nicht ewig funktionieren, früher oder später wird jemand auftauchen, der Griechisch kann. Wie stehen wir dann da?
—Ziemlich blöd, schoß es aus Miss Flesch hervor, daß ihr der Kaffee übers Kinn lief, —genauso wie bei den obszönen Briefen.
—Das ist auch so ein Thema. Der vermehrte Eingang obszöner Post.
—Stimmt. Mein Junge zum Beispiel hat sich einen Baseballhandschuh bestellt, aber zugesandt wurde ihm ...
—Mundstückzüge, Schlittenglöckchen, Stroboskop, Hebebühne, Handtrommeln, Schellenbaum mit Ständer, zweitausendfünfhundert und ... wofür ist das alles?

—Schäden. Hier, zerbrochene Scheiben, kaputte Türen, macht einschließlich Malerarbeiten und so weiter, dreiunddreißigtausendzweifünfundachtzig. Dreiunddreißigtausend Dollar für Schäden, ist es nicht genau das, wovon wir sprechen? Der reinste Vandalismus. Und sehen Sie, der Posten hier unten, das sind nochmal vierzehntausend für Reparaturen und Neuanschaffungen, Stühle, Pulte, Ausziehtische, Klaviere, immer dasselbe, und alles nur Schäden...?
—Aber zweitausend Dollar für Filmmaterial und nochmal fünftausend für Overheadprojektoren, Filmprojektoren, Plattenspieler, Tonbandgeräte, Projektionstische...
—Das ist schon in den Büchern enthalten...
—Das meine ich doch, Bücher, Miss Flesch versprühte Krümel. —Dieses ganze audiovisuelle Blablabla, und wir haben Duncan & Company praktisch eine Zusage für einen Schulbuchauftrag an Mister Skinner über immerhin...
—Dreiunddreißig und vierzehn, das macht dreiundvierzig, siebenundvierzigtausend an Schäden.
—Waffeleisen, sechzig Dollar?
—Absehbare, mutwillige, man könnte fast denken fest eingeplante Schäden...
—Macht aber seine Sache sehr gut.
—Ich seh das die ganze Zeit auf Körperschaftsebene. Aber um auf den letzten Punkt zurückzukommen, wie wärs mit Freitag für die Fernsehübertragung aus meinem Schutzraum? Bringt gleichzeitig auch die ungeheuren Möglichkeiten der Superkurzwellenübertragung durch ein gutes Kabelnetz rüber...
—Aber nicht Freitag, Freitag kriegen wir Besuch von der Stiftung. Sie schicken ein Team her, einen Programmspezialisten und einen Autor. Diese Leute schreiben ein Buch über unser Schulfernsehprojekt und wollen sich die Sache noch mal ansehen. Ich muß kaum betonen, daß es uns vor allem darum gehen sollte, wie die praktische Nutzanwendung durch die neuen Medien bei uns aussieht und wie die neuen Medien bei den jungen Leuten den kulturellen Grundstein ins Rollen bringen...
—Gebongt. Mein Schutzraum liegt genau auf derselben...
—Mein Ring... warf Miss Flesch kauend ein.
—Meine Frau... wagte sich Mister diCephalis hervor, der sich bemüht hatte, auf das elegante Äußere Mister Peccis zu reagieren, indem er das Taschentuch in seiner Brusttasche faltete und dann mit offensichtlicher

Befriedigung so zurückschob, daß nun ein sauberer Rand zwischen Taschennaht und dem Schmutzstreifen sichtbar wurde, der die ursprüngliche Faltung seit einigen Wochen gekennzeichnet hatte.
Wie mit Vorbedacht trat Hyde nun vom Fenster zurück und lieferte die Gestalt hinter dem Schreibtisch dem nüchternen Tageslicht aus. —Die Stiftung reißt sich den, reißt sich sämtliche Beine aus für die Sache. Sie hat landesweit siebzig oder achtzig Millionen in dies Schul-TV-Projekt gepumpt und ist natürlich nicht gewillt, ein solches Vorhaben jetzt im Regen stehen zu lassen. Wie ich ja von Anfang an sagte, ist der Punkt der, daß das Schulfernsehen im allgemeinen und hier im besonderen, daß es innerschulisches Fernsehen sein muß, das heißt Schulunterricht auf schuleigenem Gerät in schuleigenen Räumen für ganze Schulklassen schuleigener Kinder, ein einfaches störungsarmes, weil geschlossenes Schulübertragungssystem, in das sich nicht jeder Hinz und Kunz einklinken kann wie bei diesen offenen Kanälen heutzutage, oder wo man Briefe schreiben kann, in denen über den neuen Lehrplan für Mathematik gemeckert wird.
—Mit Blick auf das pädagogische Konzept tut uns das PRmäßig nicht weh, würde ich sagen, sagte Miss Flesch und drückte ihre Zigarette aus.
—Also, der Senator hier, das heißt, ich wollte sagen, der Abgeordnete Pecci, will einen Gesetzentwurf einbringen, der den ganzen Komplex verbindlich regelt, innerschulisches Fernsehen fände dann nicht mehr im Unterhaltungssegment des freien Lokalfunks statt, sondern wieder ausschließlich in der Schule, was die Stiftung natürlich nicht gerne sehen wird, weil sie euch ja von Anfang an den offenen Kanal aufs Auge gedrückt hat.
—Ich krieg keine Meckerbriefe... Miss Flesch drohte mit einem butterbeschmierten Daumen. —Ich krieg zwar dauernd Post...
—Sie kriegt dauernd Fanpost.
—Jawohl, man kann das wirklich Fanpost nennen, fuhr sie, auf dem Tisch sitzend und an Mister Pecci gewandt, fort, der offenbar erst in diesem Moment bemerkte, daß es leicht den Anschein haben könnte, als wolle er ihr von seinem Platz aus unter den Rock schauen. Weswegen er jetzt die Augen senkte und eine goldene Krawattennadel mit flatterndem Sternenbanner, passend zu seinen Manschettenknöpfen, zurechtrückte. —Nicht nur Briefe von Eltern, sondern leider auch von Strafgefangenen, Arbeitslosen, Rentnern und überhaupt jedem, wie erst letzte Woche, als ich ein offizielles Dankschreiben des Senioren-

vereins bekommen habe, man braucht die Unterstützung der Bevölkerung, wenn man ein neues Schulsystem durchsetzen will, und die kriegt man nicht ohne Unterstützung der Gemeinde, sehen Sie sich doch die anstehenden Haushaltsberatungen an und das ganze Blablabla, die wollen endlich wissen, was mit ihrem Geld passiert. Ich hab nichts zu verbergen, fuhr sie fort und fesselte einen flüchtigen Blick durch ihre pure Regungslosigkeit, —meinen Ring, wenn Sie meinen Ring mit reinnehmen...
—Wir nehmen ja ihren Ring, beantwortete Pecci diese Einladung und sah dabei die anderen an, —es gibt vielleicht sogar eine Möglichkeit, ihn ins kulturelle, in irgendwas Kulturelles einzubinden.
—Pecci, Sie sind ein Genie. Wir verbinden die Sache einfach mit dem Kulturzentrum und machen ein hübsches Gesamtpaket daraus, Kulturzentrum plus Kulturtage im Frühjahr, ergänzt durch ein paar bescheidene Extras, die das patriotische Leitmotiv unterstreichen, man könnte sogar was über meinen Schutzraum bringen und das, was Amerika ausmacht, einschließlich Abwasserentsorgung und alles, und das Bindeglied ist unser innerschulisches Fernsehprogramm, das heißt, sobald das geschlossene, störungsarme Übertragungssystem einmal steht, und wenn wir dann noch ein bißchen Rückendeckung von der Stiftung bekommen, sehe ich da kein Problem.
—Wenn wir erst mal ihr Vertrauen haben...
—Erhebt sich noch die Frage, ob man für diese Sache unbedingt eine eigene Werbekampagne...
—Ich denke, daß auf nationaler Ebene...
—PRmäßig...
Das Telefon klingelte. —Hallo...? Oh. Ja. Ferngespräch, für Sie, Mis...
—Für mich? Hoppla! Mein Kaffee...
—Mein Büro... Pecci beugte sich umständlich über den Tisch, vor sich die Kaffeepfütze. —Ich hab dort hinterlassen, wo man mich erreichen kann, falls... Hallo?
—Und noch was, Whiteback lehnte sich mit einem Quietschen zurück, —dieser junge Mann, wie heißt er doch gleich, Bast? Er ist Komponist, er schreibt Musik, er ist hier von der Stiftung aus, beziehungsweise sie hat ihn uns im Rahmen dieses Pilotprojekts angedreht. Ist uns gewissermaßen auf dem Silbertablett serviert worden, er ist, äh...
—An mich? An mich ausgezahlt? Nein, es ist an die Kanzlei gezahlt worden, meinen Partner. Sagen Sie einfach, fünfundzwanzigtausend

gezahlt für Beratung, Vertretung, und was? Nein, sagen Sie allgemeine anwaltliche Unterstützung durch Mr. Ganganelli während der laufenden Sitzungsperiode betreffs ... nein, betreffs, betreffs ...
—Das weckt in diesen jungen Menschen den Anstoß zur Musik, er assistiert momentan Miss Flesch, während wir für ihn einen anderen Aufgabenbereich suchen, möglicherweise etwas mit dem Schulorchester.
—Betreffs bestimmter Zusatzbestimmungen hinsichtlich der Bundesstraßenbauverordnung, oder sagen Sie bloß Straßenbauverordnung.
—Ich habe unterwegs heute morgen mit ihm darüber geredet, der kulturelle Grundstein, wenn der erst mal ins Rollen kommt, was das im Zeitalter des Massenkonsums und der großen Warenströme bedeutet, brauche ich wohl nicht zu ...
—Nein, Verordnung. Ich sagte Verordnung, Verordnung mit d ...
—Wie zum Beispiel bei Autos und Badeanzügen ...
—Gesetz! Das Gesetz kann man auf ihn nicht anwenden, sagen Sie ihm das, es war ja vor seiner Wiederwahl nicht mal verabschiedet ... Wiedersehen, rufen Sie mich an, wenn's irgendwo hakt.
—Oder ihrem Ring, genau, und macht das wirklich gut ...
—Er ist ja nur zur Aushilfe da, macht die Proben und den ganzen Krempel, aber die richtige Ausstrahlung hat er dafür nicht ... hier, kann ich auch eine haben? Sie schoß auf Mister diCephalis zu, der verstohlen eine Zigarettenpackung im Papierkorb verschwinden ließ.
—Nein, ich ... die sind aus Schokolade, errötete er. —Von den Kindern, ich hab sie aus Versehen eingesteckt, sehen aus wie meine, die Schachtel ...
Sie lachte.
Das Telefon klingelte.
—Hal ... oh, was? Jetzt schon? Die von der Stiftung sind da? Das geht doch nicht, heute ist nicht Freitag. Also versuchen Sie, sie aufzuhalten ...
—Geben Sie mir mal das Telefon, mein ...
—Mein Junge macht bei ihrer Sache da mit, warf Hyde Pecci zu, —schon ganz Musiker, der Kleine. Natürlich nicht so ein Tunteninstrument wie Klavier oder Geige. Trompete.
—Meine Frau nimmt heute morgen was auf Band auf, unterbrach Mister diCephalis abrupt. —Ein Bildungsprogramm ...
—Wir schalten einfach die Glotze an und gucken, was wir denen zeigen können.

—Aufnehmen? Was? sagte Miss Flesch über den Telefonhörer hinweg.
—Ein Bildungsprogramm. Über Seidenwürmer, dazu ihre eigenen Aufzeichnungen über Kaschmir ...
—Wenn Ihr Ring noch nicht fertig ist, Ihr Wagner, was bleibt uns dann?
—Mein Mozart. Sie legte den Telefonhörer auf und wählte erneut. —Da geht einfach keiner dran, ich ruf mal an und frag, ob mein Anschauungsmaterial schon fertig ist ... dann fand sie ihr Brötchen, biß ab, spülte mit kaltem Kaffee nach und kaute lauschend in die Sprechmuschel.

> —Bruttogewinn eines Geschäfts betrug sechstausendfünfhundert Dollar jährlich. Die Ausgaben betrugen einundzwanzigeinhalb Prozent des Gewinns. Erstens: Errechne den Nettogewinn.

—Was ist das? erkundigte sich Hyde, durchbohrt von zwei leblosen Augen, die den Luftraum über seinem Kopf beherrschten.
—Mathematik, sechste Klasse. Das ist Glancy.

> —Prozent ist das, bezogen auf einen Umsatz von siebzigtausend Doll ...

—Die Sechs? Das?
—Glancy. Prozentrechnung.

> —Kaufmann, und dieser Kaufmann verkauft einen mit fünfzig Dollar ausgezeichneten Mantel mit zehnprozentigem Nachlaß ...

—Glancy liest vom Spickzettel ab. Merkt man sofort.
—Das zeigen wir denen nicht, nur wenn Glancy was an die Tafel schreibt.

> —daß dieser Kaufmann immer noch einen Gewinn von zwanzig Prozent erzielt. Nun errechnet den ursprünglichen ...

—Versuchen Sie mal die Achtunddreißig.

> —Einkaufspreis des ... Verbrennung in den Tausenden kleiner Zylinder unserer Muskelmaschinen. Wie alle anderen Maschinen auch, benötigen diese winzigen Verbrennungsmaschinen ständige Treibstoffzufuhr, und den Treibstoff, den diese Maschine benötigt, nennen wir Nahrung. Wir messen ihren Wert ...

—Selbst wenn das Rheingold fertig ist, ist es immer noch Wagner, oder etwa nicht? Und wenn jetzt Mozart auf dem Programm steht, dann müssen sich die Lehrer eben mit entsprechendem Material aus den Lehrbüchern behelfen. Die können dann nicht einfach auf Wagner umschalten.

> —den Wert des Treibstoffs für diese Maschine genauso, indem wir nämlich die Wärmemenge messen, die bei der Verbrennung entsteht...

—Das ist ein prima Modell, so bekommt man wenigstens eine Vorstellung. Wer spricht da gerade?
—Vogel. Er hat dieses Ding aus alten Autoteilen selbst zusammengebaut.
—Wer?
—Autoteilen?
—Manche von denen haben wahrscheinlich noch nie etwas von Wagner gehört.
—Nein, wer da spricht.
—Das ist Vogel, der Coach.

> —die wir Energie nennen. Für einen normalen Arbeitstag benötigt diese menschliche Maschine eine Treibstoffmenge, die etwa einem Kilo Zucker entspricht...

—Dann glauben Sie womöglich, es sei Mozarts Rheingold, und bringen alles durcheinander, die Hin- und Herschalterei verwirrt sie bloß.
—Er hat das Ding aus alten Autoteilen selbst zusammengebaut.

> —Treibstoff in einem normalen Benzinmotor und wandelt etwa zwölf Prozent davon in die gleiche Menge Arbeit um.

—Auf zweiundvierzig, versuchen Sie mal die Zweiundvierzig.

> —auch daß die Maschine ein Versorgungssystem hat, genau wie die menschliche Maschine. Wenn man jetzt an die Zapfsäule fährt, um vierzig Liter nachzutanken, dann wird der Treibstoff durch eine Öffnung beziehungsweise einen Mund gepumpt und fließt von dort aus in den Tank, den eigentlichen Magen der Maschine... wer hundertfünfundzwanzig Dollar im Monat verdient, führt davon vier Prozent an die Sozialversicherung ab...

—Ich sagte, die Zweiundvierzig, versuchen Sie die Zweiundvierzig. Ich glaube, Mrs. Joubert hat da was.

> —wieviel hat er nach zehn Jahren in die Sozialkasse eingezahlt, und... erklärtes Ziel des amerikanischen Bürgerkriegs war die Sklavenbefreiung... im Vergaser, wo der Treibstoff verdaut wird und...

—Achduliebegüte! stoßseufzte Miss Flesch in die Sprechmuschel. Ihre freie Hand grub nach einem Papiertaschentuch, —was haben die? Drüben im Tempel? Nicht das Rheingold, auch nicht den Wagner, sondern... Nein, m, m wie Martha. O. Ja, wie Zeppelin... sie wischte sich den Mund ab. —Wie meinen Sie das, ob ich Klavier spielen werde? Das einzige Hilfsmittel, das ich hab, ist ein... nein, ein Buch, ein Buch... Ein Buch, ja, damit es so aussieht, als läse ich in dem Buch, und vergessen Sie nicht die Musik zum Mitsingen, ich mach zum Schluß immer was zum Mitsingen...
—Schalten Sie zurück zu dieser Sache über den Bürgerkrieg, ich glaube, das ist Geschichte...

> —Natürlich schmeckt uns Menschen kein Benzin, aber zum Glück ist unser Automotor...

—Oder Gemeinschaftskunde.

> —der amerikanische Indianer, der ebenfalls nicht mehr in der Reservation eingesperrt ist, sondern dem alle Möglichkeiten offenstehen, seinen rechtmäßigen Platz an der Seite seiner Landsleute einzunehmen, ob in den Städten, in den Fabriken, oder auf der Farm...

—Machen Sie einfach weiter, ich komme sowieso rüber. Nein, natürlich nicht zu Fuß, irgend jemand wird mich schon mitnehmen... sie warf den Hörer auf die Gabel und ließ sich in offener Grätsche in Richtung Mister Pecci vom Tisch gleiten. —Steht Skinners Wagen noch vor der Tür? Es ist ein grüner, dieser Schulbuchvertreter. Er fährt mich hin...
—Meine Frau, sagte Mister Pecci und zog sicherheitshalber ein Knie aus der Gefahrenzone, —sie war eine der original Miß Rheingolds, vielleicht hat sie ja immer noch eine Spezialnummer drauf, mit der sie Ihnen aushelfen kann, wenn Sie Ihre Rheingoldgeschichte auf die Bretter bringen...?
—Seid wachsam, Holzaugen, sagte Miss Flesch und zwinkerte ihnen mit einem der ihren zu, während sie mit dem Schirm unterm Arm zugleich eins von Mister Pecci bedrohte, wobei unklar blieb, ob Mister diCephalis nun zum allerletzten Mal des Schirms habhaft werden wollte oder nur versuchte, eine drohende Gefahr abzuwehren, als sie an ihm vorbei auf die Tür zuging, deren hohler Nachhall ihren Ruf nach dem Schulbuchvertreter begleitete, —Skinner, Mister Skinner, können Sie mich mitnehmen...

Mister diCephalis hatte inzwischen das Telefon ergriffen, eine Nummer gewählt und sprach mit gedämpfter Stimme in den Apparat, —ja das weiß ich, deswegen rufe ich an, weil... von der Stiftung, ja, die sind jetzt hier, deshalb kommen sie doch, um... was? Die Seidenwürmer, ja. Kaschmir... kultureller Aspekt der... ja. Aber ich möchte, daß Sie dabei sind, deshalb rufe ich an...
—Die stehen wahrscheinlich schon vor der Tür, wir können sie nicht warten lassen... Whiteback beugte sich nach vorne, so daß sich der glasige Blick des Fernsehschirms mit seinem eigenen traf, als er nach der Fernbedienung griff, —solange nur irgend etwas läuft, während wir auf diese Leute warten, das heißt, bis Miss Flesch, irgend etwas wenigstens...

> —über Geld... die Sklaven zu befreien und... Sinnbild unserer unerschöpflichen Ressourcen und eines nationalen Erbes, das uns mit Stolz erfüllt, Amer...

—Das ist gut, da...
—Was ist das, Dan, was ist...
—Ich wisch den Kaffee weg, den sie, Moment, Moment, das gehört bestimmt ihr, dieses Buch über Mozart, Mozarts Briefe, sie...
—Vorsicht, Sie bringen ja alles durcheinander, was ist das denn alles, sieht aus wie ihr Skript, wie ein Teil ihres Skripts, das muß ihr jemand bringen, da liegt noch ein Blatt unter dem...
—Könnten Sie mal Ihren Fuß zur Seite...
—Da liegt noch eins...

> —die mächtige Sequoia, die über hundert Meter hoch werden kann und einen Stammdurchmesser von fast zehn Metern erreicht. Sogar mit tausend Jahren ist die mächtige Sequoia immer noch jung...

—Moment, die Seiten geraten durcheinander, sie wird...
—Das kann sie selber sortieren, bringen Sie's ihr nur rüber, warten Sie, da liegt noch eins unter dem Tisch, sind Sie mit dem Auto da, Dan?

> —Nationalparks. In den riesigen Staatsdomänen unseres glorreichen Westens gehören der Regierung der Vereinigten Staaten hundertsiebzigmillionen...

—Nein, beeilen Sie sich, Dan, beeilen Sie sich, sonst kommt sie zurück! Und wir dachten schon, Sie kämen nicht mehr... die sperrangelweit aufgerissene Tür eröffnete den Blick auf die beiden davorstehenden

Gestalten, während die Wanduhr im Hintergrund ihren längeren Zeiger mit einem Klicken auf die volle Minute schob, dort einen Moment innehielt, bevor sie ihr gefräßiges Werk fortsetzte, ein Vorgang, der auch von Gibbs nicht unbemerkt blieb, als er, die Hand kleingeldklimpernd in der Hosentasche, dem Ausgang zustrebte und dem wolkenlosen Himmel, Himmel erfüllt vom gelassenen Lauf der Sonne, deren Helligkeit jedoch so diffus war, daß sich kein Schatten auf der baumbestandenen Wiese halten konnte, wo die Zeit und der Tag als tanzende Sonnenflecken durch das Geäst der Bäume spielten wie Lichtreflexe am Grund eines Wassers, sich dann über den verlassenen Fußweg ausbreiteten, über Kies und menschenleeres Pflaster und anschließend über die nächste Wiese, um jenem Kind etwas von dieser Beweglichkeit abzugeben, das dort fast regungslos erstarrt war, regungslos bis auf das beständige Widerspiel zwischen einem schnippischen Finger und einem dagegenhaltenden Daumen, womit es den ausgeleierten Schnappverschluß einer alten Geldbörse auf- und zuspringen ließ und dabei mit ungebrochener, angestrengter Leere durch die Glasscheibe nach innen starrte.

Der Junge drinnen hinter der Scheibe sah von der Zeitung auf und richtete seinen Blick in die aufgeschnappte Geldbörse; als die wieder zuschnappte, strich er die zerknitterte Doppelseite mit den Todesanzeigen glatt, tippte sich mit einem Bleistift an die Lippe und kratzte sich dann mit demselben Bleistift am Knie, bevor er wieder dazu überging, mit dem Fuß den stummen Lüftungsschlitz im Fußboden zu blockieren, zu, auf, zu, während das Licht auf der Zeitung erlosch, weil die Sonne auf einmal hinter einer Wolke verschwunden war, wobei sich zugleich der ohnehin schwache Schatten des Mädchens unter den Bäumen verlor. Dort, unter dem schattigen Dach der Sumpfeichen, suchte es nach den grünsten Blättern, die es finden konnte. Das größte faltete sie der Länge nach zusammen, das dunkle Gesicht nach innen, die geknickten Äderchen nach außen, packte dann dieses Blatt in ein zweites, ebenso handverlesen wie das erste, und zögerte nur, als der Wind ihr das unansehnliche, halbverwelkte Exemplar eines Ahornblatts vor die Füße wehte, bevor sie auch dieses zu den anderen, allenfalls äußerlich ausgegilbten Blättern legte und das Bündel in der Geldbörse verstaute, während ein Windstoß im Laub auf der Erde raschelte und die Baumkronen schwanken ließ. Die Wolke war weitergezogen, Sonnenflecken spielten durch die rauschenden Kronen, tanzten über die Fensterscheibe, doch drinnen ließ man sich nicht stören.

—Rhein ... G O L D! heulten sie in das grelle Licht der Bühnenbeleuchtung und kauerten sich um den leeren Tisch in der Bühnenmitte.
—Rheintöchter ...! Hart schlug der Taktstock in das verebbende Geheul. —Das ist euer Triumphschrei. Ein Freudenschrei! Noch einmal hämmerte Bast ihnen auf dem Klavier das Thema vor, verspielte sich, zuckte schmerzlich zusammen, wiederholte die Stelle. —Könnt ihr denn nicht freudevoll klingen, Rheintöchter? Seht, seht euch um. Der Fluß erglänzt in goldenem Licht. Ihr schwimmt um den Felsen, an dem das Rheingold liegt. Das Rheingold! Ihr liebt das Rheingold, Rheintöchter, ihr ...
—Wo ist denn das Rheingold?
—Wir tun so, als ob es da auf dem Tisch ist, ihr schwimmt alle drumherum ...
—Nein, sie meint, wir können doch nicht so tun, als ob wir hier, äh, um diesen alten Tisch rumschwimmen. Okay, meinetwegen ist dieser Tisch jetzt ein großer Felsen, aber da liegt ja nichts drauf, weil, da liegt einfach nichts, von dem wir uns vorstellen können, daß es das Rheingold ist.
Er schlug wieder mit dem Taktstock auf das Dirigentenpult. —Der Fachbereich Kunst hat das richtige Rheingold für Freitag versprochen, also müßt ihr heute noch mal so tun als ob. Stellt euch vor, daß es glitzernd und schimmernd daliegt, ihr schwimmt drumherum und bewacht es, aber ihr ahnt nicht, daß es in Gefahr ist. Ihr denkt nicht im Traum daran, daß es jemand wagen würde, das Rheingold zu rauben, nicht einmal, wenn der Zwerg auftaucht. Der Zwerg Alberich, der ursprünglich nur Liebe sucht ... was ist los da hinten?
—Weil, wenn wir alle so schön sind, wer will denn eigentlich noch diesen lausigen kleinen Zwerg hier lieben?
—Also, das ... so ist es eben, oder nicht? Ihr liebt ihn ja gar nicht. Ihr lacht über seine ... seine Annäherungsversuche, und das verletzt ihn, es verletzt ihn so tief, daß er beschließt, sich statt dessen das Rheingold zu holen, damit er ... wo ist er denn? Alberich, der Zwerg, wo ist er ...? Bast klopfte scharf mit dem Taktstock gegen das Pult, und ein Trompetenstoß zerriß die relative Ruhe. —Was war das?
Aus der Tiefe der Kulisse erscholl eine Fanfare. —Das ist mein Auftritt, ich komme mit der Trompete rein, wenn Sie mit dem Stock auf das Ding klopfen, antwortete eine martialische Miniatur, die unter dem Geklapper von Messer und Axt, Taschenlampe, Trillerpfeife und

Kompaß ins Licht trat und ein Seil um die schmalen Hüften geschlungen hatte.
—Du kommst rein, wenn ich mit dem Taktstock direkt auf dich zeige, und wenn du reinkommst, spielst du das Rheingoldmotiv. Was war das überhaupt, was du da gerade gespielt hast?
—Der Ruf zu den Fahnen, das kennt doch jeder. Außerdem kenn ich dies Rheingolddings hier überhaupt nicht, und mein Vater sagt, ich soll wahrscheinlich sowieso das hier spielen, weil ich das am besten kann.
—Also, was kannst du denn sonst noch?
—Nichts.
Bast stützte den Kopf in seine rechte Hand, versuchte vorsichtig, die Linke zu beugen und betrachtete dabei die Furche auf seinem Handrücken, nachdem ein militärisch knapper Klaps den Trompeter in Richtung Walhalla expediert hatte. Dann gab er mit einem Akkord die Tonart vor.
—Miss Flesch hat gesagt, daß genau hier der richtige Ort für unsere Extranummer ist, weil wir schon Ballett haben und Steptanz, und wenn wir ins Schulfernsehen kommen und alles ...
—Ihr ... regelt das mit ihr.
—Kommt sie heute noch her?
—Das ist ne gute Frage, murmelte Bast. —Hat sie jemand gesehen?
—Ich habe sie gesehen, rief eine Stimme aus der Kulisse.
—Heute morgen? Wo?
—Nein, gestern abend in einem grünen Auto im Wald zusammen mit ...
—Das reicht! Mit einem Schlag des Taktstocks zerhieb Bast die Antwort und den durch sie ausgelösten Kicherschwall, der gegen die leeren Sitzreihen brandete; er schlug den Akkord an und versetzte durch die Macht der Musik ihre spröden Gliedmaßen in wellenförmige, zweideutige Bewegungen, knochige Brustkörbe hoben sich in namenlosem Verlangen, daß sich die mit Luftschlangen und allerlei exotischem Schnickschnack verzierten Kostüme spannten, hier die Goldfransen einer zitternden Epaulette, dort eine Goldquaste, die von Basts dreschflegelartiger Armbewegung zum Leben erweckt wurde, wobei der Schrei —R H E I N gold ...! den Saal erfüllte, bis er vom Ruf zu den Fahnen abgelöst wurde. Bast legte sich in die Tasten, als ob er ins Ring-Motiv entfliehen wollte und war sogar, als er etwas leiser spielte, der letzte, der bemerkte, wie sich ein großes Geschrei auf der Bühne breitmachte. Unbeeindruckt von fehlender Klavierbegleitung

oder einem nun gebieterisch traktierten Taktstock schwoll das Gegröhle an, als in Höhe des Rampenlichts eine Erscheinung aus der Versenkung auftauchte, um tief Luft zu holen.
—Das ist Wotan, mutmaßte eine Floßhilde ehrfurchtsvoll.
—Wotan ist noch gar nicht dran. Du bist noch nicht dran! brüllte Bast diesem Schreckensbild entgegen, das sich willkürlich mit Hörnern, Federn und Fahrradrücklichtern ausstaffiert hatte; der Helm hing schief über ein Gesicht, in dem schweißige Schminke über unreine Haut lief und von da aus über das dachziegelartige Muster silberfarbener Pappe troff, die den ausgestopften Busen bedeckte. Fuchsschwanzimitationen baumelten an den Hüften. Der Speer sackte nach vorn. —Ich dachte, wir hätten ausgemacht, daß es bis zur Premiere keine Schminke gibt, sagte er, und während Wotan sich gehorsamst mit dem glänzenden Unterarm über das Gesicht wischte, sah Bast weg, denn er bemerkte offenbar zum erstenmal die mit Epauletten und Goldtressen besetzten, auf imaginäre Busen hin geschniederten Jacken, die goldpaspelierten Shorts, in welche höchst unterschiedliche Hintern eingezwängt waren. —Was habt ihr da eigentlich an? Und ihr...?
—Sie hat die Schaumgummieinlagen ihrer Mutter da drin, sagte eine Wellgunde und knuffte einer Woglinde gegen den wogenden Busen, was Schamesröte und Gelächter hervorrief.
—Nein, diese Goldtressen, diese Kostüme, die ihr anhabt...
—Wir haben hinterher noch Spielmannszug.
—Ihr habt was?
—Spielmannszug!... Ist der aber schwer von Begriff.
—Die Anordnung über eure Kostüme, habt ihr die gelesen?
—Konnten wir gar nicht, verstehen Sie? Weil, da waren lauter so Wörter drin, die wir noch gar nicht gehabt haben.
—In welcher Englischklasse seid ihr? Welches Schuljahr?
—Englisch?
—Äh, er meint Sprachliche Kommunikation, bloß haben wir diese Wörter noch nicht gehabt, wir kriegen sie vielleicht sogar erst bei Sprachkunst.
—Schon gut, schon gut, geht wieder... auf eure Plätze zurück, sagte Bast und fuhr sich zum Zeichen absoluter Totenstille mit beiden Händen übers Gesicht, was prompt von hinten ein —äh, sagen Sie mal... provozierte. Er ließ die Hände sinken, fuhr herum und erblickte eine ältere Gestalt, die unter dem Gewicht des umgehängten Saxophons unsicher nach vorn schwankte.

—Wo soll ich mich hinsetzen?
—Hinsetzen?
—Da oben auf die Bühne? Oder hier nach unten, zu Ihnen?
—Hinsetzen? Wollen Sie vielleicht ... zuschauen?
—Heute nicht, nein, heute spiel ich einfach mit, sagte der Gast eifrig und befingerte die Klappen des Saxophons. —Ich soll nämlich weitermachen, hat mir gestern abend der Arzt gesagt, ich soll weitermachen, denn so kommt die alte Beweglichkeit ganz schnell wieder, hat er gesagt. Sie machen ja auch Lockerungsübungen mit den Fingern, oder? Was haben Sie denn da mit Ihrer Hand gemacht? Ja, das ist ne böse Sache, sagte er mit einem mitfühlenden Unterton und zog einen Klappstuhl näher ans Klavier.
Aber Bast war an den Bühnenrand geflohen und rief mit erstickter Stimme, —also gut! Jetzt der Zwerg, wo ist Alberich, der Zwerg?
—Den soll dieser Kleine, dieser J R spielen, sagte Wotan, der langsam nähergekommen war, und wischte sich die Hände an einem Fuchsschwanz ab. —Der spielt den sowieso nur, weil er dann nicht beim Sport mitmachen muß, dieser kleine Zwerg hier. Der hat ja noch nicht mal 'n Kostüm.
—Gut ... wo ist er! Sucht ihn!
—Er hat da drüben am Fenster Zeitung gelesen.
—Er war vorne im Büro, ich hab ihn gesehen, als ich zur Mädchentoilette gegangen bin, er hat da mit dem Telefon rumgespielt.
—Ich bin erkältet, deshalb sehen meine Augen auch so furchtbar aus, sagte Wotan tränenden Blickes, vor dem Bast durch den Mittelgang aus dem pastellfarbenen Saal floh; draußen öffnete er Tür um Tür, bis er die letzte erreichte. Dort saß ein Junge auf einem Drehstuhl, den Rücken zur Tür, und beugte sich in seinem trostlos gemusterten Pullover, schwarze Karos auf grauem Grund, über den Tisch, eine Hand mit einem Bleistiftstummel langte nach hinten über die schmale Schulter und kratzte am Nacken, wo sich das Haar zu einem wilden Wirbel sträubte.
—Was machst du hier drinnen? Spielst mit dem ...
—Spielen? Der Stuhl ruckte und schwang dann langsam herum, wobei der Junge ein zusammengeknülltes, schmutziges Taschentuch von der Sprechmuschel des Telefons nahm und auflegte. —Mann, haben Sie mich erschreckt.
—Dich erschreckt! Was machst du denn hier, gehörst du nicht auf die Probe? Was machst du hier, das Telefon ist kein Spielzeug ...

—Spielzeug? Aber nein, ich hab nur ... es klingelte. Er griff zum Hörer.
—Gib her!
—Aber es ist wahrscheinlich ...
—Her damit! ... Was? Hallo? ... Ob Miss Flesch hier ist? Jetzt? Nein, ich hab sie den ganzen Morgen nicht gesehen, sie ... Ich? Bast, Edward Bast, ich bin ... Was meinen Sie, ob wir fertig sind? Fertig mit was ...? Bast preßte den Telefonhörer ans Ohr und beobachtete ausdruckslos, wie der Junge seine Füße um die Drehsäule des Stuhls wand, sah die an der Ferse des Turnschuhs aufgeplatzte Naht und streckte unvermittelt seine Hand aus, um dem dauernden Vor- und Zurückwippen des Stuhls Einhalt zu gebieten, und der Junge zuckte zusammen, griff nach einem schmuddeligen Briefumschlag, auf dessen Rückseite Zahlenreihen gemalt waren, stopfte ihn zusammen mit dem Bleistiftstummel und dem zerknüllten Taschentuch in die Hosentasche, legte ein Knie über die Stuhllehne und begann, die Spitze eines Turnschuhs in den Griff einer Schreibtischschublade zu drücken. —Sie meinen jetzt gleich? Heute? Natürlich ist es heute noch nicht fertig, nein. Nein, und hören Sie. Hier ist eben ein alter Mann mit einem Saxophon aufgetaucht, er ... was? Welche Musiktherapie-Klasse, wo? Hallo? Hallo? Er warf den Hörer auf die Gabel, drehte den Stuhl so, daß er zur Tür zeigte, sagte, —also los, und war fast schon draußen, als es wieder klingelte. —Laß mich dran! sagte er und versuchte, das Gleichgewicht zu halten. —Hallo? Wer? Nein ... Nein, ist er nicht, und außerdem ist dieses Telefon kein ... was? Er knallte den Hörer wieder auf die Gabel.
—Warum tun Sie das? Der Junge eilte vor ihm hinaus. —Das war bloß ...
—Los jetzt! Bast schob ihn vor sich durch den Saal, heftete die Augen auf seine Schultern, die unter seinem Griff zusammenzuckten und noch schmaler wurden, und hielt ihn an seinem viel zu kleinen Pullover fest. —Da hinten, die aufgestapelten Stühle, das ist dein Platz, sagte Bast, während er ihm durch den Mittelgang folgte, —und die Rheinjungfern schwimmen vorne. Kennst du deine Rolle?
—Der hat ja noch nicht mal 'n Kostüm, grollte Wotan, der sich leeseits am Piano herumlümmelte, wie ein schmollender Kämpe aus sagenhafter Vorzeit.
—Und bück dich da oben, rief Bast ihm nach. —Du mußt klein aussehen, wie ein Zwerg.

—Der ist sowieso kleiner wie wir, befand Wotan und warf sich in die Brust. —Der ist erst in der sechsten Klasse, und deshalb kann er hier mitmachen und den kleinen Zwerg spielen, was er ja sowieso schon ist, weil ...
—Los, rauf auf die Bühne, ich will euch hier nicht sehen! Also, wir ... Bast hielt inne. Hinter ihm verging sich das Saxophon zögernd an C-Dur. —Moment mal! Wo ist denn? Diese Papiertüte, die hier auf dem Klavier gelegen hat?
—Tragen Sie Ihr Geld immer so rum?
—Das ist nicht mein Geld. Es gehört Mrs. Jouberts Klasse. Wo ist es?
—He, sehen Sie? Hier? Eine Rheinjungfer kicherte von der Bühne herab. —Sehen Sie? Weil nämlich, wegen dem Rheingold, mit echtem Geld können wir wirklich so tun, wie wenns echt wäre, sehen Sie?
—Die Kleine wäre hundertprozentig mein Typ, vertraute der Saxophonist Bast über die Schulter hinweg an, als der sich ans Klavier setzte. —Vielleicht können Sie ... aber er wurde unterbrochen, als Bast einen E-Dur-Akkord anschlug, der den Jungen auf den Gipfel des Stuhlstapels trieb und die Rheintöchter dazu brachte, sich abwechselnd darunter zu winden und zu heulen, wobei sie sämtliche Glieder reckten und auf die schamloseste Weise ihre Körper darboten, im vollen Bewußtsein übrigens, daß das, was sie taten, einer Einladung zur Unzucht gleichkam, flüsternd, schwitzend duckten sie sich unter dem weit hinaustrompeteten Ruf zu den Fahnen, der auch dem kurzen Saxophon-Refrain von Buffalo Gals ein baldiges Ende bereitete, während Bast unter vollem Einsatz seiner unverletzten Hand in düsterem Pianissimo selbstvergessen das Ringthema wiederholte und, den Kopf zu den Scheinwerfern erhoben, auf die unkostümierte Fadenscheinigkeit des Zwergs emporstarrte, welche über dem Gejaule am Pranger stand. Entschlossen bahnte er seiner armseligen Truppe einen Weg durch die rhythmischen Niederungen der Nibelungen, obschon sich jedesmal die ganze Hand verkrampfte, wenn die von der Verletzung schmerzenden Finger sich nach den schwarzen Tasten strecken mußten.
—Guck mal! Wer issen das da hinten? ließ sich ein Bühnenflüstern vernehmen.
—Die Scheinwerfer, ich kann nichts sehen ...
—Das ist Leroy, die blöde Schwuchtel.
—Der ist doch viel zu klein, das ist Glancy.
—Der rennt ja wie ...

Wie ein Gehetzter, wie jemand, der noch einen Zug erwischen muß, so trieb Bast nun die Musik ihrem Ende entgegen, jede Faser seines Körpers so angespannt, daß er durch den Schmerz, Schmerz bis zum Ellenbogen, den jeder einzelne der donnernden Akkorde in ihm verursachte, nichts weiter hörte als, —horcht auf, Fluten! Ich entsage auf ewig der Liebe ...! und der Schrei des Zwergs ungehört verhallte, falls er überhaupt je ausgestoßen worden war, doch jetzt rannte eine Gestalt durch den Mittelgang und erreichte das Klavier just in dem Moment, in dem es unter dem Rheingold-Motiv erbebte, was gleichzeitig den Stuhlstapel auf der Bühne zum Einsturz brachte und die Rheintöchter veranlaßte, unter viel Geschrei die Verfolgung des Zwergs aufzunehmen, der in der Tat seine Rolle zu kennen schien, war er doch mit dem Rheingold verschwunden.
—Ich habs ja gesagt ...! schrie Wotan, raste hinaus in die Sonne und stürzte sich kurzerhand auf die einzige Gestalt weit und breit, die den ungewöhnlichen Coup in aller Seelenruhe beobachtet hatte; doch konnten sie ihr lediglich die Geldbörse entreißen, deren vernickelter Schnappverschluß vom ewigen Zu und Auf und Zu bis aufs Messing abgenutzt war, die aber auch im geöffneten Zustand nichts weiter enthielt als ein paar welke Blätter. Die Blätter flatterten auf die Erde dabei, ununterscheidbar von all den anderen Blättern dort, auf denen nun alle herumtrampelten und sich gegenseitig die Verantwortung zuschoben, eine Horde bizarr gewandeter Besserwisser.
—Wo ist er hin? Dieser lausige kleine ...
—Guckt mal!
—Vorsicht!
Aufspritzender Kies trieb sie von der Auffahrt.
—Der Typ im Auto, das ist Mister Bast. Sie verfolgen ihn mit dem Auto!
—Wem issen der Wagen ...?
—Glancy. Diese dicke Arschgeige Glancy ...
—Nee, auch nicht, das ist deSyph, die alte Rostlaube, das ist deSyphs ... und um es allen zu erzählen, zogen sie über die Dünung der Wiese davon, grüne See, sanft bewegt vom Licht, das sich in rauschenden Kronen brach, während der Wind aus großer Höhe das Lied von der supergünstigen Gebrauchtwagenaktion erzählte, und zwar unter Begleitung der Würgemelodie von Clementine und des klagenden Kontrapunkts der Sägen in der Burgoyne Street, wo der Gebrauchtwagen durch die herunterhängenden Äste raste.

—Der Unterricht steht soweit, das Bildmaterial stammt alles direkt aus dem Lehrerbegleitheft ... der kurze Anblick einer geraden Strecke verleitete ihn dazu, die Hand vom Lenkrad zu nehmen und das Radio einzuschalten. —Das hier, das ist ihr eigentliches Skript, das Buch ist nur Show, damit es schöner ...
—Was ist mit dem Geld, das Geld in der Tüte, mit dem der Junge weggelaufen ist, schließlich haben wir es für die Rheingoldprobe be...
—Für den Mozart brauchen Sie diese Rheingoldtüte nicht, es würde im übrigen alles umwerfen, was wir bisher ausprobiert haben, die ganzen ...
—Es geht nicht um das Geld, das Geld gehört ...
Während sich das Radio allmählich mit Dark Eyes erwärmte, zerkleinerten über ihnen stählerne Reißzähne eine absteigende Blähung von Clementine. Doch eine plötzliche Rechtskurve trug den Wagen über die Mittellinie hinaus und brachte den Fahrer kurzfristig in eine kasatschokähnliche Sitzposition. —Meine Frau wird Sie unterstützen, keine Sorge, sie erwartet uns, ich hab sie schon angerufen, und ich hab Ihnen ja vom gemeinsamen Singen erzählt, vergessen Sie bloß nicht das ...
—Aber dann könnte doch vielleicht Ihre Frau ...
—Mithelfen, ja, sie hat gleich danach ein Bildungsprogramm, sie macht ebenfalls Kunst, vielleicht kennen Sie sie? Ba'hai, Volkslied, präkolumbianische Skulptur ... er brach ab und verzog das Gesicht, was aber vielleicht nur der Anstrengung zu danken war, den Wagen vor der Haustür möglichst effektvoll zum Stehen zu bringen, denn er faßte sogleich den ganzen Katalog noch einmal zusammen, indem er vorstellte, —meine Frau Ann, Mister Bast, sie hatte auch den Töpferkurs des Seniorenvereins, Arthritis-Patienten, Sie verstehen, hier, Moment! Vergessen Sie das Skript nicht ... bevor er Bast in einem Kieshagel stehenließ, und Mrs. diCephalis nahm seine Hand und hielt sie fest.
—Hier gehts lang, sagte sie, raffte die Falten eines vielfarbigen Saris zusammen, bahnte sich einen Weg über das Kabelgewirr und führte ihn in —ein intimes Medium, wirklich, weil, wenn Sie in die Kamera schauen, sehen Sie jedem einzelnen Kind direkt in die Augen, sagte sie und blitzte ihn über die Schulter vielsagend an. —Wenn ich in die Kamera spreche, sage ich mir einfach immer wieder, daß ich zu einem einzelnen Kind spreche. Ich spreche zu einem einzelnen Kind, immer wieder. Das macht es so intim ... Im Schatten einer Kulissenwand blieb sie plötzlich stehen, so daß er gegen sie stieß und seine Augen diskret

von dem Kastenzeichen abwandte, das auf ihrer Stirn bereits zu verlaufen begann. Sein Blick irrte dann über die auffällig langen Wimpern, die gepuderte Stupsnase und ihre weißen Zähne, um schließlich in einem Schlitz ihres Saris hängenzubleiben, wo, seltsam schief und unnatürlich, der Träger ihres BH zum Vorschein kam. —Um mein Make-up kümmere ich mich persönlich, aber die Wimpern sind echt, ich bin von Natur aus dunkel, sagte sie und nahm seinen Versuch, seine Hand zurückzuziehen, als Aufforderung auf, sie nun mit beiden Händen festzuhalten. —Sehen Sie, ich bin eine talentierte Frau, Mister Bast, der es nie gestattet war, ihr kreatives Potential ... Irgendwo klingelte es, aber sie hielt ihn noch einen Augenblick länger fest und ließ erst dann mit peristaltischer Trägheit von ihm ab, —da hinein, wir wollen zuerst einmal da hineinsehen. Hier überwacht der Direktor die Programme. Auf dem Bildschirm war Smokey Bear.

> —bitte euch als Amerikaner, die Umwelt meines Landes zu schützen und zu erhalten, die Böden und Mineralien, die Wälder, Gewässer und wilden Tiere.

—Das erleichtert unseren kleinen Zuschauern den Zugang, sagte Hyde und wandte den Blick von Smokey Bear ab. —Es ähnelt einem Werbespot, das kennen sie.
—Ja, im Hinblick auf die Umsetzung des Lehrstoffs, fuhr Whiteback fort, während sich seine Gäste auf dem kleinen Sofa zwischen all dem Chaos aus Kameras, Mänteln, Heften, Broschüren und Notizpapier niederließen, —in eine sinnvolle Lernerfahrung ...

> —ein System instabiler Röhren, das man als Magen-Darm-Trakt bezeichnet ...

—Siebenunddreißigtausendfünfhundert, drang Peccis Stimme aus dem hinteren Büro, —für anwaltliche Bemühungen, die im Zusammenhang mit Punkt dreizehn des Pay-TV-Referendums angefallen sind, aber rufen Sie mich deshalb lieber noch einmal an ...

> —Amerikas, des freien Unternehmertums und des industriellen Knowhow des modernen Menschen, haben sich als zweischneidiges Schwert erwiesen, das mit einem Schlag die Barrieren zwischen ...

—Was ist das?
—Die amerikanische Flagge, sagte Mister Pecci, der sich ihnen wieder angeschlossen hatte. Seine Manschetten glitzerten.

—Ach so, auf dem Film. Auch auf dem Film, ein Lehrfilm über, äh, natürliche Ressourcen, Mister Hydes Firma war so freundlich, uns diesen Film zur Verfügung zu stellen ...
—Und was Amerika ausmacht, sagte Hyde, der sich mit sichtlichem Besitzerstolz dezent abseits hielt. —Und was wir deswegen ...
—Unter dem Gesichtspunkt ...

>—wie ein Eisberg, von dem nur die glänzende Spitze aus dem Wasser ragt. Und wie bei einem Eisberg sehen wir nur einen kleinen Teil der modernen Industrie. Unseren Augen verborgen ist der ungeheure ...

—Gibbs? Sind Sie das? Kommen Sie, kommen Sie rein.
—Nein, ich will nicht stören ...
—Doch, kommen Sie rein, wir haben hier ein paar Leute von der Stiftung, beharrte Whiteback. —Der Programmspezialist Mister Ford ... Aus der Masse der Aufnahmetechnik hob sich ein Arm, —und Mister Gall hier. Mister Gall hier ist Schriftsteller. Mister Gibbs hier ist das, was man den Chefkoch und Tellerwäscher unseres naturwissenschaftlichen Programms nennen könnte und ... macht seine Sache sehr gut, ja. Mister Gall hier sammelt Material über das gesamte innerschulische fernsehunterstützte Lehrprogramm der Stiftung, Gibbs. Es soll demnächst auch in Buchform erscheinen.
—Da haben Sie sich ja nen dicken Fisch an Land gezogen, Mister Gall. Ich nehme an, daß sie alle Informationen brauchen, die Sie nur kriegen können, sagte Hyde unvermittelt und bedrohte ihn von oben mit einer dicken Broschüre. —Ich hab ganz zufällig diese Expertise dabei. Bietet Ihnen einen ziemlich guten Überblick über die langfristige Betriebskostenentwicklung von geschlossenen Kabelinstallationen im Vergleich zu dem, was auf Sie zukommt, wenn Sie das volle Unterrichtsprogramm über offene Fernsehkanäle bringen wollen. Ich habs mitgebracht, um es dem Senator hier zu zeigen, dem Abgeordneten, Pecci ...

>—Energie, die in Form riesiger Schieferöllager praktisch unter nacktem Fels eingeschlossen ist. Diese Reserven, die sich in Allgemeinbesitz befinden, sind der ganze Stolz unseres Landes. Immerhin sind zwei Drittel des Bundesstaates Utah ...

—Ganz wichtig ist, das Material im Hinblick auf die gegenwärtige, äh, Situation zu strukturieren, ja, auf Mozarts, äh, Ring, richtig?
—Mir ist da was aufgefallen ... Mister Ford ergriff zum erstenmal das

Wort und bediente sich der schleppenden Kommando-Etikette alter Schule, wobei sein Finger eine Liste hinabglitt —hier, Das Rheingold, richtig?
—Oh, Sie haben eines unserer Verzeichnisse, wir ... konnten nämlich keine mehr auftreiben, was die direkte Nutzanwendung natürlich erschwert ...
—Schepperman?
—Schepperman? Ja also, er, äh, es war eigentlich seine Idee. Diesen Dings, Ring zu machen, bevor er, bevor wir ihn von seinen Aufgaben entbunden haben. Er, äh, war Maler, das heißt, er unterrichtete Kunst, das war natürlich noch vor seiner Ablösung, wir hatten einige kleine Meinungsverschiedenheiten hinsichtlich ...
—Klein? wiederholte Mister Pecci und schob mit wahlkämpferischer Geste Nadelstreifen von seiner glitzernden Krawattennadel. —Wie ein kleines bißchen schwanger, was?
—Na ja, natürlich, der, im Hinblick auf den kulturellen Aspekt der Kunst haben wir jetzt einen Fernsehlehrer eingestellt, ließ sich Whiteback vernehmen, eine Hand am Helligkeitsregler, —eine echte Videopersönlichkeit, die bei den jungen Leuten den Grundstein einer sinnvollen Lernerfahrung ins Rollen bringt ...

—kann man sich dermalen lustiger machen als hi hi

Das Gesicht von Wolfgang Amadeus Mozart flimmerte über die Mattscheibe.

—lustiger machen als hi hi

—Da ist sie, ja, ich glaube, sie hat das Audiomaterial bereits aufgenommen, gewissermaßen als Einführung in Musikalisches Verstehen, das ist es wohl, was im Hinblick auf die Möglichkeiten geschlossener Kabelnetze ...
—Im Hinblick auf die Konkretisierung des vollen Nutzanwendungspotentials innerschulischen Fernsehens ...
—Wer vieles bringt, wird manchen etwas bringen, murmelte Mister Ford.
—Macht den Künstler für die jungen Leute lebendig. Vermenschlicht sie sozusagen, das heißt die Künstler natürlich, was den Grundstein ...
—Warme Körper ...

—Heute, liebe Kinder ...

—Wer ist denn das?
—Der Mozart. Es ist ...
—Nein, die Stimme ...

> —märchenhafte Leben des Komponisten Wolfgang Amadeus Mozart. Sogar sein Name Amadeus, oder auf Deutsch Gottlieb, bedeutet Liebling der Götter ...

—Erinnern Sie mich, daß ich ihn später wegen der Sprinkleranlage anrufe, beugte Whiteback sich halblaut zu Hyde.
—Wen anrufen?
—Gottlieb, wegen der Sprinkleranlage.

> —Götterliebling, dieser kleine Peter Pan der Musik, der nie ganz erwachsen wurde, ein märchenhaftes Leben, das vom Glanz der Fürstenhöfe bis zu einer Szene in einem Gewittersturm reicht. In diesem zauberhaften und bezaubernden Märchen kommt sogar ein geheimnisvoller Todesbote vor ...

—Das ist doch nicht etwa Dan? So von der Stimme her? murmelte Hyde, als die Kamera in verwackelter Nahaufnahme über die paillettenbesetzte Stickerei einer Manschette glitt und von da aus auf eine Hand, die einsatzbereit über den Tasten schwebte.

> —Backen wie Äpfelchen, gekleidet in lila und goldenen Samt, war er kaum sieben Jahre alt, als er am Wiener Hof spielte und der Kaiser persönlich ihn seinen kleinen Zauberer nannte. In Neapel mußte er sogar seinen Ring ablegen, weil er den abergläubischen Italienern nur so beweisen konnte, daß es kein Zauberring war, der ihm ...

In Reaktion auf eine unklare Mißfallensäußerung seitens Mister Pecci wich das Standbild auf dem Schirm einem Gesicht, das, schweißglänzend, direkt auf die Zuschauer starrte.

> —musizierte und komponierte seit dem vierten Lebensjahr. Bereits als Vierzehnjähriger hatte Mozart etliche Sonaten, eine Symphonie, sogar eine Oper geschrieben ...

—Das ist unser, unser Hauskomponist, stieß Whiteback hörbar erleichtert aus. —Er arbeitet mit unserer, ähm, Fachfrau für Lerninhalte zusammen, sie war wohl der Meinung, ein bißchen, also ein bißchen Bildschirmpräsenz könne nicht schaden, wenn er seine Sache wirklich gut machen will, was wir andererseits natürlich wiederum Ihnen von der Stiftung verdanken ...

—reiche Leute, die Künstlern Aufträge und Geld gaben. Für seinen Mäzen schrieb Mozart wunderbare Musik, bis er das erzbischöfliche Haus verließ, um ein schönes Mädchen namens Constanze zu heiraten. Später erzählte Mozart einem Freund, als meine Frau und ich verheiratet waren, brachen wir beide in Tränen aus, und das zeigt uns, wie menschlich dieses große Genie im Grunde geblieben war, nicht wahr, liebe Kinder? Der Name seiner Frau Constanze bedeutet Beständigkeit, und so verhielt sie sich auch ihrem geliebten, kindlichen Mann gegenüber, bis hin zu seinem, seinem, seinem billigen Sarg im Regen der ...

—Bißchen zu nah auf dem Gesicht des Sprechers, murmelte es aus dem Kamerawust auf dem Sofa, —und man wünschte sich hier doch etwas mehr Spontaneität, wenn er so in den Seiten rumblättert, zum Beispiel die Nahaufnahme seiner zitternden Hände, das sieht reichlich verkrampft aus ...

—die, ähm, beständig, ja, sie, sie gab ständig das wenige Geld, das sie hatten, für Luxus aus, und sie, sie war ständig schwanger, und sie, schließlich war sie ständig krank, und so ist verständlich, warum sie, warum Mozart in Tränen ausbrach, als er sie heiratete. Er war eben immer der, der kleine Götterliebling, von klein auf unterstützte er die ganze Familie und wurde dafür von seinem Vater durch halb Europa geschleppt und überall vorgeführt wie ein, wie ein kleines Monster ...

—Er, er scheint irgendwie sein Thema nicht mehr, ähm, nicht mehr ...
—Bei der halbnahen Einstellung könnte ich mir etwas mehr Führungslicht vorstellen, vor allem, wo er das Skript wegwirft, ohne das kriegt man sowieso viel mehr Spontaneität rüber ...

—Geld, er schrieb drei seiner größten Symphonien in weniger als zwei Monaten, während er von Pontius zu Pilatus lief und um Kredit bettelte, wo immer er ...

—Ja, Miss, äh, Miss Flesch kommt wahrscheinlich jeden Augenblick dran, sie, es ist ihre Sendung, das heißt ihr Studiounterricht natürlich, allein aus unserem Etat können wir qualitativ hochstehende Musiksendungen nicht bestreiten, bereits die Orchesteruniformen schlagen im Fachberech Musik mit einem Betrag zu Buche, der ...

—drei weitere Klavierkonzerte, zwei Streichquartette und die drei besten Opern, die überhaupt jemals geschrieben wurden, und er selbst ist verzweifelt, unterernährt, erschöpft, jagt dem Geld nach, während seine Frau Arztrechnungen anhäuft und er alles, dessen er nur irgendwie habhaft werden kann, versetzen muß, nur um weiter arbeiten zu können, weiter arbeiten zu können ...

—Man beachte die Spitzlichter bei den Nahaufnahmen.
—Richtig, und er müßte auch mal zum Friseur ... das flache Gesicht auf dem Bildschirm verwandelte sich in ein perückenbewehrtes Profil. Interessehalber hielt die Kamera auf das stiere Auge des Komponisten.

> —glauben solltet, daß er unreif war, dann war sie mindestens doppelt so unreif, und, ach ja, dann dieser geheimnisvolle, ganz in Grau gekleidete Fremde, den Mozart für einen Boten des Todes hielt, war in Wirklichkeit bloß der Bote eines durchgedrehten Grafen namens Walsegg, der Musik für seine tote Frau bestellen wollte. Selbst war er ja nicht in der Lage, ein Requiem zu schreiben, also wollte er Mozart damit beauftragen und dann so tun, als hätte er es selbst geschrieben. Was blieb Mozart übrig? Er ist krank, ausgebrannt, völlig erschöpft, er ist erst ungefähr fünfunddreißig und hat praktisch jeden in seiner Umgebung seit dreißig Jahren unterstützt, aber er macht sich wieder an die Arbeit. Das Atmen fällt ihm schwer, er hat Schwächeanfälle, er ist ausgezehrt, Beine und Hände sind geschwollen, und schließlich glaubt er, daß ihn jemand vergiften will, alles was recht ist, wirklich ein märchenhaftes Leben, nicht wahr, liebe Kinder, jetzt also das Gewitter. Es ist Dezember, Regen und Graupelschauer peitschen durch die Nacht. Das ist ein Vorgeschmack des Todes, sagt er und klappert mit den Zähnen eine, eine kleine Trommelsequenz seines Requiems ...

—Entschuldigung, kann mir mal jemand sagen, wo die Herren, wo hier für kleine Jungs ...?
—Draußen, draußen rechts, Mister Gall, da, ähm, wo Jungen draufsteht, andererseits denke ich, wir haben jetzt genug gesehen, um, ähm, im Hinblick auf die Strukturierung des Materials, das heißt ...
—Was haben die denn da für eine Kamera, eine Arriflex? Scheint so, als hätten sie das falsche Objektiv ...

> —zahlte etwa vier Dollar für seine Beerdigung, aber solche Kleinigkeiten machen womöglich unser hübsches Märchen kaputt, liebe Kinder, seine wenigen Freunde folgten dem billigen Sarg durch den Regen und kehrten um, bevor man noch den Armenfriedhof erreicht hatte, niemand weiß genau, wo sein, wißt ihr, was ein Armenfriedhof ist, liebe Kinder? Das ist ein Friedhof für sehr arme Leute und, und, ja, und wir denken nicht gern an arme Leute, nein, nein, wir wollen lieber versuchen, uns an das kleine, kleine unschuldige Genie zu erinnern und an die glücklichen Momente, in denen er, denen er, äh, lustige Briefe an alle möglichen Leute schrieb, ja ...

—Ich würde die Finger von Detailaufnahmen der Requisite lassen, die Leute halten das Buch auch mal verkehrt herum, und was dann?
—Ja, wir hatten, ähm, hatten ziemliche Probleme mit Büchern, ja ...

—diesen hier, äh, diesen schrieb er einer Cousine, etwa zu der Zeit, als er seine Pariser Sinfonie schrieb, er sagt, er entschuldigt sich, ihr nicht eher geschrieben zu haben, und er sagt, Sie werden vielleicht glauben oder sogar meinen, ich sei gestorben! Ich sei krepiert? Oder verreckt? Doch nein! Meinen Sie es nicht, ich bitte Sie, denn gemeint und geschissen ist zweierlei!

—Haben Sie, hab ich ... richtig gehört?
Nachsichtig seufzte es aus den Kameras. —Die Tonwiedergabe bei diesen nichtprofessionellen Geräten ist durchweg ziemlich dürftig ...

—äh, sein, äh, unbeschwerter Humor, wenn er, wenn er ihr sagt, Ich dachte wohl, daß Sie mir nicht länger widerstehen könnten, und unsere Ärsche sollen die Friedenszeichen sein, und dann, dann erzählt er ihr von einem imaginären Dorf namens Tribsterill, wo der Dreck ins Meer rinnt ...

—Der Schalter links, ja, der, wo Aus draufsteht, schalten Sie aus, aus ...

—oder Burmesquik, wo man die krummen Arschlöcher draht, ja, so sah er, sein, äh, sein unbeschwerter Humor, ja, und das zeigt uns, wie menschlich dieses große Genie war, nicht wahr, liebe Jungen und, äh, Mädchen und, und auch ihr, liebe Kinder allein zuhause an den Bildschirmen, seine Briefe machen ihn, machen ihn zu jemandem, den auch ihr verstehen könnt ...

—Nein, links, Herr Abgeordneter, der da links ...!
—Entschuldigung ... Gibbs, der zurückgelehnt auf dem Sofa saß, befreite einen Ellenbogen aus dem Gewirr der Kameragriemen, starrte auf die Mattscheibe und jenes Gesicht, das vom Bildrand bereits an Kinn und Haaransatz abgeschnitten wurde und in der Folge erst einem Sternenbanner, dann einem Panorama der Redwoodwälder Platz machte, wobei die Musik anschwoll, als wolle sie die Stimme mit sich forttragen.

—um ihn uns menschlich zu machen, denn selbst wenn wir nicht, äh, wenn wir uns nicht zu seinem Niveau aufschwingen können, so können wir ihn zumindest, können wir ihn zumindest auf unseres herabziehen ...

—Sehen Sie, was ich meine, bei diesen nichtprofessionellen Geräten ist zuviel Baß ... und der Fuß, über den Hyde auf dem Weg zum Gerät stolperte, wurde zurückgezogen, während Mister Pecci nur dastand, einen Bedienungsknopf abgebrochen in der Hand.

—was, äh, was Demokratie in der Kunst bedeutet, nicht wahr, liebe Kinder, und, und ihr, ihr ...

—Moment mal, hallo? Ich sagte, Mister Leroy soll sofort wegen einer kleinen Reparatur herkommen, hallo? Stellen Sie keine Anrufe mehr durch...
—Ein interessanter Effekt... Mrs. Jouberts Gesicht äugte über Hydes Schulter vom Bildschirm, —aber das liegt nur an der Synchronisation... und in Folge flimmerte vorbei: ein weißmähniger, aufrecht im Bett sitzender Mann, ein weißmähniger, in einem Drehstuhl sitzender Mann und ein weißmähniger Mann als Gipsbüste. —Hört sich an wie ein Kurzschluß... doch plötzlich stellten sich Wort und Musik zum Bild eines riesigen Redwoodbaums wieder ein.

> —Amerikas beliebten Humoristen, dessen wirklicher Name wvrrrrk Märchen, liebe Kinder, wie, wie das von Franz Schubert, der mit zweiunddreißig an Typhus starb, ja, oder, oder Robert Schumann, den man aus einem Fluß zog und dann in eine Irrenanstalt brachte, oder der, oder Tschaikowski, der Angst hatte, sein Kopf könne ihm abfallen...

—Tun Sie ganz schnell was, wo ist der, verdammte Scheiße! scholl es hinter der Blumenbank hervor, wo Hyde auf Händen und Knien nach dem Stecker suchte.
—Schwierig wirds, wenn die Musik eine solche Lautstärke hat, daß sie die Stimme übertönt, wie...

> —nun etwas von unserem amerikanischen Lieblingskomponisten, wie er auf dem Boden sitzt und Papierpüppchen ausschneidet, nämlich Edward Mac...

—Können Sie, ähm, ja, können Sie mal den Stecker rausziehen, ziehen Sie bloß den Stecker raus...
—Was zum... Teufel glauben Sie, was... was ich hier die ganze Zeit versuche... kam als Antwort aus den Schatten hinter dem Gerät, auf dem nun eine Walküre, die einen toten Helden in ihren starken Armen hielt, einer Amazonen-Brünnhilde mit massiven, konzentrischen Brustpanzern weichen mußte, während die Stimme im Wettstreit mit dem gnadenlosen Rondo aus dem Klavierkonzert in D-Moll von Wolfgang Amadeus Mozart die Oberhand zu gewinnen suchte.

> —Märchen, nicht wahr, daß sein Leben ein Märchen gewesen sei, ist das eigentliche Märchen, nicht wahr, und beim, äh, ja, beim gemeinsamen Singen am Ende unserer heutigen Märchenstunde können wir, äh, vielleicht können wir einige seiner eigenen Worte aus einem Brief nehmen, um mit Amadeus mitzusingen, O dreckl, o süßes wortl, dreckl schmeckl

—Sie sollten ihre Beiträge auf dem offenen Kanal besser kontrollieren, wissen Sie. Schon wegen des Urheberrechts... Das Telefon klingelte.

Die Tür ging auf, zu, wieder auf, und mit dem abschließenden Allegro, betrat, assai, Mister Gall den Raum.

—dreckl leck, o charmante, dreck leckl, das freüet michl, dreck, schmeck und leckl, schmeck dreck und ...

Ein Fluch erscholl unter der Blumenfensterbank, als der Ton endgültig erstarb und den Bildschirm mit einem schwitzenden Gesicht voll stummer Unnachsichtigkeit sich selbst überließ, bis das vertraute Antlitz von Smokey Bear dem Kasten erst eine und dann eine zweite Liednote entlockte.

—kann man sich dermalen lustiger machen als hi hi

—Herr Sen, Abgeordneter? Für Sie, es ist Parentucelli ...
—Wer war das ...? murmelte Gibbs bewegungslos und wandte die Augen wieder dem Bärenblick auf dem Bildschirm zu, —gehört der zu uns?

—lustiger machen als hi hi

—Das, ja, nun ja, das war der junge Kom, Ähponist, unser, ja, Hauskomponist, Hauskomponist der Stiftung. Die Stiftung hat ihn uns geschickt, damit er, also in einem eingehenden Pilotprogramm den Fachbereich Kunst, das heißt, genauer gesagt, ein Stipendium. Vielleicht kann Mister Ford das eingehender, äh, vertiefen?

—hi hi

—Tut mir leid, das fällt nicht in mein Ressort, sagte Mister Ford, war aber geschmeichelt. —Aus dem Etat der Stiftung gehen ohnehin nur drei Prozent direkt an die Kunst.
—Fünfundzwanzig Cent, die wollen fünfundzwanzig Cent pro Meter, vielleicht können wir sie auf zweiundzwanzig, dreiundzwanzig Cent runterhandeln, mischte sich Mister Peccis Stimme ein. —Nein, das ist Flo-Jan. Die Flo-Jan Corporation, schreibt sich f, l, o ...
—Hab ich was verpaßt? Mister Gall erschien mit einem Bleistift.
—Technische Probleme bleiben da nicht aus, wir hatten schon mehrmals Probleme mit dem Rasterbild, und unseren Leuten fehlt noch die Erfahrung mit den Objektiven, aber außer guter Hardware braucht man wenig. Nur Erfahrung.
Hinter ihm an der Wand erhob sich Gibbs langsam vom Sofa. —Hardware kann man uns nicht vorwerfen, sagte er und drehte sich um, wie alle anderen auch, weil jetzt Mister diCephalis eintrat. —Natürlich, was man hier ...

Gall notierte: Software? und wartete, während Mister diCephalis energisch die dünne Tür hinter sich zudrückte, die sich aber sofort wieder für Mister Leroy auftat, Mister Leroy in seinen Boxstiefeln, einen Eimer in der Hand, den er erst mal absetzte. —Die Kontrollknöpfe hier, begann Whiteback, als Leroy nähertrat. —Also nein, bringen Sie das nicht hier rein, nicht ... raus damit! Deshalb hab ich Sie nicht rufen lassen, ich will nur, daß Sie die Schalter an diesem Gerät reparieren ...! Und bereitwillig traten sie für Mister Leroy beiseite, der sich lächelnd zwischen ihnen bewegte, den Knopf wieder anschraubte, seinen Schraubenzieher einsteckte und auf dem Bildschirm einen Regen aus Dollarnoten hinterließ. —Gut, das wäre also, Moment mal, Sie wollen doch nicht schon gehen? Weil wir, ähm, also, der Gemeinschaftskundeunterricht in der sechsten Klasse, ja, wir möchten, daß Sie sich den Unterricht ansehen, vor allem im Hinblick auf die Struktur der, ähm ... und pastellfarbene Hektik wies auf eine Karte der Vereinigten Staaten, die sich bis zur tempelartigen Pracht an der Börse aufblähte und dann in einem Gestöber von Strichen unterging, —im Hinblick auf die Struktur der Anfangssequenz ...
—Schon wieder keine Spannung mehr drauf, meinte Mister Ford und erhob sich aus seinem Kamerachaos.
—Aber Sie beide, ähm, Mister Gall, ja, Sie möchten vielleicht die nächste Unterrichtseinheit sehen, im Hinblick auf erheblich weniger, ähm, weniger mangelnde Planlosigkeit als in der, die wir eben ...
—Nein, ich wollte aber fragen, die Zeile über dem Haupteingang hier? Ist das Griechisch? Ich dachte, es ist vielleicht von Plato oder ...

> —jemand, der uns erklärt, was mit unserem Anteil an Amerika eigentlich gemeint ist ...

—Ja, gut, Mister Gibbs, hier könnte, ähm, hier ist sie jetzt ... er winkte Mrs. Jouberts Abbild zu, als könne sie zurückwinken.
—Wie wärs mit Empedokles?
—Oh ...? er fummelte mit Papier, Buch, Stift herum. —Wie schreibt man das? e? m ...?
—Und wenn Sie noch die zweite Studioeinheit bleiben könnten? ertönte es zwischen ihnen, —wir haben da noch einen Leer, Lehrfilm über Seidenwürmer ...
—Ich glaube, es ist ein Fragment aus dem zweiten Teil seiner Kosmologie, vielleicht sogar aus dem ersten ...

—Ja, wir, wir versuchen hier etwas völlig Neues, nämlich die Kombination von Studio- und Klassenunterricht ...
—Als Glieder und Körperteile noch überall frei umherwanderten, Köpfe ohne Hälse, Arme ohne Schultern, und einzelne Augen nach den dazu passenden Gesichtern suchten ...

> —das ist übrigens der fundamentale Unterschied zwischen unserem Land und Rußland, nicht wahr, Kinder ...

—Die jungen Leute werden selbst Bestandteil des Lehrprozesses, das heißt eine allseits sinnvolle Lernerfahrung geht einher, wobei sie mit der Nutzanwendung der jungen Leute innerhalb des Lehrbetriebs ...
—Nie gelesen? In der zweiten Generation verbinden sich die Teile nach dem Zufallsprinzip, bilden Wesen mit zahllosen Händen und Gesichtern, die in verschiedene Richtungen blicken ...

> —Und einen Anteil an einer Firma zu haben, bedeutet auch, mitbestimmen zu können, ähnlich wie jeder Amerikaner das Recht hat, seine Regierung frei zu ...

—In der dritten Generation geht es dann natürlich ...
—Ja, also, das Portal ist, ähm, ich glaube, Sie sollten sich über die Inschrift nicht den Kopf zerbrechen, Mister Gall, sie ist, ähm, ohnehin, das heißt, wir werden den gesamten Eingangsbereich sowieso neu gestalten ... und griff im Chaos der Trageriemen nach einer Hand, der offenbar völlig egal war, wer sie schüttelte.
—Das Material über geschlossene Systeme, das ich Ihnen da gegeben habe, Mister Gall, meine Karte liegt bei, Hyde mein Name, wenn Sie noch mehr Informations, sehen Sie mal! Hier, schaun Sie doch mal, da ist mein Junge! Der da, nein, der Arm ist im Weg. Da, das ist seine Hand. Sehen Sie den Jungen da vorn, der da, mit dem Rautenmuster auf dem Pullover? Er steht genau dahinter, sehen Sie den Arm, der da rausguckt?

> —während unsere Freiwilligen unser Investitionskapital zusammenzählen, denn Geld, das nicht arbeitet, nutzt niemandem etwas, nicht wahr? Geld, das nicht arbeitet und sich nicht vermehrt, gleicht einem faulen Geschäftspartner, der ...

Die Tür fiel mit einem hohlen Geräusch zu. Das Telefon klingelte. —Nehmen Sie lieber den Hörer ab und lassen ihn einfach liegen,

Whiteback, sonst ertrinken Sie in Anrufen von arbeitslosen sozialhilfeberechtigten frühverrenteten Schmarotzerarschlöchern aus dem ganzen Bezirk, Leute, die nur zu Hause rumsitzen und ...
—Aber mein Büro, mein Büro ruft mich zurück, sagte Mister Pecci durch Kaugummi hindurch, —wegen Punkt dreizehn ...

>—und landet schließlich im Verdauungstrakt, wo das Rohmaterial für die Weiterverwertung ... Rohseide aller Art ...

—Moment, Dan, Sie, Sie schalten doch nicht etwa um?

>—diese Rohseide, die nicht versponnen werden kann und Seidenausschuß genannt wird ...

—Das ist doch, ist doch die Sendung, die meine Frau ...
—Ja gut, aber ich denke, wir sollten nochmals auf die Sozialhilfekunde da zurückkommen, Dan, sieht wirklich aus, als ob sie den jungen Leuten einen Begriff von den wahren Werten vermittelt, mein Junge übrigens ...

>—wenn die Seidenraupe anfängt zu spinnen, sondert sie eine farblose ... das geschieht im sogenannten Dickdarm, Dickdarm deswegen, weil er ... Milliarden Dollar, und der Marktwert von Aktiengesellschaften der öffentlichen Hand ist inzwischen auf ...

—Gibts eigentlich Reaktionen auf das Kulturprogramm, mit dem Sie derzeit die halbe Menschheit beglücken, Whiteback?
—Sie meinen, jetzt? Am Telefon? Nein, nein, das ist der Schulbuchvertreter, er behauptet, er hätte gerade auf dem Schulgelände einen Unfall gehabt, er sagt, Leroy hätte ihn aus diesem toten Winkel direkt vor einen Lastwagen gelotst, einen von diesen Asphaltlastern, ziemlich groß ...
—Er war aber nicht dabei, als man sie abtransportiert hat, er ...
—Wer, Dan? Und wen abtransportiert? Wo ...
—Ins Krankenhaus, man mußte Miss Flesch ins, wissen Sie denn nicht, was passiert ist? Er hat sie überfahren ...
—Entschuldigung, wer ist überfahren worden?
—Lassen Sie ihn doch mal ausreden, Gibbs! Und dieser vulgäre, wie heißt er noch, der eben ihren Unterricht übernommen hat, wie ist er da überhaupt reingekommen?
—Tja, ich dachte, er, er paßte eben zufällig ins Programm. Ich hab ihm das Manuskript gegeben und ...

—Warum haben Sie denn nicht, ähm, den Unterricht selbst übernommen, Dan, Sie hatten doch das Manuskript, oder nicht?
—Oder Vogel, Sie hätten sich Vogel greifen können, oder nicht? Hat diese maskuline Art, was rüberzubringen, wir hatten ihn gerade drauf hier, seine Stimme ...
—Ja, aber Vogel kann man live unmöglich einsetzen, ähm, die Narben, ja, das heißt, seine Stunden sind alle aufgezeichnet worden, wir überbrücken sein Gesicht mit Doubles oder anderem Bildmaterial, übrigens, er ist hier auf Empfehlung der New Yorker Schul- und, ähm, jedenfalls macht er seine Sache sehr gut, nur live kann man ihn eben nicht einsetzen ...

> —und wie man über einen Börsenmakler Aktien erwirbt, werden wir auf unserer Klassenfahrt erleben. Unsere Freiwilligen haben vierundzwanzig Dollar und dreiundsechzig Cent gesammelt, also schauen wir uns mal die Schlußnotierungen an und ...

—Aber der Unterricht, der Mozart? Da ist doch nichts schiefgegangen, oder? Ich meine, was den Ausgang der Tests beeinflussen könnte? Ist doch landesweit vorprogrammiert ...
—Ja, gut, Dan, er, ähm, er hat sich streckenweise aber überhaupt nicht an den Lehrplan gehalten.

> —und noch etwas, wenn wir diese besondere Börsensprache benutzen, sagen wir nicht Dollar, sondern wir sagen ...

—Aber ich hab gehört, er hat mit Musik zu tun, also hab ich ihm das Manuskript gegeben, und er, sie hat es direkt nach den Richtlinien angefertigt, und er ...
—Ja, also, es gab ein paar, ähm, ein paar technische Probleme, Dan, der Programmspezialist von der Stiftung hat darauf hingewiesen, daß es mehrere, ähm ...

> —Eisenbahnen, könnten wir drei Aktien von Erie Lackawanna kaufen, oder Autos? General Motors können wir uns nicht leisten, nicht wahr, aber ...

—Jetzt mal ganz klar und deutlich, Dan, man könnte auch sagen, im Hinblick auf die gegenwärtige Situation hat er das Material auf eine Art und Weise strukturiert, daß sich das Nutzanwendungspotential dieses Eins-zu-eins-Unterrichtsmediums im Rahmen einer sinnvollen Lernerfahrung auf eine Art und Weise konkretisiert, daß

es die Kinder ihr Leben lang nicht vergessen werden, stimmen Sie mir zu, Whiteback?
—Ja, also, das ist, ähm, ich glaube, Mister Gibbs hat es auf den Punkt gebracht, Dan, natürlich ...

   —statt Disney für vierzigeinhalb könnten wir Mick ...

—Was er über die abergläubischen Italiener gesagt hat, haben Sie das gehört?
—Aber gewiß doch, Herr Senator, Sie haben es doch auch gehört, Gibbs? Mister Gibbs?
—Oh, gewiß, Major, ich ...
—Also, was sitzen Sie denn da rum mit so einem, Sie sehen aus, als käme Ihnen das alles auch noch komisch vor, glauben Sie etwa, unser Abgeordneter ist hergekommen, um sich beleidigen zu lassen?
—Nein, aber in diesem Fall hätte er mein Mitgefühl, ist das da draußen Ihr Auto, Herr Abgeordneter? Der weiße Cadillac mit dem Aufkleber auf der Stoßstange, wo draufsteht: Gott bleibt in Amerika?

   —oder Campbell Soup für siebenundzwanzig ...?

—Sehen Sie mal, Gibbs ...
—Ich wußte ja nicht, daß er weg wollte, Major, das ist alles, ich ...
—Sehen Sie, Whiteback, das hat ...
—Ich könnts ihm nicht verdenken, aber ...
—Ja also, ich glaube, Mister Gibbs meint, daß, ähm ...
—Also gut, dann erklären Sie mir mal, was ist mit dem Bericht, daß er in seinen vorschriftsmäßigen Unterrichtseröffnungen einfach Gott ausläßt, was soll das, Gibbs?

   —oder Teilhaber einer Filmgesellschaft ...

—Fürchte, daß ich Ihnen da nicht weiterhelfen kann, klingt eher nach Dans ...
—Von Dan spreche ich nicht, Dan gehört überhaupt nicht hierhin, ich spreche von einem Bericht, nach dem Sie die vorgeschriebene Form des Unterrichtsbeginns ganz bewußt dazu benutzen, beim Treuegelöbnis ganz bewußt das Wort Gott, eine Nation unter Gott zu unterschlagen, ich spreche von Ihren ewigen Frotzeleien, ich versuche mit den Leuten von der Stiftung eine ernsthafte Diskussion über geschlossene Kabelnetze zu führen, und Sie mischen sich da ein mit herumfliegenden Armen und Beinen und irgendwelchen Augen, die nach Gesichtern suchen, was soll das denn eigentlich heißen?

—Er hat sich nach einem der Vorsokratiker erkundigt, Major, das Gesetz der Liebe und das Gesetz der Zwietracht im kosmischen Kreislauf des Emp...
—Die sind nicht hergekommen, um sich über komische Kreisläufe zu unterhalten, verstehen Sie? Schauen Sie sich das an, bloß ein einziger Etatposten. Kamera, Film, Testausrüstung, Videotape, all das wird benötigt, allein um veraltetes Material zu ersetzen, Pannen und Unterrichtsausfälle zu vermeiden und die Unterrichtsqualität zu verbessern, zweiundneunzigtausendvierhundert Dollar und Sie finden, das ist ein komischer Kreislauf? Was meinen Sie wohl, was die Steuerzahler dazu sagen?

—Hat jemand Kaugummi gesagt? Na ja, Wrigley für neununddreißig übersteigt etwas unsere Möglichkeiten, wir sollten uns...

—Der Eimer da, Major, passen Sie auf, ja, natürlich, die, ähm, diese Inschrift über dem Eingang, ich glaube, Mister Gibbs hat die Buchstaben über dem, ähm, erklärt, die griechischen Buchstaben, das heißt, er ist gewissermaßen der einzige, der versteht, was sie, ähm, und der uns auch Mister Schepperman empfohlen hat, ja, oder wars Mister Schepperman, der, ähm, der sozusagen nicht mehr unter uns weilt, das heißt, er ist natürlich noch, ähm, wahrscheinlich noch...
—Hat sein eigenes Blut verkauft, um Farbe zu kaufen.
—Wie ekelhaft, Gibbs, und so jemanden schleppen Sie hier an, aber um auf unseren Etat zurückzukommen...
—Er glaubt eben, daß ein Bild mehr wert ist als sein...
—Na schön, lassen Sie ihn doch! Wer hat ihn denn überhaupt gebeten, es zu malen?
—Das ist der Punkt, Major. Niemand.

—mond Cable oder eine andere Aktie aus einer Wachstumsbranche...

—Was hat sie gesagt? Welche Aktie?
—Aber wo wollen Sie ohne solche Leute Kunst herkriegen?
—Herkriegen? Kunst? Die kriegt man, wo man alles kriegt, man kauft sie, hören Sie mal, Gibbs, Sie wollen mir doch nicht im Ernst weismachen, es wäre nicht genug Kunst für jedermann da, alle die Bilder, die Musik, die Bücher, wer hat denn überhaupt je sämtliche große Musik gehört, die es gibt, Sie etwa? Haben Sie alle großen Bücher gelesen, die es gibt? All die großen Bilder gesehen? Sie kriegen heute jede erdenkliche Sinfonie auf Schallplatte, Sie können sich Kunst-

drucke an die Wand hängen, die fast perfekt sind, und die größten Bücher, die je geschrieben wurden, kann man heutzutage in jedem Supermarkt kaufen, und Ihr Freund hier verkauft sein Blut dafür, der glatte Wahnsinn, wenn Sie mich fragen, genau wie der andere, der die Leute hier mit seinem Mozart beglücken will, schlagen Sie doch mal die Zeitung auf, von solchen Typen hört man doch nur was, wenn sie anderen Ärger machen, sich selbst oder anderen, sonst hört man von denen doch nie was.
—Das ist aber allgemein so.

   —daß wir bereit sind, für unseren Anteil an Am...

—Was wollen Sie damit sagen, nehm ich etwa Drogen, unterschreibe ich schwachsinnige Aufrufe, gehöre ich vielleicht zu diesen Schmierfinken, die irgendwelchen Scheiß auf die Leinwand pinseln oder schmutzige Bücher schreiben wie diese Scheiß-Intellektuellen? Die wollen doch bloß fürs Nichtstun kassieren, die Hälfte ist sowieso verrückt, wie war das noch gleich mit dem, der gesagt hat, daß er Angst hat, sein Kopf fällt ihm ab? Oder Ihr berühmter Maler, der sich ein Ohr abgeschnitten hat, was ist mit dem?
—Aber das sage ich doch, ohne sie gäbe es keine...
—Moment, seien Sie still!
—Ja, also natürlich eigentlich nicht, ähm...
—Sehen Sie mal, das ist meine Firma! Haben Sie das gehört? Die kaufen eine Aktie meiner Firma Diamond Cable, haben Sie das gesehen? Das ist meine Firma...!
—Ich habs gesehen, den Handzeichen nach zu urteilen, wollten sie den...
—Den was, Gibbs, den was? Sie haben die Abstimmung ja gar nicht gesehen, Sie haben dort gestanden und ihr in den Ausschnitt gestarrt, sie haben gekauft, was sie kaufen wollten. Haben Sie's gesehen, Whiteback?

   —weshalb wir von Unternehmensdemokratie sprechen, nicht wahr...

—Da haben Sie es gehört. Unternehmensdemokratie, haben Sie das gehört, Gibbs? Dieser Anteil an Amerika, das ist meine Firma, sie haben eben einen Anteil an meiner Firma gekauft, deshalb begreife ich nicht, wieso ich mit Farbe rumschmieren oder mir ein Ohr abschneiden soll, wenn dieses Schulsystem erst einmal körperschaftlich funktioniert, Whiteback, dann werden Sie auch mit diesen Streik-

drohungen und den Beschwerden über die dauernden Schikanen fertig, Sie sollten bloß ...
—Ja, also, natürlich, aber Vern, ähm, ich glaube nicht, daß Vern ...
—Aber Ihr ewiges Weh und Ach gilt doch den Schikanen, Dan, oder?
—Die, die, ja, die Anweisungen, die Formulare, die Regelungen, Vorschriften, Lehrpläne ...
—Ja, also, natürlich, die, ähm, Sie als Lehrer erhalten sie von mir, ich bekomme sie vom Bezirksschul, ähm, das heißt Vern, und er kriegt sie von ...
—Leiten Sie eine Untersuchung ein, und finden Sie heraus, wer dahintersteckt, die ...
—Hinter den Schikanen?
—Nein, hinter den Beschwerden, den ...
—Natürlich, schlußendlich bekommen wir sie alle vom Staat, und der Staat bekommt sie vom Kultusministerium in ...
—Die Beschwerden?
—Nein, die Anweisungen, das heißt die Lehrpläne, Formulare, Vorschriften, Ziffer vier ...
—Ziffer vier bezieht sich auf eine gigantische Investition, und die Regierung tut nichts weiter als diese Investition abzusichern, die sehen das strikt auf Körperschaftsebene, das sollten Sie langsam ...
—Ja, also, natürlich, wir, ähm, also im Hinblick auf die gegenwärtige Situation halte ich einen Datenabgleich, ähm, für, allein schon, um die Daten abzugleichen, Dan, das wäre schon sehr ...
—Allerdings, ein solcher, ein solcher Abgleich erfordert Standardisierungen, die, die ...
—Reden Sie ruhig weiter, Dan, ich hör zu, ich will nur Whitebacks Telefon hier reinstellen ...
—Also, die Schaffung bestimmter Standards, allein schon in der Bewertungsmethode, etliche Lochkarten zum Beispiel haben Löcher an einer Stelle, die überhaupt keinen Sinn ergibt, wie zum Beispiel bei den Tests, die potentielle Schulversager schon im Vorfeld ...
—Gut, sieben Sie solche Kandidaten so früh wie möglich aus. Hallo? Den Ärger tun wir uns nicht an ... was ...? Er horchte, stieß einen bekannten Fluch mit vier Buchstaben in die Muschel und legte den schimpfenden Hörer auf den Tisch. —Father Haight von der Gemeindeschule drüben läßt uns wissen, daß man dort alles mitgekriegt hat und daß man Ihren Fernsehunterricht abschießen wird und ...

—Wenn ein Junge, also dieser Junge mit der Spielzeugpistole, wenn der in der musikalisch-mathematischen Prüfung zu den Besten gehört, und seine Löcher sagen aber etwas ganz anderes, dann ...
—Ja, also, natürlich ist er, ähm, alles, was wir dazu sagen können ist, daß wir, ähm ...
—Schicken Sie ihn nach Burmesquik zurück.
—Wie meinen, Gibbs? Hyde ließ sich auf die Tischkante zurücksinken, von wo die Stimme aus dem Hörer unablässig in seine Hosentasche schimpfte.
—Ich sagte, vielleicht liegt sein Talent ja in einer anderen Richtung, Major.
—Da ist doch nichts dabei, mein Junge spielt genauso gut Schlagzeug wie Trompete. Sie haben da übrigens auch ein Loch hinten in Ihrer Hose, Gibbs.
—Wieso, auch? Sie meinen, wie der Junge mit der Spielzeugpistole? Abrupt trat er einen Schritt zurück, —lassen Sie ihn doch zu der Musik tanzen, die er ...
—Achtung!
—Mein Gott ...
—Was war denn drin?
—Dieser, dieser Leroy, dieser Idiot ... allein ein blitzartiger Twostep mit einem entsprechenden Griff an den Hosenaufschlag bewahrten das blaue Tuch vor der Flut, —er hat den ganzen Eimer hergebracht, nur um mir zu zeigen, was in der Junior High das Rohr verstopft hat, seien Sie vorsichtig, der ganze Fußboden ist voll ...
—Aber die, die Junior High?
—Ein neues Feld für Ihre Programme ... Gibbs klopfte mit dem Schuh gegen die Fußleiste, —dauernd reden Sie von Konkretisierung mangelhafter Planungsdefizite und dergleichen, wo haben Sie diese Sprache nur aufgeschnappt, Whiteback?
—Man, man muß so reden, wenn man mit den Leuten verhandelt, Herr Senator, wir sollten, hier lang, wir holen ein paar Papiertücher aus der Jungentoilette, Dan? Fassen Sie mal da rüber und schalten Sie das Ding ab.

  —die Nachbehandlung der Abfallseide, genannt Ausschuß

—Ich hab mit Ihnen noch wegen dieser Sondersendung zu reden, Whiteback, nehmen Sie die für die Leute von der Stiftung auf, vielleicht

können wir nach der peinlichen Vorstellung von heute morgen ja noch etwas retten ...
—Ich sagte aus, Dan, nicht lauter ...

> —in den herrlichsten Farben, aber der Geruch des gärenden Seidenausschusses ist derart ekelerregend, daß ...

—Schicken Sie Ihr Fernsehteam in meinen Schutzraum, verbinden Sie die ganze Geschichte mit dem, was wir ohnehin ...
—Aus, auf dem Knopf steht Aus ...

> —verbesserte Produktionsmethoden in Verbindung mit Abfallvermeidung ist der Schlüssel zum menschlichen Fort ...

—Leroy muß die Knöpfe falsch angeschraubt haben.

> —dient ebenfalls der Entsorgung und ist mit einem Ring- beziehungsweise Schließmuskel ausgestattet ...

—Rechts gehts raus, sagte Whiteback und lotste sie in der Reihenfolge ihrer Wichtigkeit aus dem Büro.
—Erinnern Sie sich noch ...? sagte Gibbs, der als letzter hinter diCephalis die Tür schloß und dabei noch einen Blick auf das Porträt warf, —wie Eisenhowers Arzt der Presse erklärte, dieses Land sei sehr an der Darmtätigkeit interessiert?
—Auf der Tür steht Jungen ...
Hohl zitterte hinter ihnen die Tür mit dem Wort Direktor, zurück blieben allein das miniaturisierte Geschimpfe des Telefonhörers auf dem Tisch und jenes Porträt hoch oben in seinem Rahmen an der Wand, in dem weder die soeben stattgehabte Unterredung noch all die Jahre an der Spitze der Schule irgendwelche Spuren hinterlassen hatten, lautete doch nicht umsonst sein Wahlspruch, daß das »Augenmerk eher auf Ideen als auf Phrasen zu richten« sei, was er für gewöhnlich mit der dringlichen Bitte verband, »zuallererst vertrauensvoll in die Zukunft zu blicken, denn dieses Vertrauen, meine Damen und Herren, entspringt, das ist meine feste Überzeugung, ganz besonders auf nationaler Ebene, genau dem, was Sie und ich von der Zukunft erwarten, anders ausgedrückt, wollen wir einen Kühlschrank kaufen beziehungsweise etwas anderes, von dem wir meinen, das es für unsere Familien nützlich und wünschenswert ist, oder wollen wir das nicht? So und vor allem so einfach stellen sich mir diese Dinge dar.«
Unter ihren Augen wie tot, schnitt die Uhr eine weitere, zur vollen

Stunde fehlende Minute ab. —Oh, gehen Sie auch? fragte diCephalis und gab es auf, an einem Türgriff zu ziehen, über dem das Wort Drücken stand, —kann ich Sie irgendwo hinfahren?
—Lieber nicht, sagte Gibbs, hielt ihm die Tür auf und blieb stehen, um nach Zigaretten zu suchen, die Taschen auf das Geraschel einer Streichholzschachtel hin abzuklopfen und die griechischen Buchstaben über dem Portal anzuschauen, während er sich die Zigarette anzündete. Das Diminuendo von diCephalis' Weggang erregte noch einmal seine Aufmerksamkeit, bis es in Gestalt eines Autos davonschoß und mit eindrucksvoller Beschleunigung auf jenen grünlackierten ramponierten Artgenossen zuhielt, welcher in derselben Einfahrt abgestellt war, aus dem Leroy ihn nun, die gefährliche Kurve sicher im Blick, herauswinkte, Vollgas voraus, doch plötzlich erbebend zum Halten gebracht, als aus dem grünen Wrack am Randstein die undeutliche Gestalt seiner Besitzerin auftauchte, die einen kleinen, zusammengerollten schwarzen Regenschirm mit einem Griff aus echtem Birkenholz-Imitat in der Hand hielt und in diesem Augenblick vor der Aufgabe stand, sowohl vor diCephalis' sportiver Fahrweise Deckung zu suchen als auch vor einem LKW der Post, der aus dem toten Winkel angesaust kam wie ein Geschoß.
—Du lieber Himmel!
—Der, der gehört mir, der Regenschirm.
—Dieser da? Du lieber Himmel ... Und mit einer Geste des Bedauerns, die erst durch den gleichzeitigen Verlust einer Kontaktlinse ihre zyklopische Dimension gewann, ward der Schirm seinem wahren Besitzer ausgehändigt.
—Sie hat ihn aus Versehen mitgenommen. Eigentlich gar nicht meiner, er gehört meinem kleinen Jungen, brüllte diCephalis durch den anschwellenden Diesellärm. —Ich hab ihn aus Versehen mitgenommen ... und als er auf die offene Straße einbog, hing Leroys Lächeln im Rückspiegel, den ganzen Block hinunter, durchs Schlachthaus der Bäume auf der Burgoyne Street, schien ihm, als sei das Lächeln noch da, sogar im Wandspiegel des Studioflurs suchte er es zu entdecken, doch fehlten jegliche Anzeichen dafür, daß er das Gesicht wiedererkannte, in das er statt dessen sah, er erkannte eigentlich gar nichts wieder, bis er auf drei Fernsehmonitoren auf ebensoviele Versionen seiner Frau stieß, die dort etwas vollführte, was in einem anderen Kostüm und zu anderer Musik die Schlußbewegung eines Tangos hätte sein können. Wodurch sich der Regisseur veranlaßt sah, ersatzweise ein

statisches Stückchen Volkskunst hineinzuschneiden, so daß ihre Sendung in einer reizenden Pose endete, die so nie das Studio verließ.
Überall auf den Tischen lagen Telefonhörer. Sie hingen an ihren Strippen und zankten sich untereinander. —Ich suche diesen Mister Bast ...?
—So so ...
Er wich dem Mann aus und trieb, mitgerissen vom hektischen Sturmschritt seiner Frau, den gleichen Weg zurück, den er gekommen war. —Also? Was haben sie gesagt? fragte sie, als er ihr die Autotür öffnete.
—Wer?
—Wer! Und jetzt sieh nur, was du angerichtet hast, meinen Sari zerrissen. Wer wohl? Sie zog ein Fädchen aus dem Seidenfetzen, der in der Tür hängengeblieben war, —die Leute von der Stiftung natürlich. Über meinen Unterricht, mein ... sie haben es sich doch angesehen, oder?
—Also, nein, nicht alles, sie ... er ließ den Motor aufheulen.
—Sie was? Haben sie überhaupt etwas davon gesehen?
—Tja, sie, natürlich, ja, den Teil über den Ausschuß, den Seidenausschuß ...? Der Motor wurde ruhiger, gezügelt durch die Verbindung mit dem Getriebe, das sich als hochfrequenter Shimmy dem Schalthebel mitteilte. Langsam erwärmte sich das Radio.
—Ausschuß! Dann haben sie es nicht gesehen! Warum nicht? Warum haben sie sich nicht das Ganze angesehen?
—Na ja, verstehst du, es gab ein paar technische Probleme ... begann er und rutschte auf dem Sitz hin und her, während der Innenraum durch ein Clementi-Trio aus dem Radio zum Leben erwachte.
—Technische Probleme! Erzähl mir was von technisch! Technisch wie du oder einer aus Whitebacks Truppe, technisch! Und schalt den Lärm ab. Lärm, du verschanzt dich hinter Lärm, wo du nur kannst ... paß auf!
—Aber ich hab dich extra angerufen, um dir zu sagen, daß die von der Stiftung da waren, sagte er, während einer der Äste von der Burgoyne Street knapp am rechten Seitenfenster vorbeifegte. —Wenn ich nicht gewollt hätte, daß sie dich sehen, hätte ich dich dann angerufen?
—Außer du bringst mich vorher um ... sie duckte sich vom Fenster weg, —nein, du wußtest, daß ich rauskriegen würde, daß sie da waren, obwohl du's mir vorher nicht gesagt hast, also bist du auf Nummer sicher gegangen, technisch gesehen! Glaubst du etwa, ich kapier nicht,

was du alles unternimmst, damit sie mich nicht sehen? Weil du nämlich Angst hast, daß sie dann mein Talent entdecken könnten, jemand, der echt kreativ ist, ich hätte vielleicht ein Stiftungsstipendium bekommen, und was wäre dann aus dir geworden? Ich wär dann in Indien, aber du, wo wärst du?
—Tja, ich ...
—Glaubst du etwa ... paß doch auf! Ja, außer du bringst mich vorher um, willst du etwa behaupten, daß du den Ast nicht gesehen hast? Glaubst du etwa, die haben das nicht gemerkt? Daß du mit Absicht den langweiligsten Teil meiner Stunde ausgewählt und dann einfach auf was anderes umgeschaltet hast? Zum Beispiel Glancy an der Tafel oder deinen Freund mit dem Narbengesicht und seinen Maschinen? Wer? Oder dies Fräulein Geldbeutel mit ihrer Gemeinschaftskunde und dem falschen französischen Namen und den Riesentitten, wer wars, sag schon?
—Aber, Geldbeutel ... begann er und schien sich auf eine Kurve zu konzentrieren, die noch weit entfernt war.
—Das hab ich mir gedacht, bei der ihrem Vorbau, woanders kannst du ja gar nicht mehr hinsehen, diese französischen Kostüme mit nichts drunter, allein von ihrem Lehrerinnengehalt kann sie sich das nicht leisten. Aber keine Sorge, ich bitte dich um nichts mehr, bild dir bloß nicht ein, daß ich dich noch mal für irgendwas um Hilfe bitte und schon gar nicht in Sachen Kunst, nicht nach diesem Theater. Nicht, daß du dich anders verhalten hättest als immer schon, etwa damals, als ich modernen Tanz machte ...
—Aber dieser Unterricht ...
—Und Stimmbildung, Gesang ...
—Aber dieser Unterricht ...
—Und Malerei, als Schepperman mich unterrichtete, die Hilfe von dir ...
—Aber dieser Unterricht, ich hab ihn für den Unterricht bezahlt ...
—Ihn bezahlt! Du hast ihn erst nach sechs Monaten bezahlt, als ob das überhaupt die Hilfe ist, die ich meine, ihn bezahlt! Ich meine nur ein bißchen Verständnis für jemanden, die sich selbst verwirklichen will, Schepperman übrigens hatte mehr Inspiration im kleinen Finger als ...
—Finger ... murmelte diCephalis und steuerte durch die Kurve.
—Was? Ja, nerv mich, los los. Wiederhol einfach, was ich sage, los. Wenn du wüßtest, wie kindisch und billig das klingt, deine Eifersucht,

weil, das ist es doch. Eifersucht. Du hast einfach nur Angst, daß jemand anderes etwas leisten könnte, oder etwa nicht? Mit deinem Buch, bloß weil du Probleme hast, dein Buch zu schreiben, deshalb hast du Angst, jemand anderes könnte was Kreatives leisten, stimmt doch? Stimmt doch...!
—Aber nein, mein Buch...
—Stimmt doch? Los, antworte. Stimmt doch?
—Aber mein Buch, nein. Kreativ wohl nicht, ich meine, das soll es auch gar nicht sein, es geht nur um Maßeinheiten, Vermessung, mit Kreativität hat das nichts zu tun, mein Buch...
—Mein Buch! Mein Buch! Hast du sonst nichts zu sagen als mein Buch? Also, ich erzähl dir mal was, aber wunder dich bloß nicht, wenn plötzlich jemand anderes ein Buch hat, das wars dann! Wunder dich bloß nicht! Und stur fixierte sie das Spießrutenspalier vorbeihuschender, abgewrackter Behausungen, die Seite an Seite hinter schmalen Grasstreifen die umkämpfte Privatsphäre städtischer Veranden feilboten, geschützt durch wellenförmig geschwungene Markisen aus gelbem Plastik, auf denen schwarze, altertümliche Initialen traditionsreiche Namen vorgaukelten, Namen, die noch vor einem Jahr schamhaft im Telefonbuch von Brooklyn versteckt gewesen waren und hier auf einmal Kutschenlampen zierten, authentisch nachgemachte Schiffslaternen, ein pastellfarbenes Wagenrad, in schräger Ohnmacht rustikal an die Wand gedübelt, oder eine hirntote Schubkarre, die unter der Erinnerung vertrockneter Blütenpracht erstickte, des weiteren eine Flamingofamilie aus Metall, wahlweise auch Enten, neckische Elfen oder ein dickbäuchiger pinkfarbener Kanonenofen mit einem nackten Geranienstengel dekorativ im Feuerloch, den der Wagen, die Straße verlassend, nur knapp verfehlte. —Wunder dich bloß nicht!
—Ja gut, wir sind zu Hause, sagte er unbewegt.
—Zu Hause. Das Auto kam zitternd zur Ruhe. Sie saß da und starrte hinaus, ihre langen Wimpern waren in den Augenwinkeln verklebt. —Wenn du mir wenigstens ein richtiges Zuhause geboten hättest.
—Er zögerte, schluckte und stieg aus, ging um das Heck des Wagens herum, näherte sich der Beifahrerseite und riß so unbeschwert den Schlag auf, als hätte er nichts anderes zu tun, als sie von einem Mitreisenden zu erlösen, der sowohl ihm als auch ihr gleichgültig war. —Apropos, dieser junge Mann, sagte er lebhaft, —den ich da

mitgebracht habe? Du wolltest ihm doch ein paar Tips geben, bevor er sich wieder auf den Weg macht, hast du ... ihn gesehen? Seinen Unterricht, meine ich ...?
—Wie sollte ich? Ich mußte meinen eigenen Unterricht vorbereiten. Glaubst du etwa, es reicht, sich einfach vor die Kamera zu stellen? Warum?
—Warum? Was ...
—Warum was? Du hast mich gerade gefragt, ob ich seinen Unterricht gesehen habe. Die Antwort ist nein. Aber warum fragst du überhaupt? Ich nehme an, du willst mir sagen, daß er mir ein paar Tips hätte geben können.
—Nein, bestimmt nicht, ich hab die Sendung ja auch nicht gesehen, ich hab nur gehört, gehört, also angeblich gab es ein paar technische Probleme.
In sicherer Entfernung hielt sie an. —Das hätte ich dir gleich sagen können, sobald die etwas Talent oder Sensibilität wittern, sabotieren sie alles mit technischen Problemen, und als ich mit dem jungen Mann geredet hab, wenn man ihm in die Augen sieht, man kann Menschen an ihren Händen erkennen, hab ich das nicht immer gesagt? Und er hat mehr künstlerische Sensibilität, paß auf, tritt da nicht drauf ...
—Im kleinen Finger, murmelte er hinter ihr auf dem gepflasterten Fußweg und hielt dabei den Regenschirm umklammert.
—Finger. Ja, im kleinen Finger. Du machst es schon wieder, und das ist kindisch, ein Kind könnte dich durchschauen, wie dir die Eifersucht aus den Augen sticht, weil du vor allem Angst hast, nicht wahr, Angst vor dem Leben, vor allem, was lebt und wächst ...
—Finger, murmelte er und öffnete die Tür mit dem Aluminiumrahmen, auf der großformatig seine Initialen standen und die mit einem Knall ins Schloß fiel, der sich anhörte wie ein Schuß.
Ein alter Hund äugte unter dem Tisch hervor, rührte sich aber nicht.
—Hallo, Paps, sagte er und hängte den Regenschirm an einen Raumteiler, gegen den sowohl der alte Mann als auch verschiedene primitive Skulpturen lehnten, vor allem letztere mit außerordentlicher Männlichkeit ausgestattete Gestalten, die indes den traurigen Blick in eine unbestimmte Ferne gerichtet hatten und den bewegten Aufmarsch der Finger auf dem Saxophon nicht beachteten, Finger, die eine zwar lautlose, aber deshalb um so süßere Melodie erzeugten auf jenem ragenden Instrument, das auf seiner Hetzjagd durch das Reich der

Töne offenbar erst ans Ziel gelangte, wenn eine stärkere Macht ihm Einhalt gebot. —Sie hat eine dreckige Phantasie.
—Wer? fragte diCephalis undeutlich; seine Hände füllten sich jetzt mit dem Inhalt einer Innentasche, ein Bandmaß, ein Druckbleistift mit Zentimetermaß, ein Notizbuch mit Fingerindex und Einsteckstift mit integriertem Vergrößerungsglas beziehungsweise, je nachdem, wie man es hielt, Vergrößerungsglas mit integriertem Stift, dazu jede Menge Zahlen, Löcher und die Aufschrift Nicht falten oder knicken auf einer grünen Karte, einer orangen Karte, auf zwei, drei, vier weißen Karten, ein Stück Band, ein Stück Zwirn, ein von Nutzungsspuren lasiertes Portemonnaie, ein Fadenzähler, eine Meßsonde, ein Brief mit einer vierstelligen Zahl als Absender.
—Wenn ich du wäre, dürfte sie solche Sachen nicht hier anschleppen, murmelte der alte Mann und rutschte unter der einschüchternden Gewalt primitiven Stehvermögens, hier des afrikanischen, mit seinem Hintern hin und her. —So ist doch niemand gebaut. Die könnten so nicht mal richtig gehen. Was ...? Er sah auf, —ja, nicht wahr, der Hund, der Hund riecht heute irgendwie furchtbar, ... und begab sich erneut auf die gespenstische Achterbahn einer tonlosen einfachen Melodie, Wettlauf der Finger gegen sich selbst auf jenem ragenden Instrument, während diCephalis durchs Haus ging und die Lichter ausschaltete. Eingang, Flur, Badezimmer, Nebenzimmer, Seitentür, knips, knips, knips, knips machte er seine Runde, stopfte außer dem Brief und einem Zeitungsausschnitt, der daran festgeheftet war, alles wieder in die Hosentasche zurück und kam, knips, knips bis ins Schlafzimmer.
—Was machst du da?
—Es muß nicht überall Licht brennen, wo keiner ist.
—Überall Licht, sagte sie zu ihrem Spiegelbild und löste sich die Wimpern ab.
—Brauchst du die Schreibmaschine?
—Seh ich so aus als würd ich die Schreibmaschine brauchen?
—Also, nein, ich meinte, wegen dieser Papiere hier ...
—Nur diese Papiere! Schmeiß sie weg. Das ist bloß mein Projektexposé für das Stiftungsstipendium, schmeiß es weg. Und was sind das für Papiere, die du da ablädst?
—Nichts. Nur ein Fragebogen, den ich noch ausfüllen muß.
—Nichts. Natürlich nichts. Für einen Job? Dein Name muß in Personalbüros so bekannt sein wie der Weihnachtsmann.

—Aber auf diesem gibts keinen Namen, die verwenden Computer. Er schwenkte ein Blatt, auf dem das Gesicht eines Mannes durch gestanzte Löcher und Ziffern unkenntlich gemacht worden war. —Die verwenden so ein, das Ganze nennt sich verschlüsselte Anonymität, damit sichergestellt ist, daß die Qualifikation jedes Bewerbers unabhängig von seiner ...
—Weshalb mußt du denn deine Anonymität auch noch verschlüsseln?
—Um die Würde und Privatsphäre des Individuums zu ...
—Es weiß doch sowieso keiner, wer du bist, Nora! Hör mit dem Krach auf! Was um Gottes willen machen die da, kannst du nicht dafür sorgen, daß sie aufhören? Und was hat das hier zwischen meinen Cremes zu suchen? Noch mehr Papier.
—Ach das, das hab ich schon gesucht.
—Also, das ist ja auch ein guter Platz dafür, hier wird es niemand klauen.
—Wer würde es denn überhaupt klauen wollen? Das ist für die Umschuldung unserer Hypothek.
—Umschuldung? Heißt das, du nimmst noch mehr Geld auf?
—Müssen wir, wir schulden der ...
—Wir? Du meinst, wie das letztemal, als sie das Auto abgeschleppt haben? Sie sah auf, um ihn im Spiegel zu fixieren, aber er klammerte sich an den Träger ihres BH. —Oder das Mal davor, und all die anderen Male? Sind immer wir das?
—Nein, ich wollte nicht, was ich wollte, ich wollte dich fragen, erinnerst du dich an die Abschleppkosten vom letztenmal? Wie teuer das war?
—Fünfzig Cent? So um den Dreh ... au!
—So wenig kann es nicht gewesen sein, es ...
—Dann wars vielleicht vier fünfzig, sechs fünfzig, ich erinnere mich genau an die fünfzig Cents, Nora, laß das! Was machst du denn da um Gottes Willen? Nora! Kannst du nicht dafür sorgen, daß die damit aufhören? Statt hier rumzustehen und dich wegen fünfzig Cent aufzuregen? Was du bloß immer mit Geld hast, mit Geld hast du's aber auch wirklich. Wie du das ganze Haus verdunkelst, sobald du reinkommst gehst du rum und schaltest alle Lichter aus, drehst die Heizung runter, wenn du dran vorbeikommst, und alles wegen fünfzig Cent! Nur wenn du selber mal Glück hast, bekommst du plötzlich Angst vor deiner eigenen Courage, etwa die Steuererstattung über dreihundert Dollar, und läßt den Scheck wieder zurückgehen.

—Daddy! Dad ...!
—Nein, das waren dreihundertzwanzigundsechsunddreißig, und die Erstattung, die ich beantragt hab, war nur siebenunddreißigzehn, also konnte ich doch nicht ...
—Schnell, einen Penny! Gib mir schnell einen Penny!
—Ich konnte es nicht behalten, und ich konnte nicht einfach ...
—Schnell!
—Wofür denn, Nora?
—Schnell, Donny spielt eine Maschine, und damit sie läuft, muß ich einen Penny reinstecken, damit er läuft.
—Nicht auszudenken, was das für einen Verwaltungsakt ausgelöst hätte, wenn ich den Scheck eingelöst hätte, was denn für ne Maschine?
—Eine Hüpfmaschine. Hast du's nicht gehört? Schnell, ich muß noch einen Penny einwerfen, bevor er aufhört.
—Warte! Moment mal, wo einwerfen? Was meinst du damit, noch einen Penny, wo?
—In seinen Mund, der Penny, den ich auf deiner Kommode gefunden hab, der ... warte! Warte! ... Was machst ... was machst du denn mit ihm? Paß auf, du machst ihn noch kaputt. Du mußt ihn ... auf den Kopf, er wird noch ... Mama! Mama! ... Da, siehst du? Ich habs dir ja gesagt!
—Also, tritt ... tritt da nicht rein! Hol einen Lappen. Donny! Komm her, faß deine Mutter nicht ...
—Mein Gott! Alles über meinen Sari! Laß los, laß mich los! Nora, nimm du ihn! Kann ihn denn nicht einer von euch nehmen? Der Gestank geht nie wieder raus. Steh da nicht so rum, Nora! Hol einen Lappen!
—Papi, da hast du deinen Penny wieder. Hier ...
—Einen Lappen, hab ich gesagt! Wisch es nicht an deinem Kleid ab! Und seht euch meine Sandalen an! Sie stürzte an ihnen vorbei, raste um die Ecke und rüttelte an der Badezimmertür. —Dad? Bist du da drin? Prompt antwortete von drinnen ein Furz und hatte, draußen, das unvermeidliche Lamento zur Folge, —ihr alle, alle seid ihr gegen mich, alle ...!
Die Tür des Seiteneingangs knallte. Irgendwo versuchte eine Uhr mit kaputtem Glockenspiel die Stunde zu schlagen, und Mister diCephalis eilte, die Armbanduhr nachstellend, ans Telefon, wählte und sah dabei aus dem Fenster auf etwas, von dem seine Frau behauptet hatte, es sei ein Schneeballbusch, und was sich unschön von den anderen

ebenso form- wie namenlosen Büschen abhob, welche, wie sie gesagt hatte, einmal geschnitten werden müßten, und ignorierte das Gezerre an seinem Hosenbein. —Siehst du, Donny? Papi ist gar nicht böse, er wollte nur seinen Penny wiederhaben ... Er lauschte der automatischen Abfuhr bis zum Schluß, senkte dann die Augen vor dem feindseligen Anblick suburbaner Vegetation, wählte erneut und richtete seinen Blick wieder auf seine Frau vor dem Haus, die ihren Sari mit Wasser aus dem Gartenschlauch schrubbte, hingehockt wie eine Waschfrau an den Ufern des Ganges, den stumpfen Blick vorbei an den verkitschten Eisenbeschlägen, die aus Aluminium waren, um neu auszusehen, und dem neuen Gartenzaun, der dafür auf alt getrimmt war, der passende Rahmen also für jenes eher männlich dominierte Bild der Jagd, wie es sich nun in Gestalt von Bast vor ihr aufbaute, dieser fast Hals über Kopf, die vermeintliche Beute dagegen im gelassenen Laufschritt dessen, der sich mit jeder Sekunde sicherer fühlte, in seinem schwarzgrauen Tarnkleid, hier zerrissen, dort nur notdürftig geflickt und überhaupt eine vernachlässigte Erscheinung, wo doch selbst die Lorbeer- und Mimosensträucher auf ausreichenden Abstand für den Rasenmäher hielten, werblich aufgeschreckt allenfalls von Versicherung, Fußpflege, Traumgrundstück Zu Verkaufen, Gott Erhört Euer Gebet, bevor sie tiefgestaffelten Robinien Platz machten, die nach langem Vernichtungskrieg untereinander nun mit dem Geißblatt rangen. Sogar der Bürgersteig verschwand schließlich im Gras, und zwar kurz vor einem Gebetshaus, das, gottbefohlen, der Erzbaptistischen Gemeinde gehörte, wenn man dem zugehörigen, weitgehend von Gestrüpp überwucherten Schild glauben wollte.
—Halt!
—Was?
—Ich hab gesagt, warte ...!
—Nein, Sie haben gesagt ...
—Wo ist das Geld, das du, das du gestohlen hast?
—Das ich was? Oh. Oh, hallo.
—Wo ist es?
—Das in der Papiertüte? Das war unser Klassengeld.
—Es war Miss, Mrs. wie heißt sie noch mal ...?
—Joubert, Mrs. Joubert. Das ist meine Klasse, sechs J.
—Also, wo ist es?
—Das Geld? Mit eingezogenen Schultern verlagerte er das Gewicht

von Büchern, einer schwarzen Mappe mit Reißverschluß, einer Zeitung und Post in diversen Formaten von einem auf den anderen Arm. —Ich hab Ihnen doch gesagt, daß ich damit von diesem Probendings gleich in die Klasse rennen mußte, sagte er, bückte sich nach einem heruntergefallenen Briefumschlag und blieb unten hocken, um einen Knoten ins Schnürband seines Turnschuhs zu machen. —Sie können sie ja fragen.
—Stimmt... stimmt das auch?
—Klar fragen Sie doch. Eh, warten Sie, ich meine, Sie sind doch nicht böse, oder, eh? Den bedrohlichen Wust von Büchern und Unterlagen im Arm, trabte er neben Bast her. —Wo wollen Sie hin?
—Nach Haus.
—Oh. Sie wohnen in dieser Richtung?
—Ja.
—Die Hauptstraße rauf?
—Ja, aber...
—Ich komm mit.
—Ich habs eilig.
—Macht nichts. Er hastete neben Bast her und stieß ihm andauernd seinen Wust in die Hüfte. —Wie weit haben Sies denn, nach der großen Kreuzung?
—Gleich dahinter.
—Gegenüber von wo die das neue Einkaufszentrum hier bauen, nicht?
—Die bauen gar nichts.
—Ich meine, wo sie es bauen wollen.
—Bauen wollen? Wer?
—Sie wohnen in dem großen alten Haus gleich hinter dem alten leerstehenden Bauernhaus, wenn man links abbiegt, stimmts? Dieses alte Haus hier mit den kleinen spitzen Fenstern und dieser großen Scheune oder was dahinter am Wald? Mit dieser großen hohen verwilderten Hecke davor oder was?
Bast verlangsamte seine Schritte, als sich rechts von ihnen plötzlich eine schmale Lichtung auftat, in der sich ausgerissene Setzlinge, zersplitterte Baumstämme und Äste, die noch Blätter trugen, mit einer verbeulten Stoßstange, einer kaputten Klobrille, einem einbeinigen Stuhl und verschiedenen leeren Konservendosen vereint hatten, inmitten des Ensembles ein Schild: Planierungsarbeiten Zu Vergeben, daneben eine Telefonnummer. —Woher weißt du das?
—Das ist das einzige Haus da hinten, stimmts? Und direkt gegenüber,

wo der Typ die Blumen züchtet, der da in dem alten Bauernhaus wohnte, wo der die ganzen Blumen hat, da bauen die doch dieses neue Einkaufszentrum hier, wissen Sie?
—Nein. Wer hat dir das erzählt?
—Steht doch in der Zeitung, hier über die Änderung vom Bebauungsplan ... und bei seinem Versuch, Schritt zu halten und zugleich etwas aus seinem Packen hervorzuziehen, fiel alles hin. —Ich ... oh, danke. Sie brauchen mir nicht helfen, ich meine, ich wollte Ihnen bloß zeigen ...
—Verdammt!
—Was? Der Matsch? Den kann man abbürsten, wenn er trocken ist. Ich wollte ...
—Wem gehört das denn alles? sagte Bast gebückt und sammelte Gem School of Real Estate, Amertorg Import Export, Cushion-Eez Schuhfabrik, Nationales Kriminologisches Institut, Ace Zündhölzer zusammen, —die ganze Post?
—Von heute. Ich war gerade auf dem Postamt.
—Das ist alles deine? Alles deine Post?
—Klar, man schickt einfach ein, sagte JR, ohne von den Umschlägen der Broschüren aufzusehen, die ihm permanent zu entgleiten drohten, Das Geheimnis des Erfolgs, Erfolgreich Verkaufen, Erfolg Total, dazu der unverhoffte Anblick nackter Brüste, die eine ganze Seite in Anspruch nahmen, —kosten meistens nix, wissen Sie? Er sammelte die Brüste ein, ohne hinzuschauen, und blieb stehen.
—Was sind das für Zeitschriften?
—So Sachen, wo man was einsenden muß, wissen Sie? Ich dachte, ich hätte auch die Lokalzeitung hier oder was, aber es ist die falsche, über den Bebauungsplan für dieses Sanierungsgebiet und alles.
Auch Bast blieb jetzt stehen, räusperte sich und murmelte, —Sanierungsgebiet! und stieß mit dem Fuß eine leere Katzenfutterdose gegen die verbeulte Stoßstange.
—Man muß hier nämlich nur mit der Dampfwalze drüber, und dann, eh, warten Sie ... JR grub in einer Tasche, holte das Taschentuchknäuel hervor, den Bleistiftstummel. —Die zahlen sieben Dollar pro Meter fürs Planieren, wußten Sie das, eh? sagte er, betrachtete das Schild und kritzelte mit dem Bleistiftstummel auf einem Zeitschriftenrand herum. —Haben Sie mal 'n Bleistift?
—Nein, aber das hier. Bast gab ihm die Post und wandte sich von ihm ab. —Ich habs eilig.

—Aber nur, na gut aber vielleicht können wir mal, eh ...? JR stand vor der zerstörten Lichtung, kaute auf der Spitze des Bleistiftstummels herum, versuchte, damit zu schreiben, kaute wieder. —Eh, Mister Bast? rief er, doch Bast winkte nur unwillig ab und blickte ansonsten starr auf seine zunehmend länger werdenden Schritte Richtung Hauptstraße. Bereits auf dem verwahrlosten Seitenstreifen, von wo er die Straße überqueren wollte, erreichte ihn die Stimme kaum noch. —Ich meine ja bloß, vielleicht sind wir ja noch einmal aufeinander angewiesen. Okay ...
Ohne erkennbaren Grund erschien plötzlich ein Polizeiauto auf der Bildfläche und schoß an ihm vorbei. Noch hinter der Feuerwache riß die Sirene den Tag in tausend Stücke. Bast ließ den verkommenen Platz des Marinedenkmals hinter sich, überquerte nach kurzer Strecke den Highway, stieg dabei durch tief ausgefahrene Spurrillen, stolperte über die bröckligen Reste eines Bürgersteigs von der Länge etlicher Häuserblocks, kenntlich nur noch an den verrosteten Eisenpfählen mit unentzifferbaren Relikten von Straßenschildern, die in den zwanziger Jahren einmal für ein Neubauprojekt im venezianischen Phantasiestil geworben hatten, bis schließlich auch diese rostigen Fingerzeige nur noch verdreht und bar jeder Ortsangabe am Boden lagen, Ende der Vorstellung für umgestürzte Säulen, für den kopflosen Gipslöwen von Sankt Markus, ja, für die Erinnerung selbst, alles verrottet im hohen braunen Gras, das bestenfalls die Alten noch kannten als Queen Annes Spitzenbesatz, weil es einst die Schotterpiste zum stillen Eichenhain gesäumt hatte. Doch genau dort bog er jetzt ein, nicht anders als die Autos, deren Besitzer in dem Waldstück ihren Müll, ihren Ehefrust oder ihr Leben ließen, denn die Zahl derer, die zu Fuß kamen und wußten, daß dieser Weg zum Hintereingang des ehemaligen Bast-Anwesens führte, war inzwischen verschwindend gering geworden.
—In dem Sommer damals war der Wald voll von Menschen, fünfundzwanzig war das wohl, nicht wahr, Julia, oder sechsundzwanzig? Weißt du noch, Charlotte kam gerade aus Europa zurück, die Männer trugen Strohhüte wie die Gondolieri, und unten am Bach an der kleinen Brücke gab es sogar eine richtige Gondel. Diese weißgestrichene steile Brücke, die nirgendwo hinführte, und wie sie da lachte, sie war ja gerade erst aus Venedig zurückgekommen.
—Das Lachen ist ihr aber vergangen, als sie sah, wie James mitten auf der Brücke stand und Grundstücke mit Meerblick an die armen

Leute verkaufte. Man hatte sie in kostenlosen Sonderzügen aus der Stadt hergebracht.
—Seeblick ...?
—Man sagte einfach, sie seien mit Meerblick, Stella. Mit Anlegern für Schiffe aus Europa und mit Kanälen wie in Venedig, und die Leute haben das geglaubt.
—Ich kann mir nicht vorstellen, daß James sie betrügen wollte, Julia. James sah die ganze Sache als großen Jux an.
—Als Jux? Wenn Leute ihre gesamten Ersparnisse verlieren? Die meisten waren Hausangestellte, sie konnten kaum richtig Englisch sprechen.
—Ist das Onkel James, hier, der mit dem Hut? fragte Stella abwesend, während sich ihr Gesicht auf dem Glas des Bildes spiegelte. Sie hatte ihnen den Rücken zugewandt, und das schlichte Grau legte sich wie maßgeschneidert um ihre traurig herunterhängenden Schultern.
—Nein, James. James setzte solche Dinger nicht auf. Die Strohhüte und all das Zeug, das war nicht seine Idee. Er verkaufte nur Grundstücke im Auftrag von Doc, Doc wie hieß er doch gleich, als der ins Gefängnis mußte ...
—Nein, nein, Anne. Sie meint das Bild da drüben, James in so einer Art Talar. Das war, als er einen Ehrenhut bekam, nach der Uraufführung seiner ...
—Und wo ist er jetzt?
—Da ist eine Postkarte von ihm, Stella, da auf dem Kaminsims. Da ist ein Schloß drauf.
—Die hier? Die mit der abgeschnittenen Ecke? Da kann man ja gar nichts erkennen ...
—James' Handschrift ist grauenhaft. Die einzige Möglichkeit, ihm zu schreiben, besteht darin, daß wir seine Absenderadresse ausschneiden und dann auf unseren Brief kleben, und da wir nie genau wissen, wo ... da! Bleib mal einen Augenblick so stehen, Stella. Siehst du es jetzt, Julia? Die Ähnlichkeit mit James?
—Wenn sie ihr Kinn noch etwas anhebt. Vielleicht ein bißchen um den Mund herum, aber ... ist das eine Narbe? Am Hals, es liegt vielleicht nur an dem Licht hier drinnen, aber es sieht aus ...
—Julia! Ich würde nicht ...
—Schon gut, sagte Stella, wandte sich mit einem Ausdruck, der ein Lächeln hätte werden können, von ihnen ab und reckte die schlanke

und zarte Linie ihres Halses. —Seht ihr? Sie geht ganz herum, schien sie sagen zu wollen und wandte sich wieder den Bildern zu, die gerahmt an der Wand hingen.
—Es sieht fast aus ...
—Du, du solltest vielleicht eine Halskette tragen, Stella. Es gab mal irgendwo eine, die Charlotte gehörte. Wo ist die geblieben, Julia? Die mit den ...
—Oh, ich verstecke sie doch nicht ... und die dumpfe Gelassenheit ihrer Stimme ließ die beiden aufhorchen. —Die Kinder in unserem Mietshaus, weißt du, was die sagen? Daß ich eine Hexe bin, daß ich meinen Kopf an- und abschrauben kann. Sie glauben, daß ich meinen Kopf nachts abnehme und einen anderen aufsetze ...
—Stella! Das ist ... du, du bist ein schönes Mädchen!
—Eins, daß sie zu Stein werden läßt, wenn sie es ansehen, fuhr sie fort, und von ihrem Gesichtsausdruck war nur eine flüchtige Bewegung im Glas zu erkennen, —es gab ja auch schöne Hexen, schloß sie dann mit einem leichten Zittern der Stimme, das ein Lachen hätte sein können.
—Was ...
—Was es war? Eine Operation. Schilddrüse.
—Ein Jammer, daß du ... daß du keine Kinder hast, Stella. Eigene Kinder, du und ... ach, ich kann mir nie seinen Namen merken.
—Wen meinst du?
—Na ja, den deines Mannes, Mister ...
—Norman, oh, sagte Stella mit derselben tödlichen Gelassenheit, und dann, —und der hier? indem sie sich dem nächsten Bild zuwandte. —Der da neben Onkel James am Klavier, der kleine Junge. Das ist doch nicht Edward, oder?
—Das? Nein, das ist nicht Edward, ganz bestimmt nicht.
—Ist es überhaupt jemand aus der Familie?
—Es ist ... nein, es ist ein Junge. Ein Junge, der bei James Unterricht hatte.
—Vielleicht Reuben? Stella drehte sich abrupt um und blieb, einen Fuß auf den Absatz gestellt, so stehen. —Der Junge, den er adoptiert hat?
—Nein. James hat ihn nie adoptiert. Da. Siehst du? So geht das los mit den Geschichten.
—Ja, dieser Mister ... dieser Rechtsanwalt war hier. Der konnte auch nicht genug kriegen von all dem Gerede, versuchte am Schluß sogar,

Reuben mit ins Spiel zu bringen, sagte, ein adoptiertes Kind hätte die gleichen Rechte wie ein eheliches Kind und so weiter, warum eigentlich ...
—Hier, seine Karte liegt hier noch irgendwo. Cohen, hier ist sie. Siehst du? Er sagte, das h fehle. Man sollte doch meinen, daß er sich dann neue Karten drucken ließe.
—Vielleicht will er das Geld sparen. Vielleicht wäre es billiger, wenn er seinen Namen ändern ließe, weißt du noch, wie Vater immer sagte ...
—Warum mußte dein Mann ihn bloß hier vorbeischicken, Stella? Als ob die Dinge nicht schon kompliziert genug wären.
—Schade, daß ich ihn verpaßt habe, als Normans Sekretärin sagte, daß er vorbeikommen würde, um euch und Edward bei der Regelung dieser Angelegenheit zu helfen ...
—Schöne Regelung! Hat mit den Armen rumgefuchtelt, Möbel kaputt gemacht und überall seine Unterlagen verstreut. Von seiner Ausdrucksweise will ich gar nicht erst reden.
—Ich bin sicher, daß Norman nicht wollte, daß er ...
—Sonnenklar, aber er war einfach nicht in der Lage, sich verständlich auszudrücken. Und gottloses Gerede ist niemals sonnenklar, wenn du mich fragst. Sei vorsichtig mit der Sessellehne, die hat er auch schon kaputt gemacht.
—Vielleicht kann Edward sie reparieren, Julia.
—Ja, er hat uns sogar vor Edward gewarnt, stell dir das mal vor.
—Aber ich bin sicher, daß Mister Coen nicht die Absicht ...
—Bezeichnete Edward als unmündig ...
—Und als Irren ...
—Redete dauernd von einer Klage gegen die Ford Motor Company, weil, Unmündigkeit sei eben ein Schwert und nicht nur ein Schild, was immer das heißen soll, aber das hat er dauernd wiederholt. Er sagte, denken Sie an Danziger gegen die Ironclad Realty Company. Als ob ich das jemals vergessen könnte nach der Vorstellung, die er da abgegeben hat. Komisch ist nur, daß James nie davon gesprochen hat.
—Und Vater auch nicht, warum wollte Mister Cohen überhaupt die alte Geschichte von Vater und der Geige hören?
—Und dann das Bild von Charlotte mit dem indianischen Federschmuck, das sagt doch noch gar nichts, jedenfalls nichts über unser angeblich indianisches Blut, alles nur Klatsch, und dann dauernd das

Gerede über Edwards Geschäftsfähigkeit, Edward sei voll geschäftsfähig und so, als wären wir eine Familie von ... also wirklich!
—Wir mußten ihm sogar einen Knopf annähen. Was glaubst du wohl, Julia, wo das Foto ist? Das mit dem Programm? Das war, als sie im New Montauk Theatre auftrat ...
—Es muß drüben bei all den anderen Sachen in James' Studio liegen.
—Bei all den anderen Sachen, ja. Gut, daß wir ihn da nicht reingelassen haben. Als er anfing in James' Einkommensteuererklärungen rumzuschnüffeln, und gefragt hat, ob James für Edward jemals den Kinderfreibetrag ...
—Es gibt doch auch gar keinen Grund, warum er das nicht hätte tun sollen. Ich selbst habe gehört, wie James einmal sagte, daß Edward, solange er noch zur Universität geht ...
—Dieser Bryce-Junge, weißt du, den sie den jungen Pflanzer nannten, der war noch mit neunundzwanzig auf der High School.
—Diese Geschichte gehört nicht hierher, Anne.
—War Reuben nicht ein Waisenkind? unterbrach Stella plötzlich.
—Nein. Bestimmt nicht.
—Ich glaube, mein Vater hat mal gesagt ...
—Nur weil James ihn in einem Waisenhaus gefunden hat. Die Mutter des Jungen war gestorben, und sein Vater konnte sich nicht um ihn kümmern und steckte ihn in ein Waisenhaus, wo er anständig versorgt war. Da hat James ihn entdeckt, bei seinem Musikunterricht. Die Freimaurer waren ziemlich sozial eingestellt, weißt du, und James unterrichtete in einem jüdischen Waisenhaus. Er fand, daß der Junge Talent hatte und, tja, daß es gefördert werden müßte.
—Aber er hat ihn doch mit nach Haus genommen, oder nicht?
—James hat ihn mit nach Haus gebracht, um ihn zu unterrichten, ganz einfach. Das war ... das ist jetzt schon so viele Jahre her, und ich bin sicher, der einzige Grund, warum dein Mister Cohen damit anfing, war der, daß er die alten Geschichten über James und deinen Vater wieder aufrühren wollte. Daß James und Thomas nicht miteinander zurechtkamen, einfach weil ... weil soviel auf dem Spiel steht.
Stella in ihrem grauen Kostüm kehrte sich von ihnen ab, eine Geste voll Melancholie in den letzten vergehenden Strahlen der Herbstsonne, die noch auf der Fensterscheibe tanzten. —Wieso? fragte sie.
—Wegen des Geschäfts natürlich.
—Immerhin hat James ihm geholfen, es aufzubauen. Als Thomas erstmals von einem Musikverlag sprach ...

—Einen Musikverlag würde ich das nicht nennen, Anne. Als Thomas damit anfing, über die Herstellung von Lochstreifen für automatische Klaviere zu sprechen, meinte James, bei Thomas seien wohl ein paar Schrauben locker, weil er all die Jahre nur Holzblasinstrumente gespielt hätte.
—Trotzdem hätte ich mir nie vorstellen können, daß man mit Lochstreifen noch so viel Geld verdienen kann, aber dein Mister Cohen behauptet ja, das könne man durchaus. Ich dachte, die Leute haben heute Radios und solche Sachen. Es ist ja nicht so, daß James mit alledem nichts zu tun hätte.
—Aber er hat doch immer noch seine Aktien, sagte Stella von den Bildern her. —Und ihr beide auch?
—Was die Dividenden betrifft, merkt man aber nichts davon.
—Nicht, daß es uns allein ums Geld ginge.
—Um was denn sonst ...? Das letzte Licht war verschwunden, vom Himmel verschluckt. Auch Stella, obschon sie ihnen immer noch den Rücken zukehrte, folgte nun ihrem Beispiel und schlug die Augen nieder, als sei das Vermißte noch eben auf dem Boden zu finden gewesen und nun nicht mehr da.
—Nun ja, einfach, ich glaube, daß James einfach das Gefühl hatte, daß Thomas ihn ... ihn irgendwie übervorteilte. Musikerfreunde von ihm, das heißt von James, machten hier während ihrer Konzertreisen Station, und James hatte sie kaum vorgestellt, als er schon mitansehen mußte, wie sie draußen bei Thomas in Astoria waren und Lochstreifen bespielten.
—Wer denn, Anne?
—Tja, Saint-Saëns zum Beispiel. Als er hier auf Tournee war ...
—Ich glaube, James fand Saint-Saëns ziemlich albern, mit seiner Theosophie und allem, was sonst so dazugehörte.
—Ich glaube, James mochte Saint-Saëns sehr, Julia. Nur seine Musik fand James ziemlich albern, er hielt sie schlicht für Schund. Ja, es muß wohl die Musik gewesen sein, denn Saint-Saëns selber war ja nie hier. Paderewski war hier und hat Saint-Saëns gespielt, so wars.
—Steinway hat Paderewski schon Jahre zuvor hier angeschleppt, irgendwie hatte auch Herbert Hoover seine Hand mit im Spiel, jedenfalls hat er damit sein College finanziert, und ich glaube auch nicht, daß es an Saint-Saëns' Theosophie lag, Anne. Ich glaube, du denkst an das, was James über Scriabin und Madame Blavatsky sagte, bevor er den Tumor bekam und starb. Er hat nämlich keine Lieder geschrieben.

—Stimmt es eigentlich, fragte Stella vom anderen Ende des Raums, —daß mein Vater und Onkel James sich einmal kurz nach ihrer Ankunft in irgendeiner Stadt im Ausland auf der Straße begegnet sind und dann wortlos die Koffer abgesetzt und sich miteinander geprügelt haben?
—Geprügelt haben die Jungs sich eigentlich nicht. Es war eher ein philosophischer Disput, Thomas war nämlich der Auffassung, daß der Zauber virtuoser Klaviermusik auf Lochstreifen gespeichert werden könnte, wohingegen James ...
—Wenn etwas James in Rage bringen konnte, dann war es die Vorstellung, daß jemand sein Talent verschleuderte, daß eine große Begabung verlorengehen oder unterdrückt werden könnte. Das brachte ihn in Rage.
—Und deshalb hat er den Jungen aus dem jüdischen Waisenhaus aufgenommen?
—Ja, das war ein sehr schüchterner, stiller kleiner Junge. Auf uns wirkte er gar nicht wie ein Jude.
—Jedenfalls nicht wie ein jüdischer Jude, nein.
—Damals dachten wir, daß alle Juden Hakennasen hätten, aber er war fast blond, nicht wahr Julia? Und hatte sogar blaue Augen.
—Aber er hat unseren Namen angenommen, nicht wahr?
—Leihweise, Stella, höchstens leihweise. Er hat unseren Namen benutzt, aber nie zurückgegeben. Daran sieht man, wie sehr er James bewundert hat.
—Tja, James hat ihn geliebt, und ...
—Aber nicht den Jungen, das war nicht James' Art. James liebte sein Talent, er holte ihn aus dem Waisenhaus, weil er meinte, daß der Junge jede freie Minute mit Musik verbringen sollte, also üben, üben und nochmals üben, das volle Programm. James hat ihn sowenig geschont wie sich selbst. Deshalb hat er das Kind aufgenommen. Damals, als Edward zu uns zog, lebte der Junge bei ihm.
—Oh? Die Hände in die Seite gestemmt, sah Stella sich um. —Wann erwartet ihr ihn denn zurück?
—Sieh auf der Karte nach. Etwa zu Thanksgiving, soweit ich das entziffern konnte.
—Ich meinte Edward, habt ihr nicht gesagt, daß er Unterricht gibt? Irgendwo in der Nähe ...?
—Ja, James hat ursprünglich vorgehabt, durch seine Beziehungen als Hauskomponist etwas für seine Zukunft zu tun, aber wir wissen nicht,

was daraus geworden ist. Manche Leute haben ein ziemlich kurzes Gedächtnis, was empfangene Wohltaten angeht, weißt du?
—Er war sehr von dir eingenommen, weißt du noch, Stella? Er hat sich damals richtig in dich verknallt, so wie das kleine Jungs eben tun.
—Nun ja, Stella muß auf ihn ziemlich erwachsen gewirkt haben. In dem Alter macht ein Unterschied von sechs bis acht Jahren schon...
—Ich möchte ihn nicht verpassen, aber ich kann mich nicht länger aufhalten, macht es euch was aus, wenn ich mir jetzt ein Taxi bestelle?
—Nein, dort auf dem Sekretär. Die Nummer liegt da irgendwo. Beiläufig, ohne sich umzudrehen, fragte Stella, —Was wollte Mister Coen denn von Edward?
—Das ist eine gute Frage!
—Er wollte, daß Edward unterschreibt...
—Edward sollte irgendwas unterschreiben, aber wir warten lieber, was James dazu sagt.
—Und er wollte Edwards Geburts...
—Wie bitte? Stella wählte.
—Er hat ein paar blödsinnige Bemerkungen gemacht, von wegen James wäre nicht Edwards Vater und weiß der Himmel, was sonst noch alles!
—James war Edward gegenüber immer ein wunderbarer Vater.
—Nun ja, er hat gewiß sein Bestes versucht, Anne, andererseits war mit ihm nicht gerade leicht auszukommen, wenn er gearbeitet hat. Besonders, wenn er sich voll auf seine Arbeit konzentriert hat, konnte er teilweise doch recht reizbar werden.
—Sein Philoktet, ja. Als er daran gearbeitet hat, hat er tagelang mit keiner Menschenseele gesprochen, er... was, Stella?
—Sie telefoniert, Anne. Und, Anne... dies mit einer Stimme, die raschelnd über den Fußboden huschte, bis hin zu Stella eine nackte Flucht von Dielen, welche die hereinstürzende Sonne erneut zu verblichenem Leben erweckte. —Ich würde jetzt nicht auf jede Kleinigkeit eingehen, bis wir wissen, was James dazu sagt.
—Aber, Juli...
—Kommt dein Taxi, Stella? Der Name liegt da irgendwo. Ein jüdischer Name, aber er fällt mir gerade nicht ein.
—Italienisch, Julia. Er ist mitten auf die Taxitür gemalt.
—Der nächste Zug, ja... Stellas Gemurmel am Telefon. —Mrs. Angel...
—Nun ja, man weiß ja, wie wenig Namen bedeuten.

—Stella ...? Kommt dein Taxi? Ein Jammer, daß du schon gehen mußt. Du bist ja gerade erst gekommen.
Stella zeichnete mit der Fußspitze die Grenze des Sonnenlichts nach. —Wollte Mister Cohen vielleicht Edwards Geburtsurkunde? fragte sie schließlich.
—Er, er sprach davon, ja.
—Aber wenn es irgendwelche Fragen gibt, wäre es doch an Edward, sich um eine Klärung zu ...
—Fragen?
—Was er ... er geerbt hat.
—Ach, er, weiß der Himmel, was er von James bekommen wird. Ich bin sicher, daß James es selbst nicht weiß. Seine Arbeit verschlingt mehr Geld, als sie einbringt, all die Partituren, die gesetzt und vervielfältigt werden müssen, dann die einzelnen Stimmen ...
—Und James gehörte nicht zu denen, die kleine Trios geschrieben hätten. Er liebte große Bläsersätze.
—Und jede Menge Sänger.
—Sänger, ja. Was das kosten würde, diesen Philoktet aufzuführen! Man müßte ein großes Orchester verpflichten, das Ganze auf Platte aufnehmen und was weiß ich, dagegen wären seine Tantiemen nicht mehr als ein Tropfen auf den heißen Stein, mir scheint, sogar seine Auszeichnungen waren mit Kosten verbunden, die doppelt so hoch waren wie die Einnahmen. Wenn es einmal soweit ist, wird für Edward nicht viel übrigbleiben.
—Ich meinte nicht das Geld, sagte Stella ruhig, und dann, ihre Stimme so beiläufig wie ihre Schritte, —hatte Nellie eigentlich Talent?
—Nellie?
—Talent?
—Ich ... ich glaube, die Frage hat sich nie gestellt.
—Unter all diesen Bildern mit Onkel James, murmelte Stella und verdunkelte eins davon durch ihren eigenen Schatten, —gibt es kein einziges ...
—Das da ist das mit Kreisler, nicht wahr?
—Aber hier steht Siegfried Wagner, neunzehnhundertzwan ...
—Oh. Das war Siegfried Wagner, ja. Der war ja immer in Bayreuth und verlangte fünfundzwanzig Cent für sein Foto, einfach weil er Wagners Sohn war.
—Aber unter diesen ganzen Fotos mit Frauen ist kein einziges ...
—Das war diese Teresa, wie hieß sie doch noch gleich, Julia? Sie war

während des Krieges hier auf Tournee. Sie war verheiratet mit diesem, ist mir jetzt auch entfallen. Jedenfalls, während des Kriegs zog er hier die große Schau ab, von wegen er wäre Deutscher, obwohl er eigentlich Engländer war, aber wie war noch gleich sein Name, ein französischer Name, aber wie hieß er bloß? Er war ein gutes halbes dutzendmal verheiratet. Sie war als Walküre des Klaviers berühmt, sie kam aus Argentinien oder irgendwo aus der Kante.

—Und es gibt überhaut kein Bild von Nellie? unterbrach Stella abrupt und drehte den gerahmten Gesichtern den Rücken zu. —Hat sie nicht bei Onkel James Unterricht genommen? Nach seiner Krankheit, wo sie ihn gesundgepflegt hat?

—Ich glaube, du bringst hier was durcheinander, Stella. Sie war krank und, richtig, James hat sie...

—Es gibt gar keinen Grund, das alles wieder aufzurühren. Dieser Mister Cohen ist ein altes Klatschmaul...

—Da wir aber gerade davon sprechen, Julia, glaubst du, daß wir Edwards Geburtsurkunde haben?

—Ich vermute, sie liegt da in der obersten Schublade. In dem kleinen Martha-Washington-Nähtisch.

—Hier? fragte Stella und zog daran. —Hier ist abgeschlossen.

—Ja. Der Schlüssel liegt gleich da in der unteren Schublade. Ja, da... zeig mir das mal, Stella. Das ist ein Bild von Nellie mit den Gloria-Trompetern bei der Willkommensparade für Charles Lindbergh, die Fifth Avenue runter.

—Ich glaube, sie sind die Fifth Avenue raufmarschiert, Anne. Und Nellie kann man darauf überhaupt nicht erkennen. Ich glaube, das war sowieso noch vor ihrer Zeit.

—Warum hätten wir denn sonst den Ausschnitt aufbewahrt?

—Nellie hat... Trompete gespielt?

—Das weißt du doch, Stella. Du weißt doch, daß James ihr Unterricht gab.

—Aber nicht Trompete. Nein, ich dachte, bloß allgemein Musik.

—Ja, oder wars Flügelhorn, Julia?

—Ich dachte, daß Onkel James seine Zeit nicht mit Leuten verschwendet, die kein Talent haben.

—Nun ja, Stella, immerhin war Nellie...

—Nellie ging es nicht gut, Stella. Sie hatte Schwindsucht. Wußtest du das nicht? Es war ja nicht so, daß James aus ihr die weltbeste Hornistin machen wollte. Die Ärzte sagten, sie müsse ihre Lungen kräftigen, und

deshalb nahm sie den Unterricht. Aber da war es für sie schon zu spät.
Stella beugte sich über den Nähtisch, steckte mit der einen Hand den Schlüssel ins Loch und strich sich mit der anderen unwillkürlich eine Haarsträhne aus der Stirn, eine Geste wie im Zorn. —Ach ja?
—Das ist... aber das hast du doch gewußt, nicht wahr? Stella?
—Gewußt?
—Gewußt, daß... daß Nellie so gestorben ist.
Regungslos, mit Augen, die alles aufnahmen, aber nichts preisgaben, sagte Stella, —tatsächlich?
—Aber wieso...
—Ja, wieso, Stella...
Ihre Blicke bildeten die drei Seiten eines offenen Dreiecks, das jetzt endgültig zerbrach und auf verschiedenen Ebenen auseinanderdriftete. —Ich bin sicher, Thomas hat es ihr gesagt, Anne. Vielleicht ist es ihr im Augenblick nur entfallen.
Und zwei Seiten des Dreiecks waren mit einemmal wieder intakt, suchten durch Fragen Bestätigung in der dritten, doch Stellas Augen blieben gesenkt, und in ihrer Stimme klirrte die Distanz. —Hier ist nichts außer Aktien und Wertpapieren...
—Ja, das sagte James auch immer, nicht wahr. Pfandbriefe sind etwas für Frauen und...
—Aktien für Männer. Aber das hat Vater gesagt.
—Hört mal. Ich glaube, ich höre es irgendwo hämmern.
—Du brauchst da nicht länger zu suchen, Stella. Es ist wahrscheinlich alles drüben in James' Studio, aber ich werd den Teufel tun und meine Nase da reinstecken. Das alles zu durchwühlen, Bilder, Zeitungsausschnitte, Verträge und Steuerunterlagen, Programmhefte, Partituren, von all den Lochstreifen gar nicht zu reden...
—Julia... jetzt? Hörst du es nicht? Das Hämmern?
—Edward?
—Ach, ist das Edward?
—Edward... aber was trägt er da denn bloß?
—Es sieht aus wie eine Dose.
—Eine Bierdose!
—Im Wohnzimmer? Was um alles in der Welt!
—Du, wir haben dir zwar gesagt, daß er etwas durcheinander ist, Stella, aber...
—Wenn er sich jetzt sehen könnte!

Und als er aus alter Gewohnheit das dunkle Quadrat an der Wand befragte, wo seit Jahren kein Spiegel mehr gehangen hatte, anwortete ihm nur das geduldige Muster der Tapete. —Sie ist leer ... er präsentierte die Dose, —ich wollte sie bloß ...
—Erinnerst du dich noch, wie James einmal von der polnischen Gesandtschaft so spät nach Hause kam, seine Hand, was ist denn mit Edwards Hand passiert?
—Der Saum seiner Jacke ist völlig aufgerissen.
—Es ist nichts, es ist bloß eine leere Bierdose, ich bin von der ...
—Nun fuchtel nicht so damit herum. Wir können es bis hierher riechen.
—Ich bin von der Rückseite beim Studio gekommen und hab die Dose vom Rasen aufgehoben, wollte sie nur wegschmeißen ...
—Das fehlte noch, eine Bierdose in unserem Mülleimer, vielen Dank, was sollen denn die Nachbarn denken. Er muß sie wohl woanders wegschmeißen. Aber hab ich nicht gerade Stellas Taxi gehört?
—Nein, bis dahin ist noch etwas Zeit. Ich dachte, Edward könnte mir vielleicht das Studio zeigen? Ich glaube, ich habe es noch nie gesehen, und vielleicht finden wir ja das Papier ...?
—War da nicht etwas, was wir Edward ausrichten sollten?
—Da war ein Anruf für ihn heute morgen.
—Das war so eine arme Frau, die Tanzunterricht anbot, Anne.
—Denen ist es ja egal, wie hoch unsere Telefonrechnung ist. Warum melden wir es nicht einfach ab ...
—Tja, die Zeiten, in denen es noch zu etwas nütze war, sind gewiß vorbei, warum haben wir es überhaupt anschließen lassen ...
—Als wir diese ganzen Telefonaktien gekauft haben, Julia, da hatten wir, glaube ich, das Gefühl, daß wir nicht außen vor bleiben konnten.
—Nein, ich glaube, es war genau umgekehrt, Anne. Ich glaube, wir haben uns entschlossen, ihre Aktien zu kaufen, weil wir bereits Telefon hatten, und wenn wir jetzt das Telefon abmelden, dann können sie meinetwegen auch ihre Aktien wiederhaben.
—Vielleicht sollte Edward sie mit in die Stadt nehmen und sie an jemand von der Börse verkaufen, dort gibt es sicher jemanden, der sie gern nimmt. Hast du sie vielleicht in der Schublade gesehen, Stella?
—Also neulich waren sie noch da. Wenn er sich selbst hätte sehen können, mit der Bierdose in der Hand ...

—Die Naht ist genau da geplatzt, wo ich sie schon mal geflickt habe. Ich wünschte, er würde sich endlich mal einen schönen blauen Anzug zulegen.
—Also, sie kann einem wirklich ein Loch in den Bauch fragen. Erinnerst du dich noch, wie sie all diese Geschichten über Thomas und James in die Welt gesetzt hat, und auch über James und Nellie, obwohl sie damals in jenem Sommer noch ein Kind war. Und diese fette Mrs., Mrs., die mit dem fehlenden Finger, die hat es auch gleich überall herumerzählt.
—Nebenbei, ist dir aufgefallen, daß sie nicht einmal einen Hüfthalter trug?
—Nein, aber irgendwas stimmte nicht mit ihren Augen. Sie paßten nicht zu ihrem Gesicht.
—Jetzt schon wieder, dieses Hämmern, das hört ja gar nicht mehr auf...
Er stemmte sich gegen die fettdunstende Zumutung eines nach klassischer Hausmacherart zerkochten Lendenstücks, die ihm von innen her nachzog, drückte kurz und entschieden die Tür ins Schloß und folgte, unbehelligt nun, Stella durchs hohe Gras. Stella selbst bewegte sich mit der Sicherheit einer Krankenschwester durch diese Steppe, eine Krankenschwester, die den Stationsflur kurzerhand nach draußen verlegt hatte, vorbei an den verstümmelten Bäumen und dem multivegetativen Durcheinander einer Laokoon-Gruppe aus Geißblatt, wildem Wein und Rosen. Mit steinerner Miene würdigte sie kurz den entsetzlichen Versuch eines japanischen Holzapfelbaums, mit seinen unbeschnittenen Ästen vor dem Schindeldach des Studios so etwas wie ein Spalier zu bilden, und rief, —hier entlang...? Ohne die Augen von ihren schwingenden Hüften lassen zu können, ging er voran und führte sie um den verwilderten Taxus herum, der die Backsteinterrasse vor der dumpfen Übermacht der Eichen beschützte. Er fummelte an der Bierdose herum und durchwühlte seine Taschen. —Aber es ist ja offen.
—Offen? die Tür...?
—Na dann... Sie stieß mit der Hüfte gegen die schwere Tür, drückte sie nach innen auf und wies beim Eintreten mit dem Ellenbogen auf die mitten durchgebrochene Glasscheibe der Tür. Scherben knirschten unter ihren Füßen, als sie fragte, —gibts hier auch Licht? Und als sie den Schalter ertastet hatte, fielen vom Dachgebälk schwere Schatten auf sie herab. Beide standen sie jetzt still, Boten einer bedrückenden

Außenwelt, er direkt hinter ihr, sie scheinbar gleichgültig gegenüber der Berührung seiner freien Hand, die etwas zu lang war, um noch zufällig zu sein, und von einer Wölbung über die Spalte hinweg zur anderen führte, dann über die Taille hinauf bis zum Ellenbogen, wobei allein sein unsicheres Zittern daran schuld war, daß sie sich ihm in die Leere des Raums entzog, murmelnd, —hier müßte mal gelüftet werden...
—Das ist die, die Feuchtigkeit vom Steinfußboden, er geriet aus dem Gleichgewicht, was den Eindruck erweckte, als wolle er sie umarmen, zumal er sich, die Bierdose in der Hand, durch das unregelmäßige Gebälk zu mehreren grotesken Ausweichmanövern veranlaßt sah. —Es war mal eine Scheune, es, man sagt, es war die erste Waschküche in Long Island, es war immer ein, eingebrochen, wer würde hier denn einbrechen...
—Fehlt denn was?
—Darum geht es nicht.
—Oder kaputt...? Sie hielt am Klavier inne, ging herum, öffnete die Klappe und schlug ein C an, —das jedenfalls haben sie nicht mitgenommen...
—Das ist nicht komisch, es ist, Moment! Hinter dir, mein Plattenspieler, steht er da noch? Wie elektrisiert trat er auf sie zu, was sie jedoch lediglich dazu brachte, mit einer Handbewegung das Ding anzustellen, den Tonarm über die kreisende Platte zu heben, der mit unerklärlicher Sicherheit aufsetzte, und sich dann, vor dem Hintergrund ahnungsvoller Streichmusik in Moll, umzuwenden. —Darum geht es nicht! Ob etwas fehlt oder kaputt ist, es ist die Vorstellung, daß jemand hier drin war, jemand, den ich noch nie, den ich nicht mal kenne, es ist, als ob jemand in den einzigen Ort eingebrochen wäre, wo ich, wo nichts geschieht, wo ich arbeite, wo sonst nichts geschieht, verstehst du das nicht? Gegen die wachsende Bedrohung der Streicher, die das Dach erbeben ließen, wurde er ebenfalls lauter, —glaubst du etwa, Musik ist nur, Komponieren, glaubst du etwa, das besteht nur aus Notenschreiben? Er fuchtelte mit der Bierdose vor den Studiofenstern herum, —das gehört auch nur teilweise, auch nur teilweise zu der Welt da draußen...? Die Streicher waren nun auf dem Rückzug, zum Schweigen gebracht durch die Oboen, die weinerlich um Zwiesprache buhlten, dazwischen immer wieder ein hart angeschlagenes C.
—Ist das ein Fis? Sie fuhr mit dem Finger die Notenlinie entlang,

beugte sich näher heran, schlug die Taste an und verband das Fis tremolierend mit einem C zwei Oktaven tiefer. Er fuhr herum.
—Nein, warte, was machst du ...
—Tiefe Geistesdämmerung, arbeitest du gerade dran?
—Das, nein, es ist nichts! Er nahm die Noten vom Klavier, —es ist nur, es ist nichts ... und ließ sie einfach dort stehen, und auch für die Streicher begann nun der Abstieg, indem sie sich der sanften Wölbung ihrer Schulter anheimgaben und dort verharrten, während sie sich vorbeugte und mit einem angedeuteten Achselzucken das Klavier zuklappte.
—Ich hab gehört, daß du Unterricht gibst, Edward, ist das ...
—Nein, geb ich nicht! Er hatte die Notenblätter hinter sich auf einen Sessel geworfen, setzte sich auf die Lehne und umklammerte die Bierdose, —ich habs wohl mal gemacht, aber jetzt nicht mehr, da ist gerade was passiert, was genauso blöd wie das hier ist, dieser Einbruch ... er zog plötzlich den Fuß zurück, hob den Blick bis zu ihren Knöcheln und diesem gelassenen Schritt, Schlenderschritt, bestehend aus Drehung und Ausfallschritt, Drehung und Ausfallschritt in Richtung auf eine mit einem Bullauge versehene Tür hinter dem Kamin.
—Was ist da drin ...? Sie fand den Schalter, knipste Licht an und schaute durchs Bullauge.
—Nichts, bloß, bloß Papiere, Programme, alte Partituren, was ...
—Onkel James? Hat er hier gearbeitet?
—Also er, natürlich, ja, ich, weil es ein Ort ist, weil es der einzige Ort ist, wo man eine Idee aufbewahren kann, man kann rausgehen und die Tür zumachen und kann sie hier unvollendet liegen lassen, die tiefsten, die wildesten, geheimsten Phantasien, und sie bleiben hier mit sich allein, im Gleichgewicht zwischen, im Gleichgewicht zwischen Zerstörung und Ausführung bis ...
—Hat er das gesagt? Onkel James?
—Was?
—Ist das von ihm? Es klingt so recht romantisch ... sie hatte den rückwärtigen Raum wieder ins Dunkel zurückgeknipst und näherte sich ihm von hinten mit jenem gelassenen Schritt, der ihn, als sie vorbeiging, die Augen aufschlagen ließ. —Seine Musik ist immer so ...
—Also warum, warum hätte er das nicht sagen sollen, sowas in der Art, daß er am nächsten Tag zurückkommen konnte, eine Woche, einen Monat später konnte er die Tür öffnen und fand sie hier wieder

vor, die gleiche unvollendete Vision, wie er sie hier verlassen hatte, dasselbe furchtbare Gleichgewicht erwartete ihn, genauso, wie er es hier verlassen hatte, um, um es erneut umzustoßen, und, an grauen Tagen bin ich hierher gekommen und hab mir ein Feuer angemacht, um das da draußen nicht mehr sehen zu müssen und den ganzen Sommer lang arbeiten zu können, ich, ich hab dich seit damals, seit jenem Sommer nicht mehr gesehen ...
—Du kannst hier aber nicht bleiben ... sie wandte sich von der leeren Schwärze des Kamins ab, —jedenfalls nicht, um zu arbeiten. Das ist nichts für dich.
—Wieso?
—Ohne Heizung hier drin?
—Ohne, hier? Ich, ich weiß nicht, ich ...
—Und wenn du ...
—Ich sagte, ich weiß es nicht! Er war aufgestanden, ging hinter ihr her, da sie sich der Treppe zugewandt hatte, während der Kontrapunkt die Streicher bis zur Selbstauflösung verwob. Stella ...
—Was ist los?
—Daß du, nur daß du wirklich genau hier stehst, wo ...
—Nein, deine Musik ... sie drehte den Kopf zurück und spürte seinen Atem auf ihrer Wange, —was ist los mit ...
—Nein, das hab ich ja versucht, ich wollte etwas finden, wie Beethoven bei Egmont, seine Musik zu Goethes Egmont, ich hab versucht, und dann hab ich dieses lange Gedicht von Tennyson gefunden, Locklsey Hall von Tennyson, das kannte ich noch aus meiner Schulzeit, und ich hab versucht, etwas auszuarbeiten wie, es ist so was Ähnliches wie eine Opernsuite, der Teil, den du da erwischt hast, diese Zeile, diese Zeilen, die anfangen mit Vertrau mir Cousine, mein ganzes Wesen strömt zu, ist es das, was du ...
—Nein, nur die Platte, ich dachte, mit der sei was passiert.
—Was die, die? Diese Platte?
—Was ist los? Sie hat einfach aufgehört.
—Das ist nichts, das ist bloß eine Übungsplatte, das D-Moll-Konzert, aber ohne den Klavierpart, hier müßte jetzt eigentlich das Solo kommen, ich dachte, du meintest meine, eben das woran ich gerade arbeite ...
—Ich dachte, du wolltest nicht darüber reden.
—Aber warum denn nicht? Was, warum sollte ich nicht darüber reden ...

—Das weiß ich doch nicht, Edward. Was ist da oben?
—Wo oben?
—Da oben, die Treppe rauf...
—Oben, was? Hast du etwas gehört?
—Nein, nein ich meinte nur, was da oben ist... sie nickte hinauf zu den Schatten, in denen die Streicher bereits wieder ihrem solistischen Widersacher auflauerten, —da oben in der Mansarde...
—Nichts nur, nur das Gleiche, Papiere, alte Briefe, Partituren, Lochstreifen... er kletterte ihr nach, folgte der aufsteigenden Verheißung, dem Auf, Ab und Auf ihrer Schenkel, gefesselt von der betörenden Leichtigkeit ihres Anstiegs, und verlor, als sie oben ankam und sich halb zu ihm umdrehte, das Gleichgewicht, so daß er sich jetzt am Geländer festhalten mußte, an ihrer Hüfte, gegen die er mit dem Kopf gestoßen war, doch schon war ihre Hand zur Stelle, packte die seine, die immer noch die Bierdose hielt, und bewahrte ihn so vor der schwindelnden Tiefe, wobei er nicht einschätzen konnte, ob ihrem Blick das verknotete Stück Gummi entgangen war, das wie ein toter Gegenstand auf der Treppe lag. —Warte! Warte, falls, falls jemand da oben ist... er bückte sich, hob das Ding auf und stopfte es in die Öffnung der Bierdose, wobei er sich dicht an sie drängte, —nicht, daß wir sie in flagranti...
—Wieso in flagranti? Wie sollte denn...
—Nein, ich meine die Einbrecher, falls sie noch hier sind und sich da oben verstecken...
—Sei nicht albern, da ist niemand... sie hielt oben an und schob mit dem Fuß einen Packen Briefe beiseite, der mit einem Schnürsenkel zusammengebunden war, um die Tür zur Mansarde aufstoßen zu können, —das wär sowieso aussichtslos, oder...
—Nein, ich meine...
—Diese ganzen Papiere, hier nach etwas zu suchen, was sie für diese Nachlaßsache brauchen, in diesem ganzen... sie ging umher, ohne ihren Blick auf der verblichenen, halb zu Boden gerutschten Tagesdecke des Betts ruhen zu lassen, und sah zum Oberlicht hinauf, —schläfst du auch hier oben?
—Auch...? Sie spürte die zitternde Dose an ihrem Rücken, —manchmal schon, ich, ich hab mir immer vorzustellen versucht, wie das wäre, aber ich, es ist immer noch so, als ob du gar nicht richtig hier wärst, immer dann, wenn ich gearbeitet habe, wenn ich an dich gedacht habe, wenn ich, selbst wenn ich versuche, es nicht zu tun, tue ich es, Stella,

was du da unten auf dem Klavier gesehen hast, in der Dunkelheit dieser, diese Zeilen, einen Moment hab ich sogar überlegt, die Stelle zu spielen, wo sie ihm ihren, ihren Busen zuwendet, erbebend unter einem Sturm der Seufzer ...
—Edward ... sie drängte sich so dicht an ihn, daß er die Augen niederschlug und nichts mehr sah als ihre Brust und sein Handgelenk vor ihrer Brust, —ich will nicht ...
—Tiefe Geistesdämmerung im, im Dunkel brauner Augen, allein deshalb schon mußte ich immer an deine Augen denken, vor allem, wenn du gelächelt hast, ich mußte immer an dein Lächeln denken, deshalb und nur deshalb ist das, woran ich gerade arbeite, auch so ...
—Du wirst es mir vorspielen, nicht wahr, wenn es fertig ist? Sie schob sich an ihm vorbei zur Tür, die Streicher erhoben sich wieder und umringten fröhlich die offene Falltür zwischen den Deckenbalken darunter, —es klingt ganz bezaubernd ...
—Bezaubernd, ist das alles, was du, du meinst wohl altmodisch? Du meinst altmodisch, stimmts?
—Ach, vielleicht ein bißchen, aber ...
—Das macht nichts, nein, deswegen hab ich ja gesagt, daß du es sowieso nicht verstehen würdest, wenn du nicht einmal ...
—Aber ich habe es doch noch nie gehört, wie kann ich ...
—Ich sagte, das macht nichts! Er ging ihr nach und rammte, als sie die Treppe erreichte, den blasigen Knoten in die Bierdose, —deshalb hast du doch gelacht, nicht wahr? Warum lachst du über mich? Du lachst ja nicht mal, du ...
—Edward, bitte, sei doch nicht ...
—Was soll ich nicht sein, was? Ich sagte, du würdest es sowieso nicht verstehen, deshalb bin ich, worum es geht, genau darum geht es, wenn du mir mal zuhören würdest ...
—Ich kann nicht länger bleiben, Edward, mein ...
—Warum nicht? Weil du es nicht hören willst, weil es genau darum geht, beispielsweise bei deiner Heirat mit diesem ...
—Aber ... sie hielt an, als er hinter ihr am Fuß der Treppe verstummte, —du, du hast ihn nie kennengelernt, Edward, was gibt dir dann das ...
—Was gibt mir dann das was? Ich, in diesen Sommern, als wir ...
—Also wirklich, Edward, wie konntest du denn nur auf die Idee kommen, daß ich ...
—Wie ich auf die Idee? Er näherte sich ihr, während die Streicher von

der Decke herab neue Wunden schlugen, —weil du, warum lächelst du? Du hast gerade gelächelt, es ist nicht mal ein Lächeln, sondern bloß, als wir in jenem letzten Sommer einmal alle zusammen schwimmen gingen, dieser Gebirgsfluß mit der tiefen Stelle, wo wir, wo du nachher weiter oben ins Flache gegangen bist, du bist allein raufgegangen, um dir die Haare zu waschen, ich dachte, du wärst nur, und bin dir nachgegangen, um dir ein Handtuch zu bringen oder sowas, du hattest deinen Badeanzug ausgezogen, und ich, ich kann immer noch, in jener Nacht konnte ich nicht schlafen, und ich kann noch immer ...
—Aber, ist das alles? Über ihnen zogen sich die Streicher zugunsten einer längst überfälligen Prügelei des Solos zurück und füllten den Raum um sie herum mit der Gegenwart leeren Klangs. —Außerdem ist das eine Ewigkeit her, Edward, du bist doch erwachsen geworden und ... oder etwa nicht? Und ...
—Da ist es wieder! Da, nicht einmal ein Lächeln, nein, du versuchst, die Leute dazu zu bringen, daß sie etwas tun, was sie nicht können, und die ganze Zeit weißt du, daß sie es nicht können, aber dich läßt das kalt, du siehst bloß zu und, und wenn es dann zu spät ist, dann schenkst du uns dein trauriges Lächeln, und in deinen Augen steht geschrieben, daß du es die ganze Zeit gewußt hast, deshalb ist alles auch so, Moment, warte, wo willst du ...
—Mein Taxi wartet draußen, Edward, ich ...
—Dein was? Was soll ...
—Mein Taxi, ich hab mir ein Taxi zum Bahnhof bestellt, weil mein Zug ...
—Taxi, du hast mir nicht gesagt, daß du ein Taxi bestellt hast, warte ...
—Ich kann wirklich nicht ...
—Nein, aber, warte, warte, ich fahr mit dir hin ... die Bierdose in der Hand, drängte er sie zur Vordertür, tat das aber so geschickt, daß jeder Beobachter geglaubt hätte, nicht er, sondern sie sei in Wahrheit der Verfolger im hohen Gras, in jenem Licht, das den scheidenden Tag noch einmal zum Glühen brachte und zum Leuchten das Gelb im restlichen Grün, vorbei am gekreuzigten Holzapfelbaum und der Qual von Geißblatt, wildem Wein und Rose, der Einfahrt entgegen, wo er ihr die Taxitür öffnete, die Dose in seiner Hand anstarrte, sie dann in die Ecke des Sitzes stopfte und sich anschickte, mit einzusteigen.
—Aber, Edward ...

—Nein, warte ...! Hinter ihnen brüllte das Orchester in wilder Verfolgung seines in die Flucht geschlagenen Feindes auf, —Moment, ich will bloß noch die Musik abstellen, bin gleich zurück ...
—Fahrer, können Sie vielleicht noch ...
—Gnädigste, wenn wir nicht sofort fahren, warten Sie auf den nächsten Zug glatte zwei Stunden.
—Also gut ... Die Tür fiel zu, das Taxi fuhr an, —beeilen Sie sich. Beeilung ... Dann rauschte sie durch die Pflegestation der Baumveteranen, verstümmelte Kameraden, mehr schlecht als recht zur Ehrenformation angetreten, während sie durch die Hecke brach, die Kurve mit dem versehrten Tupelo-Baum gefährlich knapp links liegenließ, um anschließend in rasender Fahrt über den offenen Highway, durchgeschüttelt und drangsaliert von einem knisternden und pfeifenden Funkgerät, den Bahnhof zu erreichen, wo der Fahrer sich umdrehte und auf die Dose in der Ecke zeigte.
—Sie wollen sowas doch wohl nicht in meinem Taxi liegenlassen, Gnädigste ...
Der einzige Abfalleimer weit und breit war aus Metall und vollkommen plattgedrückt, die einzig hörbare Stimme drang aus dem Funkgerät eines leeren, geparkten Polizeiwagens und quoll über von Unglücksmeldungen. Unbeobachtet, unverfolgt, stieg sie nun dem erhöhten Bahnsteig zu, mit Schritten, die so schwer waren wie die Betonstufen, die sie nach oben führten bis auf die vorletzte, dort blieb sie wie angewurzelt stehen. Er hatte ihr voll ins Gesicht gesehen und sich dann sofort weggedreht, bevor ihre Stimme erneut seine Aufmerksamkeit erregte, Bücher und Zeitungen, eingewickelt in den Turf Guide, ragten unter einem Arm hervor und schienen ihm mit jedem Schritt, den er auf sie zuging, schwerer zu werden. —Hallo, Stella ... Er hielt außer Reichweite an.
—Jack? Sie zögerte und nahm dann die letzte Treppenstufe. —Wie gehts?
—Stella Bast ...? Eine Armbewegung signalisierte Wohlergehen, —mir, wie du siehst ...
—Ja, ich, mittlerweile heiß ich Stella Angel, ich ...
—So gehts eben manchmal, Stella, der ehrliche Dummkopf kriegt das halbe Königreich.
—Aber was ...
—Alter König hat Probleme mit der Rentabilität, ratlos bietet er dem, der die Dinge regeln kann, seine schöne Tochter zur Frau und das halbe

Königreich dazu, der halbgare Prinz vermasselt es, irgendein ehrlicher Dummkopf aus der zweiten Reihe bringt den Laden in Schwung und pumpt den alten König um soundsoviel ...
—Jack, bitte, er, er ist gerade erst gestorben und ...
—Und du nimmst den erstbesten Zug!
—Warum sagst du sowas?
—Stell mir gerade vor, wie du's angestellt hast, Stella, ihn aus dem Verkehr zu ziehen und gleichzeitig ...
—Mein Vater ist gestorben, Jack, er, du trinkst immer noch, nicht wahr ...
—Und du? Kleine Party gefeiert, was? Er starrte auf das Ding in ihrer Hand, dessen Inhalt heraushing. —Oder bist du die neue Miß Rheingold ...
Ein Beben ging durch den Bahnsteig, als ein Zug aus der Gegenrichtung passierte, und wirkte noch in ihrem Körper fort, als sie längst den schwindenden Lichtern nachblickte, die allem Anschein nach ins Meer der Lichter eintauchen wollten, wo Licht nichts bedeutete als Bewegung, obschon gerade die Bewegung mit zunehmender Entfernung zur Leerstelle gerann, so großartig und sinnlos wie Interpunktionszeichen auf einer ansonsten weißen Seite. Sie ging zu einem leeren Mülleimer und warf die Dose scheppernd hinein. —Ich hab vergessen, wie du sein kannst.
—Hab ich selbst versucht, aber habs auch aufgegeben. Ich war damals ziemlich hart zu dir, oder, Stella?
—Ja aber, ich hätt es fast vergessen, und du brauchst jetzt nicht ...
—Nein, nein, ich steh zu jedem Wort.
—Jack, du ...
—Was? Er folgte ihr wieder.
—Ach, nichts ... Sie starrte nach draußen, wo glühendes Neon das Auge zum Lesen zwang. —Wie bist du bloß an so einem Ort gelandet.
—Ich bin nicht gelandet.
—Ich hab gehört, daß du verheiratet bist.
—Ach ja?
—Ich dachte, Jack, was für ein Jammer, mir war immer klar, daß du mich geliebt hast, aber deine Liebe war so erbarmungslos, so bitter, daß ich nie gewußt habe, was du an mir so geliebt hast ...
—Das kann auch nur ne Frau sagen, oder? Solche Sachen.
—Ich wollte nicht, nein, nein, vergiß es, ich bin, ich warte da oben auf

den Zug, du willst dich bestimmt hier hinten hinsetzen, wo du rauchen kannst, nett, dich mal wiedergesehen zu haben ...
—Tut mir leid, ich wollte dir nicht zu nahe treten, Stella, nächstes Mal ...
—Hör bitte auf!
—Was denn, sobald du mich siehst, fängst du an zu ...
—Na schön, was machst du denn eigentlich hier? Was machst du in so einer Stadt? Das erstemal, daß ich dich treffe seit, nach all den Jahren, und du kommst mir auf einem Bahnsteig entgegen mit deinen alten Büchern und Zeitungen und ungekämmten Haaren, und deine, ein Loch hinten in deiner Hose, du siehst aus ...
—Ich sag dir mal die Wahrheit, Stella, es ist etwas peinlich, ich bin, verstehst du, ich bin hier mit einem Tourneetheater, weißt du, immer wieder die gleichen Scheißstücke, und ich komm gerade von der Probe, deshalb hab ich immer noch dieses Kostüm an ...
—Was für ein Jammer ...
—Ne hübsche kleine Komödie, ich könnte dir eventuell die Hauprolle beschaffen, du mußt bloß auftreten und dich selbst spielen, wie wärs mit der Feuerwache als Veranstaltungsort? Es ist nämlich so ne Art modernes Märchen, heißt Unser liebes verstorbenes Mit ... Sie legte eine Hand auf seinen Arm, als der Zug vibrierend neben ihnen einfuhr, er drehte sich zu ihr und musterte sie von Kopf bis Fuß. —Also los, er strich mit der Hand über ihre Taille, —ich fahr mit dir in die Stadt ... und sie stiegen in den Waggon, verschwanden hinter den schmierigen Fenstern, während auch die Lichter dieses Zugs kleiner wurden, reine Interpunktion in der ziellosen Abenddämmerung, nicht anders als die Feuerwache und das bröckelnde Marinedenkmal, die blutende Berberitze und die stille Belagerung des wilden Weins und das Traumgrundstück Zu Verkaufen, der unkrautüberwucherte Waldweg und die Queen-Anne-Spitzen, darüber ein Himmel, dessen unverhofftes Blau den Schock des Herbstes nur um so fühlbarer machte, mit Winden, in denen die Eichen in Seenot gerieten, Gischt von flatterndem Laub im Sturm, der Wasserschauer von der Takelage toter Äste riß und durch die Krone des Tupelo-Baumes fegte, den offenen Highway entlang, um endlich im Gebrüll der Motorsägen, die in der Burgoyne Street wüteten, die angemessene Stimme zu finden, —wie die Erynnien ... murmelte es auf den Betonstufen zum Bahnsteig, wo Mrs. Joubert ihre Schar zu sammeln versuchte zwischen dem Getöse des einfahrenden Zugs und einem Werbeplakat, auf das eben

erst geschrieben worden war: Heutabend Party in Debbys Sikkergrube Brinkt Löffel und Strohallme Mit, und wegen einer Windbö schützend die Hand vors Revers hielt.
—Also gut, Kinder, bleibt zusammen, der Waggon hier links, hört auf zu drängeln! Macht doch mal die Tür, oh, können Sie uns helfen, Mister ...
—Bast, ja, ja, mit Ver ...
—Die Tür da, ja, danke, könnten Sie mir vielleicht helfen, daß die alle gut reinkommen? Oder gehören Sie zu den anderen ...
—Ich? Nein, welche anderen, ich bin ...
—Da vorne, die anderen Lehrer, es ist eine Konferenz oder sowas, sagte sie, als sie sich gesetzt hatte und mit langen Fingern den Rock über ihren Knien glattstrich, —ich frage mich, warum man nicht jemanden abstellen konnte, der bei diesem Ausflug mitfährt? Hat wahrscheinlich irgendwie mit der Gewerkschaft zu tun ...
—Nein, ich gehöre nicht dazu, nein, ich gehöre zu niemandem ... er setzte sich neben sie und zupfte in Kniehöhe an seinem Hosenbein, als wollte er die Erinnerungen an eine ehemalige Bügelfalte wachrufen, —ich bin eigentlich, ich meine, nach dem, was gestern passiert ist, vermute ich, daß ich nicht mal mehr richtig zur Schule gehöre, falls Sie ...
—Das? Auf ihrem Profil erschien ein Lächeln, das sie allein ihm schenkte, —ach, das war doch nur ein alberner Ausrutscher, Mister Bast, wer sollte ...
—Nein, ich weiß, aber, aber es könnte doch sein, daß ein paar Leute jetzt glauben, ich hätte das mit Ab ...
—Ich bin sicher, daß niemand auf so eine Idee käme, und ich hab mich noch nicht mal bei Ihnen bedankt, oder? Weil sie alles aufgesammelt haben, es fehlten nur drei Penny.
—Ach das, Sie meinen das Geld ...
—Es war für den Ausflug heute bestimmt, und ich weiß Ihre Hilfe sehr zu schätzen ...
—Freut mich, daß ich ... an ihrem unnachgiebigen Schenkel kam er allmählich zur Ruhe, —ich fahr bloß ...
—Jungs, setzt euch hin da vorn! Könnten Sie sich bitte hinter diese beiden Jungen da setzen, ich weiß zwar nicht, was sie vorhaben, aber damit es erst gar nicht dazu kommt.
—Oh, Sie meinen, jetzt gleich?
—Ja, nur damit jemand ein Auge auf, oh! Lassen Sie nur, ich hab ihn

schon ... bei ruckelnder Fahrt griff ihre Hand nach dem Lippenstift, der in diesem Augenblick unter den Vordersitz rollte.
—Eh, schnell, guck mal.
—Was?
—Ich hab wieder einen gesehen, guck mal, wenn sie sich bückt ...
—Na und, oh, hallo Mister Bast! Fahren Sie mit uns?
—Nein.
—Wo fahren Sie denn hin?
—Nur in die Stadt.
—Wieso das denn?
—Ich hab da was zu erledigen.
—Was denn?
—Meine Sache, jetzt dreh dich um und schau nach vorn.
—Nein, aber ich wollt Sie nur fragen, was bedeutet Manöver? Es schreibt sich m, a, n ...
—Es bedeutet etwas, etwas auf bestimmte Art und Weise zu tun, um ein bestimmtes Ziel zu erreichen. Dreh dich jetzt um.
—Oh, murmelte JR und sank zurück, so daß von ihm über der Rückenlehne nur noch ein Bleistiftstummel erkennbar blieb, der durch den wilden Haarwirbel über dem Kragen kratzte. —Er weiß es auch nicht ... und das wimmelnde Chaos aus Beinen, trappelnden, verdrehten, zwischen Sitz und Sitzlehnen eingekeilten Füßen, aus kratzenden, kneifenden Händen erstand aufs neue, während der Zug dahinglitt.
—Wo steht das denn?
—Mustergültig ausgeführte Kung-Pa-Manöver bedürfen keines Körperkontakts, und doch kann Kung-Pa tödlich sein oder den Gegner zum Krüppel ...
—Das is doch alles Mist.
—Ach ja? Paß mal auf, hier, mit hundertprozentiger Geld-zurück-Garantie, wenn Sie nicht, gleichzeitig, einen Gangster entwaffnen, einen anderen durch die Luft schleudern und den dritten in den Boden rammen können, und das alles im Bruchteil von Sek ...
—Na ja, kann sein ...
—Zumal Kung-Pa geradezu unvorstellbar tödlich ist, und da sowohl Angriff als auch Verteidigung gelehrt werden, ist nur eine kleine, streng limitierte Auflage gedruckt worden, exklusiv für ernsthaft Interessierte, die schwören müssen, Kung-Pa ausschließlich zur Selbstverteidigung einzusetzen oder um Freunde oder Familie zu schützen.

Wir wollen verhindern, daß Kriminelle oder Gangster in den Besitz dieses Buches gelangen, weil seine tödliche Kraft...
—Okay, was willste dafür haben?
—Was bieteste?
—Das hier? Ja, ich möchte Klavierspielen lernen ohne stundenlanges, okay, dann das da, guck mal. Für seltene Münzen werden teilweise Millionensummen geboten, jetzt können auch Sie sich durch den Erwerb dieses Katalogs die exklusiven Informationen verschaffen und lernen, wie man die seltenen Münzen identifizieren kann, die sich in Ihrem Besitz befinden, okay?
—Okay. Das und noch was.
—Bitte senden Sie mir weitere ausführliche Informationen inkl. Kosmetikproben, kein Kaufzwang. Okay?
—Okay.
—Okay, wenn du mir Wissenschaftliche Methode für kraftvolle Muskulatur gibst, eh, Moment mal, guck dir das an!
—Was? Die Titte?
—Nee, hier unten. Originalverpackt, fabrikneu, Kaliber dreißig, fünfzehn Schuß, Moment, nee, das ist dieser Government-Surplus-Scheiß.
—Willste das?
—Nee, hab ich schon selbst eingeschickt, ich habs hier. Das meiste ist Mist... und die beiden Köpfe verschmolzen über den Papieren, die zwischen ihnen auf dem Sitz ausgebreitet waren, Knie hoben sich, Füße wanden sich, Finger ließen ab vom Kneifen und Kratzen und wühlten durch Umschläge mit Aufschriften wie: Persönlich, Hier ist die Information, die Sie angefordert haben, Sonderangebot; Faltblätter mit Überschriften wie: Bei Erfolg sofort Barprovision, Beste Aussichten im Außendienst, Große Gewinne in Übersee; Briefe, die mit Lieber Freund, Sehr geehrter Herr, ist Ihnen Ihre Zukunft fünf Minuten wert? Schauen Sie einmal in den Spiegel, begannen und mit freundlichen Grüßen, Wir arbeiten für Ihren Erfolg, schlossen, —oder diesen?
—Mal sehen.
—Mal sehen.
—Siehste? Handelsgesellschaft für Armeebestände, Fleet Station, San Diego, das meiste ist Mist. Ich wollte mal diesen überschüssigen Panzer hier haben, da haben sie mir das geschickt, und wenn man nachguckt, wo Panzer steht, steht da bloß Tank, Tip, Treibstoff, tausendfünfhundert Liter, Aluminium, Flugzeug, reparaturbedürftig. Das ist bloß so 'n lausiger gebrauchter Tiptank für Flugzeuge, siehste?

—Zeig mal, was is das denn alles?
—Das sind so alte Schuhe. Schuhe, Dienstmodell, Feldausführung, Leder, Kunststoffsohlen- und absätze, natur und dunkelbraun, Größen 36 bis 47, eintausendsiebenhundertsiebenachtzig Paar, siehste, das ist alles nur Mist, guck mal, Kabel, Telefon, achtzehnhundert Konduktoren neunhundert Paar zweiundzwanzig AWG Stahlmantel, oder das hier, diverse Eisenwaren bestehend aus etwa zweitausend Teilen inklusive Öler, Rollen, Unterlegscheiben, Schrauben, Muttern, Krampen, Ösen, Karabinerhaken, Ringen, siehste, den ganzen Mist, den sie loswerden wollen? Was gibste mir dafür?
—Nix.
—Ich hab noch mehr davon.
—Will doch keiner. Was ist das da?
—... viele Juden im Heiligen Land weigern sich, sich in Krankenhäusern einer Behandlung zu unterziehen, weil sie befürchten, dort im Todesfall verstümmelt zu werden. Darüber hinaus, wozu willste das denn bloß einsenden?
—Habs gar nicht bestellt. Kam von selbst.
—Ich weiß, ich hab genau so eins, bloß daß das davon handelt, wie diese Tiere hier aufgeschnitten werden...
Zeitlupenartig kroch der Zug auf seinen Haltepunkt zu, summend vor entweichender Kraft. Schließlich ein hinterhältiger Ruck in Gegenrichtung, und der Zug stand, und Bast rutschte mit dem Ellenbogen von der Fensterbank, wo er nämlich den Kopf aufgestützt hatte, vermutlich in der Absicht, gegen die schmutzige Scheibe gelehnt, etwas zu dösen.
—Lieber zukünftiger Detektivkollege. Besten Dank für Ihr Interesse an der Tätigkeit von Ermittlungsbüros. Bereits mit Ihrer Antwort auf unsere Anzeige haben Sie jene Initiative ergriffen, die notwendig ist, um Ihre Einkommenssituation und Ihren sozialen Status nachhaltig zu verbessern. Angesichts ständig steigender Kriminalität...
—Was trägste denn da ein, wo steht, sind Sie verheiratet? Ob man ein Auto hat? In welchem Teil der Erde man gern arbeiten würde?
—Ich trag irgendwas ein und, guck mal. Diplom mit Goldsiegel, ideal zum Einrahmen...
—Wieviel wollen sie dafür?
—Ich weiß, das ist es, was ich suche.
—Was ist das für eins?
—Nie zuvor hat eine künstlerische Karriere so viele aufregende Er-

folgsaussichten und so hohes Einkommen geboten. Handgemalte Originalgemälde werden heutzutage von einer ständig wachsenden Zahl von Innenarchitekten, Hausbesitzern und ...
—Mann, was für ein Scheiß. Du hast ja bloß Scheiß. Was ist das?
—Das ist so 'n Club, in den du eintreten kannst, wenn ich dich empfehle.
—Was denn für 'n Club?
—Dieser Club, siehste? Gleich beim Eintritt umgibt Sie eine prikkelnde Atmosphäre! Denn auf einmal sind Sie in einer Welt, die vom weichen, flackernden Schein des offenen Kamins erleuchtet wird ... die raschelnde Aufmerksamkeit bildschöner Bunnies, die hellen Farben von original ...
—Bunnies? Was ist das denn überhaupt für 'n Club?
—Und die zwanglose Atmosphäre einer privaten Party wird auch Sie schnell ...
—Was, das sind Bunnies? Diese Mädchen, die dem Typen ihren Arsch ins Gesicht strecken? Wo kann man denn Mitglied werden?
—Lieber Freund. Wenn Sie bereits Mitglied des Playboy Clubs sind, oder wenn dies Ihre zweite Einladung ist, dem Playboy Club beizutreten, bitten wir Sie hiermit um Entschuldigung. Überall, wo derzeit Playboy Clubs errichtet werden, gibt es eine bestimmte Gruppe ausgewählter Persönlichkeiten ...
—Wieviel soll das denn kosten, fünfundzwanzig Cent? Bist du denn Mitglied?
—Dollar. Nee.
—Scheiße. Ich hab hier fast das Gleiche, kostet aber nix. In diesem Monat eröffnet Rancho Hacienda die Saison mit einer Reihe von Galadiners. Beachten Sie das köstliche, mehrgängige Menü, zu dem Sie als unser bevorzugter Gast eingeladen sind. Ihnen entstehen weder Kosten noch sonstige Verpflichtungen. Um diesen Gala-Abend zu einem noch unvergeßlicheren Ereignis zu machen, unterhalten wir Sie mit einer Privatvorführung des brandneuen Farbfilms Goldener Lebensabend, der über diesen festlichen Anlaß den gleichen Glanz werfen wird, der auch die goldenen Jahre Ihres Lebensabends im Rancho-Hacienda-Resort überstrahlen wird. Dürfen wir Buchungen für Sie und Ihre Gemahlin ...
—Was is denn ne Gemahlin?
—Ist doch egal. Kostet eh nix.
—Na ja, aber was ist das denn?

—Wie soll ich das denn wissen. Eh, Mister...
—Laß ihn in Ruhe, eh, der schläft...
—Lieber Freund. Wie schnell können Sie sich eine Existenz im Im- und Exportgeschäft aufbauen? Was müssen Sie wissen? Wieviel kostet es? Welche Produkte können Sie importieren? Die Antworten auf diese Fragen entscheiden vielleicht über Ihre gesamte Zukunft...
—Nee, aber guck mal, das Ding ist, das ist doch alles Mist, weil, ich mein, guck mal, eh, wo diese Dinger sagen, Ja, auch ich will mehr Geld verdienen, und zwar durch den Vertrieb von Streichholzheftchen als Werbeträger. Bitte senden Sie mir Ihre Einsteiger-Mappe mit vielen nützlichen Informationen über die Provisionsstaffelung sowie den hübschen Profi-Musterkoffer, alles, was Sie tun müssen, nennen Sie uns Ihr Alter und Ihre bisherigen Verkaufserfahrungen, was willste da denn einsetzen, so? Ich meine, wie dieses Schuhdings hier, Lieber Freund, zur Eröffnung in Ihrem Gebiet sind Sie uns als Mann empfohlen worden, der sein Einkommen verbessern möchte, was machste da denn, wo es auf dieser kleinen Karte hier heißt, ich interessiere mich für Ihr Angebot, mein eigenes Schuhgeschäft zu eröffnen, ich habe Schuhgröße, was trägste da ein, hier, wo es heißt, vergessen Sie nicht die Größenangabe? Ich meine, wenn du deine richtige Größe angibst, wissen die sofort, wie groß du bist, und schicken dir nichts, Scheiße, oder wenn du ne Erwachsenengröße angibst, dann kannste auch gleich diese eingefahrenen Wege hier abfahren, wo jeder Laden eine Chance und ein potentieller Streichholzheftchen-Kunde ist, du schleppst diesen hübschen Profi-Musterkoffer mit dir rum, verkaufst Streichholzschachteln, trägst diese Vorführschuhe hier in Erwachsenengröße und sieht aus wie so 'n bekloppter...
—Okay, guck mal hier, was willste für diese Kataloge mit dem Zeug aus Armeebeständen?
—Nix. Du hast ja sowieso nur Scheiß.
—Du hast gesagt, deine wären auch Scheiß.
—Ja, aber besserer Scheiß als dein Schuhkram und dein Streichholzding, was ist hier denn drin? Laß mal sehen. Auch Tote können noch Geschichten erzählen, aber allzuoft kann nur ein Experte für Fingerabdrücke... Was willste dafür? Und das, wart mal, dieser Typ mit den zusammengewachsenen Fingern, Fingerabdruck- und Identifikationsmagazin, guck mal, ich geb dir den Katalog mit den Armeebeständen für diesen ganzen Kram, okay?
—Was, das einzige mickrige Ding für alles?

—Nee, aber wart mal, ich hab noch mehr. Guck mal, Verteidigungsministerium, Verkauf nur gegen schriftliches Gebot, Namensschildchen, Reifen, Kranmotoren...
—Was noch?
—Guck doch. Streitkräfteamt, Bereich sieben, Verkauf aus Lagerbeständen der Zivilabteilung, siehste? Autozubehör, Arztbedarf, Bekleidung, Handwerkszeug und, wart mal, eh, guck mal, Verkauf gegen Höchstgebot, Zentralstelle für Militärlogistik, Rohranschlüsse, Ventile, Metallwaren, Generatoren, Testsets inkl., elektrische...
—Ist das alles?
—Alles, wie meinste das, alles? Das sind sechs mit diesem hier, guck, dieser Anleitung, wie man an alles rankommt...
—Okay, guck mal, was willste dafür haben, guck mal...
—Jetzt nicht eh, wir sind da...
—Kinder? Wir warten, bis alle ausgestiegen sind...
—Boah, der Zug hätte entgleisen müssen, eh, guck dir all die blöden Lehrer an, die hier drin sind...
—Wenn wir nicht mal die Cafeteria für den Fahrunterricht nutzen können, weil man die Malklasse der Senioren aus der Turnhalle umquartiert hat, als die Schwangerschaftsgymnastik da anfing, was soll dann aus der Hobbyausstellung für Erwachsene werden?
—Die Art Evaluationskriterien, wie man sie in einem solchen psychosozialen Umfeld eben vorfindet...
—Mit Lehrerrabatt müßte so ein Rasenmäher etwa zweiundvierzig Dollar kosten, also hab ich gesagt...
—Als die mir erklärten, ich würde mich in Mathematik nicht genügend auskennen, um sie zu unterrichten, hab ich ihnen genug Unterrichtseinheiten fürs Diplom gezeigt, und da hätten Sie mal deren Gesichter sehen sollen...
—Tja, in Rußland macht man das so, also hab ich gesagt...
—Hier steht, daß es einer schweren sozialen Krise bedarf, um die kreative Spannung herzustellen, die man braucht, um vernünftige Abgabetermine auszuhandeln...
—Hab sie im Krankenhaus besucht, und da sagt sie, Leroy hätte sie direkt vor diesen Laster gewunken, also sag ich, da mußt du dir für deine Versicherung aber eine bessere Geschichte ausdenken...
—Mit dem Textbuch und dem Arbeitsbuch und den Tests und dem Antwortschlüssel, aber ohne Lehrerbegleitheft, wie können die da erwarten...

—Daraus eine Kurzgeschichte, und wenn ich die irgendwo veröffentlichen würde, bekäm ich dafür drei Freistunden pro Semester...
—Kinder? Ich glaube, jetzt sind alle ausgestiegen, stellt euch vorn in einer Reihe auf und wartet hier auf dem Bahnsteig, nimm die Füße vom Sitz, wer hat das Geld für unsere Aktie? Da ist es ja, Mister Bast, macht es Ihnen was aus, wenn Sie das an sich nehmen? Mister Bast schließt sich uns heute an, Kinder...
—Nein, warten Sie...
—Können wir an der Mädchentoilette anhalten, Mrs. Joubert? Weil die hier im Zug, die Tür hat geklemmt und...
—Mrs. Joubert, wann gibts endlich was zu essen?
—Vorsicht auf der Treppe, nicht drängeln!
—Moment mal, tut mir leid, ich wollte nicht, ich dachte, Sie meinten nur während der Zugfahrt...
—Neun, elf, zwölf, wo sind die, dreizehn? Sie wissen nicht zufällig, ob wir noch vollzählig sind, Mister Bast?
—Nein, aber, nein, tut mir leid, ich dachte, Sie meinten, daß ich Ihnen während der Zugfahrt helfen sollte, ich, ich hab was zu erledigen, ich bin auf der Suche nach einem Job und, und, warten Sie, vielleicht kann ich das auch morgen machen, ich...
—Das ist allein meine Schuld, nein, das kann ich nicht annehmen, wir kommen schon, nicht so rennen! Wir kommen schon zurecht, Mister Bast, wirklich, wir, ach ja, das Geld...
—Aber ich, vielleicht kann ich auf der Rückfahrt...
—Unser Zug geht um vier, ja, und vielen Dank nochmals, oh, und ich hoffe, das klappt mit Ihrem Job, bleibt zusammen, Kinder...! Sie wuselten durch die Flut der Hüte, Frisuren, scharf gefalteter Zeitungen, —fünf, sechs, einer nach dem anderen, einer nach dem...! Umtost vom Gebrüll der U-Bahn, bis sie aus dem Bürgersteig hervorbrachen, hinaus in die Sonne, die soeben eine Schneise durch die Trinity Church schlug, —acht, neun, wie viele sind wir eigentlich, wartet auf die Ampel!
—Eh, guck mal, der Friedhof...
—Kinder? Ja, seht euch die Grabsteine an, manche sind über zweihundert Jahre alt, oh, seht mal, seht euch den an, auf dem der trauernde Cherubim eingemeißelt ist, ist der nicht schön...? Und sie stierten gehorsam auf den Vogeldreck, der an der verwitterten Wange des Cherubims hinablief, bis die Ampel auf Grün sprang, sie erlöst den Broadway überquerten und in ungeordnetem Gänsemarsch die Wall

Street hinabmarschierten. Die Reihe der Attraktionen begann zunächst mit dem Gestank aus dem Gully vor Hausnummer 11, bis unter der ausgestreckten Hand von George Washington ihr Interesse zerfiel in, erstens, Hausnummer 20, Ecke Broadway, wo nämlich das stolze Giebeldreieck seine steingewordene Lachnummer von nackter Ausbeutung anscheinend direkt über ihren Köpfen abschütteln wollte, und zweitens der wimmelnden Welt des Kapitals im Innern, permanent gebeutelt von der Furcht, daß sich eines Tages die Ersparnisse eines Lebens zwischen Windjacken und Blumenhüten in der Luft über der Besuchergalerie auflösen könnten. Wo sie jetzt übrigens, aus strategisch angeordneten Lautsprechern, von der Stimme eines Fußballkommentators alle recht herzlich begrüßt wurden.
—Auf dem Boden der Börse, der aus massivem Ahorn besteht ...
—Mann, was für 'n Chaos.
—Eh, ich dachte, wir gehen ins Museum für Naturgeschichte.
—tausend Broker, die das Privileg genießen, auf diesem Boden mit Aktien zu handeln ...
—Werden wir darüber geprüft Mrs. Joubert?
—und die Ziffernreihen hoch oben auf dem Ticker, die eher aussehen wie Hieroglyphen ...
—Siehste den kleinen Typen, der da unten so rumfuchtelt, eh? Wenn ich jetzt runterspucke ...
—Aktien von Firmen, die Millionen von Amerikanern Arbeit geben in jedem ...
—Eh, Mrs. Joubert, wo gehen wir denn hin? Wir sollen doch diese Aktie hier von jemandem kaufen, der da unten in dem ...
—Nein, hier entlang, hier lang, jemand von der Firma wird uns hier treffen ... sie irrte durchs bescheidene Spielzeugland der allgemeinen Ausstellung hinter der Galerie, wo Fragen für vorfabrizierte Antworten gestellt werden durften, die dann auf Knopfdruck aufleuchteten, und an Ständern kostenlose Postkarten feilgeboten wurden, Faltblätter, Bücher, Broschüren über Investment Facts, Die Sprache der Investmentbranche, Wie man auch mit normalem Einkommen investieren kann, Lexikon der Börsenterminologie, —ich glaube, ich seh ihn, Mister Davidoff? Wir sind hier drüben ...
—Das sind also unsere neuen Teilhaber!
—Kinder, das ist Mister Davi ...
—Dann wollen wir mal gleich unsere Profite reinrollen lassen, was? Ausgestattet mit einer Körpergröße, die exakt dem statistischen

Durchschnitt entsprach und ihn deswegen kleiner aussehen ließ als jeden anderen Erwachsenen, dem er begegnete, bahnte er sich mit den Ellenbogen einen Weg zu ihr, —da haben Sie ja ne ziemlich ausgekochte Truppe ... er hielt einen Moment inne und musterte sie mit jenem knappen, analytischen Blick, mit dem er alles zu mustern schien, was sich bewegte, —okay! Können wir anfangen?
—Neun, zehn, oh, da ... sie drehte sich einem karierten Pullover zu, der sich eben von einem Info-Terminal, Was bedeuten die Notierungen, löste, —also los, wir folgen jetzt Mister Davidoff ...
—Ich hab sechzehn Postkarten, was hast du ...
—Hör auf zu drängeln ... der eben noch aufgerissene Mund des Aufzugs schloß sich und hielt die Luft an, bis er sich wieder öffnete, —eh, wo gehen wir jetzt hin ...
—Eis, da draußen steht so 'n Typ und verkauft Eis, eh ...
—Wo gehen wir jetzt hin ...
—Gleich hier ... Mister Davidoffs rudernde Armbewegungen brachten sie aus dem Gleichgewicht, als sie auf die Figur zugingen, welche die Treppe zum Schatzamt bewachte und deren Gruß er mit einer Woge der Leutseligkeit beantwortete, bevor er die Umstehenden aufklärte, daß —ihr hier in der Wiege der amerikanischen Geschichte steht, Kinder, wo er den Eid als unser erster Präsident ablegte ... und dabei bedrohte er zufällige Passanten mit seiner anschaulichen Boxgestik, —siebzehnhundertzweiundneunzig unter einer Platane, wo sich die Kaufleute trafen, um Wertpapiere zu kaufen und zu verkaufen, und da drüben, seht ihr das? Die Löcher in dieser Wand, Kinder, seht ihr die hier ...? Doch ihr umherwandernder Blick entkam den kurzen Geraden seiner freien Hand nach oben und ruhte auf dem herrlichen Kronleuchter, der gelassen durch den matten Wellenschlag des Sternenbanners funkelte, eine Reflektion von dem festungsartigen Gebäude hinter ihnen, die sich bauschte und erneut zusammenfiel, Reflektion und Realität ständig verschiebend, während einzelne stille Lichtpunkte die allumfassende Wärme der Sonne durchbohrten, —stammen von einer Bombe, die ein russischer Anarchist gelegt hat, genau hier, wo ihr jungen Leute gerade steht, starb ein Dutzend unschuldiger Menschen, und als J. P. Morgan erfuhr, was ist los mit Ihnen ...
—Nichts, nein, mir war nur ein bißchen schwindelig.
—Soll ich Ihnen ein ...
—Nein, es geht schon wieder, ich, ich hab mich schon den ganzen Tag

nicht besonders wohl gefühlt, wenn Sie vielleicht auf die Kinder achtgeben könnten, wenn wir auf die andere Straßenseite ...
Und Davidoff fand sich auf sich selbst gestellt —an der nördlichsten Verteidigungslinie dieser winzigen holländischen Siedlung, und wenn wir die Wallstreet überqueren, Kinder, und ging selber tapfer voran, —befinden wir uns im Indianergebiet ... und stand vor dem düsteren Koloß —wie ein italienischer Renaissance-Palast in Italien, in Wirklichkeit aber seht ihr hier die amerikanische Zentralbank, und direkt unter euch lagern Millionen von Dollar, in Felsengewölben, die fünf Stockwerke unter der Erde ... und versuchsweise stampften sie mit den Füßen auf den verdreckten Bürgersteig, sausten um ihn herum, bis er schließlich vor einem Portal anhielt, auf dem das Schild Crawley & Bro. prangte, und sie einzeln durch die martialische Absperrung zu den Fahrstühlen im Innern vorließ.
—Mann, eh ...
—Guck dir das an ...!
—Mann, eh, was würdste machen, wenn die alle lebendig wären?
Aber von all den Augen, die auf sie gerichtet waren, bewegten sich lediglich die blauen, als die Blondine hinter dem Empfangstresen aufblickte; die anderen starrten nur in freudloser Unbeweglichkeit vor sich hin, diejenigen des Wildschweins im Andenken eines vergangenen Blutrauschs, diejenigen der Antilope voll Trauer, —ist hier ja echt wie im Dschungel, eh ...
—Hab ich ja gesagt, das Museum für Natur ...
—Wo sind die Schlangen? Gibts hier auch Schlangen, Mrs. Joubert?
Sie war jedoch auf eine Lederbank gesunken und lenkte den Ansturm auf ihren geschäftigen Führer, der von der Blondine zu wissen begehrte, wo der —der Fotograf, ist der schon da? Niemand aus meinem Büro hier? Einer unserer PR-Jungs sollte, ach ja, und Shirl, hat Monty angerufen? Ich erwarte hier einen Anruf von Monty, was ist mit dem Wagen, die Autos ...
Ein lautes Summen unterbrach ihn. Sie schob ihren Nagellack beiseite und antwortete in die Gegensprechanlage an ihrem Ellenbogen.
—Ja, Sir, ja, Sir ... ach und, Mister Crawley, Mister Davidoff ist hier, mit ... ja, Sir.
—Und Shirl, sagen sie ihm ...
—Er kommt gleich runter, sagte sie, als sich hinter ihr eine massive Holzvertäfelung als Tür entpuppte.
—Was in Gottes ...!

—Jetzt stell ich euch mal einen richtigen lebendigen Börsenmakler vor, Kinder. Das ist Mister Crawley, fuhr er mit dem gleichen Schwung fort, mit dem er ihnen schon den Gründervater ihres Landes vorgestellt hatte, —ach und, Crawley, fügte er scheinbar nebenbei hinzu, —versuchen Sie nicht, sie zu verschaukeln, das ist ne ziemlich ausgekochte Mannschaft.
—Wir wollen Ihnen nicht allzu viel Ihrer kostbaren Zeit stehlen, Mister Crawley, sagte Mrs. Joubert. —Wir möchten nur, daß die Klasse etwas darüber erfährt, wie man über einen Makler Aktien kauft...
—Kein Problem, überhaupt kein Problem, für Sie, Shirley? Holen Sie mal Diamond Cable raus, die...
—Ja, Sir. Telefon.
—Für mich...? Davidoffs Arm schoß vor, und der schwere Tweedarm, der über seine Schulter langte, erdrosselte ihn fast mit der Schnur. —Wenn es Monty ist, lassen Sie mich lieber...
—Hier Crawley. Was? Nein zum Teufel, ich weiß nicht, was da los ist, niemand weiß es... Was? Nein, es sind nicht nur ein oder zwei Werte, es ist der ganze Markt... was machen? Auf keinen Fall. Wenn Sie mich zitieren wollen, können Sie meinetwegen sagen, daß die seit langem überfällige technische Anpassungsphase, die gegenwärtig das Geschehen auf unserem äußerst dynamischen Markt kennzeichnet, noch keine überzeugenden Anhaltspunkte dafür bietet, daß es sich gleich um eine Wirtschaftskrise im Sinne früherer Rezessionen handeln muß. Was zur Zeit, äh, zur Zeit an unterschiedlichen Reaktionen aus einigen Schlüsselbereichen unserer Wirtschaft... genau. Ich erwarte auf lange Sicht eigentlich eine Stabilisierung, sobald erst einmal... genau. Jederzeit... Shirley? Wenn noch mehr Zeitungen anrufen sagen Sie, daß ich nicht da bin, schloß er, reichte den Hörer zurück und drehte sich um. —Gut. Die jungen Leute sind also hier, um ein paar Aktien zu kaufen, nicht wahr?
—Hier entlang, Kinder.
—Sie, bleibt mal einen Moment hier...!
—Ich möchte drinnen nur noch ein paar Fotos machen lassen.
—Fotos?
—Mister Moncrieff ist dran, Sir.
—Oh, hier, Moment! Entschuldigung... Davidoff warf ihnen kurzerhand die Tür vor der Nase zu, —er hat mir versprochen, er würde mich hier anrufen falls...

—Monty? Crawley hier.
—Sagen Sie ihm, daß ich ...
—Bleiben Sie dran. Kümmern Sie sich inzwischen um die Kinder, Dave. Ich komm sofort rüber. Also, Monty? Hast du was? Ich auch. Kann mir mal jemand sagen, was da drüben los ist? Box? Woher soll er denn wissen, daß er tatsächlich schon mittendrin steckt, er... das würdest du tun? Wann fährst du nach Washington, ich werde ... machen Sie doch mal die Tür da zu, Shirley. Ich sagte, ich werde ...
—Mann!
—Noch mehr!
—Immer noch keine Schlangen?
—Was ist denn das da, das dünne mit den großen dicken Augen, sieht traurig aus.
—Du würdest auch traurig aussehen, wenn du ...
—Hier steht Kudu drauf.
—Also gut, sagte Davidoff und setzte sich, —das mit der alten Platane ist ja nun schon ein Weilchen her, nicht wahr, Kinder ... und hatte kaum seine beidseitig mit Saphiren besetzten Manschettenknöpfe geschlossen, als sich leise die Tür in der Vertäfelung öffnete und er wieder aufsprang. —Was ist los, Shirl ...? Aber die Blondine tat nur einen einzigen Schritt in den Raum und beugte sich zu Mrs. Joubert hinunter, die nickte und sich entschuldigte. —Ja, also ... er nahm wieder Platz und beobachtete, wie die Tür ebenso leise wieder zuging, —gibt es irgendwelche, hat einer von euch eine Frage?
Ein Pulloverärmel schoß aus einer entfernten Bastion braunen Sesselleders hoch. —Was ist ein Optionsschein?
—Ein Optionsschein? Ich denke, damit warten wir lieber bis zum großen Einmaleins, wenn ihr versteht, was ich meine. Zunächst einmal, worum geht es an der Börse eigentlich? Es geht darum, Leute, die kaufen wollen, mit Leuten zusammenzubringen, die verkaufen wollen. Wenn man nun etwas verkauft, etwas Bestimmtes ... Er formte mit leeren Händen aus dem Raum vor sich —einen Korb, sagen wir mal Körbe. Nun dürfte es unter Umständen gar nicht so einfach sein, jemanden zu finden, der genau solche Körbe kaufen will, wie ihr sie anbietet. Aber wenn ihr Aktien an einer Firma besitzt, die Körbe herstellt, könnt ihr die im Handumdrehen verkaufen. Es gibt immer irgendeinen Kaufinteressenten, vielleicht wohnt der fünftausend Meilen entfernt, jemand, den ihr gar nicht kennt und auch gar nicht zu Gesicht bekommen braucht. Könnt ihr mir folgen?

—Ja, aber was passiert mit den Körben? Weil, mal angenommen, diese Firma hier macht diese Körbe und kann sie dann aber nicht verkaufen?
—Nun ja, dann beginnen wir mal mit dem alten Gesetz von Angebot und Nachfrage, nicht wahr, die Firma hätte vermutlich gar nicht damit angefangen, Körbe herzustellen, wenn es keine ...
—Aber wenn sie schon auf all ihren lausigen Körben hier sitzenbleiben, die sie gemacht haben und die keiner kaufen will, wer will da denn noch deren Aktien haben?
—Ja also, der Kurs dieser Aktie würde nachgeben, nicht wahr, und das alte Gesetz ...
—Also dieses alte Gesetz von Angebot und Nachgeben mit den Körben gilt doch auch für deren Aktien, wo ist da denn der Unterschied? Wenn alle was verkaufen und kaufen, was alle gleichzeitig loswerden wollen, wie kann man dann überhaupt noch wissen, was es wert ist? Wir haben doch alle diese Typen gesehen, die diese ganzen Papiere zerrissen und überm Fußboden verstreut haben, und keiner weiß, was die da eigentlich machen, und jetzt kaufen wir von unserm Geld diese Aktie von Diamond Cable, aber was ist, wenn's dann diese ganzen Kabel gibt, die keiner haben will, wie ja auch keiner diese ganzen Körbe kaufen wollte? Dann endet das damit, daß all diese Typen rumrennen, Papier zerreißen und aufm Boden verstreuen, und wo bleiben wir dann eigentlich?
—Moment mal, Moment. Erstens, Diamond Cable ist eine sichere Sache, darauf geb ich euch mein Wort. Zweitens, jeder einzelne dieser Typen da unten auf dem Börsenparkett weiß genau, was er tut, er weiß auf den Penny genau, wie die Aktien stehen, mit denen er handelt. Und drittens, Aktienpreise geraten nicht einfach so außer Kontrolle, weil nämlich eine Menge dieser Typen, wie ihr sie nennt, diese Männer da unten auf dem Börsenparkett, viele von denen sind ausgesprochene Spezialisten ...
—Entschuldigen Sie ... Crawley öffnete die Tür für Mrs. Joubert, bevor auch er hineinging und unversehens einem Dickhornschaf gegenüberstand, dessen Profil dem seinen verblüffend ähnlich sah. —Also gut, Jungs und, kleine ... Damen und Herren, dann mal zum Geschäft, was? Denn deswegen sind wir ja hier, oder? Geschäfte, Dave, warum setzen Sie sich nicht dahinten hin? Geschäfte bringen die Menschen zusammen, was? Also dann ... Er beugte sich über die Schreibtischunterlage, wo Davidoff seine Hände sortierte, bevor er eine davon flach nach einem Knopf ausstreckte, —Shirley ...?

—Sie sollte sich doch um den Fotografen kümmern ...
—Shirley? Wo ist die Diamond-Cable-Aktie? Die jungen Leute sind geschäftlich hier, wir wollen ihnen nicht ihre wertvolle Zeit stehlen.
—Ich bring sie sofort rein, Sir, plärrte die Stimme aus dem Lautsprecher die geballte Faust auf der Schreibtischunterlage an.
—Ja, die, Zeit ist Geld, nicht wahr? Ich schätze, ihr habt, wir alle kennen diesen Spruch, nicht wahr? Während seine Hände sich öffneten und schlossen um das pure Nichts, wanderte sein Blick von einem leeren Gesicht zum andern, bis er schließlich bei Mrs. Joubert Zuflucht fand, —vielleicht haben die, ähm, Ihre jungen Leute ein paar Fragen, solange wir warten ...? Er trommelte mit den Fingern neben der Schreibtischunterlage herum.
—Ich glaube, sie würden gern erfahren, was Sie ...
—Haben Sie all diese Tiere selbst erlegt, Mister Crowley?
—Crawley ...
—Der Fernseher auf Ihrem Tisch, ist der in Farbe?
—Der, das nennt man einen Quotron. Ich brauch nur ein oder zwei Knöpfe zu drücken, und schon liefert er mir die neuesten Informationen über jede Aktie, wie viele davon gehandelt worden sind oder die letzten Gebote und Verkaufspreise ...
—Sind Sie das auf dem Bild da oben neben dem toten Pferd, das Sie gerade geschossen haben?
—Pferd? Pferd? Das ist eine, eine Halbmondantilope, die ich in Kenia erwischt hab, da, ihr Kopf hängt da drüben, ja. Also dann ...
—Was sind Termingeschäfte?
—Termingeschäfte? Crawley reckte sein Kinn jener düsteren Senke aus dunklem Licht entgegen.
—Hier, wo steht, die Kobaltpolitik der Regierung wird nicht ohne Einfluß auf das Termingeschäft mit Nickel ...
—Was liest du denn da?
—Nix, nur, nur dies hier ...
—Mister Beaton am Apparat, Sir, plärrte der Lautsprecher, als Davidoff von dem niedrigen Tisch in der Ecke zurückkam, wo er die dort liegenden Papiere eingesammelt hatte, die er nun auf die Schreibtischunterlage warf, wobei er das Oval aus poliertem Gold an Crawleys Manschette mit seinen blitzenden Saphiren ausstach und halblaut sagte, —ich rede lieber selbst mit ihm, Monty will ...
—Beaton? Hier Crawley, was ist ... das was ...? Nein, ich hab immer noch einen Optionsschein hier, der letzte, den er ausgeübt hat,

ist ... das stimmt ... er trat einen Schritt vom Schreibtisch weg, dann zwei Schritte zurück, so, als sei er dort vor aller Augen angekettet, während die seinen gleichzeitig die Tür anvisierten, welche sich plötzlich unsanft auf das traurige schwarzgraue Muster öffnete, das davorgestanden hatte. Der schwarzgraue Pullover fuhr einen Arm aus und langte sich das feierlich verschnörkelte Schriftstück, das hineingereicht wurde. —Das stimmt, ist eher blindes Vertrauen ... aber immer noch besser, als wenn alles bekannt wird, das hält uns nur auf und ... wird wohl so sein, ja, ich schick es ab ... und er legte den Telefonhörer auf, bevor noch Davidoffs schlingerndes —Monty will aber ... danach greifen konnte.
—Also dann, eure Aktie habt ihr, jetzt brauchen wir nur noch ...
—Entschuldigen Sie, Mister Crawley, vielleicht würden alle gern wissen, was draufsteht, bevor wir ...
—Klar, da steht, heilige! Da steht zweihundertdreiundneunzigtausend Anteile, da steht, hiermit wird bescheinigt, daß die Emily Cates Moncrieff Stift ...
—Gib das her!
Davidoff lief um die eine Ecke des Tisches, Crawley um die andere, riß die Tür auf, die Aktie in der Hand, —Shirley ...!
—Aber, heilige ...
—Eh, das Telefon blinkt ...
—Hallo? Hier Davidoff ... Das macht er? Das hat er gemacht ...? Wirklich? Sagen Sie ihm, ich bin schon unterwegs, er legte auf und zog mit beiden Händen die Würgevorrichtung an seinem Hals, beste italienische Strickware, noch enger zusammen, —Buschfeuer, der Boß will, daß ich sofort komme, ich nehm lieber einen der Wagen, ich denke, ihr paßt alle in die beiden anderen, die warten unten auf euch, ich hab alles zusammen, wenn ihr da ankommt. Ach, und Shirl ...
Crawley schloß die Tür, indem er sich mit dem Rücken dagegen lehnte. —Und hier haben wir auch unsere Aktie, weiß einer von euch Kleinen, von euch jungen Leuten, wieviel sie wert ist?
Eine hochgereckte Hand stieß ihm in die Rippen, als er den Raum durchquerte. —Der Schlußpreis war vierundzwanzig Dollar und dreiundsechzig Cent pro Stück.
—Vierundzwanzig dreiundsechzig, murmelte er, einen Bleistift in der Hand, —plus zwölfeinhalb Cent Odd-lot.
—Was?
—Die, Aktien werden normalerweise in Hunderterpaketen ge- und

verkauft. Das heißt, wenn wir mit weniger handeln, nennen wir das Odd-lot, und das macht dann einen kleinen Preisunterschied aus, ja, zuzüglich Provision für den Broker ...
—Wieviel kriegen Sie?
—Sagen wir mal ein Prozent, was? Plus vier Cent ...
—Mister Crawley, das ist vielleicht eine gute Gelegenheit, den Kindern zu zeigen, wie Ihr Quotron funktioniert, vielleicht könnten Sie einfach mal Diamond drücken und sehen, wie die Aktie steht?
—Mpff ...
—Heilige, zweihundertachtzigtausend, sind das Dollar?
—Nein, nein, das ist die Anzahl der Aktien, die heute allein von diesem Wert verkauft werden, also alles in allem recht dynamisch.
—Was heißt das, Minuszeichen zwei und ein Achtel?
—Ja, zweieinachtel Punkte runter, nicht wahr.
—Dollar?
—Nun ja, wenn mans, wenn mans so ausdrücken will ...
—Dann ist sie also nur zweiundzwanzigfünfzig und einen halben Cent wert, da haben wir ja zwei Dollar und zwölfeinhalb gespart ...
—Und wer sind Sie? sagte Crawley, abrupt aufschauend, als sich knarrend die Tür öffnete. —Wenn Sie die Schreibmaschinen reinigen wollen, die sind alle draußen.
—Ich bin ein, ich bin der Fotograf, sind Sie Mister Davidoff?
—Mein Gott, nein. Kommen Sie da rein, da drüben.
—Aber man hat mir gesagt, daß ein Mister Davidoff ...
—Kommen Sie rein, kommen Sie schon und beeilen Sie sich. Also dann. Drei, sechs, zehn. Neun. Das macht zweiundzwanzig neunzig ...
—Die vier Cent, was waren das für vier Cent?
—Welche vier Cent?
—Als sie vier Cent dazugezählt haben.
—Vier Cent? Steuer. Börsenumsatzsteuer.
—Ach so. Eh, Mrs. Joubert, wie kommt es, daß ...
—Darüber wollen wir uns jetzt nicht den Kopf zerbrechen, Kinder. Sie ... sie bewegte sich auf die schmächtige, mit Kameras behängte Gestalt zu, —wenn Sie mal so freundlich wären, Mister Crawley? Wenn Sie einfach mal die Aktie halten würden, ja, dem Jungen da entgegenhalten und, ja, das Geld, legt das Geld auf den Tisch ...
—So ... Gut ... Noch einmal. In Ordnung. Jetzt noch einmal in diese Richtung sehen, noch einmal ...

—Runter von dem Tisch!
—Ja, Sir.
—Ich denke, das reicht, danke, wir haben Mister Crawleys kostbare Zeit lange genug in Anspruch genommen und, hier, hier entlang. Vergeßt nicht unsere Aktie und, nein, laßt das Geld da liegen. Ich glaube nicht, daß wir noch Fragen haben, oder ...?
—Haben Sie das Schwein da geschossen, Mister Crawley?
—Schwein? Das ist ein Keiler. Ein ganz unangenehmer Kunde, so ein Keiler.
—Ist er gefährlich?
—Gefährlich? Er hat drei gute Hunde getötet.
—Und deswegen haben Sie ihn erschossen?
—Nein, aber erlegt. Mit einer Art Lanze, einer sogenannten Saufeder, da gehts raus ... er trieb sie vor sich her, —ein äußerst unangenehmer Kunde ... als der kurzgeschorene Kopf, auf den er seine Hand gelegt hatte, sich plötzlich umdrehte und er zurückzuckte, als ob er gebissen worden sei.
—Was haben Sie denn für ein Gewehr?
—Gewehr? Ich hab zwanzig Gewehre. Hier, bleib schön bei den anderen ... was hast du denn da?
—Nix, nur, ich dachte, ich könnte eine Broschüre oder sowas mitnehmen, hörte er hinter sich, —dieses Gewinn und Verlust im Kapitalgeschäft oder was, und dann noch ...
—Nimms mit. Nimms mit.
—Mister Crawley, er nimmt ...
—Aktienführer, und diese Provisionstabelle ...
—Nimms mit, nimm sie mit, aber jetzt los ...
—Fünf, sechs, sieben, zählte Mrs. Joubert am Fahrstuhl.
—Mit was für nem Gewehr haben Sie dies Ding mit den großen Hörnern getötet?
—Mit einer Mannlicher, hier, paßt auf da! Runter von dem Tisch ...!
—Ja, Sir, ich wollte nur noch ein Bild von ... oh! Tut mir leid, ich hebs wieder auf ...
—Laß es liegen! Laß es! Halt jetzt bloß den Laden hier nicht auf ...
—Da rollt ein Zehncentstück.
—Zehn, elf ...
—Ein Penny ist hinter den Stuhl dahinten gerollt, eh ...
—Können wir jetzt? Auch du, JR? Komm jetzt, du hast wirklich genug ...

—Und das hier, könnte ich nicht noch das hier haben, wo draufsteht Investment-Barometer...
—Nimms mit, nimms... Crawley atmete tief durch, baute sich vor dem engen Fahrstuhl auf, in dem sie zusammengepfercht waren, so, als wolle er sichergehen, daß sich die Tür auch hinter ihnen schloß, bevor er sich umdrehte und sagte, —sammeln Sie das Geld da drinnen ein, Shirley. Und zählen Sie's gleich nach... bückte sich nach dem Zehncentstück, das unter ihren Stuhl gerollt war, während sich die Türen vor seinem ausladenden Hosenboden schlossen, bester Tweed, —müßten zweiundzwanzig Dollar und neunzig Cent sein...
Sie rauschten lotrecht in die Tiefe.
—Wo gehen wir jetzt hin?
—Haben wir eigentlich schon gegessen?
—Alles hier raus, in die beiden Autos da.
—Die großen schwarzen?
—Wieso, siehste etwa ein rotes, Blödmann?
—Für wen nimmt der Typ da eigentlich den Hut ab?
—Das ist ein Chauffeur, was dachtest du denn, und er nimmt den Hut ab, weil wir jetzt Aktionäre sind, stimmts, Mrs. Joubert?
—Paß doch auf. Setz dich auf jemand anderes, ja?
—Wo gibts denn was zu essen?
—Mann eh, guck mal nach hinten, der Typ, der da im Eingang liegt? Der hatte keine Hände, haste den gesehn?
—Boah, haste dem sein Gesicht gesehen?
—Gesicht hatte der auch nicht, eh, was ist das denn, ein Radio? Mach mal an.
—Das ist ein Zigarettenanzünder, Blödmann.
—Drück mal.
—Wo fahren wir jetzt hin?
—Also gut, jetzt wollen wir mal nicht so rumzappeln und uns ein bißchen so benehmen wie...
—Aber, Mrs. Joubert, der nimmt den ganzen Platz weg mit seinem Papierkram und dem Zeugs, wie soll man da denn noch sitzen...
—Wir wollen mal versuchen, uns ein bißchen mehr wie erwachsene Aktionäre von einer großen Firma zu benehmen... Sie schloß ihre Knie und straffte ihren Rock angesichts der drohenden Lawine vom Nebenplatz, —bis wir... da sind... und starrte aus dem Fenster.
—Wo sind?
Sie starrte aus dem Fenster, bis sie da waren.

—Eh, guck mal, die haben gewonnen, die sind schon da.
Zeitungspapier trieb den Rinnstein entlang und blieb an ihr kleben.
—Sechs, sieben ... ihr ausgestreckter Zeigefinger zitterte, sie kickte den Fetzen mit dem Fuß weg, —acht ...
—Aber da steht Typhon International Building, unsere Aktiengesellschaft ist doch eigentlich, ist doch ...
—Geht einfach rein, geht rein! Das ist schon richtig, los los.
—Noch mehr Fahrstühle.
—Unsere Firma befindet sich im fünfzehnten Stock, Kinder. Drückt mal jemand auf fünfzehn ...?
—Laß mich drücken!
—Eh, hört mal. Die Musik, hört ihr die Musik? Wo kommt die denn her? Hört mal.
—Warum halten wir an?
Leise öffneten sich die Türen. Niemand ging, niemand kam. Bewegung war ausschließlich in den Noten von Dardanella. Die Türen schlossen sich.
—Darf ich im Fahrstuhl bleiben und noch ein bißchen Musik hören, Mrs. Joubert?
—Wir sind da, benehmt euch jetzt bitte ...
—Eh, guck mal, die haben schon wieder gewonnen, die sind schon da.
—Eh, hattet ihr auch Musik im Fahrstuhl?
—Und guck mal, eh, da kommt wieder der kleine Typ von eben.
Als ob er sich einen Weg durch eine entfesselte Horde bahnen müßte, teilte Davidoff rechte und linke Geraden aus und schoß auf den Fahrstuhl zu, um sie dort in Empfang zu nehmen, wobei er seine Jacke anzog, die offenstehenden Kragenspitzen seines Hemds mit dem festen Knoten seiner Krawatte zusammenzog und mit gewohntem Schwung eine Tür aufreißen wollte, wo gar keine Tür war. —Eure neuen Chefs ... seine hektischen Gesten endeten mit einer wegwerfenden Bewegung in Richtung eines Mädchens in knallengem Gelb, das von hinten an sie herangetreten war. Er zwinkerte mit den Augen. —Kinder, darf ich vorstellen, eine unserer Topsekretärinnen. Ach, und Carol ... er blieb plötzlich stehen, was einen Stau zur Folge hatte, den er zu genießen schien, —sagen Sie Mister Eigen, daß ich ihn sofort im Vorstandszimmer sehen will, und Carol, bringen Sie ein Dutzend Exemplare des Jahresberichts mit, ich hab Eigen gesagt, daß er für diese jungen Leute ein paar Informationen zusammenstellen soll ... er

verharrte lange genug, um auch in ihr die Spannung zu halten, doch dann —hier entlang, und zackig marschierte er voran, jeder Schritt auf dem harten Boden eine Bestätigung, den Gang hinauf bis zu der Tür, hinter der der blaue Teppich begann, und dort drängelten sie sich erneut, am Rande des Think-Tank, der Schwelle zur Macht, und das alles, um einen Blick in —mein Büro hier ... zu erhaschen, wo leere Sessel mit Kunststoffbezug vor der herrischen Diagonale eines papierübersäten Stahltisches aufmarschiert waren, —ach, und Florence, schicken Sie einen Büroboten ins Vorstandszimmer, um den Projektor zu bedienen, und die Lunchpakete ...
—Ja, Sir. Ich suche nur die ...
—Und wo ist Mister Eigen? Ich brauch ihn im Vorstandszimmer.
—Er arbeitet an der neuen Fassung von Mister Moncrieffs Rede, Mister Davidoff, er braucht die korrigierte dritte Fassung ...
—Verstehe. Wenn irgendwas sein sollte, ich bin im Vorstandszimmer, alles hier entlang ... er drehte sich um und war mit einem einzigen Schritt in jenem Meer von Blau, in dem sein hallender Tritt geräuschlos versank, während er auf das Bollwerk aus Walnußholz zuhielt, wo er den metallenen Türknopf berührte und gleichzeitig zurückzuckte, —keine Angst vor nem kleinen Elektroschock ...? Er tauchte ab und dann wieder auf, und sie fluteten schaukelnd hinein, segelten mit Rückenwind in die See, die sich vor ihnen auftat, und kreuzten, direkt voraus, den Kurs eines veritablen Geisterschiffs, das mit verkehrt herum aufgesetztem Hut, aufgeplustertem Taschentuch und Hörgerät, beides festgemacht an hellgrauem Flanell, schleunigst beidrehte, um mit flatterndem Vorsegel längsseits der Walnußspundwand Schutz zu suchen.
—Oh, hier, Governor, hier ... Davidoff halste volle Kraft voraus, derart unbekümmert ob der Launen von Wind und Segel und schiefer Metaphorik, daß allen an Deck angst und bange wurde, —unsere neuen, einige unserer neuen Aktionäre, Sir, sie haben, das ist Governor Cates, Kinder, er ist einer der Direktoren der Firma. Sie haben eben eine Aktie der Firma gekauft, Sir.
—Welcher Firma? Der Governor suchte nach einem Anlegeplatz.
—Diamond, eine Diamond-Cable-Aktie, Sir ... Davidoff dümpelte auf dem blauen Gekräusel des Teppichs herum, während sie vorbeitrieben. Governor Cates schaukelte sanft. —Damit können sie nichts falsch machen, nicht wahr, Sir? Er drehte sich nach Mrs. Joubert um, —hier, hier ...! Governor Cates dampfte achteraus. —Hier lang ... Davidoff

hatte seine Flottille noch nicht ganz an ihren Liegeplatz gewunken, als der Governor plötzlich auf Kollisionskurs ging.
—Amy ...?
—Guten Morgen, Onkel John.
—Gut, komm mal einen Augenblick mit mir, Amy.
Sie nahm seinen Arm, —Mister Davidoff ...? rief sie Davidoff hinterher, als Davidoff die letzten von ihnen durch eine Tür geschleust hatte und sich noch einmal umdrehte.
—Lassen Sie sich Zeit, wir haben eine Präsentation für sie vorbereitet.
—Und das Mittagessen?
—Und das Mittagessen ... Er vollführte eine Wende mit Schlagseite, eilte auf den Flur zurück und betrat zusammen mit ihnen das Vorstandszimmer. —Also! Ihr hattet eben eine Möglichkeit, die nicht viele junge Leute bekommen. Wenn ihr heute abend nach Hause kommt, könnt ihr euren Eltern erzählen, daß ihr einen der bedeutendsten Männer Amerikas kennengelernt habt.
—Meinen Sie sich?
—Governor Cates ist einer der Männer, der dem Amerika, wie wir es heute kennen, die Grenzen geöffnet hat. Davidoff stützte sich mit den Knöcheln auf die endlose Weite der Walnuß mit stets demselben Arrangement aus Block, Stift, Aschenbecher, Block, Stift, Aschenbecher, —er ...
—Der? Der war dieser unerschrockene Pionier?
—Nicht direkt wie Daniel Boone, wenn ihr das meint, nein. Aber er hat Amerikas industrielle Grenzen geöffnet, seine natürlichen Ressourcen, die uns zur reichsten Nation der Welt machen. Er ist ein Mann, den Präsidenten um Rat fragen, und ihr könnt stolz sein ...
—Ist er reich?
—Nun ja, alles in allem, ein Mann, der so stark dazu beigetragen hat, daß sein Land wohlhabend und mächtig wird, verdient wohl auch ...
—Wozu sind diese ganzen Blöcke und Stifte denn gut?
—Dies ist das Vorstandszimmer, wo der Aufsichtsrat zusammenkommt. Sie sitzen in den gleichen Sesseln, in denen ihr jetzt sitzt und, ach Carol, bringen Sie das mal rein und verteilen es. Das ist der Jahresbericht eurer Firma, Kinder, wir veröffentlichen ihn, weil wir meinen, daß ihr, wie alle anderen Miteigentümer, ein Recht habt, alles über eure Firma und die Aktivitäten, an denen sie beteiligt ist, zu erfahren, Carol, sagen Sie ihm, er soll den Projektor anstellen, die vielen verschiedenen Arten, mit der eure Firma unser großes Land mit allen

möglichen Kabeln versorgt, von der Rüstungsindustrie bis zu jeder Art Kommunikation, die ...

—ubbb ... vvvv ... vvawwwwg ...

—Carol ...! Licht floß über die Landkarte und die Vorhänge hinter ihm. —Das läuft ja falsch rum, sagen Sie ihm, er soll ...
—Er spult nur zurück, er ...
—Ach, und Carol, wo steckt eigentlich Mister Eigen? Ich sagte doch, daß ich ihn hier für die Präsentation brauche, suchen Sie ihn und schikken Sie ihn sofort her. Also, jede Art von Kommunikation, von persönlichen Botschaften bis zum riesigen und weiter wachsenden Fernsehpublikum, ganz gleich, ob sich nun die Familie vor dem heimischen Fernseher versammelt, weil sie gemeinsam das Beste an TV-Unterhaltung genießen will, was es derzeit auf der Welt gibt, oder ob der Schüler via Fernsehen seinem Lehrer zuhört, der sein Wissen heutzutage in einer einzigen Stunde mit mehr jungen aufnahmebereiten Geistern teilen kann als Plato, Aristoteles und die berühmten Lehrer der Antike in ihrem gesamten ... sind wir langsam fertig da drinnen? Für einen Augenblick geblendet, drehte er sich um und griff nach der geschmackvollen, goldenen und blauen Komposition aus Denaren, Dukaten, Schekeln und ähnlich glanzvollen Zeugnissen längst vergangenen Kaufmannsgeistes, die das Vorhangmuster bildeten.
—Mann eh, guck mal!
—Eh, das ist ja echt geil. Guck mal, eh.
Die Landkarte verschwand lautlos nach oben und enthüllte ein waagerechtes, in hübschen Orangetönen gehaltenes Balkendiagramm, auf dem Investitionen und Gesamtabschreibungen (in Millionen) dargestellt waren. Das Balkendiagramm ging denselben Weg wie die Landkarte und machte den Kapitalanteilen Platz (in gelben vertikalen Millionen), diese den Umsatzerwartungen per Kontinent in diversen aggressiven Farben, und so weiter und immer in Millionen und alles so schnell wie hochsausende Fensterrollos. Und nur, um am Ende eine leere Leinwand bloßzulegen.
—In ihrem gesamten Leben erreichten. In Generationen. Jetzt, in einem Moment, werdet ihr einen Einblick in die vielen verschiedenen Bereiche erhalten, in denen die Produkte eurer Firma eine maßgebliche Rolle dabei spielen, Amerika fit zu machen für die Zukunft, und wie eure Aktie unserem großen Land hilft, das Versprechen von morgen zur Wirklichkeit von heute werden zu lassen, während im ewigen

Strom der ... endlich fertig da hinten? Er lehnte sich zurück, stemmte die Fäuste in die Hüften wie ein Pfadfinderführer und betrachtete die polierte Oberfläche des Tisches, die gebrochen war von zusammengeknüllten Pullovern, einem Bonbonpapier, Ellenbogen und Armen und sogar einem oder zwei Köpfen. Stühle wippten, und Beine waren verdreht nach außen geschwungen, klopften auf den Boden, —wir haben vielleicht noch Zeit für ein oder zwei Fragen zum Jahresbericht. Euer Aufsichtsrat möchte jeden der Aktionäre, ja?
—Sind Sie auch einer?
—Ein Aktionär? Natürlich, und ich bin stolz darauf ...
—Nein, ich meine so ein Aufsichts ... sagte das Mädchen und knüllte ihren Pullover zusammen.
—Oh, Davidoff beugte sich vor und ließ durch die Brille ein Zwinkern blitzen, —eines Tages vielleicht, wenn ihr mich wählt. Weil, er straffte sich, —darum geht es doch im Kapitalismus des Volkes, findet ihr nicht auch? Als Miteigentümer der Firma wählt ihr eure Direktoren in demokratischer Wahl, und sie stellen dann Leute ein, die die Firma für euch auf die bestmögliche Art führen. Wenn eure Stimme im nächsten Frühjahr ...
—Mit einer Aktie haben wir eine Stimme?
—Aber klar doch, und darüber hinaus habt ihr das Recht ...
—Und wenn ich zweihundertdreiundneunzigtausend Aktien hätte, würd ich dann zweihundertdreiundneunzigtausend Stimmen haben oder was?
—Das is unfair! Wir kriegen diese eine lausige Aktie, und er kriegt zweihun ...
—Wieso denn unfair? Ihr kauft diese einzige Aktie hier, also arbeiten diese lausigen zweiundzwanzigfünfzig für euch, während ich sechstausend, Moment mal ... der Bleistiftstummel begann zu kritzeln, —null mal null ist ...
—Das darf der doch nicht, oder?
—Klar könnt ich das, eh, ich könnte mich sogar zweihundertdreiundneunzigtausendmal in den Aufsichtsrat wählen, wenn ich das wollte, oder nicht?
—Ich meine, das soll Demokratie sein? Das klingt wie 'n Haufen ...
—Nun mal langsam, langsam, bevor es hier noch einen Familienkrach gibt, wir wollen die kleine Dame mal unterstützen ... sie verkroch sich vor Davidoffs Zwinkern hinter dem Pulloverknäuel, —jeder Aktionär will Gewinn, ob man jetzt eine oder eine Million Aktien hat, richtig?

Deshalb wählt ihr ja auch nur solche Direktoren, die Topmanager einstellen, weil eure Firma hier ja weiterhin satte Gewinne abwerfen soll, und wenn das nicht klappt, dann hat diese junge Dame mit ihrer einen Aktie das gleiche Recht, die Direktoren und Manager zu kritisieren, wie jemand mit einer Million Aktien, weil sie nämlich auch für sie arbeiten, nicht wahr? Wenn sie jetzt meint, daß sie die Sache nicht in ihrem und im Sinn aller anderen Aktionäre leiten, kann sie sogar vor Gericht ziehen und die gesamte Führungsmannschaft auf Schadensersatz verklagen, um sicherzustellen, daß sie nicht gegen die Geschäftsordnung verstoßen, deshalb haben wir auch je ein Exemplar der Firmenstatuten in eure kleine Info-Mappe dort gelegt. Das sind die Gesetze der Firma, und wer eins davon bricht, muß dieser jungen Dame Rede und Antwort stehen, das ist wie in einem ganz normalen Verein, Kinder, und da gelten die Clubstatuten, einer für alle und alle für einen, ich finde, das ist eine ziemlich gute Kurzlektion in Demokratie, ist der Film da drin nun bald fertig?
—Könnte ich nur noch fragen, ob ...
—Sieht aus, als hätten wir noch einen Moment Zeit ... er sah an dem Arm vorbei, der direkt vor ihm das traurige Pullovermuster dehnte, —schaut mal gleich hinten in euren Jahresbericht, da seht ihr Fotos eures Aufsichtsrats, da oben in der Ecke, das ist Governor Cates, ihr könnt jetzt sagen, daß ihr ihn persönlich kennengelernt habt, nicht wahr, und von dem dicken Mann direkt unter ihm habt ihr vielleicht was in euren Geschichtsbüchern über den Krieg gelesen, beeilt euch mal etwas da hinten, wir haben nicht den ganzen Tag Zeit. General Box, er war der berühmte Kommandeur der Panzerdivision, die die deutsche Ardennenoffensive aufgehalten ... scheppernde Musik ließ sie zusammenfahren, er schirmte seine Augen ab, —also gut, Kinder, ich glaube, wir können jetzt ...
—Könnte ich nur noch einmal nachfragen, wo steht siebenundsechzigtausend Anteile ...
—Stellen Sie das leiser! Was ist los, Carol ...
—Diese achthundertsiebenundsechzigtausend Anteile, wo hier steht, daß sie unter Option zu einem Gesamtpreis ...

—von morgen präsentiert von ...

—Leiser, stellen Sie das leiser! Sieh mal, er legte die Hand auf die schmale Schulter, dort, wo die Pullovernaht klaffte, —es würde einen Monat dauern, diese ganze Arithmetik zu erklären, das ist das, was wir

einen konsolidierten Bilanzbericht nennen, mach dir darum keine Sorgen. Also, kann mal jemand das Licht ...?
—Ich mach mir auch keine Sorgen, ich frag mich nur, wer ...

—unsere natürlichen Ressourcen und das nationale Erbe, das uns alle mit Stolz erfüllt ...

—Was ist das, Carol?
—Die Neufassung von Mister Moncrieffs Kurzbiographie, bevor die rausgeht, und Mister Eigen fragt, ob die Presseerklärung ...
—Wo ist er, ich hab doch gesagt, er soll herkommen, die Presseerklärung kann warten, ich überprüf diese Bio lieber noch mal mit Monty, holen Sie Eigen sofort her, damit jemand die Sache hier im Auge behält, Kinder? Ein Notfall, ich muß dringend an Deck, sprach er über ihre Köpfe hinweg und lockerte seinen Schlips, —ach, und Carol, sorgen Sie dafür, daß das Vorstandszimmer aufgeräumt wird, wenn sie hier fertig sind ... und seine Lippen bewegten sich so lautlos wie seine Schritte auf dem Flur, an jener Nische vorbei. Die Berührung des Türknopfs jedoch verwandelte sein zuckendes Gesicht in eine Grimasse, die noch das Festziehen seines Schlipses begleitete, als er mit einem Nicken an einem unbesetzten Schreibtisch vorbeiging, —der Boß will mich sprechen ... und nach forschem Anklopfen vorsichtig die Tür öffnete. Unmittelbar dahinter saß Mrs. Joubert, die Knie eng aneinandergezwängt, eine Schildplattbrille auf der Nase, und schaute gerade woandershin und fragte, —muß ich das jetzt alles durchlesen? Und irgendwo anders, den Rücken zur Tür, beugte sich die Wetterseite von Cates über mehrere Zeitungen, goldbegrenzt der Blick, der sich daraufhin hob, sich mit ihrem traf und dann glanzlos über den Schreibtisch fiel mit einem —nur Kobalt? Blieb noch Moncrieff. Doch auch Moncrieffs schweifender Blick über die schwere schwarze Fassung seiner Halbgläser und die kauernde Dauerwelle einer Sekretärin hinweg, war nach kurzer Begegnung mit den beiden anderen wieder zu seinem eigentlichen Gegenstand zurückgekehrt und ließ Davidoff stehen wie jemanden, der in einem leeren Theatersaal Feuer! gerufen hatte.
—Die wollen doch Kobalt. Also kriegen sie Kobalt. Er nahm die Brille ab, klappte die starren, schwarzen Bügel zusammen, lehnte sich zurück und massierte sich das Nasenbein. —Warum sollten wir uns mit anderem abgeben?
—Reden Sie Klartext, Monty, dann brauchen Sie es nicht später vor irgendeinem Scheiß-Unterausschuß zu tun.

Eine Lampe glühte an der mit Knöpfen übersäten Konsole des Schreibtisches auf, und ein nackter Arm, dessen Armband die Zeit trug, griff nach dem Telefon. —Mister Beaton, Sir.
—Sagen Sie ihm einfach ... und über sie hinwegstarrend, strich sich Moncrieff über sein Nasenbein, geradeso, als fordere ihn jenes andere Gesicht, das er jetzt anblickte und das selbst im Profil oder gesenkten Blicks nichts von seiner Unnahbarkeit einbüßte, zum Vergleich auf. —Hier ... er griff zum Telefon, —bringen Sie alles über diesen Arsenkies-Vertrag her, und Beaton? Meine Tochter ist hier und möchte gerne die Anwaltsvollmachten unterschreiben. Warum dauert das immer so lange? Er reichte das Telefon zurück, schaute dabei immer noch ins Leere, wo ihm wieder ihr regungsloses Profil begegnete, während sie selbst die Schildplattbrille abnahm und sie hin und her baumeln ließ.
—Muß ich das jetzt alles lesen? Die Kinder ...
—Kannst du nicht wenigstens eine Minute warten, Amy. Was ist los, Dave?
Davidoff kam näher, als wäre er eben erst eingetreten. —Ihren jungen Leuten gehts gut, er wich dem Vorstoß ihres Fußknöchels aus, als sie die Knie übereinanderschlug, —sind da drin und sehen sich die Präsentation an, die wir für die Frühjahrssitzung der Aktionäre zusammengestellt haben, und finden die ganz toll, er umrundete die Schreibtischecke in einem weitläufigen Bogen, der sein gesamtes Publikum einbezog, und senkte die Stimme für den vertraulichen Teil der Botschaft, —wir sollten lieber vorsichtig sein, Boß, das ist eine ziemlich ausgekochte Truppe ...
Eine Lampe glühte auf. Das Telefon wurde abgehoben, ein Murmeln, —die Presse wartet auf ein Statement ...
—Er hat es gerade hier, lesen Sie das vor, Dave.
Aus dem Gewirr nackter Arme, Seide und Mohair hob Davidoffs acrylglänzender Jackettarm den Hörer ans Ohr. —Hallo? Die Pressemitteilung bekommt ihr morgen früh, sagte er und reichte das Telefon zurück.
—Was soll das denn? Und wo ist das Statement.
—Wird noch getippt, Sir, sagte Davidoff und warf forsch eine Büroklammer in den leeren Papierkorb. —Dies ist Ihre Kurzbiographie, ich wollte sie noch mit Ihnen abklären, bevor wir sie herausgeben ...
—Ich will, daß diese Presseerklärung noch heute rausgeht.
—Ja, Sir, und was diese Bio angeht, ich dachte, wir sollten vielleicht ...

—Zeigen Sie mal her ... Cates tauchte aus dem Papierkorb empor und ließ die Büroklammer in seine Westentasche gleiten.
—Ja, Sir. Ach, und Miss Bulcke, sie könnte sofort einen Entwurf ausfertigen, Boß, das spart Zeit, nehmen Sie nur ... er nickte in Richtung ihres leeren Blocks. —Die seit langem überfällige technische Anpassungsphase, die gegenwärtig das Geschehen auf unserem äußerst dynamischen Markt kennzeichnet ...
—Wen zum Teufel interessiert denn, ob Sie gegen Brown Football gespielt haben, Monty.
—Wir meinten, Sir, um Mister Moncrieffs Image als aggressiven, wettbewerbsorientierten Mannschaftsspieler zu betonen ...
—Image! Cates räusperte sich lachend, —die sollten Sie mal mit diesem Scheiß-Schmetterlingsnetz rumrennen sehen, Monty.
—Wo sind wir stehengeblieben, Miss ...
—dynamischen Markt kennzeichnet ...
—noch keine überzeugenden Anhaltspunkte dafür bietet, daß es sich gleich um eine Wirtschaftskrise ...
Ein Licht erglühte. Der Bleistift stand still.
—Hast du deinen Vater je mit dem Schmetterlingsnetz gesehen, Amy?
—Senator Broos ist wieder dran, Sir ...
—Wirtschaftskrise im Sinne früherer ...
—Broos? Augenblick bitte. Kommen Sie rein, Beaton. Amy? Kannst du nicht noch eine Minute warten? Broos ...?
—Rezessionen handeln muß ...
—Machen Sie das draußen fertig, Dave. Broos? Beaton ist hier, ja, was ist da unten los ...
Davidoff entging Beatons Annäherung mit einem schlecht choreographierten Seitenschritt, kam wieder ins Gleichgewicht, als Beaton einen Stuhl an den Schreibtisch zog und seine gleichmäßig glanzlosen schwarzen Schuhe akkurat nebeneinandersetzte, ohne von den Papieren aufzusehen, in denen er blätterte.
—Bleib dran. Wann geht mein Flugzeug?
—Welcher Flughafen? sagte Cates hinter ihr.
—Ich weiß nicht, Sir.
—Das sollten Sie aber wissen, Scheißtaxi nach Kennedy ist doppelt so teuer wie nach LaGuardia.
—Ja, Sir.
—Sie wollen wissen, ob es eine Möglichkeit gibt, die Unterschrift unter diesen Vertrag bis nächste Woche hinauszuzögern, sagte Moncrieff über

den Hörer hinweg. Beaton beugte sich vor und sprach leise. —Hallo? Nein das ist unmöglich, mein Ausscheiden aus dieser Firma hier ist mit dem heutigen Börsenschluß verbindlich, bleiben Sie dran ... ein Licht glühte, und er reichte das Telefon hinüber.
—Das ist General Blaufinger, Sir.
—Sagen Sie ihm, er soll dranbleiben.
—Das ist ein altes Waschweib, murmelte Cates, während er Zahlenreihen auf die Rückseite eines Umschlags schrieb.
—Er ruft aus Bonn an, Sir.
—Er soll dranbleiben ... er griff wieder zum Telefon, —Broos? Wo liegt das Problem ...? Haben Sie ein Exemplar vor sich? Also gut, erstens, Paragraph vier. Zum Zweck der Aufstockung von Kobaltreserven, nationale Sicherheit und so weiter und so weiter, daß die Regierung sich hiermit verpflichtet, über die Laufzeit dieses Vertrages, wie in Paragraph eins oben dargelegt, von Typhon International fünf Komma zweitausend Tonnen des darin enthaltenen Kobalts jährlich abzunehmen, zum Festpreis von vier Dollar und siebenundsechzig Cent pro Pfund, also. Unten in sieben. Zur Realisierung dieses Vorhabens, das und so weiter und so weiter verpflichtet sich die Regierung gegenüber Typhon International, mit einer Summe von neununddreißig Komma sieben Millionen Dollar in Vorlage zu treten, der Betrag dient der Errichtung einer Schmelzanlage für Arsenkies mit dem Ziel der Kobaltgewinnung, und dann unten in elf, die Regierung der Vereinigten Staaten verpflichtet sich, dem durch Typhon International im Staate Gandia errichteten und betriebenen und so weiter zum Selbstkostenpreis eine ausreichende Menge Arsenkies zu liefern, mindestens jedoch die Menge, die zur Erreichung des in Paragraph vier festgelegten Produktionsziels erforderlich ist, die Parteien stimmen darin überein, daß ausschließlich die Kobaltgewinnung Gegenstand dieses ... was? Weil sie Nickel gesagt hätten, wenn sie Nickel hätten kaufen wollen. Aber sie sind nicht uns gekommen, um Nickel zu kaufen. Sie sind nicht zu uns gekommen, um Eisen oder Arsen zu kaufen, sie sind gekommen, um Kobalt zu kaufen, und Kobalt kommt in Arsenkies vor, wenn wir bei der Schmelze auf Eisen oder Arsen oder sonstwas stoßen, dann ist das ... was solls, wenn sie sich verschaukelt fühlen ... ich weiß, daß er das macht, aber ich sage, wenn wir jetzt schon Klartext reden, dann sind wir die Gelackmeier ... Nein, er hat recht ... Broos ...? und klemmte den Hörer an ein taubes Ohr, —das ist nicht der richtige Moment zum Erbsenzählen, Scheiße, wenn dieser Vertrag

nicht unterzeichnet und beglaubigt ist, solange Monty noch die Zügel in der Hand hält, dann ist seine Unterschrift nicht mehr wert als die von Jefferson Davis, hab schon genug Scheißprobleme, dauernd rechnet mir die linke Presse vor, was an diesem Deal angeblich nicht stimmt, dazu haben ein paar Schwarze da unten einen Frühstart hingelegt und eine Scheißbrücke in die Luft gejagt, und Blaufinger ist hier am Telefon, und das erste, was er wissen will, ist, ob wir Truppen entsenden wollen, um die Lage zu stabilisieren. Davon kann natürlich gar keine Rede sein, und ich will, daß Frank Black das den akkreditierten Journalisten da unten und allen andern, die unbedingt ihre Nase da reinstecken müssen, klipp und klar sagt, verstanden? Sollte es tatsächlich zum Bürgerkrieg kommen und sich die Uaso-Provinz für unabhängig erklärt, dann geht das niemanden etwas an außer diesen Scheißafrikanern, wir können da nicht intervenieren und einen Unabhängigkeitskampf unterstützen. Es ist andererseits das letzte, was ich will, daß irgendein Blödmann von uns plötzlich eine Stellungnahme zugunsten der amtierenden Regierung aus dem Ärmel zieht, klar? Er beugte sich noch weiter nach vorn und nahm den Telefonhörer in die andere Hand, —was soll das heißen ...? klemmte ihn gegen das andere Ohr. —Dann müssen Sie denen in den Arsch treten, aber sorgen Sie dafür, daß die Sache bekannt wird, verstanden? Wir bauen doch schließlich diesen Scheiß-Schmelzofen, nicht die Regierung, wir nehmen doch das Risiko in Kauf, nicht sie, verstanden ...? und hielt mit ausgestrecktem Arm den Hörer hin, wo Miss Bulcke danach griff. —Haben Sie das mitgekriegt, Beaton?
—Entschuldigen Sie, Sir, General Blaufinger ist immer noch ...
—Geben Sie her.
—Mister Moncrieff ist jetzt mit Ihnen verbunden, danke, daß Sie gewartet ...
—Hallo, Herr General ...?
—Beaton, haben Sie das mitgekriegt? Die wollen private Investitionen in einem Krisengebiet nicht länger decken, klären Sie das, bevor Monty unterschreibt, verstanden?
—Gerüchte, Herr General, nur Gerüchte, was ... drei Flugzeugladungen? Nein, das können unsere nicht sein, ganz Afrika ... okay, halb Afrika ist im Rüstungsbereich made in USA, also kein Grund zur Beunruhigung ... nein, natürlich nicht, Herr General, ich wollte nicht den Eindruck ... Ja, ich weiß, daß Sie das waren, Herr General, selbst unsere Geschichtsbücher würdigen das als einen brillanten Feld ... mit

General Box hab ich das nie besprochen, nein, aber ... Ja, bestimmt würde er das, Herr General, aber wir möchten, daß er sich aus dieser neuen Sache raushält, die veränderte Sachlage hat bereits den Abschluß des Vertrags gefährdet, und wenn Sie Doktor Dé nicht zügeln können, bis wir den ... einen Augenblick mal, Herr General, wir ...
—Schleimscheißer, hier, her damit ... Blaufinger? Wenn Sie diese Angelegenheit nicht unter Verschluß halten können, bis der Scheißvertrag unter Dach und Fach ist, ist die ganze Sache gestorben, Scheißlinke ... was? Nein es ist niemand gestorben, ich rede von diesem Vertrag, wenn ... Aber wir konnten den Vertrag nicht unterzeichnen, bevor die neue Kobaltpolitik nicht feststand, oder was? Was zum Teufel glauben Sie wohl, was Broos' Militärkomitee gemacht ... tja, das ist der Scheißunterschied zwischen Ihrem Land und unserem, Sie glauben doch nicht etwa, daß Pythian in diesem Scheißvertrag erwähnt wird? Wir können denen doch nicht vorschreiben, wo sie dieses Scheißarsen kaufen sollen, oder was? Das ist genau der Punkt, sie haben überhaupt keine andere Wahl ... weiß ich nicht, nein, Moment mal, Monty? Steht in dem Vertrag irgendwas über die technische Leitung ...? Hallo? Kein einziges Wort, nein, was ... Herrgott nein, unterstehen Sie sich, oder wollen Sie, daß morgen in der Zeitung steht, wie Pythian mit Typhon zusammen ... Nein, und ich will verdammt sicher sein, daß es nicht so ist, und dieser Doktor Dé hat auch nur Scheiße im Kopf, läßt seine schwarzen Jungs losmarschieren und Brücken sprengen, bevor wir die Sache zu Ende gebracht haben, da kommt doch die ganze verdammte Dritte Welt und unterstützt Nowunda, die linke Presse stellt sich noch dahinter, und wir stehen da wie die Bekloppten ... meinetwegen setzen Sie sich auf ihn drauf, haben Sie mich verstanden ...? und hielt den Hörer ins Leere. —Preßt noch den allerletzten Scheißtropfen raus, will, daß Pythian die technische Leitung des Hochofens übernimmt, als ob man seinen Onkel einstellt, damit er einem die Scheißwäsche waschen ...
—Dagegen kann man nichts machen, aber wir sollten sehen, daß er aus dem Aufsichtsrat fliegt, dieser Doktor Dé, den sie da als Verteidigungsminister ausgeguckt haben, ist so ziemlich der schlimmste Gauner, den man sich ...
—Scheiß drauf, Monty, wer einem nicht gehört, dem kann man nicht trauen, also los, uns bleibt gar nichts anderes übrig ...

 —sit on, auf ihm sitzen ...?

—Ich kenn das, richtig, deswegen gefällt mir ja auch die ganze Sache nicht...
 —do your damm laundry, mein Onkel soll meine Wäsche waschen...?
—Leg einer mal den Scheißhörer auf! Beaton? Wo sind die Notizen über die Anhörung?
—Sir, ich glaube, sie liegen direkt vor Ihnen, Sir.
—Nein, das tun sie nicht, sie liegen nicht direkt vor mir, Sir! Ich hab diese beschissene Endo-Verfügung und ne Menge blödes Zeug über angebliche Preisabsprachen der Zulieferer für die Kabelhersteller, all das hab ich direkt vor mir, Sir!
—Ja, Sir, ich, wir dachten, daß Mister Moncrieff vielleicht das Material auswerten wollte, das die Anklageschrift enthält, falls sich irgendwelche Fragen hinsichtlich seiner Aussage im...
—Sie haben doch wohl die Zeitung gelesen, Beaton?
—Ja, Sir.
—Sind Sie dabei in der Times vielleicht auch auf ein Artikelchen gestoßen, daß man von einer strafrechtlichen Verfolgung des Firmenvorstands absehen will?
—Ja, klar, natürlich, ja, Sir, aber die Anklage gegen die Firma steht ja auch weiterhin...
—Und mit heutigem Börsenschluß hat er mit der Firma nicht mehr zu tun als Rin Tin Tin, und wer will diesen Unsinn dann noch ernsthaft verfolgen? Also, was zum Teufel hat Endo hier zu suchen?
—Sir, hier ist gerade die Verfügung vom Justizministerium hereingekommen, wonach die Diamond-Ausschreibung nur zulässig ist nach einer Trennung von der Endo Appliance Company, ich dachte, daß, wenn erst die Beteiligung der Familie an Diamond Cable bekannt wird, daß es dann...
—Das heißt doch nicht, daß sie Endo unter die Lupe nehmen, oder? Suchen die im Ernst jemanden, der unter Eid aussagt, wann dieses Zusatzgeschäft mit Endo zum erstenmal im Gespräch war? Hat doch keine Sau was von, sorgen Sie bloß dafür, daß diese Patentrechte gesichert werden, setzen Sie Dick Cutler darauf an, einzige Scheiße ist, daß die Bande sich an seinem Interessenkonflikt hochzieht, kann Broos ihn da durchbringen?
—Ja, Sir, das dürfte keine Schwierigkeiten machen, alle seine Wertpapiere sind über die Konten der Stiftung gelaufen, die Unterlagen liegen direkt vor Ihnen, Sir, wir...

—Wo vor? Herrgott, Beaton, das versuche ich schon seit einer Stunde aus Ihnen rauszukriegen.
—Sie sind hier, ja, Sir, Ihre Nichte hat, entschuldigen Sie, Mrs. Joubert ... er klaubte die Unterlagen von ihrem Schoß, und sie öffnete ihre Handtasche, nahm ein zerknittertes Taschentuch heraus, hielt es sich vor die Nase und blickte dann starr über den lavendelfarbenen Saum des Taschentuchs hinweg.
—Du siehst müde aus, Papa, sagte sie zu ihm, der sich halb von ihr abgewandt hatte wie von einem Fenster, falls es dort eins gegeben hätte, Finger, so lang wie die, die das Taschentuch knüllten, fuhren über sein Nasenbein, während er seinen Blick an ihrem vorbeistreichen ließ, hinab auf die lange Linie ihres Halses, —und Papa, wenn du heute abreist, muß ich die Dinge für Francis noch genauer regeln, könnten wir nicht versuchen ...
—Ja, ich weiß ... er ließ seine Hand sinken, und zum Vorschein kamen seine nachdenklich geschürzten Lippen.
—Weil, du weißt doch, ihr alle wißt doch ganz genau, das einzige, was ich je ...
—Beaton? Moment mal, Amy ... und ihre Hand, die eine schwarze Haarsträhne aus der Schläfe strich, hing auf einmal leer hinab. —Diese letzte Option hier, die, die ich gerade rausgesucht habe, haben Sie ...
—Ist, ja, Sir, wir kümmern uns darum, ich glaube nicht ...
—Was ist los, Beaton?
—Oh, oh, gar nichts, Sir, Mister Mon ...
—Sie sehen aber wegen gar nichts ziemlich durcheinander aus, werden Sie etwa fürs Nichtssagen bezahlt?
—Nein, Sir, nein, ich meinte ...
—Was zum Teufel meinten Sie, Sie haben doch eben gesagt, daß Sie alle seine Aktien auf diese beiden Stiftungen verteilt haben, oder nicht?
—Ja, Sir, es ist, wir warten noch auf einen Optionsschein von Mister Crawley, aber es gibt keine ...
—Crawley? Hat ihn wahrscheinlich unter Street-name ins Depot getan, der ist in der Lage und beleiht das Ding, um sich noch so ein Scheiß-Elefantengewehr zu kaufen, warum zum Teufel haben Sie ...
—Nein, Onkel John? Entschuldige, aber wir haben Mister Crawley eben noch getroffen, ich glaube, ich habe das Papier zufällig in seinem Büro gesehen, einen Optionsschein auf die Emily Cates Mon ...
—Wirklich, wie viele Anteile?
—Das weiß ich nicht mehr, es schienen ziemlich viele zu sein, aber ...

—Egal, auch wenns nur ein einziger Scheißanteil ist, Beaton, schicken Sie sofort jemanden runter und holen Sie das Ding her, verstanden? Gib Crawley einen falschen Penny in die Hand, und du kannst sicher sein, er wird ...
—Aber er war wirklich furchtbar nett zu uns, ich finde, du solltest ihn nicht gleich als ...
—Ich hab ihn ja nicht als Dieb bezeichnet, Amy, er ist bloß nicht besonders schlau, von Handler hab ich gehört, daß er glaubt, daß der Urwald nach ihm ruft, wenn man den auf den Optionsscheinen sitzen läßt und sie dann eines Tages wiederhaben will, hat man bloß noch nen beschissenen Ameisenhaufen, was ist das denn alles, Beaton?
—Was ja, ja, Sir, die Sache ist die, daß diese Wertpapiere ja an beide Stiftungen gegangen sind, und wenn sich Mister Moncrieff jetzt über den steuerfreien Status derselben äußern muß, da dachte ich, er wäre vielleicht ganz gerne mit den Einzelheiten ...
—Scheint doch ein und dasselbe zu sein, mit den beschissenen Einzelheiten will er gar nichts zu tun haben, ist denn die Steuerbefreiung irgendwie in Gefahr?
—Nein, Sir, überhaupt nicht, da das Krankenhaus der einzige Empfänger der Zuwendungen und Zinsge ...
—Gibts denn irgendeinen verdammten Grund, warum er mehr sagen sollte? Wenn die mehr Einzelheiten wissen wollen, sollen sie sich doch ans Finanzamt wenden, wenn Monty sich da hinstellt und diese ganzen Scheißeinzelheiten runterbetet, haben wir doch gleich die verdammte Linkspresse am Hals, die fragt, welche Bank den Pensionsfond des Krankenhauses verwaltet, als nächstes Scheißding überprüfen die den Verwaltungsrat von diesem gemeinnützigen Krankenversicherungsprogramm und saugen sich ne Story aus den Fingern, von wegen versichert sei nicht der Beitragszahler, sondern nur der Arzt, der deshalb verlangen kann, was er nur will, deswegen explodieren ja auch die Krankenhauskosten, weil jeder weiß, daß sie jeden einzelnen Scheißpenny erstattet kriegen, wollen Sie das etwa?
—Nein, Sir, nein, nein, aber, ich dachte ...
—Denken Sie nicht, Beaton, Scheiße, wenn Sie gedacht haben, Sie könnten ihn da mit jeder einzelnen Zahl, die Sie unter Ihre Scheißfinger kriegen können, hinschicken, sehen Sie sich das hier doch mal alles an, glauben Sie denn, das ist eine Scheiß-Patman-Anhörung wegen dieser beiden Stiftungen? Einfache Scheißanhörung für eine einfache Scheiß-Personalentscheidung für einen einfachen Scheißposten, die sind über-

haupt nicht daran interessiert, den verdammten Idioten bloßzustellen, der ihn eingestellt hat, lassen ihn da freiwillig antanzen, nehmen den Mund voll mit lauter irrelevanten Idiotenfragen, als nächstes laden sie mich womöglich noch als Zeugen vor, weil ich angeblich über die Vermögensverhältnisse der Stiftung Bescheid weiß, und wenn sie erst anfangen, in den Diamond-Vorzugsaktien zu wühlen, dann sitzen wir wieder auf diesem Scheißkarussell mit dem Finanzamt, der Börsenaufsicht und der ganzen linken Scheißpresse, wollen Sie das etwa?
—Nein, Sir, natürlich nicht, aber die, aber die Rechtslage im Hinblick darauf, daß Sie persönlich die Ausgabe der Vorzugsaktie autorisiert haben, wurde von uns natürlich unter besonderer Berücksichtigung der Vermögensverwaltung des Stiftungsvermögens geprüft, und die Entscheidung, daß es aus steuerlichen Gründen ratsam erschien, die Vorzugsaktie ohne Stimmrechte auszugeben, das heißt, solange nicht mindestens vier Divi...
—Weiß ich, verdammt noch mal, hab die Entscheidung doch selbst getroffen, oder nicht? Glauben Sie vielleicht, die Tatsache, daß es legal ist, bedeutet, daß die Presse sich nicht trotzdem dafür interessiert und was vom Recht der Öffentlichkeit schwafelt, um meine Geschäfte an die große Glocke hängen zu können? Erklären Sie denen mal, daß es aus steuerlichen Gründen ratsam erschien, daß auf die Vorzugsaktien halbjährlich sechs Prozent gezahlt werden, und das Ganze ohne Stimmrecht, es sei denn viermal hintereinander würden keine Dividenden ausgeschüttet, geht die das denn eigentlich einen Scheißdreck an, warum wir die ersten drei ausgelassen haben? Öffentlichkeit, die nicht mal den Unterschied zwischen Steuervermeidung und Steuerhinterziehung kennt, wenn Sie denen erklären, daß Sie dreißig Jahre Kapitalsteuer mit einer einzigen abzugsfähigen Wohlfahrtsspende weggewischt haben, dann denken die doch, wir sind, was ist los, Amy?
—Ach nichts, nichts, ich...
—Hab noch nie so häufig ach nichts gehört, kann mal jemand das Scheißtelefon abheben, wenn es Zona ist, sagen Sie, daß ich aufs Klo gegangen bin, die schmeißt jetzt schon ihr ganzes Gewicht auf dieses Paket Standardaktien Diamond von Boody und sitzt drauf, wenn ein Gebot kommt, dann wärs viel einfacher, direkt mit Boody zu verhandeln, wo zum Teufel steckt sie eigentlich? Als ich sie zum letztenmal gesehen hab, hatte sie nen dreckigen Hals.
—Noch in Nepal, ich habe einen Anruf vom Kons...
—Ihr Foto war auch in der Zeitung, scheint da gut aufgehoben zu sein,

diese Bürgerrechte werden auch immer schlimmer, breiten sich von einem Staat zum anderen aus wie die Pest, heute haben schon Achtzehnjährige alle Rechte, die man sich nur vorstellen kann, sehen Sie sich das mal an, Beaton, setzen Sie sich mit diesem, wie hieß er noch, in Verbindung und stellen Sie fest, ob es nicht irgendeine Möglichkeit gibt, diesen Zug aufzuhalten?
—Nein, Ma'am er ist aufs, auf der Toilette ...
—Ja, Sir, ich hab bereits ...
—Wenn Sie gerade dabei sind, da gibts so einen kleinen Spaghettifresser, der gerade zum Vorsitzenden der staatlichen Bankenaufsicht ernannt worden ist, finden Sie mal raus, wie der sich die künftige Aufgabenverteilung im Umland vorstellt, vielleicht kann man ihn bearbeiten, ist sie das am Telefon, Bulcke?
—Ja, Sir, das war Mrs. Selk, ich hab ihr gesagt, daß Sie ...
—Hab gehört, was Sie ihr gesagt haben, die will, daß Sie das Haus ihrer Kindheit zu einem Nationaldenkmal machen, sobald Sie die Möglichkeit dazu haben, Monty, da mußt du den ganzen Scheißfluß extra umleiten, sagen Sie mal, Beaton, ist der Termin für die dritte Dividende schon verstrichen?
—Welcher, der, ja, Sir, ich war der Meinung, Sie wüßten ...
—Kann mir den Kopf nicht mit nem Haufen Scheißdaten vollstopfen, dafür werden Sie hier doch schließlich bezahlt, oder? Sie haben jetzt mal ein verdammt scharfes Auge auf die vierte Dividende, Monty erzählt bei dieser Anhörung, daß seine Aktien treuhänderisch verwaltet werden, und wenn dann die vierte Dividende überfällig ist, lassen wir Zona auftreten, die sich über Amy hier beschwert weil sie zusammen mit den anderen Treuhanddeppen ihr Vorzugs-Stimmrecht ausübt, wenn Blinde Blinde führen, muß man der Blindeste sein, Scheißtreuhand, keine Treue, seit Samson Delilah an die, was ist los, Amy?
—Wenn du glaubst, daß ich so dumm und, und so kindisch bin, warum bin ich dann Treuhänderin geworden, warum willst du, daß ich ...
—Scheißgesetz schreibt vor, wie viele Treuhänder man haben muß, deshalb, sollen wir sie uns denn etwa in der U-Bahn zusammensuchen?
—Das käme aufs gleiche raus, die wüßten über das, was vorgeht, genausowenig Bescheid wie ein siebenjähriger Junge, der ...
—Ist doch bloß ne Formsache, verdammt, Amy, wenn du nen Kurs in Erbsteuerrecht willst, mußt du dich mit Ude treffen, haben Sie das alles geklärt, Beaton?
—Die was, Sir, die ...

—Diesen Francis Cates Joubert, was Sir!
—Ja, also, es ist, die Stiftungsbestimmungen besagen ...
—Was ist mit dem Vater des Jungen?
—Ja, Sir, natürlich ist es nicht nötig, daß er irgend etwas davon weiß, Sir, Mrs. Joubert ist in der Angelegenheit der vom Vormundschaftsrichter entsprechend eingesetzte gesetzliche Vormund des Jungen, und sobald diese Vollmacht unterschrieben ist, kann sie ...
—Sobald sie unterschrieben ist? Warum ist sie denn noch nicht unterschrieben?
—Ja, Sir, sie wird, sie wird jetzt vorbereitet, Sir, wir ...
—Wird vorbe, passen Sie auf da! Helfen Sie ihr, schnell! Helfen Sie ihr ... und Beaton bückte sich stolpernd nach den zu Boden gefallenen Papieren, taumelte zurück vor Cates' Hand, die auf Mrs. Joubert zuschnellte, die sich ihrerseits soeben nach vorn beugte, um ihr Taschentuch aufzuheben.
—Aber, aber Onkel John, ich ...
—Ich, ich glaube, es geht ihr gut, Sir, sie ...
—Was Sie nicht sagen, Beaton! Hat sie aber doch ein bißchen erschreckt, wenn Sie sich vorstellen, daß es ihr nicht gut geht, was? Kippt einfach um und liegt tot zu ihren Scheißfüßen. Wie stünden wir denn jetzt da, dann marschiert der Scheißfranzose rein, den sie geheiratet hat, übernimmt die Vormundschaft des Jungen und die ganze andere Scheiße und raubt uns bis aufs Hemd aus, wenn diese Vollmacht noch nicht vorbereitet ist, verschwinden Sie jetzt und bereiten Sie sie persönlich vor, und tun Sie nichts anderes, bis sie unterschrieben ist, mit Brief und Siegel und allem, was dazugehört, haben Sie mich verstanden?
—J ... ja, Sir ...
—Und kommen Sie bloß nicht nochmal mit so einem halbgaren Vorschlag, vergessen Sie das ja nicht, Beaton.
—Nei nein, Sir ...
—Er vergißt es auch nicht, Amy.
—Und ich, ich auch nicht ... sie hob die Augen, als ob sie sich vom Anblick ihrer selbst lösen müsse, wie sie umgekippt und tot vor aller Füße lag, —und er ist, Lucien ist kein Scheißfranzose, er ist, er ist nicht mal Franzose, ich weiß nicht, warum du immer sagst, daß er einer ist, er ist Schweizer, und du weißt, daß Lulu Schweizer ...
—Na gut, er ist 'n Lulu, diese affigen italienischen Drogenklamotten und Lackschuhe, in denen er immer rumrennt, und das soll kein Lulu sein, hast du noch was dazu zu sagen, Monty?

—Zu Nobili? Ich glaube, er ist bereit, mit uns ins Geschäft zu kommen, hast du schon irgend etwas mit ihm geklärt, Amy?
—Glaubst du etwa, der hats so eilig, die Sache zu klären? Solange sie noch verheiratet sind, hat er Ansprüche auf die Scheißsache, deswegen hat er sie überhaupt geheiratet, oder etwa nicht?
—Er hatte vorher noch nie was von Typhon gehört, Onkel John, er wußte nichts über uns und diese Sachen, als ich ihn kennenlernte, er war nur ...
—Er ist aber verdammt schnell dahintergekommen, wenn du ihn jetzt nicht kurzhältst, Amy, dann verlierst du alles, was du hast, und dein Junge auch, seine kleinen Aktiengeschäfte, wir können noch froh sein, daß wir ihn rechtzeitig gestoppt haben, er hätte uns sonst noch alle in den Knast gebracht.
—Oh, er, er hat nur angegeben, er wußte nicht, daß es falsch war, er dachte einfach, es sei ein schlaues Geschäft, und er wollte Papa und euch allen beweisen, daß er nicht nur ...
—Du meinst, er wußte nicht, daß es falsch war, wußte nicht, daß es gegen das Scheißgesetz war, sein Insiderwiss ...
—Aber das ist doch jetzt egal! Wir sind getrennt, oder nicht? Und er ist nicht mal ...
—Du triffst dich doch immer noch mit ihm, oder nicht?
—Wenn Francis aus der Schule kommt, nur dann, er, wir tun es nur für Francis ...
—Tut es nur für ihn, Scheiße, Amy, du kannst sowas nicht für ihn tun, wenn er erwachsen ist, interessiert ihn doch bloß noch, was du bist, nicht was du getan hast ...
—Beaton? Kommen Sie rein ...
—Ich bins, Boß.
—Was ist los, Dave?
—Diese Presseerklärung, ich ...
—Moment mal, Dave, nehmen Sie den Anruf an, Miss Bulcke. Beaton? fuhr er über Davidoffs Schulter hinweg fort, —sind die Papiere fertig?
—Sie wären soweit fertig, ja, Sir, wir brauchen nur noch ihre Unterschrift ...
—Monty hat mir erzählt, daß er in die Footballmannschaft aufgenommen worden ist. Na? Da bist du jetzt wohl stolz, oder?
Sie sah in einen Blick hinein, der an seiner Brille zu enden schien, während sein Oberkörper noch weiter nach vorne sank und er mit dem

Daumen an einem Nasenflügel zupfte. —Ich hab nur Angst, daß er sich verletzen könnte, er ist so ...
—Ach was, das tut ihm ganz gut.
—Aber er ist, für einen Siebenjährigen ist er sehr klein, und er soll mit der Mannschaft gegen die ...
—Laß ihn jetzt doch ruhig mal ein bißchen Prügel kassieren, Amy, später hat er's vielleicht nicht mehr nötig, sich zu prügeln, um seiner Familie zu beweisen, daß er ein Mann ist, mir scheint, du weißt nicht, was gut für ihn ist, oder? Für fünf Dollar die Woche irgendwo am Arsch der Welt als Lehrerin zu arbeiten, bloß um allen zu beweisen, daß er nicht mal ...
—Bitte! Können wir dieses Thema nicht, laß mich einfach unterschreiben, egal, was es ist, wo soll ich, wie soll ich unterschreiben, mit Emily? Amy? Das ist nicht mein richtiger ...
—Wie nennt man dich in der Schule, der Name, den der französische Lulu dir verpaßt hat?
—Jewbert sprechen sie ihn aus, genau wie du, wo soll ...
—Genau da, ja, Mrs. äh, wenn Sie einfach so unterschreiben, wie es da steht, dann müssen wir nicht ...
—Das war doch nicht etwa Stamper am Telefon, oder?
—Nein, Sir, das war ein Mister Duncan, Sir, er sagte, er glaube, seine Frau habe ihre Absicht, sich aus dem Geschäft zurückzuziehen, mit Mister Selk besprochen und wollte wissen, wann es Ihnen passen würde, daß ...
—Paßt gar nicht, und wenn er wieder anruft, sagen Sie ihm, daß wir die Bank solange zum Treuhänder der Aktien machen, bis er und Vida sich endgültig entschieden haben, was zum Teufel damit geschehen soll, ist mit Zona zur selben Schule gegangen, das einzige, was die studiert haben, war Essen und Mandoline, eins muß ich mal klarstellen, ich ruinier mich doch nicht mit diesem Verlagsgeschäft, dachte immer, daß Vida sich für das ganze Scheißgeld schämen würde, das seine Familie damals mit Zement verdient hat, und dieses Verlagsgeschäft schien ja der schnellste Weg zu sein, das Geld wieder loszuwerden, beschaffen Sie sich mal deren Bilanz, besser noch einen konsolidierten Fünfjahresbericht, das ist mit der am schlechtesten geführte Laden im ganzen Land, kann man auch gar nicht richtig führen, weil's keine Möglichkeit gibt, soviel Geld bereitzustellen, gabs Anrufe von Stamper, Monty?
—Heute nicht, nein, Miss Bulcke, haben Sie die Abflugzeit festgestellt?

Und rufen Sie diese Nummer im Pentagon an wegen meinem Golftermin am Sonntag...
—Ja, Sir, der...
—Holen Sie mir Stamper ans Telefon, Bulcke, er sagte, er würde mich hier anrufen wegen dem Hypothekengeschäft in Dallas, versucht, sich einen Laden namens JMI unter den Nagel zu reißen, zahlte den Großaktionären ein paar Hunderttausend für Optionen und will sich jetzt den gesamten Scheiß-Kaufpreis von siebzehn Millionen leihen, glaubt, er könne seiner eigenen Gesellschaft ne Zwanzig-Millionen-Dividende in bar zuschanzen und benutzt die dann, um die verdammte Unternehmenssteuer zu zahlen und nebenher den Kredit zu tilgen, sehen Sie sich den Laden mal genauer an, Beaton, könnte sein, daß er sich damit ne hübsche Klage einhandelt...
—Ja, Sir...
—Was ist jetzt los, Dave?
—Nur die Presseerklärung und Ihr Okay zu diesem Foto, Boß, bevor es rausgeht mit Ihrer Bio... er winkte mit dem geschönten Ebenbild in Mrs. Jouberts Richtung, —das hat was, stimmts...
—Könnte ich, könnte ich vielleicht ein Glas Wasser haben?
—Kommt sofort.
—Und Papa, ich muß mit dir über Freddie reden, gibt es denn gar keine Möglichkeit, daß du...
—Man kann Mister Stamper nicht in seinem Büro erreichen, Sir, er ist...
—Der verbringt die Hälfte seiner Scheißzeit damit, den Polizeifunk abzuhören und Sheriff zu spielen, versuchen Sie's mit seinem Autotelefon, vielleicht kämpft er ja gerade gegen Indianer, hast du davon schon gehört, Monty? Die werden sich an dich halten, wenn da unten mal Ruhe eingekehrt ist, aber immerhin, die Bank unterstützt dieses Pipeline-Konsortium, das er aufbaut, sagt, da wären ein paar verdammte Indianer mitten auf der Trasse, sehen Sie sich das auch mal an, Beaton, hier, nehmen Sie meinen...
—Ich glaube, Ihrer Tochter ist nicht gut, Boß, hoppla!
—Oh, das tut mir leid, Mister Davidoff, ich...
—Bloß Wasser, macht ja nichts, ich versuche mal, den Boß dazu zu bringen, daß er mal ein Wörtchen mit ihren, Boß? Ich glaube, ihre Truppe da drinnen würde es ziemlich prima finden, wenn Sie sich eine Minute Zeit nehmen würden und sie an Bord der...
—Moment mal, was ist das denn hier, geht die Aktivität des Papiers

ganz wesentlich auf eine generelle, längst überfällige technologische Anpassungsphase, so hab ich das nicht gesagt.
—Ich dachte, wir sollten es so allgemein wie möglich halten, Boß, der ...
—Wer will denn überhaupt eine Presseerklärung über Diamond-Aktien?
—Die, die Presse, sie ...
—Wer bezahlt Sie, die Scheißpresse?
—Nein, Sir, nein, nur ...
—Zufälligerweise wollen die Leute, die Sie bezahlen, eine Erklärung über Nickel-Futures, ist Ihnen das schon mal zu Ohren gekommen?
—Ja, Sir, wir ...
—Die neue Kobaltpolitik, ist Ihnen das schon mal zu Ohren gekommen?
—Ja ja, Sir, die, wir arbeiten ...
—Ich will das in den Morgenzeitungen lesen, verstehen Sie? Wo ist mein verdammter Hut ...
—Ja, Sir, wir, die Regierung, ich meine, der Governor, Boß, also der Governor würde sich vielleicht ganz gern unser Material anschauen für dieses Buch Die Romantik des Kobalts, wir verpflichten einen namhaften Spitzenautor, der sich mit sowas auskennt und ...
—Rufen Sie mich nach der Anhörung im Krankenhaus an, Monty, ich muß wegen dieser Scheiß-Hornhauttransplantation unters Messer.
—Kann Mister Stamper Sie heute abend zu Haus erreichen, Sir?
—Alles wie gehabt, Bulcke, seit meiner letzten Operation hab ich kein Spiel verpaßt. Amy? Paß gut auf dich auf, kapiert?
—Danke, Onkel John, du, du auch ...
—Der Governor will sich vielleicht das neue Gemälde ansehen, das jetzt in der Eingangshalle hängt, ein wirklich namhafter Spitzenmaler, den wir, hier, ich mach Ihnen die Tür auf, Sir ...
—Gehen Sie aus dem Weg.
—Genau, Sir, die, ich kümmere mich jetzt mal lieber um das Mittagessen, die Truppe sah ziemlich hungrig aus und, Boß, wenn Sie zu denen sprechen, wir wollen denen den Eindruck vermitteln, daß sie die neuen Eigentümer sind, ich glaube, wir könnten für den nächsten Jahresbericht daraus einen hübschen Beitrag machen ... er trippelte seitwärts wie ein Straßenverkäufer neben ihnen den Flur entlang, bis ein knalleges Gelb um die Ecke bog. —Oh, Carol, ist der Fotograf, der die Bilder machen soll, schon im Vorstandszimmer?

>—zweischneidiges Schwert erwiesen das mit einem Schlag die Barrieren zwischen ...

—Oh, Mister Davidoff ... sie war als erste an der Tür und hielt sie auf, —Mister Eig ...
—Der Boß kommt gleich nach, ich will, daß diese Fotos hier ausliegen, bevor er reinkommt, und die Lunchpakete, haben wir die mit Schinken und Käse? Die Truppe sieht ziemlich hungrig aus, ist diese Sache bald fertig? Wo ist Eigen? Sagen Sie ihm, er soll den Projektor ausschalten, wo ist der Fotograf ...

>—immer wieder auf falschen Spuren, wenn nicht gar in Sackgassen ...

—Da ist niemand drin, der Projektor läuft automatisch, Mis ...
—Können Sie, hier. Licht? Mach doch mal jemand das, aua! Steh mal auf hier, setz dich da drüben hin ... er scheuchte den zusammengesunkenen Besitzer vom Stuhl am Kopfende des langen Tisches, während zwischen zusammengeknüllten Pullovern, Jahresberichten und Kaugummipapierchen einzelne Köpfe auftauchten und verfolgten, wie Mrs. Joubert auf einem Stuhl vor den Vorhängen Platz nahm.
—Dave? Können wir anfangen?
—Oh, natürlich, Boß, wir müssen nur, Carol? Sie haben das Bild abgestellt, aber der Ton läuft noch, der kleine weiße Knopf ...

>—industrieller Erfindergeist wie ein Eisberg, von dem nur die glänzende Spitze aus dem Wasser ragt. Und wie bei einem Eisberg ...

—Eh, haben wir diesen Film nicht schon mal irgendwo gesehen?
—Werden wir darüber geprüft, Mrs. Joubert?
—Weißte noch, wo der Baum umgekippt ist, da, wo man denkt, er fällt direkt auf einen drauf?
—Also gut, Kinder? Oder ich müßte wohl sagen, Diamond-Aktionäre, darf ich um Ihre Aufmerksamkeit bitten ... in Wendungen absichtsvoller Inhaltslosigkeit glitzerte seine gespielte Unterwürfigkeit über die Walnußoberfläche. —Der Spitzenmann eurer Firma hat sich eine Minute Zeit genommen, um euch an Bord zu begrüßen, dies ist Mister Moncrieff, Kinder, der euch über die Arbeit hier berichtet. Ganz recht, der euch berichtet, euch, den Eigentümern, nicht wahr? Wir anderen arbeiten hier bloß, wir arbeiten für euch und alle anderen Aktionäre und führen eure Firma genauso, wie ihr wollt ...

>—Die Reichtümer, die uns heute gehören ...

—damit ihr und eure amerikanischen Landsleute in der großartigen Wirtschaft unserer Nation nicht länger die Rolle des Zuschauers spielen müßt, Carol ...?

—wir Know-how nennen, moderner technischer Fortschritt, der die schaffende menschliche Hand in die Lage versetzt ...

—Mit eurer aktiven Teilhaberschaft partizipiert ihr direkt an unserem großartigen System freien Unternehmertums, das Tausenden von Menschen Arbeit gibt, Carol ...!

—zweischneidiges Schwert

—Sekunde mal, ich stell den Ton wohl besser selber ab ...

—Verbindung der großen Allianz aus technologischem Know-how und dem freien Unternehmertum sysssrrrp

Gesichter tauchten aus Pulloverklumpen auf, aus zerknülltem Kaugummipapier, Hochglanzillustrationen von den Schätzen der Erde und wandten sich Mrs. Joubert zu, die zaghaft auf der Stuhlkante vor dem Durcheinander aus Schekeln und Denaren saß, die Hände auf den übereinandergeschlagenen Knien gefaltet. —Vielleicht sollten wir ...
—Können wir jetzt ein paar Fragen stellen? Eine Hand reckte sich empor, —weil, ich hab mich nämlich gefragt ...
—Vielleicht sollten wir zuerst Mister Moncrieff zuhören, ich weiß, er ist ein sehr beschäftigter Mann ... sie ließ die Augen den Tisch entlanggleiten, dorthin, wo er mit gesenktem Kinn über verwaschener Seide stand und seine Unterlagen vor der drohenden Gefahr in Form eines durchgescheuerten Ellenbogens in Sicherheit brachte.
—Danke. Ich möchte euch alle als Diamond-Aktionäre begrüßen, wie, äh, Mister Davidoff bereits sagte, sind der Aufsichtsrat und das Management der Firma euer Team. Ich sehe, ihr habt alle ein Exemplar des Jahresberichts vor euch, und so wißt ihr, daß im vergangenen Jahr jeder Anteil um fünfzehn Cent zugelegt hat und jetzt bei ein Dollar zehn steht. Unsere Gewinnaussichten für dieses Jahr und die nähere Zukunft sind sogar noch besser und, ja, da wir für euch und die anderen Aktionäre arbeiten, seht ihr, wie sich der Gewinn in euren regelmäßigen Dividendenausschüttungen widerspiegelt, ich bin sicher, daß ihr alle, ich bin sicher, daß eure Lehrerin Mrs. Joubert euch das alles erklärt hat ... er räusperte sich, als ihre Gesichter sich zur Tür wandten, die vorsichtig geöffnet wurde, —wir sind, wie ich schon sagte, sind wir

euer Team, und dieser Mann, kommen Sie rein, Beaton, man würde ihn vielleicht nicht als Außenstürmer aufstellen, aber wenn ich am Ball wäre, wüßte ich keinen, den ich besser gebrauchen könnte, um mir den Weg freizumachen. Ich stelle euch hiermit unseren Justitiar Mister Beaton vor ... und er beugte sich zu einer geflüsterten Vertraulichkeit vor. —Ja, also vielen Dank für euren Besuch, ich kann leider nicht mehr Zeit mit euch verbringen, aber ... er rettete seine Brille vor der Hand, die von unten auf ihn zugeschossen kam, —wenn ihr noch weitere Fragen haben solltet, wird sicherlich Mister Davi...
—Ich frag mich bloß, hier unten, wo steht ...
—Hört mal alle her, wir sollten Mister Moncrieff nicht länger ...
—Der Fotograf? Erneut und noch hektischer als zuvor stürmte Davidoff in den Raum.
—Nein, aber nur hier unten, wo steht, die Zahlen in dieser Aufstellung beziehen sich auf Aktienbesitz zum ausschließlichen Zweck des Nießbrauchs und basieren auf Auskünften Bevollmächtigter, nicht jedoch auf Aktien, die im Besitz von Familienmitgliedern dieser Bevollmächtig...
—Was hat er denn da in die Finger gekriegt?
—Das ist, muß unsere neue Vollmachtserklärung sein, Boß, wir haben ihnen da eine kleine Mappe zusammengestellt, Kinder? Wir können hier jetzt nicht zu sehr ins Detail gehen, wir wollten nur, daß ihr einen Eindruck vom Führungsstil eures Aufsichtsrats bekommt, der hier für euch arbeitet, wir alle hier sind dafür da, daß eure Gewinne sprudeln, und selbst wenn ihr jetzt erst eine einzige Aktie habt, vergeßt nie, daß ein einziger Anteil bedeutet, daß ihr uns jederzeit zur Rechenschaft ziehen könnt, wenn ihr meint, daß wir was verkehrt machen und ...
—Den Punkt sollten wir nicht weiter vertiefen, Dave, wir wollen nur die ...
—Ist es dasselbe, was auch in den Statuten hier steht, daß nämlich ...
—Was ist, woher haben die das denn ...
—Muß wohl, äh, irgendwie in die Mappe geraten sein, Boß, gibt ihnen das Gefühl von, als ob sie einem Verein beitreten, nicht wahr, Kinder? Das heißt aber nicht, daß ihr euch die Mühe machen müßt, jedes Wort zu lesen, nicht wahr, da brauchtet ihr ja einen Anwalt wie euren Freund Mister Beaton, damit der es euch erklärt, wir wollen nur noch eine Sekunde von Mister Moncrieffs kostbarer Zeit, wir wollen ihn einfach mal nach dem Geheimnis seines Erfolgs fragen, nicht wahr?

—Nun ja, Kinder, auf den Punkt gebracht, würde ich sagen, wenn man schon spielt, kann man auch auf Sieg spielen.
—Ich hatte gehofft, er würde sagen, clevere Leute einstellen, blinzelte Davidoff ihnen enttäuscht über die Schulter zu.
—Genau, clevere Leute einstellen ... er hielt inne und klappte nach einem Blick auf den Bleistiftstummel, der über den gelben Block kratzte, seine Brille zusammen, —aber die Zügel selbst in der Hand behalten.
—Werden Sie das auch in Washington machen?
—Was, woher hat sie ...
—Wo hier steht, zieht sich aus seiner Führungsposition in der Privatwirtschaft zurück, um künftig der Öffentlichkeit als Unterstaatssek ...
—Woher hat, ist das etwa auch in dieser verdammten Mappe, Dave?
—Kann sein, daß, eins von den Mädchen muß es wohl beigefügt haben, wir, Kinder? Das ist nur eine, wir nennen es eine Pressemitteilung, es ist bloß eine Geschichte über unsere kommenden Projekte, und wir schreiben das, um den Zeitungen damit behilflich zu sein, damit dann, wenn ...
—Wie, Sie schreiben diese Nachricht hier, wenn das noch nicht mal passiert ist?
—Also, so ist es natürlich auch wieder nicht, was ich im Grunde sagen will, Kinder, so eine Geschichte haben wir bislang niemandem erzählt, weil Mister Moncrieffs Ernennung bislang noch nicht offiziell ist, also laßt uns, also wollen wir es wie ein Vereinsgeheimnis für uns behalten, nicht wahr? Einer für alle und, und ich glaube, ich rieche die Lunchpakete ...
—Also gut, keine Fragen mehr, dann wollen wir ...
—Nee, aber ich wollte nur noch mal auf die Toilette.
—Hier, ich nehm ihn mit, während wir uns um die Lunchpakete kümmern ... Überall streckten sich Hände in die Höhe.
—Nicht drängeln, immer nur zwei auf einmal ...
—Hier, hier entlang ... er legte eine Hand auf einen kurzgeschorenen Hinterkopf, die andere auf den an der schmalen Schulter eingerissenen Pullover und bugsierte sie so auf den Flur, blieb dann stehen und rasselte mit einem Schlüsselbund.
—Wieso schließen Sie denn die Toiletten ab?
—Das ist die Vorstandstoilette, jetzt beeilt euch aber, kommt sofort zurück und geht wieder zu den anderen ...
—Moment, kommt man hier denn auch wieder raus? Wollen mal gukken, eh ...

—Versuch mal, ob du's von innen aufkriegst.
—Okay, es dreht sich, die haben wohl Angst, daß jemand ihnen die Toiletten klaut, guck dir das mal an, eh.
—Drücken, hast du sowas noch nie gesehn?
—Da kommt so heiße Luft raus, eh, Achtung, da ist jemand drin... sie gingen an der Reihe der Metalltüren entlang, beugten sich, die Hände an den Waden, hinunter, sahen nach. —Diese beiden...
—Jemand hat vergessen, hier abzuziehen. Pst...
—Was?
—Pst, da ist gerade jemand reingekommen...
—Verdammter Idiot, hat nicht den leisesten Schimmer, wie man zu versteuerndes Einkommen wegdrückt, was zum Teufel denkt der sich denn bloß, was passieren wird... schwarzbeschuhte Füße, gekrönt von grauen Hosenaufschlägen, schlurften an der Türreihe entlang, —der ist davon besessen, die Kosten niedrig zu halten, hat sich aber nicht mal die Steuerprogression angesehen, oder?
—Ich dachte, Wiles hätte die ganze Sache für ihn gedreht... polierte Stiefeletten folgten, und zugleich sanken ihre Köpfe bis auf ihre heruntergelassenen Kordhosen hinab, von wo sie unter den Türen hindurchschauten.
—Scheiße, Monty, meinen Sie, Frank Wiles würde das zulassen? In so einer Situation, da muß man aussteigen und schleunigst das Geld wieder ausgeben, sonst hat dich die Steuer am Arsch, laß zur Abwechslung lieber mal öffentliche Gelder für dich arbeiten, wie zum Teufel glaubt er hat das die Scheißtelefongesellschaft gemacht... ein Pissoir rauschte nachdrücklich, und ein schwarzbeschuhter Fuß hob sich. —Kennt nicht die erste einfachste Scheißregel, die es gibt, kauf auf Kredit, verkauf für Bares, jetzt will er, daß die Bank sich beteiligt und für ihn bürgt? Hätte er nur die leiseste Ahnung gehabt, hätte er die vorhandenen Vermögenswerte, solange er sie noch hatte, bis zum Stehkragen beliehen, hätte das Geld dazu benutzt, ihren Wert sogar noch zu erhöhen, dann hätte er genug Geld aufnehmen können, um sich den ganzen Laden auf einen Schlag unter den Nagel zu reißen, und dann stünde jetzt wenigstens was da, womit er die Kredite absichern könnte, statt dessen muß er jetzt... Eine Toilette spülte. —Sind Sie das da drin, Beaton?
—Ja, Sir.
—Wie ist der letzte Stand von Diamond?
—Zwanzig, Sir.

—Schnappen Sie sich Wiles, und sagen Sie ihm, er soll für neunzehn kaufen.
Ein Pissoir rauschte lange und ausdauernd. —Ich will auf keinen Fall irgendwelches Getöse, wenn dieses Angebot erfolgt, denn wenn...
—Werden auf dem freien Scheißmarkt verkauft, oder? Firma geht ans Eingemachte, nur um zu kaufen, was solange kein Scheiß-Rechtsproblem ist, bis sich ihr Vermögen um ein Drittel reduziert hat, müssen sie sogar nicht einmal ankündigen, sorgen Sie dafür, daß der, wie heißt er doch noch gleich, Bescheid kriegt, wo zum Teufel kommt der eigentlich her, Monty?
—Dave? Der ist in Ordnung, manchmal ein bißchen hektisch, aber er arbeitet sogar am Wochenende...
—Dann sollen ihn die verdammten Putzfrauen im Auge behalten, verstehen Sie, Beaton?
Hinter ihnen erklang vorsichtiges Wassertröpfeln. —Dave? Sind Sie das da drin?
Schwarz, poliert, schwarz, drehten sich die Schuhe und zeigten nun auf die Reihe der Metalltüren, als sich erst die eine, dann die andere langsam öffnete, Gürtelgezurre. —Also zum, was zum Teufel machen die denn hier, habt wohl gelauscht, was, Jungs?
—Nein, wir haben nicht mal...
—Warum nicht...? Er riß ein Papierhandtuch ab und putzte sich damit die Nase, —auf dem Klo hört ihr mehr Klartext als in zwanzig Vorstandssitzungen... und er hielt das Papierhandtuch geöffnet und sah hinein, bevor er es zusammenknüllte. —Können wir euch sonst noch was erzählen?
—Na ja, ich frag mich nur, was Sie da gesagt haben über...
—Sind Sie Millionär?
—Millionär? Wozu soll eine Million Dollar gut sein, sag mir das mal.
—Ich? Erst mal würd ich mir so ein tolles großes Haus kaufen mit so elektrischen Zäunen drumrum und...
—Dann wärst du auch so ein verdammter Idiot, murmelte er, während der Teppichboden auf dem Flur ihre Schritte verschluckte. —Du bist doch in der Klasse von Mrs. Joubert, nicht? Willst du damit sagen, daß sie euch nie erklärt hat, daß man nur Geld ausgeben darf, um Geld zu verdienen?
—Doch, hat sie, eh, ich meine, das hatten wir, als sie sagte, euer Geld muß für euch arbeiten, sonst ist es wie irgend so ein fauler Geschäftspartner, der einen...

—Du findest sie wohl ziemlich schlau, was?
—Klar, die ist echt schlau, wie ...
—Echt schlau ist die? Hat sie euch je beigebracht, was Geld ist?
—Wie, das weiß doch jeder, ich meine, Moment mal, hier, wie dieser Vierteldollar hier ...
—Das denken die meisten verdammten Idioten, beim nächstenmal sagst du ihr, daß Geld Kredit ist, kapiert?
—Was ist?
—Wenn sie euch erzählt, euer Geld muß für euch arbeiten, dann erzähl du ihr mal, daß der Trick der ist, daß man das Geld anderer Leute für sich arbeiten läßt, kapiert?
—Klar, aber ...
—Da sind sie wieder ... Davidoff bog um die Ecke, —ach, und Carol ...
—Dave, die Presseerklärung ...
—Alles geschmiert, Boß ... Davidoff trieb die Jungen vor sich her, —im Vorstandszimmer konnten sie nicht bleiben, Boß, ich glaube, eine Leitung in der Decke ist, ach Carol ... sie gingen ihr um die Ecke nach, —ich will die Presseerklärung sehen, bevor sie rausgeht, nur ein paar kleine Änderungen ...
—Aber sie ist schon raus, Sie sagten ...
—Sie meinen, die ist wirklich schon raus? Also holen Sie sie, holen Sie sie ans Telefon. Moment. Nehmen Sie einen Block. Haben Sie einen Block?
—Eh, warten Sie mal, mein ganzes Zeug ist noch in dem Zimmer, eh, die Aktie, die wir gekauft haben, die ist noch da drin, warten Sie ...
—Schon gut, deine Lehrerin hat alles, beeilt euch ... er zog eine Tür auf, sie stürmten hinaus auf den harten Fußboden und wären an der Ecke fast gegen ein riesiges Bild gestoßen, besessen hingepinselte schwarze Striche auf weißem Grund. —Carol? Im ersten Absatz, statt geht die Aktivität des Papiers, muß es heißen, geht die Aktivität der Nickel-Futures ... er scheuchte sie den Fahrstühlen entgegen, vorbei an einem Mann, der die riesige Leinwand balancierte, —und im zweiten Abschnitt, statt ...
—Eh, Kollege, wo soll das Ding hier hin?
—Lehnen Sie's, lehnen Sie's dagegen, lassen Sie's nicht fallen, ab in den, Moment, ich muß Ihnen zeigen, wo das Vorstandszimmer ist, Carol? Im selben Moment, in dem sein spitzer Zeigefinger den Fahrstuhlknopf erwischte, spuckte der Lift hinter ihm eine Gestalt aus, die mit Taschen

und Kameras behängt war, gefolgt von einer Bürokarre voller weißer Schachteln, —halt, hier kommt der Fot, egal, sehen Sie mal zu, Carol, daß die Kinder zum Automatenrestaurant rüberkommen, zusammen mit den anderen, wo ist ...
—Ich hab die falsche U-Bahn erwischt.
—Macht nichts, vergessen Sie's, geben Sie mir aber Abzüge der Bilder, die Sie in der Stadt gemacht haben, hier, nehmen Sie diese Schach, Moment ... leere Hände kämpften mit der Krawatte.
—Ist es das?
—Das ist, ja, Sir, das ist das Gemälde, Governor, das, was wir ...
—Paßt nicht zum Teppich, paßt nicht zu den Wänden, paßt zu überhaupt gar nichts, was soll das überhaupt sein?
—Was, Sir? Die, oh, die Lunchpakete, ja, Sir, das sind die Lunchpakete, aber die Klasse, Mrs. Jouberts junge Leute mußten schon gehen, wegen dem Rohrbruch im Vorstandszimmer, wir werden sie wohl wegschmeißen müssen, ich weiß wirklich nicht, wo wir sie ...
—Wie wegschmeißen? Was ist denn drin?
—Schinken-Käse-Sandwich, Banane, Napfkuchen, Kartoffelchips, eingelegte ...
—Man wirft kein gutes Essen weg, wer hat das bestellt?
—Ich, Sir, ja, aber ...
—Wenn Sie's bestellt haben, dann essen Sie's gefälligst auch auf ... er stieß gegen das wogende Gelb, das die beiden Jungen soeben in den Fahrstuhl drängte, —verstanden? Verschwendung ist Ausdruck auch geistiger Disziplinlosigkeit, Mister, wie heißen Sie noch gleich ...
Zum Klang von Country Gardens fuhren sie abwärts, wo sie vor ihr ins Freie strebten, —eh, wollten wir denn nicht essen?
—Ihr geht ins Automatenrestaurant ... sie sicherte ihren gelben Rock gegen eine Windbö, —seht ihr da drüben? Im nächsten Block?
—Eh, guck mal ...
—Kommt jetzt, Jungs, bleibt nicht stehen ...
—Mann, aber glauben Sie denn, daß die Polizei den da einfach so liegenläßt, eh?
—Kommen Sie mit uns zum Essen?
—Haste das ganze Blut gesehen, eh?
—Nein, ich muß sofort wieder zur Arbeit, da sind eure Freunde ...
Von der Glasfront aus zeigte sie auf einen Bohnentopf mit den schrumpelig-verkohlten Resten eines Frankfurter Würstchens. —Tschüs, ihr beiden, besucht uns mal wieder, aber jetzt müßt ihr ...

—Wer ist das denn da mit Mrs. Joubert, eh ...? Sie platzten durch die Drehtür hinein.
—Dieser Typ, Bast, hoffentlich hat sie meine Sachen, eh ...
—Jungs? rief sie, —nicht rennen ... rief sie von ihrem Platz neben den belegten Brötchen aus, einen Ellenbogen auf den Tisch gestützt, wobei die Finger der anderen Hand ihr Handgelenk umfaßten wie das Griffbrett einer Violine, und das Handgelenk selbst zitterte, als käme das Vibrato in ihrer Stimme in Wahrheit von dorther. —Nicht über Sie, nein, nein, ich hab über mich selbst gelacht, darüber, was ich für Vorstellungen hatte, als ich jung war, wie Komponisten so seien, ich hatte mal irgendwo was über Wagner gelesen, daß er in dem Raum, in dem er arbeitete, keine Bücher ertragen konnte, dafür liebte er edles Tuch und edle Düfte um so mehr, ganz besonders Rosenöl, und jemand schickte ihm einmal welches aus Paris, so hab ich mir das vorgestellt, alles Seide, Seide und Rosenöl ...
—Sind das hier meine ganzen Sachen, Mrs. Joubert?
—Wie kriegen wir denn hier etwas zu essen?
—Ja, ich glaube, wenn wir uns noch einen Dollar leihen können von, danke, Mister Bast, da vorne, Jungs, sie wechselt ihn euch in Zehncentstücke um, entschuldigen Sie, Mister Bast, ich weiß nicht, was wir hätten machen sollen, wenn wir Sie nicht wiedergetroffen hätten.
—Ja, also, ich hatte gehofft ...
—Ich weiß gar nicht, wieso ich ohne Geld losfahren konnte, ich hatte kaum genug für die Fahrkarten, und das Essen sollte eigentlich ...
—Nein, schon gut ... er riß seine Augen vom lockeren Kragen ihres blusenlosen Kostüms los, und seine Stimme klang eher, als bitte er sie um einen Gefallen statt umgekehrt, —da war er aber schon alt, Wagner meine ich, als Wagner alt war und ...
—Ja, aber das haben Sie doch gemeint, nicht wahr, eine Oper zu schreiben, das ist wie die Erschaffung einer völlig anderen Welt, und vom Publikum verlangt man, daß es die Gesetze der wirklichen ...
—Nein, nicht verlangen, sondern es dazu bringen, wie dieser E-Moll-Akkord, der das Rheingold eröffnet, immer weiter geht, er geht hundertsechsunddreißig Takte weiter, bis die Vorstellung, daß sich alles unter Wasser abspielt, wirklicher geworden ist als der schwitzige Plüschsessel, in dem man sitzt, und die viel zu engen Schuhe und ...
—Mrs. Joubert, kann ich mal ein Zehncentstück haben?
—Ich glaube, du hast genug gegessen, Debby, wir ...
—Ich bin Linda.

—Linda, ja, entschuldige, wo ist dein Pullover?
—Da drüben auf dem Tisch, ich will gar nichts essen, aber die sagen, es kostet zehn Cent, hier aufs Klo zu gehen, man muß zehn Cent reinschmeißen, wenn man aufs ...
—Ja, schon gut, wenn, oh, nochmals vielen Dank, wir rauben Ihnen ja noch den letzten Penny ...
—Nein, nein, schon gut, ich habe, ich hatte etwas Geld für die Gewerkschaft beiseitegelegt, aber sie haben mich nicht aufgenommen, denn wenn man sagt, daß man Konzertpianist ist, muß man denen die schwierigsten Stücke vorspielen, die es gibt, und alles vom Blatt, während, also da war auch ein Schlagzeuger, und zu dem sagten sie nur, mach mal nen Trommelwirbel ...
—Aber wozu brauchen Sie denn die Gewerkschaft, wenn sie einfach nur komponieren wollen ...
—Nein, also, weil dieser Unterricht, weil das wirklich nicht besonders gut geklappt hat, dachte ich, wenn ich Arbeit als Pianist finde, daß ich dann weitermachen könnte mit meinem ...
—Mrs. Jou ...
—Hier ...! Er schob der Gestalt, die neben ihr heftig mit den Füßen scharrte, ein Zehncentstück zu, —daß ich weiterarbeiten könnte an meiner ...
—Aber können Sie denn nichts verdienen, wenn Sie Musik schreiben für, ich weiß nicht, aber es muß doch irgendwo für Sie ...
—Ja also, das hab ich schon gemacht, ich mache es auch jetzt gerade, ich meine, ich hab da jemanden getroffen, einen Bassisten, zweite Besetzung in einer Broadway-Show, angeblich ein Musical, also, der wird fürs Nichtspielen bezahlt ...
—Mis ...
—Tut mir leid, Junge, bitte! Du hast doch eben erst einen Dollar gekriegt, J R, du brauchst doch nicht ...
—Nee, ich weiß, ich wollt nur wissen, ob ich für Mister Bast einen Dollar in Zehncentstücke wechseln soll.
—Nicht, nein, aber möchten Sie vielleicht etwas?
—Tee, ich glaube, nur einen Tee, ich fühl mich nicht besonders gut ...
—Ja, Moment, hier ... er kratzte einen Schein auf, der unter dem Tisch lag.
—Und hat er etwas für Sie gefunden? Dieser Bassist?
—Nein, also, ja, irgendwie indirekt, er sagte, er wollte mir helfen und schickte mich in ein Büro auf der West Side, wo man mir sagte, man

brauche etwas Nullmusik, drei Minuten Nullmusik fürs Fernsehen oder so, man sagte mir, man hätte drei Minuten Sprache auf einem Tonband und brauchte Musik dafür, aber die dürfte keine wirkliche Form haben, irgendwas anderes müßte es sein, irgendein Sound, jedenfalls nichts, was von dieser Stimme ablenkt, dieser, dieser Message, wie sie das nannten, sie ...
—Aber das ist ja völlig absurd, einen Komponisten dafür zu bezahlen, daß er ...
—Ja also, das haben sie ja auch nicht, ich meine, ich konnte es nicht, sie hatten es eilig, sie hätten mir dreihundert Dollar gezahlt, und ich habs versucht, aber alles, was mir einfiel, alles, was ich machte, empfanden sie als zu ...
—Das meinte ich eigentlich nicht, da ist jemand, der wird bezahlt, damit er nicht spielt, und der schickt Sie irgendwo hin, damit Sie Nullmusik schrei ...
—Aber was glauben Sie denn, was ich ...! Er zog eine Hand mit der anderen zurück, —tut mir leid, ich, dreihundert Dollar, und ich konnte immer nur an Mozarts D-Moll-Konzert denken, das ist mehr, als er für die ganze Arbeit bekommen hat, und ich konnte nicht mal ...
—Aber ich finde es doch wundervoll, daß Sie deren Nullmusik nicht schreiben konnten! Ich meine, bloß weil Sie an Chopin oder Ihren eigenen Kompositionen nichts verdienen, heißt das noch nicht, daß Sie ...
—Nein, aber ich bin dennoch, ich bin noch nicht fertig ... er sah von ihren Fingerspitzen auf, die seine verschränkten Hände berührten, —beim Hinausgehen sagte jemand anderes, daß er mir gern helfen würde, und schickte mich wieder in die City zu ein paar Tänzern, die ihre eigene Musik haben wollten, um ...
—Jungs ...! Ihre Hand war fort, —setzt euch hin! rief sie angesichts der Rangelei vor dem marmorierten Käfig der Wechselkasse, —entschuldigen Sie, wir ...
—Mögen Sie Chopin?
—Oh, natürlich, sehr, ja, diese Ballade, die Ballade in G? Das ist einfach die roman ...
—In G-Moll, ja, die steht auf dem Programm, wenn ich noch Karten bekomme, würden Sie, es ist nächste Woche, würden Sie gern mitgehen, wenn ich noch Karten kriege? Es ist ein Konzert von ...
—Das ist furchbar nett von Ihnen, Mister Bast, ich ...

—Nein, also, ich denke, ich, ich meine, Sie sind verheiratet, daran hab ich nicht gedacht, ich dachte ...
—Das ist nicht der Grund, nein, aber, ich fürchte bloß, ich kann nicht, ich bin ...
—Nein, schon gut, ich dachte, ich dachte nur, Sie, Sie wollten einen Tee, ja, entschuldigen Sie, ich hol ihn ...
—Danke, ich, oh, passen Sie auf! Sie griff nach seinem Handgelenk.
—Nein, es geht schon ... er stand langsam auf und ihre Hand fiel zurück, —ich hole den Tee ... er schob den Stuhl zurück und beobachtete die Gestalten, die an einem Tisch bei den Telefonzellen die Köpfe zusammensteckten, so daß ihre Stirnen sich fast berührten. Geldstücke drehten sich in ihren Händen.
—Mann, haste gesehn, wie die zwanzig Nickel rausgibt, ohne überhaupt hinzugucken? Als ob ihre Finger die zählen können, wie so ne Maschine, wart mal, zeig den mal her ...
—Wie so Blinde, die können ja auch mit den Fingern sehen, haste das gewußt, eh? Nee, warte, hier ist 'n ...
—Der ist doch Mist, zeig mal. Der hat kein D drauf, ist bloß von neunzehnhundertfünfzig, der muß dies kleine D hier draufhaben, das ist, oh, hallo, Mister Bast, brauchen Sie jetzt Ihre Zehncentstücke wieder?
—Ja, und setzt Euch hin, Mrs. Jou ...
—Entschuldigen Sie, Sir ... er drehte sich um, als eine Frau, welche die Telefonzelle hinter ihm ausfüllte, an seiner Jacke zupfte. —Sind Sie Mister Slomin?
—Ich? Nein, was ...
—Hallo ...? Sie hielt den Hörer wieder ans Ohr und drückte sich mühsam in die Nische zurück. —Nein, Mister Slomin ist im Augenblick nicht an seinem Schreibtisch. Kann er Sie zurückrufen wenn er wiederkommt ...?
—Acht, neun, reichen zwölf, Mister Bast? Die andern bring ich Ihnen sofort, wir gucken sie uns bloß an.
—Gib her, ja ...
—Und zwei mußte ich Mister Gibbs leihen, okay?
—Wem?
—Zwei Zehncentstücke ... hinter ihm öffnete sich klappernd eine Tür, ein gestreckter Zeigefinger kam zum Vorschein, —ich meine drei ...
Die Hand zog sich wieder in die Zelle zurück, —Ben ...? Nein, ich war gerade da, ich hab sie gerade gesehen, sie ... tatsächlich, das hat ihr Anwalt gemacht? Also was macht ihr Anwalt ... was soll das heißen,

er hat gesagt, ich ginge zum Pferderennen, glaubst du etwa, daß ich mit den Zahlungen nachkäme, wenn ich nicht zum beschissenen Pferderennen ginge? Sie ... Tja, wessen Schuld ist das denn, laut Gerichtsbeschluß muß ich direkt an diese Bewährungsstelle zahlen, wenn es zwei Wochen dauert, bis es bei ihr ankommt, kann ich doch nichts ... Ach, Scheiße, sie war doch diejenige, die mit der Sache vor Gericht gezogen ist, wenns ne Möglichkeit gibt ... was denn für ein Pauschalbetrag, was glaubt sie denn, wer ich ... erneutes Geklapper an der geschlossenen Tür, —Herrgott, was für eine, diese Schlampe, diese, bescheuerte Scheißschlampe ...
—Mann, ist der aber sauer, haste gesehn, wie der reinkam, eh? Hat glatt versucht, verkehrtrum durch die Drehtür zu gehen.
—Das is doch 'n Pisser, gib mir noch was von deinem Wasser.
—Wie schmeckt es?
—Wie Tomatensaft, was denkst du denn?
—Der alte Typ da drüben guckt dauernd her.
—Na und?
—Der sieht aus wie der Geschäftsführer und kommt gleich rüber und kriegt dich am Arsch, weil du den ganzen Ketchup verbrauchst.
—Wenn's auf'm Tisch steht kostets nix, oder wohl?
—Okay, aber du hast nicht mal 'n Sandwich gekauft, du kriegst fünfzig Cent fürs Mittagessen und kaufst dir nicht mal 'n Sandwich dafür.
—Na und ...? Eine durchgeweichte Papiertüte wurde aus der ramponierten Mappe gezerrt, —ich kauf mir lieber eins von meinen, aber was geht dich das an?
—Achtundsechzig, siebzig, neunundvierzig, guck mal, eh, hier ist 'n alter Indianerkopf drauf, was ist der wert?
—Fünf Cent, aber ich bin gerade am Lesen, okay ...
—Was 'n das für'n Mist, den die uns da gegeben haben? Kapiert ja kein Mensch.
—Na und? Ich kann ja jemand fragen ... der Bleistiftstummel kritzelte an einem Rand entlang, —heilige, haste mal ne Serviette?
—Die sind da drüben bei den Löffeln. Wie ein Verein, liebe Kinder, schöner Verein, Mann, man kriegt nicht mal ...
—Paß auf, eh, ich bin gerade am Lesen ... ein Taschentuchknäuel verschmierte den Ketchupklecks über die ganze Seite, —kannste nicht mal für'n Moment die Schnauze halten?
—Klar, siebzig, zweiundsiebzig, hier ist noch einer mit nem Indianer-

kopf, weißte eigentlich, warum Indianernasen alle so gequetscht sind wie die hier, eh?
Hinter ihnen klapperten Türen. —Entschuldigen Sie, sind Sie Mister Slomin?
—Wenn ich's wär, würd ich meinen Namen ändern.
—Eh, Moment, Mister Gibbs? Kann ich Sie mal was fragen? Warten Sie doch mal 'n Moment, was heißt das hier oben, wo steht Optionen ausüben?
—Tja, üben, üben, üben, bis du's kannst, woher hast du ...
—Nee, echt, eh, was ...
—Bedeutet, daß du die Möglichkeit hast, sowas wie ne Aktie innerhalb einer bestimmten Zeit zu einem bestimmten Preis zu kaufen, und ausüben heißt, du hast sie gekauft, was macht ihr eigentlich alle hier?
—Das ist hier so ne Klassenfahrt, wo ist das andere Ding, warten Sie, Divestition, hier, wo steht, die Divestition ...
—Heißt, jemand wird bis aufs Hemd ausgezogen, was denn für ne Klassenfahrt?
—Nee, echt, die Divestition der betreffenden Anteile ...
—Ach so, das bedeutet, daß jemand seine Aktie abgestoßen hat, was für ne Klassenfahrt?
—Mrs. Joubert, sie sitzt da drüben, sehen Sie? Da, vor dem Schild Belegte Brötchen. Warten Sie, Gesamtwert, was heißt Gesamtwert ...
Hinter ihnen klapperte die Tür. —Mister Marks? Einen Augenblick bitte, ich seh nach, ob er in seinem Büro ist. Mister Marks ...? Unvermittelt richtete er sich auf, eine Geste, die bei entsprechender Musik in einen Tango hätte münden können, doch schwankend, stieren Blicks, die Hand auf einem Tisch aufgestützt, stand er da, bevor er sich in Bewegung setzte, unter Umgehung jener Alters-Erscheinung, die ihm mit der Würde des Wiederkäuers entgegenkam und den namenlosen Pfad zu den belegten Brötchen nach weggeworfenen Papierservietten abgraste.
—Achtung, da kommt er, eh.
—Na und ...? Das geleerte Glas wurde abgesetzt, der Pulloverärmel wischte den Ketchup-Schnurrbart weg, —wenn auf seinem Schildchen steht, daß er hier der Geschäftsführer ist, siehste, warum stellen die denn nicht solche Serviettendinger auf den Tisch?
—Die liegen da drüben bei den Löffeln, hol mir mal einen, eh, was machste denn da?
—Ich geb ihm seine Zehncentstücke wieder, paß auf meine Sachen

auf ... er wischte sie vom Tisch und wandte sich dem Schild Getränke zu und fand sich unversehens im erneuten Gedränge, —eh, Mister Bast? Hier sind Ihre Zehncentstücke ...
—Schieb, Vorsicht, schieb sie einfach in meine Tasche ... die auf der Untertasse klappernde Tasse nahm wieder Kurs auf die belegten Brötchen und erreichte den Tisch ohne Zwischenfall, bis sie abgesetzt war. —Entschuldigung, ich, ich hol eine Serviette ...
—Warum liegen die eigentlich nicht einfach auf dem Tisch ...
—Reine Ökonomie, deshalb sind diese Scheißstühle auch so unbequem, haben Angst, daß man sich hier häuslich niederlassen könnte. Wenn Servietten auf dem Tisch lägen, würden die Leute sie auch benutzen, wenn keine da sind, wischen sie sich eben mit der Hand den Mund ab, das Problem ist, daß Tischmanieren Zeit beanspruchen, deshalb lassen sie dir auch keine, Zeit ist Geld, Geld ist die ...
—Danke, Mister Bast, bitte bemühen Sie sich nicht ...
—Wie bei einer Tankstelle, du kommst an, tankst und verschwindest wieder, mehr ist da nicht, Mister, wer ...?
—Oh, ich, ich dachte, Sie würden sich kennen, Mister Bast? Sie legte die korrekt gefaltete Serviette unter die Tasse. —Mister Gibbs. Wirklich ein Glücksfall, daß er zu uns gestoßen ist ...
—Ja, das mach ich doch gern, was ist ...
—Nein nein, Mister Bast, ich wollte sagen, er ist ...
—Mister Bast? Tschuldigung, hab Sie nicht erkannt, Mister Bast, ich würd Ihnen gern zu Ihrer Musiksendung gratulieren. Echter Meilenstein, finden Sie nicht auch, Miss, Mrs. ...
—Nein, sie, sie hat es nicht gesehen, ich ...
—Echter Meilenstein, schade daß sie's verpaßt hat, gibt Ihrer Lehrerlaufbahn wahrscheinlich nen enormen Schub, Mister Bast, haben Sie schon mit Mis ...
—Nein, ich bin, nein, ich ...
—Aber er unterrichtet nicht mehr, nicht wahr, Mister Bast? Er wird seine ganze Zeit dem Komponieren widmen. Das nenne ich Mut, wirklich.
—Aber immer. Wer kann, der macht, wer nicht kann, wird Lehrer. Stimmts, Mister Bast?
—Tja, ich ...
—Gesegnet, wer seiner Berufung folgt, was will er noch, Tschuldigung, war das Ihr Knie, Mister Bast?
—Nein, das war leider meins, Mister Gibbs, wenn Sie vielleicht, wenn

Sie sich vielleicht etwas gerade hinsetzen könnten, Sie waren noch nicht fertig, Mister Bast, mit diesen Tänzern, für die sie etwas komponieren sollten, ist das ein Ballett?
—Nein, nicht, eigentlich nicht, nein, nein, es sind nur zwei, sie wollen etwas, das, etwas Spanisches, sie wollen etwas mit einem gewissen Niveau, hat mir dieser Bassist gesagt, der ein Freund von ihnen ist, ich meine, ich nehme an, er ist eher mit ihr befreundet, deshalb hat er mich ja hingeschickt, sowas wie Bizet, hat er gesagt, sie wollen sowas wie Bizet, aber eben nicht Bizet, wenn Sie verstehen, was ich ...
—Aber immer, ja, ähnlich wie Bizet immer dafür kritisiert wurde, so ähnlich zu sein wie Wagner, ohne Wagner zu sein, und das von Leuten, die noch nie was von Wagner gehört hatten und deshalb auch Bizet nicht verstanden, stimmts, Mister Bast?
—Tja, ich, ja, ich meinte nur ...
—Ja, wir, wir haben vorhin schon über Wagner geredet, nicht wahr, Mister Bast ...? Sie preßte die Hände zusammen, als ob sie dadurch ihre zitternde Stimme in den Griff bekäme, —und die besonderen Bedingungen, die er zum Arbeiten brauchte, Gerüche etwa, und, Seide zum Anfassen, und ...
—Frauen, und Frauen ...
—Oh, und den Gartenweg, ja, das hab ich ganz vergessen, daß er sich nicht konzentrieren konnte, wenn er hinaussah und mit den Augen den Gartenwegen folgte, weil die in eine Außenwelt führten, in die wirkliche ...
—Umgekehrt.
—Wie bitte?
—Sie ließen die beschissene Außenwelt rein.
—Ich, ich verstehe, danke, ja, das ist ganz so wie mit Ihrem Studio, nicht wahr, Mister Bast? Von dem Sie mir erzählt haben, wo eine Vision bleibt, was sie ist, unvollendet, aber intakt bis zu dem Augenblick, wo, Vorsicht, Mister Gibbs, kippeln Sie nicht mit dem Stuhl, die sind furchtbar wackelig, Mister Bast ist beinah ...
—Obwohl, es ist ja gerade unsere Sicht auf die Welt, die so irreführend ist, Mister Bast.
—Was? Ich verstehe nicht ...
—Ich sagte, unsere Sicht auf die Welt ist irreführend, trotzdem sind diese Stühle eine Katastrophe, sind Sie etwa irgendwie mit James Bast verwandt? Dem Komponisten?
—Tja, also, ja, ich ...

—Ich wollte sagen, das Genie tut was es muß, das Talent tut was es kann, richtig zitiert?
—Mister Gibbs, bitte, wir, wir sprachen gerade über Mister Basts Oper, ich glaube nicht, daß Sie ...
—Sag ich doch, der weinerliche Tenor, den er Odysseus verpaßt, ist 'n Geniestreich, macht aus ihm nen echten Schleicher, der weit und breit einzige Mensch, der Odysseus je klar begriffen hat, überhaupt die ganze Oper ist so ziemlich das Abgefahrenste, was ich ...
—Ich finde, wir sollten nicht ...
—Nein, also das ist, das ist seine Oper Philok ...
—Sag ich doch, Philoktet, echter Genie ...
—Nein, ich fürchte, wir reden nicht über dasselbe, Mister Gibbs, die Oper, an der dieser Mister Bast arbeitet, das ist ganz ...
—Wie Bizet, aber nicht Bizet, siebenunddreißig erfolglose Jahre, und dann verreckt man an gebrochenem Herzen, wenn man mehr Glück hat als die Außenwelt, die uns auf dem Gartenweg entgegenkommt, man klammert sich an das letzte bißchen Würde und versucht, das Gebiß im Mund zu behalten ...
—Mister Gibbs, bitte ...
—Breitet das karierte Tischtuch über den rostigen grünen Tisch, wenn die Dame und der Herr ...
—Und ich dachte, starb Bizet denn nicht an Herzschwäche, und Carmen, Carmen ist doch noch zu seinen Lebzeiten aufgeführt worden und war ein großer Erfolg ...
—Drei ganze Monate vor seinem Tod, tolle Leb ...
—Entschuldigen Sie, Sir ...
—Mister Urquhart? Er lehnte sich zurück, nachdem er das handgeschriebene Namensschildchen entziffert hatte, das unter das splissige falsche Knopfloch geheftet war, —können wir etwas für Sie tun, Sir?
—Nur die, diese Kinder, gehören sie zu Ihnen?
—Na ja, sagen wir mal, sie gehören zu uns.
—Ja, Sir, also sie, die Wassergläser und der Ketchup und, und jetzt auch die Servietten, wenn sie sich vielleicht auf ein oder maximal zwei Tische beschränken könnten, die anderen Gäste, und die anderen Gäste nicht belästigen ...
—Verstehe Sie völlig, Mister Urquhart, erfreulich wenn man sieht, daß ein Mann in Ihrer Position seine Verantwortlichkeit ernstnimmt, muß eine schwierige Aufgabe sein, dieses Lokal zu führen, könnte mir selbst nicht vorstellen ...

—Ja danke, danke ... er zog sich mit gesenktem Blick zurück und bückte sich hinter einer Säule nach einer Gabel auf dem Fußboden.
—Wenn die Dame und der Herr ihren Tee vielleicht im ...
—Bitte, ich, ich glaube, wir sollten sie jetzt zusammentrommeln und, oh ...! Sie hatte ihnen das Profil ihrer erhobenen Kinnpartie zugewandt und führte, einen Finger zierlich abgespreizt, die Hand mit einem weißen Kräcker an die geöffneten Lippen, wo Bast ihr unvermittelt ein brennendes Streichholz hinhielt.
—Oh, ich, tut mir leid, ich, ich dachte, Sie wollten rauchen, hab ich ...
—Nein, schon gut ... sie biß in den Kräcker, doch ihre Hand senkte sich ebenso zitternd wie die seine mit dem Streichholz. —Ich hab mich nur erschrocken ...
—Doch, tut mir, tut mir wirklich, aua!
—Oh, hier, hier legen Sie den Teebeutel drauf, das zieht die Hitze raus, könnte vielleicht einer von Ihnen, Mister Bast, könnten Sie bitte den Kindern sagen, daß sie ihre Sachen zusammenpacken sollen ...
—Oh, die, ja ... und war bereits aufgesprungen, —ja, natürlich ...
—Und Mister Gibbs, ich denke, wenn, wenn Sie uns bitte entschuldigen ...
—Nein, nein, schon gut, hab mich nicht mehr so gut amüsiert seit ...
—Also, würde es Ihnen was ausmachen, sich gerade hinzusetzen? Sich bloß gerade hinzusetzen? Die Kinder schauen schon rüber, und sie, sie könnten vielleicht denken, daß Sie getrunken haben.
—Denken, daß ich, hören Sie mal, die wissen doch gar nicht, was trinken heißt, ich könnte mich da drüben hinsetzen und mir in den Kopf schießen, dann würden die denken, ich wär tot, und mich trotzdem morgen in der Schule erwarten, lieber Gott, die wissen doch gar nicht, was, sehen Sie sich das da drüben doch mal an, hier siehts aus wie bei der Wohlfahrt, und dieser Mister Urquhart schleicht rum und sammelt dreckige Servietten ein, die Szene könnte direkt von Dickens sein, die ...
—Müssen Sie ihn deshalb behandeln wie ...
—Was, wen, Urquhart? Ich hab, Scheiße, ich hab ihn doch nicht erfunden, sehen Sie ihn sich doch an, glauben Sie etwa nicht, daß der sich die Hucke vollsäuft, um in so nem Laden den Tag überhaupt durchstehen zu können? Dieses beinah edle Profil, diese Autorität in seinem Gesicht, die aber nicht von Dauer ist, weil er Schiß hat, daß die Leute merken, daß sein Gebiß nicht sitzt, er hat Schiß, daß es rausfällt und alle sich über ihn lustig machen, also sagt er diesem schmuddeligen

Aushilfskellner, daß er einen Tisch saubermachen soll, owohl er damit fast fertig ist, und das alles, damit seine Autorität erhalten bleibt, weil, wegen diesem Scheißgebiß kann er sich nicht den kleinsten Moment entspannen, muß ständig ...
—Hören Sie auf, bitte!
—Aber, aber was ...
Sie biß sich auf die Unterlippe und schüttelte heftig mit dem Kopf.
—Ich weiß nicht, ich, ich weiß nicht ...
—Aber ...
—Nein, bitte! Sie zog die Hand zurück, öffnete die Tasche auf ihrem Schoß, —wenn Sie mich bitte nur ...
—Weil, lieber Gott, wenn Sie meinen, daß ich, Sie meinen, daß ich meine, daß er komisch ist, wie er da versucht ...
—So seid ihr doch alle, sagte sie fast flüsternd über den nach Lavendel duftenden Rand des Taschentuchs hinweg, —ihr alle, dieser, dieser arme Mann heute morgen, der in der Kinderwiege stand, er redete dauernd davon, wie es ist, in einer Wiege zu stehen, wir stehen jetzt in der Wiege, und fing an, mit seinen spitzen kleinen Lederabsätzen zu trampeln, wer, ich meine, wer hat sich je in eine Wiege gestellt, bitte nicht!
Aber er hielt ihr Handgelenk auf dem Tisch fest, —hören Sie! Sie können doch nicht, es wird immer Leute geben, die in irgendeiner Kinderwiege stehen oder Ihnen den Kräcker anzünden wollen, aber deshalb können Sie doch nicht ...
—Aber warum denn nicht? Er hat sogar versucht, meinen Kräcker anzuzünden, das ist, ich finde, das war sehr lieb von ihm, das ist sicher netter als, als die Art und Weise, wie Sie auf den Leuten rumhacken, besonders auf ihm, wo er doch nur, warum können Sie nicht einfach, sich einfach wie ein Erwachsener benehmen ...
Er zog seine Hand zurück und beschäftigte sie damit, in seiner Hosentasche nach Streichhölzern zu wühlen. —Hätte wirklich nie damit gerechnet, daß ... er suchte woanders und förderte schließlich eine zerknickte Zigarette zutage.
—Warum sollte ich erwachsen werden? Sie sah von seinen Händen weg, —glauben Sie im Ernst, irgend jemand tut das, erwachsen werden?
—Doch. Tut jeder.
—Wie bitte?
—Genauso, wie sie mit dem eigenen Tod rechnen, kommen dann am nächsten Tag zur Schule und erzählen ihren Freunden davon, lieber

Gott, wenn ich mir vorstelle, wie Sie mit denen durch diese dreckigen Straßen ziehen, und dann der Zug, dieser Zug, man glotzt durch schmierige Scheiben auf den Müll da draußen, der Zug rattert dahin, die Sonne geht unter, Blätter treiben, und der Wind, welkes Laub treibt er hinter Ihnen und den Kindern her...
—Aber ich glaube nicht, daß sie...
—Altweibersommer sagt man wohl dazu, aber ich seh ihn nicht, nur den Wind, die untergegangene Sonne, der Scheißwind wirbelt das welke Laub auf, und Sie und die Kinder, ihr treibt mit dem Wind...
—Das ist immer eine traurige Jahreszeit, aber, aber ich glaube nicht...
—Traurig, ach Gott, es ist, als ob das Leben selbst verbluten würde...
—Aber es ist auch sehr schön, der Herbst färbt das Laub bunt, Sie können doch wirklich nicht behaupten...
—Nennen Sie das schön, wenn man sieht, wie in allem das Leben verblutet? Allein schon der Zug am Abend, in kleinen Connecticut-Nestern gehen die Lichter an, der Zug hält, und man starrt hinaus auf eine verlassene Straßenecke, trockenes Käsesandwich kostet nen Dollar, und man kriegt nicht mal Butter drauf, schließlich fährt man in diesen trostlosen Bahnhof ein und hat Angst auszusteigen und Angst sitzenzubleiben... er hatte die Streichholzschachtel geöffnet und zog nun einzelne Streichhölzer heraus, die er so hinlegte, daß ihre Köpfe alle in dieselbe Richtung zeigten, —der Schulbus erwartet einen da wie ein schwarzer Reo-Reisebus erwartet einen da wie ein beschissener Leichenwagen mit geöffneten Türen, und da soll einer erwachsen werden...
—Aber das, das war auf dem Internat, oder? Sie waren...
—Ich sag Ihnen doch, was wir da gemacht haben, wir mußten diese beschissenen bunten Herbstblätter mit in die Klasse bringen und sie mit Buntstiften abmalen... er machte die Streichholzschachtel wieder zu, —ich, ich beobachte Sie manchmal, er blickte plötzlich auf, —ich meine Ihren Unterricht, im Fernsehen, wenn ich selber freihabe oder gar nicht erst komme...
—Aber, aber warum um alles in der Welt, mein Unterricht ist nicht...
—Nein, ohne Ton, ich, ich seh Ihnen nur zu...
—Oh, ich, ich verstehe, ja, also, ich finde, mir wärs lieb, wenn Sie mich nicht so anstarren würden, ich glaube, er hat jetzt die Kinder beisammen, und wir sollten wirklich...
—Entschuldigen, Sie Ma'am man hat diesen Pullover in der Damentoilette gefunden, ich glaube, eins Ihrer Kinder...
—Ja, ja, herzlichen Dank, Mis, Mister Urquhart, ich glaube, wir brechen

jeden Augenblick auf, ja, danke... sie drückte das Taschentuch in einen Augenwinkel und ließ ihre Handtasche zuschnappen, —wir müssen jetzt gehen, Mister Gibbs, nein, bitte, Sie müssen uns nicht begleiten, ich glaube nicht, daß das...
—Haben Sie meinen Pullover gesehen, Mrs. Joubert? So ein roter mit...
—Hier ist er, Linda, hier, zieh ihn jetzt an, damit du ihn nicht noch mal verlierst, geh rüber und sag bitte Mister Bast, daß er alle zusammenholt, wir brechen sofort auf... sie schob ihren Stuhl zurück. —Ich bin gleich wieder...
—Warten, warten Sie...!
—Nein, bitte, ich, mir ist nur schwindlig...
—Hier, bitte lassen Sie mich Ihnen...
—Es geht schon, nein, es ist, hab nur zu lange gesessen... sie stützte eine Hand auf die Stuhllehne. —Sie könnten Mister Bast helfen...
—Aber... die Hand, die er hilfreich gehoben hatte, fiel leer nach unten, und er schaute ihr hinterher, ihren Beinen, die sich zwischen Tisch- und Stuhlbeinen verloren, während er sich mit schmerzverzerrtem Gesicht hochrappelte und bei jedem Schritt den Fuß nachzog, als habe er eine Eisenkugel am Bein, —sagen Sie, Mister Bast...?
—Was? Oh, ja, ich glaube, sie sind alle fertig, was ist denn?
—Nichts, mein Fuß ist eingeschlafen, hören Sie...
—Nein, ich meine Mrs. Joubert, wo ist sie, ich glaube, sie fühlt sich nicht wohl, sie ist...
—Versuch ich Ihnen gerade zu erklären, sie ist ziemlich wacklig auf den Beinen und weiß es selber kaum, sehen Sie...
—Nein, aber wissen Sie, was sie...
—Nein, und sie weiß es auch nicht, niemand weiß es, sehen Sie, Mister Bast, Sie sollten wissen, trotz seiner verführerischen Symmetrie ist der weibliche Körper ein absolut beschissenes Chaos, überhaupt sind Frauen ja ihr Leben lang ihrem Körper ausgeliefert, und was immer ihr auch fehlt, sie kann diese Bande heute nicht mehr beaufsichtigen, ich würds ja gern selbst, aber ich bin ja schon mit der Zählerei überfordert, also hören Sie zu, ich hab ihr gerade gesagt, daß Sie angeboten haben, sich um die Kinder zu kümmern, packen Sie sie in den nächsten Zug und...
—Ja also, also gut, aber was ist mit ihr, sie ist...
—Zerbrechen Sie sich darüber nicht den Kopf, ich weiß aus erster Quelle, daß es jetzt von eminenter Wichtigkeit ist, erst mal den Auf-

ruhr in ihrem Busen zu besänftigen, vielleicht können wir dann noch etwas von diesem Nachmittag retten, wie gesagt, ich werde mich auf diesen Aspekt konzentrieren, und Sie sagen ihr einfach, daß Sie diese Bande hier übernehmen, sie wird das vielleicht nicht zulassen wollen, aber Sie bestehen darauf, seien Sie doch nicht immer so verdammt höflich, machen Sie's einfach, Frauen mögen sowas ...
—Ja aber ...
—Wo gehen wir jetzt hin, eh ...
—Hey, wo gehen die alle hin, wo ist Mrs. Joubert ...
—Da drüben, wo Desserts steht, also los ...
—Paßt mal auf, ihr geht mit Mister Bast ... er folgte ihnen quer durch den Raum und kickte mit einem Fuß nach ihnen, so, als wolle er sie von sich abschütteln, —los, wartet bei Mister Bast ... Auf diese Weise war er auch die letzten losgeworden, als er erneut an sie herantrat, die dort, wo Desserts stand, auf einer Stuhlkante hockte und ihre Handtasche durchwühlte. —Alles in Ordnung?
—Ja, aber warten Sie, da war doch noch ...
—Wird alles erledigt, ganz ruhig, Mister Bast wird ...
—Da ist es ja, ich, haben Sie vielleicht ein Stück Papier ...
—Jede Menge, ganz ruhig ... Einzelteile einer Zeitung kamen zum Vorschein, Karten, Papierfetzen, —sehen Sie, Mister Bast hat eben angeboten, hier, reicht das ...
—Nein, ich, nein, da steht Clocker Lawtons Empfehlungen drauf, ich glaube nicht, daß es ganz, es ist eine Nachricht an einen Börsenmakler, verstehen Sie, ich ...
—Moment, hier, hier ist ein Stück, sehen Sie, Mister Bast hat eben angeboten, daß er ...
—Hüte dich vor Frauen, die auf Knoten blasen, ist das, wollen Sie das nicht behalten? Das steht auf dem ...
—Nein nein, ich habs im Kopf, sehen Sie, Mister Bast ist ...
—Oh, Mister Bast, diese Nachricht, die ich Ihnen für Mister Crawley mitgeben wollte, bevor ich's vergesse ...
—Ja, also danke, aber wenn ...
—Nein, sagen Sie ruhig, wir haben Zeit genug, Mister Bast war so freundlich, Ihnen diese Kinder abzunehmen und sie mit dem nächsten Zug nach Haus zu bringen, ich hol nur mal schnell ...
—Oh, aber nein ... der Stift hielt inne, —der Schulbus wartet auf den Zug um vier Uhr siebzehn, wenn sie jetzt schon fahren, kommen sie nicht nach Hause, außerdem wollten wir noch ins Geldmuseum ...

—Kein Problem, oder was, Bast? Lassen Sie die Rasselbande aufs Geldmuseum los ...
—Ich hatte hier die Adresse, hier, es ist eine, irgendwo in einer Bank ...
—Ach, kommen Sie, Sie wissen doch genau, wo das ist, oder was, Mister Bast? Wir wollen sie mal zusammenholen, hier zwei, drei, bleibt zusammen da vorn ...!
—Hoffentlich muten wir Ihnen nicht zuviel zu, Mister Bast, furchtbar nett von Ihnen, ich fühl mich nicht ganz ...
—Das ist, ja, schon gut, das ist, gut, ja ...
—Und hier ist, ach du liebe Güte, das sieht ziemlich krackelig aus, aber ich bin mir sicher, daß Mister Crawley es schon entziffern kann, und lassen Sie sich nicht abschrecken, kann sein, er ist manchmal etwas rauh im Umgang, aber ich weiß, daß er Ihnen gern mit den Aktien Ihrer Tante behilflich ist, bringen Sie nur die Kinder mit dem Viersiebzehner nach Haus?
—Ja, und danke, ich ...
—Warten Sie, ja, sechs, sieben, es waren, glaub ich, zwölf, Linda? Hast du deinen Pullover? Neun, wo ist, was ist das für ein Mann, der da bei den Jungs sitzt, da bei den Telefonen, er sieht aus ...
—Geschäftsmann, heißt Slomin, völlig seriös, fühlen Sie sich jetzt etwas besser? Hier lang ...
—Und nochmal vielen Dank, Mister Bast ...
—Eh, Mister Bast, wo gehen wir hin ...
—He, wo gehen die denn alle hin?
—Könnte ich mal zehn Cent haben, Mister Bast?
—Also gut, bleibt jetzt zusammen, Jungs? Geht rüber und holt die beiden Jungs am, schon gut, wartet hier ...
—Eh, guck mal, da geht Mrs. ...
—Ich hab gesagt, wartet hier!
—Oh, hallo, Mister Bast, wohin ...
—Was machst du da in der Telefonzelle, komm her ...
—Ich wollte bloß die Nummer haben, Moment, Moment, ich muß noch mein Zeug holen ...
—Ich hab gesagt, komm jetzt! Wo sind jetzt, also gut, nicht drängeln, wo sind jetzt ...
—Bast, sehen Sie, tut mir leid ... jemand packte von hinten seinen Arm, —hätten Sie vielleicht ein paar Dollar fürs Taxi ...
—Aber, ja aber, Moment mal, was hat sie mit diesem Geldmuseum gemeint, sie, hier, sie sagte, irgendwo in einer Bank, aber ...

—Sehen Sie, hier ist doch an jeder zweiten Ecke ne Bank, und jede einzelne davon ist 'n beschissenes Geldmuseum, vergessen Sie's, gehen Sie mit denen ins Kino, und Bast? Ich wollte nicht unhöflich sein, sehen Sie, wir müssen uns irgendwann nochmal miteinander unterhalten, wenn ich ...
—Ja gut, ja gerne, wann immer Sie ...
—Gehen wir mit Ihnen, Mister Bast?
—Echt, wo geht denn der hin, eh?
—Ins Kino, eh, gehen wir ins Kino?
—Los jetzt, paß auf, da kommt der Geschäftsführer ...
—Einer nach dem andern in der Drehtür, einer nach ... ich hab gesagt einer!
—Da ist ein Kino, eh. Da drüben.
—Ist es das da drüben, Mister Bast? Wo steht Spielzeuge der, was ist das denn, eh?
—Offene Einladung zu ungezügelter Lust ...
—Ist es das, Mister Bast?
Doch er starrte in die andere Richtung, wo der Straßenverkehr aufgrund eines Taxis ins Stocken geriet, das soeben die Fahrgäste wechselte, bis die Wagentür zufiel, im Heckfenster zwei zusammengesteckte Köpfe sichtbar wurden und der Strom sich wieder in Bewegung setzte, während der Wind von hinten etwas auffrischte.
—Guck mal. Man kann ihre Titten sehen.
—Gar nicht, da ist irgendwas drübergeklebt.
—Ach nee? Kratz mal ab, eh, guck dir das an. Erleben Sie den pulsierenden Augenblick des Höhepunkts ...
—Keine Tabus! Erlaubt ist was Spaß macht! Was ist denn ein Tabu, eh? Guck dir das an. Eine ganze Generation im Rausch der ...
—Guck dir mal diese Möpse an!
—Entschuldigen Sie bitte ...
—Was?
—Ich dachte, kennen wir uns nicht? Ich heiße Gall ...
—Ich weiß nicht, nicht daß ich wüßte, ich ...
—Eh! Frauenringkampf in einer Wanne voller Aale, eh.
—Guck dir das an, was die da machen. Was machen die?
—Karate.
—Nackt?
—Man wird Ihnen nicht erlauben, die Kinder mit reinzunehmen.
—Hier? Oh, nein, ich wollte nicht, wir suchen nur ...

—An der nächsten Ecke läuft ein Western, wollen Sie da nicht mit ihnen hin? Ich hab sowieso noch Zeit bis vier Uhr, vielleicht fällt mir bis dahin auch ein, woher ich Sie kenne ...
—Dürfen wir nicht den Frauenringkampf sehen, diese Aale?
—Wartet auf Grün ...!
—Wo gehen wir jetzt hin? Ich denke, wir gehen ins Kino?
—Hier rein, Mister Bast? Seine Seele versehrt von den Flammen der Leidenschaft, seine Augen versengt vom Feuer der Hölle.
—Acht, neun, zehn, bleibt mal stehen jetzt.
—Acht, neun, zehn, bleibt mal stehen, Mann, das reimt sich ja. Acht neun ...
—Ruhe!
—Hatten Sie mich nicht eingeladen? Gall ließ nicht locker.
Ein Kind feuerte ihnen mit einer Derringer direkt ins Gesicht. Flammen leckten an den Gardinen und Vorhängen hoch.
—Schnell, ihre Titten! Haste gesehn?
—Das ist der Ellenbogen, Blödmann.
—Pssst ...
Zerwühlte Betten, Geschirr, zerbrochene Gläser, Flaschen, umgekippte Stühle und wild flackernde Kerzen, Unterwäsche und paillettenbesetzte Dessous, Federboas, ein weggerissenes Bärenfell.
—Guck mal!
—Das ist nur unter ihrer Achsel.
—Pssssst ...!
Dämmerung, endlich, und Kirchenglocken verklangen im hohlen trapp-trapp-trapp von Pferden, die auf einer leeren Straße auftauchten. Essen bei rustikalem Kerzenschein, Stöhnen und Fummeln im Erbsenfeld, Mündungsfeuer, die flatternde Fahne der Kavallerie, Sonnenlicht, Dunkelheit, Lagerfeuer, Mündungsfeuer, Menschenmassen füllten die Straßen, drängten sich um das mit Flaggen und Bändern in Rot, Weiß und Blau geschmückte Gerüst.

—ich würde ihn selbst erschießen, aber ich trage keine Waffe.

—Wie spät ist es?
—Bitte, es ist ja bald vorbei ...
—Bitte, Mister Bast, bloß noch, bis er ihn erschießt, bitte ...?
—Halt die Klappe da hinten!
—Bitte ...?
Den Blick noch immer auf die Leinwand gerichtet, stolperten sie rem-

pelnd aus dem Saal, brachen unter krachendem Mündungsfeuer ins Foyer, trieben mit dem Wind auf die Straße. —Also, als dieser eine Typ auf den andern Typ geschossen hat, da dachte der erste Typ, er hätte ihn gemeint, und hat ihn erschossen.
—Wer?
—Wer hat ihn erschossen?
—Wen erschossen?
—Wir hätten uns lieber den Frauenringkampf ansehen sollen, schon wegen der Aale.
—Wartet auf Grün! Bleibt hier jetzt zusammen, hier lang ...
—Paß auf, eh, hör auf zu schubsen ...
—Geradeaus, paßt auf die Treppe auf ...!
—Wartet mal, eh, mein Schnürsenkel ist ...
—Ich hab gesagt Beeilung!
—Nein, aber kann ich mir schnell ne Zeitung ...
—Kann ich mir 'n Schokoriegel kaufen, Mis ...
—Nein! Ich hab gesagt, paßt auf die Treppe auf ...
—Aber wo sollen wir denn ...
—Egal, steigt einfach in den Zug ein! Sechs, sieben, wie viele sind wir eigentlich, ich hab gesagt zusammenbleiben!
—Mann, ich hätt fast meinen Turnschuh verloren, sitzen Sie hier, Mister Bast?
—Seht mal, sucht euch irgendwo einen Platz und, da drüben ist einer ...
—Nein, das geht schon, ich will bloß mein Zeug auf meinen, könnten Sie mal für 'n Moment Ihren Fuß zur Seite? Bloß damit ich mein Knie, so. Was war das für 'n Typ, den wir ins Kino mitgenommen haben, war das ein Freund von Ihnen?
—Den hab ich noch nie im Leben gesehen, nein, jetzt ...
—Mann, der hat sich aber gleich rangeschmissen, als ob er 'n ganz alter Freund von Ihnen wär, was hat er ...
—Ich hab gesagt, ich weiß es nicht! Er dachte, er kennt mich und ich könnte ihm bei einem Buch behilflich sein oder sowas, jetzt ...
—Okay, werden Sie bloß nicht sauer, ich wollt ja nur ...
—Und sieh mal, hast du kein Taschentuch?
—Ich? Klar, Moment mal ... er klemmte einen Turnschuh in den Spalt des Vordersitzes, bohrte den zerrissenen Ellenbogen des Pullovers in die Rippen neben ihm und brachte ein farbloses Knäuel zum Vorschein, —hier.

—Nein, ich meine für dich. Dann benutz es auch, das Taschentuch.
—Oh. Er putzte sich kräftig die Nase und wischte sie sich dann mit dem Handrücken ab. —Waren Sie eigentlich auf dem College, Mister Bast?
—Ich bin auf ein Konservatorium gegangen.
—Oh ... er schaute vom Inhalt des Taschentuchs auf und knüllte es wieder zusammen. —Was haben Sie da gelernt, wie man Forstaufseher wird?
—Was wird?
—Ich meine, echt, und jetzt sind Sie nur Lehrer?
—Nein, nein, ich hab meine eigene Arbeit.
—So in der Art, wie Sie vorhin gesagt haben, daß Sie geschäftlich in die Stadt fahren? Ich meine, was für Geschäfte sind das denn?
—Sieh mal, ich mach keine, was...?
Die Lochzange des Schaffners tippte auf den Haltegriff der Sitzreihe vor ihnen. —Gehören diese Kinder zu Ihnen?
—Ja, sie, los, holt eure Fahrkarten raus...
—Die haben Sie doch.
—Hat Mrs. Joubert sie Ihnen nicht gegeben? Weil, sie hat sie nämlich aufbewahrt, damit wir sie nicht verlieren.
—Aber sie, nein, nein, heißt das, daß keiner von euch eine Fahrkarte hat? Aber hat, hat einer von euch Geld dabei?
—Sechs, sieben... zählte die Lochzange über ihren Köpfen, —acht...
—Mehr haben Sie nicht dabei, eh? Nur einen Dollar? Moment mal ... das Taschentuchknäuel tauchte wieder auf, zusammen mit einem Durcheinander aus Geldscheinen, Papierschnipseln, einem Bleistiftstummel, —fünf, sechs, sieben, wieviel brauchen Sie denn, eh... durchfeuchtete Banknoten kamen sukzessive ans Licht, —das sind neun, reicht das? Nee, behalten Sie das Wechselgeld, das ist dann einfacher, wenn Sie's mir zurückzahlen, okay?
—Tja, danke, ja, aber, aber ist das alles deins?
—Was, das Geld? Klar, wieso? Wollen Sie noch einen, dann sind es runde zehn? Ein einzelner, zerknüllter Dollar erschien, —ich meine, dann läßt sich das mit den Zinsen und allem einfacher berechnen, verstehen Sie?
—Ja aber, alles was ich...
—Nein, ich meine bloß, die Zinsen und so, ich meine, das nehmen wir nämlich gerade durch, Prozentrechnung und so, könnten Sie mal Ihr Knie für einen Moment zur Seite? Ich meine, diese Mappe

hier, der blöde Reißverschluß hat noch nie so richtig funktioniert, nicht mal, als ich sie gekriegt hab, verstehen Sie? Er zerrte an dem ramponierten Ding. —Heilige Scheiße, gucken Sie sich das an, es ist schon eingerissen, ich meine, deshalb brauch ich ja auch diesen Profi-Aktenkoffer hier, verstehen Sie ...? Er öffnete die Mappe und breitete sie auf seinem Schoß aus, bohrte beide Füße in den Schlitz zwischen Sitzbank und Lehne, —sehen Sie? Ich meine, schaun Sie mal, es kostet vierunddreißig Millionen Dollar, um diese Panzereinheit auszurüsten, und es kostet etwa zehn Millionen Dollar, um diese Infanterie-Division hier auszurüsten, sehen Sie? Man muß also rauskriegen, was ...
—Ja also, sieh mal, ich habe gar keine Ahnung von Panzern ...
—Nee, das ist schon okay, sehen Sie, es geht nur ums Ausrüsten, wie man irgendwas ausrüstet, egal was, um diese unterschiedlichen Prozente auszurechnen, ich meine, hier ist so 'n Mister A mit diesem Geschäft hier, von dem ihm dreißig Prozent gehören, sehen Sie? Was das für 'n Geschäft ist, ist ganz egal, es ist nur dieses Geschäft hier, sehen Sie? Ist ja auch egal, hier steht jedenfalls, daß er vierzig Prozent seiner dreißig Prozent für fünfzehnhundert ver ... Moment, tausend meine ich, fünfzehntausendeinhundertzwanzig Dollar, also muß man rauskriegen, wieviel das ganze Ding wert ist, verstehen Sie?
—Schön, aber ...
—Nee, aber sehen Sie, ich wollte Sie fragen ...
—Sieh mal, wenn du dabei Hilfe brauchst, solltest du vielleicht mal mit, mit Mrs. Joubert reden, oder ...
—Nee, das ist Glancy, ich meine, das ist bloß unsere Mathehausaufgabe, wo wir diese Prozentrechnung machen müssen, sehen Sie? Aber ich hab hier das andere echte Zeug, das, Moment mal ... er zerrte an dem Haufen, —heilige ...
—Hier, paß auf, dir fällt noch alles ...
—Ich weiß, Mann, aber der Zug fährt ja wie ne Achterbahn, erst recht, wenn er anhält, könnten Sie mal an der Ecke da ziehen?
—Was, das hier? Fingerabdrücke und Identifi ...
—Nee, das ist bloß so 'n Scheiß zum Tauschen, sehen Sie, ich hatte so 'n Ding über Import-Export, wo man richtiges, he, Moment mal, könnten Sie dieses Zeug mal 'n Moment halten, bis ich, sehen Sie dieses Vollmachtsdings hier, das wir heute gekriegt haben, ich wollte mal nachgucken, wo da steht, was ist das denn, Moment ...

—Unzensierte Abbildungen in leuchtenden Farben, atemberaubend gut, kannst du das nicht mal von meinem ...
—Moment, nee, immer kommt sein Scheiß in meine Sachen, da is so 'n Ding, wo ich Sie was drüber fragen wollte, hier, sehen Sie mal.

—Was denn, was soll ich mir ...
—Hier, sehen Sie, Geschäftsideen und Beteiligungen, die Anzeigen, die ich hier aufgeklebt habe, hier, wo steht, wir handeln als Ihr ...
—Kannst du das nicht mal von meinem Schoß nehmen? Ich hab doch gerade gesagt, daß ich dir nicht helfen kann, ich kann nicht ...
—Okay, werden Sie nicht sauer, ich wollte ja bloß ...
—Ich bin nicht sauer, ich bin, ich bin nur müde, ich habe ...
—Nee, aber ich dachte ja nur, also wo ich Ihnen doch gerade ausgeholfen hab mit den Fahrkarten hier, daß Sie vielleicht ...
—Schon gut! Aber, okay, vielen Dank für den Kredit, ich weiß das zu schätzen, aber wie kommst du bloß darauf, daß ich ausgerechnet über Damenunterbekleidung Bescheid weiß, oder über einen automatischen Waschsalon mit angeschlossener chemischer Reinigung, ich hab nicht mal ...
—Aber Sie haben doch vorhin gesagt, daß Sie Ihr eigenes Geschäft haben.
—Meine Arbeit, ich hab gesagt, daß ich meine eigene Arbeit habe.
—Ich weiß. Was ist es denn?
—Komponieren.
—Was?
—Musik. Musik komponieren.
—Oh. Sie meinen, Sie sind so ne Art Musiklehrer?
—Nein, ich schreibe Musik.
—Sie meinen, Sie denken sich Musik aus?
—Ja.
—Oh. Der Zug lahmte einem weiteren Halt entgegen, und er beugte sich über den Stapel auf seinem Schoß, um der Reihe von Knoten im Schnürsenkel seines Turnschuhs einen weiteren hinzuzufügen. —Sind das die einzigen Schuhe, die Sie haben, eh? Mister Bast?
Der zwischen Lehne und Sitz eingeklemmte Fuß rutschte zu Boden und außer Sicht. —Warum?
—Nix, nur so ein Gedanke, sehen Sie, ich hab hier so 'n Ding, was man einschicken muß, damit bekommen Sie, hier, sehen Sie, Business-Mode von Kopf bis Fuß ...
—Sieh mal, J R, würde es dir was ausmachen, ich bin, ich möchte bloß für ein paar Minuten die Augen zumachen.
—Was, echt schlafen ...? Er klemmte einen Turnschuh noch fester in den Vordersitz, wodurch sich der Stapel auf seinen Knien hob, er selbst jedoch immer tiefer sank, bis ein Nasenloch in Reichweite

seines Daumens geriet, schließlich, —ich, nur so ein Gedanke, ich
meine, verdienen Sie eigentlich viel damit? Ich meine, diese Musik hier
zu schreiben? Er machte eine Pause und sein Ellenbogen rieb gegen
den leblosen Arm neben ihm. —Ich glaub nicht, weil Sie ja sonst wohl
kein Lehrer wären, stimmts ...? Und dann drehte er sich plötzlich
nach hinten um und legte den zerrissenen Ellenbogen über die Sitzlehne, —wo ist das Magazin, eh?
—Welches?
—Das mit den Titten, gib mal her.
—Hier isses, kommst du nochmal zum Tauschen?
—Kleinen Moment noch ... Netzstrümpfe, geöffnete Lippen, Hintern,
Brüste flogen unter seinem Daumen dahin —eh, Mister Bast?
—Sieh mal, ich hab dir doch gesagt, daß ich ...
—Nee, aber warten Sie doch mal 'n Moment, mir ist da gerade was eingefallen, es ist irgendwo hier am Schluß, Moment ... sein Daumen verharrte auf Außergewöhnliche Stellungen, der geschwärzte Nagel lief
Exotische Extasen hinab. Ich habe genau, was Du suchst, Honey-
moon-Liebestropfen, —hier, sehen Sie mal, wollen Sie das nicht
einsenden? Komponisten gesucht. Schicken Sie kein Geld. Unsere
Tonmeister verwandeln Ihren ganz persönlichen Song in Musik, die
eh ...? Er wandte sich dem Profil zu, dessen Spiegelbild durch
einen Sprung im Wagenfenster wie zerstückelt erschien, —passen Sie
auf, ich stecks Ihnen dann einfach in die Tasche ... er riß die An-
nonce der Länge nach aus der Seite, —falls Sie's einsenden wollen,
okay? Und stopfte es so in die äußere Brusttasche neben ihm, daß
die Rückseite mit einer körnig erregten Brustwarze sichtbar blieb,
löste seine Füße vom Vordersitz und kletterte umständlich nach hinten. —Hier.
—Was hast du da rausgerissen, eh?
—Nix, nur das, was Mister Bast haben wollte, und noch was, nimm
endlich deinen atemberaubend guten Scheiß zurück, warum finde
ich deinen Scheiß eigentlich immer zwischen meinen Sachen ...? Er
klemmte den Turnschuh in den vorderen Sitz, hob die Knie mit dem
Stapel darauf.
—Von wegen Scheiß, Mann, du brauchst dir nur deinen eigenen Scheiß
anzugucken, hab noch nie soviel Scheiß auf einem Haufen, hier, Facts
und Fakten rund um die Geldanlage, Kleines Investment-Lexikon, wer
will sowas schon haben?
—Wer sagt denn, daß ich's tauschen will ...? Die hinter ihm vergrabene

Hand hörte zu kratzen auf, kam mit dem Bleistiftstummel zum Vorschein, —guck mal, eh, ich versuch hier was rauszukriegen, okay?
—Ich dachte, du willst wieder was tauschen, aber bei deinem Scheiß, den du da hast, wo ist übrigens Lösen Sie aufregende Fälle Entlarven Sie skrupellose Verbrecher?
—Hier drunter, willst du's?
—Kannste behalten, ich kanns mir selbst bestellen.
—Dann mach doch.
—Du hast es umsonst gekriegt.
—Na und? Du hast eine Einladung zum Diner umsonst gekriegt.
—Was willste eigentlich damit, du kannst ja sowieso nicht hin.
—Kannste ja selber nicht. B... der Bleistiftstummel schmierte am Rand des Kleinen Lexikons hinab —nein, wart mal, d, das war ein d...
—Was war?
—Das Wort, das ich suche, das ich einsenden muß, um rauszukriegen, was sie haben g, h, nein, wart mal, d kommt vorher, Moment, c...
—Wieso willst du die denn haben, wenn du nicht mal weißt, was es ist?
—Weil sie echt billig sind, wart mal, d...
—Mann, kein Wunder, daß du soviel Scheiß kriegst, guck mal, ich tausche Fingerabdrücke und Identifikation Authentische Berichte von Privatdetektiven. Das Grünbuch des Verbrechens und Lösen Sie aufregende Fälle, okay, das alles gegen Sie erhalten seltene Münzen Lieber Jurastudent, das Buch mit den Lagerbeständen, drei Kosmetikpröbchen und das Gala-Diner, okay?
—Okay, aber nur mit Verkauf gegen Höchstgebot, wo ist das?
—Aber dafür krieg ich Kräftige Muskulatur und Schicken Sie mir umgehend Kung-Pa im neutralen Umschlag, und dazu Weltbekannte orientalische Ärzte, okay? Willst du vielleicht noch diese Naturschützer hier, oder das mit der Vernichtung des Judentums?
—Wer will denn den ganzen Mist, nee, guck mal, gibt mir alle sechs Bücher mit den Lagerbeständen plus Gesamtverzeichnis und den Verkauf gegen Höchstgebot mit Gala-Diner, das reicht, und tu mal deinen Fuß hier weg...
—Mein Fuß? Mann, ich kann mich kaum bewegen wegen diesem ganzen Scheiß, was ist denn das? Du hast denen sogar den gelben Block geklaut?
—Was meinst du, geklaut...? Sein herabhängender Daumen machte am nächstgelegenen Nasenloch fest, —wir sind doch jetzt die Besitzer, oder etwa nicht?

—Besitzer, Scheiße, Mann ... die Hand neben ihm brachte ihre Finger rund um nägelkauende Zähne in Stellung, —frag doch den alten Arsch, der uns auf dem Klo erwischt hat, dann kommste dahinter, daß dir 'n Scheißdreck gehört.
—Ach ja ...? sagte er mit so leiser Stimme, daß sie verklang, bevor sie noch sein Spiegelbild im schmutzigen Fensterglas erreichte, durch das er jetzt hinausstarrte wie auf einen weit entfernten Punkt am Horizont. —Das glaubst aber nur du.
Ein erleuchteter Bahnsteig strich am Fenster vorbei und verschwand.
—Mann, das ist unser Bahnhof, eh. Eh, Mann, Mister Bast? Aufwachen...!
—Schnell, eh, beeilt euch ...
—Paß auf, meine Sachen ...
—Beeilt euch, sonst fährt er wieder los ...
—Ich krieg die Tür nicht, eh, Mister Bast, können Sie mal die Tür aufmachen?
—Einer nach dem andern jetzt, ein Waggon weiter hinten, nicht drängeln!
—Paßt auf, eh, da sind lauter Lehrer drin ...
—Aggressives und entschlußfreudiges ...
—Und außerdem dienstfreie Mittagspausen, ich bin doch nicht aufs College gegangen, um nachher Kindern beizubringen, wie man Sandwiches mit Erdnußbutter und Marmelade ißt oder ...
—Sagen wir mal karrierebewußt, und verdienen trotzdem weniger als ein durchschnittlicher Bauarbeiter ...
—Und außerdem eine Versicherung für Autos, die auf dem Schulparkplatz demoliert werden und ...
—Wenn das Abflußrohr in der Junior High mit Kondomen verstopft ist, aber wenn Sie das Kind beim Namen nennen, dann ...
—Schöpferische Spannung, sie nennen das glatt schöpferische Spannung ...
—Massenkündigung, nennen Sie es lieber Massenkündigung, mit dem Streikverbot im Kreuz sollten Sie das Wort Streik nicht mal in den Mund ...
—Sollte das Kind ruhig beim Namen ...
—Versuchen Sie das mal, dann stecken die die Schule in Brand.
Sie drängten sich an Debbys Sikkergrube vorbei, versehen mit der aktuellen Anmerkung Zoff! Dann auf die Treppe zu, stürmten abwärts, teilten sich paarweise, um auf dem Parkplatz, wo ein auffrischender

Wind Laub und Fetzen von Zeitungspapier hochwirbelte, nach ihren dort abgestellten Autos zu suchen.
—Mister Bast, haben Sie vielleicht meinen Pullover gesehen...? Doch die sich schließende Tür schnitt ihr das Wort ab, und er sah, wie sich der Bus seinen Weg durch den Verkehr bahnte, wandte sich dann wieder dem Bahnhof zu, rüttelte an einer geschlossenen Tür und drückte schließlich die Tür daneben auf.
—Ich möchte einen Pullover als verloren melden, sagte er durch das Gitterfenster. —Rot. Ein Mädchenpullover.
Der Beamte sah auf die Uhr. Dann schob er ein Formular unter dem Schild des Gitters durch, Hier bedient Sie J. Teets. —Füllen Sie das aus, he, Kumpel! Willst du das kaputtmachen?
—Scheiße, viel zu spät, schaff ich nicht mehr... ein Krachen drang aus den Schatten.
—He, was soll das werden?
—Werden? Noch ein Krachen, —gottverdammte Scheiße, ich weiß sehr gut, was das hier... und noch eins, —holen Sie die Zigaretten, die ich bezahlt hab, aus dieser Scheißmaschine hier raus.
—Wenn du nochmal dagegentrittst, gibt's Ärger.
—So? noch ein Krachen, —hab schon genug Ärger, was glaubst du denn, warum zum Teufel ich dagegentrete.
—Muß ich erst die Polizei rufen?
—Polizei? So? Die Gestalt erlangte nach einem letzten Tritt ihr Gleichgewicht zurück. —Polizei...! und trat dann aus dem Schatten hervor, wobei sie mit einer zusammengerollten Zeitung fuchtelte, —die ruf ich selbst und hänge eurer Scheißbahn eine Betrugsklage an den Hals, hier steht 'n Zeuge, der alles gesehen hat.
—Aber, aber, Mister Gibbs, was...
—Wer? Er hielt sich mit einer Hand am Fenstergitter fest, —Bast! Was zum Teufel machen Sie denn hier?
—Tja, ich, ich bin gerade mit dem Zug angekommen und...
—Ich auch, Scheiße, wir können von Glück sagen, daß wir noch leben.
—Aber ich dachte, Sie wären mit Mrs. Joubert, war sie, ist sie hier?
—Wo? Wo?
—Nein, nein, ich meinte...
—Bringen Sie den mal lieber hier weg, Freundchen, erscholl es hinter dem Gitter, worauf die Hand nach unten glitt und auf dem Schild ruhte, einem Schild, das von der anderen Partei sogleich einer schwankenden Augenscheinnahme unterzogen wurde.

—Aha. Teets. Übermitteln Sie mal dem diensthabenden Beamten Teets eine Nachricht, Bast.
—Bringen Sie ihn hier weg, Freundchen.
—Wenn Sie den diensthabenden Beamten Teets das nächste Mal sehen, Bast, das ist 'n beschissener Schnüffler, sehen Sie sich vor mit dem, ist 'n guter Freund, aber 'n schlauer und gefährlicher Gegner, der hat schon seine beschissene Großmutter fertiggemacht, deswegen sitzt er hier hinter Gittern, und jetzt genau dasselbe, Verletzung der Dienstpflicht bis zum Betrug, Bast, ein zivilisiertes Gespräch ist mit so einem gar nicht mehr, kommen Sie mal rüber, Bast, wo er uns nicht hören kann, der Scheißschnüffler, sehen Sie sich vor mit dem ...
—Ja aber, gehts Mrs. Joubert denn jetzt besser?
—Vorübergehende Besserung, Bast, und bei dieser vorübergehenden Besserung hat sie mich förmlich inhaliert, hatte ich nicht ne Zeitung dabei?
—Unter Ihrem Arm, ja, aber war sie, was ist passiert ...
—Hab mich in den dunklen Gewölben ihrer Kehle verloren, Bast, vom Druck unsichtbarer Muskeln bedrängt, sollte mich was schämen, sie hat mir gesagt, ich sollte mich bei Ihnen entschuldigen, wie finden Sie das?
—Ja gut, aber eigentlich wollte ich das gar nicht ...
—Hat mir erzählt, daß Sie Talent haben, Sensibilität, Bast, und dennoch ein klares Ziel vor Augen, und daß Sie Unterstützung und Bestätigung brauchen, schließen sich ein und schreiben Nullmusik, lassen sich von jedem Schreihals unterkriegen, sollen wie Bizet klingen, dürfen aber nicht Bizet sein, wo ist die Scheißtür ... er zog die Schultern nach oben, als sei ihm kalt, und vergrub die Hände in den Taschen, —dum dum didum ...
—Hier drüben, aber ...
—Spucken Sie nicht auf den, der Gartenweg, er ist das Einfallstor für die Scheißwelt, warten Sie mal, Bast? Ich soll Ihnen das hier geben, genau, hat sie vergessen, mir zu geben, warten Sie mal, hat vergessen, sie Ihnen zu geben, hier.
—Aber was ist das denn, warum ...
—Fahrscheine für die Kinder, hier.
—Aber, nein, aber hier steht Kombinationswette fünf drauf, siebtes Rennen, was ...
—Nennen Sie sowas Fahrscheine?
—Nein, das sag ich ja ...

—Acht zu eins, schon am Start geplatzt, was ist das?
—Halt, Sie lassen ja alles fallen, da sind ja auch die Fahrscheine, aber wie kommen die ...
—Hab Ihnen doch gesagt, es sind die Fahrscheine, oder nicht? Hab Ihnen gesagt, daß sie gesagt hat, daß ich sie Ihnen geben soll, hab aber vergessen, sie Ihnen zu geben, nicht?
—Ja aber, das heißt, Sie waren mit den Fahrscheinen im selben Zug?
—Welcher Zug?
—Der Zug, der mit dem wir gerade, der Viersiebzehner, mit dem wir ...
—Viersiebzehner, das hab ich doch gesagt, oder nicht?
—Ja gut, ja, aber die Fahrscheine, wenn Sie sie mir gegeben hätten, dann hätte ich nicht extra ...
—Viersieb, Scheiße, Bast, Viersiebzehner hat sie mir doch gesagt, oder was? Hat mir gesagt, ich soll den beschissenen Viersiebzehner nehmen und Ihnen diese beschissenen Fahrscheine geben, Bast braucht Unterstützung Unbestätigung von jedem Schreihals. Ich hab den Viersiebzehner genommen, oder nicht? Hab Ihnen die Scheißfahrscheine gegeben, oder nicht? Und da stehen Sie hier rum und meckern?
—Nein, aber ich wollte nur sagen ...
—Gehen Sie los und sagen Sie jedem, daß Sie Unterstützung Unbestätigung brauchen, dann reißt man sich für Sie die Beine aus, Scheiße, und Sie versuchen, ihren Kräcker anzuzünden, was ist das denn für ein Benehmen?
—Nein, aber, Moment mal, hier liegt noch ein Schlüssel, Mister Gibbs, zwischen den Fahrscheinen, die Sie, hier ...
—Das ist ein Schlüssel, Bast.
—Ich weiß, ja, hier.
—Festgemauert in der Erden, Bast, meine Bleibe in der Beletage, schwer war der Weg, doch schwerer noch die Treppe dann, sie hat mir erzählt, Sie bräuchten Unterstützung Unbestätigung wegen Ihrer Sensibilität und weil Sie sich einschließen und Nullmusik schreiben, na, was sagen Sie dazu?
—Nein, aber es ist doch Ihr Schlüssel, hier ...
—Ich saß da rum, Bast, und hörte wie sie sagte, daß Sie ne Wohnung zum Arbeiten brauchen, daß Sie Ihre ganze Zeit aufs Komponieren verwenden, hörte, wie sie sagte, das ist kein Zustand so.
—Nein, aber sie, ich hab eine Wohnung, Mister Gibbs, ich brauche wirklich keinen ...
—Sagte mir, Sie brauchen Unterstützung Unbestätigung, ne Wohnung

zum Arbeiten, Bast, Sie sind wirklich das beschissenste Objekt für Unterstützung Unbestätigung, das ich je kennengelernt hab, geb Ihnen diese Scheißfahrscheine, nehm den beschissenen Viersiebzehner, entschuldige mich bei Ihnen, geb Ihnen ne Bleibe in der Beletage, in der Sie arbeiten können, und Sie stehen hier rum und meckern, Nummer steht auf'm Anhänger, oben an der neunundsechzigsten Straße, sehen Sie die Nummer? Festgemauert in der Erden, da können Sie hingehen und frohlocken und sich sogar 'n Klavier reinstellen, na, was sagen Sie, lachend angesichts des Opfergangs, und verrückte Schreiberlinge debattieren noch heute darüber, ob Jeanne d'Arc Stimmen gehört hat. Wenn nicht, wer dann? Wann, wenn nicht jetzt? Sie sagte mir, daß Sie begabt sind, wegen Ihrer Sensibilität, Bast, und daß Sie von jedem hergelaufenen Schreihals Unterstützung Unbestätigung annehmen... er griff, um sich zu stützen, nach einer Schulter, nahm den Schlüssel am daran befestigten Anhänger und ließ ihn in die äußere Brusttasche fallen, welche daraufhin ebenfalls einer schwankenden Augenscheinnahme unterzogen wurde. —Schlaue Idee, Bast, diese offenherzige Art. Das hätte ich von Ihnen nicht...
—Was ist, oh, das ist kein, das ist bloß... er knüllte es in die Tasche, —wenn ich Ihnen helfen kann, Mister Gibbs, wenn Sie hier vielleicht einen Augenblick warten wollen, ich will nur die Fahrscheine umtauschen...
—Wann, Bast? Wann...! Die Tür erbebte unter einem Tritt.
—Nein, wenn Sie nur einen Augenblick warten würden, Mister Gibbs, ich...
—Wann, wenn nicht du? Und die Tür knallte zu, während er sich dem Gitter zuwandte.
—Sagen Sie, äh, hallo? Ich möchte nur diese Fahrscheine umtau...
—Geschlossen.
—Ja aber, aber Sie sind doch noch hier, könnten Sie nicht...
—Geschlossen, sehen Sie die Uhr nicht?
—Ja schon, also, wann haben Sie denn auf?
—Sehen Sie das Schild nicht...? Über handschriftlichen Nullen und Neunen hatte ein Lippenstift verfügt: Leck mich, worauf er im Laufschritt diesen Ort verließ und erst heftig gegen die Tür stieß, bevor er sie aufriß.
—Oh, hallo, Mister Bast. War das Mister Gibbs, der da nach der Polizei gerufen hat?
—Ja, aber er, wo ist er denn jetzt, hast du ihn gesehen?

—Um die Ecke, da gibts so ne Bar, wo er immer hingeht... er verlagerte seine Papierladung, —gehen Sie zu Fuß nach Haus?
—Ja, aber, aber warum hast du nicht den Bus genommen?
—Ich dachte, ich warte auf Sie, wieso haben Sie denn noch mehr Fahrscheine?
—Hab ich gar nicht, er hat sie mir nur gegeben, und ich hab versucht, sie umzutauschen, aber der Beamte sagt, daß geschlossen ist, und deshalb kann ich dir dein Geld nicht jetzt sofort zurückgeben, aber...
—Das eilt doch nicht, eh! Haben Sie das gesehen?
—Was?
—Den Blitz, Mann, es ist echt dunkel geworden. Haben Sie's eilig?
—Ja.
—Mister Bast? Könnten Sie mal einen Moment warten? Ich muß bloß den Schnürsenkel hier wieder zusammenflicken... er beugte sich über seine Ladung Papier, einen Turnschuh auf den Bordstein gestellt, der den grasüberwuchernden Rissen Einhalt gebot, welche die gesamte leere Betonruine des Marine Memorial Plaza bedeckten, darüber ein ausrangiertes französisches Maschinengewehr und ein leerer Fahnenmast, die den Himmel in Schach hielten. —Mann, sieht ganz so aus, als brauchten wir beide neue Schuhe, stimmts? schloß er unter energischem Gezerre, —heilige Scheiße...
—Kannst du nicht mal bitte damit aufhören, dauernd...
—Nee, aber es ist wieder gerissen, wissen Sie, was ich mir im Zug so gedacht hab? Er kam näher, seine Ladung wieder fest im Griff, und lief neben ihm her, —echt, ich hab da dieses Ding, welches isses noch gleich? Das hier, Business-Mode, wo man aber einschicken muß, und dann schicken die einem diese ganzen verschiedenen Schuhe, die man anziehen kann, damit die Leute sie sehen, verstehen Sie? Verstehen Sie, so verkauft man die, verstehen Sie? Ich meine nicht die, die man gerade an den Füßen hat, sondern man nimmt die Bestellungen auf und macht dann die Kommission, verstehen Sie? Echt, da steht, daß man in seiner Freizeit hundert Dollar die Woche verdienen kann, und dann kann man auch noch diese Schuhe anziehen, soll ich das mal raussuchen?
—Nein.
—Okay, dann vielleicht das hier, Eröffnen Sie von zu Hause Ihr eigenes Import-Export-Geschäft, wie wärs damit? Vielleicht wär das was für Sie... sie überquerten die matschigen Fahrspuren an der Einmündung eines Feldwegs. —Wär das nix für Sie? Mister Bast?
—Was?

—Dieses Import-Export-Geschäft von zu Hause?
—Import-Export von was?
—Woher soll ich das denn wissen? Ich meine, das ist doch nicht so wichtig, oder? Er kickte eine Dose den verwilderten Seitenstreifen des Highway entlang und trat das Unkraut nieder, unter dem die Reste eines Bürgersteigs lagen, —ich meine, worum es geht, ist doch, daß man was zum Verkaufen kriegt wie, Moment mal...
—Sieh mal, ich wäre gern zu Hause, bevor es zu regnen anfängt, ich kann nicht...
—Nee, aber es ist sowieso dies andere Verkaufsding, das ich da hab, da steht, Sie müssen nie mehr Ihre Toilettenschüssel säubern, verstehen Sie, die schicken Ihnen dieses Ding, wo...
—Wie kommst du auf die Idee, daß ich mir unbedingt die Hacken ablaufen und was verkaufen will? Ich will nicht mal...
—Um Geld zu verdienen wie alle andern auch, ich meine, das will doch jeder, warten Sie, ich meine, Sie machen so große Schritte, eh? Mister Bast? Kennen Sie den? Wenn du Kohle brauchst, mußt du bloß meinen Vater fragen, der ist nämlich Kettenraucher und wird dir was husten.
—Nein.
—Nee, aber warten Sie doch, eh, haben Sie den überhaupt verstanden? Mußt bloß meinen Vater...
—Hab ich verstanden, ja, sieh mal, weiß dein Vater eigentlich was von diesen ganzen Einsendungen, die du machst?
—Was?
—Ich hab gefragt, weiß dein Vater...
—Nee, aber das soll doch bloß so 'n Witz sein, verstehen Sie...
—Ich weiß, daß das bloß son Witz sein soll! Und zwar einer der miesesten, die ich je gehört hab, ich sagte, weiß dein Va...
—Nee, aber eh, Mister Bast...? Er schob sich durch die schulterhohen Queen-Anne-Spitzen, die ihn auf einmal von allen Seiten umgaben, —in was für nem Geschäft ist denn Ihr Vater?
—Musik.
—Was, der schreibt die? Wie Sie?
—Er schreibt sie, und er ist ein berühmter Dirigent, sieh mal, Musik ist kein Geschäft wie Schuhe oder...
—Nee, ich weiß, deshalb ist er ja auch so 'n berühmter Agent hier, stimmts...? Auf dem kurzen Bürgersteigstreifen eilte er neben ihm her, —ich meine, der macht wohl sein Geld damit, daß er so 'n Agent

ist, damit er in seiner Freizeit Musik schreiben kann, denn viel springt wohl dabei nicht raus, oder?
—Vermutlich nicht, und jetzt sieh mal, ich habs eilig ...
—Nee, das ist schon okay, ich kann ja größere Schritte machen, es ist bloß dieses ganze Zeug hier, ich kanns kaum ...
—Aber, wo gehst du denn hin, wo ...
—Ich begleite Sie nur nach Haus, verstehen Sie, ich ...
—Also, das brauchst du aber nicht, es ist schon fast dunkel, wartet deine Mutter denn nicht auf dich mit ...
—Die ...? Der Bürgersteig endete abrupt, —nee, sie kommt immer anders nach Haus, aua! Heilige, Mann, ich hätte fast meine ...
—Immer anders?
—Immer zu anderen Zeiten, verstehen Sie, sie ist so ne Art Krankenschwester, können Sie mal einen Moment warten, eh? Mein Turnschuh, auf dem unkrautüberwucherten Weg kniete er nieder, dicht neben der Stelle, wo ein rostiges Straßenschild in kaum mehr entzifferbaren Lettern noch den Namen Doges Promenade trug. —Mann, eh, haben Sie das gehört? Den Donner?
—Natürlich, deshalb hab ich dich ja ...
—Nee, Moment ich komm ja schon ... auf dem morastigen Weg lief er ihm nach, —eh?
—Was denn?
—Nix, ich meine, worüber sollen wir reden?
—Ich will über gar nichts reden, ich bin ...
—Wieso? Ich meine, denken Sie sich gerade ne Melodie aus ...? Er nutzte die zerborstenen Reste des Bürgersteigs, um wieder zu ihm aufzuschließen, —haben Sie noch das Tonmeisterding, das ich Ihnen gegeben hab, eh?
—Sieh mal, ich komponiere nicht für Geld, ich bin ...
—Ich weiß, aber weswegen komponieren Sie dann?
—Weil ich es tun muß! Würdest du mich jetzt bitte ...
—Ich weiß, das meine ich doch. Wieso ... der letzte Rest des Bürgersteigs war verschwunden, und er trottete wieder hinterher, —eh? Ich meine, wenn Sie so ne Musik hier schreiben, müssen Sie dann irgendwo sitzen mit nem Klavier oder ner Trompete oder sowas? Oder können Sie sich das überall ausdenken? Eh? Mister Bast ...?
—Was?
—Ich meine, wenn Sie sich das so in Ihrem Kopf ausdenken, hören Sie das so wie echte Musik? Ich meine, wenn ich an irgendein Lied denke,

dann kann ich's regelrecht hören, wenn Sie sich diese Musik hier ausdenken, die ja noch nie jemand richtig gehört hat, hören Sie dann auch die Instrumente spielen, so in der Art von diedeldum, Mann, mir geht die Puste aus, wie diedel-liedel-liedel direkt in Ihrem Kopf, und dann schreiben Sie diese kleinen Noten hin? Oder, oder denken Sie erst an diese kleinen Noten, die Sie dann aufschreiben, und wenn Sie sie lesen, dann hören Sie ...
—Sieh mal, ich kann dir das jetzt nicht alles erklären, ich bin ...
—Okay, werden Sie nicht sauer, ich meine ja bloß, wo Sie doch Musiklehrer sind und überhaupt, was Sie sonst ...
—Also nein! Ich bin überhaupt kein Musiklehrer, würdest du mich jetzt bitte ...
—Nee, aber wieso haben Sie gekündigt, eh? Ich meine, wieso sind Sie, Mann, ich kann kaum noch was sehen, warten Sie doch, eh, Mister Bast? Ich meine, in diesem Operndings, wo ich dieser kleine Zwerg bin, machen Sie das auch nicht mehr, eh?
—Nein!
—Nee, aber warten Sie, verstehen Sie, ich dachte nur, wir könnten ...
—Das ist doch ganz egal, du bist doch bloß dieser kleine Zwerg, damit du nicht beim Sport mitmachen mußt, oder?
—Nee, also klar, aber ich meine, was machen Sie denn jetzt, eh ...
—Das hab ich dir doch gerade gesagt!
—Ja klar, aber Sie haben doch eben gesagt, daß Sie diese Melodien hier nicht für Geld schreiben, ich meine, wenn Sie sowieso kein Lehrer mehr sind, dann kommen diese Geschäftsideen hier vielleicht gerade recht, eh? Wo sind Sie, warten Sie ... er brach aus dem Unkraut hervor an der Stelle, wo ein weiteres Totem rostigen Todeskampfs einen Weg ankündigte, der direkt auf die dunkle Baumreihe zuführte, —eh? Müssen wir hier abbiegen? Ich meine ja bloß, Moment, ich wollte doch nur ...
—Laß mich bloß mit deinen Zeitungen und dem ganzen Kram in Ruhe, es ist dunkel! Ich kann das Zeug jetzt ohnehin nicht lesen, warum willst du überhaupt, daß ich es lese, warum ich, ausgerechnet ich ...
—Nee, also, ich dachte ja nur, vielleicht können wir uns gegenseitig nützlich sein, verstehen Sie? Wie ich das erstemal schon gesagt habe? Ich meine, wo ich Ihnen doch gerade diesen Kredit hier gegeben hab für diese Fahrscheine, da dachte ich ...
—Also gut! Ich hab mich bedankt, oder nicht? Ich zahl dir Zinsen, oder nicht? Ich geb sie dir, sobald es geht, ich tausch sie um, die Schule schuldet mir noch Geld für ...

—Nee, warten Sie doch mal einen Moment, eh? Sie wollen, daß ich sie für sie umtausche?
—Ja gut, hier, hier, ich geb dir 'n Dollar, damit sind wir quitt, hier ist noch einer ...
—Nee, aber sehen Sie doch, der Dollar ist ...
—Also gut, hier! Hier, ich hab noch ein paar Zehncentstücke aus der Cafeteria, und jetzt gute Nacht und auf Wiedersehen!
—Nee, aber sehen Sie, wir sollten das voneinander trennen, weil ich die Fahrscheine davon abziehen muß, verstehen Sie?
—Nein, versteh ich nicht! Sieh mal ...
—Nee, aber so geht das eben, eh, sehen Sie, weil wenn Sie sich dieses Geld hier von mir leihen, dann arbeitet es nicht für mich, solange ich es nicht zurückbekomme, für diese Fahrscheine hier, deshalb macht man ein Disagio, verstehen Sie? Ich meine, wie wir das in der Schule durchgenommen haben, wo so 'n Mister Y in so ne Bank geht, um sich von denen viertausend Dollar für fünf Jahre zu leihen, verstehen Sie? Bloß daß die dem dann fünftausend leihen, wo er aber nur viertausend von kriegt, die er haben wollte, weil der Tausender extra, der ist schon für die Zinsen und so weiter, sozusagen im voraus, also ich meine, daß er es nie zu Gesicht kriegt, verstehen Sie, ich meine, er hat es sich geliehen, aber die nehmen es nur aus einer Tasche raus und stecken es sich dann gleich in die andere hier wieder rein, ich meine, das nennt man Disagio, verstehen Sie?
—Schön, dann gib sie mir einfach wieder, ich werde selber ...
—Nee, das ist schon okay, eh, ich mach das für Sie, und ich meine, wir nehmen diesen Zinssatz hier von zehn Prozent, okay? Weil das ist dann leichter auszurechnen, weil man braucht ja nur das Komma verschieben, also das macht dann ...
—Gut, schön, verschieb es, Wiedersehen, es fängt an zu ...
—Nee, Moment, wir müssen es ausrechnen, eh, sieben, acht ...
—Es sind zwölf Fahrscheine, sie kosten neun sechzig, und jetzt gute Na ...
—Elf, Moment, hier sind dreizehn, das heißt also, wenn zwölf ...
—Moment, das kann nicht sein, ihr wart zu zwölft im Zug, ich hab zwölf ...
—Es sind dreizehn, zählen Sie doch nach, wenn also zwölf neun sechzig kosten, dann kostet einer, zwölf durch neun, Moment, sechsundneunzig, nein, Moment, sieben, wieviel sind sieben Zwölftel, Moment, sieben Zehntel sind ...

—Hör mal, wenn es dreizehn sind, dann sind dreizehn von euch mit Mrs. Joubert in die Stadt, aber nur zwölf sind zurückgekommen, wo ist jetzt ...
—Moment, acht, achtzig Cent pro Stück, stimmts? Also achtzig, und wenn ich jetzt das Komma verschiebe, Moment, zweiundsiebzig plus das, was ich Ihnen gebe, plus acht vierundsiebzig ...
—Hör mal! Wer war auf der Hinfahrt mit dabei und ist nicht wieder zurückgekommen, hast du ...
—Moment, neun sechsundvierzig, stimmts? Ich meine, ich kann kaum was erkennen, fünf, sechs ...
—Sieh mal, wir müssen jemanden verloren haben! Hör bitte ...
—Und fünfunddreißig, fünfundvierzig, ich kann kaum was erkennen, ich hätt Ihnen fast zehn Cent geschenkt, Moment, hier sind ein Penny und sechsundvierzig, stimmts?
—Nein, hör zu, wer ist mit euch auf den Klassenausflug gegangen und hat am Ende gefehlt?
—Wer, Mrs. Joubert?
—Nein! Einer von euch ...
—Wie soll ich das denn wissen, eh, passen Sie auf, das fällt Ihnen gleich ...
—Hör mal, warum gibst du mir das für das Geld, ich hab dir gerade die Fahrscheine gegeben, damit du sie umtauschst, nicht wahr? Du hast mir das Geld geliehen, damit ich sie bezahlen konnte, tausch sie jetzt um, dann kriegst du das Geld wieder, und wenn du willst, daß ich diese Zin ...
—Was?
—Ich sagte, du hast die Fahr ...
—Nee, aber das sind zwei verschiedene Deals, verstehen Sie? Ich meine, hier ist dieser Kredit, das ist das eine, dann ist da das andere, wo ich unter Kurs Ihre Fahrscheine gekauft hab, so weiß jeder, was er hat, und keiner wird gelinkt. Eh, Mister Bast? Ich meine, das geht wie bei diesem Mister Y, der ...
—Ich will nichts von Mister Y wissen! Ich will nur, auf Wiedersehen, ich muß ...
—Ich meine, das eilt doch gar nicht mit der Rückzahlung, okay ...? beharrte die Stimme im hohen Gras —weil, eh, Bast ...? Die heisere Eindringlichkeit dieser Stimme verfolgte ihn, verfolgte ihn den ganzen von Unkraut überwucherten und von Baumkronen verschatteten Weg, —hab ich Ihnen nicht gesagt, daß wir uns vielleicht mal nützlich

sein können ...? Er ging schneller, sah sich um, lauschte, als habe sich soeben etwas bewegt, bis sein Blick den zerbrochenen Ast besänftigte, den Autoreifen, mit Blättern gefüllt wie ein Nest, das offene Bullauge einer gestrandeten Waschmaschine, doch in der Kurve dahinter blokkierte plötzlich das Wrack eines Autos den Weg, von irgendeinem Geschick lotrecht ins Erdreich gepflanzt, in den Fenstern der Wildwuchs wie menschliche Glieder, erstarrt im Augenblick einer willkürlichen Katastrophe, während er lautlos, wahrnehmbar nur als Bewegung, bis ans Ende des Wegs weiterging, wo durch die helle Beleuchtung sein Schatten plötzlich auf die Scheinwerfer hinter ihm fiel und dort am Tor ebenso plötzlich verblaßte. Er zog es hinter sich zu, ging über den stopplingen Rasen, der bereits die Terrasse vor dem Studio infiltrierte, wo die Gittertür, die verdreht an einem einzigen Scharnier hing, im auffrischenden Wind klapperte. Die Tür dahinter stand offen. Daneben ragte etwas, der Griff von etwas, der Griff einer Schaufel, wie sich herausstellte, aus einem zerbrochenen Türfenster. Donner schütterte schwach durch die Welt, die er nun hinter sich ließ, und Glas barst unter seinen Schritten, als er die andere betrat. Er blieb stehen. Oben, hinter der Galerie, in der Tür zur Mansarde huschte ein Licht, das im selben Moment auch wieder verlosch. Er zuckte zurück, eine Glasscheibe knackte unter ihm, und die Schaufel ging scheppernd zu Boden. Er duckte sich und hielt die Schaufel fest.
—Wer ist da? Langsam erhob er sich und drückte auf den Lichtschalter neben der Tür. Nichts rührte sich. —Wer ist da oben? rief er laut, hob die Schaufel, duckte sich erneut, als der tanzende Lichtschein durch die Tür auf ihn zukam, dann weiter bis zum Treppenabsatz und schließlich durch das Gebälk auf ihn herableuchtete.
—Ja? Wer ist da?
Die Schaufel sank langsam nach unten. —Wer ... ist da?
—Ach, du bists, Edward, paß auf, wo du hintrittst.
—Du, wer ... wer ... Das Licht fiel ihm erst voll ins Gesicht, dann auf den Läufer vor der Treppe, wo ein zerschlagenes Tintenfaß seine Spuren hinterlassen hatte.
—Du siehst aber gefährlich aus, so mit der Schaufel in der Hand, ich bin froh, daß ich dich hier ...
—Aber der ... Stella? Was ... Sie hatte sich mit ihrem Licht wieder in die Mansarde zurückgezogen, während er die Treppe hinaufstieg. —Was ist passiert?
Sie saß auf der Bettkante und ließ ihre Taschenlampe baumeln. —Das

siehst du doch, sagte sie, und der Lichtstrahl glitt über aufgerissene Schubladen, einen zerbrochenen Lampenschirm, einen Löffel, einen weißen Seidenschal und ein Exemplar von Pistons Harmonielehre mit zerrissenem Rücken, daneben Partituren und das Notenband aus einem mechanischen Klavier, das sich wie eine gescheiterte Girlande bis zum offenen Fenster erstreckte. Er ging an Stella vorbei, um das Fenster zu schließen, ließ sich auf der Fensterbank nieder und stocherte interesselos in der offenen Schublade eines Schränkchens daneben.
—Aber was, was kann man denn nur ... er starrte auf den Punkt, den auch die Taschenlampe beleuchtete, nämlich auf das Programm einer Bach-Wagner-Matinee mit Miss Isadora Duncan und Mister Walter Damrosch in der Carnegie Hall, 15. Februar 1911, Beginn 15 Uhr, —wer um alles in der Welt, wer sollte hier ...
—Nein, ich hab das aufgemacht ... ihr Licht strich über mehrere Postkartenansichten von Kairo, —ich wollte einfach selber nachsehen ...
—Aber was denn nachsehen? Er stand wieder auf, —wie bist du, wo kommst du eigentlich her?
—Jetzt? Aus dem Haus, Edward ... sie ließ sich auf einen Ellenbogen zurücksinken, zog ihr Kleid über das Knie, wo jetzt das Licht auftraf, —sie brauchen diese Unterlagen, und zwar möglichst vollständig, nicht nur die Geburtsurkunde. Tante Julia meinte, sie müßten da in dem Schränkchen am Fenster sein. Norman hat Probleme im Geschäft und will die Dinge so schnell wie möglich geregelt haben, wir ...
—Geschäft, guck dich doch um, hier ist nichts mehr heil, der ganze Raum durchwühlt, und du sitzt hier mittendrin mit einer Taschenlampe wie ein, und redest von Normans geschäftlichen Problemen, aber alles, was du willst, ist irgendein Stück Papier, das beweisen soll, daß ich, daß ich ein ...
—Ach, Edward.
—Was ach Edward, was? Du bist bloß hergekommen, um mich zum, ich hätte dir nie davon erzählen sollen ... er stand über ihr, und auch sie richtete sich wieder auf, während der Lichtstrahl auf eine Speisekarte der Hamburg-Amerika-Linie fiel, so still wie ihre herabgesunkenen Schultern, —ich hätte dir nie von diesem Tag erzählen dürfen, daß ich dich an jenem Tag da oben gesehen habe, da oben, dich gesehen ... das Zucken des Blitzes im Dachfenster über ihnen ließ ihre bereits halb erhobene Hand erstarren, ließ jede Strähne ihres zurückgesteckten Haars erstarren, das frei auf die wehrlose Kurve ihres Rückens hinabfiel. Er beugte sich nach vorn bis zu ihrem

schweißbedeckten Nacken, und während das Gleichgewicht nahezu vollständiger Dunkelheit sich auf seine Hand übertrug, die zitternd in der ihren lag, richtete Stella sich auf.
—Es ist stickig hier, fast heiß, sagte sie, —warum machst du es nicht wieder auf, das Fenster... Wieder leuchtete ihr Licht auf, so, als sei es auf der Suche nach dem Fensterrahmen, blieb statt dessen jedoch an ihm hängen, der dem Lichtstrahl zu entgehen suchte und das Fenster öffnete. Noch einmal glitt der Lichtstrahl an dieser fleischgewordenen Anklage hinab, bevor er erlosch. Ein Laut, der mit ihm näherkam, brach sich und ließ sie aufseufzen, so hingehaucht, daß er noch hörbar blieb, als er längst verklungen war, und so schwer, daß sich ihr Oberkörper aufrichtete, weswegen er dann an ihren Ellenbogen stieß, der sich im verbliebenen Licht gegen ihn erhoben hatte. —Kriegst du das auf? Das Häkchen...? Dort, wo er suchte, gerieten ihre Hände aneinander, jedoch, —nein, sagte sie, —ich habs schon, und für den Augenblick hingen seine Hände nur so da und rangen mit ihrer eigenen Unentschlossenheit, bis er ihre Hüfte umfaßte und seine geöffneten Lippen gegen ihr feuchtes, an der Schläfe herabhängendes Haar drückte. Sie drehte sich um, wich einen Schritt zurück und zog sich, ohne ihn eines Blickes zu würdigen, hinten den Reißverschluß auf, —spar dir das, bis wir im Bett sind, sagte sie, zog das graue Kleid hoch und aus, stützte sich dabei mit einer Hand gegen einen Balken ab und schleuderte erst einen, dann den anderen Schuh von sich. —Versuch nicht, mich zu verführen, Edward.
—Ich, Stella ich... von dort lief das Zittern direkt durch seine Fingerspitzen, die jetzt an seinen Schnürsenkeln zerrten, an seinem Gürtel, einem Knopf, mehreren Knöpfen, ihre Silhouette ein weißer Schemen, der sich vorbeugte, um die zerrissene Tagesdecke glattzustreichen, bevor sie darunter schlüpfte und mit dem Gesicht nach oben in das verräterische Dunkel des Dachgebälks starrte, unbeweglich trotz des Blitzes, der auf einmal das Dachfenster in gleißendes Licht tauchte, ungerührt auch ob des nachfolgenden Donners.
—Also?
—Ich wollte... dich nur ansehen, flüsterte er in abgerissenen, formlosen Silben, die den Eindruck erweckten, als habe er den Gebrauch der Sprache längst verlernt, und die Entschuldigung oder Dankbarkeit oder beides hätten bedeuten können; und während sich ein Fuß noch aus einem Riß in der Tagesdecke befreite, kam er über sie, seine Schultern sanken auf ihre, seine Lippen sogar bis hinunter an ihre

Kehle und die Narbe dort, bevor sie, hastig befeuchtet, die ihren suchten. Draußen vor dem offenen Fenster war alles still, trotzdem drehte sie ihr Gesicht so entschieden von ihm weg, als habe sie dort ein Licht, ein Geräusch oder irgendeine plötzliche Bewegung bemerkt, so daß seine Lippen unversehens auf ihrem Ohr zu liegen kamen und ihre Muschel mit einem Seufzer füllten, der nichts war als maßlose Verblüffung darüber, wie ihre Hand unter der Decke unbemerkt, entschlossen und ohne Überraschung, Zärtlichkeit oder weitere Neugier, dafür aber äußerst routiniert, das an ihm fand und packte, was bis zum Bersten geschwollen war, und ihn schweigend, regungslos und mit weit geöffneten Knien in ihr rauhes trockenes Dickicht führte, während er sich immer aufs neue über sie warf, und sich an sie klammerte mit einer Wucht, die ihr die Schulter verrenkte und die sie dennoch kaum wahrzunehmen schien, denn ihre Augen blieben starr auf jene Lücke im Gebälk gerichtet, wo sogar bei diesem Licht die unregelmäßigen Reihen der Dachnägel sichtbar waren. Der einzige Laut, den sie ausstieß, glich einer Unmutsäußerung, wie man sie auch in dichtem Gedränge von sich gibt, und ihre einzige Bewegung war eine scharfe Drehung des Kopfs weg von der zitternden Bedrängnis in Form seiner Lippen, bevor jedweder Protest ihr als undeutliches Blöken in der Kehle steckenblieb.

Dann, in Teilen bereits auf dem Rückzug, ließ ihn ein Blitz erstarren, und gerade, als er sich mit seinen Knien abzustemmen suchte, bereit für den nächsten Stoß, den nächsten Donnerschlag, in diesem Moment ging unten die Gittertür, nicht anders, als hätte der Wind daran gerüttelt und sie an ihrem einen Scharnier aufgedrückt, dann jedoch das Geräusch von zertretenem Gras und bereits die Ahnung der unvermeidlichen Stimme, laut und vernehmlich, —Stella? Und dann der Donner, der in der Ferne rollte.

—Hier oben, rief sie, ohne mit der Wimper zu zucken, über seine Schulter hinweg, —wir kommen runter ... das kurze Zucken in ihren Knien war fort, sie waren so taub wie ihre Hände, die sie offen neben sich ausgestreckt hatte, als warteten sie teilnahmslos darauf, daß sie etwas zu fassen bekamen.

—Ihr macht was?

Ihre Hände schlossen sich leer, als er mit seinem Gewicht von ihr abließ, und sie stützte sich auf einen Ellenbogen, wodurch sich auch ihre Schultern aufrichteten, bevor sie erneut nach vorne sackten in einer resignativen Bewegung, die so arm und alltäglich war wie das

Stührücken am Ende einer Mahlzeit. —Komm bloß nicht ohne Licht hier rauf, rief sie wieder, mit einem Fuß bereits auf dem Fußboden, dann mit dem anderen, —hier siehts wüst aus ...
—Wer ist das?
—Nur Norman ... sie stützte sich mit der Hand gegen einen Dachbalken, während sie sich erst in den einen, dann in den andern Schuh zwängte. Anschließend bückte sie sich und hob das graue Kleid vom Fußboden auf.
—Ich hab die Polizei geholt, drang wieder die Stimme von unten zu ihnen herauf, —Stella?
Mit erhobenen Armen ließ sie das Kleid über sich gleiten, zog es an den Schultern zurecht, ging am Bett entlang, blieb dort stehen, wartete, bis seine Hände nicht mehr mit den Knöpfen rangen und er aufstand und sich den Reißverschluß hochzog. —Achtung, wir kommen jetzt, rief sie zurück, leuchtete mit der Taschenlampe in Richtung Tür, hielt inne, Spielbein auf Miss Isadora Duncan und Mister Walter Damrosch, um den Lichtkegel auf ihn zu richten, der immer noch da auf dem zerwühlten Bett saß und sie anstarrte. —Edward ist hier.
—Edward? Da oben?
—Er versucht, ein Fenster zu schließen.
—Da oben?
—Er kommt gleich runter ... und sie ging zur Treppe, während endlich das Geräusch des Regens einsetzte, auf das Dach trommelte, ein Wolkenbruch, der dem stillen Licht der Autoscheinwerfer so etwas wie Substanz verlieh, während sich der Schein der Taschenlampen im Takt der Schritte auf das Spalier der Eiben zubewegte, die Terrasse hinauf und zur Tür hinein, sich anschließend in gebrochenem Glas spiegelte und über den tintenbefleckten Teppich ergoß, pfeilschnell treppauf schoß, in Nischen hängenblieb, über die Wände wischte und über die Balken hüpfte, um schließlich an der Mansarde entlangzuhuschen.
—Wer hat das hier so vorgefunden?
—Wir, Officer, ich, vor ner Stunde oder so ...
—Und wer sind Sie?
—Wir sind, ich gehöre zur Familie, wir sind zu Besuch gekommen, mein Mann und ich.
—Besuch? Für ihn?
—Das ist Mister Bast, ja, sagte sie, als ihn auf der Treppe ein Licht erfaßte und abwärts geleitete, bevor es über den Kamin in die Küche hüpfte. —Norman? Du kennst Edward noch gar nicht?

—Tut mir leid, Edward, daß wir uns ausgerechnet auf so ne komische Art kennenlernen ... er griff nach seiner Hand und schüttelte sie. —Paß auf da, Stella. Ich nehme an, daß ihr nichts gefunden habt, jedenfalls nichts von Belang, oder? Er nahm ihr die Taschenlampe ab und ließ den Strahl über sie hinweggleiten, —das ist ja auch so, als ob man ne Nadel im Heuhaufen sucht. Deine Tanten drüben im Haus haben nicht einmal die Verzichtserklärung wiedergefunden, die Coen dir neulich zur Unterschrift hiergelassen hat. Das Licht schnitt wie ein Säbelhieb nach unten. —Ich hatte den Eindruck, sie begreifen überhaupt nicht, was ich meine. Die Tinte, paß auf deine Schuhe auf, Stella ...
Sie trat zur Seite. —Ich glaube, sie wollen nur warten, bis ...
—Warten? Warten, bis die Steuer kommt und uns die ganze Firma unter den Füßen wegzieht? Er legte seine leere Hand auf die Schulter in Reichweite, und das Licht verweilte auf der Krawatte, die über dem Kragen gebunden war, —mir ist es egal, wer von euch was erbt, du und Stella, das verstehst du doch, Edward? Es bleibt ja alles in der Familie, wir müssen nur dafür sorgen, daß es da auch bleibt.
Von hinten fiel Licht auf seinen ausrasierten Nacken. —Ach, hier ist das, das muß man aber auch dazusagen. Der Polizist richtete den Strahl seiner Taschenlampe auf die Treppe, —ich will mal oben nachsehn. Die müssen mit Tellern um sich geschmissen haben, passen Sie auf, wo Sie hintreten, er leuchtete ihnen den Weg. —Was machen Sie eigentlich hier, benutzen Sie das als Sommerhaus? Wer liest denn die ganzen Bücher, Sie? Er folgte seinem Lampenstrahl auf den Heuboden. —Fehlt irgendwas? Vermissen Sie etwas?
—Ich weiß nicht, ich, ich weiß nicht, was sie gesucht haben.
—Hübsches Plätzchen für nen kleinen Fick ... das Licht strich über das zerwühlte Bett. —Klar, der erste kalte Tag, da suchen sie sich natürlich ein trockenes Plätzchen zum Bumsen, wo sie sich nicht die Eier abfrieren ... Er zog die Tagesdecke ab und ließ das Licht auf dem Laken ruhen. —Haben Sie hier jemals Drogen gefunden? Joints? Nadeln? Leere Klebstoffflaschen? Als er sich zur Tür wandte, knirschten Miss Isadora Duncan und Mister Walter Damrosch unter seinen Absätzen. Am besten wärs, wenn Sie das hier mit Brettern vernageln würden.
—Edward? rief es von unten. —Wir müssen jetzt los ...
Daraufhin preßte Normans Arm seine Schulter so fest nach unten, daß seine schmale Gestalt nach vorne knickte wie eine Gliederpuppe,

während Norman selbst unbeirrt weiter mit der Taschenlampe herumfuchtelte und fortfuhr, —im übrigen, was hat das hier eigentlich mit unserem Problem zu tun, sein Vater James adoptiert diesen jüdischen Jungen aus diesem jüdischen Waisenhaus, heißt das im Klartext, Edward ist gar nicht sein richtiger ...
—Der Junge hatte Talent, hast du ihn mal spielen gehört, Edward?
—Er, du meinst Reuben? Er, er spielt wie ein Akrobat, alles reine Technik, er, kleine Kunststückchen, nichts weiter, das ist so, wie wenn man jemanden bittet, auf dem Klavier einen ...
—Warum fängst du jetzt überhaupt damit an, Stella, wenn James den Jungen aufgenommen hat, dann muß er wohl geglaubt haben ...
—Wegen seines Talents, das hast du doch eben selbst gesagt, Stella, es war sein Talent, allein sein Talent ...
—Aber hat er denn? Sie war hinter dem Lichtkegel verschwunden, —hat er wirklich nur das Talent geliebt? Nicht den Jungen?
—Sicher, und mit Edward hier war es genau umgekehrt, wie wohl auch nicht anders zu erwarten ...
—Das hat sie gesagt! Nur den Jungen, nicht das Talent, das hast du doch gemeint, Stella, stimmts? Weil dieser Junge nämlich gar kein Talent hatte, das hast du doch gemeint, stimmts? Um dem Gewicht des Arms auf seiner Schulter zu entgehen, duckte er sich genau in den Lichtstrahl, —stimmts? Talent, ja, das hatte er und ich nicht, das hast du gemeint, als ich, als du hier rausgekommen bist und dir nicht mal anhören wolltest, was ich ...
—Edward, bitte ...
—Was bitte, was? Du kannst ja nicht mal, und gerade oben, das war wohl dasselbe, die ganze Zeit hast du gewußt ... er gewann sein Gleichgewicht wieder und lehnte sich mit dem Rücken gegen das Klavier, während oben im Dachgebälk, durch die Küche, durch das Bullauge der Garagentür, von überallher plötzlich Lichter auftauchten, und mit dem Licht auch ein Polizist, der sich die Hände an der Hose abwischte.
—Sie sollten das Haus mit Brettern vernageln, Sie haben Glück gehabt, daß diese Kids kein Feuer gelegt haben.
Er starrte auf das Label einer Schallplatte zu seinen Füßen, als sei es in einer Sprache gedruckt, die er nicht verstand, blickte langsam über den Scherbenhaufen aus Tellern, Schallplatten, Glas und noch mehr Schallplatten, die zusammen mit zerrissenen Büchern überall verstreut lagen, daneben tintenbeschmiertes Notenpapier, teilweise sogar noch heil, und sagte mit kehlig-belegter Stimme —Kids ...?

—Kinder, ja ... der Polizist wies mit dem Kopf in Richtung seines Ellenbogens, —wer würde denn sonst in Ihr Klavier scheißen?
—Man weiß ja nie ... einen Augenblick lang starrte er auf die unvollendeten Noten auf dem Papier, das dort zerknüllt und beschmiert zwischen die Saiten gestopft war, bevor er sich mit einem Schritt umdrehte, mit einem zweiten, ebenso zögernden die Hand ausstreckte und ein hohes C anschlug. Dann trat er dicht genug an das Instrument, daß seine Hand mühelos eine Oktave hätte greifen können, die er jedoch mit Absicht verfehlte, immer und immer wieder, bis er die Dissonanz auflöste und den Blick hob, —richtig? Aber gemeint und geschissen ist zweierlei.
—Edward ...
—Und Sie brauchen auch nie wieder Ihre Toilette zu putzen ... er fiel in den dissonanten Akkord zurück, —jetzt richtig?
—Also gut, Sie, Sie sollten das Haus mit Brettern vernageln, wenn sich ein Kind hier verletzt, könnten Sie große Probleme kriegen ... Jacken wurden glattgestrichen, Gürtel gestrafft, Blöcke eingesteckt, flackernde Taschenlampen flitzten ein letztesmal die Dachschräge hinab, wurden dann unvermittelt von der Tür zur Raison gebracht und in Einklang durch ein paar Takte Sousa, ein Glissando, frei nach Gehör, das in einem dumpfen Rumms endete.
—Kids, sonst nichts! Eine Generation im Aufruhr, sonst nichts ... hämmerte er aus dem Klavier, das Widerspiel zweier auseinanderstrebender Akkorde, —nichts ist tabu, nichts ist verboten, das wärs ...! Und Einsatz für den Seemannschor aus Dido und Aeneas, —und Sie brauchen auch nie mehr, nein, niemals mehr ihre Toilette ...
—Sieh mal, Edward, wir, wir müssen nach New York zurück, Stella ist zu nem Dinner eingeladen und, paß auf, Stella, hier liegt Glas ...
—Spalte die Berge, laß die Wellen tosen, schleudere Blitze ... er hämmerte die Akkorde heraus, —der pulsierende Augenblick des Höhepunkts macht diedel-liedel-liedel in deinem Kopf ... und in den Höhenlagen der Klaviatur fand sich das passende Tremolo dazu.
—Edward, das reicht, bitte, wir müssen gehen ...
—Wartet, wartet, glaub mir, Cousine! Du wolltest doch noch diesen Teil hören ... er schlug ein C an, hackte auf das Fis und gleichzeitig auf das C zwei Oktaven tiefer, —wie sie ihren bebenden Busen in der Dunkelheit des ...
—Stella, meinst du, wir sollten vielleicht noch warten und ...
—Nein, ich finde, wir sollten jetzt gehen, Edward ...?

—So mögen doch die Wälder dorren, Dächer krachend Menschen unter sich, Moment, das ist Normans Rolle, was für ein Zeug, Gemälde deiner Furcht ... über die Tasten gebeugt, spielte er das Ring-Thema in zwielichtigstem Pianissimo, —besser als nen Hund hält er dich allemal, und lieber auch als deinen ...
—Okay, vielleicht sollten wir jetzt wirklich besser gehen, Edward ...?
—Ob Regen, ob Hagel! Ob Feuer ... wütend schleuderte er einen anderen Akkord hervor, hielt plötzlich inne und schlug ein einzelnes C an, —unsere Tonmeister, Moment, wartet, er wühlte in seiner Tasche, —das liegt einzig und allein an meiner offenherzigen Art ...
—Sobald du hier alles geklärt hast, kannst du uns vielleicht mal anrufen, Edward? Ich hätte gern diese Verzichts ...
—Oh, bitte! Sie ergriff den Arm, mit dem er seine Anzugjacke und den Mantel schloß. Und mit dem Hut auf dem Kopf und seinem Schal, den er sich jetzt fest um den Hals wickelte, schien er aus nichts weiter als Kleidung zu bestehen, —Edward? Gute Nacht ...
—Wir rufen dich an, Edward, du bist doch wohl hier zu erreichen?
—Ich weiß nicht! Er hob einen Fuß an, —ich hab ein paar Angebote, ich hab ...
—Aber wer würde dir ...
Sein Fuß trat auf die Tasten rund um das eingestrichene C, —in, ja, in Tribsterill, da geh ich in die Schuhbranche ... er bückte sich und band sich den Schnürsenkel zu, —werd sie natürlich tragen, wo der Dreck ins Meer rinnt ...
—Bitte!
—Oder wartet mal, ja, diese andere Sache, was war das noch? Import-Export ohne Mühe von zu Hause aus ...
—Also, du läßt von dir hören, ja, ich komm ja schon, Stella, paß auf die Schaufel auf ... und er ergriff ihren Arm, vorbei an den Gardinen, die sich in der Zugluft des zerbrochenen Fensters kräuselten, und der Gittertür, die dort, halboffen oder halb geschlossen, an einem Scharnier hing, —irgendwie laß ich ihn nur ungern da so allein, aber ich hatte nicht den Eindruck, als ob wir noch irgendwas, paß auf die Pfütze auf ... er ergriff ihren Ellenbogen, als sie den Rasen erreichten.
In Augsburg kann man sich dermalen lustiger machen als hier ... dieser Satz klang ihnen nach, als sie um die Eiben herumgingen und die Scheinwerfer des wendenden Polizeiautos mit halbamtlicher Gebärde über sie hinwegschwenkten, bevor sie die Lücke in der Hecke suchten.

—Meinst du, wir sollten nicht besser nochmal nachsehen? Er nickte über ihren Kopf hinweg zu den erleuchteten Fenstern, der Schindelwand mit Generationen von Wetterspuren, den Glasscherben in der herabhängenden Dachrinne, wo die Äste aneinanderschlugen, weil die Bäume so hoch wuchsen, daß sie sich gegenseitig aus dem Blick verloren, und so, als wollten sie ihre Früchte in alle vier Himmelsrichtungen verstreuen und überhaupt mal so richtig loslassen in einer rauschenden Ballnacht, aus der man dann mit alten, wieder aufgebrochenen Wunden sowie mit frischen Verletzungen wieder erwachte. —Oder ihnen bloß noch gute Nacht wünschen...? Doch er öffnete ihr bereits die Wagentür, und nichts brachte sie dazu, hinaus- oder zurückzublicken, als die Scheinwerfer die Lücke in der Hecke entdeckt hatten und ins Freie vorstießen.
Sie beugte sich vor und stellte das Radio an, floh von einem Klangbrei zum nächsten, während er die Kurve am Tupelobaum nahm. —Mh? Sie hatte das Radio ausgestellt. —Ich mochte das irgendwie, sagte er, während sie sich mit einem hingehauchten Seufzer zurücklehnte, doch außer dem regelmäßigen Rhythmus des Scheibenwischers war kein Ton zu hören. Als sie an der Feuerwache vorbeifuhren, begann er zu summen, und als sie an der dunklen Höhle der Marine Memorial Plaza vorbeifuhren, schaltete sie das Radio wieder an, lehnte sich zurück und überließ es einer neuen Gruppe, Phil the Fluter's Ball gesanglich auf eine Art zu interpretieren, die nur als angemessen bezeichnet werden konnte.
—Irgendwie gefällt mir das nicht, ihn in diesem Zustand... sie hielten an einer Ampel, —er war so seltsam, glaubst du, er ist okay? Der Wagen fuhr weiter. —Stella?
—Was ist los?
—Ich hab gesagt, glaubst du, Edward ist okay?
—Kommt drauf an, was okay heißt.
—Na ja, läuft er immer so rum, mit der Krawatte überm Kragen und die Haare so durcheinander? Und das Hemd aus der Hose? Hast du sein Gesicht gesehen, den Ausdruck...
—Du hättest bestimmt auch so nen Ausdruck im Gesicht, wenn du nach Haus kämst, und alles ist verwüstet.
—Das meinte ich eigentlich nicht, obwohl, er...
—Du fährst zu schnell bei diesem Regen.
—Du hattest es doch so eilig.
—Ich wollte, ich dachte, es ist besser, wenn wir gehen.

—Glaubst du, daß er Ansprüche geltend macht? Ich meine, auf das Vermögen deines Vaters.
—Wenn du ihn dazu zwingst.
—Ich? Warum sollte ich das tun?
—Wenn du so weitermachst wie bisher.
—Also Scheiße, Stella, was soll ich denn sonst machen, das muß doch alles geregelt werden, er könnte dir genauso gut die Verzichtserklärung geben, selbst dann, wenn er tatsächlich den Nachweis erbringen will, daß nicht James der richtige Vater ist, sondern dein Vater, du hast selbst gesagt, daß ...
—Das hab ich nicht gesagt. Kannst du nicht langsamer fahren?
—Schon gut, aber du hast gesagt ...
—Ich hab gesagt, daß Edward vielleicht plötzlich Bedenken bekommt, ob er tatsächlich Onkel James' Sohn ist. Das ist doch wirklich ein Unterschied.
—Wieso? Was kann James ihm denn hinterlassen? Der Wagen fuhr etwas langsamer. —Stella? Was kann ...
—Ich hab dich verstanden! Du begreifst nichts, was du nicht unter Kontrolle bringen kannst, nichts, was du nicht anfassen oder sehen kannst, oder zählen ...
—Also, ich meinte doch nur ...
—Vorsicht ...!
—Alles klar, ich hab ihn gesehen, so wie diese kleinen ausländischen Autos gebaut sind, hat man ja gar keinen Platz mehr, sich zu bewegen ...
—Offenbar sind die nicht für Leute deiner Größe gebaut, ich weiß auch gar nicht, warum du es unbedingt kaufen wolltest, außerdem solltest du auf diesen nassen Straßen nicht so schnell fahren.
—Schon gut, sagte er, —ich hab ihn gesehen ... und er beugte sich vor, schaltete das Radio aus und verharrte über das Steuer gebeugt, als wolle er den fernen Horizont nach Land absuchen. —Warum, Scheiße, ich versuch doch nur, die Dinge hier zusammenzuhalten, alles, was dein Vater und ich da aufgebaut haben. Die ganze Zeit ist jeder Penny wieder ins Geschäft zurückgeflossen also gibts kaum flüssige Mittel, es gibt nicht einmal genug Reserven, um die Erbschaftssteuer zu zahlen, und die kommen an, die Steuer kommt und will sich ihr Stück vom Kuchen holen, bevor sonst irgendwer davon probiert hat, verstehst du, was ich meine? Es sind zwei, drei Millionen Dollar hier gebunden, alles in allem sogar eher vier, aber niemand weiß, wie das Finanzamt

die fünfundvierzig Prozent deines Vaters bewerten wird, weil es eine Familienfirma ist und die Aktien auch nie frei gehandelt wurden. Die können uns mit ihren Rechtsverdrehern dazu zwingen, unsere Aktien auf den Markt zu werfen, allein um genügend Cash für die Steuer aufzutreiben, das heißt, die machen auf jeden Fall nen schönen Schnitt, nur wir sitzen mit nem verdammten Haufen Kleinaktionäre da, die nach Dividenden schreien, und Banker, die von Lochkarten und Endlosformularen soviel verstehen wie die Sau vom Eierlegen, mischen sich ein und wollen uns erzählen ...
—Ja, schon gut.
—Verstehst du, was ich meine? Wir haben bereits die letzte Schraube beliehen, wir haben uns für die letzte große Erweiterung bis zum Stehkragen verschuldet, und jetzt bestreiten uns die Steuerfritzen sogar das Recht, die Kreditzinsen steuerlich geltend zu machen, weil das angeblich nur sechs Jahre lang geht, ist das zu fassen? Außerdem wollen sie uns dazu zwingen, mögliche Ansprüche auf das Erbe deines Vaters umgehend zu klären, ist das zu fassen?
—Nein.
—Was?
—Nein, es ist nicht zu fassen. Darum versteh ich's wohl auch nicht. Ich wünschte mir bloß, daß wir aufhören, dauernd davon zu reden.
—Stella, wie sollen wir denn nicht davon reden, wenn du die Verwalterin sein wirst? Mit einem Schlag bekommst du alles in die Hand, so gesehen ist das alles nicht so übel für dich.
—Wovon redest du überhaupt?
—Na, diese Konzerte und deine Benefizveranstaltungen und die Künstler und all diese Leute, die zu deinem Stall gehören ...
—Was für ein Stall denn?
—Na, diese Künstler und Musiker und ...
—Aber wer denn?
—Na ja, nehmen wir mal diesen Reuben, von dem wir geredet haben, der ...
—Wenn du darin einfach mal etwas mehr sehen könntest als, wie hast du ihn noch gleich genannt? Einen kleinen tuntigen ...
—Ich hab gar nichts gemeint, Stella, ich hab nur, ich hab gesagt, es gibt Leute, die meinen könnten, daß er irgendwie etwas feminin wirkt, aber auf mich machte er den Eindruck eines netten Bürschchens, als du ihn mir vorgestellt hast. Ich meine nur, wenn du das mal zusammenzählst, diese Konzerte und Benefizveranstaltungen oder dieses Dinner heute

abend für hundert Dollar pro Person, und alles nur für ein Kunstmuseum, wenn du das alles mal zusammenzählst ...
—Ich dachte, das tust du schon, und setzt es dann von der Steuer ab, und alles ist prima.
—Ja, schon gut, Stella, schon gut. Es ist nur ...
—Was?
—Ach nichts.
Sie schaltete das Radio ein und fand aufs Geratewohl etwas von Delius, das die ganze Fahrt vorhielt, aber kurz vor der endgültigen Identifikation verstummte, weil sie durch den Tunnel fuhren.
—Um wieviel Uhr ist dein Dinner? fragte er, als sie wieder aus dem Tunnel kamen. —Soll ich dich irgendwo absetzen?
—Zu Hause.
—Du hast noch Zeit, nach Haus zu gehen? Ich könnte ...
—Nach Hause.
Lichter näherten sich, huschten an ihnen vorbei, die regentriefenden, spiegelnassen Oberflächen der Objektwelt beeinflußten die wirklichkeitstreue Wiedergabe der Straßen- und der Entfernungsverhältnisse darauf. —Man sieht kaum, wohin man fährt, sagte er ohne anzuhalten, kaum langsamer werdend, bis er nach Tausender-, Hunderter-, Zehnerabschnitten von verwitterten braunen Sandsteintreppen, Sandsteineingängen auf einmal am Straßenrand anhielt. —Wenn du's eilig hast, geh schon mal vor, ich stell noch den Wagen ab. Hast du deinen Schlüssel? Er langte hinüber und öffnete ihr die Tür. —Paß auf, wo du hintrittst. Er langte wieder hinüber und zog die Tür zu. —Willst du dein Buch nicht mitnehmen?
—Was?
—Dieses Wagner als Mensch und Künstler, es lag im Auto ...
—Also gut, gib her ... und sie steuerte auf den Eingang zu, wobei sie mit gesenktem Kopf aufpaßte, wo sie hintrat, bis sie die Tür erreichte, nach den Schlüsseln fühlte, genauer, nach einem, der ins Schloß paßte, dann, im Lichtschein vor den Briefkästen, sich umdrehte und plötzlich sagte, —oh! Der Mann, der neben ihr stand, trug eine jener Mützen, wie kleine Jungs sie tragen, mit kurzem Schirm und oben zusammengebundenen Ohrwärmern, und hob eher beschwichtigend als bedrohlich die Hand, während er mit der anderen eine Einkaufstüte absetzte und sich wieder aufrichtete, den Mantel schon geöffnet, was ihr jedoch nicht auffiel, weil sie sich, an Rock und Strümpfen bereits durchnäßt, nun noch enger an die Tür drückte, den zitternden Schlüssel in der

Hand, bis dieser sich endlich im Schloß drehte und die Tür aufging. In der kleinen Eingangshalle hinterließ sie ihre nassen Fußspuren, und ohne sich noch einmal umzusehen, schwebte sie im leeren Fahrstuhl nach oben, wobei ihr ein krampfhaft unterdrückter Laut die Kehle zuschnürte. Oben, nach erneutem Schlüsselritual, schritt sie lautlos über den Teppichboden, knipste eine einzelne Lampe an, ließ ihre Tasche und das Buch in einen Sessel fallen, ging ins Badezimmer, mühte sich ab, den Reißverschluß an ihrem Nacken zu öffnen, stieg aus den Schuhen, blieb stehen, um das graue Kleid erst über den Kopf, beim zweiten Versuch jedoch über die Schultern nach unten zu ziehen, wobei eine Naht platzte. Anschließend streifte sie den Slip ab, ließ Wasser ins Waschbecken laufen, während sie im Sitzen die Strümpfe herunterrollte und sie zusammen mit dem Slip ins Waschbecken warf. Nackt beugte sie sich nach vorne, um Wasser in die Badewanne einlaufen zu lassen, und hielt sich dabei am Wannenrand fest, bis sie sich schließlich wieder aufrichtete und mit einem um den Körper geschlungenen Handtuch ins Schlafzimmer ging. Das Licht im Rücken, griff sie nach dem Bademantel und setzte sich langsam hin. Neben dem Bett klingelte das Telefon. Es klingelte noch einmal, aber sie saß nur da, bedeckte mit einer Hand die Augen, und dann klingelte es nicht mehr.
—Stella...? Stella, du hast die Eingangstür offengelassen. Der Schlüssel steckte noch. Sie stand auf und ging wieder ins Badezimmer. —Wer war da am Telefon?
—Falsch verbunden, rief sie durch das rauschende Wasser und machte die Tür zu.
Sie kam wieder heraus, hielt den Bademantel zu, knipste Lampen an, die unter ihren trüben Schirmen kaum das Wohnzimmer erhellten, ging durch den Flur zur Küche, wo er sein Jackett über einen Stuhl gehängt und einen Karton Eier herausgeholt hatte. —Bist du noch nicht fertig?
—Ich geh nicht mehr weg.
—Aber das, du hast doch schon die Eintrittskarte, oder nicht? Sowas läßt man sich doch nicht entgehen...
—Ich hab keinen Hunger.
—Ach so. Er konzentrierte sich wieder auf seine Tätigkeit. —Ich hab das vorhin nicht böse gemeint mit diesen Benefizveranstaltungen und solchen Sachen wie dem Dinner heute abend, Stella... er schlug an einem Schüsselrand ein Ei auf, und sie sah zu, wie er die Schale herausfischte. —Willst du wirklich nicht gehen?

—Ich möchte nur etwas Milch, sagte sie und griff nach einem Glas auf einem hohen Regal, wobei sie sich ihm einen Augenblick so zuwandte, daß er in den Ausschnitt des Bademantels schauen konnte.
—Ich will mir nur ein paar Eier machen, willst du auch welche? Ist vielleicht kein Hundert-Dollar-Dinner, aber ...
—Ich geh ins Bett, sagte sie, schenkte sich Milch ein und beobachtete, wie er ein Stück Butter auswickelte und die am Papier klebenden Reste in die Pfanne kratzte.
—Du willst doch nicht jetzt schon schlafen, oder?
—Ich werde eine Tablette nehmen, sagte sie, und er drehte sich um und betrachtete ihre Figur, die sich unter dem Bademantel abzeichnete, während sie das Glas nahm und ihn, der ihr noch einen Moment nachstarrte, alleinließ. Mit langsameren Bewegungen nahm er die Pfanne vom Herd, holte Eis und ein Glas heraus und füllte es zur Hälfte mit Bourbon. Er nippte daran, ging dann unvermittelt durchs Wohnzimmer in den Flur und klopfte an die Tür. —Stella ...?
Der Bademantel lag als Bündel am Fußende ihres Betts, und er setzte sich auf die Kante seines Betts, —ich hab ne gute Idee, Stella, und klingelte hinter ihr mit dem Eis. —Wenn ich Edward und deine Tanten zu einer Besichtigung einladen könnte, sie durchs Werk führe und ihnen einen Einblick in die ganze Anlage gebe, das wäre doch was, ich wette, sie haben nicht die geringste Vorstellung davon, wie so ein ...
—Warum? sagte sie, ohne von dem Buch aufzublicken, hinter dem sie sich verschanzt hatte.
—Warum? Um ihnen zu zeigen, daß ihre Anteile an der General Roll Company nicht nur auf dem Papier stehen, sondern daß das, was ihnen gehört, was gehört ihnen eigentlich, wenn man James' Anteile dazurechnet? Fünfunddreißig der ursprünglichen hundert, kommt das hin?
—Das wär ... sie räusperte sich. —Das wäre lächerlich.
—Was? Aber warum denn? Wenn sie wirklich mal sehen, was sie da haben, sind sie vielleicht nicht mehr so daran interessiert, daß sich fremde Leute in unsere ...
—Ganz einfach, weil es sie nicht beeindrucken, sondern erschüttern würde, wenn sie so ein gottverlassenes Kaff wie Astoria sehen.
—Na gut, aber ... er stand auf und klingelte erhobenen Glases mit dem Eis. —Moment mal, wenn ich jetzt darüber nachdenke, müßten sie eher dreißig haben, vielleicht zusammen siebenundzwanzig Anteile, dieser Jack Gibbs hat doch fünf Anteile mitgenommen, als er ausschied, oder nicht?

—Hat er das? Und sie drehte sich halb um, aber eher, um sich die Decke wieder über die Schultern zu ziehen, die durch sein Gewicht auf der Bettkante verrutscht war.
—Ich wollte damit nicht sagen, daß er sie gestohlen hat, Stella, dein Vater hat sie ihm als Anerkennung für seine guten Ideen gegeben, und ich hatte ja auch nie etwas dagegen, aber das war wohl genau das Problem mit ihm, weißt du? Daß er immer irgendwelche Schnapsideen bis zu dem Punkt weitergedacht hat, wo man was damit anfangen konnte, und sie dann einfach liegenließ, als ob es sich nicht lohnte, die Sache durchzuziehen... er senkte das leere Glas und klingelte mit dem restlichen Eis. —Später, als er weg war, hab ich immer wieder in allen möglichen Buchläden nachgesehen, ob ich nicht das Buch finde, an dem er damals angeblich schrieb. Wenn man ihn so reden hörte, seine Ideen über Zufallsstrukturen und Mechanisierung und so weiter, also Hut ab, aber ob er je sein Buch geschrieben hat, ich habs jedenfalls nie gesehen... er klingelte wieder mit dem Eis und blickte ins Glas. —Ich hab ihn immer für den klügsten Menschen gehalten, den ich je getroffen hab, und ich begreife nicht, wie so einer...
—War er wahrscheinlich auch. Bist du reingekommen, um mir das zu erzählen?
—Nein, natürlich nicht, Stella, das war nur ne Bemerkung am Rande, weil diese fünf Anteile, also mal angenommen, daß die Erbschaftssteuern etwa die Hälfte der fünfundvierzig Prozent ausmachen, die dein Vater gehalten hat, dann bleiben dir vielleicht fünfundzwanzig, das heißt zusammen mit meinen dreiundzwanzig haben wir immer noch alles im Griff, und je nachdem, was bei dem Verfahren gegen die Musikboxfirma rauskommt, das sie gerade wieder aus der Versenkung geholt haben, wer weiß, wie wir dann dastehen. Verstehst du? Aber wenn du jetzt dein Erbe mit Edward teilen mußt und er sich mit deinen Tanten und deinem Onkel James zusammentut, tja, das könnte denen glatt eine etwa vierprozentige Aktienmehrheit bringen, und genau hier kommen jetzt die fünf Anteile ins Spiel, die Jack Gibbs bekommen hat, denn wenn wir die hätten, würde sich das Blatt zu unseren, Stella, hörst du mir zu?
—Was ist denn?
—Ich wußte nicht, ob du mir zuhörst, Stella, ich meine ich dachte, wir würden uns wenigstens einen Überblick über die Lage verschaffen können, wenn wir da rausfahren und uns mit den beiden treffen, wie wir's heute gemacht haben, selbst wenn wir die Unterlagen nicht

gefunden haben, bloß deine Tanten, irgendwie schienen sie mich überhaupt nicht zu begreifen, deine Tante Anne zum Beispiel, die dauernd von ihrem jungen Pflanzer schwärmte und von seinem Vater, dem Bestattungsunternehmer, zeitweise dachte ich, die wissen nicht mal, wer ich bin. Und dann Edward, ich versteh ja seine Verstörung über den Vorfall, schön ist das sicher nicht, aber als er da so stand und gesungen hat und dauernd davon geredet, daß er irgendwo in die Schuhbranche einsteigen wollte, wo weiß kein Mensch ... er schwenkte das Eis im Glas, trank das bißchen Wasser ab und klingelte wieder. —Stella? Ich meine, ich versteh einfach nicht, was du meintest, als du gesagt hast, er hätte es plötzlich mit der Angst bekommen, James könne nicht sein richtiger Vater sein, hat er denn gesagt, ob ...
—Ich meine nur, daß er ein ziemlich egoistischer Junge ist, sonst nichts.
—Ja also, das meine ich doch, er sieht total danach aus, als ob er das Geld bitter nötig hätte, das ist ...
—Also, das meine ich aber nicht! Durch ihre plötzliche Drehung glitt die Decke von ihrer Schulter, —er ist ein Junge mit ner Menge romantischer Vorstellungen über sich und die Welt, und ich hab versucht, ihm zu helfen, damit fertigzuwerden, sonst nichts, und jetzt laß mich bitte ...
—Gut, aber Stel ...
—Und nenn mich bitte nicht Stella! Sie zog das Laken hoch, als sei sein stierer Blick daran schuld gewesen, daß ihre Brüste auf einmal freilagen, drehte sich dann auf den Rücken und langte nach dem Lichtschalter.
—Aber, aber das ist ...
—Ach, ich meine nur, daß du mich nicht so nennen sollst ... das Licht erlosch, und ihre Schenkel zeichneten sich als kompakte Einheit unter der Decke ab, als sie sich umdrehte.
Wieder in der Küche, kümmerte er sich halbherzig um die Eier, schenkte sich Bourbon nach, setzte sich schließlich hin und aß mit der linken Hand, hielt dabei einen stumpfen Bleistift in der rechten und addierte Zahlenkolonnen auf einem Haushaltsblock, subtrahierte, strich durch, und als er mit dem Essen fertig war, nahm er den Block mit ins Wohnzimmer, wo er sich wie ein Fremder zwischen den Möbeln bewegte und nach einem Sessel suchte, der breit genug, nach einer Lampe, die hell genug war, schob Derby-Porzellan und die Brassaï-Retrospektive beiseite, um Platz zu schaffen für seine Formulare und Papiere und den neusten Katalog von Argo-Stanzmaschinen

inkl. Verzeichnis der lieferbaren Ersatzteile, streifte dann die Schuhe ab und arbeitete auf einem größeren, gelben Block, bis das Telefon klingelte. Als er durchs Zimmer ging, um abzuheben, blickte er auf den Flur hinaus und meinte, unter ihrer Schlafzimmertür Licht zu sehen, doch es klingelte weiter, bis er abhob und nur noch hörte, wie am anderen Ende aufgelegt wurde.
Im Badezimmer hob er ihre tropfnassen Sachen aus dem Waschbecken in die Wanne und wusch sich, im Schlafzimmer trat er auf Wagner als Mensch und Künstler, das aufgeschlagen auf dem Fußboden zwischen ihren Betten lag, sah, als er sich in seins legte, den abfallenden Schatten ihrer Schenkel außer Reichweite, Schenkel, die sich ihm auch am nächsten Morgen unverändert so darboten, als er sich wieder auf einen Ellenbogen stützte und hinsah und dann, auf seinem Weg ins Badezimmer, erneut auf Wagner als Mensch und Künstler trat. Im Badezimmer rasierte er sich, legte ihre Sachen von der Wanne ins Waschbecken zurück, hob seine Schuhe auf und zog sich an, zur Hälfte bereits im Flur. Danach rückte er Derby und Brassaï wieder an ihren alten Platz und trat, summend die Tür hinter sich abschließend, hinaus in den Tag, und noch während er durch die Straßen fuhr, über die Brücke, vorbei an der künstlichen Kulisse der Wohnblocks, die gerne aus Ziegel oder Naturstein gewesen wären, summte er dieselben weinerlichen Bruchstücke von Phil the Fluter's Ball.
—Leo? rief er, kaum eingetreten, durch den Maschinenlärm, —kommen Sie doch mal 'n Moment rüber. Sehen Sie ... er breitete seine gelben Notizblätter auf einem Aktenschrank aus. —Das Problem, das wir da drüben mit Nummer drei hatten, wenn wir einfach die Wand hier rausbrechen lassen und den ganzen Produktionsabschnitt nach hier verlagern, dann läuft das Band ohne Zwischenstation direkt durch, verstehen Sie, was ich meine?
—Kostet 'n Haufen Geld.
—Zum Teufel, ja, weiß ich doch. Dafür holen wir aber aus der Anlage doppelt soviel raus.
—Mag ja sein, aber es wird 'n Haufen Geld kosten.
—Gut, schauen wir mal wieviel. Setzen Sie sich mal mit den Leuten in Verbindung, die die Versandstraße für uns gebaut haben, der kleine Italiener, holen Sie die für nen Kostenvoranschlag her.
—Mister Angel? Haben Sie mal nen Moment Zeit, da ist was, was Sie meiner Meinung nach wissen sollten, wenn's geht, nicht hier, hier stehen wir im Weg, hier rüber ... Während er ihn hinter den Wall der

Aktenschränke führte, wühlte er in der Innentasche eines Anzugs, dessen Kragen bis hinunter ans Revers nach innen geklappt war, und förderte einen schmutzigen Briefumschlag zutage, —ich war der Meinung, daß Sie ...
—Mister Angel ...?
—Moment.
—Mister Angel? Oh, ich hab Sie da hinten gar nicht gesehen. Mister Coen ist am Telefon, aus dem Krankenhaus.
—Komme schon. Wir sprechen später darüber, Leo, und holen Sie den Italiener her ... Er folgte ihr durch einen Korridor mit PVC-Belag und grün gestrichener Betonwand, heftete seinen Blick auf das routinierte, hüftschwingende Auf und Ab ihrer Schritte, die sich wie auf einer Linie zu bewegen schienen, dann eine scharfe Rechtskurve, und sie standen vor einer Tür, wo sie sich ihr rotes Haar aus dem Gesicht strich und ihm den Telefonhörer hinhielt. —Mensch, jetzt haben die doch glatt aufgelegt ...
—Das macht nichts, er ruft wieder an.
—Also wissen Sie, Mister Angel, wer hätte gedacht, daß er mal als Verkehrsrowdy endet. Er ist immer so schüchtern und still, wenn er hier ist, wissen Sie?
—Tja, mit Verkehrsrowdy hatte das auch nichts zu tun, ihm ist die Brille kaputt gegangen, war draußen in Long Island und konnte nicht mehr sehen, wo er hinfährt.
—Mensch, sowas, sagte sie und wandte sich wieder ihrer Schreibmaschine zu, und er lehnte sich mit hinter dem Kopf verschränkten Händen zurück, bemerkte, wie sich unter ihrem Kunstlederrock die Fülle wölbte und an den Seiten des rückengerechten Bürostuhls hervorquoll, bevor er seinen Blick auf ihr Haar richtete, das sie sich bei jedem neuen Absatz aus dem Gesicht strich.
—Terry? Was halten Sie davon, wenn wir hier mal ein bißchen renovieren, vielleicht etwas Holzvertäfelung an die Wände, damit man die Rohre da nicht mehr sieht?
—Mensch, das wär total schön.
—Wir könnten sogar Teppichboden reinlegen und Pflanzen aufstellen, wir könnten hier ein paar Pflanzen reinstellen und ein neues Ledersofa statt des alten Sessels da drüben, und einen kleinen Couchtisch.
—Das wär total hübsch, Mister Angel.
—Und wir sollten hier auch ein paar Bilder an die Wand hängen.
—Ich hab in der Stadt mal ein Bild vom Meer gesehen, das war total

schön, wenn man das so anguckte, war das so, als könnte man fast die Brandung hören.
—Wir haben noch Bilder hier in den Aktenschränken, echte Originalbilder von berühmten Musikern mit Autogrammen und Widmungen an den alten Mister Bast aus der Zeit, als Notenbänder noch das große Geschäft waren, wir könnten sogar, da unten im Keller steht noch eine alte Welte-Mignon, die wir wieder in Gang setzen könnten, wir polieren sie etwas auf und stellen sie da draußen am Eingang hin, verstehen Sie, was ich meine?
—Ja, ich, das wär total schön.
—Weil, wissen Sie, wenn Besucher kommen, wenn jemand kommt, der sich gar nichts über uns vorstellen kann, ich glaube, das würde schon Eindruck machen ...
Sie drehte sich weg, um ein Telefongespräch anzunehmen. —Leo möchte, daß Sie in die Halle kommen. Aber das wäre total schön, Mister Angel, sagte sie, als er aufstand, sein Jackett an den Kleiderhaken hängte und hinausging.
—Haben Sie den Italiener bereits erreicht, Leo?
—Was? Oh. Nein, ich wollte Ihnen vorher noch das hier zeigen.
—Was ist das, Leo? sagte er, als er ihm hinter den Wall der Aktenschränke folgte.
—Ich war irgendwie der Meinung, daß Sie sich das mal ansehen sollten. Der schmutzige Briefumschlag kam zum Vorschein, und korrekt schloß er das splissige Knopfloch seines Jacketts. —Sehen Sie, was hier los ist?
—Wo kommen die denn her?
—Die Jungs in der Versandabteilung hatten sie.
—Aber das, dies, ist das hier Terry?
—Wüßte nicht, wer das sonst sein sollte, mit so nem Arsch.
—Aber wer ist der, der Mann hier, das ist doch keiner von unseren Leuten.
—Möglicherweise einer von den Soldaten aus der Kaserne da drüben.
—Und der hier? All die Leute hier?
—Vermutlich auch Soldaten. Was wollen Sie unternehmen?
—Also, zum Teufel, ich, ich weiß es im Augenblick auch nicht genau. Im übrigen sind die Bilder ziemlich unscharf, wie soll man da sicher sein, daß ...
—Sie meinen, Sie glauben, das ist sie vielleicht gar nicht? Die haben so eine Sofortbildkamera benutzt, so eine, die sich selbst entwickelt, aber

nur weil man nicht die Farbe von jedem einzelnen Haar erkennen kann, solche Titten laufen einem doch nicht jeden Tag über den Weg. Ich weiß nicht, wer das sonst sein soll, mit so nem Arsch.
—Immer mit der Ruhe, zum Teufel. Sie haben sie doch noch nie so nackt gesehen, und ich auch nicht, Leo, zum Teufel. Wir können doch nicht, sie ist vielleicht, vielleicht will ihr bloß jemand Schwierigkeiten machen, möglicherweise ist sie ...
—So in dem Stil, daß sie nicht gewußt hat, daß man sie fotografiert. Sehen Sie sich das an, nein, das hier, wo die drei mit drauf sind, sie hält sich an ihm fest und guckt genau in die Kamera, als wär das die tollste Sache der Welt, sehen Sie sich das an.
—Also, man kann doch nicht, solange es nicht hundertprozent sicher ist, kann man doch nicht daherkommen und, zum Teufel man kann heutzutage an Fotos so manipulieren, daß man es kaum merkt.
—Tolle Manipulation, würd ich mal sagen. Sie meinen, daß man das Gesicht von irgend jemand anderem draufklebt? Sehen Sie sich das hier an, für so ein Bild bräuchte man entsprechend ein Bild von ihr, wo sie gerade ne Gurke ißt, tolle Manipulation.
—Also im Augenblick sollten wir ...
—Moment, Moment, das da, wo sie so breitbeinig auf dem Sessel liegt, sehen Sie sich das an, sieht das nicht aus wie der alte Ledersessel in Ihrem Büro? Hier, unter ihren Knien, erkennen Sie die Messingknöpfe?
—Also, das wäre ja ...
—Und dann das Eckchen von diesem Vorhang hier, man kann fast das kleine Muster hier erkennen, sehen Sie?
—Also, ja, ich sehe es, verdammt noch mal, trotzdem werden wir abwarten und uns erst mal nicht dazu äußern, bis ...
—Und Sie glauben im Ernst, daß die Jungs in der Versandabteilung sich ebenfalls nicht dazu äußern werden ...
—Sie sagen Ihnen einfach, daß sie tun sollen, wofür sie bezahlt werden, und wer das nicht kapiert, fliegt raus, das ist schon mal die allererste Scheißregel, wer hier nichts leistet, wird gefeuert, ach und noch was, kennen Sie das große alte Welte-Klavier da unten im Keller? Gehen Sie runter und sehen Sie sich das Ding mal an, sehen Sie nach, in was für einem Zustand es ist.
—Darauf hab ich seinerzeit noch gespielt, Mister Angel, der Alte hatte es im ...
—Also gehen Sie runter und sehen nach, in was für einem Zustand es

ist, vielleicht polieren wir es etwas auf und stellen es hier am Eingang hin.
—Geht in Ordnung, aber die Blasebälge und Röhren, das ist wahrscheinlich alles kaputt und ...
—Tun Sie bitte nur, was ich Ihnen sage, Leo, und er ging an der porösen grünen Wand entlang, klopfte mit dem schmutzigen Briefumschlag gegen sein Bein, was man allerdings nicht sah, als er erst einmal hinter seinem Schreibtisch saß.
—Ach, Mister Angel, Kenny hat gerade aus Dayton angerufen wegen der Bestellung, und diese Leute aus Chicago haben wieder angerufen und gesagt, daß sie mit unseren Angaben rein gar nichts anfangen können, das ist der Brief, den ich da ganz nach oben gelegt habe ...
Sein Blick fiel auf den Rand des Briefs, wohin sein stumpfer Bleistift bereits eine Ellipse gemalt hatte. —Ist doch immer dasselbe, wenn man nicht alles selber macht, man kann gleich einpacken.
—Müssen Sie da wieder hinfahren? Ich besorge Ihnen das Ticket ...
—Schon gut, nein, ich hols mir direkt am Flughafen, rufen Sie nur an und sagen, daß ich heute nachmittag da bin ... aber alles, was sich an ihm bewegte, war seine Hand, welche eine Ellipse auf dem Brief ausmalte, bis sie ihren Stuhl von der Schreibmaschine zurückschob.
—Ich hol jetzt mal Kaffee. Ihren wie üblich?
—Ich möchte keinen, nein.
—Meine Güte, Sie haben doch noch nie Kaffee abgelehnt, gehts Ihnen nicht gut, Mister Angel?
—Doch, mir gehts gut Terry ... er sah zu, wie sie sich zur Tür wandte, lehnte sich dann zurück und starrte den abgenutzten Ledersessel neben dem Kleiderständer an, dann beugte er sich vor, um tief unten im Schutz seines Schreibtisches den schmutzigen Briefumschlag zu öffnen, blickte von dessen Inhalt auf, sah den Sessel, verzog den Mund und schluckte mit unverkennbarer Mühe, zog schließlich die Schreibtischschublade auf und schob den Briefumschlag ganz nach hinten, griff nach dem Telefon und wählte und starrte vor sich hin, während es an seinem Ohr tutete. Als sie, eine Tasse balancierend, wieder zur Tür hereinkam, lehnte er sich zurück, wie versunken in Betrachtung der Vorhänge.
—Fahren Sie erst noch nach Hause, um Ihre Koffer zu packen, Mister Angel? Oder ...
—Nein, ich kauf mir ein Hemd und eine Zahnbürste, wenn ich ankomme ... er stand auf, zog den Knoten vor dem zerknitterten Kragen

straff, zog ein Portemonnaie aus der Gesäßtasche, zählte blätternd die Scheine und schob es wieder zurück, langte nach seinem Jackett und zog es an. —Wenn Coen anruft, sagen Sie ihm, wenn er rauskommt, bevor ich wieder da bin, sagen Sie ihm, daß er mir alles beschafft, was mit dem alten Gerichtsverfahren gegen diese Musikboxfirma zusammenhängt, es geht da um die Löcher, sagen Sie ihm, daß sich die Besitzverhältnisse geändert haben, sagen Sie ihm, daß ich da draußen auch nicht mehr über die Vermögensverhältnisse rausbekommen habe als er selbst, haben Sie noch die Nummer, die ich Ihnen gegeben habe? Versuchen Sie, da draußen diesen Edward Bast zu erreichen, und bringen Sie ihn mit Coen zusammen, ja, und, Moment mal, sagen Sie Coen, daß der Junge nicht so ganz, sagen Sie einfach, daß er etwas schwierig ist, ich bin mit ihm keinen Schritt weitergekommen ... inzwischen hatte er seinen Mantel angezogen und griff nun nach dem Hut, —und versuchen Sie, meine Frau zu erreichen, Terry, sagen Sie ihr einfach, daß ich versuchen werde, sie heute abend anzurufen.
—Normalerweise kann ich sie nicht erreichen, Mister Angel, soll ich sagen, wie lange Sie glauben daß Sie weg sind?
—Ich weiß, ich hab gerade selbst angerufen, versuchen Sie's weiter, dürften nur ein paar Tage sein, außer wenn ich in Dayton Station mache, um Kenny Beine zu machen, aber das eine sag ich Ihnen, als ich damals noch im Außendienst war, man stelle sich vor, der alte Mister Bast hätte sich persönlich vom Stand der Dinge draußen überzeugen müssen, der Betreffende wäre am nächsten Morgen gefeuert worden, aber wie gesagt, früher hatte man nur seine Provision im Auge, heute denken alle Vertreter nur noch an ihr Spesenkonto, hat seine Frau eigentlich neulich hier angerufen?
—Nein, Sir, nur die Krankenschwester von dem ...
—Ich finde es wirklich zum Kotzen, daß alle Rechnungen immer an mir hängenbleiben, das ist alles ... in Hut und Mantel beugte er sich über seinen Schreibtisch und durchwühlte den Poststapel, —wenn diese Finanzgesellschaft nochmal anruft, mit der er sich eingelassen hat, sagen sie denen einfach, wir sind so weit gegangen wie möglich und Schluß, hier sind ja auch die Leute von Triangle-Qualitätspapiere wieder, halten Sie die Zahlung einfach zurück, sagen Sie denen, daß sie jetzt zum drittenmal mit der Lieferung in Verzug sind, wenn die so weitermachen, sind wir alle bald pleite, und sehen Sie sich das hier an, Terry ... er zog ein Blatt aus dem Stoß von Unterlagen, die er gerade in einen braunen Umschlag stopfen wollte, —der letzte Brief an Ardo,

den Sie getippt haben, sieht aus, als hätten Sie da das s vergessen, sehen Sie hier ... sie stand auf, strich ihr Haar zurück und drängte sich an ihn heran, —wo es Alteisen heißen muß, sehen Sie, das liest sich wie ...
—Meine Güte! sie grapschte danach und preßte sich gegen ihn, —wär das nicht schrecklich gewesen, wenn es so rausgegangen wär? Tut mir leid ...
—Na ja, also das macht, ist ja nichts passiert ... in ihrer gänzlich unzweideutigen Duftwolke räusperte er sich, schluckte, —ich habe es schon unterschrieben, Sie müssen, müssen da nur ein kleines s reinquetschen, und dann ist gar nichts passiert ... er stand da, als warte er auf eine Bewegung von ihr, und folgte ihr dann.
—Nein, aber ich könnte es nochmal abtippen, Mensch, das ist mir aber peinlich ...
—Nichts passiert, Terry, und noch eins ... er hatte sich abrupt wieder dem Schreibtisch zugewandt, —ich habe Leo gesagt, daß er mir einige Kostenvoranschläge besorgen soll, erinnern Sie ihn bitte daran, ich will, daß die Sachen vorliegen, wenn ich wiederkomme.
—Okay, aber, Mister Angel, wenn Sie noch ne Sekunde hätten, es geht auch um Leo ...
—Schießen Sie los, Terry ... er richete sich wieder auf, nachdem er die Schublade abgeschlossen hatte.
—An dem Tag, an dem ich länger geblieben bin, um diese ganzen Steuerunterlagen zu tippen? Also jedenfalls, Moment, entschuldigen Sie ... hallo? Oh, hallo, hör mal, ich ruf dich gleich wieder an, der Boß will gerade gehen ...
—Also, erzählen Sie weiter ... er stand über ihr.
—Nein, das war bloß meine Freundin Myrna aus der Auftragsannahme, haben Sie was dagegen, wenn ich meine Tippsachen manchmal da erledige, solange Sie weg sind? Hier ist es manchmal so einsam ...
—Gut, schön, aber ... er räusperte sich wieder, —was war das wegen Leo?
—Nein, das ist schon okay, Mister Angel, ich will Sie nicht länger aufhalten, ich meine, wenn Sie wieder da sind ...
—Wie Sie wollen, Terry ... er stand für einen Augenblick einfach da, —mir fällt gerade ein, Leo kann manchmal ein komischer alter Muffkopp sein, lassen sie ihn dann einfach in Frieden, ich rede mit ihm, wenn ich rausgehe.
—Gute Reise, Mister Angel, machen Sie sich keine Sorgen, meine Güte,

ich fänds schön, wenn Sie so einen schicken Koffer hätten, die jetzt modern sind, statt diese alten braunen Umschläge, die Sie benutzen ...
—Wichtig ist nur, was drin ist, behalten Sie alles im Auge, Terry ...
—Tschüß, gute Reise, Mister Angel, tun Sie nichts, was ich nicht tun würde ... sie blickte zur Wanduhr hoch, anschließend auf ihre Armbanduhr, und begutachtete ihre Fingernägel, erst an der gespreizten Hand, dann mit halbgeschlossener Faust und nach oben gedrehten Fingerspitzen, hob den Telefonhörer ab und wählte, —hallo, er ist weg, ja, komm mit deinem Kaffee vorbei, hast du Nagelfix ...? Brings mit, ja, ich hab mir gerade einen abgebrochen ... sie legte auf, wählte wieder, —hallo? Ist das Mister Mullins' Büro ...? Hallo? Ja, hier ist Mister Angels Büro in New ... oh, hallo, ja, würden Sie Mister Mullins bitte ausrichten, daß er jetzt auf dem Weg zu ihm ist? Er ist gerade aufgebrochen ... irgendwann heute Nachmittag, ja, er ist ... okay, ja, also Wiedersehen ... sie hängte auf. —Moment, stell deinen Kaffee da hin und hol dir einen Stuhl.
—Hast du ihm das mit Leo gesagt?
—Ich habs versucht, nein, vielleicht wenn er wiederkommt, nimmst du Zucker?
—Hier. Ich schwöre dir, wenn Leo das mit mir versuchen würde, hätte er 'n Loch im Bauch. Wie lange bleibt er denn weg?
—Er hat gesagt, ein paar Tage, er macht in Dayton Station, ich glaube, diesmal kriegt er Kenny am Arsch.
—Dieser Kenny kann mich mal, du weißt schon was, hast du mal ne Feile?
—Hier ... zwischen ihren übereinandergeschlagenen Knien wurde eine Schublade aufgezogen, —soll ich das Radio anmachen? Nein, stell nur den Kaffee zur Seite ...
—Benutzt ihr immer noch seine Wohnung?
—Nein, sein Kind liegt noch krank im Bett, deshalb benutzen wir die von seinem Freund, Kenny sagt, der ist Musiker, obwohl, ich glaub ja, er ist 'n Schwuler, so wie die Wohnung eingerichtet ist, weißt du? Wirklich hübsch.
—Ich kann das so nicht, so wie damals mit Ronnie, ich hab immer Angst, daß jemand reinkommt, wenn man gerade, Moment, ist da kein rosa Nagellack mehr?
—Wir habens echt viermal gemacht am Montag, bevor er abgereist ist, ich besorg dann in der Mittagspause neuen, hast du Lust, einkaufen zu gehen? Ich hab da so ne gelbe Seidenbluse bei Steinway gesehen, die

würde richtig gut zu deinem Teint passen, stell doch die Musik mal etwas lauter ...

> —und sparen vier Dollar pro Paar, wenn Sie statt ... der Gospel-Sender. Und ihr werdet ... sich diesen erstklassigen Anzug nicht entgehen lassen ... viernes sábado y domingo, el ... Markt fällt um sechzehn Cents. Der ... für morgen, zeitweise heiter, ansonsten windig und kü ...

Stimmen trafen sich, trennten sich, erhoben sich zeternd über das Geräusch der Nagelfeilen, welche fallengelassen wurden, als erneut das Telefon klingelte, —nein, er ist für ein paar Tage verreist, Mister Shapiro, kann ich Ihnen denn sonst irgendwie behilflich sein ...? Jetzt werden Sie bitte nicht unverschämt ... und wählte, —ja, ich möchte Mis ... nein, Ma'am, nein, ich bin nicht die Dame, die Ihnen kostenlose Tanzstunden anbiet ... nein, ich wollte eigentlich Mister Bast, ist er ... er ist wo ...? und nahm abermals ab, —auf dem letzten Auftrag, also der Auftrag, der mir hier vorliegt, steht zwanzig ... dann wieder Stille, durchbrochen schließlich von einem —warte auf mich, ich hab vergessen, das Licht auszuschalten ...

> —Verkehr stadteinwärts auf dem Gowanus Exp ... wie Urlaub für Ihren Mund ... und Regen, Temperaturen derz ... no tiene nada ...

—Schalt es aus los, los, also, wenn er nicht so 'n Geizhals wäre, hätten wir hier überall Musik. Wieso bist du heute morgen eigentlich zu spät gekommen?
—Ich hatte ganz schlimme Krämpfe, ich war, warte mal. Hallo ...? Nein, er ist verreist, er ist gestern ... ich glaube morgen, Mis ... ich sag ihm, daß er sie zurückruft, okay? Also Wiedersehen ...
—Ich muß wieder zurück, diese neuen Formulare, Mrs. Krauer hat nen Blutsturz gehabt.
—Wart mal, leih mir mal 'n Tampax, ich dachte, ich hätte welche dabei. Hat Kenny nicht angerufen?
—Der? Ich hab dir doch gesagt, daß der dich bescheißt, ich schwörs dir, der ist ein noch mieserer Bescheißer als Ronnie, gehst du in der Mittagspause einkaufen? Ich tausche die gelbe Bluse um, die ich gestern gekauft hab, meine Mutter sagt, die läuft ein.
—Ich wollte vielleicht ne Pflanze kaufen.
—Für hier?
—Ja, aber eher so eine mit viel Grün dran, ich meine, immerhin verbringe ich mein halbes Leben hier, hast du dir das eigentlich mal klargemacht ...? Die Schublade wurde aufgezogen, —die Tage rauschen

so vorbei, da kann man manchmal einen nicht vom andern unterscheiden ... sie begutachtete ihre Fingernägel, erst mit halbgeschlossener Faust und nach oben gedrehten Fingerspitzen, dann auch mit gespreizten Fingern. —Ich meine, manchmal langweile ich mich fast zu Tode ... danach erneut die Nagelfeile, das Telefon, die Schreibmaschine, Stimmen trafen sich, trennten sich.
—Ja, ich weiß, er sollte schon gestern wieder da sein, aber er hatte noch einen Termin in Dayton ... nein, ich hab ihm gesagt, daß Sie angerufen haben, Mister Shapiro, er ... danke, das ist sehr nett, aber ich kann nicht, nein, meine Schwester bekommt ...

>—freundliche Tendenz. IT&T dreizehn, ein Achtel höher. Diamond Cable, siebzehn ... neue Vorhersage weiterhin Regen und ... Sparkasse, eine starke Gem ... und denken Sie ab und zu auch einmal an Ihren Mund ... und sparen Sie bares Geld, zum Beispiel vier Dollar beim Kauf eines Paars echter Lederstiefel, kommen Sie jetzt und ...

—Wieso gehst du denn jetzt da raus? Da ist es doch so dunkel.
—Damit ich nicht durch die Versandabteilung muß, weißt du? Die Jungs mit ihren blöden Bemerkungen dauernd.
—Dieser Jimmy ist aber nett.
—Nett ja, aber er hats offenbar genauso nötig wie alle anderen da ...

>—kamen ums Leben, als ein Taxi außer Kon ... sonnig und kühler, Tempera ... bei den Baseballmeisterschaften im nächsten Jahr. Der ... Markenbettwäsche namhafter Hersteller und ... insgesamt wenig Änderung.

—Hallo ...? Ich bins, ja wer dachtest du denn ... ja, wieso bist du denn schon so früh auf, ich hab jeden Abend versucht, dich anzurufen ... klaro, großer Auftrag, und gesunder Schlaf ist der Schlüssel zum Erfolg, klaro ... Ja, da könnt ich wetten, hör mal, glaubst du etwa, ich hätte dich nie telefonieren sehen, als du noch das Sagen hattest? Sag bloß nicht ... ich habs gehört, ja, sag bloß nicht, es wär der Fernseher, wie damals, als du aus Cleveland zurückgekommen bist und zwei Tage lang nicht mal ... Wann, gestern? Nein ... nein, er hat gerade angerufen, er hat nichts gesagt ... Okay, ich habs dir doch immer gesagt, oder nicht? Was hat er ... ja, okay, was soll ich denn ... mit ihm reden, ja, worüber denn, glaubst du etwa, ich könnt deinen Arsch retten, wenn ich ihm jetzt erzähle, daß du ... ja, klaro ... ja, könnt ich wetten ... könnt ich drauf wetten, ja, du ... ja, okay, mach das, Kenny, du kannst mich mal ... da kannst du mich auch mal, ja, gut ... das sieht dir ähnlich, Wiedersehen.

—Ist er gefeuert?
—Ja, und jetzt verlangt er von mir, daß ich den Boß, also den Boß bitte, ob, Moment, hallo ...? Oh, hallo Mister Co, Coen, sind Sie denn wieder draußen ...? Nein er, er hat gesagt, irgendwann heute, er ist ... nein ich, ich glaub ich hab mich erkältet ...
—Nimm meine, warte mal, hier ist ne Papierserviette ...
—Ja, ich bin etwas, okay, Mister Coen, schießen Sie los, ich hab jetzt meinen Block ...
—Aber wenn ich's dir sage, hab ich dir das denn nicht erzählt?

  —die weiteren Aussichten, heiter bis wolkig mit ...

—Also, wie gesagt, einmal haben wir in seinem Auto, als er schon etwa zehn Daiquiris intus hatte, da sag ich zu ihm, hey Mann, ich lutsch keine Schwänze, außer wenn ich jemanden wirklich total mag, gehst du in der Mittagspause mit zum Einkaufen? Ich hab da so einen schwarzen Rock gesehen ...
—Okay, schieb einfach seinen Stuhl zurück, damit, falls er reinkommt, warte mal, hallo ...? Meine Güte, nein, er ist immer noch nicht zurück, wir ... Klar, ja, ich sag ihm, daß Sie, Moment mal, Moment, bleiben Sie dran, er kommt gerade ins Büro, Mister Angel? Ihre Frau ist am Apparat ...
—Gut, also, hier. Hallo, Stel ... ja, bin gerade zur Tür reingekommen, ja, was zum, gibt es noch Eier ...? Mach das nicht, nein, ich besorg was, hast du nichts von unserem kleinen Edward gehört, während ich unterwegs war, nein ...? Nein, wart mal nen Moment, Terry? Haben Sie diesen Mister Bast in Long Island erreichen können, unter der Nummer, die ich Ihnen gegeben habe?
—Nein, ich hab angerufen, aber man sagte mir, daß er irgendwo im Ausland eine Auszeichnung verliehen bekommt, also ...
—Ich glaube nicht, nein, es sei denn, Coen ... das ist in Ordnung, laß dich nicht aufhalten, ja, Wiedersehen ... er ließ die großen Umschläge, die er unter den Arm geklemmt hielt, auf den Schreibtisch fallen, nahm den Hut ab, —ihr geht jetzt zu Tisch?
—Wenn Ihnen das recht ist, Mister Angel, wir haben extra gewartet, weil dann der Nachmittag nicht mehr so lang ist, verstehen Sie? Hier sind alle Anrufe, dieser Mister Shapiro hat ungefähr zehnmal angerufen, und Mister Coen hat heute morgen angerufen wegen dieser Steuersache, ich hab alles aufgeschrieben und ...
—Das ist gut, Terry ... er kam hinter dem Schreibtisch hervor und

zog seinen Mantel aus, —damit hab ich genug zu tun, bis Sie wieder da sind.
Als sie zurückkam, goß er sich Bourbon in einen Pappbecher. —Meine Güte, wir haben nicht damit gerechnet, daß Sie so lange weg sein würden, Mister Angel, ich meine, daß Sie sogar das ganze Wochenende weg sein würden und so, fällt Ihnen gar nichts auf?
Er stellte die Flasche wieder in die Schublade des Aktenschranks.
—Ich glaub, Sie haben da eine neue ...
—Nein, ich meine nicht an mir, das da. Die Pflanze.
—Ja gut, wie kommt die denn hierher?
—Ich hab sie vor ein paar Tagen besorgt, ach du meine Güte, sieht aus als würde sie schon welk, es gab auch so große, aber die waren viel teurer, wissen Sie?
—Ja, gut, das ist, das ist ganz prima, Terry, aber Sie sollen doch nicht Ihr eigenes Geld für Bürodinge ausgeben.
—Nein, das ist schon okay, ich meine, Sie haben doch mal gesagt, daß wir unser halbes Leben hier verbringen ... sie richtete auf der Schreibmaschine mehrere Blätter Papier aus, drehte sich um und strich sich das rote Haar nach hinten. —Dieser Brief nach Dayton, soll ich für irgendwen Durchschläge machen, Mister Angel?
—Einer für die Akten reicht, es ist nur die Auftragsbestätigung, ich hab ihn noch schnell im Flugzeug geschrieben, können Sie das entziffern?
—Klar ... sie zog das Papier in die Schreibmaschine, —ist alles glattgegangen?
—Aber nur, weil ich da Zwischenstation gemacht habe, sieht so aus, als müßte ich Kenny ersetzen.
—Wirklich? Meine Güte, das ist, das ist aber schade, Mister Angel ... sie tippte ein Wort, —vielleicht hatte er, vielleicht hatte er diesmal bloß einen freien Tag, ich meine, dieser große Cleveland-Auftrag, den er diesmal hatte, er kann ...
—Das können Sie sich gar nicht vorstellen, Terry, ich hab geschlagene drei Abende am Telefon verbracht, nur um diese Sache zu klären ... er setzte den leeren Pappbecher ab. —Es macht mir ja auch keinen Spaß, jemanden rauszuschmeißen, aber ich kann schließlich nicht seinen und meinen Job gleichzeitig machen, einige von den Sachen, die ich über Kenny erfahren habe, können Sie sich gar nicht vorstellen, aber, stimmt was nicht?
—Nein, nein ... sie zog die Schublade an ihren Knien auf und holte ein Papiertaschentuch hervor, —ich glaube, ich hab mir eine ...

—Ich hab gehört, hier soll es geregnet haben ... er hob den leeren Becher an, setzte ihn wieder ab und lehnte sich vorsichtig zurück, sah sich um, suchte nach einem Schlüssel und zog die Schublade auf, griff tief hinten nach dem schmutzigen Briefumschlag, dessen Inhalt sich nun auf seinen Schoß ergoß, wo er ihn lippenfeuchtend, schluckend, Bild für Bild mit einer flüchtigen Realität abzugleichen suchte, etwa im Neigungswinkel einer Nase, in den Zufälligkeiten ihrer Frisur, in der Art, wie sie ihr Handgelenk drehte, ihren billig beringten Finger krümmte oder etwas anfaßte, ganz gleich, was es war, ganz gleich auch, ob jetzt das Geklapper der Schreibmaschine verstummte, gleich, ob sie jetzt auf ihrem Bürostuhl herumfuhr und aufstand, um zu dem Aktenschrank da vorne zu gehen und sich im untersten Fach nach einem Ordner zu bücken, wobei er einerseits natürlich noch tiefer hinter dem Schreibtisch versank, andererseits auch nicht aufhören konnte, sich das nächste Bild vorzunehmen und das nächste und das nächste, als suche er auf der genoppten Kunstlederfläche nach einer Welle, die exakt auf jene weiße Spalte paßte.
—Entschuldigen Sie, Mist ...
—Oh ...? Er richtete sich auf und rückte, Fassung bewahrend, näher an den Schreibtisch heran, vor dem sie nun stand, —was gibts ...
—Nichts, bloß, tut mir leid, ich wollte nur, in dem Brief, die Daten, die Sie da eingesetzt haben, sollten die nicht mit dem letzten Auftrag übereinstimmen, hier in dem Ordner steht nämlich sechzehn ...
—Ja gut, ja, ja, das ist, da dürfen Sie mich nicht fragen, das ist die, steht hier doch genau, oder nicht? Entsprechen Ihren bei Auftragserteilung gemachten Angaben vom Juni dieses ...
—Nein nein, ja, Sir, ich wollte nur noch mal nachschauen, ich wollte nicht ...
—Ja gut, das ist der, das ist in Ordnung, Terry, ich glaube, daß ich bloß müde bin von der ganzen Hetzerei, hab noch nicht mal zu Mittag gegessen, obwohl ich, könnten Sie heute eventuell etwas länger bleiben?
—Also, wenn Sie, ich wußte nicht, daß es schon so spät ist, Mister Angel, meine Freundin Myrna aus der Auftragsannahme, wissen Sie? Sie wartet auf mich, damit wir zusammen mit der U-Bahn in die Stadt können, damit wir nicht allein fahren müssen, außerdem bekommt meine Schwester ...
—Ja gut, schon in Ordnung, Terry, Sie sind, Sie können das bis morgen liegenlassen, Sie sind ja auch erkältet und ...
—Nein, das ist schon in Ordnung, aber ich meine, Sie sollten etwas

essen, Mister Angel, wenn Sie noch nichts gegessen haben, sonst werden Sie ...
—Ja, das sollte ich dann wohl ... er schloß die Schreibtischschublade, drehte den Schlüssel um, —allerdings nicht viel Auswahl hier in der Gegend, wo ...
—Es gibt doch Joe's, diesen Laden drüben an der Dreiunddreißigsten, wo wir immer hingehen, der ist gar nicht so schlecht.
—Bei der Kaserne?
—Direkt gegenüber, ist gar nicht schlecht, die haben da so 'n Tagesgericht ...
—Terry?
—Ja, was, Sir ...? Sie richtete sich hinter der Schreibmaschine auf.
—Hat Leo den Kostenvoranschlag reingereicht?
—Nein, Sir, ich hab ihn während der ganzen Zeit kaum gesehn, als Sie ...
—Was war das noch, was Sie mir über ihn sagen wollten ... er stand auf und zog den Mantel an, —vor meiner Abreise, Sie hatten da was ...
—Nein, das war gar nichts, Mister Angel, essen Sie jetzt erst mal was, solange Sie, ich leg das hier auf Ihren Schreibtisch, wenn Sie wiederkommen ...
Er stand mit seinem Hut in der Hand da. —Ja gut, ja, machen Sie das noch fertig, und dann gehen Sie nach Haus.
—Danke, Mister Angel, Sie, schön daß Sie wieder da sind ...
—Ja, danke, Terry, es ist, ich bin auch froh, wieder da zu sein, Sie, sehen Sie sich vor mit Ihrer Erkältung ... mit dem Hut in der Hand stand er noch einen Augenblick lang da, bevor er ihn aufsetzte und in das poröse Grün hinaustrat. —Leo ...?
—Wußte gar nicht, daß Sie zurück sind, ich hab den Italiener für Sie bestellt, er kommt nächsten Donnerstag her, er ist ...
—Donnerstag, zum Teufel, er soll morgen früh hier antanzen, oder er braucht überhaupt nicht zu kommen, sagen Sie ihm das und, warten Sie mal, haben Sie den Plan dabei, den ich gezeichnet habe?
—Ich hab ihn bei mir ... das ausgefranste Knopfloch öffnete sich, ein gefaltetes gelbes Blatt kam zum Vorschein, zusammen mit einem Foto, das zwischen ihnen niederflatterte und mit der Bildseite nach oben auf dem Fußboden liegenblieb.
—Was ist, sieht ja so aus, als ob Sie mir das Beste vorenthalten wollten, Leo ...
—Muß wohl, muß wohl rausgefallen sein ...

—Klar, und alles rein zufällig.
—Muß wohl in meiner Tasche aus dem Umschlag gerutscht sein ...
—Ja gut, nur, ist wohl besser, wenn ich sie alle in Verwahrung nehme ... er schob es in seine Hemdtasche, —also ... er glättete das gelbe Blatt, indem er es mit der Handkante gegen das Grün der Wand drückte, —geben Sie mir mal Ihren Stift, sehen Sie, ich hab vergessen, das einzuzeichnen, wir werden hier unten überall Lüftungsklappen brauchen, wenn wir es so umbauen, sehen Sie, was ich meine? Sorgen Sie jetzt dafür, daß der Italiener morgen an der Sache dran ist, sonst braucht er überhaupt nicht mehr zu kommen.
—Ich werd versuchen, das für Sie zu regeln, Mister Angel, aber warten Sie mal, dieses Foto hier, was ...
—Regeln Sie's nicht für mich, Leo, regeln Sie es einfach, und was die Fotos angeht, die sind bei mir ganz gut aufgehoben ... und hart warf er die Tür hinter sich zu, schloß sie vor dem Tag, der zu ersterben schien, als er in ihn hinaustrat; in der Höhe verdämmerte regenschweres Grau, wie um die vollverglasten Hausgänge vor der falschen Gediegenheit der Fassaden zu rechtfertigen, der ideale Verwahrort übrigens für Ruheständler mit Unterhemd und Hosenträgern, kenntlich an den Alutüren mit Alu-Initialen, doch zur Zeit weder für Geld noch für gute Worte zu haben, siehe auch die kleinen Gärtchen, sorgsam abgetrennt mit Ketten, die ihm kaum bis an die Hüfte reichten, während er dem Sternenbanner entgegenstrebte, welches ein paar Blocks weiter hoch und düster am Himmel flatterte. Einen Bordstein hinunter, den nächsten hinauf, ging er, mit gesenkten Schultern und tief in den Taschen vergrabenen Händen, als ihn ein Gummiball am Bein traf. Er bückte sich, hob ihn auf, sah hoch, sah sich um, sah in einer an den Rand des Grundstücks gequetschten Einfahrt einen Mann in einem graugemusterten Anzug mit Hemd und Krawatte, der absolut regungslos dastand. Er warf den Ball zurück und erstarrte. —Moment, das ist doch, Jack ...?
Der Mann wandte sich ab, als der Ball an ihm vorbei auf ein Kind zusprang. Und während das Mädchen dem Ball nachrannte, den es erst hinter dem Haus zu fassen bekam, humpelte der Mann mit der grotesken und unerwarteten Behendigkeit des Gehbehinderten dem Mädchen hinterher. —Jack? Gibbs? Bist du das, Jack ...? Doch mit nur einer verrenkten Drehung verschwand die Gestalt hinter dem Haus. Er stand da, bis sich in einem Fenster ein Vorhang bewegte, dann drehte er sich um und ging wieder auf die Flagge zu und jene Glasfront auf

der anderen Straßenseite, wo er eintrat, sich an den Tresen setzte, ein Western-Sandwich aß und der Reihe nach die Gesichter der im Raum lümmelnden Soldaten musterte, wobei er mehrfach besonders einen anstarrte, dem seine Majorsabzeichen eine strammere Haltung abverlangten, bis er fertig war und ging, die Flagge hinter sich lassend, einen Bordstein hinauf und den nächsten hinunter. Das Kind mit dem Ball stand immer noch in der Einfahrt, und er lief auf das Kind zu. —Warte mal, Kleine. Warte mal einen Moment, ich möchte dich nur etwas fragen... sie wich ein oder zwei Schritte gegen den Zaun zurück. —Der Mann, mit dem du eben Ball gespielt hast, ist der noch da?
—Er ist gerade weggegangen, sagte sie und zeigte auf den Häuserblock.
—Er, sieh mal, ich dachte, ich kenne ihn, er...
—Das ist mein Vater.
—Oh. Wann kommt er denn wieder?
—Nächste Woche wieder, er kommt mich so einmal in der Woche besuchen.
—Du meinst, wo wohnt er denn?
—Irgendwo anders, er kommt nur her, um mich zu besuchen, und weißt du was?
—Er hat, äh, er hat sich das Bein verletzt, nicht wahr?
—Das hat er schon immer, er hat es aus dem Krieg, und weißt du was?
—Er hatte es schon immer?
—Er hat das gekriegt, als er mit seinem Panzer gegen die Deutschen gekämpft hat, sein Panzer ging kaputt, und als er rausgeklettert ist, haben sie einfach auf ihn geschossen, und dann ist er fast erfroren, das war im Winter, und weißt du was?
—Rose! erscholl eine Frauenstimme irgendwo aus oder hinter dem Haus.
—Warte, wie heißt du?
—Rose.
—Rose, komm jetzt rein...!
—Wie, Rose, und weiter...
—Rose, komm rein!
Er stand noch einen Moment da und sah ihr nach, und ging dann die leere Häuserzeile entlang, in die Richtung, in die sie gezeigt hatte, wobei er plötzlich seine Schritte beschleunigte und links und rechts die Straße hinabschaute, bis er schließlich, etwa in Höhe der weithin ragenden Stelzen der U-Bahn, in seinen normalen Gang zurückfiel, einen Bordstein hinab, den nächsten hinauf, um dort, sichtlich aus dem

Gleichgewicht geraten, in den Eingangsbereich eines Drugstore zu fliehen, so, als suchte er Schutz vor dem Wind, und anscheinend versunken in Stützapparate und Prothesen für die ganze Familie, derweil hinter ihm hohe Absätze rhythmisch über das Pflaster klackerten.
—Was ist denn passiert?
—Ich bring also den Aktenordner zu seinem Schreibtisch, damit er diese Angaben kontrolliert, ich glaub, er hat mich gar nicht kommen sehen, weil nämlich, als ich runterguckte, ehrlich, da sitzt er da mit diesen dreckigen Fotos auf seinem Schoß.
—Der?
—Ehrlich, also rutscht er schnell nach vorn, damit ich...
—Nein, wenn du sie kaum gesehen hast, dann waren es vielleicht gar nicht...
—Machst du Witze? Das Bild ganz oben, wo sie ihm einen bläst, der Schwanz von dem Typ ist genauso dick wie der von Kenny, da gibts kein, wart mal, hast du ne U-Bahn-Münze? Sie hielten am Fuß der Treppe an, wühlten in Handtaschen, wurden von einem Mann angerempelt, der aus einer Bar kam, die rot hinter ihnen aufglühte. Der Mann murmelte, —tschuldigung, und hastete die Treppe hinauf, der auch sie, immer noch wühlend, folgten, durch die Sperre hindurch und auf den Bahnsteig, wo sie Schutz fanden im Windschatten einer Brotreklame, überklebt mit Astoria Gents, und warteten. —Sollen wir ein Stück weiter vorgehen? Damit ich vorne bin, wenn ich umsteige, sieh dich nicht um, der beobachtet dich wirklich.
—Wer?
—Der mit dem grauen Anzug und der karierten Krawatte... sie gingen bis ans Ende des Bahnsteigs. —Der da.
—Der hat uns unten gerade angerempelt, Achtung, er guckt... kreischend hielt ein Zug am Bahnsteig. —Ehrlich, wie die Tiere... und sie überließen sich der sanft schüttelnden Bewegung des Zugs, —mit so Paillettenbesatz an den Schultern, aber ich trau mich einfach nicht, es anzuziehen... Lichter verglühten, andere kamen näher, der Zug hielt jetzt häufiger, der Gang füllte sich mit Füßen, die zerrissene Zeitungen wegstießen, Bonbonpapier zertraten, —sitzt genau gegenüber, steigst du an der nächsten aus?
—Ja, schönen Abend noch, bis dann...
—Bis dann, Terry... und sie lehnte sich zurück, als suchte sie eine Lücke zwischen Hosenböden und schwankenden Bündeln vom Wohltätigkeitsbasar, um auf diese Weise die gegenüberliegende Seite des

Gangs im Auge zu behalten, denn dort saß er, die Arme über der grellkarierten Krawatte verschränkt, mit starrem Blick auf die Werbung an der Wagendecke über ihr, auf der eine Freiheitsstatue zu sehen war, garniert mit entsprechender Reklamelyrik, während der Zug anhielt, weiterfuhr und erneut anhielt, als sei er eine Art Frachter, der ständig irgendwelchen Müll transportierte, von einem wimmelnden Gestade zum nächsten und umgekehrt.
—Paß doch auf, du blödes Arschloch, du.
—Achtung, die Tür da ...
—Ist das hier Penn Station?
—Wen nennst du blöd, du dummes Arschloch, soll ich dir mal in deinen beschissenen Arsch treten?
—Erst aussteigen lassen, erst aussteigen lassen ... widerhallende, zusammenhanglose Silben plärrten aus einem Lautsprecher, die Handtasche gekrallt, den Blick erst zurück, dann geradeaus, war sie kaum überrascht, als er sich umdrehte und plötzlich, an einen Verkaufsautomaten gelehnt, vor ihr stand.

DAS VATERUNSER
auf einem Glücksanhänger
25 Cent

darauf die gekritzelte Botschaft AUSSER BETRIEB, —schade ... er griff nach ihrem Ellenbogen, —haben Sie sich was getan?
—Ich glaub, ich hab mir den Fuß verknackst, ehrlich, sie sind wie die Tiere.
—Einen Glücksanhänger kann ich Ihnen zwar nicht anbieten, aber wie wärs mit nem Drink ...? Ellenbogen stießen in Rippen, Schultern scheuerten sich an Rücken, —das ist hier ja wie beim Weltuntergang, hier entlang ... zahllose Hände und kopflose Augen, Gesichter, die in die unterschiedlichsten Richtungen blickten, zusammengerollte Zeitungen und den Regenschirm der Gattin fest im Griff, der durchdringende Geruch von Frankfurter Würstchen, dann eine gedämpfte Explosion und klirrendes Glas.
—Hier, ich bin hier drüben ...
—Mein Gott, eine Bombe ...
—Ist das der Fünfuhrachtunddreißig nach Babylon?
—Und nach Jericho, wo gehts nach ...?
—Hier bin ich ...
—Was stehst du denn hier rum und schreist? Ich war da drüben.

—Was? Oh, Ann ich hab dich nicht gesehen, ich wußte nicht mal, daß du, ich dachte nur, ich hätte gerade Mister Gibbs gesehen, da drüben mit einer jungen ...
—Was machst du denn überhaupt hier?
—Ich nehme den Fünfuhrachtunddreißig, ich hatte einen Termin, ich wußte gar nicht, daß du auch in der Stadt bist.
—Bist du etwa der einzige, der einen Termin hat?
—Nein, ich wollte nur, fährst du auch mit dem nächsten Zug?
—Was glaubst du wohl, warum ich hier bin, um frische Luft zu schnappen? Ja, ich nehme den nächsten Zug, falls wir vorher nicht alle umgebracht werden.
—Ich auch ...
—Schubs mich doch nicht so die Treppe runter.
—Ich dachte bloß, wir sollten uns beeilen ...
—Warum hilfst du mir dann nicht beim Tragen?
—Ja, natürlich, sofort ...
—Jetzt, wo wir da sind, ist es dafür zu spät ... Von Ellenbogen und zusammengerollten Regenschirmen gestoßen, fanden sie zwei Plätze nebeneinander, starrten auf Nacken, während sich die Prozession schüttelnd in Bewegung setzte und die Lichter erloschen. Nach kurzem Flackern gingen sie wieder an. Der Schaffner ließ seinen Locher schnappen.
—Soll ich für dich mitbezahlen?
—Wär das etwa zuviel verlangt? Sie sah wieder in ihr Buch.
—Nein, nein, ich, ich dachte nur, daß du vielleicht eine Rückfahrkarte hast ...
Die Lichter gingen aus und blieben aus, bis der Zug im dünnen Rest des Tages auftauchte. Sein Kopf nickte im Takt des ratternden Zuges. Er blickte ihr über die Schulter.

> El Hedouli: Hände und Füße berühren sich, so daß die Vulva sich wie eine Kuppel wölbt; die Frau wird mittels eines Flaschenzugs angehoben, bis das Lingam ...

—Hast du selber nichts zu lesen?
—Ich, ich wollte mir eine Zeitung kaufen.
—Warum hast du dir dann keine Zeitung gekauft? Alle anderen haben doch auch eine Zeitung. Der Zug schlingerte nun mit normaler Fahrt weiter, und schemenhafte Gebäude flitzten an den schmierigen Fenstern vorbei. —Was machst du da?

—Ich?
—Deine Grimassen im Fenster, was soll das?
—Nein, ich bin, man nennt das Rollenspiel, Berater in der Industrie beginnen damit, sich...
—Also hör schon auf.
Der Zug wurde von einer Reihe von Krämpfen geschüttelt, kam zum Stillstand, stöhnte vor einer Abfüllanlage und setzte sich wieder in Bewegung. Er nickte vor sich hin.

> Lebeuss er Djoureb: Während der Mann zwischen ihren Beinen sitzt, werden die Lippen der Vulva mit Daumen und Zeigefinger über das Lingam gestülpt, damit...

—Hast du selber nichts zu... doch seine Augen waren geschlossen und blieben es auch, bis sie ihn in die Rippen stieß. —Los, wir sind da. Er ging hinter ihr her, sie stiegen aus und verließen den Bahnsteig, vorbei an Debbys Sikkergrube und Zoff! Dann die Treppe hinunter, vorbei an der Reihe von Wagenhecks bis zu einem Auto, das zitternd ansprang unter seiner bleichen Hand am Lenkrad und kiesspritzend losfuhr, voller Hader über die eingeschlagene Richtung, bis sein Fuß auf die Bremse trat, —das heißt, wenn du uns nicht vorher umbringst mit deiner Fahrerei... dann in die Burgoyne Street, bedroht von Kerosinlaternen, und weiter einer einladend erleuchteten Straßenecke entgegen, —geradeaus! Geradeaus! Und, knapp verfehlt von einem Auto aus der Gegenrichtung, fing sich der Wagen gerade noch rechtzeitig.
—Der hätte mich fast, hätte mich fast gerammt!
—Dann mach doch wenigstens die Scheinwerfer an, mein Gott!
Vorbei an den mittlerweile eingeschalteten Schiffslaternen und Kutschenlampen rollten sie auf den Bürgersteig und schwiegen. —Wir sind zu Hause.
—Zu Hause!
Die Gittertür fiel zu wie ein Schuß.
—Mama, wir haben ein Puppentheater, ich und Donny.
—Mein Gott. Habt ihr gegessen?
Die Tür fiel zu wie ein Schuß.
—Papi, ich und Donny haben ein Puppentheater gemacht.
Der alte Hund unter dem Tisch musterte ihn, als er eine Einkaufstüte auf dem Raumteiler abstellte, äugte durch die Sammlung präkolumbianischen Stehvermögens hindurch bis hin zu jenem kraftlosen Saxophon, den regungslosen Fingern auf dem dünnen Abschnitt der Röhre

kurz unterhalb des Mundstücks, das fremd zwischen seinen dritten Zähnen hing, offen. —Hallo, Paps...
—Er schläft, Papi, willst du mal das Puppentheater sehen, das Donny und ich gemacht haben? Guck mal, das ist der Clown und die Maus, und der Clown sagt, eh, Donny! Komm her, wir zeigen das Puppentheater.
—Wo ist Donny?
—Er ist bei seinem Bett. Eh, Donny?
—Nach dem Abendessen, Nora, sagte er und machte die Runde, um Lampen auszuschalten, Eingang, Flur, Badezimmer, Eingang, knips, knips, knips, —Nora?
—Was machst du denn jetzt schon wieder?
—Es muß nicht überall Licht brennen, wo keiner ist.
—Wo keiner ist, dann schalt es doch auch gleich in der Küche aus, wir können ja alle im Dunkeln essen. Nora, hol Donny zum Abendessen.
—Er ist bei seinem Bett. Eh, Don-ny...!
—Schrei nicht so! Ich hab gesagt, du sollst ihn holen.
—Soll ich Opa aufwecken?
—Mein Gott nein, wieso? Zum Abendessen?
—Opa hat schon gegessen.
—Hat schon gegessen? Was hat er schon gegessen?
—Ich weiß nicht, Mama, er hat sich irgendwas gemacht und...
—Ich hab gesagt, du sollst Donny holen.
—Papi, kannst du mir helfen, Donny zu holen? Wenn er diese ganzen Kabel um sein Bett rum hat, dann kommt er nicht mehr alleine raus.
—Herrgott... eine Tür schlug, und man hörte, wie im Flur etwas hinfiel und sich mühsam wieder hochrappelte. —Nora, laß Donny da sitzen, du sitzt hier.
—Aber Mama, er muß da sitzen, wo die Steckdose ist, damit er den Stecker reinstecken kann.
—Und ich muß hier vorbeikönnen, ohne jedesmal über ein Kabel zu stolpern, wenn ich mich umdrehe.
—Aber er kann nichts essen, wenn er nicht eingestöpselt ist. Ich brauch eine Gabel.
—Nimm einen Löffel.
—Papi, kann ich deine Gabel haben?
—Es muß doch noch mehr Gabeln geben, ich hol dir eine...
—Sie kann ihren Löffel benutzen. Die Gabeln sind alle schmutzig.
—Aber wir hatten doch jede Menge Gabeln, das ganze Besteck, das...

—Iiih, Thunfischeintopf.
—Setz dich gerade hin und iß.
—Ja, wir, wir essen nicht so oft Fleisch, wir ...
—Essen nicht so oft Fleisch! Glaubst du etwa, das gibts umsonst?
—Nein, aber das Haushaltsgeld müßte doch reichen, um etwas ...
—Haushaltsgeld, Nora sitz gerade und iß. Du hast gesagt, Papi hat schon gegessen, von dem Eintopf ist aber noch alles da, was hat er denn gegessen?
—Aus der blauen Schüssel mit dem Deckel, er ...
—Oh Gott. Er hat sich schon wieder über das Hundefutter hergemacht.
—Wird er davon krank, Mama?
—Wird der Hund etwa davon krank?
—Warum ist es dann so schlimm?
—Weil die Toilette hinterher stinkt, das ist daran so schlimm, jetzt sitz gerade und iß auf.
—Guckst du dir dann auch das Puppentheater von Donny und mir an?
—Ja, iß jetzt. Bitte, Donny!
—Er kann nichts dafür, Mama, das Kabel hat sich um sein Milchglas gewickelt und ...
—Mein Gott, alles über meinen Rock. Bleibt am Tisch sitzen!
—Aber du ...
—Bleibt bitte sitzen, bis ihr fertig seid! Sie schob sich hinter ihnen vorbei, bog um die Ecke und marschierte den Flur hinunter. —Papa? Bist du da drin? Hinter der Badezimmertür ertönte prompt ein Furz, und sie ging zurück. —Ihr alle! flüsterte sie und zog sich an der Küchenspüle den Rock aus.
—Wir sind fertig. Wir sind fertig. Jetzt kommt das Puppentheater.
—Ihr alle ...
—Hier, Papi, im Wohnzimmer. Donny, du kriegst die Maus. Ich bin der Clown und die Katze, und du bist die Maus. Papi, du sitzt hier, Papi sitzt hier, und Mama sitzt hier. Donny, du bist die Maus. Mama? Du sitzt hier. Hier wohnen wir. Ich bin der Clown, und ich sage, wir wollen uns eine Katze anschaffen. Komm her, Donny, du bist die Maus und du sagst, daß du keine Katze haben willst, weil du Angst hast, daß sie dich frißt, los komm, und dann gehst du wieder raus. Und dann geht der Clown rüber und macht die Tür auf, damit die Katze reinkommen kann, und sagt ihr, daß sie reinkommen soll. Und dann macht die Maus, komm schon, Donny, du bist doch die Maus, und du hörst uns, und

dann hört uns die Maus und kommt rein, so, daß die Katze sie nicht sieht, und macht die Tür wieder vor der Katze zu. Komm schon, Donny, los komm! Du bist ...
—Nora? Zeit zum Schlafengehen.
—Aber wir wollen doch nur ...
—Zieht euch den Schlafanzug an, Nora. Alle beide.
—Mama, Donny verdirbt immer alles, er sollte üben, aber er ist immer wieder zu seinem alten Bett gegangen und hat da was gebastelt, obwohl er doch für das Puppentheater üben sollte. Er verdirbt immer alles ...
Irgendwo unternahm eine Uhr den kläglichen Versuch, die Stunde zu schlagen. Eine Tür fiel zu, eine Toilettenspülung rauschte, eine Tür fiel zu. Bandmaß, Fadenzähler, Druckbleistift mit Zentimetermaß, Meßsonde, —was machst du bloß mit diesem ganzen Zeug? Sie kam hinter ihm her.
—Ich, ich hols nur aus den Hosentaschen ...
—Würds dir was ausmachen, deinen Müll irgendwo anders abzuladen? Ich brauch den Spiegel.
Druckbleistift mit Zentimetermaß, Fadenzähler, Meßsonde, —hast du keine Angst, daß dich die Kinder so sehen könnten? sagte er und sammelte die Sachen zusammen.
—Mich wie sehen könnten?
—So, ich meine, wenn du so nackt rumläufst ...
—Warum sollten sie Angst davor haben, mich nackt rumlaufen zu sehen?
—Nein, ich meine du, hast du keine Angst ...
—Also dann sag doch gleich, was du meinst ... sie beugte sich zum Spiegel vor und entfernte eine Wimper. —Angst! Sie entfernte die andere Wimper, —nur weil du Angst hast, glaubst du, daß auch alle anderen Angst haben müßten.
—Also nein, er hob seine Augen von dem haarigen Etwas, das sie ihm zugewandt hatte, —ich meinte nur ...
—Du meintest nur, du hast ja sogar Angst davor zu sagen, was du meinst ... sie schlurfte an ihm vorbei und bückte sich, um etwas, eine Haarnadel? unter der Heizung aufzuheben, —hast Angst, daß es dich verschlingt, daß dich etwas Lebendiges verschlingt.
Er starrte auf das kopfstehende Etwas mit den aufgehenden Lippen und räusperte sich. —Brauchst du noch die Schreibmaschine?
—Ob ich die Schreibmaschine brauche? Sie richtete sich auf, stemmte einen Arm in die Hüfte und atmete so tief durch, daß ihre Erscheinung

für einen kurzen Moment etwas vom Reiz eines Pin-up erlangte. —Seh ich so aus, als ob ich eine Schreibmaschine brauche?
—Da steckt noch was drin, er fuhr herum, drehte an der Walze, —ich wußte ja nicht ...
—Los, reiß es schon raus, so ists richtig, schmeiß es weg, versetzte sie schnaubend und stellte die hausbackene Verhüllung ihrer disproportionierten Reize wieder her, —es ist ja wahrscheinlich nur wieder eine von meinen Sachen für das Stiftungsstipendium.
—Sie starben wie die Fliegen. Sie waren auch hilflos, weil sie wie die Fliegen starben. Wahrscheinlich ein Erdbeben. Und jedesmal, wenn man an einen roten Trümmerhaufen kam, wußte man, das war mal ein Haus, und die Leute stehen rum, und andere kippen um wie die Fliegen ...
—Schon gut, ich kenn das.
—Aber was ist das denn?
—Was das ist? Was glaubst du wohl, was das ist, etwa was von mir? Das ist ein Aufsatz von Nora, was glaubst du, untersteh dich, das wegzuwerfen.
—Ich wollte es nur, ich ...
—Nur weil du glaubst, daß sie kein Talent hat? Du fragst dich wahrscheinlich, wie sie deine Tochter sein kann, sie hat mehr Talent im kleinen, wo gehst du hin?
—Finger, murmelte er und ging durchs Zimmer.
—Was?
—Bist du fertig am Spiegel?
—Was willst du mit dem Spiegel? Ich sag dir, was du da sehen wirst.
—Es hat, es hat was mit meiner Arbeit zu tun.
—Deine Arbeit. Hat dir Whiteback etwa gesagt, daß du dich mal im Spiegel ansehen sollst?
—Nein, diese Stelle, die Leute, mit denen ich heute in New York verhandelt habe wegen ...
—Stelle. Was denn für ne Stelle, willst du Fotomodell werden?
—Nein, es fällt in den Bereich von, in den Managementbereich, sagte er zu jenem Spiegelbild im Hintergrund über seinen Hängeschultern, wo sie den aufblasbaren Plastikgürtel aufpustete, in den sie bereits ihre Schenkel gezwängt hatte. —Es geht um Entscheidungsfindung in Führungspositionen ...
—Vorher nachher, du könntest für vorher Modell stehen.
—Ent, Entscheidungsfindung, sagte er erst zur einen, dann zur ande-

ren Seite, wobei er über den Schultern im Spiegel ihren Atemübungen zusah. —Rollenspiel, die Rolle von Rollenspielen innerhalb des Ent, Ent, des Entscheidungsfindungstrainings und ...
—Willst du etwa die ganze Nacht vor dem Spiegel stehen und Grimassen schneiden? sagte sie und verschwand aus dem Blickfeld.
—Mama, was ist denn los?
—Geh ins Bett, Nora.
—Papi, was macht Mama auf dem Fußboden mit diesem ...
—Ich hab gesagt, du sollst ins Bett gehen! Sie richtete sich auf. —Das ist hier ja wie im Hauptbahnhof. Kannst du nicht den Spiegel im Badezimmer benutzen?
—Da stinkts, Mama, Papi, kannst du mal kommen und Donny einstöpseln?
—Ich hab gesagt, du sollst ins Bett gehen! Mein Gott, Rollenspiel... Sie nahm den Gürtel ab und setzte sich aufs Bett. —Rollenspiel.
Er starrte in den Spiegel und drehte sich dann langsam zu ihr um, die nun kerzengerade auf dem Bett saß und ihre Beine anhob, die angewinkelten Knie gespreizt, die Fußsohlen eng aneinandergepreßt. —Aber versteh doch, ich meine, sie könnten hier vielleicht etwas sehen, was sie ...
—Was sehen sie denn? Sie hielt ihre Fersen mit den Händen fest, —es wird langsam Zeit, daß sie was davon zu sehen bekommen. Sie glaubt ja noch, Sex hat nur was mit Hummeln und Gänseblümchen zu tun ...
—Aber sie ist doch erst ...
—Ja genau, sie wächst genauso ahnungslos auf, wie ich es über gewisse Dinge war, als ich dich kennengelernt hab, Dinge, über die du übrigens noch viel weniger Ahnung hattest als ich, wo soll sie das denn lernen, etwa auf der Klowand? Und würdest du wohl für einen Moment damit aufhören? Ich kann keine Atemübungen machen, wenn du neben mir dauernd deine Grimassen schneidest.
Auf einem anderen Gesicht hätte seine Grimasse möglicherweise die Entschlossenheit signalisiert, Karthago in Schutt und Asche zu legen, hier jedoch wandte er sich nur vom Spiegel ab, stieß unter ihrem leeren BH auf Rollentherapie und Entscheidungsprozesse, kritzelte hastig eine Notiz hinein, radierte sie wieder aus, um an einer anderen Stelle, die bereits vom Radieren aufgerauht war, etwas zu notieren, ging, sobald er ausgezogen war, ins Bett mit seinem verstohlenen Mienenspiel von Befehl und Geringschätzung, Bitte und Großmut, aber alles nur hinter der sicheren Deckung eines angewinkelten Knies, wo seine

Verstohlenheit zuweilen sogar regelrecht verschlagene Züge annahm, zumal, wenn er sie so im Profil sah mit ihren harten Nippeln, kerzengerade und ohne wahrnehmbare Atemtätigkeit, was am nächsten Morgen nicht anders war, als er sich nach dem Wecker streckte und nichts darauf hindeutete, daß sie die Augen geschlossen oder sich überhaupt bewegt hatte, sah man einmal von dem über und über mit Wimperntusche beschmierten Kopfkissen ab, doch gleichzeitig erhoben sich auch Geringschätzung, Befehl und Großmut zur tollen Jagd im billigen Spiegel über der bekleckerten Kloschüssel, wurden anschließend unter Zuhilfenahme des Badezimmerspiegels rasiert und abgetrocknet, bevor sie als zitternde Bruchstücke im Oval des Rückspiegels das Anlassen des Wagens begleiteten und erst am Postamt ihrem Schicksal überlassen wurden. Krachend fiel dort die Tür hinter ihm zu.
—Hallo Mister di, passen Sie doch auf, eh, heilige...
—Der hat mich gar nicht gesehen, Mann, haste das gesehen, eh?
—Sag bloß, du hast unsern ganzen Kram fallenlassen, heilige...
—Wieso fallenlassen, der hat mich glatt umgerannt.
—Okay, hilf mir, schnell alles aufzusammeln, bevor er noch drauf rumtrampelt, wenn er wiederkommt, ich meine, heilige Scheiße, ich kann ja nicht mal richtig unterscheiden, was ich absende und was ich kriege, Moment, räum das mal in die Mitte, eh, wie soll ich das denn bloß noch absenden... er pustete über einen Fußabdruck und verschmierte ihn dann gründlich mit dem Handballen quer über Defense LOgistics S eRvices Center, Battle Creek Mich., tat dasselbe mit Dow Trendprognosen, während neben ihm abgekaute Fingernägel einen neutralen Umschlag aufrissen. —Paß doch auf, eh, vorsichtig, da muß noch irgendwo 'n Scheck drin sein...
—Moment, das, was ist das denn, gib mal her.
—Hallo, Schätzchen, ich bin Mary Lou und will dir nur mal kurz hallo sagen und dir ein bißchen von dem zeigen, was wir so drauf haben, denn ich weiß ja, daß du dich für knackige Girls interessierst, die keine Hemmungen haben, sich vor der Kamera auszuziehen...
—Okay, los, jetzt gib das her, eh, was ist das denn, mit der kanadischen Briefmarke, gib her, nur für die Briefmarke, okay?
—Was soll das heißen, gib her?
—Du hast es umsonst gekriegt, oder was? Ist sowieso nur so 'n Schrieb drin.
—Du hast doch keine Ahnung, Mann, das ist ne Obligation.
—Obligation, Scheiße, du weißt ja nicht mal, was das ist.

—Wieso, steht doch drauf, guck mal, Alberta & Western Energie-Verbund Obligation Serie B ...
—Okay, und wozu soll das gut sein?
—Das ist das Wort, das mir damals nicht eingefallen ist, ich krieg nen ganzen Schwung von den Dingern, he, was reißt du da ab?
—Ich reiß bloß die Briefmarke ab.
—Was ist denn an einer blöden kanadischen Briefmarke so toll?
—Die sammelt man für ne Briefmarkensammlung, was denkst du denn, weil die dann eines Tages echt was wert sind, Mann, die sind dann mehr wert als dieser Mist, was ist das denn da, Ace Development Corporation? Warum hat du denn diesen Mist überhaupt bestellt?
—Was denkst du denn, ich hab das von nem Börsenmakler, diesem Mister Wall, Wall wie Wall Street, bloß daß der in Kalifornien sitzt, da ist noch irgendwo diese Anzeige, hier, Moment, da steht, mit der Möglichkeit überdurchschnittlicher Wertsteiger ...
—Wall wie Wall Street, Mann, ich hab noch nie so'n Scheiß gehört ...
—Okay, was ist da denn so komisch dran, ich meine, da gibts diesen echten großen Börsenmakler, der heißt Kidder Dingsbums, und der andere, Hornblower und Nochjemand, ich meine, wenn die Leute schon Aktien von einem kaufen, der Hornblower heißt ...
—Nein, aber guck doch mal, hier steht tausend Anteile, wie willst du denn bloß tausend Anteile kaufen ...
—Weil die echt billig sind, was denkst du denn?
—Okay, wenn die so billig sind, wofür sollen die denn gut sein?
—Weil die diese natürlichen Mineralsalze noch nicht gefunden haben, sonst nix, hier in dieser kostenlosen Broschüre steht ...
—Moment mal, das ist eine von meinen, von der National Rifle Associa ...
—Diese auch hier, was? Künstlicher Penis in neuem Look! Ohne Halterung! Ohne Riemen! In erregenden Größen, Mann, und da laberst du rum, daß ich mir Mist schicken lasse, leider verbieten gesetzliche Bestimmungen und guter Geschmack eine genauere und ausführlichere Beschreibung ...
—Okay, gib das her, wer sagt denn, daß ich das bestellt hab, die haben mir das einfach so zugeschickt, hier hast du deine blöde Broschüre über Schlachtfrisch tiefgefrorene Rinderoptionen ohne Knochen, du weißt ja nicht mal, was das ist.
—Was glaubst du denn, warum ich mir das hab schicken lassen? Das ist ...

—Moment, da steckt noch was dazwischen ...
—Hallo Süßer, hoppla, da hat mich doch glatt jemand so von hinten erwischt, obwohl, ein schöner Rücken kann ja auch entzücken, aber natürlich ist das noch längst nicht alles, verglichen mit dem Super-Jumbo-Set, wo ich dir meine Traummaße siebenundneunzig, achtundfünfzig ...
—Okay, kannste behalten, Moment, was ist ...
—Was soll das heißen, behalten, da steht doch Hyde auf dem Umschlag, guck doch, nur fünf Dollar, Süßer, aber natürlich solltest du über einundzwanzig sein, okay!!! Mann, was für 'n, eh, Moment mal, gib das Päckchen her.
—Woher weißt du denn, an wen der ...
—Weil, guck doch, hier steht an Mister J R ...
—Okay, aber da steht Klasse J, dein Name steht nur so drauf, mach mal auf.
—Bin ja dabei.
—Was, Moment, was, das ist ja ne Uhr! Wer schickt uns denn bloß ne Uhr, wart mal, eh, von dieser Bank in Nevada? Wieso schicken die uns ne Uhr?
—Man darf sich kostenlos was aussuchen, wenn man bei denen 'n Konto aufmacht, da ist doch nix bei.
—Nee, aber wieso steht Klasse Sechs J drauf, dann gehört es doch uns allen, ich meine, weiß Mrs. Joubert eigentlich, was du hier so treibst?
—Warum denn nicht? Ich meine, die ist doch sowieso die halbe Zeit krank, was ...
—Nee, aber wie kannst du einfach so 'n Bankkonto in Nevada aufmachen, wenn du nicht mal ...
—Da muß man bloß diesen kleinen Coupon aus der Zeitung ausschneiden und einsenden ...
—Nee, aber ich meine, dafür muß man doch mindestens einunzwan...
—So wie mit dieser Mary Lou Schätzchen, hier, da muß man auch mindestens einundzwanzig sein. Ich meine, woher soll die denn mehr wissen als diese blöde Bank in Nevada, die interessiert doch bloß, daß sie deine fünf Dollar kriegt für ihr Super-Jumbo-Set, also biste auch über einundzwanzig, wo soll denn da der Unterschied sein zwischen ihr und dieser Bank hier? Ich meine, was Glancy uns über das moderne Bankwesen erzählt hat, daß das alles undenkbar wäre ohne die Wunder der Computertechnik, und siehste diese ganzen elektrischen Zahlen hier unten? Ich meine, diese Mary Lou kriegt ihre fünf Dollar,

da ist es den Bankfritzen doch erst recht scheißegal, ob du zehn bist oder hundert, Moment mal, gib das her, Mann, das hab ich die ganze Zeit gesucht...
—Das gehört mir, das is wahrscheinlich meins...
—Was soll das heißen, deins? Gib schon her.
—Da steht Department of the Army drauf, oder was heißt dieses Dep hier? Moment, zeig mal her, Mann, da wirste aber Ärger kriegen.
—Wieso soll ich denn Ärger kriegen, hier gehts ums Geschäft, gib schon her.
—Ich meine, dieser ganze Mist, diese schlachtfrischen Optionen und Olligationen, das ist eine Sache, aber mit der Army legst du dich besser nicht an.
—Du hast doch keine Ahnung, nimm mal deine...
—Mit diesen Picknickgabeln legste dich aber garantiert mit ihnen an, Mann, überleg mal, wenn denen so 'n Schlaumeier wegen Picknickgabeln schreibt, glaubste etwa, daß die in der Army nix Besseres zu tun haben als Picknicks zu veranstalten?
—Woher soll ich denn wissen, was die in der Army veranstalten, paß auf, nimm deinen Ellenbogen da weg, in dem Katalog, den ich von dir getauscht hab, steht jedenfalls drin, daß die Navy neue Plastikgabeln gekriegt hat, und also wollen sie diese Holzgabeln hier an jeden verscherbeln, der sie haben will, und hier in Geschäftsideen und Beteiligungen steht, daß die Army gerade Angebote einholt, unter anderem für Picknickgabeln, und da...
—Was 'n Scheiß, Mann, wenn die Army die so dringend haben will, warum kaufen sie die dann nicht der Navy ab, wozu brauchen die dich dazwischen?
—Weiß ich doch nicht, aber so macht man das eben, nimm doch mal endlich deinen Ellenbogen da weg. Laß mich mal diesen Umschlag...
—Sieh dich lieber vor, Mann, wenn die dir auf die Schliche kommen, reißen sie dir beide den Arsch auf, ich meine, guck dir das mal an, dieser Major Sheets, Verantwortlicher Leiter Beschaffung, glaubste etwa, der fällt auf 'n Brief rein, auf dem 'n Fußabdruck ist? Neuntausend Gr. Einweggabeln, Modell Picknick, Holz, so 'n Scheiß hab ich noch nie gesehn, was soll denn Gr. heißen?
—Weiß ich doch nicht, wahrscheinlich grün, am besten wir schreiben es einfach so, wie die Navy und schicken es dann an die Army, ist doch nicht meine Schuld, wenn die da alle so verdreht reden... er pustete auf

den Umschlag und wischte mit dem Ärmel über US-ArmeebesTände HAndelsgesellschaft, Fleet Station, San Diego Cal.
—Mann, guck dir das an, selbst wenn das wirklich ankommt, glaubste doch nicht im Ernst, daß die das aufmachen.
—Müssen die doch, glaubste etwa, die machen nur die Post auf, die ihnen gefällt? Außerdem ist denen doch wurst, wie's aussieht, ich meine, glaubste etwa, dieser Mary Lou Schätzchen ist es nicht scheißegal, ob da 'n Fußabdruck auf dem Umschlag ist, wenn bloß das Geld drin ist?
—Okay, aber woher hast du das Geld für neuntausend Gr. Holzgabeln, du ...
—Weil man das so eben gar nicht macht, man sagt denen bloß einen Rabatt, man macht denen ein Angebot und sagt einen Rabatt von ...
—Okay, und woher kriegst du den Rest?
—Von der Bank ... er leckte einen Briefumschlag an und hämmerte dann darauf herum, —was dachtest du denn?
—Was denn, du latscht da einfach so rein und sagst, hallo, Mister Whiteback, ich brauch etwas Geld, um mir da diesen Haufen Gr. Picknick...
—Von dem würd ich mir doch nix leihen, Mann, weißte, wie die das machen? Die sagen nämlich, daß sie auf Spareinlagen lausige viereinhalb Prozent zahlen, aber was dir diese miesen Scheißer nie sagen, daß sie das fürs ganze Quartal nur auf den niedrigsten Kontostand zahlen, wenn man also tausend Dollar für ne Weile aufs Konto legt und dann aber irgendwann neunhundertfünfzig abhebt, dann kriegt man bloß ein Viertel von diesen lausigen viereinhalb Prozent auf fünfzig Dollar, und die haben die ganze Zeit die tausend Dollar lustig weiterverliehen, solange sie ...
—Aber wie kommst du darauf, daß sie dir überhaupt was leihen? Bloß weil du von irgend ner Bank in Nevada ne Uhr umsonst gekriegt hast, Mann, wenn du da reinkommst, leihen die dir nen Scheißdreck, wart mal, was ist das denn, eh, gib das her ...
—Netzunabhängiger De-Luxe-Vibrator für spannendes Vergnügen, wo immer Sie wollen, paßt in jede Handtasche, das ideale Geschenk für ...
—Kann ich denn was dafür, wenn die mir sowas schicken?
—Das hier haben sie dir auch geschickt. Ein neues Spitzenprodukt für die schönsten Seiten des ehelichen Miteinander, der Vibro-Penis ...
—Okay, komm, gib her, eh ...
—He, ich sortiere dauernd deinen ganzen Scheiß aus, und du bringst

alles wieder durcheinander, das Adlerdings da unten mit dem Adler drauf, gib das her ...
—Was? Das hier? Was ist denn ...
—Gib schon her.
—Was ist denn das, noch mehr Olligationsscheiß? Was bedeutet denn die Tausend hier in der Ecke, Anteile?
—Dollar, Mann, du hast echt keine Ahnung, das ist eine von diesen Schuldverschreibungen.
—Was? Und dafür hast du tausend Dollar bezahlt? Das glaubste doch selber nicht ...
—Das ist ja der Trick, man kriegt die ganz billig, weil die einem die ganzen Zinsen hier schulden.
—Wer, wer schuldet wem was?
—Mir, die Eagle Mills hier, die schulden mir das.
—Tausend Dollar?
—Plus die ganzen Zinsen hier.
—Glaubste doch selbst nicht, zeig mal, siehste, siehste, die schulden dir 'n Scheißdreck, siehste, hier steht doch Eagle Mills, im weiteren Firma genannt, eine im Handelsregister der Staaten New York und ...
—Los, gib das her.
—Nein, guck mal, hier steht doch, guck mal, für erhaltenen Gegenwert, rückzahlbar an Selma Krupskaya beziehungsweise einen registrierten Abtretungsempfänger in der Niederlassung in Union Falls, da, siehste? Die schulden das dieser Selma Kackskaya oder wie die heißt, die schulden dir nen Scheißdreck.
—Du hast doch überhaupt keine Ahnung, guck mal auf die Rückseite, nee, hier unten, wo es gestempelt ist, da steht mein Name, da steht, daß ich registrierter Abtretungsempfänger bin, siehste? Was die also dieser Selma geschuldet haben, das schulden die jetzt mir.
—Dann versuch mal, dein Geld zu kriegen, guck doch, hier sind überall Stempel, da hat nur irgend jemand deinen Namen draufgeschrieben, und jetzt bist du so 'n registriertes Arschloch, glaubt doch kein Mensch, daß du da tausend Dollar für bezahlt hast.
—Wer sagt denn, daß ich das gemacht hab? Das ist doch der ganze Trick, weil die haben die ganze Zeit die Zinsen nicht bezahlt, deswegen kann man das für sieben oder acht Cent pro Dollar aufkaufen, ich krieg noch nen ganzen Haufen von denen, Mann, dann wirste schon ...
—Womit denn?

—Mit diesem Picknickgabelgeschäft hier, was meinst du denn ...? Er stopfte Papier durch den gerissenen Reißverschluß.
—Du hast doch schon eine, oder was? Warum willste denn noch mehr, eh, guck mal, wie spät es ist ...
—Weil die echt billig sind, was denkst du denn?
—Mann, ich hab noch nie so 'n, ich meine das hier, Major Sheets, angenommen, der kauft dir deine ganzen Gabeln ab, dann hast du genug Geld, um alles Mögliche zu kaufen, wozu also diesen Mist, ist ja nichts weiter als Papier, wenn man sich statt dessen ...
—Weil man das so macht! Er wischte sich mit dem Ärmel des Pullovers die Nase ab, —was glaubst du denn, was es heißt, daß man Geld für sich arbeiten lassen soll ...
—Arbeiten, Scheiße, der ganze ...
—Warte mal, warte, die Broschüre hier, die ich gesucht hab. Prospekt über eine Million Aktien, Ace Development Corporation, guck mal.
—Für was denn? Ich seh nur ein paar Bäume.
—Ja gut, die haben aber die Schürfrechte, um diese ganzen natürlichen Mineralsalze auszubeuten, siehste? Da, wo steht, und das bei einem der weltgrößten natürlichen Vorkommen von, Mann, wenn die erst mal diese natürlichen Mineralsalze gefunden haben ...
—Die finden nen Scheißdreck, wie wollen die denn was finden, wenn überall diese Bäume da im Weg stehen, beeil dich, eh, sonst kommen wir zu spät. Die müssen doch erst mal die ganzen Bäume fällen, bevor die überhaupt was finden kön ...
—Halt mal die Tür auf ...
—Ich meine, der ganze Mist, den du kriegst, du sagst dauernd, weil's echt billig ist, warum sollte es auch was wert sein? Ich meine, wenn's was wert wäre, dann würds dir doch niemand so billig verkaufen, Mann, das stinkt doch gewaltig, ich dachte, die wollten Freitag mit dem Asphalt fertig sein. Ich meine, du suchst dir lieber mal jemanden, der sich mit diesem ganzen Mist auskennt, sonst kriegst du noch mächtig Ärger.
—Okay, wer sagt denn, daß ich das nicht mache?
—Wen denn, etwa Mrs. Joubert? Du hast doch gerade gesagt, daß du ...
—Wieso soll ich die denn fragen? Da fragt man nen Börsenmakler, so macht man das.
—Wen denn? Mister Wall von der Wall Street? Der verkauft dir doch

den ganzen Mist, warum sollte ausgerechnet er dir sagen, daß es Mist ist?
—Jetzt hör mal auf zu meckern. Ich meine, du hast doch überhaupt keine Ahnung, und außerdem sitzt er in Kalifornien, haste noch nie diese Werbung gehört, ich meine im Radio und so, die Bank an Ihrer Seite und so, wir machen das meiste aus Ihrem Portefeuille.
—Wer? Etwa der Typ von der Klassenfahrt mit den ausgestopften Köpfen? Da latschst du dann einfach rein und sagst, guten Morgen, Sir, können Sie mir mal kurz den Weg freimachen, und dann knallst du dem deinen ganzen Scheiß auf den Tisch? Eh...? Warte doch, was ist denn los...?
—Weil man das so nämlich gar nicht macht! Man besorgt sich jemanden, der einem hilft, so eine Art Repräsentant...
—Wen denn, warum sollte der dir denn helfen...
—Man holt sich jemanden, der alles macht, wofür man ihn bezahlt! Was glaubst du denn...
—Okay, wer denn? Haste etwa einen? Sag schon, eh. Mann, du kriegst einen Riesenärger, wenn du weiter überall rumrennst und dir Geld leihst für diese Gabeln hier und alles, bloß weil du diese Broschüren gelesen hast, seit wir diesen doofen Klassenausflug gemacht haben, Mann, früher konnte man mit dir noch richtig tauschen und so, aber jetzt ist alles...
—Okay, was soll ich denn machen? Er kickte in einen Haufen Laub, daß die Blätter wirbelten, und blieb stehen, um die berstend volle Mappe von einem auf den anderen Arm zu verlagern, —rumrennen und diese kostenlosen Kosmetikproben verkaufen, zusammen mit diesen Streichhölzern und in diesen Schuhen, die einem nen Kilometer zu groß sind? Oder wie in diesem anderen Ding, Import-Export bequem von zu Hause, oder Eine aufregende Karriere im Motel-Gewerbe wartet auf Sie? Ich meine, meine Mutter arbeitet zu so komischen Zeiten, da weiß ich nie, wann sie nach Haus kommt, aber ich meine, bei diesem Obligations- und Aktienzeugs, da siehste keinen, da kennste keinen außer per Post oder Telefon, und alles, weil man das eben so macht, du brauchst nie jemandem zu begegnen, da kannste noch so komisch aussehen und irgendwo aufm Klo wohnen, das wissen die doch gar nicht, ich meine, wie diese ganzen Typen an der Börse, wo die sich gegenseitig diese ganzen Aktien verkaufen? Denen ist es doch scheißegal, wem die gehören, die kaufen und verkaufen die Sachen bloß für irgend ne Stimme am Telefon, warum sollte denen das

nicht scheißegal sein, ob man hundertfünfzig Jahre alt ist? Die machen doch nur ...
—Paß auf, eh, dir fällt was runter ...
—Wart mal, die Uhr, schnell, nimm die Uhr, bis wir an meinem Spind sind, okay?
—Willst du sie abgeben?
—Warum sollte ich die denn abgeben? Die hab ich doch gekriegt, oder was?
—Okay, aber da steht Klasse Sechs J drauf, Mann, wart mal ab, bis Mrs. Joubert das rauskriegt, die tritt dir schon in den ...
—Wie soll die denn irgendwas rauskriegen, glaubst du etwa, die fährt deswegen extra nach Nevada?
—Okay, aber wenn auf diesem Konto, das du da eröffnet hast, Klasse Sechs J draufsteht, Mann, dann paß mal lieber ...
—Egal, wenn schon, hier steht nur, daß sie meine Unterschrift haben von diesem kleinen Coupon hier, wo draufsteht Unterschrift, aber das ist auch alles.
—Okay, aber wenn die Bank hier rauskriegt, daß die Klasse Geld auf 'n Konto einzahlt, und du hebst das ab, und das alles für diesen Olligationsscheiß, und wenn sie dann noch rauskriegen, daß du die Uhr hier behalten hast, Mann, dann kriegste aber ...
—Aber wir haben doch ne Uhr! Wir haben doch schon ne Uhr über der Klassenzimmertür, und ich meine, heilige Scheiße, wer sagt denn, daß ich Geld wegnehme? So macht man das doch nicht! Ich meine, haste noch nie so Werbedinger gesehen, wo die sagen, Kommen Sie zu uns und beleihen Sie Ihr Sparkonto, keine Zinsnachteile, bis zu hundert Prozent Auszahlung? Wen geht das denn was an, wenn ich noch 'n zweites Konto eröffne und mir auf das erste was leihe, sie wissen ja, daß ich es bin, denn sie haben meine Unterschrift, ich meine, der einzige Unterschied sind die elektrischen Nummern auf den Schecks und so, und die liest alle 'n Computer, dem's scheißegal ist, ob du drei Jahre alt bist, Hauptsache, das Geld ist da, ich meine, so geht das doch mit Mary Lou Schätzchen, so geht das mit Mister Wall, so geht das mit diesen Gabeln, so geht das mit allem, erzähl mir bloß nicht, ich hätte was Ungesetzliches gemacht, Mann, das sagst du doch! Ich meine, ich leih mir doch bloß was auf das Klassenkonto und mach damit das Gabelgeschäft, ich hab doch überhaupt nix angerührt, oder?
—Okay, okay! Aber ich meine, du dröhnst hier mit dem Klassenkonto rum, die Klasse hat doch 'n Scheißdreck, da kannst du dir doch

nix drauf leihen, ich meine, du dröhnst mit irgendwelchen Schecks rum, welche Schecks denn? Die fünfzehn Cent, von denen dieser Typ gesagt hat, die wären gut angelegt, das würde man später an der Dividende sehen, die für diese eine lausige Aktie einmal rausspringen würde...
—Ja, siehste, du hast eben keine Ahnung, Mann, ich meine, was glaubste denn, was dieser Typ mit der Brille gemeint hat, als er gesagt hat, daß da Schadensersatz für uns drin ist, wenn man sie dabei erwischt, wie sie die Statuten nicht einhalten, sogar mit dieser einen lausigen Aktie, und außerdem...
—Mann, glaubst du etwa, Mrs. Joubert würde das erlauben? Ich meine, ich hab noch nie so 'n Haufen...
—Wie soll sie das denn wissen, ich meine, sie hat doch auch nichts eingezahlt, um diese Aktie hier zu kaufen, oder was? Außerdem...
—Nee, aber ich meine, du wirst reichlich Ärger kriegen, Mann, und dieser Major Sheets hier, ich meine, wenn der rauskriegt, wie du sie mit den Gabeln über den Tisch ziehen willst, dann tritt der dir aber gewaltig in den Arsch, Mann, paß mal lieber...
—Ist doch völlig egal! und kickte mit dem Fuß das Laub aus dem Rinnstein, —das interessiert den überhaupt nicht, ich meine, wenn du irgendwo in 'n Schuhgeschäft gehst, dann fragst du doch auch nicht den Geschäftsführer und alle, wo sie die ganzen Schuhe herhaben, oder ob sie sich Geld von ner Bank leihen mußten, um den Laden aufzumachen, oder wie alt sie sind? Ich meine, das ist doch völlig egal, ob ich mir für das Gabelgeschäft Geld von ner Bank leihe, die kriegen doch ihre lausigen Gabeln, oder was?
—Mann, paß lieber...
—Wart mal, duck dich, da ist Coach, der braucht mich hier nicht zu sehen, ich geh durch O-7...
—Na und? Der ist doch voll...
—Nee, wegen später, ich will nicht, daß er mich sucht, ich geh heute nicht zum Sport, weil, wenn die zweite Post kommt, Mann, wenn dieser Scheck nicht bald da ist...
—Okay, aber paß lieber auf, eh... wehte hinter ihm her, —ich meine, Mrs. Joubert wird stinksauer, wenn sie rauskriegt, was du mit unserm Anteil an Amerika für 'n Scheiß machst... und das Laub flog hoch, wirbelte den Türen entgegen, wurde in den Korridor getrampelt. —Eh, Leute...!
—Eh, wo ist Buzzie? Der soll welche von den kleinen Roten für 'n Vierteldollar haben...

—Jemand hat gesagt, nach Mathe auf 'm Jungenklo, ist Mrs. Joubert heute da, eh?
—Weiß ich doch nicht, ist doch auch egal ...
—Den Aufsatz hier, den wir schreiben sollten, haste den gemacht? Als wir den dicken Typ mit den ausgestopften Köpfen besucht haben, der das Schwein geschossen hat und so?
—Was für 'n Schwein denn, Mann, das Beste war die Impala mit den langen dünnen Hörnern oder was.
—Impala, Scheiße. Imapala ist 'n Auto.
—Ach nee? Dann heißt es eben so wie das Auto, was soll daran denn so toll sein?
—Der Name war sowieso Kudu, das stand sogar drauf.
—Kudu, Scheiße, welcher normale Mensch kauft sich ein Auto, das Kudu heißt?
Eine Klingel gellte, Spinde knallten, Uhren, die sich gegenseitig nicht sehen konnten, rückten im Gleichschritt vor, trotz der vielen Ecken, der Gänge, auf denen der Schweißgeruch sich breitmachte, während Spinde knallten, Klingeln gellten. Auch die Tür mit der Aufschrift Jungen knallte, knallte gleich zweimal. —Los, komm mal in die Putzecke, haste die kleinen Roten?
—Nee, ich hab diese Grünen, die sind genauso, aber man braucht drei.
—Wieviel?
—Halber Dollar für alle drei.
—Was ist das für ne Gelbe?
Die Tür knallte. —Psssst, die ist so wie die, die Buzzie hatte, die sind echt ...
—Psssst ...
Die Tür knallte.
—Na, wollen Sie auch ne Stange Wasser abstellen, Whiteback? Ich geb einen aus.
—Ach, Sie sinds, Coach, ich hab, ähm, Sie schon gesucht ...
—Geschäfte macht man am besten hier an Ort und Stelle ... ein längeres Rauschen erscholl.
—Ja, das, ähm, ich wollte Sie nach dem neuen Lehrplan fragen, den Sie für uns im Hinblick auf, ähm ...
—Bin fast fertig, leg ich Ihnen auf den Schreibtisch, ist so ne Art vorläufiger Entwurf, gibt den jungen Leuten ne Vorstellung davon, wie die olle Maschine wirklich funktioniert.
—Ja gut, natürlich, Sie sollten die Dinge aber nicht ganz so, ähm,

drastisch beschreiben, vor allem auf der, ähm, auf der optischen Ebene, sozusagen visuell...
—Das stimmt, die Ultraschalluntersuchung, das ist das Herzstück des Ganzen, Whiteback. Zeigt Ihnen, wie die olle Maschine wirklich arbeitet.
—Ja richtig, und anhand dieses Ihres, ähm, Konzepts vom Körper als Motor wird das Nutzungspotential der, ähm, ... die Wasserspülung rauschte mehrmals kurz auf, —Einzelteile ganz bewußt, will sagen ... er hob die Augen, —bewußt genutzt im Hinblick auf die Struktur...
—Kurz und gut, das einzige, was wir rüberbringen müssen ist, daß die olle Maschine nur durch ein kompliziertes System horizontaler und vertikaler Seilzüge funktioniert.
—Ja gut, natürlich, das sollte, ähm, dieser Ansatz sollte dazu beitragen, das anstößige menschliche Element in diesem, ähm, in diesem Bereich von, ähm, Dans Frau, also ich hab gerade mit Dans Frau darüber gesprochen, und Sie könnten zusammen mit ihr was entwickeln, wenn er mal bei ihr, ähm, bei ihr nachgefühlt hat...
—Nett, daß Sie an mich gedacht haben, Whiteback, aber ich komm schon zurecht... hinter ihnen knallte die Tür, —denn sobald er wirklich mal bei ihr nachfühlt, müßte er sich auch fragen, wen sie jetzt gerade küßt.
—Ja also, ich weiß nicht recht, ähm, er ist gerade in meinem Büro, wenn Sie sie ähm, also die Sache mit ihm besprechen wollen... die Tür mit der Aufschrift Direktor erzitterte, —Coach...? und fiel hohl hinter ihm zu. —Dan? Ich dachte, Coach käme hinter mir her, er möchte über Ihre, ähm, wegen Ihrer Frau, ähm, tja also, das erklärt er Ihnen am besten selber, kennen Sie schon Mister Stye? Dan ist für unsere Tests verantwortlich, Mister Stye, er ist unser Schulpsycho, ähm, kümmert sich um die Konkretisierung des vollen Nutzungspotentials unserer Schüler, ähm, Schaft, ja, Schülerschaft, Major, kennen Sie schon Mister Major Hyde, ja, Major Hyde... und das pastellfarbene Gefuchtel endete an Armes Länge im wechselseitigen Händeschütteln, —wir dachten, Mister Stye würde sich Filme die gerne, ähm, würde sich gern die Filme, unsere Fahrschulfilme ansehen, Dan...
—Ich wußte gar nicht, daß die gerade laufen, die sind, welche Klasse könnte sie sich denn jetzt ansehen? Ich dachte, sie...
—Unterstufe, Dan, die, um bereits in der Unterstufe den Grundstein für ein automobiles Potential zu entwickeln, das heißt, den Kindern eine wirklich sinnvolle Fahrererfahrung zu vermitteln, damit sie, wenn

sie alt genug sind, um auf unsere Straßen, also auf die Straßen unseres Landes losgelassen zu werden, ja natürlich, deshalb ist Mister Stye doch hier ...
—Mister Stye arbeitet für eins unserer führenden Versicherungsunternehmen, Dan. Hyde lehnte sich gegen den Schreibtisch, belastete die Ecke, an der seine Beine aneinanderstießen, mit einem diskret fischgrätgemusterten Labyrinth von Knitterfalten, und riß dabei einen Telefonhörer von der Gabel. —Haben Sie noch ein zweites Telefon, Whiteback?
—Ich habe mir eine Direktleitung in die Bank legen lassen, das heißt, wenn ich Anrufe in der Bank bekomme ... von irgendwoher fiel Licht auf seine Brillengläser und verwandelte sie in zwei gleißende Scheiben, während er den Hörer wieder auflegte, —um die Spreu vom Weizen zu trennen könnte man sagen, die Schafe von den, ähm ...
—Wissen Sie, Mister Stye, Mister Whiteback steht der hiesigen Bank vor, eine Art Tanz auf zwei Hochzeiten, das verschafft ihm einen wirklich erstklassigen Einfluß auf die Belange der Gemeinde, eine Art Logenplatz mit Blick auf beide Seiten der Medaille, ich bin sicher, Mister Stye weiß, wovon ich rede, Whiteback, wahrscheinlich sieht er es genau wie ich die ganze Zeit auf Körperschaftsebene.
—Ja, er ist, ähm, Mister Stye, das heißt Dan, hat sein Interesse bekundet, für den Schulvorstand zu kandidieren.
—Das kann eine ziemlich undankbare Aufgabe sein, ich vermute, daß Sie sich dessen bewußt sind, Mister Stye, aber in einer Firma wie der meinigen, da ist man doch froh, wenn sich die Leute direkt auf der Entscheidungsfindungsebene beteiligen und sich für die Gemeinschaft und die Belange der Bürger einsetzen, im Augenblick bin ich gerade für die Firma hier, versuche nämlich, Whiteback bei der Lösung eines kleinen Raumproblems behilflich zu sein, die neuen Geräte, Sie wissen.
—Wir wären Ihnen da für jeden Rat dankbar, Dan, die ...
—Sprachlabors? Seine Lippen platzten in ihr konzertiertes Schweigen, und etwa zeitgleich dazu rekapitulierten die Lippen auf dem schweigenden Bildschirm Sinn und Funktionsweise der Handbremse. —Sind die Sprachlabors geliefert worden?
—Nicht ganz, Dan, eher das Zusatzpro, ähm, also für den Bereich Motivationsressourcen, wo ist die Liste? Aha, Ehe, soll die Mädchen in die Lage versetzen, aus der Ehe eine sinnvollere Erfahrung zu machen, vorausgesetzt, sie sind alt genug, um auf die Menschheit losgelassen zu, ich hatte die Liste doch eben noch ...

—Aber das ist doch noch in der Scheidungs, Entscheidungsfindungsphase, über die Ausstattung für den Sexualkundeunterricht haben wir nicht mal ...
—Richtig, Dan, ich habe gerade mit Vogel darüber gesprochen, er erarbeitet da etwas mit seinem Konzept des Körpers als Maschine, sobald er mit den Schaltkreisen fertig ist, er hat gesagt, er wollte mir ein Exemplar auf den Schreibtisch legen, ja, wobei er das Material im Hinblick auf, also als die Summe seiner Teile, ähm, strukturieren will, hier ist es ja, Waschmaschine, Wäschetrockner, E-Herd, Gasherd, Geschirrspülmaschine, Staubsauger ...
—Wir sprechen über Geräte, Dan, über Haushaltsgeräte.
—Haarfön ...
—Haushaltsgeräte, Mister Stye, das gibt den kleinen Hausfrauen schon mal einen Vorgeschmack auf ihre künftige ...
—Die Vermeidung von Lebensabschnittsplanungsdefiziten, vorrangig die ...
—An dem Tag, da sie die Schule verlassen, werden sie wissen, was sie wollen, Mister Stye weiß, wovon ich rede. Die Werbung Ihrer Gesellschaft mit dem leeren Stuhl am Kopf des Eßtischs? Ein Blick darauf genügt, und Ihre kleine Hausfrau gibt keine Ruhe mehr, nehmen Sie doch nur diesen, wie hieß er noch gleich, der dieses Foto gemacht hat, wo der Präsident an der Waschmaschine ...
—Aber diese Geräte, ich kann mich nicht erinnern, daß diese Geräte im Budget vorgesehen waren.
—In der Tat, Dan, wir bekommen alles, die ganze moderne Ausstattung bekommen wir kostenlos über eine Tochterfirma der Firma, zu der Major Hyde hier gewisse Verbindungen unterhält.
—Aber wo sollen die ganzen Geräte denn hin?
—Erst mal zu den Lehrmitteln, Dan, später könnten wir die Geräte dann, also ich denke mir so ein Hauswirtschaftstechnisches Incentive-Center im Südflügel ...
—Aber da ist doch die Erwachsenenbildung drin, dazu das Programm Große Bücher der Weltliteratur und ...
—Erwachsenenbildung, wo ist es denn, Erwachsenenbildung, ich habs doch gerade noch gesehen ... er zerrte etwas unter dem Labyrinth der Knitterfalten hervor, —hier, Schnelle Küche für alle Gelegenheiten, Schonbezüge leicht gemacht, das ist es. Wir können alles in O-7 unterbringen, O-7, wo ist es, auf die Fläche, die jetzt noch Große Bücher der Weltliteratur beansprucht, paßt eine Waschmaschine, hier

ist es ja, O-7, halt, wir haben die, sieht so aus, als hätten wir da jetzt die Lärmbehinderten drin, die ...
—Das soll Lernbehinderte heißen, das ist ...
—Lernbehinderte, richtig. Kleines Problem hier mit Ihrem Computerausdruck, Dan. Lernbehinderte.
—Dan hat ne Menge Ärger mit seinen Löchern, das ist für Sie und mich natürlich ein alter Hut, Stye, sobald man einzelne verwaltungstechnische Abläufe einem Computer anvertraut, die Tests zum Beispiel oder die Notenvergabe, hier, sehen Sie. Quartieren wir die kleinen Lärmbehinderten doch einfach um nach N-7, dann ...
—Aber da lagern doch schon die Lehrmittel, die wir letztes Jahr gekauft haben, die können wir doch nicht einfach ...
—Schön, das kann alles in den ...
—Moment mal, man kann doch so empfindliche Geräte nicht irgendwo einlagern, die brauchen gleichmäßige Temperaturen und Luftfeuchtigkeit, solange wir sie nicht auspacken und benutzen.
—Der Aspekt der Nutzanwendung, ganz recht, und ...
—Nicht ganz, Dan, wenn Sie auch nur eine Kiste mit diesen Geräten aufmachen, wenn Sie nur eine einzige dieser automatischen Lehrgeräte auspacken, dann erscheinen hier sämtliche Lehrer des Bezirks mit Vorschlaghämmern, Mister Stye hier weiß, wovon ich rede. Die Lehrer warten doch bloß auf irgendeinen Anlaß, um die Sache zu dramatisieren, Whiteback, etwas, worauf sie rumhacken können.
—In der Tat ist das bereits, ähm, ich dachte, daß Dan uns in dieser Sache in der Tat behilflich sein könnte. Sie, seine Frau, Ihre Frau sozusagen, Dan, also orientierungsweise ist mir zu Ohren gekommen, daß sie orientierungsweise, wie gesagt, ein motivierender Faktor ist, aktivierungsweise, sie hat wahrscheinlich schon mit Ihnen darüber gesprochen?
—Mit mir? Worüber?
—Die Streikdrohung wegen der Entlassung dieses jungen, Best hieß er wohl? Der mit dem Mozart ...
—Sag ich doch, Whiteback, sie wollen die Sache dramatisieren. Wenn man ihn rausschmeißt, hat man gleich sämtliche Außenfeldspieler auf dem Hals, und in der Verteidigung sitzen zu viele Milchbubis rum, während die Opposition zum Korb marschiert und punktet. Wie wärs, wenn zur Abwechslung mal wir den Ball haben? Ich weiß, daß Vern mir hier zustimmt. Tragen wir das Spiel mal in die gegnerische Hälfte.
—Wenn er keinen festen Vertrag hat, dann ...

—Festen Vertrag? Der hat ja nicht mal ein Examen, aber die ...
—Kleines Problem mit einem dieser Künstlertypen, Stye, der hat unseren offenen Kanal dazu mißbraucht, einen unserer großen klassischen Komponisten mit Dreck zu bewerfen, ist über die Stiftungsschiene hier reingerutscht, Vitamin B, Stye weiß, was ich meine.
—Er war Komponist, ja, schreibt Musik, so könnte man's nennen, wir, ähm, wir haben versucht, ihn zu integrieren ins, das heißt ihn in unser Förderprogramm einzubinden, als Teil eines kulturellen Pilotprogramms mit dem Ziel, die kulturellen Aspekte der Künste noch tiefer zu, ähm, zu vertiefen, ja ...
—Bezeichnete sich selbst als Hauskomponist.
—Tja, und das, obwohl er eigentlich nie hier gewohnt hat, natürlich nicht, er läuft hier irgendwo unter, ich habs doch gerade unterschrieben, das heißt unter Stiftungsstipendium, Bast. Hier ist es ja, das ist sein Name, Bast. Einhundertzweiundfünfzigfünfzehn, hat sich das Geld nicht einmal abgeholt, und wenn man bei ihm zu Haus anruft weiß nicht mal seine Mutter, wo er ist, Dan? Haben Sie diesen Bast gesehen?
—Er war, ich hab gehört, daß es da einen Ausflug nach New York gegeben hat, bei dem er ausgeholfen hat, ja, aber meine Frau ...
—Hat sich wahrscheinlich nicht abwimmeln lassen, mein Junge hatte Probleme mit ihm.
—Der Ausflug, ja, die Sechs J. Da war doch noch irgendwas mit Fahrkarten, einer der Jungs hat sich einen ganzen Schwung Fahrkarten erstatten lassen, die sind hier irgendwo ...
—Ganz der kleine Musikant, Stye, Trompete, nichts für Weichlinge, er hat gesagt, er würde ihn nicht mal den Ruf zu den Fahnen spielen lassen. Das sollte mal eine Ihrer patriotischen Gruppen zu Ohren kriegen, Whiteback.
—Ja, die haben, eine von ihnen hat sogar Kontakt zu Pecci aufgenommen, zum Abgeordneten Pecci, um genau zu sein, irgend so ein Rufmordverein, angeblich ist er massiv vom Lehrplan abgewichen, dazu noch ein paar dumme Bemerkungen über abergläubische Italiener, Sie kennen vielleicht Mister Pecci, den Abgeordneten und Senatskandidaten Pecci, Mister Stye?
—Das ist ein wichtiger Mann, Stye, steht der Gemeinde hier sehr nah, ich hab ihn heute morgen eigentlich hier erwartet, Whiteback, wir wollten noch einige Punkte von Antrag dreizehn klären, bevor er damit an die ...

—Er ist momemtan viel zu beschäftigt mit seiner, seiner SOS-Kampagne, das heißt seiner SOS-für-Mario-Kampagne ...
—SOS? Klingt PRmäßig etwas negativ, SOS ...
—Schlicht ohne Schmutz.
—Apropos Schmutz, soll ich Ihnen mal erzählen, was mein Junge für Post kriegt, Stye? Hat sich da nen Baseballhandschuh bestellt und, Moment, Moment, schalten Sie das mal bitte lauter, Dan. Die Lautstärke, stellen Sie die Lautstärke höher.

> —unseres Anteils an Amerika, hiermit wird bescheinigt, daß Klasse Sechs J Eigentümerin einer Stammaktie ...

—Sechste Klasse, Mister Stye, sie ...
—Sehen Sie mal. Sehen Sie mal, was die da hochhalten, sehen Sie doch. Eine Aktie, sehen Sie? Diamond Cable, das ist meine Muttergesellschaft, Stye, die jungen Leute haben ihr Schicksal in die eigene Hand genommen und sich eine Diamond-Cable-Aktie als ihren Anteil an Amerika gekauft, das da ist mein Sohn, der da hinten neben der Fahne, stellen Sie doch mal den Ton etwas leiser, Dan. Wie ich schon sagte, dieser Pecci ist ein wichtiger Mann, der sich immer für den Bezirk eingesetzt hat, in welchem Teil des Bezirks sitzt Mister Stye, Whiteback?
—Direkt an der Grenze zum dreizehnten Bezirk, draußen hinter der Dunkin-Donuts-Filiale ...
—Ein kluger Schachzug, Stye, wirklich klug. Man redet davon, daß da auch das neue Kulturzentrum hin soll, direkt in dem Gebiet da draußen, dazu ein neues Einkaufszentrum, direkt an der Kreuzung von diesen beiden Highways, bis jetzt ist da nichts außer ein paar leeren alten Häusern und Bäumen, ich bin da heute morgen vorbeigefahren, haben Sie das neue Schild gesehen, Hier entsteht Mister Custard? Als nächstes wird dann der Highway verbreitert, sobald die Bäume in der Burgoyne Street gefällt sind, man versteht schon, warum das für ein Kulturzentrum die ideale Lage ist.
—Das ist Gottliebs Tochter, erinnern Sie mich daran, daß ich ihn anrufe.

> —Amerika. Inmitten der Giganten des Geldes und der Hochfinanz, die sich gen Himmel recken, kauert ganz schüchtern das kleine Kirchlein und flüstert, ich bin ...

—Wollen Sie bitte mal den Ton etwas leiser stellen, Dan? Er weiß, wovon wir reden, Whiteback, jemand mit Verbindungen zur, warten Sie mal, stellen Sie den Ton lauter, Dan.

—Für unseren Anteil an Amerika machten wir einen sehr interessanten Ausflug zu einem Mann, der hauptsächlich Tiere sammelt, die er selbst geschossen hat, sein Gewehr ist ein Manlicker, die bekannte Sportwaffe, mit einer Ausstoßgeschwindigkeit von achthundert Metern pro Sekunde kann diese bekannte Sportwaffe sogar Elefanten töten, das wilde Tier hatte seine Hunde umgebracht und sah sehr lebendig aus, nachdem er es getötet und ausgestopft hat...

—Sechste Klasse, Mister Stye, orientierungsweise...
—Ja, gut, kommt sofort auf den Punkt, so ein Bild hier, würde ich nichts Verweichlichtes dran, bloß der, können Sie jetzt bitte mal den Ton etwas leiser drehen, Dan? Die, äh, wie ich schon sagte...

—Ich bin das Lied, das der Brahmane singt, und wenn er fliegt, bin ich...

—Ja, so eine, ähm, bildliche Darstellung könnte mißverstanden werden...
—Wie ich schon sagte, Stye, das ganze Kulturzentrumsprojekt, wir überlegen, ob wir es im Früjhahr direkt ins Frühjahrskunstfestival der Schule einbauen sollen, es vielleicht sogar etwas ausbauen mit ein paar Sondersendungen auf dem offenen Kanal, wo wir die ungeahnten Möglichkeiten der Superkurzwellenübertragung auf einem zuverlässigen Kabelsystem demonstrieren können, auch unter patriotischem Gesichtspunkt ist da durchaus was drin. Whiteback?
—Ja der, ähm, dieser Junge, der sich die ganzen Fahrscheine erstatten lassen wollte, wo sind die eigentlich, ja, irgendwas wegen eines verschwundenen Kinds...

—der Witz an unserem Anteil an Amerika besteht darin, ihn nicht nur zu besitzen, sondern auch zu nutzen, das ist der Witz an einer Aktie, denn investiertes Kapital arbeitet die ganze Zeit für uns, während andere Leute die Arbeit in der Firma machen, in der man selber gar nicht zu sein braucht, sondern die einem nur gehört, wie sie einem gehört ist so, daß man...

—Wie Whiteback schon sagte, er hat vorgeschlagen, eine Sondersendung über meinen Schutzraum zu produzieren und dann alles mit dem gesamten Thema zu verbinden, was Amerika ausmacht, Wandstärke, Nahrungsvorräte, Abfall, und was es sonst noch alles zu schützen gilt. Ich denke, Sie wissen in Ihrem Geschäftsbereich, wovon ich rede, stimmts Stye? Der leere Stuhl am Kopfende des Eßtischs, was man hat, das muß man schützen, hab ich recht? Und Sie können Ihre Kameras da jetzt reinbringen lassen, Whiteback, der Abfallhaufen draußen ist weg. Ich weiß nicht, wo zum Teufel er hin ist, aber er ist weg. Mit verschränkten Armen sank er auf das Durcheinander des Schreibtischs zurück und starrte auf den Bildschirm. —Dieses Projekt scheint bei den jungen Leuten echtes Interesse ausgelöst zu haben, stellen Sie das bitte mal etwas leiser, Dan.

> —Unser Ausflug, unser Ausflug, da sollten wir einen Anteil an Amerika kaufen, und das ist so ne Firma, die macht so Sachen wie Körbe. Niemand kauft die Körbe, und das ist wegen diesem Gesetz da, dem Gesetz von Angebot und Niedergang, das der Kongreß verabschiedet hat, und der besteht aus drei Teilen Justiz, Exekutiefe und Legislatiefe, die ...

Ein Telefon klingelte. —Was? Whiteback schob die Hand über die Sprechmuschel. —Ganganelli.
—Wer?
—Von Ganganelli, Pecci und Peretti, die arbeiten an, hallo?

> —Körbe, und anstatt sich darum zu kümmern, daß die Leute diese Körbe kaufen, wäre es echt genial, wenn man es soweit bringen könnte, daß man die Körbe gar nicht mehr verkaufen muß ...

Ein Telefon klingelte. Hyde verlagerte das Fett unter dem Labyrinth der Knitterfalten und hob ab. —Parentucelli ...
—Sagen Sie ihm, einen Augenblick ...
—Er will nur wissen, ob die Verandatür im Eßzimmer nach außen oder innen aufgehen soll.
—Sagen Sie ihm, sagen Sie, nach außen. Moment, nein, nach innen.
—Hallo? Nach innen.
—Nein, Moment, sagen Sie ihm ...
—Er sagt, daß er sein Angebot für die Teerarbeiten revidieren muß, ein Dollar pro Meter, sagt er, ist nicht mehr drin, er sagt, daß die Flo-Jan Corp. bereits zwanzig Cent für jeden Quadratmeter verlangt, der im Stadtgebiet angeliefert wird, mit einem Minimum von siebenfünfzig pro Monat, er will ihnen fünfzehn anbieten, mit einem Minimum von fünfhundert.
—Sagen Sie ihm, er soll Ihnen sagen, Moment ... hallo? Parentucelli ist hier am anderen Telefon, er bietet fünfzehn Cent pro Quadratmeter mit Flo-Jan ... was?
—Die sind hier auf der anderen Leitung, hier, reden Sie mal selber mit denen. Aber so, daß ich mithören kann. Geben Sie mir mal Ihr Telefon da, Whiteback, bring sie zusammen und laß sie den Rest unter sich aushandeln.
—Haben Sie ihm außen oder innen gesagt?

> —kleines Mädchen, das uns das entzückende Gedicht über die Trinity Church vorgelesen hat, die da zwischen den Giganten der Hochfinanz kniet, diese schüchterne kleine Kirche könnte vielleicht die Wall Street kaufen, ohne auch nur ...

—Wer zum, wer ist das, ist das Gibbs? Ich dachte, das soll die Klasse von Mrs., Mrs. ...
—Joubert, ja, Mrs. Joubert ... Whitebacks Hände verschränkten sich über den zusammengeschobenen Telefonhörern, die im Schutz seiner zeltartigen Hemdsärmel aufeinander einredeten, —sie ist für einige Tage krank geschrieben, sie ...
—Hören Sie doch, was er sagt! Da hat man aber den Bock zum Gärtner gemacht, oder? Hört sich fast so an, als ob jeder verrückte Radikale in der Stadt sich an dieser Klassenfahrt beteiligt hat.

> —die kleine schüchterne Kirche blockiert wie ein Hausbesetzer Millionen von steuerfreien Dollar aus einer Landschenkung, die ...

—Mister Gibbs unterrichtet normalerweise Physik, Mister Stye, er ist, ähm, er gibt hier sozusagen nur eine Vertretungsstunde ...
—Wie ein Hausbesetzer, was hat er vor, will er etwa die religiösen Gefühle der Eltern im ganzen Bezirk verletzen? Er drehte sich um, abgelenkt von einer Bewegung über den Telefonen, die mit ihren Sprech- und Hörmuscheln ineinander verschränkt auf dem Tisch lagen. —Eine Kirche als Hausbesetzer ...?

> —soll sich doch selber ans Bein pissen, der Wagen, in dem sie saß, ist direkt vor einem meiner Lastzüge ausgeschert, jetzt will sie mich verklagen, weil sie angeblich ihr Lachen verloren hat, was mich angeht, also, das wäre kein Verlust ...

Whiteback trennte die Telefone, hob eins an sein Ohr und lauschte randlosen Blicks in die Leere. —Aufgelegt, sagte er schließlich, als er den Hörer auflegte, während der andere immer noch in seinen Ärmel schimpfte. —Sieht ganz so aus, als ob Miss Flesch nun auch die Catania Paving Company verklagen will, ich hab hier zufälligerweise mitgehört, was Mister Parentucelli mit seinen Anwälten besprochen hat, er, ähm, scheint ziemlich verärgert ...
—Hat ja auch allen Grund dazu! Mit makellos-knitterfreien Bügelfalten richtete sich die Fischgrätmasse auf, —die denkt doch, sie kann die Schule und wen sonst noch alles verklagen, weil ihr Lächeln verrutscht und deshalb an eine Fernsehkarriere nicht mehr zu denken ist,

aber sie war hier als Lehrerin angestellt und nicht als Entertainerin, die einzigen, die sie für einen Star hielten, waren Arbeitslose, Rentner, Knackis, Sozialhilfeheinis, Stye weiß, wovon ich spreche, denn er hat dauernd mit diesem Volk zu ...
—In der Tat, hat er, deshalb ist Mister Stye ja hier, der Versicherungsgesichtspunkt der, ähm, anders ausgedrückt, die Versicherung ...
—Die, äh, obwohl, es dürfte eigentlich keine Schwierigkeiten machen, die Sache in Ordnung zu bringen, dieser Kleinkram ist für ihn Routine, Whiteback, sie verklagt eben die Schule, weil sie sich auf dem Schulgelände befand, ist das der Punkt?
—Sie, ähm, ja, sie verklagt die Schule, aber daneben auch die Catania Paving Company, die Ford Motor Company und Skinner, Catania, vielmehr Parentucelli, verklagt sie, Skinner und die Schule, und Skinner verklagt ...
—Wer zum Teufel ist denn dieser Skinner?
—Der Schulbuchvertreter, der sie gefahren hat, er ver ...
—Ja also, ich weiß, daß Mister Stye hier ein vielbeschäftigter Mann ist, Whiteback, wir vergeuden seine kostbare Zeit, vielmehr die Zeit seiner Firma, er, äh, sobald er die Sache geregelt hat, sollten wir noch einmal zusammenkommen und gemeinsam überlegen, wie wir Mister Stye in den Schulvorstand kriegen. Kann übrigens eine sehr befriedigende Erfahrung sein, wenn man sieht, wie sich die Mühe auszahlt, nicht nur auf Gemeinde-, auch auf Körperschaftsebene, allein die vielen kleinen Mißverständnisse, die uns zuweilen das Leben schwermachen, und die Dinge mal aus unserer Warte zu betrachten könnte viel dazu beitragen, daß wir gemeinsam ...

> —tja, das heißt also, tja, wenn wir zweiundzwanzig Dollar und neunzig Cents für diesen Anteil an Amerika gezahlt haben, dann haben wir jetzt schon mehr als vier Dollar verloren, wozu also überhaupt ...

Bauschiges Blau kämpfte mit Blau, um eine Manschette vom schimpfenden Telefon zu befreien, und nahm dann in mittlerer Höhe Kurs auf einen Handschlag, —wenn Sie mal etwas mehr Zeit haben, Mister Stye, wir sind eigentlich ständig auf der Suche nach, ähm, nach erfahrenem Know-how im Hinblick darauf, unsere Bemühungen aktivitätsmäßig zu verstärken, das heißt unter Umständen auch mit den Möglichkeiten unserer Bank, also Wohnungsbau, Existenzgründungsdarlehen, die unsere, ähm, benachteiligten Mitbürger hier in die Lage versetzen ...
—Hier gehts raus, Mister Stye, ich hab noch etwas länger zu tun, muß

drüben im Holy Name vorbeischauen, Holy Name, die Schule da drüben, möchte einfach mal wissen, wie weit die mit ihrem Kabelnetz sind, damit das endlich mal aufhört, Ihren Unterricht kostenlos über Antenne zu empfangen, obwohl, der Besuch lohnt sich auch so, besonders wenn Schwester Agnes einen Frosch seziert ... Als sei es das erstemal, warf er sich mit aller Gewalt gegen das vermeintliche Gewicht der Tür und hätte sie auf diese Weise fast aus den Angeln gerissen, —und ich hab gegenüber Mister Stye hier unseren Abgeordneten Pecci erwähnt, für ihn ein wichtiger Mann, wir sollten sie zusammenbringen, sobald er dieses kleine Problem geklärt hat, damit sich niemand vor den Kopf gestoßen fühlt. Pecci hat sich immer sehr für den Bezirk eingesetzt, und wir möchten ihn nicht vor den Kopf stoßen, Mister Stye weiß, was ich meine ...

—doch dieser Verlust ergibt sich lediglich rechnerisch, Kinder. Auf dem Papier habt ihr zwar vier Dollar verloren, aber ...

—Könnten Sie noch einen Augenblick dableiben, Dan, wir wollen nur besprechen, he, ich spreche mit Ihnen, Dan.
—Mir gefällt das nicht. Hyde drückte gegen die Tür, als stünde der Feind bereits davor. —Haben Sie gemerkt, wie er hier gesessen und alles beobachtet hat? Und was soll das heißen, daß er sich für den Schulvorstand bewerben soll?
—Er, ähm, bevor Sie reinkamen, er erwähnte das, bevor Sie reinkamen, er, ähm, ich glaube, er sagte, der Vorschlag käme von Vern und ...
—Wenn ich gegen etwas mißtrauisch bin, dann gegen einen Schwarzen, der kein Wort sagt, er hat nur dagesessen und geschwiegen und sich alles angehört, man sieht diesen Typen ins Gesicht und hat keine Ahnung, wie's drinnen aussieht, wenn er da genau auf der Grenze sitzt hinter Dunkin Donuts, dann würde ich ihn liebend gern dem dreizehnten Bezirk überlassen, Sie haben doch bereits zwei andere schwarze Familien, die in diese Gegend gezogen sind. Ich meine, das ist doch ein Hammer für jede ...
—Ja also, die, im Hinblick auf die gegenwärtige Situation, das heißt integrationsmäßig, also wir haben da ein paar Koreaner, eine koreanische Familie draußen bei Jack's Haushaltswaren-Discount ...
—Ihre Koreaner sind keine weißen Negerfresser.
—Nein, die, eher nichtweiß, könnte man sagen, die Richtlinie muß noch irgendwo hier liegen, im Hinblick auf die integrationsmäßige

Umstrukturierung unseres Bezirks wird eindeutig auf Nichtweiße Bezug genommen, das heißt also Integration, bevor sie ganze Busladungen aus Queens bei uns abladen, ja, auf welchem Apparat hat es jetzt, ähm, hallo ...? Nein, er ist hier, ja, aber ...
—Mein Büro?
—Nein, für ihn ... Whiteback hielt den Telefonhörer vor das Gesicht auf dem Bildschirm, das unbeeindruckt damit fortfuhr, den leeren Luftraum vor der Tür mit Informationen zu füttern. —Hallo? Genaugenommen nicht hier, sondern eher ... Wiedersehen. Ein Freund von Mister Gibbs, ein Unfall, klang so, als hätte er sich mit dem Bleistift ein Auge ausgestochen.
—Unfall? Wie dieser Maler, der sich das Ohr abgeschnitten hat, hören Sie sich den doch bloß mal an ...

> —was euer Anteil an Amerika mit der Geschichte eures Landes zu tun hat, mit ein wenig Hintergrundwissen über den berühmten Mann, den ihr kennengelernt habt, Governor John Cates, seinerzeit besser bekannt als Black Jack Cates, ein Mann, der entscheidend dazu beigetragen hat, der Industrie dieses Landes völlig neue Perspektiven zu ...

—Hören Sie das, Whiteback?

> —nicht zuletzt dank seiner Privatarmee während des großen Streiks in den Bitterroot-Bergen Montanas, als siebenundneunzig Bergleute getötet wurden ...

—Hören Sie das, Whiteback? Hat er das etwa aus einem Lehrbuch, dieses Streikgerede?
—Ja, dieses Streikgerede, vielmehr diese Drohung, Dan wollte bei seiner Frau mal, ähm, nachfühlen, mal nachfühlen wegen dieser Lehrerstreikdrohung, das heißt, was aktionsmäßig so gepla ...

> —sein berühmtes Wort über die Politik erinnern, wen man nicht besitzt, dem kann man auch nicht trauen ...

Eine Klingel schlug an, ließ Bewegung verstummen, wo Bewegung war, und verwandelte umgekehrt Bewegungslosigkeit in Aktivität, Bücher wurden zusammengepackt, Papiere flogen zu Boden, ein Handschuh durch die Luft. —Moment noch, du da in der dritten Reihe.
—Ich, Mister Gibbs?
—Nein, du, hast du die Verse über das Lied, das der Brahmane singt, gelesen?
—Und wenn er fliegt, bin ich ...

—Ja, worum ging es da?
—Mein Trip, die haben gesagt, lies einen Bericht über deinen Trip vor.
—Warst du mit auf der Klassenfahrt der Sechs J?
—Der was?
—Zu welchem Jahrgang gehörst du? In welcher Klasse bist du?
—Ist das hier denn nicht Sprachliche Kommunikation?
—Geh mal lieber runter zu Miss Waddams?
—Telefon für Sie, Mister Gibbs.
—Danke. Bringt ihn doch bitte zur Krankenschwester, Gibbs ... für mich? Komme sofort ...
—Mister Gibbs, könnten Sie bitte mal kurz ...
—Jetzt nicht, tut mir leid, ich habs eilig ... er ging durch die Tür, die Treppe hinunter, immer zwei Stufen auf einmal.
—Oh, Mister, ja, Gibbs, da war ein Anruf für Sie, ein Unfall, ich habs gerade noch irgendwo aufgeschrieben, jemand mit ...
—Ja, sagten Sie Schramm? Was ist passiert?
—Hier irgendwo, er ...
—Hat sich mit nem Bleistift glatt ein Auge ausgestochen, sehen Sie mal, Gibbs, ich wüßte nur zu gern, woher Sie das Material für den Unterricht über ...
—Moment, was ist, was soll das alles?
—Ihr Unterricht über Governor Cates, ich wüßte gern ...
—Ja, hier ist es, Schramm, ein Mister Eigen hat angerufen ...
—Und woher, frage ich, nehmen Sie sich eigentlich das Recht, den jungen Leuten einzureden, daß eine Kirche praktisch wie ein Hausbesetzer ...
—Augenblick bitte, das ist wichtig hier.
—Also das ist auch wichtig, Gibbs. Ich will jetzt wissen, ob Sie als Quelle die offiziellen Lehrbücher benutzen oder ...
—Hören Sie, das ist ein Notfall, ich muß ...
—Und da wir gerade beim Thema sind, ich möchte wissen, was an den Berichten dran ist, daß Sie den Unterricht ohne vorschriftsmäßige Eröffnung beginnen, dem Treuegelöbnis beispielsweise, oder dem Star Spangled ...
—Hören Sie, ich, Whiteback, kann dieser Idiot nicht mal für einen Moment den Mund halten, das ist ein Notfall hier, ich muß nach New York ...
—Ja, also natürlich, wenn Sie, ähm, wenn Sie den Zug nehmen, dann hätte ich sozusagen noch ein paar Fahrkarten hier, die einer der jungen

Leute umgetauscht hat, ja, sie müssen hier doch irgendwo sein, wenn Sie vielleicht, ähm ...

—Schöne Freunde hat der da ... scholl es von der Sofalehne her, auf die sich Hyde hatte sacken lassen, die Arme verschränkt vor der massigen Brust, der Kragen verrutscht, —sein Freund hier mit dem Bleistift ...

—Hier sind sie ja, wenn Sie die vielleicht für uns einlösen könnten, Mister Gibbs, auf dem Weg zum ...

—Klingt so wie dieser Maler, der sich das Ohr abgeschnitten hat, wie war das genau, Gibbs, erzählen Sie mal, hat er's irgendwem geschickt in nem ...

—He, Moment ...!

—Mister Gibbs! Bitte, nicht jetzt ...

—Versuchen Sie das bloß nicht noch mal, Gibbs.

—Nein, kommen Sie mit, Major, sehen Sie ihn sich an! Schramm, sehen Sie ihn sich an, Sie sind genau das, was er jetzt braucht, Major, und wissen Sie auch warum, Major? Weil er sich von Wut ernährt, das hält Schramm am Leben, nur sein Zorn über diese niederträchtige stumpfe grenzenlos dumme Gesellschaft, Sie, Sie wären die beste beschissenste Inspiration, die ich ihm liefern könnte, Sie mit Ihren vorschriftsmäßigen Eröffnungs ...

—Sie, bleiben Sie mir bloß vom Hals, Gibbs, bleiben Sie mir bloß vom ...

—Ja also, dann, ähm, ähm, dann wollen wir mal, ähm, die Fahrkarten, richtig, ja hier, Mister Gibbs, wenn Sie die auf dem Weg zum Zug für uns umtauschen würden, ja, zehn vierzig, nicht der Zug, nein, die zehn Dollar vierzig, richtig, das haben Sie ja nicht mitgekriegt, also die zehn Dollar und vierzig Cent, die wir dem Jungen erstattet haben für die, das heißt für die Fahrkarten für die Klassenfahrt mit Mrs. ähm, ähm, Bast, richtig, ja, der irgendwie eingesprungen ist, obwohl er heitsehr, ähm ...

—Also, ich habe jetzt keine Zeit mehr zu vergeuden, Whiteback, ich habe einen Termin in ...

—Natürlich, ja, nach Ihnen, Major, ähm, also der seither irgendwie spurlos verschwunden, wie war das? Sie sagten, Sie wollten Schwester Agnes besuchen und zusehen, wie sie einen Frosch seziert, wir haben ja alle reichlich zu tun, wie stehts mit Ihnen, Dan? Auch noch einen Termin? Ich glaube, Coach wollte mit Ihnen über Ihre Frau, ähm, reden, natürlich kann er so etwas jetzt nicht besprechen, er gibt gerade Sportunterricht, ja, ich muß zum Sprechzimmer der Kranken-

schwester, die vierte Klasse scheint dort einen Sitzstreik zu veranstalten oder, ähm, oder sagt man jetzt Sit-in?
—Mister Gibbs, Sie, geht es Ihnen gut?
—Was? Oh, Dan, gut, ja, ich ...
—Sie sehen aber blaß aus, Ihr, hier ...
—Ich sagte, mir geht es gut! Ich bin nur, nur stinksauer auf mich selbst, weil ich die Beherrschung verloren habe wegen diesem Arsch ...
—Ja also, Sie hätten sich nicht über ihn lustig machen ...
—Erste Scheißregel lautet, schlage nie jemanden, den du nicht leiden kannst, gehen Sie auch raus?
—Ja, ja, ich ... er stand vor der Glastür, die sich noch nie nach innen hatte öffnen lassen, rüttelte daran und ging dann durch die Tür daneben, die weit offenstand, —ich könnte Sie zum Bahnhof fahren ...
—Nein danke, ich geh zu Fuß, muß noch am Postamt vorbei ...
—Da, ja, da muß ich auch hin, ich erwarte Nachricht, meine weitere berufliche Weitervermittlung, äh, Entwicklung, ich hatte gehofft, ich könnte mal mit Ihnen darüber reden, ich dachte, ich hätte Sie auf dem Bahnhof in New York gesehen, ich dachte, ich könnte mit Ihnen zusammen zurückfahren, aber Sie waren da mit einer, einer jungen Dame zusammen, ich vermute, Sie wollten gerade irgendwo mit ihr hin, und da wollte ich nicht, Moment, wo ist denn mein Auto ... er suchte die Reihe glotzender Chromgrimassen nach der vertrauten Ptosis ab, die von einem Schlenker über den Bordstein gegen einen Feuerhydranten stammte, —da hinten, ja, wo die Jungs, wo gehen die denn hin ...
—Chorprobe, der Balg mit dem Bürstenschnitt, das ist Hydes Anteil an Amerika, nichts Verweichlichtes dran, sieht aus, als wär er gerade einem beschissenen deutschen Elitewaisenhaus entsprungen ...
—Aber die dürfen doch gar nicht weggehen, he, Jungs ...! Oh, aber warten Sie mal, haben Sie's nicht ...
—Nein danke, ich habs eilig, Dan, ich geh zu Fuß ...
—Ja aber, aber, also gut, he, Jungs ...! Wo geht ihr hin ...?
—Los los, jetzt nicht anhalten, eh, hier lang ... sie gingen in Richtung des Teergestanks, der die Burgoyne Street umnebelte, —und was ist dann passiert ...?
—Nix, er hat nur gesagt, wenn er mich nochmal dabei erwischt, daß ich das Telefon benutze, dann müssen sie zu diesen disziplinarischen Maßnahmen hier greifen, ich meine, was weiß ich ...
—Okay, aber wenn du machst, was du gesagt hast, Mann, dann kriegste aber Ärger, ich meine, Mann, das ist doch Urkundenfälschung.

—Quatsch, Urkundenfälschung, ich hab doch bloß diesen Namen, der sowieso niemandem gehört, hier unten hingekritzelt, wo steht genehmigt von, ich meine, glaubst du etwa, die Telefongesellschaft geht rum und fragt jeden, ist das hier auch wirklich Ihre Unterschrift? Das interessiert die nicht die Bohne. Wenn oben draufsteht Antrag auf Bereitstellung einer öffentlichen Fernsprecheinrichtung, dann steht morgen ne Telefonzelle hier.
—Du wirst es schon merken, Mann, glaubste etwa, Whiteback wird nicht stinksauer, wenn die Schule dann die Rechnung dafür kriegt?
—Du hast ja keine Ahnung, die Schule zahlt gar nichts, sondern umgekehrt, die zahlen an die Schule, die Telefongesellschaft zahlt der Schule was dafür, daß sie diese Telefonzelle hier aufstellen darf, also helf ich der Schule noch, ich meine, je mehr Anrufe...
—Woher willste das denn wieder wissen? Mann, ich meine, was für ein Scheiß...
—Ich hab die angerufen, was denkst du denn, ich meine, was soll ich denn machen? Soll ich etwa jedesmal zum Kiosk rüberrennen? Oder etwa nach Haus? Ich meine, stell dir doch mal vor, ich hab gerade ein Geschäft am Laufen, und die rufen mich an, und dann geht da ne Frau ans Telefon und sagt, ja, hier ist J Rs Mutter, kann ich Ihnen helfen? Ich meine, was würdest du...
—Paß doch auf, willste etwa die Tür kaputtmachen? Das ist Regierungseigentum, Mann...
—Na und? Die haben doch Geld genug.
—Hoffentlich vertust du dich da nicht, Mann, eh, haste noch nie das kleine Schild hier gesehen? Diebstahl wird mit mindestens fünfhundert Dollar Geldstrafe oder einem Jahr Gefängnis geahndet, das kriegste, wenn du nur so nen beschissenen kleinen Kugelschreiber klaust, Mann, und wenn du ne Tür kaputtmachst, dann kriegste...
—Das ist doch Riesenmist, die kosten neunzehn Cent, ich meine, wer würde die denn überhaupt klauen, nimm mal deinen Ellenbogen da weg, ich will ihn ja nur benutzen... er beugte sich nach vorn, um in mühevoller Minuskel Investors Fullfilment Corp. auf eine Blanko-Zahlungsanweisung zu schreiben.
—Das wirst du schon merken, Mann, was haste denn da? Zeig mal her, eh, ich meine, wo ist denn dieser große Scheck, von dem du dauernd rumdröhnst?
—Das ist doch meine Sache, paß auf, du läßt alle...
—Erfinder-Informations-Set, Mann, was 'n Scheiß, mit einer ausführ-

lichen Liste bereits gemachter Erfindungen. Hiermit gebe ich, wohnhaft im Staat, kund und zu wissen, daß ich eine neue und nützliche, Scheiße, ich meine, du könntest nicht einmal, was willste dafür haben?
—Wofür, geh doch mal zur Seite. Laß mich mal die ...
—Ich meine, was 'n Scheiß, guck mal. Dem einzelnen Erfinder ist die Welt wie eine Auster, was soll das denn heißen, ich meine, die ist doch schon erfunden. Willste das eintauschen?
—Okay, wofür? Der Silent Defender, aus Leichtmetall, he, was macht dein Scheiß eigentlich in meiner Mappe, das Koitalkorsett aus bestem Sprungfederstahl, kannste mal ...
—Los, gib das her, ich meine, du kannst ja ne Auster erfinden, wenn du denkst, daß du so, Moment, eh, guck mal, du hast 'n Päckchen gekriegt, wenn's wieder ne Uhr ist, krieg ich die aber diesmal, okay? Ich meine, wenn Klasse Sechs J draufsteht und alles, warum soll ...
—Okay! Woher soll ich denn wissen, was drin ist, paß doch mal auf, eh, ich versuch hier, was zu machen!
—Na los, dann mach doch, soll ich das Päckchen nehmen ...
—Ja los ...! Zwischen Papierfetzen und Briefumschlägen grub er nach einem vier Zeilen kurzen Brief voller Unregelmäßigkeiten und verschmierter Radierungen, leckte den Kugelschreiber an, trug umständlich seine Initialen ein, knallte eine Briefmarke auf US Savings and Loan Ass. R eno Nev., wandte sich zum Schalter Postanweisungen, seine Hand bereits in der Mappe auf der Suche nach dem Geldbündel, da bückte er sich plötzlich nach einem Penny, der Richtung Paketpost rollte.
—Paß auf!
—Heilige ...
—Ist nicht meine Schuld, der Karton war schon ka ...
—Okay! Hilf mir, das aufzusammeln ...
—Mann, die ganze Seite ist aufgerissen, was, was soll das denn ...
—Nix! Bloß diese kleinen Karten hier, hilf mir mal, die aufzusammeln, bevor jemand ...
—Nee, aber was, wart mal 'n Moment ...
—Hör mal, du mußt die nicht lesen! Heb, heb sie bloß auf!
—Aber, aber ausgerechnet der ...?
—Was ist daran denn so witzig?
—Das soll dein Geschäftsführer sein, Edwerd Bast?
—Was ist daran denn so witzig?
—Ich meine, der weiß ja nicht mal, Scheiße, guck dir das an, kann ja

nicht mal seinen eigenen blöden Namen richtig schreiben, Edwerd, guck mal, e, d...
—Ich hab gesagt, du sollst aufhören zu lachen! Woher willst du das denn überhaupt alles wissen, ich meine, er hat es ja gar nicht geschrieben, er...
—Weil, ich hab nämlich einen Onkel Edward, deshalb, es schreibt sich w, a, was meinste überhaupt, er hat es nicht geschrieben, ich wette, der weiß nicht mal von seinem Glück...
—Na und? Mann, wenn du jetzt nicht aufhörst zu lachen...
—Woher weißt du denn, daß er das überhaupt macht, er weiß ja gar nicht...
—Weil er es macht, deshalb!
—Der Typ hat doch keinen blassen Schimmer von Geschäften, wie kann er dann...
—Na und? Ich geb ihm die gleichen Broschüren zum Lesen, also los jetzt, heb sie auf...
—Wieso haste denn sogar die Telefonnummer drucken lassen? Der ist doch sowieso nie erreichbar, er...
—Das ist meine Sache, hörst du, halt jetzt die Klappe, Mister Gibbs ist gerade reingekommen, glaubste etwa, ich will das überall rumposaunen...
—Okay, aber der ist doch überhaupt nie erreichbar, mein Vater hat gesagt...
—Du hast doch überhaupt keine Ahnung, Mann, der muß noch mal in die Schule kommen, um sich den Gehaltsscheck abzuholen, der ihm noch zusteht, oder etwa nicht?
—Ja also, mein Vater hat gesagt, er hat im Fernsehen S,c,h,e,i,ß,e gesagt, und deshalb läßt er sich lieber nicht mehr blicken...
—Ja also, dein Vater ist ja auch total...
—Paß bloß auf, Mann, wenn der rauskriegt, wer den Abfallhaufen vor unserm Haus weggeschafft hat, dann kriegste aber...
—Na und? Du hast doch selber gesagt, daß er praktisch dein ganzes Leben lang immer nur rumgeschrien hat, daß er ihn wegschaffen lassen wollte, oder nicht? Ich meine, da wuchsen doch schon so kleine Bäume drauf, paß doch auf, wie du die aufhebst! Ich meine, echt, man kann doch niemandem so ne dreckige Visitenkarte geben, wenn man in ein Büro kommt oder...
—Dann schmeiß die dreckigen doch weg, kann man doch eh nix mit anfangen, ich meine, das müssen ja Tausende...

—Na und? Man mußte tausend bestellen, wenn man diese Brieftasche hier als kostenloses Geschenk dazu haben wollte, und also ...
—Guck mal, da drüben sind auch noch welche, eh, der trampelt auf ...
—Heilige ... er rutschte auf Knien vorwärts, —entschuldigen Sie, könnten Sie bitte mal Ihren Fuß zur Seite, Mis, oh, hallo Mister Gibbs ...
—Was?
—Hallo ... erscholl es von unten, —ich wollte Sie nur bitten, Ihren ...
—Moment mal, was ...? Und erneut wandte er sich auf dem Absatz dem Fenster zu, —Bewährungs, ausgestellt auf die Bewährungsstelle, richtig, B,e,w ... ja, Scheiße, ich hab mir den Namen doch nicht ausgedacht, also. Zwanzig, vierzig, neunzig, eins zehn, eins sechzig, eins achtzig, ja, ich benutze einen altmodischen Füllfederhalter, verstößt das auch gegen die Vorschriften? Zwei dreißig, zwei vierzig, fünf, sieben, acht, Moment, ich hab noch Kleingeld, neun, neun fünfzig, fünfundsiebzig, fünfundachtzig, Herrgott, Moment, fünfundneunzig, sechs, da ...
—Hallo, Mister Gibbs?
—Was ist los?
—Nee, ich wollte bloß wissen, ob Sie irgendwo Mister Bast gesehen haben?
—Bast? Er leckte den Briefumschlag an, während er sich dem Schlitz Andere Orte zuwandte, —ihr seid mit ihm doch erst letzte ...
—Ich, was?
—Ich dachte, eure Truppe ist mit ihm ins Geldmuseum gegangen, sagte er und wandte sich zur Tür, —der berühmteste Mann der Stadt ... Und sie fiel hinter ihm zu, wo Rauch und Feuer der schwarzen Masse auf der Burgoyne Street entstiegen und erst im schmerzlich abfallenden Chloe-Gejaule Halt fanden, während er dem Auto auswich, das zum Parken den Bordstein hochfuhr, und dann weiter durch den Gestank trabte und seine Taschen durchwühlte, bis eine zerdrückte Zigarettenpackung zum Vorschein kam, Streichhölzer und ein Fahrschein zum halben Preis, der in der Schachtel verklemmt war. Selbst als die Tür hinter ihm zufiel, wühlte er noch und erreichte so schließlich das Gitterfenster, wo er eine Tasche leerte, —will nur ein paar Fahrkarten umtauschen ...
—Falscher Schalter, Kumpel.
—Was soll das heißen, hier gibts doch gar keinen anderen Schalter.
—Vielleicht sind Sie dann auf dem falschen Bahnsteig ... die Fahrkar-

ten unter dem Gitter wurden schroff wieder zurückgeschoben. —Der nächste!
—Nein, Moment, entschuldigen Sie ... er erwischte die zerrissene Hälfte von Jack's Little Green Card, Schnipsel mit Platz zehn, Nummer drei im sechsten Rennen, Sieg —entschuldigen Sie, ich glaube, ich bekomme zehn Dollar und vierzig Cent zurück.
—Wofür?
—Den Umtausch dieser Fahrkarten.
—Füllen Sie das hier aus und schicken Sie es an diese Anschrift.
—Wieso, können Sie denn nicht ...
—Hör mal, Kumpel, ich hab noch die Nase voll von dir von neulich, und jetzt sei vernünftig und ...
—Neulich, wovon reden Sie denn überhaupt? Ich will lediglich diese Fahrkarten erstattet haben ...
—Weil du das Geld willst, stimmts? Dann füll das hier aus und schick es per Post, Adresse steht drauf.
—Aber ich brauch das Geld jetzt, ich bin ...
—Wenn du den Brief persönlich abgeben willst, bitte sehr.
—Wo denn?
—In Brooklyn, steht doch drauf, der nächste.
—Brooklyn?
—Einfache Fahrt?
—Moment mal ...
—Das macht eins achtundsiebzig.
—Aber ich hab doch gar nicht gesagt, daß ich nach Brooklyn will, ich will nach ...
—Willst du jetzt ne Fahrkarte oder nicht? Der nächste, bitte.
—Moment. Sehen Sie doch. Da ist gar kein nächster. Hinter mir ist niemand, sagte er laut durch den Lärm, der von oben durch den Bahnhof toste. —Ist das der Zug?
—Was denn sonst, du Schlaumeier.
—Ich meine den Zug nach New York, wann geht der nächste Zug nach New York?
—Lesen Sie selbst, hier ...
—Aber, nein, dieser Fahrplan ist, das sind Züge für die gesamte Ostküste, können Sie mir nicht sagen, ob das der nächste Zug nach New York ist? Ich muß nach New York ...
—New York?
—Ja, ich ...

—Das macht eins vierundachtzig.
—Aber das ist es ja gerade, ich habe keine eins vierundachtzig, ich...
—Nimmst du jetzt eine Fahrkarte, oder willst du hier noch mehr Ärger machen?
—Noch mehr? Ich will doch nur, ich hab nur einunddreißig Cent Mister, Mister Teets, ich kann Ihnen nicht eins vierundachtzig geben, deshalb brauche ich die Erstattung, können Sie nicht...
—Füll das aus und schick es per Post. Der nächste, bitte.
—Teets, sehen Sie doch mal hinter mich! Da ist niemand, Teets! Kein nächster! Niemand! Er klammerte sich noch einen Moment ans Gitter, raffte dann die Fahrkarten zusammen, lief zur Treppe, die Treppe hinauf, zwei, drei Stufen auf einmal, hinaus auf den Bahnsteig und in den Zug, warf sich auf die erstbeste Bank, in deren Polsterspalt er eine Zeitung fand, die sich, entfaltet, als Staats-Zeitung und Herold entpuppte.
Ein Schaffner mit gestriegeltem Schnurrbart klapperte neben ihm mit dem Locher. —Fahrkarte?
—Ja? Er blickte mit entwaffnendem Lächeln aus der Zeitung auf.
—Ihre Fahrkarte?
—Ach, Sie wollen meine, meine... Er wühlte in Taschen, brachte ein viereckiges Stück Pappe zum Vorschein und hielt es mit strahlendem Lächeln dem Schaffner hin.
—Das ist eine Fahrkarte zum halben Preis, Mister.
—Bitte?
—Ich sagte, diese Fahrkarte, dies ist eine Fahrkarte zum halben Preis.
—Jaja... er strahlte, nickte, begann zu schielen.
—Halber Preis, halb. Kinderkarte. Kind.
—Ja wissen Sie...
—Sehen Sie, Sie, Mann. Karte, Kinderkarte, kapiert?
—In dem Bahnhof, ja, begann er, immer noch strahlend, jetzt schwer schielend, —in dem Bahnhof habe ich die...
—Ach du lieber Gott, verstehen Sie doch. Wo Sie kaufen Karte?
—Herr Teets, verstehen Sie? In dem Bahnhof, Herr Bahnhofmeister Teets, gott-trunkener Mensch, verstehen Sie? Mit der Dummheit kämpfen Götter selbst vergebens, er strahlte, richtete die Augen plötzlich geradeaus, —nicht?
—Herr im Himmel.

---

* Die im Text gebrochen gesetzten Stellen markieren deutschen Text in der amerikanischen Ausgabe.

—Bitte? Das Lächeln verschwand bei offenstehendem Mund.
—Vergessen Sie's. Der Schaffner ließ seinen Locher mit Nachdruck zuschnappen, wandte sich dem Gang zu, wurde aber unvermittelt am Arm festgehalten.
—Ja danke, danke schön, strahlte er und schüttelte kräftig an der Hand des Schaffners, hob wohl auch sein gewinnendes Lächeln jedesmal aus der Staats-Zeitung wenn der Schaffner während der Fahrt vorbeikam, und griff ihn sich sogar zu einem letzten zünftigen Handschlag, als der Zug im Bahnhof einlief, wo er ein Telefon suchte, sich in der Zelle hinsetzte und sich durchs Gesicht wischte, bevor er seine Münzen herausholte und wählte. —Hallo? Mister Eigen bitte... Hallo? Mister... könnten Sie ihn bitten, mich sofort anzurufen? Es handelt sich um einen Notfall. Mein Name ist, Scheiße... Nein, jemand hat die Nummer von diesem Telefon abgekratzt, ich muß Sie noch einmal anrufen. Er knallte den Hörer auf, schob sich aus der Zelle, hinein in die nächste, besah sich dort die drei Münzen in seiner Hand, bevor er eine einwarf und erneut wählte. —Hallo? Ben? Nein, ich bleib dran...
Widerhallende, zusammenhanglose Silben aus Lautsprechern vermischten Ankunft und Abfahrt, während er in der offenstehenden Telefonzelle saß und hinausstarrte, —Ben? Ja, hallo, hör mal. Hat ihr Anwalt irgendein endgültiges Angebot gemacht? Ich kann nicht mehr länger von Luft und guter Laune leben, ich bin... Nein, ich hab gerade ne Scheißrate abgeschickt, wenn sie mit einem endgültigen... Das weiß ich doch nicht! Das weiß ich ja, nein... Was denn für Vermögenswerte und Sicherheiten, Herrgott noch mal, ich hab ja nicht mal, ich hab fünf Prozent von irgendeiner maroden Familienfirma, für die ich mal gearbeitet hab, wahrscheinlich liegt das noch irgendwo rum, aber das ist doch... was haben die gesagt...? Nein, hör jetzt mal zu, Scheiße, ich versuch doch gar nicht, mich vor den Alimenten für das Mädchen zu drücken, Ben, das weißt du verdammt gut, es geht um diesen, um diesen Scheißunterhalt, der ist einfach... Das weiß ich, ich weiß, daß du es so ausgehandelt hast, aber hör mal zu, wofür soll so ne beschissene Steuerveranlagung gut sein, wenn ich nicht mal... wann, jetzt? Ich kann kein Taxi nehmen, nein, ich kann nicht mal den Bus nehmen, ich hab noch genau elf... also gut, ja gut, Ende der Woche...
Er zog die Tür auf und betrachtete die beiden Münzen in seiner Hand, bevor er die eine einwarf und erneut wählte. —Mister Eigen, bitte... Hallo? Ich habe eben schon einmal angerufen... Eigen? Ich bin gerade in der Stadt. Wo ist Schramm...? Er klemmte sich den Hörer zwischen

Hals und Schulter, wühlte in einer Tasche, förderte eine Zigarettenpackung zutage, zögerte, weil es die letzte Zigarette war, und zog sie heraus. —Herrgott, wie, wer hat ihn ins Bellevue gebracht? Was? Also gut, auch meine Meinung, aber Herrgott noch mal, das hätte auch wirklich niemand anderem passieren können, das ist so eine Sache, die nur Schramm passieren konnte... Wer? Wenn die ihn über Nacht zur Beobachtung dabehalten wollen, sollen sie doch... Also, dazu wäre er in der Lage, du weißt doch verdammt gut, daß er das könnte, besonders nach dieser Sache, das letztemal konnte ich ihn gerade noch davon abbringen, aber schon kurz darauf... Das weiß ich... Ich geh jetzt sofort hin, jetzt gleich, ich brauch etwa... Weil ich noch genau einen Cent habe, deshalb! Was...? Nichts. Na fein, prima, sitz hier am Bahnhof, hab noch einen Scheißpenny in der Tasche und halt nach irgendeinem vertrauten Gesicht Ausschau, seit ich sieben bin, mach ich praktisch nichts anderes, ich fahre übers Wochenende von der Schule nach Haus und fahre sonntagabends wieder zurück, dauernd habe ich dieses Bild vor mir, Schramm hat recht, man kann nicht nur einen Teil töten, Moment, Moment, ich sehe da gerade jemanden, den, die ich kenne, Moment, bleib mal dran...

Er ging aus der Telefonzelle, zog die Krawatte fester um den Hals zusammen und rief mit erstickter Stimme, —Amy...? Was sich anhörte, als sei allein dieser Name daran schuld, daß seine Stimme versagte und sein Gesicht sich zu einer Grimasse der Bestürzung verzerrte, während ein Lächeln über das ihre flog und ihre ausgestreckten, geöffneten Arme an seiner Person vorbeistrebten, weswegen er erst gegen, dann in die Telefonzelle zurücksank und beobachtete, wie sie sich halb auf die Knie niederließ, um den kleinen Jungen zu umarmen, der seinerseits beschämt zurückzuckte, einen Koffer aufhob und den Schulblazer glattzog, während er nach dem baumelnden Telefonhörer griff, —wie, genau wie in einem dieser alten Shirley-Temple-Filme, Jack Haley geht auf einer Seite durch die Drehtür, und sie kommt gerade durch die andere raus, aber, Herrgott, Tom? Stell dir mal vor, man hätte da jemanden, der sich dermaßen freut, wenn er einen sieht? Eigen? Hallo...?

Und das Glas der erzitternden Tür fing sich in ihren Augen, und ihr Profil schmiegte sie ganz nah an den gekrümmten Rücken des Jungen, den sie mit einem Arm umfaßt hielt, während sie vorübergingen und er hörte, —ich kann Der Sturm der leichten Brigade auswendig.
—Wir müssen uns beeilen, Francis.

—Nicht mal zwei Meilen, nicht mal zwei Meilen ritt die Brigade, warum müssen wir uns beeilen?
—Weil wir uns beeilen müssen.
—In den Rachen des Todes ...
—Hast du im Zug etwas gegessen, Francis?
—Ein Käse-Sandwich, es hat einen ganzen Dollar gekostet und war nur Brot und Käse. Kanonen zur Rechten, Kanonen zur Linken, Kanonen direkt im Angesicht ...
—Komm, hier entlang zu den Taxis.
—Feuerten donnernd. Wo gehen wir hin, zuerst nach Hause?
—Ja.
—Ist Papa da?
—Er kommt heute abend erst spät zurück. Er war verreist.
—In Genf?
—Wieso Genf?
—Er hat mich gefragt, ob ich in Genf wohnen will. In die Klauen des Todes, in den Schlund der Hölle ...
—Da ist ein Taxi.
—Kann er morgen mit mir zum Eishockey gehen?
—Ich dachte eigentlich, daß wir uns die Cloisters ansehen.
—Was ist das denn?
—Eine Art Museum, sagte sie, schob seine Tasche in den Wagen, bevor sie folgte und sich dabei noch einmal umsah.
—Mister Merton kann mich nicht leiden, Mama.
—Wer ist denn Mister Merton?
—Mein Mathelehrer, er kann mich nicht leiden.
—Das kann ich mir aber nicht vorstellen, Francis.
—Tut er doch. Guck mal den Film, können wir da reingehn?
—Mal sehen.
—Würdest du gern in Genf wohnen, Mama?
—Weiß ich nicht, Francis.
—Wenn du es dir aussuchen könntest, wo würdest du dann am liebsten wohnen?
—Ich weiß es nicht, sagte sie und starrte auf seinen Rücken, seinen Hinterkopf, wie er da auf der Sitzkante saß und aus dem Fenster schaute, bis sie anhielten und Portiers in verschiedenen Größen, aber einheitlicher Uniform Türen öffneten.
—Wo soll ich schlafen? In der Eingangshalle ließ er seine Tasche fallen.
—Ich denke, wie immer im Kinderzimmer.

—Hier ist immer alles so sauber und ordentlich, es sieht gar nicht aus, als ob hier jemand wohnt.
Sie hatte ihre Tasche auf dem Sofa abgesetzt, zog, halb verborgen unter den weißen Lederkissen, einen BH aus schwarzer Spitze hervor und griff dann wieder nach ihrer Tasche. —Ich leg nur etwas Lippenstift nach, dann können wir los ... Im Schlafzimmer riß sie die erstbeste Schublade auf, gefüllt mit gleichmäßig gestapelten Hemden, von denen sie einige beiseite schob, um den BH unauffällig verschwinden zu lassen, starrte dann jedoch unversehens auf eine theatralisch ausgeleuchtete Porträtfotografie, die schließlich, je weiter sie aus dem Hemdstapel hervorgezogen wurde, auch eine überschwengliche Widmung preisgab.
—Mama...?
—Kleinen Moment noch, Francis. Sie schraubte den Lippenstift auf.
—Nicht mal zwei Meilen, nicht mal zwei Meilen ritt die Brigade ...
Als er eintrat, war sie gerade mit den Augen fertig. —Willst du dich nicht waschen, bevor wir ausgehen, Francis?
—Hab ich schon. Können wir in den Film gehen?
—Mal sehen.
Im ersten Museum sagte er, —ist das wirklich eine Million Dollar wert? Im nächsten, —ich glaub der hat keine Zeit gehabt, es fertig zu malen... und beim Abendessen, —darf ich ein Steak? Später, —weißt du, was ich glaube, Mama? Wenn ich jetzt nicht reden würde, wenn ich es irgendwie aufsparen und nicht reden würde, daß ich dann reden könnte, wenn ich tot bin.
Im dunklen Taxi beugte sie sich plötzlich zu ihm hinunter. —Francis? Du willst doch nicht wirklich in Genf wohnen, oder?
—Wärst du auch da?
—Ich, ich kann mir nicht vorstellen, daß du wirklich von da wegwillst, wo du jetzt bist, in der Schule, wo, wo deine Freunde sind ...
—Ich hab gar keine Freunde, sagte er, ohne sich vom Fenster abzuwenden, und so saß er hinausblickend auf der Kante des Sitzes, bis sie anhielten und ein Portier die Tür öffnete. —Ist Papa jetzt zu Hause?
—Mal sehen.
Er stieß die Tür auf, sobald sie den Schlüssel umgedreht hatte, lief in den dunklen Flur und blieb stehen. —Wann kommt er denn?
—Wahrscheinlich erst, wenn du schon schläfst. Du siehst ihn dann morgen früh.
—Darf ich Fernsehen gucken, bis er kommt?

—Es ist doch schon so spät, du gehst jetzt lieber ins Bett. Du siehst ihn morgen früh.
—Darf ich noch lesen, bevor ich das Licht ausmache?
—Aber nur ein paar Minuten... sie beugte sich seiner flüchtigen Umarmung entgegen, stand da und sah, wie er verschwand, bis eine Badezimmertür zufiel, und sie ging ins Schlafzimmer, zog sich im Dunkeln aus und lag wach, halbwach im Dunkeln, ganz wach beim Geräusch der Schlafzimmertür, die sich im Dunkeln öffnete.
—Francis?
—Amie?
—Lucien?
—Ist er da? Francis?
—Im Kinderzimmer, er schläft. Weck ihn jetzt nicht auf.
—Ich? Ich weck ihn doch nicht.
—Ich hab ihm vorhin gesagt, daß er dich morgen früh sieht. Ich hoffe, daß du irgend etwas mit ihm unternehmen kannst, nimm ihn morgen irgendwohin mit. Es gibt da ein Eishockeyspiel, zu dem er gern mit dir gehen würde.
—Eishockey... ein Schuh fiel zu Boden, dann klimperten Münzen, sie rollten über den Teppich. —Eishockey, mh?
—Er sagt, daß er keine Freunde hat.
—Was hat er?
—Keine Freunde, in der Schule. Er sagt, daß er keine Freunde hat... Bettfedern ächzten im Dunkeln und verstummten. —Lucien?
—Mh?
—Er sagte, daß du mit ihm nach Genf ziehen willst, das heißt endgültig nach Genf... Lucien, hörst du mir zu?
—Mh.
—Also, was hast du ihm bloß erzählt, was hast du mit ihm...
—Vielleicht geht er dort eines Tages zur Schule, in Genf.
—Ja, aber du kannst doch nicht, eines Tages vielleicht, aber du kannst ihn doch nicht einfach mitnehmen...
—Sieh mal, Amie... Bettfedern ächzten unter dem Gewicht, das sich auf einmal im Dunkeln aufrichtete, —dauernd hast du Angst. Ist er denn ohne Freund nach Genf gefahren? Er muß nicht auch noch dauernd Angst haben, Amie, bis wir alles geregelt haben...
—Ja, und warum machst du es dann nicht? Warum regelst du die Dinge nicht?
—Ich? Ja, ich warte auf den Anwalt, den von deinem Vater, beschwer

dich bei ihm. Der Nobili-Vergleich. Ich warte immer noch, sag ihm das.
—Davon hab ich noch nie gehört, ist nicht ...
—Ja, ich warte immer noch, sag ihm das.
—Ich weiß nicht wovon du redest, Lucien.
—Der Junge, ja?
Sie lag wach, halbwach im Dunkeln, ganz wach beim Geräusch der sich öffnenden Schlafzimmertür, das Geraschel auf dem Teppich, die undeutliche Gestalt zwischen den Betten, und dann, als sie sich auf den Ellenbogen stützte und nach Luft rang und wieder zurücksank, das Ächzen der Federn über den Spalt hinweg, und das Gewühle der Laken auf dem Bett nebenan.
Als sie erwachte, war es leer. Sie setzte sich auf, sah im scharfen Schnitt des Sonnenlichts hinüber und sagte, —Francis? Doch es war nur der Wirbel der Decken, und sie stand langsam auf und ging ins Badezimmer, um sich anzuziehen. Ein Herrenhemd hing an der Duschvorhangstange, ein Knabenhemd lag zerknüllt auf dem Boden, und sie griff danach und hängte beide an den Haken der Badezimmertür, an der ein Irrigator baumelte, was sie aber erst merkte, als sie die Tür zumachte. Rasch wusch sie sich und zog sich an, warf die Hemden auf ein Bett und lehnte sich über die hohe Kommode, um im Spiegel die Umrisse ihrer Lippen mit einem kaum wahrnehmbaren Lippenstift nachzuziehen, die ihrer Lider mit schwarzem Kajal, worauf sie sich einen Augenblick lang im Spiegel betrachtete und plötzlich die Hemdenschublade aufriß, das Porträt nahm, den Kajalstift bereits erhoben über dem üppigen Dekolleté, um dann allerdings nur einen riesigen Schnurrbart über den Schmollmund zu malen und das Bild wieder zurück zwischen die Hemden zu stecken. Auf dem Tisch im Flur lag eine Nachricht. Unterschrieben war sie mit herzlich Dein F., und im Taxi, das sie in die Stadt brachte, las sie das Blatt Papier dreimal. Die Türen öffneten sich lautlos. Sie drückte auf 15 und fuhr zu den Klängen der Leichten Kavallerie allein bis 3, wo sich lautlos die Türen auftaten vor dem Anblick männlicher Jugend, die, das Hemd bis untenhin offen, ein paar Pakete hineinschob, eintrat, auf 5 drückte und ihr in den Kleidausschnitt starrte, bis lautlos die Türen aufgingen und eine Hand noch schnell über 6 7 8 9 10 11 12 14 glitt, bevor sie sich hinter ihm schlossen. Dann war sie allein. Lautlos gingen bei 6 die Türen auf und wieder zu, wie bei 7, lautlos auf und zu, dann bei 8, bei 9, auf 10 stieg sie plötzlich aus, drückte den Auf-

wärts-Knopf und wartete, bis sich hinter ihr die Fahrstuhltür öffnete, und das ausgerechnet auf ihn, der jetzt im Fahrstuhl wartete statt davor, während sie es sich gerade noch rechtzeitig anders überlegte und erneut den Aufwärts-Knopf drückte, und wiederum öffneten sich hinter ihr die Türen, präsentierten diesmal jedoch den Anblick männlicher Jugend, hautmäßig schwarz, hemdmäßig weiß und zugeknöpft, die eine Karre mit Hauspost zurückschob, um sie eintreten zu lassen, und sie starrte auf schwarze Handrücken, ein oder zwei Takte eines spanischen Rhythmus' erklangen, als er bei 11 ausstieg, wo die lautlos sich schließende Tür plötzlich festgehalten wurde, und nun, da sie sich schloß, rang sie nach Atem, wollte weder die schweißglänzende Brust sehen noch die offenen Knöpfe, starrte statt dessen auf die Etagenknöpfe neben der Tür, alle ordentlich numeriert außer denen, auf denen lediglich stand Türen oder Alarm oder Erdnüsse. Zahlen flimmerten über den handtellergroßen Bildschirm unmittelbar unter der Decke, eine lässig kratzende Hand schob sich vorn in eine speckige Jeans und verschwand dann in ihrem Versteck, während sich die andere hinten an ihr hocharbeitete. Starr vor Angst drückte sie sich gegen das Haltegeländer, hörte die Worte, —lutschst du gern? und das in einem Ton, der ebenso leer war wie das Gesicht, vor dem sie nun in die Lobby entfloh, wo unterdessen die schwarzen Kleckse ausgebrochen waren, schwarze Kleckse auf weißen Türen, eine Kollektion des kontrollierten Wahnsinns, und mittendrin eine Gestalt ohne Jacke, so, als sei sie soeben dem rastlosen Labyrinth des Gemäldes entsprungen gleich einem wahnsinnigen Vergil im Dienst jenes amorphen Dante hinter ihm. Der hatte, als er mit ihr zusammenstieß, einen Aktenkoffer im Gladstone-Design fallenlassen und starrte ihr mit apallischer Verbindlichkeit, die hinter den rahmenlosen Brillengläsern allerdings gleich wieder verschwamm, direkt in den Ausschnitt.
—Ma-dame...
—Oh, Mister Davidoff...
—Mister Skinner, Sie haben soeben die Bekanntschaft von Mrs. Joubert gemacht...
—Oha!
—Nichts passiert? Indem er sich aus seiner Version einer Verbeugung wieder zu voller Größe aufrichtete, kam Davidoff näher, würgte sich den Krawattenknoten noch enger um den Hals und schlug zur Sicherheit sogar noch auf den Kragenknopf, bevor er sagte, —besorgen Sie uns Zahlen, besorgen Sie uns genaue Zahlen darüber. Mrs. Joubert

dürfte sich ebenfalls für dieses kleine Projekt interessieren, sie ... er drehte sich um und sah, daß sie bereits außer Reichweite war. —Ach, Mrs. Joubert? Ach, und Skinner ... Lautlos hatten sich die Türen auf den Anblick männlicher Jugend geöffnet, die sich, nicht zugeknöpft, aber mit leeren Händen, an das hüfthohe Haltegeländer am hinteren Ende der Kabine drückte, regungslos ob des amorphen Eindringlings, dem durch die sich schließenden Türen noch nachgerufen wurde, —dieser Autor, den Sie für uns aufreißen wollten, Skinner, ein Name, wir wollen einen namhaften, Mrs. Joubert ...? Mit einem Überholmanöver wie ein Auto suchte er, vor ihr die Türklinke zu erreichen. —Ich bin froh, daß Sie heute vorbeikommen konnten ... er öffnete die Tür gerade so weit, daß sie am Verlassen der Lobby gehindert wurde, —seit Ihr Herr Papa weg ist, steck ich bis zum Hals in Arbeit, aber Sie ...
—Ich will Sie auch nicht aufhalten, Mister Davidoff, ich wollte nur ...
—Kein Problem, Sie halten mich gar nicht auf ... er hatte die Tür jetzt weit genug geöffnet, daß erst ein Blick auf die Uhr am wichtig ausgestreckten Arm ihr den Weg versperrte. —Aber Sie haben recht, ist ne harte Sache, wenn man so am Terminplan hängt, hat mich eine Stunde gekostet, diesen Skinner mit den Tatsachen des Lebens vertraut zu machen, er ist eben ...
—Aber ich bitte Sie, ich will Sie nicht aufhalten.
—Kein Problem, dafür bin ich doch da, er ist soeben bei Duncan & Co. als Spitzenmann eingestiegen und kennt nicht mal den Unterschied zwischen rechtsverbindlichen Angeboten und, Carol? Ach, Carol, Mrs. Joubert würde gern mal einen Blick auf die Fahnen von den Bildseiten des Jahresberichts werfen, ach, und Carol? Holen Sie auch die aus Mister Eigens Büro, die liegen da für die Bildunterschriften, ich möchte, daß ein Satz davon direkt an Ihren Papa geht, fuhr er fort und eilte ihr einen halben Schritt voraus.
—Leider bin ich ziemlich in Eile, Mister Davidoff, ich muß mit Mister Beaton sprechen und ...
—Beaton? Beaton kann warten, das ist er gewohnt. Ich sehe die ganze Sache als, tschuldigung ... er war plötzlich stehengeblieben, um ihr mittels seiner zu einem Viereck arrangierten Finger das pure Nichts zu demonstrieren, —die ganze Angelegenheit mit Ihren jungen Leuten, die sich ihren Anteil an Amerika gekauft haben, ist auf dem Konzept körperschaftlicher Verantwortung aufgebaut, und zwar jetzt und in Zukunft, und ... erneut verschaffte er sich einen halben Schritt Vor-

sprung und betonte, —es gibt den zukünftigen Aktionären und Wertpapierspezialisten schon mal vorstellungsmäßig einen Vorgeschmack darauf, wie wir uns den Einstieg in einen der dynamischsten Märkte der Zukunft vorstellen, und wenn erst mal die organisatorische Umstrukturierung greift, ich vermute, Sie haben das Gelände für die neue Zentrale der Muttergesellschaft oben an der Straße gesehen, Sie haben das Schild gesehen? Jetzt ist da erst mal nur ein großes Loch, aber wenn Sie das nächste Mal mit Ihrem Papa sprechen, ich glaube, ich hab ihn ziemlich heiß gemacht mit dieser Romantik des Kobalts, das wir sponsern, aber so bekommen wir einen Fuß in die Tür, deshalb war eben dieser Skinner hier bei mir, guter solider Hintergrund im Schulbuchbereich, und natürlich kennen Sie Duncan & Company, wirklich ein solides alteingesessenes Verlagshaus, dieser Skinner reißt einen Spitzenautor für das Projekt auf, vom gleichen Kaliber wie dieser Spitzenmaler, der die Wand in der Eingangshalle gemacht hat. Anfangs mußte ich noch für dieses Projekt kämpfen, bis selbst diese Beatons hier auf den Trichter gekommen sind, daß wir namhafte Kunst unterstützen und gleichzeitig Steuern sparen können, hier entlang, mein Büro ist da hinten ...
—Aber ist Mister Beaton ...
—Wahrscheinlich kann ich Ihnen in der Hälfte der Zeit, die Beaton benötigen würde, alles erklären ...
—Nein, es ist, eine juristische Sache.
—Wollte Ihnen auch noch sagen, ja, diese Minderheitsklage haben wir vom Tisch gewischt, kam mir letzte Woche auf den Schreibtisch und ...
—Die was?
—Ich habe ein Autorisierungsrecht in den Vertrag eingearbeitet, machen Sie sich keine Sorgen, Firmendemokratie, wie sie leibt und lebt, ich hab ja gesehen, wie Sie das Ihren jungen Leuten so aus dem Stand vermitteln, wenn Sie Beaton mit so was kommen, dann ...
—Ich glaube nicht, daß ich ganz ...
—Kein Problem. Wenn Sie Beaton mit so was kommen, zerlegt der das so lange in Kleinteile, bis man es nicht mehr wiedererkennt, dem fehlt einfach die Fähigkeit, spontane Entscheidungen zu treffen, ich hab gehört, wie der Governor persönlich zu ihm gesagt hat, das Problem mit euch Anwälten ist, daß ihr mir nur sagt, was ich nicht machen darf, statt mir zu sagen, wie ich es machen kann, und Beaton ...
—Oh, wie gehts ihm? Sie war an der Stelle stehengeblieben, wo der Teppichboden begann.

—Beaton? Dem...
—Nein, ich meinte Onkel John...
—Ach, der Governor, um den brauchen Sie sich keine Sorgen zu machen, Männer wie ihn gibt es kein zweites Mal, durch keine Hornhauttransplantation der Welt kriegt man solche stahlblauen Augen hin, das einzige, was ihm wirklich fehlt, sind die Bridgepartien im Zug hierher, ich sitze da hinten...
—Ich, danke, Mister Davidoff, ich glaube, Mister Beaton hat da einige Papiere, die ich unterzeichnen muß, es handelt sich nur um eine interne Familienangelegenheit...
Er fand sein Gleichgewicht wieder und tauchte in den Teppichstrom neben ihr ein, behielt aber den halben Schritt Vorsprung, als scheute er einen direkten Vergleich ihrer jeweiligen Körpergröße. Ohne das scharfe Klacken seiner Absätze schien der vertraulich gedämpfte Ton seiner Stimme voll auf sein physisches Gesamtbild durchzuschlagen.
—Natürlich müssen Sie sich bei Beaton nicht mit allen Details befassen, er meint es ja gut, aber er hat nun mal nicht die Fähigkeit zu spontanen Entscheidungen wie Ihr Papa oder der Governor, ich bin froh, daß ich an Bord war, als Sie kamen, natürlich weiß ich, daß Ihr Papa mich vor Ort in Washington gut gebrauchen könnte, aber vermutlich braucht er mich hier noch mehr, damit ich den Laden im Blick behalte, während die Neuorganisation der Firma vonstatten geht, die Dinge geraten ohne den ersten Mann leicht ins Schleudern, weil die spontanen Entscheidungen... Und scharwenzelnd bog er neben ihr um die Ecke, —wenn Sie das nächste Mal mit Ihrem Papa reden, könnten Sie ihm vielleicht vorschlagen...
—Ich werde ihm sagen, daß Sie furchtbar hilfsbereit waren, Mister Davidoff, und jetzt...
—Ja, Sie könnten vielleicht ein gutes Wort für mich einlegen... er trat vor ihr ein und streckte einen Arm nach dem Telefon aus. —Greifen Sie sich mal Crawley, während ich hier nen Moment, machen Sie ihm klar, daß, ach, Miss Bulcke, machen Sie ihm klar, daß dieses Buschfeuer in Gandia, sagen Sie Beaton, daß Mrs. Joubert hier ist... er wählte, —sagen Sie ihm, daß sie es eilig hat.
—Ja, er erwartet Sie bereits, Mrs. Joubert. Wie schön, Sie wiederzusehen.
—Hallo, Shirl? Bleiben Sie dran. Ich sammle die Fahnenabzüge ein, während Sie ein bißchen Zeit mit Beaton totschlagen. Shirl? Holen Sie Crawley an den Apparat, ich...

—Mister Beaton war in Mister Cutlers Büro, Mrs. Joubert. Ich glaube, er erwartet Sie ...
—Shirl, sagen Sie ihm, daß ich Mrs. Joubert hier am, Shirl? Bleiben Sie dran. Ist Cutler wieder da?
—Er wird jeden Moment bei Ihnen sein, Mrs. Joubert.
—Warum ist Cutler denn schon wieder da?
—Mister Cutler ist immer noch unterwegs, Mister Davidoff.
—Also was macht Beaton denn in, Shirl? Hallo? Crawley?
Knöpfe erglühten unten am Gehäuse des Telefons und Miss Bulcke drückte auf einen davon. —Oh, ich wollte eigentlich auf Halten drücken ...
—Hallo?
—Hallo ...?
—Hallo? Hallo? Shirley, was zum Teufel ist denn hier los?
—Ich glaube, Mister Davidoff ist am Apparat, Mister Crawley, er ...
—Also, ich hab keine, sagen Sie ihm, ich habe gerade einen Klienten hier ... und ein massiger Tweedbuckel wölbte sich über das Telefon. —Also, Sir. Das sind die Telefonaktien Ihrer Tanten, nicht wahr? Zwanzig, dreißig, durchweg in gemeinsamem Besitz, nicht wahr, fünfzig ...
—Meine Tanten? Ja also, sie, nein, sie wohnen zusammen, ja, aber ihnen gehört das Haus schon lange, im Grunde ist es im Familienbe ...
—Nein nein, ich meine im Hinblick auf den Aktienbesitz, siebzig, achtzig mit lebenslangem Nießbrauchrecht, bedeutet nur, falls eine von ihnen, neunzig, versterben sollte, fünf ...
—Also, also ja, ich meine, Tante Julia hatte mal Probleme mit dem Dickdarm ...
—Ich verstehe, ja, ja, wir sollten den medizinischen Teil jetzt nicht vertiefen, Mister, Mister ... ein Stück Papier löste sich zerknüllt aus seiner Hand, —Bast, ja, Mister Bast, wohl schon älteres Semester, nehme ich an?
—Oh, ja, ja, beide sind schon recht, aber macht das denn einen Unter ...
—Überhaupt keinen Unterschied, kam mir gerade nur so in den Sinn, sowas sieht man heutzutage nicht mehr oft, wissen Sie, die Weltkugel hier mit den Telefonleitungen, zehn, zwanzig ...
—Aber sie sind doch nicht, es ist doch alles in Ordnung damit, oder? Ich meine, ich glaube, das ist so ziemlich alles, was meine Tanten als ...
—Mit denen ist alles bestens, ja, vierzig, fünfzig, ist bloß schon ein paar

Jährchen her, daß man Aktien mit unterschiedlichen Nennwerten ausgegeben hat, nicht wahr, sechzig, siebzig, wie Banknoten, ja, fünf, sechs, haben sie aber nicht gegengezeichnet, nicht wahr, acht ...
—Gegengezeichnet?
—Nur zur Sicherheit, ja, denn wenn man bedenkt, daß, äh ... er hielt inne und ließ den Blick über das Grün der Schreibtischunterlage schweifen wie über eine trostlose Savanne, —die Umstände, ja, nehmen Sie einfach ein paar Verkaufsvollmachten von Shirley da draußen mit, wenn Sie gehen, die sollen sie unterzeichnen, und dann schicken Sie sie her, überhaupt kein Problem, haben wir denn ein Kaufgebot?
—Also, also nein, ich denke, da wissen Sie wohl besser ...
—Sie wollen sie also auf dem Markt verkaufen, richtig?
—Der, ja, an der Börse, ja, wenn jemand ...
—Der Marktpreis, Mister Bast ... und seine Hände strichen um den schwarzen Kasten am äußersten Ende des Grüns, —wenn wir sagen auf dem Markt, meinen wir den Marktpreis ... seine Hände setzten zum Sprung an, sprangen, —gehen zu vierundvierzig ein Achtel, ja, ich werd versuchen, für Sie ein Viertel rauszuholen ...
—Ein Viertel? Aber ...
—Sie können auch in Ruhe auf ein Halb warten, aber ich werd sehen, daß wir mit zwei bis drei Punkten abschließen, bereits ein leichtes Überangebot auf dem Markt, so mit vierundvierzig ...
—Tja also, vierundvierzig, ja, vierundvierzig Dollar ist gut, ja, das wird sie freuen, ich glaube, sie haben gesagt, daß sie damals etwa dreiundzwanzig ...
—Wurden auch einige Male gesplittet, nicht wahr, sind aber ganz gut aus der Sache rausgekommen ...
—Gesplittet? Aber ...
—Hier diese Drittelung, wann war das gleich, neunundfünfzig? Und immer noch um die siebzig wert, als es vierundsechzig zwei zu eins gesplittet wurde, sind also ganz gut aus der Sache rausgekommen, und was ist das hier?
—Was? Oh, das, ja, das ist noch eine Aktie, die eine andere Tante von mir vor langer Zeit gekauft hat, da unten in der Ecke steht neunzehnhundertelf, sie lag in der Schublade bei den Telefonaktien, und da meinten sie, die könnte ich auch gleich ...
—Norma Mining Company? Hübsches Ding, nicht wahr?
—Ja, direkt unter dem Adler steht, Einheitswert zehn Cent pro Anteil, also müßten tausend Anteile einhun ...

—Hübsches Ding, ja, hören Sie auf meinen Rat, Mister Bast. Rahmen Sie's ein.
—Einrahmen?
—Oder benutzen Sie's als, ich will ja nicht ordinär werden, aber benutzen Sie es als Klopapier.
—Die, aber hier steht doch ...
—Wenn Sie nichts Besseres zu tun haben, können Sie ja dem Generalstaatsanwalt von Montana schreiben, der wird Ihnen vermutlich erzählen, daß diese Norma Mining Company unter ihren Steuerschulden zusammengebrochen ist, und zwar in dem Jahr, als diese Aktie ausgegeben wurde, die Firma hat neunzehnhundertzwölf gar nicht mehr erlebt. Bergbau ist ne riskante Sache, Mister Bast, sehr riskant, wärs das dann? Nett, daß Sie vorbeikommen konnten, Mister Bast, würde mich liebend gern mit Ihnen, aber ich bin ein vielbeschäftigter Mann und meine Zeit ist, Moment mal, Moment, was ist das denn alles ...?
—Nein also, sehen Sie, das ist nur das Portefeuille eines, eines Geschäftspartners von mir, der ...
—Ein was ...? Bereits beim ersten Versuch, es zu öffnen, riß der Reißverschluß ab, —Portefeuille?
—Ja also, sehen Sie, er geht davon aus, daß Börsenmakler das meiste aus einem Portefeuille machen können, und als ich erwähnte, daß ich diese Telefonaktien verkaufen wollte, hat er ...
—Aber das, was zum Teufel ist das denn alles?
—Ja also, das ist, das, äh, ich habs mir selber noch gar nicht recht angeschaut, das ist der Inhalt seines Portefeuilles, verstehen Sie, er ist nicht gerade ...
—Aber das ist, mein Gott, Mister Bast, das ist doch nur ein Haufen Müll ... ungläubig scharrte er in den Zeitungsausrissen, den schmuddeligen Briefumschlägen, Prospekten, Dines Letter, Moody's Midyear, Value Line Survey, —wollen Sie sich etwa über mich lustig machen?
—O nein, nein, ihm ist es sehr ernst damit, verstehen Sie, ich hab ihm lediglich meine Hilfe angeboten, als ich einen Scheck abholte, den er für mich einlösen sollte, aber der Computer hatte einen Fehler gemacht, und seitdem war er, seitdem bin ich etwas klamm mit Bargeld, ich ...
—Mister Bast, ich bin ein vielbeschäftigter Mann, ich glaube ...
—Nein nein, Moment noch, nur das hier, was ist das ...
—Das?
—Ja, es sind tausend Anteile einer ...
—Hübsch, ja, läßt sich genauso benutzen wie Ihre Norma Mining.

—Nein, aber sehen Sie doch, hier in dieser kleinen Broschüre, hier steht...
—Sehen Sie, Mister Bast, eine Minengesellschaft nach den Bestimmungen des Staates Delaware, das bedeutet eine Bilanzsumme unter dreihunderttausend, wissen Sie denn nicht, was das bedeutet?
—Also ich vermute, es ist bloß...
—Das bedeutet, daß deren Jahresberichte nicht von der Börsenaufsicht geprüft werden müssen. Ich handele nicht mit Pfennigaktien, Mister Bast.
—Aber sehen Sie doch, in dieser Broschüre sieht man...
—Bäume! Nichts als Bäume! Behaupten nicht mal, daß sie ihnen gehören, haben wahrscheinlich nur das Erschließungsrecht und...
—Aber die Bilder hier mit dem ganzen Maschinenpark sind...
—Wer sagt denn, daß es deren Maschinenpark ist? Steht hier irgendwo, daß der Maschinenpark dieser, wie heißt sie gleich, gehört? Ace Development Company? Hübsche Bilder, Mister Bast, hübsche Bilder. Hübsche Bilder kann jeder drucken.
—Aber ist denn nicht...
—W. Decker, Underwriter, wer zum Teufel ist W. Decker? Kennen Sie den? Nein, niemand kennt den. Hat wahrscheinlich eine Million dieser Anteile ausgegeben und hat noch eine weitere Million in petto, falls tatsächlich einmal diese natürlichen Mineralsalze auftauchen sollten, gibt sich als Underwriter aus, um die wahren Eigentumsverhältnisse zu verschleiern. Kinderkram, Mister Bast, Ihr Geschäftspartner muß ein...
—Nein aber, noch einen kleinen Moment, da ist noch was, direkt darunter...
—Das? Hallo Tiger. Das auf dem Foto bin ich, Süßer, ich habs mal mit in den Umschlag gesteckt, so als eine Art Muster für ein ganzes Set, für das ich Modell gestanden habe, wobei ich natürlich an jeden einzelnen von euch gedacht habe, dort seht ihr mich so, wie ihr ein knackiges Girl wie mich am liebsten, was zum, was ist das denn, Sir?
—Aber es, ich weiß nicht, ich, ich meinte das rote Ding da, das rote...
—Das hier? Hier, ein neues Spitzenprodukt für die schönsten Seiten des ehelichen Miteinander, mein, mein Gott, Sir! Wie primitiv! Er lehnte sich zurück und der Stuhl kippte mit ihm nach hinten, wobei ein glanzloser Stiefel einen zartgestreiften und noch zarter konturierten Mädchenpo in Bedrängnis brachte, Überbleibsel einer Welt jenseits der Bürowände und deshalb sogleich für den Papierkorb bestimmt, was

angesichts solcher Verführung nur recht und billig war, genauso wie die Art, mit der er sich nach vorne beugte, gewissermaßen die gesamte Fläche aus Teak und Schreibunterlage umfaßte, um nach einem Fläschchen zu greifen, das neben einem aufgeschlagenen Buch stand, und den Verschluß aufzumachen. —Vielen Dank, aber Sie gehen jetzt besser, Mister Bast.
—Gehen, wohin ...
—Hinaus, Sir! Durch die Tür! Was machen Sie eigentlich sonst so, Mister Bast? Neben Ihrer Funktion als, äh, Geschäftsführer, wie ich Ihrer Karte entnehme?
—Ich bin Komponist, ich komponiere ...
—Musik?
—Ja, verstehen Sie, ich ...
—Sie sollten sich mehr im Freien aufhalten, Mister Bast, diese, äh, diese Tätigkeiten im Innenbereich sind Gift für Geist und Psyche ... er steckte sich eine kleine Pille in den Mund und drückte die Kappe wieder auf die Flasche. —Beste Medizin, die's gibt.
—Ach, was, was ist es denn ...?
—Nein nein, das ist nur Nitroglyzerin ... Er schob die Flasche in eine entfernte Ecke der Teakfläche, —frische Luft, Sir, frische Luft. Wenn wir jetzt also, jetzt das Geschäftliche hinter uns ...
—Ja also, da wäre nur noch eine andere Sache, die Sie vielleicht, es ist eine Obligation, das rote Ding, ich glaube, es ist eine Obligation ...
—Sie verstehen hoffentlich, daß ich ein vielbeschäftigter Mann bin, Mister Bast, wenn Sie mir nicht von so hervorragender Stelle empfohlen worden wären, wüßte ich nicht, was ich ...
—Ja also, ich, ich bin ihr wirklich dankbar, daß sie mich mit einigen Zeilen empfohlen hat, sie ...
—Da steht, daß sie meine Hilfsbereitschaft zu schätzen weiß, als gälte sie ihr, gälte sie ihr, ja. Wie kommt es eigentlich, daß Sie Amie Joubert kennen, Mister Bast?
—Tja, wissen Sie, wir beide ...
—Sie hatte immer schon so eine Schwäche für die Kunst, nicht wahr, wahrscheinlich bezeichnet sie Sie deshalb hier auch als einen so lieben Menschen. Charmantes Mädchen, ja, liebenswürdiges Mädchen, fast ein bißchen zu großzügig.
—Hat sie ... hat sie das wirklich gesagt?
—Was gesagt?
—Das, das, lieber Mensch, daß ich so ein ...

—Das waren nicht meine Worte, Mister Bast. Und vielleicht könnten Sie das Zeug hier weg...
—Ja also, wissen Sie, ich hab ihren Brief schon eine ganze Zeit mit mir herumgeschleppt, und als ich dann gestern diesen Scheck abgeholt habe...
—Nein nein nein, dieses, dieses rote Ding, wie Sie es nennen. Was wollen Sie wissen?
—Also ich wollte nur, ich meine ich glaube, mein Partner möchte...
—Klarer Fall von Pleitepapier, ist jetzt zehn, schauen wir mal, dreizehn Jahre her, die Firma verliert nach wie vor Geld, und zwar schneller als sie die Summe hinschreiben können. Tapeten, Mister Bast, Tapeten. Wissen Sie, was Tapeten sind?
—Also, ich dachte, ich...
—Gutes Ziegenland, zufälligerweise weiß ich einiges über diese Eagle Mills, bin da früher auf Ziegenjagd gegangen. Von denen hat man nie wieder was gehört, die sind da oben in einen Dornröschenschlaf gesunken, als Sie noch gar nicht geboren waren, und seither hat sie auch niemand geweckt. Haben sie etwa nach dem Krieg von Wolle auf Synthetik umgestellt? Nein. Sind sie etwa wegen der billigeren Arbeitsplätze in den Süden gezogen, wo einem keine rote Gewerkschaft das Leben schwermacht? Nein, sie haben sich in Union Falls niedergelassen und haben Obligationen über eine Million Dollar ausgegeben.
—Aber wenn sie kein Geld haben, wie können sie...
—Ich hab doch gar nicht gesagt, daß die kein Geld haben, nicht wahr? Nettowert beträgt wahrscheinlich ne runde Million, das meiste steckt wahrscheinlich in den Immobilien, vielleicht sitzen die sogar auf einer fetten Pensionskasse und haben vergessen, daß es die überhaupt gibt... erneut beugte er sich nach vorne und scharrte in dem Haufen. —Die kriegt man für 'n paar Cent pro Dollar, das ist wohl die einzige, die Sie, die Ihr Partner hat, oder?
—Also nein, nein, er sagt, daß er noch einen ganzen Stapel bekommt, er...
—Einen was?
—Ein ganzes Paket. Er sagt, daß er...
—Ein Paket. Da kann er ja nicht klagen, einer meiner Klienten ist auf zwanzig Stücken Boston & Maine sitzengeblieben, deren Zinsen seit zehn oder fünfzehn Jahren fällig sind, ich beschaff Ihnen jederzeit eins für zehn.
—Dollar?

—Wenn wir zehn sagen, meinen wir eigentlich hundert, Mister Bast...
er sank von dem vor ihm liegenden Haufen zurück, und seine Augen nahmen die gläserne Leere des restlichen Publikums an.
—Ja also, da wäre nur noch eine andere Sache hier, ich, von der ich glaube, daß Sie vielleicht...
—Das? Mein Gott, sowas hab ich ja ewig nicht mehr gesehen.
—Nein, nicht die, sondern... was ist das?
—Russian Imperial Bond.
—Sie meinen, es ist nichts wert, nicht viel wert...
—Mister Bast, alles ist soviel wert, wie irgendein Idiot dafür bezahlt, der einzige Grund, warum Russian Imperials überhaupt noch im Verkehr sind, ist der, daß irgendein Depp, jemand wie Ihr Partner, sie kauft. Wissen Sie zufällig, wie er, wie Ihr Partner an dieses ganze Zeug geraten ist?
—Durch, also ich glaube erst mal durch Kauf und Verkauf, und dann hatte er Aktien an einer Gesellschaft und wollte gegen die irgendein Gerichtsverfahren anstrengen, für seine Klasse, ich meine eine Gemeinschafts...
—Eine Gemeinschaftsklage? Welche Gesellschaft war das, noch so eine Ace-Development-Klitsche?
—Nein, es war eine, Diamond, die Diamond Cable Company, er, also vielleicht sollte ich Ihnen die ganze Geschichte erzählen, wissen Sie, erst mal ist, also zuerst war da...
—Bitte nicht, Mister Bast, um Gottes willen, bitte nicht! Macht es Ihnen was aus, wenn ich Ihnen beiden einen kleinen Tip gebe?
—Nein, nein also, natürlich, deshalb bin ich doch gekommen...
—Bleiben Sie bei Ihrer Musik, Mister Bast. Bleiben Sie bei der Musik und raten Sie Ihrem, Ihrem Partner, in Gottes Namen bei dem zu bleiben, was immer er treibt, und wo niemand den Wert von etwas kennen muß.
—Also, aber, also dann, ja, danke, aber wenn ich Sie noch fragen darf, warum diese Firma von, diese Eagle Mills, wenn die also eine Million Dollar hat, warum...
—Mister Bast, ich sagte doch nicht, daß sie eine Million Dollar hat, ich sagte, ihr Nettowert...
—Ja, aber was heißt Net...
—Mister Bast... erneut baute er sich vor dem Haufen auf der Schreibtischunterlage auf, —Mister Bast, ich, ich habe da eine Idee.
—Ja, was heißt Net...

—Gehe ich recht in der Annahme, daß das Leben eines Komponisten heute genauso schwierig ist wie früher, Mister Bast?
—Ja also, das stimmt natürlich, aber ich, das ist der Grund, daß ich ...
—Nehmen wir mal an, ich würde Ihnen einen Auftrag verschaffen, Mister Bast, etwas, was eher in Ihrer Richtung liegt.
—In, meinen Sie Musik?
—Wenn ich Ihnen den Auftrag gäbe, etwas Musik zu schreiben, was würden Sie dazu sagen, Sir?
—Oh, also, das, natürlich, ja, ja, das ist doch mein ...
—Meinen Sie, Sie könnten mir etwas Zebramusik komponieren?
—Ja, ich, was, was soll ich?
—Etwas Zebramusik, Mister Bast, Zebramusik. Lassen Sie mich mal kurz erklären, ein Freund von mir und ich haben ziemlich viel Geld investiert, um einen kleinen Film zu machen, zum größten Teil über solche Burschen, wie Sie sie hier sehen ... und mit einer einzigen Armbewegung trieb er die glotzende Galerie an den Wänden vor sich zusammen, —dazu Zebras, tatsächlich ein ganzer Haufen Zebras, die Idee ist nun die, denen in Washington mal klarzumachen, daß man unsere Naturschutzgebiete auch noch für was anderes verwenden kann als massenhaft Wohnwagen und leere Bierdosen.
—Für, für Zebras ...?
—Zunächst einmal, zunächst einmal ja, dann natürlich für diese Burschen hier, alles Antilopen, sehen zwar nicht alle so aus, sind aber alles Antilopen. Nun ist das ganze ...
—Das klingt sehr, ja, das klingt sehr interessant, aber könnte ich vorher noch eine Frage stellen ...
—Der da drüben über der Tür, ja, den meinte ich natürlich nicht, ist auch keine Antilope, aber wir wollen ihn trotzdem so schnell wie möglich in das Projekt einbringen. Geht doch nichts über Wildschweine, um die Sache etwas lebendiger zu gestalten, nicht zu vergessen die entsprechenden natürlichen Feinde, Raubtiere, wenn Sie so wollen ...
—Nein, ich meinte, was würde passieren ...
—Was glauben Sie wohl, was passieren würde, man kann nicht einfach das natürliche Gleichgewicht stören und dann alles sich selbst überlassen, oder?
—Nein, ich meinte nur wegen dieser Obligationen, ich meine, was wird passieren mit ...
—Womit, dieser Eagle-Klitsche? Da fragen Sie mich zuviel, Sir, die Gläubiger jedenfalls hätten Eagle locker in den Konkurs treiben kön-

nen, allein um die eigene Haut zu retten, und sich dann über alles hergemacht, was nicht niet- und, aber wie ich schon sagte, wir haben diese ganze ...
—Ja, aber was würde dann passieren, würden sie ...
—Eagle, meinen Sie? Die Gerichte würden sich wahrscheinlich an die Stamm- und Vorzugsaktien halten und einem Konkursverwalter übergeben, damit reorganisiert werden kann, wie gesagt, wir haben diesen Film jetzt fertiggestellt, natürlich noch nicht die letzte Fassung, aber doch schon fast, Jump Cut nennt man das glaube ich, das Ganze ist zwei Stunden und zwanzig Minuten lang und wir überlegen, ob wir nicht ...
—Die, die Zebras?
—Also jede Menge Action, ja, beim letztenmal hat Stamper da in Malindi einen Niggerjungen aufgetrieben, der wußte, wie man mit ner Kamera umgeht, und den haben wir mitgenommen, nur die Löwen waren nichts für ihn, einfach zuviel Angst, mit dem Kap-Büffel, den wir erlegt haben, genau dasselbe, traute sich einfach nicht ran, so daß wir jetzt einseitig viele Zebras haben, schöne Viecher an sich, in all diesen Burschen erkennt man doch gleich das ausgeprägte Feeling für Freiheit und Würde ... und als er erneut zu seiner Rundum-Geste ausholte, rollte die gesamte Masse aus Tweed und Stuhl nach hinten, und eine Schublade öffnete sich. —Damit Sie mal ne Vorstellung kriegen, sehen Sie ihn sich an, ja, halten Sie's da ins Licht, natürlich kriegt man so nicht das Gefühl für die Bewegung, die man im Film kriegt, und da haben Stamper und ich uns eben gedacht, daß die Sache mit ein bißchen Musik viel professioneller rüberkommen würde, aber so haben Sie wenigstens ne Vorstellung. Toller Bursche, was?
—Ja er, ist das Mister Stamper?
—Nein nein, da links, das Zebra, das ist bloß einer von unseren Niggerburschen, daneben, das Zebra da, das Loch kann man kaum erkennen, nicht wahr? Hab ihn direkt hinterm Kopf erwischt, aus vierhundert Metern, gibt Ihnen doch ne Vorstellung von Würde und Anmut, die Sie auch in Ihrer Musik ausdrücken sollten ... seine Finger trommelten auf Teak, —dazu reichlich Bewegung ...
—Also zwei Stunden und, das kann aber leicht etwas eintönig werden, wenn ...
—Guter Punkt, Bast, guter Punkt ... und der Inhalt der Dia-Box ergoß sich zwischen sie, —es gibt noch Film, den wir nicht mal verarbeitet haben, wir haben nur ein paar Einstellungen entwickeln lassen, so als

eine Art Protokoll, gibt Ihnen ne Vorstellung, hauptsächlich Antilopen, da drüben ein Kudu und ein Hartebeest, der Bursche hier direkt hinter mir. Wir haben diesen Film aber nicht verwertet, weil der Niggerbursche vergessen hat, irgendwas an der Kamera einzustellen, und da gabs dann ganz merkwürdige Farben, aber ein paar Teile davon hier und da könnten dem Ganzen vielleicht doch einen künstlerischen Touch geben, dazu Ihre Musik, und schon sieht alles so aus, als hätten wir's mit Absicht so gemacht, diese ganzen Scheißfarben, was meinen Sie?
—Ja, das klingt interessant, aber dürfte ich Sie noch etwas fragen wegen...
—Natürlich, ja, möglicherweise hängen wir noch vierzig Minuten dran oder so, und Ihre Musik hätte dann die Aufgabe, das Tempo etwas zu variieren, ich versteh, was Sie meinen, ja, wir nehmen die Rüsselzwergantilope hier, könnte noch lustiger sein mit der Rüsselzwergantilope...
—Nein, was ich meinte, war, was würde passieren, wenn das passieren würde, und ein Konkursverwalter übernähme die Firma, was...
—Firma? Welche Firma?
—Diese, diese Eagle Mills, wenn man eine Obligation hätte, würde die...
—Was, diese Eagle-Klitsche? Einfach neuorganisieren, wenn man den Laden retten will, wahrscheinlich gibt man einfach neue Stammaktien aus, dazu eine Reihe von konvertierbaren Vorzugsaktien, pro Obligation von beidem etwas, die Dimension, in der die da oben Geld verloren haben, muß zu einem riesigen Verlustvortrag geführt haben, aber das allein nützt ihnen auch nichts, also hier ist er jetzt, der kleine Bursche, der da vorneweg läuft, sehen Sie ihn? Natürlich sieht man nie eine lila Rüsselzwergantilope, aber es gibt ja schließlich kein Gesetz, das uns diese kleine künstlerische Freiheit verbietet, nicht wahr?
—Ja, nein, ich meine nein, aber wenn Sie dann welche von diesen Obligationen hätten, würde man Geld dafür bekommen können...
—Was, diese? Von Eagle? Hängt nur davon ab, ob derjenige, der den größten Bissen geschluckt hat, den Nerv hat, seine ganzen Vorzugsaktien in Standards umzuwandeln und dann noch ein paar Standards mehr kauft, wenn das nötig sein sollte, um den Laden zu übernehmen, was mit Sicherheit nicht schwierig wäre, da oben vor Ort sitzen Leute auf der Mehrheit dieser Papiere, und die würden sich wahrscheinlich wegen der Dividenden nicht von ihren Vorzugsaktien trennen, und

denen wärs auch egal, daß sie kein Stimmrecht haben, was ihnen im übrigen all die Probleme eingebrockt hat, und früher oder später müßten Sie natürlich den ganzen Film sehen, aber fürs erste reichen Ihnen ja vielleicht diese Bilder, das heißt für die erste Inspiration?
—Ja, ich muß gehen, ich hätte da nur noch eine Frage wegen ...
—Nein nein nein, bleiben Sie sitzen, bleiben Sie sitzen, wir haben in dieser Sache schon ziemlich hohe Unkosten gehabt, und da kommt es dann auf etwas mehr auch nicht mehr an, Stamper kommt es darauf natürlich überhaupt nicht an, weil man das steuerlich geltend machen kann, und zwar als Fortbildungsmaßnahme für diese Forstheinis, Naturschutzverbände und Umweltgruppen, allerdings mit dem Ziel, endlich mit der Touristenflut aufzuräumen, die noch die letzte offene Landschaft und die unberührte Natur in Müllhaufen und Freiluftlatrinen verwandeln und am liebsten auf einem riesigen Parkplatz Camping machen, doch wenn man in den Nationalparks ein paar Wildschweine loslassen würde, wär die Sache in Null komma nichts geregelt.
—Ja ich, ich wollte nur fragen, ob ...
—Ich sagte es ja schon, Bast, man kann doch nicht das natürliche Gleichgewicht stören und es dann sich selbst überlassen, oder wenn man die Zebras und diese ganzen anderen Burschen da reinläßt, aber nichts, was Jagd auf sie macht, dann drehen sie am Ende noch durch. Haben Sie schon mal Zebras gesehen, wie friedlich die grasen, und das in Sichtweite von einer Gruppe Löwen. Die wissen vedammt gut, daß die Löwen da sind, und wissen auch verdammt gut, warum die da sind, aber trotzdem packen die nicht ein und hauen ab, nicht wahr? Oder haben Sie schon mal einen Apfelbaum abhauen sehen, bloß weil man einen Apfel pflücken will?
—Also nein, nein, noch nie ...
—War mir klar, Bast, war mir klar, andererseits, das eigentliche Problem, mit dem wir uns jetzt herumschlagen müssen, ist das Tempo, mit dem sich Afrika derzeit entwickelt, dabei kommt nichts raus als ne Menge Nigger, die in Schlips und Kragen ihr Auto spazierenfahren, und für das arme Wild gibts überhaupt keinen Platz mehr, die vertreiben diese Burschen wie ne Horde beschissener Indianer von ihrem eigenen Land, und wenn wir hier nicht ganz schnell Platz schaffen, dann wirds bald überhaupt keinen Ort mehr geben, an dem man die jagen kann. Beantwortet das Ihre Frage?
—Ja also, nein, nicht direkt, wissen Sie, ich frage mich nur, gesetzt den Fall, daß tatsächlich jemand kommt und die Firma übernimmt, wie ...

—Sind Sie immer noch bei dieser Eagle-Klitsche? Die übernimmt man eben einfach.
—Aber was würde man dann, ich meine, könnten die Leute, die die Obligationen haben ...
—Zuallererst kommt mal ein bißchen Geld in die Kasse, allein schon durch entsprechende Leasingvereinbarungen und dergleichen, daneben gucken wir uns die Aktiva mal genauer an, wahrscheinlich liegen da Sachen, die bisher übersehen wurden. Aber wie gesagt, Größe, Bast, Erhabenheit, das ist die Qualität, die Sie mit Ihrer Musik rüberbringen sollten, um diesem natürlichen Erbe seine ganze Erhabenheit zurückzugeben, wenn man die Nationalparks mit ein paar dieser Burschen ausstattet, dann ist endlich Schluß mit Wohnwagen und Wohlstandsmüll und diesen beschissenen verfilzten Typen mit ihren langen Haaren, ihren Drogen, ihren Halsketten und Motorrädern, natürlich ist Stampers Vorstellung noch verdammt viel simpler, der steht nämlich auf dem Standpunkt, warum gehen wir nicht einfach hin und machen Jagd auf die? Nehmen Betäubungspatronen und Gummigeschosse, aber die haben ja nicht mal den Überlebensinstinkt, über den jedes gesunde Tier verfügt, sondern legen sich einfach in den Dreck und singen einem was vor, und das macht dann natürlich überhaupt keinen Spaß mehr ...
—Ja also, Ihr Telefon, ja, vielleicht sollte ich lieber ...
—Bleiben Sie noch einen Moment sitzen, ja ... Shirley? Wenn das wieder Davidoff ist, sagen Sie ihm, daß ... wer? Stellen Sie ihn lieber durch, ja, warten Sie noch einen Moment, Bast, wenn man erst mal damit anfängt, Anrufe von der Presse abzuwimmeln, dann geht die Glaubwürdigkeit gleich den, hallo ...? Unvollendet die Geste, die offensichtlich darauf abzielte, Aufmerksamkeit auf das Durcheinander der Dias zu lenken, kurz vor dem Buch hielt die Hand inne, Paris Ein Fest fürs Leben, aufgeschlagen auf Seite 190. —Übrigens, dieser Bericht in Forbes heute morgen, richtig, hab ich gelesen, also wenn Sie meine Meinung wissen wollen, diese Gerüchte über gigantische Mineralvorkommen und auswärtige Interessen, also, meiner Meinung nach alles maßlos übertrieben, das Ganze ist ne Stammesangelegenheit, und der Schlüssel zur Situation in Gandia liegt direkt in Gandia selbst, weil dieser Doktor Dé ist ein Idi ... nein nein, nur Idi, i, d ... nur die ersten drei Buchstaben davon, ist so ein Bergstamm da oben in der Uaso-Provinz, geht den Blakus schon seit tausend Jahren an die Gurgel, und dieser Nowunda ist ein Blaku, Dé wittert jetzt seine Chance, ganz nach

oben zu kommen, und schürt ganz bewußt diese Gerüchte über eine bevorstehende Unabhängigkeit, würde mich nicht wundern, wenn er eines Tages als Leiche im Fluß treibt, womit dann die Sache gegessen wäre, ich kenne Afri ... jederzeit, ja, Wiedersehen ... er beugte sich wieder nach vorn, um sich des Telefons zu entledigen, —also, Sir. Wo waren wir?
—Oh. Ja, da war noch eine Sache, nach der ich mich erkundigen wollte, ich glaube, es liegt da unter der Mappe ...
—Das hier? Sieht aus wie ein, was zum Teufel ist das? Koronalerektometer, Maßband in der Kranzfurche unterhalb der Eichel anlegen, anschließend Umfang ablesen ...
—Nein, was ich meinte war, es ist ein, jetzt hab ich wieder den Namen vergessen, da ist es ja ...
—Das brauchen Sie vermutlich nicht mehr? Und das papierne Zentimetermaß fiel in den Papierkorb. —Also, dies ...?
—Ja, wo Alberta & Western draufsteht ...
—Obligation, Serie B, wußte gar nicht, daß die je ne A-Serie aufgelegt haben. Auf die kriegt man keinen Pfennig, würde mich nicht mit diesen Leuten einlassen, denen gehts noch schlechter als Eagle, nun würde ich Sie natürlich nie darum bitten, so etwas umsonst zu tun, Bast.
—So etwas ...
—Ja, die Musik, die Sie für uns komponieren, gibt mir die Möglichkeit, auch mal was für die Kunst zu tun, nicht wahr, wär mir so um die fünf ... er machte eine Pause, stand auf und musterte die Gestalt von Kopf bis Fuß, die dort die Unterlagen in die eingerissene Mappe stopfte, —brächte Ihnen vielleicht sogar zweihundert Dollar, was sagen Sie dazu, Sir?
—Tja, ich ...
—Ist mir doch 'n Vergnügen, mal nem armen Künstler unter die Arme zu greifen, würden Sie das bitte auch mitnehmen ... Er machte beide Hände frei, um die Dias in die Schachtel zurückzuschaufeln, und drückte auf einen Knopf, —Shirley? Geben Sie Mister Bast ne Handvoll Verkaufsvollmachten mit, wenn er rauskommt und, ja, soll ich dann also für Ihre Tanten ein kleines Kontokorrentkonto eröffnen, Bast? Das heißt, Ihre Tanten brauchen da gar nicht in Erscheinung zu treten, läuft auf Street-name, das erspart ihnen ne Menge Ärger ...
—Ja also, wie Sie meinen, obwohl ich das nicht allein ...
—Okay, vergessen Sie's, Bast, besser, Sie kümmern sich um Ihre Musik, was?

—Ja ich, ich würde natürlich gern ...
—Meinen Sie, daß ich in ein, zwei Tagen mal ne Probe hören kann? Ja, und wenn Sie jetzt gehen, sehen Sie sich mal die Rüsselzwergantilope an, den kleinen Burschen direkt über Shirleys Kopf, gibt Ihnen ne Vorstellung ... Er sank auf den Stuhl zurück, seine Finger trommelten auf der Teakfläche, verließen anschließend das Grün der Schreibunterlage und stürzten sich auf den Knopf. —Shirley, verbinden Sie mich mal mit Doktor Handler ... die andere Hand sank zum Papierkorb hinunter, —ja, und suchen Sie mal im Firmenverzeichnis nach einem gewissen Decker, W. Decker, der Name kommt mir irgendwie bekannt vor. Und dann geben Sie mir bitte Beaton, von Typhon. Seine Hand angelte sich das papierne Zentimetermaß aus dem Papierkorb, hielt es in die Höhe und legte es als Lesezeichen zwischen die aufgeschlagenen Buchseiten. —Larry? Ist, ja, hallo, ist vielleicht der Doktor da? Sagen Sie ihm, Mister Craw ... was? Was soll das heißen, daß ich Dienstag nochmal anrufen soll, hier ist ... Scheiße, nein, ich bin überhaupt kein Patient! Sagen Sie ihm, daß sein Börsenmakler am Apparat ist ... ja! Ja, hallo, Larry? Sag mal, ich glaub, ich hab da ne Möglichkeit, deine alten Eagle-Mills-Obligationen für acht oder neun Cent loszuwerden, gut für deine Verlustab ... oh, tatsächlich? Ja, in dem Fall kann ich deine Boston & Maines loswerden, kann wahrscheinlich zwölf bis fünfzehn dafür kriegen, hab hier jemand, der sich für diese Sachen zu interessieren scheint, ja, ich halt dich auf dem laufenden ... erneut strich seine leere Hand über das Grün, —Beaton? Hast du mich verstanden, Shirley? Hab ich da Beaton? Wo Sie gerade dabei sind, Shirley, sehen Sie bitte mal nach, was das Wall Street Journal über Alberta & Western Power schreibt, ich dachte, die hätten längst das Handtuch geworfen, die ... oh, Beaton? Nein, aber was zum Teufel ist hier los, mir ist zu Ohren gekommen, daß jemand eine Gemeinschaftsklage gegen Diamond in die Wege leitet. Shirley ...? Sind Sie noch dran?
—Ich habe Mister Beaton für Sie, Mister Crawley.
—Gut, ich auch, gehen Sie aus der Leitung.
—Hallo?
—Hallo ...?
—Hier Beaton, ja, ich bin noch dran, was ... bestimmt nicht, nein, woher haben Sie ... Aber natürlich, ja, eine solche Klage gegen die Firma dürfte meiner Aufmerksamkeit keinesfalls entgang ... Nein nein, keinesfalls, es ... ganz bestimmt nicht, nein, ein öffentliches Dementi

würde die Sache nur verschlimmern, und falls ich Gover ... ja, besonders zu diesem Zeitpunkt, ach, und Mister Craw ... im Hinblick auf ein Dementi, ja, ich halte es nicht für ratsam, die Angelegenheit gegenüber Mister Davi ... Genau, ja, ich denke, genau das sollten wir vermeiden, jetzt ... der Forbes-Artikel? Hab ich, ja, aber ich kann mich momentan nicht damit ... mach ich, ja, Wiedersehen ... mit einem motorischen Aufwand, der sich an der absoluten Untergrenze bewegte, drückte er auf den Knopf, —Miss Bulcke? Bitte stellen Sie keine Anrufe mehr durch außer ... danke. Tut mir leid, Mrs. Joubert, ich weiß, daß Sie es eilig haben und ...
—Nein, schon gut, ich muß Francis treffen, sagte sie in ihr Taschentuch, —ich ...
—Wie bitte?
—Ich treffe mich mit Francis, weil ich mit ihm die Cloisters besuchen will, sagte sie plötzlich laut.
—Aber, alles in Ordnung? Ist etwas passiert?
—Nein, nichts, nichts, etwas Unerfreuliches im Fahrstuhl, aber das ist nicht so wichtig ... die Knie eng aneinandergepreßt, beugte sie sich nach vorn, —Mister Beaton, könnte, könnte Lucien, Francis' Vater, könnte er Francis einfach mit in die Schweiz nehmen?
—Ihn mitnehmen?
—Ja, ihn für immer dorthin mitnehmen?
—Wieso, hat er versucht, Sie damit einzuschüchtern ...
—Könnte er das?
—Tja, wie, wie die Dinge stehen, Mrs. Joubert, wenn Ihr, wenn er den Jungen mit solchen Absichten mitnähme, würden wir sofort eine einstweilige Verfügung beantragen ...
—Einstweilige Verfügung! Kann man denn nicht, läßt sich denn gar nichts einfach so regeln? Sie hatte ihre Handtasche geöffnet, stopfte das Taschentuch hinein und ließ den Verschluß wieder zuschnappen, —entschuldigen Sie, Mister Beaton, ich weiß natürlich, daß es nicht Ihre Schuld ist ...
—Ja, unglücklicherweise ist die Sache etwas kompli ...
—Ich habe ihn eben erst gefragt, Lucien, warum er nicht einfach reinen Tisch macht ... sie hatte ihre Tasche wieder aufgemacht, holte eine Sonnenbrille heraus, schob sie wieder zurück und brachte eine Brille mit Schildpattgestell zum Vorschein, —aber er hat nur von der geschäftlichen Einigung gesprochen, sind das die Papiere ...
—Ja, aber, wann war das, Mrs. Joubert? Haben Sie ihn in der

Zwischenzeit gesehen, Mis, entschuldigen Sie ... er griff zum Telefon, —hallo, Beaton, oh, ja Sir ... Ja, fahren Sie fort, ja, Sir ...
—Muß ich das alles durchlesen? Sie strich ihr Haar zurück, bevor sie sich die Brille aufsetzte, aber es fiel ihr sogleich wieder ins Gesicht, während sie vor sich hinmurmelte. —Wir weisen auf die Möglichkeit geschäftsschädigender Prozesse hin, die sich im Hinblick auf unser verschreibungspflichtiges Medikament ergeben könnten, welches wir kürzlich in der Gruppe der Monoaminoxidaseblocker auf den Markt gebracht haben und dessen Hauptwirkstoff Tranylcyprominsulfat sich nach neuesten, vertraulichen klinischen Tests als hochgradig letal erwiesen hat, wenn es versehentlich zusammen mit strengen Käsesorten wie Stilton, Brie, Camem ...
—Entschuldigen Sie mich einen Moment, Sir, tut mir leid, Mrs. Joubert, das sind andere Unterlagen, die müssen Sie nicht lesen ... Wie bitte? Ja, Sir, sie ist gerade hier, sie ist vorbeigekommen, um ihre Unterschrift ... wenn das alles ist, ja, Sir, ich kümmere mich darum, mit Frank Black ... Mach ich, Sir, Wiedersehen. Tut mir schrecklich leid, Mrs. Joubert, ich hatte gerade die Nobili-Akte überflogen und, was ist daran denn so komisch?
—Das Wort verschreibungspflichtig da, es ist nur so ungeheuer grotesk. Als gäbe es eine Pflicht, sich zu verschreiben.
—Nein also, natürlich, das ist ein, das ist lediglich ein Terminus, den man benutzt, um verschreibungspflichtige Medikamente von solchen unterscheiden zu können, die nicht ... er nahm ihr die Unterlagen weg, —und das gehört auch wirklich nicht zu ...
—Es gehört zu gar nichts, warum lese ich es dann? Immer wenn ich herkomme, bekomme ich Dinge zu lesen, die ich nicht verstehe, die ich aber unterschreiben muß, ich weiß nicht mal ...
—Ja also, sehen Sie, Mrs. Joubert, entschuldigen Sie, wenn ich Sie unterbreche, aber seit einiger Zeit, verstehen Sie, steht eine kleine Firma, die wir wegen ihres interessanten Patentpotentials im pharmazeutischen Bereich aufgekauft haben, in Verhandlungen mit dem Militär, und zwar wegen eines nicht unbeträchtlichen Liefervertrags mit den Veteranenkliniken, eine Folge des ständig steigenden Medikamentenverbrauchs dort und, äh, jedenfalls wurden die Verhandlungen plötzlich abgebrochen, als eine italienische Firma ein weitaus günstigeres Angebot unterbreitete, da Italien ja nicht unser Patentabkommen unterzeichnet hat, und diese italienische Pharmafirma hat ganz einfach die Medikamente kopiert, auf denen unsere gesamte ...

—Ach, Sie zerreden wirklich alles, bis man gar nichts mehr versteht, ich frage Sie nach Francis, und Sie reden von Patenten, ich frage Lucien, und er...
—Ja, aber verstehen Sie denn nicht, Mrs. Joubert? Ich wollte Ihnen doch nur den Hintergrund erklären, weil unter diesen Umständen die Position Ihres Vaters in der Regierung nicht gerade die günstigste Ausgangslage darstellt, um eine Klage ins Auge zu fassen, zumal die Berufung auf den Patentschutz in diesem Fall selber auf ziemlich wackligen, ich will jetzt nicht in die Details gehen, aber diese Unterlagen, verstehen Sie, betreffen auch Sie in Ihrer Eigenschaft als Treuhänderin der Stiftung, in welche die diversen Beteiligungen ihres Vaters eingeflossen sind, als er in die Regierung eintrat. Das alles diente eigentlich nur dem Zweck, mit Nobili zu einer Einigung zu kommen, dieser italienischen Pharmafirma, in der, wie Sie vermutlich wissen, Ihr ehemaliger, also Mister Joubert, Vorstandsmitglied ist. Als italienische Firma, eigentlich sitzt sie natürlich in der Schweiz, wo Nobili...
—In Genf? Sitzt die in Genf?
—Ja, aber, nur im Hinblick auf...
—Deshalb auch die Schule in Genf, das hat er also gemeint, nicht wahr? Er will Francis in Genf auf die Schule schicken.
—Hat er das gesagt? Wann haben Sie ihn gesehen?
—Gestern abend. Sie hatte wieder die Handtasche geöffnet, holte ihr Taschentuch heraus. —Ich habe ihn eigentlich nicht richtig gesehen, wir haben uns nur einen Augenblick unterhalten.
—Hat er Sie angerufen?
—Nein nein, nicht am Telefon, nein, ich meine nur, daß es dunkel war, Ich lag schon im Bett, als er kam, und wir...
—Er, er ist in Ihr Schlafzimmer gekommen?
—Es ist eigentlich seine, natürlich. Sie schneuzte sich. —Seine Wohnung, ich bin eigentlich nur dort, wenn...
—Aber, ich verstehe nicht recht... er drehte sich im Stuhl, um sie direkt anzusehen, plazierte seine kleinen, glanzlosen schwarzen Schuhe so eng nebeneinander, wie er es getan hätte, wenn er sie in den Schrank gestellt hätte. —Sie leben doch nicht mehr zusammen?
—Natürlich nicht.
—Ich möchte ja nicht, nicht indiskret sein, Mrs. Joubert, aber, im Bett, Sie lagen in seinem Appartement im Bett?
—Warum nicht? Ja, ich hatte, wenn Francis da ist, das ist unsere Abmachung, wenn Francis übers Wochenende da ist.

—Ich fürchte, ich verstehe noch immer nicht ganz.
—Wir wollten ihn einfach nicht beunruhigen. Wir wollten, bevor nicht alles endgültig ist, gibt es doch keinen Grund, daß Francis schon im voraus beunruhigt ist, und deshalb haben wir einfach, wir wollen einfach, daß er so lange wie möglich das Gefühl von Geborgenheit behält und daß wir, daß seine Eltern, so wie alle anderen Eltern auch, zusammenleben, daß, daß er ein Zuhause hat ...
—Ich verstehe. Die, äh, Sie müssen sich im klaren sein über die, äh ...
—Die was, die Anstößigkeit?
—Ich meinte die, äh ...
—Ach, da passiert doch gar nichts, im Schlafzimmer? Da passiert nichts, falls Sie das meinen, Mister Beaton.
—Aha. Aber verstehen Sie doch, Mrs. Joubert, das ist nicht, das ist nicht bloß eine Frage ihres gegenwärtigen, äh, eines gegenwärtigen ...
—Es sind im übrigen getrennte Betten, Mister Beaton, gestern nacht, sie räusperte sich, ohne ihn anzusehen, —letzte nacht ist Francis zu ihm ins Bett geschlüpft und hat die ganze Nacht bei ihm geschlafen ...
—Nein, aber verstehen Sie ... er räusperte sich, —ich fürchte, Sie verstehen mich immer noch nicht, Mrs. Joubert, einfach indem Sie freiwillig zurückkehren in sein, äh, ich nehme an, daß es freiwillig geschieht, in sein ...
—Ich habe doch eben erst erklärt, daß es, ja, die Abmachung, die wir ...
—Ja, aber Sie müssen sich darüber im klaren sein, daß, wenn er, wenn Mister Joubert möglicherweise den Eindruck erwecken will, daß er, daß Sie, äh ...
—Er kann überhaupt keinen Eindruck erwecken, Mister Beaton! Er, er will die Sache genauso geklärt wissen wie ich, er ist liiert mit so einer, Sie haben vermutlich ihr Bild in der Zeitung gesehen, als sie noch als Tänzerin gearbeitet hat, natürlich nicht die, die ich heute morgen gesehen habe, mit einer, einer Widmung, daß sein coq rouge, jedenfalls war die Widmung irgendwie, andererseits ...
—Ja, ich, ich verstehe, ja, ist Ihr Vater zufälligerweise, hat er Kenntnis von der Abmachung, die Sie mit Mis, mit Francis' Vater haben?
—Papa? Ich weiß nicht, ich hab nicht die leiseste Ahnung, wovon er Kenntnis hat, es könnte ihm schaden, meinen Sie das etwa? Falls etwas Unerfreuliches in die Zeitungen kommt? Genauso, wie er Freddie zur Kenntnis nimmt, also wenn Freddie rauskommt, wo er doch die ganze Zeit ...

—Nein, bitte, Mrs. Joubert, ich meinte nicht, daß er, ich wollte Ihnen sagen, daß er eben am Telefon war, ja...
—Ach so?
—Er bat mich, Sie herzlich zu grüßen, ja, er...
—Weiß er, daß ich hier bin?
—Ja, ich habe ihm gesagt, daß Sie vorbeikommen würden, entschuldigen Sie. Hallo...? Es ist Mrs. Selk, ich sollte vielleicht, ja, hallo? Guten Mor... wie bitte? Ja, Sir, Ma'am, ja, Ma'am, ich... Ja, ich verstehe Ma'am, haben Sie mit Boody persönlich gespro... nein, Ma'am, ich... Ja, Ma'am, haben Sie mit Mis... wahrscheinlich, ja, Ma'am, wenn Mister Moncrieff persönlich bei der griechischen Botschaft angerufen... die griechische Botschaft, ja, Ma'am, er kann vielleicht noch am ehesten etwas für Sie... Ja, Ma'am, ich... ja, Ma, hallo? Hallo...?
—Boody?
—Ja, sie, äh, offenbar ist sie wieder verhaftet worden... er griff zu einem anderen Telefon, —man hat sie an der griechischen Grenze festgenommen, angeblich wegen Besitz von, Entschuldigung, hallo? Beaton, oh, ja, Ma'am, ich... nein, Ma'am, nein, ich... Nein, hab ich nicht, nein, Ma'am, nein, manchmal schaltet sich die Telefonzentrale dazwischen und unter... nein, Ma'am, nein, ich kenne niemanden aus der Telefonzen... aber ja, aber, alle, Ma'am? Es ist gar nicht so einfach, eine erfahrene Telefo... ja, Ma'am... ja, Ma'am, sofo... Ja, Ma'am, aber natürlich sollte die Polizei selbst... ja, Ma'am, aber natürlich hat die Versicherungsgesellschaft ihre eigenen Detek... Ja, Ma'am, aber ich würde vermuten, wenn Deleserea erst seit gestern vermißt wird, daß es noch eine Mög... ja, Ma'am... ja, Ma'am, sof... hallo? Hallo...? Er hielt den Hörer von sich weg, drückte ihn wieder ans Ohr —hallo...? und legte langsam auf, —sie, offensichtlich ist Deleserea mit einer Diamantbrosche verschwunden.
—Dafür hätte ich volles Verständnis, ich habe sogar Verständnis dafür, daß Boody Drogen nach Griechenland schmuggelt, sie ist nämlich...
—Diesmal nicht, nein, ihr wird vorgeworfen, Sprengstoff eingeführt zu haben, Sprengbomben, wir haben sie eben erst aus Nepal rausgeholt, und ich glaube, ihr Vater fängt langsam an...
—Boody zur Kenntnis zu nehmen?
—Also bitte, Mrs. Joubert, ich, ich denke, Ihr Vater hat sehr viel Geduld gehabt, er...
—Geduld...! Sie blätterte in den Seiten, —wo soll ich denn nun unterschreiben?

—Auf der letzten Seite, wo steht, ja, da unten ...
—Wie lange hat er Geduld mit Freddie gehabt, zehn Jahre? Solange Freddie sich da aufhielt, wo er ihn nicht stören konnte.
—Aber unter diesen Umständen, Mrs. Joubert, ich glaube, Ihr Bruder ist mög ...
—Hat Papa ihn ein einziges Mal besucht? Sie nahm die Brille ab und sah auf, —ein einziges Mal?
—Also ich ... er räusperte sich, griff nach den Papieren, —können Sie ihn oft besuchen?
Sie griff wieder zum Taschentuch, umklammerte es aber nur mit der Hand. —Einmal, ich, ich bin einmal hingegangen, und sie gaben ein Konzert, er lernte gerade Becken zu spielen, Becken, ich konnte das einfach kein zweites Mal mitansehen ...
—Aber, aber vielleicht empfindet Ihr Vater das als genauso schmerz ...
—Freddie ist sein Sohn! Sie benutzte das Taschentuch, und ihre regungslosen Augen über dem lavendelfarbenen Saum sahen noch größer aus als sonst, —läßt mich, läßt mich herzlich grüßen, er weiß, daß ich hier im Haus bin, aber er kann nicht ...
—Mrs. Joubert, er hatte eine wichtige Besprechung und hat sich nur einen Moment freimachen können, um wegen etwas sehr Dringendem anzurufen, was die Lage in Gan ...
—Einen Moment, ja, er konnte sich nicht mal einen Moment Zeit nehmen, um mit mir zu reden, um, nicht mal um zu fragen, wie's mir geht, es gibt immer eine Besprechung, eine wichtige Besprechung, er versteckt sich in Besprechungen, sogar an dem Tag, an dem Tag, als ich die Kinder mitgebracht habe, war ich in seinem Büro, um, mußte ich warten, um irgendwas zu unterschreiben, so geht das immer, und er stand neben mir und rieb sich die Nase, wie er das immer macht, sah auf mich runter und sagte, er sagte, du siehst müde aus, Amy, er sah so besorgt aus, so, so besorgt, daß ich dachte, er wollte mit mir sprechen, um mir etwas zu sagen, um mit mir zu reden, er, und dann drehte er sich mit dem gleichen sorgenvollen Blick um, drehte sich zu Ihnen um und erkundigte sich nach seinem neuesten Options ...
—Ich, ja, ich verstehe, aber ich finde, Sie sollten doch in Betracht ...
—Tut mir leid, ist das alles, was ich unterschreiben soll?
—Ja, und, ach, die Änderungen, ja, wenn Sie bitte noch kurz die Änderungen gegenzeichnen wollen, sie sind am Rand angestrichen, Mrs. Joubert, das ist nicht meine, ich will nur sagen, daß Ihr Vater in letzter Zeit stark unter Druck gewesen ist, ich finde, Sie sollten das nicht so

verstehen, daß Sie ihm egal wären, wie Sie vorhin schon sagten, der Fonds, den Ihre Mutter für Sie und Ihren Bruder eingerichtet hat, Ihr Einkommen...
—Also wirklich... sie schrieb ihr Kürzel, schrieb ihr Kürzel, —wie kommen Sie darauf, daß es mein Einkommen ist...
—Nein aber, sehen Sie, ich verstehe ja Ihre Ungeduld, aber ich finde, indem er seine Sorge unter der Maßgabe zum Ausdruck bringt, daß der erzielte Gewinn durch einen Vormund reinvestiert werden kann, bis sichergestellt ist, daß...
—Durch Papa, ja, bis er glaubt, daß ich mich nicht mehr herumtreibe? Bis ich aufhöre, meine Zeit zu ver, aufhöre, in irgendeinem Nest als Lehrerin zu arbeiten, nur um irgend etwas zu tun zu haben, was nicht so tot ist wie das hier, auch wenn es, auch wenn ich kaum verstehe, was ich unterrichte, ich halte mich einfach an die Lehrpläne, aber es ist etwas, es ist, etwas...
—Ich wollte nicht...
—Und reden Sie nicht von den Fonds, die Mama für Freddie und mich eingerichtet hat, nein, nein, Papa und ihr Vater und Onkel John haben sie eingerichtet, und der alte Richter Ude am Erbschaftsgericht, wo Onkel John ihn reingebracht hat, die haben alles eingerichtet, es war Mamas Geld, aber sie haben diese Fonds eingerichtet, mit tausend Haken und Ösen, und sie unterschrieb die Papiere, ohne überhaupt zu wissen, was und warum, genau wie ich...
—Nein, einen Moment bitte, nein, ich sollte das natürlich erklären, ich habe überhaupt keine Ahnung, unter welchen Bedingungen aus dem Vermögen Ihrer Mutter diese Fonds entstanden sind, Mrs. Joubert, aber, aber es kann nicht im mindesten die Rede davon sein, daß Ihre Unterschrift, eine Unterschrift, die Sie aus freien Stücken im Rahmen Ihrer Funktion innerhalb der Stiftung leisten, daß diese Unterschrift von Nachteil für Sie...
—Sie erfüllt zweifellos ihren Zweck.
—Tja, in, vielleicht in gewisser Hin...
—Sie erfüllt ihren Zweck, sie erspart Onkel John den Ärger, sich seine Treuhänder in der U-Bahn zusammenzusuchen.
—Ja gut, vielleicht, ja, aber Sie verstehen doch gewiß seinen Wunsch, sich finanziell abzusichern? Sehen Sie, innerhalb der letzten zehn Jahre lag sein Steuersatz einschließlich Wolfahrtsspenden achtmal bei etwa neunzig Prozent, das ist eine Summe von neunzehn Millionen Dollar allein für wohltätige Zwecke...

—Also ehrlich, Wohltätigkeit, allein schon das Wort ...
—Ja also, ich benutze es in seiner steuerrechtlichen Bedeutung, und da natürlich seine Bank die Pensionskasse des Krankenhauses verwaltet, dessen Treuhänder er ist, und darüber hinaus seine Stellung als Direktor des führenden gemeinnützigen Krankenversicherungsprogramms, welche das Krankenhaus vor Zahlungsausfällen bewahrt ...
—Seine fixe Idee mit der Neunzehn, er verschenkt neunzehn Cent, neunzehn Erdnüsse, neunzehn irgendwas, selbst wenn er sie hätte, würde er ...
—Nein, sehen Sie, Mrs. Joubert, der Punkt ist doch der, daß zum Zeitpunkt der Spende die besagten neunzehn Millionen dem Marktwert der Wertpapiere entsprachen, die direkte Investition betrug lediglich eine halbe Million, doch dieses Vorgehen ermöglichte ihm vor allem, die nicht unbeträchtliche Kapitalertragsteuer zu umgehen, die nämlich fällig geworden wäre, wenn er verkauft hätte, und beließ sein Einkommen im folgenden, höchst erfolgreichen Jahr völlig steuerfrei, Sie kennen ja seinen Steuersatz. Nun, da bei diesen Stiftungen hauptsächlich sein hoher Steuersatz im Vordergrund stand, nicht zuletzt aufgrund der Dividenden aus den Wertpapieren, entschloß man sich, da ja eine Dividende in Aktienform nicht als Einkommen gilt, ihm eine neue Serie Vorzugsaktien zu je einhundert Dollar das Stück zuzugestehen mit einem Rückkaufwert von einhundertzwei, was seine Kontrolle natürlich nicht im mindesten ... Mrs. Joubert? Sie, Sie wollten doch wissen ...
—Vorzugsaktien haben kein Stimmrecht. Wir haben das im Unterricht durchgenommen, Vorzugsaktien haben kein ...
—Ja, in diesem Fall schien es gleichwohl ratsam, aus steuerlichen Grün ...
—Singen nicht, tanzen nicht, rauchen nicht, trinken nicht und laufen nicht den Frauen nach, machen nicht mal ...
—Wie bitte?
—Ach, nichts, Mister Beaton, es ist alles so, einfach so absurd, so, leblos, ich kann nicht mal ...
—Bitte, ich, Mrs. Joubert, ich hatte nicht die Absicht, die Sache emotional zu betrachten, die ...
—Aber das ist es doch! Es ist ganz einfach eine Gefühlssache! Weil, weil es keine gibt, es gibt keine Gefühle dabei, alles besteht nur aus reinvestierten Dividenden und Steuerumgehung, daraus besteht alles, Umgehung, Vermeidung, das war immer das Wichtigste und wird ver-

mutlich auch immer das Wichtigste sein, es gibt keinen Grund, warum sich das ändern sollte oder auch nur könnte.
—Nur, also, in diesem besonderen Fall, wie ich bereits ausführen wollte, schien es aus steuerlichen Gründen ratsam, daß diesem Vorzugspaket mit halbjährlicher Ausschüttung von sechs Prozent kein Stimmrecht zuerkannt wird, es sei denn, vier aufeinanderfolgende Dividenden würden nicht ausgezahlt, in diesem Fall würden die Treuhänder natürlich stimmberechtigt sein, könnten, wenn gewünscht, einen neuen Aufsichtsrat berufen und die Kontrolle über ein nicht unbeträchtliches Kapitalvermögen ausüben ...
—Ich glaube, das ist wieder Ihr Telefon, wenn das alles ist, was Sie mir ...
—Entschuldigung, ja, hallo? Beaton ... ja, ja, bleib einen Moment dran, Dick, haben Sie schon das zweite Exemplar abgezeichnet, Mrs. Joubert?
—Ach du liebe Güte ... sie öffnete wieder ihre Handtasche, kramte nach der Brille, holte die falsche heraus, —ich bin schon ...
—Tut mir leid, ich dachte, du, liegen vor, ja, Dick ...? Hab ich, ja, aber ich glaube, wir sollten uns schleunigst von Endo trennen, er ist ziemlich ungeduldig wegen der Diamond-Offerte, und natürlich kann nichts ... ausschließlich für dich, sobald du da fertig bist, ja, Frank Black hat fast die gesamte Vorarbeit gemacht, und sobald du ... Ja, ursprünglich ja, aber man hat uns mitgeteilt, daß die beträchtliche Steuerabschreibung, die wir vorgeschlagen haben, durch eine Klage hinfällig werden könnte, die ein ehemaliger Aktionär wegen der Weiternutzung der Patente anstrengt, das würde wahrscheinlich die Goodwill-Abschreibung gleich mit runterziehen, und das Vernünftigste wäre jetzt wohl, sich umgehend von Endo zu trennen, vor allem im Zusammenhang mit der Diamond-Offerte, denn wenn erst mal diese neuen Vorschriften in Kraft ... Weiß ich doch, aber je schneller du das klären kannst und nach Washington zurückkommst, desto besser, wir ... hast du, ja, sie ist hier ... Mach ich, ja, Wiedersehen ... Mach ich, ja. Das war Mister Cutler, er läßt ...
—Läßt mich herzlich grüßen ... sie schrieb ihr Kürzel, blätterte eine Seite um.
—Er ist in Rom, ja, er, tut mir furchtbar leid, Mrs. Joubert, wollten Sie selbst mit ihm reden? Ich habe nicht mal ...
—Worüber denn um alles in der Welt ... sie schrieb ihr Kürzel, schrieb ihr Kürzel.

—Also ich, das weiß ich natürlich nicht, ich, er hat mich gebeten, Ihnen zu sagen, er hoffe, so rechtzeitig zurück zu sein, daß er mit Ihnen zu der Pferdeschau gehen kann, und ich glaube, wenn Ihr Vater ...
—Mister Beaton, darüber haben wir doch schon gesprochen! Er, Papa will immer noch, daß alles so ist, wie es war, als ich noch selbst im Garden geritten bin mit diesem schrecklichen Ude-Mädchen, als ihr Bruder mit Dick Cutler aus Choate kam und, wenn er oder Papa sehen könnten, mit welchen Männern ich am liebsten etwas angestellt hätte, den einzigen, jedenfalls von denen, denen ich begegnet bin, ich glaube, das wäre sein Tod, einer ist wahrscheinlich in Freddies Alter, er säuft und geht zu Pferderennen, sein Gesicht sieht aus wie ein, wenn er lacht ist sein Gesicht eine einzige Qual und, und seine Hände, und der andere ist ein kleiner Junge, ein Komponist und trotzdem noch ein kleiner Junge mit einer grandiosen Traurigkeit, dabei so lieb ...
—Ich vermute, daß Sie sich darüber im klaren sind ...
—Und Geld wäre ihnen völlig egal, allein dafür könnte ich sie heiraten ...
—Genau, ja, ich glaube, Sie können verstehen, daß Ihr Vater als der von Ihrer Mutter testamentarisch bestimmte Vormund gewisse Verpflichtungen im Hinblick auf die Wünsche Ihrer Mutter hat und also darauf achten muß, daß der Fonds nicht der Begierde von, nicht zu einer weiteren unglücklichen Ehe führt, und deshalb hat er natürlich ...
—Will Dick Cutler mit mir zur Pferdeschau gehen ... sie hatte die Brille wieder zusammengeklappt, —das wäre so, als ob, als ob ich euer Paket mit sechs Prozent Vorzugsaktien heiraten würde ... sie öffnete die Handtasche und schob die Brille hinein, —Steuerumgehung, halbjährlich auszahlbar ... sie ließ den Verschluß zuschnappen. —Tut mir leid, Mister Beaton, ich, ich sollte nicht so mit Ihnen reden, aber sonst gibt es einfach niemanden ... leer, nur halb geschlossen, sank ihre Hand zwischen ihnen auf den Schreibtisch und schloß sich plötzlich, als sie von einer noch weißeren ergriffen wurde, —was ...
—Sie, Sie müssen verstehen, daß ich, daß der Gedanke, daß, daß Ihnen etwas zustoßen könnte, für Ihren Vater ganz, weil Sie so eine erstaunliche Frau sind, eine erstaunliche junge Frau, ich ich, ich ...
Doch ihre Hand ließ sich auch von dem zitternden Etwas, das sie umschloß, nicht beirren. —Ich bitte Sie, Mister Beaton, Sie können gar nichts für mich ...
—Nein nein, ich, ehrlich, ich will alles für ... er starrte auf die Stelle, an der seine Hand versteckt lag, zog sie aber zurück, um zum Telefon

zu greifen, —hallo, Bea, Beaton ... er räusperte sich. —Es ist Senator Broos, ich sollte lieber, hallo ...? Ja, Sir, ja, ich ... er hat vor ein paar Minuten angerufen, ja, Sir, wenn Sie einen Moment dranbleiben könnten, ich ... er nicht, Sir, seine Tochter ist hier, sie ...
—Nein, bitte, Mister Beaton, machen Sie weiter, das wäre dann ja auch alles.
—Ja, warten Sie, nein, da liegt ein Formular, da, ja, wenn Sie es nur unterzeichnen und, ja, einen Moment noch, Sir, wo steht Alter, es ist eine reine Formalität, Sie können schreiben über einundzwanzig, wenn Sie, Sir ...?
—Hier? Siebenundzwanzig, es ist alles nur eine Formalität, und vielen Dank, Mister Beaton ...
—Sir ...? Ja, nein, Sir, nein, ich glaube, das hat sich geklärt, General Blaufingers Forderung nach einer Intervention in der ausländischen Presse basierte offensichtlich auf der Annahme, daß wir uns für die Unabhängigkeit stark machen würden, aber als man ihm klargemacht hat, daß der Stamm, äh, die Stimm, die Stimmung in Washington eher in Richtung einer gemeinsamen Resolution geht, das Nowunda-Regime zu stützen, hat der General sof ... kein, nein, Sir, kein Dementi, nein, eher eine Richtigstellung, aus der einfach hervorgeht, daß die Presse seine Position absichtlich verzerrt wiedergegeben ... seine Position, ja, Sir, gen ... ja genau, Sir, wie Ihre Position gegenüber Chile beziehungsweise Kennecott während des ... Ja, Sir, Sir? Entschuldigen Sie mich bitte einen Augenblick, Mrs. Joubert? Vielen Dank, daß Sie vorbeigekommen sind, rufen Sie mich doch bitte an, wenn sich, Sir ...? Ja, Sir, sie ist ... ja, Sir, Mrs. Joubert? Senator Broos läßt Sie ... in welcher Sache, Sir ...? Nein, Sir, ein erster Entwurf für ein neues Bankgesetz wird noch heute von mir fertiggestellt, er braucht ihn nur noch zu ... oh, ich verstehe, Sir, nein, ich glaube nicht, daß Sie sich Sorgen machen müssen, er bewirbt sich um den Senat des Bundesstaats, Sir, nicht Ihr ... nur im Bundesstaat, ja, Sir, ich bin mir sicher, daß er ... Ich bin ihm noch nie begegnet, nein, Sir, aber ... nein, Sir, es heißt c, c, i, ein italienischer Name, nein, nicht wie Peachy, Sir ...
Hinter ihr schloß sich die Tür, sie drehte sich um, wobei sich ihre Hände voneinander lösten, —oh ...!
—Ich denke, wir sind jetzt soweit und, ach, Miss Bulcke, wir schlagen unser Lager hier im Büro vom Boß auf, damit Mrs. Joubert die Fahnenabzüge durchsehen kann, die wir ...
—Aber Mister Davidoff, ich ...

—Kein Problem, ach, und Miss Bulcke, sagen Sie Carol, daß sie meine Anrufe hierher durchstellt, sagen Sie ihr, daß sie sie checken soll, ich erwarte einen Anruf aus Washington, und der, rufen Sie Florence an und sagen ihr, daß sie Mister Eigen sagen soll, daß ich ihn mit dem Entwurf für die Rede von General Box erwarte, fragen Sie ihn, wo die Textzeilen für die Bilder des Jahresberichts sind, den wir, tschuldigung...! Abrupt beendete er eine Rutschpartie, die aus einem mißlungenen Tanzschritt hervorgegangen war. —Einer von uns beiden hat ne elektrisierende Persönlichkeit, junge Frau, er steuerte sie —gleich hier rein, da können wir alles ausbreiten. Statische Aufladung, die bildet sich im Teppichboden, und wenn man dann ne Türklinke anfaßt und, nehmen Sie doch gleich hier Platz. Er kam näher, ging ihr voraus um die nüchterne Ebene des Schreibtisches, wobei er immer noch die acrylschimmernde Konfektion zurechtzupfte, die er am Leib trug, legte dann die Bilder ab und ließ seine Manschetten aufblitzen, an denen nachgemachte Goldmünzen alter k. u. k. Herrlichkeit zum Vorschein kamen. —Sie können gleich dort Platz nehmen, wenn Sie...
—Aber ich habs eilig, Mister Davidoff, ich...
—Genau, so sparen Sie doch den Weg in mein Büro.
—Aber, das müssen ja Hunderte sein.
—Zweihundertachtundsechzig, ich weiß, wie wichtig Ihnen dieses Projekt ist, deshalb wollen wir ja, daß Sie die Bildauswahl persönlich vornehmen, und da hab ich mir gedacht, wir fangen gleich mit dem an, das oben liegt, einen Augenblick... Er hackte mit dem Finger auf die mit Knöpfen übersäte Konsole, nahm den Hörer ab und warf sich rücklings in den Sessel, wobei seine Füße vom Boden abhoben. —Also, dieser Mann verkörpert echte Klasse, oder? Wirklich, Ihr Papa versteht es, sich, ach, Miss Bulcke, rufen Sie das Waldorf an, sagen Sie denen, daß der General nicht vor dem zwanzigsten zurück ist und daß ich solange seine Suite nehmen werde... er beugte sich wieder nach vorne, legte den Hörer auf, seine Füße strampelten in der Luft. —Ihr Papa ist wirklich fotogen, nicht wahr? Ein echter Staatsmann...
—Das Bild sieht aus, als ob eine, eine Nonne einen Frosch aufschneidet.
—Was? Was ist das denn? Ist ja gar nicht beschriftet. Ich hab dieser Sache die höchste Priorität gegeben... er hackte wieder auf die Konsole ein, —ich wollte denen deutlich machen, daß wir Ihre pädagogischen Bemühungen um diese jungen Leute unterstützen, schon allein, damit sie auf diesem weiten Feld visueller Verständigung mal den Fuß in die

Tür kriegen, und die schicken uns Bilder ohne Beschriftung, als ob, Eigen? Hallo? Wo ist Mister Eigen ... Zu Tisch? Jetzt? Welcher Mann aus Thailand ... nein, sagen Sie ihm nur, daß er mich anrufen soll, tippt irgend jemand die Bildunterschriften für die Fotostory zum Jahresbericht? Was können Sie nicht finden ...? Nein, sagen Sie Mister Eigen nur, daß er mich anrufen soll.
—Ihre Bilder sehen alle sehr nett aus, Mister Davidoff, ich bin sicher, daß Sie da genügend auswählen ...
—Also dies hier, wir müssen natürlich Crawley haben, aber wir plazieren Ihre Story mehr zwischen den Zeilen der Sache selbst, gemeinsame Verantwortung für, das hier, das muß gewesen sein, als Crawley die Münzen aufgesammelt hat, eine Sekunde, ich erwarte einen Anruf aus Washington, Senator Broos, hallo ...? Nein, sagen Sie ihm, ich ruf ihn zurück, und das da, das ist nicht schlecht, nicht schlecht von Crawley, aber es sieht so aus, als ob das Schwein geradewegs durchs Fenster hinter ihm klettert, Moment, hier ist jetzt mein Anruf, hallo? Senator? Mollenhoff? Was will denn Mollenhoff ...? Nein, das war seine Nachricht an mich, nicht meine Nachricht an ihn ... was? Moment mal ... Er drückte auf Knöpfe, als spiele er ein Musikinstrument, —wer? Nein, das ist nicht die Wartungsabteilung ... Hallo? Wo bleibt mein Gespräch mit Senator Broos? Miss Bulcke? Wer ist dran? Eigen? Was soll das heißen, mit jemand aus Thailand ... Taiwan? Nein, der kommt von einer chinesischen Hilfsorganisation und sollte eigentlich auf die Fünfzig-Cent-Tour vorm Mittagessen vorbeikommen, haben Sie's in seinem Hotel versucht ...? Nein, eine Schenkung, gehen Sie einfach mit ihm zum Essen und gießen sich, ich sagte gießen ... ganz egal, hören Sie zu. Wegen dieser Rede von General Box über Gandia gibts ne heikle Situation, da haben Sie den Verteidigungsminister Doktor Dé und Präsident Nowunda beide auf der Tribüne sitzen, arbeiten Sie die beiden ein, aber so, daß man einen notfalls wieder rausschneiden kann ... Ja, hat absoluten Vorrang, der General ist jetzt in Bonn und wartet drauf, vielleicht muß einer von uns rüberfliegen und es ihm häppchenweise beibringen, wir können es uns nicht leisten, daß er nochmal einen dieser bescheuerten Witze reißt ... Oh, Mrs. Joubert? Warten Sie, Sie wollen doch nicht schon gehen, nur ein ganz normaler Notfall, aber Sie können, wenn Sie ihn sehen, Ihrem Papa ja mal erzählen, was es heißt, den Laden hier zu schmeißen ohne den Kapitän an Bord. Da oben tippen die jetzt die Bildunterschriften, wenn wir jetzt schnell mal auf nen kleinen Imbiß rausgehen, könnten wir uns die

ganze Serie ansehen, wenn wir zurückkommen, ich kenn da ein nettes kleines Lokal ...
—Ach, ich fürchte nicht, Mister Davidoff, ich, ich muß jetzt wirklich gehen, ich muß ...
—Aber das macht doch nichts, ich bin ja selbst viel zu beschäftigt, um den Laden zu verlassen, wir lassen uns einfach was bringen ... er hing wieder am Telefon. —Ach, Miss Bulcke, lassen Sie uns mal ein paar, was hätten Sie denn gern? Schinken, Käse ...
—Ich habe keine Zeit, Mister Davidoff, ehrlich, und ich bin ...
—Vergessen Sie's, Miss Bulcke, und ach, Miss Bulcke, wo Sie gerade dran sind, verbinden Sie mich mal mit Colonel Moyst, er soll mir für eine Woche ne Uniform verpassen, sagen wir für zehn Tage Deutschland oder besser gleich Europa und Afrika auf CIPAP und mit entsprechender Dienstgradangleichung, das heißt mindestens Colonel, vielleicht sogar GS-sechzehn, aber ohne CIPAP kann ich genausogut zu Haus bleiben. Also ... Mit leeren Händen stand er unterwürfig vor dem Schreibtisch, —das da ist besser, wenn wir etwas von Crawley wegschneiden, dann können wir so retuschieren, daß die Hörner hier aus dem Bild verschwinden, das hier ist noch besser, da sieht man Ihre Aktie ganz klar und deutlich, obwohl das Kind, schade, daß wir kein Kind nach vorn geschoben haben, das ne ordentliche Frisur hat und keinen so zerschlissenen Pullover, zeigen Sie das da doch mal. Das gleiche Kind. Das gleiche Kind scheint sich mit der Aktie in jedes Bild gedrängelt zu haben, er ...
—Er war so eine Art, dieser Junge war eine Art Kassenwart auf unserer ...
—Moment, Moment! Seine erhobenen Hände rahmten das pure Nichts, —sehen Sie? Es paßt genau ins Bild. Ein Anteil an Amerika, stimmts? Und die Kinder, dieses Kind hier, das muß ja, wenn Sie mir die Bemerkung erlauben, ein echtes Notstandsgebiet sein, wo Sie so unterrichten. Na ja, wie auch immer, auch daraus läßt sich was machen und, Moment ... Seine Hände fielen nach unten und wühlten in den Bildern, —haben wir denn hier, keine Schwarzen? Ich seh überhaupt keine Schwarzen dabei, haben Sie denn keine Schwarzen in Ihrer Klasse? Er schob sie wieder zusammen, —macht nichts, das kriegen wir schon hin, Moment mal, das muß der Anruf aus Washington sein. Hallo? ...? Nein, wieder nicht. Er hackte auf Knöpfe ein. —Was ist mit meinem Anruf aus Washington, Senator ... was? Er hackte wieder und begann, auf und ab zu gehen, —hallo? Senator ...? Ach ja? Wann

wird er denn ... Am Ende der Schnur hielt er an, mit dem Rücken zum Raum, —dann hinterlassen wir ihm einfach diese Nachricht, aber bitte vertraulich. Hintergrundinformation für den Umgang mit der Presse in der Gandiasache, stellen Sie es so dar, als ob die USA in diesem Fall mit den UdSSR, China, Albanien und dem ganzen Rest unter einer Decke stecken, er kann zu dem Zweck mit Frank Black reden, der entsprechende Kommentar ist schon fix und fertig, Sie haben was verstanden? Ich? Davidoff ... Davidoff, d, a, v, i ... also sagen Sie ihm, ich hätte Mister ... hallo? Hallo ...? Er ging zum Schreibtisch zurück und räusperte sich, als er das Telefon auflegte. —Ja, wir brauchen den Namen des Jungen für die Bildunterschrift ... er sah auf und hackte auf die Knöpfe des Telefons, —Miss Bulcke? Ist Mrs. Joubert da draußen? Hat sie ... wahrscheinlich nur auf die Toilette gegangen, der ... was? Wer ist dran, Carol? Welcher Hyde ... Also, was will der denn mit ... welche Geräte ...? Ach so. Also sagen Sie ihm, daß ich darüber mit Mollenhoff rede ... Oh, also wenn er für Mollenhoff arbeitet, warum hat Mollenhoff ihm dann gesagt, daß er mit mir darüber reden soll ...? Ach so. Also sagen Sie ihm, daß ich mit Mollenhoff darüber rede, ist er noch am Apparat? Dann schalten Sie schon durch, Carol, und bleiben Sie selbst dran, ich hab hier 'n paar Problemchen, die ... Carol?

—Ja, Sir, er ist dran ... sie beugte sich über dem Chaos zum Telefon und drückte am äußersten Ende des Schreibtisches auf einen Knopf, lockte dabei die Gestalt näher, die sich hinter ihr aufgebaut hatte, bis ihr Rock kurz vor der Offenbarung haltmachte. —Mister Hyde, hier ist Mister Davidoff, sie zog sich zurück und zeigte auf den Lautsprecher neben dem überquellenden Aktenkorb.

—Ja, hallo, Mister, Carol? Dreh die Lautstärke runter, diese Rückkopplung zerreißt einem ja ...

—Hallo, Mister Davidoff ...? Er folgte mit den Blicken wieder dem Verlauf der Strumpfnaht und blieb zusammengesunken vor dem Chaos sitzen, behielt dabei jedoch den Lautsprecher im Auge, als suche er in dessen Antlitz nach einem Zeichen des Wiedererkennens. —Ich bin ...

—Hyde? Gehen Sie weiter von dem Lautsprecher weg, das gibt sonst ne fürchterliche Rückkopplung, ich häng hier wieder mal im Büro vom Boß fest, weil sonst der Laden nicht läuft, kann mich momentan auch nicht freimachen, aber sagen Sie, Sie sind in der Verkaufsabteilung bei Mollenhoff, richtig? Gut, daß ich Sie erwischt habe, ich hab gerade noch mit ihm,

Carol, wo Sie noch an Deck sind, hören Sie mich? Also ziehen Sie Mister Eigen von den Bildtexten ab, sagen Sie ihm, ich komme gerade aus einer Konferenz, ich denke, wir überdenken die ganze Sache im Hinblick auf die innerstädtische Situation und die kulturelle Ausgrenzung des schwarzen Bevölkerungsteils als unverzichtbarer Bestandteil unserer Geschäftspolitik, das heißt, wir müssen über die Bilder noch mal drüber, Hyde? Sind Sie noch da? Gut, daß ich Sie erwischt habe, Mollenhoff läßt die Sache schleifen, hören Sie, das Justizministerium sitzt uns im Nacken von wegen Chancengleichheit und Integration, das wollen die unbedingt durchziehen, und jetzt stellen Sie sich mal das Theater vor, wenn auf einmal die komplette Inventarliste bekannt wird, nur weil wir sie von der Steuer absetzen wollen, sagen Sie ihm, daß unsere Jungs von der Rechtsabteilung das über die Verkaufsabteilung abwickeln wollen, bis wir von der Justiz das klare und unmißverständliche, Carol? Da Sie gerade an Deck sind, nehmen Sie doch mal Kontakt zu Miss Bulcke auf wegen dieser Europageschichte, und sagen Sie ihr, daß Sie sich darum kümmert, daß CIPAP auch die üblichen Reisespesen abdeckt, das heißt mit Linie, außerdem brauche ich eine Dienstgradangleichung, das heißt Colonel oder besser, Sie nehmen jetzt lieber den anderen Anruf an, ist das der Senator? Muß wohl auf dem anderen Apparat sein, piiiep ...

—Ich glaube, er hat aufgelegt, Mister Hyde, gibt es sonst noch etwas?
—Ähhh ... er richtete sich auf, —können Sie mich mal mit Mister Mollenhoff verbinden?
—Ja, Sir. Aus dem Chaos auf dem Tisch fischte sie ein Verzeichnis der Hausanschlüsse hervor, —ist das Herbert B. oder ...
—Herbert B.
—Das ist sowieso der einzige Mollenhoff ... sie wählte. —Wollten Sie, hallo? Mister Mollenhoff? Ja, hier ist Carol, Ginny? Hat er? Danke. Hast du Lust, in der Mittagspause einkaufen zu gehen ...? Am Eiswasserbereiter, okay. Sie legte auf. —Mister Mollenhoff, also, er ist nach Akron gefahren. Gibt es sonst noch etwas?
—Wann kommt er zurück?
—Hat sie nicht gesagt, soll ich nachfragen? Sie hatte den Telefonhörer bereits in der Hand.
—Nein, nein, nicht, machen Sie sich keine Mühe, er wandte sich zur Tür, —ach, mir fällt gerade ein, sagen Sie Mister, äh, Mister Davidoff, sagen Sie ihm, daß Major auch ein Dienstgrad ist.
—Was ist Major? Ich hol mir lieber mal nen Stift.
—Auch Major ist eine Dienstgradbezeichnung, nicht nur Colonel.
—Auch Major ist eine Dienstgradbezeichnung, ja, Sir, sagte sie über ihren Block gebeugt, —wissen Sie, wo der Ausgang ist? Kommen Sie mit, ich muß sowieso zum Fahrstuhl, okay? Was er mit gesenktem Blick

auch tat, bis sie sich umdrehte. —Wir können direkt hier durchgehen
und, hier. Hier sind wir schon.
—Was ist das eigentlich für ein Bild da unten?
—Es ist echt riesig, nicht wahr?
—Dafür würd ich mir aber kein Ohr abschneiden.
—Nein, natürlich nicht, sagte sie, während sich lautlos die Türen auftaten und er eintrat. Dann, ebenso lautlos, schlossen sie sich wieder, schlossen sich vor ihrem —und besuchen Sie uns mal wieder, schlossen sich auch vor der Gestalt, die in diesem Moment um die Ecke bog und sich mit einem —ach, Carol... aus dem Würgegriff ihrer Krawatte befreite, worauf er zur Musik von Don't Fence Me In hinabglitt in eine Eingangshalle voller Polizei, sich seinen Weg bahnte bis zum Rettungswagen draußen am Straßenrand, wo er auf seine Frage, —was ist denn passiert? nur eine achtlose Obszönität als Antwort erhielt, und zwar von einem der lungernden Gaffer vor dem granitenen Fenstersims, die selbst in der kühlen Luft ihr Hemd bis zur Hüfte aufgeknöpft hatten, während er selbst, einem blinkenden Don't Walk zum Trotz, mit großen Schritten die Straße überquerte, dann einen Block weit zu gehen hatte, bevor er über eine Rampe in einer Tiefgarage verschwand.
—Was für 'n Auto?
Er reichte den in Geldscheine gewickelten Parkschein hinein. —Ein brauner...
—Sie können den Wagen nicht vor fünf kriegen. Wir haben zugeparkt, Sie sagten doch, daß Sie den Wagen nicht vor fünf brauchen.
—Hören Sie, ich habs eilig, hier ist ein kleines Trinkgeld. Können Sie ihn rausholen?
—Das wird aber nicht so einfach...
Er sah den Dollar in einer schmierigen Hose verschwinden und wandte sich einer Gruppe zu, die auf der Motorhaube eines entfernt stehenden Cadillacs ihr Lunch verzehrte, während er unter dem Gedröhn des Abluftventilators auf und ab zu gehen begann und mit der Geste eines Schwergewichtlers auf die Uhr sah, dann stehenblieb, um sich die an die Wand geklebten Autobilder anzusehen, Rennwagen, die sich überschlugen oder gerade durch die Luft wirbelten oder in Flammen aufgingen, worauf er erneut die entfernte Picknickgesellschaft musterte, dann, umständlich genug, seine Uhr, dann zurück in die Ausgangsstellung; Nabelgrube, körnige Nippel, Kalenderblatt für Juli zitterten unter dem Abluftventilator, Uhr, Lunch, nackte Pobacken mit Grübchen auf einem Sprungbrett für August, Rennwagen in Flammen,

einer durch die Luft fliegend, einer auf dem Kopf, setzte sich, stand auf, ging auf und ab, kehrte zurück, um die Spalte zwischen den Pobacken von Miß August zu erkunden, die ihn vom Sprungbrett her angähnten, dann erneut zurück in die Ausgangsstellung, wo er erst noch vor sich hinmurmelte, dann rief, sich wieder hinsetzte, aber erneut aufstand, sich selbst auf den Weg machte, die Rampe hinab in die düsteren Gewölbe voller zwischengelagerter Autos und seins völlig frei, so geschehen zu Beginn des dritten Inning, wo Füße sich vom Armaturenbrett bequemten und Geschimpfe allmählich zu Gemurmel verkümmerte, während er die Rampe hinauffuhr, zwei Mann drin, einer draußen, dann ein verpatzter Schlag, als er sich der Brücke näherte und vor einer Ampel anhielt, das Fenster herunterkurbelte und den Ellenbogen nach draußen schob, um erst auf die Uhr, dann in ein Gesicht im Nachbarauto zu schauen, das dicht neben ihm an der roten Ampel hielt, zweimal Schwarz, Schwarz im Fahrersitz, Schwarz im Fond,

—jetzt aber ... ein phantastischer Schlag direkt ins dritte ...

und ein aufheulender Motor, als die Ampel umsprang, und die Uhr wurde ihm vom Handgelenk gerissen, und der Wagen neben ihm scherte in den Gegenverkehr aus, um ihn herum gellten Hupen, und der Ruf —he, Sportsfreund, schlaf nicht ein! Dies aus einem vorbeifahrenden Taxi, während er seinen eigenen Wagen mühsam in Bewegung setzte und dabei nach Luft rang, —ich ... faß es einfach nicht, dann über die Brücke und das schmutzige Band der Schnellstraße, verbeulte Radkappen, verrostete Auspuffrohre, Reifenfetzen, bis der Motor einmal aussetzte, zweimal, im siebten Inning fuhr er auf den Standstreifen, stieg aus, öffnete die Motorhaube, holte den Luftfilter heraus und versuchte gerade, die Ventilklappe freizubekommen, als der ganze Wagen plötzlich von einem brecheisernen Knirschen erfaßt wurde, Metall auf Metall. Er lief nach hinten und hielt sich den Kopf an der Stelle, wo er gegen die geöffnete Motorhaube gestoßen war, darauf ein neuerliches Knirschen, dann flog auch die Kofferraumklappe auf. —Was zum Teufel, machen Sie da?
—Alles klar, Sie waren zuerst da, Sie nehmen das Vorderteil.
—Sie, was soll ...
—Sie haben das Vorderteil, ist doch fair, oder was? Sie kriegen sogar die Batterie, und ich krieg das Heck, ist das etwa nicht fair? Ich bin kein ...
—Du, du bescheuertes Arschloch du du, du ... hau ab, aber schnell!

—Was regste dich denn so auf, du kriegst doch alles, was vorn ist, da kannst du mir ruhig das Heck lassen.
—Das ist meins, du, verschwinde, das ist meins!
—Du bist wirklich der miesteste Scheißer, den ich je ...
—Du ... komm her, du ... er ging auf den Wagen zu, der hinter ihm stand und dessen Tür jetzt zuknallte, mit Ausnahme der Farbe und der Beulen ein Doppelgänger seines eigenen, —mein Auto, komm zurück, du Arschloch, guck dir an, was du mit meinem Auto gemacht hast ...!
—Du bist wirklich 'n echt mieser Scheißer, scholl es ihm aus dem zerbeulten Wagen entgegen, der zurücksetzte und in den Verkehr einscherte.
—Komm zurück, du Arsch ... du ... Keuchend, schlaff und mit stieren Augen stand er da, fand schließlich im Kofferraum einen Kleiderbügel aus Draht, mit dem er die verzogene Kofferraumklappe sicherte, und ging dann wieder nach vorn, um den Luftfilter auszutauschen, knallte die Motorhaube zu, die Tür, ordnete sich wieder in den Verkehr ein und murmelte immer noch vor sich hin, —ich faß es einfach nicht ... bevor er, zum Auftakt des neunten Inning, an der Schule ankam, wo er es, am Ende des Flurs angelangt, nicht einmal fertigbrachte, jene Tür mit dem Schild Direktor hinter sich zuzuschlagen, denn dafür war sie einfach zu leicht und zu hohl.
—Nein, wir schauen uns jetzt das, ähm, kommen Sie rein, Major, ja also, den Etat an, wir überprüfen im Moment den Etat, ich frage mich, wo sie die ... nein also, natürlich könnten sie ein Teil des von der Bundesregierung subventionierten Schulspeisungsprogramms sein, wenn das Frachtbüro sagt, daß der Lieferant, der, ähm, irgendeine Regierungsstelle ist, die ... Nein, natürlich ist es den Kindern deshalb ausdrücklich untersagt, ihr eigenes Essen mit zur Schule zu bringen, wir können doch nicht ... Klasse Sechs J? Ja, also gut, wir können Mrs., ähm, natürlich fragen, das heißt Mrs. Joubert können wir nicht fragen, nein, die ist immer noch krank geschrieben ... wie viele? Nein also, sehen Sie sich das noch einmal an, Leroy, es können nicht hundertsechsundachtzigtausend sein ... aus einer kompletten Lieferung, von was ...? Gros, ja, das heißt Gros, also nein, das ist unmöglich, Sie gehen am besten mal hin und, ähm, im Hinblick auf die gegenwärtige Situation, bezogen auf die Gesamtzahl der Schüler, ja, Sie gehen am besten selber hin und, ähm, und zählen sie nach, das heißt ...
—Hallo, Hyde, Schlägerei gehabt?
—Jetzt hören Sie mal zu, Vern, kein ...

—Ja, nehmen Sie Platz, Major, Sie sehen aus, als, ähm, Vern ist gerade vorbeigekommen, um, entschuldigen Sie mich einen Moment, hallo...? Oh, für, ja, der Bezirksschulrat ist gerade hier, Vern...?
—Hallo? Wer ist dran...?
—Ja also, ich habe Vern gerade erzählt, daß wir, ähm...
—Das andere Telefon, hier, Whiteback, ich nehm ab, hallo...?
—Und von wem haben Sie diese Information?
—Bloß Parentucelli, er will wissen, ob der Teerbelag ganz ums Haus herumgehen soll.
—Im Augenblick kein Kommentar, nein. Sagen Sie ihm, ganz herum, außer den Laubengang... Was...?
—Er sagt ganz herum außer am Laubengang...
—Wir werden das vollständig überprüfen, ja, Wiedersehen. Hier, ich werd mit ihm reden.
—Er hat aufgelegt, wer war das?
—Das war die Zeitung, Whiteback, sie haben einen Bericht über einen Sitzstreik in Ihrer vierten Klasse gebracht.
—Ja also, das waren, ähm, diese Viertkläßler, ja, Vogel hat mit ihnen Modelle gebastelt von, ähm, also, der Klebstoff, offenbar haben die Kleinen den Klebstoff eingeatmet und, ähm, einige sind dann zur Krankenschwester gegangen und konnten sich kaum noch auf den Beinen halten, so daß sie sich, ähm, erst einmal hingesetzt haben, das heißt, ja, ich ruf wohl lieber nochmal bei der Zeitung an und...
—Hände weg vom Telefon, wissen Sie denn nicht, daß man Zeitungen freiwillig keine Informationen gibt?
—Ja also, natürlich, wir, ähm, im Hinblick auf die gegenwärtige Situation, was die Beziehungen zur, also Vern, man bekommt keine öffentliche Unterstützung ohne Öffentlichkeitsähm, wie hat diese Frau, diese Flesch das noch mal ausgedrückt, ja, ohne die Unterstützung der Gemeinde, natürlich hatte sie eine besondere Begabung, Ideen zu formulieren, und meine Aufgabe besteht, ähm...
—Ihre Aufgabe, Whiteback? Sehen Sie... und sie taten wie geheißen und sahen, wie ein Stück Zigarrenasche über abgetragene Tweedfalten talwärts hüpfte und auf dem Fußboden zerplatzte. —Ihre Aufgabe besteht darin, den Bezirksschulrat gut aussehen zu lassen, und mit dieser Laienspielschar, der Sie hier vorstehen, lassen Sie mich nun mal nicht gut aussehen. Es ist absolut kontraproduktiv, wenn man eine Zeitung anruft, um einerseits eine Geschichte über einen Sitzstreik der vierten Klasse zu dementieren und andererseits eine Geschichte über

einen Drogentrip der vierten Klasse zu liefern. Und nehmen Sie bloß den Scheißbären vom Bildschirm.
—Ja, wir benutzen ihn als eine Art, ähm, kommen Sie an den Knopf da ran, Major?

> —muß zwischen dem Konzept der Zahl, also der Anzahl, und ihrem Symbol, dem Zahlwort, unterschieden werden ...

—Einfach brillant, wovon redet der überhaupt?
—Ja also, das ist unser Sonderähm, programm für, der Knopf da auf der linken, ja, der Ein—Aus, das heißt der ...

> —definiert die Zahl innerhalb der entsprechenden Gruppe gleicher Paare innerhalb der entsprechenden Gruppen gleicher Paare ...

—Kann mir mal jemand sagen, wovon der eigentlich redet?
—Ja also, ich glaube, was Vern meint, ist, daß, ähm, Glancy hatte ein paar finanzielle Schwierigkeiten, die vielleicht auch auf seine Methode abgefärbt haben, um, ähm, das heißt im Hinblick auf die Lehrinhalte ...
—Das meinte ich ganz und gar nicht, und versuchen Sie bloß nicht, mir das, was hier über den Bildschirm geht, als Lehrinhalt zu verkaufen, entsprechende Gruppen gleicher Paare, wenn ich das schon höre, und überhaupt, kurz vor dem Klo ist auch in die Hose, da ist es mir persönlich scheißegal, wer die Spülung betätigt.
—Ja also, ich fürchte, daß Major Hyde nicht, ähm, Vern ist nur kurz vorbeigekommen, um das nächste Etatreferendum zu besprechen, Major, er dachte, es könnte da noch ein paar Schwachpunkte geben, die wir, ähm, ich hatte es eben doch noch, liegt es da? Der Stapel direkt unter ihrem ...
—Der? Meldet der Polizei jeden Fremden, der sich an euren Spielen beteiligen will oder euch zu einer Autofahrt oder einem Spaziergang einlädt. Spielt nicht in der Nähe öffentlicher Toiletten ...
—Ach, nein, das ist etwas, was die Polizei, ähm, wie diese Laß-Dich-Nicht-Mit-Fremden-Ein-Streichhölzer, die im letzten Jahr im Rahmen der Aufklärungskampagne über Geschlechtskrankheiten verteilt wurden und mit denen die Mädchen von der Junior High dann Feuer gelegt haben, ähm, also, es ist irgendwo hier drunter, wenn Sie nur mal ein Stück zur Seite, ähm, ich hatte es doch gerade durchgesehen wegen ...
—Klebstoff, pro Liter drei neunundfünfzig, Klebeband zwei siebenundvierzig die Rolle, Kreide, pro Schachtel drei achtzig, Leitern, Stück sechsunddreißig, Toilettenpapier, pro Gebinde ...

—Erinnern Sie mich daran, Gottlieb anzurufen, das ist sein Schwager, das heißt, aber was machen die denn mit dem ganzen Toilettenpapier, steht da auch was von Picknickgabeln? Weil, Leroy hat gerade angerufen, angeblich ist da die erste Partie einer größeren Lieferung von hölzernen Picknickgabeln eingetroffen ...
—Hier ist was von Leroy, Glas, neunundsechzig Fensterscheiben ...
—Ach ja, also das Glas ist im Etat enthalten, das waren nur neunundsechzig Scheiben am Wochenende, aber wenn natürlich das Glas pro Quadratmeter einen Dollar kostet und das Sicherheitsglas dreimal soviel ...
—Kugelsicher?
—Nein, es ist nur das sogenannte bruchsichere, aber ...
—Wo Sie gerade davon sprechen, Whiteback, ich erkundige mich mal nach dem Preisunterschied zu kugelsicherem, früher oder später müssen wir den Tatsachen ins Auge sehen.
—Natürlich, obwohl im Augenblick sollten wir nicht mehr tun, als was, ähm, die Empfehlungen der Versicherungsgesellschaft uns vorschreiben, obwohl dieser Versicherungsmensch, dieser Stye, bei seinem letzten Besuch, also, er hat die Dinge auch nicht gerade einfacher gemacht, seit, ähm, natürlich glaube ich nicht, daß Vern ...
—Vern will schlicht und einfach Ergebnisse, nichts weiter, und dieser Stye, farbiger Bursche, der hier für die Versicherungsgesellschaft da war, wenn der zu unserem Team gehörte, hätte er den Sachverhalt vielleicht etwas mehr aus unserem Blickwinkel gesehen, ich rede von der demnächst freiwerdenden Stelle im Schulvorstand. Er wohnt da draußen bei dem neuen Dunkin-Donuts-Laden, und Whiteback glaubt anscheinend, daß er vielleicht schon jenseits der Bezirksgrenze ist, aber da draußen geht doch niemand mit dem Zollstock rum und mißt nach. Ruhiger Typ, verschlossen, redet nicht viel, hat aber stets einen Blick fürs Wesentliche, Whiteback weiß, was ich meine. Verdient mit seinem Versicherungsladen vermutlich nicht die Welt, will aber vorwärtskommen, ein paar von denen entwickeln da echten Ehrgeiz, hab ich recht, Whiteback?
—Ja also, ich hätte nicht gedacht, daß Sie, ähm ...
—Ich kann mich auch nicht daran erinnern, daß Sie so für Schwarz schwärmen, Major, hab sogar mal gehört, daß es Sie schon wahnsinnig macht, wenn einer von denen nur das gleiche Auto fährt wie Sie, wie also ...
—Lassen Sie mich ausreden, Vern, wenn er im Schulvorstand sitzt,

dann kann er vielleicht den ganzen Versicherungskrempel klären, in unserem Sinne, versteht sich, und anschließend finde ich wahrscheinlich irgendwas für ihn in unserer Organisation, irgendwas im Verkaufsbereich, was ihm sicher zusagen wird ...
—Klingt alles etwas nach Saulus auf der Straße nach Damaskus, Major, hat Sie auf dem Weg hierher heute irgendwas geblendet?
—Hören Sie, Vern, treiben Sie's, treiben Sie's nicht zu weit mit mir. Bevor ich herkam, hatte ich ein ziemlich intensives Gespräch mit einem der Topleute der Firma, danach ist Integration und Chancengleichheit des schwarzen Bevölkerungsteils ein unverzichtbarer Bestandteil der Firmenpolitik, sozusagen das schwarze Stück vom Firmenkuchen etcetera etcetera, außerdem sitzt uns das Justizministerium im Nacken, und wir machen die größten Verrenkungen, nur um am Ende mit sauberen Händen dazustehen. Wenn wir diesen Stye hier reinholen, tut uns das bezirksintegrationsmäßig doch nicht weh, Whiteback, und womöglich hat er sogar ein paar weiße ...
—Ja, also natürlich, die, wir haben soeben die Familie verloren aus, ähm, Hawaii, da kamen sie doch her, oder? Draußen bei Chick's Karosseriewerkstatt, ja, die schicken ihre kleinen, ähm, ihre Kleinen auf die Gemeindeschule und sind nicht mal katholisch, natürlich keine Weißen, ja, aber eben auch keine, ähm ...
—Und wissen Sie auch warum? Disziplin, das ist es, was die anzubieten haben und wir nicht, lassen Sie mich ausreden, Vern, Katholiken, die ich kenne, haben dort ein Kind in der Kunstklasse, und die Nonne sagt zu den Kindern, malt innerhalb der Linien, und wenn einer über die Linien malt, dann zack! Lineal voll auf die Finger, das Kind kommt jeden Abend grün und blau nach Hause. Disziplin und gehöriger Respekt für die Fahne, wollen Sie etwa diesen Chinesen Vorwürfe machen, daß sie ihre Kinder dahin schicken? Daß sie sie von diesen Hetzschriften fernhalten, die ihnen ein Lehrer wie dieser Gibbs in die Hand gibt? Haben Sie Vern das schon erzählt, Whiteback? Und die Typen, die seine Freunde sind? Einer, der rumrennt und sich mit dem Bleistift das Auge aussticht?
—Ja also, nein, wir, ähm, Vern ist vorbeigekommen, um das anstehende Etatreferendum zu besprechen, das heißt, wir, ähm ...
—Aber das sag ich doch, oder etwa nicht? Rechnen Sie denn im Ernst mit Ja-Stimmen, wenn dieser Sauhaufen vom Bürgerverein Fragebögen verschickt und die Eltern anstiftet, daß ihre Kinder jeden Lehrer melden, der den Unterricht ohne die vorschriftsmäßige Eröffnung be-

ginnt? Dieser Etat wird die Steuerquote über neun Dollar treiben und wir brauchen jede Stimme, die wir kriegen können, denn die weißen Katholiken bezahlen bereits dafür, daß ihre Kinder auf die Gemeindeschule gehen können, wissen Sie eigentlich, wieviel die in ihr neues Kabelnetz investiert haben da drüben an der Holy Name? Versuchen natürlich, jetzt rauszuholen, was sie rausholen können, ich hab vorhin ein paar Bilder an unsere Muttergesellschaft geschickt, auf denen Schwester Agnes gerade einen Frosch seziert, die Sache kommt in unserem Jahresbericht ganz groß raus, zur offiziellen Einweihung reist extra ein Erzbischof an, und Pater Haight stellt seinen abgehalfterten Bruder von Zwei-Sterne-General mit aufs Podium, warum sollten die also für eine Steuererhöhung stimmen, die allein unseren Kindern zugute kommt? Nehmen Sie, was Sie wollen, die stimmen dafür, Straßen zum Beispiel, weil sie nämlich alle diese Straßen benutzen, nehmen Sie Peccis millionenschweres Referendum zur Verbreiterung der Staatsstraßen, das geht anstandslos durch, haben Sie das gesehen, da draußen an der Kreuzung? Wo dieses neue Einkaufszentrum gebaut wird? Ich bin da vorhin vorbeigefahren, als ich von der Schnellstraße kam, auf beiden Seiten ist bis zur katholischen Kirche alles gerodet, und da meinen Sie immer noch, daß Parentucelli nur rumsitzt und auf ein Referendum wartet? Der weiß, daß er bezahlt wird, wenn das Referendum endlich durchgeht, hat er schon längst jeden Highway weit und breit auf zehn Spuren erweitert, aber erwähnen Sie bloß mal Bildung, und schon halten die ihre Brieftaschen fest.
—Ja also, natürlich, wenn, ähm, wenn Sie weiterhin den Etat ablehnen, das heißt jeder Kürzungsvorschlag unsererseits bringt uns weiter an den Rand eines, ähm, Sparhaus ...
—Wir können nichts kürzen, wenn man erst einmal einen Sparetat durchgehen läßt, dann stimmen die nur noch dafür, man muß das immer auf Körperschaftsebene sehen, was man nicht verlangt, kriegt man auch nicht, und wenn wir ihn noch weiter beschneiden bis, lassen Sie mich ausreden, Vern, wenn die Katholiken ihre Kinder auf private Schulen schicken wollen, sollen sie's doch tun, aber sie werden den Rest unserer lieben Kleinen nicht übers Ohr hauen, nicht wegen einer Kreideschachtel und auch nicht wegen der Geräte für dieses neue, wie nannten Sie das doch noch gleich, Whiteback? Hauswirtschaftstechnisches Incentive-Center.
—Ja also, aber ich dachte, das war, ähm, diese Haushaltsgeräte von Major Hydes Firma, Vern, das heißt von einer Tochtergesellschaft, alle

die Herde, Geschirrspülmaschinen, Trockner, Haarähm, Trockner, die kriegen wir alle umsonst für unser Hauswirtschaftsähm...
—Gut, daß wir mal darüber sprechen können, Vern, Whiteback läßt die Sache schleifen, ich dachte, wir könnten mal den Etat für die, da ist jemand an der Tür...
—Ach so, Dan, kommen Sie rein, was...
—Nein, ich wollte nicht stören, es handelt sich eigentlich nicht um eine schulische Angelegenheit, ich...
—Nein, kommen Sie rein, Dan, setzen Sie sich, spreche gerade mit Whiteback und Vern hier über Ihre Unterrichtsausstattung, wir suchen noch die Schwachstellen im Etat, um dann das Gesamtpaket, paßt übrigens gut zu Dans, tschuldigung, hab Ihren Fuß da nicht gesehen, Vern, ergänzt es sozusagen. Nehmen wir mal diese Edsel-Interaktions-Simulatoren, liegen bei etwa fünfunddreißigtausend je Einheit, kommt das etwa hin, Dan? Und jetzt nehmen wir mal ein paar von den jungen Leuten, vielleicht können die Apparate etwas mit den Kindern anfangen, die Kinder aber nicht mit den Apparaten, wär doch nicht fair, sie ihnen deswegen vorzuenthalten, oder? Wenn wir jetzt diese Haushaltsgeräte aufstellen, dann in der Hoffnung, daß für einige der Kids auch eine Waschmaschine durchaus ein angemessener technischer Interaktionspartner sein kann, übrigens bei minimalen Kosten, kurz, wir machen den Menschen fit für die, wie haben Sie das formuliert, Dan? Fit für die...
—Das Individuum, ja, machen die Technologie fit für das Indivi...
—Dan weiß, wovon ich rede, wir machen das Individuum fit für die Technologie, wenn wir erst einmal die Schwachstellen im Etat ausgemacht haben, sind wir im Geschäft, nehmen wir zum Beispiel mal diese...
—Ich hab gerade diesen Schutzraum-Posten gesehen, Major, wie wärs, wenn wir damit anfangen?
—Ich denke, wir sollten auf diese kontroversen Punkte nicht direkt zu sprechen kommen, Vern, wir warten immer noch darauf, daß Whiteback sein mobiles Fernsehteam rüberschafft, damit die Steuerzahler mal einen guten Einblick in das bekommen, was alles machbar ist, bevor sie eine Entscheidung treffen, die sie im Ernstfall nicht einmal bereuen können, weil sie ihn nicht überleben, nein, ich spreche von all den unnötigen Spielereien. Nehmen wir mal diese Telefonzellen zum Beispiel, wie viele Telefonzellen lassen Sie aufstellen, Whiteback?
—Telefonzellen? Ja, ich weiß nicht, ähm, wir sind nicht...

—Vor der Jungentoilette wird gerade eine installiert, ich habs selber gesehen, als ich reinkam, ist als Einzelposten vielleicht unbedeutend, aber wenn man ne ganze Reihe installiert, dann hat man schon einen recht substantiellen Posten, wie diese, was war das noch gleich, was Sie gerade gefunden haben, was da im Etat versteckt war, Whiteback? Gabeln...?
—Hölzerne, ja, hölzerne Picknickgabeln, nein, da liegt das Problem, ich kann es nicht finden, neuntausend Gros hölzerne Pick...
—Verstehen Sie, was ich meine? Hölzerne Picknickgabeln klingt ja harmlos, aber wenn man neuntausend bestellt, Gros? Sagten Sie Gros? Also das macht, neuntausend Gros macht über eine Million! Verstehen Sie jetzt, was ich mit den Dingen meine, die sich summieren? Sowieso nicht die Jahreszeit für Picknicks, wenn wir ein paar solcher Posten rauskürzen, können wir unseren zukünftigen jungen Hausfrauen da drüben sofort weiterhelfen, dann können wir ihnen im Südflügel ihr eigenes Reich einrichten, und zwar problemlos, Whiteback.
—Ja also, wir haben, ähm, es hat ein paar Probleme gegeben, die Erwachsenenbildung umzuquartieren, weil die Turnhalle für die Hobby-Ausstellung geräumt ist, so daß die Geburtsvorbereitungskurse umgelegt, ähm, ich hatte es doch irgendwo, hier, ja die Fahrschule ist auch noch, ähm...
—Nur ein kleines Raumproblem, Vern, drüben in O-7 versuchen wir, die Teilnehmer in den Raum zu packen, wo normalerweise der Kurs Große Bücher der Weltliteratur ist...
—Das alles interessiert mich überhaupt nicht.
—Ja also, ich glaube, Vern meint, daß, ähm...
—Ich meine genau das, was ich gesagt habe, Whiteback. Verschonen Sie mich mit Dingen, die mich nicht interessieren, und ich lasse Ihnen dafür freie Hand. Wenn ich das noch zwei Jahre durchstehe, kann ich in Rente gehen, und wenn Sie es fertigbringen, mich noch solange gut aussehen zu lassen, dann können Sie tun und lassen, was Sie wollen.
—Ja also, natürlich, wir, ähm, das heißt Dan, Dan hier wollte eigentlich nur, ähm...
—Ihre Aufgabe besteht darin, mich gut aussehen zu lassen, und Dans Aufgabe besteht darin, Sie gut aussehen zu lassen, wenn er hier nur rumsitzt und Grimassen schneidet, dann weiß ich zwar nicht, wer ihn gut aussehen lassen könnte, aber...
—Ja also, natürlich, seine Frau ist, ähm, wenn wir sie bitten, sich als Fachfrau für Lehrplangestaltung zu beteiligen, wobei wir natürlich ge-

hofft hatten, daß sie sich aktivitätsmäßig ein bißchen weniger aktiv verhalten hätte im Hinblick auf die gegenwärtige Situation an der Streikfront, ja, sind Sie deshalb vorbeigekommen, Dan? Hatten Sie das, ähm, Gefühl ...
—Nein, ich kann später wiederkommen, es handelt sich eigentlich nicht um schul ...
—Das alles interessiert mich gar nicht.
—Das sollte Sie aber interessieren, Vern, die suchen doch nur nach einem Vorwand, versuchen ein Problem aus dem Rausschmiß dieses jungen Musik, wie hieß er doch noch gleich? Bastard zu machen, die Show, die er vor dem Stiftungsteam abgezogen hat, kostet uns wahrscheinlich die Hälfte unseres TV-Etats. Haben Sie seinetwegen schon Anrufe bekommen, Whiteback?
—Ja wegen, ähm, Bast sagten Sie, Mister Bast, ja, nicht von der Stiftung, nein, der Seniorenverein hat natürlich, ähm, sind alle ziemlich aufgebracht, aber ...
—Was haben Sie sich denn bloß von diesem offenen Kanal versprochen? Die kommen jetzt in ihren Rollstühlen zur Abstimmung und ...
—Ja also, offenbar freute man sich auf eine Unterrichtseinheit über Edward MacDowell im Zusammenhang mit ihrer Basteltherapie, ähm, irgendwie scheint er erwähnt zu haben, daß da Papierfiguren ausgeschnitten werden, und natürlich hat eine Musikergewerkschaft angerufen und mit rechtlichen Schritten gegen uns gedroht, weil er einen Ton auf dem Klavier gespielt hat und kein, ähm, kein Mitglied ist, das heißt, natürlich hat er das Recht zu, ähm, ich glaube sogar, daß sich inzwischen schon irgendeine Bürgerrechtsbewegung dafür stark gemacht hat, sein Recht auf freie Rede zu verteidigen, aber ...
—Wenn er sich untersteht, nach diesem Auftritt seinen Fuß noch einmal in diese Schule zu setzen, dann würd ich ihn gern mal in die Finger kriegen und ...
—Ich habs versucht, ja, hab versucht, ihn in die Finger zu kriegen, das heißt ich habe noch einmal bei ihm zu Hause angerufen, um ihm zu sagen, daß wir ihm einen neuen Gehaltsscheck ausstellen, soviel ich weiß, ist er deswegen gestern abend hier vorbeigekommen, aber der Computer hat das Komma an die falsche Stelle gesetzt und ihn auf fünfzehn Dollar ausgestellt, und, ähm, fünfzehn Dollar und fünfz ...
—Fünfzehn Dollar zuviel, aber wenn Sie das nicht auf die Reihe kriegen, Whiteback, geht die ganze Gemeinde in die Luft, dazu die Probleme, die Dan mit seinen Löchern hatte, Vern ...

—Das interessiert mich nun erst recht nicht.
—Ja, also natürlich, wenn Sie vorbeigekommen sind, um das zu besprechen, Dan, vielleicht lieber ein anderes, ähm, natürlich dachte ich, Sie hätten ein paar Informationen wegen der Streikdrohung für uns im Hinblick auf Ihre Frau und, ähm, ich war der Meinung, Sie wollten bei Ihrer Frau mal, ähm, nachfühlen ...
—Mir vollkommen gleich, was er da fühlt, wenn sie streiken wollen, sollen sie doch streiken.
—Ja also, ich glaube, Vern meint, daß, ähm, im Hinblick auf die gegenwärtige Situation bezüglich der Lehrplangestaltung ist Dans Frau ...
—Hab ich mich denn nicht klar genug ausgedrückt, Whiteback? Die Lehrpläne sind absolut nebensächlich. Die Hauptaufgabe dieser Schule besteht in der Beaufsichtigung der Kinder. Sie ist dafür da, daß die Kinder nicht auf der Straße rumhängen, bis die Mädchen alt genug sind, um schwanger zu werden, und die Jungen alt genug sind, um eine Tankstelle zu pachten, die Funktion dieser Schule ist rein defensiv, sie ist eine Verwahrstelle, alles andere können Sie vergessen. Wenn Ihre Lehrer streiken, tun Sie einfach gar nichts, aber lassen Sie die Türen offen, denn wenn die Kinder erst mal eine Woche zu Hause rumgegammelt haben, werden ihre Eltern die Lehrer schon mit vorgehaltener Schußwaffe in die Schule zurücktreiben.
—Ja also, natürlich, ich glaube aber nicht, daß die Polizei, entschuldigen Sie mich, hallo ...? Oh, ja, schicken Sie ihn in mein Büro, oder lassen Sie ihn besser von jemandem herbringen, ja, er ... ja danke. Einer unserer Drogen, ähm, unserer Schüler, das heißt, wenn ich recht unterrichtet bin, wurde sein älterer Bruder in, ähm, schwer verwundet und ist seitdem, ähm, Veteran, und offenbar hatte dieser Junge Zugang zu einer Vielzahl von, ähm, und wenn ich recht unterrichtet bin, wurde der Junge in diesem Zustand gestern der Schule verwiesen, aber da er natürlich, ähm ähm, im Hinblick auf die Gesamtzahl der Schüler und den integrativen, ähm, das heißt, wir haben alle Anstrengungen unternommen, ihm auch weiterhin den Schulbesuch zu ermöglichen, natürlich sind seine Zeugnisse irgendwie, ähm, Dan? Deshalb sind Sie aber nicht, Sie sagten, es ginge um schulische Belange, ja, ist dieser Brief etwas, das Sie, das wir ...
—Nein nein, es geht um meine, es sind keine schulischen Belange, nein, es handelt sich nur um meine Hypothek, meinen Antrag zur Umschuldung der Hypothek, ich hatte nicht die Absicht, Dienstzeit dafür in Anspruch ...

—Ja also, ich glaube nicht, daß Vern ...
—Nein, schießen Sie los, Dan, keine Hemmungen, schießen Sie los. Sie sitzen hier rum und bohren in der Nase, alles in der Dienstzeit, warum sollten Sie dann nicht auch während der Dienstzeit über Ihre Hypothek reden?
—Ja also, natürlich Dan, die, ähm, zeigen Sie mal den Brief, ja, ich glaube, im Hinblick auf die, ähm, natürlich nichts Persönliches, Dan, aber wenn's um die Bank geht, haben wir natürlich gewisse Grundsätze zu beachten, insbesondere was den Gesamtrahmen des Kredits angeht, der wiederum abhängig ist von der Konstruktionsweise des Objekts und den, ähm, baulichen Standards, der Standardabstand für die Wandbalken beträgt natürlich fünfzig Zentimeter, und Ihre scheinen, ähm, über siebzig zu betragen, das heißt Zentimeter ...
—Aber ich wußte nicht ...
—Ja, nein, es macht Ihnen ja niemand Vorwürfe, Dan, wir wissen ja, daß Sie es nicht selbst gebaut haben, das war, natürlich war das der Bauunternehmer, der, ähm, der es natürlich gebaut hat, aber die, da die Hypothekenlaufzeit abhängig ist von, bestimmt wird durch die voraussichtliche Lebensdauer des Hauses, abhängig ist von seiner, also unmittelbar abhängig ist von seiner Bauweise, Konstruktion könnte man sagen, die Wandbalken haben in dieser Hinsicht eine unmittelbare Funktion, man könnte sogar sagen, daß sie tatsächlich Teil der Struktur sind, so daß es natürlich, je weiter sie auf einem vorgegebenen Raum auseinander stehen, desto weniger gibt es davon, weil, je weniger es davon gibt, desto weiter müssen sie voneinander gesetzt werden, so daß unter gewissen Umständen wie zum Beispiel, also auch die Tatsache, daß die Zeit vergeht, ist direkt mit der Laufzeit der Hypothek verkoppelt und wirkt sich entsprechend auf die zu erwartende Lebensdauer des Gebäudes aus, wenn die Wandbalken dichter beieinanderstünden, gäbe es natürlich mehr davon, was dann wiederum dazu beitragen könnte, daß man zeitmäßig vernünftigerweise von einer soliden Struktur ausgehen könnte über den Zeitraum, den, den Zeitraum, in dem die Hypothek getilgt wird und, natürlich, die Bank, das heißt die Banken allgemein, die natürlich eine gewisse Verantwortung gegenüber ihren Hypothekenkunden haben, Sie wissen ja, da ist nichts Persönliches dabei, Dan, anderen ergeht es nicht anders, aber gerade im Interesse der Sicherheit ihrer Hypothekenkunden bezieht sich die Bank bei der Verurteilung, äh, Beurteilung auf die in der Bauordnung festgelegten Mindestanforderungen an Material

und Konstruktionsweise, dafür sind Bauvorschriften ja schließlich da, daß sie solche Regelungen wie den Abstand von Wandbalken im, ähm, das Hyde-Haus, ja, ich glaube, Sie haben Ihre Hypothek von uns, Major, aber natürlich ist es damals gebaut worden in den, ähm, sehr schönes Cape-Cod-Ranchhaus, übrigens mit niveauversetztem Schlafbereich, aus den fünfziger Jahren, als man noch diese soliden alten Häuser baute, ja, diese Art Haus, die man noch seinen Kindern, ähm, vererbt, das heißt seinem Sohn, wenn er mal erwachsen ist, wenn er, wenn Sie verstehen, was ich sagen will, Dan.
—Ja, deshalb war ich so überrascht, daß er jetzt umzieht...
—Wer ist umgezogen, Dan, was...
—Nein, ich dachte Sie, sind Sie denn heute nicht umgezogen? Der Umzugswagen stand doch direkt vor Ihrem Haus, direkt vor Ihrem, nach dem Mittagessen, ich...
—Hat da wahrscheinlich nur auf der Straße geparkt, ich wüßte nicht, daß bei uns irgend jemand umzieht.
—Nein, nein, er stand rückwärts vor Ihrem Haus, und Sachen wurden rausgetragen, eine Stereoan...
—Moment mal, bitte, Dan, da muß, ja, da muß ich wohl was klarstellen, Sie haben einen Umzugswagen gesehen vor meinem, sehen Sie mal, diese Häuser sehen alle ziemlich ähnlich aus, sogar die Straßen sind, wahrscheinlich war es das gleiche Haus nur ein oder zwei Straßen weiter als meins, das...
—Der Adler, ja, und dieser komische Schornstein auf dem...
—Das ist ein Ventilator, Dan, Teil des generatorbetriebenen Überdrucksystems im Schutzraum, und was zum Teufel meinen Sie damit, Sachen wurden rausgetragen?
—Und ein großes Standfernsehgerät und, stimmt etwas nicht? Ich könnte Sie mitnehmen, mein Wagen steht...
—Nein nein, meiner steht direkt vor der Tür, ich bin, ich kann es nicht fassen, aber was heute schon alles passiert ist, ich bin, wo sind meine Schlüssel... er richtete sich hoch auf, klopfte seine Taschen ab, als habe er Flöhe, —muß sie im Auto gelassen haben... und die Tür bleckte bedrohlich ihre Angeln.
—Aua...!
—Na, dann steh doch nicht im Weg.
—Ja also, was, ähm, tut mir leid, Vern, hier, was machst du denn hier draußen?
—Ich? Nix, Mister Whiteback, ich hab...

—Und was ist das für ein Müll auf dem Fußboden, heb das auf, ist das deins? Und du, was machst du ...
—Ich wollt nur fragen, wann die Probe ...
—Es gibt keine mehr, es gibt keine Opernprobe mehr, fällt aus wegen, ist alles verschoben worden, das hat man dir doch gesagt, und selbst wenn's nicht so wäre, du sollst doch dein Kostüm nicht in der Schule tragen, das weißt du doch, und jetzt ...
—Das ist gar kein Kostüm, Mister Whiteback, das sind meine normalen Sachen.
—Nennst du etwa Schwänze und Hörner und, und diese dämlichen Rückstrahler, nennst du das etwa normale Sachen? Weiß deine Mutter, daß du in diesem Aufzug zur Schule gehst?
—Wer?
—Deine Mutter, deine Mutter!
—Die schläft dann noch.
—Wenn du noch einmal so zur Schule kommst, schick ich dich nach Hause, damit sie wach wird. Und jetzt zu dir, was machst du hier, dich hat man doch nicht hergeschickt, mir wurde gesagt, sie würden diesen wie heißt er noch gleich, Percival ...
—Ich weiß nicht, ich hab bloß Buzzie gesehen.
—Genau der, dieser Buzzie, wo ist er?
—Ich weiß nicht, er hat hier 'n Moment gesessen, als sie ihn hergebracht haben, und dann ist er den Flur da langgelaufen.
—Also warum hast du das nicht gleich, weshalb hat man dich hergeschickt?
—Naja, sehen Sie, Mister Whiteback, ich brauchte bloß diese Schreibma ...
—Eine Schreibmaschine ist kein Spielzeug, weißt du eigentlich, wieviel so ein Ding kostet?
—Nee, ich hab ja auch nicht damit gespielt, sehen Sie, ich hatte nur dies Ding hier, das ich tippen mußte, und deshalb ...
—Du lernst Schreibmaschine, wenn du in die neunte Klasse kommst, und bis dahin rührst du keine mehr an. Hast du den Müll aufgesammelt, den du fallengelassen hast?
—Ich konnte nix dafür, ich war nur ...
—He, passen Sie, aua! Tschuldigung, Whiteback, verdammt noch mal, Dan? Sind Sie noch da? Können Sie mich mitnehmen?
—Ja, ich komm schon ...
—Mein Auto, jemand hat mein Auto gestohlen, direkt vor der Tür.

Gehen Sie hier raus ...? Sie gingen den Korridor entlang, zogen und drückten Türen auf, —muß jetzt dringend los, aber ich kanns immer noch nicht fassen ... und hinter ihnen im Schutz der Spinde schnitt der Zeiger der Uhr eine angebrochene Minute ab.
—Heilige, guck mal, wie spät es ist, gleich klingelts schon wieder, sind die mit dieser Telefonzelle immer noch nicht fertig?
—Da ist immer noch dieser eine Typ, Mann, hast du gerade meinen Vater gesehn, eh?
—Ob ich den gesehn hab? Der hat mich fast umgerannt, hier ...
—Weshalb ist der denn so sauer?
—Weiß ich doch nicht, er hat gesagt, daß jemand sein Auto geklaut hat, hier, halt mal dieses Zeug 'n Moment, ich, wart mal, leih mir mal schnell zehn Cent.
—Wie meinste das, zehn Cent? Guck doch mal die ganzen Fünfundzwanziger, die du selber hast ...
—Ich muß wo anrufen, glaubste etwa, ich schenk denen fünfzehn Cents für nix?
—Wen rufste denn an? Deinen Kumpel Major Sheets, um ihm zu sagen, daß die Gabeln im Frachtbüro liegen und daß du Schiß hast, sie dort abzuholen? Mann, wenn Whiteback das rauskriegt ...
—Wieso sollte er denn? Ich meine, dieses Geschäft ist perfekt und bezahlt, wieso sollte er irgendwas rauskriegen, außer wenn das Frachtbüro nachfragt wegen dieser ganzen Munition, Mann, ich hab noch nie so was Blödes gehört, ich meine, du läßt dir von dieser Rifle Association diese kostenlose Munition schicken und hast nicht mal was, womit du schießen kannst, Mann, ich hab noch nie ...
—Okay, woher sollte ich denn wissen, daß die das per Fracht schicken, eh, guck mal, der Telefontyp scheint fertig zu sein ...
—Dann gib mir mal zehn Cent, ja? Er ging an der Spindreihe entlang und versuchte, mit einer Hand seinen in eine zerknitterte Zeitung gewickelten Packen festzuhalten, während die andere das zerknüllte Taschentuch aus der Hosentasche förderte, —beeil dich ... er ging hinein und blätterte mit dem Packen auf dem Schoß in Alaska, Unsere freundliche Wildnis, auf der Suche nach einem zerrissenen Umschlag mit einer Telefonnummer. Er preßte das Taschentuchknäuel auf die Muschel und wählte. —Hallo ...? Die Tür fiel klappernd zu, —ist Mister Bast da ...? Wer, ich? Ich bin sein, ich bin so ein Geschäftsfreund von ihm, ist er noch in der Stadt? Hören Sie, es handelt sich um eine dringende Angelegenheit, ich muß nämlich mein Portefeuille mit

ihm besprechen, um ... Nee, ich sagte, es handelt sich um diese wichtige Angel ... wo ist er denn hingefahren ...? Nee, aber hören Sie, Missis, er ... nee, aber heilige ... nee, aber wie kann er denn weg sein und eine Auszeichnung in Empfang nehmen, hören Sie, es geht um dies hier, aua, Mann, hallo ...?
Danach schrillten nur noch drei weitere, durchdringende Pfeiftöne aus dem Hörer. —Liebe Güte! Da platzt einem ja das Trommelfell, hallo? Ich sagte, Mister Bast ist irgendwo im Ausland, Momentchen mal, Julia? Die Postkarte, die gestern gekommen ist, mit der Bergansicht drauf, woher, hallo ...?
—Wer um Himmels Willen ...
—Also nein, wirklich! Und so eine merkwürdige Stimme, als hätte da jemand ein Kissen auf dem Gesicht. Ich glaube, er hat gesagt, er sei ein Geschäftsfreund von James, fürchterlich schrille Geräusche im Telefon, und dann klang es wie eine laute Klingel, und er hat einfach aufgelegt. Ich dachte, wir hätten Edward gebeten, daß man das Telefon abschaltet.
—Nein, die Aktien, Anne, die Aktien, wir haben ihn gebeten, unsere Telefonaktien zu verkaufen. Sobald das geschehen ist, kann ich das Telefon selbst abschalten.
—Ich hoffe, er findet da jemanden, der sie kaufen will, obwohl ich sagen muß, daß mir nicht ganz wohl bei der Sache ist. Das ist ja fast so, als ob man während der Pest Armsünderaktien verkaufen würde, dieser Pfeifton, also der klingt mir immer noch im Ohr. Wer war das eigentlich, der hier heute morgen angerufen hat?
—Irgendeine arme Frau, die offenbar falsch verbunden war. Sie fragte mich, ob ich den Namen des zweiten Präsidenten der Vereinigten Staaten wüßte, und als ich dann Abraham Lincoln sagte, hat sie mir gratuliert.
—Oh, ich glaube, Lincoln kam erst später, nicht wahr? Als Onkel Dick aus dem Gefängnis in Andersonville zurückkam ...
—Ich bin mir dessen völlig bewußt, ich sagte bloß Lincoln, um einen kleinen Scherz zu machen, aber das hat sie überhaupt nicht gestört. Sie sagte, ich hätte eine kostenlose Tanzstunde gewonnen.
—Das erinnert mich an diese Frau, die anrief und Edward sprechen wollte und einen Akzent hatte wie der Junge vom Lebensmittelladen. Sagen Sie ihm, daß Ann wegen des Streiks angerufen hat, mehr hat sie nicht gesagt. Sagen Sie ihm, er soll in die Zeitung von dieser Woche schauen ...

—Das ist wahrscheinlich jemand von der Gewerkschaft, die haben auch letzte Woche angerufen und klangen ziemlich verärgert.
—Also ich bin gar nicht überrascht, daß die seit dem Chicagoer Bühnenstreik nach dem Krieg über James verärgert sind.
—Aus diesem Grund habe ich James gewiß niemals Vorwürfe gemacht, und nachdem er sich den Zahn ersetzen ließ, hat er nie mehr so schön gespielt wie vorher.
—Das hat aber nur Thomas behauptet, Julia, es war seine Rache für James' Bemerkung, daß nach der jahrelangen Überei auf der Klarinette bei Thomas schließlich eine Schraube locker gewesen sei. Fest steht, James' Zähne waren nie mehr ganz in Ordnung, seit Doktor Teakell an ihnen rumgebastelt hat.
—Vater meinte aber, er sei ein ausgezeichneter Zahnarzt, was ...
—Ich weiß, daß er auch meine Zähne verkorkst hat, Julia, es grenzt an ein Wunder, daß ich sie überhaupt noch habe; er machte das alles auf Tauschbasis, weißt du noch, für den Unterricht, den Vater seinem Sohn gab. Das war Vaters einziger Schüler, der jede Woche ohne die zwei Vierteldollar erschien, und natürlich war er kein sehr guter Geigenschüler ...
—Er wäre schon mit einem Kazoo überfordert gewesen, ich erinnere mich, wie Vater sagte, der Junge halte die Töne wie eine kranke Katze.
—Ja, und dafür machte Doktor Teakell Vater verantwortlich, ich hab da hinten einen Backenzahn, mit dem ich schon jahrelang meine Probleme habe. Wenn ich ihn spüre, hört alles auf, dann höre ich das Kratzen der Geige und frage mich, was, was wohl aus ihnen allen geworden sein mag, manchmal höre ich so viele Dinge, ich höre Vaters Schritte draußen auf der Veranda, wenn es dunkel wird und, und dann denke ich an jetzt, und dann fällt mir ein, daß dieses Haus gar keine Veranda hat ... und aus der Ferne erscholl klagend eine Sirene, als ob sie durch diese Erinnerung wachgerufen worden sei, heulte und verklang, bis sie sich, ungerufen und ungehört, doch pünktlich zum Morgengrauen des nächsten Tages wieder bemerkbar machte.
—Julia! Komm schnell!
—An deiner Stelle würde ich nicht so durch die Vorhänge gucken, Anne. Das erinnert mich an diese schreckliche Frau, die den Klatsch über Nellie und James verbreitet hat, wie da der Vorhang sich bewegte, wenn man an ihrem Haus vorbeiging, da wußte man gleich, daß sie ...
—Aber sieh doch nur! Unsere Hecke ist weg!

—Was denn, das kann doch nicht sein! Sie kann doch nicht weg sein! Ich kann mich noch daran erinnern, wie Charlotte sie gepflanzt hat.
—Sieh doch selbst, sie ist einfach nicht mehr da, man kann direkt über die Straße auf das Dahlienfeld sehen und, das Auto, das da vorbeifährt! Glotzen einfach zu uns herein als ob, als ob man splitternackt im Garten stünde, wir sollten die Polizei rufen.
—Was sollen wir denn sagen? Daß jemand in der Nacht gekommen ist und hundert Meter Ligusterhecke gestohlen hat? Damit sie jeden Mittwochabend vor ihren Bingoparties ihre Autos hier abstellen können?
—Ich mag gar nicht daran denken, was James dazu sagen wird.
—James wird sagen, was er immer gesagt hat, daß man mit Geld Privatsphäre kauft und daß es ausschließlich dazu gut ist.
—Ich glaube, er meinte nur, daß die Hecke den Lärm abhält, diese beiden schrecklichen Schwestern von der, weiß der Himmel, wie sie sich nannten, hat sie jedenfalls nicht ferngehalten. Marschierten einfach zur Eingangstür und sagten, sie hätten gehört, das Haus sei zu verkaufen.
—Ich glaube, daß die nicht mal im Traum einen Penny ausgeben wollten, die Stämmige sagte, sie habe gedacht, das Haus stehe leer. Sie stand da mit einem Fuß in der Tür, glotzte direkt an mir vorbei ins Haus und sagte, was für ein hübscher Raum das doch für ihre Teenager-Tanzabende sein würde, unerhört.
—Ja, so hat Vater das auch immer ausgedrückt, wenn sie erst einmal einen Fuß in der Tür haben...
—Und die oberen Räume könnten für Spiele genutzt werden. Die Katholiken mit ihrem dauernden Kindersegen, ich kann mir diese Art von Spielen lebhaft vorstellen. Als ich ihr sagte, wir dächten nicht ans Verkaufen, hatte sie die Stirn zu fragen, ob wir irgendwelche anderen sanierungsbedürftigen Häuser kennen, die sie als Gemeindeprojekt renovieren könnten. Es fiel mir wirklich schwer, höflich zu bleiben, am liebsten hätte ich sie gefragt, wie es ihnen gefallen würde, wenn ein Haufen Fremder durch ihre Häuser trampelte.
—Ich bin sicher, daß ihnen nichts lieber wäre, Julia. Den Bildern nach, die es von der Einrichtung dieser Bruchbuden gibt, sieht es jedenfalls so aus, als wäre es ihr höchstes Ziel, aus einem Wohnzimmer eine Wartehalle zu machen.
—Und überhaupt, wir sind die Hausbesitzer, denen gehört nicht mal das Hemd auf dem Leibe! Sie leisten eine Anzahlung und wohnen gerade lange genug hier, um mit ihren Wahlstimmen jede erdenkliche Geschmacklosigkeit durchzusetzen, dann ziehen sie weiter und machen

das gleiche woanders, hinterlassen das Chaos, das sie angerichtet haben, den Leuten, die hier seit fünfzig Jahren Steuern zahlen. Es steht ja kaum noch ein Baum.
—Mir fehlt sogar der Geruch des Kohls, war das nicht immer um diese Jahreszeit?
—Ich wollte gestern einen bestellen, ich dachte, ich mach den zu dem Schinken, den wir da noch haben.
—Ein Jammer, daß wir ihn nicht für Edward aufbewahren können.
—Wir können ihn nicht ewig aufbewahren, Anne, ich setz ihn mal aufs Feuer. Vielleicht taucht er ja auch bald auf, ich glaube, ich habe vor einer Minute einen Zug gehört. Wenn der Wind richtig stand, war das Geräusch vorbeifahrender Züge über eine Meile weit zu hören, doch zugleich trieb der Wind den Tag davon, ließ die Dunkelheit ins Land und den Dunst, hinter dem sich auch ein neuer Tag verborgen hielt wie ein Gerücht und als graue Drohung am Himmel lauerte.
—Die Blumenfelder, sie sind alle schwarz. Hast du gesehen, was der Frost heute Nacht angerichtet hat, Julia?
—Also ich würde nicht so durch den Vorhang gucken, seit die Hecke weg ist, stehen wir sowieso fast nackt da.
—Ich denke immer noch, daß es nicht schaden könnte, die Polizei zu rufen.
—Nach all der Unordnung, die sie hier in James' Studio angerichtet hat? Neulich, an dem Abend, als Stellas, wie heißt er doch gleich? Stellas Mann gekommen ist und alles auf den Kopf gestellt hat, und das alles wegen eines unauffindbaren Fetzens Papier. Edward sagte, alles sei völlig verwüstet gewesen.
—Ja, das wollte ich dir noch sagen, er hat wieder angerufen.
—Edward?
—Nein, dieser, Stellas Mann, er klang noch wirrer als sonst und holte schließlich seinen kleinen Freund, Mister Cohen, an den Apparat, der sagte, daß er bislang nichts von Mister Lemp gehört habe.
—Ich verstehe gar nicht, was der eigentlich hören will, der macht doch die Schwierigkeiten mit seinen indiskreten Fragen wegen unserer Anteile, und dieses ganze Gerede, alles auf dem freien Markt preiszugeben. Können die eigentlich nie Ruhe geben?
—Ja, die wollen, daß wir einige von Thomas' Anteilen verkaufen, sie einfach an Wildfremde verkaufen. Schon bei dem Gedanken wird sich Thomas im Grab umdrehen.
—Also, ich würde ihm keine Vorwürfe machen, wenn er das täte, wenn

das alles ist, worauf sie gewartet haben. Einfach dazusitzen und abzuwarten, bis er stirbt, damit sie alles verkaufen können, ohne uns zu fragen, an Leute, die wir auf der Straße nicht einmal kennen würden.
—Ich bin sicher, sie kennen sich untereinander, Julia. In den Schützengräben hat man die nie gesehen, pflegte Vater zu sagen, aber laß sie erst mal einen Fuß in die Tür bekommen, dann ...
—Der Name ist irgendwann von Engels abgeleitet worden.
—Julia, du glaubst doch nicht etwa, diese Verkaufsvollmachten, die wir unterschrieben und an die Leute von Crawley & Bro. zurückgeschickt haben, die Edward da ausfindig gemacht hat, daß sie die benutzen, um unsere und James' Anteile zu verkaufen? Sie waren ja noch nicht ausgefüllt, und es waren auch so viele ...
—Ich bin sicher, daß die gar nicht wissen, daß wir sie haben. Sie liegen da in der Küchenschublade, ich kann mir nicht vorstellen, wie sie die verkaufen können, solange sie in der Küchenschublade liegen, Anne? Wenn du in die Küche gehst, stell doch bitte das Feuer unter den Bohnen kleiner. Wir lassen sie über Nacht nur köcheln ... Von dort, und dann von Raum zu Raum, verbreitete sich langsam ihr Aroma, nahm eine nahezu greifbare Präsenz an, stieg schließlich mit der Leichtigkeit der Nacht die Treppe hinauf und hing da noch lange, nachdem die Nacht vorüber war.
—Anne? Ich dachte, daß vielleicht die Post gekommen ist?
—Sie liegt auf dem Regal über der Küchenspüle, ich hab sie da liegenlassen, als ich die Bohnen abgeschmeckt habe. Sie sind vielleicht ein Quentchen zu weich, aber so mochte Vater sie immer am ...
—Ich dachte, ich hätte die Zeitung irgendwo gesehen.
—Ja, sonst hab ich nichts aufgemacht, ich hab sie unter den, hier ist sie. Hast du das Bild vom alten Lemp-Haus gesehen? Es sieht so aus, als hätte man das Vordach abgerissen, um so eine Art Riesenrutsche aufzubauen, die als Feuerfluchtweg dienen soll; da ist nämlich jetzt ein Pflegeheim untergebracht. Hier steht, sie soll die Evakuierung der Bewohner beschleunigen, die keine Treppen mehr steigen können.
—Die alte Mrs. Lemp ging natürlich am Stock, aber ich kann mir nicht vorstellen, daß sie das Haus wie ein Bündel Wäsche verlassen hätte.
—Und ich finde kein einziges Wort über Edward oder den Streik, wegen dem diese Frau angerufen hat, die, die sich Ann nannte und uns gesagt hat, wir sollten in dieser Woche mal in die Zeitung gucken.
—Sie hat nochmal angerufen, ja, wollte mit ihm sprechen, ich vermute, das ist wohl Berufsrisiko, wenn man an so einem Ort unterrichtet. Das

erinnert mich übrigens an James und seine Irrenhäuser, irgendwie hatte ich den Eindruck, daß sie Edward eine Stelle verschaffen wollte, und zwar unmittelbar im Musikbereich, wie sie sagte, Musiktherapie für Kriminelle und Behinderte oder dergleichen, um Himmels Willen!
—Wenn man sie so am Telefon hört, muß man annehmen, daß sie mit beiden Gruppen gleichermaßen gut bekannt ist. War das der Anruf, als ich gerade am Nähen war?
—Nein, nein, das war Stella, sie fragte nach Edward. Sie sagte, sie rufe nur an, um zu fragen, wie's ihm geht, aber kein einziges Wort über alles andere.
—Die Dinge, die sie nicht sagt, beunruhigen mich am meisten.
—Ja, ich weiß nicht recht, warum das so ist, aber ich empfinde sogar den Klang ihrer Stimme als beunruhigend, dieser gelangweilte, gänzlich desinteressierte Ton...
—Dabei ist es vermutlich gerade diese passive Art, die sie für Männer so attraktiv macht, ich erinnere mich noch, wie sie als Kind war, springlebendig war sie, aber nach ihrer Heirat mit diesem, wie heißt er noch mal? Der ist mir gleich, als ich ihn kennenlernte, als reichlich lahm aufgefallen...
—Ja, und diese Narbe, die sie da hat, da du gerade davon sprichst, irgend jemand hat mal gesagt, sie habe diese Schilddrüsenoperation nur durchführen lassen, um ihr Temperament etwas zu, vielleicht sagt man besser, um ihr Temperament dem seinen anzupassen...
—Das sind aber arge Unannehmlichkeiten, die sie da auf sich genommen hat, warum wollte sie ihn denn überhaupt heiraten...
—Ich glaube, das ist doch völlig offensichtlich, Anne, und wenn es noch Zweifel gab, dann jetzt nicht mehr; der Grund, warum er sie geheiratet hat, ist schlicht und einfach der, daß er seinen Fuß in die Firma bekommen wollte. Sobald er die dreiundzwanzig Anteile von Thomas bekommen hatte, war er in der Lage, auch die Leitung der Firma zu übernehmen, als Thomas sich mehr und mehr aus den Geschäften zurückzog. Nun, wo Thomas nicht mehr ist und es keinen mehr gibt, der die Dinge kontrolliert, haben wir und James nur noch siebenundzwanzig, und wenn Stella alle fünfundzwanzig oder so aus dem Vermögen bekommen sollte, dann können sie einen Haufen fremder Leute mit hineinnehmen und überhaupt tun und lassen, was ihnen paßt. Warum denn sonst sollten sie und ihr Mann hergekommen sein und alles auf den Kopf gestellt haben? Sie werden Edward noch bis zum Jüngsten Tag verfolgen! Der hat doch nur Angst, daß sie, wenn Edward die

Hälfte beansprucht, mit fünfunddreißig Anteilen dastehen, wo wir mit Edwards Hälfte fast vierzig haben, so bleibt nämlich alles in der Familie, ganz wie es Thomas' Wunsch entspricht.
—Aber Julia, ich glaube nicht, daß Edward ...
—Wir wollen das nicht alles wieder aufwühlen, ich glaube, wir sind gut beraten, unseren Standpunkt erst mal für uns zu behalten, bis wir wissen, was James dazu zu sagen hat.
—Also, ich bin mir gar nicht so sicher, ob uns Stella nicht irgend etwas verheimlicht. Die Art und Weise, in der sie uns über Nellies Tod ausgefragt hat ...
—Ich persönlich hatte ja nie irgendwelche Zweifel, aber was die Geschichten über Nellie und James angeht, die diese Frau direkt nach dem Jahrmarkt in jenem Sommer oben in Tannersville verbreitet hat, diese Frau, der eine Fingerkuppe fehlte, also die konnte es nur auf eine Weise erfahren haben. Ich möchte nicht, daß jetzt alles wieder aufgewühlt wird, selbst wenn es uns unser rechtmäßiges Erbe kostet, und doch muß ich zugeben, daß ich mir nicht vorstellen kann, an Fremde zu verkaufen. Das wäre so wie der Verkauf der Telefonaktie, wenn diese Leute von Crawley & Bro. überhaupt jemanden finden, der sie kaufen will.
—Ja, ich glaube, da war was von denen bei der Post, Julia, ich hol es, wenn ich nach den Bohnen schaue. Von dem schönen Schweineschinken ist auch noch genug zum Abendessen da.
—Es wäre schön, wenn wir wenigstens zurückbekämen, was wir bezahlt haben, obwohl, wenn man bedenkt, was dauernd mit dem Telefon los ist, dann ist das wohl nicht so sicher. Erinnerst du dich noch an den schwachsinnigen Jungen, der immer den Honigwagen fuhr? Dieses fast beängstigende Lachen, das er hatte? Ich hatte all die Jahre nicht mehr an ihn gedacht, bis ich heute morgen das Telefon abnahm. Da war nämlich jemand dran, der genauso klang wie er. Er wollte, daß ich das Campbell's-Lied singe, weißt du, von Campbell's-Suppen ...
—Hier ist es ja, Julia. Aber ich sehe gar keinen Scheck, sie haben uns nur eine Art Kontoauszug geschickt.
—Ich glaube, es waren etwas mehr als viertausend Dollar, ich kann mich wohl deshalb an die Zahl erinnern, weil ...
—Hier steht aber nur Verkauf B.O.T., wieso das, ich dachte, wir hätten, ach so, eintausendachtundsechzig AT & ...
—Das kann aber nicht Anteile bedeuten, Anne, das ist absurd. Wir haben mit Edward doch hier gesessen und gezählt, ich glaube, es waren hundertsiebzig und etwas.

—Zu vierundvierzig, das steht hier, Julia, und kein Wort über diese Montanaktie. Und dann hier oben, wo steht B.O.T., fünfhundert Quaker Oats zu neunundzwanzig, zweihundert Ampex zu zweiundzwanzig ein Achtel, fünfhundert Diamond Cable zu achtzehn ein Viertel, fünfhundert Detroit Edison zu siebzehn und drei, Julia? Wo gehst du hin ...
—Das ist doch alles Blödsinn, Anne, ich weiß nicht, wo Edward solche Leute trifft, und dauernd dieses B.O.T., das heißt doch gar nichts. Ich gehe nur mal kurz auf den Flur, solange es noch hell ist, ich möchte mich vergewissern, daß unsere Bäume noch stehen. Ich meine, ich hätte da etwas gehört ...
—Ich habs auch gehört, aber das ist nur der Zweig vor meinem Fenster. Jedesmal wenn es windig ist und wenn es regnet ...
—Ich glaube, es fängt wieder an zu regnen ... und überall aus den verstopften, überlaufenden Dachrinnen, in denen die Blätter des zerzausten Apfelbaums schwappten, troff es in breiten Rinnsalen an Glas und Schindelwand hinab.
—Anne? Warst du das gerade am Seiteneingang?
—Am Hintereingang, Julia, die Seitentür klemmt. Ich dachte, wir könnten vielleicht ein paar von den schönen Äpfeln aufsammeln, die der Sturm letzte Nacht vom Baum gerissen hat. Hab ich dich nicht gerade telefonieren hören?
—Ja, eine Dame hat angerufen, sie fragte nach Edward. Ich hab keine Ahnung, wer das gewesen sein könnte.
—Aber nicht schon wieder diese Ann?
—Lieber Himmel, nein, sie hatte eine wunderschöne Altstimme, einen Augenblick lang dachte ich, ich hätte sie vorher schon einmal gehört, aber das war die Stimme der Homer, Louise Homer, als sie Glucks Orfeo sang, sie sagte, sie riefe nur an, um sich bei ihm für irgend etwas zu bedanken.
—Naja, sie ist auch nicht mehr die Jüngste, ich wußte gar nicht, daß er sie kennt. Ich dachte, daß er an diesem Wochenende wieder ausgeht, und hab uns zwei schöne Hühnchen bestellt, sie liegen da auf der Spüle.
—Ich glaube, die Post könnte schon da sein.
—Ja, ich hol sie herein. Das ist alles, vielleicht verstehst du das ...
—Also wirklich, nein! Es ist ein Gebührenbescheid für einen neuen Bürgersteig, hundert Meter Betonbürgersteig ...
—Ich glaube nicht, daß wir einen Bürgersteig haben wollten, Julia.

—Mit Sicherheit nicht, aber du weißt schon, wer den bestellt hat. Dieselben Leute, die jeden Mittwochabend zum Bingo pilgern und sonntags direkt vor unserer Haustür herumstolzieren, die Frauen wie Dienstmädchen in billigen, neuen Fummeln, die kleinen Jungs ausstaffiert wie zur Zwergengala mit Filzhut und Gummischlips, hast du noch etwas auf dem Herd stehen, Anne?
Der Vorhang bewegte sich. —Ich habe noch nie so dichten Nebel gesehen, ich glaube, die Sonne kommt durch, aber ich kann mich einfach nicht daran gewöhnen, dieses Gefühl, daß jetzt alles offen ist und alles und jedes einfach hereinkommen kann, und da drüben, wo der Frost die Blumenfelder ruiniert hat, sieht jetzt alles noch düsterer aus als sonst...
—Ich rieche etwas, ich geh mal nachschauen.
—Ich glaube, es kommt von draußen, Julia. Es ist doch merkwürdig, wie noch der schwächste Geruch plötzlich die Vergangenheit zum Leben erwecken kann, aber wir sprachen doch gerade über James, nicht wahr? Über jenen Sommer in der Nähe von Tannersville? Als die Straßen geteert wurden...?
—Bei den beiden Hühnern, die du bestellt hast, sind nur ein Herz, aber drei Mägen bei. Es macht einen schon stutzig, wenn nicht einmal mehr ein Huhn, Anne? Sagtest du gerade, daß Edward kommt?
—Julia...? Das Geräusch einer Sirene kam näher, —Julia? Ich habe dich nicht verstanden...
—Ich sagte, kommt Edward?
—Nein... der Vorhang zitterte, —ich sehe nur die Sonne, die alles dunstig macht, und das Gras sieht feucht aus... noch einmal bewegte sich der Vorhang, dann war alles still, der durchweichte Rasen mit dem Fallobst darauf, Äpfel, so hart wie die Steine des Fußwegs, seetangverwunschener Pfad voller Gefahren bis hin zum regenspiegelnden Asphalt der Straße, wo, Fahrtrichtung Highway, gischtende Brecher vor dem Geheul der Sirenen die zerfurchten Seitenstreifen fluteten, in Bächen durch das plattgedrückte Unkraut flossen und schließlich einen Teich um jene ausgestorbene Waschmaschine bildeten, die auf dem geweihten Grund der Ersten Baptistischen Kirche ihre letzte Ruhestätte gefunden hatte, während das Geißblatt einen erneuten Angriff auf die Robinien des Nachbargrundstücks unternahm, zu den zermalmten Sprößlingen und entwurzelten Bäumen vorstieß und in vorderster Front der Schlachtlinie gegen einen Schlammhügel schwappte, der nackt war bis auf die herausragenden Stuhlbeine und die Klappe

eines Toilettensitzes, welcher in Richtung Burgoyne Street wies. Dort über der Burgoyne Street ward der Himmel aufgerissen vom schrillen Schrei der Sirene, ein Schrei, der weit und breit die Vögel in die Luft gescheucht hätte, wenn es noch Zweige gegeben hätte, von denen sie hätten hochschnellen können, ein Schrei wie eine fröhliche Zutat zu White Christmas, das bereits jetzt aus den Räumen der Bank quoll, ein Schrei, der sowohl Rentnern beim Überqueren der Straße als auch den häuslichen Geiseln vor Alaska, Unsere freundliche Wildnis einen Hauch von Abenteuer verhieß, ja, zeitweise sogar Erlösung vom hoffnungslosen Daseinskampf.
—Wie bitte ...? Nein, ich habe nicht verstanden, was Sie ... ja, ich konnte Sie nicht verstehen, eine Polizeisirene, ähm ... oh, tatsächlich? Ja also, natürlich, die haben wahrscheinlich mehr als einen, ähm ... und, ja, er macht das auch ausgezeichnet, das heißt ... Ich verstehe, ja, nein, ich rufe nicht wegen Ihrer Hecke an, nein, nein, ich hatte bereits einmal angerufen, um ... klingt wie wer ...? Ja also, das muß jemand anderes gewesen sein, ich ... nein, ich bin, nein, ich möchte auch nicht, daß Sie, Campbell's-Lied ... wie bitte? Nein also, ja, natürlich, ich wollte Sie nicht stör ... Ich verstehe, ja, aber ich wollte Mist ... nein nein, Mister Bast, ja, er ist ... Bast, ja, b, a ... nein, leider nicht, ja, ich glaube Ihnen, daß Sie das buchstabieren können, ich wollte doch nicht ... Mister Bast, ja, ist ... oh, hat er? Ich verstehe, ja, wann erwarten Sie ihn denn, wie ... ja also, natürlich, er ... ja also, ich bin sicher, daß er das verdient hat, natürlich, er ... ja, nein, es handelt sich um einen Scheck, ich hatte bereits angerufen, um ihm zu sagen, daß wir ihm einen neuen ausstellen, diesmal mit der korrekten Summe, ich fürchte, wir haben ihm jetzt zweimal Unannehmlichkeiten bereitet durch unser ... Nein, weil, ja, wir möchten eigentlich die Stiftung, ähm, wir möchten nicht, daß er der Stiftung gegenüber den Eindruck vermittelt, wir würden Mittel zurückhalten, die ausdrücklich für unsere ... ja, es ist, nein, keine neue Auszeichnung, sondern steht im Zusammenhang mit seinem, ähm, seiner Arbeit als Komponist in ... über Mozarts, ähm, sozusagen ganz hervorragende Arbeit, ja, seine Mozart-Präsentation führte zu recht, ähm, stieß auf sozusagen beträchtliche Resonanz seitens, ähm, bestätigte ihn als unseren, ähm, unseren Peter Pan der ... Pan, ja, Peter, er ... wie bitte? Maude, ja, nein, ich fürchte, ich kenne keine Maude Adams, obwohl, was die derzeitige Gesamtzahl der ... das ist sehr interessant, ja, ich ... Ja, ich verstehe, aber ... durchaus, ja, aber ich fürchte, bei mir klopft es gerade an der Tür, ich ... ausgezeichnete

Arbeit, da bin ich sicher, ja, also auf Wiedersehen, danke ... Wiedersehen, ja, ich denke doch, entschuldigen Sie, kommen Sie rein ...? Ja also, nein, ich versichere Ihnen, daß ich hier noch andere Dinge zu erledigen habe, ich bin ...
—Entschuldigen Sie, ich wollte Sie nicht unter ...
—Nein nein, nehmen Sie Platz, Mrs. Joubert, ich bin ... wie bitte? Hallo? Ja, auf Wiedersehen, danke ... gut, ja, Wiedersehen ...
—Ich wollte Sie nicht unterbrechen, Mister Whiteback, ich ...
—Ja, nein, sehr erfreut, wieder Ihre, ähm, Sie, das heißt, Sie wieder so, ähm, Sie wieder bei uns zu haben, besonders wenn man so gut aussieht wie, ähm, also Sie sehen immer ganz besonders, ähm, das heißt, hoffentlich fühlen Sie sich auch so gut wie Sie ...
—Danke, mir geht es ganz gut, ich bin nur etwas erschöpft, es tut mir leid, daß ich gefehlt habe, aber ...
—Ja, nein, nehmen Sie Platz, wir haben doch alle unsere, ähm, Mister Gibbs hat Sie vertreten, das heißt, er macht das natürlich ganz ausgezeichnet, obwohl, ähm, manche seiner ...
—Davon bin ich überzeugt, ja, ich muß mich noch bei ihm bedanken, ich bin jetzt nur wegen des Ausflugs der achten Klasse vorbeigekommen, der morgen stattfinden soll. Wenn es ...
—Samstag, ja, also natürlich, es scheint ein paar Terminprobleme gegeben zu haben, die auch die Fahrt betreffen, da das Basketballspiel an einem Samstag stattfindet und dieser Ausflug zum, ähm, der Terminplan liegt hier irgendwo, ich glaube, es war ein Museum, ja, der Termin ist auf einen Mittwoch gelegt worden, aber offenbar hat Mrs. di ähm, jemand hat den Plan vom Vormonat aufgeschlagen, und da, ähm, in diesem Monat fällt Mittwoch auf einen Samstag, das heißt ...
—Nein, das ist völlig in Ordnung, Mister Whiteback, mir macht der Samstag nichts aus, ich wollte Sie lediglich fragen, sehen Sie, ich fahre jetzt in die Stadt, und anstatt extra wieder zurückzukommen, würde ich ganz gern ...
—Ja, also nein, das dürfte, ähm, jetzt noch? Nein nein, ich glaube nicht, daß man, ähm, hier ist der Plan, ja, man kann jetzt nicht mehr alles, ähm ...
—Nein, ich meinte nur, ob ich sie nicht einfach morgen irgendwo in der Stadt treffen könnte, wenn sie in die Stadt fahren? Es sei denn, das Problem, sie mit dem Zug in die Stadt zu bringen, wäre ...
—Ja also, sie nehmen gar nicht den, ähm, sie fahren mit dem Bus, weil das letztemal auf dem Zug, also da ist einer von den Kleinen nicht

mehr zurück, ähm, war das nicht auf Ihrem Ausflug? Sie erinnern sich nicht zufällig an die Zahl der Schüler, die ähm, das heißt, das müßte man doch an den Fahrkarten ...
—Nein, nicht aus dem Kopf, nein, aber, aber Sie meinen doch nicht etwa, daß so ein Kind einfach ...
—Ja, also nein, wir hätten wahrscheinlich inzwischen von einem Elternteil etwas gehört, aber heutzutage kann man sich natürlich nicht immer, entschuldigen Sie mich, hallo ...? Ja, Moment bitte, Leroy, wo ist, ja, hier, nehmen Sie einfach den Plan an sich, Mrs. Joubert, Sie können, ähm, ich kann ihnen sagen, daß Sie sie am ähm, wo auch immer, da steht alles drauf ...
—Vielen Dank, ich weiß das zu schätzen ...
—Ja also, vielen Dank für Ihre, ähm, daß Sie vorbeigekommen sind, Mrs. Joubert, entschuldigen. Sie, hallo ...? Ja, entschuldigen Sie, ich habe jemanden in der anderen Leitung hier, hallo, Leroy ...? Aber was ist denn passiert, so viele, so viele Picknickgabeln können doch nicht einfach verschwin ... ja aber wohin verschickt, wohin, wer hat das genehm ... Ich weiß, daß Sechs J draufstand, ja, sie ist gerade gegangen, ich wollte sie noch fragen, was ... nein, also wissen die denn, wo der Rest der Lieferung hinging, der hier nie angekommen ... Nein, das weiß ich, ich weiß, daß sie nicht im Etat auftauchen, deshalb müssen sie ja auch etwas mit dem Schulspeisungs-Programm zu tun haben, wenn es so aussieht, als hätten wir Bundessubventionen nicht nötig, dann halten sie vielleicht auch andere Zuschüsse zurück, wie sie es bereits mit der subventionierten Milch machen wollen, falls dieser Cola-Automat aufgestellt wird ... Was ...? Nein, warten Sie einen Moment, sagen Sie ihm, er soll einen Moment warten, Leroy, wir ... nein, Bremsbeläge sind im Lehrplan nicht vorgesehen, es sei denn Vogel, natürlich, ähm, wieviel ... Wie viele? Nein, nicht mal Vogel könnte mit so vielen Brems ... Nein, ich komme nicht ins Frachtbüro runter, nein, Sie ... nein also, das kann nicht ... nein, Moment mal, welches Kaliber ...? Nein also, das ist nicht, nein, wir haben nicht einmal einen Schützenverein, es sei denn die Regierung würde, ähm, ja also, sagen Sie denen einfach ... nein nein, ich möchte nicht mit dem Bahnbeamten Teets reden, nein, sagen Sie ihm ... nein, ich hab hier noch was Dringendes in der anderen Leitung hier, sagen Sie ihm nur, daß, daß er nichts von den Sachen herausrücken soll, hier klopft es an der Tür, ja ...?
—Wegen der Probe, Sir, in welchem Raum ...

—Die Probe fällt aus. Ich sagte doch, daß man euch rechtzeitig Bescheid gibt, mach die Tür hinter dir zu! Und wasch dir dein Gesicht, hallo ...? Oh, ja, nein, tut mir leid, Pater, ich wollte nicht ... ich habs gesehen, ja, ich war nur, ähm, wollte Sie deshalb gerade selbst anrufen, könnten Sie mal einen Moment dranbleiben? Ich hab hier ein anderes Gespräch, ich bin, hallo ...? Gottlieb? Bleiben Sie einen Moment dran, ich hab Pater Haight am anderen Telefon hier wegen der ... ja. Hallo, Pater? Ja, Glückwunsch zu der tollen Publicity, die Sie wegen der Einsegnungszeremonie bekommen haben, wegen Ihrer neuen Sanitäranlagen, natürlich sind wir ... wie bitte? Ja ja, nein, Ihre neuen TV-Anlagen natürlich, das wollte ich doch ... ja, natürlich bin ich mir bewußt, daß Sie auch Sanitär ... Ja ja, mir ist klar, daß Ihr Bruder und der Erzbischof Schlagzeilen gemacht hätten, wenn der Unfall nicht gewesen wäre, aber das war unsererseits natürlich nicht beabsichtigt ... einer von, ja, natürlich, der Junge war einer unserer, ähm, unserer Schüler, ja, aber der Zustand, in dem er sich befand, als er aus dem Gebäude rannte, war natürlich, ähm, wir ... nein, ja natürlich, wir nicht, nein, er war nicht, ähm, das heißt, er war jedenfalls nicht in unserem Fahrschulprogramm, ich glaube, einer seiner Klassenkameraden sagte, er habe es aus einem Comic-Strip gelernt, aber natürlich hat Major Hyde nicht ... er ist in unserem Schulvorstand, ja, Pater, aber ich bin sicher, daß das nichts damit zu tun hat ... und daß er maßgeblich an Ihrem Kabelnetz mitgewirkt hat, ja, da bin ich sicher, wenn er's versprochen hätte, stünde es auf der Titelseite, zumal er bestimmt mit Absicht, ähm, das heißt, hat bestimmt nicht, die Absicht hatte, sich selbst auf die Titelseite ... sobald er aus dem Krankenhaus kommt, ja, Pater, ich bin sicher, daß er ... tut mir leid, daß Ihr Bruder das so empfindet, Pater, ich bin sicher, Maj ... als General a. D., ja, ich bin sicher, daß Major Hyde sich dessen bewußt ist, Pa ... Mach ich, Pa ... ja ja, vielen Dank für den Anruf, Pater. Hallo? Gottlieb? Ja, das war Haight auf der anderen Leitung, er ... nein nein, Pater Haight von der Gemeindeschule, er sagte, daß sein Bruder, der demnächst aus der Armee ausscheidet, sich große Mühe gegeben hat, an ihrer Einweihung teilzunehmen, und es weiß Gott nicht verdient hat, auf Seite sieben versteckt zu werden, weil die ganze Titelseite voll war mit ... seine Erklärung, daß er auch weiterhin seinen bescheidenen Beitrag zum Wohl dieses, ähm, beitragen wolle, ja, das heißt, er sucht einen Job, ja, er ... Ja, nein, ich würde Vern deswegen nicht anrufen, nein, ich glaube nicht, daß er gern, ähm, er ist derart wütend über die

ganze Asphaltiererei, daß er geneigt ist ... nicht nur den Rasen, nein, alles ... das heißt notgedrungen auch die Bäume, Parentucelli sagte, seine Maschinen hätten sonst nicht genug Platz, und deshalb hat er natürlich ... das heißt, um die ganze Arbeit an einem Nachmittag zu erledigen, ja, natürlich, und deshalb, als Vern nach Hause kam und ... ja, also natürlich handelt es sich nur um ein kleines Mißverständnis, so wie auch unsere Fenstertüren jetzt zur falschen Seite hin ... ja, wer, Ganganelli? Die Ratssitzung wegen dieser Flo-Jan-Anhörung, um die städtische Eisenbahn-Verladestation zu pachten, ja, sie ... zwölfhundert pro Jahr bei einer fünfjährigen Pachtdauer und der Möglichkeit, gegebenenfalls, Moment, da ist jemand an der, ja?
—Tschuldigung, ich wollte nicht ...
—Nein, das ist schon in Ordnung, kommen Sie rein, Gibbs, ich bin nur gerade, ähm, diese Direktleitung zur Bank ist wirklich nicht ... hallo? Ja, ich hab nichts darüber gehört, nein, nein, Dan wollte deshalb bei seiner Frau mal nachfühlen, aber natürlich ist er nicht in der Position, um, ähm, im Moment bei irgend jemand nachzufühlen ... nein, aber natürlich können wir Fedders nicht vor den Kopf stoßen, er hat die Gewerkschafts, ähm, Kriegskasse in Form von Depotscheinen und, natürlich war das Hypothekengeschäft seine Entscheidung, das die Bank für ihre Pensionskasse abgewickelt hat, so daß er, ähm, ähm, ja, ich rede lieber später in der Bank mit Ihnen darüber, falls ... ja, und falls Ace Transport mit der Tilgung tatsächlich in Verzug kommt, sollten wir natürlich gleich ... was? Glancy hat sich ...? Ja, aber Glancys Kreditrahmen ist im Moment, ähm, wie hat er das denn finanziert ... ja, also natürlich, wenn Sie ihm einen neuen Cadillac verkauft haben, dann müssen die doch Erkundigungen über seine finanzielle, ähm, das heißt, wenn er den Wagen einfach so mitnehmen konnte, dann ... in der Bank, ja, kommen Sie in die Bank. Und nun zu Ihnen, Gibbs.
—Tut mir leid, daß ich Sie damit belästige, Whiteback, lediglich eine kleine Geldangelegenheit, ich ...
—Das, ja, freut mich, daß Sie das nicht vergessen haben, zehn, ähm, ja zehn Dollar und vierzig Cent? Ich habs irgendwo notiert, ja, das Geld, das wir ergattert, ähm, also, das wir dem Jungen erstattet haben, der die Bahnfahrkarten abgegeben hat, alles natürlich nur eine Frage der Buchhaltung, aber ich freue mich, daß Sie, ähm, haben Sie's da?
—Um ehrlich zu sein ... er durchwühlte Taschen und brachte eine zerkrümelte Zigarette zum Vorschein, —ist das nicht ...
—Ja also, natürlich, entschuldigen Sie mich, hallo ...? Oh, Mister Stye,

ja, ich ... nein, ich bin jetzt nicht in der Bank, nein, nein, ich ... oh, ich verstehe, Sie sind in der Bank, ja, könnten Sie einen Moment dranbleiben? Ich hab hier ein anderes, hallo ...? Also, was machen Sie denn immer noch im Frachtbüro, ich sagte Ihnen doch, daß Sie nur sagen sollen ... Sie meinen jetzt? Es ist alles angekommen, in diesem Moment ...? Ja also, nein, die müssen nur einen Platz finden, wo sie sie lagern können, bis wir ... ganz einfach, weil wir diese Geräte nur dann dort hinstellen können, wenn wir gleichzeitig die Lehrgeräte wegschaffen, die da im Augenblick noch ... nein, weil Dan wegen des Unfalls immer noch fehlt, und ich kann nichts machen ohne sein, bleiben Sie 'n Moment dran, Leroy, ich hab Mister Stye in der anderen Leitung wegen der gestohlenen Baseball-Bälle ... Ich weiß, daß es Ihre zehn Cent sind, ja, bloß, sagen Sie bloß, daß wir Montag anrufen, und legen einfach auf. Ja, hallo Mister Stye? Ja, ja, wegen der gestohlenen Basebälle, aber Mister, Major Hyde, erinnern Sie sich noch an Major Hyde, er wollte auch irgendwann mit Ihnen reden wegen dem freien, ähm, Posten, der im Schulvorstand frei wird, er ... nein, sein Platz wird nicht frei, nein, er müßte eigentlich in den nächsten Tagen aus dem Krankenhaus entlassen werden, ja ... ja, er saß auf dem Todessitz, ich glaube, so nennen Sie das ja im Versicher, die Bezeichnung, die man in der Zeitung benutzt hat, sozusagen neben dem Fahrer, saß neben Mister diähmCephalis, als der andere Wagen mit ihnen zusammenstieß und ... ach, Sie auch? Ja ja, ich auch, da wartet noch jemand in der anderen Leitung, danke für, ähm ... Hallo? Oh. Ja also, als ich Ihrer Zeitung das Interview gegeben habe, nachdem es passiert ist, war uns natürlich nicht bewußt, daß der Junge, der, ähm, dabei ums Leben gekommen, daß der den Wagen gestohlen hatte und daß er, ähm ... wie bitte? Oh, ja, jetzt haben wir natürlich, ähm, Miss Waddams, unsere Schulkrankenschwester Miss Waddams hat Urinproben durchgeführt bis hinunter, bis hinunter zur dritten Klasse, das heißt, vorrangiges Ziel ist dabei der Nachweis von, ähm, Drogen, jede Art von Drogen bis hinunter zur ... wie bitte? Aufgelegt. Ja also, wovon sprachen Sie doch eben noch? Diese, ähm, Bahnfahrkarten, ja ...
—Nein, Whiteback, ich bin gekommen, weil, äh, ich wollte Sie nur fragen, ob ich einen kleinen Vorschuß bekommen könnte.
—Oh, also, ähm, oh, auf Ihr, ähm ...
—Gehalt, ja.
—Oh, also natürlich, ähm, also, der Staat, Mister Gibbs, das heißt die, ähm, Lehrergehälter sind, ähm, natürlich können Sie zur Bank kom-

men, wir könnten was mit Ihrem Auto arrangieren im Hinblick auf, ähm, auf einen Kredit, das heißt einen Autokredit...
—Ich habe keins.
—Nein, das meine ich ja, ja, wir könnten Ihnen vermutlich einen einräumen, das heißt einen Kredit...
—Nein, ein Auto. Das heißt ein Automobil. Ich habe keins.
—Ein Auto? Sie haben kein Auto? Ja also, natürlich kann niemand, ähm, ich bin sicher, wir können in der Bank etwas für Sie arrangieren, damit Sie sich eins kaufen können, immerhin hat auch Glancy, haben Sie das mit Glancy gehört? Der Mann am Telefon eben, das war Gottlieb von der Cadillac-Niederlassung, er hat Glancy gerade ein Auto verkauft und würde natürlich auch Ihnen...
—Hören Sie, nein, ich will keinen Cadillac, ich will kein Auto, ich will kein Auto kaufen, ich will nur, ich brauche lediglich einen kleinen Vorschuß auf mein Gehalt, einfach einen...
—Ja also, die, ähm, wenn Sie ein Auto hätten, wäre das natürlich etwas, entschuldigen Sie mich, hallo? Oh. Ja, es ist... Ja, machen wir, er... ja, er macht das ganz ausgezeichnet, er... er was? Oh, ich verstehe... Oh... Ich verstehe. Ja also, die, ja, jemand aus der Schule, natürlich, sobald wir... ja, sagen Sie ihm, sobald wir können, ja. Wiedersehen.
—Schon gut, Whiteback, ich...
—Ja, das war die, ähm, haben Sie ein paar Minuten Zeit, Gibbs?
—Worum gehts denn? Ich muß den Zug erwischen...
—Ja, das war die Polizei, die, ähm, Coach, Vogel, das heißt Coach Vogel, Sie kennen ihn ja, kennen Sie ihn eigentlich? Ich meine, das heißt Sie müßten ihn doch identifizieren können, ähm, schuld sind offenbar diese Handzettel der Polizei, wo den Kindern eingeschärft wird, ich muß hier doch einen liegen haben, ja, meldet jeden Fremden, der sich an euren Spielen beteiligen will, spielt nicht in der Nähe öffentlicher, ähm, Coach ging gerade am Sportplatz vorbei, neben Hydes, ähm, und dieser Polizist hielt Major Hydes Schutzraum für eine öffentliche, ähm, Bedürfnisanstalt sagte er, glaube ich, und Coach, bei dem Versuch, sich ihnen zu, das heißt natürlich nur, um ein paar Bälle mit ihnen zu spielen, jedenfalls, eins von den Kindern, die ihn natürlich nicht kannten, eins von den Kindern rief die Polizei, und sie, ähm, Sie kennen ihn doch? Coach? Sie wollen, daß ihn jemand identifiziert, damit sie, ähm, haben Sie ein paar Minuten Zeit?
—Aber gern doch, können Sie mich hinfahren?
—Ja also, ich wollte gerade, ähm, ich muß rüber zur Bank, das heißt

ich habe dringend etwas zu, ähm, ich geh mit Ihnen zusammen raus, ja, und diese Beschwerden, Gibbs, das heißt, den Unterricht nicht mit der vorschriftsmäßigen, ähm, der vorschriftsmäßigen Eröffnung zu eröffnen, wir hatten da einige Beschwerden von diesem neuen Bürgerverein, den Sie wahrscheinlich kennen, ja, ich muß eben noch diese Tür abschließen, nach der Sache mit den Basebällen, na, das wissen Sie wahrscheinlich schon ...
—Aber klar doch, ja, wer ist das eigentlich, der Ku-Klux-Klan?
—Wer, diese, ähm, dieser Bürgerverein? Ja, nein, das, das ist die Bürgerunion für Nachbarschaftsunterricht, ja, das ...
—Alles Frauen?
—Ja also, nein, das weiß ich natürlich nicht, darüber gibt es auch nichts zu lachen, nein, die nehmen das sehr ernst mit ihren, ähm ...
—Ihren vorschriftsmäßigen Eröffnungen, wußte gar nicht, daß es auch unvorschriftsmäßige gibt, aber wie wärs denn mit der Verfassung? Wenn ich das nächste Mal in die Klasse komme, fang ich damit an, daß ich die Verfassung vorlese, wie wärs damit?
—Ja also, das klingt, ähm, Sie meinen die Verfassung der Vereinigten Staaten, ja, das heißt, das wäre schon eher eine vorschriftsmäßige, ähm, natürlich wollen wir im Moment auf keinen Fall Anlaß zu irgendwelchen Mißstimmungen bieten, das heißt vor allem im Hinblick auf Ihre, ähm, und daß Sie zusätzlich zu Ihrer eigenen noch Miss Jouberts Klasse übernommen haben, das ist vor allem im Hinblick auf, ähm ...
—Sie ist wieder da, sie ist wieder da, nicht wahr?
—Ja, aber obwohl, sie sieht noch nicht so gut, eine recht hinreißend aussehende Frau, richtig, diese Türen gehen nach außen auf, nicht wahr? Ja, natürlich, wenn sie uns im Hinblick auf ihre angeschlagene Gesundheit verlassen müßte, wäre das auch nicht so schlimm, weil sie kein Examen hat, jedenfalls nicht die offizielle Zulassung zum, ähm, sie hat im Ausland studiert, wo es das nicht gibt, ja, ich glaube, sie hat einen Magister in französischer Kulturgeschichte, was didaktisch natürlich nicht die optiähm, Voraussetzung ist, um in der sechsten Klasse Gemeinschaftskunde zu unterähm, obwohl, sie macht ihre Sache ganz hervorragend, da ist sie ja, wirklich eine faszinierende ...
—Sie meinen die da? Gott nein, das ist ...
—Ja, nein, das ist Mrs., ähm, Dans Frau, ja, ich glaube, ich geh lieber hier lang, mein Wagen steht direkt hinterm, ähm, wollten Sie nicht zur Polizeiwache?
—Ich hab ne Idee, Whiteback. Warum fahren Sie da nicht selber vorbei

und identifizieren Vogel persönlich, dann müssen Sie mich nicht extra hinfahren.
—Ja also, ähm, ja, natürlich, das macht die Sache einfacher ...
—Dann erwisch ich noch meinen Zug ... mit knirschendem Absatz auf dem Kies machte er kehrt, —tschuldigung ...
—Ach, Mister, Mister Gibbs? Ich bin ...
—Dans Frau, ja ... und drehte sich im Gehen halb nach ihr um, —ich war ehrlich erschüttert, als ich davon erfuhr.
—Was denn? Ach, Sie meinen seinen Unfall ... sie ging neben ihm her, —Jack? Heißen Sie nicht Jack?
—Ja, gelegentlich nennt ...
—Ich dachte, Sie hätten vielleicht Mister Bast gesehen, den jungen Komponisten, den wir hier hatten, er ist nirgends zu finden.
—Vielleicht hat er nach dieser ziemlich, dieser ziemlich bemerkenswerten Unterrichtsstunde über Mozart eine Art Last-minute-Forschungsjahr angetreten.
—Ich sag Ihnen, wer ihm dieses Last-minute-Forschungsjahr veschafft hat, die gleichen Leute, die seinen Unterricht sabotiert haben, sie ...
—Haben Sie die Sendung gesehen?
—Jack, ich mußte das gar nicht sehen, in dem Moment, in dem sie Talent und Sensibilität sehen, sabotieren sie's und schiebens auf die Technik, sie sind nicht nur hinter ihm her, sie sind hinter uns allen her, echte Kreativität macht ihnen Angst, Jack, vielleicht wissen Sie's noch gar nicht, aber sie sind auch hinter Ihnen her, weil Sie talentiert und kreativ sind, das erkenne ich an Ihren Händen ... und griff nach der erstbesten, als sie vom Bordstein trat, —allein schon Ihre Finger, die Charakterstärke Ihres Daumens sieht ...
—Ja, ich, ich kenne meinen Daumen ... aber er blickte zu Boden und entzog sich der peristaltischen Umklammerung, als sei er erleichtert, seinen Daumen wiederzusehen, —tut mir leid ich, ich muß den Zug erwischen, Mrs. di ...
—Nein, sag einfach Ann, Ann. Okay? Weil ich weiß, weil ich eine talentierte Frau bin, der man es nie gestattet hat, etwas wirklich Kreatives, Jack? Ich bin nachher zu Hause, vielleicht könnten wir uns treffen und miteinander reden?
—Ja, aber ich bin, ich bin dann wohl noch nicht wieder zurück, ich ...
—So spät, wie Sie wollen, ja, Papa, also Dans Papa wohnt bei uns, aber sie gehen um neun ins Bett, Jack ...? folgte ihm um die Ecke, —vielleicht können wir mal miteinander reden ...? Er durchwühlte seine

Taschen und holte eine Zigarettenschachtel heraus, leer, zerknüllt, und warf sie weg, als er die Treppe hochhetzte auf den Bahnsteig, wo ein langer Zug soeben stöhnend zum Stillstand kam, sich jedoch, gerade als er auf ihn zulief, erneut und lautlos in Bewegung setzte. Dann die perspektivische Verengung des Bahnsteigs, während er dem Zug hinterherrannte und mit der Faust gegen die Scheibe der Tür hämmerte, wo hinter verkrustetem Schmier möglicherweise ein Gesicht war, sich des seinen zu erbarmen, und seine Überraschung, als plötzlich die Tür, alle Türen aufflogen, er aber weiterstolperte, als sei die kinetische Energie des Zuges im Gekreisch des Bremsvorgangs zu seiner eigenen geworden. Vorbei am Trevira-Glanz des uniformierten Schaffnerrückens suchte er nach einem sauberen Haltegriff und strebte gleichzeitig durch dicke Schwaden von Zigarettenqualm in den hinteren Teil des Wagens, wobei er sich, als der Zug wieder anruckte, an einer Sitzlehne festhalten mußte, was die Inhaberin des Platzes, außer einem halbleeren Blick und einem wertfrei dargebotenen Profil, mit Nichtbeachtung quittierte. Er taumelte zurück, bückte sich, um eine zusammengerollte Zeitung zu ergattern, die jemand dort in den Spalt zwischen Sitz und Lehne gestopft hatte, hielt sich die Zeitung vors Gesicht und bewegte sich unauffällig auf die Tür zu, die zum nächsten Waggon führte.
—Ihren Fahrschein, bitte!
—Ach? Er ließ die New Yorker Bilderzeitung sinken.
—O Gott, nicht der schon wieder.
—Ach! Wie gehts?
—Okay, zeigen Sie mir nur Ihren Fahrschein.
—Ja, ich bin es, beide Hälften, nicht? Er wühlte ausgiebig in seinen Taschen. —Für den Kopf, ja? Und ... und hielt ihm ein bereits arg mitgenommenes Pappkärtchen hin, —und ...
—Sehen Sie, wenn Sie kein Englisch können, wieso lesen Sie dann eine amerikanische Zeitung?
—Ach, die Zeitung? Er schwenkte sie, wühlte mit der freien Hand weiter, —amerikanische Kunst, ja? Schwarze Kunst, grausig ... er schwankte bei einem Stoß des Zugs plötzlich nach vorn, deutete, den Daumen am Hahn, mit dem Zeigefinger auf seine Schläfe, —das Blut! Der Krieg! Dann schreckte er wieder hoch, ließ rollende Augen in einem anzüglichen Grinsen erstarren und schob einen spitzen Finger in die geschlossene Faust, —geschlechtlicher Umgang! Scheißerei...!
—Um Gottes Willen, geben Sie mir bloß Ihren anderen Fahrschein!

—Für den Unterkörper ... wieder wühlte er, —ja ...
—Und lassen Sie die Dame durch.
—Oh, ich, ja, die, ach ... er brachte ein weiteres zerknicktes Kärtchen zum Vorschein, —das Hinterteil nicht vergessen, eh? Grinsend tatschte er von hinten an Mrs. Jouberts Rock hinunter, während sie vorbei- und durch die Tür in den nächsten Wagen ging, wo er sich umdrehte und ihr allen Ernstes die Hand geben wollte, —danke, danke ... und die Tür hinter ihnen zuzog, bevor er weitersprach. —Hallo, ich, ich hab Sie gar nicht äh, gesehen ...
—Was um alles in der Welt sollte denn das bedeuten? fragte sie mit Blick auf die leeren Sitze rechts und links des Gangs.
—Oh, der, äh, der Schaffner, ja ... er ließ sich neben ihr auf den Sitz sinken. —Ein junger Deutscher, er ist noch nicht lange hier, und ich kümmere mich ein bißchen um ihn, versuch irgendwie, ihm Mut zu machen. Es ist sein erster Job hier drüben, und er ist irgendwie, äh, ist manchmal irgendwie ziemlich deprimiert.
—Oh, ich verstehe.
—Ja, man kann ihm eigentlich keine Vorwürfe machen, daß er Tag für Tag so eine Show abzieht ... er gestikulierte vor ihrer Nase herum, wo ein kaputter Zaun, der eine Flotte verrosteter Buskarosserien umschloß, hinter dem schmutzigen Fenster vorbeiflog, versuchte, ein Knie über das andere zu schlagen und gab es auf. —Wie kann ein normal gebautes menschliches Wesen es sich überhaupt bequem machen in diesen ...
—Hier, lassen Sie mich mal meine Handtasche da weg, sagte sie, und, als sie es tat, —oh, Sie haben sich Ihre Tasche aufgerissen.
—Tja, ich ... er richtete sich auf und hielt sie zusammen, zog dann die Klappe über den Riß, —Scheiße, das ist an der Tür passiert, als ich versucht habe, den Scheißzug zu erwischen.
—Er hat sowieso Verspätung, wir haben stundenlang auf dem Bahnsteig gesessen, sagte sie. —Und dann, jedesmal, wenn der Zug losfuhr, gingen plötzlich alle Türen auf, und wir mußten wieder anhalten. Ich dachte, ich hätte Sie auf dem Bahnsteig gesehen, Sie hatten es ziemlich eilig.
—Ach?
—Und Sie sind in den vorderen Wagen eingestiegen?
—Oh, tja, der, oh, o ja, in den Raucherwagen, ja, ich bin da eingestiegen und hab dann gemerkt, daß ich gar keine Zigaretten dabei hab. Den Ellenbogen auf die Rückenlehne gestemmt, ließ er sich noch tiefer in

den Sitz sinken, so daß seine Hand jetzt unmittelbar an ihrer Schulter lag. —Rauchen Sie nicht?
—Manchmal schon.
—Ich meinte, Sie haben nicht zufällig Zigaretten dabei, oder?
—Leider nein ... Sie hatte die Tasche auf ihrem Schoß geöffnet, beugte sich darüber, schob ihr Haar zurück, und er starrte auf die Linie ihres Wangenknochens, als wolle er die unverhoffte Gelegenheit nutzen, ihr makelloses Make-up aus der Nähe zu studieren. —Nein ... sie sah ihm voll ins Gesicht, und er senkte die Augen auf seine Hände und einen Fingernagel, der sauberer hätte sein können. —Tut mir leid, ich hab keine ... sie hatte eine Brille mit getönten Gläsern herausgeholt, und er schlug wieder die Augen nieder, fort von ihren langen Fingern, welche jetzt die Brille aufsetzten, starrte auf ihre Knie und räusperte sich.
—Sie fahren ziemlich oft nach New York, nicht wahr? sagte sie.
—Um diesem Kaff zu entkommen? Ganz bestimmt.
—Ist das alles? Nur um wegzukommen?
—Tja, ich, nein, nein, heute fahr ich in die Stadt, um, ich hab da einen Termin wegen, also ich muß dort einen Verleger treffen, ja ...
—Schreiben Sie ein Buch? Abrupt wandte sie sich ihm zu und stieß mit der Brille gegen seine baumelnde Hand.
—Ja, aber es ist noch, es ist noch nicht fertig, ich bin ...
—Ein Roman?
—Nein, ein, nein nein, es handelt sich eher um ein Buch über Ordnung und Unordnung, eher ein, eine Art Sozialgeschichte der Mechanisierung und der Künste, das destruktive Element ...
—Das klingt etwas kompliziert, ist es das?
—So kompliziert wie's nur geht.
—Oh? Sie preßte die Beine zusammen, als er wieder versuchte, die Knie übereinanderzuschlagen, —Sie haben Probleme mit Sitzen, nicht wahr?
—Mit Sitzen?
—An dem Tag in der Cafeteria nach dem Ausflug, als Sie ...
—Da hatte ich nicht nur mit Sitzen Probleme, ja, das war wirklich nicht mein bester Tag ...
—Das will ich hoffen.
—Nein, aber hören Sie, als wir da mit dem Taxi wegfuhren, ich wollte nicht ...
—Schon gut, nein, ich bin dorthin gekommen, wo ich hinwollte, aber wissen Sie, Sie waren wirklich sehr unfreundlich zu diesem jungen Mann, zu Mister Bast, das Talent macht, was es kann? Und wer's nicht

kann, wird Lehrer? Und ihm das Wort im Mund umzudrehen, als er, wer war das noch, Bizet? Alles, was er von Ihnen wollte, war ein freundliches Wort, er hat doch nur ...
—Bast? Von mir? Der hat doch nur über sich selbst ...
—Schön, er hat nur über sich selbst geredet und das, was er so macht, weil ich ihn danach gefragt hatte, das war alles. Er ist so jung und ernsthaft, so ein richtiger Romantiker, glaube ich, er ist wirklich sehr lieb, ich hoffe, Sie sind mal auf ihn zugegangen und haben ihm gesagt, daß es Ihnen leid tut?
—Tja, ich, genaugenommen ...
—Mir hat das leid getan, ich hab ein- oder zweimal versucht, ihn anzurufen, um mich zu bedanken, daß er die Klasse zurückgebracht hat. Ich kam mir so dumm vor, als ich die Fahrkarten in meiner Handtasche fand, ich, Sie haben Sie ihm doch gegeben, nicht wahr?
—Genaugenommen ... er zwängte schließlich ein Knie über das andere, ein Fuß baumelte im Gang, die achtlose Nachlässigkeit, mit der er im Sitz versackt war, wirkte wie einstudiert, während Flaggen, Wimpel und Gebrauchtwagen, Bierkisten, Sandwiches, Dunkin Donuts hinter dem gegenüberliegenden Fenster vorbeiflogen, —ich hatte es vor, ja, ich, irgendwie war ich auch der Meinung, daß ich's getan hätte, aber dann ist so allerlei durcheinandergegangen ...
—Aber Sie haben doch den richtigen Zug erwischt, nicht wahr? Sie sagten mir, Sie würden ...
—Ich dachte, es wär der richtige, ja, aber ... er befreite seine miteinander verhakten Knie, wühlte in Taschen und brachte eine Reihe zerknüllter Karten zum Vorschein, —dauernd finde ich noch diese Dinger in meinem ...
—Ehrlich, ich habe ein richtig schlechtes Gewissen deswegen, er muß alle Fahrkarten selbst bezahlt haben, ich weiß, daß er sich das nicht leisten kann, und was immer aus ihm geworden sein mag ...
—Ich komme gleich darauf, ja ... er trennte ein verschmutztes weißes Rechteck von Sieg Drittes Rennen, halber Preis, —das hier hab ich auf dem Fußboden im Postamt gefunden.
—Aber, was um alles in der Welt, Geschäftsfüh, Geschäftsführer? Das muß ein, so eine Art ...
—Lackawanna vier, Telefonnummer muß irgendwo in der City sein, aber ...
—Aber ist er, haben Sie ihn angerufen? Wissen Sie ...
—Hab keinen Bedarf an Geschäftsführern, nein, was ...

—Aber wie, wie merkwürdig, ich dachte er, er wollte seine ganze Zeit dem Komponieren widmen, ich dachte, er arbeitet an einer, Musik für Tänzer, ein Ballett oder sowas, und daß er deshalb nicht mehr unterrichtet ...
—Sie haben wohl nicht seine Abschiedsrede gehört, seine kleine Unterrichtseinheit über Mozart.
—Nein, nein, jemand hat mir davon erzählt, aber ...
—Ist dabei etwas vom Lehrplan abgewichen, könnte man sagen, vielmehr Whiteback würde das sagen, und das war wohl weit mehr der Grund dafür, daß er nicht mehr unterrichtet, in dem Moment, wo die Talent und Sensibilität entdecken, sabotieren sie alles und schieben es auf die Tech ...
—Also wirklich, Sie wollen doch nicht wieder damit anfangen, ihn lächerlich zu machen, als ob er ...
—Sehen Sie, nein, Gott, ich bin nur, verstehen Sie denn nicht, wenn ich, wenn sich jemand über soviel Lächerlichkeit einfach nur amüsieren will, dann heißt das doch nicht ...
—Aber das tun Sie immer ... sie zog den Rock über ihre Knie und richtete sich in der Unbequemlichkeit des Sitzes auf. —Oder etwa nicht? und ohne Blick für ihn, —also? Oder etwa nicht?
—Schon gut, sehen Sie, ich, ich wollte doch nur sagen, die ganze Sache ist sicher lächer, irgendwie unverhältnismäßig, zum Beispiel diese schreckliche Frau von diCephalis, kennen Sie die?
—Ich glaube nicht, aber ...
—Ann, sie ist eine Art billige Version von Ihnen, sozusagen die zwanzigste Auflage der Taschenbuchausgabe, wo alles nicht mehr so taufrisch ist ...
—Nein, ich glaube, ich hab etwas von ihr in meinem Postfach gehabt, wegen einem Streik, kann das sein?
—Weil, sie sind nämlich hinter uns allen her, ja, sie sabotieren Ihren Freund Mister Bast, weil alles Kreative ihnen Angst macht. Sie sind auch hinter mir her, weil ich Talent habe und kreativ bin, sie konnte das an meiner Hand ablesen, hat meinen Daumen dabei fast abgerissen, sie ...
—Sie haben aber auch wirklich wunderbare Hände.
—Was? Ich ... er starrte auf ihre, die halb geöffnet auf den Knien lagen, schob seinen Oberkörper etwas nach oben, —bezweifle aber, daß sie deswegen hinter mir her sind.
—Aber natürlich nicht, warum sollten sie denn?

—Ne kleine Auseinandersetzung, die ich mit diesem Vollidiot Major Hyde von Schulvorstand hatte, ein Freund von mir hatte nämlich einen Unfall, und Hyde war dabei, als der Anruf kam, er, er gab irgendwelchen Blödsinn von sich, und ich hab einfach die Beherrschung verloren, das ist alles.
—Aber wie konnte, was für ein Unfall war...
—Das interessiert Sie doch nicht.
—Ich meinte nur...
—Das interessiert Sie nicht! Erneut versackte er in seinem Sitz, seine Hand über der Rückenlehne berührte leicht ihr Haar. —Tut mir leid, ich, es ist eben etwas, was Sie nicht unbedingt wissen müssen, es handelt sich um jemanden, der es zur Zeit ziemlich schwer hat, ich glaub, wir alle kennen solche Leute, dauernd muß man ihnen den Selbstmord ausreden, und das geht dann so lange, bis einer von uns friedlich im Bett das Zeitliche segnet, es ist immer dasselbe, als ob man die ganze Zeit nur mit sich selbst redet...
—Aber er, geht es ihm gut?
—Er ist noch im Krankenhaus, aber es kommt wohl davon, es kommt übrigens immer davon, es ist einer von diesen Jungs, die unbedingt schreiben wollten und einen Vater hatten, der meinte, Schreiben sei was für Weichlinge, hat ne Million Dollar in der Holzwirtschaft gemacht, und Schramm hat die letzten zwanzig Jahre nur darauf gewartet, daß er stirbt, aber als er schließlich starb, tja, so ist Schramm. Die einzige Zeit, in der er wirklich gelebt hat, war der Krieg, er war Panzerkommandant in den Ardennen, und als alles vorbei war, konnte er sich einfach nicht mehr ganz, also, er hatte es ziemlich schwer, das ist alles, und wenn man sich dann noch der geballten Blödheit eines Vollidioten vom Schlage Hydes erwehren muß, dann raste ich, raste ich einfach aus...
Wieder über ihre Tasche gebeugt, —Ich glaube, in meiner Klasse ist ein Sohn von Hyde, sagte sie und nahm die Brille ab, —ist er...
—Er ist schon derselbe Kommißkopp wie sein Vater, er ist Brandwart in Ihrer Klasse, wußten Sie das? So ziemlich das untalentierteste menschliche Wesen dieser Größe, das mir je begegnet ist, und ausgerechnet so einem laufe ich dauernd über den Weg, zusammen mit dieser Rotznase, mit dem er ewig zusammenhockt, drüben im Postamt, wo sie sich praktisch schon häuslich eingerichtet haben.
—Oh, das ist wahrscheinlich JR, ich glaube, das ist so ihr Hobby, sie bestellen sich immer zusammen etwas per Post, Kosmetikproben und dergleichen, stellen Sie sich das mal vor... und das Lächeln, das in

ihren Augen geleuchtet hatte, war plötzlich wieder hinter der getönten Brille verschwunden. —Er hat irgendwas Rührendes an sich, finde ich.
—Ungefähr so rührend wie ein Hammerhai.
—Nein, ich meinte diesen anderen kleinen Jungen, J R, er ist so, er sieht immer aus, als lebte er in einem Haus ohne, ich weiß nicht. Ohne Erwachsene, vermute ich, als ob er auch in den Sachen schläft, die er am Leib trägt.
—Tut er wahrscheinlich auch, haben Sie den schon mal gesehen, ohne daß er sich irgendwo gekratzt hätte?
—Ach ja, ich weiß, ich habe das Gefühl, er badet nicht oft, aber da ist noch etwas, etwas anderes, wenn man mit ihm spricht kann er einem kaum richtig in die Augen sehen, aber das ist nicht so, nicht so, als hätte er etwas zu verbergen. Er sieht aus, als müsse er das, was man ihm sagt, in einen total neuen Zusammenhang bringen, eine Welt, über die wir nichts wissen, verstehen Sie, dabei ist er so ein eifriger kleiner Junge, aber er hat auch etwas völlig Verzweifeltes an sich, eine Art Hunger...
sie wandte sich ihm plötzlich zu, —Sie, Sie müssen schrecklich klein gewesen sein...
—Klein? Ich, was denn, diese Fahrscheine zum halben Preis? Hab Ihnen doch gerade gesagt...
—Jetzt seien Sie doch nicht albern, nein, ich meinte jung, als Sie auf dieses Internat gingen, müssen Sie schrecklich jung gewesen sein, wenn Sie im Herbst noch Blätter angemalt...
—Ich war fünf.
—Fünf, das ist, das ist schrecklich jung, nicht wahr? Waren Sie...
—Im Weg, das ist alles.
—Aber das ist doch sicherlich nicht...
—Nicht was? Kinder sind im Weg, so wachsen sie doch heute alle auf, wenn man's gründlich macht, hält das Gefühl ein Leben lang vor, sehen Sie sich die, was ist los...?
—Nichts.
—Aber ich wollte nicht...
—Bitte! Sie hatte sich abgewandt, preßte die getönte Brille dichter vor die Augen, —ich hatte nur, mir fiel gerade ein, wie Sie vom Internat sprachen und, und wie Sie im Herbst von draußen Blätter mitgebracht haben, um sie anzumalen und...
—Ich hab immer nur braune gefunden... er sank tiefer in die Ecke des Sitzes, —seit ich laufen konnte, stand ich immer nur im Weg.
Aus der Gegenrichtung rauschte, in einem allumfassenden Beben, ein

Zug heran und war auch schon vorbei, die Tür weiter vorn sprang halb auf, halb zu im Geschaukel des Waggons, vorbei an Werbewänden, unfertigen Wohnungen Zu Vermieten, einem weiteren, leeren Bahnsteig, den Lastwagen einer Windelwäscherei, fein säuberlich aufgereiht zur Schlacht des kommenden Tages. —Bleiben Sie? fragte sie schließlich, —in der Stadt, meine ich? Übers Wochenende?
—Wenn ich's über den Freitag schaffe, ja.
—Aber der ist doch schon fast vorbei, nicht wahr?
—Freitag? Nein, heute, ich meine, heute ist ...
—Freitag, im Schulfernsehen lief heute das Freitagsquiz ...
—Das kann nicht sein ... er richtete sich auf, —kann doch nicht sein, Moment mal ... er zerrte die Zeitung aus dem Spalt zwischen Sitz und Lehne, —sehen Sie.
—Aber das ist die von gestern.
—Aber, Moment mal, Moment, er blätterte durch die hinteren Seiten, —wenn der, hier. Verdammt. T'd Off und Marry Me, richtig, Scheiße, ja, das war die Doppelwette von gestern.
—War was?
—Der gestrige Einlauf im Aqueduct, Mist, verdammter, wie konnte ich nur ...
—Und deshalb ärgern Sie sich so? Weil Sie eine Pferdewette verpaßt haben?
—Nein! Es ist ... er warf die Zeitung auf den Boden, und seine Hand erstarrte so abrupt in der Luft, als sei ihm erst jetzt klargeworden, jetzt, da es zu spät war, daß er damit auch ihre kühle Hand von sich geschleudert hatte, welche die seine in ebendiesem Moment ergriffen hatte. —Scheißdreck. Ihre Hände lagen locker gefaltet auf ihrem Schoß. —Und Sie haben wirklich keine Zigarette? Vielleicht eine einzelne ganz unten in Ihrer Tasche?
Sie ließ ihre Tasche aufschnappen und beugte sich abermals darüber. —Nein, tut mir leid, aber, Moment mal ...
—Doch?
—Nein, aber hier ist eine Nadel. Für Ihren zerrissenen Mantel. Sie sollten sich nicht so aufregen wegen dieses Termins, fuhr sie fort, zog den Riß zusammen, —aber es freut mich, daß es Ihnen soviel bedeutet. Na also, sie zog die Tasche glatt und rückte wieder von ihm ab, —obwohl, ein Roman wäre mir lieber gewesen.
—Warum sagen Sie das? murmelte er.
—So, wie Sie aussehen, sagte sie, ohne ihn dabei anzublicken.

—Wie ein Romanschriftsteller? Das Problem ist nur, daß man als Romanschriftsteller Frauen verstehen muß.
—Und das tun Sie nicht?
—Offenbar nicht, nach all den ... doch als er sich zu ihr umdrehte, um ihr Lächeln zu teilen, war es verschwunden, nur ihre Augen blickten groß durch die Gläser. —Was ist los?
—Ich wünschte, Sie hätten das nicht gesagt, sagte sie und blickte schnell weg.
—Was?
—Ich hoffe, daß es nicht stimmt.
—Aber, aber was denn ... Und er starrte sie noch einen Augenblick länger an, doch nun mit einer solchen Intensität, als versuchte er, nachdem ihm diese allerletzte Gelegenheit gewährt worden war, sich für alle Zeiten das zarte Labyrinth ihres Ohrs ins Gedächtnis zu bannen, jenes Ohrläppchen, kaum groß genug, die goldene Spirale zu halten, die es durchbohrte. —Na also, sehen Sie? Er ließ sich weiter nach unten rutschen, hob die Hände, wischte sich damit durchs Gesicht und klemmte wieder ein Knie über das andere, —wenn ich tatsächlich mal einen Roman schreiben würde, wäre schon Schluß, wo die meisten Romane erst richtig anfangen.
—Aber dieses Buch, an dem Sie arbeiten, ist das ...
—Es ist, was es ist, es ist, als lebte man mit einem Invaliden, mit einem beschissen hoffnungslosen Fall, man hofft immer, daß er sein Bett nimmt und geht, wie's in der Bibel steht.
—Wenn es Ihnen so vorkommt, sollten Sie vielleicht einfach, können Sie es nicht beiseitelegen, bis ...
—Bis wann? Bis ich so ende wie Schramm? Er zog den Fuß ein und quetschte ihn in den Spalt des Vordersitzes, —geht im Zimmer auf und ab, zitiert Tolstois Wort vom Abgrund, der zwischen Idee und Ausführung liegt, wirft plötzlich mit dem Bleistift um sich, spitzer Bleistift mit einem Radiergummi oben, der prallt zurück und ihm direkt ins Auge ... irgend etwas zog an seiner Seite, ihr Arm bewegte sich nach oben, —tolle Geschichte, was?
—Warum haben Sie mir das erzählt?
—Was, ich ...
—Nein, bitte, ist ja auch egal ...
—Aber ...
—Bitte ...! Sie hatte die Handtasche aufschnappen lassen, holte ein Taschentuch heraus, wandte sich Appartments Komplett Vermietet zu,

einer Wäscherei, die eine stehengebliebene Uhr präsentierte, Autos, die sich vor einer Ampel stauten.
—Ich, Amy? Er befreite seinen Fuß, schob seinen Körper wieder nach oben, —ich wollte Sie nämlich etwas fragen, ich, vor einiger Zeit in der Penn Station, ich war in einer Telefonzelle, und Sie gingen direkt an mir vorbei, und ein Junge ...
—Ich möchte jetzt nicht darüber sprechen ... sie ließ die Tasche wieder über dem Taschentuch zuschnappen, rückte abermals die getönte Brille zurecht, während der Zug an einem Bahnsteig zum Stehen kam, dabei versank er noch tiefer in seinem Sitz, schlug ein Bein über das andere, wodurch der Fuß im Gang von einem vorbeigehenden Hosenbein gestreift wurde, schwarzes Sergematerial bis hinauf zum runden Kragen. Das schwarze Hosenbein zwängte sich in den Sitz unmittelbar vor ihnen.
—Also wirklich.
—Was ist ...
—Warum zum, warum machen die Leute das bloß? Sehen Sie, der ganze vordere Teil des Waggons ist leer, der ganze Scheißwaggon ist praktisch leer, aber er kommt und setzt sich direkt ...
—Psst ...
—Nein, warum machen die Leute sowas nur? Wenn man mittags irgendwo was essen will und sich an den leeren Tresen setzt, kommt garantiert irgendein Idiot rein und setzt sich auf den Hocker daneben, warum nur? Zwanzig leere Hocker, aber der setzt sich direkt neben deinen, warum ...
—Bitte ...
Er fuhr sich mit einer Hand durchs Gesicht und sank tiefer, rammte das Knie gegen den Vordersitz und richtete die Augen auf den wollenen Ellenbogen unmittelbar vor seiner Nase, und unter allerlei Geraschel schüttelte der Ellenbogen die Zeitung. Die Gebäude auf beiden Seiten waren nun mit Feuerleitern bestückt, wuchsen ins Riesenhafte und verschwanden aus dem Blickfeld, als die Trasse unter Straßenniveau sank, und erschienen erneut, als der Zug wieder auftauchte, um kurze Zeit später in der dunklen Explosion des Tunnels zu verschwinden. Die Lichter gingen an, und vorne öffnete sich klappernd die Tür vor dem jungen Schaffner und schloß sich hinter ihm, als er die Sitzreihen entlangging, wobei er mit der Fingerspitze über seinen schütteren Schnurrbart strich und nach vorsätzlich herbeigeführter Tuchfühlung mit dem baumelnden Schuh hervorstieß, —Heil!

—Der Schaffner ist offenbar nicht sonderlich gut auf Sie zu sprechen, sagte sie, —und dabei haben Sie sich solche Mühe gegeben.
—Tja, mein, mein Deutsch ist nicht besonders gut, vielleicht hat er...
—Es ist bestimmt viel besser als seins.
Er nahm das Knie vom Sitz, richtete sich auf. —Was soll das heißen?
—Daß ich weiß, daß er kein armer Deutscher ist, der hier gerade seinen ersten Job hat.
—Warum haben Sie das denn nicht...
—Ich hab mich letzte Woche mit ihm über Abfahrtszeiten unterhalten.
—Als ich Ihnen das erzählt hab, warum haben Sie da denn nichts...
—Ich weiß nicht. Warum haben Sie es denn erzählt?
—Nur so, manchmal... er rieb die Hände gegeneinander, griff plötzlich nach ihrer Schulter, —hören Sie, könnten wir, später, könnte ich Sie später wiedersehen, zum Abendessen, wenn Sie zum Abendessen noch nichts vorhaben... und er stand auf, machte ihr Platz, griff nach ihrem Ellenbogen, als der Zug am Bahnsteig zum Stillstand kam, —wenn Sie mit Ihren Besorgungen fertig sind, meine ich, falls Sie nichts anderes vorhaben...
—Ich, ich weiß nicht...
—Hören Sie, es gibt da einige Dinge, wenn wir uns treffen könnten... er lief im Gang hinter ihr her, —wir könnten, diese furchtbare Cafeteria, gegen sieben, ich warte da auf Sie, es gibt da ein Lokal, ein französisches Lokal, wo wir essen könnten, es ist nicht weit... auf dem Bahnsteig griff er wieder nach ihrem Arm, —hören Sie, ich werde dort jedenfalls auf Sie warten, und wenn Sie nicht kommen, nehm ich, nehm ich einfach den nächsten Zug...
—Sie sollten sich lieber beeilen und Ihr Telefongespräch führen, sagte sie, bereits einen Schritt von ihm entfernt, —das mit dem verschwitzten Termin ist am Ende vielleicht nicht so schlimm...
—Ja aber, so gegen sieben...?
—Ich, ich werds versuchen, mal sehen... sie war längst außer Reichweite, —und Jack...? Die ausdruckslose Befremdung einer Frau, die mit ihrem Koffer wie verloren dastand, schob sich zwischen sie, —und das mit Ihrem Buch, danach der schwankende Landgang eines Matrosen, der in seiner Uniform wie verloren wirkte, —ich hoffe, das stimmt...?
—Entschuldigen Sie, Sir?
—He, Seemann, ich habs eilig... er zwängte sich an ihm vorbei, suchte zwischen den Pappkärtchen nach der Münze, die er auch fand, und

ging auf ein Wandtelefon in einer Plastiknische zu, warf die Münze ein und wählte.
—Aber, Sir ...
—Los, hau ab, Mann! Hallo ...? Ja, hör mal, ich bin gerade mit dem Zug angekommen, ich ... Ja, das weiß ich! Ich ... weil ich bis vor einer Minute gedacht hab, daß heute Donnerstag ist, ich ... Nein, nein, ich verlange gar nicht, daß du dich nach mir richtest, nur dieses eine ... Also hör mal, wenn sie da draußen an der Bushaltestelle steht, der Zahnarzt kann warten ... Ja, ich weiß, daß sie es mir selber zeigen wollte, deshalb versuch ich ja ... also gut. Also gut! Tut mir leid, daß es nicht paßt, ich hab es irgendwo in nem Schaufenster gesehen und dachte, das wär vielleicht was für sie ... was? Also, dann besorg du ihr die doch, wenn sie die braucht, besorg du sie und schick mir die ... Also was zum Teufel soll schon sein mit dem Geld? Ich schicke dir ... Also gut! Es geht dir zusammen mit der Sozialhilfe zu, weil das Gericht das so bestimmt hat, wer von uns wollte denn unbedingt vor Gericht gehen? Glaubst du etwa, das ist für mich nicht genauso demütigend ...? Ich auch nicht, aber hör mal. Nur noch eine einzige Frage. Wann holst du sie vom Zahnarzt ab? Ich könnte schnell rausfahren und ... Also gut, hör zu, kannst du sie nicht von der Bushaltestelle herrufen, nur für eine ... was? Nein, aber vielleicht nur einmal, nur ein einziges Mal in deinem Leben, nur einmal in deinem egoistischen elenden beschissenen Leben könntest du ...
—He, Sir?
Er knallte den Hörer auf die Gabel. —Was zum Teufel wollen, paß mal auf, wenn du Geld brauchst, ich hab keins, ich hab hier noch einen einzigen Scheißdollar übrig und ...
—Nein Sir, ich hab meine ganze Heuer dabei, ich brauch nur etwas Kleingeld, um meine ...
—Ich auch, und da fahr ich jetzt hin, jetzt laß mich in ...
—He, Sir ...? folgte ihm, als er durch mehrere Türen auf den Bürgersteig stürmte, —könnte ich dann mit Ihnen kommen ...?
—Keine Ahnung, ob du das kannst, er ging einen Bordstein hinab, den nächsten wieder hinauf, links und rechts von Ellenbogen gestoßen, von stumpfen Regenschirmen, einem gelben Kotflügel, schließlich durch den Wirbel einer Drehtür in Richtung des Schilds Desserts, um die verknitterte Banknote unter der Glasscheibe durchzuschieben und einen Schwall Zehncentstücke zurückzubekommen, stieß gegen Stühle, Tische, zog auf der Suche nach der einen, schmutzigen, weißen Visiten-

karte gleich eine Handvoll anderer Karten hervor, während er in die Telefonzelle sank und wählte, wobei er mit einem Fuß die Tür offenhielt und auf eine leere Kaffeetasse blickte, auf der ein mit einem Katzenauge geschmückter Finger herumtrommelte und die erzitterte, als sich plötzlich das bedruckte Kleid zur Nachbarzelle aufmachte, dabei einen Ohrring abnahm, während die Tür klapperte. —Hallo ...? Ich möchte einen Mister Bast sprechen, ist das sein ...
—Einen Moment bitte ... drang an sein Ohr, —ich schau mal, ob Mister Bast schon zurück ist ... echote es von irgendwo nebenan, worauf sich bebend die Tür der Nachbarzelle öffnete. —Telefon für Mister Bast! Ist Mister Bast da ...?
—Hallo, Miss ...? Er beugte sich langsam vor und hielt den Hörer tiefer.
—Hallo? Nein, Mister Bast ist noch nicht wieder im Büro, kann ich ihm etwas ausrichten?
—Es ist eine, eine persönliche Angelegenheit ... inzwischen befand er sich schon zur Hälfte außerhalb der Zelle, —haben Sie ...
—Er ist auf Geschäftsreise, aber er müßte jeden Moment zurückkommen, wollen Sie ...
—Miss ...? Er langte hinüber, um auf das Blumendekor zu tippen, das aus der Nachbarzelle quoll, —würde es Ihnen vielleicht etwas ausmachen, wenn Sie etwas ...
—Wollen Sie ihm eine Nachricht hinterlassen?
—Sagen Sie, Madam ...? Er faßte nach, —sehen Sie, ich steh hier ... und zog seinen Arm zurück, als die Tür vor ihm zugeschlagen wurde.
—Hör mal, Kumpel ... das Katzenauge klopfte ihm auf den Rükken, —siehst du nicht, daß sie telefoniert?
—Was? Vielen Dank ... er griff zum Hörer, der hinter ihm herunterbaumelte, —hallo ...? Tschuldigung, ja, ich wollte Mist ... ja, aber erwarten Sie ihn heute noch zurück? Es ist eine persön ... Nein, hören Sie, ehrlich gesagt, rufe ich an, um ihn zu fragen, ob er mir zehn Dollar vorschießen ... Ich rechne nicht damit, ihn zufällig zu treffen, nein, deshalb rufe ich ja ... Schön, ja, er soll mich bitte sofort anrufen, es geht um den Termin mit seinem Boß morgen, hören Sie, warum zum Teufel glauben Sie wohl, daß ich ihn anrufe, ich ... hallo?
—He, Sir ...?
—Hör mal, Seemann, jetzt ist meine Geduld aber bald, Moment, haste mal ne Zigarette? Die Nachbarzelle öffnete sich scheppernd im Abgang des Blumendekors, —danke, Feuer hab ich selbst! Er zog noch zwei

Nickel heraus und wählte erneut, —jetzt hau aber ab, Seemann! Das geht mir langsam, hallo? Mister Eigen bitte, in ... nein, Eigen. Thomas Eig ...
—He, Sir?
—Scheiße, Mann, hallo? Nein, nein, in der PR-Abteilung, Eigen, e, i ...
—Aber Sir, he? Ihr Schnürsenkel brennt.
—Ich sagte hau ab! Verpiß dich, was zum ... er hob den Fuß, schlug darauf herum, —los, verpiß dich! Scheiße, was, Eigen? Tom ...?
Und auf Knopfdruck durchflutete eine große Stille die Leitung.
—Ein Anruf für Sie auf zwei neun, Mister Eigen.
—Sagen Sie, ich kann nicht, nein, egal. Hallo ...? Oh, Gibbs? Jack? Ich dachte, du wolltest gestern anrufen, als du ... oh. Kann ich nicht, ich kann dir aber zehn geben, wenn du ... was ist mit deinem Schnürsenkel ...? Hör mal, Jack, ich muß dich zurückrufen, hier ist zuviel ... Welcher Schlüssel, für die sechsundneunzigste Straße? Nein, wenn du deinen verloren hast ... also, dann leih dir meinen, komm nach Feierabend vorbei ... nein, in meiner Wohnung, ich geh direkt nach Hause, ich muß noch packen, morgen gehts nach ... Was? Nein, ich muß morgen nach Deutschland, einer dieser beschissenen ... Nein, aber komm auf einen Drink vorbei, ich muß mit dir vor meiner Abreise sowieso noch über Schramm reden, er ist nämlich ... kann ich dir jetzt nicht im einzelnen erklären, aber der macht es denen echt schwer, und sie entlassen ihn vielleicht, bevor ich wieder da bin, also mußt du ... Nein, er weiß, daß er sein Auge verloren hat, das haben sie ihm gesagt ...
—Mister Eigen? Mister Davidoff ist auf zwei sieben.
—Jack? Ich hab hier einen anderen Anruf, ich muß ... dann bleib dran, gib Florence deine Nummer, und ich ruf dich sofort zurück ... Hallo? Ja, hier ist ... Miss Bulcke? Ruft mich Mister Davidoff auf ...
—Mister Eigen! Mister Eigen, schnell!
—Was ...
—Mister Eigen, da draußen steht ein Mann, Sie müssen rauskommen, er sagt, er will Sie sprechen, er brüllt Carol an, und er ist, er hat so einen dreckigen Verband im Gesicht, und er kann kaum ...
—Ja ja, Moment, o Gott, entschuldigen Sie, Miss Bulcke, einen Moment nur, Florence? Was ist, rufen Sie den Mann zurück, der auf zwei neun war, und ...
—Er hat aufgelegt, Mister Eigen, er sagte irgendwas von seinen Schnürsenkeln, um Gottes willen machen Sie schnell, oder hier passiert gleich ein ...

—Ja ja, ich komm sofort, muß nur noch ... hallo? Miss Bulcke, sagen Sie bitte Mister ...
—Hallo. Hallo? Mister ...
—Eigen?
—Mister Eigen? Mister Davidoff ist ...
—Eigen, sind Sie da an Deck? Ich will, ach, und Miss Bulcke, rufen Sie Colonel Moyst an, und sagen Sie ihm, wir schicken einen Boten vorbei, der Mister Eigens Marschbefehl abholt, er braucht ihn unbedingt noch heute abend und, ach, und sagen Sie Carol, sie soll bitte alle Anrufe hierher durchstellen, Eigen? Ich bin hier voll im Streß in Beatons Büro, kleines Buschfeuer, aber bevor Sie abreisen möchte ich mit Ihnen nochmal diese Rede durchgehen, wir können uns nämlich nicht nochmal so einen Schwachsinn leisten wie Plato reimt sich auf, Miss Bulcke? Da Sie gerade noch an Deck sind sagen Sie Colonel Moyst, daß der Marschbefehl ohne CIPAP für Mister Eigen wertlos ist, ohne CIPAP kann er genauso gut hierbleiben, Miss Bulcke? Sind Sie dran? Wo hat sie, Eigen? Bevor Sie abreisen, muß ich mit Ihnen noch ... was? Wer ist da draußen? Sehen Sie nach, wenn das der Mann von dieser Hilfsorganisation für Taiwan ist, rollen Sie ihm den roten Teppich aus, laden Sie ihn ein, und gießen sich mit ihm einen hinter die Binde, ja, aber bevor Sie abreisen, möchte ich diese Rede noch einmal ... oh, er ist schon da? Nein, machen Sie schon, gehen Sie und gießen sich mit ihm einen hinter die Binde, und wenn Sie wieder im Büro sind, überarbeiten wir die ... nein, dann ruf ich Sie zu Hause an, ach, und Eigen ...? Er horchte gespannt ins Schweigen des Hörers und legte ihn dann auf der anderen Seite des Schreibtisches wieder auf seine Gabel. —Noch ein Buschfeuer, diese Hilfsorg ...
—Ich bin über alles informiert, aber wir können uns jetzt nicht darum kümmern ... und das Telefon wurde ihm aus der Hand gerissen, noch bevor er aufgelegt hatte, ein Leuchtknopf erglühte, —Governor Cates ist draußen im, ach, Miss Bulcke, bitte stellen Sie keine Telefongespräche mehr durch, bis Mister Davidoff und ich fertig sind, außer Mister Cutler ... ja natürlich. Also. Governor Cates ist im Vorstandszimmer, und bevor ich da hingehe, brauche ich alle Details der Vergleichsvereinbarung, die Sie aufgrund dieser Klagedrohung eines Minderheitsaktionärs autorisiert haben ...
—Sehen Sie, Beaton, bevor Sie da reingehen und den Mund aufreißen, sollten Sie die Sache vielleicht mal von einem anderen Standpunkt aus betrachten, sonst spülen die Sie nämlich das Klo runter.

—Genau. Und ich bin nicht der Meinung, daß wir diese Diskussion in der Gosse fortsetzen sollten. Also...
—Und sagen Sie nicht dauernd genau. Wenn Sie da reingehen und versuchen sollten, mir auf die schleimige Art ein Grab zu schaufeln, dann können Sie von Glück reden, wenn Sie da noch mit heilem Arsch rauskommen.
Die Papiere in Beatons Händen raschelten vor ihm auf dem Schreibtisch, und er räusperte sich. —Nun gut. Aber die Tatsache, daß Sie allein aufgrund dieses ziemlich amateurhaften Schreibens, um es mal vorsichtig auszudrücken, schauen Sie sich doch nur mal die Orthographie an, von dem Schriftbild ganz zu schweigen, also daß Sie sich allein aufgrund einer Klagedrohung durch einen Minderheitsaktionär damit einverstanden erklärt haben, eine Vergleichssumme in Höhe von...
—Aus dem PR-Etat, richtig, und alle...
—Ich denke, der Punkt ist der...
—Der Punkt ist, daß der PR-Etat mein Etat ist, Beaton, und jede Einmischung von Ihnen oder...
—Ja, schon gut, schon gut. Dann wollen wir mal eins nach dem anderen durchgehen. Hier ist unser Scheck, ein Scheck mit Ihrer Unterschrift über die Summe von eintausendachthundertzweiundsechzig Dollar und fünfzig Cent, ein Scheck, der nach Verrechnung über eine Bank irgendwo in Nevada an uns zurückgeht, versehen mit einem Indossament, das mir ziemlich...
—Können Sie mir mal erklären, warum Sie wegen achtzehnhundert Dollar so ein Theater machen? Soviel hab ich für eine einzige Rede gezahlt, Beaton. Eine Rede. Wissen Sie, wieviel wir dem namhaften Autor für dieses Kobaltbuch...
—Ja, also gut, können Sie mir einfach mal erklären, wie Sie auf die Summe von tausendachthundertsech...
—Schadensersatz, die Summe ergibt sich aus dem Tageskurs Diamond, multipliziert mit dem Faktor hundert, Diamond schloß seinerzeit mit achtzehn fünf Achtel, einfacher gehts doch nicht. Wollen Sie im Ernst be...
—Mein Gott, aber, einhundert...!
—Wahrscheinlich, weil sich das am einfachsten rechnen ließ, deshalb haben sie's so gefordert. Wissen Sie, wieviel ich dem namhaften Autor zahle, den wir mit diesem Kobaltbuch betrauen? Wenn ich Ihnen das sage, machen Sie sich garantiert ins Hemd. Der Punkt ist, daß der

PR-Etat mein Etat ist und daß ich über die Verwendung dieser Mittel bestimme, zum größtmöglichen Nutzen der Firma, aber exakt so, wie ich es für richtig halte, während Sie nur um den heißen Brei herumreden, ich hatte heute morgen ein Mädel hier mit erstklassigen Qualifikationen im Bereich Lehrplangestaltung, es ging da um den Posten als Projektleiter, denn das eine sag ich Ihnen, wenn diese Sache erst mal in Schwung kommt, dieses Kobaltbuch ist ja gerade mal der Anfang, und Sie haben keine anderen Sorgen als diese lausigen achtzehnhundert Dollar, Herr im Himmel, wir stehen kurz vor dem Abschluß mit einem renommierten Traditionsverlag wie Duncan & Company, was nur diesem Skinner zu verdanken ist, übrigens auch meine Entdeckung, mit anderen Worten, wir sind auf dem besten Weg in einen der dynamischsten Märkte, die es derzeit ...
—Wir sind zunächst einmal auf dem Weg zu Governor Cates, sagte Beaton ungerührt und ohne Blick für die unfallträchtigen Kapriolen vor seinem Schreibtisch, —und falls Sie der Ansicht sind, Governor Cates hielte es für eine so tolle PR, wenn wir in Zukunft auf groteske Regreßforderungen irgendwelcher Kleinanleger eingehen, dann erklären Sie ihm das bitte selber.
—Soll ich Ihnen mal den Grund verraten, warum Sie sich in die Hose machen, Beaton? Weil Sie derjenige sind, der die Sache mit Monty versägt hat, Sie waren derjenige, der Monty die Möglichkeit gegeben hat, noch einen Haufen Optionen einzusacken, bevor er nach Washington ging, und dann alles zu verscherbeln, angeblich um einem Interessenkonflikt aus dem Weg zu gehen. Laut Statut hätte er aber die entsprechenden Fristen einhalten müssen, nichts anderes steht übrigens in diesem Brief hier. Das ist ne ziemlich ausgeschlafene kleine Truppe, und Sie ...
—Und wer ist rumgelaufen und hat überall Vertretungserklärungen und unsere Statuten verteilt, so im Stil von, das ist nicht anders, als wenn ihr in einen Club eintretet, liebe Kinder. Und das hier ist Mister Moncrieff, der sich bei euch zum Dienst meldet, denn ihr seid die Eigentümer, wir anderen arbeiten hier nur, eure Diamond-Aktie gibt euch das Recht, uns jederzeit zur Rechenschaft zu ziehen, wenn ihr glaubt, daß wir Fehler machen und diese ganze Show, die Sie für die abgezogen haben, wenn Mrs. Joubert ...
—Wenn Sie versuchen sollten, sie damit abzuschießen, Beaton, dann kann Sie das Ihren Arsch kosten, Beaton, das wissen Sie, die hat da ne ziemlich ausgeschlafene Truppe von Kids, und sie selbst ist auch nicht

ganz ohne. Ich hab mit ihr darüber gesprochen, als sie das letztemal hier war, und sie ...
—Über diese Klage? Sie haben mit ihr darüber geredet? Er hob plötzlich den Blick und schob ebenso abrupt die vor ihm liegenden Papiere zusammen, um sich auf die allmählich hervortretenden Manschettenknöpfe seines Gegenübers zu konzentrieren, Manschettenknöpfe in Form von zwei dicken goldenen Bolzen, wie es aus der Entfernung schien, ohne daß eine nähere Augenscheinnahme etwas anderes ergeben hätte.
—Es sollte doch die Extrareportage im Jahresbericht werden, oder? Wir haben sogar schon das Layout fertig, denken Sie immer daran, daß es ihr Lieblingsprojekt ist, und wenn Sie da reingehen wollen und dem Alten alles ausplaudern, krieg ich Sie am Arsch. Kein Wort von alledem, bloß daß die Kinder ne Aktie gekauft haben, aber wenn sie Cates mit ihren treuen Augen erzählt, daß die Kinder lediglich einen Einblick ins System bekommen sollten und ein paar Geschäftsdollar, um damit rumzuspielen, dann wird er Sie an die Wand nageln, wenn dabei etwas anbrennt. Wenn Sie ihr und uns allen unbedingt den Teppich unter den Füßen wegziehen wollen, bitte, dann können Sie von Glück sagen, wenn Sie hier noch heil ...
—Seien Sie nicht, seien Sie doch nicht albern, eine solche Klage kommt niemals zur Verhandlung. Im übrigen ist überhaupt nicht sicher, wer hier was hat anbrennen lassen, ich will jetzt nicht in Einzelheiten gehen, aber Tatsache ist nun einmal, daß Sie durch Ihren Scheck einen Präzedenzfall geschaffen haben, der als stillschweigendes Eingeständnis von gewissen Unregelmäßigkeiten gedeutet werden könnte, und was das heißt, brauche ich Ihnen wohl nicht, entschuldigen Sie mich. Ein Knopf glühte. —Ja, Sir ... Erneut schob er die Papiere zusammen, erhob sich, —und ich denke schon, daß ich das klären kann, ohne den Governor damit zu belästigen.
—Und ich denke, Sie klären das lieber auf der Stelle, los, rennen Sie ihr nach mit Ihrem schleimigen Getue, aber wenn sie zu der Ansicht gelangt, sie hat einen Fehler gemacht, dann wird sie auch alles dem lieben Onkel John beichten. Beaton? Er folgte ihm auf der lautlosen Spur, die den Teppichboden bis zur Tür markierte, —wenn sie das tut, dann fliegt Ihr Arsch achtkantig aus dem Vorstandszimmer raus ... Die Bolzen schossen ziellos aus dem synthetischen Lauf seiner Manschetten, unschlüssig schien er nach etwas Verletzlichem zu suchen, bis er unversehens herumfuhr und auf das Telefon einhackte. —Ach, Carol,

ich hänge hier immer noch in Beatons Büro, wollte nur wissen, ob's irgendwelche Anrufe gab, ach, und besorgen Sie mir den Namen des namhaften Autors, den Skinner für uns ausgegraben hat ... er hatte das Ende des Telefonkabels erreicht, entschloß sich soeben zum unvermeidlichen Rückweg und hob die Augen zur Tür, —und machen Sie uns eine Aufstellung von sämtlichen ... was?
—Mister Davidoff, Sie wollten mich ...
—Was machen Sie denn hier drin, ich spreche doch mit Ihnen am, na egal ... er knallte den Hörer auf, —ach, und Carol, wo Sie gerade da sind, er folgte ihr, zog die Tür hinter sich zu und bedachte den leeren Schreibtisch draußen mit einem halben Nicken, —sagen Sie in der Personalabteilung Bescheid, daß sie sich mit dem Mädel beeilen sollen, die heute morgen wegen der Projektleiterstelle hier war, sorgen Sie dafür, daß sie die Empfehlung für sie in dem Ordner haben, den ich von Mister Skinner bekommen habe ...
—Den sie im Fahrstuhl überfallen haben? Wir haben alle Angst ...
—Ja, Skinner, der Verleger, der vorhin hier war, er hat für uns einen namhaften Autor ausgegraben, der sich heute nachmittag wegen dieses Kobaltbuchs melden wollte, ich möchte, daß sich Eigen den Mann mal ansieht, bevor er ...
—Mister Eigen ist bereits außer Haus, er ist zusammen mit diesem Mann ...
—Die Hilfsorganisation für Taiwan, richtig, gießt sich mit ihm einen hinter die Binde.
—Diesem Mann mit dem Verband auf dem Auge, ja, Sir, sie sind gerade gegangen ...
—Verband?
—Nein, ich meinte, daß er bloß irgendwie ziemlich laut war und so komisch ging, da konnte man es ja richtig mit der Angst ...
—Klingt so, als hätte er sich schon vorher einen hinter die Binde gegossen, er überholte sie an der Ecke und knöpfte sein Jackett auf, —bei solchen Typen weiß man nie, ach, und Carol, der Beitrag im Jahresbericht über diesen Klassenausflug, suchen Sie mal das Layout und die Bildunterschriften und die neuen Fotos zusammen, die wir im Rahmen der neuen Zielsetzung und um das ganze innerstädtische Konzept, was ist denn das ...?
—Oh, das gehört Mister Eigen, ich weiß nicht mehr, wie man das nennt, von Mister Moyst, Mister Davidoff, es ist gegen Mittag angekommen.
—Eigens Marschbefehl, wo hat der nur die ganze Zeit gesteckt, ach,

und Carol, er hielt inne, kämpfte sich aus dem Jackett und fiel mit der gleichen Energie über den braunen Umschlag her, wobei er die ganze Vorderseite aufriß, —holen Sie mir lieber Moyst an den Apparat, ich möchte ihn dabeihaben, wenn ich das hier überprüfe, CIPAP ist gebongt, Mister Eigen Meld. Mcguire AFB Wrightstown NJ eins null null null Ortszeit, Moment, hier müßte es doch sein, für Lufttransport nach Frankfurt, Germany, mit Flug K acht eins eins AMD WRI-FRF klingt wie, holen Sie mir Moyst ans Telefon, und das heißt Colonel, Carol, nicht Mister Moyst, sonst sind wir alle, sorgen Sie dafür, daß die uns einen Linienflug genehmigen, denn wenn sie ihn auf einen Militärflieger stecken wollen, können wir genauso gut hier, und Miss Bulcke bitte auch. Beaton versucht wie üblich dazwischenzufunken, daß der Marschbefehl hier gelandet ist, ist sein Werk, er hat ihr gesagt, sie soll Moyst anrufen, so kann er zuerst sie aus dem Verkehr ziehen, und dann, Moment, das muß ich mir ansehen, TC zweihundert Pers. zeitverpfl. wie anggb. RPSCTDY Eigen, Thomas, GS zwölf, dreizehn war wohl nicht mehr drin, weitere Verwend.: fünfzig Pers., die wird er gar nicht alle brauchen, fünf CG AMC, z. Hd.: AMCAD-AO, Washington, aber wo zum, CIC: zwei XX vier neun neun, wo haben die denn die Zeitverpfl. nach: West Germany, danach, wo haben wir ihn, Eigen Meld. McCGuire AFB Wrightstown, nur noch schnell das lesen, Sondertransportmittel, hier ist es ja, Sondertransportmittel gem. IAW Para drei drei c., zum dienstl. Gebr. in, um und das ist es, in, um und zwischen Einsatzort Zeitverpfl., haben Sie jetzt Moyst am Telefon? Klären Sie mal diese Bezeichnung Sondertransportmittel, wenn Sie ihn erreichen, wollen wir hoffen, es heißt Linie, denn sonst landet er womöglich noch in einem, oh, und bevor Sie Moyst erwischen, versuchen Sie Eigen zu Hause zu erreichen, vielleicht hat er ja, sagen Sie ihm einfach, ich ruf ihn an, sobald ich diese Buschfeuer hier unter Kontrolle ... und während er sich auf dem Gang vom Würgegriff seiner Krawatte befreite, wanderte ihr Blick von seinem kleiner werdenden Rücken auf das stumme Antlitz der Uhr.
—Ich hab mir wieder einen Fingernagel abgebrochen.
—Ich bin froh, daß endlich Freitag ist.
—Ich weiß, aber ich wollte morgen ausgehen und hab mir schon wieder einen Fingernagel abgebrochen. Meine Freundin schmeißt ne Party für mich.
—Ich hab den Kaffeewagen gar nicht gesehen.
—Ich weiß, ich glaub, der ist vorbeigekommen, als ich gerade nach

Davidoff ... Ein Telefon klingelte. —Hallo ...? Nein, er ist zur Zeit nicht an seinem Schreibtisch, Mister Mollenhoff, er ... Ja, er ruft Sie zurück. Den Kaffee hier kann man sowieso kaum trinken.
—Ich glaub, das sind die gleichen, die auch die Cafeteria machen.
—Ich hatte heute das Chop-suey-Sandwich, war gar nicht übel.
—Solche Sachen kann ich nicht essen. Krieg ich Blähungen von.
Für eine Weile, die nicht von Blicken zur Uhr unterbrochen wurde, hörte man nur das Schmirgeln einer Nagelfeile, und die Uhr schien die Gelegenheit zu nutzen, heimlich den Zeiger vorzurücken, wobei jedesmal ganze Stücke von der verbleibenden Stunde wegfielen.
—Möchte mal wissen, wer heute länger bleiben muß.
—Ich war gestern abend so müde, daß ich auf allen Vieren die Treppe raufgekrochen bin.
—Ich weiß, meine Freundin schmeißt morgen diese Party für mich, und ich hab mir schon wieder einen Fingernagel abgebrochen, sieht man das noch, wenn man hinschaut ...? Und plötzlich schien die Uhr einen guten Haltepunkt gefunden zu haben.
—Ach, Carol, versuchen Sie mal, mich mit, Moment, Florence, holen Sie mir Mister Beaton, setzen Sie sich, Mister, können Sie diese Sachen mal wegräumen, Carol? Setzen Sie sich hierhin, Mister Malinowsky, bis ich festgestellt habe, wer die Anweisung dazu gegeben hat, wenn die Sache in Ordnung ist, solls mir egal sein, aber nach dem ganzen Theater heute, und zu guter Letzt montieren Ihre Leute auch noch das Gemälde in der Eingangshalle ab, ein Bild dieser Größe montiert man nicht einfach ab, Carol, verbinden Sie mich mit Mister Eigen zu Hause, ich überlege mir inzwischen ...
—Mister Beaton ist in einer Besprechung, Sir, er ...
—Also dann versuchen Sie Cutler, Dick Cutlers Büro, vielleicht steckt er dahinter oder weiß wenigstens wer, ein Gemälde dieser Größe, dazu noch von einem namhaften Maler, bekommen Sie nicht alle Tage, der einzige, der veranlassen könnte, das Bild zu entfernen, ist das Eigen, Carol? Einen Moment noch, Mister Malinowsky, wir sind gleich soweit, haben Sie Cutler erreicht, Florence?
—Nein, Sir, Miss Bulcke sagt, sie sind alle in einer Besprechung im Vorstandszimmer. Soll ich noch bleiben, oder ...
—Holen Sie Miss Bulcke zurück, und ich, sagen Sie ihr nur, es sei dringend, hier sitzt ein Mann auf heißen Kohlen, und seine Leute warten draußen, die kriegen das Zweieinhalbfache für jede Überstunde und wollen unbedingt, haben Sie Eigen inzwischen erreicht?

—Er wartet auf drei vier, Mister Davidoff.
—Ach, und Carol ... er hackte auf einen Knopf. —Hallo? Und Florence, wo Sie gerade dabei sind, hallo? Eigen? Er hackte wieder. —Sehen Sie mal in den Akten nach, wie der Maler heißt, der das große Wandgemälde in der Eingangshalle gemacht hat, Florence, dieses große Farbdings, das wir für die Aktion Kunst und Business, hallo ...? Er hackte wieder und wieder. —Hallo? Eigen ...?
Die Leitung war tot.
—Tom? War das das Telefon?
—Der Idiot hat sich selbst weggedrückt, rief er. Er hatte sich auf die Lehne des Sofas sinken lassen, legte nun den Hörer auf und schob dann einen Haufen Wäsche beiseite, um sich auf das Sofa zu setzen, —meine große Hoffnung ist immer, daß er vergißt, wen er anrufen wollte, aber ...
—Wer?
—David, kletter nicht auf ... es klingelte wieder, und er griff zum Hörer, ein Stück Toast klebte an seinem Ärmel. —Ja? Eigen ...
—Tom? Wer, oh, David, geh da runter, stör Papa nicht, wenn er telefoniert ...
—Ja, bin ich, schießen Sie los ... er hatte das Stück Toast in einen Aschenbecher geworfen und befeuchtete mit der Zunge die erstbeste Ecke eines Lakens aus dem Wäschestapel —ja, schießen Sie los, ich schreibs mir auf ... er beugte sich vor und rieb sich dabei den Fleck Beerengelee in den Ärmel, —ganz recht, ja, morgen früh ... aber der ... ci was ...? Wenn General Box direkt von ... von Bonn aus brauche ich kein ... ja, sie ... aber ... aber welcher denn ... ja wenn ... habs alles notiert, ja, wenn das ... Hat was gemacht ...? Das Gemälde, ja, er heißt Schepp ... nein, ich ... nein, keine Ahnung, ich hab ihn nicht mehr gesehen, seit ... genau ... ganz genau ...
—Papa, kannst du ...
—Moment noch, David, geh da runter.
—Trag mich.
—Nein, komm da jetzt runter, ich geh nur einen Augenblick in die Küche. Und du weißt doch, daß du keinen Toast mit Gelee ins Wohnzimmer bringen sollst.
—Papa, Mama hat gesagt, du würdest ein Spiel mitspielen, wenn Mister Schramm weggegangen ist.
—Ich will mir nur einen Drink holen, David, sagte er aus dem düsteren Flur. —David? Was sollen denn die ganzen Schuhe hier draußen,

komm her und räum sie weg. Marian ...? Er ging um die Ecke, —was sollen die ganzen Schuhe im Flur?
—Wer war das am Telefon?
—Bloß Davidoff, der übliche Schwachsinn in letzter Minute, der kann die Vorstellung nicht ertragen, daß sich jemand mal einen Moment Ruhe gönnt ... er beugte sich über eine niedrige Kommode, —hat wieder mal ein kleines Buschfeuer, diesmal wegen dem Bild in der Eingangshalle, jetzt will er, daß ich losziehe und Schepperman suche, lieber Gott. Ich dachte, wir hätten noch Scotch.
—Es ist noch Wodka da.
—Nicht mal ne halbe Flasche ... er hielt sie hoch, —wo ...
—Was glaubst du denn, wieviel Scotch wir noch hatten? Sie drehte sich von der Spüle her um, —wenn du in einer Tour Leute mit nach Hause schleppst, warum kaufst du dann unterwegs keinen, wenn du ...
—Mit Schramm einkaufen, so wie der drauf war?
—Also ich wußte ja nicht, daß du ihn mitbringst. Sie hatte sich wieder abgewandt, starrte durch das Fenster über der Spüle. —Wenn du nicht anrufst, wie soll ich dann ...
—Wie zum Teufel sollte ich denn anrufen? Ich mußte ihn doch erst mal nur da rausholen, aus diesem, Scheiße ... Er hatte die Kühlschranktür geöffnet und stocherte mit einem Besteckmesser unter einem Eistablett herum, —dieses ... er stocherte, —Scheißding, das muß mal dringend abgetaut werden.
—Machst du mir auch einen?
Er hebelte es heraus. —Als ich ihn endlich hier hatte, kriegte ich ihn kaum noch die Treppe rauf, im Bellevue haben sie ihn derart vollgepumpt mit Morphium und Atropin, daß er angeblich schon kein Gefühl mehr in den Füßen hatte. Dann sind wir hierhergekommen, und der beschissene Fahrstuhl ist kaputt.
—Wenn er kaputt ist, gehe ich auch die drei Stockwerke zu Fuß und schleppe obendrein noch die Einkaufstüten hoch.
—Willst du Wasser dazu?
—Und die letzte Etage muß ich meistens auch noch David tragen, sagte sie, die Arme auf die Spüle gestützt, und starrte auf eine Bewegung in jenem höhlenartigen Notausgang auf der anderen Seite der papierübersäten Straße.
—Willst du Wasser dazu?
—Ich hab doch gesagt, nur Eis. Hast du mal ne Zigarette?
—Gibts hier denn keine mehr?

—Ich dachte, du würdest welche mitbringen. Und wir brauchen auch Milch, wenn du sowieso runtergehst.
—David sitzt da und wartet, daß wir mit ihm spielen, er ging hinter ihr vorbei, um sein Glas unter den Wasserhahn zu halten, griff dabei so um sie herum, als wäre sie ein Möbelstück, —und was, verdammt noch mal, ist mit Jack los ...
—Du weißt doch ganz genau, was verdammt noch mal mit Jack los ist, sagte sie und nahm sich mit einer trägen Bewegung das Glas, das er für sie hingestellt hatte. Dann hoben sie beide ihr Glas, ein jeder in seine ganz persönliche Richtung. —Der sitzt jetzt garantiert in einer Bar und läßt sich von irgend jemandem, den er noch nie gesehen hat, den nächsten Drink ausgeben ...
—Hör mal, Marian ...
—Damit er seinen guten Freund Schramm aufmuntern kann, wenn er endlich auftaucht.
—Scheiße, hör zu, als Jack anrief, wußte ich nicht mal, daß Schramm draußen war. Jack hat seinen Schlüssel für die sechsundneunzigste Straße verloren, und er will sich zehn Dollar leihen, deshalb kommt er vorbei. Er weiß nicht mal, daß Schramm in diesem Zustand frei herumläuft.
Sie hob wieder ihr Glas, ließ es dann sinken und wiederholte, —in diesem Zustand ... und schwenkte die Eiswürfel im Glas, —wie du und Jack über ihn reden, aber dann läßt du ihn allein losziehen, in diesem Zustand, dieser schmuddelige Verband, und Jack, Jack denkt doch bloß an den Schlüssel für die sechsundneunzigste Straße, um irgend ne Frau dahin abzuschleppen ...
—Marian, Scheiße, du weißt immer schon alles im voraus, warum läßt du mich nicht einfach mal ausreden, Schramm ist gegangen, weil Jack kommt, deshalb ist er gegangen. Er hatte Angst, Scheiße, Marian, ich kenn das doch, ich weiß, was er, ich hab ihm das früher schon mal ausgeredet und Jack auch, er hatte Angst, daß Jack und ich versuchen würden, ihn ins Bellevue zurückzubringen, wenn er hier gewartet hätte. Deshalb ist er abgehauen, deshalb hatte er es plötzlich so scheißeilig abzuhauen, als er hörte, daß Jack kommt.
—Ich verstehe. Sie streckte ihr Glas aus, dorthin, wo er sich soeben nachgoß. —Wußte er denn, wo er hinwollte? In diesem Zustand?
—Ja, Marian ... Mit eingezogenen Schultern stand er in der Tür und trank voller Hingabe. —Er suchte was zum Bumsen.
—Das ist ja reizend.

—Du hast mich ja gefragt. Sie ist da bei ihm in der sechsundneunzigsten Straße eingezogen, ganz am Ende des Flurs, vor ein paar Monaten, eins von diesen Mädchen ohne richtige Schuhe und mit dreckigen Haaren, aber im Bett kann sie mehr für ihn tun als Gibbs und ich, wenn wir mit ihm saufen. Deshalb wollte er nicht, daß ich mitkomme, beste Kompensation, die's gibt, wenn einem die Sicherungen durchknallen.
—Reizend.
—Woher zum Teufel willst du denn das wissen ... einen Augenblick lang stand er nur da und schaute in sein Glas, bis er es leerte und nach der Flasche griff.
—Papa?
Als er am Jackett gezogen wurde, sah es so aus, als zucke er mit den Schultern. —Ich komm schon, David.
—Papa, hat Mister Schramm jetzt nur noch ein Auge?
—Wir hoffen, daß die Ärzte Mister Schramms Auge heilen können, David, aber wenn ...
—Aber er kann doch noch leben, wenn er nur noch eins hat, nicht wahr? Hat man deswegen zwei, wenn man anfängt, und dann später, wenn man ...
—Schluß jetzt, David, hol dir dein Buch, und vielleicht liest Papa dir noch was vor, bevor du ins Bett gehst.
—Aber du hast gesagt, er spielt ein Spiel mit, wenn Mister Schramm weg ist.
—Ich hab heute nachmittag vier Spiele mit dir gespielt, David, und ...
—Aber wenn du spielst, gewinne ich immer, ich will mit Papa spielen.
—Ich spiel mit dir, David. Mach schon mal alles fertig.
—Hab ich schon.
—Hast du die Schuhe im Flur weggeräumt?
—Nein.
—Räum sie weg, und dann komm ich gleich. Marian?
—Wann willst du essen, fragte sie, wieder zum Fenster gewandt. Und weil sie die Arme zu beiden Seiten auf den Rand der Spüle gestützt hatte, wirkten ihre breiten Schultern plötzlich fast zerbrechlich.
—Ich hab keinen Hunger. Er hob sein Glas, und von einem ketchup- und bohnenverschmierten Teller fiel seine Wahl auf den schäbigen Rest eines Hot-dog in einem verschrumpelten Etwas, gerade so, als stünde er vor einem kalten Buffet. —Hat David sein Abendbrot gegessen? Er hielt inne, fand ein weiteres Überbleibsel. —Dieser verdammte Davidoff hat mir zum Mittagessen einen Orientalen aufgehalst, dem der

Arzt rohes Rindfleisch verordnet hat, sagt, den soll ich ausführen und mir mit ihm einen hinter die Binde gießen, lieber Gott, ausgerechnet in The Palm. Bis ich die Rechnung sah, dachte ich noch, ich könnte etwas von den Spesen abzweigen.
—Wenn du Brot zum Abendessen willst, bring was mit, wenn du runtergehst.
—Zigaretten, Milch, Brot, Butter?
—Weiß ich nicht, guck doch nach.
—Marian, ich, warum machst du nie einen Einkaufszettel? Und wenn du einkaufen gehst, Milch, du weißt doch, daß wir Milch brauchen ... Er öffnete den Kühlschrank, schob Sachen beiseite, schaute hinein, —und warum hebst du diese Bratensoße auf, wir ...
—Guck es dir ruhig an! Sie wandte sich hinter ihm dem ketchupbeschmierten Teller zu. —Wieviel Lebensmittel krieg ich denn in diesen Kühlschrank rein? Wie soll ich denn mit einem Kühlschrank von dieser Größe gleich für eine ganze Woche einkaufen? Und was soll ich mit einem Einkaufszettel, wenn ich nicht mal ...
—Also gut, mit dem im neuen Haus kannst du für nen ganzen Monat einkaufen, fuhr er gebückt fort, schob Sachen beiseite, schaute hinein, —kann keine Butter finden.
—Dann bring welche mit, wenn du runtergehst, sagte sie und kratzte die verklebten Reste der Bohnen auf die leere Scotchflasche im Mülleimer.
—Ich wußte gar nicht, daß wir von gestern abend noch Spargel übrig haben, ich würd ... was ist das denn, Lammkoteletts?
—Die hab ich fürs Abendessen gekauft.
—Drei sechsundneunzig für drei Lammkoteletts?
—Ich krieg nur eins davon runter, ich dachte ...
—Aber drei sechsundneunzig, was soll ...
—Ich fand, sie sahen gut aus, ich hatte Hunger, als ich beim Einkaufen war, und ...
—Wenn du beim Einkaufen hungrig bist, gibst du immer ...
—Also was soll ich denn machen? Soll ich ins Palm gehen und mir rohes Rindfleisch bestellen? Statt dessen teile ich mir mit David die Hühnernudelsuppe und den Rest seines Erdnußbuttersandwichs, das ist alles.
—Schon gut! Willst du vielleicht mit mir tauschen? Blödsinnige Konversation mit nem grinsenden Chinesen machen, der auf seinem Neun-Dollar-Steak rumkaut und stückweise wieder auf den Teller spuckt?

Erzählt mir, sein Arzt sagt, er könne das Fleisch nicht verdauen, aber er brauche die Fleischsäfte, also kaut er Bissen für Bissen das ganze Scheißding durch und spuckt sie alle einzeln wieder aus, was glaubst du wohl, was für ein tolles Essen das war? Der ganze Laden glotzte zu uns rüber, und der Kellner fragte, ob irgend etwas nicht stimmt. Glaubst du nicht, daß ich viel lieber hier gewesen wäre? In meinem Arbeitszimmer mit Nudelsuppe und nem Erdnußbuttersandwich, und versucht hätte, den zweiten Akt des Stücks durchzuarbeiten?
—David wartet auf dich, sagte sie, spülte die Ketchupreste unter heißem Wasser ab und sah aus dem Fenster. —Wann mußt du morgen früh raus?
—Für ne Reise, die ich vielleicht gar nicht antrete? Denn ohne CIPAP können Sie genauso gut zu Hause bleiben, da kriegt man als erwachsener Mensch dafür bezahlt, daß man zusieht, wie ein Chinese Essen durchs Lokal spuckt, und fliegt dreitausend Meilen, um einem anderen erwachsenen Menschen löffelweise eine Rede einzutrichtern, damit er nicht sagt, daß sich Plato auf Nato reimt.
Sie setzte den Teller ab, regungslos. —Bevor du fliegst, läßt du mir noch etwas Geld da?
Er stellte sein Glas hin. —Vierzig? Er grub tief in einer Tasche und öffnete hinter ihr ein zusammengerolltes Bündel Geldscheine, viele Zwanziger, Zehner, säuberlich übereinander. —Ich bin ja nur ein paar Tage weg.
—Deine Anzüge, die in der Reinigung sind, werden mehr als zehn kosten, ich hab kein...
—Dann frag doch einfach, sagte er und zog noch einen Zehner heraus. —Hier.
—Legs da einfach hin, sagte sie, ohne sich umzudrehen. —Immer muß ich erst fragen.
Und er war wieder am Eisbehälter, drückte einige Eiswürfel ins Glas und starrte sie an, schwenkte sie herum und starrte sie erneut einfach nur an. —Davidoff hatte heut morgen eine Frau da, ein Mädel, wie er das nennt, er will sie als Projektleiterin einstellen, um unsere PR-Kampagne aufzupeppen mit ihren erstklassigen Qualifikationen im Bereich Lehrplangestaltung, wie er das nennt. Dann hat er mich beiseite genommen und... Er schaute noch einen Augenblick länger auf die kreisenden Eisstücke und griff dann zur Flasche, —er fragte mich, was ich davon halten würde, für eine Frau zu arbeiten. Und ich habs ihm gesagt.
Sie wandte sich mit ihrem leeren Glas dem Eistablett zu und griff zur

Flasche, wo er sie abgesetzt hatte. —Warum kündigst du dann nicht einfach, anstatt, statt all diesen, dein Buch wird wieder aufgelegt, und wenn du diesen Preis bekommst ...
—Und wie lange könnten wir davon leben? Allein schon Davids Kindergarten, und der Umzug, das Haus da oben, außerdem muß ich mir die fünfprozentigen Tantiemen noch teilen mit diesem beschissenen, davon können wir nicht mal Davids Kindergarten bezahlen, und der Preis, na ja, es ist ja nicht nur so, daß mir das Gehalt fehlt, diese Firmen halten einen bewußt in der Abhängigkeit mit ihren Nachzugsaktien, ihren Inhaberpapieren, Pensionskassen und ihrer Betriebskrankenkasse, bis sie einen schließlich mit Haut und Haar am Wickel haben, denk doch nur mal einen Moment an die Zeit, als David geboren wurde und wir kaum ...
—Weißt du, woran ich dabei denke, Tom? Sie hatte sich plötzlich umgedreht, stützte die Ellenbogen auf den Rand der Spüle und sah ihn an. —Ich denke an Doktor Brill, der uns sagt, David müßte wegen dieser zweifachen Hernie eigentlich sofort operiert werden, damals hattest du gerade bei denen angefangen und hast es aufgeschoben und aufgeschoben. Da war das Baby, und wir wußten nicht, was werden sollte, aber du hast es immer wieder verschoben, bis du endlich die Krankenkasse deiner Firma in Anspruch nehmen konntest, damit du nicht ...
—Marian, du ... du beweist wieder mal echten Instinkt, muß man sagen, Marian, echten Scheißinstinkt ...
—Und du hast ihn nicht gewollt. Stimmt doch, du hast ihn sowieso nicht haben wollen.
—Was, Marian, wovon zum Teufel redest du eigentlich?
—David. Du hast ihn anfangs nicht gewollt.
—Marian, du, du hast schon viel mieses Zeug geredet, aber du, das ist das Mieseste, was du je gesagt hast, findest du nicht? So völlig ... verlogen und mies.
—Tja, es ist ...
—Ich wollte mit Kindern warten, stimmt doch, oder? Ich wollte warten, bis wir auf eigenen Füßen stehen, es stimmt nicht, daß ich David nicht wollte, es gab noch gar keinen David, und wenn du dich noch einmal unterstehst, du weißt verdammt gut, daß er, als er geboren wurde, als es David war, du weißt verdammt gut, was er mir bedeutet, ich ... er hielt inne und rang nach Luft. —Du weißt genau, wie du mich verletzen kannst, so siehts doch aus, Marian.

—Es ist aber die Wahrheit, sagte sie, stützte die Ellenbogen auf den Rand der Spüle und sah ihn an.
—Du bist wie eine, manchmal bist du wie eine Krankheit, Marian, du bist wie eine lange Scheißkrankheit, mit der ich mich irgendwo angesteckt habe...
—Nein, du bist deine eigene Scheißkrankheit, Tom, sagte sie. Sie ging mit ihrem Glas an ihm vorbei in den Flur und meinte, allerdings ohne ihn anzusehen, —was willst du eigentlich mit diesen Zeitungen hier anfangen?
—Ich hab sie noch nicht gelesen, er folgte ihr mit leeren Händen, —hatte bislang keine...
—Überall stapeln sich deine Zeitungen und Ausschnitte, ich weiß nicht, wohin damit...
—Schon gut, Marian, ich werd...
—Bring sie in dein Arbeitszimmer oder sonstwohin, du hast doch gesagt, du wolltest sie in der anderen Wohnung aufbewahren.
—Also gut! Er überholte sie im Flur, nahm die Zeitungen, öffnete die Tür am Flurende und drückte mit dem Ellenbogen auf den Lichtschalter. —Was sollen denn die ganzen Gardinenstangen hier?
—Irgendwo mußte ich sie ja hintun, sagte sie vom Flur aus, und er stand da, drehte sich nach links, dann nach rechts, legte schließlich die Zeitungen auf den Stuhl vor der Schreibmaschine, beugte sich hinüber, um die Gardinenstangen wegzustellen, und drehte dann die unfertigen Sätze aus der Maschine.

> Und dort, am Fuß der kleinen Erhebung und mit der entsetzlichen Langsamkeit von Traumwesen, stiegen drei Fasanen in die Luft. Sie kreisten am Himmel, ich feuerte, und fort waren sie. Nur dort zwischen den Steinen kämpfte noch einer mit gebrochenem Flügel am Boden, ich feuerte noch einmal, doch er kämpfte weiter, bis er eine Mauer erreichte und seinen Kopf zwischen die Steine stieß...

—Papa? Wer möchtest du sein, Pooh, der Bär, oder Piglet?
—Ja, David, ich komme schon... er knipste das Licht aus, zog die Tür hinter sich zu und ging langsam durch den Flur. —Warte mal, David, da können wir nicht spielen, nimm deine Füße aus der Wäsche.
—Ich bin der Hase, ich hab als Hase viermal gegen Mama gewonnen.
—Hier, warte mal, nie ist irgendwo Platz zum Hinsetzen.
—Mama war Piglet, willst du Piglet sein oder Pooh, Papa?
—Ich hab halt keine Zeit zum Wegräumen gehabt, sagte sie mit erhobenem Glas und schob mit der freien Hand die Wäsche ans Ende des

Sofas. —Hab ich dir schon erzählt, daß sich die Bartletts scheiden lassen?
—Nein. Hier, David, hier, leg das Brett einfach auf den Fußboden. Wir spielen hier auf dem Boden, sagte er, klappte das Brett zwischen seinen Füßen auseinander und blickte hoch. —Vielleicht konnte er die grinsende Birne nicht mehr ertragen, die sie auf alles gepinselt hat, was ihnen gehört. Was wird aus den Kindern?
—Ich hab heut schon viermal gegen Mama gewonnen, Papa. Ich gewinne immer.
—Du kannst nicht immer gewinnen, David. Niemand kann das.
—Sie hat gesagt, er will sich jetzt ein Zimmer in der Stadt nehmen, an den Wochenenden kann er dann die Kinder besuchen, sie sagt, daß sie einfach nicht mit jemandem leben kann, für den sie keine Achtung mehr hat. Er hat seinen Job verloren, du mußt doch davon gehört haben.
—Lieber mit Anstand untergehen, paß auf deinen Fuß auf, David. Vorausgesetzt, er, vorausgesetzt, hier, setz dich da drüben hin.
—Ich will neben dir sitzen.
—Also gut, aber nicht rumklettern. Jetzt schüttel den Beutel, gut schütteln.
—Sie hat gesagt, sie kann einfach keinen Mann achten, der nicht einmal sich selbst achtet... und sie stand noch einen Moment länger über ihnen, klimperte mit den Eiswürfeln im Glas und wandte sich ab. —Ich fang schon mal mit dem Abendessen an, du kannst ja essen, wann du willst.
—Papa, bist du Pooh?
—Ja. Was hast du bekommen?
—Ich hab Blau. Ich geh bis hier.
—Du hast eins übersprungen, David.
—Was?
—Du hast das blaue Feld hier übersprungen. Du bist hier hinten.
—Oh.
—Und ich hab Grün. Hier. Jetzt schüttel den Beutel, aber ganz feste.
—Hab ich doch gemacht. Ich hab Rot, Papa, wenn du Schwarz hast, kannst du ganz bis hier gehen.
—Deshalb gibt es auch nur zwei schwarze im ganzen Beutel.
—Warum?
—Um es schwieriger zu machen. Und ich hab... wieder Grün.
—Du gehst nur bis hier. Soll ich für dich setzen?

—Ja, jetzt, wart mal, jetzt warte mal, David.
—Ich hab Gelb, ich geh ganz bis ...
—Nein, nein, du kannst nicht einfach zwei aus dem Beutel nehmen und dir dann aussuchen, welchen du willst, und den anderen wieder zurücklegen.
—Ich hab gar nicht zwei rausgenommen. Sie sind von selbst rausgekommen.
—Also gut, dann steck sie beide wieder rein und schüttel den Beutel noch einmal, und wenn du reingreifst, nimmst du nur einen.
—Ich hab sowieso Gelb, siehste? Ich muß nicht mal die Augen zumachen, steht das in den Regeln, daß man die Augen zumachen muß?
—Ja, damit niemand ...
—Wer hat denn die Regeln gemacht?
—Die Leute, die das Spiel gemacht haben. So ist das mit Spielen, ohne Regeln gäbe es auch keine Spiele, jetzt setz dich richtig hin.
—Wenn du beim nächstenmal Gelb kriegst, kommst du in die Heffalump-Falle. Papa, muß ich auch die Augen zumachen, wenn ich den Beutel hierhin halte und dann woandershin gucke?
—Ja, jetzt setz dich richtig hin, David, ich bin dran.
—Papa?
—Was?
—Papa, war Jesus ein richtiger Mensch?
—Tja, er, er war ein Mensch, ja, aber, er ...
—War er Indianer?
—Was?
—War Jesus ein Indianer?
—Wie kommst du denn darauf?
Den Beutel weit von sich gestreckt und mit weggedrehtem Kopf blickte er zur gegenüberliegenden Wand, wo eine Ikone hing, strikt als Kunst und unzugänglich hinter einem Sessel. —Weil er kein Hemd hat und diese roten Striche.
—Das ist Blut, David, das weißt du doch.
—Und wieso hat er so einen Hut auf?
—Das ist kein Hut, das ist eine Dornenkrone, du kennst doch, du mußt doch die Geschichte kennen, als Jesus gekreuzigt wurde, und alle machten sich über ihn lustig, weil er gesagt hatte, er wäre ein König, deswegen haben sie ihm auch die Dornenkrone aufgesetzt ...
—Woher kommt denn das ganze Blut an ihm?
—Also, das kommt, weil er gekreuzigt wurde. Du hast doch schon

mal ein Kruzifix gesehen und die Bilder von Jesus am Kreuz mit den Nägeln durch Hände und Füße, so daß sein Blut überall ...
—Papa, gehen die Nägel direkt durch seine Hände?
—Sie, ja, ja, sie ...
—Ich hab immer gedacht, daß er sich da oben festhält. Papa?
—Wir, setz dich jetzt richtig hin, wenn du ...
—Bin ich dran?
—Nein, ich bin dran, David, wenn du dich mit deinen Füßen nicht in acht nimmst, stößt du die Steine da vom Brett, und dann wissen wir nicht mehr, wo wir sind.
—Ich weiß, ich bin hier und du bist hier hinten, wenn du Schwarz kriegst, bist du sofort da oben.
—Blau.
—Du gehst nur drei. Rot. Ich hab Rot. Guck mal. Guck mal, Papa, guck wo ich jetzt bin und guck mal, wo du bist.
—Ja, schon gut, wir ... Gelb.
—Du sitzt in der Heffalump-Falle. Mama, Papa sitzt in der Heffalump-Falle. Mama?
—Sie kann dich nicht hören, David. Schrei nicht so.
—Wenn ich jetzt Rot kriege, okay, dann Gelb. Ich hab auch Gelb, guck mal, ich gewinne immer, guck, jetzt guck doch endlich, wo ich schon bin, und ...
—David, du kannst nicht immer gewinnen, niemand ...
—Ich hab heute viermal gegen Mama gewonnen. Mama?
—Hör auf zu schreien, David ... Er hielt den Beutel nach unten, —und ich ... hab ...
—Schwarz! Du hast reingeguckt, Papa, du hast reingeguckt!
—Reingeguckt?
—Du hast in den Beutel geguckt, Papa, ich habs gesehen. Du hast geguckt.
—Hör schon auf, David, du ...
—Du hast in den Beutel geguckt, ich habs gesehen.
—Sieh mal, David, du, niemand kann immer nur gewinnen, du kannst nicht erwarten, daß du jedesmal gewinnst, wenn du ...
—Nein, aber du hast reingeguckt.
—Es klingelt an der Haustür, hör mal. Willst du aufmachen?
—Nein.
—Vielleicht ist es Jack, willst du Jack nicht die Tür aufmachen?
—Nein.

—Tom...?
—Los, hilf mir hoch, dann kommen wir wieder und spielen das Spiel zu Ende.
—Nein. Du hast geguckt.
—Tom, da ist ein Polizist, sie ging voran —David... und während sie ihn beiseite nahm, glitt ihr Blick von dem Polizeiabzeichen oben an seiner Mütze hinab auf die Pistolentasche, die mit raschem Schritt dicht an seinem Gesicht vorbei und auf das Fenster zuging.
—Wir kontrollieren nur das Gebäude.
—Ja aber, was ...
—Ist hier jemand aus dem Fenster gesprungen?
—Aus dem, was? Was soll das heißen?
—David, komm jetzt.
—Aus dem, David geh mit deiner Mutter. Was soll das heißen, aus dem Fenster?
—Wir haben einen Anruf bekommen, daß hier eventuell jemand rausgesprungen oder runtergefallen ist.
—Hier? Aber wer, Moment mal, ein Mann? War es ein Mann?
—Das versuchen wir ja herauszubekommen, Mister, warum? Kennen Sie hier jemanden, der sowas tun könnte?
—Er, aber nein, nein, ich kenne ... nein. Wie kommen Sie darauf ...?
—Sehen Sie mal aus dem Fenster, sehen Sie die beschädigte Markise da unten, der Rahmen ist ganz eingedrückt. Der Anrufer sagte, da läge jemand auf dem Bürgersteig, sehen Sie das Blut da unten auf dem Bürgersteig? Da vorne, direkt neben dem zerbeulten Kotflügel. Als wir kamen, konnten wir aber keine Feststellung machen, nur der Markisenrahmen war eingedrückt und eben der Kotflügel ...
—Nein, nein, aber hören Sie, ein Freund von mir, ein Freund von mir war hier, und er ist, er ist eben weggegangen, er ist gerade aus dem Bellevue entlassen worden, und er ist, er ist vor ein paar Minuten weggegangen, aber ich hab ihm das ausgeredet, ich hab es ihm ausgeredet.
—Was denn?
—Na ja ... das.
—Wohnt er hier im Haus?
—Nein, er wohnt im Norden, er, da wollte er auch hin, und ich ...
—Nachdem Sie sich mit ihm unterhalten haben, haben Sie ihn hier allein gelassen?
—Nein, ich ging zum, lieber Gott, sehen Sie, glauben Sie etwa, ich hätte das nicht bemerkt, wenn er ...

—Okay, regen Sie sich nicht auf, er ist zur Tür rausgegangen? Und was ist mit dem Fahrstuhl da im Korridor, gibt es da ein Fenster?
—Ja, aber er ...
—Haben Sie gesehen, daß er mit dem Fahrstuhl nach unten gefahren ist?
—Nein, aber, nein, das Scheißding ist kaputt, er ...
—Sie wissen ja, wo er wohnt, da fahren wir jetzt mal hin.
—Da wollte er auch hin, ja, aber, ja, er kann das gar nicht getan haben, weil dann wäre er immer noch da unten auf dem Bürgersteig ... Er folgte der Uniform durch den Flur, —Marian, wenn Jack kommt, sag ihm einfach ...
—Ja, ich habs gehört, sie kam hinter ihnen her.
—Wir fahren jetzt da hin und sehen nach. Manchmal machen die Leute merkwürdige Sachen.
—Und, Tom ...?
Die Tür schlug zu, und sie ging zögernd wieder in die Küche, zurück zu den aufgelösten Eisstücken in der Schale, und spülte ein Milchglas aus.
—Mama?
—Ich komme, rief sie, schraubte einen Verschluß auf und schüttelte sich eine Tablette in die Hand.
—Mama, beeil dich ...
—Ja, ich komm schon, David. Sie goß sich das Glas voll und ging damit durch den Flur. —David, geh vom Fenster weg.
—Mama, Papa steigt in das Polizeiauto. Guck mal!
—Ja, komm, zieh deinen Pyjama an, David. Er kommt gleich wieder.
—Wo bringen sie ihn denn hin, Mama? Wo bringen sie ihn hin?
—Er ist ganz bald wieder da, David, komm, hol deinen Pyjama.
—Darf ich aufbleiben, bis er wiederkommt?
—Mal sehen, hol jetzt deinen Pyjama, wenn du dich beeilst, spiel ich mit dir das Spiel zu Ende, das Papa mit dir angefangen hat.
—Will ich gar nicht.
—David, kletter nicht in der Wäsche rum, was willst du dann?
—Vorlesen.
—Also gut, wenn du versprichst, daß du gleich danach den Pyjama anziehst. Also, wo ist dein Buch?
—Hier ... wild mit den Armen rudernd, tauchte er aus den Laken auf. —Wir waren hier, sagte er und hielt das Buch geöffnet.
—Genau hier?

—Hier, er grub sich neben ihr ein, der zarte schwarze Halbmond eines Fingernagels auf Nana.
—Nana hatte Tränen in den Augen, David, sei vorsichtig mit meinem Glas. Nana hatte Tränen in den Augen, doch sie konnte nichts anderes tun, als ihre Pfote vorsichtig auf den Schoß ihrer Herrin zu legen. So saßen sie da, als Mister Darling aus dem Büro nach Hause kam. Er war müde. Willst du mir auf dem Klavier nicht ein Schlaflied vorspielen? fragte er. Und als Mrs. Darling ...
—Warum will er denn auf dem Klavier schlafen?
—Nein, er möchte nur, daß sie ihm etwas vorspielt, damit er ...
—Mama?
—Was denn?
—Mama, wenn Gott einen zu sich ruft, bedeutet das dann, daß er einen zuerst umbringen muß?
—Das hab ich dir doch schon erklärt, David. Damit wollte eure Lehrerin nur sagen, warum der Platz des kleinen Priftis-Mädchens jetzt immer leer ist. Du weißt ja, daß sie ein sehr krankes kleines Mädchen war, und Miss Duffy war vorher ja Lehrerin in der Gemeindeschule, da sagt man eben ...
—Mama?
—Was denn, David?
—Hoffentlich ruft er mich nicht zu sich.
—Er ruft überhaupt keinen von uns, David ... Plötzlich drückte sie ihn an sich. —Hast du mich gern?
—Ja.
—Wie doll?
—Krieg ich Geld dafür ...? Sie hielt ihn immer noch so, als die Türklingel anschlug. —Ist das Papa?
—Oder Jack.
—Jack! Er riß sich von ihr los, rannte durch den Flur und versuchte, die Wohnungstür aufzumachen. —Mama? Mama, es ist Jack, Mama. Es ist Jack.
—David, sie kam ihm nach, —David, laß Jack in Ruhe, nicht ...
—Ist schon gut, Marian ... und hopp! Paß auf deinen Kopf auf, David.
—David, Jack, seid vorsichtig, ihr ...
—Schon gut, Marian, bloß ein, ein kleines Problem mit einem Schnürsenkel. Er gewann sein Gleichgewicht wieder, zog einen Fuß leicht nach.

—Und du hast dir deine Tasche eingerissen, David, wenn du Jack den Hals zudrückst, kriegt er ja keine Luft mehr. Jack? Verträgst du einen Drink?
—Ja, ich hab, egal, nicht so doll, David, war soeben der Gast von Obermaat Stepnik, ein echter Wodkakenner ...
—Gut, was anderes ist auch nicht mehr da. David, das reicht jetzt, geh runter und hol deinen Pyjama.
—Du hast gesagt, nach dem Vorlesen, Mama, du hast gesagt ...
—Wenn du deinen Pyjama anhast und die Schuhe im Flur weggeräumt sind, sagte sie und ließ Eis in ein Glas fallen. —Jack und ich müssen mal einen Moment miteinander reden.
—Ich bin nur vorbeigekommen, um einen Schlüssel abzuholen, ist Tom denn noch nicht hier? Den Schlüssel für die sechsundneunzigste Straße, ich muß da unbedingt hin und nach dem Manuskript suchen, das ich ...
—Klar, sagte sie und gab ihm das Glas, —beeil dich, David, wenn du dich beeilst, darfst du nochmal kommen und dich etwas mit Jack unterhalten. Sie drehte sich in der Tür um. —Ich hoffe, du hast Zigaretten dabei?
—Das gleiche wollte ich dich fragen, sagte er, als er ihr durch den Flur folgte. —Was ist mit Tom los, ich dachte, er wäre ...
—Darüber muß ich mit dir reden, sagte sie, während sie um das Sofa herumging. Dort zerrte sie den Wäschehaufen zu Boden, schob das Buch beseite und setzte sich an das freigewordene Ende. —Jack. Ich werde Tom verlassen.
—Ach? Er stand mittlerweile vor dem Fenster, wollte gerade sein Glas heben, ließ es aber wieder sinken. —Was hat Tom, äh, was sagt Tom dazu ...
—Ich weiß nicht.
—Ich meine, hast du es ihm schon gesagt?
—Nein.
Er hob sein Glas und trank es zur Hälfte aus. —Das letzte was ich gehört hab, war, daß ihr umziehen wolltet, ich dachte, er hätte für dich eben ein Haus gemietet ...
—Für mich? Sie hob ihr Glas und trank. —Ich kann Tom einfach nicht mehr helfen. Jack, ich mach das nur für ihn.
—Und David?
—David?
—Was wird aus David?

—David bleibt natürlich bei mir, ihm wirds gutgehen. Jack, ich kann nicht mit jemandem leben, vor dem ich keine Achtung habe.
Einen Augenblick lang starrte er lediglich in sein Glas, dann trank er es aus, stellte es auf die Fensterbank, stand da und blickte auf die nächtliche Straße und den Bürgersteig hinunter. —Also, was soll ich dazu bloß sagen, Marian?
—Ich dachte, du würdest ...
—Nach ein paar Drinks hast du mich immer mit deiner hausgemachten Psychologie bearbeitet, ohne Vater aufgewachsen, Schuldgefühle meiner Mutter gegenüber, und jetzt willst du David dasselbe antun?
—Das ist doch lächerlich, Tom bleibt ja sein Vater.
—Marian, du hast ja überhaupt keine Ahnung, was ein Vater ist.
—Ich werde jedenfalls nicht ...
—Ein Vater ist jemand, der einfach da ist, jemand, der ...
—Jack, ich werde jedenfalls nicht zulassen, daß er dem Jungen das Leben stiehlt, indem er es stellvertretend für ihn lebt.
—Ach, hör doch auf, Marian, die Hände in den Hosentaschen, drehte er sich um, —du weißt gar nicht, wovon, paß mal auf. Ich hatte gerade wieder eine Auseinandersetzung mit der vertrockneten Schlampe, bei der meine Tochter da draußen in Astoria eingesperrt ist, die zerstört sie Stück für Stück, sorgt dafür, daß nichts wachsen kann, das schönste Erlebnis im Leben des Kindes ist ein Besuch beim Zahnarzt, Marian, du machst dir keine Vorstellung davon, was ihr damit alles anrichtet, es läßt sich nie wieder ...
—Ich glaube, Tom und ich ...
—Und es hört nie auf. Es hört nie auf.
—Ich glaube, Tom und ich sind durchaus in der Lage, die Dinge auf eine etwas zivilisiertere Art zu regeln als du und ...
—Marian, hör zu! Man kann nicht auf zivilisierte Art einen Mord begehen! Er hob sein Glas, starrte hinein und setzte es wieder ab. —Hast du wirklich keine Zigaretten?
—Nein, Tom wollte welche holen.
—Wo ist er, ich dachte, er ...
—Richtig, Jack, er ist immer auf seinem Zimmer, jeden Abend geht er auf sein Arbeitszimmer, und nichts kommt je dabei heraus.
—Mensch, das kann doch nicht, ausgerechnet jetzt, wo du so lange durchgehalten hast! Und es sieht doch gar nicht schlecht für ihn aus. Er wird diesen Preis bekommen, sein Buch ist wieder als Taschenbuch erschienen, er hat ...

—Glaubst du etwa, das nützt was? Er flucht nur herum, weil er die fünf Prozent Honorar noch mit dem Verleger teilen muß, er sagt, der einzige Grund für die Neuauflage ist der, daß sie nicht die Rechte verlieren, er hat nicht mal ...
—Also was zum Teufel, Marian, der Verleger ist ein Riesenarschloch, das weißt du doch, der sitzt jetzt seit wie vielen Jahren auf dem Buch? Labert was von seiner Loyalität und tut so, als wär es, wie hat er sich Tom gegenüber ausgedrückt? Ein Meilenstein der Backlist, wo es doch praktisch nur noch antiquarisch zu haben war, für zwanzig Dollar das Exemplar, und nachdem sie fast die ganze erste Auflage verramscht hatten. Er wußte überhaupt nichts von dieser Neuauflage, bis er es im Schaufenster liegen sah, und jetzt bringt ihm das eine gewisse Aufmerksamkeit ein, die er ...
—Was, Jack? Die er was? Er kriegt Briefe von Who's Who und Einladungen zu Lesungen, Briefe von Journalisten und Collegegirls, und dagegen wehrt er sich, er beantwortet nicht mal ...
—Das weiß ich, das weiß ich alles, aber es ist auch nicht so einfach, sich nach neun Jahren voller Rückschläge neu zu ...
—Und was ist mit mir? Was glaubst du wohl, was diese neun Jahre für mich bedeutet haben? Diese neun Jahre zählen wohl gar nicht, oder, Jack? Diese Wohnung in der sechsundneunzigsten Straße, jedesmal, wenn du zum Essen herkamst, mußten wir warten, bis er seine Schreibmaschine und den ganzen Papierkram vom Spieltisch geräumt hatte, erst dann konnten wir essen, Jack, er arbeitet immer noch an dem Stück, er überarbeitet es immer noch und schreibt es um und überarbeitet es wieder, er kann einfach nicht loslassen, er wird es nie fertigbekommen, weil er Angst hat, Angst gegen sich selber anzutreten, im Grunde kämpft er nur noch gegen ...
—Also sieh mal, Marian, was, wie Freud schon sagte, was zum Teufel willst du eigentlich?
—Nur einen Mann, der mit dem, was er tut, glücklich ist.
—Das ist ja nicht zuviel verlangt, oder?
—Jack, ich kann keinen Mann achten, der sich selbst nicht achtet, weißt du eigentlich, was er von seinem Job hält, den er da macht? Das ist praktisch das einzige Thema, sobald er zur Tür reinkommt ...
—Was glaubst du wohl, wie viele Ehemänner mit einem Lächeln auf den Lippen von der Arbeit kommen? Hör doch auf, Marian, das ist doch immer wieder die gleiche Scheißgeschichte, Tag für Tag hat man mit dem gleichen Mist zu tun, um seinen Lebensunterhalt zu ver-

dienen, und dann kommt man nach Haus und muß sich anhören, ich hab den ganzen Tag Sklavenarbeit am Herd verrichtet, während du dich in einer hübschen kühlen Jauchegrube entspannt hast, er versucht doch nur, das Theaterstück zusammenzukriegen und euch zugleich ein halbwegs anständiges Leben zu bieten, dir und ...
—Ja, und ich zähle überhaupt nicht, oder? Keiner von euch denkt dabei an mich! Was glaubst du wohl, wie ich mich dabei fühle, was glaubst du wohl, warum wir nicht mehr auf Parties gehen, etwa weil ich zuviel trinke? Ja, weil ihr alle, weil du und deine Freunde und diese Journalisten sich nach seinem nächsten tollen Buch erkundigen und bei aller Bewunderung nur den Kopf schütteln, wie hart er arbeitet, um uns durchzubringen, mich und David, aber was für eine Tragödie für die amerikanische Literatur! Was glaubst du wohl, wie ich mich dabei fühle? Das Talent des großen Thomas Eigen geht in einem idiotischen Job vor die Hunde, weil er seiner Frau und seinem Sohn ein halbwegs anständiges Leben bieten muß, er ist wütend über jede Rechnung, die er bezahlen muß, die Miete, Kindergarten, sogar darüber ist er wütend, wütend über die Kosten für Davids Kindergarten, wütend über das viele Geld, das für Lebensmittel draufgeht, drei Lammkoteletts, Jack, drei Lammkoteletts! Ein halbwegs anständiges Leben, und da steh ich dann in der Küche und seh diesen Mann unten auf der Straße, ohne Hände und, ohne Gesicht, nur eine Brandwunde mit Löchern und der Mantel reicht ihm bis zu den Füßen, wenn er sich vor dem Wind in den Notausgang verkriecht, mit dem Mund einen Flaschenverschluß aufschraubt und die Flasche zwischen den Handgelenken hält, weil ...
—Marian, hör zu! Hör zu, du hast mir schon von diesem Mann erzählt, das ist, du benutzt ihn nur, um, ich weiß nicht, wenn du die Vorhänge aufhängen willst oder das Scheißrollo runterziehst, niemand zwingt dich, ihn dauernd anzustarren, aber du, du benutzt ihn, um alles in den Dreck zu ziehen, wie du auch über Schramms Unfall hergezogen bist, als ob er das mit Absicht getan hätte, nur um ...
—Weil ihr alle, wie ihr drei, du und Tom und, und Schramm, wie ihr euch gegenseitig einredet, schuld an der Misere seien immer nur die anderen, ich kann es einfach nicht mehr ertragen, Teil dieser Misere zu sein, ich hätte nämlich auch etwas aus meinem Leben machen können, aber daran denkt natürlich keiner von euch, daß ich auch ...
—Es klingelt an der Tür.
—Jeder denkt, daß ich Tom von seiner Arbeit abgehalten hätte und daß

ich ihm zur Last gefallen bin, aber vielleicht hat er mich ja von meiner abgehalten, in all den Jahren hätte ich auch etwas für mich tun können, ich könnte es immer noch, wenn ...
—Marian, Herrgott, ich hab vorhin eine hochbegabte Frau getroffen, die auch nie die Möglichkeit hatte, irgendwas zu tun, und, ist noch Wodka da?
—Mama? Mama, da ist ein Mann ...
—Ich komm gleich wieder, gib mal dein Glas.
Als er sich wieder dem Fenster zuwandte, durchsuchten seine Hände plötzlich seine Taschen, eine kam mit Streichhölzern heraus, die andere leer, und er schob die Streichhölzer zurück und starrte auf den Bürgersteig hinab.
—Jack?
—David, oh. Er wandte sich dem Purzelbaum zu, der von der Sofalehne direkt in den Wäschehaufen führte. —Ich dachte, du wolltest deinen Pyjama anziehen?
—Jack, wenn die Leute in China fernsehen, sind dann die Leute, die sie im Fernsehen sehen, auch Chinesen?
—Aber sicher, und die ...
—Heb mich hoch.
—Halt dich fest.
—Höher, hö ... was machst du?
—Mal sehen, wie du im chinesischen Fernsehen aussehen würdest.
—Stehe ich dann auf dem Kopf? Wieso stehe ich dann auf dem Kopf?
—Weil du dann auf der anderen Seite der Welt wärst, nicht wahr? Wenn du deinen Pyjama anziehst, spiel ich das Spiel mit dir zu Ende, hast du mit deiner Mama gespielt?
—Nein. Laß mich nicht fallen.
—Ach, hat sie etwa mit sich selbst gespielt?
—Nein, mit Papa, bevor der Polizist kam.
—Welcher Polizist?
—Der ihn abgeholt hat, weil er reingeguckt hat. Jack?
—Weil er, welcher Polizist, Marian ...?
—Weißt du, wozu ich Lust hätte, Jack?
—Wozu ... er griff nach oben, um seine Kehle von einer Umarmung zu befreien, die plötzlich so fest wurde, daß er schwankte.
—Ich würde gern losfliegen und verschwinden, und dann wie Regen wieder runterkommen. Jack?
—Was, Marian was ...?

—Toms Marschbefehl, ist per Kurier gebracht worden. Sie hielt ihm ein Glas hin. —Morgen fliegt er ...
—Aber wo ist er denn? David hat eben gesagt, die Polizei wäre dagewesen und ...
—Das wollte ich dir gerade erzählen, ja, David, ich hab dir doch gesagt, daß du deinen Pyjama anziehen sollst, komm jetzt runter, geh in dein Zimmer und zieh deinen Pyjama an, los jetzt ... Dann drehte sie sich um. —Es geht um Schramm, sagte sie, —irgendwas mit eurem Freund Schramm ...
—Also was, was ist denn mit ihm?
—Ich weiß nicht, Tom hat mit ihm geredet, und er ...
—Tom ist im Bellevue? Warum hast du mir das nicht ...
—Nein, das war, das ist es ja gerade, Schramm ist abgehauen und ist in Toms Büro gegangen, und Tom hat ihn hierher mitgenommen und dann, ich weiß nicht, die Polizei kam, sie dachten, daß er, daß er vielleicht aus dem Fenster gesprungen wäre, sie dachten, daß vielleicht jemand rausgesprungen wäre, und sie wollten, daß Tom ...
—Aber wo ist er denn? Wo sind sie?
—Tom ist mitgefahren, sie fahren zur sechsundneunzigsten Straße, um nachzusehen, ob ...
—Warum hast du mir das nicht gleich gesagt? Er wandte sich dem Flur zu, —warum zum Teufel hast du mir das nicht gesagt, als ich ankam?
—Ich dachte, sagte sie, ihm folgend —ich wollte nur ...
—Du wolltest doch nur einen Moment länger im beschissenen Scheinwerferlicht stehen, stimmts? Hast Angst gehabt, daß dir Schramm die Show stiehlt, und das konntest du natürlich nicht ...
—Aber Jack, wenn es ... sie hatten die Tür erreicht, und er zog sie auf.
—Jack, wenn Schramm tot ist? Und ich, ich bin hier ...?
—Ich, Herrgott, ich, mußt du denn immer die große Seifenoper abziehen? Jack, ich verlasse Tom, Ginger, ich verlasse Tony, ausgerechnet wenn tatsächlich etwas passiert, ausgerechnet dann mußt du in deiner eigenen scheiß Seifenoper auftreten ... Die Tür knallte zu, und sie hatte sich kaum umgedreht, als sie unter seinem Getrommel von der anderen Seite erbebte. —Marian?
Sie öffnete. —Was?
—Tom wollte mir zwanzig Dollar leihen, ich brauch ein Taxi dorthin, hat er was für mich dagelassen?
—Nein.
—Also er, kannst du ...

Sie ging in die Küche, setzte dort ihr Glas ab und öffnete einen Schrank. —Ich hab noch zehn.
—Gut und, gut, danke, er nahm es, hielt die Tür auf, —und, Marian, noch eins, wenn du glaubst, daß du damit durchkommst, das kannst du jemand anderem erzählen, aber versuch nie wieder, mir zu erzählen, daß du es nur für ihn tust, du kannst Tom anlügen, lüg dich selbst an, lüg David an, aber versuch nie wieder ... die Tür wurde ihm vor der Nase zugeschlagen, und er schlurfte, einen Fuß nachziehend, zum Fahrstuhl, rutschte aus und ging zur Treppe, ging dieselbe hinunter, um nach einem Taxi zu winken, noch bevor er den Bordstein erreicht hatte.
—Ich hab Feierabend, Kumpel, kannst du nicht lesen? Wo solls denn hingehen?
—Nördliche Stadtteile, sehen Sie, ich hab es eilig, ich ...
—Weil Sie's sind. Steigen Sie ein.
—Zur sechsundneunzigsten Straße, und der anfahrende Wagen preßte ihn in den Sitz, —Nähe Third ... sie scherten in den fließenden Verkehr ein und mußten anhalten. Das Taxameter schwieg. Einen halben Block weiter, völlig eingekeilt von Lastwagen, richtete der Fahrer den Rückspiegel auf die konkrete Leere des eigenen Gesichts, steckte ein Kabel in den Zigarettenanzünder am Armaturenbrett und beobachtete, wie seine Hand mit dem Elektrorasierer wirkungslos über eine Wange irrte. —Hören Sie, ich hab es eilig, können Sie nicht ...
—Sehen Sie sich doch den Verkehr an, was soll ich denn machen?
—Sie wissen doch, was auf der Third Avenue immer los ist, warum haben Sie nicht die Park genommen?
—Da ist die gleiche Scheiße.
—Scheißdreck ist da, gibts etwa Laster und Busse auf der Park Avenue? Er wurde gegen die Armlehne gedrückt. —Wo zum Teufel fahren Sie denn jetzt hin?
—Versuchs über die First ... Eine Wange hinauf und die andere wieder hinunter, wobei ein dicker Daumen die Nasenlöcher weitete, anschließend erst das eine Ohrläppchen, Tragus und Antitragus, danach das andere und eine Wange hinab und die andere wieder hinauf, gleichwohl blieb die Verwandlung aus. Er sah nach hinten, —welches Gebäude?
—Da oben rechts, kurz hinter der Second, da, wo die Polizeiwagen stehen ... und er war draußen und hielt den Zehner hin. —Wieviel?
—Zehner geht klar.

—Moment... der Schein war verschwunden, —Moment mal, Sie...
—Paß mal auf, Kumpel, wir sind ohne Zähler gefahren, ich hab Ihnen nen Gefallen getan, stimmts?
—Halt! Warte... Scheißkerl! Er trat zu, der Wagen wischte mit heruntergedrehtem Fenster davon, und einen Moment lang stand er nur so da, an einem Fuß mit nichts als einem Strumpf bekleidet, bis er sich umdrehte und sich zwischen Rücken und Ellenbogen hindurch zur Tür drängte.
—Moment mal, Freundchen, wo wollen Sie hin?
—Hören Sie, Officer, ich muß, ich wohne hier, zweiter Stock, gleich da oben, er zeigte nach oben. —Eigen? schrie er an der Uniform vorbei die dunkle Treppe hinauf, —bist du da oben? Tom...? Sag denen, sie sollen mich rauflassen!
—Gehen Sie durch.
—Danke... er schob sich vorbei, mit seinem einen Schuh nahm er drei Stufen auf einmal, —wo ist...
—Jack, ich habs ihm ausgeredet! Ich habs ihm doch vorhin erst ausgeredet, Jack!
—Wo ist er?
—Nein, sie haben ihn gerade abgeschnitten, Jack, nicht...
—Was nicht? Und die bereits zersplitterte Tür gab nach, —laß mich... o Gott. O Gott.
Das, was dort der Länge nach auf dem Linoleum lag, gewann Kontur, als sich die Uniform langsam aufrichtete, der Polizist sich ihnen zuwandte und sich über den Mund wischte. —Wir sind zu spät gekommen... er knöpfte seine Uniformjacke zu, blickte sich um und ließ sich von dem Polizisten, der in der Nähe des Waschbeckens stand, seine Mütze geben, setzte sie auf und schob sie zurecht. —Können Sie noch ein paar Minuten hierbleiben?
—Ja, ja, wir werden, Jack, hör zu...
—Sind Sie auch ein Freund von ihm, Mister?
—Ich? Ja, ich bin auch ein Freund von ihm, Mister, ich bin, wir sind beide Freunde von ihm, Mister, was denn sonst zum Teufel? Sie meinen, wenn's nach uns gegangen wäre, dann hätte das ruhig schon eher, für wen zum Teufel halten Sie uns? Als ob wir ihn...
—Jack, hör zu...
—Moment, Moment, wer ist sie? Wer bist du?
—Bringen Sie Ihren Freund lieber hier raus.
—Wer zum Teufel bist du? Er stürzte sich auf sie, die dort am Wasch-

becken hinter dem Polizisten lehnte, der jetzt einen Block aufklappte und ihn hochhielt, um ihm den Weg zu versperren.
—Jetzt reißen Sie sich mal zusammen, Mister, Sie ...
—Jack, warte, mach keinen Scheiß, sie ist nur eine, nur seine Freundin Rhoda, sie heißt Rhoda.
Der Polizist mit dem Block blickte auf seine Uhr und wandte sich ihr zu. —Wie alt sind Sie, Rhoda? Sie schaute ihn einfach nur an.
—War sowieso irgendwie ein komischer Typ, oder nicht?
—Komisch...!
—Hängte sich Bilder von toten Kindern an die Wand. Der Polizist ging durch den Raum, nahm die Fotos in Augenschein, die über einem Spieltisch an die Wand geklebt waren, und besah sich das Durcheinander darauf, Papiere, Bücher, eine zerkratzte Schreibmaschine, schmutzigen Verbandmull, eine Schachtel mit Teebeuteln, etwas Kleingeld.
—Komisch! Wirklich, hab noch nie so einen komischen ...
—Jack, hör zu, laß uns, wir gehen jetzt nach nebenan und ...
—Der komischste Typ, den man sich, sehen Sie sich seine Füße an, wie kann man nur? Sowas derart Komisches mit seinen Scheißfüßen, sehen Sie sich das an!
—Okay, Mister, ist vielleicht besser, Sie gehen mit Ihrem Freund hier nach nebenan und ...
—Nein, Moment, ich muß Ihnen sagen, daß diese Bilder, das sind Kinder, die in Belgien getötet worden sind, er hat sie da hingehängt, weil er, er, er ... Herrgott, können Sie ihn nicht ... er riß einen Morgenmantel von einem Haken neben der Tür und warf ihn hinüber, —nur ... damit er nicht so daliegt.
Aufgefangen an einem Ärmel, wanderte der Morgenmantel durch die Hände des Polizisten. —Wie kommt denn das ganze Blut da drauf?
—Das ist meins.
—Wissen Sie etwas über die Sache, Rhoda?
—Ich hab doch gesagt, es ist meins.
—Das sagten Sie bereits. Aber was ist hier sonst noch passiert, Rhoda? Sie schaute ihn einfach nur an. —Wollen Sie uns nicht erklären, was passiert ist?
—Wohnen Sie hier, Rhoda? fragte der andere Polizist neben ihr. —Verwahren Sie hier Ihre Sachen? Das sind doch Ihre Sachen, oder nicht, Ihr Morgenmantel, Ihr ...
—Das ist nicht mein Morgenmantel.

—Aber Sie sagten doch eben...
—Es ist mein Blut.
—Wollen Sie uns nicht erklären, was passiert ist, Rhoda?
—Ich wollte mich hier bloß mit ihm treffen, aber, ihre Stimme versagte, —aber ich bin zu spät gekommen, sonst nichts, Mann.
—Sie standen hier an der Tür, als wir kamen, nicht wahr, Rhoda? Wollen Sie uns nicht erzählen, was es mit dem Blut auf sich hat?
—Echt, ich bin nur hergekommen, um ein paar Sachen von mir abzuholen, mehr will ich nicht, okay? Nur meine Sachen.
—Die können Sie später mitnehmen, aber wollen Sie uns nicht sagen, was es mit dem Blut auf sich hat?
—Wir haben gebumst, okay? Ich hatte meine Tage und hab mir hinterher den Morgenmantel übergezogen, okay?
—Wohnen Sie hier mit ihm zusammen, Rhoda?
—Herr im Himmel, Officer, das darf doch wohl nicht wahr sein, natürlich wohnt sie hier, sehen Sie sich doch die, glauben Sie etwa, daß ein Mann das Geschirr verkehrt rum in den Geschirrständer stellt? Die dreckigen Aschenbecher einsammelt und sie dann einfach nur in die Spüle stellt? Den Verschluß der Zahnpastatube aufläßt? Überhaupt alles offen rumstehen läßt? Und die, die Kleiderbügel erst, sehen Sie sich diesen Scheißkleiderbügel an, kennen Sie auch nur einen einzigen Mann, der so etwas mit einem Kleiderbügel machen würde? Sehen Sie mal auf der Toilette nach, auch da werden Sie feststellen, daß das Klopapier verkehrtrum hängt, man zieht fünfmal soviel Papier runter...
—Hören Sie, Mister, Sie beide warten besser nebenan. Rhoda, wollen Sie uns nicht sagen...
—Ich will bloß meine Sachen holen, Mann.
—Ihre Sachen laufen Ihnen nicht weg...
—Laufen mir nicht weg, was, Scheiße, von wegen. Soll ich warten, bis Sie mit der Wohnung fertig sind? Auf dem Tisch da lagen siebenunddreißig Cent, die haben Sie sich gerade in die Tasche gesteckt, Sie Arschloch, ich habs doch gesehen, Sie...
—Woher wissen Sie denn so genau, daß es siebenunddreißig Cent waren, Rhoda?
—Weil es meine siebenunddreißig Cent waren, Sie...
—Wir nehmen auch seine Brieftasche und seine Uhr mit, die Sachen können später beim Leiter der Asservatenkammer abgeholt werden, alles andere hier wird versiegelt. Wie alt sind Sie, Rhoda?

—Officer, darf doch, das geht Sie doch 'n Scheißdreck an, wie alt sie ist, sie...
—Weil, wenn das hier so weitergeht, dann bringen wir sie noch ins Kinderheim, wo man sie erst mal in die Badewanne steckt, jetzt bleiben Sie mal ganz ruhig...
—Ruhig! Was bilden Sie sich, Sie stehen hier rum und stellen blödsinnige Fragen, während...
—Hören Sie mal, Mister, wir warten hier nur auf die Gerichtsmedizin, gehen Sie mit Ihrem Freund nach nebenan, möglicherweise brauchen wir Sie noch für die Identifizierung.
—Okay, aber sehen Sie, im Schrank über dem Geschirr...
—Ich hab doch gesagt, daß Sie hier nichts wegnehmen dürfen.
—Gut, aber können Sie das Scheißding nicht einfach mal aufmachen und nachsehen? Da, die Flasche da hinten, Old Struggler steht drauf, sehen Sie die?
—Die Scotchflasche da, Officer, Old Smug...
—Geben Sie her, hier. Und jetzt gehen Sie bitte mit Ihrem Freund hinaus.
—Und Moment, Moment, auf dem Fußboden da bei seinem, die Schachtel Zigaretten, das muß meine sein, weil, er hat nicht geraucht, also, er raucht nicht...
—Hier, nehmen Sie sie, werden Sie mit ihm fertig, Mister?
—Ja, er ist, warte mal, Jack, laß mich die Flasche tragen...
—Okay, Rhoda, wollen Sie uns jetzt nicht sagen...
—Kann kaum erkennen, wo ich...
—Hier, halt dich am Geländer fest, ich mach die Tür auf, was ist, nein, warte, warte, Jack, hier liegt überall Post auf dem Fußboden, ich geh erst mal rein und mach das Licht an, diese Scheißtür fällt schon aus den...
—Da drinnen klingts ja wie die Sturmfluten des Frühlings, was ist...
—Mach mal bitte 'n Streichholz an. Ich, nein, ich habs, Scheiße, sieht aus, trampel nicht auf der Post rum, heb sie auf und...
—Man kanns auch übertreiben, Tom, glaubst du etwa, Grynszpan kriegt Einladungen zu Geburtstagsparties? Guck mal, Edison Company, A. Piscator Rechtsanwalt, hast du auch nur ein einziges Mal gute Nachrichten von nem Anwalt gekriegt? Leuchte der Blinden, Crawley und...
—Also gut, komm hoch und bring alles rein, wer zum Teufel hat denn das heiße Wasser im Waschbecken laufen lassen...

—Stells lieber ab, bevor wir ...
—Was meinst du wohl, was ich gerade versuche, Scheiße, sieh dir das an, der Griff ist direkt am Hahn abgebrochen.
—Wo ist Old Struggler?
—Auf dem Stapel Filmrollen da, Jack, wer zum Teufel hat den Hahn abgebro ...
—Siehst du hier irgendwo ein paar Gläser? erscholl es hinter 36 Pckg. 200 Blatt 2-lagig, wo er sich einen Weg durch die aufgestapelten Kisten bahnte. —Wo zum, was ist denn mit der Lampe hier passiert ...? Er stellte die Flasche auf einen H-O-Karton und suchte nach einem Streichholz, hielt es über einen weiteren Kistenstapel, der sich zu einer Hochebene aus gebundenen, an der Wand aufgeschichteten Büchern auswuchs und gelangte schließlich zu den Fenstern, wo sich in den Lamellen der schiefen Jalousie die Lichter der Straße fingen.
—Jack? Wann warst du zuletzt hier oben? Mach doch mal das Licht an?
—Verdammt, glaubst du etwa, ich hätte dieses ganze Zeug hier ... er setzte den bestrumpften Fuß auf Wise Kartoffelchips Knuspriger Knisperspaß! —wie ist denn das hier reingekommen ...? und griff unter den löchrigen Lampenschirm, —so ...

—kostbare Erbstücke, zum Teil aus den vornehmsten Häusern ...

—Das Scheißradio lebt ja immer noch, haste 'n Glas gefunden? Hol mal lieber, aua!
—Nein, ist das etwa alles, was noch an Scotch ...
—Moment, nicht hinsetzen, das Sofa ist lebensgefährlich, überall diese spitzen Bleistifte ... er zog die dreckige Decke von dem armlosen Sofa und ließ sich mit der Flasche darauf fallen. —Wer zum Teufel liest denn Moody's Industrials ...
—Das wollte ich auch gerade, warte mal, wenn da nicht mehr Scotch ist, Scheiße, Jack, du trinkst ja die ganze ...
—Konnte es nicht mehr aushalten, wo ist dein Glas?
—Hier gibts keine Gläser! Du, glaubst du etwa, ich bräuchte jetzt keinen Drink, lieber Gott, ich, ich hatte es ihm eben erst ausgeredet, Jack, ich ...
—Haste ja toll hingekriegt.
—Was? Hör mal, sag, sag nie wieder so was zu mir, Jack, nie ...
—Und warum zum Teufel hast du ihn denn in dem Zustand alleingelassen? Hast ihn einfach, einfach allein weggehen lassen, obwohl du ...

—Er wollte nicht, daß ich mitkomme! Als ich ihm sagte, daß du vorbeikommen würdest, hat er wohl geglaubt, wir bringen ihn ins Bellevue zurück, er hatte dieses, dieses Mädchen, dieses Scheißmädchen, wenn sie hier auf ihn gewartet hätte, wie sie behauptet, dann hätte sie, hätte er ...
—Ich brauch noch Scotch, ich würd ja selbst gehen, aber Hardy Suggs hat mir meinen Schuh geklaut.
—Ich geh schon, hör zu, Jack, ich beeil mich, wenn die Polizei reinkommt, fang bloß keinen, sag ihnen bitte bloß, daß ich gleich wieder da bin.
—Da unten an der Ecke gibts nen neuen Schnapsladen, kannste gar nicht verfehlen, ich hab ihn vom Taxi aus gesehen, Tom. Kannste nicht verfehlen, großes Schild im Fenster, zahlreiche Sonderangebote zum Schulanfang, kannste nicht verfehlen ... er stellte die leere Flasche ab, stand auf und fingerte nach einem Streichholz, schob seinen beschuhten Fuß in Richtung Fenster vor, wo er die Jalousie auseinanderdrückte und durch eine Rauchwolke auf die zuckenden Blaulichter hinuntersah, streckte den Arm aus und ließ das abgebrannte Streichholz hinter Kosmetiktücher 2-lagig Gelb fallen, doch irgendetwas dort erregte nun seine Aufmerksamkeit, er hob ein Stück Papier auf, —was zum, Tom ...? setzte sich auf 1 Dtzd. Wise Kartoffelchips Knuspriger Knisperspaß 59 Cent, um die Noten ins Licht zu halten, summte —dam damdam, dam ... vor sich hin, bis er plötzlich lauthals sang —halte là!
—Hallo ...?
—Qui va là? Bist du's, Tom? Bist aber verdammt schnell wieder da, Moment, wer sind Sie ...?
—Ich, Mister Gibbs ...?
—Ja aber, wer zum, nein. Nein. Bast? Was zum Teufel machen Sie denn hier ...?
—Tja, ich bin gerade, ich war nur mal kurz weg und bin eben wiedergekommen ... er ließ einen schmutzigen braunen Umschlag und eine Papiertüte auf das armlose Sofa fallen und stand einfach da, —ich, ich hab hier nur gearbeitet, ich, ich meine, was, ist alles in Ordnung?
—Alles bestens, was ...
—Nein, was sind das da unten für Polizeiwagen ...
—Das sind eben Polizeiwagen, Bast, und jetzt, wollen Sie mir nicht mal erklären, wie Sie überhaupt hierher gekommen sind?

—Ja also, mit dem Bus bis in die City, dann bin ich umgestiegen und mit der U-Bahn bis ...
—Bast?
—Was, hab ich ...
—Hören Sie. Können Sie mir einfach mal erklären, wie zum Teufel Sie überhaupt an diese Wohnung kommen?
—Ja also, der Anhänger, die Hausnummer stand doch auf dem Schlüsselanhänger, der Schlüssel, den Sie mir gegeben haben, und der Name Gryns ...
—Ich hab Ihnen den Schlüssel gegeben?
—Ja, und der Name Grynszp ...
—Nein, Moment, Moment. Ich soll Ihnen den Schlüssel gegeben haben?
—Also, also ja, Sie, an dem Abend am Bahnhof, erinnern Sie sich nicht, Mister Gibbs? Ich meine, ich, ich glaube, Sie hatten etwas getrunken, aber Sie gaben mir den Schlüssel und sagten, ich könnte hier oben arbeiten, wenn ich, ich meine, das geht doch in Ordnung?
—Schön, gut, sehen Sie, setzen Sie sich mal bitte hin. Stehen Sie da nicht so rum wie ein ...
—Weil, ich meine, wenn's nicht in Ordnung ist, kann ich ...
—Ich sagte doch, das geht schon in Ordnung, oder? Obwohl, so ganz begreife ich das immer noch nicht, diese Visitenkarte hier, hab ich irgendwo gefunden, Sie sollen sich setzen!
—Ja also, ich, ich wollte mir nur was zu essen machen ... er hatte die Papiertüte wieder aufgehoben, —ich hab den ganzen Tag im Bus gesessen und hab noch gar nichts gegessen, seit ich ...
—Schön, machen Sie sich was, aber ...
—Ich bin gleich wieder da ... er ging an 36 Pckg. 200 Blatt 2-lagig vorbei, —Mister Gibbs? Kann ich Ihnen eine Tasse Tee anbieten?
—Gehen Sie weg mit Ihrem Tee ...
—Ja, also, ich hab nur eine Tasse finden können, rief er durchs Brausen am Waschbecken, —Mister Gibbs? Ich hab versucht, nichts durcheinanderzubringen, ich hab nur sämtliche Lampenschirme hier in eine Ecke gestellt und ein paar Kisten beiseite geschoben, damit man leichter ...
—Bast?
—Und das Waschbecken, ja, ja, tut mir leid ... er kam mit einer Tasse zurück, aus der der Faden eines Teebeutels baumelte,—einmal hab ich das heiße Wasser angedreht, und als ich versucht habe, es wieder abzu-

stellen, ist mir der Griff des Wasserhahns abgebrochen, und ich konnte ihn einfach nicht ...
—Hören Sie, machen Sie sich keine Sorgen um den Scheiß-Wasserhahn, hören Sie mal ...
—Möchten Sie einen hiervon, Mister Gibbs ...? Er zerrte an einer Cellophanverpackung herum, —ich hab sie nur gekauft, weil ich sonst nichts ...
—Herrgott, nein, sehen Sie mal ...
—Mister Gibbs, sind Sie, Sie haben ja nur einen Schuh an, gehts Ihnen ...
—Das weiß ich! Jetzt, jetzt hören Sie doch mal zu ...
—Und Ihre Jacke ist da an der Tasche eingerissen, ich meine, gehts Ihnen, ist alles ...
—Hören Sie! Ja, es ist alles in, ich meine, was tun Sie eigentlich hier?
—Also ich, ich dachte nur, als Sie sagten, ich könnte hierherkommen und arbeiten, Sie sagten, Sie sprachen in der Cafeteria von einer bescheidenen Bleibe in der Beletage und wie man eine Oper schreibt und ...
—Cafeteria, ich dachte, Sie schreiben eine Oper, ich ruf da an und man sagt mir, daß Sie auf ner Geschäftsreise sind, und eine Frau, aufgedonnert wie ein Festzelt, sagt mir ...
—Aber, aber wie haben Sie ...
—Jack ...?
—Und sagt mir, falls ich Sie zufällig treffe, soll ich Ihnen ausrichten, Sie sollen doch mal vorbeikommen, es geht da um Ihre ...
—Ich, schon erledigt, als ich mit dem Bus ankam, aber, aber wie haben Sie ...
—Jack? Waren sie schon hier, wer ist ...
—Darf ich dir Edward Bast vorstellen, Tom? Wollte dir noch sagen, daß ich ihm erlaubt habe, hier zu arbeiten, er ist Komponist, hier, reich mal die Flasche rüber ...
—Ja, also, ich, sehr erfreut, Sie kennenzulernen, Mister Grynszpan, ich hab schon täglich mit Ihnen gerechnet, da ist eine Menge Post für Sie gekommen, ich hab sie in den Herd gelegt, damit ...
—Nein, Moment, hören Sie ...
—Ich dachte, wir könnten gut nen Hauskomponisten gebrauchen, der hier mal für ein bißchen Stimmung sorgt, ist gegenwärtig damit beschäftigt, für jemand anders eine Oper zu komponieren und braucht ein Klavier, haben Sie das Klavier schon gefunden, Bast?

—Ja, also, ich, ich meine, ich hatte gerade etwa zwei Oktaven freigeräumt, aber dann fielen ein paar Bücher runter, als ich nach etwas suchte, das, also es klingt wie ein Radio, irgendwo da unten, aber ich kann es nicht ...
—Das erklären wir Ihnen später, Bast, Tom jedenfalls hängt sehr an dieser Wohnung, weil er hier seine Flitterwochen verbracht hat, was, Tom? Erzähl Mister Bast doch mal, wie du immer deine Schreibmaschine und die Papiere vom Spieltisch geräumt hast, wenn uns deine charmante Braut zu Tisch gebeten ...
—Hör mal, halt die Klappe, Jack, ich bin nicht Mister Grynszpan, nein, setzen Sie sich Mister Bast, essen Sie, essen Sie ruhig weiter, und Jack, halt endlich ...
—Ach, komm schon, Tom, mach uns den Grynszpan, nur heute abend noch. Kehr um, kehr um, o sausende Zeit, mach uns den Grynszpan, nur für uns zum, warte mal, wie spät ist es denn?
—Da liegt eine Uhr direkt unter Ihnen, Mister Gibbs, da unter dem Sofa, aber sie ...
—Paß doch auf, Jack, Scheiße, du verschüttest ja alles ...
—Prima, erst halb drei, noch jede Menge Zeit, bin mit ner Dame verabredet, Bast, ne große Bewunderin von Ihnen, aber darüber sollten wir uns später mal unterhalten, übrigens, Sie haben ne Menge Bewunderer ...
—Jack, hör zu, du wirst in diesem Zustand nirgendwo hingehen, setz dich wieder hin und gib die Flasche her!
—Was zum Teufel machen die denn da drüben? Er drängte sich an jenem Bollwerk von Kartons vorbei, stieg über die Filmrollen, über 24 0,5 l Mazola Neu Noch Besser, über Stöße von Morning Telegraphs hinweg, wobei er die Lampenschirme umwarf. Am rückwärtigen Fenster angelangt, kletterte er auf Appletons' Cyclopedia of American Biography und sah das erleuchtete Rechteck auf der gegenüberliegenden Seite des Lichtschachts, —großer Gott ...
—Jack? Was ist ...
—Wie ein, wie ein Sack Kartoffeln ...
—Komm wieder her und setz dich, bitte. Wir können jetzt gar nichts machen, Sie haben hier wohl keine Gläser gefunden, Mister, Mister Bast?
—Nein, aber ich brauche diese Tasse nicht mehr, und es gibt ein ...
—Moment, gib mal die Flasche her, Jack, nimm die Tasse und spül sie aus, was ...

—Hab nur die Post eingesammelt, mal sehen, was Grynszpan so alles kriegt.
—Also schmeiß sie doch nicht einfach auf den ...
—Und, Mister Gibbs, könnten Sie bitte den Teebeutel aufbewahren? Ich hab ihn erst zweimal benutzt, ach ja, und da ist auch noch eine Dose Tomatensuppe drin, falls Sie ...
—Wo zum Teufel kommt denn diese ganze Post her, Jack?
—Ja, also, ich wollte gerade Mister, äh, sagen, Mis ...
—Eigen, Entschuldigung, ich heiße ...
—Er heißt Eigen, Bast, Thomas Eigen, hat mal einen wichtigen Roman geschrieben, ich glaub, Sie sitzen gerade drauf, er ...
—Setz dich doch mal hin, Jack, gib mir die Tasse, nein, hier, ich gieß sie voll, du hast ...
—Nein nein, hier, nimm du die Tasse, Tom, ich ...
—Also, Scheiße, dann gib sie doch her!
—Tschuldigung, Bast, hier, wollen Sie 'n Schluck Old Strug ...
—Nein, nein nein, danke sehr, aber die Post, ich wollte gerade sagen, daß einiges davon vielleicht ...
—Post, ja, mal sehen, was, du lieber Gott, sieht so aus, als hätte dieser Grynszpan glatt so einen Dale-Carnegie-Kurs belegt, armer Irrer, hat aber auch gar keine Freunde, er, warte, Moment, gib das mal her, Tom, Wichtig steht drauf, Umgehend öffnen, also dann wollen wir ihn auch mal umgehend ...
—Mister Eigen, ich wollte gerade sagen, möglicherweise sind einige Briefe ...
—Sieht aus wie ein, El Paso Natural Gas, sieht aus wie ne Aktie, wie eine von diesen ...
—Verdammt clever von diesem Grynszpan, mit so einem Wisch aus El Pas ...
—Was soll das heißen, Wisch, das ist eine Aktie, warte mal, Tschuldigung, zeig mal den Umschlag, adressiert an, hier, tut mir leid, Mister Bast. Ich hab gar nicht auf die Anschrift geachtet ...
—Nein, also, das ist schon in Ordnung, ich, ich meine, ab und zu geht hier Post für mich ein, ich hoffe, das stört Sie nicht, aber was dieser Brief hier, also da bin ich selber überfra ...
—Verdammt clever von Ihnen, Bast, sich in aller Stille El Paso Gas unter den Nagel zu reißen, die Zukunft gehört den Einzelkämpfern, auch in den Vereinigten Staaten, Scheiß-Einzelkämpfer können dieses Land nach Belieben ausplündern, mehr noch, sie können sich ihr

eigenes Scheißland zusammenbasteln, eine Einzelkämpferdemokratie, wo es für eine Million Dollar eine Million Stimmen gibt und für tausend Dollar ...
—Jack, sei ruhig, sieh mal ...
—Und für fünfzig Cent und mit der falschen Hautfarbe kriegt man entsprechend nur ...
—Halts Maul! Wenn sich Mister Bast eine Aktie kaufen will, dann ist das ...
—Aber das wollte ich gar nicht, Mister Eigen, ich weiß ja nicht einmal, was ...
—Sehen Sie mal, Mister Bast, Sie müssen uns gar nichts erklären, setz dich hin, Jack, wenn du ihm erlaubt hast, daß er herkommt und hier arbeitet und wenn er dann Post bekommt, was zum Teufel soll daran ...
—Seelische Unterstützung Tom, ich meine, er ist dauernd unterwegs, geschäftlich versteht sich, und schreibt Opern für andere Leute, also da ...
—Paß auf, die Lampe!
—Halte là ...! Blätter flatterten von Kosmetiktücher 2-lagig Gelb herunter, —qui va là? Die Taverne, in der sich Carmen mit den Schmugglern versteckt, und der alte Don José kommt anmarschiert, wie wärs damit?
—Also ja, aber die Passage hab ich nur, ich meine, das ist nur Musik, die ich für diese Tänzer geschrieben habe, aber jetzt will die Frau auch noch singen, instrumentiert habe ich in C-Dur, aber sie kann nur in G-Dur singen, so daß ich noch heute nacht noch alles transponieren muß, damit ich es morgen abliefern kann und das Geld bekomme, damit ich ...
—Hör mal, Jack, stell die Lampe wieder gerade hin und setz dich!
—Moment, ich komme da schon dran, Mister Eigen, wenn ...
—Ich wollte ihm nur bei seinem Libretto helfen, Tom, Sie brauchen doch ein Libretto, oder nicht, Bast?
—Also ich, was ich für mich selbst komponiere, da hab ich irgendwie angefangen mit Locksley Hall und versucht ...
—Locksley Hall, lieber Gott! Als nächstes werden Sie uns wohl mit einem Roman schockieren und ihn Die Leiden des jungen Werthers nennen.
—Also ich, wenn Sie nur mal Ihren Fuß wegnehmen würden, Mister Gibbs, dann würde ich da rankommen ...

—Moment, worauf trampelt er rum, Scheiße, heben Sie das bitte auf, Bast, bevor er ...
—Und heirate eine Wilde, was ist, wo kommt das denn her ...
—Das ist meins, ich habs von Schramm mitgebracht, sieh mal, legs auf die Kiste da, bevor es ...
—Haben Sie sowas schon mal gesehen, Bast? Schramms Freundin Irma im Evakostüm, gemalt von Lucas Cranach ...
—Das ist nicht Cranach, es ist eine Hexe von Baldung, gib mir das jetzt bitte wieder!
—Überrascht mich, daß man das nicht beschlagnahmt hat, ist doch verdammt indiskret, der kleine Busch da, sind Sie ihr eigentlich schon einmal begegnet, Bast?
—Wem, nein, ich, ich meine, da war zwar ein Mädchen, ich hab, einmal bei Mister Schramm ein Mädchen gesehen, aber ...
—Dafür muß man sich doch nicht schämen, Bast, wir stellen sie mal hierhin, damit wir uns alle dran erfreuen können, na, wie gefällt Ihnen das? In nem Buch, das ich mal gelesen hab, hatte das Mädchen Brüste wie warme Enteneier, Cranach muß das gleiche Scheißbuch gelesen haben, hat aber hier die Idee nicht rübergekriegt mit, wie heißt sie noch gleich? Irma? Eher Straußeneier das.
—Rhoda.
—Genau, Rhoda, die hättest du mal mitbringen sollen, Tom, zu ner kleinen Totenwache.
—Sie waren gerade dabei, sie mitzunehmen, und warum zum Teufel sollte ich sie mitbringen, sie, paß doch auf! Scheiße, Jack, was machst du ...
—Guck nur mal aus dem Scheißfenster, o Gott, was, hab noch nie so viele Blaulichter gesehen, der Auftrieb da unten ist ja ne richtige Multimedia-Show, haben alle Hände voll mit ihr, solltest dir selbst eine besorgen, Tom, heirate ne Wilde, die bringt dein düsteres Gemüt ein bißchen ...
—Hör mal, setz dich hin und halt bitte den Mund, Jack. Sie ist, wenn sie hier gewesen wäre, als er ankam, ihretwegen ist er ja hergekommen, Scheiße, sie, wenn sie hier gewesen wäre, wäre das alles nicht passiert, sie ...
—Wenn du ihn in deiner Wohnung festgehalten hättest, bis ich gekommen wäre, wärs auch nicht passiert, er ...
—Jack, du Scheißkerl! Du, wo warst du denn, wo zum Teufel warst du denn die ganze Zeit?

—Aber, was ist passiert, ist etwas passiert? Mit Mister Schramm, meine ich?
—Unwichtig, Bast, ich wußte gar nicht, daß Sie ihn kannten.
—Nein, also ich, eigentlich nicht, ich meine, er kommt manchmal rein und redet von so Sachen wie Schreiben oder meine, also die Sache, an der ich gerade arbeite, seine Hilfe war für mich sehr ...
—Schramm? Der hat noch nie den leisesten Schimmer von Musik gehabt.
—Doch, wirklich, er, er ...
—Der konnte keine einzige Note lesen, war nicht mal in der Lage, einzelne Tonhöhen zu unterscheiden ...
—Jack, sieh mal, du schüttest ja alles über ...
—Ich verschütte nichts, es läuft einfach daneben. Ich bin nicht ...
—Scheiße, laß mich das bitte eingießen.
—Aber was Mister Schramm angeht, ist er, ihm gehts doch gut, oder nicht? Ich meine, wo ist er eigentlich ...
—Drüben im anderen Zimmer, er hatte nen Unfall, Bast, er ...
—Ich weiß, ja, ich war, Sie meinen noch einen?
—Ja, er, Moment, hören Sie mal, gehen Sie da jetzt nicht rein!
—Ich geh nur nach hintenhin ... er hatte sich schon durchgezwängt und war am Brausen des Wasserhahns vorbei und über die Morning Telegraphs hinweg, —aber das, auf dem Bett, ist das ...
—Gehen Sie da von dem Scheißfenster weg!
—Ja aber, er, sie haben so einen Leinensack, sie ... dicht vor seinem Gesicht ging plötzlich die Jalousie nieder, von oben bis unten übersät mit Fußabdrücken.
—Scheiße, lassen, lassen Sie die Leute doch verdammt nochmal einfach ihre Arbeit tun ...
—Tom? Laß ihn in Ruhe, kommen Sie her, Bast, trinken Sie einen.
—Ich möchte jetzt nichts.
—Dann setzen Sie sich eben ohne Drink zu uns hin. Ich nehm aber noch einen ...
—Aber was, was ist passiert ... er bahnte sich einen Weg zurück und wischte sich den Schmutz von der Hose, —wenn ich, wenn ich hier gewesen wäre ... er hielt sich an der umgekippten Lampe fest und setzte sich auf Wise Kartoffelchips Knuspriger Knisperspaß! —vielleicht, wenn ich ...
—Hören Sie, das hätte nichts genutzt, Sie hätten diesmal gar nichts machen können, es hätte nichts genutzt ...

—Nein, aber wenn er geklopft hätte, ich weiß, daß er an die Tür geklopft haben muß, und wenn, wenn ich hier gewesen wäre ...
—Natürlich hätte das was genutzt, Tom, hätte Schramm echt aufgeheitert, hätte ihn von diesem Chaos abgelenkt, weil, der Anblick gibt den Engeln Stärke, ein junger Komponist, dem allmählich die Barake ausgeht und der in diesem grauenhaften Scheißchaos hockt und Napfkuchen ißt, was will man mehr, damit könnte man doch jeden aufheitern, wendet sich in so ner Art Barake-Notstand an Schramm, der von Musik keinen blassen Schimmer hat, damit er ihm hilft, ne Oper zu schreiben?
—Nein, aber er, Mister Gibbs, er hat über den Ring gesprochen, er mußte nicht Noten lesen können, um zu verstehen, was, ich meine er sprach über die Kalevala, über Freia und Brisingamen, er ...
—Also, Herrgott, davon hätte ich Ihnen auch was erzählen können, Bast, ich hab ihm doch von Brisingamen erzählt, hab die Kette um ihren Hals gesehen, ich kenne jedes einzelne gottverdammte Glied an dieser Kette, darüber sollten wir uns übrigens mal unterhalten, Bast, sie ist nämlich ...
—Scheiße, Jack, setz dich hin, wo zum Teufel willst du ...
—Er hat auch Mister Eigen hier geholfen, Bast, hat ihm bei seinem Stück geholfen, hat er doch, Tom, oder? Hat ihm gesagt, er soll den ersten Akt streichen, das würde nichts an der ganzen Scheiße ändern, hat ihm gesagt, das Ganze sei unverdauter Plato, hat ihm gesagt, er ließe den Schauspielern und dem Regisseur keinen Zentimeter Spielraum, weil er denen nämlich nicht traut, hat ihm gesagt, der Schluß sei zu süßlich, aber das weiß er selber am besten, Bast, Schriftsteller ohne Agape, es ist doch immer dasselbe, verrat ihm doch mal dein Geheimnis, Tom, wie du die Welt in einer Nußschale unterbringst ...
—Scheiße, Jack, halts Maul und setz dich hin, du schmeißt sonst noch sämtliche Kisten um, was zum Teufel machst du überhaupt da oben?
—Was zum Teufel glaubst du wohl, was ich da mache? Ich suche das Manuskript, deshalb bin ich doch überhaupt nur hergekommen, haben Sie's vielleicht gesehen, Bast?
—Nein, also ich, ich hab nur was von Mister Grynszpan gefunden, etwas mit einem blauen Umschlag, hat irgendwie mit Agape zu tun, glaub ich, ich habs in den Herd gelegt zu seinen ganzen anderen ...
—Das ist es doch, wo zum Teufel ist es, haben Sie's gelesen?
—Nein, also nur den ersten Teil, es war ein bißchen zu schwierig für ...
—Schwierig? Was soll das heißen, schwierig? Ich les es Ihnen vor, dann

können Sie mir ja sagen, was daran so scheißschwierig sein soll, wo ist es, geben Sie mir mal den ...
—Ich kann es ja holen, wenn Sie ...
—Nein, bleiben Sie sitzen, lassen Sie's, wo es ist, Jack? Wenn du nen Drink willst, komm von den Büchern da runter und ...
—Ich hab gesagt, daß ich's ihm vorlese, Tom ... und hievte an einer Einbanddecke mit der Aufschrift Jahrgang 1901 den Musical Courier zu sich nach oben, —soll mir sagen, was daran so scheißschwierig ... lagenweise wälzte er die Seiten durch, —hier. Die Musik der Welt ist jedem zugänglich. Klingt das etwa schwierig?
—Na ja, nicht direkt aber ...
—Das Pianola eröffnet uns einen universellen Weg in die Welt des Klavierspiels. Universell deshalb, weil jedermann im Vollbesitz seiner Hände und Füße den Gebrauch dieses Instruments erlernen kann, ist das denn so scheißschwierig? Im Vollbesitz seiner Hände und Füße ... unter Zuhilfenahme von je einer Hand und einem Fuß, welche er nämlich gegen 12 0,7 l Flsch. Raucht nicht, riecht nicht, brennt nicht an stemmte, ließ er sich heruntergleiten. —Das Problem bestand darin, daß Schramm noch im Vollbesitz seiner Hände und Füße war, denn was macht einer, der von Tolstoi gelernt hat, daß es da diesen unüberwindlichen Abgrund gibt zwischen der ursprünglichen Idee und dem, was ich daraus machen kann, ist das etwa so schwierig, Bast?
—Also nein, nein, aber ich weiß immer noch nicht, was mit ihm passiert ist, er ...
—Das Problem ist, daß im Grunde nichts passiert ist, daß er stets als ein und dieselbe Person aufwachte, als die er abends zuvor ins Bett gegangen war, und auch das wußte er nur, weil ihm immer diese Scheißworte durch den Kopf gingen, er ging zu Bett und wußte bereits, daß er als dieselbe Scheißperson wieder aufwachen würde, schließlich konnte er's nicht mehr aushalten, immer waren die gleichen Scheißworte schon da, als letzten Ausweg sah er nur noch die Zerstörung, er mußte das Gefäß der Worte zerstören, um das loszuwerden, was es enthielt, und als am nächsten Morgen die Scheißworte wiederkommen wollten, lag das gottverdammte Gefäß bereits zerschmettert auf dem Bürgersteig, keine Chance mehr, sich in ihm ...
—Halten Sie ihn fest, Bast. Hör zu, Jack ...
—Gefäß der ...
—Scheiße, hör zu, du weißt nicht mehr, wovon du redest, denkst, er sei rumgerannt und habe Tolstoi zitiert, das letzte, was er zu mir gesagt

hat, als er weggegangen ist, war, ein Mann geht in einen Werkzeugladen, verlangt eine Dose blauer Farbe, eine Dose orange Farbe, einen Pinsel und einen Hammer, der Verkäufer denkt, das ist aber ne komische Auswahl, da sagt der Mann zu dem Verkäufer, ich geh jetzt nach Haus und pinsel mir ein Ei blau an und das andere orange, und wenn heut abend meine neue Freundin kommt, Scheiße, Jack, er war eifersüchtig, sonst nichts, diese beschränkte kleine Rhoda, wenn die hier gewesen wäre, als er ...
—Solltest dir selbst eine anlachen, Tom, im Vollbesitz deiner Hände und Füße solltest du dir selber eine ...
—Mister Gibbs, sind Sie ...
—Versuch bloß, zu dem Scheißfenster zu kommen, mal sehen, was ...
—Weißt du, was ich glaube, Jack? Du bist eifersüchtig.
—Hab schon eine, Tom, du solltest dir eine, Scheißleute da unten denken wohl, sie hätten für die Show hier bezahlt, haben sogar ihre Kinder mitgebracht, halber Preis für kleine Scheißer, kommen ja schon die Treppe hoch, und gegenüber hängen sie in den Fenstern ... er zerrte an der Jalousie, die Jalousie krängte noch weiter zur Seite, und die Blaulichter unten auf der Straße zuckten über sein Gesicht. —Fünf von den beschissenen Jones & Co. mittendrin mit ihrem, da ist er ja, da kommt er, Leinensack mit Griffen, o Gott, warum sind wir nicht, drei Bullen als Leichenträger, drei Bullen, jemand in nem weißen Schlafanzug schiebt ihn hinten in nen, sieht aus wie 'n Lieferwagen von ner Bäckerei, Rettungsdienst City of New York, Scheiße, sieht aus wie 'n Lieferwagen von ner Bäckerei, o Gott, was für eine, Scheiße, Tom, wenn du bloß ...
—Hat er dir schließlich doch noch die Show gestohlen, was, Jack?
—Ich, ich glaube, da ist jemand an der Tür, ich denke, ich geh mal lieber hin ...
—Du hast deinen Witz noch nicht zu Ende erzählt, Tom, denn wenn sie sagt, das sind ja komische Eier, hau ich ihr mit dem Hammer auf den Kopf, ich glaub du bist eifersüchtig, Tom.
—Hat dir die Show gestohlen und dich hier sitzenlassen, nicht wahr, Jack? Vorsicht ...!
—Halte là, Qui ...
—Paß auf, setz dich hin und halts Maul, das ist die Polizei.
—Kommen Sie rein, Officer, wir, die Tür funktioniert nicht mehr ganz, aber ...
—Hat hier jemand eingebrochen?

—Nein, das ist bloß, das geht so ... er zog die Tür auf, die nur noch an einer Angel hing.
—Wenn hier niemand wohnt, wird garantiert eingebrochen. Wer ist denn über die Jalousie gelaufen?
—Officer! Ich kann das erklären, Officer ...
—Sie sind ja immer noch da!
—Das war Lazarus, Officer, Lazarus im Vollbesitz seiner Hände und Füße, Lazarus, komm zurück und erzähl uns alles. Ich bin Lazarus, auferstanden von den Toten, auferstanden, um Ihnen alles zu erzählen, denn gemeint und geschissen ist zweierlei ...
—Jack, Scheiße, halts Maul!
—Doch wendet eure Augen von Lazarus, der kein Grab finden kann, und er blickte sich um und sah, wozu er auferstanden war, und fing wieder von vorne an ...
—Bast, halten Sie seinen, nein, nein, lassen Sie ihn auf dem Boden sitzen.
—Kennen Sie irgendwelche Angehörigen, Mister? Wie heißen Sie?
—Eigen, Thomas Eigen, e, i ...
—Können Sie dann mit runterkommen und die Identifizierung vornehmen?
—Macht Platz, macht Platz für Lazarus, der in der Wüste suchen muß, wo, Moment, sein Auge, sein Auge ...
—Also los!
—Er hat seine Augen der Augenbank vermacht, zumindest eins davon ist noch zu gebrauchen, wenn wir uns beeilen, aber dazu brauch ich nen Schuh ...
—Hören Sie, Mister, machen Sie es sich doch nicht selber so schwer, nehmen Sie noch 'n Drink, und dann schlafen Sie einfach ne Nacht drüber. Ihr Freund hier wird mit der Angelegenheit schon fertig.
—Drüber schlafen? Wir sind auch seine Freunde, Mister, was zum Teufel sollen wir, Bast, schnell, einen Schuh, Officer? Ich wünsche, daß Sie einen Taxifahrer namens Hardy Suggs verhaften, nein, den rechten, Bast, schnell, der hat meinen rechten Schuh gestohlen, Officer ... er zerrte am Schnürsenkel und riß ihn ab, —verhaften Sie ihn, das Beweisstück liegt auf dem Rücksitz und fährt in diesem Augenblick wahrscheinlich in seinem Taxi durch die Gegend, glaubt wohl, ich hätte mir seinen Namen auf der Lizenzplakette nicht gemerkt, Hardy Suggs, und seine Visage, bevor er sich rasiert hat, ich kann ihn bei der Gegenüberstellung identifizieren ...

—Aber morgen früh brauche ich ihn wieder, Mister Gibbs, ich muß zum ...
—Den kriegt er nicht, Bast, keine Sorge, diesen kriegt er nicht ...
—Jack, hör zu ...
—Der Name ist Suggs, Officer, warten Sie, ich komm mit ... Die Filmdosen krachten auf den Fußboden, als er die Tür erreichte, —das andere Auge ist noch okay, und wenn wir uns beeilen ...
Der Polizist drehte sich in der Tür noch einmal um. —Da läuft noch Wasser, sagte er zu Bast und ließ ihn stehen; er hob die Tür in den Rahmen zurück und lehnte sich dann mit dem Rücken dagegen, starrte die Fußspuren auf der Jalousie an und schien zu lauschen, bahnte sich schließlich über Filmdosen, Lampenschirme und den Morning Telegraph hinweg einen Weg zur Jalousie, ließ sie nach oben schnellen und starrte durchs Fenster, starrte bewegungslos, bis ein Klopfen an der Tür ihn herumfahren ließ.
—Wer ist da?
—Hallo? kam es von der anderen Seite. —Kann ich mit Sie sprechen?
—Wer ist da?
—Eine Minut, darf ich Sie fragen, Mister?
Er öffnete die Tür weit genug, daß die nackte Glühbirne das alte Gesicht im Flur erleuchten konnte. —Was ist los?
—Ich kommen zu fragen wegen Wohnung, Mister.
—Das ist nicht meine, irgendwie, ich, ich arbeite hier nur.
—Nein, bei das Ende von Flur, Mister, ist jetzt frei? Die Wohnung? Meine Frau, Mister ...
—Aber, was wollen Sie ...
—Wir wohnen oben, Mister, fünf Werkstocke hoch, meine Frau, Mister, ihre Beine, sie nicht können hoch und runter laufen, ich sehen, wie sie ihn wegtragen in die Sack, Mister, ich fragen vielleicht ...
—Aber Sie, Sie, elender ...
—Meine Frau, Mister ...?
—Gehen Sie weg! Er lehnte sich mit dem Rücken gegen die Tür, nahm ein Hemd vom Geschirrtuchhalter und wischte sich damit durchs Gesicht, wartete, und dann fing er plötzlich an, Filmrollen aufzusammeln und zu stapeln, Lampenschirme zu stapeln, Partiturblätter, Papiere, Bleistifte, ließ sich aufs armlose Sofa sinken, wo er den löchrigen Lampenschirm ausbeulte, und saß dann da und schrieb Noten nieder, zog Linien, Kurven, lehnte sich zurück und wischte sich durchs Gesicht, stand auf, um nach einer Tasse zu suchen, stolperte über die

Flasche, schüttelte die leere Schachtel Beuteltee, hob dann die Flasche auf und goß sich den Rest in die Tasse, trank aus, starrte Baldungs Hexe an, die schräg an 24 0,5 kg H-O lehnte, griff danach, betrachtete sie genau, stellte sie schließlich wieder aufrecht zurück und starrte an die Decke. Wieder auf den Beinen und mit dem einen beschuhten Fuß als Ausgangspunkt erklomm er den Musical Courier und legte, der Länge nach darauf ausgestreckt, ein Ohr an einen Spalt zwischen den Bänden.

 —ein Land von der Größe Kaliforniens verfügt aber über die viertgrößte Armee der Welt, was sich ...

Er richtete sich auf, griff nach einem Mop, der über die Kante des verschütteten Klaviers herausragte, bohrte den Stiel in den Spalt zwischen den Bänden und stieß zu, zog ihn heraus und legte das Ohr wieder an den Spalt.

 —zeitgemäße Ernährungstips, präsentiert von ...

Der Mop flog über Kartons und Lampenschirme und landete hinter Appletons', er robbte zum Ende der Hochebene zurück, stützte einen Fuß auf Raucht nicht, riecht nicht, brennt nicht an, sah hinein, wühlte zwischen Dosen mit noch nicht entwickeltem Film, stieß dabei auf eine Kordel, einen einzelnen Handschuh, kaputte Feuerzeuge, brachte eine Strohsandale zum Vorschein, die er anzog, dann kletterte er hinab. Unten angekommen, wischte er sich die neue Schmutzschicht vom Hemd, bevor er sich auf die Sofakante setzte und erst auf ein frisches Blatt Notenpapier starrte, dann an die Decke, auf den Baldung, auf 24 à 200 g Fruit Loops, und während er den sporadischen Tonfetzen zu lauschen schien, die ab und zu über seine Lippen kamen, kritzelte er einen Notenschlüssel aufs Papier, Noten, ein Wort, einen Bogen, und beschrieb so immer neue Blätter, bis das erste Licht des Tages die schiefen Lamellen der Jalousie frösteln ließ, dann in aller Stille weiterwanderte und den löchrigen Lampenschirm erwärmte, bevor auch dieser in den wandernden Schatten versank und das Schlappschlapp einer Strohsandale kurz den brausenden Wasserhahn aufsuchte und schlapp-schlapp zurückkehrte, um die Tasse mit dem baumelnden Teebeutelfaden auf Moodys abzusetzen und nach einem spitzeren Bleistift zu greifen, einem neuen Blatt. Blätter und Schatten, beide wuchsen, kamen sich ins Gehege, landeten schließlich am Boden, während er zusammengesunken in die Leere horchte, als ließen sich dadurch

Klänge ins Leben rufen. Dann plötzlich, mit einer Drehung, die eine Pose für die spiegellose Wand hätte sein können, sprang er auf, wie zur Abwehr.

—Zeit, sich der größten Sparkassen-Grup...

—Einen Moment, wer ist da...? Er war an der Tür, als sie ihm schon entgegenfiel. —Oh, Sie. Sie sinds, Mister Gibbs, Moment, warten Sie, lassen Sie mich...
—Ich bringe Ihnen die Post, mal sehen, wer uns heute wieder alles geschrieben hat...
—Nein nein, Moment, ich heb das schon auf, nicht, warten Sie, hier ist Ihre Zeitung... er hielt ihm den Turf Guide hin, —lassen Sie mich das nur...
—Gut, die von heute? Woher haben Sie die...?
—Sie haben Sie gerade fallen gelassen, nein, Vorsicht...!
—Herrgott...
—Ja also, ich würde mich lieber nicht auf die Filmrollen setzen, die sind nicht sehr, ich will nur die Tür hier... er häufte die Post auf 24 0,5l Neu Noch Besser, —können Sie...
—Dauernd stolpere ich über diesen Scheiß...
—Warten Sie, ja, lassen Sie mich das nur kurz aufheben, das sind alles meine Noten... auf seiner einzelnen Sandale rutschte er an 36 Pckg. 200 Blatt 2-lagig vorbei, —ich meine, ich hab die ganze Nacht gearbeitet und...
—Hab meine Zigaretten hier vergessen, wer hat sich meine Zigaretten...
—Direkt vor Ihnen, auf dem Fußboden, direkt unter Ihrem...
—Sollen das etwa Zigaretten sein? Eine Hand stocherte blindlings unterm Sofa herum, —das ist ne Flasche, das merke ich doch genau, Bast, waren Sie das vielleicht, der meine Zigaretten genommen und dafür ne leere Flasche hingelegt hat?
—Na ja, aber ich kann Ihnen eine Tasse Tee machen, rasieren muß ich mich sowieso, weil ich weg muß...
—Hab das Auto gesehen, das draußen auf Sie wartet, hätte mir fast den Hals gebrochen auf dem Weg hierher, Bast, ich sagte, ich hätte mir fast...
—Mein was?
—Der Wagen, der unten wartet, für Ihre Geschäftsreise, ich hätte mir fast...

—Das, nein, die schwarze Limousine da unten? Er zog das Rollo wieder nach unten, —das ist nicht, ich meine, das kann nicht sein...
—Sie sagten doch, daß Sie auf so ne Scheiß-Geschäftsreise, oder nicht?
—Nein, das heißt, ich komme ja gerade von einer Geschäftsreise, Mister Gibbs, und das auch nur, weil mich jemand darum gebeten hat, ich meine, das war eher so ne Art Botengang, den der Betreffende nicht selber erledigen konnte, und das auch nur, um mir etwas Geld zu verdienen, bis diese Tänzer mich bezahlen, könnten Sie bitte mal Ihr Knie beiseite, ich will nur diese Blätter aufheben, bevor sie...
—Das Problem ist, Bast, daß Sie kein Vertrauen zu denen haben, Scheiß-Schauspieler, Sie arbeiten hier die Nacht durch und schreiben Musik für die, aber Sie trauen denen nicht zu, daß...
—Na ja, nicht direkt, außerdem würden Sie es gar nicht aufführen, bevor ich es nicht umgeschrieben habe, ich meine, ich weiß ja selbst noch nicht genau, wie es klingt, aber...
—Was solls? Hab Ihnen doch gesagt, daß ich mir für Sie fast den Hals gebrochen hätte, als ich herkam, oder nicht? Ich helf Ihnen dabei, das Scheißklavier freizulegen, hab ich Ihnen schließlich versprochen.
—Danke, aber jetzt im Moment muß ich, ich meine, vielleicht sollten Sie sich eine Weile ausruhen, Mister Gibbs, Sie sehen nicht, Sie sehen aus, als hätten Sie nicht geschlafen, und Ihre...
—Sehen Sie sich doch selber mal an, Bast, Sie sollten die Sache abblasen und sich ne Weile aufs...
—Nein, deshalb muß ich ja aufräumen und mich rasieren, bevor ich...
—Ohne Klavier kann man nicht komponieren, Bast, hab ja versprochen, Ihnen dabei zu helfen, das Scheißding auszubuddeln, oder nicht? Wie Beethoven schon zu Cipriani Potter sagte, ohne Klavier kann man nicht komponieren, und jetzt sagen Sie bloß, Sie wären manchmal nicht in Versuchung, es zu Rate zu ziehen Bast? He, ich rede mit Ihnen, wo zum Teufel...
—Ja, ich kann Sie verstehen, Mister Gibbs, ich muß mich nur rasieren, rief er durchs Brausen des Wasserhahns, zog sein Hemd aus und bearbeitete sein Gesicht mit dem rissigen, gelben Stück Kernseife, das er dort auf der rostigen Ablage gefunden hatte, —Mister Gibbs? Ist das auch in Ordnung, wenn ich den Rasierapparat benutze, der hier liegt?
—Aber komponieren Sie nie in einem Raum, in dem es ein Scheißklavier gibt, sagte Beethoven zu Cipriani Potter, weil man dann in Versuchung kommt, es zu Rate zu ziehen, Bast? Hören Sie mich?

—Ja, aber ich bin ...
—Ich sag Ihnen was, Bast, das Problem ist, daß es hier zu viele Scheißlecks gibt, bei diesem ganzen Energieverlust kann man doch nicht komponieren, Entropie allenthalben, das Radio dudelt Tag und Nacht, heißes Wasser strömt aus, überall Entropie, und da glauben Sie noch, daß Sie Ihre Noten im Kopf behalten können? Wissen Sie überhaupt, wie das klingt? Bast?
—Was ...? Er zog die verrostete Rasierklinge über seine Wange und stellte den Deckel einer Keksdose so auf die Ablage, daß er darin sein Spiegelbild sehen konnte.
—Sie hören ja gar nicht zu!
—Doch, aber ... er schnitt sich, hielt inne, langte nach dem Hemd, das am Geschirrtuchhaken baumelte. —Ich meine, es gibt einige Dinge, die man nicht aufschreiben kann, vor allem einfache Dinge, die muß man einfach den Musikern überlassen, und solange die Musik nicht tatsächlich aufgeführt wird, existiert sie im Grunde gar nicht, deshalb ist die ...
—Das Problem beim Schreiben einer Oper ist, Bast, daß man gegen das beschissenste Instrument ankämpfen muß, das je erfunden wurde, Sie haben mich doch mal gebeten, daß ich Ihnen was über Johannes Müller erzähle, nicht wahr?
—Also ich, ich glaube nicht, aber ...
—Aber Sie haben doch Mister Eigen gesagt, daß sein Stück eigentlich gar nicht existiert, nicht wahr? Kein Vertrauen zu den Schauspielern, kein Vertrauen zu den Regisseuren, und den Schluß haut er dem Publikum mit dem Holzhammer in den Schädel, weil er dem Scheißpublikum nämlich erst recht nicht traut, ich hab Ihnen doch schon mal erzählt, daß Schramm ein künstliches Ohr hatte, oder nicht? Das Problem ist, wie man den Scheißkünstler loswerden kann, hat er Sie eigentlich auch immer genervt?
—Nein, wer, Mister Schramm? Nein, eigentlich nicht, aber ...
—Sie haben mich doch gebeten, daß ich Ihnen was über Johannes Müller erzähle, oder nicht? Hab Ihnen doch schon mal gesagt, daß Sie nicht richtig zuhören, ich spreche von Johannes Müller, dem deutschen Anatom Johannes Müller aus dem neunzehnten Jahrhundert, der nahm sich nen menschlichen Kehlkopf, ersetzte die Muskelstränge durch ein System von Bindfäden und Gewichten, und hat dann reingeblasen und versucht, ne Melodie rauszukriegen, wie finden Sie das, Bast?
—Ja, das klingt recht ...

—Der war nämlich ernsthaft der Meinung, Opernhäuser würden dann die Kehlköpfe toter Sänger kaufen und sie so präparieren, daß sie ohne Gage Arien singen, auf diese Weise wäre die Kunst ein für allemal den Scheißkünstler losgeworden, aber solange es noch welche gibt, zerstört man eben auf andere Weise, was wahre Kunst ausmacht, Bast? Haben Sie's deshalb versteckt?
—Was ... sagte er, zog sich ein Hemd an und hielt sich den Ärmel eines anderen gegen die blutende Verletzung am Hals, —was versteckt? Ich...
—Das Manuskript, Sie haben mir doch erzählt, es sei so schwierig, haben Sie's deshalb versteckt?
—Was, das, nein, das mit dem blauen Deckel? Nein, ich habe es nur in den, warten Sie, warten Sie, setzen Sie sich, ich werde ...
—Habs schon! Die Herdklappe knallte zu. —Hab ja versprochen, es Ihnen vorzulesen, versteckt es in dem Scheißherd ...
—Nein, ich habe es nur hineingelegt, damit es nicht noch schmutziger wird, aber ...
—Ich les es Ihnen vor, und Sie sagen mir, was daran so scheißschwierig sein soll.
—Ja, aber ich habe jetzt keine Zeit, Mister Gibbs, ich muß jetzt los, könnte ich, könnte ich meinen Schuh wiederhaben?
—Auf der Uhr da unten ist es erst Viertel vor sieben, Bast, jede Menge Zeit, setzen Sie sich hin.
—Nein, aber für die genaue Zeit muß man das von zehn subtrahieren, weil, halt, halt! Setzen Sie sich nicht auf meine ...
—Ne Art Motto hier, bitte schießen Sie nicht auf den, hören Sie auch zu?
—Das Motto, ja, aber ich brauche meinen ... er ließ sich auf den Knusprigen Knisperspaß! sinken, —meinen Schuh, was, was haben Sie mit meinem Schuh ...
—Hab Ihnen doch gesagt, daß ich gestolpert bin, die Scheißsohle hat sich gelöst, hören Sie jetzt zu?
—Aber sie ist ja fast, wie haben Sie das ...
—Hab Ihnen doch erzählt, daß ich mir auf dem Weg hierhin fast den Hals gebrochen hätte, Sie wollten doch, daß ich Ihnen das vorlese, oder nicht? Bitte schießen Sie nicht auf den Pianisten. Er gibt sein Bestes. Na bitte, was soll daran denn schwierig sein?
—Nichts, aber ... er stellte den funktionslosen Fuß auf Moodys und beugte sich vor, um den verknoteten Schnürsenkel zu lösen. —Ein

solches Schild jedenfalls hing seinerzeit in einem Saloon von Leadville und erregte dort die Aufmerksamkeit der Kunst, der Kunst in Gestalt jenes hochmögenden Pilgersmannes, der soeben seine Reise durch den Wilden Westen der achtziger angetreten hatte, wo das fragile menschliche Element sogar in den Künsten noch überreich vertreten war, was festzustellen jedoch allein einem Oscar Wilde vorbehalten blieb, man beachte seine Verwunderung über die eigenartige Mortalität in der amerikanischen Gastronomie, die er sich übrigens nicht schmälern ließ durch den Zusatz: Er tut sein Bestes. Denn hier war es noch spürbar, das Walten des Schicksals und das Scheitern als ständiger Begleiter der menschlichen Existenz, und das ausgerechnet in einem Jahrhundert, das sich der Ausmerzung jeglicher Bedrängnis verschrieben hatte; mochte man im Mutterland auch postulieren, daß alle Kunst letztlich der Musik nachstrebe, dort im Saloon einer Bergarbeiterstadt in Colorado wußte man es besser, wußte, daß alle Kunst letztlich aus einer Notlage entstand, die jederzeit durch einen Pistolenschuß offenbar werden konnte, dabei war die Rettung so nah, die Erlösung, geboren aus dem Tier mit den zwei Rücken namens Kunst und Wissenschaft, deren dreiste Vereinigung Klassenschranken ebenso hinwegfegen sollte wie sämtliche Unterschiede in Geschmack und Talent, um die Künste endlich für die Massendemokratie verfügbar zu machen und die Geschichte als Blödsinn abzutun. Also, Scheiße, Bast, was soll daran denn schwierig sein?
—Also, also nein ... er streifte den Schuh ab.
—Gut, da ist doch gar nichts so scheißschwierig dran, ist das hier etwa schwierig? Eine bemerkenswerte Charaktereigenschaft der Amerikaner ist die Art und Weise, wie sie die Wissenschaft mit dem modernen Leben verknüpft haben, so Wilde weiter, überwältigt vom lautesten Land, das es je gab. Man erwacht des Morgens nicht vom Singen der Nachtigall, sondern vom schrillen Signal der Dampfpfeife ... Alle Kunst basiert auf außergewöhnlich feiner Sensibilität, und solch dauerndes Getöse muß auf die musikalische Begabung unbedingt zerstörerisch wirken, und dies, obgleich die Flöte gemeinhin nicht als moralisches ... was ist los?
—Nichts, ich bin, ich brauche den Umschlag, auf dem Sie sitzen, und diese, diese Zeitungen ...
—Ja gut, ja, obgleich die Flöte gemeinhin nicht als moralisches Instrument gilt, dafür ist sie zu erregend, war es keineswegs der Tadel des Aristoteles, welcher der unbesonnenen Begeisterung des jungen

Frank Woolworth für dieses Instrument ein Ende setzte. Pikanterweise wurde er tontaub, und bereits achtzehnhundertneunundsiebzig hatte er einem Jahrzehnt der Zahlungsunfähigkeit durch den Bankrott seines Fünf-Cent-Ladens in Utica, New York, die Krone aufgesetzt, gerade, als in McGuffeys Fourth Eclectic Reader die Folgen des Müßiggangs höchst eindringlich beschrieben worden waren am Beispiel des unseligen Endes von George Jones, zuletzt gesehen als armer Vagabund, ohne Freunde und ohne Geld. Das ist der Lohn des Müßiggangs. Ich hoffe, jeder Leser wird, Bast, Scheiße, Sie meckern darüber, daß alles so schwierig ist, und dann laufen Sie im Raum auf und ab, während ich versuche, Ihnen ...
—Nein, aber ich muß jetzt los, Mister Gibbs, ich sagte Ihnen doch, daß ...
—Gut, ich hoffe nur, ein jeder Leser wird diese Geschichte als Warnung begreifen und sich die Botschaft hinter die Segelohren der Zeit schreiben, das Problem ist nur, daß jeder Scheißleser viel lieber ins Kino geht. Paß auf, lieber Leser, hiervon solltest du mehr haben, davon weniger, das Problem ist nur, daß der meiste Scheiß, der geschrieben wird, für Leser geschrieben wird, die völlig zufrieden mit sich selbst sind und lieber im Kino sitzen, man kommt mit leeren Händen rein und verschwindet wieder auf die gleiche, beschissene Weise, hab ich ihm immer gesagt, Bast. Sobald Sie von diesem Volk auch nur die kleinste beschissenste Leistung fordern, ist Schluß mit lustig, die Leute wollen nämlich alles vorgekaut haben, die Folge, sie stehen auf und rennen ins Kino, ich meine, ich bin derjenige, der ihm was über Agape erzählt hat, Bast, ich war auch derjenige, der das Gesetz des gemeinsamen Brennpunkts formuliert hat, hab ich Ihnen das schon erzählt? Hab doch versprochen, Ihnen was von Grynszpan zu erzählen, also was ist?
—Nein, aber ich muß jetzt los, Mister Gibbs, ich ...
—Bast? Hören Sie zu, der Bessere von uns beiden, hab gesagt, ich würd Ihnen erzählen, was Beethoven, hören Sie ...
—Das haben Sie bereits, Mister Gibbs, jetzt muß ich wirklich, Moment, nein, stehen Sie jetzt nicht auf, ich muß wirklich los ... doch als er sich an ihm vorbeidrücken wollte, stieß er mit der Last der Papiere gegen 36 Pckg. 200 Blatt 2-lagig, —ich werde ...
—Wissen Sie, was er der Gräfin geschrieben hat, der Gräfin von, der Bessere von uns beiden, Bast?
—Ja ...? An der verbleibenden Angel hielt er die Tür in der Schwebe.

—Scheiße, hören Sie zu! Bast? Der, der Bessere von uns beiden möge den anderen in Erinnerung behalten ...
Er zögerte noch einen Augenblick, deponierte dann seine Papiere auf der Treppe und zog mit beiden Händen die Tür zu, hinter der es so still geworden war wie in dem düsteren Flur, bis er die Treppe hinabging, wobei die sich lösende Sohle des Schuhs seine Hast echoähnlich begleitete und erst auf dem Bürgersteig zeitweise verstummte, wo er nämlich die leere Limousine anstarrte, die dort in der zweiten Reihe parkte, danach erneuter Rückfall ins Geschlapp seiner Sohle, doppelt so schnell wie seine Schritte, vorbei an einem Geleitzug von Mülltonnen, Taktwechsel bei jedem Bordstein und als klatschende Kadenz die ausladende Freitreppe zum Museum hinauf, mit nachhallendem Zwischenspiel in der Rotunde, bis er jählings die Stille wiedergewann, indem er sich gleitend in Richtung Skulpturensaal bewegte, während eine wüste Horde aus der Waffensammlung hervorbrach.
—Bast?
—Was? Ich ...
—Nicht Sie, da hinten? Sind Sie das etwa, Mister Bast?
—Nein, ich, das heißt, eigentlich doch ... er äugte um den marmornen Hintern eines marmornen Hermes herum, —ich meine, ich, ich hab nicht damit gerechnet, Sie hier zu treffen, Mister Crawley, ich ...
—Hätte auch nicht gedacht, Sie hier wiederzusehen, hätte Sie eher im Naturkundemuseum vermutet, aber was zum Teufel ist denn mit Ihnen los, Sie sehen ja aus ...
—Nichts, nein, ich bin, ich glaube, ich hab mich beim Rasieren geschnitten, ein paarmal beim Rasieren, ich hab auch nicht viel geschlafen, weil ich ...
—Gut gut, ja, Sie haben wohl hart gearbeitet, was? Sieht ja fast so aus, als hätten Sie da bald was für mich, was sich anhören läßt?
—Ja also, nicht ganz, nein, nein, verstehen Sie, ich ...
—War eigentlich längst davon ausgegangen, daß Sie sich mit uns in Verbindung setzen, hab bei Ihnen im Büro angerufen, aber Ihre Sekretärin sagte, Sie seien verreist. Jetzt wollen Sie sich wohl wieder ganz auf die Musik werfen, was, Mister Bast?
—Ja, nichts was ich lieber ...
—Wollte Sie natürlich deswegen auch nicht drängen, der Grund meines Anrufs war nur, Ihrem Partner mitzuteilen, daß ich eine Möglichkeit gefunden habe, Ihre, was war es noch, Tapeten, richtig? Also, ich kann Ihnen den ganzen Schwung abnehmen.

—Ja, Eagle Mills, ja, also, da bin ich ja gerade ...
—Bringt ihm immerhin zwölf bis dreizehn Cent auf den Dollar, ist natürlich 'n Freundschaftsdienst, wie viele, sagten Sie, hält er davon?
—Also, die hat er gar nicht mehr, man hat sie ihm gegen Aktien eingetauscht und jetzt ...
—Ach, das wissen Sie auch schon? Tja, dann sind Sie jetzt ja elegant aus der Sache raus, Mister Bast, und nun also zurück zur Musik, was? Das ist die richtige Einstellung, würde es überhaupt begrüßen, wenn Sie Ihrem Talent etwas mehr Spielraum ließen.
—Ja also, gewiß, ich ...
—Na bitte, ja, ich hab da eine Idee, Bast, da unten in Uganda haben die ein Riesenproblem mit ihren Elefanten, Verbißschäden, Überweidung und so weiter und so fort, wissen Sie, die verdammten Biester stehen den ganzen Tag nur in der Landschaft rum und fressen alles kahl ...
—Ja, ich, ich verstehe ... Während die Cafeteria-Meute erneut den Saal erstürmte, drückte Bast sich eng an eine Marmorstatue, die sich dort zum Gedenken an die verrenkte Anmut einer Leibesübung erhob.
—Ich meine, daß wir etwa vierzigtausend Stück übernehmen könnten, um den natürlichen Lebensraum da unten zu schützen, Stamper und ich würden natürlich auch sofort runterfliegen und unseren Teil beitragen, aber das ist natürlich verdammt lästig, wenn man bedenkt, daß man die Biester eigentlich nur auf Schiffe verfrachten müßte, um ihnen in den Everglades eine optimale Umgebung einzurichten, das jedenfalls ist Stampers Idee, dann hätten wir soviel jagdbares Großwild, wie wir uns nur wünschen können, und schützen zugleich den natürlichen Lebensraum da unten, hinter der Flanke des Athleten kam er Bast näher, —glauben Sie, wir könnten ne kleine Elefantenmusik mit einarbeiten, Bast?
—Eine, kleine Elefanten ...
—Riesenburschen, Bast, Riesenburschen, wissen Sie, die verputzen fünf bis sechshundert Pfund Grünzeug am Tag, Gras und Baumrinde, 'n ausgewachsener Bulle wird über drei Meter groß und ist verdammt schlau, wenn der mit seinen acht Tonnen auf Sie losgeht, dann haben Sie das gefährlichste Großwild, was man sich vorstellen kann. Diesmal bringen wir natürlich einen von unseren eigenen Jungs für die Kamera mit, aber das sollte Sie nicht abhalten, Sie verfügen doch wohl über ne gewisse Vorstellungskraft?
—Ich, ich glaube schon, ich ... An den Sarkophagen vorbei stahl sich

Bast immer tiefer zwischen eine Gruppe von Statuen. Währenddessen ergoß sich die verlaufende Meute über den Mittelgang, umflutete die plätschernden Brunnen, wo sie jedoch an Kraft verlor und so einer ungekämmten Erscheinung Gelegenheit bot, an den Fuß einer lydischen Säule gespült, in kniender Pose an einem bereits geflickten Schnürsenkel zu zerren.
—Sie wollen los, natürlich, ich will Sie auch gar nicht von der Arbeit abhalten, aber lassen Sie sich ruhig Zeit, Bast, ich will Sie nicht drängen, Bast? Der Ausgang ist da drüben...
—Ja ich, ich wollte nur kurz auf die Toilette.
—Alles in Ordnung mit Ihnen, Bast?
—Gut, ja, ich, mir gehts gut.
—Irgendwie gefallen Sie mir nicht. Sollten mehr an die frische Luft gehen, natürlich erst, wenn Sie mit dieser Arbeit fertig sind. Wie wärs, wenn ich mir in den nächsten Tagen schon mal was anhören könnte? Und sein —ich werds versuchen verlor sich auf dem Weg zu den plätschernden Wassern im rhythmischen Geschlapp seines Schuhs, bis er unmittelbar hinter der Basis der lydischen Säule ins Straucheln geriet.
—Eh, paß doch auf, du... oh, hallo, Mann, bin ich froh, Sie wiederzusehen, Bast!
—Also, steh doch erst mal auf.
—Okay, nur ein, Scheiße... echt, dieser verdammte Schnürsenkel ist schon wieder gerissen, was soll ich denn machen... Mit einem letzten Ruck am Knoten richtete er sich auf und lief neben Bast her, wobei sein Aktenkoffer fast den Boden berührte. —Wo wollen wir jetzt hin, eh?
—Irgendwo, ich will dir nur diese Unterlagen geben und dann...
—Weil, ich hab da nämlich ne tolle Idee. Ich könnte mich doch einfach mal für ne Stunde verdrücken, und wir gehen dann ins Büro. Okay?
—Welches Büro?
—Dieses neue Büro da, von dem Sie gesagt haben, daß Sie da jetzt Ihre Arbeit machen, okay?
—Nein.
—Wieso nicht? Sehen Sie doch, die gehen sowieso alle runter in die Snackbar da und...
—Ich sagte nein! Jetzt, jetzt mach...
—Okay, werden Sie bloß nicht gleich sauer, ich dachte nur...
—Ich bin nicht sauer, ich, ich bin nur müde, und ich fühl mich nicht so gut.

—Sie sehen auch nicht so gut aus, haben Sie auch so ausgesehen, als Sie da oben waren, eh? Eh Bast? Was ist denn mit Ihrem Fuß los?
—Nichts ist los mit meinem Fuß, nichts. Jetzt ...
—Nee, ist bloß Ihr Schuh, ich glaub, ich hab da noch so ein großes Gummiband, eh, warten Sie mal. Aber in die Snackbar können wir jetzt nicht gehen, da ist es jetzt rappelvoll. Sind Sie schon mal hier gewesen, eh, Bast?
—Natürlich, beeil dich bitte mal etwas!
—Wissen Sie, wo die ägyptische Abteilung ist?
—Aber, aber warum willst du ausgerechnet ...
—Nur so ein Gedanke, warten Sie, ich kann nicht so schnell laufen, sonst verliere ich meinen Turnschuh ... und Seite an Seite, linker Fuß an rechtem Fuß, gingen sie einträchtig durch die Tür, auf der Herren stand. —Hier hinten, eh ... er stellte den Aktenkoffer auf der ersten ebenen Fläche ab, die er finden konnte, und holte die ramponierte Mappe heraus, die inzwischen jedoch an einer Ecke mit schwarzem Klebeband geflickt worden war. —Sehen Sie? Er trat einen Schritt zurück, —klasse, was?
—Also warum wirfst du denn das alte Ding nicht weg?
—Nee, sehen Sie, ich hab diesen hier für Sie besorgt. Sieht doch fast aus wie echtes Leder, oder?
—Na ja, er glänzt ein bißchen, aber ...
—Ich meine, so von weitem, oder? Dann müssen Sie den Papierkram nicht mehr in diesem dreckigen Umschlag hier mit sich rumschleppen, wenn Sie zu einer Besprechung gehen, und wenn man Sie im Zug sieht und so, verstehen Sie?
—Wenn wer mich im Zug sieht?
—Ich meine die anderen Geschäftsleute, und sehen Sie mal, ich hab sogar Ihre Initialen draufmachen lassen, in Gold, auch wenn's nicht ganz ...
—Aber das sind gar nicht meine Initialen.
—Klar, weiß ich, aber lassen Sie mich mal ausreden, sehen Sie, als ich den Gutschein eingeschickt hab, müssen die wohl dieses B hier für ein D gehalten haben, aber ich hab mir gedacht, daß Sie ja einfach Ihren Namen ändern können ...
—Sieh mal, das ist doch jetzt ganz egal, ich will nur ...
—Und überhaupt, wenn irgend so ein Klugscheißer was sagt, dann können Sie ja immer noch sagen, das E D steht für Edward, wie ist die Sache denn überhaupt gelaufen? Ich meine, hat alles ...

—Ich hab dir die Zeitung mitgebracht, da steht alles drin, kannst du dann später lesen, jetzt ...
—Nee, ich meine, sind die nicht ausgerastet, als Sie da reinmarschiert sind und gesagt haben, wir übernehmen den Laden? Zeigen Sie mal her, was, heilige, sehen Sie mal, eh! Ich meine, das ist ja fast die ganze Titelseite! Sind Sie das?
—Ja, es ...
—Wem schütteln Sie da denn die Hand?
—Das ist Mister Hopper, er leitet die Bank, die den Konkurs abgewickelt hat und ...
—Den hatte ich mir aber ganz anders vorgestellt, ich meine, vom Telefon her und so, ich wußte gar nicht, daß der ein Neger ist.
—Also, das ist er auch gar nicht, wie kommst du ...
—Weil, der sieht doch echt so aus auf dem Bild hier. Nee, aber ich glaub, Sie auch, Moment, lassen Sie mich doch mal eben lesen, eh. Eagle Mills, einer der ältesten textilverarbeitenden Betriebe in der Region und seit über einem Jahrhundert Motor der Wirtschaft von Union Falls, hat in dieser Woche den Besitzer gewechselt. Der Übernahme vorausgegangen war ein fiktives Rettungsmanöver durch eine Finanzgruppe mit Sitz in New York, wo, eh, das sind wir, stimmts? Ich meine, fiktives Finanzmanöver, soll das etwa heißen, wir haben sie gefickt, oder was?
—Nein, es bedeutet nur ...
—Bereits seit geraumer Zeit wollten die Gerüchte um eine bevorstehende Zahlungsunfähigkeit von Eagle Mills nie ganz verstummen. In einer Exklusiv-Stellungnahme für den Union Falls Weekly Messenger bestätigte Bankdirektor und Eagle-Mills-Vorstandsmitglied Fred Hopper nun das Ende der Firma. In seiner Stellungnahme informierte Hopper zugleich über die anstehende Liquidation. Danach soll das freie Aktienkapital der Firma, die seit neunzehnhundertvierunddreißig keine Dividenden mehr ausgeschüttet hat, aufgelöst werden, während die verbleibenden Aktiva an die Anteilseigner zurückfließen. Eine endgültige Entscheidung über das Schicksal von Eagle Mills wird allerdings erst in dem gerichtlichen Konkursverfahren erwartet, das unter Vorsitz von Richter R.V. Begg stattfinden wird, dessen Heirat mit Mister Hoppers jüngerer Schwester Adeline im Jahre neunzehnhundertsiebenundzwanzig älteren Mitbürgern von Union Falls immer noch als das herausragende gesellschaftliche, was soll denn der ganze Mist, eh?

—Ich hab dir doch gesagt, lies es später, wenn du jetzt nur ...
—Okay, warten Sie noch 'n Moment, offenkundig war man davon ausgegangen, daß Moment, wo steht denn was über uns? So daß die handstreichartigen Aufkäufe eines erheblichen Teils der Eagle-Bonds durch auswärtige Interessenten die eigentliche Überraschung darstellten, konnten doch dieselben Anleihen in den vergangenen Jahren, wenn überhaupt, nur mit beträchtlichen Abschlägen veräußert werden, hier kommts jetzt, offenkundig war man davon ausgegangen, daß die Mehrheit der Eagle-Bonds immer noch in einheimischer Hand liegt. Neuesten Gerüchten zufolge, nach denen die Fabrik geschlossen und das nicht unbeträchtliche Firmengelände in ein öffentliches Naherholungsgebiet mit angeschlossener Rennstrecke umgewandelt werden soll, war Forst-Commissioner Edgar Begg zuvor bereits mit einem Exklusiv-Dementi für den Union Falls Weekly Messenger entgegengetreten. In seinem Haus in der North Main Street, das Begg seit seiner Kriegsverletzung in den Mouse Argonne nicht mehr hatte verlassen können, ging der Commissioner sogar noch einen Schritt, weiter auf Seite fünf ...
—Lies das jetzt doch nicht alles durch, ich hab es nur mitgebracht, damit du ...
—Nee, schon okay, kam aus dem Papiergeraschel, —Seite fünf, am Ende der diesjährigen Baseball-Saison haben die Jungs von den Eagles einmal mehr gezeigt, Moment, hier isses ja, eitern Spekulationen vorzubeugen, versicherte der noch jugendlich wirkende Vertreter jener New Yorker Finanzgruppe, Mister Edwerd Bast, in einer Exklusiv-Stellungnahme gegenüber dem Union Falls Weekly Messenger, eh, gucken Sie mal? Wie die Sie geschrieben haben? Dann können Sie also ruhig ...
—Die haben irgendwie eine dieser idiotischen Visitenkarten in die Hand bekommen, bevor ich ...
—Und wie kommt das eigentlich, daß denen ständig irgend jemand solche Exklusiv-Stellungnahmen gibt, eh?
—Weil es sonst niemanden gibt, dem man sie geben könnte, jetzt ...
—In einem exklusiven Statement, daß im jetzigen offenen Planungsstadium Pläne für ein öffentliches Naherholungsgebiet mit angeschlossener Rennstrecke nicht existierten oder geplant seien, echt, die haben Nerven, öffentliches Naherholungsgebiet, so ne Scheiße. Mister Bast, der auf seinem Blitzbesuch aufgrund terminlicher Schwierigkeiten ohne seinen Partner, eh, das bin ich, oder?

—Wer denn sonst? Lies dir das bitte später durch und ...
—Okay, ich will nur noch diesen Teil zu Ende lesen, eh, in New York festgehalten wurde, schien über die überraschende Entwicklung selbst überrascht zu sein. Ohne auf Einzelheiten der Übernahme einzugehen, verwies Mister Bast jedoch auf den investiven Charakter des Interesses seines Partners an Eagle Mills; Mister Bast beeilte sich, den zahlreichen Eagle-Mitarbeitern unter der treuen Leserschaft des Weekly Messenger zu versichern, daß zum gegenwärtigen Zeitpunkt kein Anlaß zur Besorgnis bestehe. Mister Basts bescheidenes und höfliches Auftreten, das offenbar so gar nicht zur harten erfolgsorientierten Geschäftsphilosophie jener Finanzfirma zu passen schien, in deren Namen er sprach, gewann ihm bei seinem kurzen Besuch viele Freunde. In seiner knappen Freizeit gibt Mister Bast sich gern kulturellen und künstlerischen Aktivitäten hin; und da Musik unter anderem zu Mister Basts bevorzugten Hobbys zählt, traf es sich günstig, daß sein Besuch mit dem lange erwarteten Herbstkonzert zusammenfiel, also, Moment mal ...
—Ich hab doch gesagt, du sollst das später lesen! Jetzt ...
—Nee, aber verstehen Sie doch, ich muß wissen, was Sie da alles gesagt haben. Nach einer kleinen Erfrischung in Form von Obstsalat ...
—Das reicht! Mach jetzt sofort ...
—Nee, ich bin ja schon fast am Ende, eh, gebratenem Truthahn mit Lebersoße, anschließend Candle Salad, die berühmte Union-House-Spezialität aus Ananasringen mit stehender Banane, gefüllt mit Erdnußbutter und mit einem steifgeschlagenen Häubchen Marshmellow-Schaum, zog sich Mister Bast in Begleitung seiner Gastgeber Mr. und Mrs. Hopper nebst Sohn Bunky in den Keller des ehemaligen Freimaurertempels zurück, um, wieso haben Sie denn da ne Mauer hochgezogen...?
—Gib mir jetzt die Zeitung!
—tempels zurück, um einer Vorführung des Glee-Club, bestehend aus Eagle-Mills-Mitarbeitern, beizuwohnen; zur Aufführung gelangten Stout Hearted Men, God Bless America in der bekannten Kunstlichtversion und das unverwüstliche Okla, eh!
—Ich hab doch gesagt, leg das weg! Jetzt ...
—Okay, aber Sie müssen die Zeitung ja nicht gleich kaputtreißen, ich meine, jetzt haben Sie das Bild durchgerissen, hier, wo dieses große Ziegel, Mann, das sieht ja wie 'n Gefängnis aus, eh, was ist das denn da vorn?

—Da sind die Büros drin.
—Wieso sind denn die Büros hier, wenn die Fabrik da drüben ist?
—Paß mal auf, ich war schließlich nicht dabei, als es gebaut wurde, also woher soll ich ...
—Und was ist das hier für'n langes Ding mit den ganzen Türen und, eh, sind das da etwa Bahnschienen?
—Das sind nur verrostete Gleise, und das ist eine Garage.
—Wofür brauchen die denn so ne riesige Garage?
—Brauchen sie gar nicht, die Stadt stellt da ihre Müllautos und Schneepflüge unter und ...
—Was ist das hier für'n großer Platz, wo Eagles Gäste steht?
—Da spielen sie Softball, hör mal ...
—Wer?
—Die Werksmannschaft, sie ...
—Ach, das sind die Union Falls Eagles? Wofür braucht die Firma denn ne Softballmannschaft?
—Weil sie gern Softball spielen! Ich mußte mir gleich drei Softballspiele ansehen, jetzt hör mal zu. Diese Unterlagen von Mister Hopper ...
—Aber warum sollen sie auf Firmenkosten Softball spielen?
—Wer sagt denn, daß sie Geld dafür kriegen? Sie spielen nur an den Wochenenden und nach Feierabend, jetzt ...
—Okay, aber sie spielen doch auf dem Firmengelände, oder nicht?
—Aber was ist daran so schlimm ...
—Nee, aber sehen Sie mal, darum gehts doch eigentlich, wenn wir alles verkaufen und dann dieses Rückpacht-Geschäft machen, dann geht das nicht, verstehen Sie?
—Nein, versteh ich nicht! Ist wahrscheinlich zu hoch für mich. Ich verstehe nur, daß ich den Leuten gesagt habe, daß sie sich keine Sorgen machen müssen, das hast du doch eben in der Zeitung gelesen, und wenn du jetzt denkst, du könntest ...
—Nee, aber verstehen Sie doch, man verkauft es und pachtet es dann zurück, deshalb nennt man das doch auch Rückpacht.
—Also, warum verkauft man es dann überhaupt, wenn man ...
—Weil man das halt so macht. Sehen Sie, ich hab in diesem Ding da gelesen, wie man alles verkauft und dann sofort wieder von den Leuten zurückpachtet, denen man's verkauft hat, und zwar mit einem Pachtvertrag über neunundneunzig Jahre oder so, weil, ich meine, wen juckt schon, was in neunundneunzig Jahren ist, verstehen Sie, dann

bleibt man im Geschäft und verliert auch weiterhin Geld, bloß mit dem Unterschied, daß man jetzt auf einem großen Haufen Cash sitzt. Außerdem hab ich mir gerade gedacht, warum sollen wir eigentlich diesen Sportplatz hier rückpachten und die Garagen und das ganze Gebäude mit den Büros, wenn wir ...
—Paß mal auf, wenn man ihre Büros verkauft, wo sollen die Leute dann ...
—Nee, aber sehen Sie doch mal ... er setzte die zerrissene Zeitung auf dem Heizkörper wieder zusammen, —anstatt daß sie immer zwischen Fabrik und Büros hin- und herrennen und sich gegenseitig anrufen, wenn wir einfach alle Schreibtische und das ganze Zeugs irgendwo in der Fabrik unterbringen, dann ergibt doch das Bürogebäude und dieser Sportplatz hier ein zusammenhängendes Grundstück, das man dann ...
—Hör mal zu, das ist, das ist doch lächerlich, selbst wenn man wirklich so etwas machen könnte, ich hab dir doch gerade gesagt, wie die sich fühlen und ...
—Was denn, wären die etwa sauer, wenn wir ihren Sportplatz verkaufen würden? Dann könnten wir den doch der Bank verkaufen, und die Bank kann sie dann ja da Softball spielen lassen, und genauso mit diesen Garagen hier, wieso sollen wir denn Steuern und Pacht und alles bezahlen, bloß damit die Stadt da ihre kaputten Lastwagen unterstellen kann? Ich meine, das geht doch auch woanders. Echt, ich meine, wenn man was verkauft, verändert sich die Sache doch nicht gleich, und wenn die Bank was gegen Softball hat oder die Lastwagen da nicht mehr parken dürfen, egal, dann sollen sie eben auf die Bank sauer sein, verstehen Sie? Er stellte einen Turnschuh auf die Heizung und fing an, an einem Knoten herumzufummeln. —Na egal, wenn wir erst mal das Geld haben ...
—Wie kommst du eigentlich darauf, daß dir jemand all das Geld geben wird, von dem du dauernd redest, das ist doch ...
—Aber verstehen Sie denn nicht? Das ist doch genau das Ding, weil, selbst wenn sie's einem weit unter Verkehrswert abkaufen, also von dem, was es echt wert ist, da machen die doch 'n Riesenschnäppchen bei, und man muß dann das, was sie einem bezahlen, davon abziehen, und dann kriegt man diesen ganzen Haufen Steuernachlässe, verstehen Sie, mit denen man dann ...
—Hör mal, begreifst du das denn nicht? Bloß weil du etwas über diese Dinge gelesen hast, bedeutet das doch noch lange nicht, daß du da

einfach mitmischen kannst, selbst wenn du könntest, du kannst ja nicht mal, wenn du könntest, du ...
—Wieso denn nicht?
—Weil das richtige Menschen sind, deshalb! Viele von denen, die Aktien besessen haben, können immer noch nicht fassen, daß sie nichts wert sein sollen, und sogar die, die Bonds hatten, viele von ihnen sind alt, und als sie damals die Bonds gekauft haben, war das fast so, als ob sie Geld verliehen hätten an, an jemanden aus der Familie. Und die, die da arbeiten, selbst wenn du ihren Sportplatz verkaufen und ihre Büros in die Fabrikhalle verlegen könntest, was glaubst du wohl, wie lange die das ...
—Nee, aber sehen Sie mal, eh, ich meine, heilige, ich meine, mir ist total egal, ob ich mich damit unbeliebt mache, eh. Und überhaupt, was können die schon machen?
—Na ja, sie könnten, sie könnten kündigen, sie könnten ...
—Umso besser, dann müßten wir niemanden rausschmeißen, weil das sowieso meistens sehr teuer kommt, verstehen Sie? Weil, wenn wir die nämlich rauskriegen könnten und diese neuen Maschinen hätten, also in dem Ding da stand, daß wenn man neue Maschinen kriegt und dann die Zeit, bis sie kaputt sind, einfach durch den Preis teilt, den sie gekostet haben, und das kann man dann wieder von der Steuer absetzen, verstehen Sie? Das Tollste dabei ist aber, daß man so tun kann, als ob die zwei- oder dreimal so schnell kaputtgehen als in Wirklichkeit, und dafür kriegt man wieder einen ganzen Haufen Steuernachlässe, man nennt das abgeschriebene Vorzeitigkeit oder so ähnlich, die Sache ist aber die, daß man das mit Leuten nicht machen kann, verstehen Sie? Und folglich ...
—Abgeschriebene Vorzeitigkeit, du weißt ja nicht mal, was das bedeutet, es bedeutet überhaupt nichts, du ...
—Wieso muß ich denn so genau wissen, was es bedeutet? Der Inhalt der Mappe ergoß sich plötzlich über die Heizkörperabdeckung. —Ich meine, wieso sollen wir diesen Anwalt hier bezahlen, um was zu erfahren, was wir sowieso längst wissen? Und er bückte sich, um einen mit Bleistiftnotizen verschmierten Umschlag aufzuheben.
—Hast du den auch per Post bestellt?
—Hab ich Ihnen nicht erzählt, wie wir den gekriegt haben, eh? Sehen Sie, als ich dachte, daß man uns bescheißen wollte ...
—Und hör auf, dauernd wir zu sagen. Ich war nicht mal ...
—Ich weiß, ich hab vergessen, Ihnen zu sagen, wie wir den gekriegt

haben, sehen Sie, ich lese doch immer diese ganzen Stellenanzeigen in der Times, bis ich mal eine von dieser Firma gefunden hab, die echt professionell klang, verstehen Sie? Die hab ich mir abgeschrieben und bloß meine Postfachnummer eingesetzt, dieser Mister Piscator hier, haben Sie denn seinen Brief nicht gekriegt? Weil, das hier ist nur eine Durchschrift, die er mir geschickt hat, als ich ihm am Telefon gesagt hab, er soll Ihnen das alles ins Büro schicken, weil Sie da als Geschäftsführer alles für mich erledigen, verstehen Sie? Und als er dann gesagt hat, daß er alle Zahlen über Eagle direkt von der ihrer Buchhaltung kriegen könnte, damit wir aus den ganzen Ideen, die Sie mir von diesem Klugscheißer von Börsenmakler mitgebracht haben, also der mit den Tierköpfen, damit wir daraus was machen können. Ehrlich, ich wollte Ihnen das nicht verschweigen, wissen Sie noch, was der gesagt hat? Daß ich nie auch nur zehn Cent von dieser Alberta & Western-Obligation sehen würde? Na ja, und als die dann noch eine rausgegeben haben, Serie C nannten die das, hab ich diese Zinsanweisung hier auf Serie B gekriegt, das Gesicht von dem Klugscheißer möchte ich jetzt mal sehen. Und, echt, der hat ihnen doch auch gesagt, mit Ace-Papieren könnte man sich den Hintern abwischen, aber der Preis hat sich gleich nach dieser Erfolgsmeldung verdoppelt, wo drin stand, daß sie davon ausgehen, diese Dividende auszuschütten, und dann haben sie mir zwanzig Cent pro Anteil angeboten, für die ich bloß zehn bezahlt hab, echt, und deshalb hab ich jetzt noch 'n ganzen Stapel mehr davon, Mann, ich würd gern wissen, wie viele von diesen Aktien er sonst noch hat, wo sich der Wert so schnell verdoppelt. Haben Sie zufällig diesen Brief von Piscator dabei?
—Nein, ich habe nicht mal ...
—Okay, das ist schon okay, weil ich ja diesen Durchschlag hab, sehen Sie? Und Sie wissen ja noch, was er alles über Cash-flow und Rückpacht geschrieben hat. Und, eh, sehen Sie mal, sehen Sie? Da steht vorzeitige Abschreibung. Als ich das vorhin gesagt hab, haben Sie gesagt, das bedeutet nix.
—Aber das hast du doch gar nicht gesagt, du hast gesagt, du hast gesagt ...
—Hab ich wohl, ich hab gesagt ...
—Nein, hast du nicht, du hast irgendwas von ...
—Hab ich wohl!
—Du ... Hinter ihm rauschte eine Toilette. —Hör mal zu, das alles ist doch ...

—Schon okay, werden Sie bloß nicht wütend, ich meine, gucken Sie doch mal, wissen Sie nicht mehr, hier, wo was steht von läufigen, vorläufigen Zahlen? Ihr Nettowert beläuft sich auf etwa achthundertsechsundzwanzig Mil, Moment, wo ist denn das Komma? Tausend wohl, tausend Dollar, davon schätzungsweise sechshundertvierzigtausend Dollar, in Immobilien, aber dazu braucht er erst mal den Steuerbescheid und das ganze Zeug, das Sie von Hopper mitbringen sollten ...
—Das wollte ich dir schon seit fünf Minuten geben, hier. Und würdest du mich jetzt bitte ...
—Eh, ist das Zeug über den Pensionsfonds hier auch mit bei, eh? Er riß den schmutzigen braunen Umschlag auf, —sehen Sie, weil, wenn nämlich Eagle Mills so alt ist, dann müßte dieser Pensionsfonds hier auch echt alt sein, verstehen Sie? Das bedeutet ...
—Wart mal ab, bis du deine Angestellten siehst.
—Wie meinen Sie das denn?
—Ich meine, ist dir schon mal in den Kopf gekommen, daß neben allem anderen auch die Angestellten alt geworden sein könnten?
—Ja und?
—Anstatt vorzeitiger Abschreibung und einem Haufen Steuervorteile stehen diese Leute kurz vor der Rente, was glaubst du wohl, wofür ein Pensionsfonds gut ist?
—Ach so ... er schob einen Turnschuh zwischen die Rippen der Heizung und versuchte, den Inhalt seiner Mappe auf seinem Oberschenkel auszubreiten, —daran hab ich gar nicht gedacht, wir müssen uns also echt was einfallen lassen, damit wir langsam mal an Cash kommen, wie Piscator hier schreibt, damit wir ...
—Hör doch auf, hör mal zu, was glaubst du wohl, was für ne Art Anwalt du per Post kriegen kannst? Leute, die ihr ganzes Leben lang für einen erbärmlichen Lohn gearbeitet haben, damit sie sich endlich mit einer erbärmlichen Rente zur Ruhe setzen können, und dieser, dieser Piscator meint, das könntest du einfach so absahnen?
—Nee, Moment, eh, sehen Sie, darum gehts doch gar ...
—Ich will nichts davon hören, laß uns bloß meine Spesen abrechnen und dann nichts wie raus aus diesem ganzen idiotischen ...
—Moment, eh, ich meine, wer will denen denn was wegnehmen? Weil, wozu soll dieser Pensionsfond denn gut sein, wenn er da bloß so rumliegt? Echt, wenn wir den für die arbeiten lassen, indem wir weiter Vermögenswerte erwerben, verstehen Sie?

—Nein, und ich will es auch nicht ...
—Gleich hier auf der nächsten Seite, wo er schreibt, daß wir diese Brauerei hier erwerben können.
—Da gibts keine Brauerei, das ist eine Textilfabrik, und jetzt sieh dir bitte mal meine Spesenabrechnung an, sämtliche Unkosten ...
—Nee, es geht um den Erwerb von dieser, nämlich von diesen zwei alten Brüdern in, Moment mal, Wisconsin oder Minneapolis oder irgendwo da ...
—Jetzt halt mal die Klappe, halt nur mal für eine einzige Minute deine Klappe. Diese, diese ganze Sache muß irgendwann aufhören, verstehst du das denn nicht?
—Nee, aber heilige, ich meine, darum gehts doch, Bast, wofür soll denn sonst dieser tolle Verlustvortrag und diese ganzen Steuervergünstigungen und alles gut sein? Ich meine, darum gehts doch bei Eagle, und gucken Sie mal hier, wo Piscator schreibt, daß Eagle wahrscheinlich aus haftungsrechtlichen Gründen die Brauerei nicht kaufen kann, aber wenn wir mit dem Pensionsfonds die Brauerei-Aktien kaufen könnten, echt, und die Dividenden würden direkt in den Pensionsfonds zurückfließen und der Firma das einsparen, was sie sonst einzahlen müßte, verstehen Sie, dann würden wir ...
—Hör auf! Findest du nicht, daß du schon genug Chaos angerichtet hast mit deiner bankrotten Textilfabrik? Da muß doch nicht noch eine bankrotte Brauerei dazukommen!
—Was soll das denn heißen? Bankrott? Ich meine, heilige, ich meine, das klingt ja, als hätten Sie sich das alles gar nicht durchgelesen, ich meine, die machen Gewinne von etwa einer Million Dollar pro Jahr, sehen Sie doch, und da steht noch zwei Millionen Dollar an Überschüssen aus Betriebskapital, sehen Sie? Der Verkaufspreis beträgt fünf, sieben zwei sechs, eins drei ...
—Aber fünf ist doch nur, sieh mal, das sind fünf Millionen, das sind fünf Millionen Dollar! Es sind doch bloß, selbst wenn es mehr wäre als bloß Ziffern auf einem Stück Papier, glaubst du denn im Ernst, daß es in der ganzen Stadt Union Falls fünf Millionen Dollar gibt?
—Ich weiß, deshalb müssen wir ja echt ne Lösung finden, wie wir hier ohne Cash auskommen, weil, wenn wir ...
—Also gut, sieh mal, sieh mal, wenn jemand in irgend etwas zwei Dollar gesteckt hat, und das würde ihm einen Dollar pro Woche einbringen, warum sollte er dann für fünf Dollar verkaufen? In drei Wochen wäre ...

—Nee, aber sehen Sie, das sind Einkünfte vor Steuern, darum gehts doch nur, ich meine, haben Sie denn diesen Teil nicht gelesen, Bast? Weil nämlich, wenn man alles zusammenwirft und dann diese Verluste von Eagle hier abschreibt gegen die ganzen Profite von der Brauerei hier, dann kann man sie behalten, ich meine, sonst wird man ja von den Steuern völlig fertiggemacht wie diese beiden alten Brüder, verstehen Sie, die haben zwar diese ganzen Profite gemacht, aber diese Profite nicht eingesteckt, weil, wenn sie das getan hätten, dann wäre auch diese riesige Steuer auf die nicht ausgeschütteten Gewinne fällig gewesen, verstehen Sie? Und deshalb haben die jetzt Schiß, daß, wenn einer von ihnen stirbt, daß der andere echt in den Arsch gekniffen ist, aber wenn die das ganze Ding einfach verkaufen, dann müssen sie nur noch diese Kapitalertragssteuer zahlen, die bloß die Hälfte der Hälfte beträgt, ich meine, erinnern Sie sich denn nicht mal an diesen Abschnitt, eh?
—Nein.
—Aber wieso, weil, heilige, darum gehts doch ...
—Weil ich es nicht gelesen habe, darum, ich habe keine Zeile davon gelesen. Ich hab den blöden Brief nicht mal aufgemacht. Und wenn du jetzt bitte ...
—Aber, aber heilige, ich meine, wieso haben Sie den denn nicht mal aufgemacht?
—Weil, als ich gestern abend von der Reise zurückkam, lag überall Post herum, Briefe, Zeitschriften, Bücher, ich habe nicht mal ...
—Moment mal, war da auch was von der X-L Lithograph Company bei? Ich meine, war da so 'n Brief von ...
—Ich hab dir doch gesagt, daß ich es nicht weiß! Ich weiß von gar nichts, ich, glaubst du etwa, ich wäre angekommen und hätte mich sofort über diesen Müllhaufen hergemacht, mitten in der, sieh mal, ein Freund von mir hatte gerade, als ich ankam, einen Unfall gehabt, wenn ich da gewesen wäre, wenn ich da gewesen wäre, als er ...
—Nee, aber heilige Scheiße, Bast, das ist aber wichtig jetzt, ich meine, tut mir ja echt leid mit Ihrem Freund und so, aber heilige Scheiße, das sind fünf Millionen Dollar hier, und ich meine, wenn ich schon Ihre Kosten für die Reise hier übernehme und Ihnen helfe, daß Sie ...
—Ich habe getan, was ich dir versprochen habe, oder etwa nicht? Ich bin da hingefahren und habe die Angelegenheit geregelt, um dir dieses eine Mal einen Gefallen zu tun, oder etwa nicht?
—Okay, klar, aber ...
—Und diesen Müll, den ich zu Mister Crawley geschleppt habe, um

dir ebenfalls ein einziges Mal einen Gefallen zu tun. Wer war das, glaubst du?
—Nee, aber Sie haben gesagt, daß Sie sowieso mit ihm sprechen müßten, und außerdem, ich meine, ich hab die Hälfte Ihrer Zug- und U-Bahn-Karten und so bezahlt, sonst hätten Sie ja gar nicht in die Stadt fahren können und ...
—Ja, schon gut, aber bloß, weil immer irgendwas schiefgelaufen ist, seit ich meinen Scheck von der Schule abholen wollte, damit ich dir endlich die zehn Dollar von dem Klassenausflug zurückzahlen kann, die ...
—Okay, echt, aber das ist doch nicht meine Schuld, wenn die da mit Ihrem Scheck Scheiße bauen und so. Und ich meine, echt, ich schieß Ihnen die ganzen Unkosten vor, diese fünfzig Dollar hier und alles, um Ihnen zu helfen ...
—Also schön! Hör zu, mehr will ich ja gar nicht geregelt haben, ich habe noch genau vierundneunzig Cent, und das Geld war nicht dafür vorgesehen, mir bei irgendwas zu helfen, es waren Reisekosten, ich habe alles aufgeschrieben, ich meine, ich bin doch derjenige, der die ganze Arbeit macht, während du hier rumsitzt und in der Nase bohrst und von fünf Millionen Dollar schwafelst, und jetzt ...
—Nee, aber heilige, ich meine, hören Sie mal, ich bin doch derjenige, der alles planen und diese Entscheidungen hier treffen muß mit allen Risiken und so, aber echt, ich meine, ich hätt es fast nicht geschafft, Mann, dieses Geld aus der Aktionärsklage auf dieses Konto zu schaffen, um das andere hier belasten zu können, damit die ganzen Gabeln verschickt werden konnten und ich damit die Obligationen hier kaufen konnte, die ich schon längst geordert hatte, hier, wo die Anzeigen von den Börsenmaklern anfangen und ...
—Aber genau das sag ich doch! Du bestellst dieses, orderst jenes, du bestellst per Post einen Anwalt, und du kommst in die Bredouille, und dann bittest du mich, dir nur ein einziges Mal zu helfen, und wenn ich versuche, die Sache zu regeln, bestellst du dir per Post eine Brauerei und ich weiß nicht was noch alles, ich versuch dich aus der Scheiße rauszuholen, und du machst sie nur noch größer mit diesem ganzen, diesem Papier, diese Ziffern auf einem Stück Papier und dem Blödsinn über Rückpacht und Abschreibungen, was immer das sein mag, trotzdem bittest du mich, dir noch dieses eine Mal zu helfen und ...
—Aber was soll ich denn machen? Er setzte einen Fuß auf den Boden und nahm den anderen von der Heizung, —ich meine, mir gings doch

gar nicht um diese lausige Fabrik. Ich hab nur die Obligationen für diese Investition hier gekauft und mich um meinen eigenen Kram gekümmert, und dann schütten die mich auf einmal zu mit diesen ganzen vergammelten Gebäuden, den Leuten und dem ganzen Scheiß, und was erwarten die denn eigentlich von mir, daß ich denen ein öffentliches Naherholungsgebiet hinstelle? Ich meine, heilige Scheiße... er riß ein Papierhandtuch ab und putzte sich damit die Nase, —ich hab hier schließlich ne Investition, und die muß ich absichern, oder etwa nicht? Und ich meine, Ihnen tun diese ganzen alten Leute so leid, mit diesen Aktien, die sie im Austausch für die Obligationen gekriegt haben, das war auch ne Investition, genau wie meine, aber das gilt wohl nicht? Ich meine, dieser Börsenmakler sagt mir, ich soll meine Vorzugsaktien gegen Stammaktien tauschen und sogar noch mehr kaufen, damit ich was unternehmen kann, um mein Ding da zu schützen, ich laß denen die Vorzugsaktien, weil die doch sowieso nur interessiert, ob sie ihre Dividenden kriegen oder nicht, und wie sollen sie die kriegen, wenn wir alle dafür bezahlen, daß sie Softball spielen und Stout Hearted Men singen, und dann kommt irgend so 'n Klugscheißer vorbei und linkt uns mit ner Aktionärsklage, ich meine, heilige Scheiße, Bast... Er nahm das Papierhandtuch von seiner Nase und starrte hinein, —ich meine, ich schütze doch auch denen ihre Investition, verstehen Sie?
—Aber es muß irgendwann ein Ende haben! Kapierst du das denn nicht? Laß einfach deinen Postanwalt diese Eagle-Mills-Sache klären, und laß die Finger von Brauereien und...
—Nee, aber darum gehts doch! Er knüllte das Papiertuch zusammen und ließ es auf den Boden fallen. —Man kann doch nicht... und er kickte es gegen die Heizung, —ich meine, echt, als wir auf dem Klassenausflug zu dieser Diamond Cable Company gegangen sind, da hat der Vorstandsvorsitzende von denen gesagt, wenn man schon spielt, dann kann man auch auf Sieg spielen, aber man kann dann eben nicht, mit dem Fuß legte er sich das Knäuel vor und schoß dann direkt mit dem Innenrist. —Man kann nicht einfach nur spielen, um zu spielen, weil die Regeln nur für die sind, die auch gewinnen wollen, und andere Regeln gibts nicht.
—Also gut, dann hör mal zu. Ich hab gesagt, daß ich dir dieses eine Mal helfe, und das hab ich getan, jetzt kannst du ja mit deinem Mister Piscator weitermachen. Fahr zusammen mit Mister Piscator da draußen hin und gewinne.

—Aber ich kann den da draußen doch nicht einfach so treffen, Mann!
—Wo draußen...?
—Da draußen bei dem ägyptischen Zeug, wir hatten das in der Schule, verstehen Sie? Diesen ägyptischen Sarg und so, ich hab Piscator erzählt, daß Sie echt interessiert sind an Ägypten, und ich dachte, wenn wir diesen ganzen Eagle-Kram von Ihrer Reise besprochen haben, könnten Sie ihn da doch einfach treffen, verstehen Sie? Und dann könnten Sie doch mit ihm ins Büro gehen und, und, was ist los, eh? Eh, Bast?
—Was?
—Also ich dachte, wenn Sie mir jetzt echt noch ein einziges Mal helfen, bis die Sache mit Piscator läuft und, Moment, warten Sie, werden Sie bloß nicht sauer, eh! Weil ich echt mit dem nur am Telefon geredet hab, was nicht so gut geklappt hat, weil wenn ich 'n Taschentuch draufhalte, damit ich älter klinge, dann sagt er, daß er mich kaum verstehen kann, deshalb hab ich diese ganzen Sachen jetzt aufgeschrieben... er öffnete den Aktenkoffer, klappte ein Innenfach auf, und zum Vorschein kamen jede Menge Blätter, grobes Aufsatzpapier, aber mit stumpfem Bleistift randvoll beschrieben. —Dafür brauchen Sie nicht lange, weil das alles nur diese kleinen Sachen sind, man braucht halt nur 'n Anwalt dafür, weil, wenn wir nämlich 'n Geschäftskonto eröffnen wollen, muß er uns so 'n Gewerbeschein vom Staat New York besorgen, und dann das hier, ich hab mir überlegt, was wir alles machen müssen, wenn wir uns nebenbei als Aktiengesellschaft registrieren lassen wollen. Gucken Sie mal, hier ist dann noch das Zeug über diese X-L-Lithograph-Sache, über die wir gerade gesprochen haben, am besten, wir machen mal eine Aufstellung sämtlicher Kosten und wieviel Sie mir noch schulden und wieviel Sie noch brauchen, wenn Sie mir noch ein einziges Mal helfen. Ich meine, nach allem, was ich für Sie getan hab, echt, hab Sie diese Reise machen lassen, und Sie durften in dem Hotel da wohnen und das Bankett, auf das Sie gegangen sind, und diese ganzen Softball-Spiele, und Ihr Bild war sogar in der Zeitung und...
—Nein nein, hör auf, hör auf! Ich...
—Und dann dieser Aktenkoffer hier, den ich Ihnen besorgt hab, mit diesen goldenen Initialen drauf, und den tollen Wecker, und ich meine, ich hab diese ganzen Visitenkarten hier für Sie drucken lassen, und ich ruf diese Virginia an und kümmere mich darum, daß Sie sie in der Cafeteria erreichen können...
—Hör zu, das sind überhaupt nicht meine Initialen! Und dieser, dieser

Wecker läuft rückwärts, ich muß immer nachrechnen, wenn ich wissen will, wie spät es ist, und Softball finde ich zum Kotzen, kapierst du das denn nicht? Ich will kein Foto von mir auf der Titelseite des Weekly Messenger, kapierst du das denn nicht? Dann mußte ich auch noch in diesem runtergekommenen Union House übernachten, wo der Teppich so dreckig war, daß man nicht mal, man mußte einen Vierteldollar ins Radio einwerfen, damit es läuft, und dann dieses Bankett! Da mußte ich diesem Bunky gegenübersitzen, der eine Banane frißt, die gefüllt ist mit, der hat drei Jahre in der achten Klasse verbracht, das hat die Zeitung natürlich nicht erwähnt, ich meine, überhaupt diese ganze Reise, weißt du eigentlich, wie lange der Bus nach Union Falls braucht? Weil du ja kein Flugticket zahlen wolltest, du wolltest nicht mal den Zug bezahlen, aber wer hat dich denn eigentlich darum gebeten, tausend Visitenkarten drucken zu lassen? Geschäftsführer mit Fußabdrücken drauf, wer hat dich denn gebeten, dieses Branchenblatt Textilwirtschaft zu abonnieren und ...
—Nee, aber Moment mal, eh, ich meine, wo wir doch echt versuchen wollten, uns gegenseitig zu helfen, und ich streck die Unkosten vor und denk mir was aus, wie ich Sie bezahlen kann, ohne ...
—Mich bezahlen! Paß mal auf, laß uns nur einfach die Spesen ...
—Nee, aber ich meine, wo ich Ihnen doch diese ganzen verschiedenen Aktien schenke? Ich meine, was soll ich denn machen, wenn Sie die ganze Post hier kriegen und dann nicht mal aufmachen? Ich meine, wo ich doch versuche, Ihnen zu helfen, und Sie lassen mich nicht mal ...
—Also gut, hör zu, da war, was war das noch gleich? Eine Aktie von irgendeiner Gasfirma, ein Anteil, was soll das denn mit einem Anteil ...
—Genau, das ist zum Beispiel eine davon, ich meine, das versuch ich Ihnen ja zu erklären! Diese El Paso Natural Gas hab ich für Sie besorgt, die kostet etwa zwölf fünfzig, verstehen Sie, das ist genau der Betrag ...
—Du meinst, du hast dafür Geld ausgegeben? Warum hast du es mir denn nicht gleich in bar gegeben? Was soll ich denn mit einem Anteil von ...
—Nee, aber dann müssen Sie normale Einkommensteuer zahlen, und ich meine, es is doch nicht bloß diese eine Aktie hier, ich meine, ich besorg Ihnen nen ganzen Stapel verschiedener, so wie diesen Bonus hier, verstehen Sie ...

—Aber warum denn? Ich kann die doch jederzeit verkaufen, was soll...
—Nee, aber das geht doch nicht, Bast, ich meine, das versuch ich Ihnen ja zu erklären! Ich meine, wenn Sie diese Broschüren hier lesen würden, aus denen ich das ganze Zeug weiß, verstehen Sie, wenn Sie die jetzt sofort verkaufen, dann werden Sie besteuert wie jeder blöde Lehrer oder Busfahrer oder sonstwas, verstehen Sie? Nur mit dieser Aktie sind die ersten hundert Dollar Dividende steuerfrei, verstehen Sie? Genau wie El Paso, die zahlen fünfundzwanzig Cent pro Quartal, warten Sie mal... er wühlte in den Papieren, die auf der Heizung lagen, —sehen Sie, International Paper, die zahlen fünfzig Cent, US Steel sechzig Cent, verstehen Sie? Fällt alles unter diese hundert Dollar und ist steuerfrei, Disney zum Beispiel zahlt nur...
—Aber wovon denn? Steuerfrei von was? Fünfzig Cent hier, sechzig Cent da, wieso kaufst du bloß eine Aktie hiervon und eine Aktie davon, was soll das...
—Nee, aber verstehen Sie doch, eh, hören Sie, echt, ich meine, wenn wir 'n ganzes Paket von meinetwegen US Steel kaufen würden, dann kriegt man doch bloß diese Literatur von US Steel wie diesen einen Jahresbericht und Quartalsbericht und Vollmachtserklärungen und sowas, wo die in Rechtsstreitigkeiten sind und alles, verstehen Sie? Aber wenn man immer nur eine einzige Aktie hat von allen möglichen Firmen, dann müssen die einem trotzdem diese ganze Literatur hier schicken, verstehen Sie? Und da hab ich mir gedacht, ich meine, verstehen Sie? Lesen Sie sich das doch mal durch, und wenn dann eine Firma irgendwo Scheiß baut, dann könnten wir doch vielleicht wieder ne Aktionärsklage gegen die anstrengen wie mit Diamond Cable, ich meine, gegen Disney, Mann, echt, wär doch super, oder was, eh? Ich meine, wenn wir die am Arsch kriegen und...
—Hör zu, ich will niemanden am Arsch kriegen! Kapierst du das denn nicht? Und ich habe auch keine Lust, dieses ganze Zeug hier zu lesen, das ich sowieso nicht verstehe, geht das nicht in deinen Schädel rein? Ich bin nur...
—Nee, aber sehen Sie mal, Bast, ich meine, deshalb hab ich doch diese Bücher und alles für Sie bestellt, sowas wie Rechnungslegung für Jedermann, ich meine, da wird einem doch erklärt, wie man 'n Kontoauszug liest und so, haben Sie das denn nicht gekriegt? Und sowas wie Statistisches Soundso der Vereinigten Staaten und dieses Moody's Dingsbums, sagen Sie bloß, Sie haben das auch nicht gekriegt?

—Doch, ich habs gekriegt! Was glaubst du denn, was ich ...
—Nee, aber ich meine, die sind echt teuer, und da haben Sie die nicht mal gelesen, eh? Dieses Moody's Dingsbums Handbuch, ich meine, das kostet echt ...
—Natürlich hab ich das nicht gelesen, es würde ja einen Monat dauern, bloß um, hör mal, das hab ich eben schon mal gesagt, wer hat dich denn darum gebeten? Statistisches Jahrbuch der Vereinigten Staaten, Moody's Industrials, wer hat dich denn gebeten, die zu kaufen? Was ...
—Nee, aber verstehen Sie doch, eh, ich meine, heilige, ich meine, wo wir uns doch echt versprochen haben, uns gegenseitig zu helfen, und ich meine, ich hab doch nur gesagt, lesen Sie mal diese Literatur hier durch und ...
—Und sag nicht immer Literatur! Sieh mal, ich hab gesagt, ich helf dir einmal, aber nur ein einziges Mal, und du ...
—Nee, aber ich kann doch nix dafür, wenn die das so nennen! Und, und ich meine, heilige Scheiße, echt, Sie können diese ganzen Dividenden hier behalten, die sind sogar steuerfrei und alles, ich meine, ich dachte nur, Sie könnten sich das hier mal durchlesen, dieses Zeug hier, in Ihrer Freizeit, echt, wo Sie doch mal gesagt haben, daß Sie dann Ihre Musik komponieren können, wo Sie zugleich was anderes machen wie 'n Spaziergang oder Zugfahren und so, da hab ich nur gedacht, wenn Sie doch diese ganze Freizeit haben, um Ihre eigene Arbeit zu machen, wie Sie immer ...
—Um welche Arbeit zu machen? Welche Freizeit? Muß zusehen, wie ein Haufen Idioten Softball spielt, mir anhören, wie diese Blödmänner God Bless America blöken, glaubst du etwa, ich, sieh mal, sieh dir mal die Kostenaufstellung an, laß uns jetzt einfach diese Kosten abrechnen, und was du mir dann noch schuldest und ...
—Okay, werden Sie nicht sauer, ich meine, verstehen Sie, das meine ich doch, das eigentliche Betriebskapital kommt aus diesem Kredit hier, verstehen Sie? Wir ...
—Nein, verstehe ich nicht! Ich will es auch gar nicht verstehen, ich will nur ...
—Nee, aber sehen Sie doch, Mister Piscator hat alles aufgeschrieben, dieser Kredit hier von Hoppers Bank ans Eagle-Management, sehen Sie? Damit wir Geld haben, mit dem wir arbei ...
—Sieh her, sieh dir das hier an! Nur ...
—Und ich meine, diese fünfzig Dollar für Spesen, die ich Ihnen in der Schule auf der Toilette gegeben hab und ...

—Aber genau das hab ich getan. Du wolltest doch, daß ich alles notiere, oder nicht? Jeden Penny, den ich ausgebe, damit ich dich nicht bescheiße ...
—Nee, aber Moment mal, eh, Moment! Wer behauptet denn, daß Sie jemanden bescheißen wollen? Ich meine, verstehen Sie doch, es geht um, um diese ganze Sache, wo man die Betriebskosten absetzen kann, wie Rumfahren und Essengehen, das kann man alles von der Steuer abziehen und so, verstehen Sie? Darum gehts doch nur, eh, ich meine, verstehen Sie? Ich hab in dieser kleinen Broschüre, die ich hier hab, was über Unternehmenssteuer gelesen, das sind so etwa zweiundfünfzig Prozent, nachdem man diese Unkosten und alles abgezogen hat, verstehen Sie? Das heißt, daß jeder Dollar, den man ausgibt, nur achtundvierzig Cent kostet, verstehen Sie? Ich meine, das ist schon der ganze Trick, wie alles so funktioniert, verstehen Sie? Deshalb hab ich ja gesagt, daß Sie alles aufschreiben sollen ...
—Also schön! Hier, Busfahrt neunzehn achtzig, Hotel, drei Übernachtungen siebzehn sechzehn, drei Frühstück eins zwanzig, zwei Mittag ...
—Ich meine, Sie haben doch nicht etwa das Truthahnessen und so weiter berechnet, eh? Weil nämlich in der Zeitung steht, daß sie die Gastgeber waren und alles, und wenn die das jetzt auch absetzen wollen, wär das echt ...
—Nein! Und ich, hier, ich hab nicht mal den Vierteldollar berechnet, den ich ins Radio eingeworfen hab, sieh bitte nur ...
—Nee, ich meine, ich hab ja nur gefragt ... er hatte ein Bein auf die Heizung gestellt und hielt den Bleistiftstummel in der Hand, —weil, ich meine, wieso stehen da denn zwei Mittagessen für 'n Dollar vierzig, und dann ist hier dieses Sandwich für 'n ganzen Dollar, ich meine, wie kommt das ...
—Weil das Essen in Union Falls billig ist, und dieses Sandwich am Busbahnhof bestand aus zwei Scheiben trockenem Brot mit einer Scheibe trockenem Käse ...
—Nee, schon okay, ich hab ja nur gefragt, zwanzig, drei, vier, zwei im Sinn und eins ist drei, vier, vierundvierzig einundzwanzig, demnach haben Sie noch vierundneunzig Cent, macht also acht, fünf ... irgendwo rauschte ein Pissoir, —Moment, vier auf Null, zehn nach unten, fünf, ich meine, dann haben Sie ja schon fast Ihr Gehalt ausgegeben, Sie haben schon fünf Dollar und zweiundvierzig Cent ausgegeben, ich meine, selbst mit dem, was ich Ihnen noch schulde minus diesem und

minus diesen zehn Dollar hier von der Klassenfahrt, ich meine, da kommt ja kaum noch was bei raus ...
—Das ist doch ganz egal! Gib mir einfach soviel, wie du ...
—Nee, aber sehen Sie doch, wie's jetzt aussieht, ist noch fast alles von diesen zehn Dollar übrig, die ich Ihnen bei der Klassenfahrt geliehen hab, ich meine, Sie brauchen später ja sowieso noch mehr für Bustickets und so, wenn Sie mit diesem Typ zum Essen gehen, verstehen Sie? Und deshalb ...
—Nein, ich werde nicht mit deinem Mister Piscator zum Essen gehen, laß mich jetzt nur ...
—Nein, nicht der, eh, ich meine einen von diesen alten Brüdern hier, diesen Mister Wonder, verstehen ...
—Nein!
—Nee, aber warten Sie doch mal, der ist nur dieses eine Mal hier, verstehen Sie? Und ...
—Nein!
—Und ich meine, Sie müssen doch sowieso essen, und da hab ich mir gedacht, halt, halt, wo wollen Sie denn hin, eh? Was ist das denn alles für Zeug? Warten Sie ...!
—Das ist Musik, was denn sonst? Ich bin ...
—Aber haben Sie diese ganze Musik hier geschrieben, eh?
—Ja natürlich, jetzt ...
—Nee, aber ich meine, wieso jammern Sie denn rum, daß Sie nie ne Chance haben, Ihre eigene Arbeit zu machen, wenn Sie diesen ganzen Haufen ...
—Das ist nicht meine eigene Arbeit! Ich hab das nur für ein paar Tänzer geschrieben, um etwas Geld zu verdienen, um ...
—Nee, aber, eh, Bast? Ich meine, ich meine, wo ich doch gesagt hab, vielleicht könnten wir uns gegenseitig helfen, damit Sie diese Arbeit hier machen können, aber Sie jammern immer rum, daß Sie das nicht schaffen, heilige, ich meine, ist das etwa meine Schuld, daß Sie diese ganze Musik hier für diese Tänzer schreiben müssen? Ich meine ...
—Sieh mal, ich hab dir doch eben gesagt, daß ich das nur wegen des Geldes gemacht hab, damit ich meine eigene Arbeit machen kann. Ich bring das jetzt weg und hol mir mein Geld ab und regle die Sache mit dir, und dann hole ich noch den Scheck ab, den die Schule mir schuldet, und dann bin ich aus diesem ganzen Durcheinander raus, und das wärs dann, jetzt ...
—Nee also, also okay. Ich meine, worauf warten Sie noch, ich, ver-

stehen Sie, ich dachte nur, ich würd Ihnen helfen und, ich meine, jetzt sagen Sie ...
—Schon gut, schon gut. Ich werd mich jetzt noch kurz mit diesem Piscator da treffen, dann geb ich dem die Papiere, und dann kannst du ja machen, was du ...
—Okay, warten Sie noch ne Sekunde ... er hatte das Bein wieder auf den Boden gestellt, durchwühlte seine Taschen, —ich meine, wo Sie doch nur noch vierundneunzig Cent haben ... er zog eine schwarzglänzende Brieftasche hervor, die von einem starken Gummiband zusammengehalten wurde, —warten Sie, wollen Sie das für Ihren Schuh, eh? Ich meine, wo da die Sohle abgeht, können Sie doch dieses Gummiband drummachen.
—Ja also, wenn du's nicht brauchst, ja, ich ...
—Okay, und sehen Sie mal, ich meine, Sie haben vielleicht noch 'n paar Auslagen ... er zog ein Geldbündel aus der Brieftasche, zupfte einen Zehner heraus, schob ihn aber wieder zurück, zog eine Eindollarnote heraus, dann noch eine, —und ich meine, wir können dann ja abrechnen, wenn Sie diese ganzen Zahlungen kriegen, okay?
—Ja also, ich, sobald ich ...
—Okay, sehen Sie, hier sind vier Dollar, okay? Und ich hab gerade gedacht, ich meine, wenn Sie später nichts anderes zu tun haben, könnten Sie doch diesen alten Mister Wonder zum Essen einladen, verstehen Sie? Das würd Sie nix kosten, weil ich Ihnen schon ne Einladung für dieses Galadiner hier besorgt hab, hier ist die Speisekarte für das köstliche Vier-Gänge-Menü, was es da gibt, gucken Sie mal. Und hier, wo steht, daß Sie auch den Film Goldener Lebensabend zu sehen kriegen, der seinen bleibenden Glanz über dieses festliche Ereignis werfen wird, dürfen wir für Sie und Ihre Begleitung Reservierungen entgegennehmen, sehen Sie? Das hab ich gleich reserviert, und Sie können ja so tun, als ob er Ihr Ehegatte ist, weil, der ist sowieso schon ganz alt, und dann könnten Sie mit ihm über das Brauereigeschäft reden, so, wie ich das alles aufgeschrieben hab, während Sie dieses festliche Ereignis hier genießen und, Moment, Moment, der abgewetzte Vierteldollar, den ich Ihnen gerade gegeben hab, der sieht echt alt aus, ne? Wenn der von neunzehnhundertsechzehn ist, dann ist der ungefähr hundert Dollar wert ... rief er Bast noch zu, der nun mit halbrundem langgestrecktem Strahl sein Geschäft verrichtete, der kaputte Schuh in spannungsvoller Koexistenz neben einer eleganten Stiefelette und einem Hosenbein aus Tweed, welches abschüttelte, bevor das Pissoir rauschte.

—Mein Gott, Bast, alles in Ordnung mit Ihnen? Haben Sie ne Runde gekotzt oder was? Aber gut, daß ich Sie noch mal erwischt hab, bevor Sie wieder an die Arbeit gehen, hab nämlich die Nilpferde vergessen. Am ganzen Nil läuft die gleiche Scheiße ab, Überweidung, jetzt könnte man natürlich sechs- oder siebentausend von denen abknallen, um den natürlichen Lebensraum da zu erhalten, aber was ist mit unseren eigenen Bayous? Strammer Bursche, so 'n Nilpferd, gibt Ihnen auch die Möglichkeit, das Ganze ein bißchen zu variieren, bauen Sie doch noch ne kleine Nilpferd-Musik ein. Würde die Sache da unten in den Everglades etwas beleben, würd das alles irgendwo noch besser schützen, was? Und passen Sie besser auf sich auf, Bast, scholl es über die massige Schulter, die sich gegen die Tür stemmte, —Sie sehen gar nicht gut aus, gar nicht... wiederholte er, als sich die Tür hinter ihm schloß, —der sah aber gar nicht gut aus... und auf dem Marmorboden vor der lydischen Säule, wo es ihn an Knie, Hüfte und Ellenbogen traf. —Na na na! Was zum Teufel...
—Paßt auf den Mann auf, eh!
—Rennt doch nicht so, Kinder! Wo sind denn jetzt die, ach, Mister Crawley? Was...
—Was? Was? Amy? Was zum Teufel machen Sie denn hier?
—Wir machen gerade eine Klassenfahrt.
—Oh. Ich dachte, Sie würden irgendwo als Lehrerin arbeiten.
—Ja, das tu ich auch, die Kinder hier gehören...
—Oh, ich verstehe, die ganze Rasselbande gehört zu Ihnen, oder was?
—Nein, es ist eigentlich ein Ausflug der achten Klasse, ich bin nur als Begleitperson dabei. Aber ich hätte nicht damit gerechnet, Sie hier zu treffen.
—Ach? Ja, nun, kleiner Tapetenwechsel, natürlich, murmelte er von oben herab auf den wimmelnden Schwarm der Köpfe, —hab mich gerade mit dem jungen Burschen unterhalten, den Sie mir geschickt haben, junger Komponist...
—Doch nicht Edward, Bast? Er ist hier? Hier im Museum?
—Im Augenblick wohl etwas unpäßlich, fürchte ich, tja, wissen Sie, ich hab ihm einen kleinen Auftrag verschafft.
—Edward? Arbeitet für Sie? Aber was um alles in der Welt könnte er für Sie...
—Tja, macht ein bißchen Musik für mich, komponiert ne Kleinigkeit, wissen Sie.
—Aber ich hätte nie, Sie wollen doch nicht etwa sagen, daß Sie ihn

beauftragt haben, etwas zu komponieren? Ich finde das einfach wundervoll von Ihnen, Mister Crawley, ich weiß, daß er...
—Greif ihm gern unter die Arme, Amy, man hat ja nicht jeden Tag Gelegenheit, auf diese Weise die Kunst zu fördern, nicht wahr? Und dem hungernden Komponisten in seinem Dachstübchen etwas unter die Arme zu greifen? Finden Sie nicht, daß er für die Rolle wie geschaffen ist? Nur schade, daß er nicht dabei bleiben will.
—Bei der Musik? Aber das ist das einzige, was ihn wirklich...
—Ja, das Problem ist bloß, sobald ich mit ihm über die Kunst sprechen will, redet er immer nur von Geld.
—Aber, Edward Bast? Bast? Ich hab da auch so etwas gehört, ja, aber...
—Diese Geschäftspartnerschaft, die er da eingegangen ist, ja, ziemlich clevere Sache, andererseits wärs verdammt schade, wenn man mitansehen müßte, wie er sich hängen läßt und sein Talent verschleudert, was? Millionär kann jeder werden, aber ein junger Bursche mit seinem Talent schuldet der Welt etwas, finden Sie nicht auch? Sollte besser auf sich aufpassen. Sie sehen auch etwas mitgenommen aus, Amy.
—Also ich, ich warte, warte halt darauf, daß die Dinge sich...
—Hab schon immer gesagt, daß ich Ihr Temperament sehr viel stärker bewundere als Ihre Urteilsfähigkeit, wissen Sie, dachte, Sie hätten diesmal bewiesen, daß Sie auch, na egal.
—Ich kann ja nichts machen, bis mit Lucien alles geregelt ist, und ich kann...
—Sie meinen diesen Joubert, ja. Dürfte aber nicht mehr lange dauern, klären Sie die Nobili-Sache, und schon sind Sie den los, aber vielleicht kümmern Sie sich erst mal um Ihre Kids da, ist wahrscheinlich nicht im Sinne des Erfinders, wenn die mit Pappbechern in dem Brunnen Bötchen spielen...
—Jungs! Geht da weg...!
—Hat mich gefreut, Amy, ich werd mal Beaton anrufen und die Dinge etwas anschieben.
—Das wäre nett, ich weiß, daß Mister Beaton nur mein Bestes will, aber mir scheint, er macht alles nur noch komplizierter...
—Das darf man ihm nicht übelnehmen, wissen Sie, der macht nur, was man ihm sagt, und natürlich mußte er die Dinge etwas bremsen, nicht wahr, mußte doch Ihrem Onkel John die Möglichkeit geben, genügend Aktien aufzukaufen, um diesem, Ihrem Joubert etwas Druck zu machen.

—Was? Welche Aktien?
—Welche? Nobili natürlich, dauert ne Weile, bis man hier 'n paar und da 'n paar zusammenbekommt, ohne gleich den Preis hochzutreiben, selbst wenn die Bank mitspielt und alle ...
—Aber ich dachte, man würde die von Lucien kaufen, ich dachte, es ginge nur darum, daß er von ihnen einfach nur das Geld wollte und sie von ihm die Kontrollmajorität, Mister Beaton hat nämlich gesagt ...
—Richtig, aber dann fing er an, sie auszuplündern, tja, ist schon ein kleiner Filou der, Ihr Joubert.
—Er ist, sagen Sie doch bitte nicht immer meiner, er ist, wenn Onkel John schon die Kontrollmajorität hat, was hat Onkel John dann davon, wenn er scheibchenweise weiter aufkauft, wo er doch nie ...
—Nein nein, nur solange, bis er genug hat, um den Preis zu drücken, verstehen Sie, dachte, Beaton hätte Ihnen das möglicherweise längst erklärt.
—Aber selbst wenn der Preis fällt und Lucien immer noch nicht verkauft, verstehe ich nicht, wofür ...
—Dürfte in dem Fall kaum ne andere Wahl haben, sieht so aus, als hätte er alles weit über Wert mit Krediten belastet, und wenn der Preis fällt und die Sicherheiten knapp werden, dann wird die Bank für ihn verkaufen, für Ihren Onkel ist das natürlich alles verdammt lästig, aber ...
—Aber was passiert dann mit ...
—Diesem Joubert, Ihr ... Joubert? Könnte dann vor dem Konkursrichter enden, aber da würd ich mir ...
—Nein, Francis, mit Francis.
—Wer?
—Francis! Mein kleiner Sohn, Francis, man sagte mir, Lucien würde versuchen, ihn als Druckmittel einzusetzen, damit er ...
—Würd mich an Ihrer Stelle gar nicht so sehr damit belasten, Amy, alles viel zu kompli ...
—Belasten! Aber es belastet mich, er ist schließlich mein Sohn! Francis ist mein Sohn! Wenn Lucien ihn mit nach Genf nehmen sollte, dann wüßte ich nicht mehr, was ich ... Jungs! Tut mir leid, aber ich muß mich um die Kinder kümmern ...
—Ja, alles Gute für Sie, Amy, wissen Sie, an Ihrer Stelle würd ich mich jetzt damit nicht weiter belasten. Alles Gute für Sie.
—Aber, also auf Wiedersehn, ich hoffe ... Jungs! Gebt die Pappbecher her. Wo sind denn die anderen?

—Die sind alle rübergegangen, dürfen wir mal schnell zurückgehen und uns die ...
—Aber wo ist denn Mister Vogel?
—Er ist aufs Klo gegangen, Mrs. Joubert, dürfen wir jetzt ...
—Nein, da kommt er ja schon, ich glaube, wir brechen auf, Mister Vogel? Wir sind hier drüben. Aber wo haben Sie denn den ...
—Hab eins von den verlorenen Schäfchen wiedergefunden, hatte es sich auf der Toilette gemütlich gemacht.
—Aber wo kommst du denn bloß her? sagte sie und beugte sich zu der Gestalt hinunter, die nun, unter der Last der Papiere und der beiden Hände auf seinen Schultern, Gefahr lief vornüberzukippen.
—Ich?
—Ja, was um alles in der Welt tust du hier?
—Ich mach diesen Ausflug hier mit.
—Aber du, aber warum, das ist doch ein Ausflug der achten Klasse, und du bist noch nicht mal in der ... sie richtete sich wieder auf, gewann die alte Distanz zurück, die einen Moment lang aus ihrem Blick verschwunden war. —Und du bist die ganze Zeit bei uns gewesen?
—Klar, ich saß hinten im Bus, haben Sie mich nicht gesehen? Verstehen Sie, ich hab diese Sondererlaubnis von Mrs. diCephalis gekriegt, als ich von der Sache gehört hab, wissen Sie?
—Nein, weiß ich nicht, was hast du ...
—Weil ich doch echt interessiert bin an Kunst und so, verstehen Sie?
—Du?
—Also echt, an diesem ganzen ägyptischen Kram und, wissen Sie, diese kaputten Statuen und echt alles. Wissen Sie?
—Nein, ist mir neu, aber es freut mich zu hören. Und besorg dir bitte ein Taschentuch. Mister Vogel, tut mir schrecklich leid, aber ich muß jetzt gehen, ich hatte wirklich nicht damit gerechnet, daß ich Sie heute begleiten würde, und jetzt ist etwas dazwischen ...
—Nein, ich natürlich auch nicht, ich dachte, ich geh mit denen zum Basketballspiel.
—Ja, ich fürchte, daß einige von denen das auch gedacht haben, aber solche Mißverständnisse gibts eben, und Ihnen wird gewiß niemand Vorwürfe machen, wie viele waren wir denn eigentlich? Drei, vier, hierher, Jungs ... Sie strömten zur Tür, —ich bring sie noch mit Ihnen zum Bus, hoffentlich ist da ein Telefon, es geht um eine Familienangelegenheit, und da muß ich einfach, sieben, acht, wir gehen alle durch die gleiche Tür, damit wir zusammen, elf, zwölf, bleibt in einer

Reihe, wenn ihr die Treppe runtergeht, Gott, ist das windig hier ... sie ignorierte die Hand, die sich hinten an ihr rieb, trat aber einen Schritt zur Seite, —ich hoffe, Sie verstehen das, Mister Vogel, und ich bin mir sicher, Sie erklären Mrs. ... Sie wich wieder aus, aber jetzt folgte ihr die Hand und verharrte in der Spalte. —Ich, Sie können das gewiß erklären ... sagte sie und wandte sich halb zu ihm um.
—Ich fühle ihre weiße Haut.
—Wie bitte?
—Ich konnte unter dem Stoff Ihre weiße Haut fühlen. Ich hoffe, Sie haben nichts dagegen.
—Also ich, ich muß mich beeilen, ich ...
—Nur noch, Niadu Airgetlam, Mrs. Joubert, haben Sie schon mal von dem gehört? Niadu von der Silbernen Hand?
—Nein, ich fürchte nicht ...
—Oder Nodens, sagt Ihnen der Name Nodens etwas?
—Nein, ich fürchte nicht, ich ...
—Oder Fisher King? Fisher King?
—Nein, wirklich nicht, ich glaube, Sie sehen besser mal nach den Kindern ...
—Es ist ja nicht so, daß sie das nicht bemerken würden, anfangs starren sie nur hin, und am Ende ist es nur eine weitere Tatsache, ein entstelltes Gesicht ist lediglich eine weitere öde Tatsache im öden Leben dieser Kinder.
—Ja also, ich, ich habs eilig, ich ...
—Darf ich nur noch einmal, nur einmal anfassen, bitte ...
—Mister ... Vogel, bitte, ich ...
—Nur ein einziges Mal.
—Mister ... Vogel, ich bitte Sie, Sie müssen sich um die Kinder kümmern ... sie trat einen Schritt zurück, diesmal in Richtung Tür, und zupfte ihren Kragen zurecht, —sie warten da unten auf Sie und ...
Unten heulte der Motor des Busses auf.
—Hör doch auf zu schubsen ...
—Eh, Mister Vogel ...
—Ich weiß, daß Sie Mrs. diCephalis alles erklären können, wenn Sie zurückkommen, seien Sie vorsichtig ... Der Motor heulte. Klappernd schloß sich die Tür. —Sie hätte womöglich selbst Spaß an einem Basketballspiel ge ...
Und der Bus mit seiner Fracht schaukelte, schlingerte an Ampeln vorbei, blockierte Kreuzungen, —ich bin sicher, daß Ihnen niemand

Vorwürfe macht ... Der Bus wälzte sich durch Verkehr, brauste durch den Tunnel, wo die Lichter auf seine Lippen fielen, Lippen im Spiegelbild der Frontscheibe, die murmelten, —Sie können sicher alles erklären ... aus beiden Richtungen flitzten nun die Lichter vorbei, —womöglich hätte sie selbst Spaß an einem Basketballspiel ge ... Er leckte sich die Lippen. —Nur ein einziges Mal ... die Sitze federten auf und ab, Lichter aus beiden Richtungen, —Sie können ja alles erklären ... Lichter, Minuten, die Nadel auf dem beleuchteten Tachometer zeigte auf 50, 40, 55, seine Hand, —Sie hätte womöglich selbst Spaß an einem Basketballspiel ge ... seine Hand, die sich schließlich zurückzog, und die Nadel fiel auf 20, 5, die Ladung schlingerte, wogte, grölte von hinten, —nur eine weitere Tatsache ... der Bus rollte auf den Bordstein, zermalmte Laub und Bonbonpapier, —sie warten da unten auf Sie ... Und die Lichter kamen näher, fielen auf seine Lippen, die Tür klapperte, —warten da unten auf Sie ... und er schritt durch die stille Konfliktzone zweier sich kreuzender Scheinwerferpaare. —Na, wieder da? Zermalmtes Laub, —wie wars beim Basketball?
—Wie's beim Basketball war? Sind Sie ...
—Sie sind wohl mal wieder in den falschen Bus eingestiegen?
—Basketball, mein Gott! Wovon reden Sie überhaupt, und wieso im falschen Bus?
—Egal. Sie wissen schon, was ich meine.
—Was Sie meinen? Vogel, Sie sind verrückt, wissen Sie das? Sie sind ja verrückt!
—Gänseblümchen reden nicht.
—Vogel, Sie ... halt! Sie wollen mir jetzt doch nicht etwa die Kinder aufhalsen? Kommen Sie zurück! Wenn hier einer weggeht, dann ich. Ihr gebt Mister Vogel jetzt alle eure Elternerlaubnis, und ging über den Seitenstreifen Richtung Haus, vorbei am auf alt getrimmten Gartenzaun und den verschnörkelten Aluminiumbeschlägen, vorbei am Wagenrad, bedrohlich wie ein Damoklesschwert, und der Kutschenlampe, welche schon von weitem giftgelb grüßte, —Gänseblümchen reden nicht, mein Gott ... vorbei auch am gußeisernen Kanonenofen, der immer noch wie gestrandet in der Einfahrt stand, —Wie wars beim Basketball, und die Tür fiel zu wie ein Schuß.
Eingang, Flur, Badezimmer, Eingang, knips, knips, knips, sie absolvierte ihren Lichterrundgang. —Nora? Donny? Mein Gott, das ist hier ja wie in einer Leichenhalle ... und bog um die Ecke, wo nun das Licht die Bewohner des Raumteilers als hochaufgerichtete Silhouetten

gegen die kraftlosen Schatten des Hintergrunds warf. —Mein Gott. Was machst du denn zu Hause?
—Ich dachte, du wußtest, daß man mich heute aus dem Krankenhaus entläßt, ich hab da auf dich gewartet, und dann fiel mir ein ...
—Was soll das heißen, sie haben dich entlassen, für was halten die dich, für einen Löwen? Was glaubst du wohl, wo ich war? Tanzen im Starlight Roof?
—Nein, mir ist eingefallen, daß heute ja der Tag ist, an dem du den Ausflug ins Metropolitan Mus ...
—So mit der Kunst auf du und du, ja von wegen, glaubst du nicht, sie hätten das nicht auch sabotiert? Ich habe einen Monat lang etwas Kulturelles geplant, und du glaubst doch nicht etwa, daß man das einfach so hinnimmt. Miss Geldbeutel und der verrückte Vogel, der so tut, als hätte er aus Versehen den Bus verwechselt, glaubst du etwa, die sind aus Liebe zur Kunst in die Stadt gefahren? Allein schon die Art, wie sie mit den Titten wackelt, und er zieht sie natürlich auch gleich mit den Augen aus, genau wie ihr alle, sein Gesicht sieht aus wie Custers letztes Gefecht, wahrscheinlich hat er sie hinten im Bus begrapscht, während ich mit ansehen mußte, wie ne Horde stinkender Männer Basketball spielt?
—Basketball?
—So ists recht, fang du auch noch an, los, frag mich, ob ich Spaß beim Basketball hatte. Gänseblümchen reden nicht, mein Gott, ihr seid alle verrückt. Wie lange willst du denn mit diesem Ding rumlaufen?
—Der Arzt meint, ich sollte den Arm so lange in der Schlinge lassen, bis er glaubt, daß ich wieder kräftig genug bin ...
—Wenn je der Tag kommen sollte, an dem er das glaubt, daß du wieder kräftig genug bist, soll er mir bitte ein Telegramm schicken. Vielleicht schaffst du es dann ja, mich daran zu erinnern, daß ich immer noch eine Frau bin, was macht eigentlich dein Freund?
—Freund? Welcher ...
—Freund, so ists recht, wiederhol nur, was ich sage, das war übrigens nur so eine Redensart. Natürlich weiß ich, daß du keine Freunde hast. Ich meine diesen Klotzkopf im Schulvorstand, der sich in dieser unterirdischen Toilette in seinem Hinterhof eingebunkert hat und sich selbst als Major bezeichnet und den umzubringen du leider nicht geschafft hast, allen, die mit dir im Auto fahren, sollte man das Verwundetenabzeichen verleihen.
—Er liegt noch im Krankenhaus, er ...

—Wenn er schlau ist, bleibt er da auch. Und dieser schwarze Drogenzombie Buzzie, den du bei dem Unfall totgefahren hast, die ganze Familie von dem versammelt sich jetzt zu ner hübschen kleinen Überraschungsparty vor Gericht.
—Hyde? Sie verklagen Mister Hyde? Weil, ich dachte eigentlich, sie würden uns verklagen, aber ...
—Uns? Was soll das heißen, uns verklagen?
—Nein, mich, ich meinte mich.
—Keine Sorge, dich verklagen sie auch. Was suchst du hier eigentlich?
—Ich dachte, daß vielleicht Post gekommen ist, während ich im Krankenhaus war, ich habe auf eine Nachricht gewartet von ...
—Die Post soll nicht mehr kommen, weil du im Krankenhaus bist? Seit drei Wochen warte ich auf Nachricht von der Stiftung. Hat Dad schon gefressen?
—Ich weiß nicht, er schläft da, seit ich ...
—Dem Geruch nach zu urteilen, hat er sein Freßchen wahrscheinlich schon gehabt. Wo ist Nora? Nora...!
Unter einem Tisch hervor beobachtete der alte Hund ihren Abgang, rührte sich aber nicht.
—Ich glaube, sie hilft Donny mit seinem Bett, er ...
—Sein Bett, willst du nicht mal was dagegen unternehmen? Nora ...? Hol Donny zum Essen. Der wird noch sein Leben im Bett verbringen, so, wie der rumläuft, und immer mit diesen Stromkabeln, und nach einer Stelle sucht, wo er sie hinein, Nora? Ich hab gesagt, du sollst Donny zum Essen holen!
—Also ich, ich, ich finde, er braucht eine Therapie, ich hab schon früher gesagt, daß er eine Therapie braucht, wir sollten ihn zu einem ...
—Therapie, was soll das heißen, Therapie? Behandeln ist gut. Du meinst Psychotherapie? Meinst du das etwa? Dann sags doch gleich, Psychotherapie ... Der Deckel eines Kochtopfs fiel zu Boden und rollte ihm entgegen. —Glaubst du etwa, ich will, daß alle sagen, mein Sohn ist so verrückt, daß ich ihn zum Psychiater schicken mußte? Dich hätte man zum Psychiater schicken sollen, und zwar, bevor du hier alle verrückt gemacht hast mit deinen Ideen von einer kindgerechten Umgebung und so weiter. Nora, was soll der Aufzug? Heb bitte mal den Deckel auf. Findest du das etwa komisch? Nur weil dein Vater den Unfall hatte, brauchst du nicht auch so rumzulaufen. Das tut man einfach nicht. Warum heulst du denn jetzt?
—Ich bin eine Braut?

—Was, eine Braut? Mit lauter Klopapier an.
—Das ist ein Brautkleid. Papi, seh ich nicht wie ne Braut aus?
—Vielleicht hat sie das im Fernsehen gesehen, sie ...
—Was gesehen? Nora, ich hab doch gesagt, du sollst Donny zum Essen holen, und zieh dir dieses Zeug aus, du schleppst es ja durchs ganze Haus. Hier, setz Donny hierhin, und du ...
—Aber Mama, Donny muß da sitzen, wo der Stecker ist, damit er ...
—Also schön, mein Gott, es ist wahrscheinlich sowieso zu spät für den Psychiater, wir sollten ihn lieber zum Elektriker bringen. Hier, erst essen, wenn du alles auf dem Teller hast.
—Papa, ich hab jetzt vierzehn Pfadfinder-Punkte, als du im Krankenhaus warst, hab ich vierzehn Pfadfinder-Punkte zusammengekriegt.
—Das ist aber schön, Nora, das ist ...
—Schön? Sie hat doppelt soviel wie alle anderen, und mehr fällt dir dazu nicht ein als schön?
—Und ich hab noch nichts von meinem Taschengeld ausgegeben, weißt du, wieviel ich schon gespart hab, Papi? Ich hab schon zwei Dollar und sechs Cent gespart, nur daß Mama ...
—Schon gut, Nora, hör auf zu reden und iß.
—Nur daß Mama sich zwei Dollar geliehen hat, und deshalb hab ich nur noch ...
—Ich hab gesagt, du sollst nicht reden, sondern essen!
—Was ist das?
—Was soll das heißen, was ist das? Das ist dein Essen. Wie sieht es denn aus?
—Es sieht aus wie ein Lingam.
—Wie was?
—Wie ein Lingam.
—Wie ein Lingam! Woher weißt du denn, wie ein Lingam aussieht?
—Weil's genauso aussieht wie das hier.
—Vielleicht hat sie, vielleicht hat sie das aus dem Buch, das du ...
—Ich kann dich nicht verstehen, red bitte lauter!
—Das Buch über, über Indien, und die Sachen, die man so in Indien macht.
—Sachen, die man so in Indien macht! Mein Gott! Das klingt ja wie, ich weiß nicht wie. Glaubst du, sie machen es nicht auch hier so, in diesem Moment und nur einen Block weiter?
—Nein, ich meinte nur, das Buch, ich hab es auf die Ablage im Badezimmer gelegt, vielleicht hat es Nora da ...

—Da hat Nora was? Darf sie denn etwa nicht zu Hause lesen, was ich denen in der Schule sowieso beibringen soll?
—Nein, ich, ich dachte, Mister Whiteback wollte, daß Mister Vogel versucht, Anschauungsmaterial zu erarbeiten, das dann ...
—Vogel! Was soll der denn machen, ein Modell bauen? Hast du schon gehört, daß er mit der ganzen vierten Klasse draußen Klebstoff geschnüffelt hat? Was meinst du wohl, warum die Polizei den mitgenommen hat, mit solchen Narben im Gesicht, mein Gott. Gänseblümchen reden nicht. Der gehört hinter Gitter. Und was hat Whiteback dir erzählt?
—Also, kurz vor meinem, bevor ich ins Krankenhaus kam, er wollte, daß ich mal bei dir vorfühle wegen der Stelle als Lehrplan-Spezialistin ...
—Bei mir vorfühlen, ich kann dir ganz genau sagen, was der mit seinem dreckigen Maul will, Nora, komm wieder an den Tisch, wo gehst du hin?
—Ins Badezimmer, ich muß mich übergeben.
—Dann wisch aber auf, wenn du fertig bist, und komm wieder an den Tisch, ich sag dir, was der will. Er will, daß ich den Streik abblase, er will mir diesen stinkigen Ring zuschanzen, den diese alte Kuh im Auto mit dem Büchervertreter allen unter die Nase gerieben hat, damit ich den Streik abblase. Der ist doch überall bekannt, so kriegt der seine Aufträge zusammen, der holt sich seine Bestellungen von solchen Kühen auf dem Rücksitz seines Wagens, die Kinder haben gesehen, wie er sich da oben am Waldrand, wo wir die alte Waschmaschine weggeschmissen haben, wie er sich über sie hergemacht hat, was ist los, hast du keinen Hunger?
—Nicht so sehr, ich, was ist das ...
—Das ist Zunge, wie sieht es denn aus? Der einzige Grund, warum Whiteback will, daß du bei mir vorfühlst, ist dieser schmierige kleine Italopolitiker, dessen Frau mal Miß Rheingold war, also ist das ihr Ring, den sie allen unter die Nase reiben fürs Frühjahrs-Kunstfestival in diesem Kulturzentrum, das er hier hinklotzt.
—Aha.
—Aha. Was soll das heißen, aha?
—Nichts, ich meinte den Streik, wann ist der Streik ...
—Wann ist welcher Streik? Wie sollen wir streiken, wenn Fedders die komplette Streikkasse der Gewerkschaft in Wertpapieren angelegt hat, jetzt kommen wir erst in zwei Jahren an das Geld ran, und Hypo-

theken, der hat damit Hypotheken gekauft. Jetzt versuchen sie, den einzigen Lehrer zu feuern, der noch weiß, wofür er überhaupt da ist, aber was macht Fedders? Der kauft lieber Hypotheken, und du laberst was von Streik.
—Wen? Wen feuern sie?
—Keine Sorge, dich nicht, ich sagte doch, der einzige Mann, der noch weiß, worum's geht, er beginnt den Unterricht ohne Absingen von The Star-Spangled Banner, und sie, was machen sie? Sie veranstalten vor lauter Patriotismus eine Parade. Hast du noch nie was von dem Bürgerverein gehört, was immer das auch sein soll? Nora, spül dir den Mund aus und geh ins Bett, ich riech das noch bis hierher, und nimm Donny mit. Für Nachbarschaftsunterricht oder was auch immer mit dieser Mutter, die sich als Kind verkleidet und in den Klassen spioniert, wo warst du da eigentlich?
—Ja, also ich, ich war ja im Krankenhaus, aber wer ...
—Wer? Hab ich dir doch gerade gesagt, die Mutter von irgendeiner Schülerin. Wenn das Kind krank ist, zieht sie sich an wie ihre eigene Tochter und geht so zur Schule, kannst du denn nicht dein Geschirr in die Spüle stellen, statt es hier stehenzulassen, damit es jemand anders hinter dir herräumt? Wo willst du denn jetzt hin?
—Ich dachte, daß vielleicht Post für mich gekommen ist, während ich ...
—Was glaubst du wohl, was das für'n Stapel auf dem Brotkasten ist, Mister Personenkennziffer.
—Oh, ach ja, darauf hab ich doch ...
—Haben sie dich zum Direktor von General Motors auserkoren? Wart mal ab, bis die dein Gesicht ... eine Gabel fiel zu Boden, gefolgt von einem Löffel.
Irgendwo unternahm eine Uhr den Versuch, die Stunde zu schlagen. Eine Tür knallte zu; eine Toilette rauschte; eine Tür knallte. —Paps ... bist du da drin? Und von innen antwortete ihr prompt ein unanständiges Geräusch. —Mein Gott, ich halt das nicht mehr ... sie kam um eine Ecke, streifte erst einen Schuh ab, dann den anderen. —Was suchst du denn jetzt schon wieder?
—Ich hatte hier Geld hingelegt, hinten in der Schublade. Es ist weg.
—Weshalb steckst du auch Geld hinten in die Schublade?
—Es waren fast fünfzig Dollar, es, es ist weg.
—Nora? Komm mal rein.
—Was denn, Mama?

—Ich hab gesagt, du sollst hier reinkommen! Papi sagt, er hat Geld hinten in die Schublade gelegt, und jetzt ist es weg. Weißt du ...
—Donny hat es gefunden.
—Gut, und wo ist es? Hols her.
—Er hat es verkauft.
—Was soll das heißen, er hat es verkauft?
—Er hat es an irgendwelche Jungs verkauft.
—Er hat es verkauft?
—Er wußte das ja nicht, er dachte, die Münzen sind besser, weil das andere nur Papier ist. Er hat die Fünfer für fünf Cent verkauft und die Einer für zehn.
—Aber warum hat er, mein Gott, warum hat er ...
—Er dachte, die Einer sind besser, weil da George Washington drauf ist.
—Mein Gott.
—Aber, aber Nora, was denn für Jungs? Warum hast du das nicht verhindert?
—Ich weiß nicht, Papi, halt so Jungs, ich war nicht mal dabei. Er hat fünfundachtzig Cent gekriegt, ich hab ihm hinterher beim Zählen geholfen, Mama ...
—Also schön, Nora das reicht, ich hab dir gesagt, du sollst ins Bett gehen, und sammel das Klopapier ein, es liegt überall im Haus rum. Und was unternehmen Sie jetzt, Mister Morgenthau?
—Also ich, ich weiß nicht, ich ...
—Am besten, du schneidest wieder Grimassen vor dem Spiegel. Wann werden wir deine Nase wiedersehen?
—Der Doktor sagt, ich soll den Verband dranlassen, bis er meint, daß ich ...
—Meint er denn, daß du zu Hause deine Rollenspiele machen kannst? Ein Rock fiel zu Boden, eine Strumpfhose, aufgerollt zu einem Knäuel, folgte. —Was ist das denn alles für 'n Zeug?
Druckbleistift mit Zentimetermaß, Fadenzähler, Bandmaß, Kordel, —Sachen, die man im Krankenhaus in meiner Hosentasche gefunden hat, man hat sie in eine ...
—Muß der Kram unbedingt auf dem Bett liegen? Mein Gott, als ob man's bei Woolworth auf dem Ladentisch treibt, hier ist noch eins von deinen Papierchen.
—Oh, den hab ich schon gesucht ...
—General Electric Kreditbank? Verehrter Kunde, wenn Sie Ihre letzten

Raten regelmäßig geleistet haben, haben Sie eine beachtliche Sparleistung erbracht.
—Nein, das gehört zu den Raten für die Waschmaschine, ich wollte nicht...
—Profitieren Sie von dieser beachtlichen Sparleistung. Noch heute liefert Ihnen Ihr Händler die Geräte Ihrer Wahl frei Haus, mein Gott, kein Wunder, daß bei dir alles durcheinandergeht, du versteckst Geld in Schubladen und sparst, indem du Geld ausgibst, jetzt sollst du also noch mehr sparen, indem du noch mehr kaufst, ihr seid ja alle verrückt... Ein Gummiband schnappte auf, etwas formloses Schwarzes flog auf einen Stuhl. —Nora kann dort sitzen, und Donny kann da drüben sitzen.
—Wozu?
—Was soll das heißen, wozu? Zum Zugucken.
—Wobei?
—Wobei. Was soll das heißen, wobei? Bei uns.
—Bei uns, was...
—Bei uns, was! Mein Gott, was glaubst du wohl, was? Es sei denn, du willst deine Hose anbehalten mit dem Riß bis runter in den Schritt, was glaubst du wohl, was?
—Nein, das ist beim Unfall passiert, aber...
—Also gut, vergiß es.
—Aber meinst du ernsthaft...
—Ich hab gesagt, vergiß es! Weißlackierte Fingernägel gruben sich plötzlich tief ein, —wenn das die von Miß Geldbeutel wären, würdest du danach lechzen! Du würdest deinen, faß mich bloß nicht an!
—Aber...
—Ich hab gesagt, vergiß es! Sowieso sinnlos. Falls ich je die Idee gehabt haben sollte, diesen Kindern etwas Schönes zu zeigen, dann bin ich wohl selbst ein Fall für den Psychiater... abrupt riß sie die Beine hoch, zog die Fersen bis an ihren Busch, als ob sie sich für el Modakheli bereitmachen wollte, —die Sachen, die man so in Indien macht! Mein Gott, sieh dich doch nur mal an... und die Schlacht zwischen Hemd und Armschlinge tobte, ein Schuh fiel zu Boden und —du trägst ja nicht mal richtige Unterhosen wie normale Männer, die reichen dir ja bis zu den Knien... ein Abschnitt des aufgeblasenen Gürtels umschlang sie exakt an der Stelle, an der sie jetzt die Luft in heftigen Stößen einsog und anhielt, während die Bewegung um sie herum allmählich erstarb zum Öffnen von Briefumschlägen, Rascheln

von Papier, Schweigen, klopf, klopf, klopf ... Mit angezogenem Sattelgurt und steinhart aufgerichteten Brustwarzen drehte sie sich langsam um. —Was tust du da?
—Ach nichts, nichts, ich ...
—Nichts! Was soll das heißen, nichts? Du kriechst hier auf allen Vieren herum, klopfst gegen die Wand und horchst! Du bist verrückt! Oder du versuchst, mich verrückt zu machen, gibs zu. Gibs doch zu! Ich ruf besser die Polizei.
—Nein, du verstehst das nicht, ich ...
—Ich versteh das nicht! Ich verstehe, daß du verrückt bist, was machst du denn da unten? Glaubst du etwa, daß da jemand in der Wand steckt?
—Mama, was ist los?
—Halt den Mund und geh ins Bett, Nora, frag deinen Vater, was los ist!
—Papi, was ist los?
—Er kriecht mit seinem Bandmaß auf dem Fußboden herum, macht kleine Bleistiftstriche und klopft, das ist los! Klopf, klopf, klopf, und dann horcht er, sieh ihn dir an. Los, machs noch einmal, zeigs ihr, mach uns alle verrückt.
—Nein, ich such doch nur ...
—Jetzt sag bloß nicht, daß du nicht genau das tust. Ich hab dich beobachtet.
—Können wir nicht die Polizei rufen, Mama?
—Halts Maul und geh wieder ins Bett, Nora. Und du bleibst schön auf deiner Seite vom Zimmer ... sie richtete sich auf und befreite sich, —mein Gott, und da redest du von Dingen, die sie so in Indien machen. Und laß bloß das Licht an! Glaubst du etwa, ich will hier im Dunkeln liegen, wenn du wieder loslegst? Schlimm genug, wenn du deine Grimassen schneidest, das machst du wahrscheinlich auch jetzt unter deinem Verband, wo ich dich nicht sehen kann, gibs doch zu. Mach mal das Licht aus! Da kann doch kein Mensch einschlafen, wenn der ganze Laden erleuchtet ist wie Coney Island...! Und irgendwo nahm die Uhr wieder einen ihrer sporadischen Versuche auf, die Stunde zu schlagen, bis der Morgen die ersten zaghaften Annäherungsversuche machte, als sei er sich selber nicht sicher, was er an den Tag bringen würde. —Mein Gott, kannst du nicht mal aufstehen und ihnen was zu essen machen? Muß ich denn in diesem Haus alles selber machen ...? Türen knallten, die Toilette rauschte unentwegt, aus dem Toaster aufsteigender Rauch hing wie eine bläuliche Dunstglocke im

Flur, und der Morgen, der draußen vor der Tür wartete, schien sich entschlossen zu haben, dort auch zu bleiben, bis er zum Grau des Nachmittags verblaßt war. —Was ist denn jetzt schon wieder los, Nora? Mein Gott, kann Mama denn nicht mal einen Tag ausruhen, ohne daß alle verrückt werden? Los, sag Papi, er soll dir einen Toast mit Erdnußbutter machen, wenn er das hinkriegt, ohne dabei gleich das Haus in Brand zu stecken, und mach die Tür zu und schalt den Fernseher aus ...! Und schließlich wich das Grau dem Schwarz, die Uhr unternahm noch einen Versuch, die Stunde zu schlagen, versagte, wartete, versuchte es ungehört aufs neue, bis der Wecker das Schweigen in einen neuen, sonnenlosen Tag stieß. —Du schneidest schon wieder Grimassen, gibs zu.
—Was? Oh, ich ...
—Also, was machst du denn da, versteckst dich im Wandschrank?
—Nein, ich such nach ein paar Sachen zum Anziehen ...
—Warum machst du dann das Schranklicht nicht an?
—Ich wußte nicht, daß du wach bist, ich wollte dich nicht ...
—Wach? Wenn du dauernd mit den Türen knallst, kann sowieso kein Mensch schlafen. Was machst du denn da mit den Kleidern in meiner Hälfte?
—Ich suche etwas zum Anziehen, ich kann meine ...
—Zieh deine Unterhosen hoch, dann siehst du in dem kleinen Grünen ganz hübsch aus.
—Nein, einen Anzug, ich kann keinen Anzug finden, wenn du sie alle zur Reinigung gebracht hast, wo soll ich jetzt vor der Schule noch einen Anzug ...
—Wer sagt denn, daß sie in der Reinigung sind?
—Wo sind sie denn sonst?
—Nora hat sie zum Wohlfahrtsladen gebracht.
—Zum Wohlfahrtsladen? Meine Anzüge?
—Was glaubst du wohl, woher sie ihre Pfadfinder-Punkte hat? Wenn du meinst ...
—Nein, aber meine Anzüge, sie, wie konntest du es nur zulassen, daß sie gleich beide Anzüge genommen hat und ...
—Du hättest eben sofort hingehen und sie zurückkaufen müssen.
—Meine eigenen Anzüge zurückkaufen?
—Ja, deine eigenen Anzüge zurückkaufen, wer sollte das denn sonst tun? Willst du etwa für zwei Dollar pro Stück deiner Tochter nicht einmal dabei helfen, Pfadfinder-Punkte zu sammeln? Sechs Punkte

hätte sie dafür bekommen. Sie dachte, daß du gleich hingehen würdest, um sie zurückzukaufen, es ist ja schließlich nicht ihre Schuld, daß du statt dessen ins Krankenhaus gekommen bist.
—Nein, aber einer war, einer hat sechzig Dollar gekostet, der graue mit den Karos, und der braune, der braune war erst ein Jahr alt, vermutlich sind die schon verkauft.
—Erzähl mir das doch nicht, erzähl es deiner Tochter, sag ihr, daß du, sobald sie zum erstenmal Eigeninitiative beweist, sofort anfängst ...
—Aber was soll ich denn anziehen?
—Ich hab dir doch gesagt, zieh deine Unterhose hoch und dann siehst du ...
—Aber sogar meine Hose, hier hing doch eine blaue Hose, und die ...
—Die hättest du für 'n Vierteldollar zurückgekriegt. Wo ist denn der Anzug, den du auf deiner Spritztour angehabt hast? Zieh den doch an.
—Du hast doch den Riß vorne in der Hose gesehen, und da ist auch Blut auf ...
—Dann zieh doch einen von Papa an. Der geht ja doch nirgends mehr hin.
Türen knallten, Wasser rauschte, spritzte, ließ die Wasserrohre erzittern, unzusammenhängende Töne des Saxophons und wabernde Rauchschichten verbrannten Toasts zogen durch den Raumteiler.
—Die sind zu groß und stinken.
—Dann roll einfach die Hosenbeine hoch und komm niemandem zu nahe, sonst glauben die noch, der Herzog von Windsor sei auferstanden, Nora, nimm das Kabel aus Donnys Saft.
—Nora, die fünfundachtzig Cent, die Donny gekriegt hat ...
—Schon wieder! Mein Gott, ich hab dir ja gesagt, sitz da nicht so rum, Nora, hol Papi einen Lappen. Jetzt willst du also auch noch Donnys fünfundachtzig Cent?
—Nein, aber es ist wirklich ...
—Wirklich was? Wirklich das erstemal, daß er, Nora, nicht diesen Lappen! Mein Gott, paß doch auf, was du mit der Hose machst, damit hast du gerade die Marmelade vom Fußboden aufgewischt. Das erstemal, daß er Eigeninitiative zeigt, und das willst du ihm gleich wieder vermiesen?
—Aber ich hab nicht mal ...
—Und bleib doch mal ne Sekunde ruhig stehen, damit sie dir das von den Schuhen kratzen kann, mein Gott ... dann ein hastiger Aufbruch durch die Rauchschwaden, die von ihm bis zum Entstehungs-

ort der plötzlich hörbaren Musikfetzen getragen wurden, jener spitzknochigen Katastrophe aus Leberflecken, die dort hinter dem Raumteiler der einteiligen Unterwäsche entsprang, und hinter ihm knallten die Alu-Initialen zu wie ein Schuß in den Rücken, wie aufgebläht vorbei am Kanonenofen und auf den Bürgersteig hinaus, wo er sich mit der freien Hand in der leeren Tasche sicherheitshalber die Hose festhielt, was seiner Erscheinung etwas Verwegenes verlieh, vergleichbar einem Seemann nach einer durchgemachten Nacht an Land, doch gerade diese Schlabberhosen hatten auch dafür gesorgt, daß die Stelle, wo der Saft auf seinen Schuh getropft war, nun glänzten wie neu, während er um die Ecke bog und an einer Glastür rüttelte, die sich noch nie nach außen geöffnet hatte.
—Hände hoch!
Armschlinge und Hose gingen verschiedener Wege, vereinten sich jedoch wieder, als die Tür nach innen aufschwang. —Oh, Coach, Coach, warten Sie ...
—Was? Wer hat Ihnen ... Dan? Was denn, was denn, Danny, wie sehen Sie denn aus?
—Ich, ich hatte einen ...
—Autounfall, richtig, ja, das haben wir in der Zeitung gelesen, aber kommen Sie doch erst mal rein ... und der Junge zwischen ihnen riß die Hände an die Hosennaht und trat hackenknallend ab, —schnell, bevor's hier noch Tote gibt, Dan. Sie sehen ja aus, als wären Sie unter einen Zug gekommen.
—Nein, nein, alles klar, aber ich, ich dachte, ich bin in N-7, die Klasse von dem Jungen da soll doch in O- ...
—Alles ausgemustert, Dan, wir brauchten den Platz für unser Material.
—Ja, aber deshalb bin ich, wo sind sie denn? Die ganzen Geräte, die hier waren? Die Unterrichtsgeräte und alles, was, was ist das denn? Das hier?
—Herde, Waschmaschinen, Bremsbeläge, Haartrockner ...
—Aber was ist denn mit den Geräten passiert, die hier noch ...
—Da müssen Sie den Diensthabenden fragen, Dan, ich weiß von nichts ... und sie bogen um die Ecke, prallten gegeneinander, lehnten an einem an der Wand hängenden Wasserschlauch zur Brandbekämpfung, während der Schock des Zusammenpralls dem Anblick flatternden Blondhaars Platz machte, das sich in abgeschwächter Form in den Hüften wiederholte. —Sehen Sie sich doch diese harmonische Mechanik an, sehen Sie sich das bloß mal an! Sie gingen den Korridor

entlang, —beachten Sie die Gegenbewegung der Pleuelstangen, und schon begreift man, wie Newcomen auf die Dampfmaschine kam, ist doch so, oder?
—Also ich, daran hätte ich jetzt nicht gedacht ...
—Haben Sie sich nie vorgestellt, wie er mit Mrs. Newcomen Wange an Wange getanzt hat?
—Nein, ich glaube, ich ...
—Schon erschreckend, wie man über Grundfragen der Mechanik auf die kleinen Schulmädchen kommen kann. Man fängt mit der Gegenbewegung der Pleuelstangen an, und schon weiß man, daß man einen Hintern hat, rund und mit den Jahren etwas schlaff geworden, aber immerhin, daran ist ja nichts verkehrt. Erst über die sogenannte Parallelbewegung, die James Watt erfunden hat, kommt man auf den Arsch, vor, zurück, vor, zurück, was für ein Schritt in der Geschichte der Menschheit, habs immer schade gefunden, daß ich Mrs. Watt nie kennengelernt hab.
—Ja also, ich, ich glaube, ich ...
—Nur vom Po sollten sie sich fernhalten, Dan, diese Art monostrukturierte nates, die man mit Strapsen kriegt, und schon heißt es auf Wiedersehen Ärsche, goodbye Rock of Ages und auf Wiedersehen Augustus Montague Toplady, dem wär doch das Singen vergangen, wenn sie nicht damals eines schönen Tages achtzehnhundertzweiunddreißig ihr Korsett hätte fallen lassen.
—Ja also, ich, ich glaube, ich muß ...
—Fels der Zeiten mir gespalten, drunter meinen ...
—Ich glaube, ich geh jetzt mal lieber zum ...
—Das Lied, es ist zu Ende, doch die Krankheit bleibt bestehn, wir vergaßen noch derrière, ist so ne Art Euphemismus? Oder wars Euphuismus? Kennen Sie eigentlich Mrs. Joubert, Dan?
—Also ich, ja, aber nicht ... und an der Ecke prallte er gegen eine Schulter.
—Sie wollen wohl mal sehen, wo mich das Pferd gebissen hat? Hier, kommen Sie ruhig näher und ...
—Nein nein, ich, ich hab mir nur Ihren Anzug angesehen.
—Sieht doch immer noch so aus, als hätte er mir mal gepaßt, oder nicht? Wenn ich mich nicht bewege? Hängt ein bißchen durch im Schritt, oder?
—Also er, dürfte ich fragen, wo Sie den gekauft haben?
—Normalerweise verrate ich den Namen meines Schneiders nicht,

Dan, aber Sie sehen so aus, als könnten Sie ihn wirklich brauchen. Es gibt da so einen kleinen verträumten Wohlfahrtsladen ...
—Ja, den, den wollte ich ...
—Ich bevorzuge eigentlich eher schottisches Kammgarn, aber für zwei Dollar ... er zupfte an einer Falte des unscheinbaren Kleidungsstücks und sagte ganz wie im Vertrauen, —es bewahrt mich vor dem gesellschaftlichen Absturz. Mal unter uns, ich brauchte schnell was Neues, nachdem ich nen kleinen Zusammenstoß mit der hiesigen Ordnungsmacht hatte, ich hab sogar in der hinteren Tasche nen Freistoß gefunden, hier. Wie finden Sie das ... und präsentierte auf der flachen Hand ein folienverschweißtes, kreisrundes Etwas, —bin mir aber nicht sicher, ob der noch hält, sieht so aus, als hätte das arme Arschloch zehn Jahre drauf gesessen und auf die Chance gewartet, die nie kam. Augustus Toplady hat immer auf den Tag gewartet, an dem dieser eiserne Vorhang aus Fischbein sich hob, aber dann hats noch hundert Jahre gedauert, bis man aus nem Panzerturm lehnen und rufen konnte: Hallo Schatzi, hast du Lust, dich auf mein Gesicht zu setzen? Sind Sie schon mal in Übersee gewesen, Dan?
—Nein, nein, aber ich glaube, ich schau mal kurz im ...
—Es ist jenes drunter meinen Kopf zu betten, das ist die Stelle, die mich immer schafft, man wundert sich, wie Mister Toplady es in jenen Zeiten fertiggebracht hat, nicht ins Gefängnis zu kommen.
—Ja, also ich ...
—Und alle singen das, da fragt man sich doch, wie Mrs. Toplady sich sonntags in der Kirche vorkam, oder nicht?
—Ja, aber ich, was ich Sie noch fragen wollte, gab es in dem Wohlfahrtsladen noch einen anderen Anzug, einen braunen ...?
—Tweedanzug, richtig, der hätte mir besser gestanden als Glancy, das kann ich Ihnen sagen.
—Glancy?
—Der ist vor mir da gewesen und hat sich den braunen gegriffen, aber ohne Schuhanzieher kam der da nicht rein.
—Ach, dann hat er, hat er ihn nicht gekauft?
—Doch, aber beim Anprobieren ist ihm die Hose geplatzt, und da mußte er ihn ja kaufen ... und hielt vor der Tür mit der Aufschrift Jungen, —geben Sie einen aus?
—Also ich, ich dachte, daß ich ...
—Aber nur einen, ja ...? Die Tür knallte nach Eintritt hinter ihnen zu, und am Ende der Reihe bei den Schrubbern das Klappern einer

Klobrille hinter verschlossener Tür, und das Geflüster, das oben und unten hinausdrang.
—Psst, da ist gerade jemand reingekommen.
—Okay, guck mal, eh, kannst du bis zu der Linie hier hochpissen?
—Wieviel?
—Zehn Cent?
—Nur für'n Vierteldollar.
—Okay, dann los, Miss Waddam wartet.
—Gib mir erst den Vierteldollar.
—Okay ... hier, und jetzt mach. Los doch, mach.
—Okay, ich versuchs ja, siehste das nicht?
—Los doch, beeil dich, die wartet.
—Ich kann nicht, muß wohl leer sein, echt, du bist schon der fünfte ...
—Also mach schon, versuchs. Sonst trink noch was Wasser.
—Ich hab schon einen ganzen Liter getrunken, bevor ich zur Schule gekommen bin, ich kann nicht ...
—Okay, dann trink doch noch was.
—Woraus denn?
—Hieraus.
—Daraus? Du bist ja verrückt, und so schnell gehts sowieso nicht.
—Okay, dann versuchs doch wenigstens, versuchs noch mal, pressen ...
Glas klirrte.
—Für alles gibts einen Markt, Dan, Sie sind doch allemal Ihr Geld wert, und wenn Sie's mir nicht übelnehmen, würd ich sagen, kaufen Sie sich 'n neuen Anzug. Da hing noch so ein kariertes Ding auf der Stange, für das man unmöglich mehr als einen Dollar verlangen kann, und der, den Sie anhaben, sieht doch aus, als hätte Ihnen 'n Hund ans Bein gepißt.
—Ja also, das, da ist nur was draufgekleckert, aber ...
—Wenn jemand Sie drauf anspricht, sagen Sie einfach, Sie kommen aus Cleveland.
—Was?
Die Tür knallte zu.
—Whiteback, treten Sie näher, und machen Sie mit. Dan gibt einen aus.
—Dan? Ach, Sie sinds, Dan, lautete die Antwort zwei Pißbecken weiter aus sicherer Entfernung, —erfreut, Sie wiederzusehen, Dan, aber Sie sehen nicht sehr ...

—Bloß 'n kleiner Unfall, Whiteback, er ist mit nem Nachbarn aus Cleveland zusammengestoßen. Rabbi Goldstein schneidet immer quer zum Fadenlauf.
—Ja also, die, ähm, die Verbände, Dan, das heißt die ...
—Die nächste Runde geht auf Kosten des Hauses, meine Herren, tut mir leid, ich muß los. Wenn Sie 'n Lehrerbegleitheft zum Thema Schaltkreise wollen, Dan, ein Exemplar liegt auf Whitebacks Schreibtisch. Mein Kompliment an den Chefkoch. Dum di dum, dum mir gespalten ... und die Tür knallte.
—Sind Sie sicher, ähm, daß Sie jetzt schon wieder unterrichten können, Dan? Ich meine, es sieht so aus, als hätten Sie noch Probleme mit dem, ähm ...
—Nein, alles in Ordnung, ich, nur die Schlinge und die ...
—Warten Sie, warten Sie, ich mach Ihnen die Tür auf. Können Sie erkennen, wo's langgeht?
—Ja, alles in Ordnung, ich, ich wollte Sie noch fragen, was Coach meinte, als er ...
—Ja also, Coach wird ein bißchen, ähm, ich meine, ich würde gewiß nicht behaupten, daß es nur ein kleiner Unfall war im Hinblick auf, ähm, die Person, die Sie angefahren haben, war, vielmehr die Person, die mit Ihnen zusammengestoßen ist, war nicht aus, ähm ... er ging an einer Uhr vorbei, die soeben den Rest einer Minute abschnitt, und eine Klingel schrillte, —natürlich nicht aus Cleveland ...
—Nein, was ich, Moment, warten Sie, warum ist alles so, alle Flure sind leer. War das nicht die Klingel zum Unterrichtsbeginn?
—Ja also, heute morgen ist alles etwas anders, Dan, die, ähm, Mister Gibbs eröffnet den Unterricht, und es scheint so, er scheint die gesamte Unabhängigkeitserklärung der Vereinigten, ähm, das heißt die Verfassung der Vereinigten Staaten ... und die Tür mit der Aufschrift Direktor schwang federleicht auf und fiel hohl hinter ihnen zu, —und natürlich darf niemand den Raum verlassen, bis er, ähm, mein Telefon ...

> —soll, ohne Zustimmung des anderen, länger als zwei Tage vertagt werden, auch nicht zu irgendeinem anderen ...

—Hallo ...? Nein, er ist eben rausgegangen, wer ... Welche Sexualkunde, wovon, Moment, er ist gerade reingekommen, Whiteback? Die Schülerbibliothek ruft an wegen, warten Sie einen Moment, soll das ein Witz sein?

—Nein nein, es ist, ähm, kommen Sie rein, Dan, ich will den ... hallo? Ja, hier ist Mister Whiteback, haben Sie ... Die Verfassung ja, die Verfassung der USA, ich hab Ihnen doch gesagt, daß Sie ... wer? Was hat denn Charlie Chan damit zu tun ... nein nein nein, ich sagte Sozialkunde, ein Sozialkundebuch, mit s, o, z ... Ja, es schreibt sich v, e, r, f ... also gut, suchen Sie sich einen Stift ...

—mit Ausnahme von Landesverrat, Kapitalverbrechen und Landfriedensbruch, genießen Immunität ...

—Wußte gar nicht, daß man Sie aus dem Krankenhaus entlassen hat, Dan, ich hab erst gedacht, da wollte sich einer mit mir nen Scherz erlauben, diese Schlinge und der Verband um Ihre ...
—a, s, s ... assung, ja, ich möchte wissen, wie lang die ist, damit wir wissen, wann der Unterricht beginnen kann ... amerikanische, ja, amerikanische Sozialkunde ...

—Artikel eins, Absatz sieben. Eins. Sämtliche Gesetzesvorlagen ...

—Ja, ich war auch der Meinung, daß Sie noch im Krankenhaus wären, ich ...
—Mister Hyde ist vorbeigekommen, um die Ablehnung des Schuletats zu diskutieren, Dan, wir haben gerade, entschuldigen Sie mich ... hallo? Ja, hier ist ... was? Oh, Mister Stye, ja, wegen der gestohlenen Basebälle, ja, und den ... eine Rechenmaschine und drei Schreibmaschinen während des Wochenendes, ja ... Ja also, das ist eigentlich keine schulische, ähm ... vor ihm flatterte ein Flügel aus Verbandsmull, —ich glaube, Mister Hyde möchte selbst mit Ihnen sprechen, er ... ja, er ist hier, das heißt ... und das Telefonkabel riß einige Papiere zu Boden.
—Hallo, Stye? Sagen Sie mal, ich hab gerade gemerkt, daß meine Versicherungspolice, Moment mal. Können Sie mit Ihrer heilen Hand an den Knopf da rankommen, Dan? Drehen Sie mal den Ton leiser, das tötet einem ja den letzten, ja, hallo? Meine Police, ja ... Ja, bei Ihrer Gesellschaft, da bleibt doch alles in der Familie, die ... KFZ, ja, die ... Ach, haben Sie schon? Ja, der Unfall mit diCephalis und ... ach so? Ich bin erst heute morgen rausgekommen und ... gut, wenn man einen Arm in Gips hat und Verbände überall ... Natürlich, der lebt noch, der sitzt direkt hier neben mir ... Genau, frontal, das stimmt genau, sie ... nein, ich saß in seinem Wagen, als mein Wagen um die ... genau, und stieß mit meinem zusammen, ich meine seinen Wagen, frontal, genau, der ganze ... wieso das Heck meines Wagens auch beschädigt worden

ist? Nein, das war was anderes, als ich hier rausfuhr, mußte ich anhalten und ... Ja, natürlich, ich saß in meinem Wagen, als ich hier rausfuhr, was meinen Sie ... Moment, Moment, jetzt mal von Anfang an. Mein Wagen ist gestohlen worden, hier direkt vor der Schule, und als ich ... Welche Schlüssel ...? Nein, bevor ich hier rausgefahren bin, stand mein Wagen in einem Parkhaus in der ... in New York, ja, da muß jemand über das Nummernschild an meine Adresse gekommen sein und dann Nachschlüssel gemacht haben für alle ... Was soll das heißen? Weil sie einfach zur Tür reinmarschiert sind und alle drei Fernseher rausgetragen haben, die Waschmaschine, den Trockner, Stereoanlage, Sauna, beide Diaprojektoren, den Kurzwellen ... Nein, die Armbanduhr steht auf der anderen Schadensmeldung, weil es ein anderer Fall war, ich fuhr gerade ... ja, in meinem Auto, ja! Ich weiß, daß das kaum zu ... Also gut, zugegeben, das klingt alles ziemlich ...! Nein, als der Gutachter Ihrer Gesellschaft mich im Krankenhaus besucht hat, hab ich ihm alle Informationen gegeben, die er ... Also, wie sollte ich ihm denn vollständige Beschreibungen liefern, ohne zu sagen, daß alle ... was? Was soll das heißen, ich ... Also, was soll das denn heißen, meine Aussage wäre nicht frei von Rassenvorurteilen, wie soll ich denn, bittschön ... Also gut, eine hinsichtlich der Hautfarbe einseitige Täterbeschreibung, kann ich denn was dafür, wenn ... Schon gut, kann ich was dafür, wenn ... was? Was soll schon sein, wenn man meinen Schlüssel im Zündschloß gefunden hat, es ist mein Auto, oder war es zumindest. Hören Sie, Sie sind doch meine Ver ... Nein, aber ich bin bei Ihrer Gesellschaft ver ... Nein, ich hab ihm gesagt, daß das passiert ist, als ich hierher fuhr, ich mußte an einer Ampel warten, und neben mir hielt ein Auto voller ... was? Hat sie mir vom Handgelenk gerissen, ja, bevor ich noch ... Die ganze Angelegenheit, klingt in Ihren Ohren wie was? Hören Sie mal, ich brülle doch nicht, aber kann ich denn was dafür, wenn ...
—Halten Sie das Telefon fest, es rutscht vom ...
—Kann ich denn was dafür, wenn alle ... hallo?
—Haben Sie sich am Kopf weh getan, Dan?
—Nein, es ist, alles in Ordnung, ich bin, ich wollte nur diese Papiere aufheben ...
—Hallo? Sind Sie ... wer?
—Tut mir leid, ich hab auf den Knopf gedrückt, als ich es festhalten ...
—Wer zum Teufel, was ist hier eigentlich passiert? Das ist jemand für Sie, Whiteback. Der muß einfach aufgelegt haben.

—Ja, entschuldigen Sie mich, hallo? Hier ist Mister ... Pecci?
—Sagt der doch glatt zu mir, daß ich mir ne Verschwörung zusammenphantasiere, und legt dann einfach auf, wie findet man sowas?
—Ja, nein, Mister Pecci ist nicht da, nein, nein, er müßte aber bald ... in der Zeitung heute morgen, ja, ziemliche Schlammschlacht, die sie da, obwohl der ... nein, Ihr Name ist nicht erwähnt worden, die Rede war nur vom Verwaltungsausschuß der Stadt, ja, der ... ja, Ganganelli, rufen Sie Ganganelli an, er ... wer? Nein, nein, Glancy ist noch nicht aufgetaucht, nein, wir dachten, er sei krank geschrieben, aber sein Auto steht nicht in der Einfahrt, wo es sonst immer ... oh, hat er das? Ja also, wir sind der Sache natürlich seitens der Bank nachgegangen, sämtliche Rechnungen, von denen er geglaubt hatte, daß er sie bezahlt hätte, er hat mir die Belegabschnitte gezeigt, aber die Schecks sind nie eingezogen worden, natürlich hat seine Frau neunhundertdreiundachtzig abgehoben ... Mrs. Glancy. Ja, sie ... ja also, obwohl ich darüber lieber auf der anderen Telefonleitung reden würde, das heißt auf der Direktleitung zur Bank, ja, nein, rufen Sie nicht zurück, rufen Sie Ganganelli an ...
—Haben Sie das gehört, Whiteback? Sagt mir ins Gesicht, ich würde sie einer Verschwörung bezichtigen, und legt dann einfach auf, ich habs Ihnen doch gleich gesagt, als er damals hier war. Hat kein Wort gesagt, hat da nur gesessen und alles aufgesaugt, hab ich recht? Man sieht denen ins Gesicht, aber niemand weiß, was in ihnen vorgeht, hab ich recht? Erzählt mir was von Rassenvorurteilen, was glaubt der denn eigentlich, für wessen Versicherungsgesellschaft er arbeitet, hab ich recht, Dan?
—Vielleicht meinte er, wenn man Sie verklagt, vielleicht meinte er, Sie sollten ...
—Mich verklagen? Wer verklagt mich?
—Tja, ich hab gehört, ich glaube, Buzzies Familie wollte ...
—Mich verklagen? Umgekehrt, ich verklag die, was glauben die denn, wer sie, Sie haben den Burschen doch gesehen, Whiteback, ein Blick in sein Gesicht genügte doch, um zu wissen, daß er total vollgedröhnt war, als er herausgerannt kam ...
—Ja, also natürlich, aber, ähm, das heißt, wir sollten unser gutes Verhältnis zur Gemeinde nicht, ähm, entschuldigen Sie mich ... hallo? Oh, ja, Gottlieb hat eben angerufen, ja, ich hab ihm gesagt, daß er Sie anrufen soll, er ... Ja, nein, einfach deshalb, weil er im Verwaltungsausschuß saß, als Sie das Flo-Jan-Angebot auf den Tisch gelegt haben,

die städtische Eisenbahnverladestelle zu pachten, und er glaubt, daß man jetzt einen gewissen Zusammenhang konstruieren will zwischen ihm und, ähm, dem Kredit, die Verbindung zwischen dem Aufsichtsrat der Bank und dem ungesicherten Kredit an, ähm, das heißt, um unseren guten Namen, er ... was? Nein, nicht der Kredit, nein, ja, nein, natürlich, die Möglichkeit, daß er mit der letzten Radkappe haftet, wenn der Ace-Transportation-Kredit notleidend wird, alles nur der Versuch, mich in meiner Eigenschaft als, ähm, denn wenn die Bank die Schulbusse kassiert, das wäre schon ... an Pecci, ja, Mister Pecci, wie er bereits in seiner Erklärung gesagt hat, jeder, der dem Gemeinwohl dienen will, muß auch mit dieser Art Schlammschlacht rechnen ... wer immer ein öffentliches Amt bekleidet, der, natürlich nichts als der Versuch, mich in meiner Eigenschaft als ... ja, nein, ich kandidiere für nichts, nein ...
—Hallo? Nein, er ist am anderen Apparat, er ... Moment, hier ist er.
—Ja, hallo ...? Ja, also der Unterricht müßte jeden Augenblick, ähm, sobald die Unterrichtseröffnung vorbei ist, ähm ... ja, ich hab die Klingel auch gehört, aber natürlich ist die ... nein, es ist die Verfassung, die Verfassung der Vereinigten Staaten, ja, ja, wissen Sie zufällig, wie lang die ist ...? Aufgelegt, ja, Dan? Wissen Sie vielleicht, wie viele Seiten da noch kommen? Sieht ja so aus, als verfolgten Sie das recht intensiv ...
—Nein, ich hab nur, ich hab mir seinen Anzug angesehen.
—Ja, also, das ist natürlich ein recht hübscher Anzug, aber die Ärmel scheinen etwas zu, ähm, das heißt, als ich ihn heute morgen gesehen habe, reichten die Hosenbeine kaum bis zu den Knöcheln, ja, das ist natürlich völlig in Ordnung, aber die alte Strandsandale, die er da an einem Fuß trug, das wirkte schon, ähm, eher so, ähm.
—Von ner Sauftour gekommen, sehen Sie sich den doch mal an! Für die blutunterlaufenen Augen brauchen Sie nicht mal Farbfernsehen. Und der Flügel aus Verbandsmull flatterte heftig in Richtung Bildschirm, nachdem er gerade noch an seiner Bügelfalte gezupft und den Schmutzrand des Taschentuchs in der Brusttasche direkt ins Blickfeld gerückt hatte. —Hat garantiert ne Sauftour gemacht, zusammen mit seinem Freund, der sich mit nem Bleistift das Ohr abgeschnitten hat, sehen Sie sich den doch mal an! Wenn ich eines noch erleben möchte, solange ich an dieser Schule bin, Whiteback, dann ist das seine Entlassung.
—Ja also, natürlich, wir, ähm, können Sie das mal etwas lauter stellen,

Dan? Mal hören, bei welchem Artikel er angekommen ist? Wenn wir ihn jetzt feuern wollten, wär das natürlich, ähm, im Hinblick auf die gegenwärtige Situation wäre alles, was auch nur, ähm, sozusagen einen Streik provozieren könnte, Dan, Sie wollten doch bei Ihrer Frau mal vorähm, Ihre Frau, ähm ...
—Ist doch egal, was solls denn? Der Etat ist sowieso nicht durchgekommen. Laß sie doch streiken. Wir machen die Schule dicht, stellen die Heizung ab und sparen noch Geld dabei, das muß man immer auf Körperschaftsebene sehen. Was glauben Sie denn, was US Steel macht, wenn ein großer Auftrag ins Haus steht? Man produziert auf Teufel komm raus, am liebsten weit über den tatsächlichen Bedarf hinaus, denn ohne Aufträge keine Arbeit, deswegen kann sie ein Streik gar nicht jucken, weil sie die Hälfte der Belegschaft sowieso feuern müßten. Sobald sie ihre Bestände abverkauft haben, kommen die roten Gewerkschaften auf allen Vieren angekrochen, nur um ihre Leute unterzubringen, bei den Eltern ist das nicht anders, die sind in der Lage und schmettern Ihren Etat ab, aber wie Vern schon sagte, sie werden uns noch anflehen, ihre Kinder zu nehmen. Da ist jemand an der Tür.

> —oder an Kriegen zu beteiligen, es sei denn im Angriffsfall oder in solch unmittelbarer Gefahr, die keinen Aufschub duldet. Artikel zwei, Absatz eins. Erstens. Die Exekutive ...

—Hat er zwei gesagt? Er kann doch unmöglich erst bei, herein? Was meinen Sie, wie viele, oh, kommen Sie rein, kommen Sie, Herr Senator ... und die Tür tat sich auf vor jenem Wirbel aus feinstem Tuch, und es folgte der Auftritt der Seide im gedämpften Schimmer eines namhaften Markenherstellers, —wir sprachen gerade über die Vereinigten Staaten, ähm, Hyde, Sie kennen doch Major Hyde vom Schulvorstand und, jawohl, nein, das hier ist Major Hyde, Herr Senator, das ist Dan, unser, ähm, Dan diCephalis, unser Psycho ... und der Wirbel klang ab. —Sie haben vielleicht in der Zeitung von dem Unfall gelesen?
—Hören Sie mir auf mit den Zeitungen, nichts als die übliche Schlammschlacht ... und der Wirbel erhob sich erneut und fuhr zwischen die Zeitungsausschnitte, die er aus der Innentasche gezogen hatte, —ich habe meiner Presseerklärung nichts hinzuzufügen, nichts als die übliche Schlammschlacht, die haben doch tatsächlich die fixe Idee, das Kulturzentrum sei lediglich der Aufhänger für meine

Highway-Vorlage, und weil sie grundsätzlich immer dagegen sind, glauben sie, sie könnten Parentucelli treffen, indem sie mich mit Schlamm bewerfen. Sehen Sie, auf der einen Seite konstruieren sie eine Verbindung zwischen seinen Staatsaufträgen und meiner Highway-Vorlage, aber hier unten haben sie nichts dagegen, wenn Catania Paving der Flo-Jan Corporation achtzehn Cent zahlt für jeden Quadratmeter Asphalt, der in der städtischen Verladestation angeliefert wird, Minimum fünfhundert Dollar im Monat, verstehen Sie? Nur weil sie grundsätzlich dagegen sein wollen.
—Ja also, im Hinblick auf die gegenwärtige Lage in der Bank sind wir, ähm, entschuldigen Sie mich ... hallo?

—Vereinigte Staaten. Sechs. Im Fall, daß ...

—Und weil er von Ganganelli, Pecci und Peretti vertreten wird. Nur weil er Amerikaner italienischer Abstammung ist, soll ihm nicht der bestmögliche Rechtsbeistand zugestanden werden?
—Ja also, natürlich, ich weiß, daß Sie dabei nicht gut aussehen, Vern, aber natürlich haben wir, ähm ...
—Diese Lehrerin aus Ihrem Fernsehprogramm verklagt ihn auf eine Million Dollar, und da soll er sich nicht verteidigen dürfen?
—Ja also, sie verklagt auch die Schule, sie ... was? Ja, Vern? Ja, tut mir leid, ich habe gerade woanders zugehört, wir, ähm ... natürlich muß da eine Lösung her, aber im Hinblick auf die, ähm ... ach, das interessiert Sie nicht, aber natürlich werden wir ... Ja, nein, Mister Pecci ist ... Nein nein, er ist hier, das heißt, er ist gerade vorbeigekommen, um die Sache mit uns, ähm ... ach, das interessiert Sie auch nicht, nein, ich ... nein, ich werds ihm ausrichten, ja ...
—Ist das Vern, Whiteback? Hier, ich rede lieber selbst mit ihm über die ...
—Ja also, er, ähm, er hat aufgelegt.
—Was war es denn, was Sie mir sagen sollten?
—Ja, also, nicht Ihnen, nein, nein, er wollte, daß ich Mister ähm, dem Senator hier sage, daß, ähm, ich kann das jetzt nicht wiederholen, aber er schien doch recht ungehalten über die Zeitungsgeschichte, was Mister Parentucelli seinem Garten angetan hat, als, ähm, gewissermaßen aus Gefälligkeit.
—Hab ich's nicht gleich gesagt? Sie sind einfach immer dagegen. Weil Parentucelli jemandem eine Gefälligkeit erweisen wollte, benutzen sie jetzt den Namen des Bezirksschulrats, um ihn mit Dreck zu bewerfen.

—Ja also, natürlich, was diese Gefälligkeit angeht, bin ich nicht sicher, ob Vern ausdrücklich darum gebeten ...
—Mit anderen Worten, es war gar keine Gefälligkeit, und deshalb verklagt er Parentucelli auf Schadensersatz? Parentucelli will gute Arbeit leisten, ist vielleicht ein bißchen übermotiviert, will aber nichts weiter als gute Arbeit abliefern, alle Bäume weg, Asphalt drüber, und wie einigt er sich mit ihm? Umsonst, keine Rechnung, nichts. Lassen Sie mal einen Baum fällen, eine Ulme, eine Eiche, zwanzig Meter, fünfundzwanzig Meter hoch, was glauben Sie wohl, was das kostet, so nen Baum zu fällen? Planierter Asphalt, sechs Zentimeter dick, beste Qualität, unverwüstlich, nie mehr Rasenmähen, dreitausend Quadratmeter und nie mehr Rasenmähen, kein Laubharken mehr, er kann parken, wo er will, keine Bäume mehr, die die Kotflügel demolieren könnten, keine Vögel mehr, die auf den Lack kacken ...
—Ja also, natürlich, Vern, ähm, da Vern, soviel ich weiß, eigentlich nur eine kleine Einfahrt wollte, und wenn man dann sieht, wie die Zeitung alles aufs Korn, ähm, das heißt, die ganze gute Arbeit von Mister Parentucelli als, ähm, natürlich hat er gute Arbeit geleistet, was den Anbau an unserem Haus betrifft, obwohl die Verandatüren nicht so funktionieren, wie wir uns das, ähm, weil sie sich nicht öffnen lassen, aber das steht natürlich in keinem Zusammenhang mit seinem Angebot über zweiunddreißigtausend Dollar fürs Asphaltieren des Studio-Parkplatzes und der Erneuerung des, ähm, der Inschrift über dem Hauptportal für zwölf, ähm, es liegt hier irgendwo zwischen den Papieren, die Sie gerade aufgehoben haben, Dan. Etwas, was die Leute vom Bürgerverein unmittelbar vor der Etat-Abstimmung in Umlauf gebracht haben, ein Versuch, mich bloßzustellen, direkt da drunter, ja. Der Bürgerverein für Nachbarschaftsunterricht bittet um Ihre Aufmerksamkeit für, nein, nein, das war etwas über den Schmutz, der auf der Junior High zirkuliert, sie haben gesagt, sie hätten es mir geschickt, aber ich habe bislang nichts gesehen, was auch nur annähernd, ähm, das heißt nichts, was im Rahmen der Kampagne des Senators Schule ohne Schmutz ...
—Der Liter Leim für zwei einundfünfzig, für den die Schule drei siebenundfünfzig zahlt, Klebeband zu eins neunundvierzig, für das die Schule zwei ...
—Wie ich schon sagte, Dan, alles nur der Versuch, uns mit, Dan? Der Herr Senator überreicht Ihnen einen SOS-Button zum, ähm, ja, vielen Dank, Herr Senator, das ist, ähm, ist ein flottes Design, das SOS vor

dem Sternenhintergrund und, passen Sie doch auf, Dan, Sie schmeißen gleich die ganzen Schecks runter.
—Die hier? Ich dachte, das sind bloß ...
—Ja also, natürlich, sie sind etwas zerknüllt und schmutzig, weil die Kinder sie offenbar mehrere Tage mit sich herumgetragen, ähm, dieser Versuch, die Schule bloßzustellen, indem man das Essen mit einem Scheck über dreißig Cent bezahlt, aber wenn wir ihnen gestatten würden, ihr eigenes Essen mitzubringen, dann verlieren wir die Subventionen für das Schulspeisungsprogramm, und im Hinblick auf die gegenwärtige Haushaltsla ...
—Kaum nimmt man das Wort Ausbildung in den Mund, schon halten sie ihre Brieftaschen fest, hatte ich nicht recht, Whiteback?
—Ja also, obwohl die Zahlen, die Dan da hat, sind wirklich, ähm ...
—Eine Leiter für elf achtundneunzig, für die die Schule dreiundzwanzig zahlt ...
—Ja, die schicken ihre Leute los wie, ähm, schicken sie verkleidet los, fast wie Spione, kaufen auf gut Glück etwas in Jack's Discountmarkt, um die schulische Einkaufspolitik in Mißkredit zu bringen und, ähm, es ist doch nicht fair, wenn man zuverlässige bewährte Lieferquellen wie Mister, ähm, Gottliebs Schwager hinstellt als, entschuldigen Sie mich ... hallo?

    —Amtsenthebung nach Überführung des Landesverrats, der Bestechlichkeit oder anderer Kapitalverbrechen ...

—Ich glaube, das Schultelefon klingelt, Herr Senator, könnten Sie vielleicht ...
—O ja. Ja hallo ... ?
—Ja, hier spricht Mister Whi ... was? Ja, nein, im Augenblick nicht in der Bank, nein, nein, ich ... Nein nein, ja, es ist die Direktleitung zur Bank, ja aber ... ja, das heißt, ich hab einen anderen Anruf, einen Moment bitte ...
—Er sagt, es sei dringend, er sagt, die Constitution ist etwa siebzig Meter lang.*
—Sieb ... Momentchen. Was?

---

*Anmerkung des Übersetzers: Unübersetzbares Wortspiel und Gaddis-typisches Mißverständnis, denn gemeint ist hier nicht die mit sieben Artikeln und 27 Zusatzartikeln eher knappe Verfassung (*constitution*) der Vereinigten Staaten, mit der Gibbs soeben die versammelten Schüler traktiert, sondern die berühmte Fregatte *USS Constitution* aus dem Krieg gegen England 1812.

—Zig. Er fragt, ob Sie auch die Breite wissen wollen? Acht Meter und...

—Nein nein nein, nur, hallo? Ja, bleiben Sie einen Augenblick dran, ich muß...

—Gebaut aus immergrüner Eiche und rotem Zedernholz...

—Nein, legen Sie auf, ja, sagen Sie ihm, es ist egal, danke, nein nein, Sie nicht, hallo? Ja, hallo? Ja... ja also, natürlich haben wir das auch in der Zeitung gelesen, aber dafür diese lächerliche Bauaffäre wieder auszugraben, die ihm vor drei oder vier Jahren passiert ist, bloß um festzuhalten, daß er auch damals schon von Gangan... ja, richtig, und Peretti vertreten wurde, richtig, seine Anwälte, ja, offenbar wollen sie ihm daraus einen Strick... Ja, aber natürlich, minimale Abweichungen, wie sie praktisch überall... ja, eine Abweichung von zwölf Zentimetern in die eine oder andere Richtung kann doch nicht so... was? Oh. O ja, nein, ich fürchte, ich hab Sie nicht ganz, ähm... Nein, den kannte ich noch nicht, wirklich sehr komisch, ja... Ja also, um die Wahrheit zu sagen, Mister, ähm, der Abgeordnete Pecci ist zufällig gerade hier, ich denke, daß er... Pecci, ja, sein Kanzelanwalt, das heißt seine ehemalige Anwaltskanzlei vertritt den Bauunternehmer, der... ja, ich glaube, er möchte Ihnen etwas sagen...

    —Verbrechen, mit Ausnahme von

—Hallo? Sie rufen wegen dieser Schmiererei in der Zeitung an? Hören Sie, das ist alles gelogen, alles bloß der Versuch, mich mit Dreck zu bewerfen, weil man an jemanden eine Etage höher nicht drankommt. Sie wissen, was ich meine? Diese kleine Abweichung, angeblich hat der Bauunternehmer auf diese Weise sechshundert Dollar pro Haus eingespart, aber das ist eine Lüge. Angeblich sollen es auch zwölfhundert Häuser gewesen sein, auch das stimmt nicht, aber es wird gedruckt, weil man versucht, über meine Person an jemand, was? Nein, fragen Sie Whiteback nach den genauen Zahlen, Mister Whiteback. Hier.

    —ihnen Hilfe und Unterstützung. Kein...

—Hallo, ja? Ja, ich wollte noch sagen, daß... was? Ach, die, ja, ja, die Zahlen müssen hier irgendwo liegen, ich muß nur, Dan, schauen Sie doch bitte mal unter den, ähm... Ja, nein, aber im Hinblick auf die gegenwärtige Finanzlage der Bank sind die Auswirkungen durch eine solche Story natürlich, ähm... Ja, und die Unterstellung, daß sich die Bank dadurch praktisch über Nacht eine viel zu hohe Zahl schlechter

Baukredite und wackliger Hypotheken eingehandelt hat, zielt darauf ab, das Vertrauen zu unterminieren im Hinblick auf die, ähm, das heißt auf die Investitionsbereitschaft seitens der Investoren, was man ja wohl kaum fair nennen ... und ja, also, bei den durch County Land and Title rückversicherten Hypotheken dürfte es keine ... nein, ja, ich weiß, daß die Prämien hoch sind, aber natürlich ist das Element, ähm ... Ja, nein, natürlich, vielleicht sollte ich hier nicht von Risiko sprechen, aber County Land and hier, hier sind die Zahlen, und offenbar hat der Bauunternehmer lediglich Einsparungen von, ähm, ja, er hat lediglich fünfhundertzweiundsiebzig Dollar pro Haus gespart an jedem der eintausendein, ähm, elfhundertsechsunddreißig Häuser, die, ähm, das heißt bei den Häusern, die ähm ... Ja also, nein, nein, ich hätte Sie natürlich angerufen, wenn Sie ... ja also, nein, uns liegt gar nichts daran, daß etwas Derartiges ... nein, nein, ja, danke für den Anruf, ja ...
—Wer war das?
—Ja also, das war, ähm, das war Mister Fedders, Senator, er wollte nur, ähm, er wollte sich nur im Hinblick auf die Hypothekensituation vergewissern, weil natürlich, wenn irgend etwas einen Streik provozähm, das heißt einen Streik auslöst und die Gewerkschaft dazu zwingt, entsprechende Mittel bereitzustellen, indem sie aus, ähm, indem sie diese Mittel aus dem Hypothekengeschäft abzieht, was, ähm, nach dieser Schlammschlacht über eine minimale Abweichung bei den Balkenabständen, nach dieser Schlammschlacht, um Ihren Ausdruck zu benutzen, in der gegenwärtigen Finanzlage der Bank recht, ähm, Dan, ich glaube, Dan wollte sich damit befassen, Dan? Hatten Sie schon Gelegenheit, mal vorzufühlen, wie sich, ähm, die Dinge so entwickeln?
—Ja, durch Abklopfen, direkt fühlen konnte ich eigentlich nichts, aber durch Abklopfen der Fußleiste konnte ich feststellen, wo die Balken sitzen, und dann hab ich letzte Nacht nachgemessen, sie standen fünfundsiebzig Zentimeter auseinander, aber vielleicht ist die ...
—Ja also, natürlich ist Ihr Haus, ähm, Ihr Heim sozusagen, aber Ihre Frau, ähm, ich dachte, Sie wollten mal bei Ihr vorfühlen im Hinblick auf ihre aktivitätsmäßige Haltung an der Streikfront und der daraus, ähm, und ihr vielleicht nahelegen, daß sie aktivitätsmäßig etwas weniger aktiv ist, das heißt, dann ließe sich vielleicht talentmäßig, ähm, was machen, was im Hinblick auf die Nutzanwendung ihrer Talente im Rahmen eines wirklich konstruktiven Schulfernsehens viel konstruktiver wäre, das heißt auch ihren eigenen Interessen mehr, ähm, ich

glaube, Sie erwähnten B'hai und gewisse künstlerische Techniken aus Kaschmir, ähm, ich glaube, das ist in Indien, ja, und den Sachen, die man in Indien so ...
—Also sie, sie sie arbeitet daran, ja, aber sie, aber ich dachte, Mister Vogel sollte die ...
—Ja also, natürlich ist Coach Vogel, ähm, wir wollen uns nicht allzu weit auf seine Domäne vorwagen, obwohl ich gehört habe, daß sie soeben mit einer Schülergruppe ein Basketballspiel besucht hat, aber wenn sie natürlich Spaß an Basketball hat, bin ich mir sicher, daß Coach nichts dagegen, ähm, daß niemand etwas dagegen hätte, wenn sie künftig den ganzen Lehrplanbereich übernehmen würde und ein Programm auf den Weg bringt, das dazu beiträgt, den kulturellen Aspekt der Künste zu aktualisieren und zu vertiefen vor allem im Hinblick auf, das heißt, vorausgesetzt, wir finden noch ein Plätzchen für unser Kunstfestival im Frühjahr ...

—vor innerem Aufruhr. Artikel fünf.

—Ja also, nein, was hat er gesagt? Fünfundsiebzig ... ?
—Darauf wollte ich Sie noch ansprechen, Senator, wenn Sie noch nach einem geeigneten Gelände für Ihr Kulturzentrum suchen, es gibt da draußen hinter Dunkin Donuts eine passende Stelle, direkt an der Grenze zum dreizehnten Bezirk. Da müßten nur ein paar Krüppelkiefern und eine Reihe neuer kleiner Ranchhäuser verschwinden, und schon wär die Sache ein Knüller, weil der Boden billig zu bekommen wäre, wenn Sie das Enteignungsverfahren ...
—Wofür brauchen wir das denn? Wir haben doch schon Enteignungsverfahren durchgesetzt, lesen Sie denn nicht die amtlichen Bekanntmachungen? Hier in der Zeitung? Jede Menge Parkplätze, man hat soeben gegenüber der Straße zum neuen Einkaufszentrum fünf Hektar asphaltiert, sonntags findet da der katholische Gottesdienst statt, abends Parkplätze fürs Kulturzentrum, für ne Menge Leute braucht man eben ne Menge Parkplätze.
—Ja also, natürlich meinte ich keine Stelle zum, ähm, ich meinte eine Stelle im Etat, das heißt, ohne regelmäßige Zuschüsse seitens der staatlichen Kulturförderung wird das Festival kaum, ähm, vor allem, wenn sie erfahren, daß unser Hauskomponist nicht mehr, ähm, nicht mehr im Haus ist, dann würde nämlich auch der Zuschuß für unsere kleine Ring-Aufführung sofort, ähm ...
—Hören Sie mal, Whiteback, Sie wollen sich daran doch nicht zum

zweitenmal die Finger verbrennen? Wenn der Mann nicht auffindbar ist, gibts auch keinen Grund zum Streiken, hab ich recht?
—Ja also, die Begleitumstände der ganzen Sache waren schon ziemlich, ähm, andererseits, wenn jemand, der darin aktivitätsmäßig so aktiv war wie Dans Frau hier, künftig mit anderen Aufgaben, ähm, was meinen Sie, Dan?
—Ja, aber, soweit ich weiß, meint sie, daß Mrs., Mister Peccis Frau Lust hätte, es zu tun.
—Es zu tun?
—Ja also, Janice Pecci war bereits in der Originalproduktion mit dabei, richtig, Senator? Das heißt von dieser Rheingold-Produktion, genauer gesagt, von diesem Ring, aber wahrscheinlich ist es völlig egal, wessen Ring wir zu sehen bekommen, weil, so groß können die Unterschiede ja nicht sein, das heißt, wir haben alle Miss Fleschs Inszenierung gesehen, und wenn Dans Frau die Sache übernehmen möchte, denke ich, daß, ähm, ich vermute, daß Sie wohl deshalb vorbeigekommen sind, Dan?
—Nein, ich wollte, ich wollte mich nach den Geräten erkundigen, die ganzen Lehrgeräte, die ich ...
—Ja also, das waren natürlich ganz erhebliche Etatposten, und im Hinblick auf, ähm, auf die von den Wählern gewünschten Etatkürzungen müssen einige wohl, ähm, dieses Rundschreiben, das der Bürgerverein verschickt hat, um die Schule bloßzuähm, wir hatten es doch eben noch hier, jedenfalls glaube ich, daß ein paar Ihrer Geräte, ähm, zum Beispiel Ihre sprechende Schreibmaschine, fünfunddreißigtausend Dollar für den Edsel-Interaktionsautomaten war denen wohl etwas zu, wovon redet der denn da?

—Pinckney, Charles Pinckney, Pierce Butler, William ...

—Moment mal, das kann doch nicht immer noch die ...
—Ja also, nein, nein, ich glaube, er ist jetzt fertig und, ähm, ruft jetzt die Namen auf, ja, Sie können den Ton abdrehen, aber lassen Sie's an, damit wir sehen können, was weiter, übrigens, wo ist denn, ist das die Liste, Dan? Natürlich sind einige der beanstandeten Anschaffungen schlichtweg, ähm, die Alarmanlage für zweitausendsechshundert Dollar beispielsweise, denn wenn weiterhin in diesem Umfang Schreibmaschinen und Taschenrechner verschwinden, kommt das fast auf dasselbe, ähm, sie haben sogar die Telefonzelle aufgelistet, ich vermute, einer ihrer, ähm, ihrer Spione hat die neue Zelle da unten bei den

Spinden der Jungen gesehen, aber natürlich ist die Telefongesellschaft selbst, ähm, ja, was liegt jetzt an?
—Arithmetik, lauter Plus- und Minuszeichen.
—Nein, es ist, ich glaube, es ist Elektrizität, das muß Coach sein ...
—Vogels neues, ähm, obwohl, wenn man das Band pünktlich zu Unterrichtsbeginn angestellt hat, weil ja niemand wissen konnte, daß Mister Gibbs die ganze Verfassung, ähm, ja also, dann dürften die Kinder den größten Teil der Stunde verpaßt haben, Dan, und Ihr Test kann wohl nicht in der geplanten Art und, ähm ...
—Er hat gesagt, er hätte einen Entwurf auf Ihren Tisch gelegt, vielleicht kann ich die Stelle finden, wo ...
—Ja also, es könnte zwischen den Papieren liegen, die Sie da in der ähm, das gelbe Blatt da könnte ...
—Mikrofarad, ja, das ist es, Farad ist eine elektrische Einheit, mit kaum mehr meßbarem Widerstand und voll aufgeladenem Feld legte er Millie Amp flach auf die Erdung, erhöhte ihre Frequenz und drückte ihre Kapazität nach unten, zog seinen Hochspannungsstecker raus und schob ihn in ihre Steckdose, schloß beide parallel und setzte ihren Kondensator unter Strom ...
—Tja, also, das ist, ähm, er sagte was von Stromkreisen, nicht wahr, aber das klingt eher nach, ähm, entschuldigen Sie mich ... hallo?
—Doch seine Magnetstange hatte ihre ganze Feldstärke verloren, so daß Millie Amp es mit Selbstinduktion versuchte und dabei ihre Zylinderspule beschädigte ...
—Nein, Leroy, er hat versucht rauszubekommen, was aus einer Lieferung der Regierung geworden ist, die im Zusammenhang stand mit dem Zuschuß fürs Schulspeisungsprogramm, die ... Picknickgabeln, ja, irgendwie sind sie nämlich, ähm ... gut, sagen Sie ihm, er soll mich zurückrufen, ja ...
—Völlig entladen, er war nicht mehr dazu fähig, seinen Generator noch einmal in Gang zu bringen, so daß sie die Löcher umpolten und sich gegenseitig die Sicherung rausbliesen ...
—Ja also, ich glaube, Sie müßten sich doch wohl mal das gesamte Band anhören, Dan, diese Elektrizitätssprache ist offenbar etwas, ähm, ich zeichne es nur schnell ab, und dann schicken wir es ihm zurück, wir wollen die kostbare Zeit des Senators nicht länger beanspruchen, das mit Ihren Geräten besprechen wir, ähm, später, vor allem im Hinblick auf, ähm, die etatmäßige, das heißt die Haushaltslage.
—Nein, aber es geht nicht um die Geräte, die ich, ich meinte die

Geräte, die wir bereits hatten und die in N-7 eingelagert waren, ich bin da heute morgen vorbeigegangen und ...
—Ich glaube, darüber kann ich Dan aufklären, Whiteback, da ja nun die Geräte für das Haushaltstechnische Incentive-Center nach O-7 kommen, ziehen Sie mit Ihren kleinen Behinderten um nach N-7, hab ich recht? Und die Geräte von Dan hier kommen dann logischerweise nach ...
—Ja also, nein, wir, ähm, wenn wir die Haushaltsgeräte nach N-7 verlegen, kämen Dans Sachen nach O-7, wo wir ursprünglich die Lernbehinderten, ähm ...
—Alles nach O-7, das sag ich doch ...
—Ja also, wir, ähm, haben sie ausgelagert, das heißt im Hinblick auf die gegenwärtige raummäßige Situation, ähm, immerhin haben die Geschicklichkeitstrainer und die, ähm, und die Lesebeschleuniger haben über zweitausend Dollar gekostet, glaube ich, nicht wahr, Dan? Da wäre es im Hinblick auf den Etat natürlich nicht gut, wenn wir die Geräte verkommen lassen, das heißt, die Steuerzahler wären wahrscheinlich nicht, ähm ...
—Sie sagten, die neuen Geräte für die Haushaltsschule sind drüben in N-7? Die würd ich mir mal gern ansehen, Whiteback, ich dachte, ich könnte Ihnen vielleicht ein paar Stück zum Selbstkostenpreis abnehmen, nur ein paar Geräte, aber es hilft Ihnen vielleicht auch ein bißchen bei Ihren Raumproblemen.
—Ja also, zum Selbstkostenpreis. Natürlich, ich, ähm, ich dachte, es handele sich um eine Sachspende Ihrer Tochtergesellschaft, Tochterfirma Ihrer, ähm ...
—Genau das meine ich, ja, nachdem man uns bei dem Einbruch fast das ganze Haus leergeräumt hat ...
—Wenn Sie sich die Sachen jetzt ansehen wollen, komme ich mit, so sind wir wenigstens sicher, daß ...
—Gehen Sie schon mal vor, Dan, ich finde, es reicht, wenn einer von uns mit Verband und Armschlinge rumläuft, zusammen sähen wir vor den Kindern aus wie ein Komikerpaar. Im übrigen möchte ich mit dem Senator noch einen Augenblick über Punkt dreizehn reden, Herr Senator? Ihr Vorschlag, die Schulen aus dem Unterhaltungssektor herauszulösen, und in ein geschlossenes Kabelnetz zu überführen ...
—Sie meinen die Gesetzesvorlage? Die wurde zurückgestellt.
—Was soll, was soll das heißen, sie wurde zurückgestellt.
—Als die Stiftung angekündigt hat, daß sie ihre Zuschüsse für das

Schulfernsehen einstellt, haben wir die Vorlage zurückgestellt, zuviel ...
—Die Stift, was? Was soll, was zum Teufel soll, wovon redet er, Whiteback?
—Ja also, die, ähm, ich hatte natürlich vergessen, daß Sie im Krankenähm, das heißt, nicht greifbar waren, Major, aber offenbar hat sich die Stiftung entschlossen, ihre Zuschüsse lieber in öffentliche Bildungsprogramme fließen zu, ähm, kleine Lokalsender statt interner Schulfunk, Bildungsfernsehen statt Unterrichtsfernsehen sozu ...
—Aber was glauben die denn, was, halsen uns eine Millionen-Dollar-Anlage auf, und dann ziehen sie sich zurück? Stecken uns in die Unterhaltungsindustrie, wo jeder abgehalfterte arbeitslose radikale pensionierte sozialhilfeabhängige besoffene Hinz und Kunz und, und, und der Autor, den sie hergeschickt haben, erinnern Sie sich noch an den? Wie der schon aussah, ich hab ihm einen ganzen Schwung Dokumentationsmaterial mitgegeben, das ich nie wiederbekommen habe, was glauben Sie wohl, was der geschrieben hat nach der Stunde mit diesem, diesem Bast, das, das hat den Ausschlag gegeben, das auaaa...!
—Ja, Vorsicht, Major, die Tischkante ist, ähm, nein, ich heb die Papiere schon auf, Dan, gehen Sie schon mal vor und kontrollieren Ihre, ähm, entschuldigen Sie mich ... hallo? Oh, o ja, Mister Parentu ... ja er ist, ähm ... Blitzende Fingernägel und der blaue Stein fuhren dazwischen. —Genau, genau, ja also, natürlich, er hat eben gesagt, daß Sie im Recht sind, aber er ist soeben, ähm, leider ist Mister Pecci soeben gegangen, er ... ja also, natürlich kann ich ihm eine Nachricht hinterlassen wegen der Story in der ... ja, ja, schießen Sie los, ja ... und der Hörer baumelte.
—Und dieser Gibbs, dieser, dieser, was kann man denn auch erwarten, wenn so einer vor jedem arbeitslosen alten Frührentensozialhilfepenner die Schule repräsentiert, passen Sie auf, passen Sie auf Ihre Hose auf, Dan, sieht so aus, als würde sie gleich ...
—Hören Sie mal, ist da jemand an der Tür? Da hört doch wohl nicht jemand zu?

—und sich in den Hut scheißen ...

Auf dem Bildschirm war Smokey Bear.
—He, du! Was machst du hier?
—Was, ich ...? Durch den Türspalt schob sich ein einzelner, aus einem löchrigen Turnschuh ragender Zeh.

—Du, ja, oder ist da etwa noch jemand? Was machst du hier hinter der Tür?
—Nix. Man hat mich nur hergeschickt.
—Und wofür diesmal, wieder wegen einer Schreibmaschine?
—Nee, es war, ich hab diese Rechenmaschine hier benutzt ...
—Benutzt? Du wolltest sie nicht ganz zufällig, ähm, mit nach Hause nehmen?
—Was? Sie meinen klauen?
—Drei Schreibmaschinen und eine Rechenmaschine sind während des Wochenendes verschwunden, weißt du etwas darüber?
—Ich? Nee, ich meine, heilige, ich meine, wenn ich eine geklaut hätte, würd ich mich doch nicht dabei erwischen lassen, wie ich die hier benutze ...
—Wie kommst du auf die Idee, daß du das Recht hast, teure Schulgeräte wie Schreibmaschinen und Rechenmaschinen zu benutzen? Weißt du überhaupt, wieviel eine ...
—Nee, aber ich war echt vorsichtig, Mister Whiteback, und sehen Sie mal, ich mußte diese ganzen großen Zahlen hier addieren und wollte nur sicher sein, daß auch alles stimmt, und deshalb ...
—Das war aber das letztemal, hast du mich verstanden? Das war das letztemal, daß ich dich wegen einer solchen Sache in meinem Büro gesehen habe, hast du mich verstanden?
—Ich auch, ja, Sir, aber ich dachte nur, die Liste mit den ganzen Zahlen, die ich hier auf dieser Rechenmaschine zusammengezählt hab, ich wollt nur fragen, ob ich die vielleicht wiederhaben kann, weil ich dachte, daß dann vielleicht Mister Glancy ...
—Mister Glancy ist heute nicht da, und du machst deine Hausaufgaben gefälligst so wie alle anderen auch, mit einem Stift, jetzt geh wieder in deine Klasse oder deine Projektgruppe oder was weiß ich, und, und paß doch auf, du wirfst ja den ganzen Stapel, ähm, Dan, wenn Sie gehen, könnten Sie, ähm, falls Sie Mister Gibbs irgendwo auf dem Flur sehen, sagen Sie ihm doch bitte, daß ich ihn so bald wie möglich sprechen, ähm, er kann ...
Und also wurden sie entlassen, hinaus unter dem milden Tadel des starren Blicks an der Wand und mitten durch das vertraute Gewühl auf dem Gang, wo dem einen, auf seinem Weg nach O-7, die offenen Münder gewiß waren, und der andere vor der langen Reihe der Spinde auf Tauchstation ging, um an einem Schnürsenkel zu zerren, bevor er aufstand und der Telefonzelle zustrebte, jeder Schritt begleitet vom

geldschweren Geklimper in seiner Tasche, während eine Uhr im Hintergrund sich mit einem Klick der Stunde entledigte und beim zweiten Klingeln hinter ihm die Türen zuknallten. —Hallo...? Das Kinn auf die Brust gepreßt, als suche er irgendwo im Bereich der Milz nach den für sein Vorhaben geeigneten Stimmbändern, die Hand mit dem Taschentuch am Hörer, den Bleistiftstummel schreibbereit, zerrte er am ausgerissenen Reißverschluß seiner Mappe, die er als Schreibunterlage auf seinem Schoß balancierte, —persönlich am Apparat... das Taschentuchknäuel jetzt fest an die Sprechmuschel gedrückt, —ist Mister Wiles dran...? Ja, wie viele können Sie mir besorgen... zu welchem Kurs? Heilige... nee, schon in Ordnung, besorgen Sie sie, ich hab mich nur gefragt, warum die Eagle-Aktie so... nee, nur Stammaktien, ich hab die anderen schon abgestoßen, eh, ich wollte Sie noch wegen diesem Zeugs fragen, das Sie mir geschickt haben wegen dieser Altersheime, dieses... was? Nee, nee, ich höre Sie gut. Moment... er lockerte das Taschentuchknäuel, —können Sie mich jetzt besser verstehen? Wir haben dauernd Probleme mit den Leitungen, ich weiß, hören Sie, ich... was? Welche Zeitung, von heute? Nee, ich... Nee, nur die Obligationen Serie B und Serie C, sind die schon... was? Was...? Nee, aber was soll das heißen, der ganze Schwung, der ganze Schwung was? Aber heilige... nee, aber heilige... Was? Nee, aber warten Sie mal, Sie sagten doch eben Alberta &... nee, das weiß ich, aber was hat denn Ace Development mit Alberta zu... was soll das heißen, alle beide? Aber heilige... Nee, aber dieser Mister Decker, er hat doch die Aktien gezeichnet, er... Was, als die Zinsen auf diese Serie B hier fällig wurden, hat er Serie C ausgegeben und dann das Geld benutzt, um die... Nee, aber der Preis der Ace-Aktie ist doch eben gestiegen, wieso wollte er dann mit Alberta & Western fusionieren, wenn die jeden Tag zehntausend Dollar ärmer... ach, Sie meinen deshalb ist sie gestiegen? Nee, aber zuerst muß ich noch mit diesem Anwalt hier reden, ich... was? Nee, ich weiß ja, daß es ne schlechte Verbindung ist, ich sagte, ich muß erst noch mit unserem Anwalt sprechen, aber wenn Sie sich mal diese Firma namens X-L Lithography in Ohio oder so anschauen könnten, stellen Sie fest, was... Nee, ich sagte Ohio, stellen Sie den Bilanzwert fest und die Dividenden und so, da wartet jemand auf mich, der mich sprechen will. Unter dem Druck des kurzgeschorenen Schädels, der sich mit aller Macht gegen die Scheibe stemmte, gab die Tür einen Spaltbreit nach. —Die was? Ach, die Sache mit den Altersheimen, spricht man das so aus? Nee, ich hab gesagt, daß ich das Zeug

bekommen hab, was Sie geschickt haben, aber ich ruf Sie zurück ...
und klappernd stieß die Tür gegen die behelfsmäßige Schreibunterlage.
—Was machste denn da?
—Na, was wohl, ich telefoniere.
—Beeil dich lieber, Mrs. Joubert kommt ...
—Hör mal, eh, sag ihr, daß ich zur Krankenschwester mußte, okay?
—Okay, gehste hinterher noch mit zur Post? Mann, eh, wenn du wüßtest, was ich heute kriege.
—Wir können ja in der Sportstunde hin, eh, und sag Mrs. Joubert, daß ich bei Miss Waddams gewesen bin, okay ...? Die Tür schloß sich klappernd hinter ihm, und er durchwühlte die Tiefen einer Hosentasche, schichtete Münzen, nach Größe geordnet, vor sich auf, und der schwarze Fingernagel kreiste in der Wählscheibe, die Münze fiel, und das Kinn sank noch tiefer. —Hallo? Virginia? Hier spricht ... JR, ja, ich ruf an, ob es Anrufe gegeben hat, ist Mister Bast da ...? Dann ein unruhiges Schweigen und Nasenbohren. —Nicht da? Okay, wer hat ... welcher ...? Nee, da gibts diesen Bunky, mit dem ich aber nicht sprechen will, bloß den ... ja, der Alte, nee, ich weiß die Nummer, sie ... Nee, ich weiß, daß es 'n Ferngespräch ist, wer noch? Wer ...? Moon wie in moon meinen Sie? e, y, h, Mooneyham? Heilige ... nee, nur die Nummer ... und der Bleistiftstummel arbeitete, —okay, und wer ...? Ja doch, Mister Crawley, weswegen hat er denn diese blöden Bemerkungen über Alberta & ... nee, klar, sagen Sie ihm, das hätte ich längst gewußt, der denkt immer, daß er so ... Wovon? n, o, b, ist das italienisch? Nee, das soll sich Mister Bast mal ansehen, zu achtunddreißig hat er gesagt ...? Nee, aber sagen Sie Mister Bast, daß er mich hier in unserer neuen Filiale anrufen soll, als R-Gespräch um zwei Uhr fünfzig ... nee, das heißt zehn vor drei, genau, sagen Sie, es ist dringend, er ... Okay, das weiß ich, wenn er kommt sagen Sie ihm, daß ich gesagt hab, er soll Sie bezahlen ... nee, klar in bar, ich weiß, klar ... nee, klar, ich weiß doch, wie das ist, klar ... knackend zuckte ein langer Sprung in die Scheibe. Scheppernd ging die Tür auf. —Heilige Scheiße, eh, was machste denn da, du hast die Scheibe kaputtgemacht.
—Los, hilf mir mal ... und hielt das Tatwerkzeug, eine kleine Flasche, in die Zelle. —'n Vierteldollar, eh, Miss Waddams wartet, ich mußte sogar extra noch ne Flasche klauen.
—Was soll das denn, hier drin etwa? Such dir doch jemand ...
—Nee, los, komm schon, ist doch niemand hier, eh, guck mal, ich stell mich direkt vor dich ...

—Hör zu, ich war schon auf dem Klo, nimm doch Anthony.
—Geht nicht, der kann nicht mehr. Dreißig Cent, eh?
—Ich hab doch gesagt, ich war schon ... und die Tür schloß sich klappernd vor der Wählscheibe, den Vierteldollarmünzen, die nach und nach in den Schlitz gesteckt wurden. Er klemmte einen Turnschuh zwischen Tür und Angel, sagte schließlich, —Mister Hopper bitte, hier ... Nee, den nicht, den alten ... Hallo? Mister Hopper? Hier ist ... ja, Sie haben wohl meine Stimme erkannt ...? Nee, meine Sekretärin sagt mir gerade, daß Sie angerufen haben, gibts ... Nee, klar, ich höre Sie gut, wir haben hier ein paar Probleme mit der Leitung ... was? Nee, die Post ist heute noch nicht gekommen, was ... Nee also, das ist ja echt schade, ich ... Ja, das ist echt schade, aber ... Nee also, ich meine, tut mir leid, daß die Eagles das Spiel verloren haben, aber wenn der ... Nee, aber wenn der Weekly Messenger schreibt, das läge daran, daß sie keinen Trainingsplatz mehr haben, dann ist das doch nur 'n Versuch, Sie bloßzustellen, Mister Hopper, weil, laut Vertrag gehört das Gelände ja jetzt der Bank ... Nee, aber sehen Sie mal, im Hinblick auf diesen Kredit hier für das Eagle-Management haben wir ... richtig, die Geschäftsleitung, ja, sehen Sie, wir ... das heißt ich und Mister Bast, verstehen Sie, wir ... der was? Nee, also echt, der Status, wie Sie das nennen, von diesem Eagle-Pensionsfonds, womit wir diese Wonder-Aktien kaufen wollten ... die Brauerei, ja, die machen ... Ja, nee, mir leid, daß Mrs. Begg das nicht für eine angemessene Investition hält ... nee, ich weiß, daß sie Aktionärin ist, aber ... Nee, aber auch Mister Bast und ich sind echt keine Säufer, wie kommt sie eigentlich darauf, daß er aussieht wie ein ... was ...? Nee, aber wo Sie doch nun mal 'n Banker sind, Mister Hopper, können Sie das doch viel besser beurteilen, so im Hinblick auf die Ertragslage, statt nur darauf zu gucken, was die in dieser Brauerei herstellen, hab ich recht? Ach, und eh, was ich Sie noch fragen wollte ... was? Ich hab gesagt, ich wollte Sie fragen, Sie kennen doch dieses große Areal da mit den Eisenbahnschienen, wir haben nämlich gerade rausgefunden, daß Eagle über das Wegerecht zu dem großen Friedhof da verfügt, deshalb hab ich mit meinem Anwalt gesprochen ... nee, wegen dem Friedhof, verstehen Sie, wir ... Was, der Friedhof? Gehört wem ...? Dem Alten und Treuen Orden vom was ...? Ehrlich? Und Sie sind der Groß was ...? Klar, nee, aber ich meine, was sollen wir denn mit einem Fried ... Nee, aber was ... Nee aber, klar, ich meine, wir wollen doch keinen Rechtsstreit mit diesem Alten und Treuen Orden und so, echt, wenn wir ... Wie

viele ...? Heilige, ich meine, der Orden muß ja riesig sein, und die kommen also alle dahin ...? Nee, ich meine, die meisten sind doch schon alt oder ...? Oh, Sie meinen, aus dem ganzen Umland da oben, wer ... Nee, schon okay, und solange wir auf diesen Kredit für das Management warten, können wir den Rechtsstreit doch begraben, verstehen Sie, was ich meine ...? Nee, ich meine auf freundschaftlichem Weg, sobald der Kredit ... Nee, ich weiß, daß Sie mich nicht gut hören können, also jedenfalls, ich werd mit unserm Anwalt reden, und der soll Ihnen alles aufschreiben, damit wir ... Nee, das ist unser Buchhalter, unser Anwalt ist dieser Mister Piscator, er hat Ihnen doch schon geschrieben wegen ... nee, Pis, cator, Pis ... Genau so, ja, Arnold, also jedenfalls bespreche ich das mal mit Mister Bast, er schickt Ihnen den ganzen ... wer, Bast? Nee, ich glaub nicht, daß der so bald wieder zu Ihnen kommen kann, sehen Sie, er ist voll ausgelastet mit ... Nee, ich weiß, das sieht man ihm nicht an, weil er ... Aber ich bin echt froh, ihn zu haben, denn irgendwie mag ihn offenbar jeder, weil er ... ja, und er hat mir erzählt, wie toll das alles da bei Ihnen war und ... was? Ich sagte, er hat mir erzählt, daß Sie so 'n Bankett für ihn gegeben haben und ihn zum Baseball mitgenommen und so, und er war echt ... Klar doch, sobald wir mit den harten, erfolgsorientierten Anforderungen der New Yorker Finanzwelt fertig sind, aber ja, ich muß jetzt los ... Vor der Glastür stand eine Armschlinge und schlug lustlos mit den Flügeln, Augen starrten über Verbandsstoff hinweg und waren im nächsten Moment verschwunden. —Nee, ich sagte, ich würd schon gern, aber ich ... Nee, ich hab jetzt so ne Konferenz, ja ... und eine Hand schaufelte die aufgehäuften Geldstücke in die andere, nahm den Fuß von der Türangel, raffte Bücher, Papiere, die ramponierte Mappe zusammen, die Tür öffnete sich langsam, und er blickte vorsichtig den Gang hinauf und hinab, bevor er auf lautlosen Turnschuhsohlen in der Türnische mit der Aufschrift Jungen verschwand, von wo er sah, wie Armschlinge und geblähte Schlabberhose erneut ihre Aufwartung machten und gemeinsam vor der Telefonzelle anhielten. Dort riß die unverletzte Hand beim ersten Klingeln die Tür auf und beim zweiten den Hörer von der Gabel.
—Hallo ...? Hier ist, wieso Vermittlung ...? Nein wieso, ich habe nicht zu lange gesprochen, ich habe überhaupt nicht ... Nein, ich habe nicht, ich kenne auch niemanden in Union Falls, und ich ... Aber ich habe keine sechzig Cent, nicht mal, Moment, Moment, Moment, Vermittlung? Vermittlung, ich wollte New York anrufen, und da habe ich

aus Versehen ... aber ich kann nicht nochmal wählen, ich habe, ich habe kein passendes Kleingeld, wo Sie gerade dran sind, könnten Sie nicht ... Nein, als R-Gespräch, ja ... und das Geschepper der Tür übertönte die Nummer, —ja, sagen Sie, Mister diCephalis ruft an, um ... ja, d, i, großes C, e ... nein, kleines d, es ist ... was? Nein, Moment, Moment, dann gebe ich Ihnen eine Nummer, die ... meine Nummer, ja, null null sechs Strich ... Nein, das ist keine Telefonnummer, nein, das ist meine Personenkenn ... Nein, das wird man dort schon verstehen, es ist meine Personenkennziff ... hallo? Vermittlung? Hallo ...? Hallo ...? Und mühsam öffnete sich die Tür, fiel eine Minute später klappernd wieder zu, als nämlich Bücher, Papiere und Mappe wiederum auf einem Knie zu liegen kamen und eine Hand Münzen einwarf, weitere Münzen zur Reserve aufschichtete, das Taschentuch knüllte, während die andere wählte und nach unten langte, um diverse Büroutensilien auszubreiten.
—Hallo? Ich würd gern Mister Piscator sprechen, hier ... ja, hier spricht J ... Ja, persönlich, meine Stimme klingt wie was ...? Sagen Sie ihm das, ja, sagen Sie ihm, daß ich es eilig hab, weil ich ... hallo? Nonny? Hören Sie, ich hab gerade mit diesem Börsenmakler Mister Wiles gesprochen wegen der ganzen Ace & Alberta ... was? Nee, hat sie Ihnen das denn nicht gesagt ...? Nee, also manche von diesen Überseeverbindungen sind echt gut, aber ... nee, ich versteh Sie gut, hören Sie, weswegen ich anrufe, ist ... Nee, also deshalb ruf ich ja an, ich hab gerade erfahren, daß die ganze Sache glatt über die Bühne ... Okay, aber was heißt das jetzt für mich? Ich meine, wenn ich bei beiden der Hauptaktionär bin, dann ... was? Ich hab Ihnen doch schon gesagt, weil es echt billig war, also was hab ich jetzt davon ... eine mögliche ...? Aber was nutzen mir die Erschließungsrechte für diese Mineralvorkommen, wenn die Sache nur gepachtet ... okay, aber die Abschreibungsmöglichkeiten durch eine Erschließung, was nutzt mir das? Soll ich mit Hut und Schaufel losziehen und selber ... nein, nicht in die Traufe, ich sagte Schaufel, soll ich selber mit der Schaufel losziehen und nach diesen natürlichen ... was? Nee, ich meine diese Mineralien, was ist denn da der Unterschied, Sie sagten, daß bei Alberta & Western nichts mehr zu holen ist außer diesen Wegerechten und Erschließungs ... Nee, ich weiß, daß das nicht geht, hören Sie, wenn Sie alles geklärt haben, können Sie ... nee, können Sie mich jetzt besser verstehn? Ich sagte, Sie sollen das Mister Bast sagen. Hat er Sie schon angerufen wegen ... Nee, ich weiß, aber im Moment liest er sich

durch diese ganzen ... Nee, klar, ich weiß, daß das unpraktisch ist, aber wir rüsten das Büro auf Bildtelefone um, und die Telefongesellschaft sagt, das dauert etwas länger ... Nee, ich weiß, aber wir sind noch etwas knapp an Personal, deshalb hat Virginia ... Nicht in Virginia, nee, ich hab gesagt Virginia, die Sekre ... nee, ich weiß, daß es nicht die schlaueste Sekre ... Nee, von Mister Bast, er sollte Sie anrufen, nachdem er sich mit Mister Wonder getroffen hat und den Vertrag unter ... Nee, ich weiß, daß der andere Bruder das gemacht hat, aber ich hab gerade nen Anruf von diesem Mister Mooneyham gekriegt ... hat er? Was haben Sie ihm erzählt ...? Nee, aber hören Sie, statt zu versuchen, die Wonder-Aktien wiederzubekommen, steht dieser Bruder nun mit für X-L gerade, ich denke, wir übernehmen einfach den ganzen ... Nee, aber ich hab diesem Bruder gesagt, der soll mir den Bilanzwert und so beschaffen, damit wir sehen ... Okay, verstehen Sie mich jetzt? Hören Sie, sobald wir mit dem Pensionsfonds Wonder aufgekauft haben, verkaufen wir die Aktien sofort wieder zurück, dann wär die Rückerstattung höher als ... was? Die Kapitalausstattung, sag ich ja, also, die wäre dann mehr als, und wir müßten nie wieder Geld reinstecken, verstehen Sie, und dann ... nee, auch nicht an die Wonder-Belegschaft, denn dann wär ja mit dem Pensionsfonds alles klar, und die Wonder-Angestellten wären Aktionäre ihrer eigenen Firma, und wir können dann fast drei Millionen Dollar aus den nicht ausgeschütteten Dividenden behalten und gegen den Eagle-Verlustvortrag gegenrechnen, verstehen Sie, was ich meine? Damit können wir dann nicht nur die X-L-Sache klarmachen, sondern auch gleich voll ... was soll das heißen, die Brauerei verlieren, wir ... Oh. Okay, daran hab ich gar nicht gedacht, aber hören Sie, wollen Sie damit sagen, diese Leute würden zwar die Aktien kaufen, aber sich dann auch gleich einen neuen Vorstand wählen, der ihnen so hohe Dividenden ausschüttet, daß die ganze Sache dann schnell zusammenbricht, meinen Sie das etwa? Okay, aber dann, wenn wir denen so einen Belegschaftsbeteiligungsplan vorsetzen, mit dem sie diese Aktien kaufen können, aber wir behalten uns das Stimmrecht vor, damit wir ... Was soll das heißen, ins Gefängnis? Wieso sollte ... nee, jetzt ... nee, jetzt hören Sie mal ... Nee, jetzt hören Sie mal zu, Nonny, ich frag Sie nicht danach, was ich machen darf und was nicht, sondern ich sag Ihnen, was ich machen will, und Sie werden dafür bezahlt, daß Sie rausfinden, wie ich's machen kann, haben Sie mich verstan ... was? Nee, haben Sie es denn noch nicht bekommen ...? Nee, es wird Ihnen durch Eagle zugestellt, ich hab eben

mit Mister Hopper telefoniert, und er hat gesagt, daß der Scheck unterwegs ist, und hören Sie mal, da läuft noch dieser alte Prozeß wegen dem Friedhof, der da dem Wegerecht im Weg steht, Sie kriegen die ganze Geschichte später noch von Mister Bast geliefert, aber die Sache ist, einigen Sie sich mit denen, verstehen Sie, aber ... wie auch immer, einigen Sie sich, aber nicht, bevor wir nicht das Okay für diesen Management-Kredit haben, ich meine, das darf nicht so aussehen, als wollten wir etwas vor denen verheimlichen, eben ganz normal, wie ein ganz normaler Anwalt, der eine ganz normale Sache hier abwickelt... Klar kennen Sie Ihr Metier, warum würd ich denn sonst... Nee, da sind nur noch ein paar Dinge wie diese neue Sache mit dieser Altersheimkette, worüber mir dieser Börsenmakler alles geschickt... Nee, weil's echt billig ist, und dann gibts da auch noch so ne italienische Pharmafirma, wo mir dieser andere Börsenmakler vorschlägt... nee, ich hab das noch nicht durchgesehen, aber hören Sie ... Vor der Scheibe hatte sich drohend eine Gestalt aufgebaut, —hören Sie ... und er ging in Deckung, —ich muß in meine Konferenz, ich muß ... was? In welchem Land denn ...? Ach, ach ja, klar, morgen, das war nur ein kurzer ... für die Konferenz, ja, ich ... der Eintrag ins was? Moment mal ... er stieß die Tür einen Spalt weit auf und fragte, halb nach hinten gewandt, —brauchen Sie das Telefon hier, Mister Gibbs ...? Darauf ein Nicken, —okay, kleinen Moment noch ... und der Spalt schloß sich wieder, —klar, machen Sie das, wenn Sie meinen, daß das ... in Jamaica? Wieso sind Sie ... nee, ich sagte, machen Sie es, Sie können das alles Mister Bast sagen, wenn Sie sich mit ihm ... nee, also, ich glaub, er war in letzter Zeit nur zu beschäftigt, um sich einen neuen Anzug zu kaufen ... okay ... und scheppernd ging die Tür auf. —Moment noch, Mister Gibbs, ich muß nur noch dieses Zeug hier ...
—Nein, warte mal, warte mal, vielleicht kannst du mir einen Dollar wechseln, ich ...
—Na klar, in Fünfundzwanzigcentstücke? Oder nee, Sie brauchen ja Zehner, hier, drei Fünfundzwanzigcent und, Moment mal, kann ich den Zehner noch mal sehen? Ich will nur ... nee, ist okay, hier.
—Danke ... komisch, ich hab gar keinen einzelnen Dollar.
—Wie kommts? Haben Sie heute den falschen Anzug an?
—Ja, so könnte man es auch ausdrücken, hier ...
—Nee, das ist schon okay, Mister Gibbs, behalten Sie es ruhig, Sie können es mir ja später zurückzahlen, okay? Und mit den Packen Papier auf dem Arm stand er auf und verließ die Telefonzelle. —Eh,

was ist denn eigentlich mit Ihrem Schuh passiert, haben Sie sich den Fuß verletzt?
—Gicht.
—Ehrlich? Was ist das denn?
—Wird von Pferden übertragen ... und drückte sich in die Telefonzelle, —und danke für den Kredit.
—Nee, schon okay, aber, sind Sie okay, Mister Gibbs?
—Wieso nicht, was spräche denn dagegen ...? Und die Tür schloß sich langsam, —halt, warte, gehört das dir?
—Was, ich ...
—Das könnte sogar mal ein Taschentuch gewesen sein, es ...
—Ich habs vergessen, ich, ja, das ist ...
—Nur mal aus Interesse, dürfte ich fragen, warum du es so um den Hörer wickelst ...
—Tja, verstehen Sie, es ist, also ich mach das immer, und besonders jetzt in der kalten Jahreszeit redet Miss Waddam dauernd von, na, Sie wissen schon, nicht? Er beugte sich hinein und zog das Taschentuch vom Hörer. —Hier sind wahrscheinlich überall Bazillen drauf, weil alle mit dem Mund drankommen, verstehen Sie? Und deshalb ...
—Und dieses bizarre Knäuel aus, aus Stoff, meinst du, schützt dich davor?
—Ja also, ich hab kein anderes, und ...
—Dann will ich dir mal eins schenken ... und das mit Initialen verzierte Viereck entfaltete sich aus der Brusttasche seines Jacketts, —aber nur unter der Bedingung, daß du das andere in den ersten Mülleimer wirfst, den du siehst.
—Ja klar, ich, ich meine, das ist ja toll, danke, das ist ja echt toll ...
—Toll ist es bestimmt nicht, aber es ist doch etwas toller als das, von dem du dich trennst, du mußt dich also nicht bedanken.
—Nee aber, aber ich meine, normalerweise krieg ich nix geschenkt, verstehen Sie?
Gibbs hielt die Tür auf, starrte ihn an und räusperte sich, —Na ja, gern geschehen ...
—Und noch was, eh, Mister Gibbs? kam als Antwort, als die Tür zuknallte, —Mister Whiteback will Sie sprechen, sobald Sie irgendwie Zeit haben, hat er gesagt, ich hab gehört, wie er ...
—Danke, murmelte Gibbs, eine Hand bereits auf dem Hörer, als es klingelte. —Hallo ...? Aber der ... Moment mal, Vermittlung? Ich schulde Ihnen keine zwanzig Cent, ich habe ja noch nicht mal gewählt,

wie kann ... Nein, hören Sie, ich muß hier ein dringendes Gespräch führen, und ich ... also gut, Scheiße, hier sind Ihre zwanzig Cent, und jetzt ... Aber warum denn nicht, es ... Schon gut, schon gut, hören Sie, Sie haben Ihre zwanzig Cent gekriegt, jetzt lassen Sie mich doch wählen ... wohin? Hören Sie mal, Sie sollten ... nein, aber Sie sollten dieses Spielchen nicht übertreiben, ich habe vorhin kein Gespräch mit Union Falls geführt, ich habe noch nie nach Union Falls telefoniert, Vermittlung? Ob Sie's glauben oder nicht, ich habe noch nie was von Union ... nein, also geben Sie mir jetzt sofort ein Freizeichen, damit ich ... Herrgott ...! Die Hand schon zum Wählen erhoben, warf er Münzen nach, —ja, ist Ben ... Ben? Ja, hör mal, ich ... nein, hör zu, deswegen hab ich angerufen, dieses beschissene Affentheater hier draußen geht allmählich in die letzte Runde, und ich muß die Angelegenheit klären, bevor ich ... also ich weiß, daß sie das macht, Scheiße, darum gehts doch nur, eine einmalige Pauschalsumme, so, wie sie sich das ... Nein, das hab ich schon gemacht, deshalb ruf ich dich ja an, ich hab ihr alles geschickt, was ich ... in bar? Du hast wohl vergessen, mit wem du sprichst! Das sind Aktien einer Pleitefirma, für die ich mal gearbeitet habe, fünf Anteile von General ... Herrgott, nein, die sind vielleicht nichts wert, aber es ist das einzige, was ich besitze, was vielleicht etwas wert sein könnte, und ich ... Nein, in einer Schublade unter ein paar Hemden, es ist ein alter Familienbetrieb, der Notenbänder hergestellt hat, für mechanische Klaviere, aber ... weil man das sowieso nicht mehr ermitteln kann, so eine Erbsache, die ewig nicht weitergeht, und ich vergeude doch nicht meine Zeit ... Nein, ich wußte, daß du das sagen würdest, und deshalb hab ich es gemacht, bevor ich dich angerufen habe, weil ich nur auf solche Ratschläge gewartet habe, weil ich dauernd Ratschläge bekomme und mir Ratschläge anhöre, seit, seit wie lange schon, Scheiße, und ich bin unterdessen keinen einzigen Schritt weitergekommen ... mit ihr? Nein, nein, als ich es zuletzt versucht hab, hat sie gesagt, sie müßte zum Zahnarzt, sie hat mich nicht mal mit ihr telefonieren lassen, und wenn ich ... ich weiß nicht, wahrscheinlich hängt dieser Penner von Verlagsvertreter noch immer da rum, aber ... Hör mal, Ben, dieser Hurensohn sieht aus, als wär er gerade erst aus dem Urwald gekommen, meinst du etwa, ich finde den Gedanken so erhebend, daß mir so einer die Tür aufmacht, nur weil ich meine ... Nein, Herrgott, sie sind füreinander wie geschaffen, aber meine Tochter, um meine eigene Tochter zu besuchen, glaubst

du etwa, ich ... Ja, und das hat damit nicht das Geringste zu tun, glaubst du etwa, daß sie den Unterhalt für das Mädchen verwendet? Scheiße, Ben, wenn ich ihr nicht eben erst einen Wintermantel für neunzig Dollar gekauft hätte, hätte sie nicht mal was anzuziehen, und ich laufe immer noch in nem Zwei-Dollar-Anzug rum ... aus nem Wohlfahrtsladen, wo zum Teufel denn sonst? Was willst du denn noch ... Natürlich, ich hab was auf die Rückseite der Aktie geschrieben, Besuchsrecht vorbehalten, und das ist das einzige... Nein, aber ich will das selber entscheiden, kannst du das denn nicht begreifen? Ich will das selber entscheiden! Kannst du ... Also dafür ist es jetzt zu spät, ich ... mit nem Scheißring in der Nase vorgeführt zu werden, nein danke! Sag mir Bescheid, wenn du was von ihrem Anwalt hörst ... und eine halbe Minute, eine Minute verging still, bis scheppernd die Tür aufflog und er die Reihe der Spinde passierte und kaum einen Blick für das Unfallopfer übrig hatte, das aus der Tür mit der Aufschrift Direktor kam, die er zuknallen ließ, als er eintrat.
—Oh, sind Sie, ähm, Leroy, sind Sie das da draußen? Ja, kommen Sie rein, ich, ähm, ach so, Sie sinds, Gibbs, ja, kommen Sie ...
—Und hier wird mir auch garantiert nichts passieren? Ihr Wort drauf.
—Ja also, natürlich, ähm, das heißt, was soll Ihnen hier passieren?
—Da kam mir so eine Erscheinung entgegen, von Kopf bis Fuß bandagiert, ich dachte mir, vielleicht wollte der ja nur einen Ihrer günstigen Kredite für ein neues Auto.
—Ja also, ich glaube, er, ähm, ja also, daran hatte ich natürlich gar nicht gedacht, aber da sein Auto völlig, ähm, ich vermute, daß Mister Hyde sich nach einem neuen umsehen wird, das heißt ...
—Hyde? Das war Hyde?
—Also, ja, er, ähm, ja, ich dachte, Sie hätten vielleicht davon gehört, er hat einen, ähm, entschuldigen Sie mich ... hallo? O ja, also Mister Pecci ist schon weg, ja ... ja also, nein, er war hier, aber jetzt ist er weg ... die Bank? O ja, also hier ist die Bank, ähm, ja, das heißt, die Bankleitung, ja ...? Ach, tatsächlich? Ja also, ich habe natürlich keine Ahnung, inwieweit es da Verbindungen zwischen Mister Pecci und, ähm, ob es da Absprachen zwischen ihm und County Land and Title, ähm, das heißt ... und Peretti, ja, aber natürlich ist Mister Pecci ... ja, gewiß können Sie das, ja, ja, Wiedersehen ... Ja, tut mir leid, Mister Gibbs, das war, ähm, Sie sprachen gerade von einem

Autokredit, ja, aber Ihr Gehalt ist natürlich etwas, ähm, das heißt, es ist ja kein Geheimnis, was Sie hier, ähm ...

—und euch alle in den Hut scheißen ...

—Das wollen wir lieber nicht vertiefen, übrigens, Ihr zweites Telefon da ist nicht richtig aufgelegt, und ich sehe, daß Sie zu tun haben, wenn also sonst nichts anliegt ...
—Oh, oh, das war Mister, ähm, ja, hat nur eine Nachricht hinterlassen, und ich glaube, er hat sich sehr verständlich ausgedrückt, so daß es wirklich nichts, ähm ... und er legte den Hörer wieder auf die Gabel, —aber wo Sie gerade da sind, da war doch noch was, was ich Ihnen sagen, ähm ...
—Möglicherweise die vorschriftsmäßige Unterrichtseröffnung von heute morgen? Ich dachte, beim nächstenmal könnte ich dann die Zusatzartikel verlesen.
—Ja also, natürlich, wie viele, ähm, längenmäßig sozusagen, weil unsere Stundenplansituation irgendwie, ähm, siebzig Meter, hat heute morgen jemand gesagt, und natürlich im Hinblick auf, ja, entschuldigen Sie mich, hallo ...? Die Zeitung, ja, haben wir gelesen, ja ... oh, Sie meinen, Sie sind selbst von der Zeitung?
—Stört Sie doch nicht, wenn ich das hier etwas lauter stelle? Mal hören, wie's unserem Anteil an Amerika geht ...

—das freundliche Angebot von vierundzwanzig Dollar annehmen? Falls ja, unterschreiben wir einfach hier und schicken es zusammen mit unserem Anteil an die City National Bank, die als was fungiert ... ja? Richtig, als Vermittler. Natürlich sind wir nicht gezwungen, das Angebot anzu ...

—Ja also, natürlich verschafft uns die Einführung des neuen Drogenerkennungsprogramms bedeutsame Erkenntnisse in das, was die Schüler schafft, ähm, Schülerschaft, ähm ... Urin, ja, Urintests unter der Schulkrankenschwester, die, ja, nein, das heißt, durch die Schulkrankenschwester ... ja ja, sehr erfolgreich, es sind überhaupt keine Fälle mehr bekanntgeworden, seit das Erkennungsprogramm eingähm ... Ja natürlich, weil wir ohne öffentliche Unterstützung keine, ähm, das heißt ohne Unterstützung der Gemeinde, ich bekomme hier gerade einen anderen Anruf, ja, Wiedersehen ... Ja, hallo ...? O ja, nein, er ... nein nein, Mister Glancy ist heute nicht da, ja, er ... Nein, haben wir nicht, nein, wir ... Ja, ich werds ihm sagen, ja ... Ja, das wars wohl,

Gibbs, Mister, ähm, Glancy scheint heute zu fehlen, und da wollte ich Sie fragen, ob ...
—Da kann ich Ihnen auch nicht helfen, Whiteback, hab keine Ahnung, wo er sich ...
—Nein, das wollte ich nicht, ähm, ja, Moment bitte, entschuldigen Sie, hallo?

> —durchgeht, entspräche das etwa einem Drittel des derzeitigen Kurswerts einer Aktie von Typhon International, denn diese Firma ist der Hauptanbieter und somit ...

—Ich schau später noch mal rein, Whiteback, ich ...
—Nein nein, Moment noch, ja ...? Nein, ich hab Sie verstanden, ja, die Bankenaufsicht hat eben angerufen, aber er hat nur ... nein, also ganz einfach deshalb, weil der Name Janice, ähm, weil ihr Name im Aktionärsverzeichnis auftaucht, ist das noch kein Grund zur, ähm ... Ja also, nein, nein, sie sind sich wahrscheinlich gar nicht darüber im klaren, daß er eigentlich die Interessen der lokalen Verbraucherbanken vertritt, ähm, das heißt der Bank um die Ecke sozusagen, nein, Sie haben sich nur nach seiner Position erkundigt, ähm, ob er irgendein Interesse an County Land and ... Ja also, natürlich, die Hypothekenversicherung, die angeblich, ähm, den Unterstellungen in der Zeitung von heute zufolge, aber, ähm, das heißt, ich hab hier gerade Besuch und ... ja, später, ja ...
—Dürfte ich Sie mal was fragen, Whiteback?
—Ja also, natürlich, ich, ähm ...
—Manchmal mach ich mir Sorgen um Sie, sind Sie nicht schon mal auf den Gedanken gekommen, das eine oder andere aufzugeben? Die Bank oder die Schule? Wenn Sie aufhören und ...
—Ja also, natürlich, die, ähm, sobald ich weiß, welche von beiden überlebt, kann ich, ähm, das heißt, ich wollte Sie eigentlich nur fragen, ob Sie heute in Mister Glancys Klasse die Vertretung übernehmen können, er scheint nicht, ähm, scheint nicht da zu ...
—Ja, ich kenne aber nicht seinen Stundenplan, ich bin heute mit Aufsicht in der Cafeteria dran, und dann ...
—Wenn Sie sich natürlich jetzt gleich etwas Zeit nehmen würden und sich nach einem, ähm, bei der Reinigung vorbeifahren und dort einen Anzug abholen, den Sie vielleicht, ähm, ja, da noch hängen haben, einen anderen Anzug, und natürlich Ihre, ähm, falls Sie sich den Fuß verletzt haben, entschuldigen Sie mich, hallo ...? Oh, oh,

also ja, er, ähm, ja, schicken Sie ihn gleich rein ... und die randlose Brille wurde entfernt, damit eine Hand die endlose Leere darunter reiben konnte, während der Hörer auf die Gabel knallte, —der Mann vom Finanzamt, der sich unsere Programme mal ansehen wollte, aber natürlich können Sie, ähm, ja, drehen Sie das mal leiser, es ist ein bißchen, ähm ...
—Sie ist nicht zufälligerweise heute da? Oder ist das eine Aufnahme von letzter Woche?
—Glancy? O nein, ja, Mrs. Joubert meinen Sie wohl, nein, das ist nur eine Schülerhelferin aus ihrer Klasse, sie muß also, ähm, natürlich käme man nie auf die Idee, daß sie krank war, weil sie so gesund aussieht, nicht wahr? Aber andererseits sieht sie immer recht, ähm, ja, vielleicht gehen Sie mal bei Miss Waddams vorbei, vielleicht kann die, ähm, vielleicht hat sie eine Bandage für Sie, oder sonst Vogel, ja, Coach Vogel hat vielleicht eine Bandage, das heißt, damit Sie wenigstens Ihren Schuh ankriegen oder, ähm, ja, vielleicht findet sich irgendwo auch ein Tennisschuh ... ich glaube, da ist jemand an der ... Ja bitte? Herein ...? Der Stundenplan müßte hier irgendwo, ähm ...

> —der Eskimo, der nicht länger in der Wildnis isoliert ist, sondern dem heute alle Möglichkeiten offenstehen, seinen rechtmäßigen Platz an der Seite seiner amerikanischen Landsleute einzunehmen, ganz gleich, ob in der Stadt, in der Fabrik oder in der Landwirt ...

Und Nanooks aussichtsloser Kampf gegen den Blizzard aus zerkratzten Filmresten machte plötzlich einem Sperrfeuer aus fliegenden Milchtüten Platz, welches für gewöhnlich das Mittagessen ankündigte. Etwa zeitgleich der verstohlene Abgang jener Schülerhelferin, der nackte Rücken, der durch den scharlachroten Buchstaben A (in BAR) von jedermann zu sehen war, der den vorschriftsmäßigen Abstand nicht einhielt und sich zufällig auf dem Weg zum Postamt befand, beziehungsweise einige Zeit später von dort zurückkehrte. —War das nicht Mister Gibbs da drin, eh?
—Wer denn sonst, er ist ja ...
—Psst, er ist gerade rausgekommen, er ist direkt hinter uns, los, wir verdrücken uns über den Parkplatz ...
—Wieso? Dem ist das doch scheiß ...
—Schnell, paß auf, eh! Da kommt Coach ...!
—Coach? Haste Coach gesagt? Warte ...
—Tja, das ist ja wie nach der Schlacht von Blenheim, Mister Gibbs,

überall schleppen sich Verwundete rum. Kommen Sie mit in die Umkleidekabine, wir verpassen Ihnen ne Krücke.
—Ich muß so laufen, weil ich sonst diese Scheißsandale verliere, ich muß die Glasse von Clancy vertreten, will sagen die Klasse von Glancy, und um ehrlich zu sein, ich brauche dringend einen Schuh.
—Ruckedigu, Blut ist im Schuh, nicht wahr? Achtung! Tür hier. Dann wollen wir mal in der Kiste mit den Fundsachen nachschauen, ich glaub, da gibts ein Paar Schlittschuhe, das Ihnen passen müßte.
—Schlittschuhe hab ich nicht verloren, hören Sie mal ...
—War doch nur so 'n Anflug von Phantasie, Gibbs, so auf der Piste von Tschaikowskis Ouvertüre zu achtzehnhundertzwölf, das schwirrt mir übrigens die ganze Zeit im Kopf herum, seit Sie mir erzählt haben, Venedig sei gefrorene Musik, aber wie heißt doch noch gleich das Lied, das darin vorkommt? Sachte sachte, denkt an Howards heilig vergossenes Blut. Hier kommts jetzt aber ...
—Aber das ist, warten Sie mal, er ist ja geschrumpft!
—Geschrumpft? Zu den langen Kerls hat er ja nie gehört, aber jetzt zu behaupten, er sei ...
—Hab ihn doch erst heute morgen gesehen, wie er aus Whitebacks Büro kam, schnell, wo ist Ihre Umkleidekabine? Ich will diesen Bastard nicht sehen ...
—Dan? Ein Bastard? Aber der arme ...
—Ist das etwa Dan, der da auf uns zukommt? Hab ihn doch heut morgen gesehen, das ist der Major, der Arsch, mit seinem Verband, und den Arm in ner, Scheiße, der schrumpft doch, sehen Sie doch, die Jacke reicht ihm bis zum, sehen Sie doch, wo sein Ärmel hängt, sehen Sie sich seine Hose an, kann ja kaum laufen, ohne sich die Hose hochzuhalten ...
—Vergnügt sich wohl mit ner kleinen Partie Taschenbillard, kennen Sie zufällig seine Frau, Mrs. Carlyle, wenn ich mich recht erinnere? Jedenfalls, die fuhr einmal mitten in der Nacht aus dem Schlaf, weil an ihrem Bett gerüttelt ward. Dan, wir sind hier drüben und unterhalten uns gerade über Sartor Resartus, Mister Gibbs und ich haben nämlich offenbar denselben Schneider.
—Oh, ich, tut mir leid, ich hab Sie gar nicht gesehen, ich ... er verstummte, sah von einem zum anderen und ließ den Blick schließlich auf Gibbs' leerer Brusttasche ruhen.
—Tschuldigung, Dan, aber einen Moment lang hätte ich schwören können, Sie wären ...

—Sie haben Mister Gibbs ganz schön durcheinandergebracht, ich glaube, wir sollten ihn erst mal verarzten lassen, er ist nämlich ...
—Aber, aber warten Sie, Coach, ich wollte Sie nur fragen, als ich heute morgen Ihren Anzug gesehen ...
—Nicht nur gesehen, Gibbs, sehen Sie sich mal seine Hose an, er hat Whiteback erzählt, ich sei sein alter Nachbar aus Cleveland. Das ist aber neu, Dan? Der SOS-Button?
—Oh, ich, den habe ich ganz vergessen, nein, ich meinte Ihren Unterricht über Elektrizität, der Text schien irgendwie nicht zum Bildmaterial zu passen ...
—Aber erst mal muß ich diesen Mann hier verarzten lassen, Dan, ein Glas bei Clancy's ist das mindeste was er jetzt braucht. Schon mal in Übersee gewesen, Gibbs?
—Darüber möchte ich im Augenblick nicht reden, sehen Sie, ich will nur ...
—Als man so aus dem Panzerturm lehnen konnte und, sachte sachte ... und gemeinsam gingen sie den Korridor hinunter —Kennen Sie zufällig Mrs. Joubert, Gibbs?
Einen Augenblick lang beobachtete er noch ihre Rücken, einer davon bereits an der Schulter aufgeplatzt, und zog den Arm aus der Schlinge, um den SOS-Button abzunehmen. Anschließend die Reihe der Spinde entlang, wo die Uhr noch zehn Minuten brauchte, um ihren Lauf zu vollenden. Da schellte das Telefon, zweimal, dreimal, Türen knallten, und abgekaute Nägel krallten sich um den Hörer.
—Ja, hallo? Ja, Vermittlung? Eh, warten Sie einen Moment, er kommt, er muß nur noch ... ja, eh, warten Sie ne Sekunde, er kommt, warten Sie doch ne Sekunde ... Die Tür öffnete sich, und der kurzgeschorene Schädel blickte den Korridor hinab. —Ja, er ist schon da, Vermittlung, Moment, er kommt ... beeil dich, eh, die warten schon ...
—Okay, geh mal raus, hallo? Geh aus dem Weg, eh, damit ich, hallo? Ja, ich übernehme den Anruf, ja, hallo ...? Scheppernd knallte die Tür zu. —Hallo, Bast? Mann, das hätte ich fast nicht mehr ... nee, ich bin nur außer Atem, ich mußte nachsitzen bei ... Nee, aber erst mal, eh, wieso haben Sie denn nicht Piscator angerufen wegen dieser ganzen Wonder ... was? Nee, aber wo sind Sie denn eigentlich, Sie ... Was? Was machen Sie ... Nee, aber wieso sind Sie denn im Krankenhaus ... Heilige ... nee, aber heilige ... nee, aber Sie meinen, daß Sie und er auf diesem Galadiner ... Nee, aber woher sollte ich das denn wissen? Ich meine, ich wußte, daß die beide alt sind, aber heilige ... Nee, aber

wenn er beim Singen den Arm auf Ihrer Schulter hatte, wieso Sie dann nicht... Sie meinen mitten im Film? Heilige... Nee, aber echt, wenn, echt, ich meine, der stirbt doch nicht etwa oder sowas? Weil, wenn der oder sein Bruder nämlich nicht dieses Zeug unterschreiben, das Piscator vorbereiten sollte, dann sind wir echt am... Was? Sein Bruder ist bei ihm, sagen Sie? Können Sie... Was, haben die schon? Warum haben Sie mir das nicht gesagt, ich meine, wenn beide das unterschrieben haben, ist ja alles okay, dann müssen wir nix mehr... Nee, eh, das hab ich nicht so gemeint, Bast, ich meine, natürlich wünsch ich dem gute Besserung, sagen Sie ihm das, aber... Nee, aber Moment, sagen Sie ihm, daß er das nicht machen kann, eh, das ist... Nee, aber wenn er die Firma verkauft hat, ist das nicht mal mehr sein Betriebsgeheimnis, sondern unseres, eh, ich werd... Nee, da wett ich nen Vierteldollar drauf, eh, fragen Sie Piscator, er... das Kobalt im Wasser macht die Krone auf ihrem Bier so schön groß? Hat er das... Nee, aber selbst wenn die Krankenschwester, der er das zugeflüstert hat, das nicht kapiert, könnte sie das doch immer noch an jemanden weitersagen, der... Nee, aber sagen Sie ihm auf jeden Fall, daß er damit aufhört, okay? Und was ist sonst noch... Nee, Moment mal, wer...? Hat er das gesagt, daß er herkommt...? Nee, aber er hat mich und Piscator angerufen, weil er Angst hat, daß dieses Aktienpaket von Wonder, das der andere Bruder ihm ja nur geliehen hat, so als zusätzliche Sicherheit, als seine Firma damals in Schwierigkeiten steckte, weil sie beide auf dem College zusammen Football gespielt haben, verstehen Sie? Und deshalb hat Mooneyham jetzt Angst, daß wir dem mit den Aktien das Leben sauer machen und daß dann diese ganze X-L Lithography... Nee, aber woher sollte ich denn wissen, daß dieser andere Bruder da... Nee, aber was erwarten die denn von mir...? Nee, okay, okay, aber... Klar, ich weiß, daß Sie nicht... Nee, klar, Piscator macht das sowieso alles, Sie müssen also überhaupt nix... nur, falls er mal bei Ihnen reinschaut, aber... Klar, ich weiß ja, daß Sie das nicht... aber sagen Sie mir noch eins, eh, was ist eigentlich Lithographie...? Ehrlich...? Und dann machen die was...? Nee, aber irgendwelche Bilder auf Steine mit so nem Schmierzeug legen, kein Wunder, daß die solche Verluste machen, ich meine, echt, eine einfache Kamera kostet doch nicht mehr als... Nee, okay, okay, ich wollte nicht... Nee, nur noch eins, haben Sie schon die Zeitung gelesen...? Nee, die nicht, ich meine, erinnern Sie sich noch an diese Ace Development Company, von der ich alle Aktien gekauft hab? Also, passiert ist gerade folgendes, der Underwriter, dieser Mister

Decker, der hat, als er das aufgebaut hat, bloß so Genehmigungen gehabt, nach diesen natürlichen Mineralienvorkommen zu suchen, verstehen Sie? Und um die Aktienmenge zu vergrößern, hat er sich diese Alberta & Western Power Company ausgeguckt und sich diesen Laden mitsamt Aktien einverleibt, aber diese Alberta & Western hat schon Verluste von zehntausend Dollar pro Monat gemacht, also hat er diesen kleinen Wichser, diesen Mister Wall eingestellt, um ... Nee, isser aber, weil nämlich, hören Sie zu, die geben ihm ein dickes Spesenkonto und eine fünfundzwanzigprozentige Provision, damit er ihnen das nötige Geld beschafft, erinnern Sie sich an diese Obligationen und wie ich auf Serie B Zinsen gekriegt hab und zwar sofort, nachdem die Serie C rausgebracht wurde? Also echt, der hat erst mal die Serie A rausgebracht, und dann, als darauf Zinsen fällig wurden, hat er diese Serie B da rausgebracht und hat das Geld benutzt, um A zu bezahlen, verstehen Sie, verstehen Sie das? Und als dann die Zinsen auf Serie B fällig waren, hat er diese ... Nee, aber ist doch egal, ob der ins Gefängnis kommt, ich meine, ich bin doch derjenige, der am Ende ... Nee, wie Piscator gesagt hat, haben wir nichts als einen lausigen Haufen Schürfrechte und Bohrrechte oder sowas wie diese alten Alberta-Wegerechte und, warten Sie, haben Sie mal ne Landkarte da, eh ...? Nee, hab ganz vergessen, wo Sie gerade sind, macht ... Nee, werden Sie doch nicht gleich sauer, ich hab nicht dran gedacht, wo Sie ... Was soll das heißen, ob ich was gelernt hab? Dieser Scheißkerl von Wall, der ... Nee nee, warten Sie doch, eh, Bast ...? Warten Sie, nee, ich weiß, aber ... Nee, aber Sie müssen Hopper gar nicht anrufen, weil ich ihn heut morgen schon selbst angerufen hab, sehen Sie, der ... Ich weiß, der hat mir auch den gleichen Mist per Post geschickt, aber ich hab ihm gesagt, wenn der Bank jetzt der Sportplatz gehört und die dann stinkig werden wegen ... Nee, okay, aber ... klar, aber ... nee, aber sehen Sie mal, ich hab ihm gesagt, daß Sie so bald sowieso nicht kommen können ... Nee nee, klar, weiß ich ja, aber das konnte ich ihm doch wohl kaum sagen, oder ... Nee, also das, das ist bloß diese kleine Sache mit dem Friedhof da mitten zwischen den alten Gleisanlagen mit dem Wegerecht, verstehen Sie, der gehört so nem Alten Orden von irgendwelchen Tieren, und Hopper ist da der Groß ... Nee, ich auch nicht, aber das hat er gesagt, na, jedenfalls gibts da so einen alten Prozeß wegen ... Nee, Moment, ich weiß, daß das Piscators Sache ist, eh, deshalb hab ich ihm auch schon gesagt, er soll sich erst mal mit denen einigen ... Nee, aber was soll ich denn machen? Ich meine, wer will denn diese ganzen, diese ganzen lieben Verstorbenen kaufen, wie Hopper das immer nennt, und wer will schon ... nee, Moment, nicht ... okay, okay, aber werden Sie bloß nicht ... Das was? Crawley hat auch Ihnen das ganze Zeug geschickt? Ich dachte, Sie reden immer noch von ... nee, sehen Sie mal eh, darüber müssen Sie sich doch nicht aufre ... Nee, das ist nur so ne Pharmafirma in Italien oder so, und er sagt, die Aktien von denen sind ein gutes Geschäft, und deshalb hab ich diesen anderen Börsenmakler angerufen, und der hat gesagt, daß sie gerade von achtunddreißig auf vierunddreißig drei Achtel gefallen sind, verstehen Sie, und ... Nee, ich weiß, daß Sie das nicht, ich wollte ... Nee, also das, nee, also, das ist bloß diese andere Sache, von der Crawley gesagt hat, daß ... Nee, aber das ist doch nur so ne Begleiterscheinung, weil diese Endo Appliance Company von dieser anderen Firma da abgetrennt wird, die so ne Einverständniserklärung abgegeben hat, damit, eh ... Nee, aber ... nee, aber Moment mal, eh, ich ... Nee, klar, Bast, ich hab gesagt, nur bis dieses Wonder-Geschäft gelaufen ist, aber ... klar, ich hab gesagt, Piscator würde, klar, aber ... Nee, ich meine, ich find den auch nicht so toll, echt, aber im Augenblick haben wir eben keinen anderen ... nee nee, warten Sie mal, aber, eh, ich hab doch auch nie gesagt, daß Sie sich wie der anziehen sollen mit den ganzen Laschen und Gürteln und diesem Ding, das er um den Hals hängen hat, und diesen Koteletten und so, aber ... Nee, ich glaub, was der über Ihre Klamotten gesagt hat, betraf nur den Rücken von Ihrem Mantel, der ... nee, ich weiß, daß er das auch denkt, aber ich hab ihm gesagt, daß Sie das jetzt alles nachlesen und ... nee, aber ... nee, aber warten Sie doch, eh, ich ... Nee, klar, ich find auch, daß er da was unternehmen müßte, das klingt ... Nee, ich meine, Nonny, so hat er sich schon als Kind genannt, nee, ich meine Piscator, ich meine, jedesmal am Telefon muß ich diesen Namen brüllen, sonst denken die glatt noch ... was? Nee, aber ... nee, ich weiß, aber ... nee, aber das meine ich doch, nur noch, jetzt im Moment könnten Sie doch mit ihm zusammen die Sachen regeln, sobald diese Sache ins Handelsregister eingetragen ist, können wir ... Nee, Moment, eh, Moment, aber ... eh? Bast ...? Nee, ich weiß, daß ich das gesagt hab, aber ... nee, aber verstehen Sie doch, wenn man ins Handelsregister eingetragen ist, wird man nicht mehr so mit den Steuern beschissen wie alle anderen und mit dieser beschränkten Haftung und so, wenn das schiefgeht, kann man dafür nicht ... Nee, aber ... nee, aber hören Sie doch, eh ... nee, das weiß ich, aber erstens gibts da diesen Steuerberater in Piscators Büro, und der arbeitet für Sie die steuerlich beste

Lösung aus, damit man Sie nicht mehr um das Gehalt bescheißen kann, das ich hier für Sie anlege und ... Nee, aber ... nee, ich weiß, aber, eh, Bast, ich meine, das ist doch nicht meine Schuld, daß die Band nicht mal Ihre Musik gespielt hat, weil Sie nicht in der Gewerkschaft sind und Sie deshalb auch immer noch nicht bezahlt hat? Ich meine, heilige ... Nee, also okay, dann aber, ich meine, echt, was wär passiert, wenn Sie in dem Museum schließlich nicht doch noch die ganzen siebzehn Dollar für Spesen angenommen hätten, nachdem wir ... Okay, aber ich meine, das müßten Sie nicht mal, verstehen Sie? Weil, Piscator sagt, daß er uns dafür so eine PR-Firma besorgen kann, das sind dann diese abzugsfähigen Betriebskosten, wo jeder Dollar nur noch vierzig ... nee, ich weiß, aber ... nee, aber deshalb hab ich Ihnen das doch alles aufgeschrieben, sobald Sie sich mit diesem Mooneyham getroffen haben und die X-L-Sache geregelt haben, ich meine, dann können Sie was ...? Nee, ich weiß, aber ... okay, aber ich meine, wenn Sie sagen, daß Sie das Geld brauchen, um dieser Kopistengewerkschaft beizutreten, damit die Band wenigstens spielt, was Sie abgeschrieben ... wieviel? Echt? Aber das ist doch klasse, ich meine, eh, Bast, ich meine, wenn Mister Wonder dir helfen will und dir fünfzig Dollar versprochen hat für ein Jingle für sein Bier, ich meine, das würde doch schon reichen, um die ... nee, ich meine, echt, er sagt fünfzig Dollar schwarz verdient, das ist wie geschenktes ... was? Nee, ich meine schwarz, verstehen Sie ...? Nee, na klar, aber ... nee, ich weiß, aber ich meine, wenn Sie Ihre eigene Arbeit machen, sind Sie immer so ... Nee, okay, okay! Ich meine, heilige, ich meine, wo ich Ihnen doch nur helfen will ... nee, ich weiß, aber ich meine, das ist genauso wie mit meinen Hausaufgaben hier, und ich krieg schon nur noch ne Vier in Mathe, und Mrs. Joubert sagt, in Gemeinschaftskunde krieg ich auch bald eine und sogar in ... Wer, Mrs. Joubert? Klar, die ist okay, die ... Nee, die hat nur ein paar Tage gefehlt, aber, eh, da kommt sie gerade, ist das nicht komisch, gerade wo wir von ihr reden, kommt sie den ... Nee, sie sieht echt gesund aus, klar, sie, Sekunde mal eben ... Brauchen Sie das Telefon hier, Mister Gibbs? Okay, nur noch ne Sekunde ... Nur noch diese eine Sache, eh, Sie haben doch gesagt, daß Sie 'n Monat brauchen, um dieses statistische Dings über die Vereinigten Staaten durchzulesen, was ich Ihnen besorgt hab. Also, ich hab Sie per Post bei so nem Schnellesekurs eingeschrieben, wo man nur noch ... he? Hallo, eh? Hallo ...? Und scheppernd ging die Tür nun ganz auf. —Eh, wo haben Sie denn die her, Mister Gibbs?

—Die was?
—Nee, ich meinte bloß die Turnschuhe, echt, ich meine, ich hab Sie noch nie in Turn...
—Die hat mir meine Mutter gekauft, woher sollte man sonst Turnschuhe bekommen? Gefallen sie dir nicht?
—Ehrlich? Nee, klar, ich meine, die sind echt toll mit den roten Sternen drauf und so, sagte er und raffte seine Sachen zusammen. —Solche hab ich mir immer gewünscht seit, kennen Sie Buzzie? Der hatte solche...
Und scheppernd ging die Tür wieder zu, ein Augenblick der Stille, bis der Hörer abgenommen wurde und die Wählscheibe sich drehte, —Mister Rich? Jack. Ich setze fünfzig auf Sam's Pet, morgen im zweiten Rennen um... was? Also, wie zum Teufel soll ich denn... Also hör mal, dann zwanzig auf die Doppelwette, Sam's Pet und Belle Amie, das wären dann satte achthundert... das letztemal, ja... der Hörer knallte auf die Gabel, und die Tür ging langsam auf, —Arschloch.
—Jack...?
—Oh! Noch halb in der Zelle zuckte er zusammen, —ich hab dich gar nicht gesehen...
—Ich war mir nicht sicher, aber dann hab ich plötzlich deinen Fuß gesehen...
—Diesen hier? Er lehnte sich zurück, um die Schuhe vorzuzeigen, —ich bin nur, äh, tu Coach nur einen Gefallen, der hat so ne Abmachung mit ner Turnschuhfirma, und er hat mich gebeten...
—Nein, bitte, bitte, du brauchst mir das nicht zu erklären...
—Will ich aber, Amy... er kam wieder auf die Beine, —es gibt da ein paar Dinge, die ich, Dinge, die ich erst klären muß...
—Ich hatte das Gefühl, daß du mir aus dem Weg gehst, daß du, wo bist du gewesen? Ich hab dich kaum...
—Wo? Gute Frage, ich hab mich etwas vom Lehrplan entfernt sozusagen, hast du meine Unterrichtseröffnung heute morgen nicht gesehen? Hab ich nur Whiteback zuliebe gemacht... er blieb vor der Uhr stehen und fuhr sich mit der Hand durchs Gesicht, —das wird noch ein langer Tag heute. Tja, wo war ich stehengeblieben, Glancys Klasse weicht ebenfalls vom Lehrplan ab, ja, Wesen aus fremden Welten, gut möglich, da auf ein- oder zweidimensionale Menschen zu treffen...
—Jack...
—Gut möglich, daß man so einen zweidimensionalen Menschen umrennt, denn von der Seite sieht man sie ja nicht...

—Jack, bitte, sie legte eine Hand auf seinen Arm und drehte sich wieder dem Gang zu, —du siehst überhaupt nicht gut aus ...
—Ach, nur so viele Scheißsachen aus allen Richtungen, Amy, ich versuch nur, alles zu klären, bevor ich, als ich an dem Abend damals nicht in die Cafeteria gekommen bin, um mit dir essen zu gehen ...
—Nein, das geht schon in Ordnung, ich, ich konnte auch nicht kommen, weil ...
—Also, ich, mein Gott bin ich froh ... unmittelbar vor dem Eingang blieben sie stehen, er drehte sich abrupt um und starrte sie mit jener Intensität an, mit der man sich normalerweise nur entscheidende Details ins Gedächtnis einprägt, den Schwung einer Braue oder die Linie des Halses, —es gibt ein paar Dinge, die ich in der Stadt noch in Ordnung bringen muß ...
—In der Stadt? Ich denke, daß ich später auch noch in die Stadt muß ...
—Wirklich? Tatsächlich? Hör zu ... er griff nach ihrem Arm, um sie von der Glastür wegzudrängen, gegen die von außen vergeblich gedrückt wurde, was er aber erst bemerkte, als sich die Tür vor einem wehenden Pelz auftat, —um wieviel Uhr bist du ...
—Jack ... ?
—Wieso, was ...
—Ich hatte hier draußen was zu erledigen und dachte, da komm ich mal bei dir vorbei. Ist schon Schulschluß?
—Also, ja, schon, ja, entschuldige, das ist, das ist Mrs. Grynszpan, Mrs., Mrs. diCephalis ... er trat einen halben Schritt zurück, und die behandschuhte Hand der einen berührte kurz die schmalen Finger der anderen, —mit dir hätte ich hier aber nicht gerechnet, ich ...
—Ich möchte auch gar nicht stören, ich weiß, daß du ...
—Nein, bitte, schon gut, ich muß noch den Unterricht für morgen vorbereiten. Hat mich gefreut, Sie kennengelernt zu haben.
—Warte ... er floh vor seinem Spiegelbild in den dunklen Brillengläsern, —Stella, warte hier, ich bin gleich wieder da ...
Bis zur Uhr konnte sie die beiden beobachten, dann trat sie aus der Zugluft am Eingang.
—Entschuldigen Sie, suchen Sie jemanden?
—Wie bitte? Oh, nein, nein, ich warte hier nur auf jemanden ... in die Ecke gedrängt, rang sie nach Luft, —danke ... und blickte dem Rücken nach, der jetzt den Korridor hinunterging, blickte ihm selbst dann noch nach, als sie aus der anderen Richtung angesprochen wurde.
—Stella, was willst du hier?

—Hab ich dir doch gesagt, sagte sie und ging durch die Tür, die er für sie aufhielt. —Wer war das?
—Wer?
—Der Mann, der gerade reingekommen ist, mit den, mit den Narben...
—Ach, Coach, das ist unser Coach, wieso?
—Der, der sieht ja entsetzlich aus.
—Aber was zum Teufel machst du überhaupt hier?
—Hab ich doch gesagt, ich bin hergekommen, um meine Tanten zu besuchen, und da hab ich mir gedacht, ich fahr mal bei dir vorbei, ich dachte, daß du vielleicht mit mir in die Stadt fahren willst.
—Wozu?
—Na, du hast aber nicht gerade die beste Laune, was? Und dieser Anzug, Jack, sie ging auf den Parkplatz voraus und sah an ihm hinunter, —und diese Turnschuhe, die du anhast...
—Das ist nur wegen Coach, wir stellen mit den Kleinen gerade eine Hockeymannschaft zusammen.
—Du?
—Die Kids sind ganz begeistert, können sich mit den Schlägern prügeln und...
—Du hast doch nicht etwa getrunken?
—Glaubst du etwa, ich bleib über Mittag hier und mümmel an einer Möhre?
Sie hielt an einem Auto an. —Soll ich hier auf dich warten, bis du dich umgezogen hast, ich meine richtige Schuhe und, und einen Mantel.
—Mußt mich schon so fahren, wie ich bin, Stella, er griff zur Beifahrertür, —oder soll ich fahren?
—Bitte hör auf, sagte sie, bereits hinter dem Steuer, und als sie sich in Bewegung setzten, —hatte das einen besonderen Grund, daß du mich vorgestellt hast, als Mrs. wie auch immer...
—Grynszpan, ja, entschuldige, daß ich nicht den vollen Namen genannt habe, Mrs. Hyman Grynszpan. Alter Collegekumpel.
—Und vermutlich werde ich eines Tages sogar den Namen deiner reizenden Mrs. erfahren, was für einen lachhaften Namen du dir da auch immer ausgedacht hast...
—Nein, nein, diCephalis, hier, halt mal an, dann kann ich dich vorstellen, diese Gestalt, die da vor uns aus dem Tor kommt, aber fahr langsam, er ist ein wandelndes Unfallrisiko, hält sich manchmal selbst für ein Auto und würde dich glatt...
—Der da? Sie drehte am Lenkrad, —das ist ihr Mann?

—Das ist Dan diCephalis, unser, äh, unser Hauspsycho...
—Das ist ja ne irre Truppe, mit der du hier arbeitest, mit Ausnahme deiner Miss, Mrs., ausgestattet von Patou, zwar nicht die aktuelle Kollektion, aber immer noch ziemlich elegant ... und sie bogen auf den Highway ein. —Was macht denn eigentlich so eine hier?
—Dasselbe wie so einer wie ich. Wie ich einer ist, so rum, etwas, wie ich es bin, hab ich das gesagt?
—Nimm bitte deine Füße da runter!
—Verzeihung. Die hier?
—Diese grauenhaften Turnschuhe, nimm sie bitte vom Armaturenbrett runter!
—Als plötzlich deinen Fuß ich sah, kennst du das Gedicht?
—Ist die nicht ein bißchen zu jung?
—Wofür, als Lehrerin?
—Für dich.
—Hör mal, Stella, was... Er schlug ein Bein über, legte den Arm über die Sitzlehne, —weshalb bist du eigentlich hergekommen? Du magst meine Freunde nicht, du magst meine Turnschuhe nicht, du...
—Hab ich dir doch gesagt.
—Das glaub ich dir nicht. Ich glaube dir nicht, daß du dich in Pelzmantel und Sonnenbrille wirfst, nur um deine Tanten hier draußen zu besuchen. Was soll überhaupt die Sonnenbrille? Es ist heute so düster, daß ich selbst so kaum was erkennen kann.
Ohne den Blick von der Straße zu nehmen, ließ eine behandschuhte Hand das Steuer los, um kurz die Brille anzuheben und sofort wieder aufzusetzen. —So besser?
—Aber mein, großer Gott, was...
—Norman.
—Hat er dir das verpaßt? Der muß dich ja mit nem, mit nem Hammer getroffen haben, was war denn los? Hatte er ne Dose blauer Farbe und ne Dose Orange und...
—Bitte, Jack, hör auf. Es war nicht schön, und es, es ist überhaupt nicht witzig.
Er ließ sich etwas tiefer in den Sitz sinken, grub eine Zigarette aus und beugte sich vor, drückte und drehte an verschiedenen Knöpfen, —wo haben wir denn hier...
—Müssen wir jetzt unbedingt Radio hören?
—Ich such den Scheiß-Zigarettenanzünder.
—Das ist der da, an der Ecke. Kannst du das nicht etwas leiser stellen?

—Etwas nur, ich dachte, es sei Moonglow, aber es ist nur dieses Scheißstück von Tschaikowski ... er lehnte sich, rauchumwölkt, wieder zurück, während sie auf einer freien Spur zum Überholen ansetzte und er der flüchtigen Alters-Erscheinung zuwinkte, die sich da am Steuer festhielt.
—Jack, es wär schön, wenn du mal ...
—Moment, hör doch mal die Werbung, ich dachte, es sei Tschaikowski, aber es ist dieses Scheiß ...
—Ich dachte, du könntest vielleicht mal ...
—Also was zum Teufel ist denn passiert? Ich meine, deswegen bist du doch hergekommen, okay, es war nicht schön und es ist auch nicht witzig, aber was jetzt?
—Sieh mal in meine Handtasche.
—Hab noch nie gern in Damenhandtaschen rumgekramt, hab mal in einer was gefunden, was, dabei fällt mir ein, er wühlte in Banknoten, —wenn dir meine Turnschuhe so mißfallen, könntest du mir vielleicht nen Zehner leihen, damit ich mir 'n Paar ...
—Bedien dich.
—Finde nur Zwanziger hier, und Einer ...
—Dann nimm eben einen davon ...
—Großer, großer Gott, meinst du das hier?
Sie blickte nach unten. —Ja.
—Voll ins Auge des Tornados, die ist wirklich für alle Wünsche offen, da kann man ja fast am anderen Ende rausgucken.
—Jack, bitte, du brauchst jetzt nicht ordinär zu ...
—Sollte ich mir mal ausleihen und unserem Direktor zeigen, der steht voll auf vorschriftsmäßige Eröffnungen, ähm, das heißt Öffnungen, ja, hier sieht man ja gleich alle beide, erinnert mich an meine Jugendzeit in Burmesquik ...
—Jack, das reicht, leg es wieder ...
—Also, was erwartest du denn von mir? Daß ich sage, daß sie schöne Augen hat? Daß ich sie gerne kennenlernen würde? Ich meine, ist das jemand, den ich kennen müßte, oder ist sie nur ...
—Nein, aber ich dachte, sie sieht aus wie seine Sektretärin, ich hab sie nur einmal gesehen, aber ...
—Und du meinst, daß Norman sowas in Umlauf bringt?
—Nein, bitte, hör auf, so zu, es war in seiner Hemdtasche. Ich wollte nur die schmutzige Wäsche zusammenpacken, da ...
—Und du glaubst, dieser Glückspilz hier wäre ...

—Jack, bitte hör auf, kannst du nicht einfach mal ...
—Sieht aber nicht gerade aus wie Normans, äh, das Knie vielleicht, aber das kannst du sicher besser beurteilen ...
—Ich sagte: bitte! Der Wagen schlingerte, als sie nach dem Foto griff, um es wieder in die Tasche zu stopfen.
—Also schön, aber deine Geschichte kapier ich nicht, sagte er und sortierte seine Beine, —du hat das in seiner Tasche gefunden, und er klebt dir eine? Ich meine, warum hast du ihm keine geknallt?
Eine Hupe ertönte, sie blickte in den Rückspiegel und fuhr langsam nach rechts, und wieder ertönte eine Hupe. —Also, du kennst ihn doch, sagte sie ruhig, —kannst du dir das denn nicht vorstellen?
—Um ehrlich zu sein, nein, Stella, nicht bei ihm, er drehte sich zur Seite, öffnete das kleine Dreieck vor der Seitenscheibe und warf die Zigarette hinaus, —aber ich kenne dich.
—Jack, wenn du jetzt wieder anfängst ...
—Weil ich weiß, was du zu ihm gesagt hast, als du es gefunden hast. Du hast schlicht und einfach die Sache erledigt, oder nicht? Hättest es gar nicht besser hinkriegen können, wenn du das mit dem Mädchen da zusammen ausgeheckt und durchgezogen hättest.
—Jack, ich will nicht wissen, was du ...
—Scheiße, ich weiß, daß du das nicht willst, aber jetzt hast du ihn am Kanthaken, eine falsche Bewegung, und er ist für immer aus dem Geschäft, warum zum Teufel hast du ihn überhaupt geheiratet, Stella?
Ihre behandschuhte Hand hob sich, um die Brille dichter vors Gesicht zu drücken, sie scherten aus und überholten. —Hast du mal ne Zigarette?
Er holte eine heraus und zündete sie mit einem Streichholz an, schüttelte die Schachtel und zerknüllte sie. —Warum?
—Als du und ich noch, und als du anfingst, dich zu verändern und zu dem wurdest, was du jetzt bist, und ich ihn kennenlernte, da hat er mir eines Abends mal vorgerechnet, wieviel es ihn bisher gekostet hat, mich auszuführen. Es waren genau vierundneunzig Doller und fünfzig Cent, und er wollte wissen, wie ernst ich es meine, bevor er so weitermacht. Beantwortet das deine Frage?
—Armes Arschloch ... dicht an die Seitenscheibe gedrängt, ließ er sich tiefer in den Sitz sinken, —weißt du, Stella, diesen Teil nehm ich dir ab ... und schlug wieder ein Knie über.
—Jack, kannst du denn nicht stillsitzen, das ist ja, als ob man mit einem Zehnjährigen fährt.

—Diese beschissenen kleinen teuren ausländischen Autos, darf man daraus schließen, daß das Geschäft mit Lochstreifen und Notenbändern immer noch gut läuft?
—Das Geschäft, glaube ich, ja, aber alles andere ist offenbar ziemlich konfus, Steuern und die Aktien aus Vaters Nachlaß. Und hat er dir nicht auch welche gegeben, als du ausgeschieden bist?
—Aktien? Fünf hat er mir gegeben, als Abfindung, und ich hab die eben erst ... er verstummte, sah zu ihr hoch und versuchte, einen Arm hinter die Kopfstütze zu legen, —was immer die wert sein mögen, was zum Teufel sind die eigentlich wert?
—Ich weiß nicht, ich glaube nicht mal, daß Norman es genau weiß.
—Der wird sich nen hübschen Stapel untern Nagel gerissen haben.
—Dreiundzwanzig, glaube ich, aber meine Tanten und mein Onkel müßten etwa siebenundzwanzig haben.
—Aber mit wieviel bist du dabei, von deinem Vater ...
—Wahrscheinlich nicht mehr als fünfundzwanzig, sagt Norman, nach Abzug der Vermögenssteuer.
—Also, fünfundzwanzig und, was sagtest du noch, wieviel er hat? Dreiundzwanzig? Macht achtundvierzig, ich versteh gar nicht, was ...
—Vorausgesetzt, daß wir sie zusammenhalten, sagte sie, ohne von der Straße aufzusehen, wo die Grünstreifen schmaler geworden waren, die Bäume weniger und die Häuser mehr. —Und du hast deine noch? Fünf, sagtest du?
—Hatte sie irgendwo im Wäscheschrank, sagte er und drehte sich halb zu ihr um, um sie einen Augenblick lang anzusehen, bevor er sich wieder, dicht an die Seitenscheibe gedrängt, zurücksinken ließ. Die Baumkulisse war inzwischen ganz von Beton abgelöst worden, Beton von einer Brücke, aus deren himmelstürmender Konstruktion sich Vögel in die Luft warfen, und verkümmerte schließlich zu einem Stellzaun, hinter dem ausrangierte, leere Taxis eingepfercht waren. Er wandte sich erneut der Handtasche zu, die zwischen ihnen auf dem Sitz lag, öffnete sie, beugte sich darüber, schob eine Hand hinein.
—Fang bitte nicht wieder damit an.
—Womit? Ich such nur ne Zigarette ... er holte eine Packung und einen Geldschein heraus, den er zusammenrollte und in die Hosentasche schob, bevor er die Zigarette anzündete, die Tasche nochmals öffnete und die Packung zurücklegte. —Womit fang ich denn wieder an?
Sie sah nach unten. —Ja, leg es bitte ...

—Nimm fort den leid'gen Kopfputz und laß sehn, das Diadem aus Haar auf deiner Haut. Fort auch ... Das Auto bremste scharf, und er riß einen Arm in die Höhe. —Ist doch nur 'n kleines Gedicht, John Donne, der wackere Kirchenmann, kleine Hommage an seine ...
—Jack, das reicht jetzt, wenn du ...
—Soll ich hier aussteigen?
—Sei nicht albern, aber hör auf ...
—Aber was hast du denn? Ich zitiere das Wort eines bekannten Kirchenmannes über ein Diadem aus Haar, weil du mir gerade ein entsprechendes Foto gezeigt hast, ist doch die netteste Bezeichnung, die man sich für sowas ausdenken kann, und da läßt du mich fast durch die Scheibe ... eine Hupe ertönte, —paß auf!
—Warum machst du das?
—Weil ich nicht glaube, daß Norman dich deshalb geschlagen hat.
—Was soll das nun wieder heißen?
—Ich meine, du hast doch, glaube ich, dreiundzwanzig gesagt, und hat Vater dir nicht 'n paar Aktien geschenkt? Die fünf Aktien, weißt du noch? Jedenfalls weißt du, daß fünfundzwanzig plus fünf dreißig macht, und das sind mehr als dreiundzwanzig und mehr als siebenundzwanzig ...
—Jack, du ...
—Aber Normans dreiundzwanzig plus fünf ergäben achtundzwanzig, und das sind mehr als die siebenundzwanzig deiner Tanten und mehr als deine fünfundzwanzig, tja, aber sei unbesorgt, Stella, ich hab die fünf beschissenen Aktien nicht mehr.
—Aber du hat doch gesagt ...
—Ich hab gesagt, sie waren in einer Schublade im Wäscheschrank, und ich hab sie aus der Schublade rausgenommen, und wer sie jetzt hat, weiß ich nicht, kannst du hier bitte anhalten und mich rauslassen?
—Bitte, Jack, sei doch bitte nicht so albern, du ...
—Nein, Stella, das ist mein voller Ernst, für dich ist Lügen nur eine praktische Methode, etwas zu regeln, weißt du nicht mehr, wie unbekümmert du deinen Vater angelogen hast, als wir, als es nicht mal einen vernünftigen Grund dafür gab? Du brauchst einfach immer jemanden, den du anlügen kannst.
Eine Hupe gellte hinter ihnen, als der Wagen scharf bremste und über einen flachen Bordstein auf den Grünstreifen holperte. —Ich weiß nicht, wo du hinwillst.
—Ich klettere über den Zaun da vorn, steig in die U-Bahn und seh zu,

daß ich noch das letzte Rennen erwische, deshalb hast du doch Norman nur geheiratet, hast dir einen gesucht, der so scheißanständig ist, daß er förmlich nichts anderes verdient hat, als belogen zu werden, Stella, ich wette, daß du seit dem Tag, als ich dich auf dem Bahnsteig wiedergesehen habe, nicht mehr richtig gefickt worden bist ...
Hupen gellten, als die Tür zuknallte und die Reifen wieder auf der Straße aufsetzten, wo sie, ohne sich noch einmal umzuschauen, wendete, die dunkle Brille dicht vor die Augen preßte und davonraste über Berg und Tal, wie es kam, durch den Tunnel und die düstere Unterführung am Fluß entlang, so düster wie die Zimmer, die sie später durchschritt, Lichter anschaltend unter trüben Lampenschirmen, bevor sie die Handtasche fallenließ, direkt auf Ein zwangloser Abend im Juilliard Theater, und die Sonnenbrille gleich daneben. Dann ging sie den Flur hinunter, schüttelte sich dabei erst den einen, dann den anderen Schuh vom Fuß, eine Hand am Rücken zog den Reißverschluß auf, während die andere bereits die Kleider im Schrank nach Ersatz durchsuchte für jenes, das gerade von ihren Schultern gleiten wollte, als sie, über das Waschbecken gebeugt, im Spiegel ihr Auge betrachtete, doch dann klingelte es an der Tür, und sie hielt das Kleid zusammen, griff, als sie am Tisch vorbeiging, nach der dunklen Brille und hatte sie aufgesetzt, bevor sie die Sicherheitskette vorlegte und die Tür eine Handbreit öffnete, —Oh! ... Und sie schloß die Tür wieder, um die Kette von der Tür zu nehmen und dann weit aufzumachen, —aber bist du denn nicht in Palma ...
—Ach, ich weiß, Liebling, aber da ist die Stromversorgung zusammengebrochen oder irgend so etwas, und die ganze Sache wurde abgeblasen. Wie hier, bei dir ist es auch immer so dunkel, daß man sich kaum zurechtfindet.
—Ich schon, ich kenn es auswendig, sie ging voraus, blieb vor einem Sofa stehen, —kann ich dir etwas anbieten? bevor sie sich niederließ.
—Nichts, nein, eine Zigarette vielleicht. Ach so, in deiner Tasche? Ich hol schon ...
—Nein, ich hol sie dir, sie sprang auf, beugte sich über die Sofalehne und griff nach der Tasche.
—Oh, und du warst in seinem Konzert, hats dir gefallen?
—Ja, alles außer dem Berg, sagte sie, holte die Schachtel heraus, wobei ein Lippenstift auf den Boden fiel, aber sie ließ ihn liegen, knipste die Tasche zu und ließ sie hinter das Sofa fallen.
—Ja, ich kann Berg auch nicht ertragen. Aber wie schön, daß du da

bist, ich hab angerufen, aber du hast natürlich nicht abgenommen, ich dachte, du hättest Gäste. Ist das hier ein Aschenbecher?
—Ja, aber wie gemein.
—Überhaupt nicht gemein, Liebling, du würdest mich doch nicht anlügen, oder? Dieser Mittwochabend bei Elaine mit den wundervollen Ketten ...
—Nein, bitte ... Sie drückte sich die Brille fester vors Gesicht.
—Ich wollte doch nur mal sehen, ob es schon weg ist.
—Ich will nicht, daß du es siehst ... und wich aus, als ein einzelner Finger eine einzelne Haarsträhne entlangstrich, die bis auf ihre Schulter herabgefallen war, —niemand soll es sehen.
—Aber du hättest wirklich besser aufpassen müssen, Liebling, dauernd liest man von diesen häuslichen Unfällen, darf ich es wirklich nicht ansehen?
—Nein, niemand, es sieht einfach nur häßlich aus.
—An dir kann gar nichts häßlich sein.
—Auch das nicht ...? Und ihr Kleid öffnete sich an ihrem Hals, den sie jetzt ins Licht hielt.
—Auch das nicht, es ist kostbar! So eine Halskette gibt es nur einmal, hab ich dir das nicht schon oft gesagt? Warte, ich zeig es dir, in blassen Rubinen, wie kostbar ...
—Nein ... Und ihre Hand fuhr an jenes andere Geschmeide, halb vollendet in Lippenstiftrot, —nein, ich mag nicht, wenn man es anfaßt.
—Weil ich es dir wegnehmen könnte? Wie Brin, wie war das noch? Der Name, den dein furchtbarer Freund einmal dafür erfunden hat?
—Bris ... Sie holte tief Luft, als jener andere Atem eine einzelne Haarsträhne an ihrem Ohr bewegte, —Brisingamen ... während der Lippenstift über ihre Brust strich.
—Aber hat er dir nicht auch gesagt, sie wäre die Göttin der Liebe und Schönheit? Wenn er das gesagt hat, kann er nicht ganz so furchtbar gewesen sein.
—Er war furchtbar, sagte sie, und der ausgefahrene Lippenstift kreiste in hingetuschten Tupfen, flink wie ein Wimpernschlag, sein Ziel ein, die körnige Spitze, wo das Lippenrot an Tiefe gewann.
—Warte, halt still oder du ruinierst mein Werk, nein, noch nicht hinsehen.
—Doch furchtbar, sagte sie fast flüsternd, und das Kleid tat sich auf vor dem Lippenstift, der in einem verspielten Schnörkel nach unten glitt und dort, allmählich langsamer werdend, ein Herz auf die klar sich

abzeichnende Wölbung malte. Erst, als das Herz von einem nach unten gerichteten Pfeil durchbohrt wurde, zuckte sie zusammen.
—Hier, guck mal wie hübsch, sieh doch! Nächstes Mal mußt du so kommen, sie werden alle entzückt sein, sag ja, bitte.
—Sei nicht ... sie verstummte, sah an sich hinunter, —natürlich nicht, so eine alberne Idee.
—Das verstehst du nicht, sieht es denn nicht aus wie ein Kater mit einem großen Auge?
—Wie albern.
—Nein, überhaupt nicht albern. Sieh doch, wie er versucht, sich tief im Gebüsch zu verstecken, darf ich ihn da suchen?
—Albern.
—Hübscher Lippenstift übrigens. Von Lanvin?
—Oh ...? Das Telefon klingelte. —Macht Lanvin auch Lippenstifte ...? Und sie legte eine Hand über die verdunkelten Augen.
Es klingelte wieder, und dann noch einmal, ein langes Klingeln.
—Da nimmt niemand ab, Mister Angel.
—Zum Teufel, ich habs Ihnen ja gleich gesagt, Coen, selbst wenn sie zu Hause ist, vergessen Sie's, Myrna. Selbst angenommen, sie ginge dran, wozu soll das Ihrer Meinung nach gut sein?
—Ich würde gern ihre Meinung hinsichtlich ...
—Also, die wird Ihnen mit tödlicher Sicherheit nicht helfen, man kann vorschlagen, was man will, sie hat so viele unterschiedliche Meinungen, daß sie 'n Job im Karneval annehmen könnte, Myrna, warum machen Sie nicht mal ne Kaffeepause oder so etwas, ich ruf Sie über den Summer, wenn ich Sie wieder brauche. Mister Coen und ich müssen uns für eine Weile mal mit diesen Zahlen beschäftigen ... Größer als sie, dazu gebremst durch ihre kleinen Schritte, folgte er ihr zu einem Schränkchen an der Tür. —Gläschen Bourbon gefällig, damit wir nen klaren Kopf haben, ehe wir loslegen?
—O nein, nicht für mich!
—Das hab ich gerade erst einbauen lassen ... er beugte sich vor und zog an der Tür des Schränkchens, —ziemlicher Pfusch, er riß daran, —sollte wohl so aussehen wie diese modernen Holzverkleidungen, und deshalb kann man nirgendwo richtig anfassen ...
—Vorsicht, das ganze Ding kippt ...
—Wär vielleicht besser so, dann müßte ich nicht ... jedesmal wieder diese ... wo hat sie denn bloß wieder die Pappbecher hingetan?
—Hier hat sich ja einiges verändert, seit ich ...

—Tja, wie Sie sehen, haben wir erst damit angefangen, die neuen Vorhänge statt der alten Gardinen, die da drüben hingen, ich hab den großen alten Sessel und den alten Kleiderständer in den Keller gebracht ... er machte eine Pause, beugte sich vor und goß Whiskey in zwei Pappbecher, —aber wissen Sie eigentlich, wieviel heutzutage für ein Ledersofa verlangt wird?
—Oh, nein, ich meinte ...
—Hab sogar daran gedacht, diese Musik, die man überall in Banken und Fahrstühlen hört, hier einbauen zu lassen, er drehte sich vorsichtig um und stellte einen der Pappbecher auf die Ecke des Schreibtisches. —Aber wissen Sie eigentlich, wieviel heutzutage für sowas verlangt wird?
—Oh, aber ich wollte gar keinen.
—Was meinten Sie eigentlich vorhin, die Vorhänge gefallen Ihnen nicht?
—Nein, ich meinte die junge Dame, Sie hatten doch eine Sekretärin mit roten ...
—Sie meinen Terry, ja, also sie ... Er hob den Becher und trank ihn zur Hälfte aus, —sie hat sich offenbar hier etwas einsam gefühlt, da hab ich sie gegen Myrna aus der Auftragsannahme ausgetauscht. Hier bei mir ist so ziemlich das lauschigste Plätzchen im ganzen Laden, aber ich vermute, daß sie manchmal, daß sie sich manchmal etwas einsam fühlen, wenn sie immer nur mich vor Augen haben ... und leerte den Becher. —Diese Myrna ist aber gut, wissen Sie, an wen sie mich manchmal erinnert? Erinnern Sie sich noch an Joan Bennett, nachdem sie sich die Haare schwarz gefärbt hatte? Ich fand das immer furchtbar, sagte er, wieder am Wandschränkchen, bückte sich und rüttelte an der Tür, —man sollte doch eigentlich meinen, daß ein Mann, der sich selbst für 'n großen Bauunternehmer hält, ne kleine Schranktür richtig einsetzen kann, nicht wahr? Sehen Sie sich das an. Der gleiche kleine Italiener der uns eben diesen irrwitzig hohen Kostenvoranschlag für unsere neuen Produktionsanlagen gemacht hat, der denkt offenbar, wir sollten ihm schon dankbar sein dafür, daß er überhaupt zur Tür reinkommt. Je eher wir das allerdings auf die Reihe kriegen, desto eher ...
—Nein, aber Moment mal, Mister Angel, Sie, entschuldigen Sie, daß ich Sie unterbreche, aber das geht nicht. Sie sollten eine derartige Summe jetzt nicht in den Betrieb stecken. Sie wissen nicht, wann die Erbsache abgewickelt sein wird, und außerdem kann Ihnen die ganze

Anlage jederzeit gepfändet werden, dann stehen Sie da, und Ihnen sind die Hände gebunden. Mit der Steuernachzahlungsforderung gegen die Firma, ich verstehe gar nicht, warum man die nicht längst erhoben hat, dazu dann die Erbschaftssteuer ...
—Und was ist das hier alles ...? Seine Hand langte über den Tisch und zog den akkurat geschichteten Papierstapel zu sich herüber, —ist es das?
—Grobe vorläufige Zahlen, ja, wie gesagt, nach konservativer Schätzung beträgt der Gesamtwert der Firma etwa drei Millionen Dollar, was bedeuten würde, daß der Anteil des Verstorbenen etwa anzusetzen wäre mit Einemilliondreihundertfünfzigtausend. Wenn man davon ausgeht, daß die Steuer von der ersten Million genau vierhundertdreiundzwanzig einbehält, und zweiundvierzig Prozent von allem, was darüber hinausgeht, zweiundvierzig Prozent von drei fünfzig macht einhundertvierzigtausend, plus die glatten acht Prozent, die noch einmal der Bundesstaat haben will, dann haben Sie sechshunderteinundsiebzigtausend Dollar.
—Habe ich? Wie meinen Sie das, habe ich? Die haben, und ich hab nur ne Handvoll ...
—Lediglich vorläufige Schätzungen, ja, natürlich ist eine exakte Wertermittlung gar nicht möglich, bevor keine Rekapitalisierung erfolgt und der Underwriter die entsprechenden ...
—Hören Sie, Scheiße, kommen Sie mir bitte nicht wieder damit, daß man die Firma in eine Aktiengesellschaft umwandeln sollte. Sie wissen doch, was ich ... er verstummte, zog sein Jackett aus, wobei das Hemd, das er sich hinten in die Hose schob, zugleich mit der Hand wieder herausrutschte. Dann drehte er sich um, hängte das Jackett über die Lehne des Schreibtischsessels und setzte sich schwerfällig.
—Aber ich wüßte nicht, wie Sie anderweitig sechshunderttausend Dollar akquirieren könnten, Mister Angel.
—Also, zunächst hab ich Ihnen doch gesagt, Sie sollen sich erkundigen, wieviel wir für unsere Beteiligung an Nathan Wise bekommen können, gibt doch gar keinen Grund, sich weiterhin an so ein Unternehmen zu binden, hat mir, nebenbei bemerkt, nie gefallen, was die so ...
—Ich habe mich informiert, ja, ich glaube, Teile der Korrespondenz liegen unten im Stapel, offenbar wird Ihr Mangel an, äh, Begeisterung allgemein geteilt. Ein Blick auf ihre konsolidierten Bilanzen der jüngsten Zeit zeigt sofort, warum natürlich niemand an einer Übernahme

interessiert ist, ein chronisches Verlustgeschäft, was jedoch hinsichtlich der Art des Produkts kaum überrascht. Mich wundert eigentlich, daß die Nachfrage nicht ganz in sich zusammengefallen ist.
—Na ja, klar, die Pille hat sie schwer getroffen, sie haben halt nie mit so etwas gerechnet.
—Die was bitte?
—Die Pille, die jetzt alle Mädchen nehmen, man liest sogar von zwölfjährigen Mädchen mit der Pille, ich hab gelesen, daß es sogar Mütter geben soll, die ihren Töchtern die Pille verschaffen.
—Oh, ich, ich verstehe, ja, ich bin mir darüber im klaren, daß diese ganze Pillensituation eine beängstigende Dimension bei den, äh, der Jugend angenommen hat, gleichwohl vermag ich nicht ganz genau zu begreifen, wie die schädlichen Nebenwirkungen sich auswachsen konnten zu solch...
—Sehen Sie, das ist doch ein gutes Beispiel für das altmodische Management bei Nathan Wise, ein einziges Qualitätsprodukt, das sich nach und nach zum Marktführer entwickelt hat, deshalb sind sie einfach dabei geblieben.
—Ja, ich verstehe, daß...
—Die haben noch nie Gummi oder ähnlich grobes Material verwendet, wissen Sie, nur diese robusten, aber hauchdünnen Schafdärme.
—Ja, ich erinnere mich, daß Miss, äh, die Schwestern des Verstorbenen sie erwähnten...
—Die, Sie meinen, die beiden alten Damen haben da draußen mit Ihnen über so etwas gesprochen? Er wischte sich mit der Hand über den Mund und zog den Becher auf dem Tisch näher heran. —Also wirklich. Das hätte ich nicht gedacht.
—Unsere Unterhaltung war, ich glaube, ich erwähnte bereits, daß sie nicht die logischste war, sie schienen den Eindruck zu haben, daß ich in Familienangelegenheiten herumschnüffeln wollte, aber...
—Das muß man Ihnen schon lassen, Coen, ich hätte mich nie im Leben...
—Wenn ich mich richtig erinnere, schienen sie sogar ein bißchen stolz darauf zu sein, besonders der Qualitätsaspekt, den Sie eben angesprochen haben, ich erinnere mich, daß sie die Schafdärme erwähnten, ja, und einen Senator, glaube ich, aus einem Staat im Westen, wo die Schafzucht seit jeher...
—Ja, Billikin oder Millikin oder so, irgend so 'n alter Bock, der da ne Zeitlang ein und aus gegangen ist, aber das ist doch wirklich ne

dolle Sache ... und er hob den Pappbecher und setzte ihn leer wieder ab. —Okay, zum Geschäft, die Sache ist doch die ... Er zog einen Block zu sich heran und nahm einen stumpfen Bleistift, —so oder so gehen zwanzig Anteile des Alten für die Vermögenssteuer drauf, aber wo zum Teufel gehen sie hin?
—Nun ja, das ist so, es liegt in der Natur der Sache einer öffentlichen Versteiger ...
—Ich meine, das wäre doch eine Riesengelegenheit für diese Leute von Jubilee Musical, sich bei uns einzukaufen.
—Sofern sie es nicht über einen Dritten machen, denke ich, müßte es möglich sein, einen solchen Fall auf dem Verfügungsweg zu verhindern, vor allem in Anbetracht des langwierigen Rechtsstreits zwischen ihnen und Ihrem, äh, dem Verstorbenen um diese Lochstreifen und ferner der ganzen Idee der Tonaufzeichnung vermittels ...
—Löcher, nichts als Löcher, ein Prozeß um einen Haufen Scheißlöcher.
—Korrekt, aber im Fall einer endgültigen Entscheidung zugunsten des Verstorbenen könnten die Folgen sehr wohl weit über die gegenwärtige ...
—Gut gut, aber das ist Zukunftsmusik, ich will lieber von heute sprechen, ich will ...
—Ja, ich denke, sobald wir uns über die Finanzierung klargeworden sind, können wir ...
—Und auch das interessiert mich im Augenblick weniger, es geht nicht nur ums Geld, es geht darum, wer am Ende hier das Sagen hat.
—Also, wie ich schon sagte, ich glaube, daß wir der unmittelbaren Gefahr durch die Jubilee Musical Instrument Company nicht wehrlos gegenüberstehen, wenn wir ...
—Gut gut, aber was ist denn jetzt mit dem Rest? Sehen Sie mal hier. Er zog wieder den Block zu sich heran, auf dem eben eine große Ellipse Gestalt annahm. —Hier sind meine dreiundzwanzig Anteile, hier. Hier sind die zwanzig von Stellas Tanten und die sieben hier von ihrem Onkel James, hier drüben dann ...
—Fünf, ja, ich habe fünf ausgemacht, die auf den Namen Gibbs eingetragen sind, irgend jemand namens Gibbs, ich wollte Sie noch fragen, ob Sie ...
—Moment, wir kommen gleich auf ihn, sehen Sie jetzt mal, hier unten sind die fünfundzwanzig aus dem Erbe, und zwar nach Steuern, jetzt würde ich gerne wissen ...
—Um ganz offen zu sprechen, Mister Angel, ich glaube, Sie können da

ganz beruhigt sein, nach meinen bisherigen Verhandlungen mit dem eher, äh, dem künstlerischen Zweig der Familie können wir, denke ich, davon ausgehen, daß es keine größeren Schwierigkeiten bereiten dürfte, Ihre Frau als Alleinerbin einzusetzen, und mit diesen fünfundzwanzig Anteilen und Ihren eigenen dreiundzwanzig dürfte es an und für sich keine ...
—Gut, aber warten Sie mal, nur mal angenommen, es käme ihr und Edward in den Sinn, die fünfundzwanzig Anteile aufzuteilen, dann würde ich gern ...
—Das erschiene mir, entschuldigen Sie, wenn ich unterbreche, aber das erscheint äußert unwahrscheinlich. Dieser Neffe, dieser Neffe Edward, hat mir weder die unterzeichnete Vollmacht geschickt, die ich von ihm erbeten habe, noch habe ich je seine Geburtsurkunde erhalten, ich habe nie irgend etwas von ihm gehört, nicht einmal einen Anruf von seinem Anwalt, und ich kann nur vermuten, daß es ihm nicht der Mühe wert scheint, sich mit der Sache zu befassen, obgleich mir diese etwas hochmütige Gleichgültigkeit in Geldangelegenheiten seinerseits recht, äh, ungewöhnlich vorkommt. Wenn ich seine Tanten richtig verstanden habe, gilt sein Interesse ausschließlich der Musik, und Künstler sind in solchen Angelegenheiten ja für ihren mangelnden Realitätssinn bekannt, wie zum Beispiel ...
—Ja also, das ist alles nicht mein Metier, Coen ... er saß da und klopfte mit einem Finger gegen den leeren Becher, stand dann auf und stieß den Sessel zurück, wobei das Jackett auf den Boden fiel. —Man darf nicht vergessen, daß er sich über alles ziemlich aufgeregt hat, ich hab ihn ja nur ein einziges Mal gesehen, an jenem Abend da draußen, und seitdem hab ich versucht, ihn anzurufen, aber zu Hause kann ich ihn nie erreichen, die eine Tante da hat mir sogar einmal erzählt, daß er auf Geschäftsreise sei, aber ... er unterbrach sich, schenkte ein und drehte sich um, —irgend etwas an ihm gefällt mir, irgend etwas gefällt mir und flößt mir Vertrauen ein, so daß ich ihm am liebsten helfen würde. Im Augenblick ist er vielleicht ein bißchen durcheinander, aber ich glaube, daß ich vernünftig mit ihm reden kann, und vielleicht ...
—Das ist ja alles gut und schön, Mister Angel, aber ich vermag noch keinen Zusammenhang zu erkennen zwischen ...
—Also, sehen Sie das doch mal so. Ich möchte hier jetzt nicht allzusehr ins Detail gehen, aber sehen Sie das doch mal so. Wenn es sich so ergibt, daß Stella mit ihren fünfundzwanzig Anteilen gegenüber meinen dreiundzwanzig sich mit Edward die fünfundzwanzig teilt, wäre ich,

na, ich denke, Sie wissen schon, was ich meine ... und er hob erneut den Pappbecher, bevor er sich hinter den Schreibtisch setzte.
—Oh. Ich verstehe.
—Ja, verstehen Sie, es geht hier ja eigentlich gar nicht so sehr ums Geld, sondern, es könnte Ihnen sogar so vorkommen, als wollte ich mich hier breitmachen und mir soviel wie möglich unter den Nagel reißen ...
—Nein, Sie stellen Ihre Position sehr deutlich dar, Mister Angel, aber, entschuldigen Sie, es gibt im Hinblick auf diesen Neffen einen Punkt, den Sie möglicherweise übersehen haben. Selbst wenn man davon ausgeht, daß die Hälfte des Erbes, wohlgemerkt nach Abzug sämtlicher Verbindlichkeiten, an ihn fallen könnte und daß er der, äh, der einnehmende junge Mann ist, als den Sie ihn empfinden, steht immer noch dahin, ob er minderjährig ist oder nicht, und sollte sich das herausstellen, würden seine Tanten oder sein Vater oder eher noch sein Onkel James, falls seine Ansprüche auf den Nachlaß des Verstorbenen rechtsgültig sind, einer von ihnen würde jedenfalls höchstwahrscheinlich in dieser Sache zu seinem Vormund bestimmt und dazu befugt sein, über die Rechte an seinen zwölfeinhalb Anteilen zu verfügen, womit sich ihr Anteil von siebenundzwanzig entsprechend erhöhen würde. Nun ...
—Gut, aber ich würde ja nicht ...
—Nein, bitte lassen Sie mich ausreden, weil mir sehr daran liegt, von Ihnen nicht mißverstanden zu werden. Während seine Tanten mir bereits unmißverständlich zu verstehen gegeben haben, daß sie lieber heute als morgen die Früchte ihres finanziellen Engagements ernten würden, Früchte in Form von Dividenden, was man ihnen nach Lage der Dinge und unter Berücksichtigung ihrer alles in allem nichts weniger als angespannten wirtschaftlichen Situation nicht einmal verübeln kann. Aber schon bei meinem kurzen Besuch dort hatte ich das Gefühl, daß ihr Realitätssinn irgendwie, äh, gelegentlich etwas getrübt zu sein schien, denn obschon sie offenbar das Haus auf Long Island schon seit geraumer Zeit bewohnen, beziehen sie sämtliche Informationen aus einer Wochenzeitung, die ihnen aus einer Stadt in Indiana nachgeschickt wird, einer Stadt wohlgemerkt, welche die ganze Familie bereits vor mehr als einer Generation verlassen hat. Der dortige Anwalt, an den sie mich verwiesen haben, hat nie einen meiner Briefe beantwortet, und ich habe beinahe den Eindruck, daß seine Existenz überhaupt fraglich ist, und ganz offen gesagt, mir erscheint auch die Person des James Bast derart schemenhaft, daß, wenn sie mir erzählen,

daß er sich im Ausland befindet, um einen Preis entgegenzunehmen, daß man sich dann des Eindrucks nicht erwehren kann, es handle sich womöglich um die Pariser Weltausstellung von neunzehnhundertundelf. Worauf ich hinauswill, ist folgendes, wenn diese beiden, äh, also sollten sie tatsächlich vorhaben, sich in die laufenden Geschäfte einzumischen oder gar die Führung anstreben in einem Unternehmen, das ich nach rationalen Gesichtspunkten zu leiten gedächte, also, ich wäre wahrscheinlich aufs höchste beunruhigt.
—Also, das klingt ja alles sehr vernünftig, aber ...
—Nun ja, aber wenn Sie mir die Bemerkung gestatten, natürlich ist die Tatsache, daß die Tochter des Verstorbenen die Mehrzahl der Anteile hält, durchaus geeignet, Ihre Position in der Firma zu gefährden, andererseits ist das immer noch sicherer als die soeben dargestellte Alternative, wenn es Ihnen hingegen gelänge, den Verbleib der restlichen fünf Anteile ausfindig zu machen, wohlgemerkt mit dem Ziel, diese Anteile Ihrer Tranche zuzuschlagen, dann hätten Sie zumindest die einfache Mehrheit ...
—Ja, also rechnen kann ich selber, Coen, sagte er und blickte von der langen, schmalen Ellipse auf, mit der er, den stumpfen Bleistift in der Hand, Gibbs 5 eingekreist hatte, —das Problem ist nur, daß sie das auch kann, daß Stella das auch kann.
—Aber ich, oh, oh, ich verstehe, ich war mir nicht bewußt, daß dieser Gibbs eine Person ist, zu der sie beide Zugang haben, in dem Falle wäre es natürlich ratsam, wenn Sie möglichst bald ...
—Also ich weiß nicht, zu wem zum Teufel sie Zugang hat, wie Sie das nennen, Jack Gibbs, ich hab ihn vor einigen Jahren aus den Augen verloren, aber, das klingt vielleicht komisch, aber ich dachte, daß ich ihn vor kurzem gesehen habe, nur ein paar Straßenecken von hier entfernt, im ersten Moment dachte ich, es könne überhaupt niemand anderes sein als er, aber dann war ich mir nicht mehr so sicher, er spielte Ball mit einem kleinen Mädchen und humpelte stark, was Gibbs nie gemacht hat, und was zum Teufel hätte er da überhaupt zu suchen gehabt? Und dann war er weg, und als ich das kleine Mädchen fragte, sagte sie, es sei ihr Vater, irgendwo hab ich sogar mal gehört, daß er geheiratet hat, aber daß die Ehe schon nach ein paar Monaten wieder geschieden wurde, das war kurz nachdem es zwischen ihm und Stella aus war und er angefangen hat zu saufen und ...
—Ja also, wie gesagt, Sie sollten so bald wie möglich Kontakt zu ihm ...

—Sehen Sie, er hat hier vor meiner Zeit eine Zeitlang gearbeitet, war einfach brillant, aber, ich weiß nicht recht, aber um Ihnen mal eine ungefähre Vorstellung zu geben, einmal hatten wir drei zusammen zu Mittag gegessen, und er hatte schon 'n paar Drinks intus, und auf der Straße kam uns ein Penner entgegen und hielt die Hand auf, ein äußerst deprimierender Anblick, der Wind fegte durch seinen zerfetzten Mantel, ein menschliches Wrack, das uns sowieso kaum sehen konnte, aber Jack griff in die Tasche und gab ihm einen Dollar, und das hat mich wirklich, also verstehen Sie, viel später erwähnte ich das mal Stella gegenüber, und sie sagte bloß, sie sagte, er habe das nur getan, weil er sich selbst darin erkannte. Und ich muß einfach immer daran denken, wie sie das sagte ... er verstummte, wandte sich wieder der vor ihm liegenden Ziffer zu, versah sie, heftig strichelnd, mit dicken Bleistiftfransen. Dann erhob er sich abrupt, griff nach dem Becher und ging zum Schränkchen hinüber. —Stella, müssen Sie wissen, sagte er gebückt und zerrte wieder an der Tür, —manchmal hat sie überhaupt kein Verständnis dafür, wie die Dinge so sind, daß sich nämlich in einem Mann auch die Angst vor dem Scheitern festsetzen kann ... er zerrte, —oder vielleicht weiß sie es doch, er zerrte jetzt stärker, —und vielleicht besser, als man denkt ...
—Vorsicht!
—Na also ...! Selber erstaunt über seine Kraft, hielt er plötzlich eine Hälfte der Tür in der Hand, —jetzt sehen Sie sich das an, sehen Sie sich das an! Das ist ein neues Holzschränkchen, aber hat sich das etwa angehört wie echtes Holz? Holz bricht meistens entlang der Maserung, aber wo ist die Maserung? Ich will Ihnen was sagen, das ist überhaupt kein Holz. Die pressen einfach Sägespäne und Leim zusammen und pinseln ne Maserung drauf ...
—Ja ich, ich sehs auch, Mister Angel, aber ich würde mich darüber nicht so aufregen, es ist doch nur ein ...
—Scheiße, Coen, verstehen Sie denn nicht, was ich meine? Verstehen Sie denn nicht, daß genau das hier passieren wird, nachdem wir alles darangesetzt haben, den Laden zusammenzuhalten. Verstehen Sie denn nicht, daß die Gründung einer Aktiengesellschaft gleichbedeutend damit ist, daß Ihnen der Laden nicht mehr gehört, weil Sie sich an andere Leute verkauft haben, die nichts weiter wollen als Dividenden und steigende Kurse? Gibt man denen das nicht, verkaufen sie einen, verkaufen einen einfach, und eine Bande von stellvertretenden Vorstandsvorsitzenden aus irgend nem Kaff, von dem man noch nie

was gehört hat, genau wie die, die das hier auf den Markt gebracht haben, dieses sogenannte Holzprodukt, die machen einen ausfindig und lancieren ein Angebot, und plötzlich arbeitet man für die, hobelt und sägt nur noch für die, und schließlich werden Leute eingestellt, die Sachen herstellen, die ihnen völlig scheißegal sind, sie sind nicht stolz auf ihre Arbeit, aber nur, weil das Produkt auch keinen Stolz aufkommen läßt ... Er brach die Tür übers Knie und stand dann mit der Flasche in der Hand da, —wenn sie doch bloß begreifen würden, daß ich mir diesen ganzen Laden nicht unter den Nagel reißen, sondern ihn erhalten will, damit weiterhin etwas hergestellt wird, das es auch wert ist, hergestellt zu werden ...
—Ja, natürlich, und je eher Sie ...
—Wissen Sie, das ist schon komisch, wenn ich manchmal so zurückdenke, dann überlege ich mir, wenn Stella nicht dazwischengekommen wäre, dann hätten wir hier richtig was auf die Beine stellen können, ich und Gibbs, wirklich was auf die Beine ...
—Ja, natürlich, je eher Sie ihn erreichen können ... der nicht geleerte Becher wurde vorsichtig neben einem akkuraten Papierstapel am Rand des Schreibtischs abgestellt, —je eher der Status dieser fünf Anteile geklärt werden kann, desto ...
—Ich weiß, ich hab die ganze Zeit auf die Uhr geschaut, ich dachte, wenn ich ungefähr jetzt nochmal dahin gehe, wo ich ihn mit dem kleinen Mädchen hab spielen sehen, wenn er es war, wenn es wirklich er war, den ich da gesehen habe ... Er stellte die Flasche auf den Schreibtisch, bückte sich, hob sein Jackett vom Fußboden auf, schüttelte es aus und hängte es wieder über die Stuhllehne.
—Ich dachte, Sie wollen vielleicht mit mir nach Manhattan zurückfahren, es ist schon relativ spät ... und die Aktenmappe öffnete sich für die Papiere, die in einem präzisen Stoß auf dem Schreibtisch lagen, —ich könnte auf Sie warten, falls Sie ...
—Nein, fahren Sie schon vor, sagte er, ohne von dem Block vor ihm auf dem Schreibtisch aufzublicken, so, als erkenne er in der heftigen Schraffur des Bleistifts erstmals eine tiefere Bedeutung. Dann riß er das Blatt ab und zerknüllte es, während er sich wieder hinsetzte, —ich wollte später sowieso noch was mit Terry besprechen, will sie jetzt nicht damit belästigen, aber ich dachte, ich nehm sie nach Feierabend mal beiseite, hab da bloß noch was aufzuklären ... er lehnte sich zurück, griff nach dem stumpfen Bleistift und scheuerte mit dem Daumennagel daran herum. —Das da drüben ist übrigens ihre

Pflanze, sie hat bei der Gestaltung der Räumlichkeiten mitgeholfen, und ich dachte, sie hätte vielleicht eine Idee, wie man die Pflanze retten kann.
—O ja, also in unserem Büro haben wir's aufgegeben, alles Bambus jetzt, japanischer Zwergbambus, natürlich sind die Anschaffungskosten für diese Plastikpflanzen hoch, aber am Ende ... die Aktentasche schnappte zu und hielt in ihrem Schwung in Richtung Tür noch einmal inne. —Ich laß das hier, damit es getippt werden kann und, Mister Angel, wenn ich Ihnen einen Rat geben darf, Sie sollten mal für eine Weile an etwas ganz anderes denken und etwas unternehmen, um, irgendwo hinfahren und sich amüsieren ...
—Komisch, daß Sie das gerade jetzt sagen, Coen, wissen Sie, als Junge bin ich ziemlich streng erzogen worden, ich hatte so ne Art Asthma, das mir manchmal schwer zu schaffen gemacht hat. Wir haben da oben Äpfel angebaut, wissen Sie, und mein Bruder und ich mußten beim Verpacken helfen, und dabei haben wir immer die Witzseite von den Zeitungen gelesen, mit denen die Kisten ausgelegt wurden, weil, Comics oder dergleichen waren bei uns zu Hause nicht erlaubt. Wir hatten eigentlich gar kein so enges Verhältnis, aber wenn man zurückdenkt, kommt es mir zuweilen doch so vor, wir sind auch zusammen auf Kaninchenjagd gegangen mit unseren Kleinkalibergewehren, und irgendwo hab ich auch noch die alte Winchester mit dem achteckigen Lauf im Schrank stehen. Ich kann mich erinnern, wie merkwürdig mir das damals vorkam, er wollte die ganze Zeit Geologe werden, aber dann ist er im Krieg gefallen.
—Ich, ich verstehe, ja, also, ich lasse die Papiere da, damit sie getippt werden, und je eher Sie ...
—Ich werd sie von Myrna sofort tippen lassen ... er lehnte sich vor, eine Hand suchte unter dem Tisch nach dem Knopf, die andere griff nach dem unberührten Pappbecher. —Jedenfalls kam jedes Jahr im Frühling der Zirkus vorbei, aber mit den Tieren und dem ganzen Heu, das überall rumlag, konnte ich wegen meines Asthmas nie hingehen, ich konnte nicht mal zur Parade gehen. An dem Abend, an dem der Zirkus in die Stadt kam, also, es gab da direkt vor der Stadt einen Hügel, von dem man runtergucken konnte, und mein Vater fuhr mit mir in unserem alten offenen Reo auf diesen Hügel, und dann saßen wir da oben und guckten uns alles an, nur wir beide da oben. Man konnte es nicht so gut erkennen, weil, so nah dran war es auch wieder nicht, außerdem wurde es schon Abend, aber man konnte die Wagen

sehen und die Pferde und die Elefanten, und man konnte die Musik hören, und mit der leichten, warmen Abendbrise wehte die Musik direkt zu uns hoch, und dann gingen überall die Lichter an, ich glaube nicht, daß wir viel redeten, und wissen Sie was? sagte er, kippelte mit dem Sessel, und das Jackett fiel wieder zu Boden, —vielleicht war das die schönste Zeit in meinem ganzen Leben...
—Entschuldigen Sie, Mister Angel, haben Sie, haben Sie geklingelt? Sie stand plötzlich hinter jener Gestalt an der Tür, welche die Aktentasche unentwegt von einer Hand in die andere nahm...
—Ich glaube, Sie sollen dieses Material hier abtippen, Myrna, und können Sie mir bitte eine Kopie schicken?
—Klar doch, Mister Coen... sie durchquerte den Raum und griff nach den sauber gestapelten Papieren auf dem Schreibtisch. —Ist es okay, wenn ich das draußen tippe, Mister Angel? Wo wir gerade Kaffee gekriegt haben...? Sie wartete, bis sie die Erlaubnis dazu als Achselzucken unter dem enganliegenden Hemd zu erkennen glaubte, trat dann zur Tür und hinaus auf den Gang aus grünem Beton, während diskrete Blicke dem dezenten Auf und Ab ihrer Schritte folgten, zumindest bis zum Eichenholzgeländer, wo sie sich an die Wand drückte, was offenbar zu keinem anderen Zweck geschah, als ihn vorbeizulassen und ihm nachzuwinken, —auf Wiedersehen, Mister Coen, kommen Sie bald mal wieder vorbei...
—Ich hab mir gerade einen Fingernagel abgebrochen.
—Ich hab noch Nagel-Fix im Schreibtisch, aber ich will jetzt nicht wieder reingehen und es holen, du weißt schon.
—Ich weiß, hat er was gesagt?
—Das meine ich nicht, er wirkt nur irgendwie weggetreten, du weißt schon.
—Ich weiß, verstehst du jetzt, was ich gemeint hab? Man hat das Gefühl, daß er einen anguckt, aber wenn man ihn anguckt, guckt er irgendwo anders hin, als ob er gar nicht da wäre.
—Ich weiß, ich muß das hier jedenfalls noch tippen, bevor wir gehen, wartest du auf mich?
—Ich will vielleicht noch zum Schlußverkauf wegen einem Pullover, okay? Und die Nagelfeile kratzte munter, —gehst du mit jemandem aus? Und die Nagelfeile verstummte, als sie, ohne eine Antwort zu erhalten, aufsah. —Ich hab mich immer noch nicht daran gewöhnt, daß deine Haare jetzt schwarz sind, sagte sie und schob ihr Rot zurück, —findet er das immer noch gut?

Papier wurde in die Schreibmaschine eingezogen. —Soll das 'n Witz sein?
—Muß ja 'n toller Typ sein ... und Schreibmaschine und Nagelfeile verarbeiteten die durch keinen Blick zur Uhr unterbrochene Zeit, wovon wieder ein ganzes Stückchen weggefallen war, als sie endlich aufhörten und Papier aus der Schreibmaschine gedreht, durch den leeren Flur ins leere Büro getragen und auf dem nunmehr leeren Schreibtisch abgelegt wurde.
—Er ist gar nicht mehr da, Terry, hast du ihn rauskommen sehen?
—Vielleicht ist er durch die Werkhalle rausgegangen, los, komm ...
—Hast du meinen Kamm gesehen? Schubladen knallten, Kleiderbügel klapperten auf der Stange, Arm in Arm gingen sie ins Freie, einen Bordstein hinab und den nächsten hinauf, im Gleichschritt um die Ecke, vorbei an Klinker und künstlichem Feldstein und noch einen Bordstein hinab und, —Terry, guck mal da!
—Was 'n los ... ?
—Hast du ihn nicht gesehen? Der Chef, hast du ihn da vorn nicht laufen gesehen? Der war hinter einem her.
—Bist du verrückt? Warum sollte er denn ...
—Nein, ich schwörs dir, da vorne um die Ecke ... und sie bewegten sich weiter, vorbei an Gartenzäunen, die tote Rasenstreifen umschlossen, und weiter um die Ecke, den ragenden Stelzen der U-Bahn entgegen, wühlten in Handtaschen, als sie die Treppe erreichten, sahen sich auf dem Bahnsteig um, blickten in beide Richtungen, während sie warteten, gegen einen teleskopartigen Brotlaib gepreßt, darunter die Botschaft: Astoria Gents Suck, bis der Zug einlief. —Guck jetzt nicht hin. Er ist gerade in den nächsten Wagen gestiegen ...
—Hat er uns gesehen?
Die Sitze füllten sich, die Gänge desgleichen, Füße stießen zerrissene Zeitungen beiseite, traten Bonbonpapier platt, sie rückten näher zusammen, die Augen gesenkt vor dem stieren Blick hinter der randlosen Brille, der ihnen direkt in den Ausschnitt sah, die Aktentasche im Gladstone-Design zwischen die Waden geklemmt, auf dem verdreckten Fußboden, sein Knie auf Tuchfühlung mit ihren. Lichter wurden schwächer, wieder heller, und sie rasten donnernd unter die Erde.
—Er ist jetzt am anderen Ende, hinter der Frau mit dem grünen, das sieht ja fast so aus, als würde der uns verfolgen, nicht?
—Warum sollte er? Warte, warte, ich steig hier mit dir aus und nehm den Expreß ...

—Sieh dich nicht um, steigt er auch aus ... ?
Ellbogen fanden zu Rippen, Fersen zu ungeschützten Knöcheln, —ay coño ... und fremde Hände tatschten kurz an fremden Röcken, —halt die Tür auf ... und die Dame im grünen Regenmantel versenkte ihren Ellenbogen in unbekannte Rippen. —Tschuldigung ... er drängte sich an ihr vorbei auf den Bahnsteig, aber die rote Haarpracht war bereits hinter einem Pfeiler verschwunden, die Schlagzeile des Tages: Mata a sus niños, Einkaufstüten und Damenschirme, umklammert wie Stäbe in einem Staffellauf ohne Kurs und Ziel, während das Kreischen von Stahlrädern auf Stahlschienen auf der gegenüberliegenden Seite soeben das wimmelnde Ufer aus Beton verließ. Plötzlich blieb er wie angewurzelt stehen, winkte und schrie, —Edward ...? Bast! Edward ...! Dann erneut überwältigt, als die rote Pracht allein hinter einer Treppe aufleuchtete, während er tief Luft holte, um den Schrei —Ed ...! auszustoßen, der im Tosen eines Zugs aus der Gegenrichtung unterging, und Bast, auf dem anderen Bahnsteig von hinten und vorn angerempelt wie ein Invalide bei einem Hotelbrand, blickte erst in die eine, dann in die andere Richtung, ließ schließlich die Schultern sinken und senkte die Augen auf tote Rinnsale, die zu Treppen führten, stieg hinauf, wo ihm der Geruch von unverkäuflichen Frankfurter Würstchen den Atem nahm, welche jedoch mit beißendem Gleichmut noch einmal auf dem Grill gewendet wurden, erklomm dann eine weitere Treppe, bis er auf die Straße gelangte, wo seine Schuhsohle wieder in ihren klatschenden Rhythmus verfiel, den der Wind an den aufgereihten Mülltonnen vorbeitrug, den Mülltonnen, die sich hügelabwärts und mit ihren durchweg schief aufgesetzten Deckeln bis vor einen Hauseingang hinzogen, der, wie die anderen auch, so trübe erleuchtet war, daß er bei seinem Eintritt nicht einmal einen Schatten warf. Dann, treppauf, erneute Aufnahme des klatschenden Leitmotivs und oben weiter über ausgetretenes, altersschwaches Linoleum, wo er stehenblieb, um mit dem Fuß die Post zusammenzuschieben, bevor er den langen Eisenschlüssel ins Schloß steckte, die Tür anhebend, eintretend ins Geräusch rauschenden Wassers.
—Hi!
—Was ...? Die Tür noch in Händen, drehte er sich dem Schatten zu, der sich hinter ihm auf der Treppe erhob. —Sie, haben Sie mich aber erschreckt, ich hab Sie gar nicht gesehen.
—Wohnste hier?
—Ja, ich, also ich meine, ich bin hier ...

—Was ist denn eigentlich mit der hinteren Wohnung los?
—Ich weiß nicht, sie ist irgendwie, im Augenblick wohnt dort niemand, aber ...
—Hör mal, Mann, mir ist klar, daß da im Augenblick niemand wohnt, da ist aber noch Zeugs von mir drin, und das will ich jetzt gerne wiederhaben, okay?
—Ja, ich verstehe, aber ich habe keinen Schlüssel ...
—Ich meine, ich hab hier im Dunkeln gesessen und gewartet, daß endlich jemand kommt, verstehste?
—Ja also, ich, tut mir leid, aber ich kann Ihnen nicht helfen, ich habe keinen Schlüssel, aber ... er hielt die angehobene Tür im Gleichgewicht, —wenn Sie hereinkommen möchten und warten wollen, bis vielleicht jemand kommt, der ...
—Hör mal, Mann, ich hab doch gerade gesagt, daß ich auf niemanden warte, okay? Ich will echt bloß mein Zeugs aus der hinteren Wohnung holen. Was ist das denn hier, Post?
—Ja, das hat schon alles seine Richtigkeit, ich sammel es auf, sobald ich die Tür ...
—Sieht ja aus, als wärste 'n Monat weg gewesen oder so. Soll ich das reinholen?
—Ich fürchte, das ist alles von heute, ja, das wäre nett ...
—Außer dem Paket, ich meine, Sie können nicht von mir erwarten, daß ich das reintrage.
—Nein nein, das nehm ich schon, wenn Sie mal die Tür halten könnten, sie hängt nur noch an einer Angel und ...
—Ich meine, das ist ja, als ob Ihnen jemand ne Kiste Ziegelsteine geschickt hat, echt, Mann, ich meine, Sie kriegen aber wirklich ne Menge Post.
—Ja, wenn ... Sie können es da ... er bugsierte das Paket über die Schwelle, —gleich aufs Sofa legen.
—Sie haben das Wasser laufenlassen.
—Ja, es läßt sich nicht abstellen, sagte er, während er die Tür hinter ihr in den Rahmen zurückschob, —da ist was kaputt am ...
—Mann, ich hab noch nie so einen, ich meine, echt, was ist denn in den ganzen Kartons, Post?
—Nein, nur, ich weiß nicht, nur Papier, Bücher und Papiere, glaube ich, sagte er und folgte ihr, vorbei an 24-0,5 Liter Mazola Neu Noch Besser, 36 Schachteln 200 2-lagig, während sie die Post auf das armlose Sofa fallen ließ und sich den langen Regenmantel auszog.

—Hyman Grynszpan, bist du das? sagte sie, setzte sich neben den Stapel und griff nach dem Bulletin of the Atomic Scientists.
—Nein, ich bin, ich heiße Bast, Edward Bast. Sind Sie, ich meine...
—Bin ich was?
—Nein, Ihr Name, ich wollte nur Ihren Namen...
—Rhoda, okay?
—Ach ja, Sie waren Mister Schramms, eine Freundin von Mister Schramm, nicht wahr? An dem Abend, als er...
—Paß auf, krieg dich mal wieder ein mit deinem Mister Schramm, okay? Sie winkelte ihr jeansumspanntes Bein an und stellte den Fuß auf Wise Kartoffelchips Knuspriger Knisperspaß! —Echt, ich meine, was denkst du, was ich darauf jetzt, auuu...!
—Oh, tut mir leid, das ist einer von meinen...
—Moment, hier ist ja noch einer, und, Mann, guck dir das an... sie war nach vorn gerutscht und zog die Spitze eines Bleistifts aus der prallen Jeans. —Ich meine, ich hab noch nie so viele scheißspitze Bleistifte gesehen.
—Ja also, ich habe hier gearbeitet und ich...
—Was denn, schreibste etwa?
—Musik, ja, ich, ich schreibe Musik...
—Und du kommst hier echt bloß zum Arbeiten her? Ich meine, warum setzt du dich nicht einfach hin, statt mit deinem Köfferchen rumzustehen wie ein Vertreter, ich meine, du wohnst aber nicht wirklich hier, oder?
—Also, ich wohne hier, weil ich dachte, daß ich hier in Ruhe, weil ich an etwas gearbeitet habe, sagte er und drückte sich gegen den Knusprigen Knisperspaß und dicht an ihre Mokassins, —einfach, um mal allein zu sein und damit ich an meiner...
—Was? Sitzt du etwa hier oben zwischen diesen Kisten und schreibst Musik? Echt, ich meine, wo pennste denn?
—Also da, wo ich, wo Sie sitzen, ich...
—Mitten in diesen Scheißbleistiften wie so ein indischer Nagelbrett-Typ? Mann, ich meine, da muß man ja vollgedröhnt sein, wenn man sich in sowas reinlegen will.
—Also nein, nein, normalerweise...
—Ich meine, echt, wie die Fußspuren, die da an der Jalousie hochlaufen, Mann.
—Ja, ich habe, ich habe mich auch schon gefragt, wie die...
—Echt, Mann, einfach die Wand hoch, total bekifft... auf den Ellen-

bogen gestützt, ließ sie sich seitlich aufs Sofa gleiten, wobei ihr Jeanshemd zwischen den weißen Knöpfen aufklaffte. —Und zum Essen gehste wohl aus?
—Nein, hier, ich, ich esse normalerweise hier, ich...
—Wo denn? Ich meine, die Küche da drüben ist so voll mit Kisten und Lampenschirmen und so, da findet man ja nicht mal den Herd.
—Nein, der steht direkt da drunter, aber das Gas ist abgestellt, deshalb benutze ich eben den Herd als...
—Stell dir vor, ich hab nicht mal zu Mittag gegessen.
—Oh, oh, also, ich könnte Ihnen eine Tasse Tee anbieten, falls Sie...
—Nö, ich meine richtiges Essen, Mann, ist das etwa alles, was du da hast, ne Tasse Tee?
—Im Augenblick ja, aber ich dachte, ich geh mal nach unten und besorge etwas Napf...
—Haste denn kein Brot da?
—Nein, aber ich dachte, ich geh mal nach unten und hole etwas Napfku...
—Oder mal zwei Dollar...? Sie richtete sich auf, —da an der Ecke ist ein A & P, was hältst du von einer Pizza?
—Also, zwei Dollar, sagte er und grub im Stehen in einer Hosentasche, —hier ist schon mal einer, und ich...
—Echt, ich meine bloß, damit ich an der Kasse vorbeikomm, okay? Sie stand auf und zog sich den langen Regenmantel an. —Was denn, hast du etwa deine ganze Knete in den Socken?
—Nein, das ist, ich habe ein Loch in der Hosentasche, und das Kleingeld rutscht dann an meinem Hosenbein nach unten...
—Mann, echt...
Als sie gegangen war, schob er die haltlose, ramponierte Tür in den Rahmen zurück und blieb einen Moment lang davor stehen, schluckte und ging zu dem Heißwasserhahn hinüber, versuchte, ihn zuzudrehen, bis seine Hand weiß vor Anstrengung war, kapitulierte dann aber vor dem Ansturm des Wassers. Einen Augenblick lang sah er auf die rostige Keksdose, die auf der Zuleitung abgestellt war, schluckte. Und räusperte sich etwa in Höhe von 24-0,5 Liter Mazola Neu Noch Besser, bevor er auf dem Sofa die angejahrte Decke glattzog, seine Bleistifte einsammelte und sie, Spitze nach oben, in einer ehemaligen Tomatensuppendose unterbrachte, mit besonderer Sorgfalt nochmals die Decke glattstrich und anschließend auf dem Sofa Platz nahm, um Grynszpans Post auszusortieren, dann jedoch erneut aufstand, um

die schiefe Jalousie geradezuziehen, unter dem löchrigen Lampenschirm Licht zu machen und versuchsweise die Dellen darin zu glätten. Dann den Baldung anstarrte, um ihn am Ende auf die Kosmetiktücher 2-lagig Gelb zu stellen, was ihn eine tiefe Schluckbewegung kostete. Und als wiederum die Tür erzitterte, war er gerade dabei, das Paket aufzureißen, das im Flur gestanden hatte. —Rhoda? Sind Sie, Moment ...
Sie stakste über das Paket hinweg. —Sind das etwa deine Weihnachtsgeschenke oder was?
—Oh, das ist nur, äh ... er rückte die grünen Bände zurecht, —das ist Thomas' Herstellerverzeichnis USA, ich ...
—Was? Sie stellte eine Tüte auf den Fußboden und ließ einen flachen Karton, den sie unter den Arm geklemmt hatte, auf einen Stapel Filmdosen gleiten, —das soll wohl ein Witz sein?
—Nein, es ist tatsächlich, ich glaube, die sind mir von jemandem geschickt worden, für den ich mal gearbeitet habe, zu, zu zur Information ...
—Ich denk, du hast gesagt, du schreibst Musik, sagte sie und hielt den Regenmantel auf, um aus der Tiefe ihrer Innentasche jede Menge kleiner Gläschen und Konservendosen hervorzuholen.
—Ja, das schon, ja, ja, diese geschäftliche, diese geschäftliche Arbeit hab ich nur gemacht, um etwas Geld zu ver ...
—Eh, das Waschbecken, schnell!
—Was ... ?
—Ich meine, da läuft alles über, schnell ... Der Regenmantel fiel auf den Fußboden, —wir werden hier noch beide ertrinken, Mann ...
—Nein, ich mach das schon, er zögerte, riß einen Kleiderbügel vom Geschirrtrockner und stocherte damit im Abfluß herum, —da muß irgendwas sein, was den Abfluß verstopft ...
—Und was ist mit dem Fußboden ... ?
—Ja, da liegt ein, ein Mop, da hinten am Fenster, hinter den Lampenschirmen und dem anderen Zeug, ich, ich glaube, ich hab ihn da mal abends hingeschmissen, sagte er, stocherte weiter mit dem Kleiderbügel und beobachtete, wie ihre engen Jeans durch die Lampenschirme brachen, einen Wall von Morning Telegraphs hinauf und rittlings auf Appletons', —direkt neben dem Fenster, ich ...
—Eh, guck mal, da drüben ist jemand, wow.
—Was? Haben Sie ...
—O wow ...

—Was? Mit einem triefenden Putzlappen an einem Ende des Kleiderbügels tauchte er wieder auf und sah, wie sie sich, hingegossen unter der Jalousie, der Fensterbank entgegenstreckte. —Haben Sie ...?
—Mann, der läßt seine Unterhosen runter und hat 'n Ständer wie 'n Feuerhaken ...
—Wie, wie ... was? Und der Lappen klatschte zurück ins Wasser, gefolgt vom Kleiderbügel.
—Echt, jetzt läßt er sie dran baumeln, als ob das 'n riesiger Kleiderhaken wär und, wow ...
—Aber ... Der Stapel Lampenschirme ging zu Boden, als er versuchte, den Haufen Morning Telegraphs beiseitezuräumen. —Aber was ... er erreichte neben ihr Bd. III GRIN-LOC, —wer denn ... und starrte in die dunkle Fensterhöhle, welche sie von jenseits des Lüftungsschachts her angähnte, —wer ...
—Echt, Mann, und ich hab immer gedacht, die Weiber, die vor einem Schwanz in die Knie gehen, gäbs nur im Kino, verstehste?
—Ich, ich, nein, ich ...
—Die hat aber auch einen schönen Arsch.
—Ja, ich ... er räusperte sich, —es ...
—Echt, die Art, wie ihre Arschbacken da oben, wo die Spalte anfängt, ich meine, alles echt knackig und rund, verstehste? Ich meine, ich hab da nämlich solche Pölsterchen ... sie hob ein Knie und kniff sich in den schwellenden Jeanshintern, —verstehste? Ich würd echt alles geben für so nen Arsch, verstehste?
—Ja also, nein, ich ... seine Hand strich über ein sich schließendes Knie, und er räusperte sich, —aber Sie haben doch sicherlich ...
—Ich meine, mit so nem Arsch kann sie echt als Model arbeiten, verstehste? Ich hab das mal ne Zeitlang versucht als Model, als ich noch dachte, wenn ich's aufs Cover von Vogue schaffe, dann hab ich's echt geschafft, ich meine, bevor ich mir meine Nase hab machen lassen, mußten die das hier immer abdunkeln. Siehste? Diese Linie hier.
—Ja, natürlich, ja, das ...
—Und mußten mich aus so nem bestimmten Winkel fotografieren, wegen diesem Schatten, verstehste?
—Ich verstehe, ja, ja aber, aber Ihre Nase ist doch mit Sicherheit ...
—Und dann kamen sie dauernd an, von wegen meine Titten wären zu groß für meine Größe, verstehste?
—Ja aber, ich bin sicher, sie haben das eher als Kompli ... und auch nur, weil dünne Models gerade, gerade modern waren ... er hatte

Bd. II CRA-GRIM schon so gut wie erklommen, als er aus der Höhe des Fensters unversehens auf ihr Jeanshemd hinabblickte, das von den weißen Knöpfen nur mühsam zusammengehalten wurde, —weil Sie, Sie sind wirklich nicht schlecht gebaut für ...
—Ich meine, haben Sie der ihre gesehen? Einfach so schön klein und rund.
—Nein, ich, ich hab gesehen, daß sie lange schwarze Haare hat, aber ...
—Ich meine, die hängen nicht so wie meine, und diese ganz spitzen harten Nippel, meine gehen total in die Breite, verstehste?
—Nein aber, aber ich bin sicher, daß Ihre ...
—Was machste denn da?
—Oh, oh, nichts, ich ...
—Und einmal dachte ich, ich hätte echt das große Los gezogen, als ich mich mal in so ner Drehtür von diesem großen Bürogebäude eingeklemmt hab, weil, ich hab denen erzählt, ich wär Model und so, okay? Damit ich genug aus denen rausquetschen kann, um meine Nase machen zu lassen, eh, was soll das, spinnst du ...
—Nein nein, ich wollte, ich wollte nur sagen, daß ich finde, daß Ihre ... er richtete sich auf, —ich finde Ihre, Ihre Brust ...
—Eh, Mann, tatsch mich nicht an, okay?
—Ja, ich, Entschuldigung, ich ...
—Nun krieg dich mal wieder ein, ich meine, das braucht dir nicht leid zu tun, Mann, du sollst bloß nicht an mir rummachen.
—Ja also, ich, ich ...
—Echt, ich meine bloß, ich hab jetzt gerade keine Lust auf Bumsen, okay?
—Also, also ja, okay ...
—Geh lieber mal gucken, was dein Waschbecken macht, ich meine, da läuft schon wieder alles über ...
—Oh, ja, okay ... über Lexikonbände und den Wall von Zeitungspapier rutschte er auf den Boden zurück, drängte sich an den Lampenschirmen vorbei und krempelte einen Ärmel hoch.
—Wow, echt geil, er hat sie gerade ... Moment mal, Mann, weißt du, wer das ist da drüben?
—Nein, ich, ich hab ihr Gesicht nicht gesehen und ...
—Eh, Mann, doch nicht die Frau, sondern der Typ, das ist derselbe, der in der Nacht, als die Bullen hier waren, vollgedröhnt und mit nur einem Schuh hier rumgerannt ist und denen das Leben schwergemacht hat ... Über Bd. III GRIN-LOC stieg sie herab, —genau wie eben,

zieht sich ihr Höschen über den Kopf und macht so hin und her, als wär er ein Pilot, und dann im Sturzflug voll auf ihre, Mann, ist die Bude hier aber dreckig ... sie kam über die Morning Telegraphs näher, hielt hinter 36 Schachteln 200 2-lagig inne, klopfte sich das Hemd ab und hob dann ihren Regenmantel auf, um ihn auszuschütteln, —ich meine, echt dreckig ... den Mantel warf sie auf das armlose Sofa und stieß Filmdosen beiseite, um an die mitgebrachte Schachtel zu gelangen. —Wo ... sie blickte hoch, riß sie auf, —bist du wieder da hinten?
—Ja, ich, ich hab ganz vergessen, den Mop zu holen ...
—Also echt, willste denn nix essen? Ich meine, wir haben hier doch die Pizza.
—Ja, ich, ich wollte nur nachschauen, ob ich sie vielleicht irgendwoher ...
—Mann, das soll wohl ein Witz sein, guck dir das an.
—Was ...? Er brach mit dem Mop durch die Lampenschirme.
—Ich meine, was hat dieses Zeug hier im Herd verloren?
—Ach ja, das ist Post, ich hab Mister ...
—Also echt, dann nimm die mal raus, damit wir die Pizza machen können, okay?
—Ja aber, nein, aber der Ofen funktioniert nicht, das Gas ist abgeschaltet ...
—Also echt, was soll das heißen, der funktioniert nicht, ich meine, du hast doch selber gesagt, daß du den Herd benutzt, um ...
—Nein, ich wollte sagen, daß das Gas abgestellt ist, und ich benutze ihn nur, um Mister Grynszpans Post aufzubewahren, ich, ich wußte nicht, daß Sie Tiefkühlpizza meinten, warum haben Sie das nicht ...
—Hör mal, Mann, ich hab ne Tiefkühlpizza gekauft, weil ich da noch 'n paar Schallplatten reinschieben konnte, okay? Also echt, was sollen wir denn jetzt ...
—Ich weiß nicht, ich, ich meine, man kann sie hier nirgends abspielen, aber wenn Sie ...
—Ich meine essen, eh, okay? Sie quetschte sich an den Kartons und einer angestoßenen Emaillekante vorbei bis zu einem Griff, der früher einmal verchromt gewesen war, —ich leg sie in den Kühlschrank, bis du dein ... sie zerrte an dem Griff, und die Tür ging auf. —Mann, das ist ja nicht zu fassen! Ich meine, ich packs nicht, Mann.
—Ja also, also da bewahre ich Notenblätter auf und, und Geschäftsbriefe, damit sie sauber bleiben, sagte er und blickte vom Boden auf, den er mit dem Mop bearbeitete, —weil es sonst ja keinen ...

—Funktioniert der etwa auch nicht?
—Ja also, ich weiß nicht, aber ich wußte eben nicht wohin damit, sagte er und wrang den Mop aus, während sie sich nach oben streckte, um die Pizza auf CORNFLAKES 24-250 g Pckg. zu stellen, und sich dann aus dem Durcheinander herauswand, —aber das andere Zeug, das Sie mitgebracht ...
—Dann mach doch mal Licht, damit wirs uns angucken können.
—Nein, diese Glühbirne ist kaputt, aber ...
—Na, dann hol die Sachen hier rein, und die Tüte da auf'm Fußboden, da ist Traubensaft drin.
—Ja, sofort ... er legte die Sachen neben sie aufs Sofa, —hier ist ein Dosenöffner und, Moment ... er zog Moody's Industrials zwischen sich und sie und setzte sich auf Knuspriger Knisperspaß! —hier ... und griff danach.
—Das sind Pilze in Öl, und was ist das da?
—Also da, da steht Hefeextrakt drauf, aber ...
—Wart mal, das ist Anchovipastete ...
—Schneiden Sie sich nicht, ich ...
—Ich meine, so einen Dosenöffner hab ich zuletzt bei meiner Oma gesehen.
—Moment, lassen Sie mich das ...
—Was ist das denn?
—Da steht drauf Geräucherte Froschschenkel in Baumwollsamenöl, ich glaube nicht, daß ich sowas schon mal prob ...
—Was issen das für ne Marinade, Zitronen-Pfeffer-Marinade?
—Ich weiß nicht, ich glaube, das ist etwas zum ...
—Echt, und Servietten, wo haste denn Servietten?
—Also ich, da liegt noch ein altes Hemd, das ich immer als ...
—Diese Froschschenkel sind ja echt irre, Mann.
—Ja ich, ich hab mich schon gewundert, warum Sie die ausgesucht haben, und diese Cocktailzwiebeln und, und Kapern ...
—Soll das 'n Witz sein, Ich meine, du glaubst doch nicht etwa, daß ich mir ein Roastbeef in die Tasche stecke?
—Oh ... er reichte ihr das Hemd, griff nach einem Froschschenkel aus der Dose, die sie in einer Pfütze aus Baumwollsamenöl auf Moody's abgestellt hatte.
—Echt, da rennen doch überall diese blöden Angestellten rum, glaubste etwa, da kann ich mir jedes einzelne Scheißetikett ansehen? Sie führte den Hemdsärmel an die Lippen, während die Post ihr ent-

gegenrutschte, weil ihr Gewicht das Polster niederdrückte. —Ich meine, liest du etwa wirklich alle diese Zeitschriften? Textilwirtschaft, Forstwirtschaft, ich meine, Die Führungskraft, echt, liest das überhaupt jemand?
—Ja also, die sind nur, die haben etwas mit einem Geschäft zu tun, das ich, ich meine, ich glaube, man hat sie nur abonniert, damit ich nachlesen kann...
—Und das hier...? Baumwollsamenöl tropfte von ihrem Daumen auf die Diplomurkunde, —ich meine, echt, hier steht, daß du 'n Examen am Alabama College of Business gemacht hast?
—Also ich, nein, nicht ganz, ich meine, das kam auch per Post, und ich hab noch nicht rausbekommen, wie das genau...
—Mann, und da redest du immer davon, daß du Komponist bist und Musik schreibst, aber alles, was ich sehe und was du sagst, hat was mit Geschäften zu tun, echt.
—Nein, ich, alles, was da drüben liegt, ist, halt, fassen Sie das nicht an...! Sie ließ eine kirschholzgeräucherte Auster fallen. —Nein, entschuldigen Sie, aber das sind, das sind Reinschriften von Partituren, und wenn da Flecken draufkommen, Musiker können da ziemlich komisch sein...
—Hör mal, Mann, echt, du brauchst dich nicht dauernd zu entschuldigen! Sie goß sich Traubensaft ein. —Und echt, wer ist denn nun eigentlich dieser Hyman Grynszpan? Sie riß den zuoberst liegenden Umschlag auf, —Lieber WHO's-WHO-Kandidat, Ihre Freundliche Unterstützung, ich meine, steht der im Who's Who?
—Ich weiß nicht, aber er...
—Ich meine, könnte der hier einfach so reingelatscht kommen?
—O nein, nein, das glaube ich nicht, nein, ehrlich gesagt habe ich ihn noch nie...
—Mann, guck dir das mal an, echt, der schuldet denen von Consolidated Edison noch zwölfhundertsiebenundsiebzig Dollar und neun Cent, ist ja kein Wunder, daß er von hier abgehauen ist... sie nahm den letzten Froschschenkel und stellte die Dose in die Pfütze auf Moody's zurück. —Und was ist das hier?
—Ach, das sind nur, nur Dias, Bilder von...
—Ich meine, was soll 'n das hier sein?
Er hielt es gegen das Licht und blickte durch ihren öligen Daumenabdruck. —Ja, das ist, ein Dik-Dik, glaube ich, eine kleine...
—Ein was?

—Es ist eine kleine Antilopenart, jemand, für den ich, ich schreibe Musik für einen Film, und diese Dias sind nur ...
—Mann, das muß ja ne Musik sein ... sie stützte sich auf den Ellenbogen, während er die letzte geräucherte Auster nahm.
—Oh, entschuldigen Sie, wollten Sie, ich meine, wollten Sie die vielleicht? Oder, oder etwas anderes?
—Hast du was zu rauchen da, Mann?
—Nein, nein, ich fürchte nicht, ich, Moment, direkt unter Ihnen ... er beugte sich über Moody's —nein, ich meinte unter dem Sofa, da liegt eine alte Packung Chesterfield, die ...
—Was? Echt, das soll wohl ein Witz sein?
—Nein, ich, natürlich nicht ... er sank auf Knuspriger Knisperspaß! zurück.
—Zum Abheben, Mann, echt. Ich meine, ich hab drüben noch ne ganze Ecke von dem Zeug, er wußte nicht mal was davon, ich müßte aber reinkommen, um es zu holen.
—Oh, Sie meinen, in die, drüben in die andere Wohnung? Vielleicht können Sie ...
—Was? Einfach reinlatschen, wenn die gerade am Vögeln sind und diese Tussi da fragen, ob sie mal ihren Arsch zur Seite schiebt, damit ich drunterfassen kann? Echt, die würden doch denken, ich käm für'n flotten Dreier vorbei, ich meine, wenn ich die kennen würde, wär das natürlich was anderes.
—Nein, ich meinte nur ...
—Aber echt, Mann, du machst wohl Witze, ich meine, ich hab noch nie einen Musiker kennengelernt, der mich nicht angemacht hätte. Das muß ja ne Musik sein, die du schreibst!
—Ja also, in letzter Zeit hatte ich kaum Gelegenheit, das zu tun, was ich ...
—Ich meine Musik. Ich meine, das machen irgendwie alle, die ich kenne, Musik. Echt, ich meine, du solltest mal mit Al reden.
—Oh, o ja, also, also, wer ist Al?
—Al ist Al, okay? Gut möglich, daß er dann irgendwann mal seine Gitarre mitbringt.
—Oh, ja also, das wäre vielleicht ...
—Weil, echt, ich meine, der kann da echt drüber reden, weißte?
—Ja also, ich ...
—Ich meine, der kann da wirklich drüber reden.
—Ja also, mir fehlen auch die Gespräche mit, mit Mister Schramm, mit

dem ich reden konnte, er hatte eine Vorstellung von Musik, die ich nicht mal für möglich ...
—Hör mal, kannst du mir mal einen Gefallen tun und ...
—Nein, ich, ich wollte gerade sagen, als ich an einer Oper arbeitete ... er drehte sich um, setzte ein Knie auf H-O, streckte sich nach 12-1 l Flsch. Raucht nicht, Riecht nicht, Brennt nicht an, —das Problem war, daß ich keine sehr klare Vorstellung vom Libretto hatte, ich hatte eigentlich noch gar kein Libretto ... er öffnete die braune Aktenmappe, —und deshalb ...
Sie starrte die Noten an. —Und sowas ist also ne Oper?
—Nein also, das ist, ich arbeite jetzt an einer Kantate und, können Sie Musik lesen?
—Wie? Das da lesen?
—Ja, es ist natürlich nur der allererste Entwurf, aber ...
—Mann, echt, das kann doch kein Mensch lesen, ich meine, das soll echt was heißen da?
—Ja also, das ist, sehen Sie, das hier sind die Streicher, die nach dem Sopran kommen und ... Seiten wurden umgeblättert, —hier, die Holzbläser setzen hier ein, nach dem Tenor, und wenn dann das Blech ...
—Was hast du gesagt? Das was?
—Das Blech, ihr Einsatz ist nach dem ...
—Nein, das Erste, wie hast du das genannt?
—Ach so, eine Kantate, ja, das ist, es ist ein Chorwerk, genauer gesagt Solisten und ein großer Chor mit Orchester, es ist eine Art dramatisches Arrangement einer musikalischen Idee, die ...
—Ich meine, klingt das auch so durcheinander?
—Ja also, das ist wie gesagt nur ein, so wie eine Skizze, die ein Maler macht, bevor er anfängt zu malen, um die Form und die Struktur auszuarbeiten, damit jede Note und jedes Taktmaß seine ...
—Dann haste das also noch nie gehört, stimmts? Ich meine, woher weißte denn, wie das überhaupt klingt?
—Das weiß man nicht, tja, das ist eins der, das weiß man nicht genau, bis es aufgeführt wird, das ist eins der größten ...
—Mann, echt, du solltest wirklich mal mit Al reden, der kann, wirklich, was war das ...? Sie stieg über Moody's neben ihm und zog die Jalousie auseinander, —o wow, da sind drei, fünf, echt, fünf Portoricaner, die da unten ihr Auto über die Straße schieben, und der Bus hätte sie fast plattgemacht.
—Die habe ich schon mal gesehen, ja, ich glaube, das Auto fährt

überhaupt nicht, die müssen es immer nur hin und her schieben, weil der Parkstreifen wechselt, das ist so eine Art Clubhaus für sie, da sitzen sie mit einem Transistorradio drin und ...
—Mann, ist mir doch scheißegal, ob das denen ihr Clubhaus ist, ich meine, da traut man sich im Dunkeln nicht vorbei, Mann.
—Also Sie, Sie können gern hierbleiben, wenn Sie ...
—Wo denn, in der Spüle etwa?
—Nein, ich meinte gleich da, wo, Sie können gleich dort schlafen, wo ...
—Hier? Und wo willst du dann liegen? Unten oder oben? Ich meine, paß mal auf, Mann, ich hab letzte Nacht schon nicht geschlafen und bin echt kaputt, ich meine, wenn du denkst, daß du bei mir ganz locker zum Stich kommst ...
—Nein nein, ich meinte nur, ich meine, Sie können auf dem Sofa schlafen, ich werde nicht mal, ich muß sowieso aufbleiben und arbeiten, wenn das Licht Sie nicht stört ...
—Was, an deiner Kantate?
—Also nicht direkt, nein, noch nicht, ich arbeite an einem längeren Musikstück für einen Film, aus dem die Dias da sind, verstehen Sie, sobald ich das Geld für die Filmmusik bekommen habe, kann ich meine eigene Sache schreiben und habe dann noch genügend Geld zum ...
—Mann, ich will ja nur nicht an diesem Clubhaus da unten vorbei, echt, ich meine, mir graut schon davor, auf das kalte Klo zu gehen, hinten auf'm Flur ...
—Ich weiß, ja, es ist, seien Sie vorsichtig mit der Tür ...
—Als sie zurückkam, war alles von der Decke geräumt, die Post auf H-O gestapelt, die Diplomurkunde steckte im Musical Courier Jahresband 1903, Moody's lag zusammen mit Thomas' Herstellerverzeichnis USA unter der vorderen Jalousie, und Knuspriger Knisperspaß! war davorgeschoben worden. —Willste etwa echt hier arbeiten?
—Also ja, wenn das Licht Sie nicht stört, ich muß es direkt über mir haben, weil ...
—Ich meine, die Bude ist echt dreckig, weißte? Sie hob einen Fuß, dann den anderen, streifte die Mokassins ab. —Echt, ich will doch keine schwarzen Füße kriegen ... und stand auf der Decke, zog den Reißverschluß der Jeans auf, mit einer Schulter gegen die Wand gestützt, während sie sich bückte, die Jeans auszog, nichts mehr anhatte und einen Moment so vor Kosmetiktücher 2-lagig Gelb verharrte, —also echt, war das Bild nicht früher in der anderen Bude?

—Ja, es... er hustete, als er hinaufsah, —ich, ich glaube, Mister...
—Siehste, das sind diese kleinen Titten, die man als Model braucht, weißte? Und wo man ihren Arsch im Spiegel sehen kann, mit diesen Grübchen wie bei dem Mädchen im Hintergrund, aber echt, guck dir mal den Bauch an, ich meine, das ist doch echt der totale Kugelbauch, ich meine, verglichen mit dem ist meiner echt flach... sie zog den Bauch ein, als sie sich das Hemd aufknöpfte, —aber eben diese... sie drehte sich halb nach hinten und fühlte nach, —diese Pölsterchen hier? Was war das... hör mal!
Das erneute Klopfen klang lauter, die dazugehörige Stimme hingegen schwächer, —hallo, Mister...?
—Aber wer...
—Nein, das ist nur, nur ein alter Mann, der...
—Was? Etwa Grynszpan? Ich meine, wie...
—Nein nein, es ist nur, lassen Sie nur, der geht von selber wieder...
—Hallo, Mister?
—Hau ab! rief sie nach draußen.
—Hallo, Missus...?
—Ich meine... mit einem Satz war sie an der Tür, —ich hab gesagt, hau ab, verpiß dich...
—Meine Frau, Missus, könnte ich vielleicht...
—Verpiß dich bloß, okay? Sie stieß heftig gegen die Tür und kam zurück, lehnte sich gegen 24-0,5 Liter Mazola Neu Noch Besser, hob einen Fuß hoch und besah sich ihre Fußsohle, —ich meine, guck dir jetzt meine Füße an, sie setzte sich aufs Sofa, schlug das Bein über und betrachtete eingehend ihren Fuß.
—Ja, ich... er räusperte sich und sah hin.
—Echt, Mann, das ist ja schon kein Dreck mehr, die sind ja total schwarz... sie stellte die Beine auf, die Knie eng aneinander, zog gleichzeitig an der Decke, Die Forstwirtschaft segelte zu Boden. Dann legte sie ihren Kopf an den Spalt zwischen Lehne und Sitzpolster, schweigend bis —hör mal...! Sie hob den Kopf, ohne sich umzudrehen, —echt, da spricht doch jemand, hör doch mal...

> —Wenn Sie mehr über die Adoption von Heimkindern wissen wollen, wählen Sie einfach die Sondernummer Ein Kind per Telefon unter Plaza fünf...

—Nein, das ist nur, da ist irgendwo ein Radio über, unter den ganzen Büchern, aber ich kann es nicht finden, sonst hätte ich's schon abgestellt...

Sie stützte sich abrupt auf einen Ellenbogen. —Und du bleibst echt auf?
—Also, ja, ich, solange ich arbeiten kann...
—Weil, paß bloß auf die Spüle da auf, Mann... Ihr Kopf sank wieder zurück, —ich meine, wenn das nochmal passiert, sind wir vielleicht beide schon ertrunken, wenn wir aufwachen, und niemand würde je was merken, okay?
—Ja, o, okay... und er fuhr sich mit der Hand durchs Gesicht, wandte sich wieder dem Blatt zu, dem nächsten, räusperte sich vorsichtig.
—Bast?
Er schrak auf. —Ja ich, ich...
—Ich meine, kannste nicht mal das Licht woanders hintun? sagte sie in den Spalt hinein, —damit es nicht voll auf mich draufscheint?
Ein- oder zweimal, als er sich dem Ende eines Blatts näherte und das Geschriebene überflog, bemerkte er, daß ein ganzer Takt fehlte. Er hielt dann inne, verbot es sich aber, das Papier zu zerknüllen, und starrte statt dessen auf das gemessene Auf und Ab vom Sofa her, erhob sich, schob lautlos Fuß vor Fuß in Richtung Küche, am Wasserfall vorbei, über den Wall von Zeitungspapier bis zu Appletons', wo er unter der Jalousie ins Dunkel hinausstarrte, genauso lautlos zurückschlich und dann vor dem Sofa stand, wo er sich, als im Spalt ein feuchtes Flüstern hörbar wurde, die Lippen leckte und sich nach vorne beugte, als wolle er sich den Gürtel aufmachen, sich dann jedoch abrupt abwandte und unter dem durchlöcherten Lampenschirm ein leeres Notenblatt abriß, innehielt, als lausche er auf etwas, wobei ab und zu einzelne Klangfetzen über seine Lippen kamen. Erneut stand er auf, kletterte auf die Musical Couriers, zog sie weiter auseinander und legte sein Ohr daran.

—hörten Sie den ersten Satz aus Anton Dvoraks sieb...

Er versuchte, die Bücher wieder schalldicht zusammenzuschieben, Rücken an Schnitt, er selbst halb hingestreckt auf diesem Berg von Papier, dann stieg er hinab, blies sich den Staub vom Hemd und schaute plötzlich auf, als fürchtete er, das Sofa von der düsteren Dünung verlassen zu finden. Unter dem durchlöcherten Lampenschirm riß er ein neues Blatt ab, der Lampenschirm, dem erst zu frösteln schien und der schließlich im Schatten versank, als Licht durch die Lamellen der Jalousie brach, das ihn bewegungslos zeigte, den Kopf gelehnt gegen 24-200 g Pckg Loops. Plötzlich hustete er, fuhr zusammen, stand lang-

sam auf und ging zum Sofa, wo nun ein Ellenbogen gegen den Rand der Decke stieß und ein weißer Knopf schließlich nachgegeben hatte.
—O wow ...
—Oh, guten, guten Morgen, er stand da und holte tief Luft.
—Ich meine, das ist ja wie Camping an den Niagarafällen ... jetzt genügte bereits, daß sie sich einfach nur auf den Rücken drehte, und jenes rotbraune Geflecht auf dem weißen Hügel wurde einen Moment lang sichtbar, —ich meine, hör doch mal ...
—Haben Sie, hast du gut geschlafen, einigermaßen?
—Soll das 'n Witz sein? Ich meine ... Knie spreizten sich unter der Decke und eine Hand griff nach unten, —irgendwas hat mich gepiekt, echt, ich meine so wie einer von deinen Scheiß-Bleistiften ... sie förderte ein gläsernes Viereck zutage, —wie, wow ...
—Oh, das tut mir leid, das ist nur, das ist mein ...
—Echt, Mann, hör auf, dich zu entschuldigen, das ist das Dia von deinem Dick-dick ... und ihre Knie streckten sich. Zum erstenmal hatte sie gelacht. —Ist noch was von dem Traubensaft über?
—Oh, o ja, Moment ...
—Ich meine, guck dir meine Füße an ... sie griff nach der Tasse, —ich meine, war da nicht irgendwo ne Badewanne unter dem ganzen Krempel?
—Ja, ich glaube schon, aber, dann müßten wir das alles wegräumen und ...
—Dann räums doch weg, echt ... Knie folgte Knie unter der zurückgeschlagenen Decke hervor, —echt, laß mich mal ... sie setzte einen Fuß auf den Emaillerand, —aufstehen und, Moment, bück dich mal kurz ...
—Ich weiß nicht, wo wir ... sie setzte sich mit ihrem ganzen Gewicht auf seine Schulter, —wo wir das ... ein Hemdsaum strich ihm durchs Gesicht, hing dort, er holte tief Luft und atmete vorsichtig wieder aus.
—Los, komm schon, so schwer bin ich nicht, und da drüben in der Ecke ist doch noch Platz bis zur Decke, sie drehte sich plötzlich um, griff nach 12-1 kg Pckg QUICK QUAKER, wobei ihr Hemd hochrutschte —ich meine, echt, was hast du hier drin, Bücher?
—Ich ... ich weiß nicht, er griff nach dem Karton.
—Echt, ich meine ... und 24-0,33 l Flsch Zerbrechlich! polterten zu Boden —echt, ich hab noch nie sowas Schweres ...
—Ja, sie ... sagte er und rang nach jedem Gang nach Luft, —sie ... sie sind ... und schließlich, —ist das die letzte ... ?

—Ja, aber ... ich meine, ich hab echt noch nie ... und das Ganze fiel krachend herunter. —Was issen da bloß drin?
—Ach, das sind, das sind Filmdosen, Filme in Dosen, er folgte einer, die auf die Spüle zurollte, laß mal, ich leg die einfach hierhin ...
—Mann, ich, ich packs echt nicht ... sie kniete vor der altertümlichen Wanne, den Ellenbogen auf die eine Hälfte des Deckels gestützt, und hob die andere an, —Ich meine, ich packs echt nicht, Mann.
—Aber was, was ist ...
—Papiertüten, echt! Echt, ich meine, die ganze Scheißwanne ist voll mit diesen Einkaufstüten.
—Also ich, ich würde sagen, die passen noch da drüben hin ...
—Ich meine, soll das 'n Witz sein? Schweißgebadet richtete sie sich auf, einzelne Rinnsale verliefen sich hinter dem offenen Knopf, —echt, ich meine, willste die wirklich aufbewahren?
—Ja also, ich, ich meine, nichts davon gehört mir, und ich habe kein Recht, es einfach wegzuwerfen, vielleicht braucht Mister Grynszpan diese Sachen ja noch ...
—Ach, hör mir auf mit deinen Erklärungen! Ich meine, hier, mit beiden Händen griff sie in die Wanne und warf die Tüten auf den Boden, —und hier ... mit gespreizten Beinen beugte sie sich über den Wannenrand, —hier ...
—Ich stopf, ich stopf die da drüben ... er räusperte sich, bückte sich, hob zwei, drei Tüten auf, doch es gelang ihm nicht, seine Augen von jenem Rinnsal zu nehmen, das allmählich stärker wurde, —da drüben hin ...
—Geschafft, sie richtete sich auf, —ich meine, echt, was ist denn mit dem Hahn los ...
—Oh, hier, Moment ... fünf oder sechs Tüten fielen zu Boden, —er ist, ist wahrscheinlich nur ein bißchen einge ... na also.
—Glaubst du etwa, da setz ich mich rein? Mann, wenn ich da rauskomm, seh ich ja aus wie ein rostiger Nagel, ich meine ...
—Nein, nein, wenn du es einfach laufen läßt, er bückte sich und raffte Papiertüten zusammen.
—Und wie lange, bitte? Ich meine, soll ich hier etwa bis Weihnachten stehen und mir den Arsch abfrieren?
—Nein, solange wird es nicht ... er stopfte Tüten hinter den Morning Telegraph, kam dann zurück, um auch die letzte aufzusammeln, —so lange wird es nicht dauern, nein, sagte er und trat sie mit dem Fuß fest. Zurück an der Spüle zog er sein Hemd aus, richtete den Deckel der

Keksdose auf sein Gesicht, nahm den Rasierapparat in die Hand und hielt das rissige, gelbe Stück Seife unter den schwächer gewordenen Wasserstrahl.
—Gehst du noch irgendwo hin? sagte sie vom Wannenrand, sah hinein und beugte sich nach vorn, um einen Stöpsel in den Abfluß zu drücken, —na endlich...
—Ja, ich, ich habe einen geschäftlichen Termin mit einem Mister, Mister Dingsbums, er schnitt sich, —ist das Handtuch irgend, das alte Hemd, meine ich, er trat hinter sie, um es zu holen, und tupfte sich damit das Blut ab.
—Aber wann ist denn dein Termin? Ich meine, wie kannste denn Termine machen, wenn du nicht mal weißt, wie spät es ist?
—Na ja, ich hab da... die Rasierklinge kratzte über sein Gesicht, —da liegt eine Uhr auf dem Fußboden, direkt unter dem...
—Soll das 'n Witz sein? Ich meine, die hab ich gerade gesehen, die steht auf ein Uhr, aber echt.
—Ja, sie ist... elektrisch und geht rückwärts, jemand muß da...
—Mann, hör mir bloß auf mit deinen Erklärungen, okay?
—Nein, das ist ganz einfach, sie... ich habe eine kleine Umrechnungstabelle gemacht, sie liegt daneben, man rechnet einfach zehn minus die angezeigte Zeit und hat dann, außer wenn...
—Mann, echt, das interessiert mich nicht die Bohne! Ich meine, brauchst du die Seife noch?
—Oh, ich, ja, ja... er drehte sich nach ihrem Hemd um, das plötzlich leer am Geschirrtuchhaken baumelte, sie streckte aus der kurzen Badewanne die Hand aus, doch selbst ihre angezogenen Knie konnten die rosa Kreise nicht verbergen, die sich von den Rändern her in umgekehrter Spektrumsrichtung blaßlila verfärbten.
—Echt, Mann, echt, das ist ja Kernseife.
—Ich weiß, aber es gibt keine andere...
—Ich meine, die ätzt einem ja die Haut weg, echt, sowas hab ich zuletzt bei meiner Oma gesehn.
—Ja, ich wollte eigentlich richtige Seife kaufen, aber...
— He, du willst dieses Hemd doch nicht nochmal anziehen, oder?
—Ja also, ich, es ist das einzige saubere...
—Sauber? Echt, Mann, dann guck dir das doch mal von vorne an, da biste doch überall mit rumgeklettert und so, und das soll 'n Geschäftstermin werden?
—Ja also, aber ich habe kein anderes, und...

—Dann drehs doch einfach auf links, echt, ich meine dann ist der Kragen, wo er dreckig ist, eben innen, weißte?
—Oh, oh, daran hab ich noch gar nicht gedacht, er zog es aus und stülpte die Ärmel nach außen.
—Wo haben wir denn hier 'n Spiegel?
—Also ich, eigentlich gibt es gar keinen, aber ich benutze diesen...
—Mann... sie ließ ein Knie sinken und griff nach dem Deckel der Keksdose, —jetzt wundere ich mich über gar nichts mehr. Ich meine, gehst du jetzt sofort?
Er stand unschlüssig da und schluckte. —Ich, ich muß los, ja, ja, ich hatte gehofft, daß ich noch die Post abwarten könnte, aber...
—O wow.
—Nein, ich erwarte etwas ganz Bestimmtes, das...
—Was denn, sie hielt einen Arm hoch und seifte sich die Achsel ein, —Die neuste Nummer der Forstwirtschaft? Ich meine, die ist doch schon gekommen, haste das nicht gehört? rief sie über das strömende Wasser zu ihren Füßen hinweg, —da stand echt so 'n Riesenteil im Flur, als ob das die nächsten fuffzig Bände von... er ging, ohne aufzusehen, an ihr vorbei, öffnete die Tür, hielt sie mit dem Fuß im Gleichgewicht, zog eine Kiste über die Schwelle und dann Umschläge, Umschläge, griff nach einem, der an einen Edwerd B ast adressiert war, riß ihn auf, stopfte sich die zerknitterten Geldscheine in die Tasche und stand wieder unschlüssig da. —Willste etwa nicht dein Geschenk aufmachen?
—Oh, o nein, ich seh es mir später an, er zog die Kiste unter die Spüle, nahm seinen Koffer und einen schmutzigen braunen Umschlag.
—Wart mal, bevor du gehst, direkt über der Spüle liegen so 'n paar Nadeln, echt, ich hab da so 'n paar rostige Nadeln liegen sehen.
—Du, brauchst du eine davon? Mit dem Daumennagel pulte er eine davon aus der Ritze.
—Nur eine, ich meine, dreh dich mal um... sie griff nach seinem Jackettsaum, faltete ihn nach innen und fixierte ihn mit der Nadel, —und wo ist denn 'n Handtuch, wenn ich hier fertig bin?
—Ich dachte, du, ich, es gibt nur dieses Hemd hier, ich...
—Echt Mann, wenn ich das benutze, seh ich ja schlimmer aus als vorher.
—Tut mir leid, ich dachte, du, daran habe ich nicht gedacht... er stand vor ihren angezogenen Knien, sah sie an und geriet dabei etwas aus dem

Gleichgewicht. —Wenn du, falls du weggehst, ich weiß nicht, wie du abschließen kannst, ich habe nur diesen einen Schlüssel, und wenn ich die Tür jetzt abschließe, kannst du ...
—Soll das 'n Witz sein, Mann? Glaubst du etwa, ich laß mich in dieser Bude hier einschließen? Echt, ich meine, ich könnt ja absaufen hier, und keiner würde was merken, sagte sie, während die brausenden Wasser um sie herum immer weiter stiegen.
—Ja also, aber wenn du gehst, kannst du dann die Tür so einhängen, daß ...
—Hör mal, Mann, mach dir bloß keine Sorgen, echt, okay?
—Ja also, ja also, also, es war nett, dich kennenzulernen, vielleicht bin ich ja wieder da, bevor du weg bist, falls du, ich meine, ich meine, du kannst gern bleiben, wenn du ... er räusperte sich, als sie den Kopf senkte, die Knie ins Wasser tauchte und mit der Hand tief unten nach der Seife suchte.
—Mann, echt, ich will nur da drüben rein und meinen Kram rausholen, okay?
—Also, also ja, okay und, Wiedersehen ... er zögerte, dann schloß sich hinter ihm die Tür, zitterte noch ein- oder zweimal, dann war es still, so daß sie nur noch vom Rauschen des Wassers zu ihren Füßen umgeben war. Sie legte die Ellenbogen auf den Rand der Wanne, ließ sich langsam zurücksinken, erst einen, dann auch den anderen Fuß erhoben wie ein Greifwerkzeug, während das Wasser langsam Rosa und Blaßlila erreichte, über das dunkle Magentarot der Spitzen schwappte und weiter zu den Achselhöhlen stieg, schließlich tauchten ihre Füße wieder ein, und sie beugte sich vor, um den Wasserhahn abzustellen. Ihre Handknöchel verfärbten sich weiß. Die andere Hand hob sich, tat das Gleiche, bis die Anstrengung ihr ein —wow ... entriß. Sie drückte sich am Wannenrand ab, und das Wasser rauschte an ihren Knien hinab. In dieser Pose stand sie da, als es laut von der Tür her klopfte.
—Herein, bist du das? Echt, mach schnell ...!
—Telefongesellschaft ...
—Ich hab doch gesagt: herein!
—Telefo ...
—Vorsicht mit der Tür, Beeilung ...! Zitternd sprang die Tür auf, schrammte an einer Angel über den Boden und blieb dann abrupt stecken. —Beeilung, Mann, stell bloß das Ding hier ab, oder wir ersaufen ... Mit einem einzigen Schritt war er an der Wanne, keine

Anstrengung verfärbte das tiefe Dunkel seiner Hand, als er den Wasserhahn ergriff und abbrach. —Wow...
—Wow.
—Nun mach doch irgendwas, Mann, sonst saufen wir ...
—Vielleicht ziehen Sie einfach erst mal den Stöpsel raus ... sein Arm tauchte neben ihren Knien ins Wasser, sie nahm das schmutzige Hemd, hielt es sich vor den Körper und sah, wie das Wasser langsam ihre Waden enthüllte. —Läuft schneller ab als voll, lassen Sie's einfach laufen.
—Ich meine, das war knapp, Mann, aber was willste eigentlich hier!
—Telefongesellschaft, ich ...
—Soll das 'n Witz sein? Echt, ich meine, hier gibts doch gar kein Telefon, also erzähl mir keine ...
—Nein, ich soll eins anschließen, wenn, das ist hier doch bei Bast? Ich meine, sind, sind Sie die Dame des Hauses?
—Also echt, seh ich etwa aus wie der Scheißbutler? Sie fing an, eine Schulter mit dem Hemd abzutrocknen, ließ es aber gleich wieder sein. —Also los, Mann, wenn du 'n Telefon anschließen sollst, dann schließ es doch an.
—Wenn Sie mir, äh, er sah sich um, —wenn Sie mir sagen würden, wo es hin ...
—Immer locker, Mann, ich meine, du bist doch hier der Telefonfritze, oder was? Echt, wie soll ich denn wissen, wo du 'n Telefon anschließen kannst, ich meine, schließ es einfach so an, wie du das in der Telefonfritzenschule gelernt hast, wie man 'n Telefon anschließt, okay? Und sie stellte einen Fuß auf den Wannenrand, um sich das Knie abzutrocknen, während er sich zur Tür wandte, eine Kiste hereintrug, sich neben den Filmdosen hinkniete und die Kiste öffnete. —Moment mal, Mann, sie stützte sich auf das trockene Knie, —ich meine, soll das etwa 'n Telefon sein?
—Das nennt man Bildtelefon ... er hob langsam den Blick und sah ihr ins Gesicht.
—Soll das 'n Witz sein? Sie hob das andere Knie an.
—Wenn man dann mit jemandem telefoniert, kann man ihn gleichzeitig auch sehen ... und er stand auf, als suche er nach einem günstigen Aussichtspunkt. —Hier ist ja jemand richtig die Wände hochgegangen, muß ja super Stoff gewesen sein.
—Echt Mann, hier gibts nix außer ein paar Chesterfield, ich meine, echt, ich hab nebenan noch 'n Vorrat, aber da komm ich nicht rein.
—Wieso nicht?

—Ich hab keinen Schlüssel, Mann.
—Für so ne alte Bude braucht man doch keinen Schlüssel. Er hob einen Kleiderbügel auf.
—O wow ... Sie nahm ihr Hemd vom Geschirrtuchhaken, —ich meine, echt, würdeste da reingehen und es mir holen? Moment, da mitten zwischen den Kisten, meine Schuhe, schmeiß mir die mal rüber, sind so Mokassins, sagte sie, während sie das Hemd anzog und zuknöpfte, —ich meine, ich will nämlich nicht schon wieder schwarze Füße kriegen, verstehste? Sie wandte sich vom Wassergebrause ab, zog sich an. —Echt, wenn du mir mein Zeug holen könntest, Mann, ich meine, ich will da nicht reingehen.
—Aber Sie müssen mir zeigen wo ...
—Mann, ich sag doch, daß ich da nicht rein will, okay? Ich meine, da steht so 'n großes Bett, und da mußte bloß unter die Matratze greifen, aber ich geh da nicht rein, okay? Ich meine, klopf aber vorher an, echt, da war letzte Nacht so ne Tussi, die mit jemandem gevögelt hat, verstehste ...? Und sie ging zur Spüle, erstieg vorsichtig die Morning Telegraphs bis Appletons', blies den Staub von Bd. III GRIN-LOC, kniete sich hin und spähte regungslos unter der Jalousie hindurch, bis sie sicher war, daß sich auf der anderen Seite nichts mehr bewegte. Dann kletterte sie wieder herunter und schob hinter ihm die Tür in den Rahmen zurück, —ich meine, ich hab aber gar keine Blättchen, Mann. Er beobachtete, wie sie eine Hemdtasche öffnete und auf der Anhöhe von Moody's Industrials den Inhalt des Briefchens auf ein Stück Papier schüttete. —Sieht echt gut aus.
—Mann, ich meine, das Zeug ist erstklassig, echt, ich meine, aus Guatemala, Mann, ich habs von ... haste das gehört? Sie stand auf, griff nach dem Regenmantel, —ich meine, das ist doch nicht zu glauben, sagte sie auf dem Weg zur Tür. —Was wollen Sie?
—Ist, ist Mister ... Mister Bast da? Die Tür öffnete sich nur so weit, daß vom düsteren Flur her gerade einmal der Spalt ihres Regenmantels zu erkennen war. —Ich bin nur vorbeigekommen, um zu fragen, ob er nicht zu einem Bibel-Frühstück mitkommen will, aber ...
—O wow.
—Nein nein, ich bin mit ihm zu einem Geschäftsessen verabredet, aber ich, ich dachte, ich komme einfach früher vorbei und frag ...
—Und was soll das sein, Mann?
—Ein, ein Bibel-Frühstück für Geschäftsleute, aber ...
—O wow.

—Ja, aber mir scheint, ich habe wohl den, den falschen... er trat einen Schritt zurück, als er das Grinsen sah, das plötzlich hinter ihr aufgetaucht war, —falschen Mister Bast erwischt, ja, ich, ich muß die falsche Adresse, ja...
—Tja, das wird wohl so sein, Mann.
—Entschuldigen Sie die Störung...
Er wich ans Geländer im Flur zurück, der plötzlich, da die Tür vor seiner Nase zugeschlagen wurde, stockfinster wurde, trat auf die neueste Nummer von Industrial Marketing, die beim morgendlichen Einsammeln übersehen worden war und immer noch dort lag, als Bast, von Dunkelheit zu Dunkelheit steigend, darauf trat und sie aufhob, bevor er den Türknopf ergriff und die haltlos krängende Tür aufmachte.
—Hallo? Rhoda? Bist du... er stand da, schnupperte, lauschte, tastete sich an Filmdosen vorbei, an Mazola Neu Noch Besser, 36 Schachteln 200 2-lagig, bis hin zum löchrigen Lampenschirm, und schaltete das Licht an, stand da und sog erneut prüfend die Luft ein, bevor er seinen Aktenkoffer absetzte, Industrial Marketing auf Knuspriger Knisperspaß! legte, mit einer Papiertüte in der Hand zurückging, lauschte, sich plötzlich umdrehte und den Deckel der Badewanne anhob und hineinsah, hineinlangte, bevor er den Deckel wieder schloß. Er hatte einen Brühwürfel in die Tasse geworfen und hielt sie unter den schwächer gewordenen Strom der Spüle, stellte sie zusammen mit Anchovipastete, Cocktailzwiebeln und Schokoladentörtchen aus der Papiertüte auf Moody's Industrials und bückte sich, um die Decke aufzuheben, die zu einem unordentlichen Haufen geknüllt auf dem Fußboden lag, als ihn das Geräusch einer Klingel wie eine Sprungfeder hochschnellen ließ. Beim dritten Klingeln schließlich erklomm er 12-1 kg Pckg QUICK QUAKER, beim vierten fand er das Telefon und hob ab. —Hal, hallo...? Was zum... Ja aber, was zum Teufel, was soll das heißen, du hast es hier anschließen lassen, was... Was soll das heißen, ob ich dich sehen kann...? Ja, da ist zwar ein kleiner Bildschirm dran, aber... nein, hör zu, wenn du aus einem Kiosk anrufst ohne Bildtele, wie kannst du dann davon ausgehen, daß es... Nein, warte einen Moment, warte einen Moment, ich... nein, ich hab gesagt, warte einen Moment! Da ist gerade jemand an der... und er schwankte in Richtung Tür, stieß mit dem Fuß gegen 24-0,33 l Flsch Zerbrechlich! —Rhoda...?
—Hallo, Mister?

—Nein, nein, bitte gehen Sie.
—Hallo, Mister, könnte ich Sie ...
—Gehen Sie weg! Gehen Sie bloß weg...! Also, hallo? Nein, kenne ich nicht, es ist nur ein alter ... Nein, aber hör mal, wie kannst du dieses Ding hier installieren lassen, ohne mir Bescheid ... Ja, ich weiß, aber ich habe auch gesagt, daß ich nicht zweimal am Tag in die Cafeteria kommen kann, um irgendwelche Nachrichten in Empfang zu nehmen, aber dieses ... was? Welcher Krach ...? Ach, das, das ist nur ein Hydrant, den sie irgendwo auf der Straße aufgedreht haben, es ist ... ob was gekommen ist...? Ja, und irgendein Herstellerverzeichnis auch, aber hör mal, selbst mit einem Schnellesekurs, was bildest du dir ... ja, das ist auch gekommen, aber ... weil ich nicht zu der kostenlosen Probestunde gegangen bin, jetzt ... weil ich nicht lernen will, wie ich mich selbst verkaufen und zu einer selbstbewußteren, durchsetzungsfähigeren Persönlichkeit entwickeln kann, deshalb! Hör zu, wenn du einen Dale-Carnegie-Kurs machen willst, dann mach ihn doch, ich für meinen Teil ... Also, auf solche Hilfe kann ich verzichten! Und hör zu, wie kommst du bloß darauf, daß ich den Eindruck erwecken wollte, ich hätte einen Abschluß vom Alabama College of Business, was für ein ... warum soll das denn besser klingen als Schule für Konservative, so hab ich das sowieso nie gesagt, ich hab gesagt, daß ich auf ein Konservatorium gegangen bin, eine Schule, auf der ... was? Ich habe die Post noch nicht durchgesehen, ich weiß nicht, wie viele Aktien gekommen sind, nein, aber warum bestellst du Forstwirtschaft und Die Führungskraft, wenn du denkst ... um wen zu beeindrucken ...? Ja, also gut, aber warum ein Bildtelefon, hör mal, es freut mich, daß du glaubst, daß das Büro inzwischen ganz toll aussieht, aber dem ist nicht ... Weil ich keine Besucher haben will! Es ist viel zu ... Aber warum hast du denn Mooneyham überhaupt die Adresse gegeben, du wußtest doch, daß ich ihn zum Essen treffe und ... nackt? Was hat er gesagt, sie ... Nein, das hat er mir auch gesagt, hör zu, er ist, er ist von außerhalb, er muß sich verlaufen haben und in die falsche ... Also wenn du eben mit ihm in seinem Hotel telefoniert hast, was soll ich denn noch ... Also gut, hör zu, du hast mir überhaupt nicht gesagt, daß du ihm seine Firma abnimmst! Was soll ... Also gut, aber er findet nicht, daß du ihm damit einen großen Gefallen tust, er war ... Das hab ich ihm gesagt, und hör mal, es heißt Tochtergesellschaft, nicht Seilschaft, ich hab ihm gesagt, daß er auch weiterhin dableiben kann und die Firma als ... Hör mal, du sitzt in diesem Kiosk rum und willst mir

erzählen, daß du für ihn bürgst und daß die ganze Sache nur etwas ist, was diese Anwälte rein aus Steuergründen zusammengebastelt haben und so weiter, aber was glaubst du wohl, wie das ist, wenn man in dieser furchtbaren Cafeteria Mooneyham gegenübersitzt, und dem laufen die Tränen über's Gesicht und direkt in sein spanisches Omelett, er hat mir gesagt, daß er zu einem Bibel-Frühstück gegangen ist, weil er sich davon geistlichen Beistand erhoffte und ... Ja, das hab ich ihm gesagt, ich hab ihm gesagt, daß wir den Kredit auf die Brauerei-Aktien für X-L nicht durch unsere Bücher laufen lassen können, weil Aktionäre wie Mrs. Begg gleich anfangen zu ... Was? Ja also, er, er hat gesagt, daß er nach dem Bibel-Frühstück einen Drink genommen hat, aber ... ein oder zwei Drinks, ja, aber er ... auf dem Weg zum Bibel-Frühstück auch noch einen, ja, aber wenn du zu ihm wirklich gesagt hast, daß ... also gut, Moment mal, was du hier geschrieben hast, ich habs hier, Moment mal ... er stemmte einen Ellenbogen auf QUICK QUAKER, um sich abzustützen, und griff tief in die Hosentasche, —hier, zweihunderttausend in bar aus dem Kredit an die Eagle-Geschäftsleitung, der Rest dann in Eigenwechseln über einen Zeitraum von fünf Jahren, was praktisch auf ein Termingeschäft hinausläuft, aber ... Nein, aber hör mal, mußtest du ihm denn unbedingt sagen, daß wir ihn mit dem Aktienkredit an den Eiern haben, genauso wie mit den Riesenschulden, die X-L noch bei irgendeinem Papierhersteller hat? Was hast du ... daß ich dir gesagt habe, Lithographie sei so ein schmieriges was ...? Nein, aber ... hör zu, ich wußte nicht, daß X-L nur Streichholzbriefchen druckt, wie kann also ... Nein, Moment mal, was hat denn die Suche nach diesen natürlichen Mineralsalzen damit zu tun? Hör zu, ich hab dir gesagt, die ganze Sache ist ... Also gut, auch für X-L, um die Streichholzbriefchen zu drucken, aber was haben Mineralien ... welche Bäume ...? Ja, Papier macht man aus Holzfasern, aber hör mal, du kannst doch nicht den ganzen Wald kahlschlagen, um Streichholzbriefchen drucken zu lassen, und dann behaupten, du würdest tatsächlich nur nach Mineralien suchen, bloß weil du aus diesen Ramschaktien über ein paar uralte Schürfrechte verfügst ... und dafür noch Steuervergünstigungen bekommst. Hör zu, JR, hör zu, versuch gar nicht erst, mir das zu erklären ... nein, hör zu, sprich doch einfach mit deinem Freund Piscator, wenn du solche Ideen hast, weil ich nämlich keine ... Ach, hat er schon, ja also, ich hätte wissen müssen, daß ... ich weiß nicht, irgendwas wegen eines Eintrags ins Handelsregister, aber ... ja, das hab ich dir gesagt, ja, und wenn du mit dem

Unsinn nicht aufhörst, dann kannst du ja, okay, du und Piscator, ihr könnt beide meinetwegen auf Sieg spielen, aber laßt mich bitte in ... Nein, Moment mal, hör zu, als ich heute in die Cafeteria gekomen bin, um mich mit Mooneyham zu treffen, hatte Virginia Telefonnotizen für mich von allen möglichen ... Moment, Moment noch, da ist jemand an der Tür ... warte einen Moment. Er schlitterte zur Tür. —Bist du das ... Rhoda?
—Sendung für Grynszpan.
—Oh, oh, Moment, Moment bitte ... die Tür erzitterte.
—Wohin damit?
—Aber, aber was ist das denn, das sieht ja aus wie ...
—Paß auf, das ist mir egal, Kumpel, für mich sieht das aus wie ein Haufen alte Zeitungen, aber das ist mir egal, also wohin damit?
—Also, also ich, aber wo kommen die denn her?
—Hier, hier bitte unterschreiben. Kunde heißt Eigen, irgendwo downtown.
—Oh, ja also, ja, und Sie können sie, stellen Sie sie da auf die Badewanne.
—Da läuft noch Wasser.
—Ja, ich weiß, es ist, hat schon alles seine Richtigkeit, hier, ich faß mit an ... Nach dem letzten Bündel stand er da und wischte sich den Schmutz vom Hemd.
—In der Spüle da vorn läuft auch noch Wasser.
—Ja, ich weiß, ich ... Er hängte die Tür wieder ein und drehte sich um, stellte den Fuß auf 24-0,33 l Flsch Zerbrechlich! und blieb einen Moment lang so stehen. Dann wischte er sich mit der Hand durchs Gesicht und griff wieder zum Telefon. —Also, hal, was ...? Nein, das war nur, nur eine Lieferung, die ... Nein, das nicht, es ist ... Nein, heute morgen ist eine schwere Kiste gekommen, ich hab sie noch nicht aufgemacht, aber ... was hast du hierherschicken lassen ...? Nein, aber hör mal, wofür brauchen wir denn einen elektrischen Brieföffner? Du redest doch dauernd von Kostensenkung, was ... Nein, aber wenn du alles bestellst, was ... Nein, ich weiß, daß dir daran liegt, daß es wie ein erstklassiges Unternehmen aussieht, aber ich sag dir doch schon die ganze Zeit, daß ich ... Nein, schon gut, schon gut! Aber diese Liste mit Telefonnotizen, die Virginia da für mich hatte wegen allen möglichen ... nein, dieser Börsenmakler Crawley wegen einer Pharmafirma mit italienischem Namen und irgendwas namens Endo, was immer das ist, und jemand namens Wiles hat mich zu erreichen versucht

wegen einer Altenheim-Kette, und ein Anwalt namens, Moment mal, hier hab ich's, Beaton, der sich mit dir über Bohrrechte unterhalten will, weil wir die Wegerechte von Alberta & West ... was? Nein, hör mal zu, er ist Anwalt, und Piscator ist auch Anwalt, soll er das doch mit ihm ... also dann, wenn er zurückkommt, und du und Piscator, ihr könnt meinetwegen beide da hinfahren und auf Sieg ... ob ich wen besucht habe ...? Nein, nein, ich war heute noch nicht im Krankenhaus, und ich ... hör mal, das weiß ich doch nicht, ob er der Krankenschwester noch immer seine Betriebsgeheimnisse zuflüstert, und ich kann doch nicht Tag und Nacht an seinem Bett sitzen, um ... nein, ich habe hier keine Landkarte vor mir! Und ich ... Natürlich liegt die Brauerei an einem Fluß, aber ich weiß nicht, wo das ist und schon gar nicht, wo jetzt der Zusammenhang mit den Ace-Schürfrechten oder dem Alberta & ... was? Du wolltest mir sagen, welches Indianerreservat mitten auf dem ... Nein, hör zu, ich nicht ... Ich hab gesagt nein! Und jetzt hör zu, vier Anrufe von Pomerance Associates, wer zum, wer zum Teufel sind Pomerance Associates? Und Hopper, sie hat gesagt, daß der alte Hopper von Eagle mehrmals angerufen hat und ganz außer sich war wegen irgendwelcher großen Pläne, die du im Hinblick auf einen Friedhof hast und wegen der Gehaltskürzungen bei Eagle, ich wußte überhaupt nichts dav ... was? Nein, Moment mal, was soll das heißen, Gehaltskürzung? Ich hab ja noch nicht mal Gehalt bekommen, du ... Nein, was soll das heißen, du gehst mit gutem Beispiel voran und verzichtest selber auch auf dein Gehalt, ich ... Nein, hör zu, hör zu, versuch bloß nicht, mir zu erklären, daß du das nur machst, um denen bei Eagle die Wahrheit sagen zu können, daß wir keine Gehälter zahlen, bis alles geregelt ist, du hast ja nicht mal ... Nein, ich will nichts von Aktienoptionen und Steuervorteilen mehr hören! Ich will nur ... was kriegen? Ja schon, es ist heute morgen gekommen, aber es waren nicht zwanzig sondern nur achtzehn Dollar, und Virginia mußte ich davon ... Ja, ganz sicher, zwei Fünfer und ... ja gut, dann sieh doch in deinen Büchern nach, aber ich sag dir gleich, es ... Also natürlich brauch ich das! Wieso glaubst du, daß ... Nein, nein, ich weiß, daß ich das schon mal gesagt habe, aber ich kann jetzt im Augenblick nicht alles mit dir besprechen, ich, als ich die Noten heute zu den Proben gebracht habe, haben sie gesagt, ich soll Freitag wiederkommen, wenn alle ihr Geld kriegen, so daß ich ... Ja, ich habe Virginia davon vier fünfunddreißig gegeben, dazu das Tagesgericht für neunzig Cent, und dann ... weil man sowas manchmal eben tun muß,

vor allem wenn uns jeder Dollar, den wir ausgeben, eigentlich nur achtundvierzig Cent kostet, nicht ...? Natürlich haben wir auch für Mooneyham gezahlt, seins und meins macht zusammen drei zwanzig, dazu neunzig Cent Taxigeld für ... richtig, ich bin mit in den Nachtclub gefahren ... Ja, also gut! Also gut! Fünfundvierzig Cent! Das macht also ... wieso mit drei Durchschlägen? Hör zu, Virginia schreibt das natürlich nicht alles auf, was glaubst du ... welche Miete, diese Miete? Ich weiß nicht, ich ... als Betriebskosten? Also schön, wenn du ... Ja, ich weiß, daß du immer noch der Meinung bist, du würdest mir helfen, aber ... Nein, eine Kantate, ich habe eben ... Ja, schon möglich, daß ich von einer Oper gesprochen habe, aber jetzt ist es eben eine Kantate, und ich habe ... was nachschlagen ...? Also, ich hab es dir doch schon gesagt, ja, ich habe achtzehn Dollar bekommen, keine zwanzig, und ich ... Ja, natürlich weiß ich das zu schätzen, aber trotzdem, was glaubst du eigentlich ... nachschlagen, wie hoch die Sterblichkeitsrate in den Vereinigten Staaten ...? Ja, schon gut! Schon ... Statistisch, nicht statistikerisch, das Statistische Jahrbuch der ... Nein, das kann ich nicht sofort machen, nein, nein, und hör zu, da ist jemand an der Tür, ich muß auflegen ... Nein, und ich ... Ich? Nein, ich kann kein Golf spielen und ... Nein, und ich will auch nicht ... Nein, ich sagte nein! Hör zu, Wiedersehen, ich muß die Tür auf ... Mister wer ...? Hör zu, ich weiß nicht, wer an der Tür ist, nein, und hör zu, du sollst diese Adresse nicht an jeden x-beliebigen weitergeben, du ... Auf welchen Briefkopf gedruckt ...? Welche Telefonnummer, diese etwa? Mit dieser Telefonnummer? Was ...? Nein, kann ich nicht, Wiedersehen ... nein, Wiedersehen, ja, Wiedersehen ...! Und er hockte da, fuhr sich mit der Hand durchs Gesicht und sah, wie die Tür erbebte und dann zitternd ein Stück weit aufging.
—Bast ...?
—Mister Gibbs? Sind, Sie das, Mister Gibbs?
—Bast ...? Eine Flasche schob sich durch den schmalen Spalt, und dann —wo sind denn alle hin?
—Nein, hier ist niemand außer mir, ich ...
—Dachte, ich hätte dich in angeregter Unterhaltung gehört, Bast, sagte er und bildete einen Moment lang mit der Tür ein gleichschenkliges Dreieck, —wollte natürlich nicht stören ...
—Nein, das war, ich hab mit mir selbst geredet, ich, ich halte Ihnen die Tür ...
—Will dich wirklich nicht stören, Bast, wollte dir nur etwas Gesell-

schaft leisten, hab mich hier mit einem Mann namens Beamish getroffen, und wir dachten, du möchtest vielleicht auch etwas ... er hielt plötzlich inne. —Hörst du das ... ?
—Was, das, das Wasser? Ja also ...
—Durch Höhlen endlos bis, wo zum Teufel ...
—Ja also, die, ich hatte in der Badewanne das Wasser aufgedreht, und dann ist der Hahn abgebrochen und ...
—In den Schoß der Schlucht, wo funkelnde Ströme sich treffen, erinnert mich irgendwie an Pittsburgh ... er hatte sich wieder in Bewegung gesetzt, —Zusammenfluß des Mongahela mit jenem Schoß der Schlucht, wo funkelnde Ströme sich treffen, um den mächtigen Ohio zu bilden ... kurz vor Moody's Industrials blieb er stehen. —Bast, ich hab noch nie jemanden kennengelernt, der einen so exquisiten Geschmack hatte wie ...
—Ja also, das ist nur ... Bast drückte sich an ihm vorbei, um die Tasse zu holen, —nur das, was gerade im Haus war ... er ging zur Spüle und wusch die trübe Brühe aus, wischte anschließend mit dem Hemdsärmel die restlichen Bröckchen ab, —ich hatte versucht ...
—Möchte wirklich nicht stören, bist ja ein echter Epikureer, Bast, Tschuldigung, Moment ... er goß die Tasse voll, mit der Bast noch immer hantierte, —so, der Tisch ist gedeckt, im Glase funkelnder Wein, und vor dem Hause rauschet der Bach, was zum Teufel will man mehr ...
—Nein nein, ich, die Tasse war für Sie, Mister Gibbs, ich will nicht ...
—Dein Problem ist, Bast, daß du zu höflich bist, Scheißleute nutzen das aus ... er hielt die Tasse mit beiden Händen fest, —muß mich hier mit Mister Eigen treffen, Bast, will dich aber um Gottes Willen nicht stören, ... er trank, stellte die Tasse auf das Thomas' Herstellerverzeichnis USA, das hab ich auch lange nicht mehr gelesen, wenn überhaupt, darf ich mir eins ausleihen?
—O ja, bitte ...
—Muß Eigen treffen ... mit der Bleistiftspitze versuchte er, die Cocktailzwiebel aufzuspießen, —sagte, er wollte mich hier treffen, wie spät ist es denn zum Teufel ...
—Ja, die Uhr liegt direkt unter Ihnen, aber ...
—Uhr ...? Und zwei, drei Cocktailzwiebeln rollten munter die Forstwirtschaft hinab, —prima, erst drei Uhr, da hab ich ja noch den ganzen Nachmittag, Bast, muß etwas recherchieren, und zwar über Raindance und Mister Fred ...

—Nein, aber die Uhr ist, es ist eigentlich nicht Viertel vor drei, sondern, Moment, die Uhr geht rückwärts, aber ich habe eine kleine Tabelle angefertigt, wo man die richtige Uhrzeit ablesen kann, und jetzt ist es, es ist ungefähr Viertel nach sieben, man rechnet einfach zehn minus die angezeigte Uhrzeit, außer sie heißt zehn, elf oder zwölf, dann muß man ...
—Das hier ...? Zwiebeln tanzten die Forstwirtschaft hinab, —bam, bam bam bam, klingt wie 'n Elefant im Regen, Bast ...
—O nein, das nicht, nein ... er stieg über Knuspriger Knisperspaß! und langte unter das Sofa, —das ist etwas, an dem ich schon seit, seit längerem, hier ist die Tabelle, die ich ...
—Oper, das muß deine Oper sein, klingt auch garantiert nicht nach Bizet, nicht nach Bizet, dein Problem ist, Bast, daß du die Sachen nicht zu Ende machst, du kommst vom Hölzchen aufs Stöckchen und wirst mit nichts fertig ...
—Nein, ich habe das fertiggekriegt, ich bin sogar eben erst von der Probe im Nachtclub zurückgekommen, wo man, und nach all den Abschriften, die ich angefertigt habe, hat sich der Akkordeonspieler nicht mal seine Stimme angesehen, er hat nur gesagt, daß er immer den Part der ersten Geige spielt, und dann hat er nur humpa humpa gespielt und hat ein bißchen herumgehampelt und über die leeren Tische gegrinst, und bezahlt haben sie mich auch noch nicht ... sie ...
—Bast, das erinnert mich an, ist eher so ne Art Familienangelegenheit ... die Tasse hob und leerte sich, die Flasche folgte, —es geht um die Firma von Stellas Vater ...
—Stella?
—Stella, Bast. Stella Bast, was ist, ist das etwa deine Cousine? Dein Vater James war der Bruder ihres Vaters, also ist ...
—Aber woher ... woher kennen Sie Stella?
—Hab mal für ihren Vater gearbeitet, hatte ne kleine Firma, Bast, was zum Teufel ist bloß aus der kleinen Firma geworden, die er mal hatte?
—Oh, das, das weiß ich nicht. Er ist gestorben, und wir waren nie, er und mein Vater hatten nie ein besonders gutes Verhältnis, so daß ich ... also ich weiß auch nichts darüber, aber haben Sie Stella gut gekannt?
—Hab Stella sogar sehr gut gekannt, Bast ... die Tasse hob sich und senkte sich halbleer, während er aufstand und mit einem Stück Papier wedelte, —dein Problem ist, daß du von zehn ausgehst statt von zwölf, aber der Tag hat zwölf Stunden, dein Problem ist, daß die Scheißuhr nie richtig geht.

—Ja, ich, also ich habe den Stecker reingesteckt und sie auf sechs Uhr gestellt, aber dann ist vier Stunden lang der Strom ausgefallen, aber, aber ich meine, haben Sie sie gesehen? Stella, meine ich.
—Bast, du solltest dir das nicht zu leicht machen ... er nibbelte die Cocktailzwiebel von der Bleistiftspitze, —paß mal auf, wenn du das Scheißding auf zwölf stellst, dann geht die Uhr schon zweimal am Tag richtig, einmal um Mitternacht, das andere Mal um zwölf Uhr mittags, warum nimmst du jetzt nicht einfach die Zwölf als Grundzahl, dann hast du sechs und sechs, acht und vier, Viertel nach fünf ist Viertel vor sieben, ich muß Raindance und Mister Fred finden ... er drückte sich an Mazola Neu Noch Besser vorbei, —das sagt dir wohl nichts, was, Bast? Und weißt du auch warum? Die reservieren die Pferde für den großen Coup, denn als sie das letztemal gelaufen sind, haben sie gewonnen, aber dann waren sie plötzlich verschwunden, einfach so, aus dem Verkehr gezogen, bis keiner mehr dran denkt, und dann gehen sie auf einmal wieder an den Start, Scheiße, morgen laufen sie alle beide, einer im ersten, einer im zweiten, wo zum Teufel ist das Licht hier ...
—Oh, die, die Glühbirne ist durchgebrannt, ja, ich ...
—Man erkennt hier rein gar nichts, Scheiße ... ein Streichholz flammte auf, —sammelst du Papiertüten, Bast?
—Oh, ja, nein, das waren ...
—Wenn du noch mehr brauchst, in der Badewanne liegen jede Menge, Bast. Das Paket hier ist für dich.
—Oh, das ist nur, ja, schon gut, das ist nur ...
—Mach es lieber auf, könnte ja was zu essen drin sein ... er schwenkte das Paket hin und her und stieß dabei gegen die 36 Schachteln 2-lagig, —noch mehr Coktailzwiebeln, Scheiße, für Schokoladentörtchen viel zu schwer ... und der Karton knallte auf den Boden und platzte auf. —Was zum Teufel ist da drin?
—Es ist, äh, es dürfte sich um einen elektrischen Brieföffner handeln, er ...
—Geniale Idee, Bast, genau das, was uns hier noch fehlt, wo hab ich denn die Tasse hinge ... er hob sie hoch und trank sie aus, —unter der Wanne liegt nämlich noch jede Menge Post.
—Ja, das ist, das ist die von heute, ich hab sie noch nicht sortiert, Mister Grynszpans aussortiert, meine ich, ach, und Mister Gibbs, was ich Ihnen noch sagen wollte, vor ein oder zwei Tagen ist ein Mann hier gewesen, der gesagt hat, er sei vom Finanzamt und wolle zu Mister Grynszpan, er ...

—Steuerfahndung, Bast, da muß man verdammt vorsichtig sein ... er tauchte wieder auf, wobei er einen Teil der Post mitriß. —Hat er gesagt, um was es geht?
—Er sagte Wettgewinne, ja und, ja, er war nicht besonders freundlich, vermutlich, weil er dachte, ich sei Mister Grynszpan, nein, er war wirklich nicht freundlich. Ich dachte schon, er wollte mich mitnehmen. Wenn er nochmal kommen sollte, was soll ich dann ...
—Problem ist, daß du dann lieber Grynszpans Anwalt anrufst ... und Umschläge flatterten zu Boden, als er sich auf die Filmdosen setzte und im Karton herumwühlte, —steck das mal da drüben ein ...
—Ja, ich, aber ich sortiere lieber erst mal Mister ...
—Das Ding macht deine Post gleich mit auf, da kennt das nix, hier, steck das mal da unten in den Stecker...
—Vielleicht sollten Sie es erst mal aus der Kiste nehmen, es ...
—Du hast aber auch auf alles ne Antwort, Bast, du mußt das doch bloß hier reinstecken und ... Herr im Himmel.
—Vielleicht ist eine Gebrauchsanweisung dabei, die ...
—Wieso, läuft doch prima, Scheiße, bloß viel zu schnell, das Ding feuert die Post bis in die Küche ...
—Warten Sie, Moment, da ist jemand an der Tür, ich geh lieber mal ...
—Muß wohl, Eigen? Tom? Bist du das?
Ohne irgendwo anzuecken, öffnete sich die Tür. —Jack ... ?
—Komm schon rein, Tom, Moment, bleib da stehen, ja? Nein, etwas näher, muß diese ...
—Lieber Gott, Jack, was ... paß doch auf!
—Wir machen nur die Post auf, Mister Bast war so freundlich und hat uns einen elektrischen ...
—Hör auf, hör auf, das Ding zerschneidet ja alles ...
—Da muß irgendwo so 'n Scheißregler dran sein ...
—Bast, ziehen Sie bitte den Stecker raus. Sonst schneidet er sich noch die Finger ab. Scheiße, Jack, sieh dir das Chaos an, was machst du ...
—Jetzt müssen wir die Briefe nur noch zusammensetzen, Scheiße, wofür soll die Technik denn sonst gut sein? Soll ich die etwa alle von Hand aufmachen? Jetzt müssen wir nur noch die richtigen Hälften zusammensetzen, hier, hat jemand vielleicht die obere Hälfte vom Finanzamt? Das Ende sieht jedenfalls düster aus ...
—Jack, hör zu, dieser Anwalt muß hier jeden Augenblick ...
—Anbei die Kursentwicklung von AT & ...
—Oh, das könnte, das könnte meins sein ...

—Hausse auf dem Fleischmarkt, wer investiert in Schweinebauch?
—Also das, das könnte ...
—Kennst du jemand mit Namen Pomerance, Bast? Ich hab hier gerade die untere Hälfte von Pomerance ...
—Scheiße, Jack, hör zu ...
—Nein, wart mal, wart mal, irgendwas ist hier im Stück durchgegangen, guck mal, für Grynszpan, nennt sich: Spenden und dabei Steuern sparen, das müssen wir uns doch ansehen, Tom, hör zu. In jedem Fall liegen bei einer Spende an den Harvard-Fonds Ihre tatsächlichen Aufwendungen weit unter dem nominellen Wert. Wertpapierspenden, hör zu. Gern nehmen wir auch Spenden in Form von Wertpapieren entgegen, deren Kurs gestiegen ist, wie findest du das? Verdammt anständig von denen, nicht wahr? Hatte mal ne Frau, die auch Spenden in Form von Wertpapieren angenommen hat, deren Kurs gerade gestiegen ist, verdammt anständig von ihr, sie ...
—Scheiße, Jack ...
—Nein, warte mal, guck mal, hier ist ne kleine Tabelle, die zeigt einem, wie das geht, guck mal. Angenommen, das Einkommen beträgt fünfzigtausend im Jahr, dann beträgt der Netto-Aufwand für eine Hundert-Dollar-Spende gerade mal einundvierzig Dollar, neunundfünfzig Prozent der Spende trägt der Staat, verdammt anständig von denen, guck doch. Erhöht sich sein Einkommen auf hunderttausend, kostet ihn die Spende achtundzwanzig Dollar pro Hundert, zweiundsiebzig Prozent trägt der Steuerzahler, verdammt anständig von denen, der schwarze Zählerableser, der unten zwischen den Mülleimern rumfuhrwerkt, hats bis zur neunten Klasse gebracht und darf jetzt ne richtige Uniform tragen, kriegt ne echte Taschenlampe in die Hand gedrückt und liest jeden Tag die Stromzähler ab, für dieses Privileg zahlt er pro Jahr zweitausend an Lohnsteuer und unterstützt auch noch die vielen Harvard-Jüngelchen, daß die sich Lacrosse-Schläger kaufen können, ist doch verdammt anständig von ihm, was ist das ...
—Mister Gibbs, das ist möglicherweise nicht an Sie ...
—Tausend Musterbriefe für Führungskräfte, Briefe, mit deren korrekter Formulierung Sie sich sonst abmühen mußten, finden Sie alle fertig ausformuliert in unserem, mit Garantie, Ihre Zeitersparnis ist enorm, vor allem werden Sie sich nie wieder mit korrekten Formulierungen abmühen müssen, Herrgott, da sind wir aber froh, daß wir das bekommen haben, oder nicht, Tom? Alles was Sie tun müssen, ist, wo zum Teufel ist die untere Hälfte, wir würden uns sehr freuen, wenn Sie

als Einsteiger ins Textilgewerbe zu dieser Diskussion beitragen könnten. Ihr Thema lautet Importquoten und ihre Auswirkungen auf den amerikanischen, wußtest du schon, daß Grynszpan Einsteiger im Textilgewerbe ist, Tom?
—Mister Gibbs, ich, einige dieser Briefe sind wohl nicht...
—Da die Rechtskraft dieser Rechte mehrfach Gegenstand von Rechtsstreitigkeiten gewesen ist, sollte in gewisser Hinsicht zu vorsichtigem Vorgehen veranlassen. Hat jemand vielleicht das Oberteil der US-Bergbaubehörde gesehen...?
—Jack, hör zu, komm endlich vom Fußboden hoch, dieser Anwalt ist schon unterwegs, und ich will noch...
—Nein, warte mal, Moment, das dürfen wir uns nicht entgehen lassen, warte, Bloody-Mary-Volleyball-Spiel um zehn Uhr dreißig, kostenlose Bloody Marys für alle Spieler. Golfturnier auf der herrlichen Wianno-Anlage, Tom, das muß Grynszpans fünfundzwanzigjähriges Examensjubiläum sein. Anmeldung im Kirkland House, eine bunte Mischung alter Freunde und Kommilitonen, die Sie nie, sollst mal sehen, Tom, der geht da hin, wo zum Teufel ist die andere Hälfte von...
—Bast, wollen Sie mir mal bitte helfen, das aufzuräumen, bevor er...
—Zur Ausdehnung des Holzeinschlags auf angrenzende Bundesländereien unter Berufung auf das Mehrfachnutzungsgesetz von neunzehnhundertsechzig sollte der Begriff Wirtschaftsfläche so eng gefaßt werden wie gesetzlich irgend, das ist es nicht, wo zum Teufel...
—Mister Gibbs, ich, einige dieser Briefe dürften...
—Mit einem kleinen Symposion am Vormittag, wo reichlich Gelegenheit besteht, sich über erfolgreiche Klassenkameraden von einst lustig zu machen, danach der traditionelle Umzug zum Soldiers Field um vierzehn Uhr, Kostüme für jedermann sind, scheiß drauf, Tom, der muß da einfach hin...
—Warte, hör doch mal, was... was ist das für ein Lärm?
—Das ist, das ist nur die Badewanne, Mister...
—Schoß der Schlucht, wo funkelnde Ströme sich treffen, Tom, Zusammenfluß des mächtigen Mongahela und, Mister Bast und ich haben uns gerade darüber unterhalten, was zum Teufel eigentlich mit dem Mon, Monongohela zusammenfließt, wenn er bei Pittsburgh den mächtigen Ohio bildet, wo...
—Das ist nur die Badewanne, Mister Eigen, ich...
—Ziemlich clever, wenn du mich fragst, konnte die Spüle nicht abstellen und hat deshalb die Wanne aufgedreht, um die ganze beschissene

Entropie ein bißchen besser zu verteilen, reich mir doch mal die Flasche rüber, Bast.
—Und, Mister Gibbs, was ich noch sagen wollte, ich meine, Mister Eigen, weil ich ja nun die Wohnung benutze und Mister Grynszpan hier offenbar nur noch seine Post erhält, dachte ich, ich könnte vielleicht für die Miete aufkommen und ...
—Wie findest du das, Tom? Idealer Mieter, sammelt Papiertüten und hält die ganze beschissene Entropie im Gleichgewicht, ... er neigte die Flasche über die Tasse, —besorgt uns einen elektrischen Brieföffner und will sogar noch die Miete zahlen, wie hoch ist die Miete überhaupt ...
—Einundsechzig und nochwas, sie ist gestiegen, einundsechzig vierzig, ist das die einzige Tasse hier?
—Richtig, saublöd von mir, hier. Also, wonach hab ich gerade gesucht? Oberteil von ...
—Mister Gibbs, ich glaube, einige der Briefe sind für ...
—Hier. Steh jetzt auf, Jack, ich will nach nebenan gehen und Schramms Sachen durchsehen, bevor ...
—Was soll denn die Scheißhetze, Tom? Nimm dir Thomas' Herstellerverzeichnis und setz dich drauf ... er griff nach der geleerten Tasse, neigte die Flasche darüber, —wer zum Teufel macht denn diesen Schnellesekurs ... ?
—Mister Gibbs, ich glaube, einige dieser Briefe gehören mir, ich ...
—Bast, machst du etwa einen Schnellesekurs, Bast? Was ...
—Ja also, nein, eigentlich nicht, ich meine, im Grunde handelt es sich nur um ...
—Nach erfolgreich abgeschlossenem Kurs sind die meisten Schnellleser in der Lage, zwischen fünfzehnhundert und dreitausend Wörter pro Minute zu lesen, das muß ich hören, Bast, gib ihm schnell mal ein Buch, Tom ...
—Jack, hör zu, ich geh nach nebenan, wenn der Anwalt kommt, ruf ich dich, und ...
—Muß erst noch Raindance und Mister Fred finden, Scheiße, wir haben doch den ganzen Nachmittag Zeit, wir sind Schramms Testamentsvollstrecker, wußtest du das schon, Bast? Hat uns zusammen als Nachlaßverwalter eingesetzt, schmeißt mit Millionen nur so um sich, hat sogar ne Kleinigkeit für die Kinder übriggelassen ...
—Ja, ich, ich glaube, da ist jetzt jemand an der Tür ...
—Okay, ich komm gleich nach, Tom ... sichtlich konzentriert griff er

nach der Tasse, —du mußt dich mal in seine Lage versetzen, Bast, kommt gerade aus Deutschland zurück und muß feststellen, daß seine Frau abgehauen ist, meistens ist so ne Scheiße ja nur 'n Segen, aber hier sind es gleich alle neun Seligpreisungen zusammen, allerdings hat sie den Jungen mitgenommen, versetz dich mal in seine Lage, Bast, die hat den Jungen mitgenommen ...
—Das tut mir leid für, Achtung, Sie treten ...
—Was? Sieht aus wie ne Aktie, da liegt ne halbe Aktie von US Steel, Bast, wo zum Teufel ist die andere Hälfte ... ?
—Nein, schon gut, lassen Sie nur, Mister Gibbs, ich sammel das schon alles auf und ...
—Muß unbedingt ein ganz bestimmtes Buch finden ... er stützte ein Knie auf 24-200 g Pckg Fruit Loops und wühlte in Kosmetiktücher 2-lagig Gelb, —wie zum Teufel ist die da hochgekommen, wie hieß sie noch? Irma? Schramms Freundin.
—Sie heißt, ich glaube, sie heißt Rhoda, ich hab das da oben hingestellt, damit, Vorsicht!
—Rhoda, Rhoda mit dem brennenden Busch, solltest dir auch so eine zulegen, Bast ... er bekam eins von den purzelnden Büchern zu fassen, —Traité de mécanique, Scheißfranzösisch, das ist unfair, Moment mal ... er kletterte herunter und blätterte, —Bess, die Tochter des Kneipenwirts flocht sich eine dunkelrote Schleife in ihr langes, kohlrabenschwarzes Haar, lesen Sie mal.
—Ja, ich, mir ist gerade eingefallen, Mister Gibbs, haben Sie vielleicht Mrs. Joubert gesehen?
—Unglaublich, Bast, und die schwarze duftende Flut zerfloß auf seiner Brust, unglaublich, Moment, hier, das ist hübsch kurz ...
—Aber sie, war sie mit Ihnen auch in der hinteren Wohn ...
—Zwölf, dreizehn vierzehn ...
—Jack? Er ist da, komm jetzt endlich und ...
—Dreiundzwanzig, vier, soll reinkommen, sieben, acht, einunddreißig ...
—Er wartet auf uns, Scheiße, Jack, kommst du jetzt bitte ...
—Neun, sechzig, einundsechzig ...
—Mister Gibbs, ich glaube, Mister Eig ...
—Soll reinkommen, Tom, zählt tiefgründig als ein Wort oder als zwei? Achtundachtzig, neun ...
—Jack, steh auf, Scheiße, der wartet da draußen auf uns.
—Hundertzwölf Wörter, beim ersten Blick in Chapmans Homer,

dreitausend pro Minute, Sie müßten das also in zweikommanullzwei Sekunden schaffen, stimmts? Garvielwardichumgetrieben ...
—Jack!
—Scheiße, komm ja schon ... er ging an 200 2-lagig vorbei, —dachte nur, daß er vielleicht gern ...
—Mister Beamish, das ist Mister Gibbs, der andere Testamentsvollstrecker, leider ist er etwas ...
—Bin froh, daß Sie kommen konnten, Mister Beamish, da können Sie gleich ne Auseinandersetzung schlichten, denn das ist ein ehrlicher Makler, der da billig kauft und teuer verkauft ...
—Jack, warte doch mal eben, bis ich drinnen das Licht ...
—Mister Beamish ist Anwalt, Tom, soll die Auseinandersetzung schlichten über den Zusammenfluß des, Mister Beamish, was fließt in den Mongahela, und was bildet den mächtigen Ohio, in wem seinen Schoß, Tschuldigung, daß ich Sie da bekleckert habe ...
—Jack, die Tür ist schon auf, ist nicht mehr abgeschlossen, was ...
—Immer hübsch eins nach dem anderen, Mister Beamish kann ja die Fragen gar nicht so schnell verstehen, wie er sie beantworten soll ...
—Ja, ich, ich glaube, es ist der Allegheny, Mister Gibbs, aber da bin ich mir nicht ganz ...
—Allegheny, Tom, hast du das gehört?
—Hier hinein, Mister Beamish, es ist, ich fürchte, es sieht nicht sonderlich ...
—Nein, das macht doch gar nichts ...
—Mußt dich nicht entschuldigen, Tom, er will hier ja nicht einziehen, Sie wollen hier doch nicht etwa einziehen, Beamish? Im übrigen kann die Decke jeden Augenblick runterkommen.
—O nein, nein, ich ...
—Setzen Sie sich, Mister Beamish, da drüben auf das gemütliche Bett, aber achten Sie auf die Decke.
—Gut, danke, ich glaube nicht, daß, ich glaube nicht, daß wir lange brauchen werden, hier scheint ja nichts von, äh, von großem Wert zu sein, und ich glaube nicht, daß wir ...
—Gut, dann wollen wir mal anfangen, Mister Beamish, wie hoch bewerten Sie als Anwalt der Familie Schramm diesen Schuh? Da gibts vielleicht sogar noch irgendwo den zweiten zu ...
—Jack, Scheiße, steh vom Fußboden auf, du hast doch darauf bestanden, daß Mister Beamish uns hier trifft und nicht in seinem Büro, was zum Teufel willst du eigentlich?

—Als dem Schrammwalt der Schrammilie Framms möchte ich ihm nur helfen, den beschissenen Nachlaß zu schätzen, ist doch schließlich als Nachlaßverwalter meine Pflicht, stimmts, Mister Beamish? Sie kriegen doch auch ein paar Prozent ab, stimmts, Beamish?
—Ja, gut, Mister Gibbs, aber, äh, aber ich glaube nicht, daß wir persönliche Gegenstände wie, äh, Schuhe einbeziehen müssen, und ich ...
—Der sieht mir aber wie ein verdammt teurer Schuh aus, Sir, später King George V, Peal und Company Limited, Bootmakers, trotzdem paßt mir das Scheißding nicht.
—Vielleicht sollte ich hinzufügen, Mister Gibbs, daß ich eigentlich nicht der Familienanwalt der Schramms bin, ich habe gelegentlich einige Privatangelegenheiten für sie geregelt, aber meine Arbeit beschränkt sich im allgemeinen auf die Firma, und da die Masse des, äh, des Nachlasses Ihres Freunds Mister Schramm aus seinen Anteilen an Triangle Products besteht, sehen wir uns mit dem Problem konfrontiert, daß ...
—Das Problem, Beamish ... er rappelte sich wieder hoch, —das Problem ist, daß es hier nichts von Wert gibt ...
—Jack, laß gut sein, setz dich wieder hin und ...
—Sie müssen bitte den Kollegen Nachlaßverwalter verstehen, Mister Beamish, sein Problem ist, daß er vor einigen Jahren, stimmt doch, einen außerordentlich wichtigen Roman geschrieben und dafür soeben einen bescheidenen Preis bekommen hat, eine Taschenbuchausgabe ist in Vorbereitung, jetzt kriegt er Briefe von Schulmädchen, und kleine Zeitschriften wollen alles mögliche von ihm wissen, ohne dafür zu zahlen, aber er hat nichts zum ...
—Jack, halts Maul.
—Das Problem, Beamish, ist, daß wir uns alle zu lange kennen, das ist das ganze Scheißproblem, Schramm dachte nämlich, dieser außerordentlich wichtige Roman handele von ihm selbst, von Schramm ...
—Jack, Scheiße, hör zu ...
—Bitte, Mister Eigen, ich glaube, Mister Gibbs, ich denke, solche Einzelheiten sind nicht von ...
—Sie sollten aber wissen, was Schramm am Ende fertiggemacht hat, Beamish, sein Problem war sein zweites Ich, das auch künstlerisch mehr draufhatte als das erste, sein Problem war, daß ihm einer dieses Ich weggenommen hat, können Sie alles nachlesen in Mister Eigens außerordentlich wichtigem ...
—Jack! Herrgott, Scheiße, halts Maul!

—Ja, ich, ich denke, wir sollten uns den Sachfragen zuwenden, Mister Gibbs ...
—Also Scheiße, sehen Sie denn nicht, daß ich das schon die ganze Zeit versuche? Das Problem ist, wo ist die Tasse? Das Problem ist, daß nicht alles in diesem Raum völlig wertlos ist, Scheiße, oder was glauben Sie ist das hier?
—Tut, tut mir leid, Mister Gibbs, aber ich kann Ihnen nicht recht folgen, eine alte Schreibmaschine ist wohl kaum ...
—Nein, er meint die Papiere, Mister Beamish, aber das ist ja nur etwas, an dem Schramm, das Manuskript eines Buchs, das Schramm ...
—Ich verstehe, natürlich, natürlich, allerdings ist die Festsetzung eines Geldwerts für ein veröffentlichtes Werk immer noch eine mehr als unsichere Sache und würde in diesem Fall nur zu Komplikationen ...
—Die Sache ist die, Beamish, Scheiße, Tom, erklär du es ihm bitte! Die Sache ist die, daß es noch gar nicht veröffentlicht ist, Beamish, die Sache ist die, daß es noch nicht mal fertig ist, oder warum zum Teufel ist Schramm, Schramm, der gerade ein Auge verloren hat, warum kommt er ausgerechnet hierher zurück? Weil er uns diesmal nämlich alles erzählen wollte, er kommt also zurück und wirft nur einen einzigen Blick auf sein, sehen Sie das verdammte Rohr da oben Beamish ... ?
—Ja, aber, so habe ich das nicht gemeint ...
—Jack, setz dich hin und, hier, Scheiße, gib mir die Tasse.
—Leer, Tom, ich spring schnell rüber und besorg noch Old Struggler.
—Gib her, ich geh rüber und ...
—Nein, immer langsam, Tom, ich muß Beamish erklären ...
—Also, ich will selber noch 'n Drink, Scheiße ...
—Aber zuerst muß ich Beamish alles erklären, Tom, du gehst nach nebenan und holst Nachschub, während ich Beamish alles erkläre, Tom ...
—Aber, Mister Eigen ...
—Ich bin gleich wieder da, Mister Beamish, und dann klären wir alles.
—Die Sache ist die, Beamish, daß Sie die Hintergründe kennen müssen, ich kann Ihnen dieses Manuskript erst vorlesen, wenn Sie die Hintergründe kennen, Sie haben in seinem Testament ja die Sache mit Arlington gelesen, aber Sie müssen wissen warum, die Sache ist die, daß der Krieg die einzige Zeit war, in der Schramm wirklich Schramm war, stimmts, Tom? Wo zum Teufel ist er denn hin? In einer kleinen Stadt namens Beamish, Mister, Saint Fiacre, Mister Beamish, eine belgische

Stadt am Fuß der Ardennen, wo sie in der letzten großen Offensive durchgebrochen sind, Schramm sitzt also da draußen mit einer Handvoll Panzer und bildet die Vorhut. Der Scheißgeneral zieht seine Panzer so schnell wie möglich zurück, aber Schramm steht immer noch da vorne und hält als einziger in der ganzen Verteidigungslinie die Stellung, mit einer Handvoll Panzer gegen eine ganze Scheiß-Panzerarmee, die die Ardennen runterkommt. In der zweiten Nacht steht Schramm immer noch da und hält die Stellung, macht sich aber allmählich bereit, sich zu den eigenen Linien zurückzuziehen, aber es gibt gar keine eigenen Linien mehr, der General hat sich selbst und das, was von seiner Scheißdivision noch übrig war, zwanzig Meilen hinter die Front zurückgezogen und behauptet später, er habe Schramm per Funk schon am ersten Tag den Befehl zum Rückzug gegeben, was ne Scheißlüge war, die ganze Scheiß-Panzerarmee kommt also die Berge runter und schießt schließlich Schramms Panzer zusammen, er wär fast erfroren, Steckschuß ins Bein, und halb erfroren wird er gefangengenommen, ist Ihnen nie aufgefallen, wie er sein Bein nachzieht? Er hat sich immer dafür geschämt, in Gefangenschaft geraten zu sein, und hat deshalb immer versucht, es zu verheimlichen, hat versucht, sich beim Gehen nichts anmerken zu lassen, außer er war müde, dann hat er immer den Fuß nachgezogen, wenn er müde war, der Scheißgeneral beschießt seine eigene Frontlinie, während er sich zurückzieht, schlägt Schramm für nen Orden vor, weil der angeblich die Bombardierung der eigenen Stellung verlangt hat, dieselbe Stellung, in der er immer noch aushält, und der Scheißgeneral läuft immer noch rum und nennt das die klassische Defensivtaktik, erzählt den Geschichtsbüchern, wie er bei Saint Fiacre Blaufingers ganze Scheiß-Panzerarmee so lange aufgehalten hätte, bis die ganze Scheiß-Ardennenoffensive in sich zusammengebrochen wäre, und Schramm steht da draußen und wartet auf Befehle, die nie, Tom? Ich erklär Mister Beamish gerade, danke... Beamish wollte wissen, warum zum Teufel Schramm in Arlington beerdigt werden wollte, hält da draußen die Stellung, wartet auf Befehle, während General Box den Krieg gewinnt, bietest du Mister Beamish gar nichts an, Tom? Hier, bitte, Mister Beamish...
—O nein, nein danke...
—Tschuldigung, haben Sie was abgekriegt?
—Schon gut, aber, vielleicht könnten wir jetzt...
—Ich beeil mich ja schon, Beamish... die Tasse hob sich zu einem langen Zug, und er griff nach dem Manuskript, —die Sache ist die, daß

Schramm nicht einfach nur ein weiteres Scheiß-Kriegsbuch schreiben wollte, die ganze Scheißsache in Faust ist doch die, daß Gott schon alles für Faust geregelt hat, damit er gewinnt, bloß daß er das Faust nicht sagt, was zum Teufel soll Faust da denn schon machen? Gott schwebt über der Scheißschlacht und sieht zu, wie ihm in diesem abgekarteten Spiel das Rückgrat gebrochen wird, was zum Teufel soll ...
—Jack, halts Maul! Wir müssen ...
—Hör mal, wie zum Teufel soll ich denn dieses ganze Scheißding Mister Beamish vorlesen, wenn er die Hintergründe nicht kennt, haben Sie mal Schramms Western gesehen, Beamish? Hat nen Kino-Western geschrieben, aber sein Name wurde nicht mal erwähnt, die Sache ist die, daß er immer noch da draußen steht und auf den Befehl zum Rückzug wartet, aber die Befehle kamen nie, nicht von Gott, und daß der Scheißgeneral ihm Funksprüche geschickt hat, war ne Lüge, kommt nach Haus und erzählt, daß er die Schlacht gewonnen hat und ... Moment, was zum Teufel machst du da, wie soll ich Mister Beamish dieses ganze Ding vorlesen, wenn ich nicht mal ...
—Nein, Jack! Scheiße, du sollst niemandem etwas vorlesen, leg jetzt ... leg es, weg ...!
—Mister Eigen, vielleicht sollten wir die Sache vertagen und uns in meinem ...
—Tom, du schüttest ja alles über, das ganze Scheiß, warte mal, warte, das rote Buch ... und er kroch zwischen den Papieren, vertrockneten Teebeuteln und verkrusteten Mullkompressen umher, —hab es ihm mal vor fünf Jahren geliehen und wußte nie, was damit passiert ist, Moment, ich les Ihnen nur diesen Abschnitt vor, Beamish, das gibt Ihnen einen echten Einblick in ...
—Jack, es reicht, Scheiße! Hier, gib mir ...
—Moment, du zerreißt es ja, was soll ...
—Dann leg es doch wieder weg, Scheiße, und ... er griff nach einem Bild, das zwischen den Seiten herausgefallen war, —wer zum, guck mal, wer ist das?
—Hast du Schramms Mutter nie gesehen, Tom?
—Schramm, seine? Nein, aber wer ...
—Frag den Familienschrammwalt, Tom, das ist doch Mrs. Schramm, oder nicht, Beamish?
—Ja, ich, ich denke schon, aber natürlich nicht Mister Schramms, äh, Mutter, die zweite Frau seines Vaters, ja, ich glaube, sie hat ihn erst einige Jahre vor seinem Tod geheiratet ...

—Dolle Nummer, Tom, kann man sich gut vorstellen, wie die den Pimmel des Alten noch mal aufgerichtet hat, stimmts Beamish...
—Nun ja, sie war wesentlich jünger als er, ja, sogar jünger als Ihr Freund Mister Schramm, aber...
—Da versteht man doch, warum sich Schramm wie ein verunglückter Hippolytos vorgekommen ist, und dann noch mit solchen Titten, das muß ziemlich bitter gewesen sein.
—Ja, ich, soviel ich weiß, war ihre Beziehung nie besonders herzlich, aber zum gegenwärtigen Zeitpunkt machen es die den Nachlaß betreffenden Dinge natürlich erforderlich, daß, also, ich habe da einige Papiere bei mir, die sie unterschreiben muß, ich hatte vor, sie persönlich abzugeben, aber ich werde in den nächsten Tagen verreist sein und...
—Wo wohnt sie denn?
—Hier in der Stadt, irgendwo in der Nähe der sechzigsten Straße, aber es ist schon recht spät und...
—Hier, ich mach das schon, ich kann das bei ihr vorbeibringen.
—Das wäre sehr hilfreich von Ihnen, Mister Eigen, die Adresse steht drauf, das dürfte die Angelegenheit sehr beschleunigen, ich weiß, daß ihr sehr daran liegt, die Sache zu regeln...
—Verständlich, will das ganze Scheißgeld haben, hat ja lange genug drauf warten müssen, und jetzt fängt ihr Vorbau schon an durchzuhängen, reichen Sie mir mal die Tasse rüber. Wahrscheinlich ist die mehr als alle anderen überrascht, daß Schramm sich auf diese Weise davongemacht hat und ihr auf einmal den ganzen Scheiß hinterläßt.
—Nun ja, natürlich war sie über die Umstände seines Todes schokkiert, Mister Gibbs, aber, äh, alles in allem ist sie selbst ohne den Teil des Treuhandvermögens, der ihr nun aus dem Nachlaß zufließt, bestens versorgt, und ich glaube kaum...
—Ist sie diejenige, die es so verdammt eilig hat, alles zu Bargeld zu machen?
—So würde ich das nicht ausdrücken, Mister Gibbs, nein, tatsächlich habe ich selbst angeregt, durch einen Verkauf die Abwicklung des Nachlasses zu beschleunigen. Es gibt zwar einige bescheidene Legate, die noch berücksichtigt werden müssen, wie etwa die an Ihre und Mister Eigens Kinder, aber davon einmal abgesehen bewegt sich die Ertragslage der Firma ständig im Verlustbereich, außerdem läßt sich nicht unbedingt behaupten, daß Mrs. Schramm vom, vom Geschäft etwas versteht, sie ist eigentlich keine...

—Ich sag dir, wovon die etwas versteht, Tom, wo ist das Bild?
—Halts Maul, Jack, da wir gerade davon reden, Mister Beamish, diese Legate, wenn sie den Kindern direkt zugesprochen werden, wie können wir ...
—Ja, leider, Mister Eigen, leider hat Mister Schramm sein Testament ohne Hinzuziehung eines Notars aufgesetzt, und da die Kinder noch minderjährig sind, können die Legate ihnen nicht direkt ausgezahlt werden, ohne ...
—Die Sache ist die, Beamish ... kam vom Fußboden aus der Nähe einer ramponierten Kommode, —drei Hemden, die er nie getragen hat, die Sache ist die, daß Mister Eigen Angst hat, seine Frau könnte sich einmischen und daß der Junge nie einen Cent davon sieht, welche Kragenweite haben Sie?
—Ja, unglücklicherweise, wenn Mister Schramm Ihnen den betreffenden Erbteil treuhänderisch hinterlassen hätte, damit Sie ihn für die Ausbildung Ihrer Kinder verwalten, wäre es nicht mehr erforderlich, daß ...
—Die Sache ist die, daß ich nämlich vor der gleichen Scheiße Angst habe, sie sagt, es wird für die Ausbildung des Kindes verwendet, schafft sich aber 'n Swimmingpool an und sagt dann, der ist für den Schwimmunterricht ...
—Nein, ich glaube nicht, daß Sie befürchten müssen ...
—Kauft sich 'n Pelzmantel und sagt, daß das Kind daran lernen kann, wie man Trapper wird ...
—Jack, halts Maul, was ...
—Nun ja, da die fraglichen Anteile möglicherweise nicht auf Treu und Glauben verteilt werden können, wäre der Erlös, sobald Ihre Vormundschaft bestätigt ist und Sie dazu berechtigt sind, das Erbe zu verwalten und danach auch die erforderlichen juristischen Maßgaben erfüllen, die Anteile zu verkaufen ...
—Moment mal, wie lange dauert, wie erfüllt man juristische Maßgaben, wenn man nicht mal ...
—Man nimmt sich einen Anwalt, stimmts, Beamish? Anwälte sind nicht das Problem, Anwälte kriegt man für ein Trinkgeld an jeder Ecke, wir reden ja sowieso nur über ein paar tausend Dollar pro Kind, stimmts, Beamish?
—Ja, ich, ich glaube, es bewegt sich etwa in diesem Bereich ...
—Bereich, in dem sich alle bewegen und für den Anwälte da sind, stimmts, Beamish? Man zieht mit seinen juristischen Maßgaben vor

Gericht, kriegt entsprechende Schriftsätze, wird bestellt und vereidigt, aber unterm Strich kommt nichts dabei raus, jedenfalls kein Geld, auf dem Rechtsweg geht alles den Bach runter, stimmts, Beamish? Das ist doch der Kern des ganzen Scheißproblems, stimmts?
—Nun ja, es gibt, äh, natürlich werden einige Verfahrenskosten fällig, aber, äh, sobald Sie und Mister Eigen zum gesetzlichen Vormund Ihrer Kinder bestellt sind und das Vermögen auf einem vom Gericht verfügten Anderkonto hinterlegt ist, welches von Ihnen gemeinsam mit dem Vormundschaftsrichter ...
—Und der Bankdirektor ist der Schwager des Vormundschaftsrichters, folglich bekommt man das Scheißgeld nie ausgezahlt, stimmts, Beamish?
—Moment mal, halts Maul, Jack, was soll das heißen, ich als gesetzlicher Vormund meiner Kinder, er ist doch mein Sohn, David ist mein Sohn ...
—Bei solchen Verfahren sind die Interessen des Kindes natürlich ...
—Die Sache ist die, daß Mister Eigen bei solchen Verfahren ein verdammt guter Vater ist, Beamish, einer von diesen Vätern, deren Kinder einmal alles das haben sollen, was er nie gehabt hat.
—Halts Maul, Jack ...
—Mut, Integrität, Durchhaltevermögen ...
—Jack, Scheiße, halts Maul!
—Verdammt guter Mann, Beamish, machen Sie sich um den keine Sorgen, neigt nur etwas zur Torschlußpanik, vor allem dann, wenn er sieht, daß die Tür allmählich zugemacht wird, Panik in Wort und Schrift angesichts dieser Scheißtüren, mit Schramm war es dasselbe ...
—Jack, hör auf ...
—Schluss die Tür, der kommen in der vindows ...
—Scheiße, du ...
—Schluss der vindows, der kommen ...
—Mister Eigen ...!
—Das war nicht nötig, Tom.
—Also, Scheiße, was glaubst du eigentlich, was du ...
—Nein, setzen Sie sich, Beamish, wenn Sie wissen wollen, worum es bei diesem ganzen Theater geht, es ist nämlich so, Mister Gibbs war nicht im Krieg, aber Schramm war ... ein Tritt beförderte das rot eingebundene Buch bis dicht vor die Kommode, —Schramm war im Krieg, und er war es nicht, und das hat er sich nie verziehen ...
—Ja, ich, ich verstehe, Mister Eigen, ich, ich glaube nicht, daß ich Sie

beide jetzt noch länger aufhalten muß, natürlich werde ich Sie wissen lassen, falls sich die Möglichkeit einer Veräußerung von Triangle ergibt, allerdings sind die Aussichten dafür zur Zeit etwas bescheiden ...
—Was ist bescheiden, Beamish? Setzen Sie sich, was ist daran so verdammt bescheiden?
—Unsere bisherigen Erkundigungen, Mister Gibbs, offenbar hat der Verkaufspreis bereits mehrere Interessenten abgeschreckt ...
—Wie hoch ist er denn, Moment, brauchen Sie Socken?
—Nein, danke, ich, äh, zwölf Millionen, Mister Gibbs, wie schon gesagt, ich werde Sie wissen lassen, wenn ...
—In bar?
—Jack, halts Maul und laß ihn gehen, vielen Dank, Mister Beamish, daß Sie ...
—Scheiße, Tom, ich hab 'n Recht darauf, die Details zu erfahren, Scheiße, Tom, als Schramms Nachlaßverwalter bin ich gesetzlich dazu verpflichtet, das Scherflein seiner Witwe ins Trockene zu bringen, stimmts, Beamish? Na, wie sehe ich aus?
—Zieh es wieder aus, Jack, hör mal, du hast doch überhaupt keine Ahnung von ...
—Zwölf Millionen, wie hoch ist denn der Bilanzwert, Beamish? Hier, wollen Sie da mal reinschlüpfen?
—Nein, danke, ich, ich brauche wirklich keine, Mister Gibbs, meiner Meinung nach sind zwölf Millionen deutlich unter dem Bilanzwert, aber angesichts der wie gesagt schlechten Ertragslage, verbunden mit steigenden Kosten in der Papierindustrie und etlichen zum Teil beträchtlichen Außenständen, die möglicherweise als Verluste abgeschrieben werden müssen, ich habe einige der Zahlen bei mir, aber natürlich ...
—Ich verstehe, sind das die Unterlagen, Beamish?
—Oh, ja, natürlich, aber ...
—Danke. Wie siehts bei Ihnen mit Krawatten aus?
—Oh, ich bin, äh, versorgt, danke ja, ich glaube kaum, daß Sie die Zeit haben, sich mit all diesen Zahlen zu befassen, Mister Gibbs ...
—Ich liebe Zahlen, Beamish, lese lieber eine konsolidierte Bilanz als, wo zum Teufel ist das Buch? Das Buch darf ich nicht vergessen, am liebsten lese ich solche, wo die Verluste schneller kommen als man rechnen kann, die sieht ja prima aus ...
—Ja, wie ich schon sagte, haben gewisse Entwicklungen, die bereits vor

meinem Eintritt in die Firma eingetreten waren, maßgeblich dazu beigetragen ...
—Tabak, Moment mal, was zum Teufel hat denn Tabak damit zu tun? Ich dachte, Sie haben von Papierindustrie gesprochen ...
—Das war so eine Sache, ja, es, äh, über einen Verwandten von Mrs. Schramm hat Triangle offenbar gewisse Tabakwerte erworben, die sich im nachhinein jedoch genau als die falschen herausgestellt ...
—Ganz schöne Liste von Außenständen, Beamish, wer zum Teufel ist denn Duncan & Co.?
—Ja, die, äh, die stellen Tapeten her, ja, aber einer solchen Firma die Rechnungen zu stunden, scheint eine dieser unklugen Entscheidungen gewesen zu sein, sie stammt übrigens aus einer Zeit, in der sich Triangle auch solche Extravaganzen leistete wie zum Beispiel ein eigenes Firmenflugzeug ...
—Feste Anlagen siebeneinhalb, haben Sie mal einen Stift? Moment, wie steht mir das ... ?
—Scheiße, Jack, zieh das aus! Und laß Mister Beamish gehen, wenn er ...
—Moment noch, halts Maul, Tom, sehen Sie mal, zwölf Millionen, das macht neun nach Abzug der Kapitalertragssteuer, stimmts Beamish? Anlagevermögen siebeneinhalb Millionen, sehen Sie, wenn Ihnen dafür jemand jetzt zweimillioneneinhunderttausend gibt, dann kriegen Sie achtzig Prozent der Differenz zum Angebotspreis in Form von zuviel gezahlten Steuern zurück, das macht zwei, drei, vierhundert, Moment, verdammt viele Nullen, viermillionendreihundertzwanzigtausend, Moment, lassen Sie mich doch, haben Sie mal einen Stift?
—Scheiße, Jack, zieh das endlich aus und laß Mister Beamish in ...
—Nein, das, äh, das klingt durchaus interessant, Mister Eigen, ich ...
—Haben Sie das alles kapiert, Beamish? Moment, Scheiße ...
—Da, jetzt hast du es endlich kaputtgemacht, was zum Teufel hast du ...
—Drei Millionen kann nicht stimmen, Beamish, nur drei Millionen Lagerbestand.
—Ja, ich fürchte, die Inventuren waren recht oberflächlich, bis ...
—Oberflächlich? Haben wahrscheinlich überhaupt nicht stattgefunden, Scheiße, also gut, nehmen Sie neunzig Prozent davon, macht zweikommasiebenmillionen, von der Steuer bekommen Sie achtzig Prozent der Differenz zurück, das sind zweihundertvierzigtausend, ergibt zusammen ... hier, Tom, wenn du bei Mrs. Schramm vorbeigehst, gib

ihr das... er griff unter das Bett, —noch jede Menge guter Klamotten drin...
—Was zum Teufel ist...
—Aufaddiert beträgt ihr Angebotspreis viereinhalb Millionen, plus viereinhalb als Steuern zurück, das macht neun, mehr ist sowieso nicht drin, schreiben Sie dazu ein paar Außenstände als Verluste ab, und schon haben Sie noch ne halbe Million gespart, wie finden Sie das?
—Ja, durchaus, äh, das sieht hochinteressant aus, Mister Gibbs...
—Scheiße, sind die stramm, völlig aus der Mode, sieht man gar nicht mehr, stimmts, Beamish? Wo zum Teufel sind die überhaupt her? Muß wohl...
—Du weißt ganz genau, wo die herkommen, diese kleine Schlampe Rhoda, was denkst du...
—Moment, du hat Goodwill vergessen, Beamish auch ein Goodwill muß gezahlt werden, dein Problem, Tom, dein Problem ist, daß du kein kleines scheißbißchen Goodwill hast, 'n bißchen Goodwill für Rhoda sollte dir eigentlich...
—Was zum Teufel soll das denn heißen, Goodwill für Rhoda? Wenn sie hier gewesen wäre und auf ihn gewartet hätte, wie sie es an dem besagten Abend hätte tun sollen, dann wären wir jetzt nicht hier.
—Wenn sie an dem Abend hier gewesen wäre, hätte er sich wahrscheinlich ein Ei orange angepinselt und sie da aufgehängt und nicht sich selbst, am Ende zählt nur noch die Rache, ich bin sein Freund und war nicht hier, Scheißrache das, du läßt ihn allein, und das ist jetzt seine Rache, will auf dem Heldenfriedhof von Arlington beerdigt werden, alles aus Rache, stimmts, Beamish? Denn auf dem Rechtsweg geht alles den Bach runter.
—Nun ja, äh, das ist nur ein Wunsch, Mister Gibbs, rechtlich weder für die Familie noch die Nachlaßverwalter bindend, und falls...
—Nein, Scheiße, der will da beerdigt werden, und also kommt er da auch hin, da draußen auf seinem Vorposten, weit vor der ganzen beschissenen Front, da gehört er einfach hin, Moment, schalt mal das Licht wieder an und nimm die Tasse da...
—Dann beeil dich gefälligst, was willst du denn noch...
—Will nur noch das Scheißmanuskript holen, warte noch 'n Moment, Beamish, haben Sie schon mal Schramms Film gesehen? Das einzige Scheißding, das er je geschrieben hat, 'n Western, in dem nicht mal sein Name genannt wird, der Film hieß Schmutzige Tricks, und nicht einmal seinen Namen haben sie genannt...

—Ich fürchte nein, Mister Gibbs, ich, ich gehe für gewöhnlich nicht ins ...
—Scheiße, Jack, mach jetzt ...
—Der gleiche Scheiß wie sonst auch, bloß als Western, darin kommt auch so ein Scheißgeneral vor, der Wetten auf den Ausgang der Schlacht abschließt wie der liebe Gott, Schramm hält die Stellung, denn der Tag gehört dem Herzog, der diesen Sieg errang, will nur noch die Hemden einpacken, Moment noch ...
—Scheiße, Jack, komm endlich!
—Doch wozu das alles, sprach das kleine Peterchen, Moment, nur noch schnell das Buch, kleines rotes Scheißbuch auf dem Fußboden, das darf ich nicht nochmal hier liegenlassen, wozu, sprach er, weiß niemand, doch wars ein großer Sieg, weißt du, wer das geschrieben hat? Southey, Robert Southey, derselbe, der auch, Moment ...
—Also warum zum Teufel nimmst du denn einen einzelnen Schuh mit?
—Hab nen Freund, der 'n Schuh braucht, derselbe, der auch geschrieben hat Mein Name ist Tod, der letzte gute Freund bin ich, wie findest du das? Das auf Schramms Grabstein, wie findest du das ... ?
—Mach mal Platz, damit ich die Tür abschließen kann, los, los, passen Sie hier im Dunkeln auf die Stufen auf, Mister Beamish ...
—Danke, ja, ich, ich möchte mich bei Ihnen beiden bedanken, bei Mister Gibbs für seine interessanten Vorschläge hinsichtlich Triangle und ...
—Was? Ach, Sie sind das, Beamish, hab gerade keine Hand frei, stellen Sie sich vor, der Grabstein auf dem Friedhof von Arlington und darauf steht, es ruht im Feindesland, wie finden Sie das, Beamish?
—Mister Gibbs, Sie sollten mehr auf sich achtgeben, mit einer solchen Angina ist nicht zu spaßen ...
—Haben Sie noch nie einen deutschen Soldatenfriedhof gesehen, Beamish? Die gibts da drüben überall, die haben sie begraben, wo sie gefallen sind, immer die gleiche Scheiße, und nur aus Rache, es ruht im Feindesland, das Problem ist, daß niemand den armen Teufel je gefragt hat, ob er auch da ruhen will ...
—Ja, ich, äh, leider verstehe ich kein Deutsch, aber natürlich ...
—Das heißt, hab die Höschen vergessen, Tom, das heißt, er ruht im Land des Feindes, ich dachte, die wolltest du vielleicht Mrs. Schramm mitbringen ...
—Jack, paß auf, können Sie die Treppe erkennen, Mister Beamish? Ich

fahre jetzt in die Stadt und kann sie gern ein Stück mitnehmen, wenn Sie ...
—Warte, ich komm auch mit, Tom, muß nur noch ein paar Unterlagen für meine Recherchen einstecken. Beamish? 𝕰𝖘 𝖗𝖚𝖍𝖙 𝖎𝖒 𝕱𝖊𝖎𝖓𝖉𝖊𝖘𝖑𝖆𝖓𝖉, wie finden Sie das?
—Nun ja, es, äh, ich denke, diesen Punkt müßten wir nochmal erörtern, Mister Gibbs, die Friedhofsbehörde könnte die darin zum Ausdruck gebrachten Gefühle möglicherweise als deplaziert ...
—Scheiße, ich versuch doch die ganze Zeit diesen Punkt zu erörtern, Tom, man kann ja auch keinen Scheißdreck erörtern, wenn wir hier draußen im Dunkeln rumstehen, laß ihn mal rein, ich hab hier so 'n Buch, das Beamish bestimmt auch noch erörtern möchte, nämlich den Hexenhammer, Malleus Maleficarum, Beamish, juristische Vorstellungen des fünfzehnten Jahrhunderts in voller Blüte, Fragen und Antworten, Tom, er hat gesagt, er will die Fragen und Antworten erörtern, aber wie soll ich ihm das Scheißding hier draußen im Dunkeln vorlesen?
—Scheiße, Jack, du läßt ja alles fallen, warte hier, bis ich ...
—Hör mal ... hörst du das? Klingt wie 'n Telefon, hörst du das?
—Warte hier, bis ich die Tür ...
—Klingt wie 'n Telefon ...
—Warte ... die Tür erzitterte, —Moment ...
—Nun ja, ich kann nicht mehr warten, Wiedersehen ...!
—Bast ...? Oh, ich hab Sie da oben gar nicht gesehen, tut mir leid, daß ich Sie schon wieder störe, aber Jack möchte etwas ...
—Nein, kommen Sie nur rein, das ist schon recht, ich ... er rutschte über 24-0,33 l Flsch Zerbrechlich! hinab. —Ich habe gerade nach etwas gesucht ...
—Fast wie in Pittsburgh, nicht wahr, Beamish? Man nimmt sich einfach Moody's Industrials und nimmt Platz, der Herr hier möchte etwas mit dir erörtern, Bast, Bast? Das Manuskript mit dem blauen Umschlag, wo zum Teufel ist das? Hat mir versprochen, mir seine Expertenmeinung kundzutun, das sollte man eigentlich immer tun, wenn man nicht mehr durchblickt, dafür sind die Rechtsverdreher ja da, aber wo zum Teufel ist er denn hin?
—Ja, es liegt, es liegt da oben auf den Kisten, Mister Gibbs, die mit der Aufschrift Cornflakes da oben beim Kühlschrank, ich hab es dahin gelegt, damit es nicht ...
—Jack, leg die Sachen weg und hol endlich dein Zeug.

—Hier, hab dir nen Schuh mitgebracht, Bast, die Schlabbersohle mit der du da rumläufst, geht sowieso bald ab, deshalb hab ich dir nen Schuh mitgebracht.
—Ja, sie, sie ist tatsächlich heute nachmittag abgegangen, aber, ein einzelner Schuh?
—Der linke ist doch noch gut, war das nicht so? Dachte, du brauchst nur nen rechten, verdammt schicker Schuh übrigens, gehörte dem seligen King George V, wo ist die Flasche, Bast? Kannst du das mal 'n Moment halten ... ?
—Hör zu, Jack, du wirst diesen ganzen Kram nicht mitnehmen, was wolltest du eigentlich hier holen?
—Die Flasche, Tom, muß nur ne kleine Recherche anstellen, Raindance und Mister Fred ...
—Gut, hör zu, ich kann nicht länger auf dich warten, ich ...
—Nein, warte, warte noch, ich komm mit, Scheiße, wenn ich hier bei Bast bleibe, enden wir beide noch dort, wo sich die funkelnden Ströme vereinen wie Paul und Virginia, nur noch eins ... er ging an Mazola Neu Noch Besser vorbei, —du hast mich doch nach Stella gefragt, Bast, das Buch, das ich hier hab, da steht alles drin ... und er ließ sich schwer auf das armlose Sofa sinken. —Hör zu, ich habs mir hier angestrichen, hör zu, so daß im Hinblick auf Wahngebilde, das männliche Glied betreffend, die Frage erlaubt sein muß, ob der Teufel sein Gaukelwerk, wenn schon nicht, den Stand der Gnade vorausgesetzt, auf passivem Weg, so doch zumindest auf aktivem Weg bewerkstelligen könne, einfach aufgrund der Tatsache, daß der sich im Gnadenstand befindliche Mann einer Täuschung unterliegt, wenn er sowie weitere Zeugen das Glied vermissen, wo es doch sehr wohl noch an seinem Platz ist ...
—Mister Gibbs, ich, ich glaube, Mister Eigen wäre jetzt soweit ...
—Das mit den weiteren Zeugen gefällt dir, was? Dann hör zu, und was sodann von jenen Hexen gehalten werden muß, die auf diese Weise in großer Zahl männliche Organe sammeln, manchmal bis zu zwanzig oder dreißig Glieder zugleich, und sie in einem Vogelnest verstecken oder in einer Truhe verschließen, woselbst sie sich wie lebendige Glieder bewegen und Hafer und Mais verzehren, wie dies von vielen bezeuget worden ist und allgemeiner Überlieferung entspricht, hast du sowas schon mal gesehen, Tom?
—Nein, und ich ...
—Könnte 'n nettes Musical abgeben, aber hör zu, auf diese Weise hatte eines Tages auch ein gewisser Mann sein Glied verloren und berichtete,

daß er deswegen zu einer allseits bekannten Hexe gegangen sei, weil er sein Glied wiederhaben wollte. Sie habe den betroffenen Mann geheißen, auf einem bestimmten Baum zu steigen und sich aus einem Nest, in dem sich bereits mehrere Glieder befanden, das zu nehmen, welches ihm am besten gefalle. Und als er sich ein großes genommen, sagte die Hexe, daß er dieses eine nicht haben könne, weil es dem Dorfpriester gehöre. Könnte doch 'n peppiges Musical abgeben, oder etwa nicht?
—Bast, ich muß Sie mit ihm alleinlassen, ich muß runter zur ...
—Warte, Tom, Scheiße, läßt den armen Bast hier allein, er versucht, ne Oper zu schreiben und braucht 'n Scheißlibretto, wer nicht will geigen, muß schweigen, ich hab gesagt, daß ich ihm helfe, das Klavier auszubuddeln, versuch doch nur, ihm zu helfen, wo Schramm jetzt nicht mehr da ist, stimmts, Bast? Sowie weitere Scheißzeugen, da hast du doch schon deinen Chor ...
—Also, es ist, es ist keine Oper mehr, Mister Gibbs, es, ich arbeite an keiner Oper mehr, ich habe sie zu einer Kantate umgearbeitet und ...
—Scheiße, siehste, Tom, Scheiße, siehste? Der weise Mann kratzt die Kurve, und niemand ist mehr da, ihm zu sagen, wo's langgeht, stimmts, Bast? Wenn du ne Kantate schreibst, brauchst du keine Handlung, das Problem ist nur, daß alle wissen wollen, wo's langgeht, aber du kommst plötzlich ohne Handlung an, alle suchen so einen Weisen, der ihnen sagt, was man tun soll, aber dieser weise Scheißer kommt dahinter, daß er auch nicht viel schlauer ist und geht darob die Wand hoch und ist weg, und wir sitzen hier, gucken uns seine Fußspuren an und denken, er hat alle Weisheit mit ins Grab genommen ...
—Mister Eigen, da Sie gerade hier sind, ich, ich wollte Sie fragen, was ich mit der Strom ...
—Abraham Lincoln spukt um Mitternacht, und wir sitzen hier rum und glotzen seine beschissenen Fußspuren an, wo zum Teufel ist er hin, Fußspuren überall, sogar auf der Post, hab noch nie so viel Scheißpost gesehen, Bast, wo ...
—Ja, also, das, das da habe ich für Mister Grynszpan aussortiert, von Consolidated Edison wegen einer Rechnung über zwölfhundert ...
—Einfach 'n Scheiß-Mißverständnis, Bast ...
—Ja, bloß, ich verstehe nicht, warum man das Gas gesperrt hat, aber nicht den Strom, wenn er Schulden in Höhe von zwölf ...
—Alles ist gesperrt, Bast, Grynszpan geht nur den unerfreulichen Begleiterscheinungen aus dem Weg, hat das Hauptkabel angezapft

und den Zähler umgangen, das spart allen ne Menge Ärger, das ganze Scheiß-Rechnungswesen, spart Consolided Edison ne Menge Ärger mit dem Scheiß-Rechnungswesen, spart denen Porto, Anwaltskosten und so weiter, der ganze Aufwand findet mangels Masse einfach nicht mehr statt, sogar der arme Scheißer vom E-Werk, der mit seiner Taschenlampe im Keller zwischen den Mülleimern nach dem Zähler sucht, braucht nicht mehr zu kommen ...
—Bast, sehen Sie, ich muß in die Stadt, wenn Sie heute hier übernachten, können wir ihn vielleicht in die andere Wohnung bringen und lassen ihn da seinen ...
—Ich komm sofort, Tom, will nur noch kurz die Post durchsehen, jemand, Bast muß die sortiert haben und hat sogar die zerschnitzelten Briefe wieder zusammengesetzt, haben Sie vielleicht Freunde bei den Indianern, Bast? Irgendwelche Indianer, Tom?
—Ja das, ich habe die obere Hälfte noch nicht gefunden und weiß also nicht, ob ...
—Nette Einladung, Bast, wir fahren alle hin und besuchen die, angeblich haben die da irgendwelche Felsen, die wir uns angucken sollen, klingt so, als ob sie was verkaufen wollten, Scheißindianer, verkaufen dauernd was, Mineralienschürfrechte steht da, und Bohrgenehmigung auf Pachtbasis, in Wirklichkeit sitzen die auf der Veranda und flechten 'n Haufen Körbe, die niemand haben will, wer zum Teufel ist denn Eunice Begg, kennt jemand eine Eunice Begg? Stinksauer wegen irgendwas, das sieht man schon vom unteren Teil, sie ...
—Nehmen Sie seinen Arm, vielleicht können wir ihn ...
—Moment noch, was, warte mal, Unterteil vom Büro von Senator Milliken, kennt Grynszpan irgendwelche Senatoren, Tom? Jederzeit dazu bereit, alles zu diskutieren, was dem Wohlergehen des Wahlkreises dienlich sein könnte, will Geld, immer wenn die Arschlöcher Formbriefe schreiben, wollen sie Geld, zwei halbe Eintrittskarten für Fünftausend Jahre ägyptische Geschichte im Vortragssaal des Hunter College mit freundlichen Empfehlungen, wo sind die beiden anderen Hälften? Da komm ich mit, Bast. Klingt ja wahnsinnig interessant ...
—Mister Gibbs, ich, wenn Mister Eigen Sie an einem Arm faßt und ich ...
—Nur noch eine Sekunde, Bast, ich komm sofort, irgend jemand ist stinksauer, weil alle Webmaschinen demontiert und nach Südamerika verkauft werden, wollen streiken, Moment mal, haben auch 'n Friedhof, Alter und Treuer Orden, der, Moment, irgend so 'n Scheiß-

Friedhof, wir könnten vielleicht einen brauchen, Tom, wenn Schramm nach Arlington kommt, könnts Ärger geben, weil da schon hundertsiebenundfünfzigtausend zusammengepfercht sind wie Ölsardinen, könnten vielleicht einen, Gott, verdammt, also gut, ich komm ja schon, klingt aber nach ner verdammt guten Gelegenheit, gleich 'n kompletter Scheißfriedhof... er stützte sich gegen 25-200 g Pckg Fruit Loops, —nimmste deinen Baldung nicht mit, Tom? Rhoda mit dem Diadem aus Haar, hübschester Scheißname, hätt ich mir selber nicht besser ausdenken können, solltest dir auch so einen zulegen, klingt nach ner verdammt guten Gelegenheit... und er torkelte am armlosen Sofa vorbei, Mazola Neu Noch Besser entgegen, —kompletter Friedhof, kann man Grundstücke zwei mal zwei Meter fünfzig verkaufen statt zwanzig mal fünfundzwanzig, außerdem wesentlich mehr Mieter, die sich im übrigen nie beklagen, keine Probleme mit der Heizung und der ganze Ärger, ich komm ja schon, Tom, brauch nur noch meine Unterlagen da hinten, dauert nur ne Sekunde...
—Jack, warte, Scheiße, warte, was zum Teufel machst...
—Brauch bloß die Bündel von oben, Bast, kannst du mal die Lampenschirme wegschieben...
—Ich hab gesagt warte! Hör zu, Scheiße, die kannst du nicht alle mit in die Stadt nehmen, ich hab gerade erst ne Ladung Zeitungen herschaffen lassen, sind die schon angekommen, Bast?
—Ja, sie, das wollte ich Ihnen noch sagen, ja, ich habe sie auf die Badewanne gelegt und...
—Scheiße, Jack, guck dir das an, ich hatte noch keine Zeit, sie zu lesen und auszuwerten und hab sie deshalb hierher bringen lassen, und jetzt willst du sie wieder...
—Schon gut, Tom, das ist was anderes, Morning Telegraph, und das ist die Scheiß-Times, nennt sich selbst die Zeitung mit den meisten Fakten, aber glaubst du etwa, man findet da etwas über den Werdegang von Mister Fred, von wegen Zeitung mit den meisten Fakten.
—Hör zu, wenn du deinen Scheiß mit zu mir nehmen willst, fliegt er morgen auf den Müll...
—Raindance unter Melindez, alles hängt von den Pferden ab, Tom, kannste mal den Stapel da unten rausziehen, Bast? Keine Angst, Bast hilft uns gerne, stimmts, Bast?
—Also gut, aber hör zu, Scheiße nochmal, morgen fliegen die auf den Müll, was immer du, paß auf die Tür auf...
—Paß auf die, warte mal, warte, sag Bast, wie spät es ist, damit er mal

von der richtigen Grundzahl ausgeht, alles hängt von den Pferden ab, das ganze Glück der Erde, Bast hier kann bis Mitternacht nicht mal seine Uhr stellen, stimmts? Deshalb hör mein Rufen durch den Schoß der Schlucht und die funkelnden ...
—Nehmen Sie, schon gut, Bast, wir schaffen das schon, machen Sie nur die Tür wieder zu ...
—Ich kann gar nichts erkennen, aber erinnert mich irgendwie an Pittsburgh ...
—Hör zu, Jack, Moment, gib mir das Bündel und paß auf, daß du nicht ...
—Scheißtreppe, man sieht ja gar nichts, hör mal. Hör mal, hörst du das? Irgendwo klingelt 'n Scheißtelefon, und ich seh rein gar nichts ...
—Hallo, Mister?
—Tom, da ist jemand auf der Treppe, tritt nicht auf ihn drauf ...!
—Mister, Sie kommen aus die Wohnung an Ende von Flur? Ist leer jetzt, er ist in Sack weggegangen, Mister?
—Was, was zum Teufel wollen ...
—Mister, meine Frau, fünf Stock, ihre Beine, sie kann nicht mehr ab und auf gehen, Mister ...
—Im Sack weggegangen, Scheiße, ich steck dich gleich mal in den ...
—Jack, halts Maul und laß den armen Mann in Frieden, halt nur die Tür fest ...
—Den steck ich in nen Scheißsack ...
—Beeil dich, da ist ein Taxi ...
—He, da sind ja auch unsere fünf Jones & Co. und schieben ihr Scheiß-Clubhaus über die ...
—Hör zu, warte einfach hier, wenn er dich mit dem Haufen Zeitungen sieht, hält er bestimmt nicht an, warte hier ...
—Achtung, Tom, die cinco Jones überrollen dich gleich mit ihrem Scheiß-Club ...
—Que dice?
—Dice sin cojones, coño ...
—Madre, coño ...
—Paßt doch auf, Ihr Scheißkerle ...
Scheinwerfer drehten bei, hielten am Straßenrand. —Jack! Hier ...!
—Den da nehm ich aber nicht mit, Kumpel.
—Sie werden uns beide genau dahin fahren, wohin ich es Ihnen sage, los, rein damit, Jack ...
—Hijo de ...

—Verdammte Scheiße...
—Coño mira el coche coño...!
—Steig ein, mach die Tür zu, was zum Teufel ist denn jetzt schon wieder... was war das?
—Scheiß-Clubhaus, cinco Jones & Co haben ihr Clubhaus direkt gegen nen Laternenmast donnern lassen, die wollten mich ohne jeden Grund zusammenschlagen...
—Verriegeln Sie besser die Tür, Fahrer, wenn Sie hier nicht ganz schnell verschwinden, dann haben Sie fünf durchgedrehte Puertoricaner am Hals, die Ihnen... er wurde in den Sitz gepreßt, als sich der Wagen in eine lange Kurve legte, dann, vor einer Ampel, bremsten sie plötzlich.
—Verrückte Scheißer, die steck ich auch in nen Sack, wie findest du das? Steck cinco Jones alle in einen Sack, wie findest du das?
—Hör mal, kannst du nicht wenigstens solange die Klappe halten, bis wir da sind?
—Hab Old Struggler vergessen, Tom.
—Ich hab was zu Hause.
—Und die Scheißhemden hab ich auch vergessen... Dann sanken sie in die Polster zurück, überließen sich kreischenden Brems- und unerwarteten Überholmanövern und starrten, ein jeder für sich, aus dem Fenster.
—Auf dieser Seite, Fahrer, letzte rechts, Jack? Steig schon mal aus, ich reich dir dein Zeug an...
—Sekunde, will da noch nach nem Schuh suchen, vielleicht einer von Hardy...
—Scheiße, nimm dein Zeug, los... Die Tür knallte zu, er reichte Geldscheine durchs Fenster. —Steh auf, Jack, was suchst du da?
—Schramm.
—Scheiße, steh jetzt vom Bürgersteig auf, und die Zeitungen läßt du am besten hier liegen, wenn du nicht...
—Nein nein nein, alles hängt von den Pferden ab...
—Also gut, dann stell sie hier rein... er sortierte seine Schlüssel, —ich halt dir die Tür auf, gut, daß sie wenigstens den Fahrstuhl repariert haben... und während sie hochfuhren, sortierte er weiter seine Schlüssel. —Halt die Tür auf, damit ich was erkennen kann... Er schob den Schlüssel ins Loch und drückte mit dem Knie die Tür auf, —schieb sie da in den Flur, ich mach das Licht in der Küche an.
—Du solltest hier ausziehen, Tom, such dir ein freundliches kleines

möbliertes Zimmer mit bedruckten Gardinen und ner Kochplatte, zieh aus, zum Teufel noch mal.
—Ich hab ja nicht einmal den Koffer ausgepackt, ich kam aus dem Flugzeug und sah mich um, dachte sogar, vielleicht holt sie mich mit David vom Flugplatz ab, daran siehst du, wie scheißdämlich ... er hatte die Kühlschranktür aufgemacht und rammte ein Messer unter das Tablett mit den Eiswürfeln, —das Scheißding ist nicht mehr abgetaut worden, seit, was suchst du?
—Flasche, hier unten ist nichts außer Meister Prop ...
—Steht direkt hinter dir, ich dachte, daß sie vielleicht mein Telegramm nicht bekommen hat, aber als ich hier ankam, war mir sofort alles klar, und dann hab ich ihre Freundin Joan angerufen, dann hab ich im Büro angerufen und hab dort deine Nachricht bekommen, daß wir uns mit Beamish treffen, hol mal zwei Gläser.
—Da steht nur Liqueur Deluxe drauf, was zum Teufel ist das für'n Zeug?
—Ich weiß nicht, was das für'n Teufelszeug ist, ich habs auf die Schnelle am Frankfurter Flughafen gekauft, aber was anderes gibts nicht. Sie hat alle Flaschen in der Wohnung leergemacht, bevor sie abgehauen ist.
—Schade, daß sie nicht den Meister Proper ausgetrunken hat, wo sind denn die Gläser ... ?
—Schau mal in der Spüle nach. Und Joan Bartlett sagte, daß du anrufen würdest, woher zum Teufel wußte sie das? Kriegt mein Telegramm und springt in den nächsten Zug, Scheiße, Jack, spül die erst aus, da ist ja noch Milch drin. Wen sollte ich denn sonst anrufen? Die Bartletts lassen sich scheiden, Tom, Joan sagt, sie kann nicht mit einem Mann zusammenleben, vor dem sie keine Achtung hat, hat immer die Bartletts vorgeschoben, wenn sie eigentlich über uns gesprochen hat, nettes junges Paar, das auf alles, was ihnen gehörte, Birnen gemalt hat, das ging so, bis er seinen Job verlor. Joan sagt, sie kann keinen Mann achten, der keine Achtung vor sich selber hat, und das arme Arschloch willigt in alles ein, zieht aus und darf dafür am Wochenende die Kinder besuchen, hat wohl ein freundliches, kleines möbliertes Zimmer mit Kochplatte gefunden, und jetzt geht sie gerichtlich gegen ihn vor, weil er sie verlassen hat.
—Scheiße, aber das Schöne an Marian ist, daß sie so scheißanständig ist, weil, sie tut das nämlich alles nur für dich, Tom, hat sie mir selbst gesagt, noch scheißanständiger gehts doch gar nicht, bringst du Zigaretten mit?

—Das wollte ich dich gerade selber fragen, er ging durch den dunklen Flur voraus, kickte einen kleinen roten Turnschuh ohne Schnürband bis ans andere Ende, hob ihn dort auf, ertastete den Lichtschalter, ging zu einem Sessel und ließ sich schwer in die Polster fallen. —Sieh mal unter der Post nach, siehst du, wie sorgfältig sie das für mich hingelegt hat? Jeder Brief enthält ne Scheißrechnung, außer der Postkarte, die ich David geschickt habe, hab ihm geschrieben, daß ich so schnell wie möglich wieder nach Hause komme ... er beugte sich vor und legte den Turnschuh auf den Fußboden, lehnte sich wieder zurück und trank, bis nur noch Eis im Glas war. —So scheißanständig, daß sie's selber glaubt, hat Kurt Weill mitgenommen und mir Mahler dagelassen, hat den Deckel des Doppelkochtopfs mitgenommen und mir den Topf dagelassen, so scheißanständig, daß sie alles nur für mich tut, und was ist mit David? Wie viele Scheißmale hab ich ihr gesagt, wir könnten es schaffen, und wenn auch nur für David ...
—Scheiße, das ist doch das Falscheste, was du ihr überhaupt hättest sagen können, schon diese Scheißmutter bei Salomon hätte nichts dagegen gehabt, das Kind in zwei Hälften zu schneiden, die untere Hälfte ist deine, zu diesem Zeitpunkt das Falscheste, was du ihr sagen konntest, zu nem Zeitpunkt, als sie nur noch ihre eigene Seifenoper inszenieren wollte, das Falscheste, was du ihr sagen konntest, Scheiße.
—Also Scheiße, ja, sie, laß sie doch ihre eigene Scheißseifenoper spielen, aber ist das etwa ein Grund, David alles zu nehmen, was er je ...
—Die Sache ist, die ganze Scheißsache ist die, daß sie einerseits ernstgenommen werden will und gleichzeitig ein Korsett braucht, das sie stützt, so im Stil von hochbegabte Frau, die man nie gelassen hat, sitzt stattdessen den ganzen Tag hier rum und trinkt Meister Proper und legt sich so ein ganzes Scheißdrama zurecht, in dem jeder seine Rolle hat. Araber, Israelis, Iren, überall der gleiche Scheiß, haben Angst, daß man sie vielleicht nicht ernst nehmen könnte, Scheißiren wissen, daß jeder sie für einen Scheißwitz hält, und das macht alles noch schlimmer, selbstgerechte Scheißisraelis, gleiche Scheiße, nehmen den Topf und lassen den Arabern den Deckel, allen hängen die dermaßen zum Hals heraus, weil sie immer nur rumrennen und nach nem Publikum schreien, das sie ernst nimmt, gleiche Scheiße, machste das mal voll? Das ganze Scheißproblem, das schmeckt ja nach Aprikosen, das ganze Scheißproblem, hör zu, das ganze Scheißproblem, hab ich bei Wiener über Kommunikation gelesen, je komplizierter die Botschaft, desto

größer die Möglichkeit für Scheißirrtümer, nimm doch nur mal die paar Jahre Ehe, da geht so ein dermaßen riesiger Scheißkomplex von Botschaften hin und her, daß man keinen Scheiß mehr rüberbringt, zuviel Entropiescheiße überall, man sagt guten Morgen, aber sie hat Scheiß-Kopfschmerzen und denkt, dir ist es scheißegal, wie sie sich fühlt, frag sie, wie sie sich fühlt, und sie denkt, du willst sie nur vögeln, und wenn du das versuchst, sagt sie, das ist das einzige, was du an ihr ernst nimmst, sie läßt dich im Regen stehen und rennt rum wie die Scheißisraelis und wedelt mit dem Deckel und bindet allen auf die Nase, wie sehr sie im Recht ist. Scheißaraber sitzen da total wahnsinnig mit ihrem Topf, und wir tun so, als ob wir sie ernst nehmen, aber das einzige, was wir wollen, ist ihr Scheißöl ...
—Jack, hör mal, von diesem Zeug kann dir verdammt übel werden, wenn du ...
—Nur weil wir ihr Scheißöl wollen, sollen wir sie auch noch ernst nehmen, die finden immer irgend so 'n Arschgesicht, das ihnen zuhört und sie als das ernst nimmt, was sie sind, nickt bedeutungsschwer und guckt ihnen dabei unter den Rock, hochbegabte Frau, die man bloß nie gelassen hat, hört einfach zu, und ihr ist das scheißegal, wer es ist, solange sie nur ernstgenommen wird, wenn sie schließlich denkt, daß er nicht nur hinter ihrem Topf her ist, macht sie für ihn die Beine breit, überall die gleiche Scheiße, immer wieder, schmeckt nach Aprikosen, was ist das für'n Teufelszeug?
—Warum zum Teufel, warum bin ich ihr überhaupt über den Weg gelaufen? Irgend so ne Agentur-Party, zu der ich beinahe nicht hingegangen wäre, wahrscheinlich hätte ich sie sonst nie kennengelernt, und sie wäre beinahe auch nicht hingegangen, Scheiße. Warum zum Teufel ist einer von uns beiden bloß nicht weggeblieben ...
—Das Problem ist, daß das nicht geht, Scheißproblem, daß man hinterher nicht mehr spekulieren kann, Tom, hättest du sie nie getroffen, hättest du sie nicht geheiratet, und wenn du so weitermachst, spekulierst du noch das Kind weg, und das ist doch das einzige, was du dir nicht so einfach wegdenken kannst, und auch das einzige, was ich jemals in dieser Welt zustande ... Er spuckte Eis ins leere Glas zurück, —und das einzige, was ich habe ...
—Ich spekuliere, soviel ich will, paß auf, sie hat so ein selektives Gedächtnis, und damit rekonstruiert sie sich die ganze Scheißvergangenheit, hält mir vor, daß ich David eigentlich nicht gewollt habe, hat 'n echtes Gespür für die wunden Punkte. Nimmt die ganze Scheiß-

vergangenheit und konstruiert sie sich zurecht, die Fakten sind alle da, aber man erkennt sie nicht wieder, gib mal die Flasche rüber. Erzählt mir, daß ich vor seiner Geburt gesagt hätte, ich wollte David nicht, Scheiße, David gabs doch noch gar nicht, es gab da noch keinen David, und weswegen sollte man auch so ein hilfloses Würmchen, das vermutlich nichts wie leiden wird und das noch gar nicht existiert und noch nicht mal 'n Namen hat, warum zum Teufel sollte man sowas in so eine Scheißwelt wie unsere setzen? Scheiße, Jack, nimm deine Füße vom Sofa und von den Hemden da. Seit drei Monaten such ich vergeblich nach nem sauberen Hemd, finde aber nur achtzehn dreckige hinten im Schrank, die hat sie einfach da reingestopft ...
—Das Problem ist, daß es das Falscheste war, was du sagen konntest, Tom, und wenn auch nur für David, Scheiße, schlimmste Beleidigung ihr gegenüber, Sache ist die, die ganze Scheißsache ist die, daß du sie auf ihre Art nicht ernstgenommen hast, folglich sucht sie sich ihren eigenen Weg, wenn du ihr so eine Waffe in die Hand drückst, findet sie einen Scheißweg, um dich fertig, ungenießbar ohne Eis, dieses Scheißzeug. Ohne Eis krieg ich das nicht runter, muß mich erst noch dran gewöhnen, Scheißiren packens nicht mit blauem Auge, packens nicht ohne blaues Auge, immer der gleiche Scheiß, man muß sich eben dran gewöhnen, Tom ...
—Scheiße, hör mal, sich gewöhnen, um Erlaubnis fragen, wenn ich meinen eigenen Sohn sehen will, wenn du denkst, daß ich mich daran gewöhne ...
—Schlimmste Scheiße, wo gibt, ist, daß man sich nie an die schlimmste Scheiße gewöhnt, man steht zwei Stunden an der beschissenen Straßenecke, und die Besuchszeit verrinnt, man tut so, als ob man gehen muß, weiß aber nicht, wohin man gehen soll, der Scheißwind bläst einem um die Ohren, und man tut so, als ob man gehen muß, sie weiß verdammt gut, daß ich nicht gehen muß, sondern denkt, daß ich gehen will, dem Scheiß-Familiengericht kann man sowas nicht erklären, die zwei Stunden sind vorbei, und sie steht da und winkt und denkt, ich wollte sie da an der Scheiß-Straßenecke allein lassen, und die ganze Zeit diese Scheißwerbung im Schaufenster von diesem Scheißdrugstore, Stützapparate und Prothesen für die ganze Familie ... gegen den Türrahmen gestützt, rappelte er sich hoch, —weiß nicht, wohin ich gehen soll, und sie steht da und winkt, und du tust so, als ob du gehen mußt, wollte mir immer schon mal diese Familie mit den Stützapparaten ansehen ...

—Warte mal, Scheiße, Jack, da hängt ein Hemd an deinem ...
—Muß nur mehr Eis holen ... er schüttelte sich das Hemd vom Fuß, ging in den Flur, —ohne Eis krieg ich das nicht runter ... er schaffte die Ecke zur Küche und knallte den Eisbehälter gegen die Spüle, als es an der Tür klingelte, —Moment, scheiß drauf ... Er ging hin, öffnete und sah nach unten —was ... ?
—Hi, ist Mister Eigen da?
—Niemand zu Hause.
—Oh, wollen Sie dann, wollen Sie dann vielleicht ein paar Grußkarten kaufen?
—Tom, hier ist 'n Junge, der Grußkarten verkauft, in welcher Klasse bist du denn?
—Sechs M, Mrs. Manzinel ...
—Tom, hier draußen ist 'n Junge aus der Sechs N, der sich seinen Lebensunterhalt mit Grußkarten verkauft. Was sind das denn für Grüße?
—Na ja, sehen Sie mal, das sind Karten für jede Gelegenheit, also für alle möglichen Gelegenheiten, sie sind alle ...
—Gelegenheitskarten, Tom, der hat welche für jede Gelegenheit.
—Für Geburtstage, Jahrestage, wissen Sie, eben für all diese verschiedenen Gelegenheiten wie ...
—Ich hab 'n Freund, der aus dem Fenster gesprungen ist, hast du dafür auch ne Karte?
—Also ehrlich, ich, vielleicht gute Besserung ...
—Gute Besserung bringts nicht mehr, der ist nach Haus gegangen und hat sich erhängt, hast du dafür ne Karte?
—Also ehrlich, ich, ich glaube nicht, aber vielleicht können Sie ja ...
—Ich hab ne Frau, die von meinem Unterhalt lebt und mit nem Verlagsvertreter schläft, tolle Gelegenheit, hast du dafür ne Karte?
—Also ehrlich, ich, hier wär was mit herzliches Beileid, vielleicht ...
—Jack, Scheiße, was machst du, hallo, Chris, was gibts?
—Oh, hi, Mister Eigen, ich, ich verkauf nur diese Grußkarten hier und ...
—Er sagt, die sind für jede Gelegenheit, Tom, aber jede Scheißgelegenheit, die mir einfällt, ist einfach nicht ...
—Jack, halt jetzt mal das Maul. Chris wohnt oben, er ist, wieviel kosten die denn, Chris?
—Ja also, zwei Dollar pro Satz, aber für fünf Dollar kriegen sie gleich drei und dazu noch diese Treueprämie mit Blumensamen ...

—Also gut, ich, ich nehm die für fünf Dollar, Chris...
—Laß ihn ausreden, Tom, wenn der was verdienen will, laß...
—Hier, Chris, und warte mal...
—Danke, Mister Eigen, ehrlich...
—Scheiße, warum hast du ihn nicht ausreden lassen, Tom, hat uns gar nicht gesagt, was das für Blumensamen...
—Ich brauche die Karten und die Blumensamen im Augenblick noch nicht so dringend, Chris, ich, nimm sie bitte einfach wieder mit und verkauf sie nochmal, und komm mich bei Gelegenheit mal wieder besuchen... er schloß die Tür, —Scheiße, Jack, wie redest du denn mit einem armen Kind, das...
—Was soll das denn heißen, arm? Weißt du eigentlich, wie hoch die Gewinnspanne bei diesen Scheißkarten ist? Der verdient mehr als ich, aber, Scheiße, Tom, der möchte gern glauben, daß er das verdient, wenn du das machst, nimmst du ihm seine ganze beschissene Berufsehre und untergräbst das ganze beschissene freie Unernehmer...
—Vergiß es! Hol dir lieber dein Eis!
—Eis hab ich schon, Tom, keine Angst, hör zu, das Scheißproblem ist, daß du David in jedem Scheißjungen siehst, das kannst du nicht machen, Tom, schenkst ihm fünf Dollar und denkst, du hilfst ihm mit diesem Geburtstags, Jahrestagsscheiß, nur wenn dem mal ne echte Chance über den Weg läuft, dann weiß der doch gar nicht...
—Scheiße, du läßt das Eis über den ganzen...
—Bin über die Scheißzeitungen gestolpert, ich dachte, die hättest du alle nach...
—Scheiße, das sind die, die du wieder hergeschleppt hast! Was zum Teufel glaubst du eigentlich...
—Warte mal, warte, das hätte ich fast vergessen, warte mal, Raindance und, haste mal 'n Stift? Warte mal, die hier...
—Ich hol dir 'n Stift... er zerrte ein Bündel nach vorn, —sind in meinem Arbeitszimmer... er tastete sich vor, schaltete das Licht an.
—Die kann man hier nicht ausbreiten, Tom, um die auszubreiten braucht man Platz.
—Jack, Scheiße, dann tu es auch nicht, ich such nur einen Stift... er suchte rund um die Schreibmaschine, stieß dabei auf Papiere und Büroklammern, auf ein Schaf, dem ein Bein fehlte, einen roten Fäustling, eine kaputte Spieluhr, eine Marionette, die sich in ihren Fäden verfangen hatte, ein Auto ohne Räder, Piglet ohne Standfuß, eine Uhr mit einen einsamen Minutenzeiger, stieß auf den Arm eines Teddybären,

einem Arm, der eine Trompete hielt, einen armlosen, kopflosen Soldaten, der marschierte, —finde hier nie meine Scheißstifte wieder ...
—Du mußt hier dringend auszuziehen, Tom, möglichst in ein kleines möbliertes Zimmer mit ner Kochplatte, sieht hier drin ja aus wie bei der Entstehung der Welt, Scheiße, Hälse ohne Köpfe, Arme, die nach Schultern suchen, der einzige, der es hier aushalten könnte, wäre Empedokles ...
—Also, Scheiße, ich, glaubst du etwa, ich ... er setzte sich auf den Stuhl, der vor der Schreibmaschine stand, —ein Schriftsteller, der nicht mal 'n Stift finden kann, und sie kennt die wunden Punkte genau, hat mir den Grund genannt, warum ich mit nichts fertig werde, weil ich nämlich Angst davor habe, mich mit mir selbst zu messen, und mit jener furchtbaren Langsamkeit, wie sie die Dinge im Traum haben ... und er riß das Blatt aus der Schreibmaschine. —Sie kreisten, ich feuerte, und dann waren sie fort, aber dort auf der Erde mit gebrochenem, Scheiße, Jack, kannst du dir vorstellen, wie oft ich das geschrieben habe? Umgeschrieben habe? Heiratet einen Schriftsteller, als wärs ein Politiker, und will, daß er gewinnt, sie glaubt, daß man an irgend so nem Scheißwettbewerb teilnimmt oder sich für irgendwas bewirbt, legst ihr deine Scheißzweifel in den Schoß, und sie ...
—Ich habs dir eben schon gesagt, Tom, das Schlimmste was du tun konntest, deine offenen Wunden in ihren Schoß zu legen, was zum Teufel erwartest du eigentlich? Und irgendwann zieht sie das Messer blank, eins von vielen, dem kann sie nicht widerstehen, du hast sie für sie ja griffbereit hingelegt, und sie weiß genau, wo sie sind, und kann ihnen nicht widerstehen, du sitzt hier drin und denkst, du schreibst 'n Stück, Charaktere kommen aus deiner Schreibmaschine, aber was zum Teufel glaubst du eigentlich, wem die ähnlich sehen? Du bist ja umgeben von diesen Scheißmessern, dazu 'n Haufen Arme ohne Schultern, wie direkt aus Empedokles, zum Teufel, was erwartest du eigentlich? Überall diese Scheißmesser, sie steht an der Spüle in der Küche, da unten ist 'n Mann ohne Hände, ohne Ohren, ohne Gesicht und säuft literweise, weil er die großen Flaschen besser mit seinen Gelenkstummeln festhalten kann, sie steht an der Spüle und zieht das Scheißmesser und weiß haargenau, wo man hinstechen muß, was zum Teufel erwartest du eigentlich ... ?
—Also gut, aber, Scheiße, schnür hier drin bloß nicht die Zeitungen auf ...
—Punkt ist, der Scheißpunkt ist der, daß das einzige Publikum, was

sowas aushält, Empedokles persönlich ist, wüste Gestalten mit unzähligen Händen, Augen, die umherirren und nach einem beschissenen Kopf suchen, Körperteile, die sich an den falschen Stellen miteinander verbinden, das müßte doch 'n irres Musical abgeben, vielleicht sollte ich Bast das mal vorschlagen, hübsche Operette, wenn da oben in dem Scheißnest plötzlich zwanzig, dreißig Stück von der Sorte zappeln und sich Hafer und Mais reinziehen, und unten verbindet sich alles an den falschen Stellen, Scheißdurcheinander, Köpfe recken sich schwellend aus dem Nest, dazu gibts 'n paar Takte aus Traviata mit nem kleinen Eröffnungschor von Cinco Jones & Co., wie fändest du das? Kleiner Hexenritt aus Hänsel und Gretel, wenn die Scheißhexe auftritt...
—Scheiße, Jack, hör zu, hilf mir mal, die Zeitungen in Davids Zimmer zu tragen... er hatte ein Bündel zu einer Tür gezerrt, stieß das dahinterliegende Dunkel auf und schaltete das Licht an, —hier kannst du sie durchsehen...
—Die Scheißhexe tritt auf, jodelt 'n bißchen Che volo d'augelli wie von Pagliacci, die Scheißköpfe recken sich in die Höhe, kommen runter und tanzen um die Hexe herum, ist doch ne irre Choreographie, findest du nicht? Der Dorfpriester schwillt zu einem dicken fetten Bariton an, singt uns Se vuol ballare aus Figaro und steppt dazu, und der Rest haut auf den Amboß wie in der Felsenschmiede im Walde, wie findest du das? Wollte Bast nur noch nicht die ganze Handlung verraten, seine Cousine ist ne Scheißhexe, die packt einen direkt an der Wurzel...
—Bring noch den letzten Packen hier rein, du kannst hier auch schlafen...
—Die Scheißwahrheit, Tom, ist die, daß die Scheißhexe da mit gespreizten Beinen auf einen wartet, aber leider ganz woanders ist, liegt da und läßt das wie ne Scheißkuh über sich ergehen, ist aber eigentlich ganz woanders, Bast wollte ich das nicht erzählen, Hexen können nicht weinen, wußtest du das, Tom? Bast, werd ich nur sagen, deine Scheißcousine macht dich fix und fertig...
—Hier rein, wo gehst du hin...?
—Scheißflasche, hab das Scheißeis verloren, wo ich mich gerade an das Zeug gewöhnt habe...
—Halt, an deinem Fuß hängt ein Hemd, verdammt, warte...
—Hab dir doch gesagt, die schlimmste Scheiße kommt irgendwann auf den Punkt, Hemden verfolgen einen bis hier rein, hübsches kleines möbliertes Zimmer, aber du brauchst Gardinen, Tom, aber dieses Zimmer kann ich nicht nehmen, will niemanden inkommodieren...

—Wovon redest du eigentlich, das ist ...
—Der offene Koffer hier, dachte mir schon, daß du Durchreisende aufnimmst ...
—Scheiße, Jack, das Zimmer ist leer, verdammt noch mal, kannst du das nicht, es ist Davids Zimmer, siehst du denn nicht, wie verdammt leer es ist? Er stellte die offene Reisetasche vom niedrigen Bett auf den einzigen Stuhl, —nur ne Tasche, die ich noch nicht ausgepackt habe, nimm mal deinen Fuß da weg ...
—Hillbillys Frau sagt, Zeb, nimm deinen Fuß da weg, du stehst auf heißen Kohlen, und Zeb sagt ...
—Scheiße, Jack, nimm nur den Fuß da weg! Du stehst auf einem Buch, du hast schon den Rücken ge ...
—Gute Idee, hatte ich schon vergessen, der Teil, wo die Scheißhexe die Jungfrau auf ein Zimmer schleppt, wo sie, wart mal, was zum Teufel ist das denn hier? Du hast gesagt, du würdest mein Buch mitnehmen, was zum Teufel ist das?
—Das mit dem Buch hab ich nicht gesagt, los, gib schon her, ich habs mir für den Flug gekauft.
—Herz der Finsternis, verdammt aufmunternde Lektüre, Herz der Finsternis, der Abschnitt am Schluß, wenn er ihr Bild und die Briefe wieder zurück ...
—Jack, Vorsicht, du, setz dich hin, sonst ...
—Von dem Scheißzeug wird einem kotzübel, die Stelle, wo sie sagt, du warst sein Freund, wo sie sagt, du wußtest um seine großen Pläne, etwas muß übrig bleiben, er wollte immer, daß jemand seine letzten Worte bewahrt, so ziemlich dasselbe, wenn du an die Mahagonitür klopfst und die Papiere zu Mrs. Schramm bringst, wahrscheinlich will sie unbedingt seine letzten Worte wissen, um sie für immer in ihrem Herzen zu bewahren, Zitat, denn gemeint und geschissen ist zweierlei, Mrs. Schramm, das dürfen Sie niemals vergessen ...
—Jack, halts Maul, ich, ich möchte heute abend nicht mehr darüber reden, hör zu, ich geh jetzt ins Bett und versuch, die ganze Scheiße bis morgen zu vergessen, mir ist richtig, mir ist richtig schlecht von allem ...
—Von dem Scheißzeug wird einem auch kotzübel, du hast kein Eis mehr, hier ...
—Ich will nichts mehr, nein, hab ich dir schon erzählt, daß ich seinen Scheißgeneral getroffen habe? Hat sich kein bißchen verändert, seit er seinen ersten Stern gekriegt hat, nachdem er Schramm da draußen hat

hängen lassen, glaubt immer noch, daß er vier Sterne hat, wenn du auf der falschen Seite neben ihm hergehst denkt er, du wärst nicht mehr da.
—Wer?
—Box, General Box, er gehört zum Vorstand der Firma, hat aber immer noch ein paar Beziehungen zum Pentagon, daher der General, praktisch die Idealbesetzung, um in diesem verrotteten Land weiterzukommen, wo man schon nen Bürgerkrieg angezettelt hat, um die Provinz abzuspalten, wo der ganze Scheißreichtum des Landes in Form von Mineralien liegt, und ich fliege dreitausend Meilen, um ihm seine Rede in die Birne zu hauen und damit er nicht sagt, Plato reimt sich auf Nato, Scheiße, Jack, ich halt das nicht mehr aus, das kleine Arschloch Davidoff, jede Rede, die ich schreibe, kauen wir zwanzigmal durch, bis er den Siegeszug der menschlichen Intelligenz endlich mit drin hat und sein zweischneidiges Schwert, das mit einem Schlag sämtliche Barrieren niederreißt, und nicht zuletzt seinen Scheiß-Eisberg, halst mir nen Chinesen auf, mit dem ich mir einen hinter die Binde gießen soll, und dann sitz ich mit dem da, und er bespuckt mich mit durchgekautem Fleisch quer über den Tisch, ich halt das nicht mehr aus, der Punkt ist der, in dem ganzen Laden ist nichts echt, das einzige, was in dem ganzen Scheißladen echt ist, ist das Gemälde von Schepperman, man sieht es, wenn man reinkommt, es ist so wahnsinnig echt, daß man ...
—Reden wir jetzt über Scheppermans Gemälde? Ich dachte, wir reden über Plato.
—Dieses riesige Gemälde von ihm, das jetzt in der Eingangshalle hängt, ich hab dir doch davon erzählt ...
—Du erzählst mir jedesmal von Scheppermans Gemälden, Tom, und was er so ...
—Aber ich, hab ich dir das denn noch nicht erzählt? Hab ich dir nie erzählt, was passiert ist? Wie ich Schepperman getroffen hab, als er gerade aus der White Rose Bar rauskam und er wirklich übel aussah, hab ich dir das nicht erzählt? Vor ein paar Monaten, hab ich dir das nicht erzählt?
—Den trifft man doch immer nur, wenn er gerade aus ner White Rose Bar rauskommt, wenn man dem 'n Zehner leiht, sieht man ihn nie wieder, außer man sieht ihn aus ner White ...
—Nein nein, das ist es ja gerade, es ging nicht um Geld, er hatte ne reiche Gönnerin, die ihm jeden Monat was zusteckte, er hatte wie 'n Berserker gearbeitet, sie hat ihm soviel gegeben, daß er Farbe kaufen

und in seiner Dachwohnung so gerade leben konnte, du kennst ihn ja, ihm ist Geld scheißegal, es ging um die Gemälde, er gab sie ihr und sah sie nie wieder, niemand sah sie je wieder. Wahrscheinlich hat sie sie irgendwo weggeschlossen und vermutlich nicht einmal angeschaut, niemand hat sie je gesehen, und jetzt Schepperman, wird aus der White Rose Bar geschmissen, wir ziehen in die nächste, und er haut wieder auf den Putz, von wegen seine Bilder wären nicht nur Bilder, sondern Statements, du hättest ihn sehen sollen, dreckiges Flanellhemd, er hatte sich seit ner Woche nicht mehr rasiert, und da legt er plötzlich den Kopf in seine Hände, er ist größer als ich, und man konnte sehen, wie sein ganzer Rücken zitterte, haut wieder auf den Putz und schreit was von seinen Statements, die man einfach weggeschlossen hätte, damit niemand sie sieht. Ein Statement nach dem anderen, und niemand kann sie sehen, und das Geld sei ihm scheißegal, nur daß seine Statements dort eingeschlossen seien, wo niemand sie sehen könne, aber genau das sei eben der einzige Grund, warum er die überhaupt gemalt habe, packt irgend jemand am Kragen und schreit, das stimmt doch? Das stimmt doch? Und aus dieser White Rose Bar werden wir auch rausgeschmissen ...
—Scheppermans Scheißstatements, da hängt immer noch eins von seinen Scheißstatements in Stein gemeißelt über der Scheiß-Eingangstür, wenn der Scheiß-Schulvorstand eines Tages dahinterkommt, daß es sich um Karl Marx handelt, dann, und ich hab versucht, ihm zu helfen, aber das ist das Dümmste, was man machen kann, ihm zu helfen ...
—Was zum Teufel willst du damit sagen? Das ist das beste, was ich gemacht habe, seit ich in dieser Scheißfirma bin, es ist sogar das einzige, das kleine Arschloch Davidoff rennt rum und sucht einen namhaften Maler, nachdem man sich zu diesem verlogenen Flirt zwischen Business und Kunst entschlossen hatte, ein großes Wandgemälde für die Eingangshalle, und das kleine Arschloch Davidoff rennt nur rum und sucht nen namhaften Maler, und kurz nachdem ich mich mit Schepperman getroffen hatte, dachte ich mir, dir werd ich was Namhaftes verpassen, du kleiner Scheißkerl. Ich telefonierte mit ein paar Leuten und erklärte Schepperman kurzerhand zum unentdeckten Genie, listete noch ein paar seiner alten Stipendien und Preise auf und ließ Davidoff in dem Glauben, daß er ihn entdeckt hätte, verhinderte aber, daß die beiden sich kennenlernten, und so kauften sie also dieses irre Ding von ihm, muß so etwa drei mal sieben Meter groß sein, Action-painting, nur Schwarz und Weiß, ich weiß nicht, wie die

Vorstandsheinis dieser Scheißfirma ihre grauen Zellen beisammenhalten können, wenn sie schon morgens so ein Ding sehen. Ich hab ihm dafür zwölftausend Dollar verschafft, war ihm scheißegal, aber das mußte sein, wäre der Preis niedriger gewesen, hätte der kleine Scheißkerl Davidoff nicht geglaubt, daß es sich wirklich um einen namhaften Maler handelt, aber Schepperman hat sich lediglich darüber gefreut, daß es an einer Stelle aufgehängt wurde, wo man es wirklich sehen kann ...
—Tom, der schlimmste Scheiß, den man machen kann, ist, den Scheißkünstlern zu helfen, die beißen die Hand, die sie füttert, von dem Zeug wird einem ja wirklich kotzübel, Tom, dem gings besser, als er noch beim Roten Kreuz Blut gespendet hat, um sich Farben kaufen zu können, von dem Zeug wird einem wirklich kotz ...
—Dann gib mir jetzt die Flasche! Scheiße, los gib sie her ...! Jack, hör mal, du siehst so elend aus, wie ich dich noch nie, du hast noch nie so elend ausgesehen, wie zum Teufel willst du morgen früh eigentlich vor die Klasse treten! Deine Stimme hört sich schlimmer an als ...
—Hör auf, Tom.
—Also, ich frag mich manchmal wirklich, wie du überhaupt Lehrer werden konntest. Wenn du da so erscheinst, schmeißen die dich ...
—Ich erschein da ja gar nicht mehr, Tom, die einzige Scheiße ist die, daß morgen Raindance und Mister Fred erscheinen müssen, wolltest du mir nicht einen Stift besorgen ...
—Schon gut, mal sehen, was sie dagelassen hat ... er öffnete einen Schrank, schniefte plötzlich, räusperte sich und schob mit dem Fuß einen Schuhkarton heraus, —Buntstifte, ich kann dir nen violetten Buntstift geben ...
—Ich will keinen violetten Scheißbuntstift, ich will 'n Scheißbleistift.
—Oder rosa, Scheiße, wie konnte sie das dalassen? Hat sogar die Weihnachtskrippe dagelassen, wie konnte sie die nur dalassen?
—Ich will keine Scheißkrippe, ich will nur 'n Scheißbleistift.
—Du kannst 'n violetten Scheißbuntstift haben oder 'n rosa Scheißbuntstift, wenn du ...
—Dann nehm ich den scheißvioletten.
—Hier ... er setzte sich am Ende des niedrigen Betts neben einen Fuß, bedeckte seine Augen mit der Hand, —Scheiße, Jack, wie schaffst, wie schaffst du es bloß über Weihnachten?
—Der nette Scheiß-Familienrichter regelt das schon, Tom, am besten verarscht man ihn, biste Jude, schaffste Hanukkah und verarschst ihn.

—Nein, Jack, aber wie, er hat doch immer da am Fenster so 'n Scheißding aufgebaut und nannte es, er, er glaubte, es hieß Jeseskind und die drei heilen Könige, er ...
—Wenn man es nicht schafft, Tom, muß man eben durch die größte Scheiße einfach durch, ein freundlicher Familienrichter gibt dir 'n Besuchsrecht, du lieferst 'n ganzen Scheißsack mit Geschenken ab und mußt dann verschwinden, stehst wieder an der Scheiß-Straßenecke, winkst zum Abschied, Scheißwind, und sie weiß verdammt gut, daß du nicht weißt, wo du hinsollst, steht da und winkt, Scheiß-Straßenecke mit Drugstore und Prothesen, Stützapparate für die ganze Scheißfamilie ...
—Scheiße, sie weiß genau, wo die wunden Punkte sind, sie hat mir gesagt, daß ich ...
—Warte mal, warte mal, Tom, hör mal zu, hab ne Idee, wie man ne Million Dollar machen kann, Scheiße, hör zu. Ich erfinde 'n Scheiß-Gesellschaftsspiel, wo ist die Flasche, hör zu, 'n Spiel über Scheidung, das schlägt im ganzen Scheißland ein wie ne Bombe, Gesellschaftsspiel namens Scheidung, wie findest du das? Jedes Scheißehepaar, ob jung ob alt, sublimiert ihr beschissenes Kann-den-anderen-nicht-mehr-ertragen-kann-mir-die-Trennung-aber-nicht-leisten, indem sie das Scheißspiel für zehn Dollar kaufen, sublimieren sie ihr ganzes beschissenes Scheidungsspiel, das Spiel heißt Split, und ich verdien ne Million Dollar damit, wie findeste das?
—Hab ich dir schon mal erzählt, daß David mich mal gefragt hat, ob Jesus jemals, Moment, Scheiße, paß doch auf ...
—Nein nein, will dir nur mal zeigen, guck mal, man würfelt, und ne kleine Figur bewegt sich übers Brett, man sucht sich was aus und bezahlt entsprechend dafür, wie im wirklichen Leben, guck mal ... eine große Figur aus der Krippe bewegte sich zwischen seinen Fingern lustig über den Morning Telegraph, —guck mal, und wenn man auf diese kleinen Scheißquadrate kommt, steht da, was man machen muß, vor Gericht gehen beispielsweise, dann muß man ne Scheißkarte ziehen und darauf steht, daß man zweitausend Dollar an den Kieferorthopäden zahlen muß, genau wie im richtigen Leben, guck doch mal ... und die übrigen Bewohner der Krippe schlossen sich der Jagd an, quer über Aztec Queen $ 19.40 Sieg mit drei Längen in Hialeah, —Scheißunterhalt, Alimente natürlich in bar, Haus, Autos, Boote, Hund, Kinder, und deine Frau versucht, alles einzusacken, genau wie im richtigen Leben, wie findest du das ... ?

—Scheiße, Jack, mach die Figuren nicht kaputt, hab ich dir schon mal erzählt, daß David mich mal gefragt hat, ob Jesus als Indianer aufgewachsen ist?
—Moment, Scheiße, hierhin ... die kleinste Figur, ein Wickelkind, wurde von Big A zu Yonkers Entries verschoben, —hier kriegt man die Vormundschaft für das Kind, einmal würfeln, genau wie im richtigen Leben, die ganze moderne Generation, junge Scheißpaare, das schlägt im ganzen Land wie ne Bombe ein, geh vor Gericht, zieh ne Scheißkarte, zahl die aufgelaufenen Rechnungen des Psychiaters deiner Frau, zwölfhundert Dollar, und wenn Frau über Los kommt, zieht sie den Unterhalt ein ... die einzige sitzende, einzige weibliche Figur hielt die Arme in verzweifelter Erwartung geöffnet und wurde einem würdevollen Schwarzen auf Cocky Jane Zweiter in Coast zugeschoben, —landet hier, wird in nem Motel erwischt, wie sie sich bumsen läßt, verliert Sorgerecht, zweimal würfeln, Spiel für zwei bis vier Paare, genau wie im richtigen Leben, das schlägt in diesem Scheißland wie ne Bombe ein, wie findeste ... ?
—Scheiße, Jack, ich räum die Figuren weg, bevor du sie noch ...
—Das Scheißspiel ist noch nicht zu Ende, ich bin wieder dran, geh hierhin, muß die Scheißkarte ziehen ... Papier zerriß, die Silbe RAPH flatterte durch die Luft, —zahle Anwaltskosten deiner Frau, zweitausend Dollar, genau wie im richtigen, Moment mal, was tust du da ... ?
—Ich leg sie in den Karton zurück, Jack, ich will nicht, daß etwas ...
—Nein nein, du bist dran, warte, Scheiße, Tom, ich kann das Scheißspiel noch nicht spielen, muß es erst mal erfinden, das schlägt in diesem Scheißland wie ne Bombe ein, guck doch mal, wenn man auf dieses Feld kommt, Bar ... eine Figur, die Myrrhe trug, wurde auf Ergebnisse aus Pimlico geschoben, —muß man ne Lokalrunde ausgeben und fünfzig Dollar zahlen, genau wie im richtigen, Scheiße, die sieht ja aus wie Schepperman ...
—Scheiße, gib das her ...
—Scheißspiel, genau wie im richtigen Leben, gehe in die White Rose Bar, dort sitzt Schepperman, aber dem ist nicht mehr zu helfen, Tom, eines Morgens ist er mal auf so ner Scheißbank im Central Park aufgewacht, hatte so 'n scheiß Damenschuh in der Hand und wußte nicht mehr, wo er gewesen war, dem ist nicht zu helfen, Tom ...
—Gib die her, Jack, und, und Scheiße, wo ist die kleine?
—Tschuldigung, bin ich dran? Zieh ne Scheißkarte ... Papier zerriß, —kaufe Prothesen und Stützapparate für die ganze Scheißfamilie,

zahle eintausend Dollar, gehe ins Gefängnis, genau wie im richtigen Leben, wie findeste das?
—Halt jetzt die Klappe und hilf mir lieber, das andere Figürchen zu finden, das kleine Jesuskind, Scheiße.
—Dachte schon, du würdest Jesseskind sagen, Tom, Jesse the Kid, von dem Zeug wird einem wirklich kotzübel, das Spiel nenn ich Jesse the Kid, die ganze Scheißfamilie steckt in Prothesen und Stützapparaten, mach ne Million Dollar damit, das schlägt ein, sage ich dir, wie ne Bombe, das wird einem ja wirklich kotzübel von, du bist dran. Wo zum Teufel sind denn die ganzen Figuren geblieben?
—Ich hab sie weggelegt, Scheiße, nimm mal dein Bein da weg, wo ist das kleine ...
—Ja, wo ist denn das Kleine, das Kleine ist futsch, Tom, ich dachte, du würdest Jesseskind sagen, Jesse the Kid ...
—Scheiße, ich habe Jeses gesagt, David nannte die immer Jeseskind und die drei heilen Könige, und steh jetzt mal auf, Scheiße, damit ich wenigstens danach suchen kann!
—Ich versuchs mal, Tom, dachte, du hättest gesagt, er wär als Indianer aufgewachsen.
—Scheiße, nein, das war doch nur, ich hab David einmal zu erklären versucht, wie das mit der Kreuzi, hör mal, Jack wenn du aufstehen willst, mußt du erst mal deine Füße nach unten nehmen, Kreuzigung war, er hat mich gefragt, ob Jesus ein ganz normaler Mensch gewesen ist und, Scheiße, paß doch auf, du wirst noch ...
—Verdammt intelligente Frage, ob er ein ganz normaler Mensch gewesen ist, Tom, schon das ganze Scheißkonzil von Nicäa, schmeckt nach Aprikosen, davon wird einem ...
—Jack, paß auf, wenn du kotzen mußt, geh vom Bett weg, das Badezimmer ist am Ende vom Flur ...
—Scheiß-Gotteslästerung, Tom, allein schon die Frage, ob er ein ganz normaler Mensch gewesen ist, meinst du, die haben Arius umsonst nach Illyrien verbannt ... mit schwerer Schlagseite ging er den Flur hinab, eine Hand immer an der Wand, —Scheißproblem ist, daß das Konzil von Nicäa das Jesseskind nur für menschenähnlich erklärt hat, schmeckt nach Aprikosen ... das Licht ging an, als er mit der Schulter gegen den Schalter stieß, —danke, nur ein Glas Wasser ... er schaffte es bis zum Waschbecken und riß die Hausapotheke auf, um seinem Spiegelbild zu entgehen, —Tom ... ?
—Was?

—Das ist ja 'n ganzer Drugstore hier, Tom, Mrs. Eigen, zwei Stück alle vier Stunden, Mrs. Eigen, eine alle zwei Stunden, falls Kopfschmerzen andauern, Mrs. Eigen, eine alle drei Stunden, höchstens jedoch, was ist das hier? Nichts als 'n einziger Scheiß-Drugstore, Tom?
—Was?
—Regelrechter Scheiß-Drugstore hier, Zahnpasta, natürlich nicht zugedreht, und diese Scheiß-Kleiderbügel, lieber Gott, was hat sie denn mit diesem Bügel gemacht... Eine trockene Grundsee erfaßte ihn, und er hielt sich an der Toilette fest, starrte in die Schüssel. —Tom?
—Was?
—Du hast doch gesagt, sie hätte keine Nachricht hinterlassen, dann guck dir das hier aber mal an.
—Was?
—Eine Nachricht für dich, kann ich aber nicht herbringen, mußt schon selber kommen und sie lesen, Tom? Scheißnachricht für dich, hat sie dorthin gelegt, wo du sie nicht übersehen kannst, Abschiedsküßchen.
—Was?
—Scheiß-Abschiedsküßchen, hab ich gesagt...! Er taumelte, griff nach der Spülung, und das Wasser überflutete den Abdruck schmaler Lippen, leichtgeöffnet als Lippenstiftfleck auf einem Kleenex, und zog es abwärts, während er eine Hand an die Lippen führte und wieder fallen ließ, —wieso bin ich eigentlich hier...? Er schaffte es durch den Flur, —Tom...?
—Bin ins Bett gegangen, Jack.
—Zum Teufel, wo steckt der...? Er erreichte die erleuchtete Tür, tastete nach dem niedrigen Bett. —Tom?
—Ich bin ins Bett gegangen, will bis morgen von der ganzen Scheiße nichts mehr wissen.
—Wo zum Teufel steckt der? murmelte er, ließ sich vorsichtig nieder, zog ein Bündel zu sich heran und riß den Bindfaden auf, —Raindance, wo zum Teufel steckt Raindance...? blätterte Seiten um und beruhigte sich allmählich mit dem Refrain, —kommen in der vindows... er blätterte Seiten um, zog noch mehr Zeitungen aus dem Stapel, —Scheißbuntstift, violett, ſchluss die vindows... und noch mehr Seiten, —Tom? Hast du was Musik hier, dickes pralles Gefäß für unseren Bariton, zerschmettert auf dem Scheiß-Bürgersteig... weitere Seiten, er machte sich über das nächste Bündel her, —ſchluss die Scheißworte, warten morgens auf ihn, wußte nicht, ob das Mädchen noch lebt und er tot war, ob sie beide noch lebten oder beide tot waren... sein Fuß begann,

den Takt zu klopfen, —wenn er noch lebte, war der Milchmann tot...
er krümmte sich plötzlich zusammen, blätterte Seiten um, klopfte mit
dem Fuß schwer den Takt, —wenn du allein bist, einsam im Bett, und
erwachst halbtot, nein, das ist nicht nett...
—Jack, was zum Teufel ist denn da los?
—Scheißding, Tom, suche Raindance und Mister Fred... er blätterte
Seiten um, der Fuß legte wieder los, und seine freie Hand schlug die
Synkopen dazu, —Schaum oder Alptraum, und schon sind, die Buhus,
hinter dir her. Buhuu...
—Also Scheiße, kannst du nicht die Klappe halten, damit ich schlafen
kann?
—Ich bin gleich soweit, Tom. Tom? Mir ist gerade eingefallen, daß
wir Grynszpan zu der Scheißparade schicken müssen, Soldiers Field,
Kostüme und so weiter... und flüsternd krümmte er sich wieder
zusammen, Seiten stoben unter seiner Hand davon, bis, —buhuu, wie
findeste das? Scheiße, wie findeste das? Raindance mit sieben Längen,
Scheiße, wie findeste das, Tom? Raindance mit sieben Längen, wie
findeste das...? Er zerrte am nächsten Bündel, —von dem Zeug wird
einem ja kotzübel... blätterte Seiten um, wischte Zeitungen beiseite,
—Tom? Wo zum Teufel steckt der...? riß mehr vom Stapel, —wo
zum Teufel steckt der, Mister Fred, schmeckt nach Aprikosen... bis er
sich, ganz plötzlich, aufrichtete, auf die Füße kam, die sich selbständig
machten und laufen wollten, was er nur verhindern konnte, indem er
sich am Stuhl festhielt, —kotzübel, Tom...? Verdammt intelligente
Frage, ob der ein ganz normaler Mensch gewesen ist, Tom? Schramm
war ein ganz normaler Mensch, und deshalb kommt er nach Arlington,
Name, Dienstgrad, Erkennungsnummer, größter Scheißgrabstein in
ganz Arlington, wie findeste das? Name, Dienstgrad, Erkennungsnummer, in Granit gehauen der Spruch: Denn gemeint und geschissen
ist zweierlei, wie findeste...? Er kippte gegen die Tür, wurde aber
von seiner Hand, die den Stuhl umfaßte, gehalten, kippte erneut, als er
unter sich ein krachendes Geräusch vernahm, und teilte das Zeitungs-
meer, —Tom? Hab Jesseskind gefunden, Jesse the Kid... und er umklammerte die Stuhllehne mit beiden Händen, —Tom, weißt du, was
ich gern machen würde, Tom...? Direkt in den Scheißhimmel auf-
steigen, verschwinden und wieder runterkommen als, als... und er
stolperte plötzlich über den geöffneten Koffer und erbrach sich in einer
mächtigen Grundsee der Übelkeit, anschließend gleich noch einmal,
hielt sich fest, bis er eine Hand löste, eine trockene Socke fand und sich

damit den Mund abwischte, auch das gleich noch einmal, und erneut hob er die Socke auf, klammerte sich fest, bis er die Socke in den Koffer warf und beide Hände löste, den Koffer zuklappte, systematisch erst das eine Schloß zuschnappen ließ, dann das andere, bevor er aufs niedrige Bett fiel. Dort lag er noch, angeschwemmt wie ein Schiffbrüchiger am Strand, als das erste Licht des Tages das Fenster erfaßte und seine Konturen erkennbar werden ließ, es schließlich ganz erfüllte, wodurch die Deckenbeleuchtung wie ein gelbliches Leichentuch wirkte, während die Häuser im Umkreis zurückzutreten schienen im wogenden Sonnenlicht durch die billige Fensterscheibe, als seien sie Teil einer Unterwasserlandschaft.
—Jack ...!
—Was ... ?
—Ich bin eben erst aufgewacht, hab verschlafen, ich muß sofort ins, mein Gott, was für ein Chaos, räum bitte die Zeitungen weg, bevor du gehst. Ich muß sofort ins Büro.
—Nein, warte, warte noch ...
—Kann ich nicht, ich muß sofort ins Büro, räum bitte die Zeitungen weg, bevor du gehst, sagte er, im Türrahmen stehend, und zog eine Krawatte unter den Kragen, —und, Jack, du solltest was gegen deine Heiserkeit tun, bevor du ...
—Warte, warte doch mal ne Minute, wie spät ist es denn? Ich muß auf die Rennbahn, Tom, kannst du mir 'n Zehner leihen? Oder 'n Zwanziger?
—Zehn ... er ging den Flur entlang und zog sich ein Jackett an, —ich leg sie hier neben die Geschirrablage, und, Jack? Er zog die Wohnungstür auf, —mach die Tür richtig zu, wenn du gehst.
—Moment, warte, vielleicht doch besser zwanzig, kannst du mir nicht zwanzig leihen? Hör zu, die Doppelwette heute ist die sicherste Sache, die ich je hatte, warte, Scheiße, ich brauch 'n Hemd, wo sind die Hemden, die ich von Schramm mitgebracht hab ... ?
—Die hast du gar nicht mitgebracht ... er hielt die Tür mit einem Fuß auf, streckte den Arm hindurch und legte noch einen Zehner neben die Geschirrablage, —Hemden sind in dem Koffer, der da auf dem Stuhl liegt, Jack, hab ich noch nicht mal auspacken können ... und schloß hinter sich die Tür, wandte sich dem Fahrstuhl zu, zögerte, hastete dann die Treppe hinab, zwei, drei Stufen auf einmal, und war draußen, die Finger bereits zwischen den Zähnen, dann ein schriller Pfiff, und er ließ sich auf den Rücksitz des Taxis fallen, band seine Krawatte und

hatte gerade den letzten Hemdknopf zugeknöpft, als das Taxi in Kamikaze-Manier auf den Bordstein zuraste und die distinguierte Eilfertigkeit eines Chauffeurs an das ZS im Nummernschild einer Limousine zu nageln drohte, die dort mit laufendem Motor parkte. Eigens Sprung auf den Bürgersteig endete abrupt vor einem Polizisten.
—Immer langsam, Freundchen.
—Das ist er nicht.
—Okay, Freundchen, weitergehen.
—Wie meinen Sie das, weitergehen? Ich will in das Gebäude, und Sie stehen mitten im ...
—Immer langsam, Freundchen, immer langsam ...
Hinter ihnen schälte sich eine pelzige Kruppe von bärenhafter Größe aus dem höhlenartigen Schutz der Limousine. —Was zum Teufel ist ...
—Weitergehen hab ich gesagt.
Ohne sich umzuschauen, griff er nach der gläsernen Eingangstür und erblickte auf dem Weg zum Fahrstuhl, während er noch einer weiteren dumpfen Masse Uniformblau auszuweichen suchte, einen gelben Rock, —Carol ... ?
—Oh, Mister Eigen, guten Morgen ... da sie keine Hand frei hatte, hielt sie die Fahrstuhltür mit der Hüfte auf, —wieder da?
Er langte an ihr vorbei nach dem Knopf und murmelte, —ja, aber verraten Sie's niemandem, während sie zu den Klängen von Begin the Beguine nach oben fuhren.
—Ach, Mister Eigen, Sie sind ja so ein Zyniker.
—Was ich Sie fragen wollte, was soll eigentlich ...
—Das ist alles Blumenerde, sagte sie und drückte die Säcke an die Brust, als die Tür aufging, —Miss Flesch hat mich losgeschickt, um Blumenerde zu kaufen. Kommen Sie? Sie hielt die Tür mit der Hüfte auf.
—Moment mal, das ist ja die falsche Etage, Moment ... er stieg hinter ihr aus, —das Gemälde, das große Gemälde, das hier hing ...
—Ach, Sie haben ja die ganze Aufregung nicht mitgekriegt, Mister Eigen, wissen Sie, gleich nach Ihrer Abreise ist es abgehängt worden. Und dann kam dieser verrückte Mann und hat alle angebrüllt, von wegen wo sein Bild ist. Er war noch größer als Sie, und wir mußten die Polizei rufen und alles, er soll sogar eine Schreibmaschine nach Mister Beaton geworfen haben.
—Stehen deshalb die ganzen Polizisten da unten? Er ging neben ihr den Flur entlang.

—Mittlerweile haben sie sogar Privatdetektive, die jeden Tag kommen, der mit dem Hut bei den Aufzügen zum Beispiel. Ich glaube, heute morgen ist Vorstandssitzung, und man hat Angst, daß er wiederkommt, er sah aus, als hätte er sich seit einem Monat nicht mehr rasiert. Miss Flesch hat gesagt, er ist psychologisch unausgeglichen, aber er hat sich auch wirklich verrückt benommen, verstehen Sie?
—Ja, nur, Carol, warten Sie, diese Frau, diese, diese Miss Flesch, ist sie da? Ich meine, ist sie eingestellt worden?
—Ja, haben Sie sie denn noch nicht kennengelernt, Mister Eigen? Als sie zum ersten ...
—Ja, ich habe sie kennengelernt, ich ... er zögerte vor einer offenen Tür, —wo ist Mister Davidoff?
—Ich weiß nicht, Mister Eigen, er ist heute nicht gekommen, seit Sie weggefahren sind, ist er eigentlich fast gar nicht mehr gekommen, ach ja, und Miss Flesch möchte mit Ihnen sprechen, aber jetzt ist noch jemand bei ihr drin, dieser Mann, der überfallen worden ist ...
—Ja, schon gut, Carol, danke ... Er war an seiner Tür angekommen, blieb jedoch davor stehen und starrte den Dreck an, der dort in einer ordentlichen Reihe konischer Häufchen den Schreibtisch bedeckte. —Guten Morgen, Florence, was ... ?
—Oh, guten Morgen, Mister Eigen, Sie sind wieder da? Sie drehte sich halb zur Seite und sagte nach hinten, —Miss Flesch wollte, daß ich die Pflanzen umtopfe ... sie wischte sich die Hände an einem Tuch ab und griff über die Dreckhaufen hinweg zum klingelnden Telefon, —ich glaube, sie möchte Sie sprechen, sobald Sie da sind, aber, hallo ...? Ja, ist er, Moment bitte ...
—Er ging zu seinem aufgeräumten Schreibtisch, griff zum Telefon, —hallo? Jack ...? Nein, neben der Geschirrablage in der Küche, ich hab zwei Zehner direkt neben die Geschirrablage gelegt, hör zu ... Ja, weiß ich, aber hör mal zu, Schepperman ist wieder weg vom Fenster, sein großes Bild hier, von dem ich dir erzählt hab, er kam her, als ich weg war, und ... Nein, das, von dem ich dir gestern abend erzählt habe, das wandgroße Ding von ihm, das hier in der Eingangshalle hing, man hat es abgehängt und ... ich hab dir doch gestern abend davon erzählt, aber hör zu, darum gehts jetzt gar nicht, er ist hierhergekommen und hat 'n Riesenaufstand gemacht, als es nicht mehr da war, und der Laden hier ist jetzt wie ne bewachte Festung, wenn er sich nochmal hier blicken läßt, werden sie ... Nein, ihn zu finden und aus dem Ärger raushalten, ich werde, sobald ich hier weg-

kann, ne Tour durch die White Rose Bars machen und, Moment mal eben, Carol?
—Ich hab Ihnen einen Kaffee gebracht, Mister Eigen, Sie sehen so aus, als könnten Sie den gebrauchen.
—Danke, ja, stellen Sie ihn bitte da hin, Jack? Ich dachte, du könntest ihn vielleicht in ein paar von diesen Läden suchen, die da unten ... nein, das weiß ich, aber das erste Rennen ist doch nicht vor ein Uhr, oder? Du kannst ... was? Was für ne Idee, die du gestern abend hattest? Du hast nur davon geredet ... Nein, du hat gestern abend immer nur von diesen beiden Pferden geredet, hör zu, wenn ... nein, aber hör mal, Jack, wenn du gestern abend ne Idee gehabt hast, mit der man ne Million Dollar machen kann, wüßte ich das doch, Moment mal eben, was ist denn das, Florence?
—Die Fotos mit den Bildunterschriften für den Jahresbericht, Mister Eigen, Miss Flesch möchte wissen, ob ...
—Ja, Moment noch, Florence, Jack ...? Was meinst du damit, es hatte was mit Jeseskind zu tun, Moment mal, Carol?
—Mister Eigen, da ist ein junger Mann, der Sie sprechen möchte, ein Mister Gall, er sagt, daß Miss Flesch gesagt hat, daß Sie ...
—Sagen Sie ihm, er soll einen Augenblick warten, ich ... was? Nein, was ist mit welchem Koffer ...? Nein, völlig egal, was auch immer, ich muß aufle ... Ja, neben der Geschirrablage, ich sagte doch schon, daß ich zwei Zehner neben die ... nein, in der Küche, wo zum Teufel soll denn sonst die ... die Geschirrablage in der Küche, ja ... Ja, wenn mir deine Idee wieder einfällt, notier ich sie mir, ja ... Nein, ich hab dir doch gesagt, daß im Koffer neben dem Bett saubere Hemden sind, hör zu, Jack, ich muß auflegen, ruf mich später an ... er legte auf. —Wer wartet da, Carol?
—Dieser Mister Gall, Mister Eigen, er ist Schriftsteller und ein Freund von dem Mann, der gerade bei Miss Flesch ist, und sie sagt, daß Mister Davidoff gesagt hat, daß er da ein Projekt hat, das ...
—Ja, also gut, schicken Sie ihn rein, was ist das denn nun schon wieder, Florence?
—Die Illustrationen für den Jahresbericht, Mister Eigen, Mister Davidoff hat sie nochmals überarbeitet und hat einen Satz an diese Schulklasse geschickt, aber Miss ...
—Sagen Sie ihr einfach, daß ich immer noch an den Bildunterschriften arbeite, Mister Gall? Kommen Sie rein und, Carol, wo ist denn der andere Stuhl?

—Oh, tut mir leid, Mister Eigen, ich glaube, Miss Flesch hat ihn sich ausgeliehen, um Pflanzen darauf zu ...
—Also dann sehen Sie doch bitte mal nach, ob es draußen nicht noch einen anderen gibt. Entschuldigen Sie ... er streckte die Hand aus und schüttelte eine andere, —scheint hier gerade etwas hektisch ...
—Nein, das macht doch nichts, macht gar nichts, ich, aber sind Sie, sind Sie etwa der Thomas Eigen? Weil, ich, ich meine, auf dem Buchumschlag war kein Foto von Ihnen, und deshalb wußte ich nicht ...
—Ich wollte keins, ich, ich bin allerdings überrascht, daß Sie ...
—Nein, ich wollte Sie immer schon kennenlernen, aber ich glaube, ich, ich meine, ich hab mich nur gewundert, Sie plötzlich in so einem Büro kennenzulernen, oh, vielen Dank ... er zog den Stuhl durch die Tür, bückte sich und wischte den Dreck von der Sitzfläche. —Ich habe Ihnen einen Brief geschrieben, als ich damals das Buch gelesen habe, an die Anschrift des Verlags, ich vermute, Sie haben ihn nie bekommen, aber ich glaube, es ist das wichtigste Buch, das ich, eins der wichtigsten Bücher der amerikanischen Literatur, und ich, da ich selber Schriftsteller bin, jedenfalls versuche ich zu schreiben, bin ich ...
—Tja, das ist nett, daß Sie das sagen ... er kippte seinen Stuhl nach hinten, klemmte seine Schuhsohle unter die Kante der Hängeregistratur und zog sie so weit heraus, daß er seine Füße darauf legen konnte, —wenn eine Million Leute so denken würden wie Sie, wäre ich heute ...
—Aber als Sie es geschrieben haben, muß Ihnen doch klar gewesen sein, daß Sie es für ein ganz kleines Publikum schreiben, ich ...
—Kleines Publikum! Seine Füße fielen herunter, —glauben Sie etwa, ich hätte sieben Jahre daran gearbeitet für ein, wissen Sie, was auf meinem letzten Tantiemenscheck stand, Mister ... ?
—Gall, ich ...
—Mister Gall? Dreiundfünfzig Dollar und zweiundfünfzig Cent, der Verleger hat es am Tag des Erscheinens wie eine heiße Kartoffel fallenlassen, er hat wohl auch gemeint, daß ich es für ein sehr kleines Publikum geschrieben habe.
—Ja, ich weiß, ich ...
—Ich bekomme Briefe von Schulkindern, die es als Schullektüre lesen, offenbar lassen sie ein einziges Exemplar herumgehen. Glauben Sie etwa, ich würde jetzt hier sitzen, wenn man mir die Rechte zurückgegeben hätte?
—Ja, ich weiß, ich meine, ich arbeite an einem Western, den ich fertig-

schreiben kann, wenn ich einen Vorschuß auf dieses Buch über Kobalt oder was auch immer von Ihrer Firma bekomme, mit der zweiten Rate auf dem Western könnte ich dann das Kobalt-Buch soweit weiterschreiben, um die zweite Rate dafür zu bekommen, und die Dinge mit dieser Stiftung regeln, die diese Stipendien vergibt an Romanschriftsteller, die Theaterstücke schreiben wollen, und ich ...
—Ja, ich habe auch mal an einem Stück gearbeitet ... er ließ sich wieder nach hinten kippen, legte die Füße auf die Hängeregistratur, —ich glaube, ich ...
—Ja also, um ein Stipendium zu kriegen, muß man Romanschriftsteller sein, kein Theaterautor, aber man muß ein Theaterstück schreiben und keinen Roman, ich hab mich unter dem Pseudonym Jack Blake darum beworben, weil das der Name ist, unter dem ich einen anderen Western veröffentlicht habe, er heißt Die Schießeisen des Herrn, und wenn ich den Roman, den ich jetzt schreibe, in ein Stück umarbeiten könnte, jedenfalls so lange, bis ich dieses Stipendium bekomme ...
—Ja, das ist ne gute Übung, das Stück, an dem ich gerade arbeite, sollte ursprünglich auch ein Roman werden, aber dann hab ich die ersten fünf Kapitel zusammen mit einem Exposé dem Verlag eingereicht und nen lachhaften fünfseitigen Brief zurück ...
—Ja also, bevor ich etwas von diesen Vierzehntausend-Dollar-Stipendien wußte, hatte ich schon einen Job in einem anderen Bereich der gleichen Stiftung angenommen, um für lausige fünftausend Dollar ein Buch über Schulfernsehen zu schreiben. Ich habe daran gearbeitet und von dem Vorschuß gelebt, den ich für den Western bekommen habe, und als ich es halb fertig eingereicht habe, bin ich auf die Idee gekommen, das Honorar lieber dafür zu verwenden, den Western zu Ende zu schreiben, doch dann hat die Stiftung einfach das ganze Projekt über Bord geworfen. Ich habe seitdem vergeblich versucht, den verantwortlichen Mann zu erreichen, das ist etwa so, als ob man Klamm in Das Schloß erreichen wollte, der hat auch immer zu tun, ist nie da, beantwortet keine Anrufe, und jetzt ist auch noch deren Buchhaltung wegen einer Fünfhundert-Dollar-Spesenvorauszahlung hinter mir her, und ich hab denen gesagt, ich begleiche das, sobald sie sich mit mir über das Buch geeinigt haben, aber sie behaupten, das Geld stamme aus einem anderen Topf und ich ...
—Ich würde zu gerne mal einen einzigen von denen kennenlernen, der zugibt, daß ihn an der ganzen Sache nur das Geld interessiert, mein Verleger genehmigt sich selbst ein sechsstelliges Gehalt, ich hab

gehört, daß er drei Romane geschrieben hat, die er aber in der Schublade versteckt hält, nachdem seine eigenen armseligen Scheißlektoren sie gelesen und ihn bekniet haben, sie bloß nicht zu veröffentlichen, weil sie so unsäglich beschissen waren, hatten offenbar Angst, daß er alle blamieren würde, ja, Carol?
—Mister Eigen, Miss Flesch möchte wissen, ob Sie ...
—Sagen Sie ihr, daß ich im Augenblick mit Mister Gall über das Buchprojekt rede, sie ...
—Ja also, mein Freund, der da jetzt mit ihr verhandelt, übernimmt den alten Verlag, für den er gearbeitet hat, wenn er den Vertrag für dieses Kobaltbuch kriegt, und wenn ich von ihm dafür einen Vorschuß bekommen kann und mich wieder an mein Stück mache, dann ...
—Ja, einen Augenblick bitte, Florence?
—Mister Eigen, Miss Flesch möchte wissen, wo ...
—Also wirklich, na egal ... seine Füße sanken zu Boden, —hier kommt man sowieso zu gar nichts ...
—Den ersten Akt habe ich schon fertig, folgte ihm auf dem Weg zur Tür, —aber jemand, der ihn gelesen hat, hat gemeint, das Problem wäre die Hauptfigur ... folgte ihm zu den Dreckhaufen, wo ihn eine Stimme aus der halboffenen Tür zum Schweigen brachte.
—Es sind doch die Lehrer, die die Probleme machen, die Kinder freuen sich doch über schulfrei, das ganze Unterrichtsmaterial, Tonbänder Filme Lehrbücher Dias, der ganze Kram, Carol? Kann mal jemand da draußen mein Telefon abnehmen? Kurz und gut, als die mich angerufen haben, hab ich denen erzählt, was er mir mal gesagt hat, diese integrative Produkteinführung vom Kabel bis zu geschlossenen Kabelnetzen inklusive Unterrichtssoftware, Florence, hat Carol mein Telefon abgenommen? Man hat Public Relations, ob man die nun will oder nicht, und ich hab ihm gesagt, daß es PRmäßig der Firma imagemäßig nicht schadet, das Medium und die Message und das ganze Blablabla, aber er hat gesagt, was diese Buchprojekte angeht, da wird sich die Firma nicht engagieren, jedenfalls nicht ohne Rückendeckung durch die Firma, und jetzt labern sie nur noch von Etats und dem ganzen Blablabla, Carol? War das eben die Times am Telefon, Florence?
—Es ist Mister Beatons Büro, Miss Flesch, sie wollen ...
—Achduliebegüte, ist Mister Eigen da, Florence? Fragen Sie doch mal nach, was die wollen.
—Sie wollen Kopien von allen Pressemitteilungen, die sich in irgendeiner Form mit Bildung ...

—Florence, ist Mister Eigen da draußen? Fragen Sie ihn, wo die Pressemitteilung über diesen Bildungskram ist und, Carol? Ist Carol da draußen, Florence?
—Mister Eigen, Miss Flesch möchte wissen, ob Sie ...
—Hören Sie mal, Florence, ich steh doch direkt vor Ihnen, ich hole Ihnen ein Exemplar.
—Hallo, Miss Bulcke? Ja, Carol bringt es sofort vorbei ...
—Jedenfalls hat er gesagt, das Problem wäre meine Hauptfigur, die auf die Bühne kommt und alles über sich erzählt, bevor irgend jemand im Publikum überhaupt an ihm interessiert ist und so weiter, und ich ...
—Danke, Mister Eigen ... und er richtete sich von seiner Hängeregistratur auf, sah ihr nach, wie sie durch die Tür ging und auf den Flur verschwand, wo der harte Klang ihrer Highheels alle Blicke auf sich zog, bis blauer Teppichboden ihn verschluckte. Dann schloß sich hinter ihr eine Tür, und sie bog um die Ecke. —Oh, entschuldigen Sie mich, Governor! Tut mir sehr leid ...!
—Schon gut, alles klar ... Er hatte leichte Schlagseite, aber darüber hinaus schien ihm nichts zu fehlen.
—Also, tut mir wirklich leid, Sir ... sie wich zurück, zurück bis zum Schreibtisch, —Miss Bulcke, hier ist das Nachrichteninfo, Sie müssen es nur ...
—Ja, danke, Carol, guten Morgen, Governor, wir hatten gar nicht damit gerechnet, daß Sie uns nach Ihrem Krankenhausaufenthalt bereits heute das Vergnügen machen, wieder bei uns zu ...
—Wird für einige Leute aber kein Vergnügen sein, ist schon jemand da?
—Mrs. Selk ist bereits in Mister Beatons Büro, Sir, und ...
—Blaufinger schon hier?
—Nein, Sir ... sie ging voraus und öffnete ihm die Tür, —General Blaufinger hat angerufen und gesagt, daß er ...
—Wenn er auftaucht, lassen Sie ihn im Vorstandszimmer warten, wenn Stamper kommt, bringen Sie ihn sofort zu mir.
—Ja, Sir. Entschuldigen Sie, Mister Beaton ...?
—Aber er hat mich nicht geschlagen, Ma'am, er hat nur an meinem Jackett gezerrt und, entschuldigen Sie ...
—Entschuldigen Sie, Mister Beaton, das Nachrichteninfo, das Sie haben wollten, außerdem ist Governor Cates hier ...
—Ich hab gesagt, daß er verhaftet und in den Knast gehört.

—Liebreizend wie immer, Zona, welches arme Arschloch steckst du denn jetzt wieder in den Knast?
—Welches arme Arschloch? Das arme Arschloch, das hier dauernd rumschleicht und Bilder an irgendwelche Dussel verkauft, die sie dann in irgendwelchen Eingangshallen aufhängen, während er von meinem Geld lebt, und Beaton sitzt hier rum, hat den Finger im Hintern und faselt was von einem Prozeß.
—Entschuldigen Sie, Sir, Sie können hier Platz nehmen, wenn ich, sobald ich das ... er setzte seine Schuhe in Bewegung, die peinlich korrekt nebeneinander gestanden hatten, lief um den Schreibtisch herum, mühte sich, die Flut der Pelze in seinen Armen zu bändigen, und durchquerte dann damit den Raum.
—Beaton, wenn Sie das nicht tragen können, lassen Sie's sein, nur nicht über den Boden schleifen lassen!
—Man könnte ja nicht mal von einem Zirkusarbeiter verlangen, daß er so ein Zelt schleppt, Zona, setzen Sie sich, Beaton, und ...
—Wenn er nicht so ein kleiner Pisser wäre, hätte er diesen Affen wegen Körperverletzung verklagt und in den Knast gebracht, wo er hingehört. Sie haben doch eben gesagt, er hat Sie am Jackett gezerrt, Beaton, ist das denn nicht Körperverletzung?
—Mit glaubwürdigen Zeugen, rein juristisch gesehen, schon, Ma'am, doch erschien es sinnvoller ... er war wieder an seinem Schreibtisch angelangt, wo er tief Luft holte, —im Hinblick auf die unerfreuliche Publicity, die daraus resultieren könnte, scheint es sinnvoller zu sein, einfach einen Prozeß anzustrengen, der von Ihrer ursprünglichen Vereinbarung ausgeht, und zwar mit Hilfe von Privatdetektiven, die nach ihm Ausschau halten, falls er sich hier in der Nachbarschaft blicken läßt und versuchen sollte ...
—Ich kann Ihnen sagen, wo er jetzt gerade ist, er bricht in mein Haus in Saybrook ein und klaut jedes seiner Gemälde, das er zu fassen kriegt, und ich möchte ...
—Hab dir doch gleich gesagt, daß du die da nicht aufbewahren sollst, Zona, die Feuchtigkeit ruiniert die ganzen Scheißrahmen, also, nun setzen Sie sich doch mal hin, Beaton, und du bist mal still jetzt, ich möchte, daß Sie vor der Vorstandssitzung noch einige Dinge klarstellen.
—Eins nach dem anderen, John. Er kann das klären, sobald er diese Sache geklärt hat, ich will ...
—Ist mir doch scheißegal, was du willst, Zona, Beaton ist nicht dein

schwarzes Hausmädchen, sondern Justitiar dieser Firma, und er kann nicht einfach alles stehen und liegen lassen, bloß weil du ...
—Ja, Beaton, was ist nun mit ihr? Man kann doch nicht von mir erwarten, daß ich ohne sie auskomme, und ich will ...
—Richtig, Ma'am, Deleserea, wir haben sie ausfindig gemacht, und ich habe einen Termin bei Richter Ude bezüglich einer Haftverschonung gegen Kaution, aber sie verweigert jede Kooperation im Hinblick auf die fragliche Diamantbrosche, und es erscheint wenig ...
—Welche Diamantbrosche, was labern Sie denn jetzt schon wieder?
—Als Sie sie als vermißt gemeldet haben, Ma'am, hatte ich Sie so verstanden, daß ihr Verschwinden im Zusammenhang mit einer Diamantbrosche zu sehen ist, von der Sie annehmen, daß sie sie ...
—Seien Sie doch nicht albern, Beaton, die hab ich schon vor Wochen in meinem Dampfschrank wiedergefunden, wenn das alles ist, wofür man sie festhält, will ich sie bis zum Mittagessen wiederhaben.
—Tatsächlich ist sie an einer Bushaltestelle verhaftet worden, Ma'am, sie wird beschuldigt, dort Männer angesprochen zu haben, wir beabsichtigen, diesen Sachverhalt ...
—Beaton, seien Sie doch nicht albern, wer würde denn Deleserea bumsen wollen? Setzen Sie einfach nur Ihren Arsch in Bewegung und sorgen Sie dafür, daß sie bis zum Mittag wieder da ist.
—Ja, Ma'am, haben, haben Sie zufälligerweise schon die Versicherung darüber informiert, daß die Brosche wieder in Ihrem Besitz ist...?
—Das ist doch Ihr Job, Beaton, ich weiß nicht, wie Sie auf die Idee kommen ...
—Ja, Ma'am, natürlich, aber ich war mir nicht bewußt, daß ...
—Lieber Gott, Zona, das ist doch gar nicht seine Aufgabe, im Augenblick bereitet er die Vorstandssitzung vor, und wenn du jetzt mit deinem schwarzen Mädchen anfängst, dann ...
—Du hast doch mit ihr angefangen, nicht ich, und du hast mich auch heute morgen hierhergeschleppt, um irgendwas mit Boodys Aktien zu machen, oder etwa nicht?
—Aber nicht, weil ich sonst nichts Besseres zu tun habe, Zona, da kannst du Gift drauf nehmen, dieses bescheuerte Gesetz senkt die Volljährigkeit von einundzwanzig auf achtzehn und könnte damit Boody und all diesen Rüpeln das Recht geben, Verträge abzuschließen und so weiter und so fort, im Moment ist sie ja im Knast gut aufgehoben, aber wenn das Verkaufsangebot für Diamond nicht durchgeht, solange du noch ihr Vormund bist, ist gar nicht auszudenken, was sie ...

—Entschuldigen Sie, Sir, ich dachte, Sie hätten vielleicht in der Zeitung die Bilder von Miss, äh, von Boodys...
—Wenn du erwartest, daß die zweihundert Anteile heute morgen in die Richtung verschoben werden, die dir paßt, hast du dich geschnitten, John. Die Vereinbarung mit diesem Maler, die Beaton für mich aufgesetzt hat, läuft noch sieben Jahre, du glaubst doch nicht etwa, daß ich mir den Arsch für 'n Eckchen seines Werks verrenke, damit er herkommt und es schwarz verscherbelt, während er von meinem Geld lebt? Beaton, wieviel hat die Firma für diese Scheußlichkeit bezahlt?
—Zwölftausend Dollar, Ma'am, abgewickelt hat den Ankauf...
—Wär ja auch schön blöd von ihm, ein solches Angebot abzulehnen, jeder Affe kann ein besseres Bild malen.
—Wenn er denkt, daß er solche Preise auf eigene Faust erzielen kann, dann kann er mich mal am, steht das nicht auch hier in der Vereinbarung, Beaton?
—Ja, Ma'am, nicht, äh, ja natürlich, nicht exakt in diesem Wortlaut, aber...
—Und zwar kreuzweise, und wenn er das noch einmal versucht, solange die Vereinbarung gültig ist, schmeiß ich seine Werke zu Preisen auf den Markt, für die man nicht mal auf ne öffentliche Toilette gehen kann, und dann steht er nämlich im Regen und kriegt keins verkauft, bis ihm die Backenzähne ausfallen. Wo sind die zwölftausend jetzt, Beaton? Wenn überhaupt jemandem, dann gehören die mir, und ich will...
—Ja, Ma'am, als Sie das Bild zurückgenommen haben, haben wir uns natürlich auch bemüht, die Summe für die Firma zurückzubekommen, indem wir sein Bankkonto ausfindig gemacht und den Betrag, der darauf war, haben pfänden lassen, aber der beläuft sich auf weniger als achttausend Dollar, wenn ich recht informiert bin, hat er eine, äh, eine stillgelegte Achterbahn gekauft, die wir natürlich auch pfänden werden, sobald wir sie ausfindig machen können, aber...
—Beaton, Zona, in Gottes Namen, glaubst du etwa, ich bin aus dem Krankenhaus nur hierhergekommen, um Achterbahnen zu pfänden? Blaufinger nimmt extra an der Vorstandssitzung teil, weil er endlich klare Verhältnisse will in Gandia, Stamper will wissen, wie es mit seinem Pipeline-Konsortium da drüben weitergeht, Friedensgruppen schmeißen uns die Scheiben ein, und jetzt auch noch dieser beschissene Blödsinn in der Zeitung, daß sich Typhon auf dem Bildungssektor breitmacht, ganz zu schweigen von der Tatsache, daß das Diamond-

Angebot total in der Luft hängt, und du pfändest stillgelegte Achterbahnen? Haben Sie das hier gelesen, Beaton...? Zeitungsseiten kamen aus Innentaschen zum Vorschein, —Die Medien, die Message und das Monopol, erklären Sie mir mal, was zum Teufel das alles soll?
—Die Zeitung von gestern abend, ja, Sir, offenbar hat Mister Davidoff diese Presseerklärung herausgegeben, bevor er ...
—Fuchtel da nicht so mit rum, gib sie her.
—Und bleiben Sie beim Thema, Beaton, ich will wissen, wie dieser Affe hier reinkommen und euch Flaschen die Gemälde überhaupt andrehen konnte?
—Ja, Ma'am, ich glaube, entdeckt worden ist er von Mis...
—Wollen Sie mir etwa erklären, wer den entdeckt hat, Beaton? Als ich auf seiner phantastischen Einzelausstellung gemerkt hab, daß die erst ein einziges Bild verkauft hatten, hab ich ihnen für den ganzen Ramsch, wohlgemerkt den ganzen, die Hälfte geboten, und sie haben sofort zugegriffen, weil er nicht mal 'n Pott zum Pinkeln hatte, also erzählen Sie mir nicht, er wäre von Miss Soundso entdeckt worden.
—Nein, Ma'am, ich meinte lediglich den Ankauf des betreffenden Gemäldes, arrangiert hat das Mister Davidoff, der auch der einzige zu sein scheint, der persönlichen Kontakt zu ...
—Der muß auch verhaftet werden.
—Was zum Teufel soll das alles, Beaton? Ich versteh nur Bahnhof, dieser Blödsinn über einen Eisberg und ein zweischneidiges Schwert?
—Ja, Sir, ich gehe davon aus, daß die Presse ähnlich reagiert hat, und als sie von unserer PR-Abteilung Genaueres wissen wollte ...
—Abteilung? Ich dachte, er wär allein schon die ganze Abteilung ...
—Nein, Sir, offenbar hat er damit begonnen, sich eine kleine Hausmacht aufzubauen, indem er eine Frau eingestellt hat, von der er sagt, sie verfüge über erstklassige Qualifikationen im Bereich Lehrplangestaltung, und zwar einige Tage, bevor er ...
—Wofür zum Teufel braucht er die denn? Ist da sonst noch jemand in der Abteilung?
—Nein, Sir, nur noch ein Texter, offenb ...
—Also wer zum Teufel ist denn die Frau?
—Laut Personalakte ist sie uns und im Zusammenhang mit diesem Buchprojekt von Duncan & Company empfohlen worden, vom Verkaufsleiter persönlich, einem Mister Skinner, ich habe das Empfehlungsschreiben hier im ...

—Wedeln Sie da nicht mit rum, her damit! Hab ich Ihnen nicht schon mal gesagt, daß das Buchgeschäft ein Geschäft ist, mit dem wir garantiert nicht pleite gehen? Und zwar, weil wir dieses Geschäft einfach nicht machen. Hab mir die operativen Zahlen angesehen, die haben zehn Prozent allgemeine Betriebskosten, bleiben zehn Prozent fürs Geld, zehn für Lagerhaltung, zehn für den Vertrieb und zehn Prozent gehen für die Scheiß-Autorenhonorare drauf, dann kommt noch der Buchhandel, kassiert erst mal fünfzig Prozent und schickt zurück, was nicht verkauft wird, und wir sitzen da mit der hohlen Hand und hier, was ist das? Ihre Liste?
—Das sind die Titel der Frühjahrsproduktion, ja, Sir, sie ...
—Wer zum Teufel hat denn hier an den Rand geschrieben Geht einem auf die Eier! Das letzte durchgestrichen, und dann hat jemand danebengeschrieben, was heißt das? runden Gegenstände ...?
—Wer, glaubst du wohl, hat Geht einem auf die Eier! an den Rand geschrieben? Ich würde viel lieber wissen, wer das durchgestrichen hat.
—Ich, ich war das, Ma'am, ich habe runde Gegen ...
—Also was zum Teufel sollen diese runden Gegen, und welche Gegenstände überhaupt?
—Beaton, wenn Sie noch ein einziges Mal etwas durchstreichen, was ich geschrieben habe, dann zieh ich Ihnen aber Ihre runden Gegenstände lang, wenn Sie überhaupt welche haben, die Autoren, die Vida anheuern will, sind ihr bereits so tief in den Arsch gekrochen, daß sie nicht mal mehr erkennen können, was sie eigentlich schreiben, sehen Sie sich doch bloß die Liste an.
—Natürlich, Ma'am, zugegeben, die Titel klingen nicht sehr vielversprechend, aber der ...
—So 'n Zeug gibts doch für fünf Cent in jedem Antiquariat, frag mich, warum diese Vollidioten immer noch mehr von diesem Scheiß produzieren, wenn man die zehn Prozent Autorenhonorar, die sich diese Gauner unter den Nagel reißen, sparen könnte, dann sähe die Sache schon wesentlich anders aus.
—Ja, Sir, trotzdem möchte ich darauf hinweisen, daß neben dem grundsoliden Schulbuchbereich die Mehrzahl der Titel aus der Duncan-Backlist auf den meisten College-Lehrplänen erscheint, wobei man zusätzlich berücksichtigen muß, daß bei Neuauflagen erfreulicherweise so gut wie keine Honorare mehr vorgesehen sind. Ich vermute, daß dieser Umstand wesentlich zu Mister Skinners Entscheidung bei-

getragen hat, seine eigene Firma zu gründen und die Duncan-Aktien aufzukaufen, falls mit der Bank als Gesellschafter eine Einigung erzielt werden kann, die Ihren Wünschen entspricht...
—Wir haben die doch bloß aus Nettigkeit übernommen, wir sind nicht im Verlagsgeschäft, und wir sind auch nicht im PR-Geschäft, wir haben Frank Blacks Büro, durch das wir jedes Käseblatt im Land mit Nullachtfünfzehnkommentaren versorgen, mehr brauchen wir nicht, und ich wünsche, daß alle, die irgendwas mit diesem Medium-Message-Blödsinn zu schaffen hatten, sofort gefeuert werden, verstanden? Hab auch den Jungs in der Bank schon gesagt, daß sie jedem Idioten, der die Absicht hat, im Verlagsgeschäft pleite zu gehen, eine Hunderttausend-Dollar-Cash-Option auf diese Duncan-Aktien geben sollen, zahlbar innerhalb von dreißig Tagen, plus, falls vorhanden, die Überschüsse, ich kann es mir einfach nicht leisten, damit weiter meine Zeit zu verplempern, wenn Vida diese Bedingungen nicht gefallen, soll sie sich ne andere Bank suchen.
—Vida ist ne blöde Kuh, sammelt eine Million Dollar, um alles unter Denkmalschutz zu stellen, was auch nur entfernt mit amerikanischer Kunst zu tun hat, die will doch nur, daß ihr Foto in die Zeitung kommt mit ihren blutunterlaufenen...
—Also bei Gott, Zona...
—Jeder Schriftsteller und halbgare amerikanische Maler und Komponist, den sie ausbuddelt, nur damit sie aus jeder runtergekommenen Dachkammer noch ein Museum machen kann und ihr Bild in die Zeitung kommt mit den blutunterlaufenen Augen, mit denen sie die Leute anglotzt wie ne wildgewordene...
—Bei Gott, Zona, das ist doch um keinen Deut schlimmer als dein Fernsehauftritt, wo jeder Idiot weit und breit dein Elternhaus besichtigen durfte. Hast es zu nem Nationaldenkmal erklären lassen, und jetzt rennt da unten in Virginia ne ganze Kompanie Army-Pioniere rum und leitet 'n Fluß um, damit das Haus gerettet wird, mußten ne ganze Stadt deshalb umsiedeln, und da redest du von Vidas Foto in der Zeitung, also was haben wir denn hier sonst noch so alles...? Raschelnd überflog er die Schlagzeilen, —hier steht ja sogar was von der Scheißstiftung drin.
—Ja, das habe ich auch gelesen, Sir, natürlich sind die Spekulationen im Hinblick auf Ihre Beteiligung an Typhon und Diamond Cable bis hin zu Ihrer Verbindung mit City National durchaus keine Überraschung, obwohl die Vermutung, daß leitende Leute der Bank, die zugleich im

Stiftungsvorstand sitzen, umfangreiche Zuwendungen der Stiftung für den Ausbau geschlossener Kabelnetze im Schulbereich...
—'n Haufen Weichlinge ist das, sonst nichts, als ich im Krankenhaus war, hab ich in der Zeitung was über diesen kleinen Spaghettifresser von Abgeordneten gelesen, der Ihren Gesetzentwurf für ein generelles Schulkabelnetz zurückgestellt hat, na und, kein Grund, sich in die Hose zu machen wie diese Weichlinge, bloß 'n billiger Bauskandal, aber die haben alle derart Schiß, vor irgendeinem Scheißausschuß aussagen zu müssen, daß sie sich mit der Stiftung sofort aus dem Schulfernsehen zurückgezogen haben und das Ganze lieber den offenen Lokalstationen überlassen, wissen Sie eigentlich, was die so täglich senden, Beaton? Sendungen, in denen es ausschließlich um Umweltverschmutzung oder Tagebau oder irgendwelche Indianer geht, alles nur ein Haufen linke Scheißpropaganda, aber ich will, daß dieser kleine Spaghettifresser klar Stellung bezieht, der sitzt da, kontrolliert die Bankenaufsicht, sabotiert unseren Gesetzentwurf für eine Neuregelung des Schulfernsehens und wartet in aller Seelenruhe ab, ob wir uns auch noch aus dem Privatkundengeschäft verdrängen lassen.
—Ja, Sir, natürlich hatte ich keinen Anlaß, ihm gegenüber, was den Gesetzentwurf Schulfernsehen anging, besonders mißtrauisch zu sein, immerhin haben wir ihn selbst...
—Scheiße, Beaton, trau keinem, der dir nicht gehört, bevor ich letztes Mal ins Krankenhaus gegangen bin, hab ich Ihnen doch gesagt, daß ich einen vollständigen Bericht über die gesamte Lage wünsche, und jetzt lese ich hier, daß er mit irgendeinem anderen Spaghettifresser in einen Bauskandal verwickelt ist, halt die Klappe, Zona...
—Ja, während Beaton hier nur rumsitzt, mit dem Finger im...
—Nein, Sir, ich habe den Bericht in der Tat vorliegen, Governor, und was Mister Pecci betrifft, Sir, so geht der Bericht ausführlich auf einen Punkt ein, den man nur als äußerst heikle Konstellation bezeichnen kann. Offenbar hat Mister Peccis Frau unlängst...
—Darauf kommen wir später, wenn noch Zeit ist, ich will vor der Sitzung nur noch klären, was seine Hinterfotzigkeit und der Blödsinn in der Zeitung mit der Gemeinschaftsklage gegen Diamond zu tun haben, die Crawley erwähnt hat. Wir haben viel Arbeit in diese Diamond-Sache gesteckt, und ich möchte nicht, daß uns jemand, der nur auf einen Vergleich aus ist, dazwischenfunkt.
—Ein, ein was, Sir? Entschuldigen Sie, Sir, ich weiß nicht...
—Eine Gemeinschaftsklage, Scheiße, Beaton, Sie als Anwalt wissen

nicht, was ne Gemeinschaftsklage ist? Crawley hat gesagt, daß Sie sich mit ihm darüber unterhalten haben, wie man die ganze Sache noch abbiegen kann, stimmt das?
—O ja, Sir, nein, nein, das war vor einiger Zeit, aber ich glaube, Mister Crawley hat sich auf die Klageandrohung eines Aktionärs bezogen, noch so eine von Mister Davidoffs Ideen, Sir, daß Klasse Sechs J ruhig die Firma verklagen soll, Übung in angewandter Firmendemokratie, so nannte er das, glaube ich, er...
—Scheiße, Beaton, wovon reden Sie überhaupt, Klasse Sechs J...
—Ja, Sir, die Schulklasse von Mrs. Joubert, die vor einiger Zeit eine Diamond-Cable-Aktie erworben hat, gewissermaßen als ihren Anteil an Amerika, vielleicht erinnern Sie sich noch, Sir, sie...
—Sie ist ne Pflaume.
—Halt die Klappe, Zona, was soll das heißen, Klageandrohung?
—Hab immer schon gesagt, daß Emily ne Pflaume ist, die hat noch jedem kleinen Pisser die Gelegenheit verschafft, sich im Vorstandszimmer breitzumachen...
—Nein, Mrs. Joubert ist völlig unbeteiligt an dieser sogenannten Klage, Sir, mir scheint eher, es ist Mister Davidoffs Werk, er hat sich das so als eine Art Spiel gedacht, um den Kindern einen Einblick ins System zu geben, so drückte er das, glaube ich, aus, und ein paar Firmendollar zum Spielen...
—Was zum Teufel soll das denn heißen? Ein paar Firmendollar zum Spielen?
—Ja, Sir, bevor ich überhaupt davon erfuhr, hatte Mister Davidoff diese sogenannte Klage bereits mit Mitteln aus dem PR-Etat abgebogen, und er war völlig verärgert, als ich ihm...
—Das heißt also in bar, Scheiße, Beaton, wieviel?
—Achtzehnhundert und ein paar zerquetschte, Sir, er...
—Und ein paar zerquetschte, bei Gott, Sie werden ihm jeden einzelnen dieser paar Zerquetschten von seinem Gehalt abziehen, verdammte Scheiße...
—Ja, Sir, aber ich dachte, Sie seien darüber informiert, daß er nicht mehr...
—Was für ne Scheißentschuldigung kann der denn für so einen Bockmist vorbringen...?
—Ehrlich gesagt, Sir, ich hatte den Eindruck, die ganze Aktion sowie auch der Extrabeitrag im Jahresbericht über ihre Klasse sollte wohl nur dazu dienen, Mrs. Joubert zu imponieren...

—So hat sie auch dieser französische Schwätzer rumgekriegt. Was gedenkst du also zu tun?
—Schon erledigt. Wie sieht der Nobili-Kurs aus, Beaton?
—Er hat mit dreizehneinhalb eröffnet, Sir, ich habe noch nicht den...
—Sagen Sie Crawley, er soll wieder für zwölf kaufen, die dreizehneinhalb glaube ich ihm nicht, hat wahrscheinlich seine eigenen Aktien gekauft, um den Kurs hochzutreiben, und wenn Sie was von Amy hören, sagen Sie ihr, daß wir uns um Ihren Gigolo gekümmert haben und daß sie keine Probleme mehr mit ihm haben wird.
—Ja, Sir, aber sie, hat sie sich nicht bei Ihnen gemeldet, Sir?
—Ich war doch im Krankenhaus, Scheiße, Beaton, was glauben Sie wohl...
—Ja, Sir, ich habe ihr aber die Nummer gegeben, offenbar hatte sie Mister Crawley im Metropolitan Art Museum getroffen und von dem Druck gehört, der derzeit auf Mister Joubert ausgeübt wird, und war ganz verstört...
—Muß wohl das National History Museum gewesen sein, Beaton, was zum Teufel hätte Crawley im Metropolitan verloren?
—Gut möglich, jedenfalls war sie ziemlich aufgeregt, Sir, und sehr besorgt darüber, wie Mister Joubert reagieren würde, wenn er so unter Druck...
—Er kann ihr doch jetzt überhaupt nichts mehr anhaben, oder etwa doch?
—Nein, Sir, ihre Sorge galt eher Francis...
—Wüßte nicht, was er da ausrichten könnte, an dem Tag, als sie mit ihrer Klasse hergekommen ist, haben wir beide gemeinsam die Stiftungen so abgesichert, daß er nicht mal mit ner Brechstange an sie rankommt, haben Sie etwa die kleine Lektion vergessen, die ich Ihnen damals gegeben habe, Beaton?
—Nein, Sir, aber im Augenblick sind ihre Befürchtungen hinsichtlich Francis' außerordentlich...
—Und die vergessen Sie auch lieber nicht, übrigens, wenn sie demnächst die endgültige Neuorganisation der beiden Stiftungen unterschreibt, unterlassen Sie bitte Ihre dämlichen Vorschläge, Sie bringen uns noch alle an den Bettelstab, und die vierte Dividende, behalten Sie bloß das Datum im Auge, verstanden?
—Ja, Sir, es ist, entschuldigen Sie. Hallo...?
—Das muß Stamper sein, ich hab denen gesagt, sie sollen ihn gleich reinschicken.

—Es ist Mister Cutler aus Washington, Sir. Ja, hallo? Dick?
—Was macht der denn da unten?
—Ja, Moment. Er wollte mit dem Justizministerium die Einzelheiten der Abwicklung von Endo Appliance regeln, Sir, aber offenbar ergeben sich jetzt einige Fragen im Hinblick auf ...
—Hier, her damit ... Cutler? Was zum Teufel ist denn da unten los ...? Scheiße, ja, natürlich bin ich aus dem Krankenhaus raus, wenn ich da noch 'n Tag länger geblieben wär, wären wir bald alle pleite. Was zum Teufel ist da los? Dieser Endo-Blödsinn hätte doch schon letzten Monat geklärt sein müssen ... Wir haben doch Titel auf ihre Patente bekommen, oder nicht? Ohne die bleibt doch bloß ne Scheißhülle übrig, ein vergammelter Lagerbestand und ein paar lahme Vertreter, das weiß ich doch so gut wie das Justizministerium, die ganze Sache ... Das was ...? Hat er nicht erwähnt, nein, aber ... Also dann erklären Sie denen doch, daß die ganze Sache schon vor zwei Monaten geregelt worden ist, die haben uns zugesagt, sie wollten uns bei dem Diamond-Angebot keine Knüppel zwischen die Beine werfen, wenn wir uns dafür mit Endo zurückhalten, und das ist ... was soll das heißen, ein paar Fragen ...? Natürlich hab ich die Zeitungen gelesen ... Also dann sagen Sie Frank Black, daß ich, Moment, Scheiße, ich sags ihm lieber selber. Beaton? Hier, verbinden Sie mich mal mit Frank Black.
—Ja, Sir ...
—Stellen Sie auch ne Verbindung zu Monty her, Blödsinn, von wegen das Angebot zurückziehen ...
—Ja, Sir ... Miss Bulcke? Ja, verbinden Sie mich bitte mit Frank Black und dann ... ja, und mit Mister Moncrieff ...
—Eine einzige Zeitungsschlagzeile, und schon kriegen die weiche Knie, Beaton, was zum Teufel ist das hier von wegen Unregelmäßigkeiten in der Lagerhaltung von Endo?
—Ja, das wollte ich gerade ansprechen, Sir, offenbar hat Mister Davidoff über das Lager Geschenke verteilt ...
—Was zum Teufel meinen Sie denn mit Geschenken? An wen?
—Offensichtlich an verschiedene Schulen und Institutionen, Sir, er ...
—Warum zum Teufel hat er das denn gemacht?
—Ich vermute, er hat geglaubt, daß sich auf diese Weise die Aufmerksamkeit der Presse auf die Aktivitäten der Firma im Bereich ...
—Die Presse! Warum denn nicht gleich die Aufmerksamkeit des Justizministeriums oder der Börsenaufsicht, damit für jeden scheißlinken Politiker noch ne Schlagzeile drin ist. Von dieser Endo-Geschichte ist

sowieso nicht viel mehr übrig als ihr Scheißlager, und das schmeißt er auch noch zum Fenster raus, während wir uns bemühen, die Auflagen der Justiz zu erfüllen, das Diamond-Angebot hat er mit dieser idiotischen Zeitungsgeschichte bereits in Gefahr gebracht, nun erklären Sie mir mal, was zum Teufel hat er sich eigentlich dabei gedacht?
—Ich würde sagen, er hat reichlich überzogene Vorstellungen davon, wie sich das Image der Firma ...
—Wenn das so weitergeht, ist bald nichts mehr übrig außer dem Image, bei Gott, wer zum Teufel hat ihn dazu überhaupt bevollmächtigt?
—Ich glaube, daß er in Mister Moncrieffs Abwesenheit den Eindruck gewonnen hat, daß er, mit seinen eigenen Worten ausgedrückt, daß er den Laden schmeißt.
—Schmeißen, bei Gott, hat schon mal einer einen Laden geschmissen, indem er alles aus dem Fenster schmeißt? Holen Sie ihn her, Beaton, prüfen Sie, was er sonst noch alles verschenkt hat. Und rufen Sie Crawley an, Frank Wiles und wer sonst noch mit der Endo-Abwicklung zu tun hat, sie sollen einen Käufer auftreiben, scheißegal zu welchem Preis, und den Rest einfach abschreiben, und alle, die mit Endo-Beständen den Wohltäter gespielt haben, fliegen raus, und zwar bevor uns der Deal mit dem Justizministerium um die Ohren fliegt. Holen Sie ihn her, prüfen Sie, was er sonst noch alles verschenkt hat, Scheiße Zona, halt die Klappe ...
—Aber er ist nicht mehr bei uns, Sir, er ...
—Verschenkt die ganze Scheißfirma und verpißt sich einfach? Wo zum Teufel ist er denn?
—Soviel ich weiß, ist er jetzt bei einer PR-Agentur, Sir, aber seine Kündigung dürfte kaum ...
—Hat Schwein gehabt, daß er hier mit heiler Haut und heilem Arsch rausgekommen ist, lassen Sie ihn trotzdem verhaften, Beaton. Als er sich eingemischt hat, als meine Leute mein Gemälde abtransportieren wollten, hab ich ihn achtkantig rausgeschmissen, John, und Beaton, ich will, daß er verhaftet wird.
—Ja, Ma'am, wenn es irgendwelche juristischen Möglichkeiten gibt, will ich natürlich gerne versuchen ...
—Sie sind doch hier der Anwalt, die juristischen Möglichkeiten sind Ihre Sache, muß ich etwa auch noch Ihre Arbeit machen? Er hat den Ankauf in offenem Vertragsbruch mit diesem Affen von Maler arrangiert, und wenn ihn das nicht zum Komplizen macht, weiß ich nicht, was Komplizenschaft ist, Beaton, wenn Sie die nicht beide wegen

gemeinschaftlich begangenem Betrug vor den Kadi bringen und von da aus in den Knast, dann sind Sie der nächste.
—Ja, Ma'am, entschuldigen Sie mich, hallo ...? Ja, Sir, einen Moment bitte, er ist hier. Es ist Mister ...
—Hier, her damit. Hallo ...? Ja, am Apparat, Scheiße, stellen Sie ihn durch. Monty? Was zum Teufel ist denn da unten los? Cutler hat mich gerade angerufen, er sagt, Frank Black ist der Meinung, es wäre besser, das Verkaufsangebot für Diamond zurückzuziehen, mit der Justiz war alles klar wegen der Endo-Abwicklung, und jetzt sagt er mir, daß du befürchtest, daß sie ... Nein, habs eben erst von Beaton erfahren. Klingt in meinen Ohren eher wie ne Riesendummheit, vielleicht hat er ein paar Elektroherde verschenkt, aber das kann doch nicht ... wie, hat sich mit dir getroffen? Was zum Teufel hat er sich denn dabei gedacht ... Nein, nur verdammt lästig, kein Grund zur ... Was hat Broos gesagt ...? Also, das ist doch das Dümmste, was ich jemals, wenn Typhon sich jetzt zurückzieht, statt alles laufen zu lassen wie geplant, werden die doch erst recht aufmerksam, ich sag dir was, je eher wir diese ... womit gedroht ...? Was zum Teufel hat das denn damit zu tun? Der Vertrag über den Hochofen war unter Dach und Fach, bevor du aus der Firma ausgetreten bist, kaum ist 'n linker Politiker dabei, will er gleich die Kobaltreserven zurückfahren, aber das ändert nichts an der vertraglichen Verpflichtung der Regierung, Typhon notfalls auch so alles abzukaufen, und zwar bis zum letzten Scheißgramm ... Also was zum Teufel macht Broos eigentlich im Verteidigungsausschuß, warum unternimmt er nichts dagegen ... Weil die Verwaltungskosten eben noch dazukommen, wir haben einen Liefervertrag zuzüglich Verwaltungskosten, und da spielt es keine Geige, ob ich der Regierung diese Kosten in Rechnung stelle oder sonst irgend jemandem ... Nein, Scheiße, wenn Typhon die Firma Pythian mit der Verwaltung beauftragt, dann ist das doch deren Scheißsache ... Scheiße, Monty, natürlich weiß ich, daß man eine Fabrik nicht als Überschuß verkaufen kann, solange sie nicht einmal steht, aber warum zum Teufel sollten wir denn das Diamond-Angebot zurückziehen, bis ... Wüßte nicht, wieso ausgerechnet das ihre Aufmerksamkeit erregen sollte, Pythians Verbindung mit Typhon geht doch niemanden was an, Blaufinger kommt heute morgen hierher, und dann sollte sich die ganze Situation in Gandia in ein oder zwei Wochen klären lassen, Nowunda stand mit auf der Tribüne, als Box seine bahnbrechende Rede hielt, und Doktor Dé hat noch am gleichen Abend die Unabhängigkeit der Uaso-Provinz

erklärt, Nowunda schickt Truppen, aber das nützt ihm nichts ... Nein, hab mit ihm telefoniert, wir werden den Teufel tun und die Linksregierung von diesem Nowunda auch noch stützen, die Lage ist ohnehin schon ... was ...? Ja, das hat so verdammt gut funktioniert, daß jetzt sogar Friedensgruppen mit Transparenten Raus aus Gandia und Afrika den Afrikanern rumrennen, haben heute vormittag ne Scheibe bei der Bank eingeschmissen, warum zum Teufel suchen die sich bloß immer ne Bank aus, wird höchste Zeit, daß wir ... Nein, und das will ich auch gar nicht, Blaufinger kommt heute vormittag, ich bring ihn in dieser Sache mit Frank Black zusammen, er sprach von einer Lieferung Handfeuerwaffen, aber davon will ich im Grunde gar nichts wissen ... Wofür zum Teufel leisten wir uns Frank Black, den bestbezahlten Scheißanwalt in Washington ... ja, ich ruf ihn gleich an, und noch eins, Stamper kommt hier jeden Moment durch die Tür und will wahrscheinlich wissen, ob wir immer noch an dem Pipeline-Geschäft interessiert sind oder nicht, da gibts nach wie vor diese Scheißbande von Indianern, die da mitten auf der Trasse ihr Lager ... na ja, du kennst ja Stamper, der will keine Nutzungsrechte, sondern Eigentum ohne Wenn und Aber, Scheißreservat macht sich da breit ... Das hab ich ihm gesagt, aber diese von beiden Häusern verabschiedete Resolution Nummer sechsundzwanzig, wonach man das Reservat erhalten will, ist eben auch nicht mehr als eine Scheißresolution, das heißt, sie ist alles andere als bindend. Dieser Scheißsenator aus dem Schafzüchterstaat da unten macht den ganzen ... ja gut, setz Broos auf ihn an, ich setz Broos auf ihn an. Beaton? Hier, verbinden Sie mich mal mit Broos.
—Ja, Sir, entschuldigen Sie, hallo ...? Danke, ja, ich ...
—Hier, her damit.
—Tut mir leid, Sir, Mister Black ist soeben zu einer Konferenz im Weißen ...
—Und, Beaton, weil Sie gerade dabei sind, ich möchte wissen, was Sie gegen die Nigger unternommen ...
—Zona, Scheiße, laß ihn ...
—Ja, Ma'am, bitte entschuldigen Sie mich einen Augenblick, wie gesagt, Sir, im Hinblick darauf, daß das Indianerreservat direkt auf dem Gelände ...
—Beaton, ich will wissen, was Sie gegen die Nigger unternommen haben, die ihre Karre direkt vor meiner Haustür am Beekman Place abgestellt haben, ich hab Ihnen doch schon vor einer Woche gesagt, Sie

sollen einen gestohlenen Wagen melden, und gestern waren sie schon wieder da, frech wie Oskar, während Sie hier rumsitzen, mit dem Finger im ...
—Zona, Scheiße, ich hab gesagt, er soll Broos anrufen, Beaton, worauf zum Teufel warten Sie noch?
—Ja, Sir, entschuldigen Sie, Ma'am, hallo, Miss Bulcke? Ja, versuchen Sie bitte, Mister Broos zu erreichen, richtig, für den Governor, wir haben das Nummerschild überprüft, Ma'am, aber der Wagen scheint offenbar der UN-Handelsmission von Malwi zu gehören, die nur einen einzigen Wagen besitzt und diesen nicht als gestohlen gemeldet hat, und da es sich um einen Diplomatenparkplatz handelt, einen Parkplatz also, der Wagen vorbehalten ist, die ...
—Das müssen Sie mir doch nicht erzählen, Beaton, daß das ein Diplomatenparkplatz ist, ich hab gutes Geld dafür bezahlt, daß es ein Diplomatenparkplatz wird, damit Nick direkt am Bordstein halten kann und ich nicht durch einen Hektar Hundescheiße waten muß, um zu meiner eigenen Haustür zu kommen, und wenn Sie glauben, daß ich Ihnen Ihre Geschichten über Malwi abnehme, dann ...
—Nein, aber, Ma'am, offenbar handelt es sich um einen Schwellenstaat in ...
—Kleines Land, gleich östlich von Gandia, Zona, ungefähr so groß wie Stampers Privatgrundstück, von da kommen auch unsere Minenarbeiter, die Leute da unten sind so arm, daß sie fast schon für einen warmen Händedruck arbeiten, was ist das denn wieder, Beaton ...
—Wenn du glaubst, daß ich weiterhin um Haufen von Hundescheiße herumtanze, nur um zu meiner eigenen Haustür zu kommen, dann ...
—Scheiße, Zona, da wird sich schon ne Möglichkeit finden lassen, aber halt jetzt die Klappe, Beaton, was ...
—Ja, entschuldigen Sie, Sir, hallo ...? O ja, er ist hier, Sir, einen Augenblick bitte ...
—Hier, her damit. Broos? Stamper kommt hier jeden Moment durch die Tür, und ich will eigentlich nur wissen, was Sie ... wer? Scheiße, nein, ich hab den Hörer nicht an meinem tauben Ohr, ich hab überhaupt kein taubes Ohr, was zum Teufel glaubst du wohl, warum ich diesmal im Krankenhaus war? Hab zwei Innenohrtransplantate bekommen, wo ...? Die funktionieren bestens, Scheiße, nein, ich hab dich nicht für Broos gehalten, hab nur einen Anruf an ihn durchstellen lassen, um mich über diese Indianerbande zu informieren, die ihr Lager ausgerechnet auf deine Trasse gepflanzt hat, die hätte man schon vor

zwanzig Jahren rausschmeißen müssen, genauso wie die Klamaths und Menomi, aber mir war damals schon klar, auch die dreiundachtzigste Legislaturperiode dauert nicht ewig, wer? Wer, Beaton ...? Nein, Beaton sitzt hier und hat mir davon aber nichts gesagt, er ... Warum zum Teufel bist du denn immer noch da unten? Welche Vorstandssitzung? Ich dachte, du wolltest bei JMI aufräumen und diese Dallas-Hypotheken ... Nein, ist mir neu, was für Gewebeschäden denn ... In Bier? Das weiß ich doch, aber es klingt verdammt bescheuert, ich fahr nächste Woche selber wieder ein, Handler will mir so nen Scheiß-Herzschrittmacher einsetzen, wenn das so weitergeht, bin ich ... ob Beaton was ist ...? Darüber hat er auch noch kein Wort gesagt, der ist total überarbeitet, weil er daneben auch noch für Zona den Laufburschen spielen muß ... sitzt hier vor mir, ja ...
—Wenn das Charley ist, sag ihm, ich verrate seinen Ärzten, woher er seine Gewebeschäden hat.
—Läßt dich schön grüßen, Zona, sagt, daß er dich mal seinen Freunden vorstellen will, sobald du hundert Pfund abgespeckt hast.
—Sag ihm, wenn die Tanzmieze, die er geheiratet hat, sich vorbeugt und die Backen spreizt, haben seine Ärzte einen ...
—In was? Warum zum Teufel soll er sich das denn ansehen? Wurde damals vor dem Krieg für etwa vierzig verkauft und ist seit Jahren nicht mehr gehandelt worden, das letzte, was ich gehört hab, war, daß die Verluste sich auf über eine halbe Million belaufen, das ganze Scheißding ist völlig ... So wie sich bei denen die Steuerpfändungen türmen, kann ich mir nicht vorstellen, wie die ausgerechnet an ein paar Wegerechten festgehalten haben, man sollte vielleicht das ganze Ding für'n paar Cent übernehmen, ich setz Beaton mal darauf an ... Hat was gesagt? Bei Gott, über diese Scheiß-Schürfrechte weiß doch jeder Bescheid, die sind doch das Papier nicht wert, auf dem sie stehen, hat mir auch kein Wort von irgendeiner Projektentwicklungsfirma gesagt, der ist total überlastet mit Zonas ... Nein, Scheiße, laß Broos das machen, soll nen kleinen Kuhhandel machen mit diesem alten, wie heißt er noch gleich? Mit diesem Schafzüchtersenator, der sitzt drin, seit McKinley bei diesem Scheiß-Abfallgesetz die Seiten gewechselt hat, hat wohl was damit ... Das ganze Ding abschreiben? Sei kein Idiot, glaubst du etwa, die Bank finanziert so ein Konsortium, wenn sie damit rechnen muß, daß es abgeschrieben wird? Ich will nur keine Fusionsgerüchte, bis das Diamond-Angebot durch ist, ich ruf jetzt Crawley an, damit er die Sache zurückhält, bis ... soll dich wo anrufen ...? Nein, warum zum

Teufel läßt du denn alles niederbrennen...? Nein, sitzt hier vor mir, hat kein Wort über einen Kinofilm gesagt, nein ... nein, ich bin später in der Bank, ruf mich da an, hier, Beaton, und nehmen Sie keine Anrufe mehr entgegen, bevor Sie hier nicht alles geklärt haben, Stamper sagt, Sie hätten das mit seinem Scheiß-Indianerstamm schon geklärt, warum haben Sie mir das nicht gesagt?
—Ja, Sir, ich habe, ich glaube, wir können lückenlos beweisen, daß das besagte Indianerreservat de jure gar kein Reservat ist, offensicht...
—Und warum zum Teufel kampieren die da draußen dann?
—Ja, Sir, offenbar hat man sie um die Jahrhundertwende aus ihrem eigentlichen Reservat weiter östlich in das besagte Gebiet umgesiedelt, weil man im Reservat größere Kalkstein- und Gipsvorkommen entdeckt hatte, die das Interesse der Bauindustrie auf sich zogen. Unsere Quellen weisen darauf hin, daß irgendwelche Ansprüche, die sie aus irgendwelchen Verträgen über das ursprüngliche Reservat ableiten könnten, im Hinblick auf das Gebiet, das sie nun besetzt halten, als ungültig bezeichnet werden dürfen, und daß jeder von ihnen unternommene Versuch, eine Erschließung zu verhindern...
—Die Sache ist die, daß Stamper sich nicht mit irgendwelchen Wegerechten zufriedengibt, Beaton, er sagt, er kommt in Teufels Küche mit dem ganzen Geschäft, solange er das Areal nicht besitzt, mit Bohrrechten und allem, was dazugehört, und wenn wir als Bank unser Geld da reinstecken sollen, können wir uns kein Scheißrisiko leisten.
—Natürlich, Sir, sobald die Vertragsangelegenheit entschieden ist und die Gebiete von der Regierung wieder in Besitz genommen werden, kann der unmittelbare Verkauf sofort vom Amt für...
—Dann ziehen Sie das mal durch und trödeln nicht so rum wie mit Alberta & Western, die Stamper Ihnen ans Herz gelegt hat, liefen schon vor zwanzig Jahren auf dem Zahnfleisch, das hätten Sie längst unter Dach und Fach bringen können, Zona, wo zum Teufel willst du hin? Ich möchte nicht, daß die Konferenz anfängt, bevor Blaufinger nicht da ist.
—Brauch ich etwa deine Erlaubnis, wenn ich mal für kleine Mädchen...
—Bleiben Sie sitzen, Beaton, da kann sie ja wohl allein hingehen, kommen Sie lieber wieder zur Sache.
—Ja, Sir, ich habe für Mister Stamper mehrere Erkundigungen in der Sache eingeholt, und es hat tatsächlich den Anschein, daß die Alberta & Western Power Company erst unlängst zu einer Serie

betrügerischer Wertpapiergeschäfte mit vollkommen unrealistischen Ertragserwartungen mißbraucht worden ist, bevor sie offenbar mit dieser sogenannten Ace Development Company fusionieren sollte, hinter der sich natürlich ein und dieselben Leute verbergen. Man hatte bereits den Zehn-Cent-Ausgabepreis durch ein einfaches Rückkaufmanöver verdoppelt, und die Fusion mit Alberta & Western hatte dabei ausschließlich den Zweck...
—Mein Gott, Beaton, wie viele Millionen stecken denn schon in diesem Pipelinegeschäft? Stamper hockt da oben auf diesen Ölschiefervorkommen, und da reden Sie von kleinen Schwindeleien mit Ramschpapieren. Bringen Sie die in den Knast, und machen Sie Ihre Arbeit!
—Ja, Sir, aber soviel ich weiß, hat die Börsenaufsicht gegen einen der Verantwortlichen Klage wegen betrügerischer Werbung erhoben, einen Mister Wall, und der Mann, der als Investmentbanker fungiert hat, wird derzeit gesucht. Das Problem besteht darin, wie mit der dahinterstehenden Finanzgruppe umzugehen ist, die sich massiv an dieser Sache beteiligt hat, als Käufer sowohl der Schuldverschreibungen als auch von Aktien dieser Ace Development Company, vermutlich gleich schon mit der Absicht, bei dem absehbaren Zusammenbruch sämtliche Aktivposten an sich zu ziehen, all die verstreuten Liegenschaften dieser Energiegesellschaft, dazu Wege- und Schürfrechte, zu denen unter anderem auch diejenigen gehören, welche Mister Stamper zur Zeit große Probleme...
—Also, Scheiße, wer steckt dahinter? Was zum Teufel soll das...
—Ich habe hier eine Zusammenfassung sämtlicher Berichte von unseren verschiedenen Quellen, vielleicht wollen Sie sich die einmal ansehen, wenn Sie...
—Scheiße, Beaton, ich hab keine Zeit, mir diesen Papierkrieg anzutun, sind das hier die Leute, von denen wir reden?
—Einer von ihnen, ja, Sir, das ist in einer Zeitung im Norden erschienen, als sie eine marode Textilfirma namens Eagle...
—Das sind wohl Schwarze oder was?
—Nein, Sir, ich glaube nicht, daß, ich glaube, das ist nur die schlechte Qualität der Fotokopie, der da links, ein Mister...
—Ja, Bast, Scheiße, lesen kann ich selber, Beaton, wofür zum Teufel kratzen Sie diesen ganzen Mist zusammen? Die übernehmen für 'n Appel und 'n Ei ne bankrotte Fabrik, na und? Das ist bestenfalls steuerlich interessant.
—Ja, Sir, aber offenbar haben sie die Pensionskasse sofort kapitalisiert,

um damit eine Brauerei im Mittelwesten aufzukaufen, die sich einer sehr günstigen Ertragslage und einer attraktiven, bislang nicht durch Ausschüttungen strapazierten Dividendensituation erfreut, und erst kürzlich haben sie sich eine Firma einverleibt, die Streichholzschachteln herstellt, deren finanzielle Situation sich allerdings vergleichsweise unsicher darstellt, das bedeutet, die langfristige Richtung dieser Expansion dürfte äußerst schwer vorherseh…
—Die langfristige Richtung ist wohl eher, alles einzusacken, was sie in die Finger kriegen können, was haben sie sich sonst noch geschnappt?
—Unseren Quellen zufolge sind dies die einzigen abgeschlossenen Transaktionen, Sir, obgleich gerüchteweise die Fusion mit einem neuen Altersheimprojekt anzustehen scheint, jedenfalls hat der betreffende Wert seitdem beträchtlich zugelegt, soviel wir wissen, legen sie auch nachdrückliches Interesse an einer Firma namens Ray-X an den Tag, die diverse batteriebetriebene und transistorbestückte…
—Deren Management ist ne Truppe Vollidioten, kamen letztes Jahr in die Bank und hatten sich bis obenhin mit Festpreisverträgen mit der Regierung eingedeckt, und das bei steigenden Kosten, die wußten plötzlich nicht mehr, wie sie ihre operativen Kosten decken sollten, hätten lieber weiter bei Spielzeug bleiben sollen, haben mit Spielzeug angefangen und wären auch besser bei Spielzeug geblieben. Der Vollidiot, der den Laden kauft, verdient es nicht besser, sonst noch was?
—Nichts Konkretes, Sir, offenbar haben sie Gespräche mit einer privat geführten Kette von Beerdigungsinstituten geführt und sind, soviel ich weiß, auf der Suche nach einem größeren Cash-Reservoir wie der Hartford Fire Insurance oder einer der großen Spar- und Darlehenskassen, meiner letzten Information zufolge haben sie auch damit begonnen, sich in Warentermingeschäften zu engagieren und…
—Wenn die so weitermachen, kommen sie in den Knast, wo sie auch hingehören, oder kennen Sie irgendeine Satzung, die es erlaubt…
—Nein Sir, ich meinte diese Leute persönlich, Sir, die…
—Wen, den hier? Diesen, wie heißt er? Bast? Der sieht doch aus, als könnte er nicht mal ne Acht-Prozent-Obligation von nem Schweinebauch unterscheiden, Scheißamateure, kennen die Spielregeln nicht, aber kommen an und ruinieren allen das ganze Scheißspiel.
—Ja, Sir, offensichtlich haben sie…
—Der einzige Scheißgrund, weswegen die die Übernahme der Schürfrechte und der Kraftwerksgelände eingefädelt haben ist der, daß sie Stamper in die Parade fahren wollen, aber wo zum Teufel kriegen die

ihre Informationen her? Die Pipeline ist das bestgehütete Geheimnis seit der Bombe, ich möchte, daß Sie das klären, und zwar umgehend, verdammt noch mal.
—Ja, Sir, andererseits habe ich den Eindruck, daß sie aus weniger aggressiven Motiven heraus agieren, laut Auskunft unserer Quellen scheint im Bereich dieser Schürfrechte mit Waldrodungen begonnen worden zu sein, und nach dem Erwerb der Streichholzfabrik haben sie vielleicht einfach nach einer zugänglichen Quelle für Holzbrei beziehungsweise Zellulose gesucht, mit der Idee, Eagle Mills auf die Produktion synthetischen ...
—Schön wärs ja, wenn die so bescheuert wären, der Markt ist mit Importen derart verstopft, daß man das Zeug nicht mal verschenken kann, Scheiße, sind Sie schon mal auf die Idee gekommen, sich mit Frank Wiles in Verbindung zu setzen und zu hören, was er über diese Typen weiß?
—Jawohl, Sir, in der Tat scheint er bereits einige kleinere Transaktionen für sie durchgeführt zu haben, und offenbar steht auch Mister Crawley in sporadischem Kontakt zu diesem Mister Bast, der ganz offensichtlich die Funktion des Geschäftsführers innehat ...
—Also bei Gott, Beaton, jeder außer Ihnen in der Stadt kennt die? Ist Ihnen schon mal die Idee gekommen, zum Telefon zu greifen und diese Leute anzurufen, um herauszufinden, was zum Teufel die eigentlich vorhaben?
—Ja, Sir, ich habe einen ihrer Anwälte in der Alberta & Western-Angelegenheit kontaktiert, ein Mann namens Piscator, der sich allerdings auf ein längeres Gespräch nicht einlassen wollte, insgesamt also ein eher äh, eher unerfreulicher Zeitgenosse, er meinte, er würde mit seinem Chef sprechen, ist aber offenbar gleich danach nach Jamaika abgereist und ...
—Ihr Scheißanwälte macht wohl nichts anderes, als euch untereinander zu unterhalten, was? Gibts irgendeinen Scheißgrund, warum Sie nicht mit seinem Chef sprechen können? Gehen Sie doch direkt zu diesem Bast oder wie immer der ...
—Ja, Sir, ich habe Mister Bast einige Male unter einer Nummer zu erreichen versucht, die mir Mister Crawley gegeben hat, aber die Sekretärin hörte sich an, ehrlich gesagt Sir, sie hörte sich an, als habe sie nicht mal die vierte Klasse geschafft, Mister Bast scheint immer gerade nicht an seinem Platz zu sein und hat auch nie zurückgerufen. Eine andere Nummer, die mir dieser Piscator für Mister Basts Außen-

büro gegeben hat, ist offensichtlich falsch, die junge Dame am Telefon sagte mir, ich solle sie äh, also, die Antwort war einfach obszön, und dann hat sie aufgelegt, die dritte Nummer, die ich bekommen habe, hat sich als Telefonzelle irgendwo auf Long Island entpuppt...
—Sagen Sie mal, wenn dieser Bast der Geschäftsführer ist, wer ist dann die Nummer eins, wem gehört der Laden?
—Ja, Sir, das ist die Nummer, die sich als Telefonzelle erwies, die Organisation scheint so verdeckt zu arbeiten, daß selbst die führenden Leute der erst kürzlich zugekauften Geschäftszweige keine Hilfe darstellen, der Vorstandsvorsitzende von X-L Lithography, dessen Name mir entfallen ist, klang regelrecht betrunken, und der Mann, der für Eagle Mills zuständig zu sein scheint, war dankbar, jemanden gefunden zu haben, bei dem er sich ausheulen kann, anscheinend geht dort die Gewerkschaft auf die Barrikaden, weil sie ein paar Webstühle ausgelagert haben, und auch die Übernahme der Brauerei ist auf den Widerstand wichtiger Aktionäre gestoßen, obwohl seine Hauptsorge einer Softball-Mannschaft zu gelten schien, die...
—Scheiße, Beaton, mischen Sie die Sache da oben mal ein bißchen auf, wir machen es denen zu leicht.
—Ja, Sir, die Absicht hatte ich bereits, aber ich habe in Erfahrung bringen können, daß sie sich unmittelbar nach der Eagle-Übernahme einen umfangreichen Management-Kredit genehmigt haben, der im Fall ihrer Absetzung automatisch zur Auszahlung kommt, mit anderen Worten an sie selber, da sie selbst ja das Management darstellen, natürlich ist Eagle Mills gar nicht dazu in der Lage...
—Haben sie also festgenagelt... Das weiße Taschentuch entfaltete sich aus der Brusttasche und blähte sich explosionsartig, als sei es von einer Bö erfaßt worden, —vielleicht doch gar nicht ganz so blöd... und schneuzte sich heftig. —Als erstes müssen diese Scheiß-Schürfrechte geklärt werden, Beaton, setzen Sie Frank Blacks Büro darauf an, sollen rausfinden, ob sie auch nur das Scheißpapier wert sind, auf dem sie geschrieben sind, und ob die Maschinen auf dem Gelände Bergbaugerät sind oder nur zum Holzfällen, und greifen Sie sich Monty, das Innenministerium soll denen ne einstweilige Anordnung reinhauen, vielleicht kommen wir dann mit denen ins Geschäft, und wenn Broos anruft, setzen Sie ihn auf diesen alten Schafzüchterheini an, wie heißt er noch gleich? Das ist ja bei ihm direkt um die Ecke...
—Senator Milliken, ja, Sir, in der Tat scheinen Sie laut unseren Quellen bereits in Kontakt mit ihm zu stehen, es hat den Anschein, als würden

bestimmte Schafsmembranen im Braugewerbe für Filtrierprozesse verwendet...
—Milliken, bei Gott, genau der, die haben ja noch schneller kapiert als diese Scheißindianer, riechen ein Fünfcentstück noch aus einer Meile, Scheiße, Beaton, man stolpert ja auf Schritt und Tritt über diese billige Klitsche, ich will alles über die wissen, verstanden...? Und das Taschentuch öffnete sich, als ob über seinen Inhalt meditiert werden sollte, wurde dann jedoch schnell zusammengeknüllt. —Dieser Bericht ist doch nur 'n Haufen beschissener Zeitungsausschnitte, ich will Fakten, Beaton, Fakten.
—Ja, Sir, sobald wir ihre Telefonverbindungen lokalisiert haben, ich bräuchte allerdings Ihre Zustimmung, wenn wir...
—Meine Zustimmung haben Sie, Beaton, alles was Sie wollen, Scheiße, sagen Sie mir gar nicht erst, was Sie tun, tun Sie's einfach, hier, her damit... hallo? Broos...? Wer...? Nein nein, Moment mal, hier Beaton, nehmen Sie das, aber machen Sie's kurz.
—Ja, Sir. Hallo...? Oh, o ja, nein, bitte sprechen Sie... ja, Sie meinen, das ist eben erst passiert? War die Mutter... Ja, aber hat die Mutter des Jungen davon etwas... Nein, ich setze mich lieber selbst mit ihr in Verbindung, ich nehme an, das war ein ziemlicher Schock für sie, danke, daß Sie sofort angerufen haben...
—Was zum Teufel ist denn jetzt schon wieder los?
—Sie sagen, daß Mister Joubert heute morgen einfach in die Schule gekommen ist, Francis mitgenommen hat und mit ihm weggefahren ist, ich bin sicher, daß Mrs. Joubert äußerst...
—Bei Gott, verdammte Scheiße, schicken Sie ihm die Polizei auf den Hals.
—Jawohl, Sir, ich werde sofort einen Haftbefehl beantragen, ich weiß, daß Mrs. Joubert schon die ganze Zeit während unserer Verhandlungen mit Nobili befürchtet hat, daß er notfalls den Jungen mit in die Schweiz nimmt.
—Der Idiot hat geglaubt, wir würden ihn in der Nobili-Sache gewähren lassen, um die US-Arzneimittelpatente zu schützen...
—Ja, Beaton, wo ist mein Bananx.
—Na, willst du uns wieder Gesellschaft leisten, Zona? Dann nimm dir mal 'n Stuhl und halt die Klappe, wovon zum Teufel spricht sie eigentlich, Beaton?
—Ja, ich hab es bei mir, Ma'am, es ist ein Beruhigungsmittel, das von unserer Pharma-Abteilung vermarktet wird, Sir, eins der...

—Eins von denen, die man uns mit der Patentrechtsklage vermiesen wollte?
—Tranylcypromin, ja Sir, ein Monoaminoxidaseblocker, der übrigens auch in ...
—Beaton, geben Sie her und sitzen Sie da nicht mit dem ...
—Bist du nur hergekommen, um das Zeug umsonst zu kriegen, Zona? Ich wußte schon immer, daß du geizig bist, bei Gott, aber ich wußte nicht, daß du so geizig bist, Beaton, wir haben noch ne Minute Zeit und sollten uns mit dem kleinen Spaghettifresser von Abgeordneten befassen ...
—Ja, der Ordner dort, Sir, er ...
—Nein, Beaton, ich hab gesagt, legen Sie's da neben meinen Mantel, und John, du hältst jetzt mal dein Wasser, wenn du überhaupt noch ne Blase hast, mit der du's halten kannst, sitzt da wie eine blöde Aufziehpuppe mit Augen und Ohren, die mal jemand anderem gehört haben, und willst mir erzählen, was ich ...
—Beaton, Zona, halt die Klappe, Beaton, setzen Sie sich, den ganzen Mist hab ich schon in der Zeitung gelesen, ein Spaghettifresser schanzt dem anderen ein paar Straßenbauaufträge zu und nimmt es mit den Bauvorschriften nicht so genau, sowas in der Art, Provinzpossen, nichts weiter, ich hoffe, Sie wollen mir das nicht als Information verkaufen.
—Nein, Sir, höchstens insoweit, als die Unregelmäßigkeiten Hypotheken tangieren, die von der örtlichen Bank vergeben worden sind, die deswegen und wegen anderer unkluger Kreditgeschäfte offenbar in Schwierigkeiten steckt, dazu zählt ein ungesicherter Kredit an den besagten Bauunternehmer, der unseren Quellen zufolge sogar auf den grauen Kapitalmarkt zurückgreifen mußte, um seinen Verbindlichkeiten nachzukommen, im übrigen hat er etliche Privatklagen am Hals, deren Ausgang seine finanzielle Situation weiter ...
—Der Bankdirektor da muß ja ein Vollidiot sein.
—Den Eindruck habe ich auch, Sir, anscheinend hat er der Frau dieses Mister Pecci einen nicht unerheblichen Teil der Bankaktien übertragen, möglicherweise im Zusammenhang mit der Gründung einer Gesellschaft, die zwar auf den Namen der beiden Ehefrauen eingetragen, aber vertraglich an den besagten Bauunternehmer gebunden ist und die Verwertung der von der Stadt gepachteten Eisenbahnverladestation betreibt, obwohl Mister Peccis Verbindung zu dieser Grundstücksgesellschaft, die von seiner Anwaltskanzlei eigens kon-

struiert wurde, um die betroffenen Hypotheken abzusichern, nun anscheinend ...
—Hält die Bank noch alle?
—Nein, Sir, sie sind anscheinend als Investition von einer Lehrergewerkschaft gekauft worden, die sich wegen der jüngsten Enthüllungen nun offenbar dazu veranlaßt sieht, entsprechenden Druck auszuüben ...
—Nicht gerade viel, womit man ihn packen kann, der Skandal ist wahrscheinlich schon in dem Moment gegessen, in dem sich die Scheiß-Linkspresse auf ein neues Thema stürzt, und seitens des Gesetzgebers wird man sich beeilen, ihm allgemein das Vertrauen auszusprechen, denn im Grunde machen es ja alle so, die Bankaktien seiner Frau sind wohl der einzige Hebel, den wir haben.
—Ja, Sir, natürlich, wenn das bekannt würde, neben der strafrechtlichen Verfolgung dürfte am meisten wohl seine dubiose Geschäftsmoral seinen Wahlkampf beeinträchtigen ...
—Unsinn, Geschäftsmoral, Beaton, ich meine den Preis der Scheißaktien, wenn die Bank Pleite macht, sind wir vielleicht der einzige Rettungsanker, und dann, wenn das Gesetz einmal in Kraft ist, wird der Vollidiot, der für die Bank verantwortlich ist, wahrscheinlich jedes Angebot annehmen, das wir ihm machen.
—Ja, Sir, das heißt, falls dort nicht eine ähnliche Vereinbarung wirksam wird wie bei ...
—Unsinn, sein Kopf rollt als erster, wenn's sein muß, beschaffen wir ihm irgendwas in Washington, ist der Entwurf für das Bankenfusionsgesetz fertig zur Vorlage?
—Ja, Sir, ich habe Ihre Änderungen aus der ersten Fassung berücksichtigt und heute morgen per Kurier eine Abschrift an Ihr Büro geschickt, bevor ich ...
—Setzen Sie Frank Wiles auf diese Bankaktien an, machen Sie Druck dahinter.
—Ja, Sir, ich, entschuldigen Sie ... hallo? Ja, danke. General Blaufinger ist jetzt im Vorstandszimmer, Sir, und da wäre noch ein dringender Punkt im Hinblick auf die morgige Senatsabstimmung über Nickel- und Platinimporte aus Gandia, immerhin haben sich die Vereinten Nationen gestern auf die Seite von Nowunda gestellt ...
—Wenn Broos anruft, sagen Sie ihm, er soll Frank Black anrufen, mit dem ich das gestern abend geklärt habe, helfen Sie mir mal hoch, Beaton ...

—Ja, Sir...
—Erinnert mich an Stampers Herzmuskelprobleme, irgendein Arzt hat ihm erzählt, daß eine Scheiß-Regierungsstudie nachgewiesen hat, schuld daran sei Kobalt, das Brauereien dem Bier zusetzen, damit der Schaum fester wird, Stamper ist ja 'n echter Biertrinker, ich möchte noch, daß Sie sich mal den kleinen Juden da im Gesundheitsamt vorknöpfen und rauskriegen, was zum Teufel, Scheiße, lassen Sie mich doch los...
—Ja, Sir, aber, entschuldigen Sie, aber wäre es nicht besser für Mister Stamper, wenn er sich direkt ans Nationale Gesundheitsamt wenden würde, um die...
—Es geht nicht um Stampers Scheißherz, Beaton, es geht darum, wie das Kobalt ins Bier kommt, das heißt, ist es ein künstlicher Zusatz, oder war es schon im Brauwasser drin, denn wenn eine Brauerei kobalthaltiges Wasser benutzt, könnte das bedeuten, daß es irgendwo in der Gegend ein Vorkommen gibt, das letzte, was wir jetzt gebrauchen können, wär ein Idiot, der uns jetzt mit Kobalt kommt. Rufen Sie Crawley wegen des Diamond-Angebots an, und sagen Sie ihm, daß Stamper ihn wegen irgendeines Scheißfilmes anruft, den sie produzieren, er hat Monty 'n Info darüber geschickt und sagt, sie wollen in den Nationalparks auf Hippiejagd gehen, wahrscheinlich kann dafür nicht mal das Scheiß-Innenministerium ne Genehmigung ausstellen.
—Ja, Sir, ich habe eine Kopie des Infos gesehen und ich glaube, es handelt sich eher um einen Tippfehler, Sir, ich habe den Film gesehen, und sie beabsichtigen wohl eher, auf Hippojagd zu gehen...
—Dann sagen Sie ihm, rufen Sie Stamper auf seinem Autotelefon an, der fährt da unten rum und brennt seine Gästehäuser nieder, sagen Sie ihm, ich hätte schon den ganzen Morgen versucht, Crawley zu erreichen.
—Ja, Sir, in der Tat habe ich vorhin schon Mister Crawley angerufen, aber da sagte man mir, er sei noch im Badez...
—Warum zum Teufel rufen Sie ihn denn zu Hause an?
—Nein, Sir, in seinem Büro, er...
—Beaton, wenn Sie Crawley anrufen, sagen Sie ihm, was ich Ihnen über Nobili und diese beschissene Endo-Abwicklung gesagt habe, sagen Sie ihm, daß wir das Diamond-Angebot zurückhalten, aber rufen Sie ihn diesmal in seinem Büro an und erzählen mir nicht, daß er in seinem Scheiß-Badezimmer ist, verstanden? Und wo Sie gerade dabei sind, rufen Sie auch noch Udes Büro an und erkundigen Sie sich, wie

weit die mit diesem Scheißgesetz sind, das Achtzehnjährige bereits zu Erwachsenen erklärt, im Augenblick ist sie ja in dem griechischen Gefängnis gut aufgehoben, aber solange das Angebot noch unter Verschluß ist, will ich auf Nummer sicher gehen, wo ihre Anteile stehen für den Fall, was ...
—Nein, entschuldigen Sie, Sir, der große Ordner da, ich, ich dachte, Sie hätten die Fotos von ihrer Freilassung in den Zeitungen gesehen, Sir ...
—Entlassen, bei Gott, und ich dachte, die Griechen kennen bei Drogendelikten kein Pardon.
—Geben Sie mal her, Beaton.
—Ja, Ma'am, aber der Ordner ist ziemlich schwer, ja, Sir, das war Nepal, Sir, diesmal hat man sie beschuldigt, Brandbomben über die Grenze geschmuggelt zu haben, und als unsere dortige Botschaft Mister Moncrieff angerufen hat, um zu intervenieren, hat er ...
—Monty? Sie machen mir Spaß, wollen Sie mir erzählen, Monty hat eine Bombenlegerin freigekriegt wie einen kleinen Verkehrssünder, bei Gott, Beaton ...
—Nein nein, Sir, nicht direkt, sie, die Gegenstände, die sie bei sich trug, erwiesen sich als, äh, Gegenstände der weiblichen Hygiene, mit deren Art und Anwendung der griechische Zollinspektor nicht vertraut war in seiner, äh, seiner, begrenzten Erfahrung, Sir, offenbar hatten sie gewisse Ähnlichkeit mit einem Brandsatz nebst aufgesetztem Zünder, und ...
—Seht euch diese Schweine an, nach ausgiebigem Relaxen auf den griechischen Inseln kehrte die Millionärstochter gestern auf das Parkett der Reichen und Schönen zurück. Mit dabei ihr derzeitiger Lover, der samthäutige Sitarspieler ...
—Und haben ja nicht mal 'n Hemd an, wer ist der Nigger da neben ihr?
—Soviel ich weiß, ein junger Musiker aus Indien, Sir, der ...
—Der gleiche, neben den sie sich hier nackt ausgestreckt hat, wie finden Sie seinen ...
—Bei Gott, Beaton, wenn ich gesagt habe, daß Sie ne Akte über Boody anlegen sollen, heißt das doch nicht, daß sie alle Schmutzblätter in der ganzen Stadt kaufen.
—Nein, Sir, das ist in einer führenden Modezeitschrift erschienen, Sir, sie, tut mir leid, Ma'am, ich heb das schon auf, ich mach Ihnen die Tür auf, Sir ...

—Gibts was Neues von Freddie, Beaton?
—Nein, Sir, er ist Ende vergangener Woche entlassen worden und konnte anscheinend seinen Begleitern fast einen ganzen Tag lang entwischen, aber ...
—Teufel auch, das hier hinten sieht wie 'n Busschild aus.
—Ein New Yorker Busschild, ja, Sir, da die Aufschrift überhaupt nicht zu entziffern ist, gehe ich davon aus, es vor Gericht nutzen zu können, um Delesereas Aussage zu untermauern, daß sie auf der Straße keine Männer angesprochen, sondern lediglich nach dem Weg gefragt ...
—Ich will, daß sie zu Mittag wieder da ist, Beaton, und ich will, daß der Niggerwagen da ...
—Der ganze Vorstand wartet schon, Zona, Scheiße, sind wahrscheinlich schon alle eingeschlafen, Beaton, Sie hängen sich jetzt ans Telefon, verstanden? Und wenn Sie gerade dabei sind, schnappen Sie sich auch diesen Vollidioten, der die Bank da draußen managt, Whitefoot oder so ähnlich, die Bulcke hat die Nummer, testen Sie mal an, ob er zu Verhandlungen bereit ist, denn diesen kleinen Spaghettifresser nehmen wir so oder so auseinander.
—Ja, Sir ... und für einen Moment schien es so, als halte er sich an der Klinke fest, nachdem er die Tür hinter ihnen geschlossen hatte, seine schwarzen Schuhe trennten sich voneinander, um mit einer Drehung auf eine Brust zu treten, ein Gesicht, Millionenerbin in Bombenaffäre verwickelt, und über Andros samthäutigen Po auf dem Teppich trat er an den Schreibtisch, wo seine Füße wieder zueinander fanden und seine Hände vorübergehend sein Gesicht bargen, bis eine davon nach dem Telefon griff. —Miss Bulcke, bitte verbinden Sie mich mit Mister Crawley und dann mit einem Bankmanager namens Whitelaw oder so ähnlich, der Governor sagt, Sie hätten die Nummer, draußen auf Long ... ja und, Miss Bulcke, ich möchte, daß Sie Mrs. Joubert erreichen, es ist sehr dringend, ich nehme an, daß Sie sie an ihrer Schule ... ja, und wenn ich gerade auf einer anderen Leitung sprechen sollte, wenn Sie sie erreichen, dann unterbrechen Sie mich einfach und ... ja, sagen Sie einfach, Sie hätten einen Anruf für mich von Senator Broos ... und sein Gesicht verschwand wieder hinter den Händen, bis ein Knopf aufglühte. —Ja, hallo ...?
—Hallo, hallo ...
—Die Farbe blättert mir von der Decke in die Suppe und ich klage jetzt gegen den Vermieter, ich habe zwei Verleger verklagt, und Dienstag muß ich zur Finanzschiedsstelle ...

—Entschuldigen Sie, ich habe jetzt Ihr Gespräch von Senator ...
—Hallo ...? Shirley, was zum Teufel ist ... nein, ich weiß, daß das ne Fehlschaltung ist, ich kenne auch niemanden von der Finanzschiedsstelle, wenn Stamper durchzukommen versucht, bleiben Sie dran, und dann kommen Sie rein und machen die Elektroden wieder fest, legen Sie doch mal bitte für mich auf, Bast. Sechstausend Aktien der Telefongesellschaft, aber Billy kann ich nicht erreichen, scheiß doch der Hund drauf, also. Na, da haben Sie wohl unser opus magnum mitgebracht, was? Nein, stellen Sie ruhig den ganzen Koffer hierhin, ich muß meine Füße in dieser Scheißwanne lassen, es ... geben Sie mir mal den Brieföffner.
—Ja, hier, das, das Schloß klemmt manchmal, aber ...
—Na also ... Moment, Sie wollen das Teil wahrscheinlich aufbewahren, oder nicht? Vielleicht wollen Sie's ja reparieren lassen. Also, dann schauen wir mal ... und am ausgestreckten Arm betrachtete er das obenliegende Blatt.

> Alsaka
>
> Alsaka, der grösste Stakt der U.S.A. wurde für $ 72 000 000,— von den Russen abgekauft. Das war noch vor der Zeit als der Wert der vielen Rostoffe bekannt war, wie Edelmetale, Mineralien, Kohlen und Ölschifer. Die Algeselschaften zahlen $ 300 000 000 um einen Teil von Alsakas Norden zu pachten, allein die Zinsen pro Tag betragen $ 199 320,52. Es gibt ungefer $ 4000 ein hundert milljaden Fässer Öe in Alsaka die schon seit milljonen Jahren da warten und zwar unter der Erde eingespart daß der Mensch sie befreit damit es den Menschen bessergeet. Es gibt auch noch Naturschönheid und fünf 57 000 ein geborene Eskiemos (die keine Schriftsprache haben) und Injaner denen 25 000 hektar Land gehören und eine milljade Dollar Entschedigung in Bar. Es gibt in Alsaka auch viele Hols und wilde Tire.

—Oh, ja, also nein, das ist bloß ...
—Da kann man mal sehen, wie diesen Hungerleidern auch noch Milliarden von Dollars in den Rachen geschmissen worden sind. Als nächstes zahlen wir wahrscheinlich auch noch den Rentieren da oben ne Entschädigung, tschuldigung ...
—Nein, ich hebs schon auf, es ist etwas, was ich ...
—Wenn Sie sowieso da unten sind, könnten Sie mir vielleicht das rechte Hosenbein etwas hochkrempeln, das braucht nicht auch noch galvanisiert zu werden. Jetzt, ja, das ist es dann ja wohl, sind das die Anfangstakte?
—Oh, das ist, ich hatte ganz vergessen, daß ich, das ist ein Akkordeon-Solo, das ich ...
—Akkordeon, was? Klingt interessant, Bast, aber ich denke, wir wollen doch etwas Eindrucksvolleres zu Beginn, sieht aus wie ein Fußabdruck ...
—Ja, das hat der Akkordeonspieler gemacht, ich bin da hingegangen, um mir mein Geld abzuholen, und er hat gesagt, daß die Tänzer mich beauftragt hätten, sie selber wären gefeuert und also auch nicht mehr verantwortlich für mein ...
—Ja, kommen Sie rein, Shirley, schnallen Sie doch mal bitte die Elektroden fester. Wenn die so locker sind, kommt gar keine Spannung durch, wie meinten Sie, Bast?
—Nichts, nur die erste Geige war der einzige nette Mensch da, er hat gesagt, er würde seinen Bekannten bei der ASCAP anrufen, vielleicht hätten die einen Job für mich, ich müßte nur am Radio sitzen und die Lieder kontrollieren, die gespielt werden, sowas in der ...
—'n bißchen fester, Shirley, schon mal Jungle-rot gehabt, Bast? Dschungelkrätze? Eklige Sache, das ist und bleibt das beste Mittel gegen sowas, und Sie haben das alles selbst gemacht?
—Ja also, aber der obere Teil ist etwas, was ich ...
—Diese vielen kleinen Noten hier oben, das könnte unser Dik-Dik sein, stimmts?
—Also, diese Notierung bezieht sich auf die Kastagnetten und soll ...
—Seh den kleinen Burschen direkt vor mir, Sie auch? Bin froh, daß meine Dias Ihnen nützlich waren, ja doch. Tum tumti, tumti tumti, natürlich kann ich das nicht richtig lesen, das wissen Sie ja, für mich ist das alles bloß Gekrakel. Wissen Sie, Bast, für mich ist das immer noch eins der größten Geheimnisse des Lebens, daß Leute wie Sie sich dieses Gekrakel ansehen und sofort die Töne dazu hören, welche die endlose

Weite der wilden Savanne beschwören, die Majestät der purpurnen Berge am Horizont, hier... ich suche hier nur irgendwo einen von unseren großen Burschen, hier, das könnte einer sein, ja... sein sauberer Fingernagel hatte an einem Mordent mit zweimaligem Wechsel festgemacht. —Elefantilope vielleicht?
—Ja also, das soll nur die Anmut sein, die von...
—Das ist es, Bast, Anmut! Sie haben wirklich Ihre Hausaufgaben gemacht. Und die Anmut, die haben Sie wunderbar getroffen. Obwohl, das Wild als solches ist meiner Meinung nach etwa so anmutig wie ne Hutablage, aber dann kommt Bewegung ins Spiel, und sofort ist auch die Anmut da, die ganzen Noten hier sehen so aus, als hätten Sie da ne Menge Bewegung reingepackt, das haben Sie wunderbar getroffen, Bast, bemerkenswert, einfach bemerkenswert. Aber eins müssen Sie mir noch verraten, Bast. Wenn Sie komponieren, hören Sie dann dieses tumti tumti tumti tum und bringen es dann sofort zu Papier? Oder...
—Ja also, das ist etwas schwierig zu...
—Nein nein, versuchen Sie gar nicht erst, mir das zu erklären, ich würde es wahrscheinlich eh nicht verstehen, erstaunlich, Bast, erstaunlich, die Größe, von der wir sprachen, ich kann sie ja beinah mit Händen greifen... und der Koffer wurde kurz angehoben, —allein schon die bloße Masse, Sie haben aber auch wirklich nichts ausgelassen, stimmts?
—Ja also, ich dachte, Sie wollten es für großes Orchester, fünfundneunzig Instrumente, das ist nicht so...
—Und jedes einzelne davon trägt seinen Teil dazu bei, die Leinwand mit Leben zu erfüllen, läßt uns die unendliche Weite der Savanne erahnen, die Majestät der purpurnen Berge, alles schon hier drin in diesem Gekrakel. Haben Sie zufällig mal den Roman Trilby gelesen, Bast?
—Also nein, ich glaube nicht, ich...
—Tja, das war wahrscheinlich 'n bißchen vor Ihrer Zeit, aber darin gibts nen Abschnitt, den ich nie vergessen werde, ein Mann steht am Klavier, starrt die Musik an, kann aber weder Noten lesen noch spielen. All die hochfliegenden Töne und hinreißenden Klänge, die seine kühnsten Träume und Wünsche ausdrücken könnten, liegen da direkt vor seiner Nase, aber er kommt nicht an sie ran, tja, das war natürlich damals in den Tagen, als es noch keine Tonbänder und Schallplatten gab, so daß uns das hier natürlich nicht passieren kann. Shirley, wenn

Sie draußen sind, schauen Sie mal auf meinen Kalender, ich glaube, ich habe heute nachmittag noch etwas Zeit, Bast, und Shirley, bringen Sie mein Scheckbuch rein, hier, das wird Stamper sein, reichen Sie mir das bitte mal rüber? Er ist schon ganz gespannt darauf, was Sie uns ... ja hallo ...? Wer ...? Beamish? Nein, nicht daß ich wüßte ... oh, ja, ja, hab natürlich von Ihrer Firma gehört, Sie hatten da auch so Ihre Schwierigkeiten, stimmts ... Ja, aber ich weiß auch nicht, warum er Ihnen gesagt hat, ich könnte Ihnen da weiterhelfen, die Leute, die X-L Lithography übernommen haben, stecken selber noch in einem kleinen Liquiditätsengpaß, und ob sie im Augenblick dazu in der Lage sind, die alten Forderungen von Triangle zu begleichen, ist ... hab ich mit denen noch nicht diskutiert, nein, nur diese Sache in der Morgenzeitung, allgemein heißt es, daß sie X-L ausschließlich als Werbemedium übernommen haben, diversifizieren in alle Richtungen, erweitern ihre Produktpalette und nutzen die Streichholzschachteln, um sich im ganzen Land neue Märkte zu erschließen und vorhandene Marktlücken ... übrigens erstklassiges Management, sehr jung und sehr aggressiv, zufälligerweise sitzt einer von ihnen direkt vor mir, Mister ... nein nein, der Geschäftsführer, er kann Ihnen über den Stand der Dinge möglicherweise mehr sagen, Mister Bast ...?
—Nein, also wenn es Ihnen nichts ausmacht, mit ihm zu reden, Mister Craw ...
—Ist gerade anderweitig beschäftigt, Beamish, aber ... was? Ich hab Sie nicht ... oh, tja, daran kann man nichts ändern, ja, ich weiß, daß Ihre Leute sich umgetan haben, aber wie hoch war noch der geforderte Betrag? Zwölf Millionen? Möglicherweise etwas außerhalb ihrer ... Schießen Sie los, ja, ich höre, Festanlagen siebeneinhalb, ja, schieben Sie doch mal bitte den Block zu mir rüber, Bast ... zwei Millionen einhundert und achtzig Prozent der Differenz über die Steuer zurück, vier Millionen drei ... neunzig Prozent des Lagerbestands zwei Millionen sieben und achtzig Prozent ja ... viereinhalb Millionen Cash, ja, sitzt vor mir, er wird Sie in der Sache zurückrufen, Beamish, will das wahrscheinlich erst noch mit seinem Partner ... ob Sie Ihre Außenstände abschreiben wollen, ja natürlich, obwohl, dazu müßte man sich erst genauer ... was? Meinetwegen, wenn Sie das als Tapeten bezeichnen wollen, zufälligerweise bin ich über die Lage bei Duncan & Company einigermaßen im Bilde, die Bank engagiert sich da als ... nein, nicht als Konkursverwalter, nein, nichts in der Art, nein, mein Vorschlag ist ganz einfach der, daß Mister Basts Leute, statt hinter

Altschulden herzulaufen, vielleicht darüber nachdenken, gleich den ganzen ... Welchen ...? Ritz, ja ja, an die erinnere ich mich, wußte nicht, daß Sie auch daran interessiert sind, dachte, daß das ganze Ding ... allenfalls steuerlich interessant, ja, dann lassen Sie mich das erst mal alles zusammenstellen, ich ruf Sie dann wieder an, Beamish, Mister Bast möchte das erst noch mit seinem ... Tamarack? Ich spiel manchmal selber da oben und bin wohl auch am Samstag da, keine Angst, ich finde Sie schon, gut, machen wir's so ... legen Sie doch bitte mal auf, Bast. Der Anwalt von Triangle Paper Products, ihr wahrer Bilanzwert muß bei etwa zwanzig Millionen liegen, ziemlich ausgeschlafener Bursche, er hat das so hingedreht, daß Sie den Laden für viereinhalb Cash übernehmen können.
—Viereinhalb Millionen?
—Cash, richtig, das schafft Ihnen die langfristigen X-L-Verbindlichkeiten vom Hals und beschert Ihnen obendrein eine solide Verlustquelle für die Steuer, Ritz Bright Leaf Tobacco, wußte gar nicht, daß die denen gehört ...
—Ja also, natürlich ...
—Ja also, natürlich wollen Sie das wohl erst mal mit Ihrem Partner besprechen, und wenn Sie das tun, können Sie ja auch gleich Duncan & Company erwähnen, eine seriöse alte Firma, obwohl Beamish ihr Programm als Tapeten bezeichnet, und ich wußte auch nicht, daß sie ihre Papierrechnungen bei Triangle derart hochgetrieben haben, aber ich kann Ihnen vielleicht freie Bahn bei der Bank verschaffen, die als Vermögensverwalter der Firma fungiert, wenn Sie interessiert sind, geben Sie mir Bescheid, und ich klemm mich dahinter, ist wahrscheinlich besser, als hinter alten Schulden herzulaufen.
—Ja, sicherlich, ich ...
—Könnte auch durchaus sinnvoll sein, wenn Sie ernsthaft darüber nachdenken, Sie aufzugabeln.
—Wen?
—Ihr Piscator hat mir das gegenüber erwähnt, wenn Sie schon Duncan & Company übernehmen, dann können Sie auch gleich alle ihre Produkte im Printbereich unter einem Dach zusammenfassen, Stichwort Synergieeffekt, senkt die Kosten und bringt das Blatt vielleicht wieder nach oben, aber ich hoffe, es macht Ihnen nichts aus, wenn ich Ihnen mal 'n kleinen Rat gebe, Bast?
—Nein nein, das wäre sogar ...
—Ich mische mich sonst nicht in Firmeninterna und den alltäglichen

Kleinkrieg ein, der überall abgeht, aber Ihr, dieser Piscator, ich kann nicht gerade behaupten, daß der mir liegt.
—Ja, ich weiß, was Sie ...
—Nicht unser Niveau, Bast, einfach nicht unser Niveau, bißchen zu umtriebig, wenn Sie wissen, was ich meine, hat mich sogar gefragt, ob ich ihn in Tamarack einführen würde, ich habe keine Vorurteile, aber wenn der da in seinem Aufzug erscheint, denken die womöglich, er wäre von einer reisenden Hundeshow. Aber darum gehts mir gar nicht. Nehmen Sie zum Beispiel diese Sie, gute alte Frauenzeitschrift, gut eingeführt und alles, aber mit ständig sinkendem Anzeigengeschäft, seit es das Fernsehen gibt, seit drei Jahren versuchen sie deshalb, den Laden abzustoßen. Wenn man das als gutes einträgliches Abschreibungsmanöver sieht, prima, aber ich mach den Job schon etwas länger als Sie, Bast, und ich hab den Eindruck, daß Ihre Truppe jetzt genug steuerwirksame Luschen beisammen hat, worauf ich hinauswill, ist, diese Leute, die für Sie die PR machen, nämlich Pomerance Associates, und Pomerance, das ist Piscators Bruder, der bloß irgendwann seinen Namen geändert hat, was ihm niemand verübeln kann, aber ich würd mir die ganze Sache doch mal genauer ansehen, bevor ich da ins kalte Wasser springe.
—Ja also, sehen Sie, Mister Crawley, echt, diese ganze, ich meine, die ganze Sache ist ...
—Im Grunde ist ja gar nichts gegen den Prospekt für die geplante Aktienemission zu sagen, wenn einmal der Eintrag in Jamaika gelöscht ist, ich kann nicht mal behaupten, daß ich an der Art und Weise was auszusetzen hätte, wie er die Übernahme dieser hausbackenen Bestattungskette in die Wege geleitet hat, aber das würde jeder Jurastudent im ersten Semester genausogut hinkriegen, stimmts?
—Also ja, ich, ich wußte nicht, daß wir ...
—Die Details kennen Sie nicht, nein, Sie waren ja mit Ihrer Musik beschäftigt, das weiß ich doch, deshalb versuche ich ja auch, Ihnen so viel wie möglich von diesem nervigen Kleinkram abzunehmen. Wagner, so hießen die doch, stimmts? War doch alles bestens geregelt, zwei Brüder haben in schöner Eintracht die Kette aufgebaut, aber dann stirbt der eine, ihm gehörten vierzig Prozent der Firma, und das alte Drama nimmt seinen Lauf, denn seine Witwe und fünf Kinder kontrollieren auf einmal die Firma und brauchen dringend Geld, der jüngere Bruder mit seinen zwanzig Prozent will alle Gewinne wieder reinvestieren, kann die anderen aber nicht auszahlen, jetzt kommen Sie ins Spiel,

bieten der Witwe und den Kindern ihren Anteil am Buchwert in Cash und den anderen eine kleine Abschlagszahlung plus eine zukünftige Gewinnbeteiligung, ich glaube nicht, daß Sie da was falsch machen können, Bast. Der jüngere Bruder hat Biß, und es ist ein Geschäft, bei dem man sich keine Sorgen machen muß, daß einmal die Kunden aussterben. Aber um noch mal auf Ihren Piscator hier zurückzukommen, wenn Sie sich auf so etwas wie diese Ray-X-Geschichte einlassen, dann brauchen Sie jemanden mit besseren Verbindungen. Den Bericht, den ich Ihnen geschickt habe, haben Sie ja wohl durchgesehen?
—Nein, Mister Crawley, und, und hören Sie, um Ihnen die Wahrheit zu sagen, von der ganzen Sache habe ich überhaupt keine ...
—Würde es Ihnen was ausmachen, mir nochmal das rechte Hosenbein hochzukrempeln? Es rutscht in die, so, ja, ich weiß ja, daß Sie ausgelastet waren, Bast, aber ich geb Ihnen lieber mal ein paar Hintergrundinformationen, die Sie dann an Ihren Partner weiterleiten können, er schien sich über die ganzen Verflechtungen nicht ganz klar zu sein, und ihn am Telefon zu verstehen, ist wirklich verteufelt schwer, wissen Sie? Mehr als ein halbes Jahrhundert war Ray-X ein wirklich erfolgreicher Spielzeughersteller, aber als der Terror mit den Friedensmärschen anfing und die Mütter landauf, landab beschlossen, das gute alte Kriegsspielzeug zu boykottieren, platzte ihr Lager aus allen Nähten, Sie verstehen, das übliche Kinderspielzeug, Maschinenpistolen, Gewehre, Revolver, Granatwerfer, Panzerfäuste, ganze Lagerhallen voll davon, und da mußten sie also mit völlig neuen Produkten kommen. Eine Generation total verzogener Kinder hat sie vollkommen von Spielzeug abgebracht, aber mit Produkten wie diesen batteriebetriebenen Waffensystemen hatten sie inzwischen einige Erfahrung, also versuchten sie es mit Transistorradios, konnten aber gegen die Konkurrenz der Japsen wenig ausrichten und verlegten sich auf batteriebetriebene Prothesen, Hörgeräte und solche Sachen. Ein weiterer Produktionszweig waren elektronische Thermometer, damit beherrschten sie sogar praktisch über Nacht den gesamten Markt, aber dann haben sie versucht, mit gerade einmal vierhunderttausend Betriebskapital einen Auftrag über fünfundzwanzig Millionen abzuwickeln, und das zum Festpreis und ohne öffentliche Zuschüsse, schließlich mußte man sogar auf Führungsebene eine fünfzigprozentige Kürzung der Bezüge hinnehmen, aber das war nur eine Folge jenes Fünf-Millionen-Kredits, betroffen war vor allem die gesamte Entwicklungsabteilung, die nämlich von heute auf morgen aufhörte zu

existieren. Jetzt stecken sie in der Klemme zwischen steigenden Kosten und Lieferverpflichtungen mit Preisgarantie, und mit ihren elektronischen Thermometern fangen die Probleme erst an, wenn eines Tages das Einfuhrverbot für Rhodium kommt, krisengeschüttelte Herkunftsländer wie Gandia sind als Handelspartner nur zu empfehlen, wenn man im Fall des Falles auch entsprechend druckvoll agieren kann, und dazu ist Ihr Piscator nun wirklich nicht in der Lage.
—Ja ich, gewiß doch, aber ...
—Natürlich könnte ich Ihnen helfen, wenn die Rhodium-Krise einmal eintritt, es gibt da Leute mit weitreichenden Interessen in der Region, hat nicht sogar dieser Beaton Kontakt mit Ihnen aufgenommen? Wegen dieser Schürfrechte und den Liegenschaften dieser Energieversorger, die Ihr Partner beim Zusammenbruch von Ace und Alberta & Western übernommen hat?
—Mister Beaton, ja, ich glaube, daß er angerufen hat, aber ich ...
—Und ich sag Ihnen auch warum, Bast, mein Partner bei unserem Filmprojekt hier sitzt bei denen im Vorstand und wäre unter Umständen selber an dem Gelände interessiert, ich denke sogar, daß er euch da ein realistisches Angebot machen könnte, jedenfalls geht ihr nicht ärmer aus der Sache raus, eher im Gegenteil, kurz und gut, ich würde Ihnen empfehlen, ein solches Angebot anzunehmen. Könnte das Liquiditätsproblem lösen, mit dem Sie seit dem Tag zu kämpfen haben, als Sie hier zum erstenmal reingekommen sind, wenn ich mich nicht irre.
—Ja, das ist ganz bestimmt der ...
—Natürlich ist die Ray-X auch ein guter Kandidat für erheblich lukrativere Regierungsaufträge, Stichwort volle Deckung plus zehn lebenswichtige Vitamine, Ihr Partner bemüht sich ja intensiv darum, aber mit einer Entwicklungsabteilung, die diesen Namen nicht mehr verdient, ist fraglich, ob sie es mit dem Produkt bis zur Marktreife schaffen, und ich an Ihrer Stelle wäre mit einer vorschnellen Expansion sehr vorsichtig. Die drei Millionen in Form nicht ausgeschütteter Dividenden, die Sie bei dem Kauf der Brauerei eingesackt haben, und der fast vollständige Rückfluß der aufgewendeten Mittel durch das Tauschgeschäft Pensionskasse gegen Belegschaftsaktien hat genügend flüssige Mittel geschaffen, um Ihnen den Einstieg bei Nobili Pharmaceuticals zu ermöglichen, obwohl, das soll hier nicht unser Thema sein, aber jedermann in der City weiß, daß Ihre Truppe da nur deshalb eingestiegen ist, weil die Firma in Panama sitzt, der Standort eignet sich

hervorragend als Steuerschlupfloch und Warenumschlagplatz, sobald diese JR Shipping Corp. den Betrieb aufnimmt, kluger Schachzug, denn im Augenblick wird Nobili ja nur noch von seinem Markt in Fernost getragen, stimmts? Der Ausgang der Patentklagen ist ja völlig offen, und wenn auch noch der Veteranenverband sich aus ethischen Gründen aus den Verträgen zurückzieht, dürfte es nur noch darum gehen, wie schnell sie es mit ihrem Hammer von Kopfschmerzmittel bis zur Markteinführung schaffen, außerdem haben sie ja immer noch das Problem mit der Grünfärbung.
—Das, die Grün was? ich...
—Entschuldigung, ich meinte nur das Problem, daß das Zeug am Ende immer giftgrün rauskommt, aber vielleicht kriegen sie das ja in den Griff. Hauptsache, Sie halten den Laden lange genug zusammen, daß Sie alles noch in Ihrem betrieblichen Versicherungsprojekt unterbringen können, war übrigens ne clevere Idee von Ihrem Partner, vorausgesetzt natürlich, die Börsenaufsicht spielt mit, die können ziemlich nervig werden, wenn die den Eindruck gewinnen, daß da jemand mit der Kasse abhauen will, aber wem sag ich das, Ihr Partner steht denen ja in nichts nach, wenn es um den Wortlaut des Gesetzes geht. Expansion gut und schön, aber wenn er vorhat, sich an Disney und Kraft oder Champion Homebuilders ranzumachen, ist es vielleicht an der Zeit, etwas kürzerzutreten und sich neu zu formieren, finden Sie nicht auch? Ausgerechnet mit Warentermingeschäften seine Investitionen abzusichern, kann furchtbar ins Auge gehen, zumal sein Spielraum ohnehin schon denkbar klein ist, jetzt ist vielleicht der richtige Augenblick, daß Sie mal ne Pause einlegen und Ihre Gewinne einstreichen, vor allem nehmen Sie das Angebot für das Kraftwerksgelände, die Schürfrechte et cetera an, so eine Gelegenheit kommt vielleicht nie wieder, sollte Ihnen noch sagen, Bast, dieser Stamper spielt nicht bloß, um zu spielen, Stamper will gewinnen.
—Ja also, das sagt mein Partner auch immer...
—Und besser, Sie schalten Piscator diesmal nicht ein, schicken Sie mir einfach die Unterlagen, und ich klär dann schon die Details, er würde alles nur verkomplizieren. Und noch etwas in Sachen Anwälte, Bast, wenn Ihre Truppe den Triangle-Deal tatsächlich weiterverfolgt, würde ich diesen Beamish gleich mit übernehmen, die Lösung, die er da eben am Telefon präsentiert hat, zeigt mir, daß er den Kopf nicht nur zum Haarewaschen hat, nach meinem Eindruck ganz Ihr Mann, verstehen Sie? Einer, mit dem man vernünftig reden kann, weil, darf ich offen zu

Ihnen sein, Bast? Mir gefällt die Art und Weise überhaupt nicht, wie dieser Piscator Sie gegen Ihren Partner auszuspielen versucht.
—Ja, aber verstehen Sie, mir wäre das gar nicht so unrecht, wenn er ...
—Ich weiß, was Sie meinen, aber er ist einfach nicht der Typ, der die Finger stillhalten kann, nehmen Sie doch nur die Art und Weise, wie er Pomerance lanciert hat, alles durch die Hintertür, oder wie er Ihrem Partner wegen dieser Altersheime in den Arsch gekrochen ist, hat Ihnen wahrscheinlich die Details nie zukommen lassen, stimmts?
—Nein, aber verstehen Sie doch, Mister Crawley, das ganze ...
—Sagt immer, er könne Sie nicht erreichen, oder redet sich raus, und ich muß schon sagen, Bast, es wird höchste Zeit, daß Ihre Truppe sich mal um Ihr Büro in der City kümmert, ich hab da angerufen, um mich zu erkundigen, ob etwas an den Gerüchten dran ist, daß General Haight künftig für Sie arbeiten will, aber Ihre Sekretärin Virginia verbindet mich mit einem Mister Slomin, bei dem ich meine Wette auf die Superbowl abgeben sollte.
—Ja also, ich glaube, sie ...
—Und die neue Nummer von Ihrer Außenstelle, die Piscator mir neulich gegeben hat, 'n Mädchen nimmt ab und sagt, ich soll mich verpissen, möchte nicht wissen, was der noch für Nummern in seinem kleinen schwarzen Notizbuch hat, stimmts? Sie sollten vielleicht noch mal über den Vorschlag nachdenken, den ich Ihrem Partner vor einiger Zeit unterbreitet habe, sagte mir, Sie hätten da ein kleines Platzproblem, und ich sagte, er solle sich mal überlegen, ob in dem Fall ne vernünftige Hotelsuite nicht angemessen wäre, wenn Sie weiter auf Expansionskurs bleiben wollen, in der Zwischenzeit können Sie sich ja überlegen, was Sie auf Dauer so an Büroraum benötigen, außerdem eignet sich eine Suite hervorragend für Konferenzen.
—Ja also, als er gestern abend anrief, hat er ...
—Ich glaube, ich hatte das Waldorf vorgeschlagen, stimmts?
—Ja also, das hat er tatsächlich gestern abend vorgeschlagen, und ich bin da heute morgen auch hingegangen, in der Suite, die ich genommen habe, steht sogar ein Klavier, zwar kein Steinway oder so etwas, aber immerhin ein kleiner Flügel, den ich benutzten kann, wenn ich ...
—Freut mich zu hören, Bast, ja, ich weiß, er macht sich genau dieselben Gedanken um Ihre Musik wie ich, hält wirklich viel von Ihnen, wissen Sie das eigentlich? Allein schon die Optionsregelung, die er für Sie finden will, damit Ihnen die Differenz zwischen Nennwert und dem Marktpreis der neuen Emission nicht gleich weggesteuert wird,

also ich muß schon schon sagen, an solchen Sachen sieht man, wie sehr er Sie als Partner schätzt, aber ich glaube, er macht sich die gleichen Gedanken wie ich, ob Ihnen auch genug Zeit für Ihre Musik bleibt.
—Also, ja, er ist, gestern abend hat er mir doch tatsächlich erzählt, daß er eine, äh, eine Kunststiftung einrichtet, von der ich ein Stipendium bekommen könnte, um die Kantate zu vollenden, an der ich arbeite, sobald ...
—Ja, sobald dieses kleine Projekt im Sack ist, stimmts? Lassen Sie uns jetzt mal darauf zurückkommen, alles andere ist ja wohl geklärt.
—Ja, ich wollte Sie nur noch nach dem Konto meiner Tanten fragen, wenn ...
—Langen Sie mal rüber und drücken da drauf, der schwarze kleine Knopf da ...? Shirley? Holen Sie mir bitte mal den Auszug der Damen Bast, und ich hab Ihnen doch gesagt, Sie sollen mir mein Scheckbuch bringen, ich an Ihrer Stelle wäre vorsichtig mit dieser Stiftungssache, Bast, die gesetzlichen Bestimmungen bezüglich Stipendien sind vor drei oder vier Jahren verschärft worden, und da könnten Sie Ärger kriegen, da, reichen Sie mir doch bitte mal das Telefon ... Hallo? Nein nein, hab jetzt keine ... sagen Sie ihm, ich bin gerade in einer Besprechung, ja, und bringen Sie mein Scheckbuch rein, legen Sie bitte mal auf? Übrigens, der Mann, der eben angerufen hat, hat gerade einen Topjob als Pressesprecher hingeworfen, um bei Pomerance einzusteigen, Bast, den würde ich mir nicht entgehen lassen, egal, falls Sie mal irgendwelche Probleme haben sollten, lassen Sie mich's einfach wissen, äußerst zupackender kleiner Mann, schießt nur manchmal etwas übers Ziel hinaus, dann muß man ihm klarmachen, wer der Boß ist, aber sonst, ja, kommen Sie rein, Shirley, wenn Sie sowieso schon hier sind, könnten Sie vielleicht mal nachsehen, ob die Elektroden noch eingestöpselt sind. Hier, bitte, Bast, tja, Auszug bis zum achtundzwanzigsten.
—Oh. Ist denn, hier, wo steht Wert der Papiere unter ...
—Sehen Sie, die Telefonaktien haben wir ja verkauft, ja, hier, und da Sie sich ohnehin für Nobili interessieren, hab ihnen hier zu einunddreißig 'n Paket gekauft, dann ein weiteres zum Stand von dreiundzwanzig, bei sechzehn hab ich alles wieder abgestoßen, aber das beschert Ihnen zumindest nen hübschen kleinen Verlustvortrag.
—Oh.
—Ja und hier, noch ein schöner Steuerverlust mit Ampex, schauen Sie mal. Runter auf zwanzig, dann nochmal runter bis vierzehn. Und alles

nur, weil der Kurs von Anfang an falsch notiert wurde, das sind so Sachen, da verlieren Sie den Glauben an die Menschheit, aber die Analysten können nichts dafür, war immerhin noch möglich, sie bei sechs abzustoßen, bevor sie gar nichts mehr gebracht hätten.
—Oh, was ist denn, gar nichts...?
—Stehen jetzt etwa bei fünf, ja, und das könnte im Augenblick auch ein gutes Schnäppchen sein, wenn Sie meinen, daß Ihre Tanten noch...
—Nein, aber, aber was heißt denn das hier, BK...
—Berühmte Künstler, ja, Fernkurse für Kunstfotografie, sowas in der Art, dachte, das ist vielleicht eher etwas für Ihre Tanten als diese stumpfsinnigen Industriewerte.
—Oh. Und das bringt jetzt weitere Steuerverluste?
—Nein, diesmal könnten sie vielleicht in den Genuß einer Totalabschreibung kommen, Bast, kann im Augenblick natürlich noch nichts versprechen, die Firma hat Konkurs angemeldet, und es bleibt abzuwarten, was bei der Reorganisation herauskommt, lassen Sie uns aber mal zu unserem eigentlichen Thema...
—Ja, aber sehen Sie, Mister Crawley, ich glaube nicht, daß meine Tanten alle diese Steuerverluste und Abschreibungen gebrauchen können, sie sind eher...
—Hab auf diese Weise die langfristige Kapitalbildung mit ihren Telefonaktien ausgeräumt, ja, elftausend sieben dreiundsiebzig, und jetzt können sie langsam auch wieder an Gewinne denken, hab sie hier für siebenundneunzig bei Natomas eingekauft, und die steigen, drücken Sie auf dem Quotron bitte mal die NOM-Taste, so, wollen doch mal sehen... ja, tatsächlich rauf um drei Achtel, sehen Sie? Natürlich sind wir beide uns ja wohl einig, daß Ihre Tanten nicht gerade die ausgefuchstesten Investoren sind, so daß man auch nicht davon ausgehen darf, daß sie über Nacht ein völlig ausgeglichenes Portefeuille haben, stimmts? Lassen Sie uns also wieder auf das zurückkommen, was Sie hergeführt hat, schieben Sie doch mal das Scheckbuch rüber? Also, wann können wir's hören?
—Ja also, natürlich muß ich erst noch einen Kopisten finden und die Partitur mit ihm durchgehen, um die Orchestrierung vorzubereiten, das dauert wahrscheinlich noch...
—Ich glaube, Shirley hat morgen nachmittag etwas Zeit für mich freigeschaufelt, meinen Sie, daß zwei Stunden reichen?
—Was?
—Tja, zwei Stunden oder lieber zweieinhalb? Ich will Sie ja nicht

hetzen, Bast, ich will nur jede einzelne Note hören, angefangen bei der Violine bis zum Akkordeon.
—Ja aber, aber Mister Crawley, das, wie soll ich denn ...
—Keine Bange, Bast, ich weiß ja, daß Sie jetzt kein ganzes Sinfonieorchester dabei haben, das Gewehr bei Fuß vor der Tür steht. Nein, Tonband oder Schallplatte oder sowas reicht vollkommen, wie auch immer man das heutzutage macht.
—Aber wie soll ich denn ein komplettes Orchester ...
—Ja, was ist denn das hier, Bast? Arbeite mich gerade etwas weiter durch Ihre Partitur, und hier sind nur noch Bleistiftkritzeleien.
—Nein aber, ja, das ist quasi nicht mehr als der Klavierauszug, das Ganze muß natürlich noch orchestriert werden, und dann müssen die einzelnen Stimmen ...
—Dem kann ich nicht ganz folgen, Sie wollen doch nicht etwa sagen, daß das alles ist? Das hier?
—Ja aber, ja, das ist die Partitur, das ist die Musik, ja, das ...
—Aber Sie haben doch eben selbst von sechsundneunzig Instrumenten gesprochen, sagten irgendwas von einer ersten Geige und dem Akkordeonspieler, und jetzt ...
—Nein, aber, aber, heilige Scheiße, Mister Crawley, ich meine, was ...
—Was soll das hier?
—Nein, ich meine, Sie verstehen nicht, ich ...
—Ich verstehe nicht, Sir? Ich habe eher den Eindruck, wir haben uns gegenseitig gründlich mißverstanden, Mister Bast, als ich Ihnen den Auftrag gegeben habe, die Musik für unseren Film zu komponieren, habe ich natürlich Musik gemeint, und für mich, Mister Bast, ist Musik immer noch etwas, was man hören kann. Für Sie nicht, Sir?
—Ja, natürlich, ja ja, aber ...
—Natürlich, ja, ich glaube, die meisten Menschen sind der Meinung, daß Musik etwas zum Hören ist, und in diesem Fall ist es unsere Absicht, die Mächte der Musik anzurufen, um dabei zu helfen, die Majestät eines fremden Königreichs herbeizuzaubern, diesen Burschen hier Leben einzuhauchen, während sie vor unserem Publikum über die Leinwand galoppieren ... und sein Arm holte aus zu einer allumfassenden Bewegung, so, als wolle er die Burschen mit den leeren Blicken ringsum selber herbeirufen, —und ich glaube ...
—Aber ...
—Ich glaube mich erinnern zu können, ich hätte Ihnen damals gesagt, daß unsere Zielgruppe ein Unterausschuß des Kongresses sein würde,

Mister Bast, verdiente Männer, aber eben auch nicht mehr als das, keine Künstler, geschweige denn Komponisten, folglich kann man bei ihnen weder Ihr künstlerisches Talent voraussetzen noch Ihre Fähigkeit, beim ersten Blick auf dieses Gekrakel gleich jene großartigen Klangwelten zu hören, welche die endlose Weite der Savanne heraufbeschwören und die purpurne ...
—Ja aber, ich, vielleicht könnte ich es Ihnen auf dem Klavier vorspielen, wir könnten in die Hotelsuite gehen und Sie könnten ...
—Auf dem Klavier?
—Ja, oder vielleicht könnte ich ein Tonbandgerät mitnehmen, und das Ganze ...
—Das ist vollkommen ausgeschlossen. Sie glauben doch nicht, daß Sie diesem Burschen hier auf einem Klavier gerecht werden können ... und über das Grün der Schreibtischunterlage hinweg winkte er einer Antilope zu, —und selbst wenn ich mich mit dieser zweitklassigen Lösung zufriedengäbe, an unserem Publikum können wir nichts ändern, Mister Bast, von meinem Partner an diesem kleinen Projekt ganz zu schweigen, denn was meinen Partner betrifft, muß ich Ihnen ganz offen sagen, daß ich Himmel und Hölle in Bewegung setzen mußte, um ihn davon zu überzeugen, daß wir überhaupt Musik brauchen. Ich habe ihn oft genug Don't Fence Me In singen hören, wenn er mit einer Dose Bier in der Hand über sein Land gefahren ist, aber ich fürchte, damit ist sein Sinn für Musik auch schon erschöpft, und da ich Sie gegen seinen ausdrücklichen Rat beauftragt habe, verstehen Sie vielleicht die mißliche Lage, in der ich mich befände, wenn ich ihm lediglich dieses Gekrakel präsentieren kann.
—Ja, aber wenn ich ...
—Oder wenn er sich zwei Stunden lang Klaviergeklimper anhören müßte, mal im Ernst, Bast, ich will offen zu Ihnen sein, aber ich kann mich nicht ganz des Eindrucks erwehren, daß Sie es sich hier etwas zu leicht gemacht haben. Ein Blick auf diese, diese Partitur, wie Sie das nennen, wohlgemerkt keine Musik, darauf wartet man vergebens, all das läßt mich zu dem Schluß gelangen, daß Ihr derzeitiger Aufstieg in die Geschäfts- und Finanzwelt Sie Ihrer wahren Berufung entfremdet hat, und das, was Sie seinerzeit womöglich noch als ein angemessenes Honorar für diesen Auftrag betrachtet haben, ist natürlich eher wenig, verglichen mit den jetzigen Gewinnaussichten. Mir widerstrebt das Wort Faulpelz, Mister Bast, andererseits deutet für mich manches darauf hin, daß es offenbar Ihre Absicht war, sich der gestellten Aufgabe

möglichst rasch zu entledigen, um sich weiter Ihren expandierenden Geschäften widmen zu können, seit Sie hier sitzen, haben Sie von nichts anderem geredet.
—Nein, aber, nein aber ...
—Und ich darf vielleicht sogar noch ein Stück weitergehen und sagen, daß, je mehr andere Ihnen zu helfen versuchen, desto weniger scheren Sie sich um Ihre eigentliche Aufgabe. Das mag hart klingen, aber vielleicht ist es mir nicht gelungen, mich deutlich auszudrücken, als wir vorhin über Trilby sprachen, Mister Bast. Nicht jedem ist Ihr einzigartiges Talent gegeben, aber wenn ich nun einmal zunehmend den Eindruck gewinne, daß Sie dieses Talent immer häufiger in den Dienst des allerschnödesten Gelderwerbs stellen, dann sehe ich es als meine Pflicht an, Sie mit dieser traurigen Wahrheit zu konfrontieren, Sir. Wenn Sie Ihre Begabung auf Ziele richten, die jedermann zu erreichen fähig ist, sind wir alle die Verlierer, Mister Bast, warum überlassen Sie nicht uns das Kleingedruckte in Leasingverträgen und Abschreibungsprojekten, wir sind ja nur die Arbeiter im Weinberg und blicken zu Ihnen auf, um erhoben zu werden aus diesem, Scheiß-Hosenbein rutscht schon wieder runter, können Sie es mir noch mal hochkrempeln?
—Ja aber, ich bin kein, verstehen Sie doch, ich brauche das Geld, ich schulde sogar noch meinem, ich muß noch einige Dinge mit meinem Partner regeln, und jetzt bekomme ich auch noch Rechnungen für einen Schnellesekurs und die fälligen Studiengebühren an einem Wirtschaftscol ...
—Kein Problem, ist doch alles absetzbar, und ...
—Aber von was denn absetzbar? Ich ...
—Und Sie haben doch Verständnis dafür, daß ich Ihnen für unser kleines Projekt im gegenwärtigen Stadium nichts zahlen kann. Mein Partner würde zwar nichts davon erfahren, aber selbst wenn ich wollte, hätte ich das Gefühl, daß eine solche Geste genau die Flamme der Begeisterung wieder ersticken würde, die ich so gern entzündet sähe, Sie sehen also, ich setze noch Hoffnung in Sie, Sir, oder sollte ich lieber sagen in den Künstler, der tief in Ihnen schlummert, der Künstler, der so banale Details wie ein frisches Hemd am Morgen verachtet, der in die Arbeitswelt von Mr. Jedermann hinaustritt, ohne sich um die dummen Blicke zu scheren, weil er zwei verschiedene Schuhe anhat, und warum? Weil sein Geist woanders weilt, weil er nur Ohren hat für den mächtigen Klang von Horn und Kesselpauke, Klänge, die auch uns hören zu lassen seine heilige Pflicht ist. Ich hege die Hoffnung, daß der

Künstler in Ihnen das tun wird, und Sie müssen es auch, Sir, und um Ihnen meine Wertschätzung zu beweisen, Mister Bast, werde ich meinen Einsatz verdoppeln.
—Ja, ja aber ...
—Keine Widerworte, Mister Bast, davon will ich nichts hören, ich habe mich entschlossen, es ihnen zu beweisen, jenen Zweiflern, die nur von der notorischen Unzuverlässigkeit, der Trägheit, der schier unglaublichen Undankbarkeit des Künstlers sprechen, aber Sie müssen mir dabei helfen, vierhundert Dollar, und ich finde, das ist, mit Verlaub, ein recht anständiges Angebot, Sir, was sagen Sie dazu?
—Ja aber, verstehen Sie doch, ich ...
—Also dann ans Werk, schieben Sie mir nur bitte noch die Nitrokapseln rüber, wenn Sie gehen, die kleine Flasche da, ja, und wollen Sie dieses, was immer das ist, ich stopf es hier in Ihren Aktenkoffer, und der Deckel klappte zu, darunter Alsaka der gröste Staht, —Verschluß ist kaputt, ja, Sie klemmen ihn sich lieber unter den Arm, denken Sie immer daran, diese Burschen richten ihre ganze Hoffnung auf Sie, er beugte sich vor, der Arm, der den Koffer über das Teakholz geschoben hatte, hob sich in einer allumfassenden Bewegung über die stieren Blicke an der Wand, —denn nur Sie können ihnen in der endlosen Weite unserer ureigensten ... plätschernd erhob er sich, als stünde er bereits mittendrin, —vielleicht in unseren ureigensten eigenen Everglades eine neue Heimat verschaffen, wo sie sich auf zirka eins Komma fünf Millionen Hektar Natur frei bewegen können, Ausschau haltend nach Storch und Kranich in den Lüften, das Wasser teilend mit Meeräsche und Hecht ... er plantschte unsicher und griff nach der Tischkante wie nach dem Dollbord eines Ruderboots, —sie blicken auf Sie, damit Sie den Unterausschuß hören lassen, ihn sehen lassen, ihn vor allem nachempfinden lassen, das Telefon da, reichen Sie es mir doch bitte mal rüber. Und noch ein guter Rat, werden Sie sich klar darüber, was Sie wirklich machen wollen, und widmen Sie sich ausschließlich einer Sache. Hallo ...? Konzentration aufs Wesentliche, Bast, Konzentration aufs Wesentliche. Scheiße, hallo ...?
—Hallo?
—Anderen Leuten wird geholfen, Willie, aber ich mußte mir immer alles mit meinen eigenen zwei ...
—Miss Bulcke? Was ist das für eine Verbindung ...?
—Hier Vermittlung, kann ich Ihnen helfen?
—Verschwinden Sie aus der Scheißleitung. Shirley ...?

—Wir haben wieder eine Fehlschaltung, Mister Beaton, aber Ihre beiden anderen Gespräche sind endlich durchgekommen...
—Wenn ich sie verklage, muß ich mich selbst vertreten...
—Scheiße, Shirley, legen Sie auf und versuchen Sie, Stamper über sein Autotelefon zu erreichen.
—Hallo?
—Ja, hallo, ich möchte Mrs. Joubert sprechen, es ist sehr dringend...
—Und kommen Sie rein und unternehmen Sie was gegen mein Scheiß-Hosenbein.
—Augenblick, bitte, ja, sie war eben noch hier, ich glaube, sie ist hier eben an der, Dan? Das heißt an der Tür, Dan, können Sie mal nachsehen, ob Mrs. Joubert da draußen ist? Sagen Sie, es sei dringend, ja, hallo? Ja, bleiben Sie bitte dran, ich lasse sie holen...
—Ihr anderes Telefon da, Whiteback, haben Sie das für Ihre Verdienste um moralische Sauberkeit bekommen?
—Ja, danke, hallo? Ja, hier ist die Bank, ähm, das Banktelefon, ja... Ja, weder Foot noch Law sondern Back, Whiteback, ja, hier spricht Mister... wer? Mister Beaton? Ja, was kann ich für Sie... oh. Oh...? Oh... die neuausgegebenen Aktien, ja, natürlich haben die unähm, vorteilhaften Zeitungsberichte im Hinblick auf die gegenwärtige Situation kreditmäßig, ähm... Ja also, nein, selbst wenn wir dem aufgeschlossen gegenüberstünden, würde das staatliche Bankengesetz, entschuldigen Sie mich einen Moment, Vern, könnten Sie bitte mal Ihren Fuß da wegnehmen, damit sie...
—Mister Whiteback...?
—Ja, kommen Sie rein, Mrs. Joubert, das Telefon da, es ist wohl dringend...
—Danke... hallo? Oh, Miss Bulcke? Was... sie lehnte sich gegen die Schreibtischkante, —nein nein, das ist schon in Ordnung, ich bleib dran, bis er fertig ist...
—Lassen Sie mich nur kurz die Papiere hier wegräumen, Dan, vielleicht könnten Sie, ähm, entschuldigen Sie, mein Anruf, ja, hallo? Tut mir leid, ja, was wollten Sie sagen, Mister... das staatliche Bankengesetz, ja, selbst wenn wir demgegenüber aufgeschlossen wären, daß... Pecci, Mister Pecci, ja, und er macht seine Sache ausgezeichnet, er... Ach, tatsächlich...? Ach, Sie, das haben Sie...? Mrs. Pecci, ja, sie, ähm, natürlich haben wir, ähm... Ja also, natürlich waren wir uns nicht bewußt, daß jemand, ähm... Eher den Charakter einer, ähm, das heißt einer Zuwendung... ja, nein, natürlich nichts, was wir gern an die

Öffentlichkeit dringen lassen würden, wir ... Ja also, in dem Fall sind wir natürlich aufgeschlossen ... ja also natürlich, das heißt jedes vernünftige, ähm, Angebot ... natürlich, an meiner gegenwärtigen Position ändert sich nichts, ja, ich ... Ach, jetzt verstehe ich ... Ja ich, ähm, ich verstehe ... Ja also, im pädagogischen, ähm, Bereich natürlich, ich ... Oh, in Washington? Ja also, in dem Fall wäre ich natürlich ... Sobald ich ihn erreicht habe, ja, ja ja, danke für Ihren Anruf, ja, Wiedersehen, Vern, könnten Sie bitte mal Mrs. ...
—Nein, das ist schon gut so, Mister Whiteback, ich, hallo? Ja ...? Sie wischte sich das Haar aus der Stirn, aber es fiel gleich wieder zurück und verbarg so das Zittern ihrer Hand, —aber wie konnte, aber wie konnte die Schule ihn denn einfach so mit Francis wegfahren lassen, ohne überhaupt ... Nein nein, aber weiß man denn, wo sie sich jetzt ... Nein nein nein, ich hab Ihnen doch gesagt, daß er Genf erwähnt hat! Bevor Sie eine einstweilige Verfügung haben, ist er doch längst ... Nein, aber kann man denn gar nichts ... Was Onkel John tun kann! Hat er denn noch nicht genug getan? Haben Sie nicht alle schon, genug getan ...! Nein ich, ich weiß nicht ... Ich weiß es nicht ...
—Mrs. Joubert, ist alles, ähm? Hier, ich leg für Sie auf ...
—Nein danke, schon gut ...
—Ja, und Sie kennen ja schon unseren Bezirksschulrat, er ist gerade vorbeigekommen, um sich, ähm, Mrs. Jouberts Gemeinschaftskunde in der sechsten Klasse anzusehen, Vern, Sie sollten sich auch mal ansehen, wie sie die Kinder motiviert, ja, genau, direkt hinter Ihnen, Mrs. Joubert, es sind gerade ein paar Bilder angekommen, die Sie sich ansehen sollten, direkt hinter Ihnen, irgendwo unter den Zeitungsausschnitten, ja, vielleicht haben Sie ja Verpfändung, ähm, Verwendung dafür im Rahmen Ihres morgigen Fernsehunter ...
—Nein, aber, aber Sie meinen doch nicht etwa diese ...?
—Irgendwo da drunter, ja, ich weiß, daß unser Schulrat hier gern erfahren würde, was auf den Klassenausflügen wirklich passiert ...
—Nein, ich fürchte ...
—Da sehen Sie nämlich, wie sie die Kinder motiviert, Vern, Motivation im Rahmen einer sinnvollen Lernerfahrung, ja, könnten Sie die mal eben hochhalten, Mrs. Joubert? Zeigen Sie dem Schulrat doch mal, wie Sie das bei den Kindern rüberbringen, was, ähm, was Amerika wirklich ausmacht. Sie ist zu bescheiden, Vern, sie, ähm ...
—Mister Whiteback, ich glaube, mir, ich glaube, mir ist nicht gut, ich ...

—Hören Sie, Whiteback, mich interessiert überhaupt nicht, was so alles Amerika ausmacht, bringen Sie sie lieber zur Krankenschwester.
—Nein, bitte, es geht schon wieder, ich ...
—Ja also, natürlich sollte sie vielleicht, Dan, könnten Sie vielleicht Mrs. Joubert in Miss Waddams Sprechzimmer begleiten, wo sie sich, ähm, natürlich kann sie sich da nicht hinlegen, weil der Krankenwagen noch nicht gekommen ist wegen des, ähm, des Babys, und es ist, ähm, das heißt, das Baby ist ...
—Es geht schon wieder, wirklich, Mister diCephalis, danke ...
—Ja dann, also, besten Dank, daß Sie uns die, ähm, daß Sie vorbeigekommen sind, Mrs. Joubert, Dan, Sie könnten vielleicht ein Auge auf sie halten, wenn sie den Flur entlanggeht, sie sah doch etwas, ähm ...
—Vielleicht beteiligt sie sich ja an dem Schwangerschafts-Lotto, das Sie hier veranstalten, Whiteback. Sie sieht jedenfalls besser aus als die vertrocknete kleine Blonde, die Ihren Coach hier wegen Notzucht verklagt.
—Ja also, Vogel, natürlich, ähm, natürlich war er sich nicht darüber im klaren, daß er sich in Wahrheit der Mutter des Mädchens näherte, die sich nur als ihre Tochter ...
—Als ihre Tochter verkleidet hatte, mit anderen Worten, wenn er einer Achtkläßlerin gezeigt hätte, wo ihn das Pferd gebissen hätte, wäre alles in Butter. Aber so und besonders vor dem Hintergrund von fünf weiteren Schwangerschaften, die es an der Schule gibt, ernennt ihn die Zeitung glatt zum Vater des Jahres.
—Ja also, der Zeitungsbericht über die Schwangerschaften war schlicht und einfach ein Mißverständnis, da wir, ähm, also ein Irrtum des Labors, da die Proben, die wir für die Drogentests eingeschickt hatten, dort mit denen verwechselt wurden, die nur für ...
—Wenn Sie die Proben von Anfang an zu dem Zweck hingeschickt hätten, hätten Sie uns dieses Drama in der Mädchentoilette erspart, hat die Zeitung schon angerufen?
—Nein, offensichtlich beschäftigt man sich dort noch mit diesem, ähm, mit der Tragödie des kleinen behinderten ...
—Na, dann haben wir ja überhaupt keine Probleme mehr, Glancy, und die Vogelgeschichte und Ihr Sexfilm und was sonst noch alles verschwindet endlich aus den Schlagzeilen, weil ein Drogenfahnder einen geistig minderbemittelten Jungen mit einer Spielzeugpistole niederschießt, und alles ist in Butter.

—Ja, also nein, offenbar hat der Junge ihn überrascht und die berufsmäßigen Reflexe des Fahnders waren da natürlich sofort, ähm, ja, entschuldigen Sie mich, hallo...? Ja, hier ist das Banktel, oh, ja, ist die Bank dran? Ja... er heißt Cibo, Mister Cibo, ja, seit gestern ist seine Unterschrift auf allen Schecks von Catania Paving erforderlich, ja, er... als Direktor von Catania Paving, ja, er, Moment mal, mein anderes Telefon... Ja? Hallo...? Oh, Gottlieb, ja, ich wollte Sie deswegen schon anrufen... ja, nein, wir müssen Ihren Ace-Transportation-Kredit überhaupt nicht kündigen, nein, ich hatte eben einen Anruf von, ähm, das heißt eher schon ein Sondierungsgespräch, das könnte die Bank vor der drohenden, ähm, Moment, ich muß erst den anderen Anruf beenden, ja, hallo...? Nein, mit c, c, i, b, o, ja, die Unterschrift finden Sie in den Unterlagen von Cia Management, Gottlieb? Hallo? Nein, das war nur die Bank, hat sich nach diesem Cibo erkundigt, der gerade... Mit Gewerkschaften und Verkaufsautomaten, ja, er hat gerade ein Drittel von Catania Paving erworben, und zwar von Parentu, Moment mal, hallo...? Mister Parentucelli, ja, ich war... ich habe eben mit der Bank über Ihren Mister Cibo gesprochen, ja, er... die Cola-Automaten in der Cafeteria? Ja, Mister Cibo erwähnte mir gegenüber... ja, aber wenn sich die Kinder nur Cola kaufen, sind die Milchzuschüsse in Gefahr... Ja, ich weiß, daß Mister Cibo sich um das Wohlergehen der lieben Kleinen genauso sorgt wie ich, aber... zu Mister Peccis Wahlkampf, ja, das weiß ich, aber... Ja, natürlich, bin ganz Ihrer Meinung, die Leute wollen einen Helden, aber... Ja, ich hab noch einen anderen... ja, aber ich habe noch einen Anruf, den ich unbedingt...
—Kommen Sie rein, Major, was soll denn der Aufzug, und Sie, Dan? Führen Sie hier zusammen ein Stück auf? Schneeweißchen und Rosenrot oder was?
—Hören Sie, Vern, lassen...

    —entweder du scheißt, oder runter vom Pott...

—Nur Parentucelli auf der anderen Leitung, ja, er ist... Nein, Peccis Wahlkampf, er meint, sie sollten entweder, ähm, das heißt, sie sollen sich endlich entscheiden, was sie wollen, dieser Cibo ist... irgendein PR-Gag, um Pecci ein neues Image zu, ähm, also eher als Volksheld, ja, aber natürlich... Die SOS-Kampagne, ja, aber natürlich... Hyde, ja, genau, der Vater des Jungen ist eben hereingekommen, er... Die Finanzierung direkt über seinen Namen laufen lassen, und zwar ohne

Pfändung oder dergleichen, ja, ich werde ... nein, also bei diesem Preis glaube ich nicht, daß ihn der, ähm, also der Geruch stören ...
—Was dagegen, wenn ich den Hörer hier auflege, Whiteback? Klingt so, als liefe da ne Klospülung.
—Ja, nein, bitte, Vern, kommen Sie rein, Mister, ähm, Major, das war Gottlieb von der Cadillac-Niederlassung, er meint, daß er die Finanzierung des Wagens direkt auf Sie überschreiben kann, auch ohne Rückeignung von Glancy, indem er das Ganze nämlich wie einen stinknormalen Gebrauchtwagenkauf behandelt, sozusa ...
—Was war das eben mit dem Geruch?
—Nein, also, natürlich ist er gebraucht, weil Glancy ihn gebraucht hat, um sich, ähm, ich glaube, die Cadillac-Leute nennen das lieber aus zweiter Hand, und er ist ja auch nur sieben Meilen damit gefahren, aber er hatte natürlich eine Woche in dem Wagen gelegen, als man ihn da unten im Wald gefunden hat, und offenbar ist es nicht möglich, den Geruch wieder rauszukriegen, ähm, das heißt diesen typischen Neuwagengeruch wiederherzustellen ...
—So ne kleine Duftnote dürfte Ihnen doch nichts ausmachen, Major, das ist dann so, als ob sie Glancy auf dem Rücksitz rumkutschieren, da können Sie ihn auch nicht sehen, und trotzdem wissen Sie, daß er ...
—Hören Sie, Vern, ich habe keine Zeit, mich ...
—Ja also, ich glaube, Vern will nur sagen, daß der Rücksitz vielleicht lieber, ähm, natürlich hatten wir angenommen, er sei verschwunden, um nach seiner Frau zu suchen, aber dann haben ihn Parentucellis Leute da unten gefunden mit dem Schlauch vom Auspuff am Fahrerähm, er saß hinterm Steuer, ja, obwohl er mit Sicherheit nicht mehr, das heißt, er war auch gar nicht so angezogen, als wollte er noch irgendwohin, er ...
—Ja, was ist mit seinem Anzug, ich wollte noch ...
—Nein, also, wir in der Bank wußten ja, daß seine Rechnungen alle unbezahlt waren, Dan, weil seine Frau offenbar alle Schecks zerrissen hat, die er zur Abzahlung des letzten Kredits ausgestellt hat, am Ende hat sie eigenhändig einen Scheck über die gesamte Summe eingelöst und ist dann verschwunden, aber, ähm, ja, ich glaube nicht, daß bei Glancy irgendein Prozeß im Anzug war, das hätte auch wenig ...
—Nein nein, ich meinte meinen eigenen Anzug, ich glaube, er ...
—Ich glaube, Dan meint, daß seine Frau vielmehr auf Vollzug der ...
—Nein, ich glaube nicht, daß sie jemanden verklagt, nein nein, ich meinte nur einen braunen Tweed-Anzug, den er sich ...

—Wollen Sie damit sagen, daß Ihre Frau nicht von einer Klage gegen mich gesprochen hat, Dan?
—Ja also, vielleicht hat sie den, ähm, natürlich weiß sie über die Klage gegen Dan als Fahrer des anderen Fahrzeugs Bescheid, aber sie hat vielleicht den Zeitungsartikel über die Schlüssel nicht gelesen, die im Todesfahrzeug zurückgeblähm, ich habe den Ausschnitt hier irgendwo liegen, das Todesfahrzeug nennt man das, glaube ich, und klagt auf eine Million Dollar wegen grober Fahrlässigkeit, aber natürlich ...
—Bei solchen Forderungen können wir bald alle dichtmachen. Was verlangen die denn für die Nummer mit der Spielzeugpistole?
—Ja also, man fordert nur, ähm, natürlich verklagt man auch die Regierung, aber im Prozeß gegen die Schule fordert man nur achthunderttausend Dollar, weil der Junge angeblich, ähm, eine musikalische Karriere vor sich gehabt hätte, wenn unser Testprogramm nicht, ähm, wie übrigens auch der andere Junge, der eben erst der Telefongesellschaft aufgefallen ist, als man dahinterkam, daß er nach Hongkong und Sidney telefoniert hat, und zwar unter, ähm, Umgehung der offiziellen Leitungen, also dieser Junge rangierte auf Dans Skala auch ziemlich unten ...
—Wenn man ein Testprogramm installieren würde, das alle Luschen und Leistungsverweigerer aussiebt, würde ich am Ende noch ...
—Ja also, das Programm hat ihn ja auch ausgesiebt, das heißt, deshalb hat er ja zu Hause damit angefangen, mit dem Telefon herumzuexperimentieren, natürlich mußte ich der Telefongesellschaft schreiben, daß er erst elf ist, was denen wahrscheinlich eher peinlich, ähm, aber das ändert nichts daran, daß sie ziemlich verärgert sind, daß unsere Telefonzelle fast nur für R-Gespräche genutzt wird, aber die neunhundertsiebenundvierzig Dollar an entgangenen Gebühren, die gehen garantiert nicht auf das Konto des Jungen, der sich in die Fernleitungen eingeschaltet hat, weil er ja zu Hause war und im übrigen seine Sache ganz ausgezeichnet, ähm, das heißt, sie haben ihm ein erstklassiges Gehalt angeboten, leider mußte ich ihnen absagen, weil er erst elf ...
—Dann können Sie mir sicher auch erklären, wie ich mit der anderen Bande fertig werden soll, die eine Million Dollar haben will für ein Kind, das es allenfalls zum Tankwart gebracht hätte für lausige fünfzig Dollar die Woche? Das macht hunderttausend Tagessätze, vorausgesetzt, er kommt nicht ins Gefängnis, ich hab Ihnen schon damals, als Dan Probleme mit seinen Löchern bekam, gesagt, daß dieses

Testprogramm ein Schuß in den Ofen ist, und jetzt kommt jeder arbeitslose sozialhilfeabhängige Schnorrer...
—Ja also, als wir erfahren haben, was Leroy vorhatte, war es natürlich schon zu spät zu verhindern, daß, ähm, Dan in der Klage der Familie des Jungen namentlich genannt wird, also der Junge mit der musikalischen Karriähm, das heißt, mit der Spielzeugpistole, weil nämlich den Testergebnissen nach der Junge tatsächlich in diese Klasse eingestuft wurde, und auch Dan bestreitet ja keineswegs, daß es da...
—Und warum zum Teufel ist er da nicht geblieben?
—Ja also, ich glaube, Vern meint...
—Ich meine dasselbe, was ich Ihnen schon immer gesagt habe, Whiteback, Ihre einzige echte Funktion besteht darin, auf die Kinder aufzupassen. Wenn man ihn in diese Klasse gesteckt hat, warum lief er dann draußen rum und hat mit ner Spielzeugpistole Leute bedroht?
—Ja also, ich dachte Sie, ähm, also das liegt primär an dem Platzmangel wegen dieser teuren Geräte, wir mußten deswegen unsere Lernschwachen, ähm...
—Whiteback mußte unsere kleinen Lernschwachen drüben nach O-7 auslagern, Vern, bei Ihrem letzten Besuch haben wir doch darüber gesprochen...
—Nein, also im Endeffekt mußten wir sie sogar, ähm, das heißt, der Major mußte sie vollständig abbauen, wir sprachen ja davon, als Sie das letztemal hier waren, und zwar wegen der neuen Geräte aus Ihrer Tochterfirma für unser neues, ähm, unser neues Haushaltstechnisches Incentive-Center, das nämlich jetzt da ist, wo früher mal der Kindergarten war...
—Und wo haben Sie den Kindergarten untergebracht? Auf dem Flur? Überall hängt dieses Zeugs rum und...
—Ja also, ich glaube Vern meint, die, ähm, die dreidimensionalen Bilder und die, ähm...
—Ich meine das, was so aussieht, als hätte man Kaugummi auf ein Stück Pappe geklebt.
—Ja, also die Landschaften, das heißt, sie haben die Landschaften aus, ähm, aus Kaugummi modelliert, also im Rahmen der Ausstellung Freizeit und Hobby im Rahmen der Erwachsenenbildung, nicht wahr, Dan? Ich glaube, Dans Frau hat mit der Kunsttherapie-Gruppe für, ähm, für Arthritiker gearbeitet, ja, und sogar die Schreibmaschinenporträts haben beachtliches, ähm, ich denke, wenn Vern mehr darüber wissen möchte, Dan, wäre Ihre Frau gewiß...

—Worüber ich mehr wissen möchte, Whiteback, ist der Kindergarten. Wo ist er?
—Ja also, wie gesagt, aufgrund der neuen Geräte aus Major Hydes Tochterfirma mußten wir, ähm, das heißt konnten wir endlich unser neues Haushaltstechnisches Incentive-Center in Betrieb ...
—Sie haben also den Kindergarten ebenfalls abgebaut, ist das so?
—Ja, aber nur, weil der Kindergarten eben genau dort untergebracht war, wo, ähm, wo laut Plan eigentlich die erste Klasse vorgesehen war, so daß wir uns aufgrund der Platzschwierigkeiten, ähm, das heißt es handelt sich ursächlich ja lediglich um Planungsschwierigkeiten hinsichtlich der, ähm ...
—Einen Moment mal, Whiteback, bevor Vern Sie hier noch weiter vorführt, möchte ich wissen, worauf Sie überhaupt hinauswollen, Vern. Ich opfere einen Riesenteil meiner wertvollen Firmenzeit, um die jungen Leute in den Genuß der neusten Lerntechnologie kommen zu lassen, gerade noch hat mich mein Büro angerufen, weil ich dort dringend gebraucht werde, aber ich bin extra noch vorbeigekommen, um mit Whiteback über ein weiteres, über eine Lehrplanangelegenheit zu reden, und ich will Ihnen mal etwas sagen, wenn ich hier etwas bewegen will und dabei sogar den guten Ruf meiner Firma aufs Spiel setze ...
—Ich glaub, jetzt erzählt er uns gleich, was Amerika alles so ausmacht, Whiteback, ich will aber lediglich wissen, ob Ihre erste Klasse ebenfalls abgebaut wurde.
—Ja, also ich glaube, was Mister Hyde meinte, Vern, war, daß, ähm, also was Vern meint, Major, ist, daß im Hinblick auf die gegenwärtige Raumsituation, ähm, das heißt, wir dachten, daß Dan ein paar seiner Testähm, seiner Testverfahren korrigieren könnte für die Eltern von einigen unserer, das heißt natürlich für die Schulanfänger, deren Eltern nicht einsehen, warum ausgerechnet, ähm, vielleicht könnten wir die ja irgendwo in der zweiten Klasse unterbringen, das heißt, wenn ...
—Moment, Whiteback, einen Moment mal, ich will Vern nur noch eine einzige Sache sagen ...
—Das wäre zu schön um wahr zu sein, Major.
—Ich bin es wirklich leid zu hören, daß, egal, was ich hier tue, daß es immer so dargestellt wird, als wäre das alles nur für die Firma, so, als ob Loyalität gegenüber der eigenen Firma etwas Negatives wäre, ich will eins ganz klarmachen, Vern, ich bin stolz auf meine Loyalität, das will ich klipp und klar gesagt haben, ich bin stolz darauf. Sehen Sie sich

doch um, da ist 'n Haufen ungewaschener Kinder, die nicht einmal ahnen, was Loyalität ist, weil sie nie etwas hatten, demgegenüber sie loyal sein konnten, und auch nie etwas haben werden, nähen sich unsere Fahne auf den Hintern von ihren Jeans, ich will Ihnen mal was sagen, wo alle unsere heiligen Werte verfallen, ist die Firma der einzige Ort für Loyalität, denn meine Firma hält mich am Leben, wenn meine Firma sagt: spring, dann springe ich! Und wenn ich was bewegen will und den guten Ruf meiner Firma aufs Spiel setze, bloß weil ich die Geräte aufstellen will, damit das neue Hauswirtschaftstechnische Incentive-Center auf die Beine kommt, dann kommt es mir so vor, als nehmen Sie Whitebacks kleines Platzproblem hier und benutzen das zu einem Angriff auf das ganze Geräteprojekt, genau wie diese Bande vom Bürgerverein und die ganzen anderen Schwarzen und Radikalen, die mir bei jeder Gelegenheit Knüppel zwischen die Beine werfen, sobald ich nur eine Chance sehe, für diese jungen Leute hier etwas zu erreichen, und nehmen Sie Dan hier, das ganze teure Lehrmaterial, das er...
—Ja, also das, was der Bürgerverein, ähm, die Reaktion der Steuerzahler, wenn wir solche Geräte plötzlich nicht mehr brauchen, nachdem wir bereits, ähm, beträchtliche Summen dafür aufgewendet haben, scheint doch, ähm, es war wohl schon zu spät, die ganze Sache noch abzubiegen, jedenfalls, ähm, jedenfalls hat man Dan die Geräte um die Ohren gehauen, obwohl die Spekulation der Zeitung, daß er für die Dinger Prozente eingestrichen hat, völlig aus der Luft, man braucht Sie ja nur anzusehen, Dan, und weiß sofort, daß nichts daran wahr ist, sonst würden Sie ja kaum so rumlaufen wie ein, ähm, natürlich ist auch Dan der Ansicht, daß die einzige vernünftige Regelung darin besteht, seine Kündigung einzureichen, soviel ich weiß, rechnet er mit einem attraktiven Angebot aus der Industrie und...
—Was soll das heißen? Er geht? Dan kündigt? Dan? Sie wollen uns verlassen?
—Ja also, Vern hatte das Gefühl, ähm, das heißt, Dan hatte den Eindruck, daß dieser Schritt vielleicht dazu beiträgt, klare Verhältnisse zu schaffen, bevor wir den Sparhaushalt, ich hatte doch gerade noch ein Exemplar, ähm, ja, was lesen Sie da, Vern?
—Ich sehe mir nur Ihren Sparhaushalt an, Bücher werden als erstes gestrichen, ist das richtig?
—Ja also, ich glaube Bücher sind immer, ähm, wie Vern schon sagte, das erste, was in einem Sparhaushalt, aber natürlich, wenn...

—Aber natürlich sind zweiunddreißigtausend für einen neu asphaltierten Parkplatz noch drin.
—Ja also, Mister, ähm, ich glaube, Mister Parentucellis Rundbrief an die Eltern wegen der Gefahr aufgeschlagener Knie auf dem alten Schotterplatz hat offenbar seine Wirkung ...
—Und natürlich hat er schon mal losgelegt und ihn auf Verdacht hin asphaltiert, so wie er auch mehrere Hundert Quadratmeter Rasenfläche drüben bei meinem Haus asphaltiert hat.
—Ja also, weil die Maschinen gerade da waren, nachdem er mit der Burgoyne Street fertig, ähm, ja, jetzt heißt sie wohl Summer Street, und natürlich hat sein großzügiges ...
—Darüber reden wir vor Gericht. Dann taucht er hier noch mal auf, um für weitere dreitausend die Inschrift über dem Portal zu erneuern, rechnen Sie etwa damit, daß der Bürgerverein das schluckt?
—Ja also, das waren doch die, ähm, sie sind offenbar endlich dahintergekommen, daß diese griechischen Buchstaben überhaupt keinen Sinn ergeben, und da es bereits Bestrebungen gegeben hat, die auf eine Entfernung von, ähm, also von Mister Gibbs hinauslaufen, nachdem bekanntgeworden war, daß es seine Idee war, die Inschrift wie ein Zitat von Herku, ähm, also von einem unserer Klassiker zu gestalten, indem man den Buchstaben einfach irgendwelche Schnörkel hinzufügt, und dann das Motto, das uns sein Freund Schepperman aufs Auge gedrückt hat, also zuerst klang das eigentlich ganz anständig, bis wir herausgefunden haben, daß es aus irgendeinem kommunistischen ...
—Hören Sie, Whiteback, ich will, daß der verschwindet, solange Sie hier noch was zu sagen haben, verlange ich, daß, dieser Hurensohn steckt doch mit allen verrückten gefährlichen Subversiven unter einer Decke, Vern, kennen Sie den? Diesen, diesen betrunkenen klugscheißerischen Säufer ...
—Trinkt gern Scotch, nicht wahr? Um die Wahrheit zu sagen, ich habe ihn neulich in dieser gemütlichen Kneipe an der Ecke neben der Post kennengelernt, wo er mir ein Buch mit dem Titel Der Aufstieg der Leistungsgesellschaft in die Hand gedrückt hat, höchst interessant, wirklich, Major, ich würde es Ihnen leihen, wenn ich wüßte, daß Sie lesen können. Statt Noten sollten wir den Kindern Gehälter geben, damit sie lernen, was Amerika wirklich ausmacht.
—Hören Sie mal, Vern, das ist ...
—Ja also, Mister Gibbs' Auftritte sind immer etwas, ähm, das heißt

seine vorschriftsmäßige Unterrichtseröffnung hat einige Aufmerksamkeit erregt, von seinem Äußeren ganz zu schweigen, bei unserer letzten Begegnung haben wir über einen Autokredit gesprochen, aber natürlich war er finanziell nicht dazu in der Lage, ähm, das heißt auch sonst nicht in der Verfassung, sich hinters Steuer zu setzen, und ob er genauso kooperativ ist wie Dan hier im Hinblick auf seine, ähm, seine Entlassung . . .
—Wenn Sie glauben, der Schulvorstand fällt vor ihm auf die Knie, Whiteback, dann . . .
—Ja also, natürlich nicht, aber seine Entlassung, ähm, wie überhaupt Entlassungen zum jetzigen Zeitpunkt, jeder Funke kann uns wieder an den Rand eines Streiks bringen, die Situation ist ohnehin schwierig genug, seit dieser junge Mister, ähm, Mister, sein Name steht hier irgendwo auf einem Scheck, offenbar hat unser Computer ihm einen Scheck über fünfzehntausend Dollar ausgestellt, was natürlich, das heißt, das ist vermutlich ebenfalls Leroys Werk, er sollte dazu noch vernommen werden, bevor er sich aus dem Staub gemacht hat . . .
—Leroy? Hat man den etwa laufenlassen?
—Nein, also, die Vorbereitungen zu seiner Verhaftung liefen bereits, aber dann stand in der Zeitung von gestern abend, ich glaube, es war eine ältere Dame, die bei der Polizei Anzeige erstattet hat, weil, sie kam von auswärts und suchte nur ein Bürogebäude am Marine Memorial Plaza, Marine Memorial Plaza Nummer eins . . .
—Sowas gibts hier gar nicht, nur unser Denkmal vom Zweiten Weltkrieg bei der Feuerwache, aber selbst das haben diese pazifistischen Schmarotzer kaputtgehen lassen . . .
—Ja also, natürlich muß das ein Irrtum gewesen sein, in der Zeitung stand, sie hätte so einen großen, ähm, einen LaSalle gefahren, die sieht man ja nur noch selten, und hätte versucht, vor dem Postamt einzuparken, als ein Mann ihr seine Hilfe angeboten hätte, der Beschreibung nach Leroy, sie ist also ausgestiegen und stand am Bordstein, um ihn in die Parklücke zu lotsen, aber er ist einfach eingestiegen und, ähm, und einfach weggefahren, im Grunde dieselbe Geschichte wie die von dem, ähm, dem Verlagsvertreter, der uns verklagt, weil Leroy ihn direkt vor den Asphaltlaster gewunken hat, hier, das könnte, ähm, könnte tatsächlich, hier ist ja dieser Scheck, Bast, ja, E. Bast, jetzt offenbar über, über die korrekte Summe von einem Dollar zweiundfünfzig, aber da er den anderen Scheck nicht zurückgegeben hat, sind jetzt natürlich die Versicherungsdetektive hinter ihm her, wir haben ihn auch selbst

zu erreichen versucht, weil sonst kein Mensch über diese kleine Ring-Oper Bescheid weiß, aber ...
—Moment mal, Whiteback, meinen Sie etwa diesen Typen, der hier im Schulfernsehen aufgetreten ist und vor den Leuten von der Stiftung seine obszönen Bemerkungen gemacht hat, wodurch wir die gesamte Unterstützung verloren haben? Der ist genauso schlimm wie dieser Gibbs, dieser Freund von Gibbs, der sich sein Ohr abge ...
—Ja also, im Augenblick scheint das gesamte Projekt, ähm, natürlich hatten wir es für unser Kunstfestival im Frühjahr eingeplant, aber sogar dieser Schüler, der die Rolle des, ähm, das heißt der mit den Fahrradrücklichtern, der jetzt oben im Sprechzimmer der Krankenschwester ist, bis die Adoptionsfrage geklärt ist, wird er sowieso dem Unterricht fernbleiben und ...
—Mein Sohn macht da auch mit, Whiteback, spielt den Ruf zu den Fahnen, freut sich schon mächtig drauf.
—Ja also, ob das Kunstfestival tatsächlich wie geplant im, ähm, und ob dann schon das neue Kulturzentrum fertig sein wird, ist auch noch nicht, ähm, Parentucelli könnte zwar heute am Tag mit den Teerarbeiten anfangen, wo seine Leute den Wald und die Bäume bereits gerodet haben, wo sie Glancys, ähm, das heißt wo sie Glancy gefunden haben, aber wegen der dauernden Hetze in der Zeitung warten die Architekten immer noch auf die Baugenehmigung, obwohl das Geld aus dem Highwayantrag längst genehmigt ist und die Bewilligung für die große Freiplastik, die davor stehen soll, ist, ähm, auch bereits bewilligt, ja ...
—Soviel ich weiß, ist man bei den Rodungen auf ein kleines, aber voll funktionsfähiges Kulturzentrum gestoßen, das im übrigen bereits volles Rohr läuft, Whiteback, fix und fertig eingerichtet mit Büchern, Musik, künstlerische Bilder an den Wänden, Sie könnten Ihr kleines Festival doch da abhalten, wie ich höre, könnte der Sprößling vom Major sogar die Spitze übernehmen ...
—Hören Sie mal, Vern, wovon zum Teufel redet er eigentlich, Whiteback, er ...
—Ja also, ich glaube Vern meint nur das, ähm, so eine Art Tonstudio in einer alten Scheune hinter dem Waldstück, wo sich ein paar Teenager eingenistet haben, um dort Drogen und, ähm, und Sexparties zu veranstalten, die Polizei hat einige Pergamenttütchen zwischen den Büchern und Notenblättern gefunden, die überall auf dem Boden lagen, und, ähm, auf die Wände gesprühte Obszönitäten, was natürlich nicht im Sinne des ...

—Und die Bilder erst, Whiteback, ich denke, der Sprößling vom Major hätte da seine helle ...
—Ja also, nein, offenbar sind dort überall Bilder angebracht worden von, ähm, von Frauen mit offen zur Schau gestellten, ähm, laut Zeitung mit offen zur Schau gestellten, ähm, zur Schau gestellten, natürlich werden, soviel ich weiß, die Eigentümer wegen Erregung öffentlichen Ärgernisses belangt, aber da ohnehin bereits ein Abrißantrag läuft, denke ich, ähm ...
—Ich will lediglich wissen, worauf Vern eigentlich hinauswill mit seinen Sticheleien gegen meinen Jungen, Vern, wenn Sie glauben, daß Sie ...
—Nichts für ungut, Major, ich dachte nur, nach seinem Beitrag fürs Schulfernsehen und seinen Verdiensten um die Unterhaltung des ganzen Bezirks hätte er es verdient, in angemessener Form ...
—Ja also, ich denke, daß Mister Hyde unter anderem deshalb gekommen ist, um diese Sache mit mir zu besprechen, was natürlich ...
—Ja, und ich verstehe nicht, warum zum Teufel es jetzt diesen Aufstand gibt, ich hab es eilig, aber ich möchte das hier geklärt wissen, bevor das noch weitere Kreise zieht. Mein Sohn hat mir gesagt, er habe per Post einen Karate-Film bestellt, und als er den bekam und ihn sich nirgends anschauen konnte, hat er das einzig Logische getan, oder nicht? Kam hierher und spielte den Film eben auf einem Vorführgerät der Schule ab, woher sollte er denn wissen, daß das Ding landesweit ausgestrahlt wird ...
—Ja also, natürlich haben wir, ähm ...
—Er dachte, es wäre ein Film über Karate, und er hat gesagt, als er ihn gegen das Licht gehalten habe konnte er nur erkennen, daß da zwei kleine Figuren irgend etwas machen, woher sollte er denn wissen, daß die ...
—Ja also, da die meisten unserer Zuschauer, ähm, nach den Briefen und Anrufen, die wir bekommen haben, war man allgemein der Ansicht, es handele sich dabei um unser neues Sexualkundeprogramm, und man fand es recht, ähm, der Seniorenverein fand es dem Gegenstand angemessen dargestellt und, der Brief muß hier irgendwo liegen, und darüber hinaus offenbar sehr anregend, hier ist er ja, mit erfrischender Freizügigkeit behandelt ...
—Na also, was gibts da denn noch zu diskutieren? Ich habe eher den Eindruck, daß mein Sohn der Gemeinde einen echten Dienst erwiesen hat, nach dieser schmutzigen Geschichte von Vogel über Millie Amp,

die ihren Widerstand kurzschließt, und dann behauptet er noch, er sei lediglich einer Richtlinie gefolgt, die er zuvor eingehend mit Dan besprochen hätte, wenn das kein ...
—Ja also, natürlich, Vogel ...
—Und wie viele Kinder haben es denn eigentlich gesehen? Im Grunde doch nur die fünfte Klasse, oder?
—Ja also, natürlich, aber, ähm, zufälligerweise hat man es auch drüben in der Gemeindeschule gesehen, anscheinend waren sie gerade dabei, Mrs., ähm, den kleinen Lehrfilm von Dans Frau über Seidenwürmer aufzuzeichnen, und waren dann natürlich sehr, ähm ...
—Selber schuld. Die haben da drüben doch ihr eigenes Kabelnetz, was erwarten die denn eigentlich ...
—Ja also, mit Sicherheit keine Sendung über, ähm, sozusagen von hinten durch die kalte Küche, ich glaube Pater Haight bezeichnete das als etwas sehr, ähm, Unerwartetes sozusagen, und offenbar hat er auch nur, ähm, eine einzige Szene mitbekommen ...
—Das war aber doch wohl ein gemischtes Paar, nicht wahr, Major?
—Ja also, ich glaube Vern meint nur, ähm ...
—Ich weiß verdammt gut, was Vern meint, natürlich war es ein gemischtes Paar, überhaupt nichts Schwules dabei, im Grunde kommt es mir so vor, daß mein Sohn dieser fünften Klasse geholfen hat, eine saubere und gesunde Einstellung zu ...
—Ja, aber natürlich sind einige Eltern, ähm, die sich für Seidenwürmer interessierten, waren doch, das heißt waren etwas ...
—Und wenn das alles ist, was der Junge angestellt hat, dann weiß ich nicht, warum Sie mich herbestellt haben, Whiteback, in meinem Büro geht alles drunter und drüber, weil, so, wie ich dieses Haushaltstechnische Incentiveding aufgezogen habe, das sind die da gar nicht gewöhnt, und ich muß jetzt wirklich ...
—Ja also, nein, tatsächlich hat er, ähm, ja also offensichtlich hat er anscheinend auch Material gesammelt, das, ähm, ich hatte es doch eben noch, ja, das hat man in seinem Spind gefunden, und in diesem Fall sind Verwechslungen mit, ähm, das heißt mit Karate eigentlich ausgeschlossen, irgendwo hier unter diesem, nein, das sind die Bilder, die man uns von Mrs. Jouberts Klassenfahrt zugeschickt hat, aber, ähm, aber Moment, Moment, wenn das die Bilder von ihrer Klassenähm, Dan, da drüben unter den Ausschnitten, sehen Sie doch bitte mal nach, was da drüben unter den Ausschnitten ...
—Die hier ...?

—Ja, halten Sie das mal hoch, Dan, war es das, was Sie mit dem Major besprechen wollten, Whiteback? Wie war doch noch gleich das Wort, das Sie suchten? Pudenda? Oder würden Sie so etwas lieber als vorschriftsmäßige Er-öffnung bezeichnen?
—Ja aber, nein, ich ...
—In der Gegend, aus der ich komme, nannte man das eine Herrentorte, das heißt, halten Sie das mal hoch, Dan. Sieht so aus, als wollte sie sich aus der guten alten Lakritzenstange wieder nur den ganzen Saft rausholen, daran ist übrigens überhaupt nichts Schwules, Major, das muß das Bild sein, das Whiteback Mrs. Joubert für ihren Fernsehunterricht empfohlen hat, weil dort auf einzigartige Weise zum Ausdruck kommt, was Amerika wirklich ausmacht ...
—Ja, aber sie, also, deshalb sah sie so ...
—Verlegen aus, sagten Sie, glaube ich, kann man ihr ja nicht verdenken, wenn sowas tatsächlich auf einer normalen Klassenfahrt passiert, würde ich ganz gern mal wieder eine mitmachen, Whiteback, wenn Sie glauben, daß Sie ...
—Ja aber, nein, ich dachte, ich hätte sie dorthin, ich dachte, der ganze Stapel liegt gleich hier, ich wußte nicht, daß es so offen daliegt, daß sie es sehen ...
—Klingt ganz nach Vogel, er hat mir vorhin erzählt, seiner hätte heute morgen so hübsch ausgesehen, daß er ihn am liebsten den ganzen Tag lang raushängen lassen würde.
—Ja, nein, Vogel ist natürlich nicht da, nein, er ...
—Er hängt sie jetzt in der Jungentoilette auf, gehen Sie mal hin, und dann sagt er Ihnen gleich ...
—Hören Sie, Vern, hören Sie doch, Scheiße, Whiteback, geben Sie das Magazin her, mal sehen, wo er das herhat.
—Ja also, das scheint auf deutsch, ähm, In die Gurgel hineingeſtoſſen steht da, ja, das sieht ganz nach einem deutschen, ähm, Organ aus ...
—Finden Sie auch, daß das nach einem deutschen Organ aussieht, Major? Ich kann da nur das größte schwarze Organ erkennen, das ich je gesehen habe, vielleicht verleiht Ihr Sohn das Heft ja weiter, damit auch die anderen lieben Kleinen eine wirklich sinnvolle Lernerfahrung im Hinblick auf die Beziehungen zwischen den Rassen machen können.
—Hören Sie, Vern, lassen Sie, halten Sie die Schnauze! Das ist doch nur, wahrscheinlich nur ein schwarzer GI, der es da drüben mit einem Fräulein treibt, woher sollte er denn wissen, was ihm da zugeschickt

wird? Stoßen die Gurgel, ich wußte ja nicht einmal, daß es so etwas gibt, und jetzt ...
—Hat es wahrscheinlich nur wegen der Briefmarken bestellt.
—Ja, warum eigentlich nicht, schließlich sammelt er Briefmarken. Warum auch nicht?
—Moment mal, was haben Sie da denn noch so alles, Dan? Für mein Gefühl geht das jetzt aber eher in die medizinische Richtung.
—Nein, das ist bloß bloß, da steht nur, die neue Penisschiene für sofortiges Stehvermögen, das ist nur ...
—Das können Sie behalten, Dan, ich glaube, der Major und ich sind etwas altmodisch, wir halten uns an die Stoßen-die-Gurgel-Nummer, nicht wahr, Major? Nichts Schwules dabei ...
—Also gut, Vern, Sie haben, er hat jetzt seinen Spaß gehabt, Whiteback, und wir haben genug Zeit damit verplempert, die Sache zu klären, ich muß unbedingt mal mein Büro anrufen, Dan, schieben Sie mal den Apparat rüber, auf dem man auch wählen kann. Muß den Mann erreichen, der für den Laden zuständig ist, bevor sie Feierabend machen, passen Sie auf das Kabel da auf, Whiteback, es ...
—Ja, Moment, ich schieb das mal, ähm, diese Bilder, ja, hier sind ja auch die, die ich meinte, die von der Klassenfahrt von, ähm, Mrs. Jouberts Klassenfahrt, ja ...
—Hallo ...? Ja, geben Sie mir Mister Davidoff, hier spricht ... Nein nein, Davidoff, hier spricht ...
—Mrs. Jouberts Gemeinschaftskundeklasse, Vern, die Kinder haben eine Aktie von Mister Hydes Diamond Cable Company gekauft, um zu erfahren, was, ähm, erfahren, was, ähm ...
—Sie haben darüber abgestimmt, ob sie die Aktie kaufen wollen, Whiteback, vergessen Sie das nicht, und alle haben dafür gestimmt, mit ihrem eigenen, hallo? Nein nein, Hyde, mein Name ist Hyde, ich muß dringend mit ... Geschäftlich, ja, ich muß dringend ... Davidoff, ja, Davidoff, er ist ... er ist was? Was soll das heißen, er ist nicht mehr bei Ihnen, bei uns, was soll das ... Nein, nein, Moment, dann geben Sie mir Mollenhoff, Mister Mollenhoff aus der ... hallo?
—Zeigen Sie mir das doch mal, Whiteback, ich wußte gar nicht, daß Sie so eine hohe Quote von Schwarzen haben.
—Ja also, nein, ich war selber ein wenig, ähm, das heißt ich kann selber nicht alle erkennen, aber natürlich sind das unsere ...
—Wahrscheinlich ist mein Sohn da auch irgendwo drauf, Whiteback, normalerweise ist er, ja, hallo? Ginny? Ja, ist Mollenhoff da? Hier ist

Mister Hyde, ich muß dringend ... nein nein, Hyde aus dem Verkauf, ja, ist er da? Ich muß ganz dringend ... Ich bleib dran, ja, die sind alle für einen Beitrag im Jahresbericht aufgenommen worden, Vern, die Kinder sind direkt zu diesem Broker gegangen und haben sich eine Aktie von Diamond gekauft, so bekommen sie einen erstklassigen Einblick in das ganze, hallo? Ich bleib dran, ja ...
—Sieht ja aus wie ein Zoo.
—Ja also, was, ich glaube, Vern meint die ...
—Suchen Sie mal eins raus, wo die ganze Klasse drauf ist, dann sehen Sie ihn hinten an der Fahne stehen, normalerweise ist er, hallo? Mollenhoff ...? Ja, hier ist ... nein, Hyde vom Verkauf, ja, ich ... Habe versucht, Mister Davidoff zu erreichen, ja, ich ... die ganze Sache mit den Haushaltsgeräten kam direkt von Davidoff, ich ... was ist er? Moment ... Nein, Moment mal ... natürlich hab ich das, direkt von Davidoff ... Ja aber, was heißt das jetzt für mich ...? Sie meinen, diese ganze Endo ... ja aber, heißt das jetzt für ... Nein aber, was heißt das jetzt ... Ja aber, was kann ich da machen, ich ... nein, aber, was soll ich denn jetzt tun ...
—Sie sehen ja ganz blaß aus um die Nase, Major, stimmt was ...
—Das ist doch nicht zu fassen.
—Das hier? Das hab ich auch mal gedacht, aber Sie sagten ja, hinten neben der Fahne, Major, sieht aus wie ...
—Nein, das meine ich nicht, ich, was? Wovon reden Sie eigentlich?
—Sieht aus, als wollte er gleich auf die Knie fallen und Mama singen ...
—Wovon reden Sie überhaupt? Hier, her damit.
—Ihre Gattin habe ich ja nie kennengelernt, Major, aber natürlich hat jeder so seinen eigenen ...
—Das ist ja unfaßbar, hier, geben Sie mir die anderen her, was zum, nein, das ist unfaßbar ...
—Ja also, ich glaube, was, ähm, was, ähm ...
—Was zum Teufel geht hier vor? Am Haarschnitt sieht man's aber, alle mit schwarzen Gesichtern, nur an seinem Haarschnitt kann man noch erkennen, daß er kein, wer hat das gemacht? Ich will wissen, wer das Foto gemacht hat!
—Sieht so aus, als hätten Sie hier eine nette Rassenmischung hingekriegt, Whiteback, viel besser, als sie mit dem Bus aus Queens herzuschaffen ...
—Whiteback, haben Sie etwa, was wissen Sie darüber, haben Sie ...
—Nein, also ja, natürlich, im Hinblick auf die gegenwärtige schwarze,

ähm, also die Zahl der nichtweißen Schüler, das heißt, unsere kleine koreanische Familie da draußen bei Jack's Discount Appliance ist immer noch, ähm ...
—Scheiße, Whiteback, ich rede nicht von Jack's Discount-Koreanern, ich meine diesen Jungen hier hinten neben der Fahne, das schwarze Gesicht da hinten, direkt neben ...
—Ja also, es könnte natürlich, ähm, vielleicht geht ja einer der Stye-Jungen in die sechste Klasse, Sie wissen, die Styes da draußen bei Dunkin ...
—Das ist nicht Styes Junge, Scheiße, das ist meiner, sehen Sie denn den Haarschnitt nicht? Denken Sie etwa, mein Junge sieht aus wie 'n ...
—Nach all den guten Dingen, die wir über Ihre Firma gehört haben, Major, sind wir ihr wohl zu Dank verpflichtet, ihr Jahresbericht geht mit dieser kleinen Botschaft über innerbetriebliche Demokratie an Millionen von Aktionären, und diese kleine Gruppe Unterprivilegierter mit ihrem Anteil an Amerika bekommt wahrscheinlich sogar eine ganze volle Stimme, hab ich recht? Daran sieht man dann, wozu das freie Unternehmertum in der Lage ...
—Was meinen Sie denn mit unterprivilegiert, was hat das mit meinem Jungen zu tun ...?
—Ist hier und da wohl etwas retuschiert worden und sieht trotzdem aus wie die verkommenste Bande Unterprivilegierter, die ich je gesehen habe, Ihr Junge hier gehört wohl zur Al Fatah, und das Mädchen am Rand sieht aus, als treibe sie es in Hauseingängen, und sehen Sie sich doch mal den hier an, hier vorne unten, der die Aktie hochhält, haben Sie schon mal soviel Habgier in einem so kleinen Gesicht gesehen? Der macht bestimmt gerade eine wirklich sinnvolle Lernerfahrung darüber, was Amerika aus ...
—Ja, nein, was Vern, ähm, setzen Sie sich, Major, Dan, können Sie mal, ähm, nur ein bißchen, ähm, ja, nur ein bißchen Teerusche, ähm, Retusche, wie Vern schon sagte, Major, natürlich sieht der Junge aus wie ein, ähm, aber ...
—Sieht aus, als wollte jemand aus Ihrer Firma Ihnen einen Gefallen tun, Major, sowas verleiht Ihnen in Ihrer Gegend doch gleich ein völlig neues Image, dort sind Sie übrigens längst nicht so beliebt, wie Sie ...
—Meine Gegend, was meinen Sie mit meine Gegend, diese Schwarzen und Radikalen, die hinter mir her sind, kommen nicht aus meinem Stadtteil, sondern ...

—Nein, die meinte ich gar nicht, Major, nein, nur Ihre guten weißen steuerzahlenden Nachbarn, ich hab gehört, daß man dort ein bißchen sauer darüber ist, daß das tolle, strahlengeschützte Kanalystem in Ihrem Schutzraum die Abwassergebühren dort glatt verdoppelt hat.
—Ja und? Warten Sie's ab, warten Sie's nur ab, das sind die ersten, die auf den Knien angerutscht kommen, wenn der große Knall kommt, warten Sie's nur ab, die...
—Haben Sie eigentlich nie das Gefühl, daß die Geschichte Sie vielleicht überholt haben könnte, Major?
—Überholt, was wollen Sie damit sagen, mich überholt, Sie...
—Nie den nagenden Verdacht gehabt, daß Ihre Zivilverteidigung zusammen mit dem Hula-Hoop-Reifen unmodern geworden ist, und damit auch gleich dieser ganze Schutzraumfimmel?
—Hören Sie mal, Vern, bloß weil Zivilverteidigung zu so ner schlaffen Rotkreuz-Tag-der-offenen-Tür-Aktion verkommen ist, aber wenn Sie meinen, daß mein Schutzraum ein Thema für ne Diskussion über Geschichte ist, dann wissen Sie überhaupt nicht, was Geschichte ist, dann wissen Sie rein gar nichts. Was wissen Sie denn von Watts, Newark, Sie haben doch überhaupt keine Ahnung, diese Typen demolieren mein Auto, räumen mein Haus aus, reißen mir die Armbanduhr direkt vom Handgelenk, was glauben Sie wohl, warum die hinter mir her sind? Weil ich der einzige in der ganzen Gegend bin, der die Augen offenhält, der einzige, der noch weiß, was es zu verteidigen gilt, dieser Stye, dieser Versicherungsmensch Stye, erinnern Sie sich noch daran, was ich damals gesagt habe, als er hier einfach so rumsaß, ohne ein Wort zu sagen, und einfach alles in sich reinsog? Und jetzt versucht die Familie von Buzzie, mich mit ner Millionen-Dollar-Klage fertigzumachen, und Leroy, dieser Leroy, der rumschleicht und in alles seine Löcher haut, der wäre dazu imstande, das ganze System zu sabotieren, und zwar direkt unter Dans, Moment mal, Dan, wo wollen Sie hin...?
—Ich muß nur, muß zum...
—Ja also, ich glaube, Major meint Dans Testähm, natürlich hat Leroy...
—Nein, ich meine, daß diese Typen es auf Dan abgesehen haben, auf mich abgesehen haben, und zwar über Dans Frau, das meine ich, bringen mich um mein Auto, meine Arbeit, meinen Jungen, wo ist das Bild von dieser, nicht das von ihm, das, was man ihm geschickt hat, die Blonde, die sich auf diesen Schwarzen hier draufsetzt, schauen Sie sich das doch mal an, sowas schicken die meinem Sohn, ich würde zu gerne

mal wissen, was Ihre Frau dazu sagen würde, schauen Sie sich's genau an, aber das würde ich zu gern mal wissen...
—Aber aber...
—Ich möchte zu gern mal wissen, wann Sie das letztemal in sie reingekommen sind, Dan, das letztemal, daß sie reingekommen sind, Vern, halten Sie sich da raus, ich hab Ihnen doch gesagt, Sie sollen sich raushalten, mein Auto, mein Job, mein Haus, meine Uhr, und die türken diesen Unfall und ziehen Dan mit in die Sache rein, seine Frau verklagt mich auch, und ich will wissen, wann er das letztemal in sie reingekommen ist, verklagt mich, weil er seinen ehelichen Pflichten nicht mehr nachkommen kann, und Sie können mir doch nicht erzählen, daß sie, sehen Sie sich doch das Bild an, sehen Sie sich das Bild an, kann seinen Pflichten nicht mehr, Dan, bleiben Sie hier, die benutzen sie, weil sie anders an mich nicht rankommen, weil ich der einzige bin, der noch weiß, was wir verteidigen müssen, der einzige, Vorsicht, da vorne...!
—Major, zum letztenmal jetzt, halten Sie den Mund und hören Sie zu, zu verteidigen ist hier nur noch ein System, das so eingerichtet wurde, daß nur die miesesten Seiten der menschlichen Natur zum Zuge kommen und dabei sogar noch prima aussehen. Dan wurde dafür bezahlt, Whiteback prima aussehen zu lassen, das hat er nicht geschafft, und folglich fliegt er raus. Whiteback wurde dafür bezahlt, mich prima aussehen zu lassen, das hat er nicht getan, also fliegt er ebenfalls raus, Major, und genau das ist es, was Amerika wirklich ausmacht, aber wenn Sie glauben, ich würde versuchen, Sie prima aussehen zu lassen, wie Sie vor Angst Ihr strahlengeschütztes Kanalystem vollscheißen, nur weil ein paar Typen hinter Ihnen her sind und Sie endlich bekommen, was Sie verdienen...
—Nein nein, warten Sie, Major, Sie sind, Vern, warten Sie, Sie werfen ja den, Dan, Dan, bleiben Sie...
Hinter ihnen schlug die Tür mit der Aufschrift Direktor ihren hohlen Abschiedsgruß, und zurück blieb, billig gerahmt, der ausweichend feste Blick aus olympischer Höhe an der Wand, dieselbe spitzmäusige Leere wie immer, dieselbe wühlmäusige Suche nach jener traditionell weitverbreiteten Entschlossenheit, mutig voranzuschreiten, hin auf eine lichtere Zukunft, womöglich sogar mit der begründeten Aussicht, eines nicht allzu fernen Tages einen Kühlschrank oder einen vergleichbar erstrebens- und gebrauchswerten Gegenstand anschaffen zu können, dieselbe graumäusige Gleichgültigkeit hinter der traditionell weitverbreiteten Maske maßvoller Disziplin; das Gesicht draußen vor der

Tür war da erheblich einfacher, zuckte zwanghaft in einer einzigen wilden Entschlossenheit und war doch am Ende des Gangs dem eigenen Tode wiederum zwanzig Sekunden näher; und von ferne, aus der weit aufgestoßenen Tür mit der Aufschrift Jungen, klang jubelnd das Rauschen der Wasserspülung.
—Ach, Sie sinds, Dan, Dan, da bin ich aber froh, daß ich Sie hier treffe.
—O ja, ich, ja, hallo, Coach, ich wußte gar nicht, daß Sie immer noch ...
—Bin nur noch mal kurz vorbeigekommen, um ne Stange Wasser in die Ecke zu stellen, wo solls denn hingehen?
—Ja also, ich, ich wollte nur zum ...
—Das geht aber diesmal auf meine Rechnung ... er ging voraus, den Flur hinab, —sollen wir uns noch einen genehmigen, sozusagen auf die alten Zeiten, ich hab gehört, Sie sind auch schon so gut wie weg.
—Ja, ich denke, ich habe da etwas in Aussicht, in der Industrie ...
—Und vergessen Sie Ihre Freunde nicht, wenn Sie es geschafft haben, Dan, bin eigentlich heilfroh, mal ne Weile aus der Tretmühle rauszukommen, verstehen Sie? Seh mich nach etwas im Forschungsbereich um, einen Ort, an dem der Geist eines Mannes sich frei entfalten kann. Hier in diesem Stall krieg ich Platzangst, richtig Platzangst. Ist Ihnen noch nie der Schweißgeruch in diesen heiligen Hallen aufgefallen?
—Nein, aber ich, entschuldigen Sie, aber ich muß ...
—Wer liebte keine rosigen Wangen? Dan, können Sie's noch einen Augenblick aushalten? Das Rosenrot der Wangen, selbst steter Huldigung beständig, sehen Sie die da drüben? Das Problem ist nur, wenn ich hier allein stehe mit meiner steten Huldigung, wäre sie wahrscheinlich die nächste, die mich verklagt ...
—Ja, aber es tut mir leid, aber ich ...
—Bleiben Sie doch noch 'n Minütchen hier, dann helf ich Ihnen auch mit Ihrer Schlinge, und wer vermag zu sagen, wohin mein Blick dann fällt, so rum, ja, na bitte, auf einer ach so weißen Hand ruht eine warme feuchte Wange, da! Riechen Sie jetzt nicht auch den Schweiß? O herbes Arom, du erhebst dich wie ein Traum aus alten Zeiten, und die Erinnerung an Orte, die wir stets gehaßt haben, stimmts? Man weiß vom ersten Tag, daß man sie haßt, und dann kommt der Moment, da man sich selbst dazu verurteilen muß, ihn nie zu vergessen, den Moment nämlich, in dem man ankommt und diesen Geruch in der Nase hat und ihn haßt, und man tut auch gut daran, denn sonst wird einen die Vergangenheit verschlingen, Dan, doch blicken Sie gnädig zurück, und sei

es nur, weil es auch Ihr Geruch war, alles, was Sie je hatten, und das müssen Sie nun zurücklassen ...
—Ja, aber ich bin, ich muß wirklich ...
—Apropos zurücklassen, allmächtiger Gott haben Sie diesen Hintern gesehen, sie hat sich eben umgedreht, sehen Sie sich das an, natürlich weiß sie nicht einmal, wie schön sie ist, wie sie da in ihre Handtasche schaut, und schauen Sie, wie bei jedem Schritt das Haar in ihre Stirn, ich kann förmlich hören, wie sich Haar an Haar reibt, ohne Reibung ist alles nichts, verstehen Sie? Ja ja, schon gut, ich mach Ihnen ja schon die Tür auf, tatsächlich hat mir gerade erst jemand gesagt, es müsse heißen: ich berge mich, und nicht: berge mein Gesicht, jedoch was solls, was nie geschehn, kann auch nicht enden, oder was? Wie ihr das reine Blut vielsagend in die Wangen stieg, die so entzückend wohlgeformt, mal so ganz unter uns, Dan, ich habe ihre Weißheit einst gefühlt. Ein Augenblick des Glücks, sagt der Russe nicht so? Noch einen auf die alten Zeiten, und dann mag der Wind die Wangen rissig blasen, ach ja, reicht das nicht für den Rest eines ganzen Männerlebens ...?
Und die Tür mit der Aufschrift Jungen knallte zu, während sie auf dem Gang stehenblieb und ihre Handtasche ins Licht drehte, ihre Tiefen durchwühlte und erst durch das rhythmische Geklicker von Münzen von ihrer Tätigkeit abgelenkt wurde. —Oh, J R, ich ...
—Oh, hi, Mrs. Joubert ... doch ebenso schnell war er hinter der Glastür verschwunden, deren Geschepper fast das Klingeln des Telefons übertönte. —Hallo ...? Bleistiftstummel und Papierfetzen kamen zum Vorschein, —ja, am Apparat, ich nehme das Gespräch an ... und er hielt die Mappe mit dem Knie fest, —hallo? Ja, hi, Mann, gut daß Sie anrufen, eh, ich ... jetzt gerade im Hotel? Haben Sie ... nee, aber Moment mal ... Nee, Bast, das wollte ich doch gerade ... nee, was denn für ne Uniform, etwa mit Pistole und so ...? Nee, aber ... nee, na klar weiß ich, daß wir die Hotelsuite gemietet haben, damit Sie die teilweise zum Klavier ... nee, aber das ist es ja gerade, eh, ich meine für diese Betriebskosten hier, so eine Suite fällt unter Werbungskosten für die Steuer und so, verstehen Sie, damit wir ... Nee, aber Sie hätten doch dem Marineinfanteristen, der die Tür bewacht, einfach sagen können, daß Sie 'n leitender Angestellter der Firma sind und einfach reingehen können, ich meine, das wollte ich Ihnen sowieso noch sagen, daß ... nicht zum Klavierspielen, wenn er gerade dabei ist, nee, ich meine, sagen Sie doch einfach, hi, General, willkommen an Bord, und ob er irgendwas braucht, verstehen Sie, weil ... Nee, aber ... nee, aber,

Moment mal, eh, das ist ... Nee, aber, das macht man eben so! Ich meine, alle diese großen Firmen haben irgendwelche ausrangierten Generäle oder 'n Admiral aus zweiter Hand in ihrem Vorstand sitzen, weil ... Wer sagt denn, daß ich den per Post bestellt hab? Ich meine, eigentlich wollte ich irgendwo ne Anzeige aufgeben, gebrauchter Vier-Sterne-General gesucht, so in der Art, aber dann hatten die drüben in der Gemeindeschule diese große Sache, wo Pater Haight seinen Bruder auf die Bühne holte, mit der Fahne und allem, der ist zwar auch gebraucht und hat auch nur zwei Sterne, dafür ist er aber etwas billiger, und deshalb hab ich Piscator gesagt, er soll ihn mal anrufen ... nee, das ist doch der Knackpunkt an der Sache, eh, die kennen diese ganzen anderen Generäle und Colonels, die immer noch in Washington sind und das ganze Zeug fürs Pentagon und so einkaufen, wo die gleich für eine Million Dollar Kohlepapier und Gummibänder anschaffen, verstehen Sie? Und ich meine, die ganzen Medikamente für die Veteranen-Krankenhäuser und so, wir können die US-Firmen alle weit unterbieten ... klar, also das sag ich doch ... Nee, ich weiß, ich hab nur vergessen, es Ihnen zu sagen, ich meine, diese Nobili-Firma wird ganz billig verkauft, und da können wir doch einfach einsteigen, die machen irgendwo drüben in Italien Medikamente, ohne sich groß um so Patentlizenzen zu kümmern, und wenn wir dann alle weit unterbieten können, ich meine, das spart doch den Steuerzahlern Geld, oder nicht? Was soll daran denn schlecht sein ... Hat er ...? Nee, aber ... klar, aber ich meine, woher weiß denn Crawley, daß die ... daß was ...? Nee, also klar, das wußte ich, der ist total ... nee, aber Moment noch, ich ... nee, aber, eh, ich meine, das ist doch alles, das ist doch diese Idee von mir, warum sollen denn die ganzen Leute, die für die Firmen arbeiten, die wir jetzt kriegen, echt, warum sollen die denn anderswo Geld für Versicherungen ausgeben, wo wir denen doch genausogut helfen können, wenn wir uns ne eigene Versich... Nee, also klar, die kaufen wir auf, ich meine, das ist... nee, also, ich hab gerade in dieser kleinen Broschüre hier gelesen, wo ... Nee, aber hören Sie doch mal zu, eh, ich, eh...? Bast? Hören Sie zu, ich ... nee, weiß ich ja, aber ... nee, ich weiß, aber darauf wollte ich ja gerade kommen, als ich Ihnen gesagt hab, daß dieser General Haight uns weiterhelfen kann, verstehen Sie, diese Ray-X-Firma hier geht kaputt wegen den ganzen blöden Festpreisverträgen, aber was wir wollen, sind diese Gestehungskosten plus Unternehmergewinn, wo man dann ... Nee, aber lassen Sie mich doch mal erklären, wie das geht, okay? Man kriegt da so einen Vertrag, um irgendwas an die Regierung zu liefern, und dann kann man echt... woher soll ich das denn wissen? Ich meine, irgendwas, was die einem abkaufen wollen, und da kann uns doch dieser General weiterhelfen, verstehen Sie? Und das Tolle an diesen Gestehungskosten plus Unternehmergewinn ist, daß man die Prozente von dem, was es einen kostet, dazurechnen kann, um den Vertrag zu erfüllen, ich meine, also je mehr man ausgibt, desto mehr verdient man, verstehen Sie? Ich meine, das ist das ganze... nee, also klar doch, aber... Nee, ich weiß, daß ich bis jetzt immer dran war, von wegen wir müßten die Kosten im Auge behalten, aber... nee, aber hören Sie doch mal 'n Moment zu, eh, ich meine, was glauben Sie denn wohl, wie die Telefongesellschaft funktioniert, wo die doch immer rumjammern, daß sie das ganze Geld ausgeben müssen und deshalb die Preise erhöhen, ich meine, sie habens ja, deshalb geben sie auch viel aus, und darauf kriegen sie dann ihre Prozente, folglich steigen wieder die Gebühren, bis sie fast höher sind als das, was an Steuern... nee, Moment, verstehen Sie denn nicht... Nee, ich weiß, daß Sie das nicht wollen, ich meine, ich komm da gleich noch drauf, eh... nee, ich weiß ja, daß ich das gesagt hab, aber ich meine, das dauert jetzt auch nicht mehr lange, wir müssen nur noch... nee, also ich meine, wir, also wir als Firma, also nicht irgendwer, verstehen Sie? Also... Nee, aber darum gehts doch nur, Bast, das ist doch sowieso kein Geld, sondern wir schieben doch bloß diese Aktien hin und her wie bei der Übernahme von dieser Tochterfirma von X-L, die aber zwanzigmal mehr wert ist als in den, verstehen Sie? Wir geben den Ray-X-Aktionären einfach eine X-L-Vorzugsaktie für ihren Anteil an Ray-X, denn die Kapitalisierung von dieser X-L-Standardaktie ist total niedrig, damit haben wir dann plötzlich einen Riesenfluß und... nee, also ich auch nicht so genau, aber das hat dieser Mister Wiles gesagt, der... Nee, aber... nee, ich weiß, aber... Nee, aber ich wollte Sie nur fragen, ob Sie was vom Bergbauamt gehört haben, weil... Nee, ich wollte Sie noch danach fragen, wie's dem alten Mister Wonder geht, weil wir... Nee, aber ich wollte Ihnen gerade was über dieses Indianerpräservat hier erzählen, weil nämlich, hat dieser Charley Yellow... Nee, ich weiß, aber Moment, eh, hat... Nee, aber diese Beerdigungsunternehmenskiste ist doch nur, ich hatte da nämlich ne tolle Idee, wir haben doch dieses Wegerecht da oben bei Eagle direkt am Fried... Nee, aber Moment, eh, Moment, ich meine, wie soll ich Ihnen denn von dem ganzen Kram erzählen, wenn Sie nicht mal hier zu mir rauskommen, ich meine, was soll ich denn... Nee, ich weiß ja, daß ich das gesagt hab, aber ... nee, ich weiß, aber wir sind doch jetzt gerade in der Aufbauphase für unseren Börsengang mit Aufsichtsrat und so, dann können wir eigene Aktien rausbringen, und die können wir wieder gegen andere Vermögenswerte tauschen und sind überhaupt total kreditwürdig und könnten dann ... Nee, Moment, Moment, ich weiß, daß ich das gesagt hab, aber ... Nee, aber heilige Scheiße, Bast, ich hab das doch nicht erfunden, ich meine, so macht man das eben! Und ich meine, ich muß praktisch alles selber machen, ich meine, ich bau das hier alles auf, um Ihnen zu helfen und damit Sie in Ruhe arbeiten können und so, und Sie wollen mir nicht mal ... Nee, also, und was ist mit dieser Option auf die ganzen fünftausend Anteile, wenn Sie die bei zehn kaufen, dann haben Sie doch den ganzen ... fünftausend Anteile zu zehn Dollar, ja, und dann haben Sie den ... Nee, aber Moment noch, Moment, eh, ich weiß, daß Sie keine fünfzigtausend Dollar haben, aber ... Nee, aber, Moment, eh ... Nee, aber ... was? Was für einen Job? Aber was ist denn As, was ...? Also echt, warum wollen die von Ascop denn, daß Sie nur rumsitzen und Radio hören, wenn die ... was, echt? Nur um sicherzugehen, daß auch niemand ihre Songs im Radio spielt, ohne denen ihre Tantiemen zu zahlen? Aber wenn die Ihnen nur so wenig zahlen, wie wollen Sie dann ... Nee, aber Moment, Moment, das hab ich doch gar nicht so gemeint, eh, Bast? Ich meinte doch nicht, daß Sie fünfzigtausend Dollar sparen müssen, ich meine, ich war doch noch gar nicht fertig, eh, verstehen Sie denn nicht, was ... Nee, also Sie warten einfach, bis unsere Aktien auf fünfzehn oder zwanzig steigen, und wenn Sie die dann verkaufen wollen, benutzen Sie einfach die Option hier für soundsoviel zu zehn, bloß daß Sie die dann schon für zwanzig weiterverkauft ... nee, das nicht, weil ja ... nee, weil ich, hören Sie doch mal zu ... Nee, aber das hab ich doch schon mal erklärt, daß, wenn Sie Ihr Gehalt ausgezahlt kriegen, daß Sie dann mit der Einkommensteuer fix und fertig gemacht werden, aber mit diesem Optionsdings werden Sie bloß mit dieser niedrigen Kapitalertragssteuer besteuert, das ist der Unterschied zwischen diesen zehn und dem, was Sie dann dafür ... Was soll das heißen, wenn er nicht steigt? Ich meine, das versuch ich Ihnen doch die ganze Zeit zu erklären, wenn wir diese Vermögenswerte erwerben und so, ich meine, darum gehts doch ... Was soll das heißen, zehn Jahre warten, warum sollten ...? Nee, aber ... nee, aber Moment, eh, ich ... nee, ich weiß, daß ich das gesagt hab, eh, aber ... Nee, ich wollte Ihnen gerade sagen, daß ich das auch rausgekriegt hab, aber ... Nee, aber um so eine steuerfreie Stiftung aufzuziehen, das ist doch nicht meine Schuld, wenn die mir sagen, daß irgendwelche Gelder daraus nicht an Einzelpersonen fließen dürfen, ich meine ... Nee, aber das ist doch ... Nee, echt, wenn Sie aber in irgendeinen Verein eintreten, dann kann der Verein als Empfänger, bloß daß Sie dann das Geld ... Nee, aber ich dachte, da könnten Sie sich vielleicht mal was ausdenken, echt, also ich weiß auch nicht genau, Sie könnten ja in einer Band spielen oder irgendwo, wo es ... Nee, aber Moment noch, eh ... Nee, warten Sie, Moment, eh, Moment ...! Klar, nee, das weiß ich ja, aber ... Nee, aber warten Sie doch mal 'n Moment, Bast, ich meine heilige Scheiße, was soll ich denn machen? Echt, ich meine, an allem, was ich mir ausdenke, um Ihnen zu helfen, finden Sie was zum Meckern, als ob das meine Schuld ist, über alles jammern Sie rum, aber selber tun Sie fast gar nix, und Sie kommen nicht mal hier raus, und ich muß praktisch alles selber machen, echt, Sie kommen hier nie raus, und ich versuch mit nem Klassenausflug mitzukommen, aber da gibts nur so einen zu so ner dämlichen Bäckerei, was soll ich da denn machen? Ich meine, jetzt rufen Sie zwar endlich mal an, aber Sie hören mir gar nicht richtig zu, wenn ich Ihnen was über diese Indianer erzählen will und unsere Übernahmen und was wir sonst noch so alles in dieser Optionssache unternehmen, die ich nur für Sie aufgezogen habe, aber Sie meckern immer nur rum, dann versuch ich, Ihnen dieses Stiftungsgeld zu verschaffen, und da werden Sie auch sauer, ich meine, Sie sagen immer bloß, was Ihnen stinkt, und ich versuch hier, was auf die Beine zu stellen! Sie meckern immer nur rum, weil dies und das nicht funktioniert, und ich muß das dann alles für Sie hinkriegen! Ich meine, als ich gesagt hab, wir könnten uns gegenseitig nützlich sein, damit Sie Ihre Arbeit machen können, aber dann meckern Sie immer über die Post, die bei Ihnen ankommt, aber Sie machen sie nicht mal auf, also besorg ich Ihnen diese elektrische Maschine zum Aufmachen, aber Sie lesen die Post nicht mal, ich laß Ihnen da so 'n Spezialtelefon einbauen, damit Sie wegen den Anrufen nicht mehr in die Cafeteria runtermüssen, aber dann nehmen Sie nicht mal ab, also hab ich Ihnen jetzt sogar so ein Ding besorgt, das man daran anschließt, für hundertneunundreißig fünfzig, und das Tonband geht dann für Sie ans Telefon, während Sie sich um Ihre Komponiererei kümmern können, bloß daß alles, womit ich Ihnen helfen will, von Ihnen überhaupt nicht ... Ich meine, wenn Sie mir sagen, daß ... Hab ich gar nicht, eh, und selbst wenn ich das gemacht hätte, das geht niemanden was ... Okay, na und? Ich meine, so läuft das eben!

Ich meine, ich mach doch nur... Nee, ich weiß, daß ich das gesagt hab, aber jetzt versuchen eben alle, mich auszunutzen, echt, ich meine, wie Piscator, der hält mich auch für blöd... Nee, als Sie angerufen haben, dachte ich erst, er wäre dran, ich hab ihn nämlich gefeuert, weil er versucht hat, uns mit dieser Jamaica-Eintragung zu bescheißen, hat wahrscheinlich gedacht, ich würde das nicht... Nee, ich weiß, daß ich ihm das gesagt hab, aber jetzt schickt der mir diese Spesenabrechnung, zum Beispiel für ein Flugticket für dreihundertachtzehn Dollar und sogar noch so ne Hotelrechnung, zweihundertneunundzwanzig fünfzig, ich meine, der glaubt doch nicht im Ernst, daß ich ihm das... Flugzeug, wieso denn Flugzeug? Da kann man doch mit der U-Bahn hinfahren, echt, und wer nimmt sich denn 'n Hotel auf ner Müllkippe wie Jam... was soll das sein? Was soll das heißen, das ist ne Insel? Das is ne Müllkippe, wo man umsteigen muß, wenn man mit dem Zug nach New... Nee, aber... nee, aber das hat Piscator echt nie gesagt... Okay, aber woher soll ich das denn wissen, ich meine, das sind doch so Sachen, für die ich Sie brauche... nee, aber okay, aber, ich meine, echt... nee, okay okay, vielleicht hab ich das ja auch, aber... Nee, also das müßten Sie ja sowieso nicht, weil das ganze Zeug ja schon diese Pomerance-Agentur erledigt, aber eine Sache wär da noch, ich hab da ne tolle Idee, ich krieg da jetzt so Anfragen wegen Interviews und so, und deswegen hab ich jetzt dieses kleine Tonband gekauft, und wenn ich da was draufspreche und wieder abspiele, dann halt ich einfach das Band etwas an, und dann läuft das ganz langsam und die Stimme wird ganz tief, verstehen Sie? Echt, das klingt, als ob ich fünfzig wär, verstehen Sie? Und da kann ich Ihnen doch die Bänder schicken, und... nee, aber Moment, eh... nee, weiß ich ja, aber da ist nur noch eine einzige Sache, dauert auch nur noch ne Sekunde, dieser Indianer da, Charley Yellow Brook, hat der Sie angerufen, eh...? Nee, weil, nämlich er und sein Bruder, die sind aus diesem großen Indianerpräservat, da, wo die diese ganzen Schürf- und Bohrrechte haben und... Nee, aber Moment noch, warten Sie, eh, Moment, wer sagt denn... Nee, aber wer sagt denn was von Bohren, eh, das geht doch nur um den Waldbestand da oben, weil, wenn wir nämlich von denen diese Rechte pachten würden, um ihnen zu helfen, dann könnten wir echt... Nee, hören Sie doch, das stimmt wohl, eh, weil nämlich 'n paar von den Indianern völlig abgebrannt sind, und die wollen das ganze Präservat aufteilen und verkaufen... was? Oh, okay, ist ja auch egal, aber wenn wir uns von dem ganzen Stamm die Rechte verpachten lassen, dann

wär den abgebrannten Indianern schon geholfen, und da hab ich mir gedacht, wenn ... Nee, das ist da draußen beim Alberta & Western-Gelände, etwas unterhalb, wissen Sie? Echt ganz nah an den Schürfstellen, wo dieser große grüne Staat, der da oben lang ... nee, ganz nah bei diesem großen See, da wo Minnesota und Idaho ... wo? Nee, weil, eh, Nebraska ist doch ganz da hinten bei Kansas und irgendwo neben Utah oder so, aber egal, ich hab mir also gedacht, wenn Sie diesen Ascop-Job auch annehmen, dann könnten Sie sich doch das kleine Transistorradio in die Tasche stecken und ... nee, ich weiß, aber mit dem Kabel und diesem Ohrhörer, der da dran ist, können Sie überall mit einem Ohr zuhören, echt, sogar wenn Sie irgendwo in ner Konferenz sind, und dann sagen Sie einfach, das ist 'n ... Klar, und dann sagen Sie einfach, das ist so ein Hörgerät. Weil, ich hab mir nämlich gedacht, nur für den Fall, daß Ascop will, daß Sie sich überall in den lokalen Radiosendern umhören. Und die zahlen dann auch Ihre Spesen? Ich meine, nur solange, bis wir das Triangle-Flugzeug haben, in dem Sie dann rumreisen können, weil, ich hab mir nämlich gedacht, wenn Sie zu diesem Indianerpräser ... Nee, nee, Moment, eh, Moment, ich hab doch nur gesagt, wenn Sie zu dem Ind ... Nee, klar, Moment, nee, nee, ich weiß, daß ich das gemacht hab, aber ... Nee, aber eh ... Nee, aber, Moment, ich wollte Sie nur noch fragen, ob Sie dieses Ding zum Golfüben gekriegt haben, was ich ... Bast? Eh ...? Eh, Bast ...? Langsam, aber nicht weniger geräuschvoll als sonst, ging die Tür auf. —Oh, oh, hi, Mrs. Joubert, ich, warten Sie etwa auf das Telefon hier?
—Ja, und was um Himmels ...
—Nee, ich wußte ja nicht, daß Sie die ganze Zeit gewartet haben, ich meine, ich dachte, daß alle weg sind.
—Ja, ich glaube auch, daß alle weg sind, ich fürchte nur, mir fehlt das passende Kleingeld zum ...
—Klar, Moment mal, brauchen Sie vielleicht zehn Cent? Kleinen, kleinen Moment, dauert nicht, heilige ... und scheppernd fiel die Glastür wieder zu. —Hallo ...? Mit einem Ruck am Reißverschluß wurde die Mappe hochgezogen, und das Taschentuchknäuel auf der Sprechmuschel gab die verschmutzte Initiale D preis, —David wer ...? Halbaufgerichtet und mit gekrümmten Schultern stand er da, und hinten aus dem aufgeplatzten Pullover quoll ein zerknitterter Hemdsaum, —was, das ist Ihr Nachname ...? Ja, am Apparat, aber ich habs eilig, was ... was, bei Pomerance? Ja, okay, aber ... Nee, aber warum sprechen Sie

nicht mit Mister Piscat ... was, Piscator ist nicht da? Geben Sie ihn mir ...! Nee, ich sagte, verstehen Sie mich denn nicht? Ich sagte, geben Sie mir Pis ... Nee, also hören Sie mal, das klären Sie besser mit Mister Bast, der kriegt Business Week und auch dieses Forbes hier, geben Sie mir jetzt ... Nee, also ich kann Ihnen ein paar biographische Daten schicken, meinen Sie etwa über mich? Aber ... Nee, also hören Sie, ich habs eilig, geben Sie mir ... Okay, hören Sie, wenn Sie bei einem Mittagessen das Firmenimage und dieses Logo-Teil besprechen wollen, dann nehmen Sie doch einfach Mister Bast mit ... Nee, da mach ich mir keine Sorgen drüber, tun Sie einfach das, was Mister Bast Ihnen sagt, und jetzt geben Sie mir bitte Pis ... Nee, also wenn er will, daß Sie in unsere Außenstelle kommen, dann sagt er Ihnen das schon, für solche Sachen haben wir so ne Hotelsuite im Wal ... Nee, also im Augenblick ist da gerade dieser Gen ... Hören Sie, ich mach mir da keine Sorgen drum, und das Büro in der City, wir schließen das Midtown-Büro bis auf ... Nur noch die Sekretärin Virginia, die da die Stellung hält, und hören Sie, ich muß jetzt in eine Besprechung, geben Sie mir Piscator ... Hören Sie, ich sagte, geben Sie ... Hallo? Nonny? Wo haben wir den denn her, Mann, der klingt ja wie ... Nee, okay, jetzt nicht, sagen Sie ihm, er soll darüber 'n Memorandum anfertigen, hören Sie, ich habs eilig, ich will nur noch ... Nee, hab ich hier, Moment mal, dieses ganze, das Zeug auf meinem, Schreibtisch ... Ich sagte, Moment mal ...! Die Mappe kippte gefährlich zur Seite, Maine Potato Futures und Hedging Highlights fielen zu Boden, als das Klebeband riß, dann zerrte er einen Stoß liniertes, randvoll bekritzeltes Papier ans Tageslicht, —heilige ...! Okay, hallo? Also dann, unter Vermögenswerte haben wir erst mal diesen Einskommazweimillionen-Dollar-Kredit, den wir von ... Nee, okay, dann können wir darüber nicht verfügen, aber wenn wir ihn abzahlen, ist das gut für unsere Bonität, und wenn das in der Zeitung kommt, kann jeder ... nee, dieser Mister Wiles, das ist auch so ein Bankdirektor, dem zeigen wir einfach unsere Auszüge und nehmen die Zinsen von den Einnahmen von Wonder hier, und alles andere, Moment mal, haben die mal das Wasser untersuchen lassen, das sie für das Bier brauchen ...? Nee, hab ich gemacht, und wenn da ... Nee, aber wenn da solche Mineralien drin sind, dann sollten wir auch die Abschreibungsmöglichkeiten aufgrund der Wertminderung bei nicht erneuerbaren Ressourcen voll ... Wie meinen Sie das, wir mindern sie in Grund und Boden? Ich meine, wenn bei nicht erneuerbaren Ressourcen ein Steuervorteil für uns drin ist, warum sollen wir dann nicht ... okay, also dann besorgen Sie dafür mal 'n Bescheid, als nächstes ... wo wars noch? Richtig, hier, hier steht Wert des Vorkommens zwanzig Millionen, warum sollten wir das nicht an ... Okay, aber mit den ganzen Schürfrechten, die wir hier haben, woher soll denn jemand wissen, daß wir gar keine Mineral- und Gasvorkommen haben, die zwanzig Mill ... Hören Sie, okay, das isses ja gerade, wenn's da irgendwie Stunk gibt, dann fangen wir eben einfach an zu bohren ... Ist doch egal nach was. Hauptsache wir kriegen die Steuerpauschale auf die Bohrkosten hier, ich meine, was erwarten die denn, was wir tun ...? Ja, okay, ich habs eilig, und diese Pachtgeschichten mit den Indianern und so weiter hab ich gerade mit Mister Bast besprochen, Sie können das also mit ihm klären, wenn er da hinfährt, um ... Nee, er fährt zu dieser Indianerpräser, Reservation, zu diesem Charley Yellow ... Okay, ist doch egal, ob er Sie angerufen hat oder nicht, Mister Bast ist schwer beschäftigt, warum soll der Sie dauernd anrufen, warum können Sie nicht ...? Das Mädchen hat Ihnen was gesagt ...? Okay, das ist doch nicht seine Schuld, wenn bei der Telefongesellschaft alles drunter und drüber geht. Beim nächstenmal versuchen Sie's einfach nochmal, ich möchte nämlich, daß Sie sich mit ihm in dieser Stiftungssache mal zusammen ... Nee, das hab ich ihm gesagt, und er sagt, daß er vielleicht in ne Band eintreten kann oder sowas, ich möchte nämlich, daß diese Sache schnell zustandekommt, damit ich diesen langfristigen zinsgünstigen Kredit darauf aufnehmen kann, damit ... Nee, mit diesen Warentermingeschäften, wenn ich unseren Kapitalumlauf im Rahmen des Risikoausgleichs mit neuen Krediten auf andere Termingeschäfte steigern kann, dann ... was? Ich weiß nicht, was ich, was ...? Okay, können Sie mich jetzt besser verstehen? Hören Sie. Wir arbeiten nicht für Sie. Sie arbeiten für uns, okay? Okay, also, mit diesen Termingeschäften verlang ich doch gar nichts Ungesetzliches von Ihnen, ich sag Ihnen doch nur, was ich machen will, und Sie kümmern sich darum, wie's gemacht wird, sonst nix, ich meine, wenn wir für diese anderen Termingeschäfte ne eigene Handelsgesellschaft aufmachen müssen, dann machen Sie doch eine auf, hören Sie, ich muß in die Konferenz, ich ... Nee, also dieser Hopper, hören Sie, der kann mich doch nicht dauernd anrufen, weil der immer noch sauer ist, weil wir die Webstühle nach Südamerika verkaufen, ich hab dem Sohn von dem Gewerkschaftsführer da oben, Shorter, dem hab ich die Verkaufslizenz für Wonder-Bier für das ganze Gebiet gegeben, und diesen Bunky hab ich bevollmächtigt, sich um das Pfand fürs Leergut zu kümmern, weil wir

die ja weiterbeschäftigen müssen, damit wir diesen Verlustvortrag nicht ... Nee, hören Sie, ich wollte nur noch wissen, was mit dieser großen Ladung Fasermaterial ist, die gerade angekommen ist, ob wir die einfach auf den Müll schmeißen und abschreiben oder ob wir die nach Hongkong oder so schicken sollen, um Pullover oder sonstwas daraus zu machen, wir könnten das Ganze dann wieder zurückimportieren, denn wenn wir das machen, könnten wir gleichzeitig den Verlustvortrag von ... was? Nee nee, Moment, warten Sie einen Moment ... Erneutes Klopfen an der Scheibe, und scheppernd ging die Tür eine Handbreit auf. —Mensch, Mrs. Joubert, tut mir leid, einen Moment, ich ...
—Ja, schon gut, aber was um ...
—Okay, nur einen Moment noch, ich ... scheppernd schlug die Tür zu, —hören Sie, ich habs eilig, Mann, Nonny, ich meine, sagen Sie bloß nicht nochmal, daß ich Ihnen gesagt hab, daß Sie was Ungesetzliches tun sollen, ich meine, was glauben Sie eigentlich, wofür ich Sie habe? Ich meine, wenn ich was Ungesetzliches machen will, wofür brauch ich dann 'n Anwalt, ich meine, heilige Scheiße, was glauben Sie denn, wo wir hier sind, in Rußland? Wo man überhaupt nix machen darf? Die Gesetze sind die Gesetze, warum sollten wir denn was Ungesetzliches tun, wenn die Gesetze es uns auch so erlauben, zum Beispiel die Webstühle mit diesem US-Hilfsprogramm nach Südamerika zu verkaufen, das ist dann doch US-Geld, das wieder zurückkommt, und wir haben auch nicht die Steuerbefreiung erfunden, die man dafür kriegt oder was? Ich meine, wenn wir hier hunderttausend oder ne Million Dollar in die Bohrungen stecken, okay, aber es war doch nicht unsere Idee, daß wir pauschal achtzig Prozent der Bohrkosten absetzen können. Und es war auch nicht unsere Idee, daß, wenn wir auf Öl oder Gas stoßen, daß wir das dann erst mal liegenlassen müssen, weil, erst wenn sie uns diese zweiundzwanzigprozentige Sonderabschreibung auf nicht erneuerbare Ressourcen geben, können wir loslegen. Ich meine, so sind eben die Gesetze, da kommt es auf jeden Buchstaben an, und genau das tun wir! Okay? Okay, das wärs, und kümmern Sie sich mal um diese zwanzigprozentige Sonderabschreibung für kurzlebige Investitionsgüter, ob wir die auf die Druckmaschinen von diesem Sie-Magazin anwenden können, und gucken Sie mal, was der andere Kredit macht und ob wir etwas Bargeld flüssig machen können, wenn wir die Betriebe verkaufen und so weiter, haben Sie mir dieses Zeug über Western Union besorgt ...? Okay, ich weiß, aber schicken Sie mir's

trotzdem, und was ist mit dieser Filmgesellschaft Erebus und mit diesem Typen Ben Leva, und diesen ganzen Spar- und Darlehens... Okay okay, und dieser Brief von der Handelskammer, den Sie an mich weitergeleitet haben? Wegen der Streichhölzer von X-L, daß die Zündköpfe angeblich gefährlich sind? Okay, sagen Sie Mooneyham, daß wir unsere Werbung so aufziehen, wir werben damit, daß die jetzt diesen extra Sicherheitszündkopf haben, so, wie sie da immer draufschreiben, daß man nicht im Wald rauchen soll und so... nee, klar, und gehen Sie mit dem Preis nach oben, ich meine, das ist doch ne neue Qualität oder etwa nicht...? Okay, also in dem Fall vergessen Sie's einfach, aber ich wollte Ihnen noch sagen, wir steigen jetzt voll in die Sache mit den Streichholzbriefchen ein, jedenfalls sollen die so viele wie möglich davon drucken, sobald wir... na klar, wegen der Werbung für die unterschiedlichsten Produkte von uns, was glauben Sie denn? Ich meine, was glauben Sie denn, warum ich überhaupt hinter dieser maroden Streichholzfabrik her war? Und sagen Sie denen, daß sie schon mal mit dem neuen Aspirin anfangen sollen, das wir... Das weiß ich, das sag ich doch gerade! Sagen Sie denen, es ist, wie es ist, und mehr sagen wir auch in der Werbung nicht, nur daß es grün ist, mehr sagen wir gar nicht. Es ist eben grün...! Und das ist die Wahrheit, oder? Warum muß das denn irgendwas bedeuten? Es ist grün, Punkt aus. Mehr müssen wir doch gar nicht... Ich hab gesagt, es ist grün, Punkt aus! Mehr müssen wir... Genau das hab ich gesagt, oder etwa nicht...? Scheppernd schlug die Tür auf, —Mensch, Mrs. Joubert, ich...
—Schon gut... sie wandte sich nach ihm um, hob plötzlich die Augen über den lavendelfarbenen Rand eines Taschentuchs, das sie sich vors Gesicht hielt, —aber was um Himmels...
—Nee, also, das ist bloß, ein Freund von mir braucht meine Hilfe, verstehen Sie, und...
—Aber wozu um Himmels Willen hast du denn dieses dreckige Taschentuch um den...
—Nee, also verstehen Sie, weil doch jetzt die kalte Jahreszeit kommt, echt, vielleicht haben Sie sich da auch Ihre geholt? Von diesen...
—Meine geholt?
—Na, wie Ihre Augen so aussehen, das haben Sie bestimmt von diesen Bazillen, die jemand, heilige, heilige, kleinen Moment, ich heb alles auf, heilige...
—Aber warum schleppst du das denn alles mit dir rum? Ich hab noch nie so einen...

—Nee, Moment, ich heb schon alles auf, bloß, meine Mappe ist kaputt und ...
—Dein Aufsatz über Alaska wird wahrscheinlich nicht dabei sein, kein Wunder, daß du nie etwas wiederfindest, wenn du alte Zeitungen aufbewahrst und alle möglichen ...
—Nee, aber haben Sie das hier denn nicht gelesen, Mrs. Joubert? Über dieses Angebot von Diamond Cable zur Übernahme von diesem Schulsektor und so? Verstehen Sie, ich dachte ich bring das mal in die Klasse mit und ...
—O nein, das hab ich nicht gelesen, ja, brings ruhig mal mit.
—Und diesen Aufsatz über Alaska, den geb ich jetzt auch ab, selbst wenn ich alles nochmal schreiben muß, Sie sagten vorhin, daß Sie zehn Cent brauchen.
—Nein, etwas mehr ist es schon, ich muß noch Washington anrufen, aber ...
—Welches Washington? D C? Das funktioniert nämlich wie in der U-Bahn, die ersten drei Minuten achtzig Cent, und dann zwanzig für jede weitere Minute, wollen Sie länger als drei Minuten sprechen?
—Tja, das weiß ich noch nicht so genau ...
—Hier, fünfzig, fünfundsiebzig ... einzeln fielen verschwitzte Münzen in ihre Hand, —achtzig, oder wenn Sie noch zwanzig Minuten warten, Mrs. Joubert, dann ermäßigt sich das nämlich auf fünfundfünfzig Cent pro ...
—Nein nein, ich kann wirklich nicht länger warten, vielen Dank ... sie sank in die Zelle, schob die Beine beiseite, als sie plötzlich den Atem des Jungen spürte, der zwischen ihren Füßen die Hedging Highlights zu fassen suchte, zog dann die Tür zu, streckte die Hand zur Wählscheibe, wählte, schniefte, schob die Tür wieder halb auf und warf Münzen in den Schlitz. —Ja, hallo? Ich möchte Mister Moncrieff sprechen, ja, sagen Sie bitte, es sei seine Tochter ... Seine ... ja, seine Tochter Emily, ja ... Ja, gut ... sie wartete und schloß dann die Tür fast vollständig vor ihm, der vor der Tür seine Papiere, Broschüren, Briefumschläge zusammenraffte, —hallo, Papa ...? Oh ... oh, entschuldigen Sie, ich dachte ... Ja, ich verstehe, wie lange wird die Sitzung denn noch dauern? Es ist sehr dringend, und ... Oh, nein, solange kann ich nicht ... Nein, ich bin, ich fürchte nein. Danke ... und sie saß da und starrte auf das Schild Fünf Schritte zu einer erfolgreichen Verbindung, in das jemand mit dem Messer das Wort Fuck geritzt hatte, hob das Taschentuch, dann registrierten ihre Augen die Bewegung, die

im äußersten Winkel der Glasscheibe zum Stehen gekommen war und sich ganz dem Oberteil ihres Kleides hingab, und sie öffnete die scheppernde Tür und atmete tief durch.
—Hi, haben Sie Ihren Teilnehmer erreicht?
—Nein, aber, schon gut, aber ich fürchte, ich schulde dir ...
—Nee, das ist schon okay, aber finden Sie das nicht auch komisch, wenn die den anderen immer Teilnehmer nennen, als ob der an irgendwas teilnimmt? Er wuchtete sein Paket nach oben und verlagerte es gleichzeitig auf den anderen Arm, —Gehen Sie hier raus, Mrs. Joubert?
—Nein, ich, ja, das könnte ich eigentlich auch, ich will zum Zug, ich glaube, da geht einer um ...
—Weil, da gibts noch ein paar Sachen, die ich Sie mal fragen muß, er ging einen halben Schritt hinter ihr, —kriegen wir bald Termingeschäfte?
—Was kriegen wir?
—Im Unterricht, meine ich, wenn man diese Terminpapiere kauft für Kartoffeln und Bäuche und Kupfer und so, da wollte ich nur wissen, ob ...
—Oh, nein, ich glaube nicht, daß wir die Zeit haben, uns mit so komplizierten Dingen zu beschäftigen ...
—Nee, aber verstehen Sie, das ist echt interessant, Mrs. Joubert, weil, jetzt haben wir ja schon den Aktienmarkt gehabt und so, mit unserm Anteil an Amerika und so. Und wenn wir jetzt so ein paar Terminpapiere kaufen würden, echt, wenn wir in Bäuche einsteigen würden und lernen, wie man ...
—In was für Bäuche einsteigen, worüber redest du denn überhaupt, um Himmels Willen?
—Diese gefrorenen Schweinebäuche hier, wenn wir da in die Termingeschäfte einsteigen und lernen, wie man das Ganze sinnvoll absichert wegen dem Risiko und wie man den Farmern hier helfen kann und so, sehen Sie, hier, man läßt sich per Post einfach umsonst diese Infobriefe kommen, mit denen man, Moment, könnten Sie mal bitte 'n Moment mein Zeug halten ...?
—Aber das ist doch viel zu teuer, wenn die Klasse jetzt nochmal soviel Geld aufbringen ...
—Nee, aber das ist ja das Tolle, man muß praktisch gar kein Geld aufbringen, weil die Handelsspanne beträgt nur fünfzehn oder sogar nur fünf Prozent, folglich ist der Broker derjenige, der erst mal, Moment

mal eben, hier isses schon, sehen Sie? Wenn wir diesen Infobrief kriegen würden, dann könnten wir doch diese ganzen Begriffe hier lernen, weil, das ist nämlich manchmal irgendwie echt schwer zu verstehen, wo, hier zum Beispiel steht, wir reflektieren langfristig auf Bäuche und beginnen mit vorsichtigen Käufen in den unteren Dreißigern...
—Nein, ich glaube wirklich nicht, daß wir so etwas...
—Okay, aber warten Sie doch mal, sehen Sie, ich hab hier so ne kleine Broschüre, wo ich Sie noch was fragen wollte, sehen Sie hier, direkt unter Bankfinanzierung? Wo steht, es besteht die Möglichkeit, den Kapitalumlauf einer Firma durch abgesicherte Warentermingeschäfte deutlich zu erhöhen, die Mittel dazu können auch aus einem Bankkredit stammen. Ich meine, heißt das, daß man diese ganzen Waren wie diese ganzen Bäuche wirklich irgendwo haben muß? Oder kann man sich einfach in die Terminpapiere einkaufen, und dann gibt einem die Bank...
—Sieh mal, JR, nimm das bitte wieder an dich. Sie hielt ihm die Mappe mit seinen Papieren, während er sich bereits davor eingerichtet hatte wie vor einem tragbaren Schreibtisch und sogar einen Ellenbogen darauf stützte, —ich verstehe selbst nicht allzuviel von diesen Dingen, da müßtest du einfach mal Mister Glan oder jemanden fragen, der...
—Was, wieso denn Glancy? Er schlang beide Arme um sein Paket, —ich wette, daß den keiner mehr was fragt. Mann, haben Sie denn nicht von dem brandneuen Cadillac gehört, den er...
—Ja, das war einfach furchtbar, es gibt so viele furchtbare...
—Klar, das war so ein großer El Dorado, immer einen Schritt hinter ihr, lief er den Korridor entlang, —wissen Sie, bei dem gibts so 'n Ding, wo man drinsitzt und das ganze Auto geht automatisch hoch und runter und hat so immer den gleichen Bodenabstand, sogar wenn man echt fett ist wie Glancy? Und dieses Ding, wenn nachts die Scheinwerfer von selbst abblenden, wenn einem ein anderes Auto entgegenkommt? Ich meine, da gibts dermaßen viele Sachen... er war ihr jetzt einen halben Schritt voraus, —echt, Mrs. Joubert, ist Ihnen schon mal aufgefallen, daß es für alles, was man sieht, daß es dafür einen Millionär gibt?
—Ist das alles, was dich interessiert?
—Klar, ich meine, sehen Sie doch mal da hinten... er hielt die Tür, die er für sie geöffnet hatte, mit dem Rücken auf, so daß der Wind hineinfuhr, —echt, irgendwo sitzt jetzt jemand, der ist Wasserspendermillionär oder Spindmillionär oder Millionär für Glühbirnen, ich meine, echt, und für Glühbirnen gibts den Glasmillionär und dann

noch den, wo man die Birne mit reindreht, oh, Moment, Moment mal ... In der Telefonzelle am Ende des hellen menschenleeren Korridors schellte es, —könnten Sie vielleicht einen Moment auf mich warten, Mrs. Joubert ...? Doch sie griff an ihm vorbei und stieß die Tür auf, wodurch er aus dem Gleichgewicht geriet und den einen Fuß hierhin, den anderen dorthin drehte, während der Wind das Papier eines Musketier-Schokoriegels hereinwehte. —Ich muß nur, nur, okay, Moment, ich komme schon ... und auf den Stufen prallte er mit ihr zusammen.
—Bleib doch mal einen Augenblick stehen! Sie legte einen Arm um seine Schulter, —sei still und sieh einfach nur hin ...!
—Was? Was denn ...?
—Sieh dir den Abend an, den Himmel, den Wind, möchtest du manchmal nicht innehalten und einfach nur schauen? Und hören?
—Also ich, klar, ich meine, ich ... Erstarrt stand er da, ihr Arm auf seiner Schulter, die Mappe zwischen ihnen, —echt, das ist, ich meine, es wird jetzt schon echt früh dunkel ...
—Schau dir doch nur den Himmel an, schau ihn dir an! Gibt es dafür etwa einen Millionär? Doch ihre eigenen Augen senkten sich auf ihre Hand auf seiner Schulter, als wollte sie sich der ungeheuren Zerbrechlichkeit versichern, die sie da umfaßt hielt. —Muß es denn für alles einen Millionär geben?
—Klar, also, also nee, ich meine, echt ...
—Und sieh mal da drüben, sieh doch! Der Mond geht auf, siehst du ihn nicht? Macht dich das nicht ...
—Da drüben? Er duckte sich, als könne er dann besser sehen. —Nee, aber das ist, Mrs. Joubert? Das ist doch nur, warten Sie ...
—Nein, schon gut, ist ja auch egal ...
—Nee, aber, Mrs. Joubert ...? Der Wind trieb sie vor sich her, schien den Jungen hinter ihr herzuwehen, verwirbelte das Laub auf dem Weg zu den Lichtern des Bahnhofs. —Echt, ich wollte Sie nur noch fragen, ob wir bald mal wieder 'n Klassenausflug machen?
—Zu einer Bäckerei, ja, sagte sie, ohne sich umzudrehen, —dafür gibt es bestimmt auch einen Millionär.
—Nee, aber warten Sie, ich meinte 'n Museum oder so ... er ging wieder neben ihr, —wie das in New York, wo wir ...
—Das Metropolitan Museum, die Hauswirtschaftsklasse fährt dahin, um sich die Kostümausstellung anzuschauen, aber da kannst du nicht ...

—Glauben Sie nicht, daß ich da mitkönnte? Ich meine, echt, das klingt doch ...
—Du?
—Klar, ich meine, das klingt doch echt interessant, das sind doch diese ganzen alten Klamotten oder was? Ich meine, das klingt alles echt in ...
—Nun sei aber nicht albern, nein, du bist doch nicht in der Handarbeits, ist das der Zug?
—Was, die Lichter? Nee, die kommen da drüben vom Highway, eh, Mrs. Joubert? Haben Sie schon mal was vom Naturgeschichtlichen Museum gehört?
—Natürlich, aber ...
—Sehen Sie, da hab ich mir nämlich gedacht, wir nehmen doch jetzt Alaska durch und diese Eskimos und so? Er hatte aufgeholt und trabte nun neben ihr her, —und, echt, in unserm Buch Unsere freundliche Wildnis, da ist so ein Bild drin von einem Exponat und so mit ausgestopften Eskimos, und da hab ich mir gedacht ...
—Was?
—Mit diesen, Moment, Sie laufen ja mitten durch die Pfütze ...
—Was hast du gesagt? Was für ein Exponat?
—Echt, haben Sie denn nicht das Bild gesehen? Diese ausgestopften Eskimos, da, wo man sieht, wie die leben und so, mit ihren handwerklichen Fähigkeiten, die sie, was ist los ...?
—Glaubst du das wirklich? Kannst du, lieber Gott, kannst du dir wirklich sowas vorstellen? Daß man Eskimos nimmt und, und ...
—Klar, also nee, ich meine, ich, ich meine wie die anderen Bilder, die da drin sind von diesen Exponaten, die echt total lebendig aussehen, wie diese ausgestopften Wölfe und so, ich ... Seine Stimme versagte, seine glühende Wange, begraben in ihrer Brust, gegen die sie ihn solange gedrückt hielt, bis er sich freimachen konnte, —heilige ... keuchte er, inzwischen außer Reichweite, sank auf ein Knie und wischte sich mit der freien Hand durchs Gesicht, —was ist denn überhaupt los, ich meine, warum wollen immer alle ... und brach ab, als oben ein Zug vorbeidonnerte, —aber, eh? rief er ihr nach.
—Nein, auf Wiedersehen, gute Nacht, ich kann nicht länger warten ...
—Nee, gehen Sie schon mal vor, Mrs. Joubert, ich hab so neue Schnürbänder, die immer aufgehen, aber, eh? Erinnern Sie sich noch an diesen kleinen Typen mit der Brille auf unserem Klassenausflug? Der immer alle rumkommandiert hat?

—Ja, Mister Davidoff, rief sie zurück, stolperte über den Bordstein, drehte sich zu ihm um, wie er da im vorbeistreifenden Lichtkegel eines Autoscheinwerfers kauerte, als wollte er jeden Augenblick aufspringen, —das war Mister Davidoff ... am Fuß der Betontreppe fand sie ihr Gleichgewicht wieder, stieg die Stufen hinauf und blieb auf der letzten wie angewurzelt stehen, holte tief Luft, und —oh ...! entfuhr es ihr, eine einzelne Silbe, fortgerissen vom Wind und von ihr selbst, die jetzt den Bahnsteig hinabrannte, wo dröhnend der Zug zum Stillstand kam, —Jack ...?
Er war außer Hörweite stehengeblieben, die Zeitungen, die er unter einen Arm geklemmt hatte, waren mit dem Turf Guide umwickelt, und Wind blähte das Jackett auf, so daß sich seine Schultern zu heben schienen, als er sich nach ihr umdrehte, —Amy!
—O nein, du bist ja ... und sie blieb stehen. —Nein ...
—Nein, nein, Moment, Amy, hör zu, ich bin sofort wieder klar, hör zu ... er kam auf sie zu und umfaßte mit überhasteter Entschlossenheit seine Zeitungen, —ich hab die Doppelwette gewonnen, Amy, hab, nur etwas gefeiert, ich bin sofort wieder klar, ich wußte ja nicht, daß du mich treffen wolltest, hör zu ...
—Wollte ich auch nicht, Jack, ich bin mit Sicherheit nicht hier, um mich ausgerechnet mit dir zu treffen, ich nehme den nächsten Zug in die Stadt, und als dieser hier angesagt wurde, hab ich gedacht ...
—Züge fahren in beide Richtungen, das hast du mir selbst gesagt, weißt du noch? Ich fahr mit dir sofort wieder in die Stadt, Amy, hör zu ...
—Zurück in die Stadt? Sei nicht albern ... An ihm vorbei sah sie den schwindenden Lichtern nach, die bereits in der ziellosen Weite des Abends verschwammen, —du bist doch gerade erst angekommen.
—Aber nur ganz kurz, um was zu erledigen, Amy, ich pack nur ein paar Bücher zusammen, sag Backbite, ich schieb ihm seinen ganzen verdammten Scheißjob in eine seiner vorschriftsmäßigen Eröffnungen und fang noch einmal ganz von vorn an ...
—Jack, ich will das jetzt nicht hören. Sie stand jetzt an der Plakatwand, die ihr Schutz vor dem Wind bot, darauf ein Laib Brot und der Schriftzug Das ißt Pater Haight auch. —Da kommt mein Zug, bitte ...
—Pope sagt, man soll alles hinter sich lassen, weißt du noch? Hast du mir selbst erzählt ...
—Jack, Vorsicht!
Der Bahnhof erbebte, und er drängte sich gegen die krakelige Ankündigung Zoff! —Alles hinter sich lassen ...

—Nein nein, nicht, bitte nicht, Vorsicht, nicht ...! Jack, du, hier, hier, halt dich hier fest ...
—Hast du deine Fahrkarte?
—Da kannst du nicht sitzen, Jack, dein Fuß ist ja, Jack, dein Fuß!
Die Brückenpfeiler rauschten vorbei. —Irgendwann erzähl ich dir mal was über Hardy Suggs, wär auch der falsche Fuß, Scheiße, hör zu ...
—Hier, hilf mir, hilf mir, hilf mir doch mal mit der Tür, ich kann sie nicht ...
—Gegentreten hilft immer, hier ... Krachend sprang die Tür wieder auf, —Fensterplatz, Platz am Fenster, da kann man die Schönheiten der Natur vorbeirauschen sehen, was ist denn los?
—Was meinst du wohl was, du hast mich erschreckt! Sie saß da und preßte die Fingerspitzen gegen die Augen.
—Hast schöne Hände, Amy, hör zu ...
—Und, bitte ... sie ließ ihre Hände auf die Handtasche sinken, öffnete sie, fand ihr Taschentuch, —dein Knie, kannst du nicht dein Knie zur Seite, Jack, kannst du denn nicht ordentlich sitzen ...
—Versuch doch nur, den Fahrpreis zu entrichten, Scheiße ... ein Fuß klemmte zwischen Sitz und Lehne der Vorderbank, —und an meine Tasche ranzukommen ... die Zeitungen fielen zu Boden, und auf einmal knisterten lauter Geldscheine in seiner Hand.
—Jack, was, wo hast du das ganze ...
—Hab doch gesagt, daß ich die Doppelwette gewonnen hab, Amy, fang ganz von vorne an, Raindance und Mister, der hat hundert gebracht, hundert für zwölf vierzig, Mister Fred, nur sechs zu eins, bitteschön, guter Mann.
—Jack, hör auf, du, er kann doch keine hundert Dollar wechseln, du ...
—Dann eben nicht, guter Mann, Scheiße, aber ich finde noch was Größeres, hier ...
—Hier, hör auf, hier ist ein Fünfer, steck den Rest weg, du solltest das nicht so offen mit dir rumtragen.
—Ich glaub, du bist nur sauer, weil ich gewonnen hab, stimmts? Dachte mir schon, daß du ...
—Sei doch nicht albern, nur, ich finde nur, daß es einem nicht so leicht gemacht werden sollte, sonst nichts.
—Hast du schon mal gesagt, damals, als ich das Fünfcentstück gefunden hab, Amy, nicht so scheißleicht, Glück hat nur der Tüchtige, tschuldigung ... er bückte sich nach den Zeitungen, —protestantisches Arbeitsethos, sagte er von unten herauf und dann, als er plötzlich

wieder auftauchte, —aber schöne Knie ... und versuchte, seine eigenen über- und die Zeitungen darauf aufzuschlagen, ließ es jedoch bald bleiben.
—Bist du erkältet? Du klingst ja, als ob du ...
—Kleine Bronchitis, mit Penicillin kein Problem, fang ganz von vorne an, die Zeitungen sind eine wahre Fundgrube ungeahnter Möglichkeiten. Hier. Fußmatte mit Ihrem Monogramm zu sechzehn fünfundneunzig, wie findest du das? Er fuchtelte mit der Zeitung herum, als der Zug ruckend und stoßend in den nächsten Bahnhof einfuhr. —Erwerben Sie sich die Hochachtung Ihrer Umgebung durch Fußmatten mit Monogramm, wie wär das?
—Ehrlich, Jack, kannst du denn nicht einfach mal ...
—Nein nein, hör zu, sieh mal, zum erstenmal in der Geschichte gibt es so viele Möglichkeiten, so viele Scheißsachen zu machen, die es nicht wert sind, getan zu werden, das Problem ist nur, daß es bei sechzehn fünfundneunzig anfängt, man muß mit Fußmatten anfangen, Thoreau beispielsweise ging in die Wälder, um bewußt zu leben, mußte sich am Ende aber eingestehen, daß er der protestantischen Ethik nicht entkommen konnte, laß uns die ersten sein, Amy, die diesen ewigen Widerspruch auflösen, laß uns bewußt leben durch Fußmatten mit Monogramm, tschuldigung ... Sie zog ihre Knie noch weiter zurück. —Die schönsten Knie, die ich gesehen habe, aber du guckst dir wohl lieber die Naturwunder an, die am Fenster vorbeifliegen?
—Ich glaube ja, sagte sie und sah weg durch die schmutzige Scheibe, hinter der die Rückseiten von Reihenhäusern und volle Wäscheleinen vorüberflitzten, dann ein kleiner Laden, und immer mehr davon.
—Könnte ja auch ne chemische Reinigung aufmachen ... er rutschte tiefer, versuchte, beide Knie gegen den Sitz vor ihm zu stemmen, gab es auf und streckte die Füße in den Gang, —und ganz von vorn anfangen ...
—Selbst mit einer chemischen Reinigung kannst du nicht von vorn anfangen, Jack, dein Anzug ist wirklich furchtbar ...
—Ich meine, ich wäre der Inbegriff der chemischen Reinigung, Amy ... er blätterte wieder in den Zeitungen, —hab dich manchmal beim Unterricht beobachtet, das Problem ist, daß deine lieben Kleinen denken, daß Erwachsene genau das machen, was sie immer schon machen wollten, scheißprotestantische Ethik, der entkommt man nicht, von diesem Übel muß man sich erlösen, man stelle sich vor, ein Kind, das nichts weiter will, als irgendwann mal ne chemische Reinigung

aufzumachen, na, wie wär das ...? Schaukelnd fuhren sie in den nächsten Bahnhof ein, wo der Zug keuchte, aber nicht anhielt. —Er wächst auf, heiratet, hat Kinder, will Fußmatten herstellen mit ...
—Ich habe keine Ahnung, wovon du redest, ehrlich, Jack, wenn du nicht einfach mal ...
—Dann also nochmal, hör zu, Protestanten sind permanent gezwungen, die eigene Existenz zu rechtfertigen, aber sei mal 'n Chinese wie Lin Yutang und mach ne Million Dollar, dann ist das Problem, wie man die protestantische Ethik rechtfertigt mit ihren chemischen Reinigungen und Fußmatten ...
Sie räusperte sich, ohne den Blick von der schmutzigen Scheibe zu nehmen. —Was wolltest du denn als Kind immer werden?
—Ein kleiner Junge.
—Das hab ich nicht gemeint.
—Kann mich nicht mehr daran erinnern, Amy, hab dir doch schon mal gesagt, daß ich nie wirklich damit gerechnet hab, jemals ... und wieder blätterte er, —find hier vielleicht noch was anderes ... und schlug mit der flachen Hand die Zeitung auf seinen Schenkeln in immer neue Knitter, wobei ein Fuß weit in den Gang hinausragte und bei der Gelegenheit gegen ein Hosenbein aus schwarzem Wollstoff stieß, in welchen, bis hinauf zum weißen Rundkragen, die ganze Gestalt gekleidet war, die sich nun in die leere Sitzreihe vor ihnen zwängte. —Ach du lieber Gott!
—Jack, zieh deine Füße ein, die Leute kommen da nicht ...
—Hab mir neue Schuhe gekauft, gefallen sie dir?
—Ja, aber nimm sie aus dem Gang raus, die Leute kommen nicht ...
—Nirgendwo kann man allein sein, nicht mal in einem beschissenen Diner, du setzt dich an den leeren Tresen, aber dann kommt garantiert einer rein und setzt sich direkt neben dich, zwanzig leere Scheißhocker, aber irgend so ein Blödmann muß sich ausgerechnet direkt neben dich setzen ... Aus der Gegenrichtung raste mit alles verschlingender Druckwelle ein Zug heran und war gleich wieder verschwunden, und im vorderen Teil schlug die Tür auf und zu im Geschaukel des Wagens, vorbei an Plakatwänden, Neue Wohnungen Zu Vermieten, Windelservice, Lastwagen, die bereits Aufstellung genommen hatten für den kommenden Tag. —Ich könnte zum Beispiel auch so einen Windel ...
—Jack, wenn du noch ein einziges ...
—Hab mein ganzes Leben darauf gewartet, daß das Glück mal mit den Tüchtigen ist, zum Beispiel Pasteur, der hat gesagt, ich hab meine ganze

Scheißzeit damit vertan, mich auf diesen großen Moment vorzubereiten, und als er dann da war...
—Und wenn du dich nicht vernünftig hinsetzen kannst, dann werde ich...
—Kauf mir 'n schwarzen Anzug und schnorr mich durchs Leben, das Problem ist nur, daß es dafür jetzt zu spät ist, Scheiße, sogar für Sachen, die ich nie machen wollte. Schwankend beugte er sich nach vorn und hielt sich am Vordersitz fest, während sie aufstand. —Und erlöse uns alle von diesem protestantischen Heldenleben, man muß sich das mal vorstellen, ein kleines Kind, das bereits im Augenblick seiner Zeugung nichts anderes mehr vorhat, als eines Tages ne chemische Reinigung aufzumachen, bereits die ersten Minuten sind ganz entscheidend für einen erfolgreichen Start ins Leben, und wenn wir das nächste Mal ne Nummer schieben, dann denken wir beide ganz fest an ne chemische Reinigung, konzentrieren uns voll auf die chemische Reinigung und fühlen, wie's reingeht, chemische Reinigung, chemische Reinigung, was... Sie war bereits mit einem Knie an ihm vorbei, quetschte das andere an seinem entlang, das sich, gegen den vorderen Sitz geklemmt, hochzukommen mühte, während er zugleich die Zeitung aufschlug und damit die dünnen Härchen umfächerte, die über den runden Kragen fielen, dann die Zeitung wieder faltete und sie mit der flachen Hand endgültig zusammenstauchte, ohne Blick für die andere Seite des Gangs, wo sich ihr Profil in der schmutzigen Scheibe abzeichnete, die Augen, aus denen langsam, aber wie mit endemischer Unausweichlichkeit, die Tränen traten. Unmittelbar neben der Scheibe zog eine davon ihre Spur über ihre Wange, fiel, und sie ließ ihre Handtasche aufschnappen, zog unter einem zerknautschten Taschentuch eine Sonnenbrille hervor und setzte sie auf. Im dunklen Glas der Brille spiegelte sich von nun an das Geschehen, ruckende Beschleunigung und rüttelnde Stopps, während sich der Gang mit Einkaufstüten füllte, Schirmen, korrekt gefalteten Zeitungen, die gelegentlich vor ihrem zerfledderten, aber inzwischen wenigstens friedlichen Gegenstück Station machten, bis hinter den schmutzigen Scheiben Häuser mit wuchernden Feuertreppen ins Blickfeld gerieten, Fassaden, die bis in den Himmel wuchsen, als sie unter einer Unterführung durchfuhren, und wieder auf Normalmaß zusammenschrumpften, als sie an die Erde zurückkehrten. Dann umschloß sie der Schacht wie eine Explosion, und sie wartete, stellte sich ans Ende der Schlange, schob sich der Tür entgegen, hindurch, und war eine Minute später wieder zurück und schob die Zeitungen beiseite.

—Jack! Wach auf ...
—Bin doch hellwach, wer hat gewonnen?
—Steh auf, du kannst nicht im Zug sitzenbleiben.
—Amy?
—Du kannst nicht im Zug sitzenbleiben, steh auf.
—Nein, bin ja nur gekommen, um dich zum Essen einzuladen ... die Zeitungen flogen auf den Fußboden, —in ein französisches Restaurant, ich hatte ja gesagt, ich würde dich zum Essen einladen, und bin dann nicht gekommen ...
—Du lädst mich nirgendwohin ein, Jack, aber du mußt aus dem Zug raus. Wo willst du hin?
—Dich zum Essen einladen, in ein kleines französisches ...
—Und du solltest auch nicht mit dem ganzen Geld durch die Gegend laufen, hier entlang ...
—Danke, und viele Leute seh ich hier im Rund. Seh Mister Eugenides, den freundlichen Kaufherrn aus Smyrna, die Taschen voller Korinthen, wie findest du das?
—Bitte ...
—Was? Er hielt sich, einen halben Schritt hinter ihr, an ihrem Arm fest. —Das kannte ich mal auswendig ...
—Jack, ich, ich muß zu diesem Ausgang raus und ich kann einfach nicht ...
—Ist es am Regnen?
—Es nieselt, ja, was willst du denn jetzt machen?
—Es kann uns doch egal sein, was wir machen, den Zug können wir nicht mehr verpassen, denn wir kommen heute ohnehin nicht mehr zurück ...
—Jack, hör doch auf, du kannst nicht rumlaufen in diesem, mit dieser Erkältung, kennst du nicht jemanden, wo du, willst du in ein Hotel gehen?
—Glaubst du, die lassen uns ohne Gepäck rein?
—Jack, kennst du denn niemanden in der Stadt? Hier steht ein Taxi, ich kann dich absetzen, wo du ...
—Ich kann nicht, Amy, kann nicht. Kann nicht fahren und will nicht mitfahren.
—Aber du kannst hier doch nicht im Regen stehenbleiben.
—Kann nicht fahren und will ...
—Du sollst ja auch gar nicht fahren, los, steig ein!
—Fensterplatz, da seh ich die Naturschön ... ein abruptes Lenk-

manöver schleuderte ihn in die Ecke des Wagens, in rasender Fahrt ging es vorbei an Girl-O-Rama Live mit Stagette Loops.
—Fahrer? Sie beugte sich zur Trennscheibe vor, —hundertzehnte East...
—Alle gehen jetzt ins Kino, wär das nichts für uns?
—Also, sie lehnte sich wieder zurück, —du mußt doch jemanden in der Stadt kennen, wo du...
—Ich kenn einen Mister Eigen, aber der kann mich nicht ausstehen.
—Unsinn, sei nicht albern, wo wohnt er?
—Das ist wegen dem Koffer, von da an war er fertig mit der Welt.
—Nein, aber du mußt doch Freunde haben, wo du...
—Keine Freunde, Amy, nur dich, tschuldigung, war das dein Fuß?
Sie zog die Beine zusammen, rückte von ihm ab und sah aus dem Fenster, bis der Wagen anhielt und von einem Portier mit weit aufstehender Uniformjacke in Empfang genommen wurde. —Also gut, Jack, kannst du, hier, halt dich an meinem Arm fest und sei bitte...
—Sind wir da? Ich dachte, wir gehen in 'n Hotel und bestellen den Zimmerservice.
—Nein, das tun wir nicht, und benimm dich bitte anständig.
Noch vor dem Aufzug zerrte sie ihn einen halben Schritt hinter sich her, doch oben angekommen, war er es, der sie hinter sich herzog und sein volles Gewicht gegen die Tür warf, die aufsprang, sobald sie den Schlüssel umgedreht hatte, dann hinein in die Diele, die sich auf Knopfdruck erhellte. —Ist das mein neues Zimmer?
—Nein, komm mit, bitte...
—Hübsches kleines Zimmer, häng mir bedruckte Gardinen auf, besorg mir ne Kochplatte...
—Jack, bitte...!
—Tschuldigung... er torkelte auf den ausladenden weißen Traum von Sofa zu, —sieht ja aus wie in der Möbelabteilung von Bloomingdale, wohnt hier niemand?
—Es ist nur eine, eine Wohnung... Sie ließ die Handtasche aufs Sofa fallen, setzte sich auf die Seitenlehne, nahm die dunkle Brille ab und streifte die Schuhe von den Füßen. —Jetzt setz dich bitte hin und überleg dir, wen du anrufen kannst, wo du, Jack, hör auf rumzuhampeln und setz dich hin!
—Schuh ist naß, versuch nur, den nassen Schuh auszu...
—Dann setz dich doch hin und zieh ihn aus! Jack, ich bin, ich bin furchtbar nervös, ich möchte ein heißes Bad nehmen und ins Bett

gehen, und du kannst hier nicht in den schrecklichen nassen Sachen rumsitzen, kannst du denn nirgends, hör jetzt auf, was machst du denn, Jack? Du verlierst dein ganzes Geld, ach, ist ja auch egal, was solls!
—Ich geh nur kurz runter, Amy, und hol uns was vom Chinesen...
—Hier gibt es kein chinesisches Restaurant! Kannst du denn nicht, es ist mir egal, was du machst, ich...
—Ich dachte, du hättest vielleicht ganz gern was zu...
—Wenn du ein Feinkostgeschäft willst, die Nummer steht auf dem Block unter dem Telefon da, mir ist es egal, was du machst...!
Er richtete sich soweit auf, daß er über die Rückenlehne des Sofas einen leeren Flur entlang und ganz hinten durch eine offene Tür blicken konnte. —Amy...? Keine Antwort, nur das Geräusch laufenden Wassers. Wie in Zeitlupe kreiste er auf dem weißen Teppichboden das weiße Telefon ein, bewegte sich unsicheren Schrittes, aber zugleich mit hochkonzentrierter Geschicklichkeit, so, als wolle er die Schwerkraft überlisten, nahm schließlich die Lieferung an der Wohnungstür in Empfang, trug sie ins Zimmer und setzte sie auf dem Fußboden ab, das Ganze so vorsichtig wie möglich und am Ende auf allen Vieren. Die leeren Tüten stopfte er unter das Polster des Sofas.
—Jack...? Wo, was machst du denn da, was ist das denn alles?
—Frühlingsrolle, Pastrami, Makkaronisalat, Lachs, Götterspeise...
—Aber das ist, das kannst du doch nicht auf den Teppich stellen, das ist... sie sank auf die Sofakante und zog den Bademantel über den Knien zusammen.
—So ne Art déjeuner sur l'herbe, zieh dich aus, ich dachte, wir könnten...
—Oh, und sieh doch nur, da ist schon was auf den Teppich gekleckert...
—Gefüllte, das ist, was zum Teufel, muß irgendwas Gefülltes, Pickles Putenrollbraten, Reispudding, wart mal, das muß der griechische Salat sein, sind da Pilze drin?
—Warum machst du sowas?
—Dachte bloß, daß wir...
—Jack, warum machst du solche Sachen?
—Was, ich dachte bloß, daß wir...
—Dich so benehmen! So wie du dich benimmst, seit wir, benimmst dich wie ein Hanswurst, Jack, ich kann es nicht ertragen, wenn sich jemand so, ich, jemand wie du, Jack, ein Mann wie du, du bist doch viel

zu, manchmal weiß ich selber nicht mehr, wie du wirklich bist, wenn du, wenn du unbedingt den ...
Er kauerte, über eine Frühlingsrolle gebeugt, an der Seitenlehne des Sofas. —Na ja, okay, sagte er, ohne auch nur aufzublicken, und biß hinein, —jedenfalls, wenn du was essen willst, greif ...
—Und spiel nicht die beleidigte Leberwurst, du hast gar keinen ...
—Ich hab gesagt, es ist okay.
Sie bückte sich, löste die Hand, mit der sie den Ausschnitt des Bademantels zusammengehalten hatte, und griff zu. —Was ist das ...?
—Reispudding ... sagte er und blickte auf, sah zuerst den Pudding, folgte dann der Linie des Arms bis ins schattige Halbdunkel, wo frei ihre Brüste hingen, räusperte sich und biß in die Frühlingsrolle. —Wie ist der Reispudding?
—Wirklich ziemlich gut, Jack, was ist mit deinem Hals, hast du dich untersuchen lassen?
—Hab 'n Rezept für Penicillin, war aber noch nicht in der Apotheke.
—Warum nicht?
—Weil ich's eben erst gekriegt hab!
—Ja, schon gut, sagte sie ruhiger, —Aber du mußt, soll ich die Apotheke hier unten anrufen? Die liefern ins Haus, ich könnte ...
—Nein, ich hol mir das schon. Er beugte sich zwischen seinen aufgestellten Knien nach vorn, um an den Lachs zu kommen, —willst du auch welchen?
—Was ist das?
—Räucherlachs.
—Wirklich? Das glaube ich nicht, ich fürchte, hier sieht alles ziemlich ...
—Dann laß den griechischen Salat weg.
—Ja, du hättest das lieber, und, und das da, was immer das sein mag, das hättest du lieber auf den Couchtisch stellen sollen, das sieht ja furchtbar ölig aus. Jack, meinst du nicht, wir sollten besser ...
—Hier ... er gab ihr die Sachen an, rappelte sich auf. —Hast du zufällig Scotch da? Scheiße, ich hab die Zigaretten vergessen ...
—Nein, ich glaube nicht, die Wohnung ist ziemlich ...
—Was dagegen, wenn ich mal dein Telefon benutze?
—Nein, natürlich nicht ...
Er stand zusammengesackt da, drehte ihr den Rücken dieses schrecklichen Anzugs zu, wählte, legte schließlich wieder auf, drehte sich um und zwängte seinen Fuß in den Schuh. —Hab 'n Freund in der

Stadt, seine Frau ist abgehauen, sagte er von unten und nestelte an seinem Schuh, —die Wohnung ist jetzt doppelt so leer, wenn er allein zu Hause ist, kann wahrscheinlich das Telefon nicht hören.
—Du kannst es ja später noch mal versuchen, Jack, wenn du ...
—Was soll ich mit dem ganzen Zeugs hier machen? Er bückte sich nach der Götterspeise.
—Einfach, auf den Couchtisch, Jack, wenn du hier warten willst und deinen Freund später anrufst, dann könntest du doch unter die ...
—Muß ich ja nicht von hier aus anrufen, kann ich von überall anrufen ... er bückte sich wieder nach einem Hundert-Dollar-Schein, der im Makkaronisalat steckte, und sah hoch, als suche er nach einer Stelle, wo er ihn abwischen konnte. —'n Freund von uns steckt irgendwo in ner White Rose Bar, und er ist wahrscheinlich unterwegs, um ihn zu suchen, wenn ich losgeh, finde ich wahrscheinlich beide da, sagte er und trat ein paar Schritte zurück Richtung Diele.
—Jack, sei doch nicht albern, es regnet, und deine Erkältung ...
—Richtig, es regnet und meine Erkältung, aber glaubst du etwa, das ist das erstemal, daß mich jemand im Regen, glaubst du etwa, ich bin erst elf? Irgend so ein Elfjähriger aus deiner Sechs J ...
—So benimmst du dich aber.
—Was denn nun? Was soll ich denn, du sagst, ich soll anrufen, sagst, ich soll nicht anrufen, sagst, ich soll mir 'n Platz für heut nacht suchen, sagst, ich soll nicht in den Regen rausgehen, ich weiß ja nicht mal, wo wir sind, das Sofa muß zweitausend Dollar gekostet haben, und alles sieht so aus, als würden wir im Schaufenster von Bloomingdale übernachten, wo zum Teufel sind wir eigentlich, kannst du mir das verraten? Die ganze Wohnung ist leer, das kleine Zimmer hier am Eingang mit nem Bett drin, soll ich etwa ...
—Nein nein, mach die Tür zu, das ist, das ist nur so ein, nur so ein Kabuff ...
—Kannst du mir bitte mal sagen ... er zog die Tür wieder zu, kam zurück und baute sich drohend vor ihr auf, —was ich, was denn, bitte, nicht weinen, was hab ich denn ...
—Nein, das hat, das hat nichts mit dir zu tun ... sie raffte den Bademantel zusammen und zog ihn bis ans Gesicht hoch.
—Nein, aber, Amy, bitte, was ...
—Ich hab gesagt, das hat nichts mit dir zu tun! Und stand abrupt auf, zog, ohne sich umzusehen, das Gelb des Bademantels vor die weiße Fülle ihrer Brust, —wenn du hierbleiben willst, bleib hier, oder geh in

deine White Rose Bar und such deinen, such dir irgendwen, aber zieh endlich diesen lächerlichen Anzug aus und nimm eine heiße Dusche, bevor du noch eine Lungenentzündung bekommst.
—Also gut, er stand da und sagte, an niemanden gerichtet, —also gut ... und setzte sich aufs Sofa, zog einen Schuh wieder aus, entdeckte auf dem Boden einen Plastiklöffel, sah sich nach etwas um, in das er ihn hineinstecken könnte, griff nach dem Makkaronisalat und brachte ein paar Bissen herunter, drehte sich um, sah wieder durch die offene Tür und ging darauf zu mit schwankendem Gang und leise hindurch und weiter den leeren Flur hinab, vorbei an dunklen, nur angelehnten Türen, auf jene andere, erleuchtete zu, die er hinter sich zudrückte, was ihm aber nur zur Hälfte gelang, er drehte sich um, um sie fest zuzudrücken, hielt aber inne und schloß sie langsam, weil an ihrer Innenseite ein Irrigator baumelte, dann drehte er sich wieder um, stand vor der Toilette, riß sich den anderen Schuh vom Fuß, Jackett, Hose, Hemd, alles auf einen Haufen, durchgeweicht vom Dampf der Dusche, als er wieder herauskam, dort auf ein lavendelfarbenes Handtuch mit dem Monogramm EMJ stieß, das er sich um die Hüften schlang, dann hinaus auf den Flur und den Teppichboden, wo ein Schritt so lautlos war wie der andere. Ebenso lautlos blieb er vor der dunklen Tür stehen, berührte sie, lautlos.
—Jack?
Er hielt das Handtuch fest um seine Hüften gewickelt —Nur, eine Decke, kann ich vielleicht eine Decke haben ...
—Wo willst du hin?
—Ich leg mich aufs Sofa, aber dafür brauch ich ne Decke, soll ich mir eine aus dem ...
—Sei doch nicht albern.
—Was? Amy ...? Er zitterte, stieß die Tür zur Dunkelheit auf. —Amy? Kann nichts erkennen ...
—Mußt du das denn? Und der Federkern seufzte, als sie ihr Gewicht auf einen Ellenbogen verlagerte und zugleich sein Gewicht auf die Matratze sank.
—O Gott ...
—Nicht so, Jack, nicht so fest, ich krieg keine Luft ...
—Amy, mein Gott, ich, Gott ... Ihr Kopf fiel aufs Kissen zurück, seiner grub sich in ihren Hals, in ihr Haar, Lippen suchten nach den Feinheiten ihres Ohrs, Hände bewegten sich und lagen ruhig, doch aus der Ruhe bewegten sie sich erneut, als sei das Leben selbst nicht

anders wiederzugewinnen als in der glatten Wehrlosigkeit ihrer Brust, bevor sie weiterglitten nach tief, tief unten und dann über den sanft gebetteten Hügel erneut nach oben strichen, eintauchend in die phantastische Weichheit der Spalte, in der seine Fingerspitzen versanken, umflossen von Geschmack und Geruch und Zartrosa, das, angerührt, auf einmal zu Rotbraun erblühte, weil es nur das eine empfinden konnte. Und als sie das Knie anzog, quoll ihm aus der faltigen Enge, weit offen jetzt, eine unerwartete Hitze entgegen, während sie ihrerseits mit den Fingernägeln an seinem Schenkel hochfuhr und wieder zurück und wieder hoch, wo sich ihre Hand ohne Überraschung um ihn schloß und mit fließenden Bewegungen einem stoßenden Rhythmus begegnete, der woanders entstand, durch andere Muskeln, hart vor Anspannung. Und er drängte sich gegen sie und gleichzeitig an ihr vorbei, so, als wolle er seine ganze Anspannung, seine ganze Kraft und Größe in ihre reibende Hand hineinzwingen, die, klein wie sie war, doch alles noch umfaßte, was sie ergriffen hatte, und sich immer noch mit erwartungsvoller Geduld bewegte, bis er sich wie hingeschmettert auf den Rücken wälzte, mit der Hand dorthin griff, wo die ihre sich vergeblich mühte, als wolle er sich selbst an der Wurzel ausreißen. Sie schmiegte sich an seine Brust, wo die Anspannung noch nachbebte, preßte ihre Brust gegen seinen harten steifen Arm, faßte ihn an der Schulter und flüsterte, —Ist doch nicht so schlimm ... und hielt ihn umarmt, und seine Hand begrub unter sich das Zittern einer Haarsträhne, während er ihren Kopf gegen seine schweratmende Brust drückte, umspielt und geküßt von ihren Lippen, doch seine Hand drückte fester zu, die Brust hob sich weiter mit jedem Atemzug, bis die harten Knochen unter ihren Wangen einem Muskel wichen, der unter der Behaarung kaum weniger hart war, kratzige Haare auf ihren zusammengepreßten Lippen, doch berührt von einer Wärme, die noch weicher war als die Zunge, welche die Lippen nicht hatten preisgeben wollen. Dann riß sie ihren Kopf weg, grub ihn in seinen Nacken, hielt sich so an ihm fest und flüsterte, —bitte ... und, halb auf ihm liegend, als wollte sie seine Zuckungen verschlucken, —bitte nicht, flüsterte sie, —das kann doch jedem mal passieren ... das Gewicht ihres Beins warm auf seinem Schenkel, der nun, da er sich wegdrehte und ihr den Rücken zuwandte, ebenfalls erstarrt war, doch sie küßte seine Schulter in der Dunkelheit und schmiegte sich an ihn, als wollte sie sich wärmen, bis ihr, wie unter dem eigenen Gewicht, auch die Schulter entglitt. Sie holte tief Luft, dann, zum verräterischen Quietschen des Federkerns,

zog sie sich auf die andere Hälfte der getrennten Betten zurück, wo sie sich aus dem trostlosen Gewühl der Bettdecken die eigene herausklaubte, weil ihr kalt war.
Als er schließlich erwachte, war das Bett leer; er setzte sich auf, blickte ins Halblicht, das von der heruntergelassenen Jalousie herkam und sagte, —Amy ...? Aber da war nur das zerwühlte Bettzeug, und er sank wieder zurück, rieb sich mit den Händen heftig übers Gesicht und starrte an die Zimmerdecke. Dann sprang er auf einmal auf, öffnete halb die Tür zum Flur, horchte, schaute links und rechts, ging mit langen Schritten ins Badezimmer, fand dort nur Hemd und Unterhose, die schlapp über der Stange des Duschvorhangs hingen, zerriß in der Eile, mit der er sie anzog, den Hosenboden, ging hinaus und stieß auf eine lautlose Küche, öffnete den Kühlschrank, in dem ein Glas Honig und eine angebrochene Dose Tomatensaft standen, letztere an der Einstichstelle bereits rostig. In einer Schublade fand er zwei Glühbirnen. Dann ging er, mit jedem Schritt langsamer werdend, durch den Flur zurück, blieb im Türrahmen stehen und rief —Amy ...? Er räusperte sich. Am anderen Ende des Raums, hinter der Tür eines Wandschranks, entdeckte er eine leere Kameratasche, in einem anderen einen einzelnen Kunstlederpump. Zurück zum Schrank im Schlafzimmer, doch auch der enthielt nicht mehr als einen schmutzigen Regenmantel mit einem langen Riß an der Tasche. Und als er ihn anzog, entdeckte er in einer Tasche eine zerdrückte Schachtel Gitanes, Streichhölzer von Sardi's und in der anderen zwei gewichtslose Fünf-Lire-Stücke. Erneut ging er in den Flur, nahm von dort das weiße Telefon mit, soweit das Kabel reichte, also etwa bis hinter das weiße Sofa, wo er sich auf den Boden setzte und wählte. —Mister Eigen, bitte, von der ... Seine Durchwahl weiß ich nicht mehr, er ist in der Public Re ... die Gitane, die er sich angesteckt hatte, knisterte vor Trockenheit, —hallo? Mister Eigen da ...? Immer noch wo? Moment, wie meinen Sie das, er ist den Tag über weg, welchen Tag meinen Sie denn? Wie spät ist es eigentlich? Moment, alles klar, hören Sie, es handelt sich um eine Art, eigentlich kein Notfall, aber ... eine persönliche Angelegenheit, ja, Butterfield acht, eins, Moment ... seine Stimme kam fast nur noch als Flüstern heraus, —ich ruf ihn dann später an ... er legte den Hörer auf und kauerte da, blies in die Luft, um die Rauchzeichen zu vertreiben, die über ihm aufstiegen.
Eine Tür fiel zu. —Jack ...? Er stützte sich auf die Ellenbogen. —Oh, hast du mich erschreckt! Was machst du denn da ...

—Ich hab nur, hab nur telefoniert, ich ...
—Aber warum versteckst du dich denn dabei? Und was, was um Himmels Willen hast du denn an ...?
—Ich bin eben erst aufgewacht, wußte nicht, wie spät es ist, ich weiß ja nicht mal, wo ich bin, woher zum Teufel soll ich denn wissen, wer da auf einmal zur Tür reinkommt, und ich konnte auch meine Sachen nicht finden ...
—Ich mußte in die Stadt, Jack, tut mir leid, daß es so lange gedauert hat, sie ließ alles, was sie in den Händen hielt, aufs Sofa fallen. —Ich hatte solche Angst, daß du nicht mehr da wärst ...
—Wohin denn? Wo könnte ich so denn hingehen? Konnte meine Sachen nicht finden, hab dieses Ding hier in nem Schrank gefunden, wo ist mein ...
—Den Anzug, den du angehabt hast, Jack, den hab ich zur Reinigung gebracht, aber das ist hoffnungslos, und du solltest wirklich nicht ...
—Aber ich muß dringend los, um ein paar Dinge zu klären, muß diesem Idioten von Whiteback sagen, daß ich, Moment, wo ist mein Geld, wo ist mein Geld?
—Es liegt alles in der Schublade vom Frisiertisch, Jack, ich habe heute morgen in der Schule angerufen und gesagt, daß man dort nicht mit dir rechnen soll, und jetzt ist es sowieso zu spät, ich geh mal in die Küche und mach uns einen Kaffee, fühl dich wie zu Hause, ich hab dir die Zeitung mitgebracht ...
—Nein, aber ich, trotzdem, ich kann hier nicht bleiben ... er drehte sich um, —Amy ...? Er stand einen Moment da, setzte sich jedoch und griff nach der Zeitung. Als sie mit einem Tablett herein kam, hielt er die Tüte von der Reinigung in der Hand, die unter der Zeitung gelegen hatte.
—Ich fürchte, der ist dir zu eng, sagte sie, stellte das Tablett ab und setzte sich neben ihn, —aber ich dachte, es müßte solange gehen, bis ...
—Aber von wem, wem gehört denn der, von wem ist ...
—Der hing noch vom letzten Sommer da, als wir ihn hingebracht haben, und als ich deinen abgegeben hab, haben sie mir den ...
—Aber wer, wer hat ihn abgegeben, wer ist wir? Wem gehört der?
—Jetzt eigentlich keinem mehr, er ...
—Er kann doch nicht keinem gehören, wie kann er keinem gehören?
—Das war mal ein Anzug von meinem Mann, ich fürchte, es ist Popeline, für den Sommer ...
—Na prima, und der kommt gleich rein und frühstückt mit uns?

—Sei doch nicht albern, er ist im Ausland, Jack, trink nicht gleich den ganzen Saft aus, ich hab den bloß mitgebracht, damit ...
—Er hat also die Wohnung leergeräumt und ist abgehauen?
—Wir sind nicht mehr verheiratet, falls du das meinst, von mir war sowieso nichts hier, ich hab den Saft mitgebracht, damit du die hier nehmen kannst.
Er lehnte sich zurück, zog sich den zerrissenen Schoß des Regenmantels über ein Knie und murmelte, —was ist das, Testosteron?
—Was soll das sein? Penicillin, ich hab zufällig das Rezept in der Tasche dieses furchtbaren Anzugs gefunden, den du angehabt hast, Jack, aber mir ist schleierhaft, wie jemand soviel, warum schleppst du bloß soviel Müll mit dir rum?
—Das ist kein Müll sondern, wo ist das Zeug? Hast du es etwa weggeschmissen?
—Nein, es ist alles hier ... er sah, wie sich ihr Rücken wölbte, als sie sich nach der Ablage unter dem Couchtisch bückte, —also ehrlich, sieh dir das an, das soll kein Müll sein? Und das hier? Und alte Zeitungsausschnitte, dieser hier ist so vergammelt, daß man ihn kaum noch lesen kann.
—Ja, das ist, ja, das ist gar nichts, mich hat nur fasziniert, wie es diesem behavioristischen Schwachkopf B. F. Skinner gelungen ist, seine infantilen Gedanken zu einem derart erfolgreichen ...
Sie zerknüllte den Ausschnitt. —Und der hier? Über Symmetrie in der Natur?
—Ja also, das ist ... er beugte sich vor, —der Bericht über den Zerfallsprozeß des Eta-Teilchens, hat das ganze Konzept in Frage gestellt, mit dem wir uns, verstehst du, fast unser gesamtes ...
—Den willst du also behalten?
—Nämlich unser ganzes Verständnis von, hast du mal 'n Stift? Macht nichts, verstehst du, es ist sowohl ein Teilchen als auch ein Antiteilchen, es hat keine elektrische Ladung, nichts, womit man es als Materie oder Antimaterie identifizieren könnte, zu jeder Kategorie von Teilchen müßte es eigentlich eine Art Spiegelbild in Form von Antiteilchen geben, gleiche Masse, gleicher Spin, dazu eine gleich hohe, aber entgegengesetzte Ladung, und diese Reaktion, von der hier die Rede ist, müßte eigentlich Fragmente mit gleich hoher Ladung produzieren, nur, die positiven sind den negativen minimal voraus, was in dem Fall aber die grundlegende Frage aufwirft, wie es in unserem Teil des Universums überhaupt mit der Symmetrie ...

—Und würdest du bitte den Fuß vom Tisch nehmen, Jack, das ist wirklich nicht ...
—Hab nur einen Schuh gefunden, tja, aber verstehst du, es könnte sogar Galaxien ganz aus Antimaterie geben, gewissermaßen als Ausgleich für solche wie die unsrige, die nur aus Materie bestehen, ich wollte mir eigentlich ein Exemplar dieses Berichts beschaffen, wurde veröffentlicht in den Physical Review Letters, nicht wahr? Ich wollte mir ...
—Aber, Jack, das Datum auf dem Ausschnitt ist, der ist ja schon fast vier Jahre alt, der nützt dir doch jetzt nichts mehr ... und flog infolgedessen auf den Haufen mit B. F. Skinner und Clocker Lawton's Empfehlungen, —und was ist das hier ...?

Die unerbittliche Pünktlichkeit des Zufalls
Eine Fledermaus: ein Engel in der Vorstellung einer Maus
Um wieviel mehr wir anderen gleichen können als uns selbst
Über allem lag eine Freundlichkeit, als ob sich Zwerge die Hände schüttelten
Die totale Vollkommenheit unbelebter Dinge (E. M. FORSTER)

Taines Wort von ›Le con d'une femme‹ als die Achse, um die sich alles dreht

Wer benutzt wen? (LENIN?)

Über die Seele, die vor ihrem Schöpfer steht, ohne Hut, zersaust und frei in ihrem ungebrochenen Geist (K. MANSFIELD)

Klar sehen und dennoch in der Lage sein, nichts zu tun (HERAKLIT)

Als wären die Wurzeln der Erde verrottet, kalt und klamm (KEATS)

Lady Brute: das könnte ein Übersetzungsfehler sein
Erwachsenwerden als schwierige Sache, die nur wenige überleben
(HEMINGWAY?)

Leben als das, was uns widerfährt, während wir etwas ganz anderes vorhaben.
Die Melancholie vollendeter Dinge
Sein Herz sehnte sich nach dem besiegten Feind, der jetzt, in der Unterwerfung, verschont oder getötet werden konnte und deshalb nie schöner gewesen war (T. E. LAWRENCE)

Eine Gleichung von Pascal: Wir sind anderen weit weniger unähnlich als uns selbst.

Hüte dich vor Frauen, die auf Knoten blasen

Daß ein Kunstwerk einen Anfang, eine Mitte und ein Ende hat, das Leben aber nur eine Mitte

Bei den Maun gibt es eine seltsame Redensart. Begegnet man nämlich einem Mitglied dieses Stammes allein und zum erstenmal, wird auf die Frage: »Wer ist hier der Scheich?« ein jeder antworten: »Ich.« Sogar die Kinder.
(C. M. DOUGHTY, Reisen durch die arabische Wüste)

Es ist wahr, daß ich mich auf den höchsten Gipfeln der Begeisterung zu einigen guten Passagen hinreißen ließ, aber

Gogols Charakterfigur, die sich gegen Ende immer mehr zum klaffenden Riß in der Maske der Menschheit entwickelt

—Noch mehr Müll, murmelte er, rutschte auf dem Sofa von ihr weg, aber da er zugleich einen unbeschuhten Fuß überschlug, berührten sich ihre Knie auch weiterhin.
—Aber ist das denn deine Handschrift?
—Nein.
—Aber wer hat es dann geschrieben, die Schrift ist sehr schön, wessen...
—Alles Müll oder was? Schmeiß es weg, wir müssen doch nicht jedes einzelne Scheißpapierchen...
—Nein, ehrlich...! Sie stand da und sah immer noch das Blatt an.
—Also gut, es war meine, eine meiner Schriften, als ich noch...
—Mir gefällt ohne Hut zerzaust und froh, das ist einfach süß, und die Fledermaus, sagte sie und stand nun direkt über ihm. —Pascal ist zweimal dabei, weißt du das? Und dieser Taine, das kann doch nicht derselbe sein? Dieser Kritiker?
Als wolle er mitlesen, berührte sein Knie immer noch das ihre, nur seine Hand glitt langsam höher. —Warum nicht...? Und sein Daumen strich über etwas unerwartet Warmes.
—In französischer Kulturgeschichte hatten wir das jedenfalls nicht, Jack, hör bitte auf... unvermittelt wich sie zur Seite, —willst du das denn behalten?
—Dachte damals, ich würde ne kleine Anthologie herausgeben oder...
Er sank zurück, —wie viele sind das, ein Dutzend etwa? Dann schreib ich 'n Buch mit zwölf Kapiteln und hab die Motti schon fertig, wie wär das?
—Du hast mir mal was von einem Buch erzählt, das du...

—Oder ich schreibe gleich zwölf Bücher, dann hätte ich für jedes einzelne ein schönes Motto ...
—Jack, bitte nicht! Fang nicht schon wieder damit an, dich zu benehmen wie im Zug, das ist einfach, ist einfach nicht ...
—Ist was nicht? Hab dir doch in dem Scheißzug erzählt, daß ich mein gesamtes Scheißleben damit verbracht hab, mich auf den großen Moment vorzubereiten, dann ist es soweit, und ich habe nur sieben verschiedene schöne Scheiß-Schönschriften, taugen allerhöchstens für ein paar nicht ganz astreine Zitate von anderen Leuten ...
—Jack, sei doch nicht albern!
—Was ist daran denn so scheißalbern ...?
—Es ist einfach ungehörig, Jack, ich mag das nicht, wenn du so redest, als ob du nie ...
—Und was ist dann mit letzter Nacht? Was ist mit letzter Nacht?
—Wieso? Was soll denn mit letzter Nacht sein?
—Wenn es je eine, hab ein ganzes Scheißleben damit verbracht, mich vorzubereiten, und wenn es je einen großen Moment gegeben hat, wo ich, der einzige Moment in meinem ganzen Scheißleben ...
—Sei nicht albern, du warst betrunken, und du warst müde, da muß man sich doch nicht ...
—All die verlorenen ...
—Jack, hör auf damit! Jack, hör auf mit deinem Selbstmitleid und probier lieber mal den Anzug an ... sie hatte das Tablett aufgehoben, —ich dachte, wir könnten einen Spaziergang machen ... das Tablett in der Hand, wandte sie sich zum Flur, während er sitzenblieb und sich mit beiden Händen durchs Gesicht rieb, die Augen auf den Haufen zerknüllten Papiers neben seinem Knie gerichtet, bis er nach der Tüte von der Reinigung griff und sie halb zu sich herunter auf den Teppich zog. —Am Park entlang, die Lichter müßten jetzt angehen, rief sie aus der Küche, —Jack? Kannst du den Mond aus dem Fenster sehen? Dem fehlt schon eine ganze Ecke. Meine Mutter hat immer gesagt, daß die Feen sie ...
Doch das einzige Geräusch war das Rauschen des Wassers, und nachdem die Tür sich hinter ihnen geschlossen hatte, war auch das verstummt, bis die Türklingel anschlug, kurz, dann lang, danach eine kurze Salve, während die Dunkelheit sich sammelte, durchbohrt vom Telefon, wieder und immer wieder, und irgendwo hinten im Flur, unter der dicken Auslegeware, gluckerte eine Wasserleitung.
—Ich hab jetzt wirklich Hunger, du auch? Kannst du mal das Licht

anmachen? Ich dachte, ich sterbe, als ich Larrys Gesicht gesehen habe, als er dich in dem Aufzug gesehen hat, man sollte ja nicht meinen, daß einem Portier so etwas auffällt, magst du Lobster Newburg, Jack? Ist aber aus der Tiefkühltruhe, hab ich gekauft, als du im Schnapsladen warst, ich fürchte, daß da gar nicht so viel Hummer drin ist, und Jack? Nein, mit all den Sachen in der Hand kann ich dich doch nicht küssen, trink bitte nur einen einzigen vor dem Essen. Ich beeil mich auch, nein, bitte nicht. Da liegt die Zeitung. Ich beeil mich ... Er folgte ihr, um sich ein Glas zu holen, setzte sich aufs Sofa, öffnete den Hosenbund, saß da und schloß ihn wieder, als das Tablett erschien. —Kannst du bitte mal diese Papiere da wegnehmen, oh, und wir brauchen noch einen Korkenzieher ...
—Ich geh schon ...
—Nein, bleib sitzen ... Er lehnte sich zurück, drehte sich um, als das Licht ausging und hinter ihm etwas flackerte. —Eine Kerze ist das ja kaum noch, aber sonst war nichts da, sagte sie, bückte sich und stellte die Kerze vor ihn auf den Boden. —Was ist los?
—Nichts. Dein Hals, ich hab mir deinen Hals angesehen.
—Jack, bitte, iß ...
—Kann kaum was erkennen ... er schob den Kerzenstummel näher heran, und als er sich mit einer Zigarette darüberbeugte, flammte sie auf, als sie jenes Feuer fing, das kaum mehr als eine über eine Wachspfütze tanzende Flamme war.
—Und dein Hals? Davon wird er bestimmt nicht besser ...
—Die letzte, ich dachte, du hättest welche gekauft, in der kleinen Tüte, mit der du aus dem Laden gekommen bist.
—Das sind Hustenbonbons, die ich für dich gekauft hab, wo hast du die denn her?
—In dem Regenmantel, der hat wohl seinen Krebs gepflegt, um ne schlanke Linie zu behalten, sagte er, lockerte den Hosenbund, lehnte sich zurück, —war wohl immer todschick, was?
—Ach ja, das wollte er immer sein, er muß an die vierzig Paar von diesen furchtbaren Socken gehabt haben, die er sich in Frankreich gekauft hat, diese ganz kurzen, winzig kleine Muster drauf und mit Gummiband, und die ganze abgestorbene Hornhaut kam zum Vorschein, wenn er die Beine übereinanderschlug, aber das durfte man ihm natürlich nicht sagen, sondern ich mußte immer so tun, als ob die in der Wäscherei verlorengegangen seien, und hab jedesmal Monate dafür gebraucht, sie verschwinden zu lassen. Es war immer ein Spiel, das er gewinnen

mußte, stell dir vor, man sollte zwar dauernd gegen ihn spielen, aber ihn gewinnen lassen.
—Dachte immer, daß nur Frauen das tun.
—Nein, ich war ja noch so jung, und er hat sich ja auch Mühe gegeben, aber er hatte solche Vorstellungen von sich selbst, hat sich immer die größten Gedanken gemacht, nur um es meiner Familie recht zu machen, und es hat nie recht gepaßt, Jack, bitte nicht...
—Also was... allein durch das eigene Gewicht fiel seine Hand von ihr ab, —hab ich dir schon mal die Geschichte von der Dame erzählt, die sich von nem Italiener malen läßt, der kaum Englisch spricht? Als sie das fertige Bild sieht, sagt sie, das ist aber nicht sehr einfühlsam, aber er kennt das Wort nicht und schlägt im Wörterbuch nach, und da steht, es bedeutet Mitgefühl im Busen, und als er ihr beim nächstenmal das Por...
—Ich mag solche Geschichten nicht.
—Oh.
—Also, nun sei doch nicht gleich...
—Was denn, der alte Lucien möchte kein Mitgefühl im Busen?
Aber sie saß, entfernt von ihm, einfach mit zurückgeworfenem Kopf da, flackerndes Licht tanzte auf ihrem Hals, und sie nestelte an einer Haarsträhne, bis sie schließlich sagte, —nein, nein eifersüchtig war er wirklich nicht, wenn er Sachen wieder zurückgehen ließ, also Sachen, die ich mir gekauft hatte, meinetwegen irgend etwas mit einem tiefen Ausschnitt, dann nicht, weil das vielleicht jemanden auf dumme Gedanken bringen könnte, sondern weil er sich Sorgen machte, was man wohl über ihn dachte, ich war seine Frau, also war ich mitverantwortlich dafür, was man über ihn dachte, aber auf Parties hat er mich immer auf gewagte Décolletés aufmerksam gemacht oder auf ein Mädchen in einem Oberteil, durch das die Nippel zu sehen waren, und ich wußte eigentlich nie genau, was er, ich habe einmal sogar eine Zigarre gekauft, und als ich sie zur Hälfte aufgeraucht hatte, wär mir fast schlecht geworden davon, und dann hab ich sie in dem Aschenbecher da ausgedrückt, wo er sie dann liegen sah, als er wiederkam, und er hat kein einziges Wort gesagt... Im letzten Aufflackern der Kerze legte sie sich die verdrehte Strähne über die Lippen, —und das war alles, es hat einfach keinen Spaß mehr gemacht.
—Du hast nicht zufällig Musik hier?
—Nein, wir, das hatten wir nie, wir sind in Konzerte gegangen und so weiter, aber wir hatten nie... Die Hand, die er ergriffen hatte, ballte

sich, sie rückten näher aneinander heran, bis ihre Schultern sich berührten, und er streichelte die Wärme ihres Halses, Lippen umspielten ihr Ohr, und sie wandte ihm im Dunkeln das Gesicht zu. Plötzlich zuckte er hoch. —War das so, als ob man einen Mann küßt?
—Amy, was zum, warte ...! Er sprang auf, ihr nach, dem Licht am Ende des Flurs entgegen, —Scheiße, Amy ...! Die Badezimmertür schloß sich vor ihm, und er ging ins Schlafzimmer, schaltete die Lampe zwischen den Betten ein, ließ das Jackett achtlos zu Boden gleiten.
—Ja, nicht? Genauso muß es wohl sein. Sie stand im Türrahmen, den gelben Bademantel geöffnet, und hielt die verdrehte Strähne über die Oberlippe, —guck mal, wie ein Schnurrbart.
Er senkte die Augen, räusperte sich, —ja, aber jetzt hör auf damit, oder ich, ich zersaus dir den Bart ...
—Jack ... sie raffte den Bademantel zusammen und blieb vor dem Spiegel stehen, —stimmt doch, oder nicht?
—Ja, aber hör auf damit!
—Das muß ein merkwürdiges Gefühl sein, sagte sie, drehte sich um, ging zwischen den Betten auf ihn zu, hielt den Bademantel locker geschlossen, setzte sich vor ihn hin und ließ sich zurücksinken, während er aus seiner Hose strampelte, —ich meine so für einen Mann, einen anderen Mann zu küssen.
—Sicher.
—Ganz anders jedenfalls, als wenn eine Frau eine andere Frau ... und sie entzog ihm ihre Brust, als er sich an sie herandrängte, die Wärme ihres Halses streichelte, Lippen umspielten ihr Ohr, wobei seine Zunge auf einmal jede Einzelheit zu ergründen suchte, eine Hand fuhr unter dem Bademantel über ihre Brüste, die sie unter sich begrub, als er sich auf einen Ellenbogen stützte, um unter dem Gelb des Bademantels ihre weiße Haut freizulegen. Ihre Hand löste sich aus seiner, tastete entlang kräftiger Knochen nach unten, ohne jedoch ihre eigentliche Beute mehr als nur kurz zu berühren, griff vielmehr noch weiter hinab zwischen die Innenseiten seiner Schenkel, um von dort aus den Rückweg anzutreten, Fingerspitzen strichen durch eine Senke, Finger wogen Formen ab, die diesen Nachforschungen entschlüpften, bis sie sich auf das Eine versteiften, das sie allerdings schon nicht mehr ganz umfassen, sondern nur noch in der Umklammerung auf und ab bewegen konnte. Doch dieser Kontakt riß ab, als er sich, erst auf einem, dann auf beiden Knien hinter ihr aufrichtete, seine wühlenden Hände in ihrem Haar, Haar, das ihr ins Gesicht hing, Gesicht vergraben im

Kissen, dann über Brüste und Bauch wieder hinab, immer tiefer, spreizend, was seinem Atem bereits mit eigener Wärme entgegenkam, eine faltige Hitzezone, in die seine Zunge nun eindrang, Tiefen, die sich weit und einladend öffneten, sich dieser Berührung entgegenstreckten, verschlangen seine züngelnden Vorstöße in triefendem Sog, womöglich einmal ganz und gar, eine bedrohliche Vorstellung, aber in diesem Moment alles andere als abwegig. Doch dann, auf allen Vieren, war sie schutzlos und offen seinen Blicken preisgegeben, seine Knie schoben sich zwischen ihre, sein Stoß kam in perfekter Symmetrie als Woge zurück, deren er sich, die Hände in ihren Po gekrallt, immer wieder versichern mußte, als sei ihm nur dadurch die Sprache des Blutes in diesen redseligen Bäckchen vernehmlich, bis er sich mit dem ganzen Körper über sie warf, sein Gesicht auf der Suche nach ihrem von demselben Kissen verschluckt, das bereits den lauthalsen Ausdruck ihres Erstaunens dämpfte, bis sie beide still wurden, sie sich mit einer langsamen Drehung zur Seite von ihm löste und ihre gespitzten Lippen über die feuchte Fläche seines Mundes strichen.

Er griff sich ans Knie, kratzte sich dort. —Ich glaube, ihr habt Flöhe im Haus.

—Sei nicht albern. Das meinst du doch nicht im Ernst.

—Die stehen auf leere Wohnungen, hübsche dicke Teppiche, sagte er, drehte sich von ihr weg und zupfte im gleichen Augenblick ein einzelnes Haar von seinen Lippen.

—Jack, du, nein, nicht, sie schob seine Hand weg, —hast du etwa einen gesehen? Ich kann mir gar nicht vorstellen, daß, was kann man denn dagegen tun?

—Sie einfangen und trainieren, 'n kleinen Flohzirkus aufmachen.

—Nein, sowas gibts doch in Wirklichkeit gar nicht. Oder doch?

—Was gibts nicht? Flohzirkusse? Hast du denn noch nie was von nem Flohzirkus gehört?

—Natürlich hab ich davon gehört, das meine ich doch, aber die gibts doch nicht wirklich, oder? Mußt du dich denn dauernd kratzen?

Er blickte an seinem Arm hinunter, hörte auf zu kratzen, und zwischen seinen Fingern quoll es naß bis dunkelrot. —Da fühlt man sich wie Lawrences alter Krieger Auda ...

—Ich finde ihn süß ... ihr Kopf rutschte auf seine Brust, ihre Brust drückte gegen ihn, als sehne sie sich nach dem besiegten Feind, um welken Rippelmarken mit dem Fingernagel nachzuspüren, dem stillen Blau einer Vene zu folgen und auf einmal alles mit Lippen und Zunge

in ununterscheidbarer Feuchtigkeit zu umfassen, und genauso plötzlich richtete sie sich auf, preßte den Rücken gegen seine Schulter, bevor er sich rühren konnte, und flüsterte —kommst du an den Lichtschalter ran?
—Ich würd ganz gern ne Zigarette rauchen, sagte er und schaltete das Licht aus.
—Du brauchst doch gar keine, sie faßte seine Schulter. —Jack? Hast du wirklich schon mal einen gesehen?
—Einen Glimmstengel?
—Einen Flohzirkus, das stimmt doch nicht, daß man denen wirklich kleine Kleider anzieht und sie trainiert, daß sie Wagen und so ziehen können? Warum sollte, wer macht denn so was?
—Irgend jemand halt, der ... er räusperte sich im Dunkeln, —vielleicht jemand, der Angst hat, vor etwas wirklich Wichtigem zu versagen ...
—Aber wer das wirklich macht, muß doch auch meinen, daß es sich irgendwie lohnt, sie drehte den Kopf von ihm weg, —die einzige wirklich schlimme Niederlage ist, wenn man etwas tut, wovon man von Anfang an weiß, daß es die Sache nicht wert ist. Stimmt doch, oder?
Und was immer er flüsterte, verlor sich, während er sich von seiner Seite aus auf sie zudrehte und die Hand erst nach unten, dann wieder ein Stück nach oben wandern ließ, bis sie zwischen den weißen Hügeln zu ruhen kam wie auf einem Lektionar. Dort lag sie übrigens die ganze Nacht, während sich die Träume in seinem Namen versammelten, um daraus das Wort des Herrn zu empfangen.
—Jack?
Den Ellenbogen aufgestützt, strich er sich das Sonnenlicht aus dem Gesicht. Sie selbst lag jetzt in seinem Schatten. —Seit wann bist du schon wach?
—Willst du Kaffee? Jack, nein, bitte nicht, laß mich aufstehen und ...
—Der eleganteste Hals, den ich je gesehen hab ...
—Ja, und deiner erst mal, nimmst du das Penicillin? Du hörst dich an wie ...
—Sprichst du von der verdammten Mucosa, Amy ...?
—Kommst du ins Wohnzimmer? Da haben wir mehr Sonne ... dorthin kam sie dann mit dem Tablett, —wen rufst du an? Jack, weißt du eigentlich, daß deine Shorts ziemlich hinüber sind?
—Hallo? Mister Eigen bitte, von der PR. Soll ich für dich meinen Morgenrock anziehen?

—Was, diesen schmierigen Regenmantel? Sie stellte Tassen auf den Tisch, —willst du diese Ausschnitte aufheben?
—Dachte, die hättest du schon alle wegge, hallo? Mister Eigen, ja, in... Was soll das heißen, nicht mehr da? Moment, Moment, dann verbinden Sie mich mit jemandem vom ... Was, die ganze Abteilung ...? Nein, nein, ich versuch, ihn zu Hause zu erreichen ...
—Was ist los? Sie reichte ihm eine Tasse, —ist das dein Freund, der den ...
—Ja, ein Freund, der offenbar soeben seine letzte Zuflucht vor der Wirklichkeit verloren hat, klingt so, als sei es für ihn jetzt zu spät, das zu sein, was er nie sein wollte, er ist ...
—Ist das dein Freund, der den Unfall hatte mit dem, der sich das Auge verletzt hat?
—Schramm? Er griff nach einem Teller. —Nein. Was ist das?
—Die nennt man Bow Ties, und sie schmecken eigentlich scheußlich, ich dachte, es wäre Blätterteig mit irgendeiner Füllung, Jack, was ist mit ihm passiert? Du hast dich eben so anders angehört.
—Er ist nur, nichts ...
—Aber es geht ihm gut, ja?
—Gut, ja, es geht ihm prima...! Blätterteigkrümel fielen auf den Bademantel, gegen den er sich zurücklehnte. —Schramm ist tot, Amy, der hats einfach nicht gepackt, er ist tot.
—Oh ...! Ihr Kaffee schwappte über, sie zog den nassen Bademantel weg und griff nach dem Saum, um sich damit das Knie abzutrocknen, —Jack, das tut mir leid, ich wollte nicht ...
—Na ja, du kannst ja nichts dafür, im Grunde gibts auch nichts weiter zu sagen, als daß er's einfach nicht gepackt hat.
—Aber hat er, war das noch ein Unfall?
—Von all der Scheiße, die jedem von uns in letzter Zeit passiert ist, war das am wenigsten ein Unfall ... er lehnte sich wieder gegen ihr Bein, das sie hinter ihm aufgestellt hatte, —wir kommen alle mal an den Punkt, wo für Unfälle keine Zeit mehr bleibt ...
—Jack, bitte, fang nicht wieder an ...
—Also, Scheiße, Amy, man muß sich entscheiden, was man will, entweder man gibt sich erst gar keine Mühe, weil die ganze Scheiße den Aufwand sowieso nicht lohnt, oder man glaubt zumindest so lange an die Sache, bis sie fertig ist ... Sie beugte sich über ihn nach vorn, stellte die Tasse ab, und er ließ sich gegen sie sinken, der Bademantel öffnete sich, und er folgte der Spur eines Blätterteigkrümels an einer weißen

Falte entlang, —es ist bloß, manchmal braucht es viel zu lange, bis man sich traut zu glauben, daß etwas sich wirklich ... er strich wieder die Falte entlang, —Schramm stand am Fenster des Mietshauses und sah einen Lastwagen voll mit demolierten Kotflügeln vorbeifahren und denkt, daß das arme Arschloch, das da fährt, wenigstens was Reelles tut, und der Mann, den ich eben hier angerufen habe, Eigen ...
—Aber, Jack, das war Schramm ... sie streichelte mit der Hand über seine Schläfe, streichelte tiefer, —Mister Schramm, das warst du ja nicht ...
—Dieser Mann, den ich eben anrufen wollte, heißt Eigen, er hat mal einen Roman geschrieben, den einige Leute für sehr wichtig hielten ... und er schwieg, um mit der Zunge einen Krümel zu verfolgen, der die Falte entlang unter ihre Brüste gerutscht war, —aber schließlich hatte er den Eindruck, daß alles um ihn her so beschissen real wurde, daß er nicht mehr durchblickte und keinen einzigen Satz mehr schreiben konnte ...
—Aber Jack, das bist doch nicht du ...
—Eine ganze Generation mit Torschlußpanik, willensschwach bis zur totalen Lähmung, ich sag dir, wenn du einmal soweit bist, dann ...
—Aber das bist doch nicht du, Jack, sie sind nicht du! Sie zog sich bis zur Seitenlehne des Sofas zurück, —ich mag das nicht, wenn du so redest, das ist, das ist lächerlich ... und sie griff plötzlich über ihn hinweg, um die Tassen zusammenzuräumen, —ich, ehrlich, ich will das nicht mehr hören, hilfst du mir bitte beim Abräumen, bevor wir gehen?
—Gehen, wohin?
—Dir einen Anzug kaufen und, und um einfach mal frische Luft zu schnappen, willst du jetzt diese Ausschnitte aufbewahren oder ...
—Dachte, die hättest du alle schon weggeschmissen ... und als sie über ihn hinweggriff, wischten seine Lippen über ihre schwebenden Brüste.
—Nein, ich ... ihre Hand kam langsam und leer zurück, —ich dachte, du wolltest sie vielleicht aufbewahren ...
—Wofür denn, Scheiße, viel zu spät, um ...
—Jack, begreifst du denn nicht? Und ihre Hand, ihre beiden Hände, hielten ihn fest, während sie wieder gegen die Soflehne sank und seine Zunge an jenem dunklen Rund angelangt war, von wo aus sie den körnigen Rand nachzeichnete. —Jack, wenn du so daherredest, daß ich es beinah fast selber glaube ... unter dem Gewicht seiner Hand spreizte sie ihr Bein langsam bis gegen die Rückenlehne des Sofas, —und mir

hat das gefallen, das über die Fledermaus, über die Maus und den Engel ... das Gewicht seiner Hand verlagerte sich in die nach unten streichenden Fingerspitzen, die wie zufällig den weichen Flaum streichelten, —das andere, über Physik und Antimaterie, verstehe ich nicht, aber ...
—Das war dämlich ... seine freie Hand sank nach unten, schob den Bademantel beiseite, um dann sein Knie dicht neben ihrer Hüfte aufzusetzen. Ihre Hand kam ihm entgegen, Fingernägel kratzten an ihm hoch, und er griff nach oben, um den Bademantel ganz aufzumachen, —genau verkehrt herum, diese Leute wollen uns anhand des Symmetriekonzepts beweisen, daß so etwas hier schön ist, Gott, Amy, welchen Gottes Hand und Auge schuf dies Spiegelbild des ... Lippen, an ihrem Knie verstummt, glitten nach unten, wo sich im Verborgenen nur noch die Fingerspitzen rührten, während die ihren sich nun endgültig um ihre Beute schlossen.
—Aber es macht nichts, wenn ich das nicht verstehe, wenn ich höre, wie du über etwas sprichst, was dir wichtig ist, dann ist das ... ihre Hand drückte fester zu, der Daumen strich über den herausgedrückten Tropfen und zog ihn zu einem Faden aus, —das verstehe ich, aber ... weit offen, wo seine Lippen sich bewegten, preßte sie Farben und die Konturen von Adern aus ihm hervor, während sich gleichzeitig sein Knie über sie hob und gegen das Telefon stieß. Und als sei dies das einzige Mittel sowohl gegen einen Sturz als auch einen plötzlichen Verlust, hielten sie sich noch immer eng umschlungen, als das Telefon klingelte und ihre Arme sich lösten, in die Höhe fuhren, der Kampf ihrer Schulter mit einem Knie, das nach unten wollte, Beine, die durch die Rotation des zugehörigen Körpers zu harten Gegenständen wurden, als schließlich das Telefon auf den Boden fiel. Den Hörer hielt sie zunächst verkehrt herum ans Ohr. —Hallo? Sie drehte den Hörer um, die Knie angezogen und eng beieinander. —Hallo ...?
—Großer Gott ... er erreichte die Sofakante.
—Ja, Mister Beaton ...? Nein, nein, nichts, ich, ich hab nur eine Vase umgeworfen, was ... Ja, aber Sie haben mir doch gesagt ... aber als ich gestern in Ihrem Büro war, haben Sie gesagt, Sie haben gesagt, Ihrer Meinung nach wäre das ... Aber ich hab Ihnen doch gesagt, daß es passieren würde! Ich hab Ihnen gesagt, es würde passieren, Sie mit Ihren einstweiligen Verfügungen, und dann so ein alter Trottel wie Richter Ude ... Er ist doch total verkalkt und obendrein Alkoholiker, und Sie wissen doch selbst, wie viele Anwälte, nein, nicht ...! Sie griff

nach der Hand, die an ihrem Knie herumfummelte, —was? Nein, ich bin verärgert, natürlich bin ich verärgert, wenn sonst niemand etwas unternimmt, dann flieg ich selber rüber, wenn es sein muß, und... Deswegen rufen Sie gar nicht an? Also weshalb denn sonst... Jetzt gleich? Ich soll jetzt in Ihr Büro? Also ehrlich...! Sie preßte das Telefon gegen eine Brust und stieß sein Gesicht von der anderen weg, —hör jetzt bitte damit auf! Und sie zog den Spalt im Bademantel zu. —Ja, hallo? Ja, natürlich geht es mir gut, ich... ja, ich hab Ihnen doch gesagt, daß ich wütend bin, Sie können Onkel John sagen, daß ich... Daß ich unter welchen Voraussetzungen zur Treuhänderin gemacht worden bin...? Nein, jetzt will ich ganz gewiß nicht mit ihm sprechen, sagen Sie ihm, es ist mir egal, was er vorbereitet hat, wenn er es nicht für nötig gehalten hat, mich zu fragen, als er alles verkauft hat, um den Vater des Jungen fertigzumachen, dann habe ich es auch nicht nötig, jetzt in sein Büro zu kommen und irgendwas zu unterschreiben, damit die Stiftung, hör auf damit! Entschuldigen Sie, was...? Nein, aber Sie können ihm auch sagen, es ist mir egal, was die Stiftung macht, falls das Verkaufsangebot durchgeht, wenn er und Papa nur sowas im Kopf haben, dann... Nein, hat er nicht, als ich ihn angerufen habe, hat man mir in seinem Büro gesagt, er käme nicht eher nach Washington zurück, als bis... Also er weiß doch wohl, daß ich da nicht mehr unterrichte, nicht wahr? Daß ich hier unter dieser Nummer darauf warte, daß man mich anruft... Also, um eins klarzustellen, ich verwalte das Vermögen, oder etwa nicht? Kann er jetzt denn nicht einfach, bitte nicht...! Nein, tut mir leid, aber, wenn er mich nur anruft, ja... und sie stand auf, wickelte den Bademantel fest um sich. —Ehrlich, Jack, ehrlich! Wie kannst du nur so, hast du denn nicht gemerkt, wie wichtig das war? Ich verstehe, ich verstehe dich manchmal einfach nicht!
—Also was willst du... sagte er, stand auf, ging einen Schritt auf sie zu, blieb so vor ihr stehen und zog sein Hemd zusammen, allerdings vergeblich, —Moment, wo willst du...
—Ich geh mich jetzt duschen, würde dir übrigens auch nicht schaden.
—Oh... das Hemd klaffte wieder auf, als er ihr nachging, —na prima, dann können wir ja...
—Wenn ich fertig bin, Jack. Und ich hab dir auch einen Rasierapparat besorgt, er liegt da in der Tüte mit den Hustenbonbons, und ich hoffe, du benutzt ihn auch.
—Amy, tut mir leid, Amy... er senkte den Blick und dann, wie beiseite

gesprochen, —Liebe heißt, auch mal um Verzeihung bitten zu können ... und zwinkerte mit den Augen.
Sie sah ihn an, zog den Bademantel über der dunkel umrandeten Spitze zusammen, die aus dem Spalt hervorschimmerte, —ehrlich! Das ist nicht komisch, Jack, du bist nicht komisch! Und als sie an ihm vorüber war, wischte sie sich plötzlich mit dem Kragen über die Augen.
Kein Laut außer dem Fließen des Wassers. Wieder auf dem Sofa, langte er nach unten und kratzte sich, hob den Knöchel hoch, als wolle er ihn auf Anzeichen fremden Lebens untersuchen, riß dann die Papiertüte auf, die auf dem Tisch lag, dann die Schachtel darin, nahm ein Hustenbonbon, das unter lautem Krachen zwischen seinen Zähnen verschwand, während er nach dem kalligraphischen Vademecum griff, einschließlich Ein Fehler in der Symmetrie der Natur? zerknüllte das Ganze in der Hand, immer und immer wieder, während er zum Telefon ging, wählte. Dann flog die Papierkugel kurzerhand hinter die Schabracke eines Vorhangs. —Tom ...? Ja, es ist, was zum Teufel ist los? Ich hab gerade in deiner ... Mir? Nein, was soll das heißen, ob mir auch nichts passiert ist? Ich bin ... Hab die Doppelwette gewonnen, ja, und auch versucht, dich an dem Abend noch anzurufen, und danach ging es nicht mehr, ich war ... Nein, ich weiß, Scheiße, tut mir leid, Tom, hör zu, ich kauf dir 'n Hemd, kauf dir 'n neuen Koffer und fünfzig Hemden, ich hab das Doppel ge ... Was, Schepperman? Hast du ihn aufgetrieben ...? Nein, ich sag doch, daß ich keine Möglichkeit hatte ... nein, das weiß ich, aber, Scheiße, erst Schramm und jetzt Schepperman, ich ... Für mich? Was soll das heißen, für mich? Wie kommst du denn auf die Idee, daß ich ... Was? Und die Schule hat dir gesagt, daß ich da nicht mehr bin ...? Verdammt korrekt, ja, das hab ich, fand 'n süßes kleines Mädel in nem hübschen kleinen Städel, hör mal, hat mein Anwalt für mich angerufen? Die einzige Nummer, die ich ... Sie hat eingewilligt? Auch das Besuchsrecht? Gott sei Dank, ich ... waren wieviel wert? Aber ... Also, großer Gott, nein, alte bankrotte Familienfirma, ich hätt nie gedacht, daß die soviel wert ... Trotzdem die schlechteste scheißbeste Nachricht, die ich je bekommen hab, Scheiße, das ist es mir wert, alle vierzehn Tage, in guten wie in schlechten Zeiten, schreib ich ne verdammte Zahlungsanweisung an diese Bewährungsstelle, und nur, damit sie diesen armen Hurensohn durchfüttern kann, diesen Schulbuchvertreter, ja, der ihr sogar seine schmutzige Wäsche bringt, dauernd hängen seine Scheißhemden auf der Leine, wenn ich vorbeikomme ... Was, jetzt? Nein, ich bin

irgendwo in der Nähe der hundertzehnten Straße, kommt mir vor wie in der Möbelabteilung von Bloomin... Nicht in der sechsundneunzigsten Straße, lieber Gott, nein, da war ich schon lange nicht mehr... Was meinst du mit Büroeinrichtung? Nein, ich... Bast? Nein, der will da nur komponieren, soviel ich... Nein, ich dachte, ich könnte die hintere Wohnung da benutzen, obwohl, die ist ja von Schramm... Nein, das meine ich nicht, nein, um zu arbeiten, will versuchen, wieder mit dem Buch anzufangen, das ich... nein, natürlich, ja, aber, Moment noch, diese Idee für ein Spiel, die ich damals hatte, ist dir das wieder eingefallen...? Nein, damals an dem Abend, ein Gesellschaftsspiel, Tom, Scheiße, du mußt dich unbedingt daran erinnern, sonst bringt das noch jemand anderes auf den Markt und macht ne Million... Nein, mir liegts immer auf der Zunge, aber ich komm einfach nicht drauf, und mir fällt nur noch das Jesseskind ein mit den drei Scheiß... Wer hat da für mich angerufen...? Kann mich nicht erinnern, daß ich Stella deine Nummer gegeben hab, nein, was wollte sie... nein, lieber Gott, nein, bin gerade dabei, mich von dieser Scheiße zu erholen, Tom, hab ein süßes kleines Mädel... Heute abend? Ich, nein, ich glaub nicht, ich ruf dich nochmal an, aber ich glaube nicht... für Schepperman, ja, aber ich, ruf dich an... er legte auf, hob mit einem Zeh die zerrissene Unterhose auf und ging lautlos, mit aufklaffendem Hemd, über den Teppich im Flur, wo er ihr, die in der Schlafzimmertür stand, den Rücken streichelte, und eine ihrer Hände lag feucht auf einer duschwarmen Wange, während sie mit der anderen das Handtuch hielt.
—Jetzt kannst du duschen, hier...
—Amy...
—Bitte... ihre Schulter entwand sich der werbenden Wärme seines Atems, ihre Hand dem offenen Flehen aus dem offenen Hemd.
—Aber, Amy...
—Jack, verstehst du das denn nicht? Ich bin einfach, ich will einfach mal etwas frische Luft schnappen, und du machst dich jetzt auch fertig, wir suchen einen Anzug für dich, und das Hemd, hast du mal in den Schubladen hier nachgeschaut?
—Ja, also gut! Er zog eine auf, knallte sie wieder zu und zog die nächste auf, —ach du lieber Gott...! Er griff hinein, —ne Bekannte von dir?
—Was? Oh, das ist, nein, leg es bitte wieder zurück.
—Nicht sehr einfühlsam übrigens, da brauchts halt den guten alten Lucien für das richtige Mitgefühl aus dem Busen raus...
—Leg es zurück! Ehrlich, Jack, ich habe...

—Trotzdem, der Schnurrbart steht ihr nicht schlecht... und er drehte sich um, beobachtete den Schimmer, der von ihren Füßen tropfte, als sie durch die Tür ging, wo er ihr einen Augenblick später mit einem verpackten Hemd in der Hand Platz machte, und dann kam er naß zurück, packte es vor dem Spiegel aus, wo sie mit dem Kajalstift zugange war. —Tschuldigung, kann ich mal an die Schublade?
—Du hast doch ein Hemd in der Hand, was...
—Also, guck dir das doch mal an, Scheiße, Größe zehn, soll ich das etwa anziehen? Größe zehn für einen, also, was ist denn jetzt schon wieder...
—Nichts, nichts, aber warum kannst du nicht einfach, in der Wäscherei vertun sie sich manchmal, kannst du dir nicht einfach ein anderes nehmen, ohne gleich...
—Also, Scheiße, deshalb wollte ich ja an die Schublade! Er riß sie wieder auf, —eins ist hier noch, sagte er, riß es aus der farbenfrohen Verpackung und hielt es am Kragen hoch, —lieber Gott.
—Jack, ich kann nicht...
—Also, guck dir das an! Sauber gestärkt, gebügelt, und vorne von oben bis unten eingerissen, Scheiße, schöne Zellophanverpackung, Ihr Hemd, Sir! Gepflegt von fachkundiger, Scheiße, verstehst du jetzt, warum ich so, du redest immer von meinem negativen Denken, sagst, daß du mein negatives Denken leid bist, daß du alles leid bist, aber überall, wo ich hinsehe, liegt irgendeine saubere, adrett verpackte, von fachkundigem Personal gepflegte Scheiße rum, die aber von oben bis unten zerrissen ist...
—Gibst du mir bitte mal das Tuch...
—Da stehen ein paar schwarze Mädchen für drei Dollar am Tag mit dem Dampfbügeleisen im Schaufenster und sehen die Pendlerzüge von Grand Central, und der fachkundige Hurensohn, der die Verpackung entworfen hat, verkauft ne Million davon auf seinem Heimweg nach Larchmont, und da reißt sie eben das Scheißding von oben bis unten durch, faltet es zusammen, packt es ein und merkt es nicht mal...
—Ich warte im Wohnzimmer auf dich... Und dort, —Jack, hast du das Geld eingesteckt? Das gehört auf eine Bank, bevor damit noch was passiert, Moment, hab ich auch meine Schlüssel...? Und hinter ihnen schnappte die Tür zu, schließlich klingelte das weiße Telefon, und es schien gerade so, als habe das wandernde Sonnenlicht durch seine Berührung diese Verbindung hergestellt. Doch dann wanderte die Sonne weiter, die Schatten wuchsen und mit ihnen die

Dunkelheit, —war das eben das Telefon? Ich dachte, ich hätte das Licht brennen lassen ...
—Wußte nicht, daß das Absicht war, ich habs ausgeknipst, als wir rausgegangen sind. Wo soll ich das hinlegen?
—Einfach irgendwo. Legs irgendwo hin.
—Ich kann diese Energieverschwendung nicht ertragen, diese Wohnung in der sechsundzwanzigsten Straße, in der ständig heißes Wasser ...
—Du kannst nichts ertragen, alles scheint dich ...
—Aber auf diese Weise behält man den Kontakt zur Realität, jedenfalls solange, bis ...
—Willst du damit etwa auch den Auftritt erklären, den du dir eben im Fahrstuhl bei Tripler geleistet hast? Jack, ehrlich ...
—Ich mach mir mal 'n Drink, willst du auch einen?
—Ja. Im Schlafzimmer, ich muß unbedingt aus diesen Sachen raus ...
Aber als er hereinkam und das Eis im Glas klingelte, saß sie noch immer dort auf der Bettkante und sah ihre Hände an. —Vorhin wolltest du nicht darüber reden, warum jetzt, Amy?
—Jack, was treibt dich bloß dazu, dich so zu benehmen? So, wie der alte Mann uns angesehen hat, warum nur, danke ... Sie nahm das Glas und nippte daran, —ich konnte dich im Spiegel sehen, dein Mund stand sperrangelweit offen, und du hast mit den Augen gerollt, Jack, was, nein, ich bin dir nicht böse, ich muß das nur wissen, ich muß nur wissen, was dich dazu treibt, solche Sachen zu machen!
—Amy, hör zu, hör einfach zu ... er setzte sich vor sie hin, trank das halbe Glas auf einmal, —manchmal bin ich, erst mal muß ich diese Scheißjacke ausziehen ... und er stand auf, zog sie aus, leerte das Glas und setzte sich neben sie. —Ich meine, manchmal gibt es Situationen, die in ihrem eigenen Zusammenhang offenbar keine vernünftige Lösung bieten, verstehst du, verstehst du, was ich meine? Und das einzige, was man tun kann, die einzig mögliche Reaktion besteht dann darin, den ganzen Zusammenhang zu verändern, fast wie in einem, manchmal ist das wie ein kleines Theaterstück, das sich in meinem Kopf abspult, Amy, du bist so, einfach so scheißelegant, überall, wo wir heute waren, diese Scheißzuvorkommenheit, in der Bank hätten sie dir am liebsten die Füße geküßt, und erst die Frau bei Bergdorf's, und ich bin mir vorgekommen wie ...
—Jack, das ist doch alles nur, weil sie meinen Onkel ...
—Und zu guter Letzt bei Tripler, wie beschissen hilflos man sich doch

in nem Fahrstuhl vorkommt, und ich stand da ohne Krawatte in diesem Sommeranzug, dessen Ärmel mir nur bis zu den Ellenbogen reichen, und dieses Hemd und, und guck dir doch die Hose an, und dieses stinkreiche alte Arschloch mustert uns von oben bis unten, er sah wirklich so aus, als wollte er dich ansprechen, und da kam mir plötzlich die Idee, die Situation in die Hand zu nehmen, bevor er es tut, laß das alte Arschloch in seinen Neunzig-Dollar-Schuhen doch denken, daß die höhere Tochter aus gutem Hause mit mir einkaufen geht, die Familie hat halt nen erwachsenen, geistig minderbemittelten Sohn, und mit dem zieht sie halt los, um ihm einen neuen, Amy? Er beugte sich so abrupt zu ihr hin, wie sie sich abgewandt hatte, —ich mach halt manchmal solche Sachen, ich bin verrückt nach dir, aber manchmal mach ich offenbar alles falsch, ich, Scheiße, so geht das immer, ich...
—Sag doch sowas nicht, Jack! Sie stand auf, ging an ihm vorbei, Zeit genug für ihn hinauszugehen, sich das Glas nachzugießen und wiederzukommen, doch da lag sie bereits unter der Decke und starrte teilnahmslos gegen die Zimmerdecke. Erst als sie ihn anschaute, kehrte das Leben in ihren Blick zurück, —Ich hätte es so schön gefunden, wenn du den Anzug gleich hättest anbehalten können, darin siehst du furchtbar vornehm aus, Jack, ich kanns gar nicht abwarten, bis du ihn hast.
—Ich auch nicht, sagte er, lockerte den Hosenbund, öffnete Knöpfe, lüftete das Laken und legte sich neben sie.
—Wenigstens hast du jetzt ein paar Hemden, aber warum hast du nicht gleich ein Dutzend gekauft, mochtest du nicht, oh! Jack, das ist nicht... sie griff nach dem Glas, das er genau auf der weißen Erhebung abgesetzt hatte, —nicht nett, aber langfristig respektieren wir die Bäuche, okay...? Und die Eiswürfel klimperten im wackligen Glas.
—Was?
—Ach, das ist was ganz Albernes, so eine Art Infobrief über Warentermingeschäfte, den ein Junge aus meiner Klasse hatte, das fiel mir gerade ein. Langfristig reflektieren wir auf Bäuche, stand da, ist das nicht...
—Ich zeig dir mal, wie mein Reflex auf Bäuche aussieht...
—Bitte, nicht... sie hielt seine Stirn fest, als seine Lippen sich spitzten und die Zunge sich nach dem Wasser streckte, das aus dem Glas geschwappt war, —er hat gesagt, wenn wir in diese Bäuche hier einsteigen können, und da hab ich ihn gefragt, was um Himmels willen er eigentlich damit meint, dieser verwahrloste kleine Junge, er heißt Vansant, und das ist überhaupt nicht komisch, wirklich nicht. Er ist

so ernst, so, er glaubt, daß es für alles, was er sieht, irgendwo einen Millionär gibt, und sonst sieht er nichts, ach, das ist alles so traurig.
—Ich weiß, was du meinst, ich schulde ihm noch einen Dollar.
—Ach, wirklich? Ich schulde ihm noch achtzig Cent, wenn er doch nur, wenn er doch nur nicht immer den falschen Dingen hinterherlaufen würde, es ist ja eigentlich nichts Schlechtes, aber, eben Sachen, die ...
—Was meinst du damit, nichts Schlechtes? Hast du den schon mal im Postamt gesehen, zusammen mit dem Jungen mit dem Bürstenschnitt? Dieser Sohn von Hyde? Wenn man die da sieht, wie sie ihre Post abholen, begreift man plötzlich, wie der militärindustrielle Komplex funktioniert.
Sie schmiegte sich an seinen Kopf. —Im Grunde möchte ich gar nicht so genau darüber nachdenken. Im Grunde war es wirklich furchtbar egoistisch von mir, diesen Job überhaupt anzunehmen, ich brauchte einfach mal eine kleine Veränderung, sagte sie gegen seine Schulter, an der ihre Fingernägel hinabglitten, —und ich glaube, daß ich anfangs wirklich dachte, helfen zu können, aber, ach, das scheint schon alles so lange her zu sein, dieser schreckliche Mister Whiteback und der arme kleine Mister diCephalis mit seiner grauenhaften Frau ... ihre Hand tastete über seine Rippen, glitt weiter, wickelte einen Finger in sein Haar.
—Wenn man einen zweitklassigen Beruf schafft, dann besetzt man den auch mit zweitklassigen Leuten, da gibts nicht zu ...
—Und der arme Mister Glancy, und sogar Mister Vogel, dieses arme Geschöpf ...
—Nein, also, Vogel war, um die Wahrheit zu sagen, ohne Vogel hätte ich es da gar nicht so lange aushalten können. Und er war der einzige, mit dem man wirklich reden konnte, beispielsweise über die Realisierungschancen des telegraphischen Personentransports und ...
—Jack, der war doch verrückt, nicht wahr? Die Hand war am Ziel ihrer Entdeckungsreise angelangt, stieß dort auf Lebensformen, die in der neuen Wärme ihre Dimension veränderten, —wirklich völlig verrückt?
—Ist er wahrscheinlich immer noch ... er drehte sich auf die Seite, näher an sie heran, —aber es ist tatsächlich nur eine Frage der Technik, aber dort sind die Probleme gewaltig. Wie will man zelluläres Leben erhalten und gleichzeitig die Aktivität der Zelle soweit herunterfahren, daß sie den Transport heil übersteht? Und das Ganze womöglich nicht

mal am Stück sondern in Scheiben? Denn wenn du gehst, geht nur ein Teil von dir ...
—Nein, also ehrlich, Jack ... ihre Hand, die stillgehalten hatte, bewegte sich wieder, füllte sich.
—Hatte auch 'n paar interessante Theorien über die Erfindung der Dampfmaschine, sagte er und strich mit der Hand an ihrer Seite abwärts, die ihm abgewandte Böschung hinunter, auf der Suche nach Wärme, —war übrigens ein großer Verehrer von dir ...
—Ach, ich weiß, das war ja das Traurige, aber, aber das war es nicht mal, Jack, wie können Kinder bloß aufwachsen und solche Sachen glauben wie, dieser Junge da, J R, der hielt die Eskimofiguren, von denen er Bilder gesehen hatte, also, er hielt sie für echt, Jack, er glaubte, daß die Eskimos echt ausgestopft wären, ich weiß nicht, was du hast, das ist nicht witzig ... in einer Aufwärtsbewegung schlossen sich plötzlich ihre Finger, —und wenn dann solche Sachen passieren wie mit Buzzie, dem armen Jungen, und der tragische Unfall, bei dem das Kind niedergeschossen wurde, es ist mir schwergefallen, nicht dauernd daran zu denken ...
—Sieh mal, ein Unfall wäre es gewesen, wenn es nicht passiert wäre, an dem Punkt, den jetzt alles erreicht hat, Amy, wär es ein Wunder gewesen, wenn es nicht passiert wäre ...
—Nein, ich will nicht darüber reden, es ist immer das gleiche, das und die ausgestopften Eskimos und wie man Leute per Kabel, ach, ich will gar nicht erst daran ...
Aber er lehnte sich, auf einen Ellenbogen gestützt, gegen sie. —Eine Sache wäre da aber noch, hör zu, ich möchte nicht, daß du denkst, daß ich, im Fahrstuhl heute, also, ich glaube nicht, daß schwachsinnige oder auch nur etwas einfältige Leute automatisch ...
—Jack, ich möchte nicht darüber reden ... ihre Hand nahm wieder die fließende Bewegung auf, —ich glaube, ich bin wirklich nicht besonders tapfer ...
—Aber wenn du gedacht hast, daß ich das lustig finde, weil ich, weil, ein Junge, den ich im Internat kannte, seine Familie war so scheißreich, daß sie sich zu Weihnachten gegenseitig dreiprozentige Kommunalobligationen geschenkt haben, ich versuchte, ihm mit seiner Briefmarkensammlung zu helfen, sie hätten ihm wahrscheinlich die rosa British Guyana Zwei-Cent kaufen können, wenn sie ihn jemals für etwas anderes gehalten hätten als ein zurückgebliebenes Stück Ballast, weil, das Menuett in G-Dur beispielsweise, man brauchte ihn nur

anzusehen und wußte, daß er Dinge hörte, die man selbst nicht hören konnte, und von Sachen wußte, die sonst niemand wußte, ich habe heute noch einen Kloß im Hals, wenn ich dieses Stück höre, er war der netteste verdammte Einzelgänger, den ich je... Er verstummte, und sie zog ihn zu sich heran, hielt sein Gesicht fest, als habe das ihre nur so die Möglichkeit, etwas auszudrücken oder, wie jetzt, auch gar nichts, den Blick starr an die Decke geheftet, während ihre Finger sich auf und ab bewegten und ihre freie Hand seine Schläfe streichelte, —weil, Amy, ich möchte nicht, daß du denkst, daß ich... dann zog sie ihn über sich, wo seine Lippen in der Mulde ihres Halses verschwanden. Sie riß die Knie hoch, bis hinter seinem Rücken Knöchel auf Knöchel traf, ihre Fingernägel gruben sich in seine Schulter und zogen nach unten, ihr Kopf rutschte von der Kante, und dann waren ihre Schultern nur noch ein einziges Aufbäumen im freien Fall, als sie zwischen den Betten auf den Boden schlugen, wo ihre Füße sich emporreckten, einen Hebelpunkt fanden, um ihr Gewicht gegen seins zu stemmen und immer noch dagegen anzukämpfen, selbst als seine Wucht längst gebrochen war. Schließlich kamen ihre Fingernägel an seinem Nacken zur Ruhe und gestatteten ihm ein Keuchen, in dem beinahe ihr Name Gestalt angenommen hätte.
—Jack. Du bist zu schwer.
Er half ihr hoch, winkelte auf den zerwühlten Laken ein Knie hinter ihr an und griff nach dem Glas. —Hab immer Angst, daß das Scheißtelefon ausgerechnet in dem Moment losgeht, wenn wir gerade...
—Jack, bitte, das ist nicht fair, du, ich hab dir beim Mittagessen gesagt, daß es da ein paar Dinge, ein paar Familienangelegenheiten gibt, die ich klären muß, ich warte nur darauf, daß Papa anruft und...
—Klingt ja so, als wär das jemand, dem man lieber nicht im Dunkeln begegnet, er...
—Nun sei doch nicht albern, er ist gar nicht so, er ist nur, eben unzugänglich, wenn ich mit ihm spreche, scheint er immer aufmerksam zuzuhören... sie ließ sich gegen sein Knie sinken, —er steht da, hört zu und reibt sich die Nase, die hatte er sich auf dem College beim Football gebrochen, und man hatte ihm irgend etwas hineingespritzt, was bei warmem Wetter weich wird, ach ich weiß, das klingt jetzt ziemlich makaber, aber das ist es gar nicht, wirklich nicht... Sie zog einen Fingernagel über das Bein, das er über ihres gelegt hatte, —die ganze Zeit so aufmerksam, aber irgendwann kam ich dahinter, daß er auch zu allen anderen so aufmerksam war, beispielsweise als ich klein war und

zu ihm lief, um ihm etwas zu erzählen, und er sah sich im Fernsehen gerade Football an ... Sie schob sich die schweißnassen Haare aus dem Gesicht, —Mama sagte immer, er sähe sich das nur deshalb an, weil er gern jemanden verlieren sieht ... und dann, als würde sie sich erst darüber klar, wie beengt ihre Lage war, eingeklemmt zwischen seinen Beinen, —Jack, ich hab noch nie solche Sachen gemacht, wie wir sie gemacht haben, ich, ich glaube, wir brauchen beide ein bißchen frische Luft, kannst du mal das Fenster ... doch sein Bein gab sie nicht frei, sondern zog sie noch näher heran, dann schob er die letzte, an ihren Lippen klebende Strähne beiseite und legte seine Lippen auf ihre, ließ sie an ihrem Haar entlanggleiten, über ein Schlüsselbein und wieder die Schulter hinauf, legte sich auf den Rücken und starrte nach oben, als ob solche Sachen noch nie und nirgends geschehen wären, alles Haar und alles erstickende Lust verschmolz zu Myriaden Fältchen und Spalten, die sich zwischen ihren Brüsten verbargen. —Jack ...?
—Was?
—Jack, wenn ich wegmüßte, wenn ich für eine Weile weggehe, dann gehst du doch nicht in die Schule zurück, oder? Was willst du tun?
—Über das Buch nachdenken, das ich, und versuchen, die Arbeit an dem Buch wieder aufzunehmen, das ich ...
—Wirklich? Ich hab mich nicht zu fragen getraut, ich hatte fast Angst, daß das gar nicht stimmt ... ihre Hand strich abwärts, —du hast mir mal erzählt, wovon es handelt, aber ...
—Von vielem, aber man weiß eigentlich erst, wenn es fertig ist, wovon es wirklich handelt, darum gehts übrigens in allen Büchern, die sich zu lesen lohnen, Problemlösung.
—Das war eine dumme Frage, tut mir leid, man denkt ja immer ...
—Nein, es handelt von einem Mann, der, vom Krieg ...
—Krieg? Aber ich dachte ...
—Und von einem General, der, also er ist so wie dein Vater, der sich die Nase knetet und über dem Schlachtgetümmel schwebt, in der Vorstellung dieses Mannes ist er eine Mischung aus seinem eigenen Vater und Gott, ähnlich wie bei dieser Wette, wo Gott den Doktor Faust verkauft hat ...
—Ich wußte gar nicht, daß du im Krieg warst, ich dachte, es geht um, um Kunst, sagte sie und lehnte sich gegen seine hinter ihr aufragenden Knie, —aber das ist ja nicht so wichtig, solange du nur wirklich, ernsthaft vorhast, wieder damit anzufangen, Jack? Sie beugte sich zu ihm nach vorne, —wer ist Stella?

Er stützte sich mit den Ellenbogen hinten auf, hielt ihre Brüste mit seinen angezogenen Beinen umklammert, um die Hitze zu verbergen, die zwischen ihnen, in der abrupten Regungslosigkeit gegenseitiger Gefangenschaft, wieder gestiegen war. —Stella?
—Du hast sie im Zug erwähnt, ich hab mich nur gefragt...
—Sie war, sie ist halt jemand, den ich mal...
—Die, die zur Schule rausgekommen ist? Im Pelzmantel? Und du hast mich ihr als Mrs. diCephalis vorgestellt, also ehrlich! Ich konnte mir gar nicht erklären warum, aber, sie ist sehr nett, nicht?
—Sieht nett aus, ja, aber... er entspannte sich wieder unter ihrem Blick, zumal ihre Hand inzwischen zu seinen Rippen weitergewandert war, —erinnerst du dich noch an diese furchtbare Cafeteria auf dem Klassenausflug? Edward Bast, sie ist seine Cousine, sie ist zur Schule gekommen, um...
—Natürlich erinnere ich mich an ihn, jemand, den ich kenne, hat ihm übrigens diesen Auftrag gegeben... auf Fingerspitzen näherte sich ihre Hand, —eigentlich der letzte, von dem ich gedacht hätte, daß er sich für einen Künstler einsetzt, aber ich war doch froh, daß ihm jemand weiterhilft, er ist so...
—Hab das Gefühl, daß ihm so ziemlich jeder weiterhilft, das Problem ist nur, was er selber tut.
—Aber, wie meinst du das?
—Ehrlich gesagt, ich weiß es selbst nicht genau, ich hab nur gehört, daß die Wohnung in der sechsundneunzigsten Straße, in der er arbeitet, sich mit Büromöbeln füllt, die er...
—Das ist aber merkwürdig... sie sah nach unten, wo sich ihre Fingernägel langsam auf ihren eigenen Hals zubewegten, —diese Visitenkarte, ich hab nie verstanden, was...
—Das Problem ist offenbar, daß er sich nicht auf eine Sache konzentrieren kann.
Sie flüsterte, —wie schade, die warme Schwellung verwandelte sich in eine wilde Röte, Röte, eingebettet in Weiß, als sie sich nach seiner Schulter ausstreckte, und glitt feucht über konzentrisches Rosa, —ich finde ihn süß... sie zog ihn enger an sich heran, —Jack!
—Was...?
—Hier, zeig mal deinen Hals... sie ergriff seinen Arm und zog ihn über seine Brust, —wie, nein, hab ich das etwa gemacht?
—Aber was...
—Du bist überall mit, Jack, das ist ja Blut, das kann ich doch nicht

gemacht haben, auf deinem Rücken sind überall Kratzer, ganz tiefe, hab ich? Sie zog ihn noch weiter nach vorne, —ja, und bis ganz unten, Jack, das muß doch weh getan haben, das kann ich doch nicht...! Sie legte sich auf seine Brust, seine Arme hoben sich, um sie festzuhalten, und rutschten dann langsam ihren Rücken hinab, zogen ihre Knie näher, erklommen die Rundungen, die sich plötzlich im Spiegel an der gegenüberliegenden Wand abzeichneten, davor ihre Hand, die ihn suchte, und seine beiden Hände, die sie auseinanderrissen, bis sie ihn verschlungen hatten, und alle diese Kurven und Linien im Spiegel, das makellose Weiß, die klaffende Zartheit, nicht kann sie altern, hinwelken, täglich Sehn nicht stumpfen das Haar und das Rot im Zentrum ihrer Stöße, bis sie langsamer wurden. Sie sank nach vorne, ihre Beine streckten sich nach hinten, und der Spiegel zeigte nur noch den Kopfteil des Bettes und die Lampe, vor der ihre Hand sich hob, bis die Dunkelheit auch dieses Bild löschte. —Jack? Willst du nicht irgendwas auf diese Stellen tun? Das muß doch weh tun, ich komm mir so schlecht vor, Jack? Bin ich nicht zu schwer?
Er drückte sie nur noch enger an sich, sagte, —ich... und räusperte sich, um sagen zu können, —ich liebe dich, und hielt sie fest, bis ihr Gewicht von ihm abfiel und sie sich zur Seite rollte, und als er im Sonnenlicht erneut die Decke hochhob und sich räusperte, bevor er darunter nachschaute, da ließ er sie auch gleich wieder fallen. Kurz darauf schlüpfte er aus dem Bett, um sich einen Kaffee zu holen, der zwar schon die Nacht über gestanden hatte, aber deswegen nicht schlecht sein mußte, ähnlich wie umgekehrt Nachrichten nicht schon dadurch besser werden, wenn sie ein, zwei Tage alt sind. Und als er, in der Ecke des Sofas, die Zeitung zusammenfaltete, blickte er plötzlich auf das Datum und murmelte, —lieber Gott... wählte, —hallo...? Ja ja, ich bins, hör zu, ich... Nein, weil ich rauskommen und sie heute sehen will, ich war... was? Was soll das heißen, gestern? Es ist... Hör mal, ich versuch überhaupt keine Regelung zu ändern, gar nichts, ich will nur... Also gut, tut mir leid! Hör mal, laß mich doch mal einen Augenblick mit ihr reden... Nein, ich will das jetzt nicht alles diskutieren, wenn die Anwälte sagen, alles ist geregelt, dann will ich nicht wieder damit anfangen... Und mit so einer Abfindung kannst du ihr nicht mal ein Scheißpaar Stiefel kaufen? Was... Nein, ich weiß, du kannst ihr Schulessen nicht bezahlen, du leihst dir ja sogar von ihr das Scheißtaschengeld, das ich ihr schicke, hör mal, kannst du denn nicht... Hör zu, dein Durchlauferhitzer interessiert mich einen Scheißdreck! Laß sie

doch wenigstens mal für eine Minute ans Scheißtelefon, damit ich ...
Also dann sag ihr nächste Woche. Scheiße, ist das denn wirklich zuviel verlangt, ihr zu sagen, daß ich nächste Woche mit ihr losgehe und ihr die Stiefel kaufe, die sie haben möchte? Und kannst du ihr sagen, daß es mir leid tut, daß ich ... und er saß da, hielt den Hörer von sich weg, starrte ihn einen Augenblick lang an und knallte ihn dann auf.
—Jack, was ... sie kam herein und zog den Bademantel zu, —knall nicht den Hörer so auf, du weißt doch, daß ich darauf warte, daß ...
—Was, Moment, was soll das heißen? Das war nicht für dich, es war, hast du zugehört?
—Oh, nein ... sie setzte sich langsam, —ich bin aufgewacht, weil ich dich telefonieren hörte, ich dachte, das wäre vielleicht Papa, es, es tut mir leid, ich bin einfach nur ziemlich nervös ...
—Es war aber nicht Papa, und es war auch nicht Mister, wie immer er heißt, du willst also nicht, daß ich hier ans Telefon gehe?
Sie sah ihn einen Augenblick lang an und stand dann auf. —Nein ...
—Willst wohl nicht, daß jemand merkt, daß du, wo willst du hin?
—Ist das alles, was noch an Kaffee übrig ist? Sie kam zurück und setzte die Tasse ohne Untertasse ab. —Und, bitte, könntest du vielleicht mal dein Hemd zuknöpfen? Und als sie sich setzte, —Jack, hast du das gemacht?
—Was? murmelte er, während er sich darauf konzentrierte, daß jeder Knopf in das dafür vorgesehene Knopfloch kam, —ich bin allmählich soweit wie dieser englische Selbstmordkandidat, der hat nämlich in seinem Abschiedsbrief geschrieben, er sei die vielen Knöpfe leid, die er jeden Tag ...
—Jack?
—Hatte mal 'n Freund, der keine Knöpfe ertragen konnte, nicht mal das Wort, er nannte sie Dreiundfünfziger, was?
—Hast du die ganzen Papiertüten unter das Sitzkissen gestopft?
—Oh, die hab ich ganz vergessen, ja, er blickte direkt in nulliparische Schatten, schluckte, —an dem ersten Abend, als wir ...
—Aber warum um Himmels ... sie raffte den Bademantel zusammen, lehnte sich zurück.
—Ich bewahre eben Papiertüten auf, Amy. Was ist denn schon dabei, wenn man Papiertüten aufbewahrt?
Sie sah ihn nur an, hob die Tasse. —Stimmt irgend etwas nicht? Und sie trank und blickte dabei über den Tassenrand, —Jack? Doch nicht meinetwegen? Nicht unseretwegen?

—Nein, es ist nur, ich weiß nicht, sieh mal, du bist noch nicht mal dreißig, Amy, noch lange nicht, so gesehen könnte ich dein ...
—Aber, wie kommst du denn auf sowas, Jack, wie albern! Das ist doch völlig gleichgültig.
—Ich weiß nicht, nur manchmal sagst du so Sachen, die ich ...
—Aber was denn, was denn für Sachen?
—Ich weiß nicht, einfach so Sachen wie, also über Bast, diesen Edward Bast, wie süß er doch ist und ...
—Aber er ist doch auch süß, Jack, du kannst doch nicht, du solltest fair bleiben, Jack, das ist doch nicht dein Ernst, er ist ja noch jünger als ich. Und ich kenne ihn ja auch kaum, aber er ist so aufrichtig und schüchtern und dabei voller Begeisterung, und diese, diese irgendwie rührende Verzweiflung, die er ausstrahlt, er ist so, jung, meinst du das etwa?
—Ich weiß nicht, du bist noch nicht mal dreißig und, ich glaube, ich ...
—Aber warum sagst du das denn immer? Glaubst du etwa, ich will einen um die dreißig? Wenn das so wäre, würde ich schon einen finden, Jack, ich will aber keinen Dreißigjährigen, mit dreißig haben die meisten Männer noch gar nichts erlebt, in ihren Gesichtern ist noch alles leer, ich war immer nur mit älteren Männern zusammen ...
—Dachte ich mir schon.
—Was?
—Nichts ... er griff nach den Zigaretten, fand aber nur Hustenbonbons, schüttelte eins aus der Schachtel.
—Nein, aber was meinst du dann?
—Nichts, ich, an dem ersten Abend hier im Bett, als ich, als du gesagt hast, das passiert doch jedem mal, als ich ...
—Aber ... ihre Tasse senkte sich langsam, —aber warum sagst du denn sowas zu mir?
—Ich weiß nicht, Amy, nur ...
—Nein, sieh mich mal an, Jack, warum?
—Ich sag doch, ich weiß es nicht, nur auf einmal ...
—Nein, aber warum? Sieh mich an, weil ich gesagt habe, daß du vielleicht denken könntest, daß ich mich so durch die Betten schlafe? Und zwar ausgerechnet mit älteren Männern, meinst du das etwa?
—Ich sag dir doch, daß ich es nicht weiß, Amy, die ganze Sache, das mit den Telefonanrufen, an der Badezimmertür hängt ein Irrigator, ich hab nur ...
—Und du hast gedacht, das ist meiner?

—Also was ... schließlich sah er sie an, —nein, warte, hör zu ...
—Nein, bitte nicht ...
—Amy, hör zu, ich wollte doch nicht ...
—Bitte!
—Nein, aber hör mir doch zu, nicht, hör ...
Sie hatte den Kragen des Bademantels hochgeschlagen und wischte sich damit unter einem Auge entlang, ließ ihn wieder fallen, ohne ihn zusammenzuraffen. —Ich bin nur so enttäuscht, sagte sie, lehnte den Kopf zurück und starrte die Decke an. —Nein, nein, bitte nicht ...
—Nein, aber Amy, ich ...
—Ich hab gesagt, bitte nicht! Und heftig riß sie seinen Kopf nach oben, —ich verstehe das wirklich nicht, Jack, ehrlich, ich verstehe dich nicht! Da sagst du solche Dinge zu mir, und im nächsten Augenblick willst du mit mir schlafen, ich verstehe dich nicht! Er raffte sein Hemd zusammen und starrte, als sie fertig war, mit ihr gemeinsam an die Zimmerdecke. —Wenn du etwas wissen willst, frag mich, statt dich so, ich hab dir ja gesagt, daß ich nicht besonders mutig bin, aber ich hab noch nie etwas gemacht, was ich nicht für richtig gehalten habe, und wenn du das so drehen willst, als ob ...
—Nein, schon gut, Scheiße, Amy, ich wollte doch nicht, ich meine, was ist denn so verdammt ungewöhnlich daran, wenn man eifersüchtig ist, ich wollte doch nur ...
—Weil es lächerlich ist, Jack, es ist lächerlich und es ist ungehörig, auf einem völlig harmlosen jungen Mann herumzuhacken. Oder weil ich angeblich mit älteren Männern bumse? Ich tue es nicht, aber wenn ich es täte? Nicht, ob ich jemanden liebe, weil ich möglicherweise auch Grund hätte, jemand anderen zu lieben oder mir zumindest wünsche, daß mich jemand anderer liebt, nein, nichts davon, du hast nur Angst, daß ich mit jemandem geschlafen habe oder mit jemand anderem schlafen könnte wie zum Beispiel, steckt das dahinter? Hast du Angst, ich könnte ...
—Nein, aber verstehst du denn nicht ...
—Jack, sollte ich dich etwa deshalb lieben? Wegen der einen Sache die man von jedem Mann haben kann? Die eine Sache, von der eine Frau fürchtet, daß ein Mann sie nur deswegen liebt, wenn sie glaubt, daß das der einzige Grund, bitte, Jack, nicht, bitte ...
—Aber, Amy, ich ...
—Als du damals gesagt hast, daß du die Frauen nicht verstehst, Jack, das könnte ich wirklich nicht ertragen, begreifst du das denn nicht?

Sie fiel ihm auf dem Sofa in die Arme, er hielt sie fest, griff nach einem Zipfel des Bademantels, um damit erst unter einem Auge etwas wegzuwischen, dann unter dem anderen, sie sah ihn dabei an, —vielleicht, vielleicht versteh ich sie ja doch, und als sie ihr Gesicht auf seine Schulter legte, hielt er sie ganz fest.
—Jack, das muß doch weh tun, das muß doch einfach weh tun, sagte sie schließlich an seinem Nacken, —diese Stelle hier ist so tief, das muß einfach weh tun, ich komm mir so schlecht vor ... ihre Hand schob sein Hemd nach oben, und ihr Atem folgte einem Kratzer, der sich von seiner Schulter bis nach unten zog, —Jack, nein, bitte ...
—Warum nicht ... seine Lippen huschten über den dunklen Rand, der sich ihnen entgegenschob.
—Weil du, weil du nicht ...
—Nicht auf Bäuche reflektiere, Scheiße, Amy, das ist nicht fair ... seine Lippen fuhren über den dunkellockigen Rand, —ich will dir gerade beweisen, daß ich langfristig mehr auf Bäuche reflektiere als vielleicht jeder andere ... aber ihre Hand zog seinen Kopf hoch. —Langfristig setze ich voll auf Bäuche, weil sie von Natur aus nett sind, ob Brüste nett sind, weiß man eigentlich nie ... Er streichelte unter ihnen entlang, —erst einmal sind sie viel unverfrorener als Bäuche, da weiß man nie, woran man ist ... und seine Lippen schlossen sich über der dunkel gerandeten Spitze, —und daneben entziehen sie sich der Definition, sie sind schlicht zu einfach ... seine Zunge fuhr über das Dunkel, das sich unter ihrer Berührung körnig zusammenzog, —man kann sie einfach nicht bewältigen, eine Million erbärmlicher Versuche, Wort und Bild haben es nie geschafft ... seine Zähne kniffen in die Spitze, —höchst töricht, es wird immer ... und mit einem lauten Krachen biß er zu.
—Jack, was ...
—Das war ne klare Warnung an die Brüste.
—Nein, aber ... ihre Hand dort, —was hast du ...
Er hauchte sie an. —Hustenbonbon.
—Oh! Sie drehte seinen Kopf zur Seite, —Also ehrlich ...!
—Nein, sie sind noch heil, sieh doch, denen kann man doch nichts Böses tun, nulliparisch, primiparisch, multiparisch, nirgends eine Spur von, schau sie dir an ... seine Lippen wischten darüber, —nur reine, leicht hirnlose Schönheit.
—Nicht, Jack, sei nicht ...
—Albern? Was, nulliparisch? Das bedeutet, die Frau hat noch nie ein

Kind geboren, sonst nichts, eins heißt primiparisch, zwei sind multip, Gott bist du schön, sagte er an ihrer Schulter, über die der Bademantel hinabglitt, mit ihr zusammen hinsank. Er, neben ihr, bereits halb hinter ihr, zog ihr Bein über seins.
—Ist das wirklich alles so wichtig? sagte sie, ohne ihn anzusehen, den Kopf auf seine Schulter gelegt.
—Glaubt man diesem einen Bildhauer, dann schon ... Seine Hand strich vom Knie zu jener faltigen Ritze, blieb dort liegen und öffnete sie dann wie zufällig, —Schönheit war für ihn nämlich das Versprechen der Funktion...
—Ach, schon gut, flüsterte sie, ihre freie Hand griff nach seiner, die den Telefonhörer abgehoben hatte, und preßte sie nieder, legte sie neben jene andere Hand, die bereits Einlaß begehrte, aber bisher nur den dunklen Kranz von Haaren entlang des Schambeins bearbeitete. Er konzentrierte sich nun auf den Scheitelpunkt, rieb härter und schneller an ihr, die ihm entgegenkam und mit jeder Bewegung die Gefahr vergrößerte, ihn gänzlich zu verlieren, bis er plötzlich tief in ihr versank und ihr klatschender Po schlagartig zum Stillstand kam, lebloses Gewicht auf der Wählscheibe, und ihre Hand griff ins Nirgendwo, um ihn nicht zu verlieren, bevor ihre andere den Hörer erfaßte. —Hallo? würgte sie hervor, beinahe im Flüsterton, —hallo...? Ja, ich ... ja, ich habe auf deinen Anruf gewartet, ich ... wie klinge ich? Nein, ich, ich bin zum Telefon gerannt, ja, natürlich gehts mir gut ... Nein, aber Papa, ich ... weil ich dachte, daß du vielleicht etwas unternehmen kannst, damit ich endlich den Jungen wieder ... Nein, das hab ich ihm gesagt, ich hab ihm gesagt, daß er das Onkel John sagen soll, weil das nicht passiert wäre, wenn Onkel John nicht ... Nein, das habe ich nicht, und das werde ich auch nicht, der einzige Grund, daß ich zu ihm kommen soll ist, daß ich unterschreiben soll ... Papa, mir ist das egal, ob es wichtig ist, ihm ist das wichtig, dir ist das wichtig, aber mir ist es nicht wichtig ...! Ihre Nägel, die nicht losgelassen hatten, drangen wieder tiefer ins Fleisch, ihr Körper, der zunächst auf Abstand gegangen war, meldete sich mit Macht zurück, —als ob irgend jemand von euch sich je Gedanken darüber gemacht hat, was für mich wichtig ist ...! Ja, sofort, und wenn's sein muß, flieg ich selber rüber, wenn ihr mir nicht ... genau, und zwar aus dem Treuhandvermögen ... Aber ... Ja, aber ... Aber das ist doch meins, oder nicht? Es gehört doch mir? Hat Mama denn nicht ... okay, dann nicht, ich werde es nicht tun, ich tue es ganz bestimmt nicht, wenn das alles ist, was ihr ... Sonst ist

nichts, nein, nichts, was sollte denn sonst noch ... Nein, das hat mir niemand gesagt, schon wieder ...? Papa, es ist mir ganz egal, mit wem mich Mister Wiles in einem Fahrstuhl gesehen hat, ich bin einfach ... ja, wenn ihr euch jemals darüber Gedanken gemacht hättet, was er vom Leben wollte ... Ich ... nein, ich lasse diesmal nicht mit mir handeln, ich finde das einfach kriminell, ja, gut, Wiedersehen! Sie hielt den Hörer von sich weg, aus dem immer wieder ihr Name gegen die Seitenlehne drang, bis er danach griff und auflegte. Sie klammerte sich an seine Hand, ihr Hintern sank nach unten, nachdem er sie durch eine plötzliche Drehung von sich abgeschüttelt hatte und nun, mit vor Bestürzung zugeschnürter Kehle direkt über ihr war. Erneut packte ihn ihre Hand, zog ihn zu sich herab, die Beine hoch auf seine mit alten und neuen Narben übersäten Schultern geworfen, bis er sich auf die Knie aufrichtete. Seine Hände, die sich bis dahin in ihren bockenden Po verkrallt hatten, sie hielten sich jetzt an ihren Beinen fest, rissen sie dabei weit auseinander, als wollten sie, fasziniert und ängstlich zugleich, dem Spiel eine Grenze setzen oder zumindest jeden Moment der Lust auf den nächsten verschieben, um das auf diese Weise angesparte Kapital später auf einmal zu verbrauchen, doch da war es schon zu spät, in fast verzweifelt zitternden Stößen kamen sie zum Schluß, und ihr Gewicht wurde wieder zur Schwerkraft. Aus nächster Nähe sah er sie an, als ob sie ihn bereits verlassen hätte, und sie sah ihn an, als ob sie nirgends hinschauen konnte als weg. —Jack? Was meinst du, wie spät es ist?
—Keine Ahnung. Seine Hand glitt auf ihre Schulter, wo er sie festhielt. —Jede Wette, daß dein Vater sich jetzt gerade mit seiner Nase beschäftigt.
—Ach, das ist einfach alles so, einfach ...
—Dieser Onkel John ist vermutlich ebenfalls die Nettigkeit in Person.
—Nein, er ist, ich glaube er ist einfach deshalb so rücksichtslos, weil bisher niemand etwas dagegen unternommen hat, das geht schon ewig so ...
—Ich hab ne Idee, wir ziehen bei ihm ein und bringen ihn auf andere Gedanken ...
—Da würde man verrückt werden, das große leere Haus in Pelham, seit Mamas Tod bin ich nicht mehr da gewesen, seit fünfzig Jahren nimmt er den gleichen Pendlerzug, unterwegs spielt er Karten, und weißt du auch warum?
—Klingt halt wie ein Mann, der gern gewinnt ...

—Ja, der gern Zehncentstücke gewinnt, Münzen, und weißt du auch warum? Weil er in all den Jahren Franklin Roosevelt gehaßt hat und ihn immer noch haßt, er glaubt, daß der das Land ruiniert hat, und als das Zehncentstück mit Roosevelts Porträt rauskam, fing er an, die zu sammeln, um sie aus dem Verkehr zu ziehen, kein Witz, genauso wars, er hatte in all seinen Anzügen eine kleine Extratasche für das Roosevelt-Geld, und jeden Abend, den Gott werden ließ, hat er diese Tasche geleert, es war seine Tageseinnahme an Spielgeld und Wechselgeld mit Roosevelt, und es kam immer in so eine Schachtel, das macht er heute noch so...
—Lieber Gott, das klingt ja, als ob er, man müßte ihm mal den Marsch blasen, vorzugsweise mit dem March of Dimes, und direkt durch sein Wohnzimmer...
—Ich bin da seit Mamas Tod nicht mehr gewesen, es war, ich ging noch zur Schule und jemand kam zum Abendessen, ein Mann, ein Porzellan-Fabrikant und, Mama war gerade erst eingeäschert worden, und er sagte, wenn, er sagte während des Essens zu Papa, wenn man ihm ihre Asche geben würde, dann, dann würde er daraus einen schönen Fleischteller machen, weil menschliche Asche sich für hochwertiges Porzellan immer noch am besten eignet, sagte er, aber, aber warum bloß einen Fleischteller, warum sagte er Fleischteller...
—Amy...
—Warum Fleischteller, warum hat er, er kannte sie ja gar nicht, aber warum konnte er sich nichts, warum mußte es unbedingt ein... Ihre Hand strich über seine, die von einer Brust zur anderen gewandert war, ohne auf ein Lebenszeichen zu stoßen. —Jack, wo bist du eigentlich zur Schule gegangen? Du warst doch auf einem Internat?
—Da oben, ne kleine Schule in Connecticut, da oben bei Hartford, von der man noch nie was gehört hat, gibts wahrscheinlich auch gar nicht mehr...
—Jack? Sie richtete sich neben ihm auf, strich ihre Haare aus seinem Gesicht, —es ist doch noch nicht so spät? Die Banken haben doch noch offen, oder?
—Banken? Ich...
—Angenommen, ich muß, Jack, ich muß für eine Weile weg, um diese Dinge zu regeln, könntest du mir im Notfall das Geld für den Flug leihen?
—Wieso, leihen, ich gebs dir auch so, aber was... Seine Hand schob sich höher, unschlüssig, ob sie das Bein, das sich über ihn gelegt hatte,

festhalten sollte, der geöffnete Schlund folgte als reines Versprechen jenem Bein, das sich nunmehr seiner Funktion als Fortbewegungsmittel entsann, —aber wohin denn ...
—Nein, nur leihen, nach Genf ...
—Nach Genf? Er setzte seine Füße auf den Teppich —Du meinst jetzt?
—Ja, du kannst vielleicht schon mal eine Fluggesellschaft anrufen, rief sie ihm zu, —ich nehm nur schnell ein Bad, und, Jack, frag auch, wie spät es ist ...!
—Besser, welcher Tag heute ist, murmelte er, griff zum Telefon, kratzte sich, als suche er erst noch die Stelle, an der er sich kratzen wollte, wählte, knöpfte Knöpfe zu, war verblüfft, als er durchkam und verblüfft über die Auskunft und stand auf, —hab vergessen zu fragen, welcher Scheißtag heute ist ...
—Na, was ist mit dem Flug? fragte sie ihr eigenes Spiegelbild, dem sie soeben einen Lidstrich zog, —und was kostet das Ticket?
—Du hast noch drei Stunden, sagte er, strich ihr über den Rücken, wo das Wasser, das dem zu Boden gefallenen Handtuch entgangen war, in hellen Perlen stand, —vierhundertfünfundsechzig für den einfachen Flug in der ersten Klasse, aber, Amy, was ...
—Das ist viel mehr, als ich gedacht habe, sagte sie, während die Linie unter ihrem Auge unverwackelt Gestalt annahm. —Bitte, Jack ... der Kohlestift verharrte unter einem Auge, und alle beide hoben sich, um den seinen im Spiegel zu begegnen, —ich muß das einfach tun, und wenn ich jetzt nicht fahre, dann fürchte ich, daß ich, daß ich nie ... und seine Hand fiel nach unten, seine Augen ebenso, doch der Kohlestift hielt immer noch still, als wisse er, daß seine Augen, die aus dem Spiegel verschwunden waren, als er sich auf die Bettkante hockte, genau dort ruhten, wo eben noch die Hand gelegen hatte, —ich glaube, in der Küche ist eine Einkaufstüte, könntest du die mal holen? Bitte ...?
Er brachte sie her, knöpfte sich im Sitzen die Hose zu, verfolgte dabei die Konturen ihres Körpers, teilweise bereits unter einem Unterrock verschwunden, der volle Fall ihrer Brüste, als sie sich bückte und einen zusammengerollten Rock aus der Einkaufstüte schüttelte, einen Schuh, den zweiten dann, und dann mit derselben Systematik, erst eine Brust, dann die andere dem dürftigen Halt eines BH anvertraute. —Amy, hör zu, was, wie lange wirst du weg sein? Die ganze Sache ist doch ...
—Ein paar Tage, ich weiß nicht genau, vielleicht Wochen, Jack, wo kann ich dich erreichen, wenn ich wiederkomme?

—Tja, ich weiß nicht, ich, ich hab mich irgendwie an diese Wohnung gewöhnt, kommt mir so vor, als hätte ich schon immer hier gelebt, was passiert damit eigentlich?
—Sei doch nicht albern, sie wird, ich vermute, daß sie einfach leerstehen wird, es ist eigentlich eine Firmenwohnung und nur gemietet, wegen der Steuer, glaube ich ... sie zog einen Schuh an, —hast du nicht wenigstens eine Nummer, unter der ich dich erreichen kann? Kannst du sie bitte aufschreiben und in die Tüte legen? Da ist ein Stift in der ...
—Ich kann dir nur, ich geb dir Eigens Nummer, das ist die einzige, die mir einfällt ... er zog einen Schuh an, ging zu ihrer Tüte.
—Und dein Penicillin liegt da vorn in der Schublade ...
—Es ist alle, ich hab alles genommen, fühl mich aber immer noch wie ne wieder aufgewärmte Leiche.
—Jack, geh bitte zu einem Arzt, wenn es dir nicht bessergeht, versprichst du mir das? Sie drehte sich um, knöpfte den letzten Knopf zu, —Jack, den ziehst du nicht an!
—Aber es regnet vielleicht, ich dachte nur, daß ...
—Ehrlich, häng ihn wieder in den Schrank! Du hättest dir einen bei Tripler kaufen sollen, aber das kannst du ja immer noch tun, ich nehme dich mit bis ...
—Amy, hör zu, Amy ...
—Nein, Jack, bitte! Ich, ich hab dir doch gesagt, daß ich nicht besonders mutig bin, Jack, wenn ich jetzt nicht gehe, dann, ich muß das einfach tun, nimmst du bitte die Einkaufstüte? Ich glaube, mein Lidschatten ist schon verschmiert ...
—Aber, Scheiße, dir vertraue ich ja, Amy, aber nicht dem Leben, nicht dem ganzen Scheiß ...
—Jack, bitte, bitte, versprich mir, daß du an dem Buch arbeiten wirst, wenn ich weg bin, daß du gleich heute damit anfängst und daß du dich nicht mehr von diesen albernen Ideen runterziehen läßt, von wegen, daß es das alles nicht wert ist, und deine ganzen ...
—Aber, Amy, wenn du weg bist, wird das ganze Scheißding, wenn ich rausgehe und mich bei Tageslicht sehe, werd ich mich fragen, was zum Teufel du überhaupt an mir findest ...
—Jack, sag doch sowas nicht! Sie beugte sich wieder dicht vor den Spiegel, berührte die Linie unter einem Auge und dann die unter dem anderen. —Ich liebe dich aus Gründen, die du nie verstehen wirst, sagte sie, bleib noch einen Moment so stehen und sah sich an, bis sie sich abwandte und den Spiegel der Lampe überließ und dem jeweiligen

Kopfteil des Bettes links und rechts von der Mitte, beide leer. In der Tür faßte sie seinen Arm. —Was hast du da denn noch?
—Scotch, hab kaum was davon getrunken ...
—Jack, du wirst doch nicht mehr so viel trinken?
—Nein, ich, nein ... er räusperte sich, hielt vor dem ausladend weißen Sofa an, hob den gelben Bademantel mit dem Riß vom Fußboden auf und hielt ihn ihr hin, —nimmst du den nicht mit?
—Was? Sie hatte schon die Tür zum Flur geöffnet, drehte sich um, schaute auf, als hätte er sie dabei ertappt, wie sie dabei war, ihren Entschluß rückgängig zu machen, und schlug die Tür wieder zu. —Oh, den? Nein ... Sie öffnete die Eingangstür, —du hast gedacht, das ist meiner ...? Die Tür schnappte hinter ihnen zu, und er, einen halben Schritt vor ihr in den Fahrstuhl hinein und einen halben hinter ihr wieder heraus, von einem Portier mit offener Uniformjacke zu einem Taxi geleitet, los mit einem Ruck, der ihn in die Ecke drückte, er starrte auf die Linie ihres Wangenknochens, die Klarheit ihrer Haut und die schmalen Finger, die eine Sonnenbrille aufsetzten, die Linie ihres Halses. —Auf der Bank wird es nur einen Moment dauern, Jack, ist das auch wirklich in Ordnung?
—Ja, sieh mal, warum kann ich nicht einfach mitkommen? Hab genug Geld für zwei Hin- und Rückflüge und ...
—Sei nicht albern, Fahrer, warten Sie bitte ...
Und, nach ihr aus der Bank kommend, —mir wärs lieber gewesen, wenn du auch genug für den Rückflug genommen hättest, Amy, Scheiße, ich glaube, du ...
—Jack, sei doch nicht albern, Fahrer, halten Sie bitte bei Tripler.
—Nein, aber Amy!
—Nein, Jack, bitte ... sie ergriff seine Hand und hielt sie auf dem Sitz fest, wandte sich von ihm ab, dem Fenster zu, und er schaute mit solcher Konzentration, als wolle er sich jede einzelne Feinheit ihres Ohrs ins Gedächtnis einbrennen. —Daß ich dich an so einem Tag verlassen muß, in diesem erbärmlichen Popeline-Anzug, ich hoffe, daß dein neuer heute fertig ist, das haben sie uns wenigstens zugesagt ... Sie fuhren langsam an den Bordstein heran.
—Amy, hör zu ...
—Außerdem hat es angefangen zu regnen, Jack, bitte, bitte paß auf dich auf und, nicht so, Jack, bitte, ich krieg keine Luft ...
—Wenn du wiederkommst, Amy, hör zu, in dem Moment, wo du wieder da bist ...

—Und, Jack, kauf dir auch einen Regenmantel, ach, ich hoffe wirklich, daß dein Anzug fertig ist ... ihre Hand verfärbte sich weiß, so sehr drückte sie die seine —ich, ich hätte mir so gewünscht, dich darin zu sehen ...
—Amy ...! Er machte noch einen Schritt in Richtung der zufallenden Taxitür, hielt die Flasche in der Papiertüte unter dem Arm, wurde von Ellenbogen gestoßen, als die Ampel umsprang. Dann eine Hupe, die ihn aufschreckte, und ein gelber Kotflügel, der ihn nur knapp verfehlte. Trotzdem erreichte er wieder sicheren Grund und ging auf sein eigenes Spiegelbild zu, das sich in einer Auslage mit spröden Hemdenstoffen, gedecktem Kammgarn und ungetragenen Schuhen als unverhohlene Beleidigung präsentierte.
—Mister Gibbs? Sind Sie das etwa?
—Ich?
—Vielleicht erinnern Sie sich nicht an mich, mein Name ist Beamish, aus dem Schramm-Nachlaß? Ich, aber das kann doch keine Verwechslung sein ...?
—Ay Beamis sí! No es mí no pero que importa, verdad? Porque me acuerdo de ti sí Senor, y la rubia? es tu Señora? Coño ...
—Ach du lieber Himmel, ich, entschuldigen Sie, Sir, wir ...
—Que culo muy rico, mira como tiene el culo en los bolsillos ...!
—Nein, nein, bitte, lieber Himmel, Mrs. Schramm, schnell, ich glaube, wir sollten lieber ...
—Y el pecho tan bueno también pero falta simpatía, me permites tocar adentro Señora?
—Nein, nein, lieber Himmel! Entschuldigen Sie uns, Sir, wir gehen gleich hier über die Straße, Mrs. Schramm, schnell, solange noch Grün ist, Mister Duncan, sind Sie noch da?
—Espérame! espérame ...!
—Er kommt uns doch wohl nicht nach? Ich weiß gar nicht, wie mir das, sind Sie noch da, Mister Duncan? Mrs. Schramm, ich muß mich bei Ihnen entschuldigen, ja, hier entlang, ist er weg? Ich fürchte, ich habe Sie in Gefahr gebracht, Madame, aber er sah genauso aus wie Mister Gibbs, einer der Testamentsvollstrecker, aber, du lieber Himmel! Da ist ein Taxi, Mister Duncan, könnten Sie es bitte heranwinken? Ich weiß, Mrs. Schramm möchte nach Hause, ich bitte nochmals um Entschuldigung, Madame. Da der andere Testamentsvollstrecker, Mister Eigen, es nicht für nötig gehalten hat, diese Unterlagen bei Ihnen abzugeben, war wohl der Wunsch mal wieder Vater des Gedankens,

irgendwie hatte ich gehofft, daß wenigstens dieser Mister Gibbs Dampf hinter die Sache macht, aber die Ähnlichkeit war auch wirklich frappierend, und direkt vor Tripler! Auf Wiedersehen, ich werde Ihnen Kopien dieser Unterlagen sofort zukommen lassen, nein nein, Mister Duncan, warten Sie, wo wollen Sie denn hin ...?
—Die Dame nach Hause bringen ...
—Nein, ich denke, jetzt kann nichts mehr passieren, Mister Duncan, hier entlang, bitte, das Waldorf ist nur einen Block von hier ...
—Ich dachte, sie wollten mich mit Mrs. Schramm zusammenbringen.
—In gewisser Hinsicht schon, Mister Duncan, aber da ihre rechtliche Position ja im wesentlichen nur der einer Vermächtnisnehmerin entspricht, lassen Sie uns hier über die Straße gehen, solange noch Grün ist, ich glaube, es dient Ihren Interessen am besten, wenn Sie mit jemandem reden, der unmittelbar für die Firma ...
—Ich will nur zusammengebracht werden, und dann wieder ab nach Zanesville.
—Ich verstehe durchaus, ja, da vorne ist schon das Waldorf, ich wollte noch sagen, falls kein Verantwortlicher der Stammfirma da sein sollte, wird Mister Davidoff Sie sicherlich, äh, zusammenbringen können, wie Sie sagen, aber ich sollte Sie wohl noch auf ihn vorbereiten, hier, gleich in diesen Eingang bitte. Er ist eigentlich nur ihr PR-Manager, aber er hat seine Kompetenzen offenbar auch auf den operativen Bereich ausdehnen können, und falls er Ihnen etwas überheblich vorkommt, Geduld, Geduld, ja, die Fahrstühle sind da drüben, die Nummer der Suite hatte ich mir doch irgendwo notiert? Offenbar hat man eine Art Konferenz der verschiedenen Geschäftsbereiche einberufen, und obwohl ich selbst als Anwalt der Stammfirma im Fall dieser Triangle-Transaktion fungiere, muß ich Ihnen doch ganz ehrlich gestehen, daß ich bislang mit der gesamten Bandbreite ihrer anscheinend äußerst vielfältigen Aktivitäten noch nicht recht vertraut bin, ja, das ist unsere Etage, hier entlang. Die gesamte Situation entwickelt sich in der Tat mit einer Geschwindigkeit, die für mich etwas ungewohnt ist, aber so ändern sich die Zeiten, nicht wahr, Mister Duncan? Die nächste Tür nach dem Wachposten, glaube ich. Ich bin etwas altmodisch, aber schuld an dieser Entwicklung ist meines Erachtens, daß die gesetzlichen Bestimmungen immer häufiger durch viele kleine Zusatzverträge ausgehöhlt werden, ach so, hier ist zu? Klopfen Sie einfach, ja, das ist der Schlüssel zum Ganzen, glaube ich, die Entwicklung weg vom Gesetz und hin zum Vertrag ...

—Herein, ist das der Zimmerservice, Virginia?
—Nein, Sir, das ist nur, ach, Sie sinds, Mister Beamish, erwartet Mister Davidoff Sie?
—Ich glaube, ich habe Ihnen zu diesem Zweck eine entsprechende Nachricht zukommen lassen, als ich Sie anrief, ja, wir ...
—Daß Sie Mister Brisboy mitbringen wollten, richtig, ja, ich weiß nicht mehr, ob ich es ihm gesagt habe, jedenfalls sitzt er da drüben am Telefon, und die anderen Herren nehmen gerade eine Kleinigkeit zu sich, möchten die Herren vielleicht ein Sandwich oder einen Schnaps oder sonst etwas, während Sie warten?
—Nein, ich glaube nicht, Virginia, danke, das ist Mister Duncan und ich glaube, er ist etwas in Eile, lassen Sie uns doch gleich hier warten, Mister Duncan ...
—Vielleicht könnten Sie mich mit ihr zusammenbringen?
—Entschuldigung, mit Virginia? Das glaube ich kaum, Mister Duncan, soviel ich weiß, ist sie seit geraumer Zeit in der Firma, aber sie dürfte kaum in einer Position sein, die Ihre Probleme zu lösen imstande ist, sie ist nur eine Art Sekretärin, Empfangsdame, so etwas in der Art, und in dieser Funktion auch nicht unbedingt ein Genie, das hier ist Mister Davidoff, und er wird sicherlich jeden Moment sein Telefongespräch beendet haben ...
—Sir ...? Korrekt, Herr General, positiv, jawohl, Sir, ein Ehrendoktor der Rechte, Sir, man ... der was, Sir? Der Philosophie? Ich werde da sofort nachhaken, Sir, ich bin sicher, man ... daß man sich nicht bewußt war, daß Sie auch gemalt haben, jawohl, Sir, man ... im Life Magazin, jawohl, Sir, aber das liegt natürlich schon ein paar Jahre ... Jawohl, Sir, die Universität ist sich Ihrer Hilfe bei der Plazierung der Forschungsaufträge für die Regierung vollkommen bewußt, Sir, aber unser neuer Entwicklungsleiter bei Ray-X arbeitet noch an der, Virginia, nehmen Sie Mister Brisboy doch mal den Mantel ab, entschuldigen Sie, Sir, Sir ...? Ja, Sir, die Regierungsaufträge an Ray-X sind alle unter Dach und Fach, Sir, sie müssen jetzt nur noch ein paar Produkte entwickeln, die ... eins davon nennt sich Frigicom, jawohl, Sir, eine neue Methode zum ... Überschreiten des Kostenlimits, natürlich, Sir, Virginia, geben Sie mir mal das Hintergrundmaterial über Frigicom, damit ich dem General vorlesen kann, was ... Oh, Sie schicken dafür Ihren Adjutanten vorbei, jawohl, Sir, wir ... natürlich nach Prüfung durch unser juristisches Adlerauge hier, jawohl, Sir, Sie wissen ja, wie pedantisch der Boß sein kann ... Als wir heute morgen anriefen, jawohl, Sir, er ... ja,

ich habe manchmal auch Schwierigkeiten, ihn am Telefon zu verstehen, Sir, aber das war eine schriftliche Aktennotiz, die er ... seine Handschrift, jawohl, Sir, das finde ich auch ... Das geht, jawohl, Sir, Virginia, jagen Sie mal für General Haight die letzte Chefnotiz durch die Schreibmaschine und machen am besten gleich acht Durchschläge davon, Beamish hier wird auch einen haben wollen, und ... Sir? Ja, Sir, darauf können Sie Ihren ... ich sagte positiv, jawohl, Sir, Wiedersehen, Sir, ach, und Virginia, zeigen Sie mir das, bevor Sie es wegschicken, beim letzten Diktat haben Sie statt orientalisch einfach oridentalisch getippt, wo kommen denn diese Rühreier her? Tja, Brisboy, da können Sie mal sehen, was es bedeutet, den Laden zu schmeißen, man kampiert in ner Hotelsuite und kein Kapitän an Deck, ach, und Virginia, der Schwarze, der da hinten in der Ecke sitzt, wenn der gekommen ist, um die andere Telefonleitung anzuschließen, sagen Sie ihm, daß er sich mal beeilen soll, der wird doch nicht fürs Rumsitzen und Rumglotzen bezahlt, was guckt der sich da eigentlich an? Nen alten Ray-X-Spielzeugkatalog?
—Den hab ich ihm nur zum Blättern gegeben, Mister Davidoff, da sind diese ganzen Bilder drin, und er kann kein Englisch lesen, weil er ...
—Also wer ist denn das überhaupt, und was macht der hier? Und wenn Sie sowieso schon drüben sind, Virginia, sehen Sie gleich mal in der Kiste unter der blauen Chaiselongue nach, die Akte mit dem Vermerk Gesundheitspaket, Mister Brisboy wird sich das ansehen wollen wegen der Friedhofseinbindung, dabei fällt mir ein, Brisboy, daß auf Sie ne Entschuldigung zukommt, als die Presseheinis angerufen haben wegen Ihrer Kette von Wagner-Beerdigungsinstituten, die sich der J R Corp. Firmengruppe anschließt, war ich gerade mit diesen Indianern beschäftigt, und Virginia machte Telefondienst mit einigen Notizen von mir, in denen ich den Laden immer mit B-Institut abgekürzt hatte, da sind die leider auf die Schnapsidee gekommen, daß wir in unsere Altersheim-Friedhof-Kombination noch einen Bordellbetrieb einbauen wollen, wir sollten das schnellstens richtigstellen, und da hab ich mir gedacht, daß Sie vielleicht später noch ne Presseerklärung abgeben könnten, an der im Augenblick noch jemand arbeitet, Beamish, mir ist klar, daß sie mit dem Chef von Anfang an zusammengearbeitet hat, und das ist auch der einzige Grund, warum ich an ihr festgehalten habe, als unser Büro in der City geschlossen wurde und er sie zu mir schickte, ich dachte, sie wüßte vielleicht, was hinter den Kulissen passiert, hinter den operativen Abläufen, aber Fehlanzeige, vielleicht

können Sie ja Mister Bast dazu überreden, sie in unserem Hauptquartier in der sechsundneunzigsten Straße einzusetzen, mir ist das nicht gelungen, sehen Sie sich nur dieses Riesenbaby an, wenn die sich in ihrem billigen Kleid nach vorne beugt, krieg ich automatisch Platzangst, nimmt immer ihre Ohrringe ab, bevor sie ans Telefon geht, und hängt sie sich dann wieder an, verstehen Sie, was ich meine, Beamish? Ich brauch hier ein richtiges Mädel, das, sehen Sie jetzt, Mister Brisboy, was es bedeutet, den Laden am Laufen zu, was ist denn jetzt schon wieder los, Virginia?
—Dieser Mann vor der Tür da, der...
—Wenn das der Bursche vom General ist, dann geben Sie ihm ein Exemplar des Berichts über Frigicom, den sollten Sie übrigens noch mal unter die Lupe nehmen, Beamish, bevor Sie verschwinden, ach, und Virginia, die Notiz vom Boß, die sie durch die Schreibmaschine jagen sollten, davon geben Sie ihm mal lieber gleich zwei Durchschläge, und einen für Beamish, wo ist sie denn hin?
—Ich habe gerade damit angefangen, Mister Davidoff, aber der Mann an der Tür hat so ein großes Paket für Mister Bast, er sagt, das ist ein Golftrainings-Set, das...
—Verstehen Sie, was ich meine, Beamish? Das Klavier ist eine Sache, aber einen Golfplatz aufmachen mitten in, Virginia, geben Sie ihm einfach die Anschrift von der sechsundneunzigsten Straße, da sollen die das aufbauen, weil Mister Bast sich dort sowieso die meiste Zeit aufhält, der Boß hat ihn voll in dieses Stiftungsprojekt für Musikstipendien eingespannt, deshalb braucht er mich ja auch hier an Deck, damit ich mich um alle die Buschfeuer kümmere, in seinem Zustand ist Mister Bast damit hoffnungslos überfordert, ich hab ihm mal diese große Alsaka-Entwicklungssache gezeigt, und da hat er nur gestaunt, stand hier rum, als ob sein Hörgerät ihm was Außerirdisches ins Ohr säuselt, und sah so aus, als hätte er zwanzig Pfund abgenommen, seitdem er dieses Musikprojekt bearbeitet, richtig, ab morgen ist er ja in, Virginia, rufen Sie Piscator an und fragen Sie nach, ob mit dem Firmenlogo alles klargeht, der Boß will, daß es aufs Heck des Firmenflugzeugs gemalt wird, bevor Mister Bast morgen zu dieser Wonder-Beerdigungssache fliegt, wie gesagt, Beamish, ist so ne kleine Zwischenstation auf dem Weg zu diesem Indianerumzug, den wir organisiert haben, um denen ein bißchen Feuer, Moment, wenn Sie Piscator am Apparat haben, sollte ich lieber selber, wer?
—Es ist...

—Wenn es Mister Zehn-Vierzig ist, sagen Sie ihm, er soll sich besser hier blicken lassen, bevor wir Mooneyham verlieren, vielleicht wollen Sie sich da selber einklinken, Brisboy, unser Personalchef kommt vorbei, um den Top-Leuten der einzelnen Geschäftsbereiche mal auf den Zahn zu fühlen, irgend so eine Sitzung, auf der wichtige Entscheidungen fallen sollen, der Boß hat ihn damit beauftragt, wer ist denn dran, Virginia?
—Es ist das Büro des Hotelmanagers, sie wollen Mister Bast sprechen...
—Sagen Sie ihm, wir rechnen jeden Augenblick mit ihm, er, hier, geben Sie mal her, hallo...? Nein, hier ist Mister Davidoff, was... Nicht auf Mister Bast, nein, diese Suite geht auf die Rechnung von Pomerance Associates, und wir stellen sie dann dem Kunden in Rechnung, sonst noch was... was? Was soll das heißen, General Haights Suite? Die stellen Sie weder uns noch der JR Corp. in Rechnung, nein, er... er ist im Aufsichtsrat, ja, aber als wir diese Suite übernommen und ihn ans Flurende umquartiert haben, haben Ihre PR-Heinis ihn zum Ehrengast des Hotels erklärt, Stichwort Image-Transfer, sagt Ihnen das was? Weil Sie nämlich jetzt mit einem pensionierten Drei-Sterne-General werben können... Drei, nein drei, ist zu seiner Pensionierung nochmal befördert worden, er... Ich habe Ihren PR-Heinis aus dem Grund nicht gesagt, daß er da drüben nur für die Army-Supermärkte zuständig war, weil sie mich gar nicht danach gefragt haben, und was... Nein, ich weiß nicht, wie lange er hierbleiben wird, nein, aber bevor Sie uns auf die Tour kommen, würd ich mich an Ihrer Stelle warm anziehen... ja, Wiedersehen, da ist jemand an der Tür, Virginia, haben Sie die Akte für Mister Brisboy rausgesucht?
—Entschuldigen Sie, Mister Davidoff, bevor wir hier fortfahren, dies ist nicht Mister Brisboy sondern Mister Duncan, und ich glaube, er...
—Duncan?
—Mister Duncan, ja. Ich glaube, Mister Duncan ist im Zusammenhang mit der Triangle-Products-Übernahme zu der Annahme gelangt, daß seine Firma aufgrund der Verbindlichkeiten gegenüber Triangle das Interesse der Stammfirma geweckt hat, jedenfalls...
—Keine Sorge, Mister Duncan, Beamish bekommt manchmal einiges durcheinander, aber ansonsten haben wir alles unter, Virginia, holen Sie mal Skinner aus dem Schlafzimmer, ich zeig Ihnen mal die Nullnummer, die er gerade für uns entwirft, tja, Duncan, da kriegen Sie mal 'n echten Einblick, wer ist denn da an der Tür...?

—Ein Mann mit einem kleinen Schnurrbart, er sagt, daß er Baßflöte spielt und ...
—Der hat uns gerade noch gefehlt, sagen Sie ihm, er solls mal unten im großen Saal versuchen, und sagen Sie Skinner, er soll diese Frau mitbringen, wirklich erstklassige Qualifikationen in Lehrplangestaltung, Duncan, Sie brauchen nur einen Blick auf das zu werfen, was sie uns vorgelegt hat, und dann verstehen Sie sofort, worum es in dem großen Artikel geht, den wir am Montag in der Times hatten, ist da jemand am Telefon?
—Mister Davidoff, bevor wir fortfahren, ich glaube, hier liegt eine Verwechslung vor, Mister Duncans Firma ist nicht, wie Sie meinen, Mister Bris ... vor allem mit ihrem Ruf als führender Tapetenhersteller ...
—Tapeten? Sie haben auch was übrig für diese Art Humor, was, Duncan? Ach, Virginia, wenn das diese beiden Indianer sind, die da anrufen, sagen Sie ihnen, sie sollen bloß bleiben, wo sie sind, wir schicken jemanden zu ihnen raus, wenn wir die jetzt nicht erwischen, wird der Boß echt, wer ist denn dran ...?
—Es ist irgendeine Zeitschrift, die ...
—Sagen Sie denen, ich sei in einer Besprechung, und lassen Sie Skinner herkommen mit, Moment, geben Sie mal her, hallo ...? Nein, er ist nicht da, wer ...? Die Erklärung, die er Ihnen am Telefon abgegeben hat, welche Erklärung ...? Moment mal, wo haben Sie ihn gestern abend angerufen? Er ist doch gar nicht mehr in der Stadt seit ... Mister Bast ist auch nicht hier, nein, er operiert von unserer Zentrale in der sechsundneunzigsten Straße aus, wir haben hier nur vorübergehend unsere Zelte aufgeschlagen und organisieren die Firmen-PR, bis der Mietvertrag für das Gebäude an der Madison unterschrieben ist und ... weil ich im Augenblick über die Lage an der Akquisitionsfront wahrscheinlich besser informiert bin als Mister Bast, deshalb, der Anwalt, der den Triangle-Deal aufgesetzt hat, sitzt direkt vor mir, was ... Also wer hat denn behauptet, daß Mister Bast nicht mehr Geschäftsführer der Stammfirma ist? Ihr Jungs von der Presse solltet weniger auf die Gerüchte hören, die ihr selbst in die Welt setzt und lieber ... was? Weil er mit dieser Stiftungssache beschäftigt ist, Sie lesen ja nicht mal die Presseerklärungen, die wir Ihnen schicken, Virginia, geben Sie mir mal ein Exemplar der Presseerklärung über die JR-Stiftung zur Unterstützung sinfonischer ... was? Also weshalb rufen Sie denn überhaupt an ...? Gerüchte, nichts weiter, hab ich doch gleich gesagt, Ihr Jungs hört doch nur ... Komma acht Millionen in diesem Jahr, eine

solche Verlustabschreibung nimmt doch jeder gerne mit, aber einen Liquidationsplan gibt es nicht, nein, die Zeitschrift wird übernommen, um die ganze vertikale Integrationsstruktur abzurunden, von der Zellstoffproduktion über die Papierherstellung und mit Hilfe von Triangle hinein in einen Sektor mit höheren Zuwachsraten als die Rüstungsindustrie, wir wollen den gesamten Printbereich unter einem Dach vereinen, wir verkaufen die komplette Anlage und leasen sie zurück oder nutzen entsprechende Synergie-Effekte durch unsere Kontakte zu Duncan, übrigens Duncan sitzt gerade persönlich vor mir und bespricht mit mir die ganze Angelegenheit, das Konzept sieht folgendermaßen aus, gediegene Backlist und die Schnelldreher im Handel plus Aufbau einer Kinder-Enzyklopädie, erweitert den gesamten Lehrbuchbereich, und natürlich eine Frauenzeitschrift mit einem völlig runderneuerten Gesicht, peppig und, die Nullnummer wird gerade produziert, geradezu der Quantensprung in ... übrigens, wir ändern den Titel in Die, mehr kann ich Ihnen noch nicht verraten, aber ein völlig neues Konzept ... das hab ich auch gelesen, ja, wenn Time Magazine glaubt, daß wir damit unser letztes Hemd verlieren, dann ... Weil diese Jungs immer noch Vorstellungen haben wie im neunzehnten Jahrhundert, fragen Sie die doch mal, wieviel es die kostet, auch nur ein einziges Abo an Land zu ziehen, ein einziges Abo, nur ein einziges ... was? Wer hat denn was von Einwegbekleidung gesagt ...? Nein, wir haben den Geschäftsführer von Eagle Mills hier, ich klär das mal ab, rufen Sie uns später wieder an, Virginia? Geben Sie mir mal Mister Hopper, der hat sich lange genug in seinen Profiten gesonnt, mal hören, ob er in die Einwegsachen einsteigen will, schon mal davon gehört, Beamish?
—Nein, aber ich glaube ...
—Das wundert mich nicht, ich glaub ja inzwischen selber alles, was ich über Papier zu hören bekomme, so wie die die Wegerechte für die Kraftwerke und die Schürfrechte da unten durchziehen, Virginia, hab Ihnen doch gesagt, Sie sollen Skinner mit den Unterlagen herholen, die der Boß haben will, die Zahlen über den Papierverbrauch, der dreimal schneller wächst als das Bruttosozialprodukt, ist für Mister Basts Besprechung mit den Jungs von der Kursanalyse, erst will er, daß wir ihm einen hochkarätigen Redenschreiber besorgen, und dann liest er denen am Telefon diese Erklärungen vor, daher stammt wohl auch das Interview in der Business Week, Triangle Products zu einem nicht näher genannten Preis übernommen, angeblich aber bedeutend unter

Bilanzwert, nennen ihn einen ausgefuchsten Spekulanten, obwohl es ja Beamish war, der sie auf viereinhalb Millionen festgenagelt hat, damit haben Sie Piscator richtig eins ausgewischt, der könnte glatt denken, Sie wollen ihm aus seinem Napf fressen ...
—Ich? Lieber Himmel, ich habe ja kaum ...
—So ist der Boß vermutlich auch auf den Gedanken gekommen, daß Sie was hinter seinem Rücken treiben, hervorragende Idee übrigens, die zweihunderttausend Außenstände von Sie auf Triangle zu übertragen mit ihren null Komma acht Millionen an operativen Verlusten im laufenden Jahr, nur so konnte er es auch von Ihren viereinhalb Millionen abziehen, drei Millionen davon sind ja durch den Verkauf des Eagle-Pensionsfonds an die Angestellten abgedeckt, und mit eigener Rohstoffversorgung steht X-L bereits bei neunundzwanzig, dazu über fünfzigtausend X-L-Standardaktien, Marktpreis eins Komma vier Millionen, macht in der Bilanz einen Gewinn von eins Komma drei Millionen, er will jetzt, daß Sie diese Zahlen für die Presse bestätigen.
—Na ja, das kommt mir ein bißchen knapp vor, und ich glaube, wir müssen auch noch berücksichtigen, welchen Stellenwert ...
—Diese Ritz-Bright-Leaf-Geschichte, darüber machen Sie sich mal keine Sorgen, sagen Sie Ihren Vorgesetzten einfach, daß der Chef das ganz kühl als Steuerverlust aussitzt, während das Testprogramm des US-Landwirtschaftsministeriums in Gang kommt, es gilt offiziell zwar noch als geheim, aber er will, daß ich mit Ihnen schon über mögliche Handelsnamen spreche, sobald das mit Senator, Virginia, wo bleibt mein Gespräch mit Senator, oder ist er da schon am Apparat?
—Nein, es ist der Zimmerservice, hat jemand Salzheringe bestellt?
—Wahrscheinlich Mooneyham, der sich damit wieder Durst machen will, der Arzt möchte ihm das Saufen abgewöhnen, schickt ihn deshalb fünfmal am Tag ins Kino, und inzwischen hat er so viele dreckige Filme gesehen, daß er gleich wieder, Virginia, nehmen Sie ihm unter irgendeinem Vorwand das Glas weg und flößen Sie ihm Kaffee ein, bevor Mister Zehn-Vierzig erscheint, den nenn ich so, weil wir ihn durch so einen Computervermittlungsdienst bekommen haben, er arbeitet an einem Buch über Meßwesen, das Skinner für's Frühjahrsprogramm haben will, Virginia? Sagen Sie Skinner, wenn die Papierbestellung durch ist, soll er doch gleich mal die Tradelist mitbringen, da fällt mir ein, Beamish, hat der Boß Ihnen irgendwas darüber gesagt, was wir mit dem restlichen Lagerbestand von Triangle machen sollen?
—Nein, aber ich glaube ...

—Hat wahrscheinlich vor, alles zu verramschen, in seiner letzten Aktennotiz hat er angeordnet, daß der große Wasserturm so angestrichen wird, daß er aussieht wie ne riesige Rolle Klopapier, das hat er sogar auf nem Luftbild skizziert, das wir ihm geschickt haben, höchstpersönlich, mit orangefarbenem Filzstift, wollte sich aber noch vergewissern, ob es da keine rechtlichen Bedenken gibt.
—Nein, aber ich glaube kaum, daß die Anwohner in unmittelbarer Nähe des Triangle-Werks den Anblick einer riesigen Rolle Klopapier unbedingt begrüßen ...
—Da machen Sie sich mal keine Sorgen drum, wenn diese von oben bis unten handschriftlich vollgeschriebenen Notizen auf liniertem Papier hier ankommen, dann habe ich grundsätzlich keine Einwände, sondern krempel die Ärmel hoch, er will Lösungen und keine Probleme ...
—Mister Davidoff, entschuldigen Sie, Sir, aber deshalb ist Mister Duncan ja hier. In der begreiflichen Eile, mit der JR Corp. auf einen raschen Vertragsabschluß drängte, ist es im Zusammenhang mit der Übernahme von Triangle Products offenbar zu einigen Mißverständnissen gekommen zwischen ...
—Gut, dann soll sich Skinner die Sache ansehen, das geht am schnellsten, diese Rechtsverdreher kommen einfach nicht zur Sache, Beamish hier zum Beispiel kommt uns hier seit geschlagenen zwanzig Minuten mit seinen Einwänden, Einschränkungen und dem ganzen juristischen Pipifax, und wir sind seitdem kein bißchen, da drüben entlang, Mister Duncan, ach, und Skinner, Ihren alten Verkaufsleiter muß ich Ihnen ja wohl nicht vorstellen, Duncan, lassen Sie sich von ihm nen Überblick geben, wenn's dann noch Fragen gibt, stehe ich Ihnen gerne zur Verfügung.
—Mensch ...
—Hab Skinner an Bord geholt, als ich bei Diamond gekündigt habe, Beamish, er hatte ein Angebot, als Manager für die Bank zu arbeiten, die Duncan als Vorstand hier aufgebaut hat, einziger Haken dabei eine Option über hunderttausend Dollar quasi als Eintrittskarte, die er nicht hat, alles was er vorweisen kann, ist die Teilhaberschaft an einer Drei- oder Vier-Millionen-Dollar-Firma hier in Long Island City mit ein paar Problemen bei der Reorganisation, der Anwalt von denen kommt übrigens später noch vorbei und zeigt Ihnen seine Zahlen, die Frau, die Skinner gerade geheiratet hat, hat durch ihre Scheidungsabfindung fünf Prozent von der Firma in die Hand bekommen und

hinterlegt das als Sicherheit für den Kredit von J R Corp., um sich die Option zu sichern und den vollen Kaufpreis dann aus zukünftigen Gewinnen zu begleichen, wahrscheinlich ist es das, was Duncan hier durch den Kopf geht ...
—Ich will nur zusammengebracht werden und dann nichts wie zurück nach ...
—Ja, Mister Davidoff, wir müssen das jetzt bitte mal unterbrechen und wieder auf ...
—Machen Sie sich keine Sorgen darum, so ist das eben, wenn man den Laden schmeißt und niemand sonst ist an Deck, der die Buschfeuer löscht, übrigens alles das Werk von Time Magazine, behaupten, wir verlieren unser letztes Hemd, deshalb sorgt sich Duncan doch auch um seine zukünftigen Gewinne, will wahrscheinlich mal einen Einblick, wo sind die Kritiken von den Neuerscheinungen, erstklassige Kritiker übrigens, nur die erste Sahne und deswegen vielleicht nicht unbedingt so angetan, wenn sie über erstklassige Talente stolpern, so ist das nun mal, aber wollen Sie das im Ernst als Tapeten bezeichnen, Beamish?

I CHOSE ROTTEN GIN Die Geschichte eines desillusionierten Kommunisten, der nicht den Mut aufbrachte, sich gegen die Partei aufzulehnen.
»... ganz offensichtlich darauf angelegt, als Meisterwerk Furore zu machen, was bei einem etwas weniger ehrgeizigen Buch auch gelungen wäre, jedenfalls für die wenigen Leser, die der Autor damit noch gefunden hätte ...«
— Glandvil Hix

OI CHITTERING ONES Ein ernsthaftes Werk, das dazu auffordert, unsere Ängste zu überwinden und unsere wahre Stärke zu entdecken.
»... die vielfältigen Erscheinungsformen des amerikanischen Lebens sind derart unzureichend und oberflächlich geschildert, als wolle uns der Autor das Gefühl vermitteln, er selbst habe es eigentlich nie kennengelernt ...«
— M. Axswill Gummer

THE R I COONS IGNITE Gewalt in einer kleinen Gemeinde des Südens, behandelt die Rassenfrage zugleich subtil und ehrlich.
»... in diesem abstoßenden Buch gibt es nirgends auch nur die Spur von Freundlichkeit, Ehrlichkeit oder Anstand ...«   — S. T. Erlingnorf

TEN ECHOES RIOTING Ein subtiler und gefühlvoll-bezaubernder Roman.
»... ein subtiler und gefühlvoll-bezaubernder Roman ...« — B. R. Endengill
»... ein literarisches Ereignis erster Güte irgendwie ...«
— Newsleak Magazine

THE ONION CREST G I Ein aufwühlender Kriegsroman, Abenteuer eines Sergeanten aus Wisconsin (dem Zwiebel-Staat), der kein Blatt vor den Mund nimmt.
»... wenig überzeugend, da es auf nichts anderem als einem engen, voreingenommenen Blickwinkel basiert, eine Projektion persönlicher Unzufriedenheit ...« — Milton R. Goth

»... wieder so eine lange und ziemlich armselige Saga über die Suche des modernen Menschen nach seiner Seele ...« — Baltimore Sun

THOSE NIGER CONTI Muntere Liebesromanze um die Familie Godzzoli und den italienischen Geheimdienst in Ägypten.
»... nicht zu unterbietende Disziplinlosigkeit ...« — Kricket Reviews

THE TIGER ON SONIC Ein Killer im ländlichen New England geht am Ende der vielleicht bekanntesten Figur ins Netz, die der Autor je geschaffen hat: Ethan Frome, der Detektiv, der seine Fälle vom Ohrensessel aus löst.
»... ein köstliches Lesevergnügen ...« — D. O'Lobeer

—Ich muß gestehen, die Titel klingen ziemlich vielversprechend, Mister Davidoff, gleichwohl sollten wir ...
—Ich denke immer noch über einen Titel nach für dieses neue Buch über Meßwesen von unserem Mister Zehn-Vierzig, der mit seinem Hundert-Dollar-Vorschuß gleich losmarschiert ist, um sich einen neuen Anzug zu kaufen, und die Haight-Memoiren, Skinner hat einen namhaften Topautor beauftragt, um dem General den Anfang zu, Virginia, versuchen Sie doch mal, Mister Gall zu erreichen, hat uns auch einen neuen Western versprochen mit dem Titel Das Blut auf Rot Weiß und Blau, sobald sein Theaterstück produziert wird, vielleicht muß ich ihn auch vom General abziehen, damit er dem Boß bei seiner Lebensgeschichte unter die Arme greift, die er veröffentlichen will, er glaubt, daß seine persönliche Erfolgsstory auf die Firma abfärbt und umgekehrt, wenn er den Sprung ins Auge der Öffentlichkeit wagt, hat ja 'n scharfen Blick fürs Geschäftliche, aber mit seiner Rechtschreibung hapert es noch etwas, Virginia? Haben Sie Mister Gall erreicht? Er müßte doch längst hier sein mit dem Manuskript für den Indianerumzug, und rufen Sie die Rezeption an, fragen Sie, ob man diese beiden Indianerjungs gesehen hat, und sie sollen lieber mal gleich in der Bar nachsehen, sagen Sie, sie sollen die Brook Brothers ausrufen lassen, ach, und Skinner, bringen Sie mal einen Ihrer Standard-Autorenverträge rüber, Sie wissen ja, wie pedantisch der Boß sein kann,

wenn's um den Buchstaben des Gesetzes geht, Beamish, er will eben sichergehen, daß es da keine von Ihren juristischen Fußangeln gibt, sonst wollen die Autoren am Ende auch noch über die Werbung selbst bestimmen...
—Ich glaube kaum, daß es da Anlaß zu Besorgnis gibt, Mister Davidoff, ich glaube, diese Angelegenheiten liegen grundsätzlich in der Verantwortlichkeit des Verlags, und solange ein Buch in einer Weise beworben wird, die nicht gegen den guten Geschmack...
—Nicht der Bücher, sondern in den Büchern, Skinner, holen Sie mal einen der Entwürfe raus für...
—Ich bitte um Entschuldigung, aber Sie meinen doch nicht im Ernst, daß Werbebotschaften in den Text selbst eingebaut werden sollen? Vielleicht gibt es keine juristische Handhabe gegen eine solche Praxis, aber der Gedanke, daß...
—Zerbrechen Sie sich nicht den Kopf darüber, was für Anzeigen das sein werden, die hinteren Seiten und der komplette Mittelteil bleiben der J R-Firmengruppe vorbehalten, und dazu kommen dann noch auf Vorschlag der Agentur überall solche, die mit unseren Produkten und Dienstleistungen harmonieren, nehmen Sie beispielsweise Ray-X mit ihrem Prothesenvertrieb, wo ist denn Skinner jetzt schon wieder? Hab ihm doch gerade gesagt, daß er das Layout für das Gesundheitspaket holen soll, das harmoniert nämlich erstklassig mit unserem Altersheim-Beerdigungs-Friedhofs-Komplex...
—Nein nein, Mister Davidoff, entschuldigen Sie, aber ich glaube, Sie haben mich mißverstanden. Die Verträge mögen ja sein, wie sie wollen, Sir, aber die willkürliche Einfügung von Werbeseiten, welche in keiner Beziehung zur kreativen Arbeit eines Autors stehen, der...
—Da bin ich auch schon einen Schritt weiter als Sie, Beamish, ich hab schon ne Anzeige für Wonder-Bier in der nächsten Auflage von The Onion Crest G I vorgesehen, vielleicht könnte man das sogar direkt in den Text integrieren...
—Aber die Autoren, Mister Davidoff, die Schriftsteller...
—Das ist doch das beste, was denen passieren kann, fragen Sie mal Duncan hier, faseln was von Kunst und Literatur, aber wollen im Grunde doch nur nen dicken fetten Vorschuß auf die Tantiemen, okay, das Buch kommt schließlich raus für fünfzehn Dollar das Stück und verkauft sich zweitausendmal, aber sie suchen die Schuld lieber bei ihm oder den Kritikern oder dem Fernsehen, nur nicht bei den Produktionskosten, und die nette alte Dame vom Buchladen um die

Ecke faselt ebenfalls was von Kunst und Literatur, sackt aber schon mal die Hälfte ein und hat sich schon vor Schreck in die Hose gemacht, als seinerzeit die ersten Taschenbücher auf den Markt kamen, aber ich sag Ihnen was, Kultur zu erschwinglichen Preisen, das war einmal, das Massengeschäft hat seine eigenen Gesetze, heute zahlt man doch schon Hardcoverpreise für Taschenbücher, wie erwirtschaftet denn das Fernsehen seine Produktionskosten, was hält denn die Times am Leben, was hält, Virginia, wo ist das alte New Yorker Magazine, das hier rumgelegen hat ...
—Der Soldat hat es sich ausgeliehen, Mister Davidoff, er brauchte ein paar Bilder zum Abpausen für den General ...
—Hab das gestern mal durchgeblättert, Beamish, und dabei fünfhundertvierzig Spalten gezählt, von denen zweihundert Text waren und der Rest Anzeigen, wenn die das Blatt zu einem Katalog umfunktionieren würden, gäbs keinen Portonachlaß mehr und wäre obendrein kaum interessanter zu lesen als das Telefonbuch, würde einen doch nur noch anöden, wenn's nicht auf jeder Seite 'n Foto von nem Cadillac oder ner Flasche Whiskey gäbe ...
—Sie haben Ihren Standpunkt hinreichend deutlich gemacht, Mister Davidoff, ich bin regelmäßiger Zeitungsleser, obwohl ich mich, das sind jetzt etwa zwei Jahre her, an einen Cartoon erinnern kann, den ich recht amüsant fand, wenn wir aber jetzt auf Mister Duncans Anliegen zurückkommen könnten ...
—Keine Sorge, hat wohl immer noch Angst, daß der zu erwartende Gewinn den Kaufpreis nicht deckt, sollte vielleicht mal nen Blick auf das werfen, was Skinner ausgearbeitet hat, hier entlang, Mister Duncan, Mädel, das ich von Diamond mitgebracht habe, sitzt hier mit drin, erstklassige Qualifikationen im Bereich Lehrplangestaltung, will das Werbekonzept auch auf den Schulbuchsektor ausdehnen, die Jungs aus der Agentur liefern uns schon jetzt mehr, als wir ...
—Mister Davidoff, Sie meinen doch nicht etwa, entschuldigen Sie, wenn ich unterbreche, aber Sie wollen doch nicht etwa Werbung in Schulbüchern einsetzen ...?
—Nicht mein Vorschlag, Beamish, kommt direkt vom Boß, wir haben ihn nur auf unsere Tradelist übertragen, die ursprüngliche Idee bezog sich lediglich auf diese Streichholzschachteln, weswegen er ja Mooneyhams Firma aufgekauft hat, so kriegt man die Namen aller Firmen, Produktideen und Serviceleistungen von Hörgeräten bis zur Beerdigung in die Hände jedes Rauchers, jedes Campingfreunds, jedes

Kiffers im ganzen Land, wenn Sie noch Zweifel haben, sehen Sie sich doch bloß mal an, wie dieses neue Aspirin eingeschlagen ist, hat den Markt über Nacht erobert mit diesem Locker-vom-Hocker-Spruch Es ist grün! Da steht ne ganze Kiste, stecken Sie sich ein paar in die Tasche, bevor Sie gehen, passen Sie auf Ihr Jackett auf, Mister Duncan, Brötchen mit Butter, da auf dem Bett, stellen Sie lieber mal den Kaffee beiseite, Miss, ist da jemand am Telefon, Virginia?
—Es ist dieser Mister Hyde, Mister Davidoff, er ...
—Sagen Sie ihm, er soll dranbleiben, unser Mädel hier gibt Mister Duncan ne Führung und zeigt ihm ihren ...
—Entschuldigen Sie, Mister Davidoff, aber bevor das ganze Projekt ins nächste Stadium geht, müßten meines Erachtens bestimmte wichtige juristische Fragen ...
—Keine Sorge, Beamish, darauf hab ich Piscator angesetzt, der mittlerweile aus Kalifornien zurück ist, was wir brauchen, ist einen Fuß in der Tür, und zwar dort, wo zentral über Neuanschaffungen, Rabatte et cetera entschieden wird, dann spitzen Sie einen Abgeordneten auf den Kostenfaktor an, und schon sind wir auf dem richtigen Weg, die örtlichen Schulausschüsse kippen doch um wie Dominosteine, wenn den Steuerzahler die Nachricht erreicht, daß die Schulen schon wieder teurer, Moment, Virginia, wo ist der Hintergrundbericht über Schulbücher, den Sie rausgeschickt haben, der muß zurückgerufen werden, ich hab nämlich gesehen, daß Sie auf dem Titel statt heilig eilig getippt haben, und das soll mal vom Reader's Digest übernommen werden, unser Mädel hier hat voll auf die Tränendrüse gedrückt ...
—Die Psychologie der Einschüchterung, Eignungstests, Leseniveau, der ganze Kram, kaute sie, auf dem Bett sitzend, durch Brot, der Abbiß im Brötchen ebenso mit Lippenstift verschmiert wie die Kaffeetasse auf ihren Knien, und die Zigarette fuchtelte nun in Höhe ihrer Kontaktlinsen herum, durch die sie Mister Duncan ohne das mindeste Interesse ansah, —es geht nicht um die Kinder, wenn die ein Cheerios oder ein Glas Reese-Erdnußbutter in ihrem Mathematikbuch sehen, finden sie das geil, es geht also nicht um die Kinder, es geht um die Eltern, die machen die Probleme, obwohl sie mit Fernsehen aufgewachsen sind und eigentlich daran gewöhnt sein sollten, an Liebesgeschichten, Dokumentationen, Krimis, das ganze Blablabla, das dauernd unterbrochen wird von verstopften Abflüssen, Achselschweiß ...
—Aber Miss, Mister Davidoff, Sie haben doch wohl nicht die Absicht, Werbung für solche Dinge wie Deodorants zu akzeptieren, die ...

—Keine Sorge, Beamish, sehen Sie mal, was sie hier für Duncan vorbereitet hat, alles bestens auf Altersstufen abgestimmt...
—Kaugummi, Cornflakes, Schokoriegel, das ganze Mistzeug für die Grundstufe, Fahrräder, Sportartikel, Schallplatten, siebte und achte Klasse, und ab da bis Französisch drei und fortgeschrittene Algebra Deodorants, Tampons und das ganze Blablabla...
—Hier ist was ganz Putziges, ganz neu für neunte Klasse Algebra, sobald das Landwirtschaftsministerium das genehmigt und der Markenname eingetragen ist, Buchstaben aus Rauch steigen aus dem Gras hier auf, sehen Sie? Ich bin Mary Jane, flieg mit mir. Bringt die Idee voll rüber, Skinner, haben Sie das Titelbild? Die Werbezeile läuft hier direkt unter Ihrem Duncan & Skinner-Schriftzug entlang, Bringt die Welt ins Klassenzimmer und das Klassenzimmer in die Welt, Skinner hat sich den Spruch ausgedacht, haben diesen bekannten Pädagogen Thomas Dewey ausgegraben, der ein öffentliches Geleitwort für das Kinderlexikon schreibt und das zu ner Bombensache macht, ein Vertreterteam knallt die Stadt mit Freiexemplaren von Band vier voll, und wenn die genug Bestellungen für die ganze Ausgabe reinholen, können wir mit den anderen neun Bänden weitermachen, wir zahlen einen halben Cent pro Wort dank all der Anzeigen, aber die nette alte Dame vom Buchladen um die Ecke lassen wir natürlich in Frieden und erwischen unsere Zielgruppe direkt im Supermarkt an der Ecke, wo das ganze Ding kaum mehr kostet als eine Packung, Virginia, was ist das denn...
—Die Informationen, die ich getippt habe, acht Durchschläge...
—Da haben Sie ja schon wieder das Kohlepapier verkehrt herum eingelegt, der Boß spendert denen in der sechsundneunzigsten Straße einen Kopierer, aber wir brauchen auch hier einen, ach, und Virginia, wenn Sie das jetzt nochmal durchjagen, hatte ich nicht gesagt, Sie sollen nur einen Zentimeter Rand lassen? Der Boß hat das im Fernsehen gesehen und schickt ne Anweisung rum, die für die gesamte Firma gilt, daß der Seitenrand grundsätzlich nur noch einen Zentimeter betragen soll wegen der Papierersparnis, das ist auch der Grund, warum die Verlagssache ursprünglich allererste Priorität bekommen hat, das ganze Papier, der Boß sagt, da können wir genausogut Bücher drauf drucken, jetzt hat er erfahren, daß es teurer ist, Druckmaschinen stillstehen zu lassen, als sie laufen zu lassen, und folglich will er jetzt, daß sie Tag und Nacht laufen, deshalb hat Skinner das Mädel hier zusätzlich gleich mit der Nullnummer von Die betraut, verpaßt dem amerikanischen Mädchen gleich ein völlig neues Image dazu...

—Altersflecken, Hühneraugen, Krampfadern, unerwünschter Haarwuchs, wabbelige Hüften, Hängebusen, spröde Haut, Hämorrhoiden, der ganze Mist ...
—Aber an wen wollen Sie das alles verkaufen ...
—Werbung, Beamish, wir verkaufen Werbung, indem wir das Magazin kostenlos an eine bestimmte Zielgruppe verschicken, wenn man ne Zeitschrift wie Sie macht, ist das ne Lotterie mit den Anzeigen, und man gibt fünf Dollar für ein Abo aus, das man für vier verkauft, damit verlieren wir wirklich unser letztes Hemd wie alle die anderen, aber wenn Die einschlägt, stehen sie bei uns Schlange, weil man die Anzeigen genau auf die Zielgruppen ausrichten kann, und bald werden wir kostenlose Boot-Magazine für Schiffseigner erleben, Sex-Magazine kostenlos für Kinder und Jugendliche, und Fotomagazine für Singles kostenlos für Hobbyfotografen, man braucht nur entsprechende Listen, schon hat man die berühmten fünf Prozent, die auf Direktwerbung reagieren, und den Rest zahlen die Werbeheinis, um zu wissen, wer ihre Zielgruppe ist ...
—Krähenfüße, Nervosität, Kopfschmerzen, wabbelige Schenkel, kleiner Busen, fettige Haut, eingerissene Fingernägel, Haarspliß, das ganze Blablabla ...
—Und auf genau die zielen wir ab, Drogeriemärkte verkaufen uns ihre Kundenlisten bis hin zum Großhandel, der die rezeptpflichtigen Nobili-Medikamente vertreibt, Sie sehen, das Mädel hier ist gar nicht so dumm, da steckt noch einiges drin, hier, lassen Sie Duncan doch mal sehen, was Skinner sich da ausgedacht ...
—Ja, das ist ...
—Nein, hier, Mister Duncan, hier drüben, endlich ...!
—Ja, das ist ...
—Endlich ist es soweit! Individuelle Lebensplanung von der Wiege bis zur Bahre, Beerdigung direkt durch den Friedhof, Altersheim mit medikamentöser Ruhigstellung, alles aus einer Hand, ist da jemand an der Tür?
—Ich dachte, er wollte mich zusammenbringen mit ...
—Mister Duncan, ich verstehe Sie vollkommen, ja, aber zum gegenwärtigen Zeitpunkt ist es wohl das beste, wenn Sie sich zu den anderen Herren dort aufs Sofa setzen, bis ich eine Gelegenheit finde, Mister Davidoff darauf anzusprechen, daß, damit er Sie, wie Sie sagen, zusammenbringt mit ...
—Dachte, da wär jemand an der Tür gewesen, Virginia, wenn das diese

Indianerjungs sind, sagen Sie ihnen, sie sollen sich ruhig verhalten, und setzen Sie die Bande drüben aufs Sofa und nehmen ihnen das Feuerwasser weg...
—Die waren es gar nicht, Mister Davidoff, es war nur Mister...
—Ach, und Virginia, mein Gespräch mit dem Senator, was ist damit?
—Aber Mister Hyde wartet immer noch am Telefon auf...
—Versucht wahrscheinlich, mich anzurufen, während Hyde die Leitung blockiert, machen Sie bitte die Tür hinter sich zu, Beamish, damit hier drin wieder gearbeitet werden kann, ich wollte Duncan nur mal zeigen, was in der Montags, wo ist Duncan...?
—Ich habe ihm empfohlen, sich der Gruppe auf dem Sofa anzuschließen, bis wir uns unmittelbar auf sein Anliegen konzentrieren können...
—Keine Sorge, wollte nur einige Dinge nicht in seiner Gegenwart besprechen, hab hier nur die Honneurs gemacht, damit er dranbleibt, bis Sie oder Nonny Skinners Option abgeklärt haben, der Chef will auf Nummer sicher gehen, daß Duncan wirklich aus dem Spiel ist, schmuddeliger Typ, den hätt ich nie für den Verleger von T. S...
—Aber Mister Davidoff, das ist doch genau das Problem, das...
—Keine Sorge, die einzige Möglichkeit für Skinner und dieses Mädel, am Ball zu bleiben, ist doch die, daß sie glauben, daß sie die Summe durch eine Klage aufbringen können, Sie haben doch seine Augen und dieses Lächeln von ihr gesehen, blöder Autounfall, aber beide verlangen jetzt ne geschlagene Million, bis das erledigt ist, hat die Stammfirma längst seinen Kredit gekündigt und die Option übernommen, für die er seinen Management-Vertrag gekriegt hat, irgendwann ist eben die Schonzeit vorbei, Schluß mit lustig, was ist das hier für eine Kiste, Virginia, der kann noch froh sein, wenn er hier mit heiler Haut rauskommt und...
—Das Indianerkostüm ist geliefert worden, vom Kostümverleih für Mister...
—Häuptling, Indianer, kontrollieren Sie das mal lieber, bevor er es mitnimmt, wenn er da hinfährt, kann er ja nicht aussehen wie der letzte Mohika, aber bitte nicht auf meinem Schreibtisch, hallo? Hyde? Bleiben Sie noch einen Moment dran, nein, setzen Sie sich, Beamish, wollte das nicht in Duncans Gegenwart erwähnen, der Boß hat den Artikel in Forbes gelesen, bei dem Kollisionskurs, den wir mit diesen Abbaurechten steuern, will er zügig vorankommen, nimmt den Spitzenverkäufer, den ich von Diamond mitgebracht habe, für die

Endo-Abwicklung mit, wenn er da rausfährt, Hyde ...? Nein, die sind hier noch nicht aufgetaucht, hab sie in der Bar ausrufen lassen, aber ... nein, wenn Sie den Wagen nehmen, fahren Sie lieber ohne sie los, wir packen die dann ins Firmenflugzeug zu Mister ... was? Sechs Cent pro Meile, generelle Regelung, ja, direkt vom Boß ist doch nicht seine Schuld, wenn Sie 'n Cadillac fahren, er ... wird Zeit, daß Sie, welchen Geruch in Ihrem Wagen loswerden ...? Weil die ganze Endo-Lieferung jetzt schon unterwegs ist, wenn die vor Ihnen ankommt, reißen die sämtliche Kisten auf, obwohl die nicht mal einen Toaster von nem Haarfön unterscheiden können, diese Leute sind imstande und klappen die Deckel von den Waschmaschinen auf, um reinzu ... Halten Sie sie bis zum letzten Moment zurück, und sorgen Sie dafür, daß die Kameras aufgebaut sind, wenn die feierliche Übergabe stattfindet ... Nein, er macht die Übergabe selbst, danach der Umzug und danach die Zeremonie, wo sie ihn zum Ehren ... nicht der Boß, nein, der hat keine Zeit, war im Ausland, hat gestern abend angerufen, er ist ... Schickt seinen Stellvertreter, der da für gute Stimmung sorgen soll, ja ... Bast, ja, ich glaub nicht, daß Sie den kennen ... was? Jung schon, aber das kann nicht derselbe sein wie der hier, jedenfalls arbeitet er mit dem Boß schon seit ... Keine Sorge, ich würd das selbst in die Hand nehmen, aber der Boß will, daß ich hier an Deck bleibe von wegen Buschfeuer, aber es dürfte eigentlich keine Probleme geben, das ganze Ding ist ... Nein, hab das ganze Ding in unserem Laden ausgearbeitet, traditioneller Festumzug, hab auch 'n erstklassigen namhaften Texter organisiert, der ihre Geschichte entsprechend aufpoliert, der mußte allerdings alles selber machen, als er sie was fragen wollte, Fehlanzeige, lamentierten rum, der Große Geist hätte sie davor gewarnt, daß der weiße Mann ihnen ihre Sprache stehlen will, und so mußte er sich alle Hintergrundinformationen aus der Zeitung zusammensuchen, hat sie aber dazu gebracht, einen Vertrag für ein Reservat zu unterschreiben, das sie mitten im Winter querfeldein und barfuß verlassen mußten, worauf sie dann in das gesteckt wurden, in dem sie jetzt sind, hat 'n bißchen Cholera, Vergewaltigungen, Hungersnot und so daruntergemischt, um das Drehbuch etwas peppiger zu machen und ihnen sowas wie Gemeinschaftsgefühl zu vermitteln, hat ihnen dann noch ein bißchen von dem alten Indianerstolz untergejubelt, damit die mal endlich den Hintern hochkriegen und ihre seligen Jagdgründe mit den Gas- und Schürfrechten verteidigen, auf denen sie hocken, aber das steht auch alles in der Presseerklärung, die schon auf Sie wartet, wenn

Sie da ankommen, ich geb das noch alles am Abend vorher an die Presseheinis, damit die dann ... Keine Sorge, dafür werden die schließlich bezahlt, ich würde ja ein paar von unseren Agenturjungs hinschicken, aber die sind alle voll ausgelastet mit ... Nein, die warten jetzt nur noch auf ihren endgültigen Text, keine Sorge, lassen Sie einfach diesen Charley Yellow Brook die Rollen verteilen, die er ... wieso denn Bedenken? Wieso sollten ... nein, wieso sollten die denn auf Sie losgehen, die ... Nein, die meisten haben noch nie so ein Ding gesehen, ich mußte ihnen sogar von Abercrombie's ein paar Bogenschützen vorbeischicken, die ihnen gezeigt haben, wie das geht, außerdem ein paar Kanuten, damit die überhaupt wissen, welches Ende vom Paddel ins Wasser kommt und welches ... Nein, der heißt Bach, Gelber Bach, nicht Fluß, Charley Yellow Brook, Charley Gelber Bach, und sein ... muß 'n Witz aus einem ersten Redeentwurf gesehen haben, in dem der Boß was von einem Buch namens Der Gelbe Fluß von I. P. Daily erwähnt hat, dachte wohl, das würde das Eis brechen, aber ... das Gefühl habe ich manchmal auch, aber ich reiß mich zusammen ... Ihr was? Ach, Ihr Junge, Sie wollen Ihren Jungen mitnehmen, warum nicht? Da sieht er mal, was ... was Amerika wirklich ausmacht? Zeigen Sie ihm, was wir schützen müssen, ja, wenn Sie wollen, daß er auf die Fotos kommt, machen Sie das aber, bevors richtig losgeht, hab nur handverlesene Fotografen von den lokalen Blättern ins Flugzeug gelassen und 'n Korrespondenten von UP, der auch für uns PR macht, sehen Sie zu, daß die Gas geben, ach, und Hyde, bevor die anfangen, Mister Bast zu fotografieren, sagen Sie ihm, er soll sein Hörgerät rausnehmen, ich brauch 'n paar gute Fotos von ihm und dem Senator, die Brüder Gelber Bach sollen mit drauf und jede Menge Lokalkolorit, und mit den ganzen Federn sieht das Hörgerät vielleicht ziemlich ... hab ich ihm noch nicht gesagt, nein, er war mit nem anderen Projekt zu sehr beschäftigt, ziemlich abgespannt, von Haus aus wohl auch nicht das reine Energiebündel, anfangs muß man ihn vielleicht etwas anschubsen, aber vielleicht springt dann der Funke über ... keine Sorge, Wiedersehen, ach, und Hyde ...? Hat einfach aufgelegt, blockiert das Telefon zwanzig Minuten lang und legt einfach auf, er sollte sich noch um die Rechnungen für die Haushaltsgeräte kümmern und sich vergewissern, hat der Boß eigentlich darüber schon mit Ihnen gesprochen, Beamish? Wie war das noch? Kann man bei diesen Geräten den vollen Endpreis abschreiben?
—Ich bin über die gesamte Transaktion gar nicht im ...

—Sie haben doch wohl die spitze Bemerkung im Wall Street Journal gelesen, wie massiv Typhon International Endo mit dieser Vereinbarung behindert hat, sich von nichts anderem trennen zu dürfen als einem uralten Lagerbestand, die ganze Sache ist passiert, bevor ich hier an Deck gekommen bin, war wahrscheinlich eins von Crawleys Manövern, Bast behauptet, der Boß hätte den Laden nur übernommen, weil er so billig war, wußte im Grunde gar nicht, was er damit anfangen sollte, bis mir dieser verlorene Haufen Indianer einfiel, wenn wir denen den ganzen Schrott schenken, ziehen wir sie auf unsere Seite, wenn's um den Pachtvertrag geht, und schreiben die Kosten ab, aber Sie wissen ja, wie der Boß kalkuliert, jeder Verlust ein Gewinn, will bei der Steuerabschreibung unbedingt den Endverkaufspreis ansetzen wie schon bei den abgelaufenen Medikamenten von Nobili...
—Ich müßte mir die Zahlen schon genauer ansehen, Mister Davidoff, aber da wir gerade davon sprechen, es gibt da bei diesem Projekt einige Punkte, die mir, ehrlich gesagt, ziemlich zweifelhaft vorkommen, Sie können mich gern für altmodisch halten, aber ich finde es geschmacklos, als Wohltäter dieser Indianer aufzutreten, nur um ihnen die Rechte an möglichen Mineral- und Gasvorkommen auf ihrem Lande abzujagen, genauso geschmacklos wie die Werbung für Kaugummi und...
—Wir jagen ihnen gar nichts ab, Beamish, das macht ganz jemand anders, und zwar mit einem Manöver, das sie nicht nur ihr Reservat kosten kann, sondern auch ihren Arsch, wenn sie nicht aufpassen, deshalb unsere Aktion, wir müssen die Kräfte bündeln, vielleicht erzielen wir auf diese Weise soviel Publicity, daß ihnen die Rechte zugesprochen werden, dadurch hätten sie zum einen die Lizenzvereinbarung mit Alsaka im Sack plus noch ein paar Extrabonbons für schlechte Zeiten, haben Sie den Artikel in Forbes gesehen, Showdown am Broken Bow? Wahrscheinlich kommt die Information wieder von Crawley, hab gestern noch mit ihm wegen des Alberta & Western-Geländes telefoniert, sagte auch, er habe mit Ihnen wegen der Schürfrechte gesprochen...
—Ja, das hat er, was die von Ihnen angesprochenen Liegenschaften dieser Energiefirma betrifft, ist die Gegenseite offenbar bereit, ihr Angebot bedeutend zu erhöhen, vorausgesetzt allerdings, wir akzeptieren ihr früheres Angebot für die Schürfrechte, andernfalls müßte die Rechtsgültigkeit ebendieser Rechte in einem langwierigen und kostspieligen Verfahren neu untersucht werden. Mister Crawley zeigte sich insbesondere wegen Mister Bast besorgt, ihm schien sehr daran

gelegen, Mister Bast weitere zeitraubende Komplikationen in dieser Sache zu ersparen, und da Mister Crawley offenbar nicht nur intensive Geschäftsbeziehungen zur J R Corp. unterhält, sondern auch zur Gegenseite, einem gewissen Mister Stamper, glaube ich, und im wesentlichen als Vermittler tätig ist ...
—Stamper macht da nur als Aushängeschild mit, Beamish, Jagdkumpel von ihm, wenn Sie sich diesen Tierfilm ansehen, den die beiden produzieren und wo jedesmal Millionen Zebras um ihr Leben rennen, jede Wette, Sie würden sich auch ein paar Streifen auf den Arsch malen und weglaufen, fährt mit nem Cadillac und ner Dose Bier in der Hand durch seine Kante von Texas, mischt sich in den Polizeifunk ein und hat seine alten Sklavenhütten zu schicken Gästehäusern umgebaut, ich hab gerade erfahren, daß er, als er seinen Steuerbescheid bekommen hat, derartig durchgedreht ist, daß er die Hütten alle wieder niedergebrannt hat, im Grunde ein großes Kind, das nie über die vierte Klasse rausgekommen ist, Bast hat mir mal erzählt, daß der Boß selbst nie die sechste Klasse geschafft hat, und, ehrlich gesagt, manchmal glaub ich das sogar, er hat das Brauwasser der Wonder-Brauerei analysieren lassen, wobei Spuren von Arsenkies nachgewiesen wurden, Folge, Nonny soll die Möglichkeiten einer Sonderabschreibung für nicht erneuerbare Ressourcen sondieren, das ruft natürlich die Gesundheitsbehörde auf den Plan mit ihren Kobaltgrenzwerten, und zu guter Letzt hängt sich auch noch Milliken rein, weil, für ihn steht die wirtschaftliche Zukunft der ganzen Region auf dem Spiel, außer Schafen und Indianern haben die ja nichts, bis er plötzlich die Idee hat, sein Staat sitzt auf einem einzigen Riesenlager von Kobalt, Nickel, Arsen, und plötzlich wird das Thema Kobaltreserven für ihn ungeheuer interessant, er zitiert den parlamentarischen Staatssekretär vor seinen Ausschuß, der sich mit der Frage befaßt, wie Typhon eigentlich an einen solchen Vertrag kommt, Sie wissen schon, dieses Hüttenwerk in Gandia, das unser Verteidigungsministerium Typhon da hinstellt, schlüsselfertig und zu einem Spottpreis, wofür Typhon die US of A exklusiv mit Kobalt beliefern darf und sämtliche Nebenprodukte wie Nickel über Pythian Overseas weltweit vermarkten kann, so und nicht anders sieht sie aus, Beamish, Ihre Gegenpartei, Männer wie Moncrieff, und ich hatte beruflich mit ihm zu tun, die lassen sich nicht aus dem Napf fressen ...
—Nein, ich hatte auch nicht die Möglichkeit in Erwä ...
—Typhon will nichts weniger als die totale Kontrolle über den Kobaltmarkt, und hinter dem Krieg in Gandia steckt eigentlich Pythian,

Ziel ist die Abspaltung der Uaso-Provinz mit allem was dazugehört, Mineralvorkommen, Schmelzanlagen und so weiter, um dann dieses ganze Gebilde in ein firmeneigenes Industrierevier zu verwandeln, und dieser Doktor Dé tut ihnen den Gefallen und ruft die Republik aus, und Broos spricht im Senat vom Selbstbestimmungsrecht dieses kleinen tapferen Landes an der Schwelle zur Industrialisierung, plädiert für eine strikte Nichteinmischung und ein Importverbot für Waren aus Gandia. Derweil versucht die Nowunda-Regierung, den Laden irgendwie zusammenzuhalten, nimmt Hilfe von jedem, der sie anbietet, also stimmt Milliken für die Broos-Vorlage und unterstützt gleichzeitig eine UN-Resolution zugunsten der Regierung Nowunda und findet sich plötzlich mit China und Albanien in einem Bett wieder ...
—Mister Davidoff, entschuldigen Sie nochmals, wenn ich unterbreche, aber so interessant das alles sein mag, glaube ich doch, daß wir uns von unserem eigentlichen Thema ...
—Ich komm sofort auf die Bäuche, war Bast deswegen schon bei Ihnen?
—Mister Bast? Wegen, Bäuchen ...?
—Schweinebäuche, gefriergetrocknet, weiß wahrscheinlich auch nicht mehr darüber als ich selbst, der Boß hat damit in aller Stille seine Termingeschäfte gesichert, und Crawley verdient sich dumm und dämlich dabei, außerdem läuft da irgend so ein Deal, wenn Nowunda durchhält, macht er bei den Mineralexporten künftig ebenfalls seinen Schnitt, das würde mit einem Schlag auch das Rhodiumproblem bei Ray-X lösen, die brauchen das Zeug für ihre elektronischen Thermometer, aus den Festpreisverträgen mit der Regierung kommen sie ja nicht raus, deshalb hat der Boß Haight ja auch so angepitzt wegen der Pentagon-Forschungsaufträge, mit denen Ray-X sogar frisches Geld aufnehmen kann, zumal bei staatlich garantierter Kostenübernahme, das einzige Problem waren nun die Produkte selbst, hab aber über Mister Zehn-Vierzig inzwischen einen erstklassigen Entwicklungsleiter aufgetan, hat mit ihm jahrelang zusammengearbeitet, erstklassige Qualifikationen im akademischen Bereich, suchte was, wo sich der Geist eines Mannes frei entfalten kann, steht alles im Pressetext über Frigicom, ach, und Virginia, ich hab Ihnen doch gesagt, Sie sollen den Frigicom-Pressetext raussuchen, der Stadtrat hat immer noch kein Konzept gegen die allgemeine Lärmverschmutzung, muß das aber erst noch mit Washington abklären, außerdem ist das ein Punkt, der unbedingt auch bei den Jungs von der Kursanalyse zur Sprache

kommen sollte, verbinden Sie mich mal mit Colonel Moyst, stellen Sie seine neue Nummer fest, Haight hat ihn in die Beschaffungsstelle versetzen lassen, ach, und Virginia, der Schwarze sitzt ja immer noch da drüben und guckt sich Bilder an, ich dachte, den wären wir längst los, spricht kein Englisch, was spricht er denn...

—Klang eher nach Französisch, Mister Davidoff, aber ich weiß natürlich nicht, wie Französisch klingt, und deshalb...

—Dann holen Sie mal Skinners Mädel raus, vielleicht kann die ja ein bißchen parler vous, erkundigen Sie sich mal, was der hier überhaupt will, klopfen Sie an, bevor Sie reingehen, ach, und Virginia, hier liegt was über eine Lieferung aus Hongkong, Plastikblumen steht da, aber das müssen die Pullover sein aus dem Fasermaterial von Eagle, holen Sie mir jedenfalls mal Hopper an den Apparat, der hat jetzt lange genug gegessen, und stellen Sie fest, wer das ist da am Telefon, Moyst?

—Nein, es ist für Mister Bast, wegen der Musiker, die...

—Sagen Sie, die sollen ihre Nummer hinterlassen, und Bast ruft zurück, wenn er wieder auftaucht, ach, und...

—Aber Mister Bast ist...

—Hier, ich nehm das lieber selber an, weiß doch nicht, was er, hallo...? Nein, er ist nicht da, was... Keine Sorge, geben Sie mir einfach Ihre Zahlen durch, wahrscheinlich bleibt die Sache sowieso wieder an mir hängen... Ja, wir nehmen die ganze Sache auf, ich hab ihm gesagt, meiner Meinung nach kommt für uns nur eine erstklassige namhafte Band in Frage wie die Boston Pops, die wir dann im Rahmen eines Gesamtpakets... Was hat Mister Bast gesagt? Was hat er denn gegen die Boston... wie, die hören sich an wie ne Herde Elefanten, die sich einen...? Nein nein, reden Sie weiter, egal was er gesagt hat, er ist der... Moment, wie stehts denn mit den Proben, was wollen die für die... wie, die proben nicht für Plattenaufnahmen? Aber wie wollen sie denn dann... kriegen neunzig Dollar je drei Stunden Aufnahme, dann sollten wir aber die ganze Sache eher als Gesamtpaket... was? Davon nur fünfzehn Minuten verwertbares Tonmaterial, wieso können die nicht... Also gut, angenommen, die bringen es auf zwanzig Minuten, oder noch besser auf sechzig, was... Fünfzehn Minuten sind das Maximum, aber Sie haben doch gerade gesagt, es gibt keine Proben, was machen die denn die ganze Zeit, spielen die an ihrem... Nein, nein, reden Sie weiter, egal was er gesagt hat, er ist der... Fünfundneunzig Mann, das macht also null, fünf, fünfundachtzig fünfzig für jeden... was soll das heißen, sechsundachtzig vierzig, fünf mal

neun ist doch ... Sechsundneunzig, ich denke, Sie haben gesagt, Mister Bast will fünfundneun ... der Agent bekommt das Doppelte? Wie viele ... ich weiß nicht, wie lang es ist, er ist immer noch ... Na ja, wie lange dauert so ne Symphonie, ich schätze mal ... sagen wir mal schätzungsweise fünfundvierzig Minuten, das macht also drei Einheiten à drei Stunden, sechsundachtzig vierzig für jeden, macht also etwa sechsundzwanzigtausend, mit sechsundzwanzigtausend etwa sind wir dabei ... ohne Studiomiete, nur für Ihre Boys in the band, das heißt, das wären dann nochmal ... also Orchester plus ... was? Miete für Instrumente, soll das etwa heißen, daß Ihre Jungs nicht mal eigene ... Hören Sie mal, ich kann auch keinen Job als Autor annehmen und dann ohne Stift erscheinen? Was ist ... Kesselpauke, nein, ich hab keine Kesselpauke, spiel auch keine Kesselpauke, aber wenn ich Kesselpauke spielen würde, dann hätte ich auch eine ... glauben Sie etwa, die Boston Pops müssen sich jedesmal, wenn sie die Schöne blaue Donau spielen, ne Kesselpauke mieten? Was soll das ... nein, egal was er gesagt hat, keine Sorge, wir melden uns dann bei Ihnen, sehen Sie, was ich meine, Beamish? Sobald die Musikergewerkschaft da mitmischt, können Sie das Ganze auf'm Kamm blasen, und wo Sie gerade hier sind, fragen Sie Hopper mal, was er gegen die einstweilige Verfügung zu tun gedenkt, die uns dieser Shorter von der Gewerkschaft reingewürgt hat, als der Boß die Webmaschinen nach Südamerika abziehen wollte, ich meine, wozu haben wir seinem Sohn die Vertriebsrechte für Wonder-Bier verschafft, wenn er doch nur alles versägt, der Boß will das geklärt haben, bevor wir für diese Flasche auch noch geradestehen müssen, vielleicht sollten wir Bast darauf ansetzen, der ja die Lage bei Eagle aus erster Hand kennt, hab ich ihn nicht gerade da drüben gehört ...
—Ich dachte ich hätte da gerade ein Klavier gehört, obwohl ...
—Muß wohl gekommen sein, als wir Duncan drüben im Schlafzimmer zusammengebracht haben, da können Sie mal sehen, was es heißt, den Laden zu schmeißen, ohne daß jemand von der Führungsmannschaft ...
—Darf ich daraus schließen, daß Mister Bast hier ist? Da drin? In diesem Moment? Am Klavier?
—Da drin und in diesem Moment persönlich am Klavier, verstehen Sie jetzt, was es heißt, den Laden ...
—Ausgezeichnet, dann könnte ich ihn also jetzt sprechen, es dauert auch nicht lang ...

—Würde ich an Ihrer Stelle nicht tun, Beamish, wenn die Tür zu ist, will er nicht gestört werden, außer der Boß ruft an oder das Haus brennt, er ist derart unter Druck mit dem Projekt, muß das mit dem Stipendium hinkriegen, ohne die Steuerbefreiung der Stiftung zu gefährden, sonst kann er nämlich dieses Darlehen für, Virginia, ich hab Ihnen doch gesagt, daß Sie Moyst ...
—Moist?
—Moyst, Colonel Moyst, ich hab Ihnen doch gesagt, holen Sie mir Moyst an den Apparat, außerdem sollten Sie Bast mit dieser Eagle-Geschichte nicht behelligen, Beamish, ich klär das schon selber, allem Anschein nach will der Boß die ganze Sache auf die Stadt überschreiben, Umwandlung in ein öffentliches Naherholungsgebiet mit angeschlossener Rennstrecke, macht vor allem dann Sinn, wenn man auf diese Weise die Leasingbeträge als Spende geltend machen kann, Voraussetzung ist natürlich, Sie besorgen uns ein entsprechendes Verkehrswertgutachten, vielleicht kann Ihnen Hopper da behilflich sein, und wenn diese Begg nochmal mit ihrer Aktionärsklage kommt, sagen Sie, solche allgemeinen Kostensenkungen kommen in erster Linie den Aktionären zugute, richtig, und notfalls verlagern wir das ganze Ding eben nach Süden, eine bessere Steuersparmöglichkeit gibts doch gar nicht, auch wenn das den Jungs von Shorters Gewerkschaft nicht gefällt, sagen Sie einfach, ihre Jobs sind jetzt in Georgia, da setzen wir dann billig was hin, der schnelle Wertverlust und die hohen Wartungskosten sind ebenfalls steuermindernd, wozu jedesmal eine Ewigkeit warten, bis man eine solche Investition abgeschrieben hat, sondieren Sie doch dahingehend mal die Möglichkeiten, Sie wissen ja, wie pingelig er sein kann, wenn's um den Buchstaben des ...
—Ums Gesetz kümmere ich mich, Mister Davidoff, ich kümmere mich darum, gleichwohl möchte ich doch bemerken, daß diese dauernde, fast schon zwanghafte Bezugnahme auf den Wortlaut des Gesetzes in Verkennung des Geists dieses Gesetzes erfolgt, ja, nicht selten sogar in direktem Widerspruch dazu steht, was ich persönlich ganz und gar ...
—Aber genau dafür sind Anwälte da, Beamish, wenn's anders wär, würden Sie wahrscheinlich Bleistifte verkaufen ...
—Möglich, aber wie auch immer, allein die Zielvorgabe erscheint mir im vorliegenden Fall ausgesprochen negativ definiert, sämtliche Aktivitäten der Firma dienen offenbar nur dem Zweck, unter Ausschöpfung

verschiedenster Möglichkeiten der Abschreibung und des Verlustvortrags Gewinne zu ...
—So denken die Jungs eben heutzutage, Beamish, und deshalb ist der Chef heute da, wo er ist, und wir sitzen hier mit dem Bleistift im, während der Boß, also er dringt gleich tief in die Materie ein, manche seiner Anweisungen sind so unverhohlen direkt, daß sie fast schon bescheuert klingen, dazu kommt, daß ich ihn am Telefon kaum verstehen kann, brauch hinterher ne geschlagene Stunde, um mir alles zusammenzureimen, und hab manchmal auch das Gefühl, daß er nur rummeckert, und wir müssen die Arbeit machen, aber, ist das jetzt Moyst am Telefon, Virginia? Nein, hier, geben Sie her, hallo, Colonel ...? Oh, jawohl, Sir ... Nein nein, Sir, jawohl, Sir, nein, Sir ... Jawohl, Sir, nein, es wird nicht wieder vorkommen, Sir, nein, Sir ... Jawohl, Sir, ich weiß, daß Sie seit neunzehnhundertfünfundvierzig kein Colonel mehr ... Jawohl, Sir, ich ... Saint Fiacre, Ardennenoffensive, jawohl, Sir, ich ... und General Box wurde völlig zu Unrecht das Verdienst zugesprochen, den gesamten deutschen Zeitplan durcheinandergebracht zu haben, jawohl, Sir, ganz recht, Sir, er ... und Bradley und Ike waren völlig unvorbereitet, jawohl, Sir, ich bin sicher, daß die Leser Ihrer Memoiren endlich die ganze Wahrheit erfahren wollen ... Ihre Memoiren, jawohl, Sir, rufen Sie deswegen an, Sir? Wir haben da einen erstklassigen ... Sir? Ach, wegen der Universität, jawohl, Sir, wir ... alles in Ihrem Namen arrangiert, jawohl, Sir, wir ... in Ihrem Namen, ja, natürlich, selbstverständlich, Sir, wir ... Sir? Die Universität nach Ihnen zu benennen, Sir ...? Jawohl, also, nein, Sir, wir ... Jawohl, ich verstehe, Sir, jawohl, Sir, obwohl man ... Mittel und Wege, jawohl, Sir, obwohl ... das Football-Team, jawohl, Sir, obwohl einige Ehemalige, die sich für die Belange des Football-Teams engagieren, befürchten, daß es etwas merkwürdig klingt ... Nein, Sir, Haight U könnte nur leicht mißverstanden werden als Hate you ... bringt richtigen Kampfgeist aufs Spielfeld, jawohl, Sir, obwohl die Cheerlead ... obwohl die Einführung der Koedukation, jawohl, Sir, die Cheerlead ... Sir? Jawohl, Sir, ganz bestimmt, Sir, wenn ich Ihre kostbare Zeit noch einen Augenblick in Anspruch nehmen könnte, Sir, um ... Einen Augenblick Ihrer kostbaren Zeit, jawohl, Sir, um Ihre Aufmerksamkeit auf einen Punkt in seinem letzten Memo zu lenken ... Sir? Wenn ich das nächste Mal mit ihm spreche, mache ich das ganz bestimmt, Sir, wenn ich jetzt noch einen Augen ... Sir? Zeitschriften ...? Jawohl, Sir, wir schicken Ihnen sofort alles rüber, was wir auftreiben können, Sir, und Sir? Wenn

ich noch einen ... Sir? Virginia, legen Sie mal auf, und wenn er nochmal anruft, sagen Sie ihm, daß er, sagen Sie ihm, ich laß ihm ein paar alte Zeitschriften rüberbringen, alles was Sie finden können, sitzt da in seiner Fürstensuite und, was ist das hier ...?
—Die Hotelrechnung, Mister Davidoff, der Page hat sie gerade gebracht, sie soll ...
—Heften Sie's zu den Agentur-Rechnungen, und tippen Sie das mal schnell ab, ich brauche Basts Okay, bevor er wieder verschwindet, was denn, Moment, Beamish ...
—Ich habe noch einen weiteren Termin, Mister Davidoff, ich muß mich jetzt auf den Weg machen, da offenbar das Telefon das effizienteste Medium darstellt, um mit Ihnen zu kommunizieren, werde ich mich später noch fernmündlich mit Ihnen in ...
—Keine Sorge, ich kümmere mich nur noch um dieses kleine Buschfeuer hier, dann können Sie sich die zehn Cent sparen, wie sagte der Boß in seinem letzten Memo? Auch an Kleckerbeträgen läßt sich sparen, und Bast geht mit gutem Beispiel voran, übernimmt eine Option über fünftausend Anteile zu zehn, und bei Börsenbeginn heute morgen steht der Wert bei fünfzehn ein Achtel, diese Differenz ist praktisch sein Spesenkonto, also etwa zwanzig Bleistifte und eine Zehnerkarte für die U-Bahn, da braucht niemand ein schlechtes Gewissen mehr zu haben, was ist los, Virginia ...?
—Ich habe Colonel Moyst aus Washington am Apparat, den Sie ...
—Hoffentlich stimmt das diesmal auch, nicht, daß Sie mich nochmal so in die Scheiße reiten wie gerade eben, hallo? Ach, und Virginia ...? Ich hab Ihnen doch gesagt, Sie sollen mir die Frigicom-Presseerklärung holen, hallo, Moyst? Die Presseerklärung über Frigicom, mobilisieren Sie mal Ihr Steno-Mädel, eines unserer juristischen Adleraugen steht direkt neben mir, und ich dachte, Sie könnten das dann mit CINFO direkt abklären, der Chef will, daß das so schnell wie möglich rausgeht ... was? Nein, hier ist Davidoff, Davi ... ja, einen Moment noch, sie hat es gleich, ich schmeiß den Laden hier ganz ohne diensthabenden Offizier an Deck, weil ... Was, er hat Sie selbst angerufen ...? Moment mal, wie viele? Sechstausend Bremsbeläge zu wieviel? Eins neunundvierzig das Stück, dann muß er das über Mister Bast geregelt haben, was ist ... Nein, welche Lagerrechnung auf Long Island, das muß ich mit ihm klären, er hat nichts davon gesagt, Moment, hier haben wir's ja, direkt unter meinem Ellenbogen, sind Sie schreibbereit ...? Datum New York Komma Frigicom Komma

neue Ziele ein derzeit in der Entwicklung befindliches Verfahren zur Bekämpfung der zunehmenden Lärmverschmutzung könnte in unserem alltäglichen Leben eines Tages die Funktion von Schallplatten Komma Büchern Komma und sogar Briefen übernehmen Komma wie aus einem Bericht hervorgeht Komma der heute vom Verteidigungsministerium gemeinsam mit der Ray Bindestrich X Corporation veröffentlicht wurde Komma einem Mitglied der J R Bindestrich Firmengruppe Punkt neuer Absatz. Das noch als geheim eingestufte Frigicom Bindestrich Verfahren stößt bereits auf das Interesse größerer Städte Komma da es sich um den neuesten Komma wissenschaftlichen Durchbruch auf dem Gebiet des Lärmschutzes handelt Komma indem in Gebieten mit hoher Lärmbelästigung Schallschutzwände aufgestellt werden Komma die in regelmäßigen Abständen mit sogenannten Zitat Lärmfallen Zitatende versehen sind Punkt. Im Herzstück der komplizierten Anlage werden auftretende Schallspitzen Komma wie sie im Fachjargon heißen Komma mit Überschall und unter Verwendung von flüssigem Stickstoff in handliche Blöcke aus reinem Lärm verwandelt Punkt Das System arbeitet außerordentlich schnell und bei extrem niedrigen Temperaturen Komma so daß der Schall noch in der Entstehungsphase und lange vor Eintritt in die Atmosphäre abgefangen und von Fachleuten problemlos der Entsorgung zugeführt werden kann Komma was entweder in abgelegenen Gebieten oder auf hoher See geschieht Komma wo der schockgefrorene Lärm in Ruhe abtauen kann Komma ohne daß es durch die dabei unvermeidlichen Abtaugeräusche zu einer Lärmbelastung des Menschen kommt Punkt neuer Absatz. Obwohl die Entwicklung des Frigicom Bindestrich Verfahrens in Zusammenarbeit mit dem Verteidigungsministerium beträchtliche Fortschritte macht Komma trat der betont unkonventionelle Komma neue Leiter der Forschungs Gedankenstrich und Entwicklungsabteilung der inzwischen sanierten Ray Bindestrich X Corp Komma Mister nein schreiben Sie Doktor Vogel Komma Spekulationen entgegen Komma wonach das Projekt ausschließlich militärischen Zwecken diene Komma sondern verglich es vielmehr mit einem zweischneidigen Schwert Komma geschmiedet aus der Allianz freien Unternehmertums mit modernster Technologie und in der Lage Komma mit einem Schlag sowohl militärische wie auch künstlerische Grenzen neu zu ziehen Komma ganz im Sinne der klassischen Idee vom Fortschritt der Menschheit Punkt. Vogel wies des weiteren darauf hin Komma daß mit ß er sein Grundkonzept aus jenem Satz von Walter Pater gewonnen Komma habe Komma Venedig sei gefrorene Musik Semikolon; Vogel verwies zugleich auf die mögliche Bedeutung von Frigicom Klammer auf ein Kunstwort Komma das er aus den lateinischen Begriffen für Kälte und Kommunikation geprägt hat Klammer zu für die Bereiche Musik und Literatur Punkt. Mit zunehmender Verbesserung des Abtauprozesses Komma so Vogel Komma ließen sich Konzerte Komma ganze Opern und laut vorgelesene Bücher mittels des Frigicom Bindestrich Verfahrens speichern Komma wobei vor allem längere Romanwerke Komma die heutzutage als Klassiker wenig Beachtung fänden und wegen der Anstrengung beim Lesen und Umblättern von mehr als zweihundert Seiten weithin ungelesen blieben Komma davon profitieren dürften Punkt neuer Absatz haben Sie das? Obwohl in gewissen Komma wissenschaftlichen Kreisen Zweifel an der praktischen Realisierbarkeit der neuen Technologie geäußert wurden Komma bezeichnete Doktor Vogel sein Verfahren als Zitat längst überfälligen Entwicklungsschritt eines Zeitalters Komma in dem der Geist des Menschen nein streichen Sie das in dem der menschliche Geist frei schweifen kann Punkt Zitatende. Frigicom ist gewissermaßen nur die Spitze des Eisbergs, allerdings dringt von weiteren Ray Bindestrich X Bindestrich Aktivitäten nur wenig nach außen Punkt. So unterliegen die Einzelheiten eines von Doktor Vogel entwickelten Komma geradezu revolutionären Transportsystems nein schreiben Sie Moment nein streichen Sie das schreiben Sie lieber völlig neuartigen Transportsystems ebenso der Geheimhaltung wie die Modalitäten der Zusammenarbeit zwischen Ray Bindestrich X Komma dem Minister der ich korrigiere dem Verteidigungsministerium und einer nahegelegenen Universität. Nach den Hintergründen befragt Komma bemerkte Doktor Vogel Zitat Die Grundidee ist so verblüffend einfach Komma daß das mit ß es für die Umsetzung hauptsächlich einer großen Portion Chuzpe bedurfte Punkt Zitatende. Und weiter Doppelpunkt Zitat Aber eins kann ich jetzt schon verraten Komma ein Düsenjet wirkt daneben wie eine Straßenbahn Zitatende Punkt Absatz Ray Bindestrich X Komma früher als führender Spielwaren Bindestrich Hersteller Amerikas bekannt Komma hat erst kürzlich sein Know Bindestrich klein how in der Fertigung klein b batterie Gedankenstrich und transistorbetriebener Produkte auf den medizinischen Bereich ausgeweitet nein schreiben Sie in den medizintechnischen Sektor verlagert Semikolon, die Firma gilt als einer der wichtigsten Zulieferer bei der Herstellung von Hörgeräten Komma Herzschrittmachern sowie auf den

verschiedensten Gebieten der Prothetik und hat sich wie keine zweite der Idee des menschlichen nein lassen Sie das weg Prothetik Komma nein schreiben Sie Punkt Prothetik Punkt. Als wichtiges Komma neues Mitglied der J R Bindestrich Firmenfamilie Komma fungiert Ray Bindestrich X weiterhin als oder vielmehr auch weiterhin als namhafter Hersteller von elektronischen Thermometern Punkt. Lassen Sie sich das von Ihrem Mädel lieber noch mal vorlesen für den Fall, daß sie, einen Augenblick bitte...
—Ich habe noch einen anderen Termin, Mister Davidoff, vielleicht...
—Ich komme sofort zu Ihnen, Beamish, will nur noch klären ob, Moyst...? Wo Sie gerade dran sind, wie siehts bei Ihnen mit Klopapier aus...? Nein nein, die Armee, die Armee, eine unserer Firmen verfügt derzeit über ein randvolles Lager mit... natürlich in Rollen, was denn sonst... genug bis wann...? Das heißt wenn der Feind nicht so die Hosen voll hat, daß er geschlossen überläuft, ach so, zu Ihnen überläuft, ich hatte verstanden... mir was nochmal vorlesen...? Dafür hab ich keine Zeit mehr, nein, klären Sie das mit unserm juristischen Wachhund hier, ich warte auf einen Anruf von Senator Milliken, der mich wahrscheinlich zu erreichen versucht, während Sie ... Nein, was für eine Golfrunde...? Ich glaube nicht, daß der Chef besonders gut in Golf ist, wird wahrscheinlich eher seinen Stellvertreter vorbeischicken, Mister Bast steht offenbar total auf Golf, hat sich gerade erst ein Trainingsset in unser zweites Hauptquartier liefern lassen... in der Woche hat er noch Termine frei, ja, das überlasse ich Ihnen, falls etwas dazwischenkommt, kann er Sie ja im Dienstgebäude des Senators... keine Bange, dafür sorgt er schon, Beamish, soll ich noch mal diese Presseerklärung vorlesen, damit Sie...
—Nein, bitte nicht, Mister Davidoff, ich, ich habe ja mitgehört und sehe auch keinerlei juristische Schwierigkeiten, solange solche Verträge laufen. Natürlich bin ich mit den Einzelheiten der aktuellen Projekte nicht vertraut, aber wenn ich Sie recht verstanden habe, also, ich muß schon sagen, die Vorstellung, Geräusche durch Einfrieren zu konservieren ist einfach, übersteigt einfach die Grenzen selbst der kindlichsten Phan...
—Darüber will ich mich mit Ihnen nicht streiten, Beamish, ist wirklich unglaublich, was sich diese Wissenschaftsheinis alles einfallen lassen, Geräte, die feiner riechen können als jeder Hund, Laserstrahlen, die einen Menschen zerschneiden können, also, die wissen schon, was Sie tun, die lesen mal irgendwann bei Jules Verne was von ner Reise

zum Mond und laufen schon am nächsten Tag da oben rum und essen Schinkensandwiches, und wenn sie wieder runterkommen, werben sie für Softdrinks oder kommen auf Briefmarken, der Chef meint, wir sollten einen von denen zu Werbezwecken verpflichten, sobald klar ist, was es mit dieser Transportsache auf sich hat, Moment mal, Moment, Virginia, halten Sie Skinner von der Tür da fern, ich glaube, er hat das Klavier gehört, man hört es ja sogar bis hierher, Sie auch, Beamish...?
—Ja, natürlich, ein Genuß zuzuhören, ich fand, es klang ein wenig nach Biz...
—Wo ist denn der, ach hier, der Schlüssel für die Toilette, am Ende vom Flur, geben Sie ihm den, Virginia, ich dachte, er wüßte, wann Mister Bast...
—Aber, lieber Himmel, Mister Davidoff, entschuldigen Sie bitte, aber, Sie wollen doch nicht etwa sagen, daß das Klavier in der Toi...
—Wir mußten sogar die Beine abschrauben, um es da reinzukriegen, stört uns aber überhaupt nicht, er...
—Aber um Himmels Willen! Stört es ihn denn nicht? Dauernd nur auf dem Kl...
—Ich weiß, was Sie meinen, Beamish, aber wir tun alles, um ihm zu helfen, allerdings macht er es einem manchmal auch nicht leicht, da hat er nun seine Ruhe, ein heller, freundlicher Ort, er klagt nur über die Akustik, ich meine, ich und Bast sind erst durch dieses Stiftungsprojekt zusammengekommen, aber man bekommt kaum ein klares Ja oder Nein aus ihm heraus, ich muß fast alle Entscheidungen allein treffen, dachte gerade, daß Sie, wenn Sie das nächste Mal mit dem Boß reden, daß Sie mich dann vielleicht empfehlen könnten, permanent werden neue Leute in den Vorstand berufen, von manchen hab ich noch nie was gehört, die Firma setzt fast vierhundert Millionen um, und ich bin eigentlich nur da, um die Public Relations zu organisieren, aber jetzt schmeiß ich schon den ganzen Laden allein, und da dachte ich, daß Sie, Moment mal...
—Dieser Mister Gall ist am Telefon, Mister Davidoff, er...
—Wer?
—Mister Gall, der Schriftsteller, der mit den komischen Haaren und den Zähnen, die so...
—Sagen Sie ihm, daß er das Drehbuch für die Indianer vorbeibringen soll, sonst kriegen wir alle, nein, hier, geben Sie her, hallo? Ja, bleiben Sie dran, ach, und Beamish, da sind noch einige Dinge, die der Boß geklärt wissen will, einmal die Markennamen, die ich bereits erwähnte,

und dann die Lohnkosten für die Reederei, die Piscator da auf die Beine gestellt hat, Augenblick bitte, hallo? Wo bleibt dieser Indianer ...? Wann ist er abgefahren? Müßte doch spätestens um, ach, und Virginia, sehen Sie doch mal nach, wie weit Skinners Mädel mit dem Schwarzen ist, wahrscheinlich ist der Bote schon die ganze Zeit hier, aber kaum drückt man ihm ein Bilderbuch in die Hand, da vergißt er schon, weshalb er ... was? Weshalb bringt er denn ein Exemplar Ihres Theaterstücks vorbei, niemand ... Nein, hier heißt niemand Walldecker, ja, mach ich, wenn er auftaucht, keine Sorge ... Nein, aber warum ist denn die Story über den Boß noch nicht fertig, Skinner wartet nur darauf, um endlich ... das ist doch Ihr Problem, Sie sind der Schriftsteller, alle harten Fakten stehen in dem biographischen Abriß, den ich Ihnen zusammengestellt habe ... Egal, so genau brauchen Sie das nicht, hat mit Müllentsorgung angefangen, dann erste Geschäfte mit der Regierung, danach Eagle Mills, die Firma sticht ihm in die Augen, nach und nach treibt er genügend Kapital auf, übernimmt den Laden und ... Würde ich nicht sagen, nein, betonen Sie aber die Low-budget-Philosophie der Firma ... Auch auf den Teamgedanken würde ich mit Bezug auf den Boß nicht unbedingt abheben, so war das nämlich nicht gemeint mit der großen Firmenfamilie, im Gegenteil, jeder Geschäftsbereich ist ganz auf sich allein gestellt, ihn interessiert eigentlich nur, was unten herauskommt ... Weiß ich auch nicht, nein, erwähnte mal was vom Alabama College of Business, aber sein Stellvertreter hat mal durchblicken lassen, daß er schon die sechste Klasse nicht mehr geschafft hat, was ja wahrscheinlich aufs gleiche rausläuft ... Betonen Sie das, nein, betonen Sie das ruhig, er will ohnehin den ganzen Bildungsmarkt aufmischen, und mit der Übernahme von Duncan ist er praktisch direkt in der Materie drin, nämlich wie man den Preis für ein Kinderlexikon derart knapp kalkuliert, daß den Kids von heute dieses Schicksal erspart bleibt ... Nein, so würde ich das nicht ausdrücken, mit Sozialprogramm hat das alles nichts zu tun, Tränendrüse ja, Wohlfahrt nein, er schämt sich durchaus nicht für die altmodischen Tugenden, die Amerika zu dem gemacht haben, was ... Tja, dann gehen Sie doch in die Bibliothek und graben ein paar Präsidentenreden aus, das ganze protestantische Arbeitsethos, von General Motors über freies Unternehmertum, dieser ganze utilaristische Pragmatismus, also der Gedanke, daß etwas auch funktionieren muß, er sieht die Dinge, wie sie sind, nicht, wie sie sein sollten, der Punkt ist doch der, daß etwas funktionieren muß, gewissermaßen das zweischneidige Schwert,

geschmiedet aus ... Nein, die liberale Presse wird ihn dafür zwar unter Beschuß nehmen, aber für sein Image ist das nur gut, er weiß eben, wohin sich die Wirtschaft entwickelt, und weil er das weiß, muß er dieser Entwicklung nicht tatenlos zusehen, sondern kann aktiv ... was? Tja, warum eigentlich nicht, sehen Sie sich doch mal die drei an, die wir in den letzten zehn Jahren hatten, ach ja, und diese Medikamentenspende an den südostasiatischen Markt, bauen Sie ihn ruhig als Kandidaten für eine dieser Auszeichnungen auf, so im Stil von Verdienste um die ... ob er was hat? Wüßte nicht, daß er eine hat, nein, könnte versuchen, sowas in der Art zu konstruieren zwischen ihm und Virginia hier, eben das übliche, Wärme, Vertrauen, Loyalität, sie ist schon seit ... was denn, ein Bild von ihr? Das ist das letzte, was man vorzeigen sollte, nein, und von ihm hab ich auch keins, aber ich fand Mister Basts Idee gar nicht so schlecht, sagen Sie einfach, er ist zu beschäftigt, um sich photographieren zu lassen, Punkt aus ... wer, Bast? Nein, ziemlich farblos, ist auf ne konservative Schule gegangen, beschäftigt sich nebenbei mit Musik und ist, soweit ich weiß, der designierte Nachfolger, der Boß sagt, sein Vater sei Tonsetzer, davon kann er aber nicht leben und muß sich seinen Lebensunterhalt als Eisenbahn-Agent verdienen ... keine Sorge, stellen Sie alles zusammen und bringen Sie es so schnell wie möglich her, kapiert? Wir bringen hier nur ein kurzes Porträt, Beamish, der Boß will, daß eine Version davon in Die abgedruckt wird, so ne Art Vorschau auf seine vollständige Lebensgeschichte, er glaubt, daß die Aura seines Erfolgs auf die Zeitschrift abfärbt, Image-Transfer, wenn Sie wissen, was ich meine, denn wenn den Mädels eins gefällt, dann ist es Erfolg, und sein Erfolg geht doch hauptsächlich darauf zurück, daß er ungern teilt, sondern lieber gleich nach ner Möglichkeit sucht, auch noch seine Gläubiger zu übernehmen, ach, Virginia, der Mann mit dem Hut, der eben reingekommen ist, fragen Sie mal, ob das dieser Walldecker ist, mir läuft die Zeit weg, Beamish, kann mich jetzt nicht weiter um Sie kümmern, haben Sie noch was auf dem Herzen, wo ich zur Klärung beitragen ...
—Klärung, ja, Sie sprechen mir aus der Seele ...
—Die Lohnkosten, die Sie eben erwähnten, haben Sie schon schon irgendwelche Schecks auf die J R Shipping Corporation ausgestellt?
—Nein, tatsächlich stehen mir noch ...
—Diese Tochterfirma, die Nonny für den Boß da aufgezogen hat, er sagt, daß ein Scheck über fünfzehn Prozent seines Gebots bei ihm eingegangen ist, Sie wissen, der Schiffsrumpf, den wir bei dieser

Auktion in Galveston ersteigert haben, er will, daß so viele Firmenmitarbeiter wie irgend möglich auf diese Gehaltsliste gesetzt werden, damit er die sechsprozentige Subvention für die US-Schiffahrt mitnehmen kann ...
—Mister Davidoff, noch einmal, da die Legalität eines solchen Vorgehens mir höchst fragwürdig erscheint, müßte ich zuvor doch einen Blick in ...
—Mehr will der Boß gar nicht von Ihnen, Beamish, als daß Sie die gesetzlichen ...
—Also auf der Basis von einem einzelnen Schiffsrumpf gleich eine ganze Reederei aufzubauen, nur um an die sechs Prozent Lohnkostenzuschuß zu ...
—Ich weiß, was Sie meinen, Beamish, aber das sind doch Peanuts im Vergleich zu den Vergünstigungen, die man mit US-Weizen einstreichen kann, er glaubt aber offenbar, daß er mit den Bäuchen noch was reißen kann, jedenfalls behauptet Nonny das, deshalb läßt er ihn auch die Exportbeschränkungen für solche US-Waren prüfen, die unter US-Flagge das Land verlassen, wahrscheinlich läßt er am Ende alles über die Nobili-Vertretung in Panama laufen, ohnehin der einzige Grund, warum er sich da eingekauft hat, nutzt es als Steueroase und Umschlagplatz, das Ganze ist kaum mehr als ein Lagerhaus und, ach, und Virginia, tippen Sie den Brief an Nobili Panama nochmal neu und schreiben Streptohydrazid diesmal bitte richtig, und schicken Sie ihn heute noch ab, eins der Medikamente, das die Gesundheitsbehörde vom amerikanischen Markt genommen hat, hat der Boß schon mit Ihnen gesprochen, Beamish, daß Sie dagegen vorgehen?
—Nein, aber ich glaube, ich habe davon in der Zeitung gelesen, angeblich verursacht es bei Kindern Taubheit, und ich kann mir kaum vorstellen, daß er es weiterhin ...
—Hab ich auch gelesen, mit dem Zeug wird das nichts mehr, hat über Panama bereits den Vertrieb in Übersee informiert, daß die Lieferungen eingestellt werden, sobald die Lagerbestände abverkauft sind, wer ist denn dran, Virginia ...?
—Aber um Himmels Willen, was ...
—Es ist der General, Mister Davidoff, er ...
—Hab Ihnen doch gesagt, Sie sollen ihm sagen, daß ich hier, geben Sie schon her, hallo ...? Jawohl, Sir, ich verstehe, Sir, wir ... wir haben Ihnen Skyscraper Management und Industrial Marketing vorbeibringen lassen und ... wirklich keine Bilder? Tut mir leid, wir bemühen uns

sehr, Sir, jawohl, Sir, wir ... Daß Sie heute abend abreisen, jawohl, Sir, aber werden Sie denn bis zum einundzwanzigsten wieder zurück sein, Sir? Wir ... Nein, Sir, aber an diesem Tag will die Schulklasse unser Büro in der ... Jawohl, Sir, die Aktennotiz stammt von mir, aber die Idee ist vom Boß selbst, scheint so ne Art Lieblingsprojekt von ihm zu ... obwohl natürlich schon ein Zusammenhang mit unserem Schulbuchprojekt, jawohl, Sir, ein Marktbereich, der höhere Zuwachsraten verspricht als der Verteidigungshaushalt, wie ja überhaupt das Verlags ... Sir? Jawohl, Sir, nein, Sir, ich meinte doch nicht ... eine Redewendung, Sir, ich wollte nicht ... schon verstanden, Sir ... aber um noch einmal auf die Schulkinder zurückzukommen, die unser Hauptquartier in der sechsundneunzigsten Straße besichtigen wollen, jawohl, Sir, der Boß ist sehr stolz darauf und möchte, daß sie auch einige der Repräsentanten der Fir ... Nein, Sir, um die Wahrheit zu sagen, ich selbst bin dort auch noch nie gewesen, Sir, aber ... So etwas habe ich schon einmal organisiert, Sir, jawohl, Sir, ich besorge einen Photogra ... Nein, Sir, ich dachte da an Lunchpakete ... Er hat nicht gesagt, ob er persönlich anwesend sein wird, nein, Sir, aber ... Jawohl, Sir ... Jawohl, Sir, mit Sicherheit, positiv, jawohl, Sir, ich ... Sir? Aufgelegt, ach, und Virginia, halten Sie Duncan noch ein bißchen hin, irgendwie scheint er etwas ...
—Ich vermute, er ist mit seiner Geduld langsam am Ende, Mister Davidoff, was ich ehrlich gesagt von mir auch ...
—Ich glaube, er will nur, Moment bitte, Mister Duncan? Entschuldigen Sie, aber die ist besetzt, Sie müssen über den Flur und dann die zweite Tür hinter dem Soldaten neben der Besenkammer, Skinner sitzt da und gibt Ihnen den Schlüssel, liegt sonst noch irgendwas an, Beamish? Lassen wir mal ihr Juristenchinesisch beiseite und kommen wir auf den Punkt, Mister Bast dürfte jeden Moment kommen, und da gibts noch ein paar Dinge, die ich mit ihm besprechen muß, wenn jemand anruft, Virginia, sagen Sie einfach, wer ist dran ...?
—Es ist für Mister Pis ...
—Sagen Sie, er sei, nein, Moment, geben Sie her, lieber nicht sagen, wo er war, hallo ...? Zur Zeit nicht im Hause, nein, er war ... Davidoff, ja Davi ... Cohen, ach so, Sie rufen wegen Nephente an, ja, hab sie heute bis runter auf sechzehn gebracht, ich glaube, der Chef sitzt auf etwa neunzehn Prozent der Ausgabe und will lediglich die Kontroll ... Moment mal, nein, er will die Altersheime in das Gesundheitspaket integrieren, allein schon als Abnehmer für Nobili, wir haben Hopper

mit seinem Friedhof, und Brisboy bringt sein Beerdigungs ... was? General wer? Der hätte uns hier gerade noch gefehlt ... Oh, warum haben Sie das nicht gleich gesagt, ohne h, ja, warum haben Sie das nicht gleich gesagt, ich dachte, Sie wären schon unterwegs, ich hab einen von unseren Rechtsgelehrten hier, der sich Ihre Zahlen mal ansehen wird, genau wie Piscator, der hat ja auch Dun und Bradstreet für Sie erledigt, allerdings hat er dem Boß gesagt, der Laden wäre für seinen Geschmack etwas zu überschuldet, erwähnte noch was von einem Mehrheitsanteil an einer anderen Firma, aber ebenfalls ziemlich marode ... Keine Bange, nur als Sicherheit für das Darlehen, das Skinner zu seiner Verlagsoption verhelfen soll, haben ihn dafür auch gleich mit ins Management genommen, wirklich erstklass ... von nem Teilhaber weiß ich nichts, er hat gesagt, daß das Mädel, das er gerade geheiratet hat, durch ihre Scheidung darangekom ... wessen Name? Ihrer? Nein, ich hab die Unterlagen selbst nicht gesehen, wahrscheinlich hat der Chef sie, er hält auf solchen Sachen gerne die Hand drauf ... aber wie gesagt, Piscators Aktennotiz, die schien ihn gar nicht weiter zu stören, weder der Prozeß, den Sie für diese fußkranke Firma seit zwanzig Jahren führen, noch das dauernde Theater mit dem Finanzamt, als hätte er gar nichts anderes erwartet ... was? Nein, was ist denn passiert ...? Hat er wirklich? Aber wie ... Bitter, ja, tut mir leid, Coen, hätte nie gedacht, daß sich jemand das so zu Herzen nimmt, ich meine, jeden Tag werden in diesem Land einfache Firmen in Aktiengesellschaften umgewandelt, das ändert doch nichts ... ändert aber doch nichts am Bilanzwert, nicht wahr? Was ist ... So hab ich das ja gar nicht gemeint, Coen, er war bestimmt ein hochanständiger Kerl, wollte nur fragen, welche Produktlinie General Roll vertritt, die Stammfirma hier wäre eventuell interess ... die wollen sich mehr und mehr auf dem Papiersektor umtun, ja, und was ist mit Nathan Wise, mit denen Sie in Verbindung stehen, haben die nicht auch mit Endlosprodukten zu tun ...? Wie, stellen was her ...? Das dachte ich mir schon, ja, ganz schöne Umstellung, wie ... Als die Pille aufkam, war plötzlich Schluß, stimmts? Noch wieviel Millionen Stück auf Lager ...? Das kann man wohl sagen, aber wie kommen Leute wie Sie dann an ... was? Automatische Klaviere? Wußte gar nicht, daß in einem solchen Mechanismus Schafdärme zum Einsatz kommen, allerdings haben wir in keinem unserer Geschäftsbereiche Verwendung dafür, nur die Brauerei benutzt sie für einen Hefefilterprozeß, George Wonder ist gerade gestorben, dicker Freund vom alten Senator Milliken, und was soll ich Ihnen

sagen, plötzlich scheint sich auch Milliken sehr für das Geheimnis von Wonder-Bier... wer? Millikens Familie? Große Minderheitsaktionäre von Nathan Wise, als die Pille aufkam, war das sicher ein böses Erwachen, ich könnte aber vielleicht was für Sie arrangieren, obwohl wir... erwarte jeden Moment einen Anruf des Senators, ja, die Stammfirma hat soeben seine alte Anwaltskanzlei beauftragt, ich selber hab ja hier alle Hände voll zu tun... Weiß ich nicht, nein, da muß ich Sie mit unserem juristischen Adlerauge verbinden, dann können Sie sich gemeinsam in Ihr juristisches Fachchinesisch vertiefen, Moment, wo ist denn, Virginia? Wo ist denn Beamish, er hat doch eben noch hier gesessen, wird wohl mal eben auf den Flur gegangen sein, Coen, wenn er wieder da ist, ruft er sie zurück, ach, und Virginia, der Anruf für Senator Milliken was ist denn mit dem Typ da drüben los mit dem offenen, was will der eigentlich hier...
—Das ist der Bote, Mister Davidoff, er hat die Unterlagen von Mister Gall gebracht, Sie müssen noch unterschreiben...
—Ja, wo ist, kann hier nie 'n Stift finden, geben Sie's ihm, und dann raus mit ihm, der sieht ja aus, als hätte er seine Mutter, der Mann mit dem Hut, ist das Walldecker, der wollte doch wegen dieser anderen Sache hier vorbeikommen...
—Nein, er hat gesagt, er wäre Privatdetektiv, Mister Davidoff, er sagte, er hätte einige Fragen an Sie wegen...
—Kriegen Sie mal raus, was er will, hoppla, das Klavier hat aufgehört, Mister Bast kommt also wahrscheinlich jeden Moment raus, hat Skinners Mädel inzwischen irgendwas aus dem Schwarzen rausgekriegt?
—Sie sagt, er kommt aus Malwi oder so ähnlich, und er sagt, das ist irgendwo so 'n Land, und er will...
—Alle wollen irgendwas, sagen Sie ihr, sie soll rauskriegen, was er will, ach, und Vir...
—Er sagt, daß er diesen Mister Schepperman sucht und...
—Das hat uns gerade noch gefehlt, wenn man nem Künstler auch nur ein einziges Mal hilft, das verzeiht er einem nie, sondern verfolgt einen bis ins Grab dafür, es hat mich schon mal meinen Job gekostet, diesen Wahnsinnigen loszuwerden, aber er verfolgt mich sogar bis hierher, und wozu? Um zwei Tonnen verrostetes Eisen bei mir abzuladen, das soll dann ne Plastik sein, und jetzt hetzt er auch noch seine Freunde auf mich, und jeder will Geld von mir und überhaupt, wenn man sie so hört, jeder Schwarze ist irgendwo ein Künstler, zwar keine Ahnung von gar nichts, aber Künstler sein, das ja, sagen Sie dem mal, Moment,

helfen Sie Mister Bast doch mit seinem Aktenkoffer, Virginia, das Schloß ist kaputt und die Papiere fallen raus, hab gar nicht gesehen, daß Sie reingekommen sind, Mister Bast, in der Verlagsangelegenheit lief mal wieder gar nichts, aber Sie wollen doch nicht schon gehen? Da wären nämlich noch ein paar Buschfeuer zu ...
—Ich möchte Sie bitten, sich um eine Angelegenheit besonders zu kümmern, Mister Davidoff, ich warte auf einen ...
—Hier, setzen Sie sich doch, stellen Sie Ihren Koffer, stellen Sie ihn einfach hierhin, Virginia, nehmen Sie doch mal das Zeug da weg, was ist das eigentlich ...
—Das ist die Akte mit unserem Rundumpaket Gesundheit, die ich holen sollte, als Sie ...
—Kann mir nicht denken, daß Mister Bast sich jetzt damit beschäftigen will, er wartet auf Brisboy, der mit seinen Beerdigungsunterlagen vorbeikommen will, will sich wahrscheinlich mit ihm über Hoppers Friedhof unterhalten und ...
—Mister Davidoff, ich möchte eine Angelegenheit so schnell wie möglich geklärt haben, ich bin müde und ich habe noch jede Menge zu ...
—Sehen auch müde aus, geradezu erschöpft, möchte ich mal sagen, hätte Sie beinahe nicht wiedererkannt in Ihrer neuen Garderobe, das ist wirklich mal was anderes, ist wohl so ne Art Unisex-Look, was? Die meisten Buschfeuer kann ich ja selber löschen, damit Sie sich auf das Stiftungsprojekt konzentrieren können, ist das hier alles Musik?
—Ja, und ich warte auf einen Anruf, um die Aufnahme zu besprechen ...
—Keine Sorge, mit denen hab ich schon telefoniert und Ihr Orchester zusammengestellt, ist nur noch die Frage, wie lange wir das Studio mieten, weil wir noch nicht wußten, wie lang ihr Stück wird und wie viele Proben wir ...
—Die Musik dauert zwei Stunden und acht Minuten.
—Zwei, Stunden ...?
—Und acht Minuten, ja, es ...
—Ne Symphonie dauert doch nicht mal vierzig Minuten, ich hätte nicht gedacht, daß Sie zwei Stunden und, das ergibt ja vier, acht, neun Termine und macht dann vierundsechzig, zweiundsiebzig und sechs Komma neun, macht gut und gerne siebenundsiebzigtau ...
—Ja, und da fällt mir ein, ich hatte denen gesagt, daß sie sich nach einem Baßflötisten umsehen sollen, weil die ganz selten sind, und ich sagte, wenn sie einen vorbeischicken könnten, würde ich ...

—Baß? Flötisten?
—Ja, die sind nämlich schwer zu finden, es handelt sich um ein recht neues Instrument, und...
—Keine Sorge, ich kann wahrscheinlich schneller als sie einen auftreiben, ach, Virginia, treiben sie doch bitte mal schnell einen Baßflötisten auf, rufen Sie an der Rezeption an, daß die mal im Großen Ballsaal nachsehen, wahrscheinlich brauchen Sie auch eine Kesselpauke, nicht wahr?
—Zwei, ganz recht, und bei den Schlagwerken brauchen wir eine Peitsche, Becken, einen chinesischen Holzblock, ein Marimbaphon...
—Geben Sie Ihre Liste besser gleich Virginia, wieviel Sie von allem brauchen und...
—Ja also, ich denke sechzehn Geigen und wahrscheinlich zehn Celli und, Hörner, sehen sie hier? Das ist der Hornpart und...
—Hörner?
—Jagdhörner, ganz recht, und zwar acht Stück, und hier, an dieser Stelle setzt die Wagner-Tuba ein, sie...
—Wahrscheinlich kann man die irgendwo mieten, wissen Sie, die müssen sich sogar ihre Instrumente mieten und wollen uns dann einen groben Kostenvoranschlag unterbreiten, ich will heute noch eine Presseerklärung über die Stiftung rausgeben, diesmal mit konkreten Zahlen, obwohl die Summe etwas höher sein dürfte, als sich der Boß gedacht hat, aber ich nehme mal an, Sie wollen da nen richtiggehenden Hit landen, hätte Ihnen auch ne namhafte Band organisieren können wie die Boston, entschuldigen Sie, Virginia? Ist das Senator Milliken am Telefon? Versucht schon den ganzen Tag, mich hier zu erreichen, aber wegen der vielen Buschfeuer hier steht das Telefon nicht still, da sehen Sie mal, was es heißt, den Laden zu schmeißen, ohne daß, wer...?
—Und sehen Sie? Hier habe ich im Hintergrund eine Orgel notiert...
—Es ist Mister Beamish...
—Beamish? Was soll, entschuldigen Sie, Mister Bast, hallo, Beamish? Wo... Unten in der Lobby? Was... Also schön, aber machen Sie's kurz, Mister Bast und ich stecken nämlich gerade die Köpfe zusammen wegen... Duncan, ja, der ist gerade durch den Flur aufs... was soll das heißen, der falsche Duncan? Er... wollte ihn nach den Schulden fragen, die Duncan bei Triangle hat, Papierbestellungen seit fünf Jahren, ja, Skinner wußte nicht... für Tapeten, ja, Skinner wußte nicht... wirklich? Alles passiert, bevor ich an Deck war, muß ich wohl noch mal mit Mister Bast durchsprechen, das klingt ja wie... Klingt sehr

nach einem von Crawleys Tricks, aber ich hab jetzt keine Zeit, um mir die Komplikationen in Duncans Familie anzuhören, nein, ich sprech das hier mit Mister Bast durch, er will die Schulden wahrscheinlich als Anzahlung umwidmen und dann mit zukünftigen Gewinnen verrechnen, falls ... Keine Sorge, greifen Sie zu, solange es nur irgendwie mit Papier zu tun hat, ach, Virginia, sehen Sie doch mal nach, ob Mister Duncan im Flur ist, Mister Bast will sich kurz mit ihm unterhalten, da gibts ein kleines Mißverständnis bei der Duncan-Übernahme, Mister Bast, Beamish sitzt hier ne Stunde lang rum, quasselt mich mit seinem Fachchinesisch zu, kommt aber nie auf den Punkt, dann ruft er mich an, um mir zu sagen, daß die Übernahme des Verlags, den der Chef aufkaufen wollte, diese Isador Duncan Company, der kleine Mann da, der aufs Klo gegangen ist, also, die stellen Tapeten her, und das ändert den Sachverhalt natürlich insofern, als von Verbindlichkeiten gegenüber Triangle jetzt keine Rede mehr sein kann und wir uns überlegen müssen, wie wir die künftigen Gewinne verrechnen ...
—Ja, ich glaube, ich habe mit Mister Crawley darüber gesprochen, ja, er kannte die Firma und ...
—Crawley, ich habs doch gleich gesagt! Haben Sie gehört, wie ich gerade noch zu Beamish sagte, wahrscheinlich wieder einer von Crawleys Tricks, aber der kann mir nichts mehr vormachen, wenn Sie so einem ein paar Aktien in die Hand geben, dann spielt er solange damit, bis ...
—Ach ja, bevor ich gehe, da fällt mir ein, daß ich noch, also um auf das Geld zu kommen, das Geld, das ich ...
—Keine Sorge, mit der Zahlung eilt es nicht, aber Virginia hat die Rechnung bereits, Virginia, wo ist die Rechnungsaufstellung, die Sie getippt haben? Mister Bast möchte gerne sein Okay dazu, hier ist sie ja, ich wußte nur nicht, ob wir die Rechnung auf die neue Reederei oder auf die Stammfirma ...
—Was?
—Ich wußte nicht, ob sie, können Sie mich verstehen? Dachte schon, daß vielleicht Ihre Batterie leer ist, ich denke, wir lassen das lieber auf Rechnung der Stammfirma gehen, bis sich die Rechtsheinis durch diesen Wust von ...
—Aber was ist das denn überhaupt?
—Der Boß will, daß Sie alle Rechnungen über zweitausend Dollar absegnen, ich dachte, das hätte er Ihnen gesagt, erst wollte er sogar jeden Betrag über zweihundert, aber da kriegt man ja einen Schreibkrampf, hier oben, für das Die-Projekt, das ist praktisch nur ein Voranschlag ...

—Aber vierzehntausend, lediglich für die Änderung des Titels vierzehntau ...
—Der Boß will, daß die Message möglichst pointiert rüberkommt, deshalb auch die Umstellung von Sie auf Die, verstehen Sie, aktiv statt passiv, völlig neues Konzept, das sich aus intensiven Zielgruppenuntersuchungen ergeben hat, das Selbstverständnis der Mädel von heute hat sich mächtig gewandelt, weg von der altmodischen passiven Sie, klassische Missionarsstellung und alles, was dazugehört, hin zu einem ganz anderen Lebensstil, das moderne Mädel von heute sitzt fest im Sattel und tritt auch mal zurück, etwa bis hier, das ist nur die Hotelrechnung, hier daneben ...
—Die hier? Aber das ist ja, Sie meinen das alles, und dann noch zuzüglich fünfzehn Prozent für, wofür ...
—Agenturanteil, gang und gäbe in der Werbung, Mister Bast, Sie wollen doch nicht etwa, daß wir verhungern, Kostendämpfung gut und schön, aber was sein muß, muß sein ...
—Ja aber, aber die Suite war doch eben erst der Firma in Rechnung gestellt worden, gleich, als ich sie gemietet ...
—Darüber zerbrechen Sie sich mal nicht den Kopf, hab eben erst mit der Geschäftsleitung telefoniert, die wollten nämlich den General an die Luft setzen, aber ich hab dafür gesorgt, daß er hier gegenüber auf dem Flur als Gast des Hauses einquartiert wird, im Rahmen der allgemeinen Kostendämpfung möchten wir natürlich nicht ...
—Ja, also gut, aber was sind denn diese sieben, sind das siebenundzwanzigtausend Dollar?
—Das ganze Firmenlogo-Projekt, ja, höchste Priorität vom Boß selbst und dafür noch erstaunlich günstig, sehen Sie sich doch mal an, was Chase oder Kodak und die anderen Großen für Image und Corporate Identity ausgeben, und nur damit die Leute, zack! auf Anhieb kapieren, daß sie's mit ner zuverlässigen, grundsoliden Sache zu tun haben, zum Beispiel die Wonder-Bierflasche oder ne Anzeige für neue Produkte von Ray-X, Namen allein bringen ja nicht viel rüber, aber wenn man sie mit dem Logo der Firma ausstattet, wissen die Leute sofort, daß sie es mit ner grundsoliden, zuverlässigen Sache zu tun haben, nicht zuletzt auch im Hinblick auf das Verhältnis zu den Aktionären, denn wenn die das irgendwo sehen, wird ihnen gleich ganz warm ums Herz, so, als ob jemand in der Familie gestorben wäre und man jetzt ...
—Ja aber, siebenundzwanzigtau ...
—Sollte Sie nicht weiter belasten, die Summe steht als reeller Ver-

mögenswert so in den Büchern, das hat sich der Chef persönlich ausgedacht, die Agentur hat die gesamte JR-Belegschaft vom einfachen Arbeiter bis zum Abteilungsleiter per Tiefeninterview befragt, wie sie sich als neue Mitglieder der JR-Firmengruppe fühlen, und dann im Rahmen der formalen Vorgaben versucht, die Ergebnisse mit dem Motiv des Gewinnstrebens zu verknüpfen, denn wir wollten ja weg von so schicken Kürzeln wie IBM oder ITT, die immer wie Grabsteine aussehen, wollten mit was Lebendigem kommen, das das Firmenimage rüberbringt, den echten Stolz dazuzugehören, damit die Aktionäre wissen, daß da Leute sind, die sich überall dafür den Arsch aufreißen, daß die Investitionen sich auch lohnen und man abends mit dem Gefühl ins Bett gehen kann, daß die Welt in Ordnung ist, die Agentur hat hier einige Beispiele zusammengestellt, die Sie sich bitte ansehen wollen, Sie waren ja die ganze Zeit über so im Druck, daß ich Sie damit nicht auch noch behelligen wollte, aber hier sind einige Vorschläge unseres Kreativteams ...
—Etwa die ...?

—Einige sind vielleicht nicht so ganz auf den Punkt, aber das liegt in erster Linie an der knappen Deadline, trotzdem kommt, finde ich, teilweise sehr schön rüber, was diese Firma im Kern ausmacht, obwohl durch die Tiefeninterviews streckenweise etwas tittenlastig, aber dafür haben sie dann versucht, auch die Frauenbewegung noch irgendwo

reinzudrücken, die kritischen Zwischentöne hier und da sind nicht weiter tragisch, das kommt bei jeder Übernahme vor, ewige Nörgler, die nur Angst um ihre Zukunft haben, das da oben gefiel mir persönlich am besten, zwar etwas wortlastig, aber am Ende haben wir uns für das Just Rite entschieden, um es im großen Stil in der Prestigewerbung einzusetzen, ich wollte einfach den Akzent auf das Profitmotiv legen, ohne die Leute gleich damit zu erschlagen, denn darum gehts doch bei Lichte besehen, außerdem transportiert das Dollarzeichen, ähnlich wie das Sternenbanner, einen gesunden Patriotismus, der Boß wollte, daß wir es entsprechend plazieren, Ihre Zustimmung natürlich vorausgesetzt ...
—Wozu, für das hier ...?
—Das hier unten in der Ecke, nein, in der anderen, hab mir schon gedacht, daß Sie das nehmen würden, unsere Geschmäcker sind sich ziemlich ähnlich, die Corporate Identity springt einem förmlich ins Gesicht, und obwohl ich Ihr Okay noch nicht hatte, hab ich X-L schon angewiesen, eine halbe Million Streichholzbriefchen zu drucken und landesweit zu verteilen, natürlich nicht an Krethi und Plethi, sondern nur im gehobenen Sortiment, wie Buchhandlungen und so weiter, wo die Kettenraucher rumhängen, und ich hab Ihnen auch ne Kiste voll in Ihr Hauptquartier in der sechsundneunzigsten Straße schicken lassen, Sie können dann ja 'n Stapel davon auf das Tischchen im Empfangsraum legen, der Chef hat verlauten lassen, daß er es vor Ihrem Abflug morgen noch aufs Leitwerk des Firmenflugzeugs malen lassen will, so können Sie bei Ihren Feldtruppen da draußen ganz anders Flagge zeigen ...
—Moment mal, nein, Moment, Mister Davidoff, wo, Abflug, wo ...
—La Guardia, ich denke Sie wollen von dort am Abend vor der Beerdigung starten, wir sollten da jetzt nichts anbrennen lassen ...
—Ja, aber von wem, nein, Moment mal, ich muß mich doch um die Aufnahmen hier kümmern, das ganze, die Aufnahmen des ganzen ...
—Keine Sorge, die Musikheinis, mit denen ich gesprochen habe, verstehen ihr Geschäft, und wenn Sie wiederkommen, hab ich das alles unter Dach und Fach, der Chef will, daß ich an Deck bleibe von wegen Buschfeuer, ansonsten würde ich Sie ja begleiten und Ihr Händchen halten, er wäre sogar selber mitgekommen, wenn er nicht so beschäftigt wäre, aber die Nummer zwei der Firma tuts bei einer solchen Sache ja auch, jedenfalls kann dann niemand beleidigt sein, und für das familiäre Image ist es auch nicht verkehrt, außerdem ist Senator Milliken da, und

alles weitere wird sich dann finden, der Chef meinte, daß Sie ihn noch nicht kennen und, ach, Vir ...
—Nein, natürlich nicht, und er weiß ganz genau, daß ich Senator Milliken nicht kenne, und wer wird da überhaupt ...
—Ich hatte gedacht, das ist ne erstklassige Gelegenheit für uns, entspannte freundliche Atmosphäre, niemand setzt Sie unter Druck, Sie trinken ein paar Gläschen auf das Wohl des lieben Verstorbenen, und alles weitere ergibt sich von selbst, ich würde allerdings nicht allzu sehr auf Wonders Alter abheben, obwohl Milliken selbst an die hundert sein dürfte, das ist dann ne elegante Überleitung zum Altenpflegegesetz, über das nächste Woche im Senat abgestimmt wird, und wir brauchen ihn, damit er da noch was dran dreht, denn wenn es durchgeht, ist unser ganzes Gesundheitspaket ein Selbstläufer, vielleicht müssen Sie mit den Jungs aus den Milchviehstaaten noch ein paar Steine aus dem Weg räumen für das kostenlose Schulmilchprogramm, ich versuch, ihn telefonisch zu erreichen, um ihm anzubieten, daß er mitfliegen kann, ein gepflegter Drink über den Wolken hat schon so manche Zunge gelockert, vielleicht kann man dabei ja rauskriegen, wie weit das Projekt des Landwirtschaftsministeriums gediehen ist, über eine gezielte Strukturförderung, die Tabakplantagen ab- und statt dessen Marihuana anzubauen. Ritz wäre damit praktisch über Nacht aus den roten Zahlen, dummerweise konnte ich mit Beamish eben nicht mehr über die Eintragung eines geeigneten Markennamens sprechen, aber egal, das soll uns nicht aufhalten, der Boß meinte, daß Sie vielleicht noch ne Idee hätten, das einzige, was ihm bislang eingefallen war, ist Ace, aber unser Kreativteam auf der anderen Seite versucht, ihn allmählich auf Mary Jane einzuschwören ...
—Ja, nein, Moment, sehen Sie, hören Sie mal, Mister Davidoff, er hat mir am Telefon auch davon erzählt, aber die Sache ist doch völlig absurd, die Regierung der Vereinigten Staaten kann doch unmöglich den Anbau von Marihuana subventionieren, und wir sollten von einem Senator auch nicht verlangen, daß er ...
—Da zäumen Sie das Pferd von hinten auf, Mister Bast, wenn ich mal so sagen darf, hier geht es lediglich um Qualitätssicherung und Steuern, das sind Riesenmärkte, die auf uns warten, allen großen Investoren blutet das Herz, wenn sie zusehen müssen, wie Kinder und Amateure den Profit einstreichen, überdies entgeht der Regierung ne Steuerquelle, das ist genauso, als würden Sie Schwarzbrenner einfach gewähren lassen, wenn sich die da oben mal auf klare Qualitätsmerkmale

verständigen könnten, wären die Großen der Branche sofort mit dabei, und was dann noch fehlt an öffentlicher Aufklärung, besorgen gesponserte klinische Tests, vorfabrizierte Leitartikel und Presseerklärungen, kurz und gut, erst ziehen wir die Kiffer auf unsere Seite, und sobald das Gesetz durch ist, nehmen wir ihnen den Markt aus der Hand, illegaler Hanfanbau wäre dann genauso ein Delikt wie ne schwarze Destille, jedenfalls haben sich die Großen der Branche schon alle ihre Markennamen gesichert, soll uns aber egal sein, ich muß nur noch ein paar Anzeigen für Duncan zu Ende schreiben, sollen ja schließlich fertig sein, wenn ...
—Also gut, Mister Davidoff, also gut! Ich, ich werde mit J R darüber reden, und jetzt, das Geld, das Geld, das ich ...
—Ja, Sie brauchen Spesengeld für die Reise, hundert? Ach, Virginia, geben Sie Mister Bast doch mal hundert Dollar aus der Portokasse, und geben Sie mir auch gleich fünfzig, weil, mir fällt gerade ein, daß ich später noch mit den Medienheinis einen trinken will, der Boß sitzt mir im Nacken von wegen familiärem Image, apropos, wollen Sie nicht die Just-Rite-Zeile in den Jingle einarbeiten, den Sie, wie der Boß sagt, nebenbei für Wonder-Bier schreiben, ach, und Virginia, rechnen Sie meine Spesen übers Agenturkonto ab und die von Mister Bast über die Stammfirma, und da wir gerade von Geld sprechen, ich soll Ihnen von ihm ausrichten, diese Kursgebühren können Sie steuerlich nicht geltend machen, wenn die Firma die Rechnungen bezahlt, Sie möchten sich doch bitte selber darum kümmern, nur so können Sie diese Kosten auch absetzen, ich muß schon sagen, der Boß hat wirklich nur ihr Bestes im Sinn ...
—Ja also, das ist ...
—Übrigens, dieser Scheck von der Schule über fünfzehntausendzweihundertfünfzehn, richtig? Also, der ist gesperrt worden, das wissen Sie ja, die örtliche Bank hat da wohl einige Probleme, und als ich deswegen mal nachhaken wollte, sagte man mir, der Direktor habe gekündigt und sei nach Washington gegangen, und die Bank sei gerade dabei, sich zu reorga ...
—Ja also, deshalb brauchte ich auch den Kredit, bei dem Sie mir geholfen haben, ich hab mit Mister Crawley darüber gesprochen und ...
—Heute morgen hat deshalb sein Mädel hier angerufen, ja, wollte nur Ihre genauen Zahlen wissen, um für Sie diese Optionen zu erwerben, fünftausend zu zehn richtig? Dafür würde er dann den von ihm verwalteten Aktienbesitz der Familie entsprechend beleihen.

—Meine Tanten, ja, er verwaltet ihr Ver ...
—Wenn Sie Ihre fünftausend Anteile als Sicherheit einsetzen, um damit frisches Geld aufzunehmen, und dann den Kredit sofort tilgen, sind ihre Aktien wieder auf dem Konto, und mit Ihren JR Corp., die gestern bei vierzehneinviertel eröffnet haben, erzielen Sie immerhin einundsiebzig Komma zwofünf, das Limit ist achtzig Prozent des Marktwerts, macht summa summarum siebenundfünfzig, fünfzig für den Kredit, bleiben Ihnen also siebentausend abzüglich Gebühren, stimmt doch wohl, oder? Das Geld sollte da sein, wenn Sie von der Reise zurückkommen, ach, und Virginia, der große Karton, der hier angekommen ist, wo ist der? Mister Bast will den mitnehmen, wenn er morgen direkt vom Büro in der sechsundneunzigsten Straße aus aufbricht, legen Sie auch eine Kopie von dem Skript bei, wo ich dachte, Sie hätten es mir gerade gegeben ...
—Hier, Mister Davidoff, das hat der Bote vorhin ...
—Was, das? Legen Sie sein Theaterstück obendrauf, ach ja, schon was von diesem Walldecker in Sicht? Ach, und ...
—Aber, aber Moment mal, Virginia, was ist denn in dem Karton?
—Dieses Indianerkostüm, Mister Bast, das Sie ...
—Häuptlingskostüm, der Karton ist bloß wegen der Federn so groß, garantiert echt, was man bei dreihundert Dollar Miete ja wohl auch verlangen kann, Ehrenzeremonie, bei der Sie den Chef vertreten sollen, die anderen kommen auch im Federschmuck, er wollte nicht, daß Sie sich irgendwie deplaziert vorkommen ...
—Deplaziert! Aber was ist das überhaupt für eine ...
—Keine Sorge, die ganze Sache ist in dem Skript hier genauestens festgelegt, vielleicht gehen Sie das zusammen mit Senator Milliken im Flugzeug durch, wenn Sie von Wonders Beerdigung kommen, da können Sie ihn ja auch schon mal auf den Umzug einstimmen, er soll nämlich zusammen mit Ihnen auf der Tribüne stehen, wir schicken noch einen Mann von Endo vorbei, der sich um die Geräte kümmert, erstklassiger Verkaufs ...
—Moment mal, nein, Moment, Mister Davidoff, ich meine, diese ganze Reise ist doch wohl etwas ...
—Keine Sorge, ich wollte Sie vorher damit nicht behelligen ...
—Ich mache mir auch keine Sorgen! Aber könnte ich vielleicht mal erfahren ...
—Aber, heilige, ich meine, sehen Sie mal, Mister Bast, ich würd ja selber liebend gern zu diesem Beerdigungs-Tamtam mit den Indianern

gehen, aber der Chef braucht mich hier an Deck, dafür stell ich Ihnen auch Ihre Kapelle zusammen, organisier die Studioaufnahmen und trete nebenher noch die Buschfeuer aus, kurz und gut, ich halte Ihnen das Gröbste vom Hals, aber Sie machen es mir nicht gerade leicht, Mister Bast, ich versuch, Ihnen zu helfen, aber Sie machens mir wirklich nicht leicht, und für das Kommunikationsdefizit zwischen Ihnen und dem Boß kann ich nichts, mach zwar gern den Botenjungen, aber für die Botschaft bin ich nicht verantwortlich, hab mich sogar für Sie eingesetzt, als er wieder davon anfing, wieviel er für Sie getan hat, etwa der Posten als Geschäftsführer der Stammfirma mit der großen Verantwortung oder die Option auf fünftausend Anteile zu zehn, ich an Ihrer Stelle würde Gott auf Knien dafür danken, ich meine, ich bin ja noch nicht so lange hier, aber ich nehme Ihnen die komplette PR ab, Sie sehen ja selbst, was hier abgeht, die dauernden Buschfeuer, die Anrufe, die Typen, die da draußen auf dem Sofa rumhängen, manchmal hab ich den Eindruck, ich bin der einzige, der hier noch den Durchblick...
—Mister Davidoff, hören Sie, ich weiß ja...
—Dave, sagen Sie einfach Dave zu mir, wird Zeit, daß wir die Förmlichkeiten lassen, Bast, sehen Sie, ich weiß ja, daß der Boß schwierig sein kann, das hat ein Boß nun mal so an sich, sonst wäre er keiner, aber erst einen erstklassigen Redenschreiber anheuern, damit die Presseerklärungen mal ein bißchen Gesicht bekommen, und dann, also, ich kann ihn nicht mal selbst erreichen, aber dann ruft ihn gestern abend irgend so 'n Presseheini an, und er verrät alles über die neue Die, dasselbe mit dem Entwurf Ihrer Rede für die Jungs von der Börsenanalyse, die wird er vermutlich auch wieder selbst an den Mann bringen wollen, und alles übers Telefon, überhaupt diese ewige Telefoniererei, einmal sagt er, er ruft an, aber man hört nichts von ihm, und wenn doch, dann klingt es, als wär er in Afghanistan, von diesen krassen Memos gar nicht zu reden, die ich mir dann erst zurechtreimen muß, so will er beispielsweise, daß wir uns mal Ampex ansehen, aber daneben auch Campbell's Soup, Union Underwear, Franklin Mint, und diese SSS-Versicherung als ideale Ergänzung für unser Gesundheitspaket, des weiteren Champion Plywood, Erebus Productions, und wenn man ihm Western Union ausgeredet hat, dann kommt er auf die Idee, daß Walt Disney für 'n Appel und 'n Ei zu haben ist, will sich den Laden mal näher ansehen, was sich am Telefon aber so anhörte, als wollte er Micky Maus an den Eiern kriegen, fragt mich sogar, wie's um Rußland

steht, wegen seinen Russian Imperial Bonds, aber was hat er bloß gegen Micky Maus? Ich will ja nicht behaupten, daß er dumm ist, Bast, sonst hätte er bestimmt nicht diesen Erfolg, er hat wirklich den Bogen raus, wie man gleich zum Kern der Sache vordringt, aber, Moment, ich muß mir kurz die Schuhe zubinden ...
—Ja, ich weiß, aber setzen Sie sich doch ...
—Im Augenblick sucht er nach einer Möglichkeit, diese Sonderabschreibungen auf nicht erneuerbare Ressourcen mitzunehmen, allein zu diesem Zweck mußte Nonny diese Alsaka Development Corp. gründen, alle reden von Energiekrise, auch die Politik, so gesehen die ideale Gelegenheit, von den zahlreichen Abschreibungsmöglichkeiten im Energiebereich zu profitieren, sogar die bloße Suche nach Erdgas kann sich hier auszahlen, vor allem, wenn Millikens Anwaltskanzlei die Sache in die Hand nimmt, verhandeln bereits mit der Atomenergiebehörde über eine unterirdische Sprengung, hab für Sie bereits eine Partie Golf arrangiert, damit Sie das alles besprechen können, was soll ich denn sonst noch alles für Sie tun, etwa ihre Golftasche tragen? Schafdärme, Mineral- und Gasvorkommen, Holzwirtschaft, egal, ich hab Milliken erst einmal auf alles angesetzt, dazu stecken wir bis zum Arsch in den Indianern, ich meine, heilige Scheiße, was soll ich denn tun?
—Ja also, also setzen Sie sich doch bitte, Mister Davidoff ich ...
—Ja, ich wollte Sie nicht, aber manchmal platzt einem der Kragen, da fragt man Mooneyham bloß nach dem zeitlichen Rahmen und den vermutlichen Kosten für diese Giftmüllsache bei X-L, ich meine, allein schon, damit wir um einen Prozeß herumkommen, und er, was macht er? Er erzählt mir einen seiner Träume, wo ihm angeblich ein Haar aus dem Augapfel gewachsen ist, verstehen Sie, was ich, was, was ist ...
—Nur Ihr, Ihr Fuß hier, ich stell meinen Aktenkoffer lieber auf den ...
—Fuß? Herrje, die erste Seite, Augenblick, ich wisch Sie gleich ab, Sie sind sicher ein Präzisionsfanatiker, Bast, wissen Sie, ich hab selber mal 'n Roman geschrieben, bin manchmal richtig neidisch auf euch Jungs mit nem Händchen für die Kunst, aber das ist ein Luxus, den ich mir nicht leisten kann, hab ihn auch nie zu Ende geschrieben, nicht genug Sitzfleisch für die totale Hingabe an das Höchste, deshalb ist der Boß ja auch so begeistert, wie es Ihnen gelingt, auf beiden Hochzeiten zu tanzen, einmal die Firma und dann noch die Musik, obwohl ich das Gefühl habe, daß Sie Ihre geschäftlichen Verpflichtungen etwas

schleifen lassen, Bast, seitdem ich an Deck bin, nicht so recht bei der Sache, aber das ist vielleicht nur der Druck der ...
—Nein, es ist, ich denke daran, die Firma zu verlassen, ich meine, ich ...
—Was denn? Verlassen? Die Firma verlassen? Okay, Sie und der Boß haben da ein kleines Kommunikationsdefizit, aber daß es schon so schlimm ist, daß Sie ...
—Nein, das ist es eigentlich nicht, es ist nur, sehen Sie, ich ...
—So gehts halt immer, plötzlich kriegt man irgendwo ein besseres Angebot, und das wars dann, zumal ja auch die Headhunter nicht lockerlassen, eher als man selber wissen die, wann der Haussegen schiefhängt, so sind wir ja auch an Mister Zehn-Vierzig gekommen, bevor Sie wissen, wie Ihnen geschieht, haben diese Leute Sie weiterverkauft. Weiß der Boß es schon?
—Ja also, ich glaube, es kommt für ihn nicht ganz unerwartet, ich meine, verstehen Sie, ich bin ursprünglich nur aus reiner Gefälligkeit in die Firma eingetreten, und um ...
—Die Dinge anzuleiern, ich versteh schon, warum man so hinter Ihnen her ist, es ist ja eigentlich kein Geheimnis, was Sie beide hier quasi über Nacht aus dem Boden gestampft haben, und das geht ja jetzt auch erst richtig los, aber Sie haben doch wohl nicht vor, sich schon morgen aus dem aktiven Geschäftsbetrieb zurückzuziehen, natürlich nicht, denn sonst hätten Sie sich ja wohl nicht diese Optionen gesichert, wahrscheinlich haben Sie auch schon mit Piscator gesprochen, daß Sie nicht vorhaben zu verkaufen ...
—Nein, ich meine, ich dachte, deshalb wäre der Kredit die einzige Möglichkeit, um überhaupt an mein Geld ...
—Keine Sorge, solange Sie keine Verkaufsabsichten haben, klären Sie das mit Nonny, der läßt Sie nicht hängen wie die Anwaltskanzlei, aus der ich eben erst ausgeschieden bin, kleiner hinterfotziger Leisetreter namens Beaton, sein Vater war Partner in der Kanzlei von Senator Broos' Bruder, und Frank Black als Interessenvertreter in Washington, weshalb sie ihn auch nicht loswerden können, aber irgend jemand muß fest gepennt haben, als sich ihr bester Mann am Tag vor seinem Abgang noch einen dicken Stoß Aktienoptionen unter den Nagel gerissen hat, denn bereits zehn Minuten später haut er ihnen eine Minderheitsklage um die Ohren, daß die Heide wackelt, kostet sie jetzt ne schöne Stange Geld ...
—Ja, aber ich will nur ...

—Ich fahr wohl lieber mit Ihnen zusammen in unser anderes Büro, damit wir mit dem Boß beraten können, wie alles weitergehen soll, Bast, hab gehört, daß er sich für Diamond Cable interessiert, jetzt wo der Kurs auf sechzehn gefallen ist, könnte allerdings auch einer von Crawleys Tricks sein, der ist ja auf Diamond spezialisiert, hat den Wert durch hektische Verkäufe vermutlich höchstpersönlich in den Keller gedrückt, als Typhon von dem Verkaufsangebot zurücktrat, angeblich haben zwei Treuhänder aus dem Familienclan nicht mehr mitgespielt, als der alte Cates mit der Peitsche geknallt hat, aber mit freundlicher Unterstützung von City National haben Crawley, Wiles und all die anderen den Boß bis über beide Ohren mit Bäuchen eingedeckt, fünf Prozent Gewinnspanne sind schnell weg, wenn erst einmal der Preis fällt, und dann ...
—Ja, aber hören Sie zu, Mister Davidoff, wegen dieser Aktienopti ...
—Wenn Sie also wirklich daran denken, die Firma zu verlassen, Bast, dann setzen wir uns lieber so schnell wie irgend möglich mit dem Boß zusammen, sehen Sie, er erweitert jetzt beispielsweise den Vorstand, ne Menge Namen, von denen ich noch nie irgendwas gehört habe, hab auch im Vorstandsführer nachgeschlagen, aber Urquhart oder dieser andere da, Teets? Stehen da nicht, keine Ahnung, wie er an diese Leute gekommen ist ...
—Na ja, also durch mich, er wollte lediglich, ich glaube, das Gesetz verlangt eine bestimmte Anzahl von ...
—Sie haben ja jetzt gesehen, wie ich hier den Laden schmeiße, Bast, und da könnten Sie doch vielleicht bei Ihrem nächsten Arbeitsessen ein gutes Wort für mich, was ist das hier, Virginia, Angels East, was ist Angels East ...
—Der Mann mit der Glatze, Mister Davidoff, er heißt Mister Wall ...
—Decker, hier, geben Sie ihm das, sagen Sie, ich bin in einer wichtigen Besprechung, ach, und Virginia, sagen Sie diesen Typen auf dem Sofa, daß Mister Bast und ich dringend zu einer Krisensitzung in unserem Büro in der ...
—Nein, bitte nicht, ich, hören Sie zu, ich ...
—Wissen Sie, Bast, das ist mir manchmal richtig peinlich zuzugeben, daß ich dem Boß persönlich noch nie begegnet bin, ich meine, ich stell dieses Porträt über ihn zusammen und möchte natürlich ein gewisses Gefühl dafür entwickeln, wer er eigentlich ist, um so besser kann ich ihn dann verkaufen, möglicherweise sogar als Person der Zeitgeschichte, nehmen Sie zum Beispiel mal diesen Störfall bei X-L,

eigentlich der ideale Aufhänger, ihn den Leuten als verantwortungsvollen Bürger und Geschäftsmann zu präsentieren, aber er ist bloß stinksauer auf diesen Klugscheißer von Pfadfinder, der plötzlich mit seinen Farbproben aus dem Fluß ankam, irgend so eine Projektgruppe Chemie von der örtlichen Schule will uns jetzt verklagen, die sind imstande und erscheinen mit dem Kleinen vor Gericht, und Nonny darf ihn dann vor aller Augen fertigmachen, gibt ein Superimage, Moment, hatten Sie keinen Mantel?
—Nein, aber hören Sie...
—Ich hol schnell meinen, bin sofort wieder da, übrigens, wenn die Mooneyham in den Zeugenstand rufen, dann garantiere ich Ihnen, kommt X-L nicht unter dem dreifachen Satz der tatsächlichen Schadenssumme aus der Sache heraus, plus Kosten des Verfahrens und Stillegung des Betriebs, bis alles saniert ist, aber wenn Sie oder der Boß diese Geschichte entsprechend ernst nehmen, können Sie unter Umständen sogar behaupten, es sei nur eine blöde Panne gewesen und die Untersuchung wäre noch nicht abgeschlossen, das kostet Sie am Ende fünf bis sechstausend Dollar, und gratis dazu gibts das Idealbild vom Geschäftsmann mit Gemeinsinn, was wollen Sie mehr? Das kleine Arschloch kriegt fünfzig Dollar Belohnung, ne handgemalte Urkunde und 'n Essen bei Howard Johnson, laden Sie auch das Fähnlein Fieselschweif dazu ein, den Chemielehrer, die American Legion und die Naturfreunde von Woody Owl, und alles ist wieder in bester, was ist? Suchen Sie etwas...?
—Nein, ich dachte nur, daß hier noch ein paar Sandwiches, und da dachte ich, daß ich vielleicht eins davon...
—Sind wohl schon weggeräumt worden, Moment, da ist noch was hinter dem Teller direkt hinter Ihnen, Virginia, was ist...
—Das ist der Hüttenkäse mit Ketchup, den Mister Hopper bestellt hatte, aber er hat seine Zigarre drin ausgedrückt, und...
—Nein nein, rufen Sie den Zimmerservice an und bestellen Sie Mister Bast ein Schinkensand, wie wärs mit Schinken und Käse?
—Nein, ich, schon gut, Virginia, hören Sie, Mister Davidoff, ich muß jetzt gehen, und wir können nicht...
—Warten Sie noch 'n Momentchen, dann stecken wir über einem schönen Beef Wellington gemeinsam mit dem Boß mal die Köpfe zusammen und überlegen, kenn da 'n nettes kleines Lokal in der Nähe von...
—Nein, aber so hören Sie doch mal zu, ich versuche Ihnen zu erklären,

daß er nicht da ist, er ist weder im Büro in der sechsundneunzigsten Straße noch überhaupt in der Stadt, er ...
—Gestern abend war er noch da, und ich war eigentlich davon ausgegangen, daß er immer noch greifbar ist, aber keine Sorge, ich fahr trotzdem mit Ihnen dahin, hab nämlich dieses Büro noch nie gesehen, wissen Sie, wir könnten Teile der Ausstattung, die Sie da haben, auch hier gut gebrauchen, wenn das möglich ist, den Aktenvernichter zum Beispiel und den Fernkopierer Vierhundert, da fällt mir ein, vielleicht können Sie auch Virginia da oben gebrauchen? Herzensgut und im Rahmen ihrer Möglichkeiten auch sehr engagiert, hab gehört, Sie haben Probleme mit dem Mädel, das Ihre Anrufe entgegennimmt, soll zu Crawley gesagt haben, er, Moment, Virginia, sagen Sie diesen Medienheinis ab, sagen Sie, sie sollen sich heute abend woanders einen ausgeben lassen, ach, und Vir ...
—Aber, Moment mal, Moment, wer ist die, die Frau da drüben ...
—Skinners Mädel, dachte, Sie kennen sie schon, Bast, wirklich erstklassige Qualifikationen in Lehrplangestal, stimmt was nicht, Virginia? Was ist ...
—Hören Sie, ich muß los, ich bin ...
—Sie hat ihre Kontaktlinsen in ein Glas Wasser gelegt, Mister Davidoff, sie meint, daß vielleicht Mister Mooneyham das Glas genommen hat, aber jetzt kann sie nicht mehr erkennen, wer wer ist ...
—Ja also, dann suchen Sie doch das Ding, sagen Sie ihr, Moment mal, wo ist Mister, Moment, sagen Sie Mister Bast, daß er warten soll, ich komme sofort, der Mann da mit dem Cowboyhut, was, Cowboyhut und den Stiefeln, wer ist ...
—Das ist dieser Mister Brisboy, Mister Davidoff, er ...
—Ja also, dann sagen Sie ihm, sagen Sie Skinners Mädel, daß sie sich beruhigen soll und lieber mal guckt, wer das Glas ausgetrunken hat, Moment, sagen Sie Mister Bast da an der Tür, ich komme sofort, und wenn Mister Zehn-Vierzig sich nicht blicken läßt, dann sagen Sie Skinner, daß er ...
—Aber er ist hier, Mister Davidoff, dieser Mister diWiehießernochgleich, er ist da drüben bei den anderen auf dem Sofa, er hat gesagt, er will um Gottes willen nicht stören, und dieser Mister Duncan, er war im Flur und sagte, daß Mister Skinner vor dem Besenschrank überfallen worden ist ...
—Kennen Sie den von dem Mann namens Skinner, der lud mal ne Dame zum Happa?

—Wenn Sie bitte mal kurz herhören könnten, die folgende Übung soll Ihnen helfen, Ihre Rolle im Leben besser zu verstehen und auch mit Ihren Aggressionen konstruktiver umzugehen, besonders in so schwierigen Situationen wie einer Firmenübernahme, also, Mister ...
—Nein, anders herum, da war dieser Mann namens Tupper, der lud mal ne Dame zum Dinner, um Viertel vor neun ...
—Mister Mooneyham, Sie sitzen hier, und, Mister Hopper, Sie sitzen hier, und in diesem kleinen Rollenspiel übernehme ich die Rolle des Clowns, und, Mister Mooneyham, Sie spielen die Maus ...
—Um Viertel vor neun, da tranken sie Wein, um Viertel vor zehn faßt er sie ans, nein, das reimt sich nicht ...
—Wenn Sie bitte mal kurz herhören könnten, Mister Hopper, Sie sind die Katze, wie gesagt, ich bin der Clown, und ich sage, lassen wir doch die Katze herein, und, Mister Mooneyham, denken Sie daran, daß Sie die Maus sind, Sie sagen, nein, die Katze bleibt draußen, denn Sie befürchten natürlich, daß die Katze Sie auffrißt ...
—Jetzt hab ich's, da war dieser Typ namens Tupper, der lud mal ne Dame zum Happa, um Viertel vor neun, da tranken sie Wein, um Viertel vor zehn konnt sie nicht mehr stehn, der Nachtisch war auch nicht von ...
—Und jetzt geh ich mal da rüber und mache die Tür auf, damit die Katze reinkommen kann, und ich sage ihr, sie soll reinkommen und ...
—Nicht Pappe, Pappa ...
—Ja, Mister Mooneyham, vergessen Sie nicht, daß Sie die Maus sind, Sie bekommen alles haarklein mit, und dann kommt die Maus herein, aber der Clown sieht sie nicht und macht hinter der Katze die Tür zu ...
—Warten Sie, warten Sie doch, wo ist, ach, Virginia, was ist denn jetzt mit Mister Bast, rufen Sie an der Rezeption an, geh doch mal einer an die Tür, wo ist Brisboy ...
—Wer ...?
—Oh, Mister Bast, warten Sie, sind Sie Mister Bast? Gut, daß ich Sie noch erwische ...
—Ich bin, aber sagen Sie mir doch zuerst einmal, wer Sie sind ...
—Ja, lassen Sie sich doch helfen mit Ihrem Paket, gehen Sie zum Lift? Und Sie sind also Mister Bast? Ich bin Mister Brisboy, von Wagner ...
—Ja also, Sie sehen doch, daß ich gehe, Mister Brisboy, ich bin, ich muß dringend weg und kann mich leider nicht länger ...
—Ja, dann fahre ich eben mit Ihnen, hier kommt schon unser Lift, wir

können uns doch im Taxi köstlich unterhalten, und Sie brauchen doch auch jemanden, der Ihnen beim Tragen hilft, Mutter hat für mich einen neuen Therapeuten ausfindig gemacht, an der Ecke fünfundneunzigste Straße, und ich muß einfach ...
—Mister Brisboy, hören Sie, ich bin bald mit meiner Geduld am ...
—Hach ja, ich verstehe, Mister Bast, die überfüllte Suite mit all diesen ungehobelten Menschen, das hab ich auf den ersten Blick erkannt, man konnte ja sein eigenes Wort nicht verstehen, und dabei haben wir uns doch soviel zu sagen, gehen wir hier hinaus? Ich habe versucht, in Ihrem Büro anzurufen, aber dort war ein Mädchen am Telefon, das mir den ungehörigsten und völlig unpraktikabelsten Vorschlag machte, den in die Tat umzusetzen mir niemals in den Sinn ...
—Ja also, hören Sie, ich habs eilig, und Sie brauchen nicht ...
—Sie hier einfach ganz allein lassen mit diesem großen Karton? Das würde mir im Traum nicht einfallen, was mag da wohl drin sein ...?
—Also es ist, es ist nur ein Indianerkostüm, das ich ...
—Ein Indianerkostüm! Wie süß! Hach, das klingt aber nun wirklich wie eine spaßige Firma, da ist ein Taxi, hallo Fahrer? Fahrer ...?
—Mister Brisboy, bitte, ich bin, Brisboy, hören Sie, warum nehmen Sie nicht einfach das Taxi und ...
—Da müßte ich mich ihm ja direkt vor die Räder werfen, finden Sie es nicht auch geradezu unverschämt, einfach diese kleinen Lämpchen mit Off duty anzumachen, he, das hat deine Mutter wohl auch immer gesagt. Moment, da ist ja eins frei ... nein nein, steigen Sie hinten ein, wir legen Ihren Karton nach vorne zu diesem Wilden am Steuer, so. Immer nach Norden, Fahrer, bis zum Rand des Dschungels, huch, bitte um Vergebung, war das etwa Ihr Knie? Aber ausgesprochen schick, was Sie da anhaben ...
—Ja, also ich, ich dachte, Sie wollten etwas besprechen, etwas, das mit der Firma zu tun hat oder ...
—Mein Gott, ich bin ja so aufgeregt, wo soll ich bloß anfangen? Also schon der Gedanke, uns Ihrer großen Firmenfamilie anzuschließen, Mutter hat gleich gesagt, das isses, obwohl sie für die Familie und so nie viel übrig hatte, na ja, auch kein Wunder wenn Sie Onkel Arthur sehen, und ich habe auch keine Lust, mich näher über einige der Familienmitglieder auszulassen, denen ich gerade begegnet bin, außer Ihnen natürlich, wo sie schon diesen J R da am Telefon so ungehobelt fand, dann gibt ihr dieser Titten-und-Beine-Mensch wahrscheinlich den Rest ...

—Dieser was...?
—Ihr Tapetenmensch da, das Gespräch ging irgendwie um die Speisekarte, und jemand sagte, Eier mit Schinken wären genau sein Ding, also ganz normale Sachen, und dieser Tapetenmensch sagte daraufhin, ich steh eher auf Titten und Beine, aber so kraß, hörte sich fast an wie Onkel Arthur, außerdem scheint er von diesem penetranten Zwerg da mit den scheußlichen Manschettenknöpfen zu erwarten, daß er ihn mit dieser Blinden da verkuppelt, mit dem lila Lippenstift auf den Zähnen und das alles für fünfzig Cent, ich kann Ihnen gar nicht sagen, wie erleichtert ich war, als ich in Ihnen endlich mal ein junges Gesicht erblickte...
—Ja, also ich, ich hatte Sie mir eigentlich sehr viel älter vorgestellt, Mister Brisboy, ich glaube, Mister Crawley sagte, daß Ihr, Ihre Firma zwei Brüdern gehörte und daß nach dem Tod des einen die Witwe...
—Ach, Sie meinen diesen Börsenmenschen da, nicht wahr? Der klang schon am Telefon wie der böse Wolf, nein, Papa ist gestorben und Onkel Arthur will Schluß machen, ich kann Ihnen gar nicht sagen, wie erleichtert Mutter und ich sein werden, wenn er mal nicht mehr da ist, falls Ihr Piscator das irgendwie arrangieren kann, obwohl auch er sich ziemlich ungehobelt anhört, nicht wahr? Und Sie müssen ihm bitte sagen, daß er Mutter nicht immer Mrs. Wagner nennen soll, wenn er anruft, also wie Cosima Wagner, natürlich haben wir den Namen daher, wenn Sie wüßten, wie oft ich mit ihr Tristan abgesessen habe, fünf Stunden, ungekürzt in der Pariser Oper, einfach gnadenlos, sie fand, daß Brisboy etwas frivol klingt, und ich habe natürlich Charon vorgeschlagen, aber das hielt sie wieder für zu gesucht, jedenfalls war sie der Ansicht, daß uns Wagner womöglich die angenehmere Klientel verschafft, obwohl das die Leute hier natürlich völlig falsch aussprechen, immer wie Wegg-ner, sogar Ihr J R hielt sich dauernd dran mit Wegg-ner dies, Wegg-ner das, wegg wegg, einfach zum Davonlaufen, Gottseidank war unser Gespräch von denkbar kurzer Dauer, ach bitte, könnten Sie mal an die Trennscheibe klopfen, Sie, Fahrer...? Fahrer? Wir werden von nichts und niemandem gehetzt und haben nicht die Absicht, plötzlich zur Nummer in einer Statistik zu werden, Mutter hat gesagt, Ihr J R hat gesagt, ich soll das mit Ihnen besprechen.
—Ja also, ich weiß nicht...
—Sie sagte, er sei ganz ekstatisch geworden, als er erfuhr, daß im vergangenen Jahr zwei Milliarden Dollar für Beerdigungen ausgegeben

wurden, und Sie müssen ihm einfach davon erzählen, daß die Todesrate beständig steigt, stellen Sie sich doch nur mal vor, seit der Geburt unserer wunderbaren Nation hat es lediglich einhundertundachtzig Millionen Beerdigungen gegeben, aber wir rechnen allein in den nächsten fünfundvierzig Jahren mit zweihundert Millionen!
—Ja also, ich bin, ich weiß, er wird entzückt sein, das zu hören ...
—Im Einzugsbereich von Fort Lauderdale bekommen wir inzwischen eine von sechs Beerdigungen, und Mutter hat mich ständig bearbeitet, daß ich auch die zweite reinhole, damit es zwei von sechs werden, das wären dann, glaube ich, eine von dreien, oder? Wissen Sie, im ganzen Land gibt es über zwanzigtausend von unserer Sorte, aber sogar die größte Kette kontrolliert weniger als ein Prozent des Marktes, ist das die Statistik, die Sie haben wollten? Denn selbst bei nur einem Prozent dürfen Sie eines nicht vergessen, die Leute von der Sozialversicherung rechnen zwischen neunzehnhundertsiebzig und neunzehnhundertachtzig mit einem zwanzigprozentigen Anstieg der Todesrate, also mehr als genug, wenn wir bloß diese furchtbar eklatanten Kosten senken könnten, wir haben auch schon in diese Richtung gedacht, also Rationalisierung durch Konzentration, damit nicht immer gleich zehn Leichenwagen auf einmal die Straße entlangdonnern und dann doch nur wieder leer herumstehen und warten, und deshalb ist Mutter ja auch so angetan von der Paketlösung, über die ihr dieser JR da geschrieben hat, schreibt dieser Mensch eigentlich alles mit Bleistift?
—Ja also, sehen Sie, im allgemeinen ist er ...
—Ja ja, ich weiß, im Alter werden sie wieder wie die Kinder, aber was für ein köstlicher Name, den Sie sich für Ihre Altersheime haben einfallen lassen, da hat wohl jemand South Wind gelesen, ist das nicht auch das herzerfrischendste Buch, das je geschrieben wurde? Erst hatte ich ja vermutet, daß Ihrem JR diese Idee gekommen ist, aber als er neben einigen anderen Fehlern auch noch Nepenthe falsch geschrieben hat und ...
—Ja also, das hat er sich gewiß nicht ausgedacht, hat wohl noch nicht einmal davon gehört, er hat einfach diese Altersheim-Aktien aufgekauft, als sie ...
—Ja, wie furchtbar mitfühlend von ihm, all diese alten Menschen, von denen keiner unter die Erde will, doch sie in anonymen feuchten Kästen ein erbärmliches Leben aus der öffentlichen Hand fristen zu lassen, ist gleichfalls ganz undenkbar, außerdem geht alles zu Lasten des Steuerzahlers und stinkt förmlich nach Sozialismus, nein, die freie

Marktwirtschaft schuldet ihnen die Würde privater Pflege, nachdem sie unser wunderbares Land zu dem gemacht haben, was es heute ist, und Mutter sagt mir auch, daß Sie da so einen Senator an der Hand haben, der den gerechten Kampf für die Pflegeversicherung kämpft, damit es nicht mehr zu diesen häßlichen Szenen kommt nur wegen ein paar unbezahlter Rechnungen, natürlich war Mutter aufs höchste angetan von dieser Idee mit den dezent plazierten Hinweisschildern, Werbung muß sein, aber ich finde, man sollte das nicht direkt im Krankenzimmer tun, nicht wahr? Nein, eher an den Ausgängen für die Besucher, die einen lieben alten Menschen vielleicht zum letztenmal in seinem Bettchen gesehen haben, nur ein zarter Hinweis vielleicht in Form eines Buntglasfensters mit einer ganz schlichten Botschaft, Onkel Arthur hat einen Leichenwagen vorgeschlagen mit der Zeile: Jetzt fängt der Spaß erst richtig an, aber das fanden Mutter und ich nun doch etwas überspannt, wir dachten eher an: Wagner kommt, wenn Sie gehen, oder lieber kleingeschrieben? Wenn sie gehen? Natürlich dachten wir auch an: Wagner im Auftrag des Herrn, obwohl, das ist ein kitzliger Bereich und erinnert irgendwie an Kidnapping, finden Sie nicht auch? Oder glauben Sie vielleicht...
—Also ich glaube wirklich nicht...
—Nein, natürlich nicht, und Mutter findet, daß Understatement immer das beste ist, deshalb war sie auch nicht sehr begeistert von der Idee Ihres JR, im Eingangsbereich der Altersheime kleine Verkaufsstände aufzubauen, wo das Gesamtpaket in seiner ganzen Vielfalt angeboten wird, von Prothesen über unseren Pflegeservice bis hin zur Grabstelle plus Gedenkstein, zugegeben, das Ganze gleicht eher einem Jahrmarkt, und die organisierten Kollegen sind wegen der ganzen Sache ziemlich im Dreieck gesprungen, holten so Uralt-Bestimmungen aus der Rumpelkiste und waren überhaupt sehr ablehnend, aber wenn unsere schwarzen Brüder und Schwestern seit Jahrhunderten ihre kleinen Beerdigungsgesellschaften unterhalten, dann hat doch wohl jeder das Recht, diese herzerfrischenden letzten Momente nach eigenem Gutdünken zu gestalten, vor allem ohne peinliche Finanzsorgen in letzter Minute, was, denken Sie, soll denn unser Servicepaket kosten, tout compris?
—Ich weiß nicht, keine Ahnung...
—Wissen Sie denn schon, wie viele unterschiedliche Varianten Sie anbieten wollen? Na, wie auch immer, aber es sollte schon entsprechend gefächert sein, sonst haben Sie bald so Massenbestattungen wie in Ruß-

land, Mutter sagt auch, daß Ihr JR den Markt der Jungverheirateten erschließen will, wo eventuelle Kosten erst in ferner Zukunft anfallen, das Ganze macht ausgesprochen Sinn, denn die durchschnittlich neunhundertfünfundsiebzig Dollar, die derzeit pro Begräbnis ausgegeben werden, decken heutzutage nicht mal die Extras wie eine eigene Gruft oder den Grabstein, ganz zu schweigen von Blumenschmuck, Totenhemd, ja nicht einmal der Pfarrer ist mit drin. So aber können Sie bereits Jahrzehnte vor der letzten Überraschungsparty über diese Summe verfügen, und ob dann im Eifer des Gefechts überhaupt von Ihrem Paket Gebrauch gemacht wird, steht ebenfalls noch dahin, die Leute sterben ja an den unmöglichsten Orten. Offenbar rechnet er mit einer beträchtlichen Zahl von Blindgängern, so daß Ihr großzügiges Friedhofsgelände in Union, Verzeihung, war das Ihr Fuß?
—Nein nur, nur mein Aktenkoffer, ich stell ihn beiseite, ich...
—Hach, ich hoffe, ich habe ihn nicht verkratzt, meine neuen Absätze sind ja so furchtbar spitz, hier, ich helfe Ihnen, Ihre Taxis hier sind ja sowas von aufregend praktisch, aber es gibt einfach keinen Platz zum Sitzen, und mein Hut wird ganz, Vorsicht, Ihre wichtigen Papiere fallen raus...
—Ja, das ist, Mister Crawley hat es beim Aufmachen kaputtgemacht, und jetzt läßt es sich nicht mehr...
—Das glaub ich Ihnen gerne, er hört sich aber auch schon an wie der böse Wolf, Mutter hat gesagt, er, huch! Das ist ja alles Musik, der Koffer ist ja voller Musik, hach, das muß ich sehen! Das haben Sie doch nicht etwa selbst geschrieben?
—Tja, schon, aber es ist...
—Zeigen Sie doch mal, zeigen Sie mir doch mal diese Passage gleich hier, einfach herzerfrischend, welche Stimme ist es denn?
—Das ist der, der Cembalopart der...
—Mmmmmmmm! Köstlich, ja, da ist ein bißchen Rameau drin, nicht wahr, mmmmmmmmmmmm...
—Also sein, vielleicht sein Stück Die Mücke, ich wollte so den Eindruck von...
—Und das ist Ihnen auch wunderbar geglückt, ehrlich, mir läufts schon ganz kribbelig den Rücken runter, und das, was ist das? Huch, wie ominös...!
—Ja also, das ist, das ist der Kontrabaß, aber wegen des Friedhofs sprechen Sie, glaube ich, lieber mit Mister Hop...
—Ja, Mutter sagte, das Areal wäre unglaublich groß, gleich mehrere

Tausend Hektar, irgendwo in der Nähe von Union Falls, so heißt der Ort doch, oder? Und daß Sie extra dafür das Wegerecht gekauft hätten, mmmmmmmm mmm mmmm hmmmm...
—Also es ist, nein, eigentlich nicht in der Nähe, der Friedhof liegt mitten auf einem Gelände, wo wir das Wegerecht besitzen, ganz in der Nähe von unserer...
—Mmmmmm hmmmm hmmmm, hmm hmm einfach köstlich, dreitausend Hektar, hat Ihr JR meiner Mutter erzählt, und stellen Sie sich nur vor, er macht sich die größten Sorgen, daß sich die Immobilie nicht rentiert, natürlich war es immer ein Verlustgeschäft, Sozialhilfeempfänger zu beerdigen, aber was will man machen, noblesse oblige, was die Ämter zahlen, ist sowieso ein Witz, aber sein Vorschlag, jede Grabstelle gleich sechs- oder achtfach zu nutzen, nämlich übereinander, eben als Paket, also diese Art vertikale Integration, wie er das nannte, hat Mutter zunächst die Sprache verschlagen, sie dachte nämlich, er wollte Neger und Weiße zusammen oder in Lagen übereinanderschichten wie bei einer riesigen Dubos-Torta, hätten Sie nicht auch gerade Lust auf eine? Wir könnten doch eben an der Kondi...
—Nein, nein, ich...
—Die Ungarn sind ja sowas von raffiniert mit ihren Kuchen, aber wie gesagt, er meinte noch, daß er ins Grabmalgeschäft einsteigen wollte, weil er gerade erfahren hatte, daß sich der Gesamtumsatz auf über null Komma drei Milliarden jährlich beläuft, aber sie müssen ihm sagen, daß diese monströsen Grabmäler aus Granit völlig, aber auch völlig passé sind, der Pflegeaufwand ist einfach zu hoch, man bevorzugt heute die schlichte Platte, so hat der Rasenmäher freie Bahn und fertig ist die Laube, hach, wie brillant, mmm mmmm mmmmm mmmmm mm mmm, ganz einfach brillant, und das bei Ihrer Behinderung, Mister Bast, huch, verzeihen Sie mir, verzeihen Sie die Bemerkung, aber ich muß immer nur an diese grausamen Menschen denken, die Beethoven erzählten, sie hörten Schäferflöten, wo er doch absolut nichts hörte, und das bewegende Testament aus der Entstehungszeit seiner zweiten Sinfonie. Aber Sie sollten solche Selbstmordgedanken gar nicht erst aufkommen lassen, Mister Bast, versuchen Sie einfach, nicht daran zu...
—Nein, also ich, das hatte ich auch nicht vor, ich, Fahrer...?
—Schon der Gedanke diese Welt zu verlassen, bevor Sie nicht alles hervorgebracht haben, was Sie in sich tragen, nein, Sie müssen mir versprechen...

—Ja also, ich, entschuldigen Sie, ja, ich glaube, wir sind an der fünfundneunzigsten Straße, Fahrer ...?
—Ach, und sagen Sie Ihrem J R, Särge lohnen sich kaum, die Gewinnspanne ist zuviel zum Leben und zuwenig zum Sterben ...
—Ja, Fahrer? Halten Sie bitte da an der Ecke.
—Und wann werde ich Sie spielen hören?
—Ich weiß nicht, Mister Brisboy, ich bin jetzt eine Weile nicht da, weil ich ...
—Ja, wir sind jetzt ganz in der Nähe Ihres Hauptquartiers, nicht wahr? Sie haben da nicht zufällig ein Klavier versteckt? Ich weiß, daß Mutter mir irgendwo die Adresse aufgeschrieben hat, ich komme vielleicht später noch mal auf einen Sprung vorbei, wär das nicht eine nette Überraschung?
—Nein, das wäre nicht so, nein, das Klavier ist versteckt, ja, aber es ist nicht, man kann nicht darauf spielen, nein, nein, ich sehe Sie dann also im Hotel, Mister Bris ...
—Ganz herrlich, ja, ich wohne direkt da im Towers, wissen Sie, in meiner Suite gibts zwar kein Klavier, aber ich lasse sofort eins hineinbringen, goodbye und auf Wiedersehen, Mister Bast, au voir, ach, ist es nicht herrlich, zur Familie zu gehören? Huch! Ich wollte eigentlich das Taxi bezahlen, aber Mutter hat mir nur Fünfziger mitgegeben ...
—Nein, schon, schon gut, auf, warten Sie, Ihr Hut, vorsichtig, er, ja, Wiedersehen ... Fahrer? Weiter zur sechsundneunzigsten Straße, bitte, zwischen Third und Second Avenue ...
—Hab noch nie nen echten Cowboy gesehen, wo kommt der denn her?
—Ich glaube, er kommt aus, er kommt aus Florida, ja, er ...
—Aus Florida?
—Aus Florida, ja ... ja, da hinten in der Mitte des nächsten Blocks, hinter der großen Limousine, die letzte Klinkerfassade ...
—Da, wo die ganzen Mülltonnen stehen?
—Ja, hier entlang und, Moment, Vorsicht!
—Dieser Schrotthaufen muß jetzt dran glauben, juhuuuu!
—Ja, ich steige lieber gleich hier aus, ja und, hier, danke, können Sie mir den Karton rausgeben, der Wind ist ziemlich ...
—Der Kofferraum ist ne prima Knautschzone, juhuuuu!
—Coño!
—Ya mira que haces coño!
—Coño tienes el freno tu, aye madre ...
—Entschuldigen Sie ... und hinweg über zersplittertes Glas, das noch

wenige Augenblicke zuvor die Heckpartie des Fahrzeugs geziert hatte, einschließlich des Nummerschilds mit dem Z S, erreichte er den Hauseingang, Karton und Aktenkoffer schützend erhoben gegen den Wind, als ihm mit wehenden Uniformschößen, Entsetzen im Gesicht, der Chauffeur entgegenstürzte, er aber weiter durch die Haustür, wo jene einzelne Glühbirne brannte, offenbar zu keinem anderen Zweck als der eigenen Wärme.
—Sagen Sie mal, warten Sie, können Sie mir mal mit einer Adresse weiterhelfen?
—Was ...?
—Ich hab hier die Adresse von so ner verdammten Firma, aber weit und breit nur Latinos und Mülleimer, J R Corporation, sagt Ihnen das was?
—Nein, aber, wer hat Ihnen gesagt, daß ...
—Ressortleiter vom Wirtschaftsteil, ich soll hier einen Mister Bast interviewen, Bast, sagt Ihnen das was? Hier auf dem Briefkasten steht zwar J R Corp., aber nur mit Bleistift, und wer weiß, was sich dieser Schlaumeier dabei gedacht ...
—O ja, das ist, da fällt mir ein, das kann eigentlich nur Mister Rodriguez sein, oben im fünften Stock, Julio Rodriguez, J R, verstehen Sie? So heißt wahrscheinlich sein Laden ...
—Paß mal auf, Kumpel, ich rede von fünfhundert Millionen Dol, na, ist ja egal ...
—Ich glaube, er macht Sandalen, und wenn Sie mit ihm reden wollen, ich glaube, er ist gerade draußen bei seinen Freunden, das Auto da vorne, das eben diesen Unfall hatte ...
—Vergessen Sie's!
—Der mit dem Transistorradio ... und er stieg die düstere Treppe hinauf, schlurfte das zerschlissene Linoleum entlang, stellte Aktenkoffer und Karton neben den Haufen vor der Tür, hob sie an, dahinter die rauschenden Wasser, und kniete nieder, schob die Briefe mit den Fußabdrücken von der Matte mit Monogramm über die Schwelle der Wohnung, wo unverhoffter Seifenschaum schwappte und die Post mit sich fortriß.
—Bast? Bist du das, Mann?
—Ja, was zum ...
—Ich meine, guck dir das an, drang aus dem Gewoge von Seifenschaum, aus dem nur ihr Gesicht und die Knie hervorschauten, —na, wie findest du das? Echt Spitze, was? Super-Waschkraft ...

—Ja also, Vorsicht, sonst wird die ganze Post naß, wo kommt das denn her...
—Al hat sie mitgebracht, diese Plastikbecher hatten die Leute an den Türen hängen, und dazu diese Probeschachteln, die hat er sich gleich gekrallt, he, paß auf, Mann...! Aus dem wogenden Schaum zwischen ihren Knien kam ein Kopf zum Vorschein, —echt, das läuft doch über...
—Du meinst, er ist einfach rumgegangen und hat sie von allen anderen Wohnungstüren abgenommen?
—Wieso denn nicht? Ich meine, Tassen können wir doch immer gebrauchen, aber als ich dann so ne Schachtel in die Wanne geschmissen hab, um sie loszuwerden, ist das hier passiert, ich meine, das ist wirklich total die Super-Waschkraft, ungelogen, steht ja auch drauf, ich meine, willste vielleicht mit rein?
—Nein, im Augenblick nicht ... er brachte seinen Karton auf 500 Scherz-Rollen 1-lagig in Sicherheit, schob noch zwei weitere Pakete unter das rauschende Spülbecken, faßte die Tür unter, bugsierte sie in den Rahmen zurück, ging dann mit dem Aktenkoffer in der Hand an der Wanne vorbei und bemerkte auf dem Sofa einen weiteren Koffer, allerdings mit den Umrissen einer Gitarre. Auch das Stück Fußboden dahinter war voll belegt, —was hat denn die Post hier zu bedeuten?
—Al hat so 'n Job als Briefträger gekriegt, so für die Zeit vor den Ferien, Mann, ich meine, der hat das da einfach hingeschmissen, als er hergekommen ist, um seinen Trip auszuschlafen.
—Also, das kann hier aber nicht liegenbleiben, und diese große gelbe Kiste, wo kommt die denn...
—Das ist dein Golftrainings-Set, Mann echt, ich meine das ist gerade erst geliefert worden.
—Was für ein Golftrainings-Set? Ich habe keinen Golftrainings-Set bestellt...
—Mann echt, wie soll einer denn wissen, wer hier was bestellt? Ich meine, alle diese Geschenke, die du von diesen Firmen kriegst, wie die Lampe hier aus ner alten Parkuhr und dieses De-Luxe-Grillbesteck, da kriegstes ja langsam im Kopf, ich bin gerade dabei, mich so richtig schön mit diesem schwarzen Typen zu bekiffen, der dein Telefon anschließen sollte, und da kommen welche und wollen den Fernkopierer anschließen, dann wieder klingelt das Telefon, ich meine, das klingelt echt andauernd...
Er schob sich an 36 Schachteln 200 2-lagig vorbei, —warte, Al, ich geh

schon dran ... stützte einen Fuß auf, streckte einen Arm nach oben, angelte sich den Hörer von den Familienpackg. QUICK QUAKER, klemmte sich den Hörer an sein freies Ohr, —hallo ...? Nein, hier spricht Mister Bast, wer ... B. S. wer ...? Ja also, J R ist im Augenblick nicht da, nein, wer ...
—Hör auf zu spritzen, Mann, willste nun raus oder rein?
—Oh, B. F.? Leva? Ja, tut mir leid, Mister Leva, was ... was? Nein, tut mir leid, Ihr Name sagt mir nichts, Mister Leva, was ... Erebus Productions? Nein, was ...
—Wart mal, halt doch mal still, Mann, echt, ich hab noch nie die kleine Warze hier drunter gesehen, tut das weh?
—Ja also, ich gehe nicht so oft ins Kino, und deshalb ...
—Echt, die kleine Vene sieht aus, als würd sie gleich platzen, Mann.
—Ach, ach, so, ja also ... ja, ich hab Sie verstanden, ja, steht bei eins achtundsechzig, aber davon hat er mir nichts ges ... daß Sie eventuell daran interessiert sind, mit ihm ins Geschäft zu kommen, das werde ich ihm ausrichten, Mister ... was? Mädchen? Nein, wo ...
—Mann, echt, warum haste dich denn nie beschneiden lassen?
—Ach, Sie, ach, Sie meinen, Sie haben auch ein Bildtelefon ...? Nein nein, ich, ja, ich kann Sie jetzt da oben sehen, also auf Wiedersehen, Mister Leva, danke ...
—O wow ...! Schaum schwappte über 24-0,5 Liter Mazola Neu Noch Besser.
—Wahrscheinlich, ja, wahrscheinlich irgendwo eine Fehlschaltung, ja, Wiedersehen, ich werd ihm ausrichten, daß er Sie anrufen soll, Wiedersehen, Mis ... Nein, ich weiß nicht, ob man feststellen kann, woher solche Fehlschaltungen, auf ... Nein, auf Wiedersehen, Mister Leva, ich kann leider nicht länger ...
—Warte mal, ich brauch das Hemd da, echt Mann, wieso legste denn den Hörer auf, ich meine, auf die Art hört das Geklingel nie auf ...
—Weil der Mann, der eben, weil auch andere Leute Bildtelefone haben und, nein, Moment mal, Al, würde es dir was ausmachen, dich nicht auf die Post zu stellen, wenn du dich abtrocknest?
—Der Fußboden ist aber echt dreckig, Mann.
—Das weiß ich, aber, also, dann leg dir da doch eine Zeitung hin oder, hier ... er ging zur Tür, öffnete, indem er sie anhob, und zog die Fußmatte mit Monogramm herein, —bitte ...
—He, Mann, Al hat seine Gitarre mitgebracht.
—Ja, ich hab sie gesehen ... er ging an ihr vorbei zum Kühlschrank,

—Moment mal, wer hat das denn hier reingelegt, was, was ist das, gefüllte Hühnchenbrust Kiew Made in Cornwall ...
—Das hat dir irgend jemand zugeschickt, echt, Mann, aber da steht backfertig drauf, und dein Herd ist voll mit Post, und da steht drauf Kühl lagern, ich meine, wo sollte ich das Teil denn sonst hintun?
—Ja, aber doch nicht auf diese Aktien, im Kühlschrank taut es doch nur, und außerdem ist das der einzige saubere Platz für meine Notenblätter ... Er zerknüllte das obere Blatt, nahm einige weitere vom Stapel, öffnete seinen Aktenkoffer auf Knuspriger Knisperspaß! holte die Titelliste heraus, legte krakelige Notizen aus einer Innentasche dazu, bis er schließlich ein neues Notenblatt auf den obersten Band von Standard and Poor's Corporation Records legte, —verdammt noch mal, er zerknüllte das Blatt, —die sind ganz neu, sieh doch nur, und jetzt ist überall Öl drauf ...
—Diese kleinen Pilze, die sind halt in dem Öl drin, echt, Mann.
—Das weiß ich, und dafür benutzen wir schließlich Moodys, das rote Buch, wo sind denn jetzt, wo sind meine Stifte ...? Er bückte sich und hob einen arg mitgenommenen Bleistiftstummel vom Boden auf, —verdammt noch mal, was ...
—Al wollte dir nur helfen, Mann, und hat versucht, sie für dich anzuspitzen, sagte sie vom Türrahmen her, wo sie an einem Hemdsärmel zerrte, —ich meine, diese elektrische Kaffeemühle, die dir jemand geschickt hat, er hat eben gedacht, das issen elektrischer Bleistiftspitzer, ich meine, er wollte dir doch nur helfen ...
—Also hör zu, sag ihm bitte, daß er, ich will das hier fertigstellen, solange ich es noch im Kopf habe, muß nur noch den letzten Hörner-Part notieren, kannst du mir mal bitte die Tinte geben? Und er wandte sich von ihr ab, die ihm die Tinte hinhielt, wobei das offene Hemd noch weiter aufklaffte, nahm sich einen Füllhalter und breitete ein bekritzeltes Blatt Notenpapier vor sich aus. Dann setzte er sich auf Knuspriger Knisperspaß! leckte an der Feder, beugte sich über die noch leeren Notenlinien, und mit ihm senkte sich auch der Füllhalter, zögerte kurz, zog dann einzeln Bögen, schwärzte Noten, hielt erneut inne, wobei sich sein Gesicht bis auf weige Zentimeter dem Papier näherte, die Lippen leicht geöffnet und wieder geschlossen, Töne mahlend, kaum mehr als ein Hauch, doch der Stift hielt inne, als sich, über den Rücken von Thomas' Herstellerverzeichnis, ein Cluster von Zehen dem Notenblatt näherte, sich wie ein Greiforgan daran festkrallte und plonk ... plonka plonk ... —Sieh mal, Al, tut mir leid, aber ich versuche hier ...

—Alles klar, Mann, stört mich überhaupt nicht ...
—Ja, aber deine Git ...
—Nee, echt, mach nur weiter, bei mir darf jeder machen, was er will, plonka plonka plonk ...
—Sieh mal, du verstehst nicht, was ich ...
—Echt nichts dagegen, Mann, hier ist schließlich ein freies Land, wo jeder machen kann, was er will, ich meine überhaupt, daß jeder machen sollte, wozu er gerade Lust hat, plonk plonk plonka ... —was soll das werden, wenn's fertig ist?
—Was?
—Der Pfeil, den du da gerade gemacht hast.
—Was? Der hier? Das ist ein Diminuendo, nie davon gehört? Du kannst doch Noten lesen oder nicht?
Plonk, —wozu soll ich denn Noten lesen, Mann, bringt doch nichts, echt, ich mach Musik, Musik ist Musikmachen, oder etwa nicht, Mann? Ich meine, ich mach meine eigene Musik, okay, dazu brauch ich keine Noten lesen können.
—Ach so.
—Echt, Mann, ich spiel das, wonach ich mich fühle, ich meine, nicht das, was irgendein anderer Typ mir vorschreibt, was ich dabei fühlen soll ... plonk plonk plonka, —echt, ich meine, ich bin doch nicht einer von diesen Typen, der sich hinsetzt und spielt, was 'n anderer Typ hört, ich meine, ich mach meinen eigenen Sound, Mann ... plonk.
—Ja also, gut, aber sieh mal, ich versuche, mich zu ...
—Echt, und Al sagt, daß er vielleicht mal The Gravestone zum Üben mit herbringt, sie kriegen bloß deshalb keine Auftritte, weil sie nicht die richtigen Leute kennen, verstehe, ich meine, vielleicht könntest du denen ja mal ein bißchen helfen, Mann, verstehe? Echt, ich meine du kriegst doch immer alles, was du willst, weil du ja jeden kennst, aber die kriegen echt nur was, wenn sie es selber machen, verstehe?
—Ja, aber, nein, aber selbst wenn das stimmt, kann ich mir nicht vorstellen, daß meine Verbindungen ihnen viel ...
—Wieso? Weil sie The Gravestone heißen? Ich meine, das müßt ihr eh mal ändern, Mann, weil, ihr könnt doch nicht ewig als The Gravestone rumlaufen und keinen kennen, verstehe, Mann?
—Dann schlag doch mal 'n besseren ...
—Mann, echt, ihr seid schließlich vier, das ist fast schon ein ganzer Friedhof, und wenn euch nicht mal ein cooler Name einfällt, wie soll er euch denn dann Auftritte verschaffen, Mann? Zeit ist Geld, echt, ich

meine, wie wärs denn mit Chairman Meow, echt, ich meine, warst du wenigstens in Jersey?
—Echt, welcher Tag issen heute?
—Mann, echt, wie soll ich denn wissen, was heute für 'n Tag ist, ich meine wenn du in Jersey gewesen bist, dann muß heute Donnerstag sein, ist doch klar, oder? Sie beugte sich wieder über die Wanne und holte Sandalen heraus, die sie ihm zuwarf, —los, Beeilung, Mann, warum weiß eigentlich niemand, wie spät es ist, ich meine, die auf'm Amt haben nicht ewig offen.
—Tja, also, wann machen sie denn normalerweise...
—So um fünf vor.
—Fünf vor was?
—Mann echt, woher soll ich denn wissen vor was? Ich meine, es ist fünf Minuten vor irgendwas, wieso hängst du auch diese große Bürouhr, die sie dir extra geschickt haben, warum hängst du sie ausgerechnet dahin, wo die ganzen Kartons stehen, ich meine, so weiß von drei bis neun kein Mensch, wie spät es ist, los jetzt, Mann, jeder Tag beim Tierarzt kostet vier Dollar, ich meine, setz endlich deinen Arsch in Bewegung, Moment, laß mir aber was Kohle da... Sie standen neben 24-0,33 l Flsch. Zerbrechlich! —Mann, was issen das, Koks oder Cola? Wow... Sie drückte die krängende Tür in den Rahmen zurück, während das einsame Klatschen der Sandalen im Dunkel des Etagenflurs verschwand, und kam dann zurück, vorbei an den rauschenden Wassern der Spüle und das Jeanshemd wenigstens soweit geschlossen, daß sie den Umschlag in die Tasche stecken konnte. Doch spätestens, als sie die Gitarre auf den Berg von Post schob, um sich selber auf dem Sofa niederzulassen, spätestens da stand auch das Hemd wieder weit offen. Sie zog die Füße an, und ihre Zehen fanden Halt an H-O, —ich meine, in Jersey und Connecticut sind sie echt total abgewichst, da muß Al jedesmal extra vorbeikommen und für jeden Scheißpenny unterschreiben, Post oder so machen die schon lange nicht mehr, erst recht keine Schecks. Hier in New York schicken sie ihm die Knete wenigstens zu, aber dann geht die ganze Stütze, die er in New York kriegt, dafür drauf, daß er die Knete in Jersey und Connecticut kriegt, ich meine, genau wie du, Mann.
—Was soll das heißen, genau wie ich, was meinst du...
—Mann, echt, natürlich den Job in dieser Firma, bloß daß du dir die ganze Zeit für diesen anderen Job die Hacken abläufst, mit so nem Radiostöpsel im Ohr, und dir diese ganzen Songs antust, glaubste denn

echt, daß du alle Songs aufschreiben mußt, die gespielt werden? Ich meine, denk dir doch einfach ne Liste aus, Mann, echt, ich meine, ich kann die Liste auch für dich machen.
—Sieh mal, ich mach das doch nur, weil ich eigentlich etwas anderes machen will, und wieso denkst du, daß Al, ich meine wenn er ganz einfach mal arbeiten würde wie andere Leute auch statt...
—Hör bloß auf, Mann, wie andere Leute auch, ich meine wie wer? Echt, ich meine, da kriegt einer irgendwo Geld dafür, daß er die Wettervorhersage macht und erzählt den Leuten was von sonnig und warm, während man sich in einem Schneesturm den Arsch abfriert, ich meine, wer macht denn überhaupt irgendwas, Mann? Ich meine, jemand kriegt 'n Job, und das erste, was er macht, ist rauskriegen, wie er sich davor drücken kann, ich meine, guck dich doch an, Mann, echt, dieser Job in der Firma mit der ganzen Post und den Anrufen und den Geschenken, aber du bleibst die ganze Nacht auf und versuchst, vierhundert Dollar zu verdienen, um Musik für ne Band zu schreiben, die das Geld nachgeschmissen kriegt, wenn sie das spielt. Echt, ich meine, wo issen da der Unterschied, wenn dir das weiterhilft und Al macht einen auf Sozialfall? Ich meine, ihr macht doch beide Musik, aber du warst nicht besonders nett zu ihm, Mann.
—Ja aber, aber begreifst du denn nicht...
—Ich meine, er schleppt seine Gitarre hier hoch, um mit dir über Musik zu reden, aber du sprichst nicht mal mit ihm.
—Ja, aber verstehst du denn nicht, daß ich diese Sache zu Ende bringen will, dann kann ich meinetwegen auch mit...
—Dann machs doch fertig, wer hindert dich denn daran? Ich meine, alle versuchen, dir zu helfen, ich meine, ich nehm diese ganzen Pakete hier an und mach die Tür auf, wenn die Bullen klingeln und diese Indianer und alle...
—Aber was, Moment mal, welche Indianer, wer...
—Echt, Mann, entweder war das 'n Indianer, oder er hatte so ein hypertrophiertes Septum wie mein Bruder früher, ich meine, ich sag dem noch, er soll den Abgang machen, und er sagt mir, da käme er gerade her, und dieser Bulle vom Schatzamt, der deinen Freund Grynszpan sucht, und diese ewigen Telefonanrufe, ich meine, allein schon diese ganzen Anrufe zu notieren, Mann... Beine spreizten sich, und das Hemd klaffte weit, als sie nach einer zerrissenen, braunen Papiertüte griff, die auf 12-1,5 l Flsch. Riecht nicht Raucht nicht Brennt nicht an lag —ich meine, hier...

—Ja also, vielen Dank, aber wenn Al nicht dieses Aufnahmegerät kaputtgemacht hätte, hättest du nicht mal ans Telefon ...
—Genau das meine ich doch, ich meine, du sagst, vielleicht kann man das Ding an das Miniradio da adoptieren, und Al, nett, wie er nun mal ist, versucht dir auch noch zu helfen, dabei isses dir kaputtgegangen, dir und keinem anderen, als du diese Sache von Bach aufnehmen wolltest, wo er dir doch nur helfen wollte ...
—Ja also, gut, vergessen wir's, ist ja auch egal, was ist, was heißt das hier? General wer? Er hielt das braune Stück Papier mit ihren Notizen ins Licht, —Ball?
—Balls, Boll, ich meine, wie soll ich das denn wissen? Echt, das hab ich noch gefragt, General wer? Da haben die gesagt, General und dann den Namen von so einer Firma, und da war noch so 'n General Konsel oder so ähnlich.
—Oh, aber von welchem Land, was ...
—Nee, Mann, echt, Konsel, General Sowieso.
—Aber, Generalkonsul, aber woher hat er denn ...?
—Echt, der konnte nicht mal Englisch, Mann, ich meine, das klang eher nach Französisch, deshalb hab ich die paar Worte gesagt, die ich auf französisch kann, und da hat er gleich aufgelegt, und dann war da noch so ne Handelskammer dran, ich meine, das hab ich gar nicht erst aufgeschrieben, echt, die haben gefragt, ob du nicht auf irgend so einem Dinner eine Rede halten kannst, und da hab ich gefragt, was gibts denn da zu essen, und selbst das wußten die nicht mal, ich meine, das muß ja vielleicht 'n Dinner sein!
—Ja also, schon gut, und was ist das hier? Bert? Beaton?
—Echt, der hat gleich zweimal angerufen, Mann, der klang hundertprozentig wie ne Tunte, ich meine, der will echt was von dir.
—Ja, ich weiß, ja, ich werde, ich rufe ihn an, wenn ich ...
—Und dann hat noch jemand vom Büro von so einem Senator von irgendwo angerufen, ich meine, die haben vielleicht ne Show abgezogen, von wegen ob sie sich mit dir mal über eine angemessene Form der Beteiligung an ihrem Wahlkampf unterhalten könnten, natürlich nur nach vorheriger Terminabsprache, jedenfalls am Ende stellt sich raus, sie rechnen mit etwa zwanzig Ocken, und ich sage, okay, da läßt sich vielleicht irgendwann mal was machen, aber da sagen sie, hier handelt es sich wohl um ein Mißverständnis, sie meinen nämlich tausend, zwanzigtausend, und ich sage, Mißverständnis okay, aber nicht von unserer Seite ...

—Ja also, sieh mal, vielleicht, vielleicht solltest du einfach nicht mehr ans Telefon gehen, wenn, was heißt das hier? Stamper?
—Stamper, Mann, ich hab noch nie so einen Proleten gehört, ich meine, der redet, als wär er in einem verfickten Schweinestall...
—Ja aber, was hat er, ging es um Musik für einen...
—Er hat gesagt, es geht um, daß er mit dir über irgendwelche Rechte für irgendwas reden will, du erreichst ihn in seinem Auto, ich meine, ich hab ihm gesagt, daß er sich sein Auto sonstwo hinstecken kann, ich meine, was soll man auch sonst sagen bei so einem Proleten, ich meine, du hast aber auch Geschäftspartner, Mann, echt, wie der eine, der dauernd anruft und fragt, ob dein Boß an den Bäuchen festhalten will, Mann, ich meine, das muß ja vielleicht 'n Geschäft sein, was ihr beide da betreibt. Und ich meine, er selbst erst! Mann, der klingt am Telefon ja so, als ob er irgendwo unter ner Decke liegt.
—Hat er angerufen? Was, was hat er...
—Mann, echt, der hörte ja gar nicht auf zu labern, ich meine, er hat gesagt, ich soll mir alles aufschreiben, also hab ich alles aufgeschrieben und, nein, auf der Rückseite...
—Was? Das hier? Das kann ich nicht, was ist Ebus...
—Erbus, das heißt Erbus, echt, er hat gesagt, das ist so ne Filmgesellschaft, die ganz viel Geld verliert, aber da war er nicht so unglücklich drüber, ich habs irgendwo aufgeschrieben... und ihre Knie öffneten sich, als sie sich dem Papier entgegenstreckte, das in seiner Hand zu zittern begann, —hier unten irgendwo...
—Ebe... er räusperte sich, richtete die Augen wieder auf das braune Papier, —Erebus, ja, das da, das muß der Mann gewesen sein, der vorhin angerufen hat, Mis, Mister Leva...
—Ich meine, die haben achtundzwanzig verloren, sind das etwa echt Millionen? Ich meine, er hat echt achtundzwanzig Millionen Dollar gesagt, weil sie irgend so einen großen Film gedreht haben, und jetzt verlieren sie jeden Monat ne Million Dollar, Mann, ich meine, echt, der klang total happy.
—Ja, das besagt steuerlich noch nicht so, also, je nachdem, wie die allgemeine Geschäftslage ist...
—Mann, versuch bloß nicht, mir das zu erklären, aber ich meine, echt, das muß vielleicht 'n Film gewesen sein... und ihre Knie schlossen sich wieder, —und dann hier unten, da hat er gesagt, du sollst die Times von heute lesen wegen irgend so nem Krieg irgendwo, wo ihr euer Radium kauft, und dann noch irgendwelches Zeug von wegen daß er

ne Schule kaufen will und daß du mit diesem Anwalt sprechen sollst, der dir den dreckigen Witz mit der Mumie geschickt hat, und dann was wegen nem großen Bankkredit, echt, Mann, laß uns mal lieber was essen ... sie nahm die Füße von H-O, ihre Knie senkten sich, —ich meine, ich hab echt Hunger.
—Ja also, du kannst ja schon mal was essen, ich will das hier nur noch zu Ende ...
—Soll ich die Post reinholen?
—Ja, mach nur, ich will vorher bloß ...
—Und soll ich diese Pakete aufmachen?
—Bitte ... und der Füllhalter setzte sich wieder in Bewegung, zog Bögen, setzte Punkte, hielt inne, fügte der Liste einen weiteren Titel hinzu, dann erneut die lupige Annäherung an ein frisches Blatt mit leeren Notenlinien, erneutes Anlecken der Feder, Lippen, die sich öffneten und schlossen, Töne mahlend, kaum mehr als ein Hauch, während vorne Papier und Pappe zerriß und das Wasser rauschte, dazwischen das leise Klanggeriesel, das unentwegt unter den Kisten und Stößen von Musical Couriers hervordrang.

> —heute zu haben ist. Viele davon befanden sich noch vor kurzem im Besitz der vornehmsten Familien im ganzen Land, darunter auch zahlreiche liebgewonnene Erbstücke ...

—Echt, ich meine, das hat uns hier wirklich noch gefehlt, Mann.
—Aber was, was ist das denn ...?
—Ein elektrischer Krawatten-Butler, das sieht doch jedes Kind. Echt, da steht, daß man sie nach Farben geordnet auf diese kleinen Räder hängt, und da ist dann so ein Wählschalter, den drückt man, und dann drehen sie sich, die halten uns wohl für komplett bescheuert, he, Mann, guck dir das mal an.
—Aber wofür soll das denn gut sein? Das sieht aus wie ein ...
—Steht doch drauf, Mann, das ist ein Steakwatcher, Computer mit Halbleitertechnik für perfekte Steaks und Koteletts, kaum zu glauben, daß jemand für so einen Scheiß auch noch Knete abdrückt.
—Ja also, wahrscheinlich liegt irgendwo noch eine Karte bei, würde mich nicht wundern, wenn die Firma zur ...
—Ich meine, Mann, das ist doch richtig Asche, Mann, echt, man könnte fast glauben, die hätten regelrecht Angst davor, mit was rauszukommen, das die Leute wirklich gebrauchen können, was ich so oberätzend finde ist, daß die uns wirklich für so bescheuert ... eine Armvoll Post

ergoß sich über das Sofa, —echt, ich meine, wo man auch hinguckt, überall der gleiche Scheiß...
—Ich weiß, aber, sieh mal, ich möchte das hier nur zu Ende bringen, bevor ich mich...
—Bevor was, Mann? Echt, ich meine, Achtung, paß auf, der ganze Scheiß kommt runter...

> —und einem gewöhnlichen Mundwasser entspricht etwa dem Unterschied zwischen einer romantischen Beethoven-Sonate und dem ohrenbetäubenden Lärm eines...

—O wow!
—Was ist, nein, halt, halt, mach das nicht auf...
—Mann, den Karton hab ich ja noch gar nicht gesehen, ich meine, wer hat dir denn das geschickt?
—Halt! Nein, wenn du das anziehst, wird das ganze Ding, siehst du, es ist auch zu lang, die Federn schleifen über den...
—Wow, echt klasse! Sind das etwa echte Adlerfedern?
—Ja, aber, weiß ich nicht, aber paß doch auf, denn wenn das dreckig wird, hör auf, stop, laß das, das kannst du doch nicht anziehen, wenn du noch die...
—Die Becher für den Traubensaft, und hier, hier, halt das mal schnell fest, sonst...
—Stell es auf die, hier, stells auf Moody's, was ist das denn überhaupt?
—Das sind Enchiladas, und das hier ist die Remouladensoße, steht doch auf dem Glas drauf, ich meine, was dachtest du denn?
—Ich dachte, daß du vielleicht diesmal, Vorsicht, der Traubensaft! Ich dachte, als ich dir diesmal fünf Dollar für Lebensmittel gegeben habe, daß wir vielleicht etwas essen könnten, das nicht so...
—Hier, guck doch, Mann, echt, da auf dem Glas steht neunundneunzig Cent, und auf der Remouladensoße steht...
—Nein, ich dachte, daß du etwas kaufst, daß du einfach ganz normales Essen kaufst, das wir...
—Ist doch scheißegal, Mann, ich meine, du kriegst ja den Gegenwert von fünf Dollar, ich meine, rechne doch mal zusammen, hier diese Kapern und dann diese Delikateß-Schnecken da hinten, echt, ich meine, wie soll ich denn sonst Chairman Meow jemals wieder vom Tierarzt auslösen, Mann... Mit raschelndem Federschmuck stieß sie die Post beiseite, —Mann, ich raff das nicht, wie die die ganze Zeit mit diesen Federn rumlaufen können, die ihnen bis zum Arsch runter...

—Also das tun Sie ja auch gar nicht, sondern sie tragen ihn nur zu bestimmten, könntest du nicht mal dein Hemd zuknöpfen, es ...
—Mann, echt, meine Hose ist in der Wanne naß geworden, ich meine, ich kann die doch nicht naß anziehen ... aber sie schloß einen Knopf, leckte sich Remouladensoße von den Fingern und riß einen Umschlag auf. —Echt, die liefern dir tausend Gros Plastikblumen, sortiert, aus Hongkong, Mann.
—Wer ist, was für Plastikblumen, ich ...
—Aufgrund begrenzter Lagerkapazitäten werden wir Ihnen Auftragsnummer drei fünf neun sieben eins bereits in den ...
—Ja also, legs, legs da drüben hin, Moment mal, Vorsicht, das könnte ein Scheck sein.
—Das ist deine Dividende von Texas Gulf, Mann, fünfzehn Cent, und hier ist noch sowas, Pacific Telephone. Dreißig Cent.
—Ja also, das sind, ich leg sie mal ins Eisfach im ...
—Also das isses also, worüber die sich in der Wall Street immer so aufregen. Ich meine, ich hab echt noch nie so ne ...
—Nein, aber das ist jeweils nur so ein Anteil, normalerweise hält man mehr als das, Moment, wirf das nicht weg, das ist ...
—Was denn? Der ganze Mist, der da mit beilag?
—Ja, das sind die, man verschickt diese Literatur an die Aktionäre, um sie auf dem ...
—Literatur? Ich meine, echt, nennst du sowas etwa Literatur, Mann?
—Nein nein, ich nicht, die tun das, es ist alles nur, es sind die vierteljährlichen Quartals ...
—Das hier? Im Gegenteil, die Aussichten auf eine kurzfristige Erholung wurden um sechzehn Prozentpunkte verfehlt, wodurch nach Abzug der fälligen Zinsen für, echt, und sowas nennst du Literatur, Mann? Ich meine, ich nenn das Scheiße ... Papier zerriß, —wow!
—Was ...
—Die Telefonrechnung, eintausendachthundertsechsundsiebzig Dollar, echt, ich meine, echt, Mann, du schuldest denen fast zweitausend Dollar und hast bislang nur fünfundvierzig Cent eingenommen, ich meine ...
—Nein, also, die Telefonrechnung ist, es ist nicht meine persönliche Rech ...
—Hier ist aber etwas, um das du dich kümmern solltest, persönlich vertraulich, ich meine das ist so ne Vermittlungsagentur für Führungskräfte, die hier eine ganze Reihe interessanter Vorschläge für Sie hat,

falls Sie also in nächster Zeit über berufliche Alternativen auf der Ebene eines stellvertretenden Geschäftsführers einer größeren Firma nachdenken sollten, Mann und du hast mir gesagt, du willst mit diesem ganzen Mist nix mehr zu tun haben, um deine Musik schreiben zu können ...
—Ja also, das tue ich ja auch, sobald ich ...
—Mann, das ist doch immer dasselbe, alles schiebst du vor dir her, hier ist noch ein Brief, würden Sie gerne den Vorsitz übernehmen, beim Symposion für Führungskräfte mit dem Thema: Wenn Lahme wieder laufen lernen, Probleme bei der Sanierung fußkranker Firmen, schätze mal, der Vorsitz findet da eher im Rollstuhl statt. Und wer zum Teufel ist eigentlich E. Berst? Guck doch, jedesmal derselbe Brief mit diesem einmaligen Angebot für kostenlose Schallplatten, nur einmal adressiert an E. Gast, dann wieder an E. Bast, B. Best, ich meine, das sind sieben, acht, neun, da ist elfmal der gleiche Brief mit lauter Namen, die kein Mensch ...
—Ja also, die glauben, ich glaube, die denken sich, daß es immer noch billiger ist, sie alle abzuschicken, statt die Namen auf diesen Adressenlisten zu vergleichen, die sie kaufen, um, paß auf, Vorsicht, du schmierst die Soße auf ...
—Echt, Mann, E. Berst, E. Gast, ich meine du kannst doch nicht von mir erwarten, daß ich diese ganze Post aufmache, ich meine ...
—Der elektrische Brieföffner liegt unter ...
—Was? Soll ich mir etwa die Finger abhacken lassen? Und ich meine, guck mal, was haben wir denn hier, ich meine, guck mal, wußtest du eigentlich, daß dieser Eigen sich seine Post nach hier nachsenden läßt? Echt, der hat neulich erst noch mehr Zeitungen anliefern lassen, und Bücher, du, so nen Karton mit lauter kaputten Spielsachen, ich meine, irgendwann ist hier nicht mal mehr Platz zum ...
—Nein, also seine Post lege ich in das obere Herdfach, zusammen mit, hier, wenn das der Stapel für Grynszpan ist, Moment, nicht auf den Haufen von Al, das kann er doch nicht einfach hier liegenlassen, ohne, was ist das denn für einer? Der ausländische ...
—Der geht an die JR Corp. ... Papier riß auf, —Verehrte Dame. Ich bin so frei, Sie aus einem fremden Land zu schreiben, das Sie nicht kennen, aber das darf Sie nicht Wunder nehmen, weil ich von Ihrer Güte erfahren habe. Unsere Famili ist über all ruiniert. Mein Gatte ist sehr krank, todkrank, ohne Hoffnung auf Versundung. Ich bitte Sie, daß Sie für ihn Kleidung und Unterwesche schicken, Pajami, alles sehr

sehr gebraucht oder zweiter Hand, wenn Sie angehabt haben und fordwerfen. Können Sie sich vorstellen, der schreckliche Winter kommt und wir sint immer kallt. Darf ich hoffen das mein Gebet Ihr Herz berührt, das immer die Armen schlegt. Ich bitte zu mein Gott, das er Sie hundert Fach wiedergiebt. Ihre allzeit treue unglückliche, Mann, echt, wie spricht man das aus, Srskić...
—Also ich, ich weiß nicht, aber es ist...
—Ich meine, echt, warum schickst du der nicht dieses De-Luxe-Grillbesteck und den beschissenen Steak-Computer, Mann...
—Sieh mal, ich...
—Ich meine, der ihr Mann sitzt da ohne Unterwesche und ohne Hoffnung auf Versundung, Mann, dem könntste doch den elektrisch beheizten Handtuchständer schicken, der gestern gekommen ist, damit er da seine Pajami drauf aufhängen kann, und dann läßt er seine Schlipse rotieren, und Frau Zrk läuft mit dem De-Luxe-Grillbesteck rum und wartet darauf, daß ihr der Steakwatcher mit der überlegenen Halbleitertechnik ein paar perfekte Steaks und Koteletts brät...
—Verdammt noch mal, was soll ich denn ma...
—Und ich meine, dann kannste ja auch gleich den Vorsitz über die Sanierung fußkranker Firmen übernehmen, weil, dein Herz schlegt ja die Armen, da werden die noch ihr blaues Wunder nehmen, Mann, Firmen gibts, die sind so krank im Kopf, ich meine, da kann man noch froh sein, wenn es bloß der Rollstuhl ist, in dem man einmal...
—Ja also, da kann ich gar nichts, ich meine, verdammt noch mal, laß mich doch endlich mal meine Sache zu Ende...
—Dann mach hinne, Mann, willste vielleicht 'n Traubensaft? Und in was für nem Land ißt man eigentlich Enchiladas, ich meine, die schmecken ja ekelhaft.
—Ich glaube, das ist ein mexikanisches...
—Mann, echt, kein Wunder, daß die sich dauernd bekiffen...

—sprechen Sie deshalb noch heute mit der größten Sparkasse von...

—Meine Fresse, da sind aber auch Briefe drunter, man faßt es nicht.

—wertvolles Dankeschön schon bei einer Einlage von lediglich zweihun...

—Echt, wolltest du nicht immer schon mal wissen, was Skrotum auf Dänisch heißt?
—Also, also nein, bisher noch...

—Bolcheposen. Weil, ich meine, wenn du das alles lernst, kannste demnächst nämlich...
—Hör mal, ich will gar nicht Skrotum auf Dänisch sagen, was ist das denn überhaupt, wer...
—Mann, echt, das steht in diesem Brief hier, machen Sie Geschäfte mit einem der folgenden Länder? Und falls ja, sind Sie wirklich sicher, daß der amerikanische Produktname frei ist von Anzüglichkeiten? Ich meine, du abonnierst für lediglich dreihundert Dollar pro Jahr, und dann schicken die dir diese ganzen schmutzigen Wörter in allen möglichen Sprachen, damit du nicht auf die Idee kommst, denen etwa dippeldutters anzudrehen, denn das wäre...
—Wir verkaufen ja auch gar kein Dippel, wir verkaufen überhaupt nichts in Dänemark, wir...
—Sagst du, aber wenn du das abonnierst, dann kannste praktisch jedes Land abchecken, ich meine, mit dem Ding kannst du auch die dänischen Frauen anbaggern, sagst, du hast deinen humørkaep dabei und ob sie gern kusse möchte, und dann sagt die, okay, aber nur, wenn du 'n dråbefanger benutzt, also besorgst du dir 'n dråbefanger und gehst irgendwohin und få et rap. Willst du wissen, was ich gesagt hab?
—Nein, aber ich, ich kanns mir vorstell...
—Bast?
—Was?
—Wollt ich dich schon lange mal fragen, hast du uns mal da drüben beobachtet?
—Beobachtet, wen beobachtet, wobei...?
—Ich meine aus dem Fenster zum Hof, mich und Schramm, ich meine, so wie wir gesehen haben, wie dein Freund die schwarzhaarige Frau da gebumst hat?
—Also ich, ich, einmal war ich, einmal hab ich zufällig rausgeschaut und hab...
—Zufällig, ich meine wie kann man da zufällig rausschauen? Echt, ich meine, da muß man doch über die ganzen Lampenschirme und Zeitungen klettern und dann auf die Bücher, um überhaupt was zu sehen.
—Nein, also ich, ich meine, einmal wollte ich einfach nur nachsehen, ob sein Licht noch an war, weil ich mit ihm über etwas ganz Bestimmtes reden wollte und, und...
—Was denn, du hast gesehen, wie wir gevögelt haben? Ich meine, ich bin deshalb nicht sauer, ich meine, ich war mindestens so gut wie die Schwarzhaarige, wo gehst du hin?

—Ich will nur, ich hab Soße an den Fingern, und ich wollte ...
—Warum steht da oben eigentlich noch das Bild von ihm?
—Welches? Der Baldung? Tja, das steht da eben noch so, es ...
—Ich meine, stehst du auf diese kleinen spitzen Dippeldutter von der?
—Was? Ihre, ihre Brüste? Also, ich ...
—Nee, das heißt Nippel, Brust ist, wart mal, brysters, guck mal, ich meine, sind meine nicht besser?
—Ja also, also, sie sind größer und ...
—Nee, ich meine, setz dich mal hin, die ist doch angeblich so wunderschön auf diesem berühmten Bild oder was? Bloß, daß sie so kleine runde bryster hat und so 'n kleinen runden Bauch, und guck mal, nee, ich meine, setz dich hierhin, guck mal, hier unten, vielleicht ist sie hier unten besser, ich meine, siehste, wie schwer das ist? Hier unten, also hier unten hat sie definitiv weniger, ich meine, du bist ja auch nicht gerade, heb mal dein, und hier, ich meine, die Hose ist auch viel zu eng, echt, morgen geh ich mal los und besorg dir ne neue, ich meine, hier oben rum und da unten erst, Mann ...
—Ja also, also im Augenblick ist sie ein wenig ...
—Dann zieh sie doch aus Mann, ich meine, wenn sie zu eng ist, zieh sie doch einfach aus.
—Also ich, ich ...
—Also dann eben nicht. Ich meine, dann kannste ja mit deinem Golftrainings-Set spielen, na los, oder stell deinen beschissenen elektrischen Krawatten-Butler an und dein ...
—Nein nein, ich, aber wenn die Tür ...
—Wenn was? Du meinst, wenn der alte Sack klopft, mein Frau, mein Frau, Mister? Nee, echt, Mann, dann laß ihn doch rein und spiel Golf mit ihm, wenn du das lieber ...
—Nein nein, warte mal, ich ...
—Echt, paß doch auf, Mann, du kippst sonst den, he, mach doch die Augen auf, da ist das Kabel, kannst du das Ding denn nicht mal aus dem Ohr nehmen? Ich meine, wir haben es nicht eilig ...
—Nein, aber, die ganzen Federn ...
—Ich meine, hier an dieser Stelle wär ich gern etwas straffer, so wie du da unten, was denn, hast du dir weh getan?
—Nein, aber ...
—Ich meine, das hier müssen die bolches sein, und das der posen, ich meine, wir könnten echt alles zusammen lernen in diesen ganzen verschiedenen Sprachen und ...

—Ja, aber guck doch, die ganzen Federn, kannst du das Ding nicht, kannst du das Ding nicht einfach ...
—Nee, hör doch mal zu, ich meine, wir hatten damals dieses Gedicht von am Ufer der glitzernden Wasser oder so, ich meine, wie hieß sie noch gleich, du mußt es dir unbedingt mal anhören ...
—Ja, Min, Minnehaha von Longfellow, aus Longfellows Gedicht Hia ...
—Nee, hier, nimm deinen, nee, so rum, ich meine, das ist sonst zu eng, nimm deinen, ja so. Ich meine, sind meine nicht auch irgendwie, oder stehst du wirklich auf kleine spitze Dippel wie der ihre, ah ...
—Welche? Die von Minne ...
—Nee, die von der da, auf dem ...
—Nein, ich ...
—Ja, genau da, ja so ja so ja ...
—So? Da und ...?
—Ja, ah, ah und hier, ja so, ja so ja und, genau da, ja, warte mal, ah ...
—Aber, Moment, laß mich, laß mich mal meinen ...
—Ah, ja da, ja und, ah ... du bist, warte mal, hier und, und ... nicht so, nicht so, ah ...! Du bist echt, du bist ziemlich groß gebaut für jemand, der nicht so, ah ...! Ja, ja, schieb ... ja so, nicht so, das tut weh, nicht so, ah, ah ...
—Ich, ich kann nicht mehr länger ...
—Warte, noch nicht, ah! Ah ah ah ... ah.

> —höchste Erträge für Ihre Ersparnisse, sprechen Sie deshalb noch heute mit der größten Sparkasse von ganz ...

—Oh, wow ...
—Ich, ich wollte dir nicht weh tun ...
—Warte mal, hol mal was zum Abwischen, mir läuft alles an den Beinen runter, warte mal, Vorsicht, nimm mal deinen ... sie griff nach dem braunen Papier, —meine arme Fisse, Mann ...
—Also ich, ich wollte dir nicht ...
—Moment, laß mich mal meinen, Mann, echt, die Seite, die du zuletzt gemacht hast, die beschissenen Enchilavis sind voll darüber gelaufen ...
—Nein, das macht doch nichts, ich bin, dann mach ich's eben nochmal ...
Eine Hand hob sich zum Kratzen. —Was willste denn jetzt machen?
—Nichts, ich, ich glaube, ich schreib die Seite lieber nochmal ab und setz mich dann wieder an die ...

—Ich meine, du sagst nie was. Ich meine, du bist nicht besonders interessant, weißt du das eigentlich? Ich meine, so wie andere Leute oder wie Al, ich meine, die reden wenigstens mit einem, ich meine, immer muß ich mit dir reden, verstehste?
—Ja, aber, ich meine, wenn ich arbeiten muß, fällt mir eben nichts Interessantes ein, was ich sagen könnte ...
—Echt, Mann, dauernd bist du am Arbeiten, aber zum Reden fällt dir nichts ein, ich meine, mal abgesehen davon, daß du im Bett ganz gut bist, bist du eigentlich nicht besonders interessant.
—Warum sollte ich? Ich meine, ich meine, ich will, daß meine Arbeit interessant ist, aber dazu muß ich nicht unbedingt auch interessant sein! Ich meine, alle versuchen, sich interessant zu machen, schön, das ist ihre Sache, aber was mich angeht, ich tue nur etwas, was ich tun muß, ich versuche, etwas zu machen, etwas zu tun, von dem ich hoffe, daß es einmal ...
—Und was ist dann mit Schramm? Ich meine, du hast doch immer mit Schramm geredet, echt, du hast doch eben erst gesagt, daß du ...
—Nein, eigentlich nicht, ich, er hat geredet, und ich ...
—Mann, echt, der hat doch kaum den Mund aufgekriegt, ich meine, du hast ja keine Ahnung, wie das mit ihm war, bei dem wußte man echt nie, was als nächstes passieren würde, so wie damals, als er keinen hochkriegte, da sprang er einfach aus dem Bett und schnappt sich 'n Bleistift und schmeißt ihn auf den Fußboden, und der Bleistift, ich meine, deshalb kann ich es auch nicht haben, wenn überall diese scheißspitzen Bleistifte rumliegen, verstehste?
—Ja, das war furchtbar, ich, ich wußte gar nicht, daß du dabei warst, als er sich ...
—Mann, ich will gar nicht darüber reden! Die Federn flogen zu Boden, eine Hand schob sich nach oben, kratzte eine Hüfte.
—Nein, ich, ich wollte auch nicht ...
—Dann red halt nicht drüber ... die Hand hob sich und grub in der Hemdtasche, als sie aufstand, —ich meine, da geht schon wieder das Telefon, ich meine, das klingelt echt andauernd ...
—Ich geh schon dran ... Er ging an ihr vorbei, blieb kurz stehen, um neben 36 Schachteln 2-lagig die Nase hochzuziehen, erklomm QUICK QUAKER, —hallo ...? Oh, Mister Brisboy, ja, hallo ... Jetzt ...? Oh, nein, tut mir leid, nein, ich glaube nicht, daß das ... nein nein, wirklich nicht ... Ja also, vielen Dank, aber ... Nein nein, hier auch nicht, nein, ich bin, ich habe heute abend noch jede Menge Arbeit

zu erledigen und ... Ich weiß, ja, vielen Dank, aber ... bis dann, ja, danke für Ihren Anruf, auf ... ja, auf Wiedersehen, danke für Ihren ... dann goodbye und auf Wiedersehen, ja ...
Sie beobachtete seinen Abstieg von der Halde. —Warum ziehste dich denn wieder an, ich meine, willste noch irgendwohin?
—Nein, aber so fühle ich mich einfach, so zum Arbeiten ...
—Willste echt wieder die ganze Nacht aufbleiben? Sie schlug die zerwühlte Decke zurück.
—Nein, ich möchte nur das hier zu Ende bringen, aber das sollte dich nicht ...
—Ach, woher denn, Mann? Mir fehlt nichts ...
—Oh ... er saß wieder auf Knuspriger Knisperspaß! und breitete ein neues Blatt mit leeren Notenlinien aus.

—im Besitz der vornehmsten Familien im ganzen Land, darunter ...

—Wenn du nur das Radio, Mann, ich meine, an das Wasser hab ich mich ja inzwischen gewöhnt, das ist, als ob man am Meer wohnt, aber das beschissene Radio, ich meine, Al hat 'n Kaugummi auf den Stiel von dem Mop geklebt, und damit kommt man an den Senderknopf ran und kann ihn sogar verstellen, wenn man den Stiel so bewegt, aber das ist auch alles, ich meine, machste das mal?
Doch bereits, als er niederkniete, hatte ihr Blick jegliches Interesse verloren, er stand auf, sah sie an, pustete sich den Staub vom Hemd, sank zurück auf Knuspriger Knisperspaß! Dann beugte er sich erneut über die leeren Linien, der Füllhalter zog seine Bögen, hielt inne, schwärzte Noten, ein- oder zweimal überflog er das Geschriebene, bemerkte dabei, daß er einen ganzen Takt ausgelassen hatte, zerknüllte das Blatt, starrte auf das langsame Auf und Nieder unter der Decke, schob dann den löchrigen Lampenschirm beiseite, damit das Licht nicht auf ihr Gesicht fiel, und leckte sich über die Lippen, die sich öffneten, schlossen, Töne mahlend, abrupte, halb unterdrückte Triumphlaute bei jedem neuen Blatt. Schließlich wischte er sich mit der Hand durchs Gesicht und starrte auf das Auf, Ab und Auf im Schatten, befeuchtete erst seine Lippen, dann die Feder des Füllhalters, bevor er sie ins Tintenfaß tauchte und gleichzeitig nach einem neuen Blatt tastete, was allerdings nicht mehr so hektisch geschah wie zuvor. Da schlug das Telefon an.
—Ich kann nicht, ich kann nicht, nein! Bitte nicht, ich kann jetzt nicht ...!

Er stand auf, legte ihren Kopf an seine Hose, die sich dicht neben ihrer Wange ausbeulte, und hielt sie so. —Schon gut, keine Angst, du brauchst auch nicht...
Es klingelte wieder.
—Ich kann nicht...
—Schon gut... er preßte das warme Gewicht fest an sich, als wollte er damit sein Zittern ersticken, doch beim nächsten Klingeln rieselte es unerwartet warm über seinen Handrücken, worauf er sie losließ und nach einem Zipfel der Decke griff, um das Blut abzuwischen, und war beim darauffolgenden Klingeln bereits auf der Halde von Kisten und QUICK QUAKER, —hallo...? Hören Sie, es geht nicht, ich hab zu tun... also gut! Vermittlung, ich nehme das Gespräch an! Hallo...? Natürlich bin ich's, wer soll denn sonst...? Wer? Al? Nein, nein Al ist nur, der Hausmeister, er ist so eine Art Hausmeister, der ab und zu hier... Nein, ich weiß, daß er eigentlich keine Anrufe annehmen soll, hör mal, weshalb rufst du denn jetzt an, wie spät ist es überhaupt? Der Kiosk hat doch sicher längst geschloss... nein, schon gut, schieß los, was ist... Also, ich hab dir doch gesagt, daß ich die Reise mache, oder nicht? Weshalb rufst du denn jetzt noch an? Mister Davidoff hat mir... Spesenvorschuß auch, ja, hundert Dollar und achtundvierzig Cent, ja, danke, aber hör mal, ist das etwa der Grund, warum du... Schön, ja, hast du etwa angerufen, um mir zu sagen, daß Mister Davidoff ein toller Typ ist? Ich versuche hier zu... von wo? Aus Malwi hab ich da niemanden getroffen, nein, ich weiß nicht mal, wo Malwi liegt... Von welchem Krieg? Ich hab die Times nicht gelesen, nein, ich hab noch nicht mal... was für ein Handelsabkommen? Warum sollte er denn mit mir über ein Handelsabkommen reden...? Also, du hast aber doch gerade gesagt, daß man das Rhodium trotzdem außer Landes bringen kann, und zwar über Malwi, offiziell käme das Zeug dann aus Malwi, wo also liegt das... damit wer was an China verkaufen kann? Welche Bäuche, was...? Ich weiß überhaupt nicht, wovon du redest! Und ich glaube, du weißt es selbst nicht, warum spricht denn der tolle Typ Davidoff nicht mit Senator Milliken über den Handel mit China und diese Exportlizenz? Warum hat er nicht mit dem Mann von der Handelskommission aus Malwi gesprochen und die ganze Sache geklärt...? Wieso weiß er da nichts von, er weiß doch auch sonst immer alles... Nein, ich weiß, daß er kein leitender Angestellter der Firma ist wie ich, ernenn ihn doch einfach dazu, nichts, was er lieber... also natürlich mußt du ihn dann besser bezahlen, was

denkst du ... Ja, ich weiß, aber dieser Secondhand-General hat dich ja auch nie persönlich kennengelernt, genausowenig wie der arme alte Urquhart und dieser, dieser schreckliche Teets ... Ja, ich weiß, hab ich auch gemacht, du hast gesagt, daß du einen distinguierten älteren Herrn brauchst und jemanden, der so aussieht, als würde er seine eigene Großmutter totfahren, wenn dabei nur genügend ... Ja, gut, aber für zehn Dollar pro Person, wo sollte ich da denn suchen, im Vorstandsführer ... Ich werd gar nicht sauer, ich muß nur wieder an meine ... Mister Hopper habe ich getroffen, ja, aber er hat nicht, Moment mal, sollen da etwa diese Plastikblumen hin ...? Eine Bestellung, ja, klingt so, als wären es mehrere Millionen, hör zu, ich will auf keinen Fall, daß die hier angeliefert werden, irgend jemand soll ... Also, die kannst du doch nicht Mister Brisboy ins Hotel schicken, nein, ich hab ihn kennengelernt, er ist wirklich, wirklich rundum begeistert, aber ... ich soll dir von ihm sagen, daß die Sterberate in den nächsten zehn Jahren um zwanzig Prozent steigt, und ich hab gesagt, daß du darüber bestimmt entzückt bist, aber ...
—Hallo, Mister ...?
—Moment, da ist jemand an der ... ja, sie hat alles notiert, warte mal, da ist jemand an der Tür ... über 200 2-lagig stieg er hinab, fühlte unter der Decke nach und der unwilligen Dünung ihres Atems.
—Hallo? Mister ...?
—Verschwinden Sie! Er kletterte wieder nach oben und strich, unmittelbar unter der Glühbirne, auf 24-0,5 Liter Mazola das braune Papier glatt, —das war niemand, nichts, aber worum geht es eigentlich ... Dein Anruf, ja, ich hab dir doch gerade gesagt, daß sie alles notiert hat, und dann hat dieser Leva angerufen, B. F. Leva, er hat gesagt, daß wir vielleicht ins Geschäft kommen, und ich hab ihm gesagt, daß du ... na schön, dann sag du ihm das doch, schrei mich nicht so an, was glaubt der denn, wer er ist, vielleicht ins Geschäft kommen, schrei den doch an, schrei Pis ... Gut, wenn Du Piscator schon gesagt hast, daß er sich was überlegen soll, was soll ich dann noch ... Ja, hab ich hier, der Buchwert der Aktien ist sechs, Moment, eins achtundsechzig und ... Ich sag doch, daß sie alles notiert ... weil es etwas verschmiert ist, deshalb, hör mal, wie kommt du denn auf diese Idee? Natürlich ist sie zuverlässig, sie ... Also, was soll das heißen, wieso Loyalität der Firma gegenüber? Sie ist ja nicht mal ... Nein nein, hör zu, das ist ja sehr nett von Mister Davidoff, aber ich kann Virginia hier nicht gebrauchen, nein, es geht auch so ... Ja, das weiß ich, aber ich brauche sie hier nicht, und wieso

willst du eigentlich mitten in der Nacht die Zahlen durchgehen, ich bin ... von der Times? Wann, heute ...? Nein, ich habe überhaupt niemandem ein Interview gegeben, nein, und hör zu ... Also hör zu, warum hast du das denn überhaupt gemacht, Mister Davidoff ist der PR-Mann, er wird dafür bezahlt, laß ihn da doch anrufen, er ist schon sauer, daß du die Erklärungen auf Band aufnimmst und per Telefon jedem vorspielst, der ... Nein, natürlich weiß er nicht, daß du das machst, um dann das Band langsamer laufen zu lassen, damit deine Stimme tiefer klingt, er weiß ja nicht mal, daß du das aufnimmst, er findet es einfach nicht gut, daß er sich nie auf eine Situation einstellen kann, weil du dauernd ... Nein, ich hab unseren tollen Artikel in den US-News nicht gesehen, und ... Den hab ich auch nicht gesehen, aber ... Ja, das neue Firmenlogo ist echt toll, bitte, gern geschehen, war das jetzt alles, was ... Ja, hat sie, aber davon weißt du sowieso mehr als ich, Mister Beaton hat angerufen, und dieser Stamper, aber ich dachte, du hättest gesagt, daß der tolle Anwalt, den du von Triangle hast, dieser Mister Beamish, daß der das alles regeln sollte ... also, ist er Anwalt oder nicht? Und die Anwaltskanzlei, die du da an der Hand hast, Milliken & Mudge oder wie die heißt, welche die Gasfirma vertritt, laß ihn doch mit Senator Milliken über Gasförderung reden und über alles andere, was mit Alsaka Devel ... was? Was meinst du, wer das geändert hat? Niemand, du ... weil du es in diesen Memos nur so geschrieben hast und weil sich niemand traut ... Hör mal, ich weiß, wie man Alaska buchstabiert, aber bei dir ist es a l s a ... Weil ich weiß, daß du es so und nicht anders geschrieben hast! Piscator hat mir dein Memo geschickt, als er die Eintragung ... Doch, hast du ... so hast du es ... du, also Wiedersehen, ich verbring doch nicht den Rest der Nacht damit, mir ... Was? Was denn noch ...? Hör mal, darüber haben wir doch eben erst gesprochen, und ich hab gesagt, daß ich hinfahre, oder nicht? ... Nein, Moment mal, jetzt, Moment, was soll das heißen, daß ich den Bus nehmen ... Der General hat den Flieger? Wie kommt er dazu, sich einfach den ...? Ja, aber wer hat denn gesagt, daß er sich jederzeit das Firmenflugzeug nehmen kann ... Die tollen Forschungsaufträge an Ray-X, schön und gut, aber heißt das etwa, daß er sich einfach das Flugzeug nehmen kann, nur um von einer drittklassigen Universität in Texas einen Ehrendoktor entgegenzu ... ich will von dem tollen Immobiliengeschäft mit denen gar nichts wissen, nein, warum hast du dir nicht einfach einen per Post kommen lassen, aus Alabama, er ... Ja, also gut! Aber deshalb fahre ich noch nicht mit dem

Bus, ich kann doch einen ganz normalen ... Nein, Moment mal ... Nein, nein, Moment, wie viele Indianer ...? Nein, warte mal, hast du mich etwa deswegen mitten in der Nacht angerufen? Um mir zu sagen, daß Charley Yellow Brook und sein Bruder an einer Bushaltestelle auf mich warten ... du hast gesagt, daß ich sie wo treffen soll ...? Ja, ich weiß, daß ich gesagt hab, daß ich pünktlich zur Beerdigung da sein werde, aber ... Nein, aber soll das heißen, zwanzig, vierundzwanzig Stunden Busfahrt mit den Brook-Brothers ... Was soll das heißen, tolle Chance, sich ein bißchen näher kennenzulernen, sicher, und bei unserer Ankunft sind wir alle die besten ... Nein, also Moment mal, es ist immer wieder das allerletzte Mal! Nur noch dieses eine Mal ... Ja, das weiß ich, aber ... Also, warum sollte Crawley dir nicht sagen, daß ich von meinem Bezugsrecht Gebrauch gemacht habe, was hast du denn erwartet ... nein, wer sagt denn, daß ich verkaufen will, ich will nur ... Also gut, ich weiß, aber ... Ja, meine Arbeit ist, es läuft ganz gut, ja, ich weiß, ich hab ja gar nicht gesagt, daß ich das Musikstipendium nicht zu schätzen weiß, aber das meine ich doch gerade, du sagst, noch ein allerletztes Mal, und jetzt redest du von zweihunderttausend Anteilen von irgendwas und daß ich eine Boody Sowieso treffen soll, wenn ich wiederkomme, und mich zum Golf mit, ist dir vielleicht schon mal in den Sinn gekommen, daß ich gar nicht Golf lernen will ...? Also gut, ja, also gut! Fang bloß nicht wieder an mit deiner Loyalität gegenüber der Firma, und die Schule interessiert mich eigentlich auch nicht, und ich kann mir auch deine Pläne für einen Schulausflug nicht anhören, sag doch einfach Davidoff, er kann die ... sag ihm, daß ich die gesamte Partitur an der Hotelrezeption hinterlege, er hat versprochen, sich um alles zu kümmern ... Gut, dann ruf doch hier einfach nicht mehr an, bis ich wieder da bin, und laß ihn ... was? Hab ich dir doch gerade gesagt, hundert Dollar ... Nein, Moment mal, wenn die Hin- und Rückfahrt achtundachtzig fünfundfünfzig kostet, bleiben mir ja nur noch ... Hör mal, ich bin einfach, einfach zu müde, mich mit dir darüber zu streiten, wenn wir den Bus nehmen müssen, weil sie schon Busfahrkarten haben, dann sag mir, an welcher Haltestelle sie warten und ... wo? Versuch erst gar nicht, mir das zu erklären, sag mir nur, wo die Polizeiwache ist, und dann ... Also, ich sag doch, daß ich das mache! Du machst mir Spaß, ne Beerdigung und vierundzwanzig Stunden auf dem Bus mit zwei ... Ja, ich auch, das wär mal was Neues, bis dann ... ja, gern geschehen, bis dann, Wiedersehen!
—Bast ...?

—Ja, ich komme ... am Waschbecken angekommen, tauchte er den Zipfel eines Hemds ins Wasser.
—Echt, Mann, bist du das?
—Ja, alles klar mit dir? Du, du hattest Nasenbluten ... er reichte ihr das nasse Tuch, sie drehte sich um, das Weiß ihrer Haut bäumte sich wogend und benetzte hellrot sein Knie.
—O Mann ...
—Ich glaube du hast schlecht geträumt ... er befeuchtete seine Lippen, beugte sich vor, bis er ihren Atem spürte, zog die Decke hoch, wurde jedoch durch ihre abrupte Drehung mit hinabgezogen in die Abgründe des formlosen Weiß, wo erst sein Blick, dann, wenn auch zögernd, seine Hand ihre dunkle Spalte suchte, bis er beim Klang ihrer Stimme aus der Ritze des Sofas abrupt zurückschreckte.
—Legst du dich zu mir?
—Nein, ich, ich kann nicht ... er räusperte sich und zog die Decke mit beiden Händen glatt, wandte sich ab, breitete leere Notenlinien auf Standard & Poor's aus und blickte von nun an nicht einmal auf, wenn er sich ein neues Blatt nahm. Schließlich drang das erste Licht des Tages durch die Jalousie hinter dem löchrigen Lampenschirm, war bereits bei 36 Schachteln 200 2-lagig, während er das Tintenfaß zuschraubte, glitt weiter, vorbei an 24 0,5 Liter Mazola, und erreichte noch vor ihm die rauschende Spüle, wo er sich das Hemd auszog, den Deckel der Keksdose senkrecht stellte und einen Rasierapparat aus der Plastikverpackung nahm. Dann klopfte es an der Tür.
—Hallo ...? Zitternd, aber in Kenntnis ihrer ganzen Gebrechlichkeit auch entsprechend sacht tat sich die Tür auf. —Bast? Ist jemand da ...?
—Nein, wer, oh, ach, so, Mister Gibbs ...
—Bißchen früh, ich hoffe, ich störe nicht.
—O nein, das ist, schon in Ordnung, ja, kommen Sie rein ...
—Mein Gott, unser Wasserwerk hier hab ich ja ganz vergessen, als ob man unter den Victoriafällen wohnt. Alles in Ordnung?
—Ja, alles in Ordnung, ja, es ist ...
—Kann man von deinem Aussehen aber nicht behaupten, um die Wahrheit zu sagen, Bast, du siehst furchtbar aus.
—Ja also, ich bin nur, ich hab nicht viel Schlaf gehabt, ich habe gearbeitet und muß ohnehin gleich weg ...
—Nein, rasier dich ruhig weiter, laß dich nicht stören ... mit dem Rücken drückte er die Tür in den Rahmen zurück. —Bin bloß vorbei-

gekommen, um ein paar Papiere zu suchen, wollte hier vielleicht auch etwas arbeiten, das stört dich doch nicht, oder?
—Nein, nein, überhaupt nicht, das heißt, einen Augenblick bitte, bevor Sie ...
—Herr im Himmel, ist das voll hier, hast auch einige Sachen umgestellt, an diesen Scheißkisten kommt man ja kaum ...
—Ja, hier ist einiges dazugekommen, hauptsächlich die Kisten und Zeitungen von Mister Eigen, ich hab sie ...
—Wahrscheinlich kommt heute noch mehr, ich hab ihm die ganze Nacht beim Einpacken geholfen, das hier gehört ihm aber nicht, oder? Was zum Teufel ist das denn?
—Ach, also das ist nur, das ist nur ein elektrischer Handtuchhalter und, ach ja, das, das ist nur so ein Grillbesteck, das ich ...
—Aber wo zum Teufel kommen die, was ist das alles hier, wo kommt das her? Was ist das, Seifenpulver?
—Ja also, das ist Waschmittel, also Warenproben, die überall hier ... Augenblick bitte, bevor Sie da ...
—Hast du hier irgendwo ne blaue Aktenmappe gesehen? Ich fang nochmal mit dem Buch an, an dem ich gearbeitet hab, Bast, ich fang überhaupt nochmal von vorne an, ab jetzt wird richtig gearbeitet, vielleicht willst du dir ja irgendwann mal Teile davon anhören, ich würde gerne deine, was, was ist das denn? Ist das ein Telefon?
—Ach so, das, ja, also das ist ein, so eine Art Bildtelefon, ja, ich glaub, so nennt man das ...
—Was macht es dann da oben? Und das komische Ding darunter, was ist das ...
—Ja also, das benutzen wir zum, ich meine, eigentlich benutzen wir es gar nicht, aber damit kann man Bilder per Telefon versenden, es ist nur, Mister Gibbs, einen Moment bitte, bevor Sie da rein ...
—Ich dachte, du wolltest in dieser Wohnung nur komponieren, Bast, mich würde interessieren, was du hier sonst noch alles, lieber Gott, bitte vielmals um Entschuldigung ...!
—Ja also, ich wollte Ihnen die ganze Zeit sagen, daß sie ...
—Mann, echt, was glotzte denn so ... unter dem Durcheinander der Decke stellten sich ihre Knie auf, —ich meine, haste sowas noch nie gesehen oder was?
—Wieso, ja doch, erst neulich, Miss ...
—Ja also, Rhoda, das ist Mister Gibbs, Sie erinnern sich bestimmt noch an Rhoda, sie war ...

—Hatte noch nicht das Vergnügen, Bast, großer Gott, immer mit der Ruhe, ich wollte dich wirklich nicht stören, kann auch später wiederkommen und...
—Nein, bleiben Sie, nein, ich bin, die Sache ist die, ich muß mich beeilen, weil ich...
—Jetzt laß bloß nicht noch solche Sprüche ab, Mann, weißte noch die Nacht, wo du da drüben mit nur einem Schuh an und so die Bullen auf Trab gehalten hast? Und Bast, wo du da gerade stehst, schmeiß doch mal eine von den kleinen roten Schachteln in die Wanne, und du, merkst du nicht, daß du im Weg stehst?
—Natürlich, Rhoda, ja, rasier dich in Ruhe weiter, Bast... er setzte sich vorsichtig auf Knuspriger Knisperspaß! —Ich kann mich ja inzwischen ein bißchen mit Rhoda unterhalten...
—Du kriegst höchstens einen in die Schnauze, Mann, und paß auf die Dose neben deinem Fuß auf, kannst was von dem Traubensaft haben, wenn du willst.
—Lieber Gott, bloß nicht...
—Dann schmeiß doch mal die Dose rüber, und die rote Tasse von dem, Mann, doch nicht die Dose, kannste denn nicht lesen? Sieht das etwa aus wie Traubensaft?
—Offen gestanden, ich wollte bloß nicht widersprechen, aber da du nun mal darauf bestehst...
—Das sind Enchilavis, ich meine, was haste gegen Enchilavis, echt, ich meine, warum mußte denn alles gleich so runtermachen?
—Ich? Kein Gedanke, im Gegenteil, seit ich hier reingekommen bin, also, die weibliche Hand merkt man gleich, wirklich sehr gemütlich alles, eine Hose hängt da über dem Geschirrtuchhalter, dreckige Tassen auf der Fensterbank und Mister Basts fettverschmiertes Diplom an der Wand wie bei nem ambitionierten jungen Zahnarzt, und in der Luft schweben sämtliche Wohlgerüche Arabiens, weil Madame sich soeben ein Bad eingelassen hat, was liegt denn da hinter dir auf dem Fußboden?
—Was soll das heißen, Mann? Ich meine, was soll das schon sein? Das ist ein Kopfschmuck von nem Indianer, oder was dachtest du?
—Mister Gibbs? Ist Ihnen das recht, wenn ich, ich hab Ihre Hemden angezogen, die Sie hier mal vergessen haben und...
—Um Himmels willen, nein, mit dieser Kragenweite siehst du ja aus wie ne lebende Leiche, und die Hose erst, wo um Gottes willen hast du bloß diese Klamotten her?

—Mann, echt, du bist gut, was stimmt denn nicht mit seinen Klamotten? Ich meine, guck dich doch mal selber an, echt, sieht ja aus wie aus der Altkleidersammlung, außerdem ist das 'n Sommeranzug, Mann.
—Ja also, okay, Mister Gibbs, ich kann mich nicht länger aufhalten, wissen Sie zufällig, wie spät es ist?
—Irgendwie zehn nach, aber frag mich jetzt bloß nicht nach was, und ich meine, bevor du gleich abhaust, kannste mir vielleicht 'n bißchen Knete dalassen? Weil, ich muß nämlich zu diesem Tierarzt, bevor sie ihn ausstopfen.
—Aber ich dachte, du, als ich dir die fünf Dollar gegeben...
—Fünf Dollar, ich meine, die reichen nicht ewig, echt, der neue Rasierapparat, den ich dir besorgt hab, hat drei achtundneunzig gekostet, und die Hose hat glatte achtzehn Dollar gekostet, und das Jackett, Mann, ich meine, du hast da doch die ganzen Schecks, frag deinen Freund mal, ob er sie nicht für dich einlöst.
—Ja also, wenn er, wenn Sie das vielleicht für mich könnten, Mister Gibbs, es sind bloß ein paar Schecks für unsere Dividenden und, ach so, Moment mal, dieser Scheck hier, diesen Scheck wollte ich Ihnen noch für die Miete geben, einundsechzig vierzig im Monat, ich glaube, Mister Eigen hat gesagt...
—Hätte nie gedacht, daß du wirklich bezahlst, Bast, immerhin sind wir nicht...
—Nein nein, das geht schon in Ordnung, außerdem ist er jetzt einmal ausgestellt, ich meine, er kommt sowieso nicht von mir...
—Aber wer ist, wer zum Teufel ist denn die J R Shipping Corp.?
—Ja also, das ist nur, ich habe jetzt keine Zeit mehr, Ihnen das zu erklären, Mister Gibbs, das ist alles viel zu, könnten Sie bitte mal Ihr Knie zur Seite nehmen, ich muß nämlich die Notenblätter da...
—Was denn, den ganzen Stapel? Großer Gott, was, ist das etwa dein, was war es doch noch gleich? Dein Oratorium? Kein Wunder, daß du so aussiehst, Bast, das ist ja großartig, du hast dein Oratorium tatsächlich fertiggestellt.
—Nein, also das, das Oratorium, es ist jetzt eigentlich kein richtiges Oratorium, sondern, es wird nur eine Suite für kleines Orchester, aber es ist noch nicht so ganz fertig, ich, ich bin...
—Kleines Orchester, großer Gott! Das sind ja genug Stimmen für ne ausgewachsene Berlioz-Sinfonie...
—Ja aber, aber das ist es gar nicht, sondern, das ist bloß was ganz anderes, an dem ich gearbeitet habe, damit ich...

—Echt, Mann, ich meine wenn er erst mal wieder davon anfängt, warum er die eine Sache nicht machen kann, bevor er nicht die andere gemacht hat, die er auch nicht macht, weil da erst noch was anderes von ihm zu machen ist, sobald er die andere Sache fertig hat, ich meine, tu mal deinen Fuß da weg ...
—Ja, wenn, kannst du mir bitte mal den Federschmuck ...
—Du hilfst deiner Squaw besser wieder in ihre Decke, Bast, du willst doch nicht, daß die Leute auf der Straße ...
—Hör mal, Mann, ich geh bloß in die Badewanne, ich meine, was glaubste denn, wo ich hingeh?
—Ach, und Mister Gibbs, was ich noch sagen wollte, wenn Sie hier in der Wohnung sein sollten und Anrufe kommen, gut möglich, daß es sich um etwas Geschäftliches handelt, ich meine, sie sind auch rein geschäftlich und ...
—Du meinst, das Telefon funktioniert sogar?
—Ja, ach, und noch etwas, hängen Sie lieber etwas darüber, ich meine, es ist ja ein Bildtelefon, und wenn dann gerade jemand in der Badewanne sitzt oder so, ich habe da eine Nummer notiert, sagen Sie den Leuten einfach, sie sollen Mister Piscator anrufen, das ist ein Anwalt, und wenn er anruft, also wegen dieser Filmgesellschaft, die Filmgesellschaft heißt Erebus, also, ich hab da noch eine Nummer notiert, ein Mister Leva, könnten Sie mir mal eben mit der Kiste hier helfen, ich ...
—Mann, Bast, ich tu für dich, was ich kann, aber, Scheiße, kannst du dich nicht mal zwei Minuten hinsetzen und mir erklären, was hier überhaupt vorgeht? Diese Firma, die Dividendenschecks, was hat das alles zu ...
—Ja, die liegen im Gefrierfach, wenn Sie die einlösen könnten, ich werd Ihnen alles erklären, wenn ich wieder da bin, ach, und Al soll nicht mehr ans Telefon gehen, er ...
—Al wer, Moment mal, wie lange bist du denn weg, und wo zum Teufel fährst du überhaupt hin?
—Das ist nur, weil ich das jemandem versprochen habe, Mister Gibbs, und deshalb, deshalb muß ich es auch tun, könnten Sie mir mal bitte die Tür aufhalten ...?
—Ja, hier, aber Augenblick mal, Bast, es gibt da noch ein paar andere Dinge über die ich mit dir, großer Gott, ist das etwa ein Hörgerät?
—Ja, nein, Rhoda kann es Ihnen erklären, Wiedersehen, danke, Mister Gibbs, Wiedersehen ...

—Alles, alles Gute ... er lehnte sich gegen die Tür, die ihr Gewicht wiederum gegen ihn lehnte, so daß sie sich gegenseitig stützten, bis die Tür, zitternd und krängend, in den Rahmen zurücksank —Meine ... Güte.
—Mann, kannste mir mal eine von den roten Tassen vom Spülbecken geben?
—Mit dem Traubensaft? Kannst du mir wenigstens erklären ...
—Nein, ich bade in dem Zeug, die Super-Waschkraft, Mann, willste nicht mit reinkommen?
—In, in die Wanne?
—Wohin denn sonst ...
—Nein, paß mal auf, Rhoda, ich bin hergekommen, weil ich hier arbeiten wollte, ich dachte, Bast sitzt hier ganz allein und komponiert, und dann finde ich ihn in diesem Durcheinander, er hat noch nie so elend ausgesehen, hab noch nie jemanden gesehen, der so fertig aussah, und warum zum Teufel trägt er dieses Hörgerät?
—Unsinn, das ist nur so ein kleines Ohrradio, Mann, ich meine wegen seinem Nebenjob, er schreibt da nämlich jeden Song auf, den dieser Sender spielt, damit die Musiker nicht um ihre Tantiemen und so beschissen werden ...
—Nebenjob? Was für ein Nebenjob? Heißt das, dieses Ding dröhnt ihm selbst beim Komponieren die Ohren voll?
—Na ja, ist ja alles irgendwie Musik, und er kriegt vierhundert Dollar dafür, damit er seine andere Musik schreiben kann, ich meine, deshalb weiß er ja nicht mal, wie das Ding klingt, bis er dann in dieses Hotel geht, wo er sich das Ganze auf dem Klavier vorspielen kann, ich meine, er hats auch hier versucht, aber er konnte diese Oktaven oder so nicht finden, ich meine, das Finden war nicht das Problem, das Problem ist das verdammte Zeug, das dauernd hier ankommt, weil, der einzige Platz war auf dem Klavier, und jetzt findet man nicht mal das Scheißklavier wieder.
—Na schön, aber was hat das alles zu tun mit seinem, mit dieser Firma, dieser JR Shipping Corp. und diesen ganzen ...
—Das ist eben sein Nebenjob, den macht er so nebenher, ich meine, warten Sie mal, bis Sie die Post sehen, echt, da muß es an die fünfzig fußkranke Firmen geben, Mann, ich meine, wenn das Telefon klingelt, weiß man nie, wer dran ist, echt, kannste mir mal deine Hand geben, damit ich nicht ausrutsche, wenn ich rauskomme?
—Ja, hier, aber ... er räusperte sich, —sei vorsichtig, der Anwalt, den er erwähnt hat, dieser Piscator ...

—Das ist denen ihr Anwalt, kannste mir mal das Hemd da eben, zum Abtrocknen? Und erst mal sein Chef, ich meine, wenn der anruft, allein schon die Stimme von dem Widerling, echt, kannste mir mal die Mokassins rüberschmeißen?
—Ja, klar, aber wenn ich mir das recht überlege, hier zu arbeiten, kann man wohl vergessen ...
—Ich meine, echt, wenn der anruft, Mann, dann hat er immer gleich ne ganze Latte von Sachen, und man kann ihn kaum ...
—Ist ja auch egal, war sowieso ne blöde Idee, bin hergekommen, um zu arbeiten, und ...
—Dann machs doch, Mann, ich meine, was hindert dich denn daran? Echt, ich meine, wozu kletterste jetzt da hoch ...?
—Ich suche so ne blaue, so ne beschissene blaue Aktenmappe und ein paar Kartons mit Notizen, Tootsie-Rolls-Kartons, da steht Tootsie Rolls drauf, hast du die vielleicht irgendwo gesehen ...?
—Die blaue Aktenmappe muß hier irgendwo rumliegen, zumindest hab ich sie mal irgendwo rumliegen gesehen, aber Tootsie Rolls, Mann, ich meine, da müßteste nach buddeln. Vorsicht! Der ganze Stapel kommt runter ...
—Scheiße ...
—Bevor du noch verschüttgehst, kannste nicht mal kurz runterkommen und mir die Schecks einlösen, wie du gesagt hast?
—Ich hab nicht gesagt ...
—Mann, hab dich nicht so, das ist doch keine Million Dollar, und ich meine, neben deinem Fuß der Regenmantel, kannste mir den mal rüberschmeißen?
—Okay, aber, Moment, halt mal eben die Filmdosen fest, bevor die auch noch, ja, so ...
—Sie liegen im Kühlschrank, ich meine, die Schecks, da bewahrt er immer seine ...
—Ja, aber warte mal, was, großer Gott, was ist denn das hier ...?
—Investment-Literatur, Mann, echt ...
—Nein, das hier, Hühnchen Kiew Made in Cornwall, klassisches Gericht des Zarenhofs im alten Rußland, mein Gott, hier schwimmt alles in Tauwasser.
—Das issen Geschenk, was er gekriegt hat, aber da stand drauf Bitte kühl lagern, ich meine, guck doch mal ins Eisfach.
—Was? Etwa alle? Du willst, daß ich die alle einlöse? US-Steel, was zum, vierzig Cent? International Paper, dreiundvierzig Cent für einen

Anteil? Was soll das? General Telephone, vierzig Cent, Typhon International ...
—Mann, echt, mich darfste da nicht fragen, ich meine, du brauchst das Ganze doch bloß zusammenzurechnen.
—Columbia Gas, siebenundvierzig, El Paso Natural Gas, Scheiße, wirklich ein höchst diversifiziertes Portefeuille, Walt Disney ...
—Und da ist noch eine für fünfundvierzig Cent unter dem Sofa neben den ...
—Western Union, da fehlt sogar das Indossament, ich meine was willst du damit ...
—Du meinst, da fehlt die Unterschrift auf der Rückseite? Macht doch nichts, schreib einfach ein X auf die Rückseite, was erwarten die denn für vierzig Cent? Das Autogramm von Abraham Lincoln?
—Eins achtzig, zwei zehn, zwei dreißig, tja also, ich geb dir fünf Dollar für alle zusammen, hier ...
—Fünf Dollar? Mann, echt, ich brauch Taxigeld, ich geh shoppen.
—Jetzt? So, in dem Aufzug?
—Genau so, oder kannste da etwa durchgucken?
—Nein, aber es ist, du frierst dir ja deine, deine Hose hängt da auf dem ...
—Sollte ich die etwa bei Macy's liegenlassen? Ich meine, ich könnte dir auch was mitbringen, Mann, dein Anzug sieht ja aus wie aus nem alten Film, ich meine, da haben sie heute Schlußverkauf, da könnt ich dir schon ...
—Was macht das denn für einen Unterschied, ob Schlußverkauf ist oder nicht, wenn du sowieso nur ...
—Die vielen Leute, Mann, die Leute, ich meine, die sind ja so geizig, echt, da kommt auf hundert Leute ein einziger tranfunzliger Verkäufer, und dem hat man auch noch beigebracht, einen nach Möglichkeit zu übersehen, ich meine, liegt da oben vielleicht die Mappe, die du suchst? Nee, da oben auf dem Kühlschrank auf dem Karton mit den Cornflakes ...
—Wie ist die denn da hingekommen? Wenn die weg gewesen wäre, also das wäre wirklich, was zum, was zum Teufel ist das denn?
—O wow, ich meine, da lag noch die Tiefkühlpizza oben drauf ...
—Tiefkühlwas? Soll das etwa heißen, daß der verdammte Käse und die Tomaten über die ganze, Scheiße, schmeiß mal das Hemd rüber, verdammt noch mal, wenn ihr euch hier schon breitmacht, dann könnt ihr doch wenigstens ...

—Was wenigstens, was denn, Mann? Ich meine, er hat dir doch wohl Miete bezahlt, oder nicht? Und ich meine, du warst nicht besonders nett zu ihm, Mann, und noch etwas, als ich dich zum erstenmal gesehen hab, als du da oben warst und mit der Flasche rumgefuchtelt hast, mit nur einem Schuh an und so, das war vielleicht ein Anblick, und auf einmal kommste hier an, echt total wie ausgewechselt, und fängst wegen jeder Kleinigkeit an zu mosern.
—Ja also...
—Ich meine, du kommst hier einfach so reingeschneit, und plötzlich sollen alle strammstehen, weil du deine Tootsie Rolls suchst und diese bescheuerte Mappe mit Käse und Tomaten, als wär es Krieg und Frieden, ich meine, was...
—Paß mal auf, das ist, das ist die... er wischte sich die Hand ab und ließ sich auf 24-0,33 l Flsch Zerbrechlich! sinken, —die Chance, auf die ich immer gewartet habe, wieder an dem Buch zu arbeiten, und jetzt ist sie da, als ich früher daran gearbeitet hab, gabs für mich nie einen Grund, es abzuschließen, nichts, was mich dazu getrieben hätte, es durchzuhalten, aber jetzt gibt es einen Grund, und deshalb, deshalb muß ich wirklich, Scheiße... er kniete sich hin, langte nach oben, —hallo, ja, wer...? Moment, wer ist denn dran, was wollen... Monsieur Bast, oh, no, il n'est pas là...
—Mann, da brauchste bloß sagen: j'ai mon fuh, und dann legen die sofort auf... zitternd und krängend tat sich die Tür auf und hing plötzlich fest, —tschüß, bis später...
—Comment...? Le commissionnaire du, du mal, oui? Comment? C'est un pays...? Bon, alles klar, war nicht so gemeint, Scheiße, qu'est ce que vous... qui, moi? Moi, je suis, ähm, je suis son aide, oui, Monsieur Bast est parti, mais je... Urgent, oui, mais je... de quel catalogue...? Rouge et vert, de quoi? Ray-X? Kann ich hier nicht entdecken, nein, je ne... Que vous êtes pressé, bon, je le dirai au Monsieur, quand il re... ja also, hören Sie, écoutez, Scheiße, was wollen Sie denn eigentlich von mir, qu'est ce que vous... comment? De bonne vente, oui, mais Sie meinen, acheter tout...? Oui, alles klar, prix convenu, mais l'inventaire tout entier...? Tout à l'instant même, alles klar, ich werd mal sehen, was ich machen... qui, moi? Je m'appelle, ähm, oui, je m'appelle Grynszpan, oui, Monsieur Grynszpan... bon, si vous... plus tard, bon, pas de quoi, großer Gott...
Er kletterte nach unten, wischte sich die Hand ab und bugsierte die auf Grund gelaufene Tür in den Rahmen zurück. Dann hielt er den Zipfel

eines Hemds in die Strömung der Spüle, setzte sich aufs Sofa und wischte den blauen Ordner sauber. —Hier soll ein Mensch arbeiten können ... er blätterte durch die Seiten, strich Ränder glatt und hub also an, —ich hoffe, jeder Weser ... räusperte sich, —ich hoffe, jeder Leser wird diese Geschichte als Lehre begreifen, um fortan das Siegel des Fortschritts in die Schwingen der Zeit selbst einzuprägen ... und stellte seine Füße auf Thomas' Herstellerverzeichnis. —Verfolgt von jenem dürren Gespenst äußerster Verfeinerung floh Frank Woolworth nach, Moment ... er grub nach einem Bleistiftstummel. —Auf der Flucht vor dem Bettel des exquisiten Geschmacks verschlug es Frank Woolworth nach Lancaster, Pennsylvania, wo sein Bestes gerade gut genug war. Dort etablierte er sich sehr erfolgreich mit einem Sortiment von Waren, die selten mehr als zehn Cent kosteten, wodurch er aber der jungen Demokratie seinen ganz persönlichen Stempel des Fortschritts aufdrückte, eines Fortschritts nämlich, der bereits für einen Nickel zu haben war, nicht bedenkend, daß schon Aristoteles in einer Notiz für eine seiner Vorlesungen die Demokratie als verlorene Illusion abgeschrieben hatte, da sie auf der Vorstellung beruhte, der Gleichheit im Einzelnen folge automatisch die Gleichheit im Ganzen nach, klingt doch ganz gut, überhaupt nicht kompliziert. Einmal geweckt vom Klang der Dampfpfeife, verschlangen die Ansprüche der Demokratie die technischen, Moment mal. Erweckt vom Klang der Dampfpfeife, nahm die Demokratie das Versprechen der Technik für sich in Anspruch, selbst dem unvermeidlichen, naturbedingten physischen Zerfall ein für allemal ein Ende zu setzen, was die Malerei ja bis heute vergebens versucht. So schickte sich Amerika also an, jenen toten Philosophen Lügen zu strafen, der behauptet hatte, die permanente Suche nach dem Nützlichen sei eines freien, hochgestimmten Geistes unwürdig. Bereits in den neunziger Jahren suchten die Künste Zuflucht im Hull House, hergerichtet als, bereits in den neunziger Jahren suchten die Künste im Hull House Zuflucht, empfahlen sich dort als Heilmittel für mancherlei Beschwerden, derweil die Straßen widerhallten von Jack Londons lautstarker Entdeckung des Spencerschen Naturgesetzes: Her mit den Tatsachen! Den unwiderlegbaren Tatsachen! Die Übermacht der Tatsachen, plötzlich literaturfähig geworden, beschäftigten sowohl Maggie, das Straßenkind, als auch John Dewey auf seiner Suche nach direkter Anschauung und unmittelbarer Erfahrung der, Moment. Die Übermacht der Tatsachen, nein. Plötzlich literaturfähig geworden, war die ... der Bleistiftstummel zog Linien,

ein Pfeil umging einen Tomatenfleck, —wenn ich das vor zehn Jahren veröffentlicht hätte, wärs vielleicht noch, ach, Scheiße, ich muß es sowieso noch mal abtippen, wo hab ich denn die Zigaretten hingelegt... er wühlte. —Her mit den Tatsachen, das klingt so, als hätte Spencer das wirklich so gesagt. Lautstarke Entdeckung des Spencerschen Naturgesetzes, großer Gott, wer wirklich glaubt, Spencer würde sich so ausdrücken, für den ist das Ganze sowieso nichts. Also... Rauch stieg auf. —Plötzlich literaturfähig geworden, beschäftigten die, nein. Einmal zur offiziellen Literatur gehörig, oder, als offizielle Literatur beschäftigten sie alsbald, das Problem ist, die eigentlichen Probleme beginnen bereits in der Sprache, beschäftigen ist zwar beidesmal ein transitives Verb, aber einmal im Sinne von, oder verschworen sich, nein... Rauch stieg auf, die Zigarette fiel schließlich in die Enchiladas, sein Kopf sank zurück. —Die Übermacht...
Der Rauch trieb durch Lichtbahnen, die durch die schiefe Jalousie brachen, stieg empor an 24/0,5 kg H-O und Raucht nicht, Riecht nicht, Brennt nicht an, strich über die Hochebene aus gebundenen Jahrgängen des Musical Courier, kletterte weiter auf KEIN PFAND KEINE RÜCKNAHME und zerstob am Halbrund der Uhr, wo der große Zeiger den kleinen verfolgte, bis er ihn überholt hatte und kurz darauf in der Versenkung verschwand. Abrupt richtete er sich auf, —Scheiße, wie soll ein Mensch hier arbeiten... und war bereits an 36 Schachteln 200 2-lagig vorbei, —hallo...? Nicht da, nein, Mister Bast ist heute morgen abgereist, wer... Mister Grynszpan? Auch nicht hier, nein, wer ist... aha. Ach, tatsächlich...? Und sie haben gesagt, sie hätten mit einem Mister Grynszpan gesprochen... ich selber hab nämlich kein einziges Wort davon verstanden, weil, offen gestanden, Mister Piscator, sie haben, ähm... Nein, nein, Französisch, ja, ich hab selbst mit ihnen gesprochen, ich... wer, ich? Grynszpan, ja, das hab ich nur so gesagt, weil ich hier zu arbeiten habe, wollte natürlich keine Verwirr... nein, ich wollte Mister Bast nur einen Gefallen tun, deswegen hab ich den Anruf angenommen... Radium? Nein, sie... ach so, nein, von Rhodium ist mir nichts bekannt, das Ganze bezog sich offenbar auf einen Katalog für X-ray-Equipment, also Röntgengeräte, ja, ein rot-grüner Katalog, sie wollen alles kaufen, was... Ray X, ja, so wars, ein rot-grü... alles veraltete Geräte. Haben nicht mal nachgefragt, schien ihnen auch egal zu sein, nein, ich glaube auch nicht, daß sie die technischen Angaben verstanden haben, schien mir so, als hätten sie nur den Preis lesen können, einzige Bedingung,

sofortige ... Rabatt? Nein, nicht daß ich wüßte, wohl aber, daß wir umgehend ... aus dem Katalog, ja, alles was drin stand, praktisch den gesamten Bestand, aber sie wollen es eben sofort und wollten deswegen wissen, wo sie sich ... ab Lager, ja, und wo? Gut, ja, das werd ich ihnen ausrichten, Wiedersehen ... keine Ursache, gut, ja ... was? Nein, nein, Mister Bast hat zwar erwähnt, daß dieser Leva möglicherweise anruft, aber Genaueres weiß ich auch nicht, ist heute morgen völlig überstürzt abgereist und ... Ja also, ich hab zu tun, ich kann nicht ... tut mir leid, ja, aber ich kann mich damit nicht ... wer B. F. Leva? Die mieseste Filmproduktion weit und ... verlieren wieviel ...? Wollen Sie damit sagen, daß Ihre Firma nach Abschreibungsmöglichkeiten in der Größenordnung von ... wer, Bast? Nein, mir hat er nichts davon gesagt, daß diese Textilfabrik dummerweise wieder in die Gewinnzone ... Moment mal, hören Sie, Mister Piscator, wir können das jetzt nicht weiter vertiefen, ich habe hier zu arbeiten und ... ja, ich ... Gut, also alle fünf Studios, wie hoch ist denn der Bilanz ... was? Allein an Betriebskosten ...? Also gut, hören Sie zu, übernehmen Sie den ganzen Laden, aber sehen Sie zu, daß Sie von den zweieinhalb Millionen Cash für den laufenden Betrieb runterkommen, am besten, indem Sie die vier kleineren Studios ganz loswerden, meinetwegen auch unter Buchwert, egal, angenommen, Sie verkaufen den Laden für zweikommaeins Millionen, das bringt Sie wieder satt in die Verlustzone, Steuerersparnis insgesamt schätzungsweise so um die vierzig Millionen, aber behalten Sie das große Studio, das Tempo, mit dem dieser Leva das Geld zum Fenster hinauswirft, beschert Ihnen ... dürfte problematisch sein, die Aktionärsliste einzusehen, beziffern Sie den Buchwert auf hundertachtundsechzig pro Aktie, aber der Scheißpunkt ist natürlich der, wie aktiv die ist, wahrscheinlich registrieren die Aktionäre die Verluste und rühren sich nicht ... Aber verlassen kann man sich natürlich darauf nicht, hören Sie, ich kenn mich in der Sache nicht so recht und sollte mich da auch gar nicht so einmi ... kann ich nicht, nein, ich sag Ihnen doch, daß ich hier mit was anderem beschäftigt bin ... bin Mister Bast gerne behilflich, aber davon hat er nichts gesagt ... Das hat er auch nicht erwähnt, nein, er ... nein, hören Sie, ich ... davon hat er mir auch nichts gesagt, Scheiße, hören Sie, Mister Piscator, ich würde Ihnen ja gerne helfen, aber ich hab hier noch was anderes zu tun, und das ist ... Nein, ich weiß noch nicht, wann ich damit fertig bin! Lassen Sie mich jetzt bitte ... Keine Ursache, ja, auf Wieder ... mach ich, ja, Wiedersehen.

Er murmelte etwas vor sich hin, grub eine Zigarette aus und steckte sie an, bevor er sich wieder aufs Sofa setzte, —vierzig Millionen Abschreibungssumme, großer Gott, und ich dachte, der komponiert hier Musik, was zum Teufel geht hier vor, wo war ich stehengeblieben... er griff nach der Aktenmappe und stellte die Enchiladadose auf Moody's, —hier soll ein Mensch arbeiten können, am besten ich laß das Scheißding einfach klingeln, getröstet lediglich durch den Umstand, daß auch Madame Bernhardt sich auf diesem Ausflug hatte fotografieren lassen, und zwar in einem gelben Regenmantel, der so unvorteilhaft aussah wie sein eigener, gleichwohl kannte Wilde kein Land, wo Maschinen so schön waren wie in Amerika. Daß Kraft und Schönheit denselben ästhetischen Gesetzen unterliegen, war für mich nie ein abwegiger Gedanke gewesen. Allerdings hatte ich ihn noch nie verwirklicht gesehen. Dieser Wunsch erfüllte sich, als ich amerikanische Maschinen betrachten durfte. Erst, als ich die Wasserwerke von Chicago sah, gingen mir die Wunder der Maschinenwelt auf. Das Auf und Ab der Pleuelstangen, die symmetrische Bewegung großer Räder bilden das schönste rhythmische Phänomen, das ich je gesehen habe. Mit zunehmender Verbreitung verdrängte Wildes ästhetische Erfahrung den Gleichheitsanspruch des Menschen zugunsten absoluter persönlicher Freiheit, zumal vor der symmetrischen Aktion jener mächtigen Räder, nein, Moment, mit zunehmender Verbreitung dieser, auch nicht. Auch auf weniger ästhetischer Ebene schlug sich Wildes Erfahrung in verbreiteter Form, Scheiße, nein, auch auf weniger verbreiteter Ebene, Moment, nur die Ruhe. Auch unter weniger ästhetischem Gesichtspunkt waren die symmetrischen Bewegungen, waren Bewegungen, nein, nein, andererseits. Andererseits war die symmetrische Aktion... er schnippte Asche in die Enchiladas, klopfte auf Thomas' Herstellerverzeichnis mit einem Fuß gegen den anderen. —Verdrängte den Gleichheitsanspruch zugunsten absoluter persönlicher Freiheit und die symmetrische Aktion der, symmetrische Aktion der, Scheiße, symmetrische Aktion... er klopfte mit einem Fuß gegen den anderen, —wo zum Teufel kommt die denn her...? Und er ergriff die Gitarre am Hals, zupfte, nahm sie in den Arm und schlug einen Akkord an, —ist garantiert nicht seine, das Scheißding ist ja völlig verstimmt... er beugte sich über sie, probierte jede Saite aus, drehte an den Wirbeln, —der Besitzer muß ja taubstumm sein... er zupfte, versuchte Akkorde, stimmte eine Saite tiefer, eine andere höher, schlug eine Saite an, einen Akkord, einen Takt, —das Granados-Ding, wie ging das noch mal... er fing wieder

von vorne an. Noch einmal. Hinter KEIN PFAND tauchte der große Zeiger auf, überholte den kleinen, doch der Sekundenzeiger überholte sie beide und versank hinter KEINE RÜCKNAHME, erschien erneut und verschwand, —jetzt hätte ich's fast gehabt, Scheiße, hier soll ein Mensch arbeiten können...
Er ging an 200 2-lagig vorbei, setzte einen Fuß auf eine Kiste und griff zum Hörer, —hallo...? Nein, Moment, hier spricht nicht... Moment, hier spricht nicht... Hören Sie, ich bin nicht Mister Bast, er ist gar nicht da, er... Lunch? Aber es ist... wirklich schade, aber... Also hören Sie mal, es ist doch nicht seine Schuld, wenn Sie sich Pouilly Fuissé und Lachscreme haben kommen lassen, bevor Sie angerufen haben, er ist nicht mal... daß Sie jetzt einen Flügel in Ihrer Suite haben, na prima, ich werds ihm ausrichten, gut... was? Nein, das ist... ja, das ist sehr nett von Ihnen, aber... nein, ich bin schon zum Lunch verabredet, bin gerade auf dem Sprung, auf Wieder... Mach ich, ja, au voir... vorsichtig kletterte er wieder nach unten, —na, der führt ja hier vielleicht 'n Luxusleben... und hob eine rote Tasse auf, spülte sie unter der Fontäne in der Wanne, füllte sie an der Spüle, warf einen Teebeutel hinein, setzte sie auf Moody's ab und suchte nach einer Zigarette, —muß hier wenigstens mal durch einen einfachen Satz durch, bevor wieder jemand, wo zum Teufel war ich denn? Wenn ich das vor zehn Jahren veröffentlicht hätte, wär es wirklich ein, hier, enttäuscht von den Ni, mit zunehmender Verbreitung, ja. Mit zunehmender Verbreitung verdrängte diese ästhetische Erfahrung, nein, stop, was hab ich da, andererseits, ja. Die direkte Anschauung und unmittelbare Erfahrung der maschinellen Wunderwelt verdrängten den menschlichen Gleichheitsanspruch zugunsten absoluter persönlicher Freiheit, zumal vor der symmetrischen Aktion jener mächtigen Räder alle individuellen Unterschiede verblaßten, bis, Herr im Himmel, Scheiße noch mal. Auf einer eher prosaischen... Aber auch auf einer eher prosaischen Ebene führte der alltägliche enge Umgang mit den Wundern der, Scheiße, verdammte Scheiße...! Er griff nach der Tasse, Tee schwappte auf Moody's, —muß mal was essen, hab überhaupt keine Energie, wo sind denn die Zigaretten schon wieder? Also. Auf der eher prosaischen Ebene führte die synep, symmetri, die symmetrische Aktion... sein Kopf sank zurück, sein Blick wanderte über Kosmetiktücher 2-lagig Gelb durch Streifen von Sonnenlicht, die von der Jalousie her in den Raum drangen, und fiel schließlich auf den Baldung, der daneben an der Wand lehnte, —die symmetrische Aktion... und die

Zigarette, die kalt zwischen seinen Lippen hing, fiel schließlich auf den Boden.
   —Mundwasser mit dem einzigartigen Continen ...

—Wa ...? Er schreckte hoch, hielt sich geblendet von der Sonne, die Hand vors Gesicht.
   —Machen Sie mehr aus Ihrem Typ. Gönnen Sie Ihrem Mund mal ...

—Mach doch selber mehr aus deinem Typ, du Arschloch, ich dachte, das Scheißding funktioniert nicht mehr ... Er stand auf, —war da nicht, ist da jemand an der Tür ...? Er ging an der rauschenden Badewanne vorbei, —hier hat man ja keinen Augenblick Ruhe, wie soll ein Mensch hier arbeiten, ja?
—Mister Bass ...?
—Kleinen Moment mal ... er öffnete, —gütiger Himmel! Er starrte in ein tiefausgeschnittenes Décolleté, —er ist, er ist nicht da, was ...
—Erebus Production at bestellt eine kleine Fick für ihm und ier bin isch.
—Oh, ach so, verstehe, tja ...
—Er ist nicht ier, Mister Bast?
—Nein, nein, im Augenblick nicht, aber er muß bald ...
—Isch abe wischtige Termin, Sie verstähn? Wann is er ier?
—Weiß ich auch nicht, aber warten sie mal, warten Sie, ich hab Sie doch schon mal irgendwo gesehen, ja, in einer Schublade, ich hab Sie schon mal in der Hemdenschublade von einem Mann ...
—Sie sein verrücktä, isch geh nicht in Emd von Mann oder Öschen von Mann, goodbye ...
—Klar, da hatten Sie auch 'n Schnurrbart, ja, als ich Sie das erstemal gesehen hab, hatten Sie 'n Schnurrbart ...
—Sie sein sär verrücktä, goodbye ...
Er grub eine Zigarette aus, zündete sie an und schloß die Tür, —ganz und gar nicht verrücktä, Gott, das glaubt mir kein Mensch ... und er war nicht einmal an der Wanne vorbei, —was ist denn jetzt schon wieder? Scheiße noch mal ... er setzte einen Fuß auf die Kiste, —hallo ...? Moment mal, wer ist ... ah, oui, oui, c'est fait, tout ... l'inventaire complet, oui, même que dans le catalogue c'est ab Auslieferungslager, Scheiße, was heißt Auslieferungslager? Déposée, oui, déposée au port de Houston ... non, non comme owston, en Texas ... comment? Nein, non, c'est un état, Texas ... Oui, tout reste, ähm, préparé ... Argent,

oui, on peut payer là ... là, oui, en Texas, même si vous ... hören Sie, écoutez, Scheiße, wenn Sie das Geld haben, der ganze Kram steht da fertig zum Abholen, tout préparé, oui ... keine Ursache, ja, pas de quoi, monsieur, was zum Teufel geht da eigentlich vor? Hab noch nie jemanden erlebt, der sich wegen so ner Sache derart aufregt...

—sprechen Sie noch heute mit der größten Sparkasse in ganz ...

—Scheiße, sieht ganz so aus, als wär ich hier die Antenne ... er bückte sich, zerrte 24/0,5 kg H-O aus der Halde, wobei allerdings auch eine Plastikbox ihren Halt verlor und klirrend wie berstendes Glas zu Boden ging, —was zum Teufel ist das denn schon wieder ... auf allen Vieren hob er sie auf, hielt eins gegen das Licht, dann ein weiteres, —wer zum Teufel hat denn diese Zebras fotografiert? Ach, Scheiße, ich muß mich an die Arbeit machen ... Er griff nach der Aktenmappe und hockte sich auf H-O. —Muß doch mal durch einen einfachen Satz durchkommen, wenigstens einen. Mit zunehmender Verbreitung, nein, wie hatte ich das noch? Aber auch auf eher prosaischer Ebene verdrängte die symmetrische Aktion, verdammt noch mal, der Satz war doch okay. Mit zunehmender Verbreitung verdrängte den Gleichheitsanspruch, okay, was zum Teufel stimmt da denn nicht? Zumal alle indualen, ihre individuellen, habs eh nicht geschrieben, damit man's laut vorliest, ihre individuellen Unterschiede verblaßten, bereits im Todesjahr von Horatio Alger war die Hand an der Maschine immer häufiger eine Kinderhand, und es wimmelte allenthalben von Ragged Dicks, Tassled Toms und wie die kleinen Helden alle hießen, eins und, eins und? Muß wohl von heißen, eins von sieben Kindern zwischen zehn und fünfzehn Jahren verrichtete Lohnarbeit, ein Heer, dreimal so groß wie die US-Armee und für das Verbesserungen wie der Cartwright-Webstuhl und Fortschritte im Arbeitsablauf in den Konservenfabriken wie in der Glas, Mist, jetzt habe ich zweimal wie. Alle individuellen Unterschiede verblaßten, bereits in, besser Unterschiede verwischten. Zumal individuelle Unterschiede verwischten, bis die Hand an der Maschine immer häufiger eine Kinderhand, ja, genau, Cartwrights mechanischer Webstuhl, Fortschritte in den Konservenfabriken wie in der Glasindustrie verlangten als Gegenleistung geradezu den Glauben an eine allgemeine Chancengleichheit und produzierten in der Folge einen zwanghaften Erfolgsmythos, so schwülstig und repetitiv wie das Werk des Vielschreibers Alger, hier wuchs eine Generation heran, der man die tröstliche Botschaft eingeimpft hatte, daß Tugend stets

mit Reichtum und Ansehen belohnt wurde, soweit stimmt doch alles, ein Jahrhundert, das von einem seiner Überlebenden, Reverend Newell Dwight Millis, als eines der faszinierendsten Kapitel in der Geschichte des menschlichen Fortschritts bezeichnet wurde. Wie zum Teufel bin ich bloß auf Reverend Newell Dwight Millis gekommen, Herrgott, wenn ich erst mal anfange, meine Quellen alle zu überprüfen, dann werd ich nie, muß mal meine Notizen suchen. Erstmalig dienten Politik, Technik, Kunst, Industrie und Religion nicht mehr nur ausschließlich der Oberschicht, sondern dem ganzen Volk. Millionen, die sich mit auf den Weg in eine bessere Zukunft machten, was zum Teufel ist daran so verkehrt? Ist auch nicht besonders schwer zu begreifen, trotzdem, vielen ist selbst das noch zu schwierig. Also. Und während Millionen den vor ihnen liegenden Weg etwa so differenziert wie, nein, etwa so differenziert zu erkennen vermochten wie Mark Twain sie, nämlich durch ein Glasauge und entsprechend düster, der Einäugige unter lauter ... Einäugigen, nein. Und indem diese Millionen, indem diese Millionen ... er beugte sich vor und hob ein Dia auf, —Scheiße, hab noch nie so viele Zebras gesehen ... er hob noch eins auf, noch eins, schob schließlich den ganzen Haufen zu sich heran und lehnte sich gegen Raucht nicht, Riecht nicht, Brennt nicht an und hielt eins nach dem anderen gegen das schwindende Licht, —die Antilope sieht wie ne Riesenantilope aus, wo zum Teufel kommen die bloß her ...?
Der große Zeiger trieb den kleinen vor sich her in Richtung KEINE RÜCKNAHME. —O Gott! Er beugte sich vor, —wo war ich stehengeblieben? Und während Millionen, ja, und während Millionen den vor ihnen liegenden Weg dem einäugigen Mann entgegen, diese Einäugigen, nein. Und während Millionen, wo ist der Bleistift? Die rechnen offenbar mit dreißig bis vierzig Millionen Reingewinn in den nächsten drei, vier Jahren ... Zahlen erschienen auf dem Rand des Blatts, —aber bevor ich nicht weiß, wie viele Anteile insgesamt ausgegeben wurden, kann ich ohnehin nicht viel machen ... er klopfte mit dem Fuß vor sich hin, stand plötzlich auf, fand unter KER die Nummer, die er suchte, und wählte. —Hallo? Ich möchte Mister Pis ... ja, hier spricht Gryn, Piscator? Hören Sie mal, ich hab da gerade ne Idee wegen Ereb ... ob wer hier ist? Wessen Chef? Ihr Chef? Hier? Nein, ich weiß nicht mal ... welche Presseerklärungen? Nein, ich weiß nicht mal ... Nein, ich hab Ihnen doch heute morgen schon gesagt, daß Mister Bast nichts von irgendwelchen Leasingverträgen erwähnt hat ... Hören Sie, ich weiß auch nichts von diesem Unterausschuß, nur der Lagerbestand

von Ray-X, was auch immer das sein mag, das Zeug wird heute abend da unten abgeholt und gleich bar bezahlt ... davon weiß ich auch nichts, hören Sie, ich rufe nur wegen dieser Ereb ... Gemeinschaftsklage, nein, das hat er auch nicht erwähnt, ich rufe nur an, weil, ich hab da eine Idee mit Erebus, falls Sie mal einen Augenblick zuhör ... Leva, nein, Leva hat nicht angerufen, hat aber vor einiger Zeit ne Karte zum Muttertag geschickt und ... Völlig egal, ja, ja, vergessen wir's halt, entschuldigen Sie die Störung ... Also gut, können Sie dann vielleicht mal einen Augenblick zuhören? Wissen Sie, wie viele Standardaktien von Erebus überhaupt emittiert wurden ... Nein, aber ... der Buchwert der Aktie liegt bei eins achtundsechzig, ja, aber ... Hören Sie, bevor wir hier viel Zeit damit verlieren, die Aktionärsliste durchzugehen, veröffentlichen Sie einfach 'n Angebot so um fünfundachtzig bis neunzig pro Anteil, sollen mal sehen, das wirkt, solche Gerüchte über bevorstehende Kursverluste verbreiten sich normalerweise in Windeseile, und Ihre Kleinaktionäre sind dann derart verängstigt, daß sie Ihnen die Bude einrennen und Ihnen die Aktien in den Schoß schmeißen, am Ende liegen Sie wahrscheinlich bei fünfzig oder sechzig, bevor ... wer, Leva? Wieso sollte er? Er hat doch immer noch das große Studio, oder nicht? Kann dort weiter seine beschissenen Filme drehen und beschert Ihnen auch in Zukunft sichere Verluste ... Keine Ursache, ja, auf ... Crawley? Nein, ein Crawley hat nicht angerufen, Wiedersehen, ich ... Hören Sie, ich bin Ihnen ja gern behilflich, aber ... Nein, ich ... nein ... das weiß ich nicht, nein, jetzt ... Nein, hören Sie, ich ... hören Sie, ich hab Ihnen doch eben gesagt, daß ich weder von diesen Krediten weiß noch von all diesen Gerüchten um eine mögliche Einbeziehung in einen Voting-trust oder was auch immer, Mister Piscator, ich arbeite hier an etwas extrem Wichtigen und ... was? Gut, ich hinterlasse Mister Bast eine Nachricht, aber machen Sie's kurz, was ... ja, eine Ladung Pullover per Luftfracht zurück aus Hongkong, okay, was ... Was? Überladen ...? Wenn der Pilot bereit ist, trotzdem zu fliegen, ist es doch scheißegal, ob das Flugzeug über ... ach so. Die Versicherungsprämie wäre dann höher als Ihr Gewinn, das werd ich ihm sagen, wenn ich ... nein, ich ... nein, ich hab Ihnen doch gesagt, daß ich ... und was ...? Nein, ich weiß nicht, wann er ... Nein, Moment, mal, hören Sie, hören Sie zu. Das könnte uns nämlich ne Menge Ärger ersparen, hören Sie, es muß doch in der Fabrik in Hongkong irgendein Mädchen aufzutreiben sein, das gern mal umsonst nach New York fliegt, drücken Sie ihr 'n paar Dollar

in die Hand, was bringen die Pullover denn im Endverkauf ... Na schön, dann versichern Sie eben das Mädchen für eine Viertelmillion und setzen die Firma als Begünstigten ein, und falls dann das Flugzeug abstürzt, sind Sie ... gut, ja nichts zu ... keine Ursache, ja gut ... ja, Wiedersehen! Herrgott, wenn man dem den kleinen Finger gibt, nimmt er gleich, was zum Teufel wollte ich hier eigentlich? Wörterbuch...
Filmdosen krachten zu Boden, als er beim Aufstieg auf die Halde mit dem Fuß gegen 24-0,5 Liter Mazola stieß, —muß wahrscheinlich jeden einzelnen Scheißkarton durchwühlen ... aber er kam lediglich bis ¡uǝqo ɹǝiH Und mit dem ersten Buch daraus setzte er sich vorsichtig hin, las sich fest und las es weiter, gelassenes Blättern, regungslos ansonsten, bis er nach der über ihm hängenden Glühbirne griff. Ab und zu wühlte er in seiner Tasche nach einer Zigarette und benutzte den Deckel einer Filmdose als Aschbecher, ansonsten nur gelassenes Blättern, bis er plötzlich aufsprang, auf Seite 149 eine leere Zigarettenpackung einlegte und die schwarzen Buchdeckel zuklappte, —den hätte ich nicht anrufen sollen, Herrgott, ich sag ihm einfach, Grynszpan hat Zyankali geschluckt ... er langte über QUICK QUAKER hinweg, —hallo ...? Der was ...? Das war John Adams, ja, was zum ... was ...? Hören Sie, ich ... hören Sie, Scheiße, ich will keine kostenlose Tanzstunde, nein, Wiedersehen!
Der Sekundenzeiger stieg auf hinter KEIN PFAND, strich über das leere Halbrund und versank hinter KEINE RÜCKNAHME, —den ganzen Scheißtag vertan ... er setzte sich wieder auf H-O, griff nach der blauen Aktenmappe, —keine Zigaretten mehr, kann doch nicht wahr sein ... er stand wieder auf und durchsuchte seine Taschen, —sollte was essen gehen, wahrscheinlich kann ich nachts sowieso besser arbeiten, dauernd wird man gestört, außerdem ist sie sowieso noch nicht wieder zurück, lieber Himmel! Er war wieder bei QUICK QUAKER, griff zum Hörer und wählte, —Tom? Ja, hör zu, ich ... Sechsundneunzigste Straße, ja, hör zu, mir ist gerade eingefallen, daß es hier ja auch ein Telefon gibt, ja, richtig, und ich hab ihr doch deine Nummer gegeben, also, wenn sie anruft, kannst du ihr ... Nein, ich weiß, daß sie noch nicht zurück sein kann, aber ... was denn, du wußtest, daß Bast sich hier ein Telefon hat anschließen lassen ...? Nein, Moment, hör mal, in dem Fall laß doch einfach alle deine Anrufe auf diesen Anschluß weiterleiten, wenn da was schiefgeht, wär das wirklich ... Hab noch nicht mal was gegessen, hab den

ganzen Tag nur gearbeitet, ja, komm aber kaum durch einen einzigen Satz durch, erst Leute an der Tür, dann permanent das Telefon, der kriegt Anrufe von überall ... nein, bin ihm nur ein bißchen behilflich, er scheint ungefähr zwanzig Teilzeitjobs zu machen, ist hier heute morgen mit nem Haufen Notenblätter und nem Indianerkopfschmuck aufgebrochen, weiß Gott, da darf man gar nicht dran denken, ich ... Ja gut, kann dir gleich was daraus vorlesen, wenn du ... was? Oh, oh, also, nein, noch nicht ganz, eigentlich schreibe ich noch nicht, jedenfalls nicht direkt, ich kann die Scheiß-Schreibmaschine nicht finden, dachte, wir hätten die von Schramm hier, aber ... überarbeite den ersten Teil, ja, kann dir sofort was vorlesen, wenn du ... ja, ich weiß, Tom, aber ... ich weiß, wie oft du das gemacht hast, aber ich hab da einige Änderungen vorgenommen und dachte, daß du vielleicht ... ich weiß, daß ich das gesagt habe, aber ... hör mal, das weiß ich ja, aber, Scheiße, ohne meine Notizen geht das nicht, hier liegt soviel Zeug rum, daß die Wohnung inzwischen aussieht wie Kafkas ... was? Die letzte Ladung von dir? Ist noch nicht da, nein, dachte, daß wir die lieber in Schramms Wohnung packen, hier ist nicht mal mehr Platz für ein ... nein, nur kurz raus, um was zu essen, fühl mich auch nicht so besonders toll, ich ... wirklich? Welcher Zahn ist es denn ...? Scheint mir eher, als ob da ein Nerv abstirbt, aber da machst du nichts dran ... kenn ich, ja, da kann man sich auf gar nichts mehr konzentrie ... kenn ich, ja, da kann man überhaupt nichts ... kenn ich, ja, hör mal, ich muß jetzt auflegen und bin mal eben weg und hol mir was zu ... Wer hat das gesagt? Dein Anwalt oder ihrer ...? Daß du auch ihre Anwaltskosten zahlen mußt, ist ein Teil des ganzen Scheißsystems, da kann man nichts ... nein, ich weiß, daß sie es war, die sich scheiden lassen wollte ... ich weiß, daß er auch dein Sohn ist, aber ... von jetzt an bist du mitverantwortlich, ohne etwas entscheiden zu können, das ist so, als ob du in nem Scheiß-Bollerwagen sitzt und bei Nacht den Hügel runterrollst, ab dafür, du, ich muß Schluß machen, Tom, ich ... wer? Also, was zum Teufel dachtest du denn, was er ... du weißt doch, was für ein alberner Wichser der deutsche Verleger ist, was hast du erwartet? Hör mal, ich muß jetzt mal was essen, hab den ganzen Tag hier gearbeitet, hab noch nichts gegessen, wahrscheinlich kann ich nachts sowieso besser arbeiten, und, Moment noch, hör mal, wenn sie anruft ... ja, aber doch nur für den Fall, daß, wenn das schiefgeht, also, ich würd mir glatt ... kenn ich, ja, hör mal, ich kenn da nen guten Zahnwurzelspezialisten, wenn du einen brauchst, sag ... zwei bis

dreihundert, kommt auf den Zahn an, sag Bescheid, wenn du ... ja, das kenn ich, will dich nicht länger aufhalten, Wiedersehen ...
Als er die Tür aufmachte, kam ihm von draußen ein Berg von Post entgegen, den er jedoch gleich mit dem Fuß in den Flur weiterbeförderte, die Nachzügler nur noch gekickt. Dann schloß er die Tür vor den tosenden Wassern, die sich draußen auf dem Flur bestenfalls noch gedämpft bemerkbar machten, hin und wieder zerrissen vom Gellen des Telefons, bis sich die Tür, krängend und zitternd, erneut auftat, auch offen stehenblieb hinter dem müden Geschlapp der Sandalen, vorbei an der Wanne und 200 2-lagig bis hin zum schlappen Postsack, ausgekippt und leergeschüttelt über dem Sofa, wo endlich Ruhe einkehrte, Ruhe bis auf

—augenblickliche Schmerzlinderung durch die abschwellende Wirkung auf die ...

Das Gellen des Telefons vereinte sie alle, 24-0,5 Liter Mazola ebenso wie KEIN PFAND KEINE RÜCKNAHME, Moody's, H-O, Musical Couriers, des weiteren die Lampenschirme, Papiertüten, Appletons', 500 Scherz-Rollen 1-lagig Weiß sowie jene kollabierte Erscheinung auf dem Sofa, und ließ sie schließlich allein mit

—Alsaka Development arbeitet Tag und Nacht, um der amerikanischen Familie auch morgen noch den vollen Anteil an den Energieressourcen der Welt zu sichern. Alsaka. Ein stolzes Mitglied der JR-Firmengruppe. Produkte. Dienstleistungen. Bessere Lebensbedingungen für jedermann. Unter Garantie. Bei JR liegen Sie immer richtig, JR, eben just rite. JR, die starke amerikanische Familie unter den Firmengruppen ...

Und aus dem Dunkel erklang das Geschlapp von Sandalen, der Postsack wanderte leer an 200 2-lagig vorbei aus der offenen Tür, ein müdes Gespenst, und in die Wanne rauschten fünfzehn Liter pro Minute, ins Waschbecken zehn.
—Ich dachte, ich hätte die Scheißtür zugemacht, Bast? Ist hier jemand? Wie war noch mal, Rhoda ...? Er schloß sie, stieg über die Post zum Sofa, wo er eine Papiertüte fallen ließ, —muß mich gleich wieder an die Arbeit machen, bevor ich, muß das hinkriegen, Herrgott, wenn ich das vor zehn Jahren veröffentlicht hätte, wär es, zum Teufel nochmal, was ist denn mit dem Licht ... er rüttelte an dem löchrigen Lampenschirm, wühlte in der Papiertüte nach Zigaretten, —also. Wo zum, wo war ich, Dreifuß des Hephaistos, nein, zurück zu, Millionen, hier, diese

Scheißmillionen hier. Und während Millionen den vor ihnen liegenden Weg etwa so differenziert zu erkennen vermochten wie Mark Twain sie, nämlich durch ein Glasauge und entsprechend düster, was, was zum Teufel, Scheiße noch mal... Er rüttelte an der Lampe, das Licht ging wieder an, —wie Mark Twain sie, nämlich durch ein Glasauge und entsprechend düster, so blickte doch das andere, das gesunde, ja, das ist es, das gesunde, das gesunde direkt in den Abgrund einer Hölle, wo zum Teufel ist der Bleistift, das gesunde, Scheiße. Hab wohl den Scheißstecker rausgezogen, als ich, also Herrgott noch mal! Man muß das Scheißding nur einmal scharf ansehen, und schon geht es wieder an, wo war ich, auf diese Weise werd ich mit keinem einzigen beschissenen Satz fertig, nicht mal mit einem einzigen Scheißwort... Der größere Zeiger überlappte den kleineren und das Halbrund des Zifferblatts versank erneut in der Dunkelheit, —hätte den ganzen verdammten Kram schon heute abend in Ordnung bringen können, aber das ist jetzt die erste ruhige nein, das darf doch nicht wahr sein, ist es wirklich schon Mitternacht... er zuckte hoch, —könnte, nein, vielleicht ist sie ja schon zurück...
Schnell war er bei QUICK QUAKER, —Ja, hallo? Für wen...? Bast, hören Sie, Scheiße, Mister Bast ist nicht da, was wollen Sie... was? Von Mister Bast? Ja, ich nehme das Gespräch an, ja, Vermittlung, von wo... Bast? Wo zum... hören Sie, ein Akron gibts weder in Ohio noch in Indiana, was zum Teufel machen Sie denn mitten in der Nacht in... Nein nein, das macht nichts, aber gut, daß Sie anrufen, ich war nämlich... was? Ja, ich höre zu, was...? Niemand namens Crawley, nein, aber ich hatte... Moment mal, Sie haben nicht gesagt, was...? Soll das Band direkt an ihn schicken, wenn es fertig ist, gut, aber was für ein Band...? Gut, ja, mach ich, aber sehen Sie zu, daß, hören Sie mal, ich hab mit diesem Pis... nein nein, Ihr Piscator, den hatte ich hier den ganzen Tag am Telefon, er sagt, daß der Kurs Ihrer Firma durch irgendwelche Großkredite unter Druck geraten, Kredite, die im Zusammenhang mit irgendwelchen Forschungsaufträgen an Ray-X bewilligt wurden, es gibt sogar Gerüchte, daß es... Das ist der Punkt, hören Sie, ich weiß davon nichts, aber heute morgen hat jemand angerufen, und dem hab ich praktisch den gesamten Lagerbestand verkauft... Nein, nicht ich, Grynszpan, ja, Grynszpan ist nur mal kurz vorbeigekommen und ist mir etwas zur Hand gegangen, hat gesagt, daß er den überalterten Lagerbestand vollständig verkauft hat, und zwar an die... aber das versuch ich Ihnen doch gerade zu erklären,

ich hab keine Ahnung, was das eigentlich ist, er sagte nur, eben das gesamte Lager, Piscator meint, daß das vielleicht den Druck auf Ray-X etwas mindert, ein Unterausschuß des Senats erstellt gerade eine Machbarkeitsanalyse und überprüft dabei auch die großzügige Kostenerstattung in diesen Verträgen, Piscator möchte, daß Ihr Boß so schnell wie möglich diesen Gerüchten entgegentritt, daß die Gläubiger seinen kompletten Aktienbesitz in einen Voting-trust überführen könnten, um sowohl ihre alten Kredite zu schützen als auch das frische Geld, das er da kürzlich ... Also, Scheiße, Bast, das weiß ich doch nicht, deshalb frage ich Sie ja, vielleicht ist ja auch der Erebus-Deal nur der verzweifelte Versuch, schnell noch eine Quelle für einen Verlustausgleich aufzutun, denn angeblich ist diese Textilfabrik dabei, ihren schönen Verlustvortrag zu verlieren, wenn sie die Produktion einstellt, will zwar die Stadt einspringen, um ein öffentliches Naherholungsgebiet mit Renn ... Eagle, richtig, offenbar denken die Anleger derzeit über gerichtliche Schritte gegen Ihren Boß nach, die Art und Weise, wie er seine Vorzugsaktien in Stammaktien umgewandelt hat, um die Kontrollmajorität zu erlangen, war schon, hören Sie, Bast, verraten Sie mir eins ... hat hier nicht angerufen, nein, Piscator sagt, daß er die Presse angerufen und denen Erklärungen zu den Öl- und Gasrechten vorgelesen hat, die Sie in irgendwelchen Indianerreservaten bean ... Also, Scheiße, Bast, ich aber auch nicht, ich dachte, Sie sitzen hier und komponieren Musik, können Sie mir mal erklären, was zum Teufel eigentlich ... wollen mir eines Tages alles erklären, na prima, aber wie zum Teufel soll ich denn inzwischen ... Scheiße, Bast, hören Sie, wie zum Teufel soll ich die Situation denn richtig einschätzen, wenn ich nicht mal weiß ... Ich bin Ihnen nicht böse, nein, Scheiße, hören Sie, das ist schon in Ordnung, aber können Sie mir nicht ... meine Arbeit? Bin schon den ganzen Tag dabei, ja, läuft gut, läuft bestens, ich ... Plastik was? Kann Sie kaum verstehen ... Moment mal, mittags auf wessen Beerdigung, Bast ...? Sie ist nicht da, nein, warten Sie, auf wessen ... Mach ich ja, aber, Scheiße, Moment, sie ... was? Moment mal, Moment, welcher Bus fährt gleich ab, Bast? Bast ...? Großer, Gott! Er kletterte nach unten, eine Filmdose folgte ihm, sprang auf dem Fußboden auf, und die Filmrolle entwickelte sich ungebremst, bis sie an H-O scheiterte, wo er sich einen Moment lang niederließ, —das muß doch zu schaffen sein, hätte heute nacht den ganzen ersten Teil überarbeiten können ... und er griff unter den löchrigen Lampenschirm, legte sich aufs Sofa, zog die Decke hoch und legte den Arm um seinen Kopf, als Schutz vor den tosenden Wassern im Hintergrund und dem unaufhörlichen Geriesel dicht neben ihm.

—darunter viele liebgewordene Erbstücke, die noch vor kurzem ...

Erstes Licht drang schließlich durch die Jalousie, aber so behutsam, als wolle es erst erkunden, was in diesem Raum seiner wartete, gewann dann, wie ermutigt, an Kraft, als klar war, daß sich dort nichts rührte außer dem Sekundenzeiger, der das Halbrund ganz für sich hatte, bis der große Zeiger hinter KEIN PFAND auferstand und nach etlichen Stockungen den kleinen mit sich zog.

—auch bei kleinen Einlagen brauchen Sie nicht auf Zinserträge zu verzichten, wir bieten Ihnen eine attraktive ...

Er stützte sich auf einen Ellenbogen —Wer zum, wer ist da?
—Hab hier ne Lieferung ...
—Moment, warten Sie mal ... er schüttelte die Decke ab, öffnete die Tür —Von hier in der Stadt? Na, dann rein damit, am besten hier auf den Deckel von der Badewanne.
—Mann, Sie machen mir Spaß. Wie denn?
—Wo ist das Problem, bringen Sie den Kram einfach rein und stapeln Sie ihn hier ... er ließ im Vorbeigehen den Deckel der Wanne herunterknallen, —im übrigen hab ich zu tun und kann mich jetzt nicht darum kümmern ...
—Dann sehen Sie mal aus dem Fenster.
—Was denn, doch nicht der ganze Lastzug? Der ist ja riesig, für wen soll das denn sein?
—Mister Bast, J R Corp., die ganze Scheißladung, hier ist der Lieferschein, Auftragsnummer drei fünf neun sieben ...
—Das ist doch absurd, hier, zeigen Sie mal, hören Sie, Sie können doch nicht hunderttausend Plastikblumen hier abladen, großer Gott, was ...
—Sag ich ja, also wohin damit?
—Ich will die nicht haben, hören Sie, bringen Sie die wieder dahin, wo sie hergekommen sind oder, Moment mal, fahren Sie einfach so lange um den Block, ich muß mal telefonieren ...
—Kommt aus Hongkong, ich hab ne Stunde gebraucht, um diesen Scheißsattelzug um den Scheißblock zu rangieren, was denken Sie sich eigentlich ...?

—Na bitte, prima, dann brauchen Sie eben zwei Stunden, um nochmal um den Block und zurück nach Hongkong zu rangieren, aber gehen Sie mir nicht auf die ... er ließ die Tür offen, offen und schief, bis er von der düsteren Nische im Korridor, wo die Hauptleitung lief, zurückkam und im Licht ein kleines Zettelchen aus Seidenpapier untersuchte, —die Geschäfte laufen sehr gut, wo zum Teufel kommt das denn her? Doch nicht von Bast? Muß wohl von Bast sein ... er ließ es zerknüllt zu Boden fallen, —Scheißmorgen schon zur Hälfte um, und ich hab noch nicht mal angefangen ...
Er stellte eine rote Tasse, in der ein Teebeutel schwamm, auf Moody's neben die andere rote Tasse, in der ein Teebeutel auf Grund gelaufen war, —heute gehe ich das Ganze durch, Gott, ich muß das fertigkriegen, noch so 'n Tag wie gestern, und ich, wo sind die Streichhölzer ...? Er zog die Enchilada-Dose zu sich heran. —Wo war ich stehengeblieben? Als John Dewey, Moment, Scheiße, also Scheiße, da fehlt ne ganze Seite ... Er trennte die beiden Seiten voneinander, —auf der Suche nach, Scheiße, überall klebt dieser verdammte Käse, nach direkter Anschauung aus und unmittelbarer Erfahrung mit der Natur, hier fehlt ja die Hälfte von dem Zitat, und ich habs nicht mal gemerkt, und unmittelbarer Erfahrung mit der Natur, nach der tatsächlichen Beschaffenheit der Dinge, ihrer Form- und Manipulierbarkeit sowie ihrer sozialen Bedeutung, was die Frage nach den Bedingungen für ihre Nutzanwendung mit einschließt, lieber Gott, komplizierter gings wohl nicht, und ich hab mitten in einem seiner Scheißschachtelsätze aufgehört und habs nicht mal gemerkt. So weit, so gut. Im Keller desselben Hauses in Cambridge, wo William James eine harmlose Abhandlung über Psychologie zur umfänglichen Theorie ausbaute, experimentierte E. L. Thorndike mit der Form- und Manipulierbarkeit von Tieren, die Ergebnisse, niedergelegt in seinem Buch Animal Intelligence, schufen die Grundlage für das moderne Prüfungssystem an öffentlichen Schulen, zwar bezogen sie sich, gewonnen nach direkter Anschauung aus der Natur, terminologisch eher auf intelligente Verhaltensmuster bei Hühnern, waren jedoch in der Sache unwiderlegbar, so daß das Messen und Vergleichen auch im Schulwesen Einzug hielt, was insofern nicht verwunderlich war, als doch F. W. Taylor in einem Stahlwerk in Bethlehem, Pennsylvania, sogar Zeit und Bewegung in ein System preßte, um genauso oberflächlich sortiert und erforscht zu werden wie die Groschenware auf Frank Woolworths expandierenden Ladentischen, allesamt Bestandteile der materiellen Welt, welcher Mary Baker

Eddy im Brustton tiefster Glaubensgewißheit zwar jegliche Materialität absprach, gleichzeitig aber den Beweis erbrachte, daß sich von der systematischen Erfassung und Organisation dieser nichtmateriellen Welt profitieren ließ, ein Gedanke, den der Werkzeugmaschinen-Trust für die Schuhindustrie später höchst erfolgreich zur Geschäftsphilosophie erhob, über das Schicksal des Werkzeugmaschinen-Trusts entschieden demnach zwei Dinge, Werkzeugmaschinen und Organisation. Enttäuscht von den Niagara, schließt doch wunderbar an, läßt sich auch gut laut lesen ...
Auf Thomas' Herstellerverzeichnis klopfte Fuß gegen Fuß, als er in seiner Hosentasche nach Streichhölzern grub, —die Stelle schließt so gut an, daß nicht mal ich gemerkt habe, daß da ne ganze Seite fehlt, ne ganze verdammte Scheißseite, aber es fällt nicht im mindesten auf, sollte sie vielleicht auch ganz rausnehmen, bringt ein bißchen Tempo in die, Herrgott ... er setzte die Füße auf den Boden, —wenn ich erst mal so anfange, bleibt bald nicht mehr übrig als der Scheißtitel, und ich kann alles nochmal schreiben ... Er beugte sich nach vorn und hob die Filmrolle auf. —Und zu guter Letzt setze ich statt des Titels nur einen einfachen Punkt aufs Papier, als Essenz des Ganzen unschlagbar und für intelligente Leser auch kein Problem ... an Armes Länge hielt er den Filmstreifen gegen das Licht, —unglaublich, diese deutschen Filme, könnte glatt meinen, die hätten den ganzen Krieg bloß für ihre Kriegsberichterstatter inszeniert ... und spulte einen weiteren Meter Film ab, und noch einen, Material, das dann schlängelnd zu Boden ging. —Huertgen Forest, wahrscheinlich von Schramm, wußte gar nicht, daß er, Scheiße, ich laß das Scheißding jetzt klingeln, sonst kommt man ja zu gar nichts ... er stand auf, —aber vielleicht ist es ja auch ...
Er schleifte den Film, der sich um seinen Fuß gewickelt hatte, hinter sich her, als er auf 24-0,33 l Flsch Zerbrechlich! kletterte, —hallo ...? Mister Bast, nein, er ist ... wer? Leva? Doch nicht etwa B. F. Leva ...? Er setzte sich. —Das ist aber ne Ehre, Mister Lev ... richtige Nummer, ja, Mister Leva, Mister Bast sagte, daß Sie wohl noch mal ... die Zeitung von heute hab ich noch nicht gelesen, nein, was Interessantes dabei ...? Erebus, ja, natürlich, Mister Leva, ganz Amerika kennt Ihre ... Anzeige, in der sechzig Dollar pro Aktie geboten werden? Wieso? Nein, ich dachte, ich hätte fünfundachtzig bis neunzig vorgeschlagen, Mister Leva, da muß wohl ein ... meine Idee, ja, ich bin hier eigentlich nur für jemanden eingesprungen, ich ... wie bitte?

Natürlich, ist mir ein Begriff, ganz Amerika kennt doch den Namen B. F. Leva, Mister Leva, was sag ich, die ganze Welt ... soll überhaupt kein Witz sein, Mister Leva, die ganze Sache ist ... Tut mir leid, daß Sie das so sehen, Mister Leva, wir dachten, Sie wären von der Idee begeistert, ganz Amerika kennt doch Ihren Ruf als billiger ... nein nein, ich meinte billige Ideen, Mister Leva, wollte Ihnen nicht unterstellen, daß ... wie bitte? Die Wanne ...? Ach, Sie haben auch ein Bildtelefon ...? Nein, nein, Sie haben mich hier nur zufällig am Drehort erwischt, Mister Leva, wir machen nämlich auch einen kleinen Film, und zwar über eine Flüchtlingsfamilie aus Estland, der Vater ist ein blinder Diamantenschleifer, und die Tochter hat soeben ... ach ja? Ja, ja, ich kann Ihr fettes Gesicht jetzt da oben sehen, hab mich immer schon gefragt, ob Sie Deutscher sind, Mister Leva? Ungar ...? Nein nein, das meinte ich nicht, nur ganz allgemein die primitive Blödheit, die Sie wie kein anderer ... Ich weiß nicht, warum Sie das sagen, Mister Leva, wir dachten wirklich, daß Ihnen das hilft, wir verlassen uns da voll auf Ihren ... Sechzig Dollar pro Anteil, ja, sehen Sie mal, Mister Leva, ich fürchte, Sie interpretieren das ganz falsch ... Vertrauen, ja, ein echter Vertrauensbeweis, Mister Leva, die Firma sucht nach einer soliden, zuverlässigen, langfristigen Verlustquelle und vertraut darauf, daß Sie stets die miesesten Bestseller auftreiben und dafür die höchsten Preise zahlen und auch weiterhin ein Heidengeld verbraten mit defizitären Flops von durchgehend geschmackloser Blödheit, kurzum, Sie sind ein echter Gewinn für die Firma, B. F., und ich meine das durchaus als Kompliment, von Ihrer Sorte gibt es heutzutage nicht mehr viele ... wie bitte? Dachte nicht, daß Sie das so auffassen, B. F., im Grunde gehts doch gar nicht darum, ob man gewinnt oder verliert, nein, dabeisein ist alles, stimmts? Ich dachte, Sie könnten ... Aber das sag ich doch die ganze Zeit, B. F., wir arbeiten mit unsauberen Tricks, macht Ihnen doch nichts aus, wenn ich Sie B. F. nenne? B. F., die Abkürzung steht für mich immer, oder in England, da heißt es bloody fucker ... nein, Blöder Fettsack, ich dachte, Sie wüßten ... wie bitte? Oh, Grynszpan, ja, g, r, y ... mit Ihnen hat tatsächlich noch nie jemand so gesprochen? Tja, einmal muß es ja ... für Sie arbeiten? Sehr freundlich von Ihnen, B. F., aber ... arbeite hier an einer Sache, die ich dringend ... ja, jederzeit, B. F., jederzeit ... Er kletterte nach unten und schüttelte sich den Film vom Fuß. —Der Tag läßt sich ja gut an, war da nicht jemand an der Tür? Ja bitte ...? Er machte die Tür auf, hörte aber nur noch das Geräusch von Schritten, die die dunkle Treppe

hinabgingen, und die Post lag ihm zu Füßen, —Scheißfeigling, komm zurück...!
Unten knallte die Tür zu, und er bückte sich und schaufelte die Post hinein. —Wind und Wetter hält die Post nicht auf, man müßte ne Bärenfalle haben... und schob sie zusammen, —ich sortier die mal, solange man sich hier überhaupt noch bewegen kann... und hinterließ eine Spur von Briefen, als er zum Sofa ging und alles auf die armlose Seite warf, —hier ist ja schon 'n ganzer Stapel, wo zum Teufel kommt das bloß alles her? Ace Handwäscherei, zweiundzwanzig West achtzig, warum zum Teufel stellen die das denn hier zu? Miss Olga Krupskaya, vierhundertdreizehn West, ich mach hier mal 'n Stapel für die West Side. G. Berst, richtige Anschrift, wer zum Teufel, Grynszpan, auf den Stapel für Grynszpan, Thomas Eigen, Autor von, lieber Gott, es gibt ja immer noch Mädchen, die ihren i-Punkt als Kringel machen, wenn sie ihm ein Nacktfoto schicken würde, wär er aber gleich da, zurück an Absender. Bodega de, West Side, ab dafür, Grynszpan, Connecticut State Highway Department, klingt gut, Mr. Edward Bast Esq., von Beaton, Broos und Black klingt ja wie die freundliche Bank aus irgend nem südamerikanischen Piratennest, Telefongesellschaft, Grynszpan, Britannica ist noch immer hinter ihm her, Bast, Henry Street Settlement, jemand der so scheißbillig ist, daß er das mit Bleistift durchstreicht und an ihn adressiert, nochmal die Telefongesellschaft, E. Gerst, neuer Stapel...
Der große Zeiger trieb den kleinen höher, senkte sich dann in Richtung KEINE RÜCKNAHME. —Señora, und ab auf den West-Side-Stapel, Thomas Eigen, Familiengericht, ich ruf ihn lieber an, so. Okay. Muß endlich mal was geschafft kriegen, wo war ich stehengeblieben? Millionen, ja. Und während Millionen, vor lauter Briefen weiß man gar nicht mehr, wo man sich hinsetzen soll, Millionen von Einäugigen, Einäugige, der einäugige Mann, Moment, Scheiße, letzte Nacht, als die Scheißlampe ausging, hatte ich's doch noch, einäugig, nein, dieser, dieser, also Scheiße! Er flüsterte in die Hände, die er vors Gesicht geschlagen hatte. —Warum zum Teufel mach ich das überhaupt so? Hätte zuerst die Scheißnotizen durcharbeiten müssen, damit muß ich anfangen, Herrgott, damit muß ich anfangen, muß die Scheißnotizen finden... Er setzte einen Fuß auf 24/0,5 kg H-O. —Tootsie Roll, kann mich genau an den Karton erinnern, Tootsie Roll Zwölf Handels... er zog sich hoch zu Raucht nicht, Riecht nicht, Brennt nicht an, —Herrgott, was für ein Chaos...

Briefe, Bindfäden, Schuhpoliertuch, Klebstoff, ein Vierteldollar mit dem Kopf der Freiheitsstatue, —Mann, der könnte was wert sein ... Feuerzeuge, Ansicht der Ghiralda, Schnappschüsse, —war die wirklich mal so klein ...? Noch nicht entwickelte Filmrollen, Zeitungsausschnitte, Schreibmaschinenseiten, die von einer rostigen Büroklammer zusammengehalten wurden, —How Rose Is Read, Gott, hab ganz vergessen, daß ich das mal angefangen hab, wenn ich das vor fünf Jahren veröffentlicht hätte, wär es ... er streckte sich dort oben aus und lehnte den Kopf gegen KEIN PFAND. —Rose, noch jung, doch kein Mädchen mehr, schön, aber nur für sich und sich dessen bewußt, kam entweder gar nicht oder so spät, daß ihr spätes Erscheinen tatsächlich den Eindruck erweckte, den sie selbst hervorrufen wollte. Wortlos saß sie dann da und musterte das Geschehen, als wäre sie nie woanders gewesen, und obwohl sie, vermutlich mit Blick auf die vielen, hartnäckigen jungen Verehrer, einmal sagte, sie begreife zwar die Motive dieser Leute, aber manchmal nicht ihre Worte, so fuhr sie anscheinend doch fort, einen jeden so ernst zu nehmen wie vielleicht nur der Betreffende selbst, so daß fast ohne ihr Zutun ein geradezu überlebensgroßes Bild ihres Gegenübers entstand, allerdings auch ein Koloß auf tönernen Füßen, der, sobald sie ihr Interesse von ihm abzog, umstürzte und in tausend Stücke zersprang, welche sie dann in aller Ruhe auf ihre empfindliche Beschaffenheit hin untersuchen konnte. Überall lagen solche Scherben herum. Man brauchte im Grunde nur ihren Namen zu erwähnen, dann sah man sie schon, als flüchtige Splitter in den Blicken der jungen Männer, die diesen Blick schnell niederschlugen, sobald sie erfuhren, wie oft sie, in kleinen Briefchen, schon die Worte gelesen hatte: Go lovely Rose, und in wie vielen verschiedenen Handschriften. Erst belagerten sie sie mit Blumen, dann flüchteten sie sich nach Hause zu ihren Büchern, als läge darin die Rettung. Elena aus Turgenevs Am Vorabend flog um zwei Uhr früh in die Ecke, während woanders noch fieberhaft geblättert wurde. Derweil trank sie ungerührt mit ein paar Freunden Tee, so daß dem einen nichts weiter übrigblieb, als wieder zu Bett zu gehen und sich allein darin herumzuwälzen, bis über einem anderen Teil der Stadt der Morgen graute, wo ein anderer junger Mann es durch eine Drehung am Radioknopf schließlich aufgab, ihrem Schatten quer durch Glucks Unterwelt auf die Nerven zu gehen und deshalb den Eintrag der vergangenen Nacht noch einmal las, eine Notiz in zittriger Hand: Hüte dich vor Frauen, die auf Knoten blasen, um im Anschluß daran eine volle Stunde zu benötigen für die Erkenntnis: Daß es vielleicht richtig war, mir deine Liebe nur vorzuspielen, aber warum hast du mich die Treppe hinuntergestoßen? Niemand von all diesen Leuten wollte begreifen, daß sie zur klassischen Romanheldin wenig Talent besaß, weil sie einfach zu menschlich dafür war und sich, wie der alte Auda, nach soviel Mord und Totschlag nur danach sehnte, ein einziges Mal durch einen Scheißsatz zu kommen, nur einen einzigen einfachen Scheißsatz...

Er kletterte hinab, klopfte sich den Staub von der Hose, —elendes Dreckloch, hallo...? Nein, wer... hat gestern nacht aus Ohio angerufen, ja, und hat gesagt, daß Sie vielleicht wegen eines Tonbands anrufen würden, das er... nein, Ohio, Akron, Ohio, irgendwas wegen einem Tonband, das Sie... Ich nicht, nein, hören Sie, Mister Crawley, ich hab keine Ahnung, was in Ohio los ist, er hat was von einer Beerdigung gesagt, und ich vermute, daß deshalb alle da hingefahren sind... nein, von Margin-money hat er nichts gesagt, er wollte nur, daß das Tonband auch an Sie... ich helfe hier nur ein bißchen aus, muß auch gleich wieder an die Arbeit, also... Wer? Dieser Leva? Ja, hat heute morgen angerufen, schien verdammt aufgeregt zu sein wegen der ganzen Sache, wir haben uns gleich geduzt, und ich hab ihm versichert, daß die Firma volles Vertrauen in seine... Piscator hat was gesagt...? Nein, Moment, meine Idee, aber nicht meine Entscheidung, hören Sie... nein, welcher Vorstandsvorsitzende, Vorstandsvorsitzender von, ach so, Sie meinen die Firma, Basts Firma, war nicht hier, nein, nur... hat nicht angerufen, nein, nur... wieso sollten ihn seine Gläubiger denn bedrängen? Hören Sie, Crawley, ich kenne die Finanzlage der Firma nicht, ich kenne ja nicht mal... wußte nicht, daß die Aktie heute um zwei Punkte schwächer eröffnet hat, nein, hören Sie, ich... Moment, hören Sie zu, ich... Hören Sie, ich weiß nicht, wo zum Teufel er steckt nein, hab auch nicht die leiseste Ahnung von diesen Erklärungen, die er telefonisch an die Presse weitergibt, ich weiß weder was von einer Gasförderung noch irgend etwas über einen Umweltprozeß oder Schürfrechte oder einen Voting-trust oder Ihr Margin-money und was sonst noch alles, ich sage Ihnen doch, ich arbeite hier an einer ganz wichtigen Sache und... Gut, wenn er anruft, sag ich ihm, daß er Sie anrufen soll und daß Sie an den Warenterminbörsen schwer unter Druck geraten sind... hätten Sie aber vorhersehen können, die Kalkulation war ohnehin reichlich optimistisch, außerdem hängt alles mit allem zusammen, wie bei nem verdammten Spinnennetz, wenn Sie da irgendwo ziehen, gerät das ganze Netz in

Bewegung, einschließlich der Spinne ... nehmen Sie nur mal den Preis für Futtermais, der Zentner Mais ist etwa elfmal billiger als der Zentner Schweinefleisch, aber mit Mais werden die Schweine gefüttert, wenn nun der Preis für Schweinefleisch in den Keller geht, können Sie nicht nur die Schweine vergessen, sondern auch den Mais, verstehen Sie? Sie hätten das Gesamtbild im Auge behalten müssen ... Geht nicht, nein, ich sag Ihnen doch, daß ich hier sehr beschäftigt bin ... nein, nur das Tonband, Mister Bast wollte ganz sicher gehen, daß Sie ... ach, Sie haben es? Gut, dann sag ich ihm, daß Sie's gekriegt haben, Wiedersehen, ich ... was? Nein, schießen Sie los, ich werds schon nicht vergess ... fängt all jene erhabenen Klänge ein, die in uns das Bild der endlosen Weite der Savanne und die Majestät der purpurnen Berge, das vergeß ich ganz bestimmt nicht, nein, auf Wieder ... und der sonore Klang von Horn und Kesselpauke, der uns an die Majestät eines anderen Königreichs gemahnt, kann man ja praktisch nicht vergessen, aber ich habs eilig, auf Wieder ... was? Ich sag ihm, daß Sie schlechte Nachrichten über den Film haben, aber weil Sie ein Mann sind, der zu seinem Wort steht, schicken Sie ihm sein Honorar trotzdem, na klar, da wird er aber froh sein, das zu hören, ja, auf Wieder ... Danke ja, sehr schmeichelhaft, Mister Crawley, aber im Moment suche ich keinen Job, und es ist eigentlich auch gar nicht mein Metier, auf ... nein, nur, vielleicht sollte ich es so ausdrücken, langfristig reflektiere ich eher auf Bäuche, also auf Wiedersehen ...
Er saß wieder auf dem Sofa und stocherte mit einem spitzen Bleistift in einem offenen Glas herum, —glibberige Delikateß-Schnecken oder vergammelte Hühnchenbrust vom Zarenhof, Sie haben die Wahl, Scheiße, wo war ich, als dieser Idiot ... er nahm die Aktenmappe und ließ sich auf Knuspriger Knisperspaß! nieder, —hatte doch gerade 'n ganz klaren Gedankengang, als das Arschloch mit seinen sonoren Hörnern und Millionen, hier, durch ein Glasauge, düster der einäugige, ich hatte das doch, Scheiße, hatte es doch schon mal, Moment, das gesunde Auge, ja, das gesunde Auge ... er leckte über die Bleistiftspitze, —das gesunde Auge konnte nun in Aristoteles' Königreich schauen, wo jedes Werkzeug sein eigenes Werk schaffen konnte, indem es sich dem Willen der anderen unterwarf oder ihn vorwegnahm, gleich den Statuen des Daedalus oder dem Dreifuß des Hephaistos, der, wie der Dichter sagt, Scheiße, Käse und Tomaten überall, der, wie der Dichter sagt, aus freien Stücken, muß die ganze Scheißseite sowieso nochmal abtippen ... er griff nach der Dose mit dem Loch im Deckel, —Herrgott...! Von

seinem Kinn tropfte es dunkelrot, —Scheiße, was mach ich denn, so kann ich ja nirgends mehr hingehen... er stand auf und wischte sich die Hose ab, erst hektisch, dann immer langsamer, bis er schließlich nur noch dort stand und durch die Jalousie auf die Straße starrte, —arme Arschlöcher, wechseln mit fünf Mann einen Reifen, damit sie ihr Scheiß-Clubhaus wieder über die Straße schieben können, könnte fast neidisch werden, die ganze sinnlose Scheißenergie, sieh dir das an... Und noch langsamer setzte er sich jetzt auf Knuspriger Knisperspaß! —Problem ist nur, ich hab keine Energie... sein Blick zuckte zur Fensterbank, wo von oben eine Wäscheklammer gelandet war. Im Zenit des Halbrunds, genau zwischen KEIN PFAND und KEINE RÜCKNAHME, schob sich der große Zeiger vor den kleinen. —Der halbe Scheißtag ist schon um, und ich... sein Kopf neigte sich langsam nach hinten und lehnte sich gegen 24-200 g Pckg Fruit Loops, doch die Sonne war auch hier bereits auf dem Rückzug.

—Gehören Sie auch zu den Menschen die glauben, Mundpflege sei eigentlich überflüssig?

—Wa... er setzte sich abrupt auf, hob eine Hand.

—Continental, das Mundwasser mit dem einzigartigen...

—Wo ist das Scheißding... er stand auf, erklomm die Hochebene der Musical Couriers und packte sich den Stiel des Mops, legte sein Ohr an den Spalt und stieß zu.

—höchste Zeit, Ihrem Mund etwas Gutes zu tun...

—Ich tu gleich deinem Mund was Gutes, Scheiße, du, du...

—wie Urlaub für Ihren Mund...

—Ich schick gleich deinen Mund in Urlaub, du Arschloch!

—läßt schmerzhafte Hämorrhoiden schrumpfen...

—Arschloch!

—augenblickliche Schmerzlinderung durch abschwellende Wirkung...

—Du Arschloch, du Arschloch! Wieder und immer wieder stieß er zu.

—was Amerika heute ausmacht, lassen Sie sich also nicht den ersten Band dieses aufregenden neuen Kinderlexikons entgehen. Erhältlich in jedem Supermarkt...

—Scheiße, du Arschloch! Wie soll man hier ... er krauchte da oben auf allen Vieren, stieß mit dem Rücken gegen die Decke, —nur einen Gedanken, einen einzigen Scheißgedanken, einen einzigen zivilisierten Scheißgedanken in diesem Scheiß, na warte, du Scheißding, Scheiße nochmal ...! Er warf den Stiel weg und riß den Musical Courier Jahresband 1899 zur Seite, dazu Trade Extra 1902, 1911, 1909, —wohin bloß mit dem Scheißzeug ... 1903, 1908, —davon wiegt ja schon jedes einzelne zehn Kilo ...

—Produkte. Dienstleistungen. Bessere Lebensbedingungen für ...

—Du kleines mieses Arschloch ... er versuchte, die schweren Bände zu bewegen, stemmte sich gegen 24 à 10 Block, 2 Dutzend 57 Das meistverkaufte Ketchup der Welt, Tonic Water Drehverschluß, —zum Teufel mit dem verfickten Bügelbrett, weg damit ... er rüttelte an 48 No. 1 Rinderbrühe in Dosen, und einzelne Bücher rutschten über den Haufen nach unten, —es geht nicht, Scheiße, und wohin auch, hier ist ja kein ...

—sprechen Sie noch heute mit der größten Sparkasse ...

—Scheiß-Bügelbrett ... er zog, rüttelte und riß schließlich am nächsten Karton herum, aus dem sich prompt ein Papierstrom ergoß, —großer Gott ... er hinterher, wobei er die aufgerissenen Seitenteile von Tootsie Roll 12 Handelspckg. zusammenhielt und sich desto langsamer bewegte, je mehr er von den über und über mit Tomatensoße beschmierten Blättern aufhob, —Gott, das sind ja Hunderte ... und sich schließlich, den aufgerissenen Karton an sich gepreßt, auf H-O niederließ, —fing irgendwann achtzehnhundertsechsundsiebzig an, ich muß die alle wieder neu sortieren, Gott, wie konnte ich nur, guck dir das an, was hab ich mir damals bloß gedacht?
Der große Zeiger drückte den kleinen weiter, bis nur noch der Sekundenzeiger über das Zifferblatt strich, er selbst hingekauert auf H-O, blätternd, Seite für Seite für Seite, —ANI, LEM, hab die ganzen Quellennachweise abgekürzt, kann mich aber nicht mehr erinnern, was sie, muß noch mal durch jedes einzelne Buch durch, mein Gott, die ganze Arbeit umsonst ...
Er blätterte langsamer weiter, beugte sich schließlich der Fensterbank und dem schwindenden Licht entgegen, —hab mir wahrscheinlich gedacht, ich könnte wie Diderot, großer Gott, wie konnte ich überhaupt glauben, das jemals zu schaffen ...

__1920__   ev. PPC 32, 34, 83, 87ff. 137 eg. 143 cf   __1920__

1920
The Sackbut London Bd2 Das Pianola als persönliches Ausdrucksmittel 7
Alvin Langdon Coburn
Hält es durchaus für ein kunstfähiges Instrument, 2Std. Übung pro Tag
reichen zur Beherrschung aus. Sein ärgster Todfeind der mittelmäßige
Pianist. Anders als Grammophonplatte, nicht die unvermeidliche Perfektion
(Hammer benötigt 1/2 Sek bis zum Anschlag) "die Kunst muß diese neuen
Bedingungen akzeptieren oder zumindest das Beste daraus machen"

23. US-Depression seit 1790 (bis '23)   O Little Town of B.hem
HFords antisemit. Hetzkamp. wcr65ff.   That old Irish Motiv of Min
Mah-jong sehr pop. (Depression)   Holst The Planets
RUR (Engl. Übers. 1923) letzter Auftritt Caruso Elgar "Enigma" Variations

1920 Lasky in Hollywood sucht Verständigung mit der Filmkritik, Litterati
notfalls ins Filmgeschäft prügeln Maeterlinck Maugham Grtrude Atherton
EGlyn 1920 ebenfalls. "Doch bereits nach kurzer Zeit war diesen Autoren
klar, daß sie in Hwood nichts weiter waren als Staffage." verließen
enttäuscht & verärgert

"Maeterlincks erstes Drehbuch war ein 'bezauberndes Märchen über einen
kleinen Jungen, der ein paar Feen begegnet. Leider (so Samuel Goldwyn) war
meine Reaktion darauf alles andere als bezaubernd." (OZ 1921? v. UMC
EGlyn über Valentino: Wissen Sie, daß er nie von selbst darauf gekommen
wäre, einer Frau die Innenseite der Hand zu küssen. Wenn ich ihm nicht
Bescheid gestoßen hätte, wäre er noch heute bei seinem steifleinenen
Handkuß!

Niveauverlust Musikverlage (Demokratisierung) LEM 88 - die Musik als Bedrohung
1.060.858 Kinder zwischen 10-15 J. regelm.   einseitig LEM 163
Erwerbstätig : bes. verarb./Leichtind. 185,337; Textil 54,649 bis Deal 755
                                                          Colleges immer noch
B.Gigli Debut in Boitos Mefistofele   fallenlassen LEM 163
KDKA Pittsburgh erste reguläre Radiostation   die Manuskripte 169

Nellie Melba singt im Radio, Chelmsford Engl. noch in Persien zu empfang.
      5000 Radios in USA   Klart nur Klart obsolet 191
NY Wall st. Bombenattent. WA141   Musikleben 180, 265   168
                         versehrte 4 OV 59
Mordanklage Sacco-Vanzetti WA141 ebenfalls 1921, 27
341!   weltweit Demonstrationen OV68 / Sec. of Fine Arts LEM 60
Streiks   Ponzi WA144 AF Verhaftung 16   1920s - 1930s Reaktion zu
Inges "Americ A. Gaston B. Means im Justizministr. AF 181 Cabot Boston   passe -6
Play mit zuviel militantem Widerstand   Roosevelt AUSSPERRUNG!
du Gewerks.   "Closed Shop"
Januar, A. Mitchell Palmer verhaftet Kommunisten aus FLA40 &   Musikverlage
nahestehenden Gewerkschaften   Musikentwicklung
Reed in Abwesenheit als kommunistischer Rädelsführer angeklagt, Reed
währenddessen in UdSSR, versucht trotzdem noch heimzukehren, stirbt mit 33
Typhus, die letzte Woche seines Lebens schwerkrank im Moskauer schwarz, MainSt.
Gewerkschaftshaus.   This Side of Paradise Main Street
Top Drod: The Man o/ the Forest/ Lane Grey The Age of Innocence Anthropolog
$1920 erstmals zu Wahl, insall Wahl/nv Bruhen   Prohibition
Al Capone heisst Torrio Chicago (MF)   Urrechte
AT&T Daten + Telefon Selbstwähldienst   USPS 73   org. Verbrech
Eastman film, Monopoly USTS 275   (S.69) OV 174-79
5 KW Essay über Federal Sedition Law, Landfriedensbr.   O Ne 115 Emperor Jones
Ford 1 Auto/pro Min KS42 Ford Gewinn KS 284 Man o' War 2 Pig 14
Scheidungsrate 13,4 auf 100 (Ehen) OV 81   13/18 Meile Dist. Rek
Majakovskij - Gedicht über mich selbst Bd 137 Anklageschuldung Chicago White
New York, Boxkämpfe legal (mit Walker im Senat.) Thank Straße
                                                 Kanonisierung
                                                 → Pavlow 28

Vor der Fensterbank, wo die Wäscheklammer lag, war von oben ein Faden erschienen, an dem ein gebrauchter Kaugummi hing. Er starrte auf den Kaugummi, griff nach dem nächsten Blatt und starrte das Blatt an, —damals hab ich einfach losgelegt, hab angefangen und einfach geschrieben, vor zehn Jahren, ohne Druck, frei, aber jetzt ...?
Er beobachtete, wie der Kaugummi gegen die Wäscheklammer titschte, als das Telefon klingelte, —mein Gott, vielleicht ist sie ... Er stand langsam auf, vorbei an 200 2-lagig, zögerte, bevor er den Hörer abnahm, —ja, hallo ...? Er räusperte sich, —nein, ist nicht hier, ach, Sie sinds, Mister Bris ... Sie stören mich nicht, nein, schon gut, Mister Bast ist immer noch auf seiner Geschäfts ... ach so? Wußte gar nicht, daß Sie und er Geschäftspartner sind, Mister Brisboy, ich dachte, es sei eher eine ... nein nein, ich wollte damit nicht sagen, daß Sie ihn nicht dennoch als guten, um nicht zu sagen sehr guten, Freund betrachten, ich ... aber was regen Sie sich denn so auf, Mister Brisboy, das wird er mit Sicherheit nicht zulassen, also ... Nein, es wird ihm bestimmt nichts ausmachen, wenn Sie direkt mit dem Direktor der Firma sprechen, das wäre ohnehin das beste ... hier? Tut mir leid, das kann ich nicht, ich ... Moment, nein, Sie verstehen das falsch ... Hören Sie, Mister Brisboy, ich würde Sie ja wirklich gern mit ihm verbinden, aber ... weil ich nicht weiß, wo zum Teufel er steckt, nein, hören Sie doch, ich bin nicht so vertraut mit den Aktivitäten der Fir ... Hab seine Erklärung in der Zeitung nicht gelesen, daß er den gesamten Gesundheitssektor auslagern und an Lizenznehmer, aber man darf doch auch nicht alles glauben, was in der Zeit ... Was für Gerüchte ...? Nein, ich hab zwar gehört, daß der Kurs etwas nachgegeben hat, aber ... also mit Sicherheit ist das eine lustige Firma, Mister Brisboy, was ich bislang davon mitbekommen habe, ist jedenfalls ... Ihrer Mutter was erzählen ...? Großer Gott, das meinen Sie doch nicht im Ernst, hören Sie, ich würde nur ... hören Sie, ich würde einfach abwarten, bis Mister Bast wieder da ist und ... ich bin sicher, daß er das tun wird, ja, es gibt doch auch gar keinen Grund dafür, irgendein Artikel, daß diese Indianer ein windiges Anrecht auf die Reservation haben, heißt doch nur, daß er ... ich bin sicher, daß er sein Indianerkostüm wieder mitbringt, er hat mir zwar nie erzählt, daß er sich gern verkleidet, aber Mister Bast hat überhaupt eine ganze Reihe von Talenten, von denen ich bisher nichts ... das ist er ganz bestimmt, ja ... Nein nein, das würde ich nicht tun, nein, machen Sie sich doch nicht die Mühe, hier auf ihn zu warten, es ist ja gar nicht absehbar, wann er ... Nein nein,

sehr freundlich von Ihnen, aber ich ... ja, auf Wiedersehen, das heißt, ich meine Servus ...
Der Kaugummipfropfen titschte gegen die Wäscheklammer, wurde hochgezogen, sauste erneut hinab, verfehlte in der zunehmenden Dunkelheit jedoch sein Ziel, wurde wieder hochgezogen, als er an die Fensterbank trat, händeringend, daß die Knöchel weiß anliefen, und der Kaugummipfropfen titschte, wurde hochgezogen, —wie bei Robert the Bruce, Herrgott! Vorsichtig schob er das Fenster hoch und ließ die Faust hinausschießen, haute den Kaugummi auf die Wäscheklammer, der daraufhin, an der Jalousie vorbei, blitzschnell nach oben gezogen wurde, und knallte das Fenster wieder zu. —Ich muß hier raus ... er stolperte gegen Tootsie Rolls 12 Handelspckg., stopfte plötzlich sämtliche Papiere in den Karton, hielt ihn zusammen und schob ihn oben hinter Riecht nicht, Raucht nicht, Brennt nicht an, dann war er plötzlich aus der Tür, die nicht einmal mehr ganz in den Rahmen zurückgeschoben wurde, derweil sich aus der Tiefe des dunklen Korridors schlurfende Schritte näherten, dann ein Klopfen.
—Hallo Mister ...? Und dann kein Geräusch mehr außer dem der strömenden Wasser, bis sich, zitternd und krängend unter seinem Gewicht im Dunkel, die Tür wieder auftat. Er drängte sich vorbei an 200 2-lagig, warf sich auf das armlose Sofa zwischen Haufen von Post, eine Hand ausgestreckt in Richtung Fensterbank, so, als wolle er den Tag festhalten oder, je nachdem, von sich fernhalten, als er schließlich da war.
Auf dem Fensterbrett landete jetzt ein rosa Lockenwickler, rollte bis an die Kante und blieb dort liegen. Er stützte sich auf einen Ellenbogen und wartete, richtete sich schließlich ganz auf und fuhr sich mit der Hand über die Stoppellandschaft am Kinn. Der große Zeiger ging auf hinter KEIN PFAND und trieb den kleinen vor sich her, —Gott, ich muß anfangen, ich muß, anfangen ... er stieß gegen Riecht nicht, Raucht nicht, Brennt nicht an, nahm beide Tassen, in denen immer noch die Teebeutel schwammen, von Thomas' Herstellerverzeichnis, —wo hab ich denn, nur einen einzigen, sonst komm ich nicht in die Gänge ... und er stellte eine Tasse Wasser auf Moody's, neigte eine Flasche über die andere Tasse. Auf dem Fensterbrett, wo der Lockenwickler lag, erschien, von oben herabgelassen, ein Faden mit einem gebrauchten Kaugummi. Er starrte auf das Phänomen, trank eine Tasse aus, dann die andere, hob die blaue Aktenmappe auf und starrte sie an, befühlte von außen seine Taschen, wühlte, —runter und

Zigaretten holen, was essen und dann zurück und anfangen ... schon war er aus der Tür, die nur angelehnt in ihrer einzigen Angel hing. Kurze Zeit später klopfte es an dieser Tür, dann wurde mit der Faust dagegengeschlagen, schließlich ertönte ein Fluch und das dumpfe Geräusch von gebündeltem Papier.
—Mann, echt, was ist das denn alles hier? Ich meine, jetzt kommt man gar nicht mehr durch.
—Kletter doch rüber, Mann, und ich meine, hilf ihm mal, halt seinen Fuß fest, Moment, echt, hilf mir doch mal den Karton durchzuschieben ... das Schlurfen von Mokassins und das Geschlapp der Sandalen, vorbei an Wanne und 200 2-lagig, wiederholte sich mehrmals, —echt, ich meine, du schleppst den heute morgen zum Proben an, und dann hat er nicht mal sein Instrument dabei ...
—Dann summt er eben nur mit, Mann ... der Postsack entleerte sich über dem Sofa, die Gitarre kam zum Vorschein.
—Mann, der ist immer noch so high, der kann nicht mal mitsummen, Scheiße ... sie schob die Post vom Sofa auf den Berg von Briefen davor, ließ eine ramponierte Einkaufstüte fallen und öffnete den Karton daneben, —na komm schon, miez miez miez, Mann echt, die haben ihm echt den Arsch rasiert, ich meine da, wo sie ihn zusammengenäht haben, sieht aus wie ein Scheißfußball, na komm, miez miez miez ...
Plonk. —Echt, komm schon, Mann, summ mal ... plonka plonka ...
—Mann, paß doch auf mit deinen, wow, haste gesehen, wie schnell der die Kartons hochflitzt? Tu mal seine, ich meine, das Telefon ist ja wie ne Alarmanlage, tu mal seine Füße da weg, Mann, ich meine, man ist noch gar nicht richtig da, und schon, ich meine, tu ihn doch mal da weg. Hallo ...? Der ist nicht hier, Mann, wer ... Echt, wie hör ich mich denn an, wie seine Katze? Ich meine, wenn Sie Mister Bast ne Nachricht hinterlassen wollen, dann los, ich meine, wer ist denn überhaupt dran ... Mann, Sie brauchen mir nicht Ihre ganze Familiengeschichte zu erzählen, ich meine, Sie sind doch ne Bank oder was? Was soll das heißen, Sie brauchen mehr Sicherheiten wegen drohender Unterdeckung, Unterdeckung sind zwei Wörter, richtig ...? Und wenn schon? Wenn sein Aktienkurs auf zwölf ein Achtel, das geht Ihnen doch am Arsch vorbei, was ... Was soll das heißen, daß es aber der Bank nicht am Arsch ...? Ich meine, wieso sollte er Ihren Arsch retten? Echt, ich meine, Sie brauchen Geld und erwarten von ihm, daß er einfach so fünftausendzweihundertundachtzig Dollar rüberschiebt? Ich meine, Bast ...? Mann, echt, Moment mal, ich meine, wer gibt denn

Geld an ne Bank? Ich meine, man kriegt Geld von Banken, weil die doch das ganze Scheißgeld haben... Nee, Mann, hören Sie mal, gehen Sie mir bloß weg mit Ihren zwanzig Prozent Unterdeckung, weil Ihre Sicherheiten plötzlich gefallen sind, echt, Sie haben doch gerade gesagt, daß Sie seine Aktien verkaufen, wenn er Ihnen nicht fünftausendzweihundertundachtzig Dollar rüberschiebt, Mann, daraus wird wohl nichts, sehen Sie mal in unser Eisfach... Nee, hören Sie zu, Mann, ich meine, echt, Sie sind doch ne Scheißbank oder was? Ich meine, wenn Sie so geil auf die Knete sind, dann gucken Sie doch mal in Ihren Scheiß-Banktresor, da liegt das Zeug doch haufenwei... o wow. Plonk. —Mann, summ doch mal mit... plonka plonka...
—Hör mal, Mann, ich muß mal wegen dem Job telefonieren, kannst du, ich meine, ich packs echt nicht. Hallo...? Ist nicht hier, was wollen Sie denn von...? Okay, wenn ihn diese Frau anruft, dann... ja und? Was ist denn mit Mister Wiles? Kann er nicht selber wählen... hallo? Mann, echt, ich habs doch schon Ihrer Sekretärin gesagt, Mister Bast ist nicht da, was... wer? Was für ein Direktor denn, Mann, ich meine, mach mich nicht... was? Von seiner Firma? Sie meinen, hier, in diesem... Mann, woher soll ich denn wissen, wie er zu Bäuchen steht, ich meine, hören Sie mal, Mister Wiles, Sie und er müssen ja ziemlich eng... Hören Sie, Mann, ich weiß nichts von einer Übernahme durch einen Voting-trust, echt, ich meine, wenn die Warenterminbörse Sie am Arsch kriegt, woher soll ich die Deckung lockermachen? Ich meine, ich hab gerade noch mit, nee, ich meine, gehen Sie doch zur Bank wie jeder andere auch, Mann, echt, ich meine, die haben mich eben genauso verarschen wollen wie jetzt Sie, ich meine, echt, sehen Sie doch in dem Scheiß-Banktresor nach, Mann, dafür sind Banken doch... o wow. Manche Leute sind echt total unfreundlich, Mann.
—Mann, echt, summ doch mal... plonka plonka, —los, mach schon, Mann...
—Echt, wo issen die Telefonnummer, wo ich anrufen soll, Mann...? Sie stützte sich auf einen Fuß, als sie herunterkletterte, —echt, ich wußte doch gleich, daß die Hose zu eng ist... sie nahm die formlosen Jeans vom Geschirrtuchhalter, setzte sich auf 24-0,33 l Flsch Zerbrechlich! und zerrte an einem Häkchen herum, —ich meine, guck dir das an, ich meine, der ist noch ganz neu und reißt schon aus, ich meine, heute machen die aber auch alles so mies, als ob das alles scheißegal... sie befreite ihren Fuß von dem Schottenmuster, —Mann, echt, das Scheißtelefon, ich packs nicht mehr... und stützte sich auf

ein nacktes Knie, —hallo...? Echt, Mann, wen wollen Sie denn...? Nee, das ist zwar seine Nummer, aber er ist nicht da, was... wer? Welcher Firmensprecher? Hören Sie mal, Mann... nee, also, ich meine, Sie sagen, Sie sind von ner Zeitung, aber was hab ich damit zu tun? Sehen Sie doch in dem Scheiß-Banktresor... Die zünden also vierhundertzwanzig Kilotonnen, um an das Erdgas ranzukommen, und ich meine, was soll ich daran... Mann, ich meine, Sie haben doch eben gesagt, daß die im Eilverfahren ne Genehmigung von der Atomenergiebehörde durchgedrückt haben, um der einstweiligen Verfügung von diesen Umweltschützern zuvorzukommen, ich meine, was fragen Sie mich denn... Nee, Mann, ich meine, man gibt doch keine Nachrichten an die Zeitung, sondern man kriegt Nachrichten aus der Zeitung, echt, ich meine, dafür sind Zeitungen doch schließlich da, Mann, echt, ich meine, wenn Sie ne Zeitung sind und wissen wollen, ob ne unterirdische Sprengung gefährlich ist, dann lesen Sie doch in Ihrer Scheißzeitung nach...
—Was zum, Tom? Bist du das...
—Mann, echt, soll das 'n Witz sein? Ich meine, das ist doch scheißegal, ob der ganze Staat in die Luft fliegst, den vermißt doch eh keine Sau...
—Was zum Teufel ist denn hier... und warf beim Hereinkommen einen Stoß Zeitungen um, denn sein Blick fiel gleich auf ihre weiße Haut, schottenmusterfrei, während sie noch den Hörer auflegte und sich umdrehte. —Scheiße, was ist denn hier los?
—Mann, echt, das war schon so, als wir gekommen sind, ich meine...
Er trug zwei Kartons, auf denen er noch einen Schuhkarton balancierte. —Auf die Idee, daß du hier störst, bist du wohl noch nie, Moment mal, was heißt hier eigentlich wir?
Plonk.
—Echt, bloß Al und seine Gruppe, Mann, die wollen nachher hier proben...
Plonka plonka plonka plonka.
—Mmmmmmmmmm...
—Um Gottes willen, nein... und stieß mit den Kartons gegen Wanne und 200 2-lagig, —was zum Teufel ist hier...
—Mann, ich sag doch, wenn der Rest der Gruppe gleich kommt...
—Mmm mmm mmm mmm...
Plonkaplonkaplonkaplonka...
—Herrgottnochmal, hör zu, so läuft das nicht, also Scheiße! Er bückte

sich und hob einen roten Fäustling auf, etliche Büroklammern, eine Marionette mit verhedderten Fäden, —wie darf ich das verstehen, wenn der Rest von wem kommt? Scheiße...
—Keine Panik, Mann, es sind nur zwei, und die sind...
Er sammelte die kaputte Spieluhr ein, das Auto ohne Räder, ein dreibeiniges Schaf, —hör mal, Al, ich muß hier arbeiten... einen violetten Buntstift, die Jungfrau Maria, die, in mildem Erstaunen über den Verlust eines Arms, den anderen ausstreckte, dazu einen weiteren herrenlosen Arm, aber der hielt eine Trompete, —also, Scheiße, kapierst du das denn nicht, Al?
Plonk. —Ist vollkommen okay, Mann, meinetwegen soll jeder machen, was er will... plonka plonka, —ich meine, so solls doch sein, jeder macht seinen eigenen...
—Ich will dir mal was sagen, Al, wenn ich jetzt das machen könnte, wozu ich Lust hätte, dann würdest du hier aber in nem gottverdammten Leichensack rausgetragen. Und jetzt schmeiß den hier mal vom...
—Mann, der hat gerade die totale Identitätskrise, Mann, nerv den jetzt nicht...
—Na prima, meinetwegen soll er ruhig machen, wozu er Lust hat, aber nicht hier, das kannst du ihm ausrichten, Moment, gib das her...
—Mann, echt, laß ihn doch, was ist das denn überhaupt? Ich meine...
—Das ist 'n heiler Dreikönig, was denn sonst? Scheiße, gib das her! Und er entwand ihm gegen den erbitterten Widerstand seiner Hand eine kleine Figur, die ein Kästchen trug, —wenn sie Heiligabend wiederkommen, erzähl ich ihnen die Geschichte von Jesse the Kid und den heilen drei Königen, aber jetzt verschwindet auf der Stelle... er folgte ihren ungleichen Schritten bis zur Wanne, wo sie stehenblieb, um auch das andere Bein zu entkleiden, folgte dem Geschlapp der Sandalen bis zur Tür, wo er ein Bündel Zeitungen hereinzog.
—Mann, echt, woher sollten wir denn wissen daß du heut morgen noch hier bist...? Sie rollte die Jeans zusammen und klemmte sie unter den Arm, schüttelte die schottengemusterten Wollstrümpfe aus, —ich meine, ist Bast denn noch nicht zurück?
Das Zeitungsbündel stieß die QUICK QUAKER von ihrem Platz und beförderte sie zwischen die Lampenschirme. Er drehte sich um und zog eine weitere Kiste über die Schwelle, —ich weiß nur, daß er in Ohio ist...
—O wow. Ich meine, wo issen das überhaupt? Sie hielt die Strümpfe hoch, —echt, ich hab ihm ne größere Hose besorgt, aber ich meine,

die brauchst du wohl eher, Mann. Ich meine, nach dem, was alles passiert ist ...
Er wuchtete den Karton über ¡uǝqo ɹǝiH hinweg und schleppte noch zwei weitere neben die Spüle, —was meinst du mit nach dem, was alles passiert ist?
—Ich meine, du müßtest dich mal selbst sehen können, Mann, echt, ich meine, Al mußte mal so 'n Nierentest machen, und da hat er dann lila gepißt, da vorn an deiner Hose und das schwarze Zeug in deinem Gesicht, ich meine, du siehst aus, als hättste dich schon tagelang nicht mehr rasiert ...
—Ich wasche und rasiere mich, wenn ich diese Scheißkartons verstaut habe, ich schieb ja Kartons durch diese Scheißwohnung, seit ...
—Mann, paß doch auf, der Karton ist schon halb kaputt, nicht werfen!
—Wo denn, was zum Teufel ...
—Mann, kapier doch, da sind zirka ne Million Streichholzheftchen drin, ich meine, ich hab dir doch gesagt, der ist kaputt, wirf da nicht noch mit rum. Guck mal, was du gemacht hast, du hast alles direkt über die ...
—Also gut! Faß mal an der Ecke da an und schieb ihn rein. Wer zum Teufel schickt uns denn ne Kiste Streichhölzer ...
—Mann, wer zum Teufel schickt uns überhaupt dieses ganze Zeug hier? Und außerdem, warum schiebst du eigentlich die ganzen Kartons hin und her? Haste wenigstens deine Tootsie Rolls gefunden?
—Meine was? Nein, nicht meine Notizen, ich such die Schreibmaschine, weil ich das ganze Scheißding nochmal tippen muß, alles voller Käse und Tomatensoße, weil du und Bast ...
—Ich und Bast? Jetzt hör aber auf, und übrigens, Schramms Schreibmaschine ist da unter den braunen Büchern irgendwo, ich meine, du hast gesagt, du willst hier arbeiten, und jetzt ...
—Genauso ist es, Scheiße! Hier kommt man ja zu nichts, ich schaff keinen einzigen simplen Satz, ohne daß jemand an die Tür hämmert oder daß ne Bande Vollidioten hier proben will oder daß das Telefon klingelt ...
—Mann, dann laß es doch klingeln ... sie entfaltete ein zerfleddertes Stück Zeitungspapier, —ich meine, wozu gehste dann überhaupt ran?
—Weil ich auf einen Anruf warte ... er wuchtete ein Bündel Zeitungen auf Appleton's, —auf einen wichtigen Anruf warte, und was ...
—Hör mal, Mann, ich muß nur mal eben diesen einen Anruf machen, okay?

Sie drehte sich um, langte nach oben und wählte, und seine Augen folgten ihr dabei. —Das ist der einzige Scheißgrund, warum ich meine Arbeit zu Ende bringen will ...
—Hallo? Waren Sie das mit dieser Anzeige in der Zeitung wegen ... hallo? Ich meine, mein Freund hat mir diese Anzeige in der Zeitung gezeigt, daß da ein Mädchen gesucht wird für ... Nee, echt, aber wieviel denn, ich meine ... nee, aber ich meine, was muß ich denn dafür tun, mit nem Pferd bumsen ... was, jetzt gleich? Ich meine, ich kann sofort kommen, wenn ... nach Mister wem fragen? Also c, h ... i? c, i ...? Nee, Mann, ich meine, ich weiß, wo das Hotel ist, ich komm gleich vorbei ... Sie setzte sich auf 24-0,33 l Flsch Zerbrechlich! und schnürte sich einen Mokassin zu, —Mann, echt, die Hose, die ich dir mitgebracht hab, ich meine, kannste mir dafür fünf Dollar geben?
—Fünf was, du hast sie ja gar nicht für mich mitgebracht, und ich hab dich auch nicht darum gebeten, hör mal, bei Tripler liegt ein kompletter Anzug für mich, den brauch ich nur abzuholen, wozu brauch ich noch ne ...
—Mann, echt, wenn du so bei Triplet reinmarschierst, rufen die doch sofort die Polizei, ich meine, guck mal, Mann, die kostet elf siebenundneunzig, guck mal hier, das Preisschild, und ich meine, ich brauch Geld fürs Taxi, weil die gesagt haben, ich soll sofort zum Vorstellungsgespräch kommen ...
—Gott, also schön, hier sind fünf Dollar ... er richtete sich vom letzten Zeitungsbündel auf, —also, jetzt Moment mal, was, die hast du mir doch gerade verkauft, wieso ziehst du die denn jetzt an?
—Mann echt, ich leih mir die doch nur, ich sag doch, daß ich zum Gespräch muß, das ist so 'n Publicityding, ich meine, ich weiß doch gar nicht, was ich da machen muß ... ihre Beine spreizten sich, als sie auf 24-0,33 l Flsch Zerbrechlich! einen Fuß wieder in die karierte Wolle zwängte, —vielleicht muß ich ja doch mit 'm Pferd bumsen im Schaufenster von Macy's.
—Macy's hats dir wohl echt angetan ... er stemmte das letzte Bündel auf Appleton's und schloß die Tür, —und dabei bist du ja so eine anspruchsvolle Kundin ...
—Mann, echt, ich hab da vor einiger Zeit 'n Teppich gekauft, weißte ...? Sie zwängte auch den anderen Fuß hinein, stand auf und zog sie hoch, —und ich meine, als der geliefert wurde, haben die Farben echt gestunken, und also hab ich den zurückgebracht, und seitdem schicken die mir so Scheißrechnungen dafür, echt, ich meine,

ich hab denen geschrieben und bin hingegangen, aber die geben es einfach nicht auf, Mann ... sie bückte sich und schlug das Hosenbein um, —und dann, etwa 'n Jahr später, als ich irgendwo diesen echt guten Job haben wollte, ich meine, ich hab mir dafür sogar extra Klamotten und so gekauft, ich komme also da hin, und die sagen mir, meine Kreditauskunft oder so wäre echt mies, und das alles noch wegen dem Scheißteppich, den ich nicht bezahlt hätte, und daß ich deswegen den Job nicht kriege, ich meine, das war aber das letztemal, Mann, ich meine, echt, das letztemal ... sie kämpfte mit dem Häkchen, —ich meine, auf die Art erspar ich so ner traurigen alten Schachtel ne Menge Ärger, die ganzen Rechnungen und Mahnungen und Anwaltsbriefe, die kann sie sich jetzt schenken, ich meine, so isses doch einfacher für alle Beteiligten, ich meine, was issen daran so ...
—Da kann ich dir nicht widersprechen, nein ... er zog das Hemd aus, —Grynszpan hatte hier so ne ähnliche Regelung mit der Edison Company ... er beugte sich über die tosenden Wasser der Spüle und schaute in den Deckel der Keksdose, —o Gott ...
—O wow, Mann, ich meine, dreh dich mal 'n bißchen weiter um ... sie zog im Näherkommen den Regenmantel über, —echt, ich meine das muß aber 'n Superfick gewesen sein, Mann ...
—Wieso, was meinst du ...?
—Mann, echt, was meinste wohl, was ich meine, daß du dir das beim Brombeerpflücken geholt hast? Die Kratzer hier auf deinem Rücken, Mann, ich meine, die hat sich aber echt reingehängt, echt, wer war denn das? Die Schwarzhaarige?
Er erschauerte unter der Berührung ihres Fingers, der über seine Schulter abwärts strich, drehte sich abrupt um und lehnte sich gegen die Spüle, —aber wer hat, woher weißt du ...
—Mann, echt, was haste denn? Ich meine, ich hab doch bloß gefragt, ob das die Schwarzhaarige war, mit der du damals gevögelt hast ... sie war schon an der Tür, —ich wette, die hatte noch Tage später was davon ...
Er drehte sich langsam wieder der Spüle zu und hielt sich am Rand fest, —Gott, was ... er faßte sich an die Schulter, versuchte, sie in sein verdrehtes Blickfeld zu bekommen, hielt dann ebenso plötzlich den Kopf unter den Strahl und stieß ihn sich am Wasserhahn, als er sich wieder aufrichtete, —Scheiße ... er wischte sich das Gesicht ab, tappte über die Filmdosen, seine nasse Hand griff nach oben, —hallo ...?
Nein, er ist ... er hat gesagt, daß er Anrufe auf diesen Anschluß

durchstellen lassen wollte, ja, aber er ist nicht da, wer ... wer? Ein R-Gespräch von Mrs. Eigen kann ich nicht annehmen, nein, ich ... Vermittlung, hören Sie, ich werde Mister Eigen ausrichten, daß sie versucht hat, ihn anzurufen, aber ... ich hab gesagt nein! Wiedersehen ...
Der Kaugummi titschte aufs Fensterbrett, wurde eingeholt, fiel erneut. Er neigte die Flasche über die leere Tasse, —das hätte mir jetzt gerade noch gefehlt, ausgerechnet von Marian aufgemuntert zu werden ... er setzte sich mit der blauen Aktenmappe auf H-O und stellte die geleerte Tasse ab, —muß mich bloß 'n bißchen locker machen, den Rest hier durchgehen, bevor ich's abtippe, wo war ich? Einäugig, gesundes Auge ja, das gesunde Auge erblickte dort die Dreifüße des Ares, vielmehr die Dreifüße des Hephaistos, von denen der Dichter schreibt, sie hätten aus eigener Kraft der Versammlung der Götter aufgewartet, wenn nun in gleicher Weise das Schiffchen webte und das Plektrum die Leier schlüge, ohne daß eine Hand sie führte, brauchten der Handwerksmeister keine Gesellen mehr und Herren keine Sklaven. Zwar war die Anekdote, wie Oscar Wilde um der Kunst willen Leadvilles Schlägern entgegengetreten war, noch in aller Munde, als er selber sich längst wieder dem schwelenden europäischen Komposthaufen zugewandt hatte, der frei nach Walter Paters Anweisung vor sich hin schwelte? Im eigenen Saft schmorte? Nein. Die Geschichte, nein. Obwohl, und wiewohl die, weil nun die Anekdote ...
Großer Zeiger trieb kleinen dem Gipfelpunkt entgegen, stieg abwärts zu KEINE RÜCKNAHME. Kaugummi titschte, stieg, fiel erneut, —der noch dampfte vor, nein, der Kompost entzündete sich durch, entbrannte, wo zum Teufel ist das Scheiß-Wörterbuch ...
Er neigte die Flasche über die Tasse, rutschte näher an die Fensterbank, während er die Tasse hob und leer auf Moody's absetzte, beobachtete dabei, wie das Kaugummi titschte, wieder emporstieg, streckte vorsichtig die Hand aus, um das Fenster hochzuschieben, legte das Kinn auf die Fensterbank und pustete leicht. Der Lockenwickler rollte hin und her. Der Kaugummi zögerte, fiel und startete nach oben durch, titschte. Der Lockenwickler rollte an die Kante, rollte zurück, der Kaugummi stieg. Der große Zeiger erklomm das Halbrund hinter KEIN PFAND. Unschlüssig verharrte der Lockenwickler am äußersten Rand des Fensterbretts und war plötzlich weg, der Kaugummi schwang ziellos hin und her und entschwand allmählich nach oben.

—Scheiße, wie soll ein Mensch hier arbeiten ... er griff im Vorbeigehen nach dem Hemd, —da holt man sich ja ne Lungenentzündung, hallo...? Nein, Moment mal, wen wollen Sie ... kein Firmensprecher hier im Moment, nein, Wieder ... hab noch nie was von Teletravel gehört, nein, also ... Frigi was? Hören Sie ... nein, hören Sie ... ich habe nicht die leiseste Ahnung von einer Umweltverträglichkeitsstudie über was? Über die Entsorgung von Schallspitzen auf hoher See und ihre ... Auswirkungen auf die Meeresfauna, hören Sie, ich hab keine Ahnung, wovon Sie ... Ja also, wenn der Leiter der Forschungs- und Entwicklungsabteilung das vor dem Streitkräfteausschuß so gesagt hat, was wollen Sie dann eigentlich noch? Wenn ich in der Haut von nem Thunfisch stecken würde, okay ... aber ich bin nun mal kein Scheißthunfisch, und jetzt ... den Direktor von was? Sie meinen den Direktor der Firma? Hier? Haben Sie nicht mehr alle Tassen ... Also hören Sie, wenn er Sie angerufen hat und ... hören Sie, wenn er Ihnen das alles am Telefon erklärt hat, warum rufen Sie dann noch hier ... Hören Sie, ich wär jetzt auch gerne in Honduras, und jetzt ... weil ich es nicht weiß, Scheiße, auf ... ja, kein Kommentar, Wiedersehen...!

Er bückte sich über Knuspriger Knisperspaß! neigte die Flasche über die Tasse, —sollte das Scheißding gar nicht mehr abnehmen, ich ruf Tom an, und wir regeln das anders, Herrgott, aber wenn ich ihn da anrufe, werden die mir sagen, daß ich ihn hier anrufen soll ... er setzte die leere Tasse ab, —jetzt aber. Obwohl, inzwischen war die Geschichte wie Scheißtomaten und Käse auf dem ganzen, wie alt ist wohl die Pizza, die da ... er kratzte mit dem Fingernagel einen Klecks Käse von Oscar Wilde, kaute auf dem Nagel, bis er den getrockneten Käse wieder ausspuckte, —hätte mir was mitbringen sollen, Scheiße, schießen Sie nicht auf den Pianisten, muß doch irgendwie zum Ende dieses Scheißsatzes kommen, nicht auf den Pianisten. Obzwar, Scheißdreck! Er ballte die Hände, bis sie weiß vor Anstrengung waren, schlug sie vors Gesicht und rieb sich mit den Fingerspitzen die Augen, preßte sie förmlich in ihre Höhlen. Dann ließ er die Hand sinken und starrte vor sich hin, —muß die Scheiß-Schreibmaschine finden, das hätte ich als erstes tun sollen ... Er zog den Koffer hervor hinter Thomas' Herstellerverzeichnis USA, drehte ihn auf die richtige Seite und klappte ihn auf, —das Ganze von Anfang an nochmal abschreiben, Scheiße ... er griff nach dem fleckigen braunen Schnellhefter, der von der Tastatur rutschte, —frag mich, was zum Teufel daraus geworden ist ... er schlug ihn auf und blätterte eine Seite um, setzte sich auf H-O und blätterte weiter, fand eine Zigarette und zog die Enchiladadose näher zu sich heran, schnippte Asche hinein, lehnte sich gegen Raucht nicht, Riecht nicht, Brennt nicht an und schnippte Asche ab. Er beugte sich vor, goß sich nach. Noch immer leuchtete die Sonne durch die Lamellen der Jalousie, doch mit jeder Seite, die er weiterblätterte, schienen die Lamellen breiter und die Sonnenstrahlen schwächer zu werden, bis sie am Ende ganz verschwunden waren und das Telefon schrillte. Er schreckte hoch, stützte sich auf Knuspriger Knisperspaß! —Komm ja schon, Scheiße ... denn beim vierten Klingeln war er erst ungefähr in Höhe von 200 2-lagig.

—Ja, hallo ...? Nein, noch nicht zurück, Wieders ... ach so? Ja, stellen Sie ihn durch, hat wohl gedacht, ich vergeß seine, hallo? Sie haben wohl gedacht, ich würde Ihre Nachricht vergessen, stimmts? Das mit dem honoren Sang von Korn und Hesselpauk ... der wer ...? Nein nein, weder Chef noch Boß noch Direktor, egal, er ist nicht da, okay, hat auch nicht angerufen, nein, nicht ein ... was haben Sie ...? Das würde ich so nicht sagen, Mister Crawley, er wird wahrschein ... nein nein, das kann ich mir nicht denken, daß er so etwas tun würde, lieber Gott, einen ehrlichen Mann wie Sie läßt man doch nicht wegen eines kleinen Fehlbetrags einfach so untergehen, eine Firma wie diese muß doch über genügend Aktien verfügen, um kleinere Liquiditätsengpässe ... bei Börsenschluß um vier Punkte gesunken? Eine Schande, wirklich, was ist ... Die was ...? Und Piscator ist mit von der ... Eine Schande, wirklich, heutzutage herrscht wirklich überall nur noch Mißtrauen, stimmts? Der gute alte Piscator krallt sich das Mandat für die Zwangsvollstreckung? Na ja, die Gläubiger werden sich an seine Aktien halten, da gibts nix, soll ich Ihnen mal sagen, woran das alles liegt, Crawley? Es liegt in der Natur der ganzen Scheißentwicklung, weg vom Gesetz, hin zum Vertrag, und genau das ist auch die Scheiße am ganzen modernen ... Schätze mal, die vorläufige Beschlagnahme ist nur der Anfang, um sein Erscheinen vor Gericht sicherzustellen, kommt mir fast so vor, als wollten die die ganze Firma an sich reißen, so kommt mir das vor, und das ist eben die Scheiße, daß das ganze Land von einer Atmosphäre des Mißtrauens, sagen Sie mal, Crawley, Sie planen nicht zufälligerweise eine Reise nach Honduras ...? Honduras, ja, mir fiel nur gerade ein, daß Sie ihn da vielleicht antreffen könnten, ne Zeitung hat hier angerufen und behauptet, daß es da so Gerüchte gäbe, Moment

mal, hören Sie ... nein nein, hören Sie mich ...? Sie hören ein komisches Geräusch im Telefon? Geräusch ... Er hielt den Hörer hoch und schüttelte ihn, schraubte die Sprechmuschel ab, —was? Wieso denn nicht? Honduras klingt doch wahnsinnig aufregend, sofort kaufen, endlose Weite der Pampa und so, purpurne, hallo ...? Hören Sie mich noch ...? Hört mich nicht mehr ... er hatte das Plastikteil über dem Mikrophon abgeschraubt, preßte den Hörer jetzt dichter an sein Ohr, drückte einen Fingernagel unter den Draht, drehte, —Scheißwanze drin ... er zog sie heraus, hallo? Und schraubte das Plastikteil wieder drauf, —hallo, Crawley? Arschloch, hat aufgelegt ...
Er warf das kleine Ding vor sich auf den Boden und stützte sich gegen 200 2-lagig, als er es unter dem Absatz zertrat, —wahrscheinlich ist der ganze Scheißladen verwanzt ... inzwischen mußte er die Flasche bis in die Horizontale kippen, um sich nachzugießen. Er hielt die Flasche in den armen Rest von Licht, —Gott ... griff zur Tasse, —was, da bewegt sich was, Scheiße, da oben bewegt sich doch was, sah aus wie ne ... griff nach Raucht nicht, Riecht nicht, Brennt nicht an, zog sich hoch, —Scheiße! Und war schon wieder unten und hob Feuerzeuge auf, eine Ansicht der Ghiralda, Klebstoff, —Gott, wahrscheinlich ist sie ... und er lehnte sich gegen H-O, setzte sich, —wo war ich? Tippen, ja, alles abtippen, Gott, muß doch was abgetippt kriegen ... zog Thomas' Herstellerverzeichnis näher an sich heran, stellte die Flasche daneben, wühlte neben sich in Raucht nicht, Riecht nicht, Brennt nicht an, —also ... Er traf ein R.

  —oder eröffnen für Ihre Lieben einfach ein Sparkonto ...

—Scheiße, so erwischen mich die Radiowellen ... er leerte die Tasse, kauerte sich noch tiefer über die Schreibmaschine, tippte, —dieser Scheißapostroph ist kaum noch zu erkennen ... und die Walze drehte sich, drehte sich zurück, der Vorgang wiederholte sich, und jedesmal etwas langsamer, bis er plötzlich aufstand, am löchrigen Lampenschirm rüttelte und quer über das Sofa die ramponierte Einkaufstüte entleerte. In diesem Moment ging die Lampe wieder an, —daß die Schnecken essen, wußte ich ja schon, Herrgott, aber Katzenfutter ...? Die Lampe verlosch, ging wieder an, —Hühnerklein aus Hals und Rücken, Palmitat, Pflanzenfett z. T. gehärtet, Lezithin, Salz, Vitamin B sechs, nein, lieber nicht, wo, wo sind die Zigaretten ...? Die Lampe verlosch.
Als sie wieder anging, saß er auf Knuspriger Knisperspaß! und starrte

nach draußen auf das leere Fensterbrett. Er griff zur Flasche. Der Sekundenzeiger hetzte von KEIN PFAND in kurzem Bogen hinab Richtung KEINE RÜCKNAHME. Plötzlich stand er auf, wühlte in Raucht nicht, Riecht nicht, Brennt nicht an, fand den Klebstoff, drückte einen Tropfen auf die Vierteldollarmünze mit dem Liberty-Kopf, während die Lampe flackernd an- und ausging, riß das Fenster hoch, indem er sich mit dem Arm auf Kosmetiktücher 2-lagig Gelb stützte, und klebte das Geldstück auf die Fensterbank, —nein, unmöglich, aber wenn doch? Angenommen, sie versucht, mich hier zu ... Wieder klingelte es. Er besah seine Hose, wischte an sich herum, stolperte in der Enge über H-O, hielt sich an der Wanne fest, ließ es weiterklingeln. —Hal, hallo ...? Gott, bist du das, Tom? Hat sie, sie hat nicht angerufen, oder ...? Nein nein, nur, das stimmt, ich dachte nur ... nein, kann sie nicht verpaßt haben, nein, war den ganzen Scheißtag hier, war hier und hab mir Schramms Schreibmaschine genommen, hab Schramms Schreibmaschine gefunden und war ... was? Notizen? Ja, hab meine Notizen wiedergefunden, hab dir doch erzählt, daß ich meine Notizen verloren habe, auch kein Wunder in diesem ... Schramms Notizen? In welcher Schreibmaschine ...? Brauner Schnellhefter mit so Flecken drauf ...? Ich werd mal nachsehen, Tom, ich seh mal nach, Schreibmaschine, Manuskript in einem braunen Schnellhefter mit so Flecken drauf, Scheiße ... Nichts, nein, nur der Fuß weggerutscht auf diesen beschissenen ... was ...? Getrunken? Zwei Drinks, maximal drei, war ja den ganzen Tag ... also Scheiße, hör zu, ich ... ich weiß, daß ich das gesagt habe, ja, aber hör mal, Tom, sie ... hör zu, sag sowas nicht, paß auf, Tom, ich hab dir doch gesagt, daß ich mich nicht so besonders gefühlt hab, ich ... nein, was ... Hat mir das nicht gesagt, nein ... nein, welches Auge ...? Nein, aber hör mal, wenn das dein ... ja, hab schon davon gehört, hör mal, Tom mit einer Netzhautablösung ist nicht zu spaßen ... Das würd ich nicht versuchen, lieber Gott, bloß nicht, such dir 'n guten Augen, 'n guten Augenarzt, nicht ein gutes Auge, das gesunde Auge könnte ... das was? Angerufen? Hier? O ja, sie hat hier angerufen, R-Gespräch, heute morgen, hat nicht mal ... und wegen dem Besuchsrecht, das sollte irgendwie so laufen wie seinerzeit bei Johannes dem Täu, Moment, hör mal, ist dir die Spielidee wieder eingefallen, die wir ... nein, fiel mir nur gerade wieder ein, und Elisabeth kam zu Maria, und siehe, da hüpfte vor Freuden das Kind in ihrem Leib, Moment, Herrgott, hör doch mal zu, welcher Tag ist heute ...? Nein nein, heute, welcher Tag ... Nicht das Scheißdatum, den Tag, den Tag! Muß doch 'n Scheißnamen haben wie Montag, Diens ... Herrgott.

—Gericht um Erlaubnis fragen, wenn ich meinen eigenen Sohn sehen darf? Jack ...?

Der Telefonhörer baumelte am Kabel hin und her. Er rutschte erneut mit dem Fuß ab, schaffte es zurück auf 24-0,33 l Flsch Zerbrechlich! blickte an seiner Hose hinunter, wischte an sich herum, brauchte einen Moment, um sein Gleichgewicht wiederzuerlangen, und griff nach dem Hörer, hielt sich erneut an QUICK QUAKER fest und versuchte es noch einmal, erwischte den Hörer, während seine freie Hand nach oben tastete, wählte, —hallo? Ja, hör zu, ich ... ich weiß, aber hör mal zu, ich ... ich weiß, ja, das weiß ich, will nur wissen, welcher Tag heute ... Weil ich nicht konnte, Scheiße, ich konnte nicht! Hör mir jetzt mal ... Nein, ich will ihr das nicht selber sagen, nein, ich, kannst du ihr nicht sagen nächste Woche? Sag ihr einfach, wir besorgen die neuen Stiefel nächste Woche, und warum nicht, wenn ich fragen darf ... Hör mal, ich weiß, daß es langsam kalt wird, aber das ist doch nicht, Scheiße, kannst du denn nicht einfach ... Weil ich jetzt nicht mit ihr reden kann, deshalb! Versteh doch, es geht einfach nicht. Ich, kannst du denn nicht ein einziges Mal, kannst du nicht, kannst du nicht ein einziges Mal, mußt du denn immer gewin ...?
Der Kaugummi erschien im Blickfeld, tauchte ein in jenen Rest von Licht auf dem Fensterbrett, verschwand aber ebenso schnell, als er gegen den löchrigen Lampenschirm prallte und sich auf Knuspriger Knisperspaß! setzte, —Herrgott, was mach ich, Herrgott ...

—merikanischen Familie ihren Anteil an der Weltgesundheit. Achten Sie darauf! Es ist grün! Ein erstklassiges Produkt der Nobili-Forschung, stolzes Mitglied der ...

—Mann, du hast ja nicht mal die blöde Post reingeholt ... zitternd und krängend tat sich die Tür auf vor ihr, die nun durch Berge von Briefen hereingewatet kam und dabei mit dem Fuß das Journal of Business, Modern Packaging, Financial World vor sich hertrieb, —außerdem noch so eine riesige Kiste, aber die war echt zu schwer für mich. He, wo steckst du, niemand zu Hause ...?
—In der Bibliothek, mach schnell, ich bin soeben von Crudens Konkordanz attackiert worden ...
—Mann, was sitze denn da im Dunkeln? Und ich meine, was ist denn

mit dem Telefon los? Warum hängt denn der Hörer da runter ...? Sie zog sich im Vorbeigehen den Ärmel hoch, griff nach oben und legte den Hörer auf.
—Mein Anruf ist gekommen, danach hab ich einfach nicht mehr aufgelegt ... flackernd ging die Lampe an, der Kaugummi nahm das alte Spiel wieder auf, tanzte lustig auf dem Vierteldollar, verschwand dann wieder nach oben, —hab meinen Anruf gekriegt und ne kostenlose Tanzstunde gewonnen ...
—He, du bist nicht der einzige, der Anrufe bekommt, ich warte auch auf einen wichtigen Anruf ... Briefe schleiften hinter ihr her, als sie sich den Mantel auszog und dabei gleichzeitig ihre Taschen leerte. Konservendosen, Gläser purzelten auf das Sofa, auch ein zusammengerolltes Bündel Kleidung, —echt, ich meine wegen dem Job, die haben gesagt, daß sie mich ganz kurzfristig anrufen wollen ... sie riß an einem Reißverschluß.
—Hübsches Kleidchen, hab mir nie vorstellen können, wie du in so nem hübschen Kleidchen aussiehst ... aus der Leere der Tasse blickte er hoch, quetschte sich an Kisten vorbei zu H-O und griff nach der Flasche, —warum ziehst du denn dein hübsches Kleidchen aus ...
—Mann, echt, der Laden ist sowas von dreckig hier, da weiß man nicht mal, wo man sich hinsetzen soll, ich meine, die haben mir zwanzig Dollar dafür gegeben, damit ich nett ausseh für den Job, echt, kannste das mal 'n Moment halten?
—Scheint ja 'n verdammt anspruchsvolles Pferd zu sein, wo ist denn der Haken dabei?
—Nee, ich meine, du sollst das vom Fußboden weghalten, Mann ... sie schlüpfte in ein Hemd, —ich soll da so ne Sekretärin machen, die irgendwelche persönlichen Probleme hat und ob ich schwanger bin oder so, echt, und da sag ich, woher soll ich das denn wissen ... sie stieg über seine Beine und hängte das Kleid über den Geschirrtuchhalter, —ich meine, wenn diese Persönlichkeit des öffentlichen Lebens mich im Schaufenster angrapscht, echt, den Laden mußte gesehen haben, Mann, ich meine, das ist da alles derart patriotisch, daß die sich wahrscheinlich mit den Stars 'n' Stripes den Arsch abwischen.
—Scheiße, das ist aber ne Enttäuschung, Persönlichkeit des öffentlichen Lebens, ich dachte, du hast was von nem Pferd gesagt ... die Flasche neigte sich, schwankte, —trotzdem, das mit den Fahnen gefällt mir, auf diese Weise erschließt sich Macy's womöglich einen völlig neuen Kundenkreis, gediegener Mittelstand, nicht mehr diese Mischpoke ...

—Mann, echt, was laberst du da denn dauernd von diesem Pferd, ich meine, ich hab dir doch gerade gesagt, daß es bloß um Politik geht, ich meine, dieser Mister Cibo, echt, der mich eingestellt hat, der sieht aus, als wär er bei der Mafia ... sie bemerkte plötzlich, daß sie ihr Hemd falsch zuknöpfte, und hielt inne, —ich meine, ich soll da aus dem Fenster springen, weil ich persönliche Probleme hab, und dieser Politiker rettet mich dann, damit er als großer Held dasteht, echt, und dann sag ich, daß sein courantiertes Eingreifen und so einmal mehr beweist, wie sehr er sich um die Menschen kümmert, was mir dann den Mut gibt, mich noch einmal dem täglichen Lebenskampf zu stellen, und dafür, also dafür krieg ich dann hundert Eier, was issen mit der Lampe los ... sie schüttelte sie, zerrte an 24-200 Gramm Pckg. Fruit Loops, —echt, da hinten ist noch so ne andere Lampe, die mal geliefert worden ist, ich meine, haste mal 'n Vierteldollar?
—Ich hab dir heute morgen doch erst fünf Dollar ...
—Ohne Scheiß, Mann ... sie zerrte die Lampe hervor und stellte sie auf Moody's, —das war mal ne alte Parkuhr, und für nen Vierteldollar hast du ne Stunde lang Licht.
—Dann nehm ich zwölf Minuten, hier sind fünf Cent, Vorsicht, die Flasche ...
—Nee, echt, Mann, das Fünfcentstück ist zu dick und paßt nicht in den Schlitz, was denkste denn, wow, hast du etwa die ganze Flasche allein ausgesoffen?
—Grynszpan ist vorbeigekommen, der hat nen ganz guten Schluck, guck mal! Hast du das gesehen? Scheiße ...
—Mann, was denn, was denn gesehen ...
—Da oben, der Karton vor der Uhr, da kommt 'n Football raus, warte, bis das Licht wieder angeht, hinter kein Pfand, da kommt gleich ein Football, da! Hast du das gesehen?
—Mann, echt, das ist doch bloß, miez miez miez, ich meine, das ist doch bloß Chairman Meow, Mann, hier, miez ...
—Was zum Teufel will der denn hier, sieht aus, als ob der ...
—Mann echt, wo sollte ich denn mit ihm hin? Und ich meine, wo issen der Dosenöffner? Den hatte ich hier doch für die Enchilavis ... und als sie sich bückte, um unter dem Sofa nachzuschauen, rutschte ihr Hemd hoch, und er mußte plötzlich schlucken, leckte sich über die Lippen, und als er die Tasse zum Mund führte, verschüttete er deren Inhalt über seinem Handrücken. —Hier isser ja, immer noch auf der Dose, ich meine, was für 'n ekelhaftes Chaos, echt, ich meine, die ganzen Kippen

und so, und alles in die Enchilavis, Mann, kannste nicht mal den Müll rausbringen, wie sich das gehört?
—Da kommt immer so ne kleine alte Lady vorbei und kratzt die Thunfischdosen aus ...
—Mann, echt, wir haben ja nicht mal Thunfisch, und außerdem, beim letztenmal hätten sie sie fast in dem grünen Kastenwagen mitgenommen, hier, miez miez ...
—Wenn das so weitergeht, landen wir alle noch in der grünen Minna ...
—Nee, ich meine doch nur den, der jeden Abend den Müll abholt, Mann, Bast sagt, daß das irgend so 'n Service ist, den wohl seine Firma eingerichtet hat, miez miez miez ... sie klopfte auf die geöffnete Dose, die sie vor sich auf den Fußboden gestellt hatte.
—Wohl dieselbe Firma, die uns da diese Wanze ins Nest gelegt hat, toller Service, muß ich schon sagen ...
—Mann, echt, ich sags ja, ich meine, der Laden ist derart verdreckt, würde mich nicht wundern, wenn ich eines Morgens total zerbissen aufwache, komm her, miez miez ...
—Doch keine Bettwanze, nein, eine Telefonwanze, zum Abhören, guck mal, was ich heute in dem Apparat gefunden habe, da unten auf dem Fußboden ...
—Was? Das haste doch nicht etwa rausgerissen? Mann, echt, warum haste das denn gemacht? Ich meine, jetzt muß der extra wiederkommen und es reparieren, miez miez ...
—Er? Wer? Was ...
—Dieser schwarze Typ, der für die Telefongesellschaft arbeitet, Mann, ich meine, normalerweise schließt er die Telefone an, das mit den Wanzen macht er nur so nebenbei, und ich meine, wenn die jetzt nix mehr hören, dann sagen die ihm Bescheid, daß er ne neue anschließt, hast du auch so nen Hunger?
—Nicht so recht ... vor der verstohlenen Annäherung an die geöffnete Dose auf dem Fußboden zog er den Fuß zurück, —hast du schon mal 'n Football essen sehen? Stör den nicht ...
—Wieso sagste sowas, Mann? Meinst du, der hört das nicht ...? Sie rutschte auf einem Knie an die Sofakante, suchte zwischen den Briefen nach einem Glas, einer Dose, wobei ihr Hemd hochrutschte, —ich meine, kannste den Leuten nicht ins Gesicht sehen statt nur auf ihren Arsch? Und haste nicht mal 'n Vierteldollar? Ich meine, die Scheißlampe geht an und aus, und ich kann kaum erkennen, was ... sie biß ein transparentes Päckchen auf, —willste auch was?

—Was denn ...? Er neigte die Flasche über die Tasse, schüttelte sie.
—Was denn? Ja, woher soll ich denn wissen, was das ist, Mann? Da steht drauf naturidentisches Käseersatzerzeugnis ...
—Halt! Herrgott!
—Echt, was haste denn? Das ist doch nur Traubensaft, ich meine, ich hab dir doch bloß ein bißchen Traubensaft eingegossen ...
—Der letzte Rest Whisky, Scheiße, du hast das in den letzten Whiskey gekippt ...
—Na und? Dann haste jetzt eben Traubenwhiskey, ich meine, du bist doch schon sowas von blau, daß du den Unterschied gar nicht mehr merkst, Mann, was ist das denn hier ...? Sie hielt ein Glas hoch und machte den Deckel auf, —Raviolis, willste 'n paar Raviolis ...? Die Lampe flackerte, hinter ihr erschien der Kaugummi und verschwand langsam aus dem Blickfeld, während sie sich die Finger ableckte und einen Umschlag aufriß, —Lieber Mister Eigen, es ist mir ein Vergnügen, Ihnen mitteilen zu können, daß das Aufnahmekomitee des PEN auf seiner letzten Sitzung Ihre Mitgliedschaft befürwortet ...
—Moment mal, was ist ... er hustete in die Tasse, —was machst du denn da ...
—Was wohl, Mann, ich meine, ich les die Post, echt, ich meine, wenn Bast und ich, also wenn wir essen, machen wir das immer, Mann ... sie schob ihr Hemd über die Hüfte und kratzte sich dort, —ich meine, echt, sonst gibts hier doch nix zu tun.
—Nein, also sieh mal, das Problem ist, das Problem, Mister Eigen ist manchmal verdammt empfindlich und macht seine Post vielleicht lieber selber auf ...
—Mann, echt, das ist doch scheißegal, ich meine, Post ist Post ... Papier riß auf, sie leckte sich die Finger ab und stellte das Glas auf den Boden. —Anliegend erhalten Sie den vierteljährlichen Rechnungsabschluß gemäß den Bestimmungen des unten aufgeführten Treuhandmandats vom, echt, Bast kriegt dauernd so ne Scheiße, ich meine wer hat denn Lust, das alles zu lesen? Kissinger Steuerbrief, US-Bergbaubehörde, Steuertricks für Führungskräfte, Büro für Indianerangelegenheiten, Ministerium des, Scheiße ... sie grub sich durch den Haufen neben ihr, —ich dachte, ich hätt da auch noch irgendwo Heringe gehabt ...
—Guck mal unter Grynszpan nach, das hab ich vorhin alles aussortiert, was zum Teufel machst du denn da? Ich habs doch eben erst geordnet ...

—Echt, kannste mal die Dose aufmachen? Ich meine, da ist nicht mal mehr so 'n Öffner mit bei, ach, hier ist ja einer, lieber Mister Grynszpan, da wir davon überzeugt sind, daß Sie ein zutiefst verantwortungsbewußter Bürger sind, der sich seine Meinung über die brennenden Probleme der Gegenwart nach langem und sorgfältigem Nachdenken bildet, und da das Überleben unserer Republik in der bislang bekannten Form auf der freien Meinungsäußerung basiert, also auch auf Ihrer Meinung, fügen wir der Einfachheit halber einen Brief bei, den Sie natürlich auch mit eigenen Worten formulieren können und postwendend Ihrem Senator und Kongreßabgeordneten zuschicken wollen, sehr geehrter Herr, als verantwortungsbewußter Bürger lege ich Wert darauf, meiner Meinung Nachdruck zu verleihen, daß ich ausdrücklich die von Senator Broos eingebrachte Kongreß-Vorlage drei fünf neun sieben sowie, parallel dazu, die entsprechende Senats-Resolution unterstütze, die auf strenger Nichteinmischung im gandischen Bürgerkrieg besteht sowie für die frühestmögliche Anerkennung der Uaso-Provinz als selbständigen und unabhängigen, Mann, paß doch auf! Du kleckerst ja...
—Scheißkatze...
—Ich meine, er ist doch bloß auf die Fensterbank gesprungen, Mann echt, warum soll der denn nicht rausgucken, was, was ist das denn da? Ich meine, guck mal da, draußen eiert irgendwas an nem Faden rauf und runter, Mann, guck doch mal...
Er richtete die Tasse wieder auf, setzte sich auf H-O, —und wieder rauf und nachgeladen, sieht aus wie Double Bubble...
—Mann, guck mal, da draußen liegt ja 'n Vierteldollar...! Der Hemdsaum hob sich, als sie sich umdrehte und am Rahmen des Schiebefensters rüttelte, ihn hochschob. Plötzlich schoß eine Pfote an ihr vorbei, dem glänzenden, rosa Etwas entgegen, —Mann, halt ihn fest! Sie beugte sich weiter hinaus, —der klebt hier, Mann, ich krieg den nicht ab... der Kaugummi tanzte höher, fiel herab, die Pfote schoß hinaus, —Mann, verdammt, nimm doch mal die Scheißkatze von meiner, das Biest ist, auaaa...! Der Faden straffte sich, zuckte wieder hoch, sie zog den Kopf zurück und knalle das Fenster herunter, —Mann, jetzt reichts, wer issen das da oben mit dem Scheiß-Kaugummi? Doch wohl nicht die Alte, wegen der dieser Typ immer vor der Tür steht, das nächste Mal kriegt der aber von mir eins in die... sie drückte sich an 200 2-lagig vorbei, —wer issen da?
—Guten Abend, gnädige Frau... zitternd und krängend tat sich die

Tür auf, —entschuldigen Sie die Störung, Sie sind hoffentlich nicht gerade beim Abendessen, spreche ich mit der Dame des Hauses?
—Hör mal, Mann, wonach sieht das hier aus ...
—Ich erkenne sogleich, daß ich eine Dame vor mir habe, die die Vorzüge einer guten Schulbildung genossen hat, gnädige Frau wollen doch gewiß, daß die eigenen Kinder eine ähnliche ...
—Welche Kinder, Mann? Hören Sie mal ...
—Gnädige Frau, wenn mich meine Augen nicht täuschen ... und richtete selbige auf sie, —sollte Ihr Gatte Sie tatsächlich kinderlos gelassen haben, müßte man ihn strenggenommen wegen fortgesetzter unterlassener Abhilfeleistung zur Verantwortung ziehen, ha ha, obwohl ich natürlich weiß, daß er genau wie Sie nach Herkunft und Bildung die besten Voraussetzungen dafür mitbringt, das sieht man schon beim ersten Blick in Ihr wunderbares Heim, es ist gewissermaßen genau die Umgebung, die sich die Verleger unseres neuen Kinderlexikons für ihr großartiges Nachschlagewerk vorgestellt haben, eine Schatztruhe von bleibendem Wert nicht nur für Sie, auch Ihre zahlreichen Freunde und Nachbarn werden begeistert sein ...
—Hören Sie, ich meine, nehmen Sie mal Ihren Fuß aus der ...
—Ent, entschuldigen Sie mich, gnädige Frau, aber wenn Sie mich unterbrechen, muß ich wieder ganz von vorne anfangen, werden also begeistert sein angesichts von soviel gemeinsamem Niveau, und deshalb ist es uns ein Vergnügen, Ihnen eine vollständige Ausgabe unseres neuen Kinderlexikons zum supergünstigen Subskriptionseinführungspreis anbieten zu können, und um Ihnen diese lohnende Entscheidung noch leichter zu machen, ist dieses Ansichtsexemplar von Band vier für Sie persönlich reserviert, prüfen Sie es zehn Tage lang unverbindlich und ganz bequem zu Hause, halten Sie, Sir, beziehungsweise Madam, halten Sie diesen Band in Ihren Händen, zeigen Sie ihn Freunden und Familienmitgliedern, studieren Sie seine exquisite Aufmachung, aber wenn Sie die Tür loslassen, drückt sie auf meinen Fuß, beachten Sie auch den edlen Einband aus einem speziell hierfür entwickelten, besonders fein genarbtem Kunstleder, das nicht nur sehr viel haltbarer ist als Leder, sondern seinen einzigartigen Glanz auch nach vielen Jahren nicht verliert, jeder einzelne Band dieser Ausgabe besticht durch den unvergleichlichen Goldprägedruck und die solide buchbinderische Verarbeitung, die den Vergleich mit kostspieligen bibliophilen Kostbarkeiten nicht zu scheuen braucht, ohne deswegen gleich mehr zu kosten als unser Supereinführungspreis,

nehmen Sie diesen wertvollen Band in die Hand, Sir, beziehungsweise Madam ...
—Mann, komm mal her und hilf mir hier!
—Beachten Sie die erstklassige Bindung und die Papierqualität, den Qualitätsdruck, die farbenprächtigen Abbildungen, darüber hinaus enthält jeder einzelne Band detaillierte Tabellen, Schaubilder und Graphiken, die Ihre aufregende Reise durch diese Seiten, prallvoll mit Weltgeschichte, Kultur, fremden Ländern, Politik, Geschichte, Kunst und Literatur und und noch lohnender macht, ach so, und Wissenschaft, ja, zwar wurden diese Bände in erster Linie konzipiert, um den Wissensdurst eines Kindes zu stillen, dennoch handelt es sich beileibe nicht nur um ein simples Kinderlexikon, sondern vielmehr um das ideale Nachschlagewerk sowohl für gelegentliches Schmökern im Lesesessel als auch für den ernsthaften Gelehrten, kurz und gut, es ist das krönende Ergebnis unzähliger Stunden gewissenhafter Forschungsarbeit durch international renommierte Experten, ist, ist das der, der Herr des Hauses ...?
—Das ist der Scheißschmökerer im gelegentlichen Lesesessel, was denken Sie denn? Und jetzt nehmen Sie den Fuß aus der ...
—Gnädige Frau, gnädige Frau, wie ich sehe, spreche ich zu einer Frau, die sich ihre Meinung am liebsten selbst bildet, deshalb hat unser Haus auf Ihren Namen bereits ein Abonnement für eine neue Publikation reserviert, die für Sie wie gemacht ist, das aufregende neue Magazin Die, völlig unverbindlich, seien Sie unter Ihren Freunden und Nachbarn die erste, die ...
—Sein Scheißfuß klemmt unter der Tür, Scheiße nochmal ...
—Vielen Dank, wenn Sie mir jetzt nur noch Ihren Namen nennen wollen und hier unterschreiben, Sir, beziehungsweise Mad ...
—Mann, wir müssen erst die Tür reinkriegen, dann kannst du drükken ...
—Vielen Dank, das wärs auch schon, vielleicht erweisen sich Ihre Nachbarn unserem großzügigen Angebot gegenüber etwas aufgeschlossener, könnten Sie bitte, Sir, könnten Sie mir bitte diesen unvergleichlichen Band zurück auaaa ...
—Fester, Mann, fester, bis es ganz drin, wow ... und kehrte an der Wanne vorbei ins Zimmer zurück, —echt, ich meine, warum haste denn jetzt noch dieses bescheuerte Buch behalten, ich meine, noch so 'n Scheißbuch hat uns gerade noch gefehlt ... und schlug gegen den löchrigen Lampenschirm, unter dem es daraufhin hell wurde, —ich

meine, wenn wir den Vierteldollar hätten, wo sind eigentlich die Raviolis, haste die gegessen?
—Nein nein, mir reicht schon dein Traubenwhiskey, vielen Dank... er stützte sich auf Raucht nicht, Riecht nicht, Brennt nicht an, als er sich niederließ, —na, dann wollen wir uns mal diesen unvergleichlichen Band ansehen...
Sie hob das Glas vom Fußboden auf, —ich meine, was stimmt denn nicht mit den Raviolis...? Sie leckte sich die Finger, Papier zerriß, —echt, ich meine warum gehste nicht einfach was essen? Lieber Freund, wir haben für Sie kostenlose Eintrittskarten für das zweite Jubiläumsdinner der Rancho Hacienda Estates reserviert, ein mehrgängiges Menü und ein faszinierender Film erwarten Sie, ungezwungene Garderobe, im Großen Saal, Mann, ich meine da könnteste doch echt...
—Genau, und du ohne Hose, das gibt nen Superauftritt, und wenn wir uns dann von unseren Stühlen erheben, Riesenapplaus wegen deinem süßen...
—Ungezwungene Garderobe, echt, du könntest da wirklich hingehen, Mann, ich meine du müßtest dich mal sehen, ich meine, rasieren wollteste dich ja schon, als ich vorhin weggegangen bin, und als ich wieder da war, warste immer noch nicht rasiert, bloß stinkbesoffen...
—Nein, ich hab getippt, hab getippt, weil ich die Schreibmaschine gefunden hab, und hab dann getippt...
—Was denn getippt? Mann, ich meine, du wartest doch schon seit hundert Jahren auf die große Chance und denkst, daß alle vor Ehrfurcht tot umfallen, wenn du reinkommst, und dann findest du zufällig deine dreckige alte Aktenmappe wieder und deine Tootsie-Rolls-Notizen, und dann komm ich wieder, und du sitzt hier nur total besoffen rum und guckst dir so nen Kaugummi an, der...
—Ohne Tootsie-Notizen kann ich nicht tippen, und ohne Schreibmaschine auch nicht, hab aber die Schreibmaschine gefunden...
—Was soll das heißen, ohne Tootsie-Notizen? Mann, die liegen doch direkt hinter dir, und ich meine, was tippste denn überhaupt? Ich meine, in der Schreibmaschine ist ja gar kein Papier, Mann, guck doch... und spreizte die Beine, als sie sich vorbeugte, um an der Walze zu drehen, —bleib sitzen, ich meine, guck doch, ist ja gar kein Papier drin, Mann, da ist nix, paß doch auf! Du kippst ja das ganze Ding...
—Was? Ich hab doch nur, kippen? Nicht kippen, tippen, ich sagte tippen, ich tipp das ganze Scheißding noch mal ab, ich, Scheiße, ich...

—Da! Ich hab dir ja gesagt, daß dus umkippst. Außerdem steht da groß und deutlich drauf, Tootsie Rolls, siehste? Ich meine, du sagst, daß du deine Notizen nicht finden kannst, okay, aber jetzt haben sie dich eben gefunden...
—Gott... er setzte sich langsam wieder hin und schob mit einem ausgestreckten Fuß die Papiere zusammen, —das Ganze ist eine einzige beschissene Büchse der Pandora und verfolgt mich seit Tausenden von Stunden, insgesamt sechzehn Jahre, ich lebe seit sechzehn Jahren mit diesem Scheiß und fang schon an, in Buchläden danach zu suchen, und wenn ich nach Haus komme, liegt alles noch so da, wie ich's verlassen hab, wenn ich's vor zehn Jahren veröffentlicht hätte, wärs...
—Mann, paß doch auf, du reißt ja alles kaputt...
—Sechzehn Jahre, als ob man sechzehn Jahre mit nem alten Invaliden zusammenleben würde, und jedesmal, wenn man nach Haus kommt, sitzt der schon da und wartet genauso, wie man ihn verlassen hat, und fuchtelt mit seiner Krücke rum, man schüttelt ihm das Kissen auf, streicht 'n Absatz, fügt 'n neuen Satz ein und hält seine kleine Scheißhand, 'n neues Komma und ein bißchen warme Milch, dann geht man für 'n Moment an die frische Luft, holt sich Zigaretten, kommt wieder, und er sitzt da, so, wie man ihn verlassen hat, er folgt einem mit den Augen durchs Zimmer, fuchtelt mit seiner Scheißkrücke, und man versucht rauszukriegen, was zum Teufel er eigentlich will, und wieder schüttelt man das Scheißkissen auf, wechselt die Verbände, liest ihm was vor, schreibt 'n Abschnitt neu, wischt ihm das Kinn ab, neuer Absatz, aber mit seinen Scheißaugen verfolgt er einen sogar noch, wenn man ne Woche wegbleibt, 'n ganzen Monat, ein Scheißjahr, man will einfach mal an was anderes denken, Scheißfreunde erkundigen sich, wie's ihm geht, alle rechnen damit, daß er bald aufstehen kann, und lieber als die unangenehme Wahrheit hören sie die schöne Lüge, wollen dein breites Lächeln sehen, weil es jetzt jeden Tag soweit ist, man geht die Straße runter, die Scheißsonne scheint, und manchmal denkt man, vielleicht kommt er dir irgendwo entgegen, vielleicht hat er's ja allein geschafft und ist aufgestanden, aber dann kommt man zurück, macht die Scheißtür auf, und da sitzt er, so, wie man ihn verlassen hat...
—Mann, was ist mit dem Vierteldollar da draußen... sie hatte sich zurückgelehnt und kratzte sich mit einer Hand zwischen den gespreizten Beinen, —hast du den da festgeklebt, Mann?
—Habs dir doch gesagt, als du reingekommen bist, aber das ist, wie wenn man auf einem Auge nur Gelb und auf dem anderen nur Grün

sieht, man versucht einfach, zwei Gedanken zusammenzubringen und daraus dann so etwas wie ne Idee zu... an H-O gewann er sein Gleichgewicht wieder und griff nach der blauen Aktenmappe, —Scheißfreunde, alle werden langsam ungeduldig, sagen: laß gut sein, mehr wird doch nicht, ist ihnen wahrscheinlich auch total scheißegal, bloß schnell soll es gehen, notfalls mit 'n bißchen Kosmetik, immer noch besser als wieder von vorn anzufangen, aber statt dessen macht man weiter, schüttelt das Scheißkissen auf...
—Hast du das gemacht, Mann? Den Vierteldollar da festgeklebt?
—Hab ich dir doch gesagt, Anekdote, Anekdote, wo bist du? Doch da war nur das Geräusch blätternder Seiten, —ah, hier, zwar war die Anekdote, bis dahin bin ich gekommen, zwar war, gottverdammte Augen, man wischt ihm das Kinn ab, er fuchtelt mit der Krücke, man versucht rauszufinden, was zum Teufel er, zwar war, war zwar, der Bleistift, wo ist denn mal 'n Bleistift, diese Scheißsätze, alles verkehrt herum, schnell 'n Bleistift...
—Das hast du echt gemacht, Mann? Du hast den da festgeklebt, stimmts...?
—Ich dreh diesen Satz einfach um, das ist es. War zwar Oscar Wilde längst wieder in jenem schwelenden Komposthaufen namens Europa aufgegangen, dazu versehen mit Walter Paters Erfolgsrezept für ein erfülltes Künstlerleben, so machte doch die Anekdote, wie er um der Kunst willen Leadvilles Schlägern entgegengetreten war, auch weiterhin, und hier, in einem Land, wo neue Erfindungen die bloße Möglichkeit des Versagens als Bedingung des Erfolgs eliminierten, was sich besonders in der Kunst auswirkte, wo das Beste niemals gut genug ist, und hier, auf einmal spielte die Musik ohne Patzer und Aussetzer, wie wollte man da noch der Versuchung widerstehen, den Pianisten zu erschießen? Wie findest du das?
—Wie find ich was? Hör mal, Mann, ich meine...
—Was denn, gefällt dir das etwa nicht?
—Nee, ich meine, ich schnalls nicht, echt, ich meine ich versteh kein Wort davon.
—Scheißproblem ist, daß es nicht dafür gelesen wurde, laut vorgeschrieben zu werden, lies es mal, hier gehts los, lies mal, hier.
—Was denn? Hier? Die einzige rat, rationale Methode der Kunstkritik, die mir je untergekommen ist, so Wildes Beobachtung, inzwischen längst woanders und auch tot, ein verschimmelter Kohlkopf...
—Hohlkopf, Scheiße, da steht Hohlkopf, nicht Kohlkopf, hier...

—Da steht Kohlkopf, Mann, guck doch, Kohlkopf, K o h l ...
—Hohlkopf, verschimmelter Hohlkopf, glaubst du etwa, Crane nennt Wilde 'n Scheiß-Kohlkopf?
—Mann, woher soll ich das denn, paß auf, das war mein Knöchel ...
—Kohlkopf, du willst, daß es bescheuert klingt, du findest es zum Kotzen und willst, daß es sich bescheuert anhört ...
—Mann, wie soll ich es denn zum Kotzen finden? Ich weiß ja nicht mal, worum's überhaupt geht ...
—Erschieß den Scheißpianisten, ich hab dir doch eben erklärt, worum es geht, Pianola spielt von allein, und deshalb kann man den Pianisten ruhig erschießen, ich habs doch eben vorgelesen, Scheiße, hier stehts doch, hier, wo neue Erfindungen die bloße Möglichkeit des Versagens als Bedingung des Erfolgs eliminierten, was sich besonders in der Scheißkunst auswirkte, da, da stehts doch haargenau.
—Was steht da? Ich meine, wo steht denn da was von Pianola?
—Erfindungen steht da, neue Erfindungen, Scheiße, das ist doch das Pianola ...
—Mann, ich meine, das meine ich doch, echt, ich meine, wenn's das heißen soll, warum stehts dann nicht da? Und hier, Agape, ist das der Buchtitel? Agape? Mit offenem Mund?* So heißt das?
—Kannst du denn nicht, guck mal den Akzent über dem Scheiß-e, Pi, Eta, spricht sich: peh, Agape, begreifst du das denn nicht, Scheiße? Pi, Eta, zusammen peh.
—Mann, echt, woher soll ich denn das wissen mit dem Piéta, ich meine ...
—Hab ich doch gar nicht, Herrgottnochmal! Ich hab doch nicht Pietà gesagt, das ist doch 'n völlig anderes Scheißding, bring da doch nicht was völlig anderes rein, und du kannst da auch nicht einfach was rausnehmen, wenn du etwas nicht weißt, dann schlags nach, die unverbindliche Scheißenzyklopädie liegt hier doch nicht umsonst rum, los, schlags nach, Ag, Ag, Glas Golf, Scheiße, der falsche Band ...
—Hör mal, Mann, ich meine, das ist doch auch eg ...
—Das ist ja der Scheißpunkt, daß es egal ist, daß Agape auf einmal mit offenem Mund bedeuten soll, schlag irgendwas anderes nach, Gordischer Knoten, der, sowohl für gelegentliches Schmökern als auch, los, schlag nach: Gordischer Knoten, der. Wegen seiner brillanten,

---

* Griechisch-englisches Wortspiel: *Agápē* (gr.) selbstlose Liebe, besonders im religiösen Zusammenhang; *agape* (engl.) mit (vor Staunen) offenem Mund.

militärischen Leistungen in China unter dem Namen China-Gordon bekannt geworden, befehligte Charles George Gordon später die heldenhafte Verteidigung von Khartum, wo der nach ihm benannte Knoten, Herrgott!
—Paß doch auf! Du hättest fast die Fensterscheibe kaputtgemacht, Mann, außerdem hast du Chairman Meow zu Tode erschreckt, komm her, miez, ich meine, warum mußt du das Ding unbedingt nach ihm werfen, Mann, hier, miez miez ...
—Alles Scheiße, versuch dir zu erklären, versuch allen zu erklären, daß es zu spät ist, kein Liebesmahl mehr, alles vorbei, erschieß den Scheißpianisten, alles scheißegal und saukomisch, Saite, auf der wahnsinnige Finger, ein steinerner Ort, Herrgott, ich hab das Gefühl, als ob ich mein ganzes Leben hier zugebracht hätte ...
—Mann, paß doch auf, das war mein Bein ...
—So viele Scheißjahre umsonst, Scheißaugen folgen einem, man fängt an, ihn zu hassen, aber er wartet immer noch, fuchtelt mit seiner Scheißkrücke, aber nichts passiert, Verbände trocknen aus, fallen ab, Milch wird sauer, und draußen scheint die Scheißsonne, und das Leben zieht an dir vorbei, Freunde schämen sich schließlich nachzufragen, man kommt zurück, öffnet die Scheißtür und weiß wieder, wie sehr man ihn haßt, Scheißaugen starren dich an, wo ist er hin, dachte du würdest ihn mitnehmen, sieh dir an, was du, nicht ...
—Paß doch auf, Mann, oder setz dich anders hin, das tut nämlich weh, hier, miez ...
—Stell einen Satz um, schüttel das Scheißkissen aus, alles scheißegal, er fuchtelt mit der Krücke, auch scheißegal, streich 'n Absatz raus, Hände an seiner Scheißkehle, stauch das Scheißding zu nem einzigen Satz zusammen, zum Kotzen, weg damit.
—Moment, nicht Mann, du zerreißt ja ...
—Kommt sowieso zehn Jahre zu spät, Scheißpianist ist längst erschossen, Scheißsonne scheint, und alle latschen dran vorbei, alle keine Zeit, wollen eigentlich nirgendwohin, aber keine Zeit, für so 'n Scheißbuch sowieso nicht, alles schon mal dagewesen, und was dann angeblich alle Welt gelesen hat, zum Kotzen das alles.
—Mann, echt, das wollen die Leute doch! Bücher, in denen steht, was sie schon lange wissen, ich meine, deshalb sind die ja auch alle so beschissen, he, mein Fuß ist da unter deinem, aua ... sie stellte einen Mokassin auf die Sofakante, während das andere Bein sich immer noch bis auf H-O erstreckte, wo er sich hingehockt hatte, —echt, ich meine,

guck dir doch mal die ganzen Scheißbücher hier an, ich meine, wer sagt denn, daß du unbedingt noch eins schreiben mußt?
—Habs versprochen.
—Versprochen? Wem denn? Ich meine, ist das etwa der superwichtige Anruf, auf den du wartest?
—Ich hab doch gesagt, daß du nicht ans Telefon gehen sollst, das einzige, worum ich dich je gebeten habe ...
—Mann, das müssen ja vielleicht Tanzstunden gewesen sein! Echt, ich meine, wenn du es so zum Kotzen findest, wie kannste es denn überhaupt schreiben?
—Kann ich ja auch nicht! Hab dir doch gesagt, daß es das einzige Scheißding ist, das ich je ...
—Was denn, Mann? Daß du je was ...? Vom angewinkelten Knie rutschte ihre Hand nach unten, kratzte sich, —ich meine, das ist genauso wie mit meiner Model-Karriere, verstehste? Echt, ich hab, als ich etwa zehn war, immer diese blöden Comic-Strips gelesen wie Millie das Model, und ich meine, ich hatte damals schon so kleine Dippeldutters wie die da oben auf dem Bild, und also wollte ich später auch mal so 'n Supermodel werden, verstehste? Dachte, wenn ich das nicht schaffe, bin ich gar nix, ich meine, ich hab mir dafür den Arsch aufgerissen, und als ich mich schließlich bewerbe, sagt man mir, mit meiner Nase stimmt was nicht und daß meine Titten zu groß sind und so, ich meine, das hat mich echt runtergezogen, Mann, ich meine, da war ich echt gar nix mehr, natürlich hat sich immer jemand an mich rangeschmissen, aber bloß für ne schnelle Nummer, verstehste? Dann hab ich dieses Star-Model getroffen, die wollte mir sogar weiterhelfen, aber auch nur bis ins Bett, und da hab ich mich gefragt, was stimmt denn nun, die schöne Seite oder die ätzende, ich meine, ich hab mich echt total verändert, aber diese Vorstellung davon hat sich nicht verändert, seitdem ich zehn war, und geht mir irgendwie immer noch im Kopf rum, verstehste ...?
Ihre Hand sank weiter nach unten und kratzte den trockenen Hügel. —Echt, ich meine, ich sollte vielleicht mal ein Buch schreiben, verstehste?
—Vollkommen, an dir ist echt ne Lehrerin verlorengegangen ... mit letzter Kraft ergriff er die Tasse, ließ sich damit zurückfallen, so tief wie ihr Knie auf H-O, —könntest gut Vorträge halten mit, echt, wow, ich meine welche Seite stimmt denn nun, die schöne oder die ätzende, wär wie ne Frischzellenkur für den Neoplatonismus, kaum wiederzuerkennen, könntest sogar ne neue Schule begründen damit ...

—Mann, echt, das findeste wohl auch noch witzig, was? Aber ich würde denen nicht irgendwelchen Mist erzählen, ich meine, da kannste meine Freunde fragen, Mann.
—Dann schreib mit ihnen das Buch, wie wärs mit: Kritik des reinen Arschgesichts, eine Million verkaufte Exemplare...
—Nee, Mann, hör mit dem Scheiß auf, ich meine, das Buch, das ich schreiben könnte, ich meine, wenn da echt ne Million von verkauft werden, dann heißt das doch, daß es gut sein muß, oder nicht? Echt, ich meine, ich könnte 'n Buch schreiben, das die Leute auch lesen würden, Mann... das Kratzen änderte seine Natur von reizlindernd zu nachdenklich, —vor allem ohne dein großkotziges Getue, echt, ich meine, ich würd kommunizieren...
—Wenn du das machst, ziehen dich diese christlichen Vereine nackt aus und schneiden dich mit Austernschalen in die Suppe, von wegen der Leib Christi! Er pustete in die Tasse, warf sie leer in Raucht nicht, Riecht nicht, Brennt nicht an und scharrte mit dem Fuß die Seiten zusammen, —okay, anderer Titelvorschlag: Nichts zu sagen, aber gut in Schuß, wie wär das? Oder Agápē Agape, Das Staunen der Agápē, oder Agápē mit offenem Mund, das kennt noch keiner.
—Mann, ich meine, echt, ich hab dir doch schon mal gesagt, wer will denn deinen Scheißtitel hören, wenn man nicht mal weiß, was der bedeutet... das angewinkelte Knie sank zur Seite, —ich meine, hör mal, Mann, willste bumsen?
—Wenn du das Knie noch 'n bißchen weiter zur Seite tust, weiß auch der Dümmste, was gemeint ist, entsprechendes Bild auf dem Umschlag, Taine schreibt dir den Klappentext, eine Million verkaufte Exemplare...
—Hör mal, willste jetzt?
—Hab dir doch gesagt, daß ich, wieso...
—Wieso? Ich meine, was soll man hier sonst auch machen... ihre kratzenden Finger beruhigten sich, —ich meine, es gibt nix mehr zu essen, es gibt nicht mal was zu rauchen, und da willste echt hier bloß rumhocken und in dem dreckigen Buch lesen, das du bei Mondlicht geschrieben hast?
—Zu spät, nein, Feen habens versaut.
—Was denn für Feen, Mann? Sie kam näher und brachte den löchrigen Lampenschirm mit einem Schlag zum Leuchten, —ich meine, raus damit, willstes jetzt mit mir machen oder nicht?
—Ich sag doch, daß es zu spät ist, Scheiße! Meinetwegen soll Agápē

ruhig heißen mit offenem Mund, mir egal, die kleinen Arschlöcher da oben haben ohnehin alles versaut.
—Mann, echt, vergiß es ... sie setzte sich wieder, öffnete die Hemdtasche und wühlte darin herum —ich meine, das müssen ja komische Feen sein.
—Ich meine nicht, ich meinte nur ...
—Ich meine, vergiß es!
—Meinte nur etwas, das ich, wollte nur etwas festhalten, nur ...
—Echt, dann halts doch fest, Mann! Sie zog ein zusammengefaltetes, weißes Papier heraus und lehnte sich zurück, —ich meine, halt dich doch an deiner Tootsie-Kiste fest, Mann, echt, ich meine, du endest auch noch mal ...
—Bin nicht, noch nicht fertig ... er stützte einen Ellenbogen auf, schob die Füße näher, —wenn du dir dieses Scheißzeug reinziehst, wachst du irgendwann mit Nasenbluten auf ...
—Mann, echt, das tut doch jeder. Ich meine, den Vierteldollar da draußen festkleben, das tolle Buch ohne Papier auf der Scheißschreibmaschine schreiben, ich meine, du, du wirst noch genauso aufwachen wie Schramm, als er ...
—Was ...? Er stützte sich auf Thomas' Herstellerverzeichnis und richtete sich auf, —was, als er was ...?
—Echt, das willste doch gar nicht wissen, Mann.
—Was, was war mit Schramm ...?
—Mann, das willste doch gar nicht wissen! Paß auf, ich meine, sonst verschütte ich noch das ...
—Moment mal, hörst du das ... er stolperte über Knuspriger Knisperspaß! —beweg dich nicht, hör mal ...
—Ich hör es, ja, Mann, das ist das Scheißtelefon, geh doch dran.
—Ich sag doch, falsch verbunden, hör mal!

♫

—Mann, das Telefon ist nicht da oben, sondern im ...
—Schnell ans Fenster, beeil dich, du bist unsere Antenne ...! Hör doch ...! Tonic Water Schraubverschluß kenterte in Raucht nicht, Riecht nicht, Brennt nicht an, als er die Hochebene der Musical Couriers erreichte, —noch ein bißchen weiter, hörst du das?

♩♩♩♩

—Mann, ich muß rangehen, vielleicht ist das ...

—Beweg dich nicht...! Er verschwand zwischen 24-10 Block Pckg. und 48 No. 1 Rinderbrühe, —da!

—Hör mal, ich geh jetzt ans Telefon, Mann, vielleicht ist das mein...
—Arschlöcher!

    —Auszüge aus Bruckners achter Symphonie, präsentiert von...

—Ihr Arschlöcher, aua...! Er hielt sich den Kopf, kletterte nach unten, haute dabei auf Trade Extra 1909, das gegen 2 Dutzend 57 Das meistverkaufte Ketchup der Welt gerutscht war, trat sicherheitshalber noch einmal dagegen, packte sich den Stiel des Mops, —Arschlöcher!

    —Verbindung der großen Allianz aus Bildung und Technologie, die jenes zweischneidige...

Er fuchtelte mit dem Stiel, er stieß ihn in die Tiefe, wieder und immer wieder, —könnt nicht mal die ganze Sinfonie spielen, könnt noch nicht mal das ganze Scheißscherzo spielen, ihr Arschlöcher...! Musical Courier 1911 rutschte zur Seite, er wühlte mit dem Stiel in der Tiefe, stieß erneut zu, immer wieder, trat gegen 24-10 Block Pckg., drückte ein Knie dagegen, drückte das andere gegen 48 No. 1 Rinderbrühe und sackte tiefer, stemmte die Schulter gegen den plötzlichen Abrutsch von 2 Dutzend 57 Das meistverkaufte Ketchup der Welt, bekam eine Hand frei —umph! Trade Extra rammte gegen eine Rippe —Arschlöcher...!

    —exikon verschafft der amerikanischen Familie endlich den freien Zugang zum Wissen der Welt. In jedem Supermarkt...

—Mann, was ist denn hier los? Was machst du denn da oben? Ich meine, das hört sich ja an, als ob das ganze verdammte Haus zusammenkracht, was ist denn passiert?
—Hab den Pianisten erschossen.
—Echt, da ist sein Boß am Telefon, ich meine, der von Bast, echt, ich meine, der kriegt das irgendwie nicht geregelt, kannste mal kommen?
—Geht nicht.
—Er sagt, er hat gehört, daß Mister Grynszpan hier ist, und mit dem will er jetzt reden, Mann, ich meine, der will mit irgendwem reden... sie stieg über das havarierte Tonic Water Schraubverschluß

hinweg, setzte ihre Mokassins darauf und lehnte sich zurück, —echt, Mann, red du mal mit dem, ich meine, du weißt doch, was mit Grynszpan los is... sie klopfte auf das zusammengefaltete Papier, hielt es hoch, —ich meine, der kriegt das echt nicht mehr geregelt, echt, der brüllt so rum, daß man nicht mal weiß, ober er jetzt lacht oder weint, miez miez miez. Ich meine, das muß echt ne Arschgeige sein, miez miez miez. Isser da oben, Mann? Chairman Meow, isser da oben...? Ihre freie Hand kratzte, —der hat wahrscheinlich so 'n Schiß gekriegt, daß wir den 'n ganzen Monat nicht mehr wiedersehen. He, was machste denn eigentlich da oben?
—Prüfe diesen unvergleichlichen Band... Der gebrochene Lederrücken von Trade Extra flog über KEIN PFAND und traf die Uhr, der Sekundenzeiger flüchtete sich hinter KEINE RÜCKNAHME, —gelegentliches Schmökern im Lesesessel ist ne verdammt aufregende Sache, völlig unverbindlich... Papier zerriß. —Die Musik der Welt gehört allen. Wie findest du das?
—Echt, ich meine, ich könnte das wirklich mal aufschreiben, verstehste? Ich meine, warum muß ich denn so 'n Scheißmodel werden, bloß weil ich als ausgeflippte Zehnjährige gesagt hab, daß ich das werden will, ich meine, ich sollte echt mal das Buch schreiben, verstehste?
—Für die Freunde der klassischen Musik haben Scarlatti, Bach, Haydn und der alte Händel zahlreiche Leckerbissen geschrieben, als da wären Oratorien und Fugen, wie findest du das?
—Echt, und ich erzähl noch allen meinen Freunden, daß ich nach der Schule Model werden will, hab ich mir echt den Arsch aufgerissen dafür, hab so einen Lächel-Kurs mitgemacht, und wie man mit Makeup umgeht und so, und ich meine, dann waren alle stinkig, weil sie sich immer Vogue gekauft haben, aber ich war da nie drin, und da war ich auf einmal total abgeschrieben, ich war gar nichts mehr, verstehste?
—Zu ihnen spricht der unglückliche Schubert in den bezaubernden Klängen von Rosamunde, und Beethoven, Meister aller Meister, zieht mit seiner Apassionata oder seiner wunderschönen Fünften gleichermaßen Zuhörer wie Musiker in seinen Bann...
—Und ich meine, dann bin ich endlich dahintergekommen, daß ich während der ganzen Zeit, in der ich's versucht hab, eigentlich das Scheißmodel gehaßt habe, das ich immer sein wollte, verstehste?
—Beklagt Chopin einerseits in seinen Nocturnes das Schicksal der polnischen Nation, so beschwört er andererseits in seinen Polonaisen den Todesmut seiner Landsleute...

—Echt, ich meine, man vergißt richtig, wie das geht, verstehste? Ich meine, echt, die ganzen arschgesichtigen Generäle, die so zum Kotzen sind, und die abgefuckten Managertypen, die dauernd hier anrufen, und dann die Banken und die gesichtslosen Schleimscheißer von Priestern und Arschlöcher von Politikern, ich meine, überall geht ja dasselbe Ding ab, da vergißt man das leicht. Ich meine, wie zum Kotzen es ist. Dagegen hat Haß echt was.
—Für andere Geschmäcker kommt der große Wagner, hebt sie über die Wolken hinweg, führt sie im Walkürenritt in die mächtigen Hallen Walhallas oder im Ring der Nibelungen in die kühlen, grünen Tiefen des klassischen Rheintals ...
—Ich meine, als ich endlich dahintergekommen bin, daß ich eigentlich ganz okay bin, so wie ich bin, ich meine, das Model, das ich immer sein wollte, das hab ich sowieso die ganze Zeit gehaßt, verstehste? Ich meine, ich reiß mir den Arsch auf, aber weil ich unbedingt Model werden wollte, findet man sich am Ende nur noch total zum Kotzen, verstehste?
—Das Pianola stellt die universelle Form des Klavierspiels dar.
—Ich meine, ich könnte echt das Buch schreiben, das die Leute lesen würden, verstehste?
—Universell, weil es praktisch jeder im Vollbesitz seiner Hände und Füße ohne große Mühe erlernen kann.
—Echt, ich meine, ich würd schon gerne kommunizieren, verstehste?
—Weder Auswahl noch Anschlag der Töne zum richtigen Zeitpunkt und am richtigen Ort liegen noch in der Entscheidung des Musikers. Vielmehr geschieht dies automatisch mittels perforierter Papierstreifen ...
—Mann, warum hast du den Vierteldollar da draußen festgeklebt, ich meine, den hätten wir jetzt gut gebrauchen ... sie faltete das Papier wieder zusammen und beugte sich vor, —ich meine, diese Scheißlampe bringts einfach nicht ... sie rüttelte daran, bevor sie sich, die ausgestreckte Hand zwischen den Beinen, zurücklegte. —Hör mal das Wasser, ich meine ich hab das Gefühl, als würd ich wegtreiben, Mann. Biste noch da oben ...?

—Häusern dieses Landes, darunter viele liebgewonn ...

—Ich meine, hör doch mal, es kommt immer näher, hör doch, Mann, ich meine, wir könnten hier alle ertrinken, und kein Mensch würde das merken, hör doch! Ich meine, es kommt immer näher, Mann, ich kann

nix erkennen, biste noch da oben? Mann, echt, ich kann meine Füße nicht mehr bewegen, Hilfe! Mann, echt, wir kentern, Hilfe! Wo ist denn hier, miez miez miez, das ist dieser Scheißsturm, Bast, biste da oben? Hilfe! Meine Füße sind eingeklemmt, Hilfe! Ich kann nicht, Mann, das ist so tief hier, ich kann nicht, Mann, das ist so warm, ich meine, überall dieses warme, o wow, wow ... und in der Dunkelheit schienen die Fluten in Spüle und Wanne zu steigen, schwollen an im Geprassel des Regens gegen die Scheibe, hinter der schließlich ein sonnenloser Morgen graute. —Mann, ich hab echt so 'n Nasenbluten, kannste mir mal was bringen ...? Sie stützte sich auf einen Ellenbogen und hielt die Hand vors Gesicht, —ich meine, biste noch da oben ...? Sie strampelte sich aus der zerwühlten Decke heraus, und jeder ihrer Schritte ließ auf der Schicht von Briefumschlägen, zerfetzten Notizen und Briefköpfen ein helles Platschen ertönen, Modern Packaging, Financial World, hinweg über Tonic Water Schraubverschluß, vorbei an 200 2-lagig, wo sie ein feuchtes Hemdknäuel aufhob und es sich vor die Nase hielt, —wow, wer hat denn alles da reingeschmissen? Mann, biste etwa da drunter ...? Ihre freie Hand wischte durch die Schaumberge, hob sich, um das Hemd abzustreifen, fiel hinab, um das Bein zu kratzen, das sie auf den Wannenrand gestellt hatte, und streifte einen Mokassin ab, —wer ist, Mann, bist du das ...?
Die Tür erzitterte. —Frachtgut für ...
—Schön für dich, Tür ist offen ...
Krängend ging die Tür auf, —ich war schon mal hier, ich hab hier 'n ganzen Wagen voller, wo sind Sie denn eigentlich ...?
—Na, wo wohl ... sie wischte sich Schaumkronen von der Schulter, —was gibts denn da zu glotzen, bring das Zeug schon rein ...
—Tausend Gros Plastikblumen da unten, hören Sie mal, wie soll ich denn tausend Gros Plastikblumen hier reinkriegen ...?
—Mann, echt, wer sagt denn, daß du das überhaupt sollst? Echt, ich meine, das ist doch dein Problem, ich meine, du bist doch angeblich hier der große Frachtgutspezialist, dann mach es doch einfach, wie du's in der Frachtgutspezialistenschule gelernt hast, okay ...? Das Hemdknäuel hob sich plötzlich aus dem Schaum und stieß gegen die rosa-körnigen Spitzen, —Mann, wenn du schon da rumstehen mußt, hör wenigstens auf, dir am Schwanz zu spielen, geh mal lieber ans Telefon da. Nee, nicht da, ich meine, es steht gleich da oben hinter dir ...
—Das, oh ... hallo ...? Wollen den, wen ...?

—Echt, wer ist denn dran? Ich meine, wenn's für mich ist, ich warte nämlich auf nen wichtigen ...
—Jemand fragt nach dem Boß, weil, der hat jetzt einen Gerichtstermin ...
—Echt, sag denen, sie sollen sich verpissen, ich meine, ich warte auf nen sehr wichtigen ... echt, ich meine, was ist das hier? Das Schaufenster bei Macy's oder was?
—Was zum, wer zum Teufel sind Sie denn, was machen Sie hier, wo ist ...
—Mann, der ist bloß ans Telefon gegangen, ich meine, das siehste doch, echt, ich meine ...
—Aber was, wo ist Jack, was ist ...
—Echt, woher soll ich denn wissen, wo Jack ist, ich meine, wo sind wir hier eigentlich? Auf'm Jahrmarkt oder was?
—Wer ist, was Moment, Moment mal, wer sind Sie denn ...?
—Sind Sie Mister Grynszpan? Ich habe hier eine Vorladung für Sie ...
—Hören Sie, Scheiße, ich bin nicht Mister Grynszpan, mein Name ist Eigen, und was zum Teufel ...
—Oh, ist Mister Grynszpan dann der am Telefon? Hier bitte, Sir, US-Bezirksgericht Bezirk Süd, das PGD-Taxi bringt Sie da gerne hin, und Mister Bast? Hier ist etwas für Sie von der United States ...
—Mann, guck dich doch um! Ich meine, seh ich etwa aus wie Mister Sowieso? Ich meine, raus hier, alle Mann, raus hier!
—Und Sie sind auch ganz bestimmt nicht Mister Bast, Sir? Ich habe nämlich ebenfalls eine Vorladung für Sie ...
—Ganz bestimmt nicht, Scheiße, und jetzt verschwinden Sie hier, Sie auch, weg da vom Telefon und raus, Achtung, die Tür! Wo ist, was machen Sie denn hier? Wo ist, Moment, Sie sind doch die, Sie heißen doch Rhoda, nicht wahr? Waren Sie nicht ...
—Echt, was meinste denn mit war? Und überhaupt, was glotzte denn so? Wie sieht das denn aus, was ich hier mache, Mann? Ich meine, leg mal das Telefon wieder auf, ich erwarte nämlich 'n wichtigen Anruf, und dann die Tür, stell doch mal irgendwas davor, damit der nicht noch mal sein Zeug hier ablädt ...
—Was für Zeug? Wer ...
—Dieser Frachtgutspezialist, Mann, ich meine, der will hier tausend Plastikblumen abliefern, echt, ich meine, ich hör ihn schon auf der Treppe, bei dem Krach, den er dabei macht ...
—Oh, das ist nicht, nein, nein, das ist okay, das ist jemand anderes,

ein Freund von Jack und mir, er bringt nur eine große Staffelei hoch, die er ...
—Du und er, ihr habt vielleicht echt so Freunde, Mann, ich meine, gib mir mal das Hemd ...
—Keine Sorge, er bringt die hier nicht rein, wird uns nicht stören, er ist Maler und sucht nach einem Ort, an dem er arbeiten kann, er stellt seine Sachen hinten in die leere, hier, ich helf dir ...
—Ich meine, ich hab nur gesagt, gib mal das Hemd her. Raus komm ich schon alleine, okay?
—Ja, ich wollte nur, hier ...
—Und ich meine, hör mal, Mann, ich meine, ich kann mich auch schon alleine abtrocknen, okay?
—Was ist denn los? Ich wollte doch nur ...
—Nix ist los, ich meine, ich brauch bloß deine Flosse da nicht, okay?
—Nein, aber was ist ...
—Ich hab gesagt, ich kann mich da selbst abtrocknen!
—Was ist denn los? Was ist denn so ...
—Ich hab gesagt, nix ist los, nimm nur deine, hör mal, Mann, echt, ich meine, das Telefon, Mann, kein Witz, ich meine, laß mich mal an das Scheißtelefon, nimm deine ...
—Aber, warten Sie, Scheiße, ich geh dran, es wird ...
—Ich meine, ich warte auf 'n echt wichtigen ...
—Hallo ...? Nein, er ist nicht hier, wer ... Ach, Sie sind das, ja, Jack hat auf Ihren Anruf gewartet, er ist ... ist vor einiger Zeit weggegangen, aber wo kann er Sie erreichen? Er hat mir gesagt, daß er es kaum ... Ja, er hat mir von Ihnen erzählt, und das klang alles sehr ... Wie bitte? Nein, nein, E, i, g, ich dachte ... Thomas, ja Tom, ich, ich dachte, Jack hätte ... Ja, hat er auch, aber ich ziehe dort aus, meine Frau ist eben erst, wie bitte ...? Nein, es ist ein, so eine Art Atelier in der Nähe der neunzigsten, seit Ihrer Abreise hat er hier gearbeitet, und ich hab alle meine Anrufe nach hier durchstellen lassen, ich dachte, falls meine Frau ... Nein, nichts Neues, nur etwas, das ich mal vor Jahren geschrieben habe, ist jetzt als Taschenbuch erschienen, ja, hat auch so eine Art Preis bekommen, aber, wie bitte ...? Ach so, ach, Sie meinen sein Buch, ja, ja, er arbeitet daran und zwar äußerst intensiv, seit Sie abgereist sind, hatte ein paar Probleme mit den ... Ich glaube nicht, daß es wirklich so ist, obwohl natürlich jemand, der diese Selbstdisziplin nicht kennt ... Nein, aber jeder Schriftsteller hat mal ne Flaute, ich selbst hab gerade erst sowas hinter mir, habe meinen

Job gekündigt und habe das Gefühl, als würde es mir nach langer Krankheit wieder besser gehen, aber ich hatte da ebenfalls ein kleines, wie bitte? Ach so, Sie sind immer noch am Flughafen, Sie sind gerade angekommen? Das wußte ich nicht... hat nur was von Genf gesagt, ja, er dachte, es handelt sich um irgendwelche Familienprobleme, da wird er aber froh sein, daß Sie das regeln konnten, wenn solche Dinge erst mal einreißen, ich kann Ihnen sagen, mein Anwalt sagt auch, ich sollte mich besser...
—Hör mal, Mann, leg auf, ich meine, ich warte auf 'n echt...
—Wie bitte...? Aber das ist doch selbstverständlich, bitte, ja, ich... ja, das werd ich ihm ausrichten, ich weiß, daß er... ja, mach ich, ich freue mich darauf, Sie kennenzulernen... hallo?
—Hör mal, ich meine, ich warte...
—Ja, ich hab dich gehört, aber das war der Anruf, auf den Jack gewartet hat, jemand, den er...
—Jemand, den er garantiert nicht sehen will, Mann, ich meine, ich kenn die Geschichte schon.
—Welche Geschichte? Sei nicht albern, das ist die einzige Sache, die ihn noch aufrecht hält, er ist...
—Mann, echt, den hält doch nix mehr aufrecht, ich meine, wenn's jemand gibt, den er nicht sehen will, dann sie, echt, ich meine, wo ist denn meine Hose...?
—Also Scheiße, wo ist er? Sagt mir dauernd, er fühlt sich krank, ich hab ihm gesagt, er soll zu nem Arzt gehen, hör mal, hat er gestern abend getrunken? Wo zum Teufel steckt er?
—Echt, ich sag doch, woher soll ich denn wissen, wo er steckt? Ich meine, diese Hose mit dem Schottenmuster, ich kann sie nirgendwo finden, vielleicht hat er sie ja angezogen, als er zum Arzt gegangen ist, Mann, ich meine, vielleicht liegt er ja auch noch immer da oben zwischen den Kartons.
—Der ganze Laden ist ein einziges Chaos, man kommt ja kaum hier durch, wo kommen eigentlich diese vielen Streichholzheftchen her? Mein Gott, was ist hier überhaupt passiert? Wo man hintritt, Bücher und Briefe, hör mal, was habt ihr hier bloß gemacht? Diese Spielsachen, die ich hab herbringen lassen, wieso sind die...
—Hör mal, Mann, ich meine, die sind doch sowieso alle kaputt, was willste...
—Nein, aber Filme, Papier, Dosen, alles auf dem, o Gott, ist das da oben etwa eine Katze?

—O wow, echt, und ich dachte schon, der wär abgesoffen ...
—Wär was?
—Abgesoffen, mit untergegangen, ich meine, bei dem schweren Sturm, gestern abend war hier der totale Schiffbruch, miez miez ...
—Hör mal, wovon redest du eigentlich? Was heißt unter ...
—Mann, ich meine, ich hab echt dringesessen!
—Also schön, ist ja auch egal, ich will nur ...
—Was soll das denn heißen, ist ja auch egal? Ich meine, was glaubste denn, was hier passiert ist?
—Weiß der Himmel, ich dachte, daß Jack ...
—Nee, überhaupt nicht, und ich will dir noch was sagen, der ist bei so nem Schiffbruch überhaupt nicht zu gebrauchen, miez miez ...?
—Also schön, hör mal, hier liegt vielleicht sehr wichtige Post für mich, und ich suche einen, Scheiße, sieh dir das an! Nicht alles, was hier rumfliegt, ist deswegen schon unwichtig, das komplette Manuskript meines Buchs zum Beispiel, da kommt ja schon die Hälfte raus da, aus der Kiste mit dem kaputten Seitenteil und Knuspriger Knisper ...
—Mann, echt, das ist wegen dem gelegentlichen Schmökern im ...
—Und ich suche einen Schnellhefter, der für mich sehr, eine Arbeit, die ich mal angefangen habe, in einem alten braunen Schnellhefter mit Teeflecken drauf, ich glaube, den muß ich irgendwie verlegt haben, hast du den nicht irgendwo ...
—Mann, echt, der einzige alte, Moment, paß auf, paß doch auf! Ich meine, das zusammengefaltete Briefchen neben deinem Fuß ...
—Was? Das hier? Aber was ...
—Mann, nicht verschütten! Ich meine, wow, ich wußte gar nicht, daß da noch was drin ist, nimm mal deinen, ich meine, man kann sich ja kaum ...
—Dann nimm du doch den Fuß hoch, ich will nur sehen, was das für, o Gott, wie ist das denn passiert? Alle Notizen für sein Buch, wie konnte das ...
—Wie konnte was? Ich meine, er sitzt hier rum und schiebt das so mit den Füßen zusammen, ich meine, was soll ich da denn machen? Ich meine, er haßt das ganze Zeug, Mann.
—Wieso denn das? Nun hör aber auf, das ist die einzige Sache, die ihn noch aufrecht hält, der Grund, warum er wieder daran arbeitet, ich hab dir doch gesagt, daß der Anruf, der gerade für ihn kam, daß sie ...
—Was denn, Mann? Daß sie, was? Ich meine, ich sag dir, den hält nix mehr aufrecht, Mann, ihretwegen findet er ja alles so zum Kotzen.

Ich meine, wenn das Telefon klingelt, sagt er falsch verbunden, echt, und sagt, daß er den superwichtigen Anruf schon gekriegt hat und ne kostenlose Tanzstunde dazu, Mann, ich meine, und da redest du mit ihr, als ob die ne tolle Scheißinspiration wär, ich meine, die Last, die sie ihm aufgeladen hat, die hat ihn echt fertiggemacht, Mann, er will sie gar nicht mehr sehen!
—Das klingt ja, als ob du ...
—Ich meine, du willst dieser tolle wichtige Schriftsteller sein und schnallst das nicht mal? Ich meine, diese kostenlose Tanzstunde hat ihn mit seinem Buch so durcheinandergebracht, daß er nur noch das Gefühl hat, echt, ich sag doch, daß ich deine Flosse da nicht brauche, Mann, wenn du ...
—Nein, ganz ruhig, ich meinte ja nur, ich meinte nur, daß sie sich wie eine elegante Frau anhört, als er von einem neuen hübschen Mädel geredet hat, klang das ja ziemlich romantisch, aber sie hört sich für mein Gefühl etwas unterkühlt an, etwas sehr ...
—Unterkühlt? Ich meine, ist das diese Schwarzhaarige, mit der er rumvögelt?
—Hat er dir davon erz ...
—Echt, das, muß er mir doch gar nicht von erzählen, ich meine, ich hab doch durchs Fenster gesehen, wie er sie drüben bei Schramm gevögelt hat, das war er doch, oder? Und ich meine, wenn du denkst, daß die unterkühlt, hör mal, im Ernst, nimm deine ...
—Nein, ganz ruhig, sieh doch mal, ich meinte ja nur, ich meine, jemand wie du, der nicht gleich alles mit so altmodischen Gefühlen wie Verantwortung, Pflichtgefühl und tiefer Empfindung betrachtet, für den ist ein bißchen Sex doch eine ganz normale und natürliche ...
—Hör mal, Mann, wenn du das verschüttest, ich meine, nimm deine ...
—Was ist das denn? Ist das ...
—Wie siehts denn aus? Schnee? Ich meine, hör mal, ich brauch von dir keine ...
—Ich habe mal gehört, daß es sich dabei um eine Art Aphrodi ...
—Nix afro, Mann, hör zu, ich hab gesagt, nimm deine Pfoten da ...
—Langsam, langsam, reg dich nicht auf, und ...
—Mich nicht aufregen? Und was macht dein Finger da? Echt Mann, im Ernst, ich ...
—Was ist denn los ...
—Ich hab gesagt, daß überhaupt nix los ist, ich meine, ich hab bloß keinen Bock darauf, daß du deinen Finger unbedingt ...

—Und wie wärs, wie wärs dann damit...?
—O wow, wow, ich meine also ehrlich, hör bloß...
—Aber was ist denn? Was ist daran denn...
—Hör mal, ich, ich meine, laß das, nimm deine, ich meine, das Telefon, Mann, du tust mir weh, im Ernst, ich warte auf 'n echt wichtigen...
—Verdammt noch mal, du, du Luder...
—Ich meine, ich hab doch gesagt, daß ich's ernst meine!
—Na dann los, Scheiße! Hau ab...
—Dann laß mich vorbei...!
—Legst dich für Schramm hin, für Jack, dann kannst du dich auch für...
—Hallo...? Ich bins, ja, ich meine... Wann Sie wollen, Mister Cibo, ich meine, jetzt sofort...? Nein, ich meine, ich komm sofort vorbei, wenn Sie wollen, ich muß nur noch... das Kleid mit den kleinen Karos hab ich schon, ja, ich komm sofort... In welcher Suite...? Ja, ich komme sofort...
—Legst dich für Schramm hin, für Jack, für jeden, wahrscheinlich auch für Bast, Bast auch, ja, warum dann nicht für...
—Hör mal, Mann, bleib wo du bist und laß mich in Frieden, ich meine, ich muß das Kleid anziehen...
—Was ist denn der Unterschied? Sag mir nur, was der Unterschied ist! Du legst dich für...
—Ich meine, hör mal, Mann, willst du da etwa so stehenbleiben...?
—Sag mir nur, was der Unterschied ist, du bist, bei Racine gibt es einen jungen Mann, der erfindet sich eines Tages sowas wie dich, keine tiefe Empfindung, keine Verantwortung, nichts, doch konkav und konvex an der richtigen Stelle, für Mann wie Frau ein guter Geselle, stimmt doch, das bist du...
—Mann, du bist ja, ich meine du bist 'n echtes Arschloch, das bist du...
—Das feiste Gesicht, die klebrige Hand, hat Jack dir nicht das Ende zitiert? Hat er dir überhaupt mal je etwas zitiert? Je mit dir geredet? Du bist doch so eifersüchtig auf diese Frau, die eben angerufen hat, daß du nicht mal mehr klar denken kannst, so beschränkt bist du, und das ist die einzige Intimität, die du anzubieten hast, stimmts? Ist ja auch einfacher, sich flachlegen zu lassen, als sich über etwas zu unterhalten, stimmts? Ein mechanischer Fick ist das einzige, was du...
—Ich meine, du bist doch echt 'n Arschloch, du...

—Und du? Keinen vernünftigen Gedanken im Schädel, keine echte Leidenschaft, das Leben ist für dich nicht mehr als allerprimitivste Bedürfnisbefriedigung, deshalb ziehst du dir auch dieses Zeug rein, weil das die einzige Möglichkeit für dich ist, überhaupt noch etwas zu empfinden, flachgelegt zu werden ist für dich etwa so spannend, als ob, als ob du dir das Gesicht wäschst, weniger Gefühl als eine, als eine Melkmaschine, mehr nicht ...
—Dann hol dir doch eine! Mann, echt, so wie du da rumstehst, hol dir doch eine von diesen Plastikpuppen mit Haaren dran und füll warmes Wasser rein, das isses doch, wonach du hier grapscht, das isses doch...
—Mir tut nur Schramm leid, alles was er wollte, war ...
—Mann, bleib mir vom Leib, ich meine, was Schramm ...
—Was Schramm wollte, du hast ja überhaupt keine Ahnung, hör mal zu, Schramm wollte eine Frau, der er in jeder Hinsicht vertrauen konnte, und die hat er sich so sehr gewünscht, daß schon der Gedanke, er könne so jemanden wieder verlieren, daß er sich dann die Kehle durchschneiden würde, aber statt dessen hat er dich gefunden, und du bist auf Nummer sicher gegangen, keine tiefe Empfindung, keine Verantwortung, auch keine Leidenschaft, keine Gespräche, sondern nur Ficken und dummes Gerede und nichts, was du zurückhalten mußt, außer deinem Schlitz, um zu beweisen, daß du jeden reinläßt, der will, und er ist sogar noch eifersüchtig auf dich, du, du konntest ihm nicht mal das geben, als er in der Nacht damals herkam, da hast du ihm nicht mal ...
—Hör mal, Mann, ich meine, ich meine, woher sollte ich denn wissen, was er anstellt, echt, der war doch erst noch bei dir, und du bist doch derjenige, der, ich meine, du wußtest doch, was er machen würde ...
—Nein nein, ich hatte es ihm ausgeredet, und er dachte, daß du hier sein würdest, anders konnte ich es ihm nicht ausreden, er dachte, du würdest hier auf ihn warten, aber du warst nicht mal in der Lage, ihm ...
—Was haste ihm denn ausgeredet, Mann, Scheiße? Ich meine, du läßt doch den wichtigsten Schritt aus, ich meine, du redest ihm was aus, und deshalb springt er aus deinem Scheißfenster, und dann kommt er hier die Treppe rauf, völlig blutverschmiert und sein Verband so total am...
—Woher weißt, Moment mal, warst du etwa hier ...?

—Laß mich los, nimm deine ...
—Du warst hier, als er kam, gibs zu!
—Mann, du zerreißt ja mein, hör zu, ich muß jetzt zu diesem Job, und wenn du mein Kleid ruinierst, Mann, du tust mir weh, du ...
—Du warst hier!
—Und wenn schon!
—Du, du, was hast du ...
—Mann, nimm deine, aua, ich, ich hab gehört, wie er sich die Treppe raufgeschleppt hat, hab ihn durchs Geländer gesehen, überall Blut und das Loch, wo der Verband gewesen war, diese Laute, die er, er hat solche Laute von sich gegeben, was sollte ich da denn, Mann, du zerreißt mein ...
—Warum konntest du nicht, konntest nicht mal ...
—Nimm deine, aua! Ich stand, ich stand im Schatten, als er die Treppe raufkam, und ich, ich hab mich unter dem dunklen Treppenabsatz versteckt, bis er drinnen war, ich hatte Angst, ich meine, ich hatte Angst, ich bin an seiner Tür vorbeigeschlichen, die Treppe runter, woher sollte ich denn wissen, was er, du, du tust mir weh ...
—Du konntest nicht mal ...
—Woher sollte ich denn wissen, was er da drinnen anstellt? Nein, laß, laß mich los, du tust ...
—Tust so, als ob, versuchst so zu tun, als ob du heulst, du bist doch bloß ...
—Nee, laß mich los, du bist, du bist, Mann, du bist ja, du bist nichts weiter als ein verdammter Grabräuber, ja, das bist du ...
—Was sagst du da, hör zu, du ...
—Ich meine, du bist wirklich ein beschissener Grabräuber, stimmt doch, Mann, ich meine, du willst mich ja bloß, weil ich Schramms ...
—Du hast ja, du hast ja keinen blassen ...
—Nee, ich meine, du sagst doch selber, daß ich so beschränkt bin, aber wenn du auch nur halb soviel wüßtest wie ich, ich meine, wo sollte ich denn hin, ich meine, was ist denn mit seiner, laß mich los! Ich meine, was ist denn mit seiner Stiefmutter, das ist doch die Möse, auf die er eigentlich scharf war, und du kommst hier rein mit deinen ...
—Halts Maul, du bist ja nicht mal, du bist so zugeknallt von dem Zeug, das du dir dauernd reinziehst, daß du nicht mal mehr weißt, was für ne ...
—Zugeknallt, Mann, ich meine, ich fliege, ich meine, ich bin echt am Fliegen, wirklich, ich meine, du kommst hier rein, machst einen

Riesenaufstand wegen dem Schnellhefter mit den Teeflecken drauf, laß mich los! Vielleicht hab ich ihn ja verlegt, deinen Schnellhefter mit den Teeflecken, glaubst du etwa, ich weiß nicht, wem dieser Scheißteehefter wirklich gehört? Alles, was er je geschrieben hat, ist da drin, und da willst du jetzt dran ...
—Halt, halt die Klappe und beruhig dich erst mal ...
—Ich meine, das ist alles, wohinter du noch her bist, mein Arsch und der Schnellhefter mit den Teeflecken, stimmt doch, oder? Ich meine, du erzählst der Frau am Telefon, was für 'n toller Schriftsteller du bist und daß Jack dein dickster Freund ist und so, aber dann machste ihn dauernd runter wie irgend so nen blöden Schmock, und mir erzählste, sie wär so 'n Eisberg, ich meine, ich hab die Kratzer auf seinem Rücken gesehen, Mann, echt, ich meine, die ganze Leidenschaft und Intimität, von der ich angeblich keine Ahnung habe, okay, aber ich weiß, was ich gesehen habe, und das war die abgefahrenste kostenlose Tanzstunde aller Zeiten, aber du traust ihm ja nicht über den Weg, ihr traut euch untereinander alle nicht, ihr scheißt euch doch alle vor Angst in die Hose, stimmts? Ich meine, das mit seinem Buch zieht ihn nur deshalb so runter, weil er Schiß hat, daß er die miese Meinung verliert, die er von sich selbst hat, und deshalb seid ihr alle nicht imstande, auch nur ein einziges ...
—Jetzt beruhig dich mal, Rhoda, wasch dir das Gesicht und ...
—Ich meine, wie komme ich denn zu der Ehre, Rhoda, alle Achtung, laß mich los! Ich meine, kannst du dir nicht vorstellen, daß ich auch jemanden suche, der mit mir redet und der, der mich noch gern hat, nachdem er mit mir gebumst hat?
—Sieh doch mal, so kannst du nicht weggehen, komm her und, du kannst so doch nicht zu einem Job gehen, du bist ja ganz ...
—Mann, im Ernst, laß mich jetzt meinen Regenmantel anziehen, ich meine, laß mich da durch, im Ernst, Mann, laß mich da durch ...
—Okay, dann verschwinde ...
—Geh ruhig ans Telefon, Mann, vielleicht ruft sie nochmal an, ich meine, vielleicht gibt die dir ja auch ne kostenlose Tanzstunde ...
—Verschwinde! Und, und komm bloß nicht wieder, laß dich hier nie wieder blicken ...! Er stand zwischen den tosenden Wassern, rang nach Luft, bevor er sich umdrehte, über eine Filmdose stolperte und abhob. —Hallo ...? Nein, was wollen ... was für ein Indianeraufstand? Nein, Sie sind falsch ver ... Ich sagte, Sie sind falsch verbunden! Er kam bis 36 Schachteln 200 2-lagig, —was denn jetzt ...? Riß den Fuß

aus einer Filmschlinge, —hallo...? Er ist nicht da, nein, wer... wessen Anwalt...? Moment mal, das ist wohl der falsche, dieser Mister Gibbs war nie bei General... oh, ach so, eine Firma, ja, ja, er hat mal für eine kleine Familienfirma gearbei... Eigen. Ja, ich kenne ihn seit... Mrs. Angel? Nein, ich glaube nicht, daß ich sie, Moment, ist das nicht Stella? Ja, er ist... normalerweise schon, aber... ja, ich werd ihm ausrichten, daß es dringend ist, ich weiß zwar nicht, wann er zurückkommt, er ist... Nein, er hat das zwar erwähnt, aber über die genauen Zusammenhänge weiß ich nicht... nein, nein, ich glaube, er hat den Anteilsschein seiner Ex-Frau als Abfindung überschrieben, ich habe ein ähnliches, was...? Nein, das bezweifele ich, nein, die Beziehung ist alles andere als herzlich, sie hat das Sorgerecht für seine Tochter, was die Sache für ihn sehr schwierig macht, genauso wie meine Frau, die einfach ausgezogen ist und meinen Sohn mitgenommen hat, und dabei bildet sie sich noch ein, mir Gott weiß was für Wohltaten zu erweisen, bloß weil ich ihn ab und zu besuchen darf, können Sie sich das vorstellen? Ich habe sie gestern besucht, ein Haus, das ich selbst gemietet habe, als ich noch glaubte, daß wir, was...? Oh, ach so, ja, ich... ja, was denn für ein Unfall...? Ja, ich... sobald er zurückkommt, ja, ich sage ihm, daß er Sie anrufen soll, Mis... ben eins vier sieben, ja, hab ich notiert, ja, C, o... ach, ohne h? Ja, ich werds ihm sagen, Wiedersehen... Kam aber nur bis 24-0,33 l Flsch Zerbrechlich! —Ja, hallo...? Moment mal, Moment, wen wollen Sie... ob wer? In welcher Vaterschaftsklage vertreten? Hören Sie, wen wollen Sie... Nein, Sie sind falsch verbun... Scheiße, Sie sind falsch verbunden!
Und wieder trommelte der Regen gegen die Scheibe. Er räumte Dun's Review und das Journal of Taxation aus dem Weg, wobei er die Dias zertrat, die auf dem Boden lagen. Er entleerte Tonic Water Schraubverschluß in Raucht nicht, Riecht nicht, Brennt nicht an und machte sich daran, den Berg von Post erst ordentlich vor sich aufzuschichten und dann zu sortieren, nach —Grynszpan, Eigen, Bast, Bast, Gerst...? Der große Zeiger trieb den kleinen bis hinter die schweigsame Gegenwart der Katze, die regungslos das Geschehen verfolgte, senkte sich dann auf KEINE RÜCKNAHME, um hinter KEIN PFAND wieder zum Vorschein zu kommen, —E. Berst? Grynszpan, Miss Bertha Klupp, wo zum, Gott, was für ein Chaos... Licht flammte auf hinter dem löchrigen Lampenschirm, erlosch und ging wieder an, wie zum Leben erweckt von einem wahnsinnigen elektrischen Auge, das die Düsternis jenseits des Fensters zu durchdringen suchte, wo der

Kaugummi auf die nasse Fensterbank titschte. Die Schreibmaschine klapperte, schwieg, klapperte und war still. Der große Zeiger senkte sich auf KEINE RÜCKNAHME. Er drückte sich an die Fensterbank, riß plötzlich das Fenster hoch, packte sich den tanzenden Faden und zog heftig daran.

> —verschafft älteren Mitbürgern einen sinnvollen Lebensinhalt, damit sie auch weiterhin auf würdige und produktive Weise am Leben ihrer Gemeinde teilhaben können. So ist das Senioren-Maga...

Er löste den zweiten Kopffaden, hielt das Führungsbrett hoch und drehte es zur Seite, die Marionette stieß mit der Nase gegen die verknäulten Handfäden, und er verfolgte einen davon bis zu seinem Ausgangspunkt im Gewirr des Rückenfadens, hielt das Ding hoch, biß einen Schulterfaden durch, schüttelte das Führungsbrett und hielt es leicht nach vorn geneigt. Dann zog er am Rückenfaden, und die Marionette sank langsam auf Knuspriger Knisperspaß! wo sie mit lahm herabhängendem Arm saß, ein Bein immer noch verfangen im Gewirr der Fäden, was ihr aber nichts auszumachen schien. Schließlich sprang sie mit einem einzigen Satz über Moody's hinweg und tänzelte, Laokoon im Miniformat, über das Journal of Taxation.
—Warte noch 'n Moment hier draußen, Freddie, ich weiß nicht genau, wer, Rhoda? Jemand zuhause...?
—Jack? Die Marionette flog als wirres Knäuel zurück zu der kaputten Spieluhr, dem roten Fäustling, der verstümmelten Jungfrau Maria und dem Schaf, —bist du das?
—Tom bist du das? Irgendwelche Anrufe? Freddie, du wartest noch 'n Moment draußen, laß mich erst mal den Karton reinbringen, hilfst du mir mal mit dem Karton, Tom?
—Ja, aber was ist, wer ist das...?
—Sag ich dir drinnen, erst mal den Karton rein, Vorsicht, mach ihn nicht kaputt, sieht aus wie noch ne Ladung Streichholzbriefchen, schieb die Ecke an der Spüle vorbei, hör mal, Tom, sei aber nett zu ihm, ich kenn ihn aus dem Internat, er ist etwas schlicht, aber er ist einer der nettesten...
—Aber was macht er, warum bringst du ihn denn mit hoch, er ist ja...
—Hab ihn zufällig vor der Grand Central Station getroffen, naß bis auf die Knochen, sieh ihn dir doch an, hat mich sofort wiedererkannt, hat sich seit seinem zehnten Lebensjahr nicht verändert, guck ihn dir doch an, was zum Teufel sollte ich denn machen? Konnte ihn da doch nicht

stehenlassen. Er stand da vor dem Bahnhof im Regen und las auf der Bronzeplakette den Namen seiner Familie, der wahrscheinlich immer noch der ganze Scheißblock gehört, sieht so aus, als ob sie ihn in die Klapsmühle gesteckt hätten, Freddie? Nein, komm rein, komm rein, das macht nichts, wenn du naß bist, Gott, zieh erst mal die nasse Jacke aus, wo zum Teufel hat er die bloß her? Auf dem Rücken steht Bob Jones U, warte mal, paß auf die Tüte auf, hab ein paar Sachen zum Essen eingekauft, aber die Tüte ist völlig durchgeweicht, hier, stell sie, Moment, wer hat denn das Scheißtelefon nicht wieder aufgelegt...?
—Ich, Jack, ich hab den Hörer danebengelegt, dauernd haben hier Leute angerufen, einmal wegen einem Indianeraufstand, dann soll jemand wegen einer Vaterschaftssache vor Gericht erscheinen, was zum Teufel geht hier eigentlich vor? Ich bin heute morgen gekommen...
—Scheiße, und wenn sie jetzt versucht hat, anzurufen? Seit wann hängt der Hörer schon so runter? Angenommen, sie hat versucht...
—Hat sie ja auch, hör mir doch mal ne Minute zu, sie hat heute morgen angerufen und war noch...
—Amy? Hat angerufen? Verdammt, warum sagst du das nicht gleich? Wo ist sie, was hat sie...
—Sie war noch am Flughafen und hat gesagt, daß sie nochmal anruft, wo zum Teufel hast du denn gesteckt? Ich...
—Das geht dich überhaupt nichts an, ich war, Moment mal, Scheiße, wie hätte sie nochmal anrufen können, wenn hier dauernd besetzt ist, hör mal, wo kann ich sie erreichen? Hat sie...
—Das konnte sie nicht sagen, Jack, sie war gerade erst angekommen, sie sagte, daß sie vorher noch ein paar Sachen regeln muß, bevor sie dich treffen kann, das kann ein bis zwei Tage dauern, sie wollte nur, daß du weißt, daß sie wieder da ist und daß alles...
—Ein bis zwei Tage! O Gott, ein bis zwei Tage, hör zu, ich, ich muß was mit dir besprechen, Tom, warte mal, warte, Freddie, hier, gib mir die Zeitung, mach die Wanne zu, und stell die Tüte da drauf, sonst reißt noch die Tüte aus, nimm mal die Zigaretten, Tom, hab die Tüte drei Meilen durch den Scheißregen geschleppt, mitten in der Stadt haben wir uns dann ein Taxi genommen, im Autoradio lief Glucks Orfeo, und wir sind einfach rumgefahren, damit Freddie es sich anhören konnte, aber als gerade Che farò senza Euridice anfing, hab ich mein Geld nachgezählt, und wir mußten an diesem Scheiß-Naturkundemuseum aussteigen, der Fahrer war so dermaßen bescheuert wegen den achtzig Cent Trinkgeld, daß ich im strömenden Regen nicht mal die Tür

zugemacht habe, jedenfalls, er gibt sofort Gas und reißt sich an einem Bus auch noch die Tür ab, Gott, guck dir den Anzug an, hat vor zwei Stunden noch zweihundert Dollar gekostet und sieht schon aus wie von der Heilsarmee, hör mal, Tom, ich muß was mit dir besprechen, ich war den ganzen Vormittag beim ...
—Moment mal, paß auf seinen, Gott, ihr seid ja beide klatschnaß, Jack, er kann doch nicht, wo soll er denn ...
—Er ist okay, stimmts, Freddie? Hier, komm rein, paß auf die, da drüben, genau, setz dich auf den Karton hier, zieh die nassen Turnschuhe aus, ich dachte, wir könnten ihn in Schramms Wohnung unterbringen, bis ich rausgefunden habe, was mit ihm ...
—Nein, das geht nicht, Schepperman ist jetzt da hinten drin, ich war vorhin ...
—Schepperman, wo zum Teufel kommt der denn her?
—Stand in der Schlange vor dem Arbeitsamt, ihm gehts wirklich dreckig, die Polizei ist hinter ihm her und was sonst noch alles, was hätte ich denn machen sollen? Ihn da stehenlassen?
—Gott, nein, aber wenn er ...
—Ich meine, ich fühle mich teilweise für ihn verantwortlich, Jack, das große Bild das er an diese Firma verkauft hat, die alte Selk-Schlampe behauptet nun, daß ihr alles gehört, was er je gemacht hat, deshalb hat er sich da hinten verbarrikadiert, ein Gemälde, das er vor Jahren mal in die Ecke gestellt hat, als er nur Zahlen gemalt hat, meint, die Zeit wär jetzt reif dafür und will es auf Teufel komm raus zu Ende machen, er ist eben erst mit seinem ganzen Kram und zwei Sack Kartoffeln eingezogen, die alte Fotze hat sogar sein Konto sperren lassen, er hatte gerade eine riesige Plastik gemacht, so ein Ungetüm im Stil von David Smith, dieses Ding hat sie einfach irgendeiner Firma angedreht, und ich mußte ihm zehn Dollar leihen, damit er sich Kartoffeln ...
—Gott, gut, daß du mich daran erinnerst, Tom, hör mal, ich brauch unbedingt zehn oder zwanzig, zwanzig, die gleiche Scheiße ist mir nämlich auch passiert, als ich in die Bank gegangen bin, wo ich den Gewinn aus der Doppelwette eingezahlt hatte, ich meine, Amy wollte es so, damit das Geld erst mal in Sicherheit ist, aber die Scheißsteuer hat das sofort spitzgekriegt und jeden Scheißpenny gesperrt, der Arschkriecher von Banker sagt, es läge ein Pfändungstitel über achtundzwanzigtausend Dollar gegen mich vor, mir ist absolut schleierhaft wie die auf diese Summe kommen, bloß schade, daß ich nicht miterleben kann, wie diese Arschlöcher versuchen, auch noch an mein

Erbe ranzukommen, jedenfalls, ich brauch erst mal zwanzig Dollar, sobald sie anruft, muß ich sofort los und sie treffen und ihr erzählen, was ich auch dir erzählen muß, Tom, wegen dieser, ich hab den ganzen Scheißvormittag, was ist denn los...?
—Sein Fuß hier, Scheiße Jack, sieh doch mal, es hat mich zwei Stunden gekostet, die Post zu sortieren, den ganzen Stapel für die West Side, wo zum Teufel kommt das eigentlich her? Ich hab da hinten sogar einen Postsack gefunden, als ich versucht habe aufzuräumen, Jack, die Wohnung sah aus wie ein, wie des toten Mannes Kiste, was zum Teufel hast du hier gemacht? Ich dachte, du wolltest hier arbeiten, ich hab deine Notizen gefunden für...
—Tom, das ist jetzt nicht so wichtig, aber genau darüber wollte ich mit dir...
—Was denn, dein Buch ist nicht wichtig? Hat sie dir das...
—Ja, wenn du mir mal zuhören könntest, dann...
—Scheiße, du hörst mir jetzt mal zu, kapierst du denn nicht, was sie, sie hat mir gesagt, daß du es eigentlich zum Kotzen findest und daß du es nicht zu Ende schreiben kannst, weil du Angst hast, die kaputte Meinung zu verlieren, die du von dir selbst hast, wie wir alle übrigens, wir alle sind angeblich...
—Nein, aber wie kann sie, das soll sie gesagt haben? Aber du sagtest doch, daß sie nur kurz...
—Sie doch nicht, Gott, nein, ich meine Rhoda, diese Rhoda, die du, was ist eigentlich mit der? Ist die hier eingezogen? Als ich heute morgen hier ankam, stand die Tür sperrangelweit offen, ein Zustellungsbeamter direkt hinter mir, irgendein Penner im Overall am Telefon und sie in der Wanne und wackelt mit ihren...
—Sieh mal Tom, sie ist doch nur ein, sie nimmt kein Blatt vor den Mund, aber sie ist durch und durch anständig, nettes Mädchen im Grunde, das...
—Nettes Mädchen? Rhoda ein nettes Mädchen? Die ist ne, mein Gott, die ist ne echte Drecksau, Jack, sitzt hier rum, hat nichts am Leib außer nem alten Hemd, kratzt sich an der, macht die Beine breit, hat nichts am Leib außer nem alten Hemd, hängt hier rum und streckt mir ihre, was glaubst du denn, was ich...
—Aber worüber beklagst du dich dann Tom? Hör mal zu, etwas Ernstes...
—Was, mit ihr? Das wär, mein Gott, das wär wie mit einer dieser Plastikpuppen, die man mit warmem Wasser füllt, willst du mir bitte mal

erklären, was zum Teufel du mit ihr anstellst, Jack? Sie hat mir erzählt, die schwarzhaarige Tussi wär jetzt die letzte, die du wiedersehen wolltest, die schwarzhaarige Tussi, so nennt sie sie, angeblich gehst du nicht mal ans Telefon ...
—Nein, hör zu ...
—Kapierst du denn nicht, was sie die ganze Zeit versucht? Die ist derart eifersüchtig, daß es da eine Frau gibt, mit der du halbwegs intelligent verkehrst, aber sie kennt das Wort nur in einer einzigen Bedeutung, du weißt schon, weil sie sonst nichts zu bieten hat, sitzt hier breitbeinig rum, zieht sich dieses Zeug rein, was ist das überhaupt? Kokain? Sie ist heute morgen von hier zu einem Job gegangen und war dermaßen zugeknallt daß sie kaum ...
—Tom, was zum Teufel erwartest du denn? Sie ist ein Kind, das in einer Szene lebt, in der Halluzinationen mit Visionen verwechselt werden, und sie ...
—Was denn? Sie guckt dir und deinem reinen feinen Mädel beim Vögeln zu, nennst du das etwa eine Halluzination?
—Das mußt du mißverstanden haben, das ist lächerlich, sie ...
—Aber das sag ich doch die ganze Zeit, der kannst du kein Wort glauben, angeblich hat sie durchs rückwärtige Fenster mitbekommen, wie du in Schramms Wohnung ne schwarzhaarige Tussi gevögelt hast und daß sie ...
—Das ist unmöglich, weil wir nie, Moment mal, die Blonde, aber das war nur so ne Blondine aus der U-Bahn, die ich mal in der Penn Station aufgerissen hab, die ist hier mal mit ner schwarzen Perücke aufgetaucht, Gott, die ganze Sache ist sowieso völlig belanglos, aber was ich dir sagen wollte ...
—Jack, sie will dich zerstören, ist das etwa unwichtig? So, wie sie schon Schramm zerstört hat, sie will uns alle zerstören, ist das etwa belanglos?
—Nein, also jetzt hör mal zu, du weißt verdammt gut, daß sie Schramm nicht zerstört hat, du weißt verdammt gut, wodurch Schramm zerstört wurde, wie er da hinten auf dem Boden gesessen hat und Hart Crane vor sich hinleierte, eine Welt mit wieviel Dimensionen für jene, die sie unverbogen durch die Liebe ein ...
—Sie hätte ihn davon abhalten können, das läuft doch aufs gleiche raus, und übrigens heißt es nicht eine Welt, es heißt die Welt. Die Welt mit wieviel Dimensionen ...
—Tom, Herrgott! Fällt dir nichts anderes ein, als auf diesem Pipifax rumzureiten, hör zu, ich muß dir etwas ...

—Nein, du hörst mir jetzt zu, sie war in jener Nacht hier, wußtest du das? Hier, hat auf ihn gewartet, als er in der einen Nacht zurückkam, da draußen im Treppenhaus hat sie gewartet, und das hat sie endlich auch zugegeben, ist heute morgen regelrecht zusammengebrochen und hat zugegeben, daß sie ...
—Moment mal, sie konnte aber doch nicht hier gewesen sein, als er ...
—Versteckt! Hat sich versteckt! Sie hat beobachtet, wie er ankam, und hat sich im dunklen Treppenhaus versteckt, hat sich rausgeschlichen, als er drin war, weißt du noch damals an dem Abend, wie ich dir gesagt habe, daß sie es hätte verhindern können? Daß sie ...
—Tom?
—Was ist?
—Niemand macht dir Vorwürfe wegen Schramm.
—Was soll das, was zum Teufel soll das heißen? Niemand macht mir Vorwürfe? Wer soll mir denn Vorwürfe machen?
—Ich hab doch gerade gesagt niemand, Tom.
—Aber warum sagst du es dann überhaupt? Was zum Teufel treibt dich, sowas zu sagen? Du, du weißt verdammt gut, daß sie der einzige Grund war, warum ich ihn in jener Nacht überhaupt fortgelassen habe, sie war der letzte Halt für sein Selbstvertrauen, ich seh ihn noch, wie er hier gesessen hat, und dann dieser Satz von Tolstoi, es gab eine furchtbare Kluft zwischen dem was ich fühlte und dem was ich leisten konnte, und sie, sie hätte ihn genausogut selbst erwürgen können, der Knoten zwischen ihren Beinen mit dem sie ...
—Herrgott, kapierst du denn immer noch nicht? So war das alles nicht! Es war, es war viel schlimmer! Die Frage war doch nur noch, ob das, was er tun wollte, die Mühe überhaupt wert war, selbst wenn es zuviel für ihn war, ob es sich überhaupt lohnte, irgend etwas zu schreiben, selbst wenn er es nicht schreiben konnte! Er hat sein kaputtes Bein vor sich hergetragen, als wäre es nicht bloß die Folge von einer beschissenen Panzerschlacht, die irgendein Vollidiot von General versägt hat, sondern ein großer Opfergang, von dem er sich selber erlösen wollte, indem er ...
—Ja, dieser Schnellhefter, hast du den gesehen? Alter brauner Schnellhefter, mit dem du damals vor Beamish rumgefuchtelt hast? Jack?
—Was?
—Wollte dir noch sagen, daß ich in diesem Chaos einen Brief von Beamish gefunden habe, daß wir beide jeweils achtundsechzig Dollar

Erbschaftssteuer auf Schramms Nachlaß zahlen müssen, muß bezahlt sein, bevor wir das Erbe antreten können, übrigens, da fällt mir ein, daß ich die Papiere für Mrs. Schramm heute morgen in meiner Jackentasche gefunden habe, hab sie total vergessen, was ist los?
—Egal. Hör mal, willst du was essen?
—Essen? Ich dachte, du wolltest etwas mit mir besprechen.
—Wollte dir nur sagen, daß ich heute morgen im Krankenhaus war, hab mich untersuchen lassen und ...
—Und warum bist du dann so sauer? Ich bin doch derjenige gewesen, der dir immer gesagt hat, du solltest mal zum Arzt gehen. Wo warst du denn? Ich ...
—War im ...
—Hätte auch gleich selber hingehen sollen, solange ich noch durch die Firma krankenversichert war, ich hab da permanent so Schmerzen, direkt hier unter der ...
—Moment mal, was ist eigentlich mit deinem Auge, Tom? Sag mir erst mal, was mit deinem Auge ist.
—Mein Auge?
—Die Netzhautablösung, du hast mir doch erzählt, deine Netzhaut hätte sich ...
—Ach so, ja, stell dir mal vor, ich glaub, die ist irgendwie von selbst wieder verheilt, obwohl, der Arzt, mit dem ich telefoniert habe, hat gemeint, ein solcher Fall wäre in der langen Geschichte der Medizin praktisch noch nicht ...
—Und dein Zahn, ich wollte mich noch nach deinem Zahn erkundigen, erinnert mich an Pascals wunderbaren Satz über Zahnschmerzen, wie in drei Teufels Namen geht es deinem Zahn?
—Meinem Zahn ...?
—Und da, die Vene an deiner Schläfe, die sieht mir aber gar nicht gut aus, ich hoffe, das ist kein ...
—Hör mal, Jack, was zum Teufel soll das?
—Wollte dir nur sagen, daß ich schon so gut wie tot bin.
—Was, ich versteh kein Wort ...
—Man hat mir heute morgen gesagt, daß ich Leukämie habe und nicht mehr lange leben werde, das ist alles.
—Aber wer, wer hat dir das gesagt wer ...
—Blutuntersuchungen, Laborärzte, die ganze Scheißtruppe da, hab zuviel weiße ...
—Nein, aber hör zu, das ist doch absurd, du kannst doch nicht ...

—Wieso, was soll daran absurd sein, andere Leute verbrutzeln in ihren Autos, wieder andere kriegen Herzinfarkt, Krebs, Schuppen, ich krieg eben das hier ...
—Hör mal, Jack, tu jetzt bloß nicht so, als ob du das selber nicht ernst nimmst ...
—Scheiße, ich weiß, daß es ernst ist! Was glaubst du wohl, was ich, man hat mir gesagt, ich soll morgen früh nochmal wiederkommen für ne Gegenprobe, aber, Himmelherrgott ...
—Aber warum, warum haben sie dich denn nicht gleich dabehalten, wenn sie wirklich davon ausgehen, daß du, nein, Freddie, das geht nicht, laß das, Jack, sag ihm bitte, daß er nicht mit der Marionette rumspielen soll, ich habe ...
—Keine Angst Tom, er macht sie schon nicht kaputt, außerdem ist das Scheißding sowieso ...
—Nein, aber ich habe versucht, sie zu reparieren, weil ich sie ihm beim nächstenmal mitbringen wollte, sein altes Spielzeug gibt ihm vielleicht ein bißchen das Gefühl von Geborgenheit, Jack, wir, wir haben es ihm gestern erzählt, und das war das Schlimmste, was ich je mitgemacht habe. Sie wollte, daß ich es ihm sage, und ich hab gesagt, Scheiße, du hast die Scheidung doch gewollt, du bist doch ausgezogen, also sag du's ihm, und er stand einfach dabei, er, er drehte sich um und ging einfach raus, Jack, ich sofort hinterher, und da stand er, und ich hab ihn wieder reingetragen, und er hat geweint und immer nur gesagt, bin ich, aber bin ich dann nicht einsam? Ich kann gar nicht darüber reden ...
—Tom, da gibts nichts ...
—Marian benimmt sich wie eine, ich habe mir einen Leihwagen genommen, bin hingefahren und muß mir ansehen, wie sie sich aufspielt wie eine tapfere Kriegerwitwe, sie hat sogar schon eigenhändig sein Schlafzimmer tapeziert, vier Jahre lang konnte sie sein Zimmer nicht mal saubermachen, und jetzt tapeziert sie auf einmal sogar die Wände und fragt mich, ob ich nicht die Kosten für ein Bett übernehme, das er, Jack, er hat vier Fotos von mir über seinem Bett hängen, über seinem kleinen Bettchen, Gott, ich hab mich so an die Nähe von dem kleinen Kerl gewöhnt, daß ich, jedenfalls auf dem Nachhauseweg gehe ich noch in eine Bar, bloß für zwei, drei Drinks, und neben mir steht ein Mann mit einem offenen Schnürsenkel, den hätt ich mir fast gegriffen, hab gesagt, er soll sich die Schuhe zubinden, ich muß aus der alten Wohnung raus, Jack, als ich gestern abend zurückkam, hab ich mir noch ein

paar Drinks genehmigt und bin dann nachts um drei aufgewacht, saß auf der Couch, sprang auf, lief in sein Schlafzimmer, um nachzusehen, ob alles in Ordnung ist, aber da war nur, nichts mehr da außer dem Bett, ich, hör mal, ich glaub, ich brauch jetzt 'n Drink, wo hast du, was gibt's denn da draußen zu sehen?
—Wo?
—Vor dem Fenster, ich dachte, du siehst irgendwas draußen vor dem Fenster.
—Ich seh bloß so aus dem Fenster, Tom. Seh bloß aus dem Scheißfenster.
—Ach so. Hab ich dir schon erzählt, daß sie schon anfängt, über das Haus zu meckern? Sagt, der Kühlschrank sei zu groß, da würde man die Sachen gar nicht mehr drin finden, der alte, den wir hatten, war ihr immer zu klein, so daß sie nicht auf Vorrat einkaufen konnte, aber eines Abends, ich kann mich noch ganz genau erinnern, hab ich mal Kalbssoße gefunden, die sie hinter, wo willst du hin ...?
—Ich mach mal was zu essen, Kalbfleisch Marengo, wie findest du das, Freddie? Hab den ganzen Tag noch nichts gegessen, und Gott weiß, wann Freddie zum letztenmal was hatte, diese Scheißfäden sind total durcheinander, Moment, was macht denn der Kaugummi da? Ist ja alles schon verklebt, hier, warte mal, zieh mal die Socke aus, wie zum Teufel kommt der denn hier rein?
—Jemand hat damit vorm Fenster gespielt, bis es mir dann zuviel wurde ...
—Tom, warum zum Teufel hast du das gemacht?
—Warum ich das gemacht habe? Weil es einen in den Wahnsinn treibt! Hab versucht, hier zu, zu arbeiten, und schließlich ...
—Nein, aber warum mußtest du das tun, Tom? Da oben ist vielleicht jemand, der nichts anderes mehr zu tun hat als, vielleicht hätte er sich irgendwann auch den Vierteldollar geangelt, warum hast du den nicht einfach machen lassen ...
—Welcher Vierteldollar? Wovon redest du überhaupt Jack? Wie kannst du, du willst Hühnchen Marengo machen und bist nicht mal ...
—Kalbfleisch Marengo, Tom, Kalbfleisch Marengo.
—Also schön, Kalbfleisch Marengo! Du kannst ja nicht mal, wie zum Teufel willst du das denn machen? Der Backofen ist voll mit Post, und das Gas ist sowieso gesperrt, wie willst du ...
—Gefriergetrocknet, Tom dafür braucht man den Herd gar nicht, stimmts Freddie? Man tut einfach heißes Wasser dazu, und heißes

Wasser haben wir hier ja jede Menge, man wirft dieses getrocknete Ding einfach rein, und schon wird es zu Kalbfleisch Marengo, genau wie diese japanischen Papierblumen, außerdem haben wir ja noch den Traubensaft, den gibt's dann...
—Scheiße, Jack, hör zu, was hast du vor? Ich meine, wie sicher ist das eigentlich alles? Die haben mit dir einen Test gemacht und gesagt, daß du morgen wiederkommen sollst...
—Anämie, geschwollene Lymphknoten, weiße Blutkörperchen in astronomischen Mengen, wie scheißsicher willst du es denn noch? Daran sterben dreißigtausend Leute pro Jahr, chronische und akute Fälle, mit der chronischen Form bleiben dir noch zwei oder drei Jahre, genug Zeit, um den lieben Freunden zwanzigmal auf Wiedersehen zu sagen, meine, ist eher die Sportversion, damit ist man erheblich schneller am Ziel, gibt es sonst noch was, das du...
—Und da willst du also in nassen Klamotten hier rumsitzen und...
—Ich werd mich hier mit Freddie hinsetzen, den verdammten Traubensaft trinken und dieses scheiß Kalbfleisch Marengo essen, was, Freddie? Ich werde laut aus Skyscraper Management vorlesen, dazu ein paar unsterbliche Melodien auf der Klampfe und auf das Scheißtelefon aufpassen, siehste? Was hab ich gesagt...
—Paß auf die Post auf! Scheiße...
—Ja, hallo...? Hallo...? Nein, wer... was suchen Sie...? Dafür setzen Sie sich doch bitte mit der PR-Agentur in Verbindung, die kann Ihnen... nein, hier? Nein, hören Sie... würde ich im Moment nicht empfehlen, nein, wir... Nein nein, nur eine, eine Bombendrohung, ja, wir haben eben eine Bombendrohung erhalten und... ja, wir evakuieren gerade das Gebäude, Wieder... tut mir leid, keine Zeit mehr, ja, Wiedersehen...
—Wer war das denn? Verstehst du jetzt, warum ich das Telefon ausgehängt habe?
—Weiß Gott, irgendwas für Bast, ein Klassenausflug, wollen den Firmensitz besichtigen und können ihn nicht finden, hör zu, Tom, wie lange hast du den Hörer nicht aufgelegt? Vielleicht hat sie nochmal angerufen und...
—Sie hat nicht nochmal angerufen, Jack, das hab ich dir doch gesagt, der einzige Anruf für dich war ein Anwalt namens Coen, er sagte, Mrs. Angel hätte ihm gesagt, daß ich vielleicht wüßte, wo du steckst, ach, und eh ich es vergesse...
—Nein, Moment mal, hat er gesagt, worum es geht?

—Irgendwas darüber, was du mit den Anteilsscheinen gemacht hast, die du von der Firma ihres Vaters hattest, er sagte, ihrem Mann sei etwas zugestoßen und, hör mal, wo ich gerade davon ...
—Was, Norman? Was ist denn passiert, was hat er ...
—Hat nur gesagt, ihm wäre etwas zugestoßen und, hör mal, wo ich ...
—Und was ist mit Stella, hat er gesagt, daß sie nochmal anrufen will oder was ...
—Hab ich nicht nach gefragt, ich dachte, daß sie die allerletzte ist, mit der du was zu tun haben willst, die Sachen, die du von ihr erzählt hast, Gott, verglichen mit Marian, die schon die Krallen ausfährt, wenn man nicht auf Anhieb der Überflieger ist, Jack, Jack, manchmal glaub ich, du willst es gar nicht anders ...
—Nein, das Problem mit Stella war, daß man nie wußte, was sie überhaupt von einem wollte, schließlich kommt man dahinter, daß sie gar nichts von einem verlangt, weder jetzt noch in Zukunft, und deshalb verlangt man sich selber auch nichts mehr ab, deshalb ist es auch mit dem Buch nichts geworden, ach, ich weiß selber nicht ...
—Ich weiß, hör mal, wo wir gerade davon reden, hat jemals ein gewisser Gall hier angerufen?
—Ich weiß nicht, nein.
—Junger Schriftsteller, dem ich mein Stück zu lesen gegeben habe, komisch, daß ich nie wieder was von ihm gehört habe, er hat es mir echt aus den Rippen geleiert, und ich dachte mir, warum nicht, schaden kanns auf keinen Fall, wenn jemand mal einen ungetrübten Blick darauf wirft, vor allem so vom heutigen Ansatz her, jedenfalls taucht er plötzlich in meinem Büro auf, meinte, er sei ein großer Bewunderer meines Romans, hab ich dir eigentlich schon mal erzählt, was mich die Sekretärin gefragt hat, Jack? Das Mädchen hieß Carol und hatte gehört, daß ich ein Buch geschrieben habe und hätte mir fast ein Loch in den Bauch gefragt, erst natürlich die Standardfragen, wovon es handelt, wie dick es ist, wie lange ich gebraucht habe, und weißt du, was sie dann gesagt hat? Wo willst du hin ...?
—Traubensaft holen. Magst du auch einen Traubensaft, Freddie?
—Jack, was zum Teufel soll der Quatsch mit dem Traubensaft, hast du keinen Scotch?
—Nur Traubensaft, Tom, gewöhnungsbedürftig, aber ich komm langsam auf den Geschmack ...
—Nein, also hör mal, da passiert so etwas, und du trinkst Traubensaft, Jack, was soll das ...

—Was stimmt daran nicht, wenn ich...
—Ich meine deine, was du gerade erzählt hast, was man dir im Krankenhaus gesagt hat, ich versteh das nicht...
—Hab ich auch gar nicht erwartet, du hörst einem ja nicht mal...
—Was soll das denn heißen? Natürlich hab ich dir zugehört, und deshalb verstehe ich nicht, warum du hier rumsitzen kannst, aufs Telefon wartest und Traubensaft trinkst, wo man dir vorhin noch, also diese Sache...
—Weil ich nicht scotchbesoffen sein will, wenn sie anruft, verstehst du das denn nicht? Weil es schon schwierig genug sein wird, ihr, ihr das zu sagen, zu sagen, daß ich das Buch nicht zu Ende schreiben werde, nie, Herrgott! Das einzige, das einzige Scheißding, von dem sie je wirklich geglaubt hat, daß ich...
—Warte mal, was ist das? Hör mal...
—Was...?
—Nein, ich hab gedacht, ich hör da was, jemand da draußen vor der Tür, sind das meine Zigaretten?
—Da vorne sind deine, direkt unter deinem...
—Ja, wie gesagt, und Carol, hab ich dir wirklich noch nicht erzählt, was sie gesagt hat? Sie hat mich gefragt, ob er interessant sei, ob mein Roman interessant sei, kannst du dir das vorstellen? Einen Romanautor das zu fragen? Ob sein Roman interessant ist?
—Das kann ich mir überhaupt nicht vorstellen, Tom. Kannst du dir das vorstellen, Freddie? Einen Romanautor zu fragen...
—Aber es ist wirklich komisch, diese Ordnung, diese typische Büro-Ordnung, irgendwie fehlt mir das jetzt, und dann diese ganz normale, aber trotzdem irgendwie intime Nähe, zum Beispiel diese Carol, setzt sich einfach auf meine Schreibtischkante, mein Gott, war ich blöd, verstehst du? Gelbes Minikleid, wahrscheinlich hat sie sich gerade deshalb so hingesetzt, man konnte wirklich alles sehen, bis hoch zu ihrer, überhaupt, wo man hinguckt lauter, Jack, ich bin gestern mit David im Wald spazierengegangen, und selbst noch der Anblick von so einer Narbe an einem Baum, wo ein Ast weggebrochen war, also diese längliche, ovale, ausgefranste Bruchstelle sah aus wie eine offene, mein Gott, sogar beim Kaffee heute morgen, ich will mir die Milch eingießen, und sie spritzt so aus der Tüte wie ein, Jack, das muß ich dir erzählen, ich, als ich gestern abend nach Haus fuhr und an einer Ampel unten an der Third Avenue halten mußte, kam ein Mädchen ans Auto und, sie kam also ans Auto, zehn Dollar französisch, sagt sie, direkt im Auto, aber ich hatte nur

einen Zwanziger dabei, und sie sagte, daß sie, sie sagte, ich wohne hier gleich nebenan, meine Schwester kann wechseln, Jack, ich hab ihr die zwanzig gegeben, ich hab sie ihr einfach gegeben und saß da und hab gewartet, ich saß da und sah mir das Gebäude an, wartete, daß sie wieder herauskommt, ich muß da volle zehn Minuten lang gesessen haben, bis ich, bis ich schließlich ...
—Hättest sie besser mir gegeben, aber das ist natürlich zuviel verlangt, was, Tom?
—Gegeben? Was denn? Was ist zuviel verlangt?
—Egal, hör mal, möchtest du was essen?
—Nein, jetzt warte aber mal, was soll ich dir geben? Ich, Jack, ich hab dir gerade was erzählt, was ich sonst niemandem erzählen würde, und du sagst nur ...
—Ich hab egal gesagt, Scheiße, willst du ...
—Nein, jetzt warte aber mal, Scheiße, das Buch, meinst du etwa das Buch? Hast jetzt ne erstklassige Entschuldigung, daß du das Buch nicht schreiben mußt ...
—Entschuldigung? Mein Gott, Tom!
—Ich meinte nur, hör zu, ich meine, ganz objektiv, Jack, du solltest das beste aus der Situation machen, statt dich in dieser Tolstoi-Pose zu verkriechen und der ganzen Welt ein schlechtes Gewissen zu machen, so von wegen die ungeschriebene Wahrheit, das beredte Schweigen des Jack Gibbs, auf daß die Menschheit nun endlich begreife ...
—Das würdest du einem auch noch vermiesen, stimmts, Tom? Das würdest du einem auch noch wegnehmen, oder?
—Also schön, hör zu, weißt du, was ich hier auf dem Fußboden gefunden habe, als ich aufgeräumt habe? Deine Notizen, deine ganzen Notizen für das Buch, ich hab sie hier oben hingelegt, sieh mal, überall Fußabdrücke drauf, Seiten zerrissen, sieh dir das an, Jack, du warst doch schon am Ende, bevor du es erfahren hast, stimmts? Sogar schon bevor du zum Kranken ...
—Wie der Faden da, Scheißkaugummi am Faden da draußen bei Wind und Wetter, und die vage Hoffnung, daß sie irgendwann die Scheißmünze kriegen, nicht mal die konntest du ihnen lassen, nicht wahr Tom?
—Nein, jetzt warte mal ...
—Hast du Hunger, Freddie?
—Nein, warte, hör zu, verstehst du denn nicht, was ich, Jack, gestern abend auf dem Weg nach Haus hab ich an einem Diner angehalten, saß

da allein am Tresen und hatte fast das Gefühl, gegrilltes Käsesandwich, ich hatte fast das Gefühl, daß in meinem Kopf noch ein anderer kaute, ich konnte ihn hören wie einen hohlen, wie einen alten Kopf, wie einen alten Kopf, der in meinem Schädel kaute, und ich habe mich sogar umgeschaut, um mich zu vergewissern, ob sonst noch jemand dieses Geräusch gehört hat oder, oder gesehen hat, Gott, verstehst du denn nicht, was ...
—Hör mal, sag mir nur mal eins ...
—Und bei der Zigarette danach spürte ich, wie mein Kiefer sich öffnete, spürte die Zähne, den Speichel, verstehst du denn nicht, was ich ...
—Tom, willst du jetzt was von diesem scheiß Kalbfleisch Marengo oder nicht?
—Nein, ich, nein ...
—Du, Freddie? Was, Moment mal, was zum Teufel ist denn da draußen los ...?
—Vielleicht jemand, hört sich an, als ob jemand an der Tür ...
—Beerdigung erster Klasse da unten vorm Haus, drei, nein, vier schwarze Cadillacs, die Arschlöcher sind reichlich früh dran, schieb mal deine, hier, tu mal Moody's da weg und setz dich hierhin, Freddie, vea pasar los cadáveres de sus enemigos, toll was?
—Jack? Hier ist ein Mann an der Tür, sprich du mal lieber mit ihm, er ...
—Und dann sitzen sie vor der Tür und sehen sich die ...
—Er sagt, er ist Deputy Marshal, Jack, außerdem hätte er so ne Vorladung dabei für ...
—Soll reinkommen, kommen Sie rein, Mister Deputy Marshal, nehmen Sie sich ne Tasse, Sie treten fast drauf, und genehmigen Sie sich einen Traubensaft, bringst du mal die Dose mit, Tom?
—Einen Augenblick, bitte, wer ist Mister, Tschuldigung, nimmt da gerade jemand ein Bad?
—Nein nein, die Wanne ist jetzt frei Sie können reinspringen, und bitte kümmern Sie sich nicht um uns, wir sind hier insgesamt sehr ungezwungen, nicht wahr Tom? Gib Mister Deputy Marshal doch mal eine von den kleinen roten Schachteln ...
—Jack, hör auf, der Mann ist US-Marshal, er ist ...
—Drovie, mein Name ist Drovie, wer von Ihnen ist jetzt Mister, hab die Papiere hier, Moment mal, Urquhart? Mister Teets? Mister Bast? Mister ...

—Hören Sie, Marshal, mein Name ist Eigen, Thomas Eigen, ich bin Schriftsteller, und das hier ist Mister Gibbs, ich hab zwar keine Ahnung, worum es sich handelt, aber wir sind nicht mal ...
—Immer mit der Ruhe, mein Freund, die Börsenaufsicht hat lediglich einige Fragen an Ihren Aufsichtsrat und Ihre leitenden Angestellten und verlangt zu diesem Zweck auch Einsichtnahme in Ihre Bücher, die Sie bitte mitbringen wollen ...
—Das tut mir leid, aber ich habe heute erfahren, daß mein Buch nie fertig wird, bezweifle auch, ob Ihnen das gefallen hätte, so mit Oscar Wilde und der bösen Schlägertruppe von ...
—Sei still, Jack! Sehen Sie, Marshal, was das auch immer für eine Firma sein mag, von der Sie da sprechen, wir haben keine Ahnung, wir wissen ja nicht mal ...
—JR Corp., wenn ich mich nicht irre. Hab die Papiere hier, ja richtig, JR Corp., und was ist mit der hinteren Wohnung? Ist das ein Teil dieser ...
—Da würd ich lieber nicht reingehen, Marshal, da haben wir unseren Yeti geparkt, und der, also, ich an Ihrer Stelle ...
—Jack, sei still ...
—Bin sofort wieder da, ich spring nur kurz rüber, verdammt, da ist noch jemand an der Tür ...
—Kümmern Sie sich nicht um ihn, Marshal, das war heute ein schwerer Tag für ihn, und er muß das erst verarbeiten, deshalb benimmt er sich etwas merkwürdig, aber ...
—In meinem Job hab ich's dauernd mit solchen Typen zu tun, mein Freund, würde aber mal gern Ihr Telefon benutzen, wenn Sie gestatten ...
—Das geht nicht, Tom? Sag ihm, keine Gespräche mehr von diesem Apparat, die Scheißtür hier ist fast, kleinen Moment noch, Tom? Aber er kann sich gerne anrufen lassen, zeig ihm die Telefonrechnung, ich hab gesagt kleinen Moment noch!
—Mister Gibbs? Sind Sie ...
—Ja, kleinen, Bast ...!
—Tut mir leid, wenn ich Sie störe, Mister Gibbs, aber ich bin eben ...
—Nein nein, hier, halt mal die Tür ...
—Warum flüstern Sie denn so? Was ist ...
—Hör zu, bevor du reinkommst, da ist ein US-Marshal drin, der, Moment, dreh dich mal um, o Gott, was ist denn mit dir passiert?
—Nein, das geht schon, was will er denn? Wegen der Bombe?

—Welche Bombe? Er hat ne Handvoll Vorladungen im Zusammenhang mit dieser Firma, mit der du dich eingelassen hast, aber was zum Teufel ist denn...
—Aber ich muß meine Post holen, sind da Briefe für mich gekommen?
—Ja, ungefähr ein Zentner, aber jetzt paß mal auf...
—Aber Mister Crawley, wissen Sie, ob er das Tonband bekommen hat? Hat er mir meinen...
—Ja, er ist begeistert davon, hat mir gesagt, ich soll dir sagen, das mit dem honoren Sang von Korn und Hesselpauk, die kimmlischen Räuden der, ach Scheiße, hör mal zu...
—Aber der Scheck, den er mir schicken wollte, er sagte, er wollte mir...
—Hat gesagt, daß er ihn geschickt hat, ja, irgendein Projekt hat nicht hingehauen, doch er ist ein Mann, der zu seinem Wort steht, aber kannst du mir jetzt mal erklären, was zum Teufel...
—Jack? Wer ist denn da draußen...?
—Niemand, nur die, nur die Post, Tom, ich bin gleich wieder da, hör zu, Bast, geh jetzt runter auf die Straße und behalt das vordere Fenster im Auge, sobald der Marshal weg ist, sag ich dir...
—Nein, das geht nicht, ich habe da jemanden getroffen, ein paar Leute, die draußen auf mich warten, Mister Gibbs, könnten Sie bitte...
—Doch nicht die Beerdigung? Jetzt hör mal zu...
—Nein, also irgendwie schon, ja, wenn ich nach Haus fahren und mir neue Sachen anziehen könnte, wenn Sie vielleicht den Marshal irgendwie ablenken könnten, bis die weg sind, die Autos meine ich, wenn Sie vielleicht mal für mich in der Post nachsehen könnten, Mister Gibbs, der Scheck, bevor der noch ver...
—Ich werds versuchen, aber, Scheiße, über ein paar Dinge müssen wir uns noch mal unterhalten, Bast ich, paß auf, Moment, was zum Teufel ist das denn alles?
—Sind Sie die Wohnung, die die Lunchpakete bestellt hat?
—Ja, Gott, warum nicht? Immer rein damit, Bast? Alles okay?
—Eigentlich nicht, aber wenn Sie bitte vielleicht in der Post nachsehen könnten, Mister Gibbs, das wäre sehr, und könnte ich vielleicht ein Lunchpaket haben?
—Hier, nimm besser zwei, großer Gott in deinem Zustand kommst du nicht weit, Achtung, dein Koffer, das ganze Scheißding fällt auseinander, Vorsicht, die Treppe...!
—Jack? Wer, was machst du denn die ganze Zeit an der Tür?

—Lunchpakete, Tom, ich hab 'n paar Lunchpakete bestellt, wenn das hier so weitergeht, kommen wir mit dem Kalbfleisch Marengo nicht hin, leg sie, Moment, leg sie einfach auf den Scheiß-Fußboden, würdest du bitte mal den Lieferschein unterschreiben, Tom? Hier kommt schon der nächste Kunde ...
—Guten Tag, mein Name ist Bailey, ich habe eine Vor ...
—Kommen Sie nur rein, Bailey, aber treten Sie nicht auf die, ja genau, nehmen Sie sich ein Lunchpaket und kommen Sie rein, die anderen warten schon ...
—Jetzt ist die Tür endgültig ab, Jack.
—Kein Platz mehr, wo man sie hinstellen, lehn sie einfach dagegen, ja? Und was kann ich für Sie tun?
—Soll das Telefon machen, Mann.
—Wie meinen Sie das, das Telefon machen?
—Wegen der Abhöranlage, Mann, ich meine, ich soll die Abhöranlage machen, die von der Firma haben gesagt, das Ding ist im Arsch, muß ausgetauscht werden, wo ist denn die Schnecke von neulich?
—Schnecken haben wir hier keine mehr, aber machen Sie mal und ein bißchen pronto, wenn ich bitten darf, ich warte hier auf einen wichtigen Anruf, Moment mal, Bailey, hier entlang, da vorne krachen Sie in die Lampenschirme, kommen Sie rein, das hier ist Marshal Drovie, apropos, kannst du für den Marshal noch ein Lunchpaket mitbringen, Tom?
—Grüß dich, Bill, was macht die Kunst?
—Hallo Bill, bist du auch an diesem Fall dran?
—Dachte schon, das find ich hier nie, hast du deine Kandidaten schon?
—Sieht so aus, als wären das hier Teets und Urquhart, wo hab ich denn mein Protokoll? Der da drüben, das könnte dieser Bast sein ...
—Hab sein Foto hier aus der Zeitung von gestern, schwer zu sagen, wie er aussieht, mit den ganzen Federn, aber ...
—Hören Sie, Marshal, ich habe Ihnen doch gerade gesagt, daß ich Eigen heiße, und dies ist ...
—Wer ist denn der da am Fenster Bill? Könnte der Chef des ganzen Unternehmens sein, aber die Beschreibung haben die aus irgendeiner Zeitschrift abgeschrieben, hier steht stahlblaue Augen und den Unterkiefer einer Bulldogge ...
—Scheiße, Moment mal, der? Ich meine, sehen Sie sich doch das Gesicht an, Marshal, Scheiße, in dem hat sich seit dreißig Jahren nichts verändert, völlig unberührt von der Außenwelt, glauben Sie etwa, das ist ein Gesicht für die Vorstandsetage? In diesem Gesicht finden Sie

nicht mal den Hauch eines fiesen Gedankens, Marshal, aber die anderen kleinen Arschlöcher haben das natürlich immer ausgenutzt, haben ihm gegen ein paar beschissene Zuschlagmarken vom Deutschen Reich seinen schönen Nationalpark-Block abgeluchst, so war das immer...
—Hör zu, Jack, hör auf damit...
—Solche Gesichter sehen Sie normalerweise nicht, was, Marshal? Hoffnung, aber keine Erwartungshaltung, da staunen Sie was? Schicksalsergeben, aber eben nicht resigniert...
—Außerdem sind sämtliche Firmenunterlagen hiermit beschlagnahmt, der Beschlagnahme unterliegen daneben Bücher, der gesamte Schriftverkehr einschließlich handschriftlicher Notizen, ferner Telefonmitschnitte und sonstige Tonträger...
—Weil Sie gerade davon reden, der Schwarze da installiert Ihnen gerade nen neuen Tonträger, hey, Bailey, you got rhythm, hey man? Muß mal sehen, vielleicht find ich noch nen schöneren Tonträger für dich, hab dem Marshal schon ein Buch versprochen, aber...
—Jack, hör zu...
—In the bottoms, how I used to play round, Lordy, what a spankin I got...
—Scheiße, Jack, hör auf zu singen, die Männer sind nicht zum Spaß hier...
—Versuch doch nur, sie ein bißchen abzulenken, Tom, Bücher suchen sie auch, darfs denn was Bestimmtes sein, Marshal? Gleich da drüben, zwanzig Jahrgänge des Musical Courier, oder wie wärs mit Romanen? Hätte da noch ein paar verdammt gute Romane, muß sie aber erst noch suchen, Broch zum Beispiel, was meinen Sie, Bailey? Stieß neulich erst zufällig auf seine Schlafwandler und hab den ganzen Scheißnachmittag damit zugebracht...
—Man sollte vielleicht lieber einen Brandschutzexperten herholen und dann den Laden versiegeln, Bill, ist sonst noch eine Dienststelle an diesem Fall beteiligt?
—Wahrscheinlich kommt Tippy vom Finanzamt später noch vorbei, ein Postinspektor wär auch nicht verkehrt, sieh dir das da hinten mal an, Bill...
—Warten Sie mal einen Moment, Marshal, da ist auch meine private Post bei...
—Was sind das hier für Stapel? E. Gerst, B. Bast, R. Gast, klingt mir sehr nach Decknamen für ein und dieselbe Person, stimmts, Bill? Seit den Scungilli-Brüdern hab ich nicht mehr so ein Chaos gesehen.

—Unermeßliche Reichtümer in einer kleinen Kammer, Kaufmann von Venedig, richtig, Bailey? Wenn Sie uns den ganzen Abschnitt vorlesen wollen, wahrscheinlich liegt ein Exemplar in dem H-O-Karton da, Sie haben doch wohl nichts dagegen, wenn ich diese Poststapel sortiere, solange wir warten, nicht wahr, Marshal? Hab mir per Coupon das Info-Paket Moderner Gesellschaftstanz bestellt und kanns gar nicht erwarten ...
—Jetzt aber mal ernsthaft, Marshal, Sie können hier doch nicht einfach so reinkommen und alles beschlagnahmen, was Ihnen vor die Flinte kommt, ich habe hier einige persönliche Gegenstände, die ...
—Die Kiste, wo er gerade seine Flossen drin hat, Tom, frag ihn doch mal, ob er ne Vorladung für die drei heilen Könige hat, hör mal, hast du nochmal über das Scheißspiel nachgedacht, das wir uns damals überlegt haben? Wenn uns das wieder einfällt, wird abgeräumt, aber richtig, wir machen ne Million Dollar damit, und soll ich dir mal was sagen? Ich überlaß dir meine Anteile, wenn du dich erinn ...
—Nein, also jetzt mal ernsthaft, Marshal, ich habe hier einige Papiere, die beträchtlichen Wert haben dürften, Manuskripte und dergleichen, und die haben rein gar nichts mit dem zu tun, was immer Sie hier suchen mögen, der Karton direkt hinter Ihnen, darin liegt das Manuskript eines Buchs, das ich geschrieben habe, und da ist noch eins, ein Schnellhefter, nach dem ich suche, mit verschiedenen Notizen und Entwürfen, das alles stammt aus einem Nachlaß, den wir ...
—Immer mit der Ruhe, mein Freund, hier geht nichts verloren, kommt alles auf die Liste, warte mal, Bill, hörst du das?

> —terbericht für Sie täglich zur gleichen Sendezeit, präsentiert von Die, der Zeitschrift für die Frau von heute

—Klingt mir ganz so, als käm es von da drüben, Bill, ist da jemand unter den ...
—Was ich Ihnen noch sagen wollte, Marshal, gestern nacht hats hier nen Schiffbruch gegeben, und vielleicht ist der Schiffsjunge eingeklemmt worden, als die Ladung sich losgemacht hat, sind die da draußen immer noch zugange, Freddie? Überall Kinder, ein Lastzug, so lang wie 'n ganzer Straßenzug blockiert den Trauerzug, wie, Sie wollen uns schon verlassen, Marshal? Sie haben ja noch nicht mal Ihr Lunchpaket aufgemacht, mal sehen, was Sie Schönes haben, Schinken und Käse, Bananentörtchen, Pickles, willst du etwa auch schon gehen, Tom?

—Diese Papiere, die ich in meiner Tasche gefunden habe, ja, die sollte ich...
—In der Ecke steht 'n Golfspiel, ich dachte, wir bauen das auf und spielen zu viert, für Wasserhindernisse und dergleichen ist ja gesorgt, spielen Sie Golf, Bailey?
—Nein, also im Ernst, diese Papiere sollte ich zu Mrs. Schramm bringen und, Marshal? Der Schnellhefter, von dem ich eben sprach, falls der irgendwo auftaucht, ich bin Mitverwalter des Nachlasses, zu dem er gehört, es handelt sich um einen einfachen braunen Schnellhefter mit einer Reihe von Flecken darauf, und ich möchte, ich möchte sicherstellen, daß er nicht verlorengeht, weißt du, Jack, vielleicht hat sie ja Interesse daran, ich, Marshal, Sie haben eigentlich keinen Grund, mich hier länger festzuhalten, auf Ihrer Liste bin ich nicht drauf, nicht mal ansatz...
—Sämtliche Parteien haben ihrer Vorladung vor Gericht nachzukommen, sonst kommen wir das nächste Mal mit einem Haftbefehl, das wär zunächst alles, mein Freund, hörst du das, Bill? Es kommt von da ganz unten...

> —Firmengruppe. Und jetzt das Wetter. Neun Grad, heiter. Hören Sie täglich zu dieser Zeit den aktuellen Wetterbericht, für Sie präsentiert von Die, der Zeitschrift für die moderne Frau von heu...

—Moment, bevor du gehst, noch eins...
—Ach so, die zehn Dollar, hätte ich jetzt glatt vergessen, ja, Moment...
—Ich auch, aber darum geht es nicht...
—Fünf, zehn, hier, und, diese Papiere haben vielleicht gar keine Bedeutung mehr für sie, ich trag sie schon so lange mit mir herum, ich dachte nur, ich sollte sie trotzdem abliefern und...
—Sie kennenlernen ja, wahrscheinlich dankbar für jede Tröstung, schade, daß du nicht auch den Schnellhefter gleich mitnehmen kannst, um ihr zu beweisen, daß er kurz vor dem ganz großen Durchbruch stand, möglicherweise sogar etwas, wonach nichts mehr so sein würde wie vorher...
—Worauf willst du wieder hinaus? Kannst du mir nicht, mir nicht zugestehen, daß ich sein Andenken ehren will? Mein Gott, als ob das so einfach wäre, wo man immer wieder diesen Leichensack vor Augen hat, das ist geradezu das Andenken an einen Alptraum...
—Okay, den Alptraum hatten wir jetzt, was noch? Ich meine, du als Hüter seines Andenkens, Gott, ja, was du alles dafür getan hast, das

gibt dir jetzt sicher auch das Recht, es zusammen mit dem anderen Müll vor die Tür zu kehren, warum nimmst du nicht auch das Bild mit, das er von ihr hatte? Ich seh dich schon vor mir, wie du da im eleganten Wohnzimmer wartest, ihr blasses Gesicht im vergehenden Licht des Tages, es schwebt dir entgegen, sie ergreift beide Hände vor dir, okay, sie ist nicht mehr ganz knackig, aber, lieber Gott, wer wird denn da nörgeln, schließlich ist sie die Hinterbliebene, wahrscheinlich wird sie dir erzählen, daß sie ihn besser gekannt hat als du, und möchte seine letzten Worte wissen, damit sie etwas hat, womit sie weiterleben kann, klasse Alptraum, was? Besonders am Schluß, wo du mit dem Eigentlichen rausrückst ...
—Rausrückst? Was soll das heißen, wenn ich doch bloß ...
—Das heißt, laß deine Hose zu, sonst nichts.
—Was, ich, Scheiße, warum hast du das ... er unterbrach sich, trat einen Schritt zurück zwischen die rauschenden Wasser links und rechts, —Jack, Scheiße, warum zum Teufel bist du so ...? Er hielt sich mit der freien Hand am Türrahmen fest, ohne sich jedoch dem Licht auszusetzen, das durch die Tür fiel, —ich, ich verstehe dich nicht ...
—Ich weiß, Tom ... tönte es ihm ins Dunkel des Korridors nach, wo er sich umdrehte und sich, die Hand am Geländer, bis zur obersten Treppenstufe vortastete. Nur, als ihm die Stimme aus dem Dunkel droben nochmals nachrief, —ich weiß, da floh er plötzlich, zwei Stufen auf einmal, die Treppe hinunter und erreichte so die Haustür, die er unter Einsatz eines ganzen Gewichts aufriß, die Papiere in seiner Innentasche umklammernd, als hinge von nun an sein Leben davon ab, und dann, wie schutzsuchend vor einer schwarzen Gewitterwolke, ins Freie stürzte.
—Entschuldigung, sagen Sie, können Sie mir sagen, wo die ...
—Erster Stock, Ende des Flurs, die Tür ist offen ...
—Fahr mal deinen Laster da weg, Kollege, du blockierst die ganze ...
—Was macht denn das Kind da in meinem Wagen?
—Entschuldigung, dürfte ich mal vorbei ...
—Bloß weg von diesem gottverdammten Ort, Taxi? Taxi ...!
—Paßt doch auf, wohin ihr euren Schrotthaufen schiebt, ihr bekloppten Arschgeigen, he, Achtung!
—Coño ...!
—Wer ist denn eigentlich gestorben?
—Wo ist der Fahrer von dem grünen Kleinlaster? Der soll sich mit seiner Karre schleunigst verpissen.

—Entschuldigen Sie, ich bin Reporter vom ...
—Eh, Mister Bast, gehen wir ins Kino?
—Ihr geht nirgends hin, setzt euch wieder in die Autos, wo ist denn jetzt ...
—Entschuldigen Sie, ich bin Rep ...
—Wenn ihr nicht sofort von dem Wagen verschwindet, kriegt ihr was hinter die ...
—Moment, ich dachte, die Wagen wären für die Schülergruppe gemietet ...
—Das ist eine Privatlimousine, und holen Sie jetzt das Kind da raus ... und der aufgerissene Wagenschlag eröffnete den Blick auf den Rücksitz und die zusammengekauerte Gestalt dort mit der ramponierten, überquellenden Mappe auf den Knien, den zugehörigen Turnschuh wenig zuverlässig eingeklemmt in den glänzenden Spalt zwischen Polster und Rückenteil des Notsitzes, —raus hier!
—Privatlimousine? Was macht die denn hier? Man hat mir gesagt, daß diese ...
—Die Privatlimousine ist zu Besuch bei der Mutter, reicht das? Und jetzt holen Sie den Jungen da raus und seinen Müllhaufen gleich mit, bevor ich ...
—Okay, okay, heilige ...
—Gehen wir ins Kino, Mister Bast? Eh, Moment mal, was ist denn mit Ihrem ...
—Ich hab gesagt, ihr sollt euch in die Autos setzen, los, JR, beeil dich ...
—Okay, woher sollte ich denn, warten Sie mal, können Sie mal ne Sekunde das Zeug hier halten, bis ...
—Nein, kann ich nicht, ich muß selber genug Zeug schleppen, und jetzt setz dich da vorn ins erste Auto, der Rest setzt sich in die beiden anderen, los, beeilt euch!
—Guckt mal, der Cowboy da, eh!
—Ruhe! Tut, was ich euch gesagt habe, das kann doch nicht wahr sein ...
—Eh Bast, steigen Sie bei mir ein? Weil, ich hab da noch 'n Haufen Fragen an Sie ...
—Ich auch, los, steig ein und nimm mal die Kisten hier, die fallen sonst noch auf die ...
—Moment, passen Sie doch auf, mein ...
—Also jetzt mach schon die Tür zu!

—Heilige, ich meine, was ist denn eigentlich mit Ihnen passiert, Sie ...
—Ich hab sechsundzwanzig Stunden Busfahrt hinter mir, ich bin erkältet, ich habe nichts gegessen, hier, guck mal nach hinten, ist er immer noch da, der Mann mit dem Cowboy ...
—Der steht da neben den Mülleimern und guckt zu uns rüber, wer issen das überhaupt? Ich meine, was machen wir eigentlich hier, wir ...
—Das würde ich auch gerne wissen! Als ich Mrs. diCephalis gesehen habe, hätte mich fast der Schlag ...
—Nee, aber wo sind wir denn? Echt, wir haben doch diesen ganzen Ausflug organisiert, wo Mister Davidoff diese Limousinen hier besorgt hat, und wir waren in diesem Waldorfdings, wo der General uns exkotieren sollte, aber dann war er nicht mal da, und sie haben gesagt, daß Mister Davidoff nicht da wäre und daß wir verschwinden sollen ...
—Fahrer, wir, wo ist er denn? Wo ist der Fahrer ...
—Und dann sollte nämlich Mrs. diCephalis die Adresse von unserer Zentrale hier kriegen und Sie treffen, aber nachdem wir ne Zeitlang rumkutschiert sind, haben wir bei den Mülltonnen hier angehalten, und sie ist in diese miese Pinte da gegangen mit dem Schild Bodeega oder so und hat telefoniert, und da haben sie ihr gesagt, da wäre ne Bombendrohung, und dann sind Sie in diesen komischen Klamotten auf die Straße gekommen ...
—Sei jetzt mal eine Sekunde still, wo ist der Fahrer? Wo ist diese Frau, geh, such diese Frau ...
—Wen, Mrs. diCephalis? Die ist schon mit dem Taxi weggefahren, sie ...
—Was soll das heißen, mit dem Taxi weggefahren? Wohin ...
—Na ja, sie muß nach Indien und denen da zeigen, wie man Geburtenkontrolle macht und so weiter, seit Mrs. Joubert nicht mehr da ist, macht sie Gemeinschaftskunde, und da erzählt sie uns immer, wie die in Indien alle echt arm sind und deshalb hauptsächlich nur ...
—Schon gut, es reicht, soll das heißen, daß sie euch hier einfach abgeladen hat und nach Indien ...
—Nee, sehen Sie, sie hat da so 'n Vorstellungsgespräch bei so nem Regierungsdings, und da hat sie uns in die Stadt gebracht, weil ja alles mit unserm neuen Direktor abgesprochen war, dieser Mister Stye, den wir jetzt haben, weil Mister Davidoff dachte, es wär ne super Publicity-Idee, wenn wir die Schule kaufen würden, verstehen Sie? Da sollte auch noch ein Fotograf sein und so Lunchpakete, und Sie sollten uns exkotieren und uns herumführen, und auf einmal kommen Sie auf die Straße

mit den Schrottautos und überall nur Mülleimer und haben so 'n komischen Anzug an und total die Hose kaputt und Ihr Auge und so, ich meine, hat Mister Davidoff Ihnen denn nicht gesagt ...
—Wie sollte er? Hör zu, kapierst du denn nicht, daß ich eben erst, ach, ist ja auch egal, laß uns von hier verschwinden, bevor, steig auf deiner Seite aus, hol den Fahrer und sag den anderen Autos, sie sollen hinter uns herfahren, los, beeil dich ...
—Aber ich komm hier nicht raus wegen dem Laster, machen Sie doch mal Ihre Seite auf, eh, jetzt kommt er rüber, der Mann mit dem Cowboy ...
—Du tust jetzt was ich dir gesagt habe!
—Er klopft ans Fenster, Moment mal, wie geht das auf? Da ist ja gar kein Kurbelding dran, wie geht das, eh, genial, der Knopf hier, einfach drücken ...
—Scheiße, laß das ...!
—Mister Bast, dem Himmel sei Dank, ich habe, Schreck laß nach, was ist denn passiert ...
—Eh, wer issen das ...
—Ich hab gesagt, du sollst den Fahrer holen!
—Aber was ist denn passiert, das sieht ja böse aus?
—Mir gehts gut, ja, mir gehts gut, Mister Brisboy, tut mir leid, aber wir haben es etwas eilig, wir ...
—Aber was ist los? Was sind denn das für schreckliche Straßenkinder, Mister Bast? Ich muß einfach mit Ihnen reden, Mutter hat angerufen und sagt, daß man sie gefeuert hat! Sie ist natürlich fuchsteufelswild, und dann der Brief von diesem Piscator, der uns kurzerhand davon in Kenntnis setzt, daß das komplette Gesundheitspaket an Lizenznehmer vergeben werden soll, das allein hat sie schon in helle Aufregung versetzt, ich weiß natürlich, daß es sich dabei nur um ein ganz dummes Mißverständnis handeln kann, ich hab ihr zwar gesagt, daß Sie daran vermutlich überhaupt keine Schuld tragen, obwohl, wie man hört, stecken Sie ja bis über beide Ohren in der Sache drin, aber zu allem Unglück hat sie dann noch all diese furchtbaren Dinge in der Zeitung gelesen, den ganzen Vormittag haben Reporter meine Suite belagert, natürlich habe ich denen sofort gesagt, daß ich mir jedes böse Wort gegen Sie verbitte, ich weiß ja, daß Sie nicht einmal im Traum so etwas tun würden, aber ...
—Ja also, tut mir leid, Mister Brisboy, ich kenne wirklich nicht alle Einzelheiten, aber ...

—Hach ja, ich weiß, ich weiß, die sind ja so schrecklich ungehobelt, nicht wahr, und wer immer auf die Bezeichnung die Herren von der Presse gekommen ist, er muß dem Irrsinn nahe gewesen sein, oder sie stammt von Kipling, gibt es eigentlich sprachlich etwas Peinlicheres als sein kleines Liedchen: Und wenn auch dieser Kelch an mir vorüberging, kurz und gut, ich habe einfach kein Talent, mit solchen Menschen umzugehen, Ihr Mann fürs Grobe, dieser ungehobelte Wichtelmann mit den riesigen Manschettenknöpfen...
—Mister Davidoff, ja, wissen Sie vielleicht, wo er...
—Also, wie ich schon sagte, ich hatte den Eindruck, er lebt dabei regelrecht auf. Sie hätten ihn sehen sollen, heute morgen in der Firmensuite, verglichen mit so einem war Scheherazade die Göttin der Wahrheitsliebe, anschließend verfügte man sich allerseits zu Gericht, und die Meute von Aasgeiern sofort hinterher, weil, eine solche Gelegenheit wollte man sich nicht entgehen lassen, Ihr JR in natura und dazu gleich vor dem Kadi, die Sache selbst war zwar relativ uninteressant, irgendwas Geschäftliches, aber es ist ja nur der Auftakt zu dieser Schmuddelgeschichte, diesem Vaterschaftsprozeß, also, ich gehöre zwar nicht zu denen die mit dem Finger auf andere zeigen, aber allein die Vorstellung, wie sich diese Virginia mit ihren zweihundert Pfund Lebendgewicht splitternackt auf dem Schreibtisch räkelt, also wirklich, solche Vorfälle verleihen unserer süßen kleinen Firmengruppe direkt etwas Anrüchiges...
—Ja also, tut mir leid Mister Brisboy, dazu kann ich nichts...
—Aber das verlangt doch auch niemand von Ihnen, Mister Bast, übrigens Ihre Erkältung klingt ganz entsetzlich, und das sind alles solche Rabauken, nur wenn sie auf ihre unverschämten Anrufe die entsprechende Antwort kriegen, da fangen sie sofort an zu weinen, deshalb habe ich ja auch mit Ihrem Grynszpan gesprochen, ausgesprochen liebenswürdiger Mann, wirklich, und der Weg war auch ganz leicht zu finden, da vorne der malerische Eingang zu der Ruine, da ist es, oder? Nach dem beunruhigenden Anruf von Mutter war ich nur noch auf einen Sprung bei meinem Therapeuten, der übrigens hier ganz in der Nähe seine Zelte aufgeschlagen hat, und da dachte ich, ich komm mal kurz auf ein kleines Schwätzchen...
—Nein, ich wollte sagen, daß ich verreist war, und ich kenne wirklich nicht alle Einzel...
—Hach, Ihre Reise, ja, natürlich, ich kanns gar nicht erwarten, daß Sie mir alle aufregenden Einzelheiten erzählen, diese turbulente

Geschichte in der Zeitung, wie der betrunkene Brauereibesitzer Sie mit der Flinte zwischen den Fässern hin und her gejagt hat, nur gut, daß Ihr Auge als solches praktisch mit dem Schrecken davongekommen ist, na ja, diese Verfärbung ist ziemlich scheußlich, aber wenigstens sind Sie auf diesem übrigens ganz vortrefflichen Foto im Federschmuck nur von der anderen Seite zu sehen, hach, wie ich solche Festumzüge liebe! Natürlich habe ich das gleich an Mutter geschickt, nach all diesen traurigen Nachrichten aus der Zeitung konnte sie ein bißchen Aufmunterung gebrauchen, immerhin ist Ihre Aktie bei vier aus dem freien Handel ausgestiegen, Ihr Crawley da wird noch gaga darüber, na ja, auch kein Wunder bei dem, was er durchmacht, Gott, ist das ein schneidender Wind. Aber bei Ihnen drinnen siehts so kuschelig aus, könnte ich mich vielleicht ein bißchen ...
—Nein, also, ich glaube, wir, ich habe gerade jemanden losgeschickt, der den Fahrer holen soll, ich glaube, da ...
—Ja, da kommen sie, diese Rotznase und der Fahrer, wissen Sie, Mister Bast, wenn es nach mir ginge, gehören Sie ins Bett, Sie müssen ja furchtbares Fieber haben, aber Pünktlichkeit ist die Höflichkeit der Könige, besonders bei Gericht, versprechen Sie mir nur eins, nehmen Sie bitte nicht aus falschverstandener Loyalität alle Verantwortung auf sich, wissen Sie, mir liegt es fern, Zwietracht zu säen, aber ihr J R gefällt mir immer weniger ...
—Ja also, wir, Fahrer? Ich glaube, wir sollten jetzt lieb ...
—Sekunde noch, eh, ich brauch mein ...
—Das Vertrauen, das Mutter und ich in Sie setzen, hach du Schreck, da hat sich ja einer neben Sie gesetzt ...
—Ja also, das ist schon, Fahrer, wir fahren jetzt lieber los, Wiedersehen ...
—Und etwas von Ihrem Werk hören, ich weiß ja, daß Sie kaum Zeit hatten, aber ... brenne darauf, mehr zu ... wirklich der einzige Mensch, den ich kenne, der wirklich etwas leistet, was sich lohnt ...
—Eh, heilige ...
—Wegen des Konzertflügels ...? Dazu ein angenehmer Chambolle-Musigny, Sie werden entzückt sein ... passen Sie gut auf sich auf ...
—Eh, gucken Sie mal, der wird gleich überfahren, wenn er so neben uns herrennt, dieser, heilige ...
—Aus der Tschechoslowakei eine ganz aparte neue Einspielung der Kindertotenlieder ...
—Ja, auf Wiedersehen, Wiedersehen ...

—Daß du mir bist entrissen, au voir, au voir ...
—Nee, was war'n das für'n Typ, eh?
—Du bist jetzt mal einen Augenblick still.
—Klar, okay, aber ich meine, wer war ...
—Niemand! Das, das war überhaupt niemand ...
—Okay, ich meine, kein Grund, gleich sauer zu werden, eh, wissen Sie, warum das da hinten so lange gedauert hat? Wegen dem Laster, der die ganze Straße blockiert hat, wissen Sie, was der geladen hatte, eh? Was ist los, tut Ihnen das Auge noch weh?
—Ja.
—Okay, jedenfalls war das die ganze Ladung von diesen zehntausend Gros Plastikblumen, die wir auf der Hafenauktion in Hongkong so billig gekauft haben, weil die Farben alle versaut waren, wissen Sie noch?
—Nein.
—Echt, diese roten Osterblumen und blauen Rosen und alles, verstehen Sie, die Chinesen, die die gemacht haben, hatten Bilder von der Form und so, weil, so Blumen wie hier, das haben die nicht in China, und deshalb haben die sich einfach die ganzen blöden Farben selber ausgedacht, ich meine, ich hab mitgekriegt, wie dieser Blödmann von Lastwagenfahrer am Rummeckern war wegen dem ganzen Plastikscheiß aus Hongkong in seinem Laster, und da dachte ich erst, das sind diese Pullover, die wir rübergeschickt haben, damit die da für Eagle gemacht werden, ich meine, sind die immer noch nicht gekommen? Ich meine, beides soll doch sowieso nach Union Falls, echt, was meckert der da denn jetzt rum wegen J R Corp. und der miesen Adresse, die große Lieferung an J R Corp. und dann an diese Mülladresse, was will er denn ...
—Du wolltest doch die Kosten senken!
—Klar, aber, heilige, ich meine, ich meine, heilige ...
—Einundsechzig vierzig im Monat, was hast du denn erwartet für einundsechzig vierzig? Was glaubst du wohl, was ich ...
—Nee, aber, nee, aber ich meine, heilige, hier war also die ganze Zeit die internationale Zentrale von, dieser, dieser Müllplatz ...?
—Was hast du denn gedacht?
—Nee, aber, nee ...
—Die Park Avenue runter, Sir?
—Die Park Avenue runter oder das Klo runter, kommt sowieso aufs selbe ...

—Nee, aber warten Sie mal, Bast, eh, wir fahren jetzt doch noch nicht wieder zurück, wieso ...
—Weil ich nur auf diese Weise nach Hause komme, deshalb, und weil ich ...
—Nee, aber wir ...
—Weil ich noch genau siebenunddreißig Cent habe, deshalb! Weil ich diese Klamotten loswerden muß, weil ich erkältet bin und Fieber habe und wahnsinnige Kopfschmerzen, deshalb! Weil ich nicht geschlafen habe, nichts gegessen, gib mir mal das Paket, das weiße Paket ...
—Nee, aber ...
—Nimm das andere, iß es auf, los, mach es schon auf, iß, es gehört dir, eins deiner Achtundvierzig-Cent-Steuerspar-Lunchpakete, die dein toller Davidoff besorgt hat für den sogenannten, wieso hast du das überhaupt gemacht, wie bist du auf die Idee gekommen?
—Es, ich dachte nur, es wäre vielleicht ne gute Idee ...
—Also, das war es nicht, es war keine gute Idee, von allen blöden Ideen war das mit Abstand die ...
—Ich wollte es mal sehen! Ich, ich wollte es nur ...
—Also gut, hier, iß das jetzt auf, hast du ein Taschentuch?
—Klar, Moment mal eben ...
—Nein, für dich, putz dir die Nase. Hör auf, sie hochzuziehen, und putz dir die Nase.
—Ich wollte nur immer, ich meine, so hab ich mir das immer vorgestellt, Sie und, und ich, wir fahren in so ner großen Limousine so ne, diese große Straße hier runter ...
—Also wir, das machen wir ja auch, hier ...
—Nee, ich, ich meine, wir ...
—Ich weiß, was du meinst, hier, iß dein Sandwich.
—Aber, okay ... eh, Bast?
—Was?
—Da vorne, das große weiße Gebäude, was issen das ...
—Ein Klub, eine Botschaft, was weiß ich, warum?
—Ich hab nur immer gedacht, daß wir, daß wir, ach nichts. Essen Sie Ihre Pickles nicht?
—Nein.
—Dann würd ich die gerne tauschen gegen die Hälfte von meinem ...
—Nimm's dir doch einfach!
—Okay, kein Grund, gleich sauer zu werden, ich wollte ...
—Ich bin darüber nicht sauer, nicht über einen Scheißpickle, hast du

denn gar nicht kapiert, was ich gesagt habe? Weißt du denn nicht, wo ich war, was da oben los ist? Hast du denn nicht die Zeitung ...
—Echt, das versuch ich ja gerade rauszukriegen, aber Sie unterbrechen mich ja dauernd, ich meine, diese große Sache da, wo Sie in diesem super Indianer, Moment, hier unten ist ja ne ...
—Hör mal, das ist die Zeitung von gestern, ich meine, das, was eben passiert ...
—Nee, aber, ich meine, die ganzen Spesen, die wir hatten und so, und der alte Häuptling reicht Ihnen die Friedenspfeife hier, der sieht aus, als hätte er so 'n billiges Indianerkostüm an, so eins für Kinder mit bloß so 'n paar vergammelten Hühnerfedern dran und, echt, wer ist denn der alte Sack da hinten, der sieht ja aus wie ein ...
—Das ist Senator Milliken, und das sind vergammelte Hühnerfedern, ich kam da an in dem schicken Kostüm, das Davidoff für dreihundert Dollar Leihgebühr gemietet hat, und der Vater von Charley Yellow Brook kommt in Schmuddeljeans zum Fototermin, und der Idiot mit den Geräten sagt noch, er sähe gar nicht aus wie ein echter Indianer und schickt seinen bescheuerten Sohn zu Woolworth, und der bringt uns dann dieses Ding, Größe acht, damit ging es los ...
—Ich weiß, das steht ja hier in diesem super Artikel, begleitet vom lautlosen Paddelschlag der Kanus, dem Surren der Pfeile und dem legendären Howee-Schrei, legte diese imposante Demonstration indianischer Geschichte und Lebensart Zeugnis davon ab, daß indianische Werte ebensowenig der Vergangenheit angehören wie die Zukunftsperspektiven dieses einst so stolzen Stammes, der seine typische Identität über alle Wechselfälle der ...
—Hör zu, dieser super Artikel ist geschrieben worden, bevor überhaupt irgend etwas passiert ist, und auch das Foto wurde gemacht, bevor es ihnen zu bunt wurde und sie explodiert sind, kapierst du das denn nicht? Das ist eine Pressemitteilung, die dein toller Typ Davidoff einfach vom Skript abgeschrieben hat, so, wie es da steht, war es geplant, aber passiert ist am Ende etwas ganz anderes, das Ding ist schon am Abend vorher rausgegeben worden, damit es noch am gleichen Tag in die Zeitung ...
—Nee, aber was meinen Sie denn mit explodiert? Daß sie nicht mal richtige Indianer sein konnten? Ich meine, wozu geben wir denn das ganze Geld aus, nur um ihnen einzutrichtern, wie man mit einem Kanu fährt oder mit Pfeil und Bogen schießt, wenn sie selbst dafür zu blöd sind? Da versuchen wir echt, denen zu helfen mit ihren indianischen

Werten und alles, damit sie ihre Jagdgründe verteidigen und so, und dann sind die so blöd, daß sie nicht mal ihre eigene blöde Geschichte kennen, und wir dürfen dann auch noch diesen erstklassigen Schriftsteller bezahlen, damit er denen ihre eigene Geschichte schreibt für diese imposante Demonstra...
—Das hat er auch bestens hingekriegt, die indianischen Werte stimmen wieder, das kann ich dir sagen, als sie das gelesen haben, als sie von den Vergewaltigungen gelesen haben und von den Hungersnöten und wie ihre Vorväter von ihrem vertraglich zugesicherten Land vertrieben wurden und sie mitten im Winter tausend Meilen barfuß marschieren mußten, um ihr jetziges Reservat zu erreichen, das Surren der Pfeile! Ich wünschte, Davidoff wäre da gewesen und hätte es gehört, diese Elektroherde und Waschmaschinen und der ganze andere Müll, es sah aus wie auf einem Schlachtfeld...
—Nee, aber Moment mal, eh, Moment mal, eh, warten Sie doch mal 'n Moment, heilige, echt, ich meine, die Endo-Geräte waren echt was wert, heilige Scheiße, ich meine, eine Waschmaschine kostet im Einzelhandel gut und gerne hundertneun siebenneunzig, da können sie doch nicht einfach alles kurz und, ich meine, sie können das doch nicht einfach so kaputt...
—Das haben sie aber getan, und zwar weil nie jemand so genau wissen wollte, was sie wirklich...
—Nee, aber Moment mal, jetzt, ich meine, bloß weil die sauer sind, weil denen ihre Vorväter im Schnee rumgelaufen sind, ich meine, das hat die Vergangenheit eben so an sich, aber deswegen gleich dieses super Geschenk kaputtzumachen, ich meine, was haben wir denen eigentlich getan? Ich meine, Moment, hier, hier unten steht doch, als Beitrag zur fortschrittlichen Gemeinschaft, nee, Moment mal, als Beitrag zum allgemeinen Fortschritt verstanden wissen, jenes zweischneidige Schwert, das mit einem Schlag die Zukunft einzuläuten vermag, nicht zuletzt durch dieses beispiellose Geschenk in Form einer ganzen paletti, Palette von modernen, elektrischen Haushaltsgeräten von Endo, einer Tochter von J R Worldwide...
—Das ist der springende Punkt, sie haben keine Elektrizität. Niemand hat dort je...
—Was?
—Elektrizität, sie haben keine Elektrizität! Die Indianer, das Reservat, es gibt dort keinen elektrischen Strom, und niemand hat sich je die Mühe gemacht...

—Wieso denn das nicht, ist doch ganz einfach, ich meine, Strom hat doch jeder, ich meine, man schaltet einfach ...
—Das hat auch dieser Vollidiot Hyde, dieser Mister Hyde, den du da mit den Haushaltsgeräten hingeschickt hast, das hat der auch gedacht, von der kleinen Rede, die er geschrieben hat, daß er ihnen die Zivilisation bringt, hat er dir sogar eine Kopie geschickt, sie muß irgendwo in deinem Chaos hier liegen, willst du sie nicht lesen? Neue Märkte, neue Produktionsstraßen, Massenproduktion, all das, was Amerika ausmacht, aber dann sind sie plötzlich auf ihn losgegangen ...
—Nee, aber, nee, aber warten Sie mal, war er ...
—Er stand vor ihnen und hat mit einem Haarfön rumgefuchtelt und gebrüllt: los, fangt mich doch, und das haben sie dann auch getan, als sein grauenhafter Sohn angefangen hat ...
—Nee, aber Moment mal, Bast, Moment, Moment, war das, war das denn der gleiche Mister Hyde, der, heilige, der Sohn, war das ...
—Kam da mit seinen Messern und Lassos an und hat auf seiner Trompete den Ruf zur Fahne geblasen, sie hätten ihn beinahe skalpiert, wenn er genug Haare auf dem ...
—Nee, aber ich, doch nicht der Junge, mit dem ich, der Mister Hyde aus der Schule etwa? Wie konnte ...
—Tja, du hast ihn doch eingestellt.
—Nee, ich meine, echt, ich meine, woher sollte ich denn wissen, wo der arbeitet, ich dachte ...
—Daß sein Sohn mitkommen würde, hast du aber doch gewußt, nicht? Das ist doch ein Freund von dir ...
—Nee, aber, nee, ich meine, er hat bloß gesagt, daß er ne Sondererlaubnis kriegt, um mit seinem Vater so ne wichtige Reise zu machen, und darüber schreibt er dann 'n Aufsatz, was Amerika schützen muß und so, aber was ist danach passiert, als er ...
—Irgend jemand hat ihm schließlich eins mit ner Schaufel verpaßt, jetzt halten sie seinen Vater so lange fest, bis sie von dir die dreißig Millionen Dol ...
—Dollar? Dreißig Millionen Dollar für den? Ich meine, was stellen die sich denn vor ...
—Die dreißig Millionen, die du ihnen für den Pachtvertrag über zwanzig Jahre bereits zugesagt hast, die wollen sie jetzt sofort und in bar, Charley Yellow Brook hat mich in seinem schrottreifen Cadillac noch zum Bus gebracht ...
—Nee, aber warten Sie doch mal, ich meine, wir hatten doch vereinbart,

daß wir denen das in Raten aus den zu erwartenden Gewinnen zahlen, ich meine, wieso sollten wir denen das jetzt schon geben, bevor wir überhaupt ...
—Wegen der supertollen indianischen Geschichte und Lebensart, die du ihnen auch noch unter die Nase reiben mußtest, dieser Tausendmeilenspaziergang durch die weiße Winterlandschaft, der hat ihnen zu denken gegeben, und jetzt haben sie einfach Angst, daß man sie in ihr altes angestammtes Reservat zurückschickt und dafür das jetzige zum Verkauf freigibt, das Geld wollen sie haben, damit sie es kaufen können, also gib ihnen das Geld und ...
—Was soll das denn heißen, gib ihnen das Geld? Glauben Sie, der alte Hyde ist dreißig Mill ...
—Nein, ich glaube sogar, daß er keine fünf Cent wert ist! Aber wenn sie etwas kaufen müssen, was ihnen eigentlich schon gehört? Und du hast doch bekommen, was du wolltest, diese Pachtverträge, oder etwa nicht? Der Vertrag über dreißig Millionen ist bereits unter ...
—Nee, aber das ist doch ganz was anderes, wenn sie alles auf einmal haben wollen ...
—Sieh zu, wo du es herbekommst, leih es dir, du redest doch über nichts anderes, als Vermögenswerte aufzubauen, damit du dir nochmal drei, fünf oder zehn Millionen leihen kannst, wo ist da denn der Unterschied? Sind doch bloß Zahlen, nicht wahr? Bloß Zahlen auf dem Papier, und meistens weißt du nicht mal, wo das Komma hingehört, du weißt ja nicht mal ...
—Nee, aber Sie haben denen doch nicht etwa gesagt, daß wir das machen? Ich meine, daß wir denen auf einen Schlag hier dreißig Mill ...
—Natürlich hab ich das gesagt, ja, ich habe Charley Yellow Brook mein Wort gegeben, daß wir ...
—Nee, aber, heilige, eh ...
—Hör mal, nichts mehr mit eh, von Anfang an hast du nichts anderes gemacht, als darüber zu jammern, was ich alles nicht tue, daß ich mich nicht engagiere, daß ich keine Verantwortung übernehme, tja, und diesmal habe ich es getan, ich habe ihm mein Wort gegeben und möchte gerne dazu stehen ...
—Nee, aber das ist schon okay, Sie müssen zu überhaupt nix stehen, weil Sie ja gar keine Arturisation dazu ...
—Und wieso nicht? Ich denke, ich bin der Geschäftsführer von diesem, diesem ganzen Chaos, eine besondere Vollmacht brauche ich gar nicht ...

—Nee, aber verstehen Sie, das ist es ja gerade, die brauchen Sie nämlich doch.
—Was soll das heißen, brauche ich doch? Ist das alles, was dir dazu ...
—Weil du nämlich gefeuert bist, das wollte ich Ihnen schon die ganze Zeit sagen, ich meine, nachdem Sie alles derart versaut haben, echt, ich meine, ich hab ja alles Mögliche versucht mit Ihnen, ich meine, wenn Sie nur Ihren eigenen Kram versauen, ist das Ihr Ding, aber wo Sie hinkommen, versauen Sie alles, was erwarten Sie denn, was ich ...
—Augenblick mal, so geht das nicht, nimm deinen Fuß da runter! Was soll das heißen? Du hast mich gefeuert, während ich unterwegs war? Wolltest nur abwarten, ob dein Indianergeschäft funktioniert, und jetzt denkst du, daß ich alles versaut habe, und beschließt einfach, daß ich gefeuert wurde, bevor ich überhaupt losgefahren bin, damit du die dreißig Millionen nicht rausrücken mußt! Und laß diese alten Zeitungen da in Ruhe, ich will sie nicht mehr sehen, sag mir nur, ob das so ist!
—Nee, warten Sie mal, verstehen Sie, das war nicht mal ich, der Sie ...
—Und damit wir uns richtig verstehen, mir kann ja gar nichts Besseres passieren, als entlassen zu werden, mir fällt ein Stein vom Herzen dabei, dieses ewige Nur-noch-dieses-eine-Mal, wenn ich doch bloß nie ...
—Nee, aber ich hab das nicht gemacht, Bast, ich hab Sie nicht rausgeschmissen, das haben die gemacht ...
—Natürlich, im Zweifelsfall bist du es nie gewesen, immer die anderen, wer sind denn überhaupt die anderen, das würde mich sehr interessieren ...
—Diese Gläubiger hier, die total stinkig geworden sind, als Sie Ihre Aktien verkauft haben und alles versaut haben, das versuch ich Ihnen doch zu erklären, diese Banken da und ...
—Wie meinst du das, als ich meine Aktien verkauft habe? Welche Aktien? Ich habe nur ...
—Ich meine, Mann, Sie können ja Nonny fragen, eins hab ich jedenfalls immer gesagt, und zwar daß wir die ganze Sache hier absolut legal machen, und ich meine, mit diesen ganzen Optionsbedingungen hier und Statuten und so, damit hätte ich jedenfalls nie gerechnet, daß Sie das machen würden, ich meine, nachdem ich alles so schön hingekriegt hab, damit Sie nicht von der Einkommensteuer fertiggemacht werden, und da gehen Sie hin und verkaufen Ihre Aktien, logo, daß die dann besteuert werden wie ein ganz normales Einkommen, was ich Ihnen immer erspart habe. Hier in dem Prozeß wird gesagt, daß Sie für elfeinhalb verkauft haben, macht also siebenfünfzigtausendfünfhundert, ich

meine, das sind über vierundfünfzigtausend Dollar, da steht ein Steuersatz drauf von dreiundfünfzig Prozent, das heißt, die in Washington kriegen davon schon mal siebenundzwanzigtausend, der Bundesstaat nimmt sich dann nochmal extra, und das sind erst die richtigen Abzocker, Mann, und das ist nicht mal alles...
—Moment mal, bislang hab ich immer nur gehört daß du mir ein normales Gehalt erspart hast, genau darin liegt nämlich das...
—Nee, aber da ist ja das ganze rechtliche Zeug noch gar nicht eingerechnet, ich meine, man sagt doch immer so schön, in der Not beweist sich echt die Freundschaft oder so ähnlich, Mann, so gesehen bin ich so ziemlich dein allerbester Freund, weil ich...
—So ist das aber nicht gemeint, es bezieht sich nämlich nicht auf den, der in Not ist, sondern...
—Mann, ich weiß, aber Sie haben jetzt diese siebenfünfzigtausend Dollar, und ich bin jetzt total in No...
—Jetzt mach aber mal 'n Punkt, wie kommst du denn darauf? Ich hab dir doch eben erst gesagt, ich hab noch ganze siebenunddreißig Cent in der Tasche. Wie kommst du überhaupt darauf, daß ich meine Aktien verkauft habe? Ich habe sie nur benutzt, um mir etwas Geld zu leihen, das Gehalt, das du mir immer erspart hast, weißt du noch? Mir blieb auch gar keine andere Wahl. Ich hatte ja gerade mal vier Dollar, und das einzig Sinnvolle, was dein supertoller Typ Davidoff je gemacht hat, er hat zusammen mit Mister Crawley einen Weg gefunden, wie ich...
—Nee, aber okay, wo issen da der Unterschied? Ich meine, ob Sie Ihre Aktien für siebenfünfzigtausend Dollar verkaufen oder ob sie die irgend ner Bank als Sicherheit geben und sich dann diese siebenfünfzigtausend Dollar von denen leihen, und die Bank verkauft es dann für siebenfünfzigtausend Dollar, ich meine, so oder so haben Sie die siebenfünfzigtau...
—Ich habe sie nicht! Ich hatte sie nie, hör zu...
—Und ich meine, diese ganze Optionssache, das war meine Idee, ich hab das alles so geregelt, nur um Ihnen zu helfen, aber statt dessen brüllen Sie mich am Telefon an, wo Sie diese fünfzigtausend Dollar herkriegen sollen, damit Sie Ihre Option auch ausüben können, und jetzt auf einmal...
—Ich habe es geliehen und sofort zurückgezahlt, was glaubst du denn, wie ich sonst...
—Nee, aber ich meine, wie konnten Sie es denn zurückzahlen, wenn

Sie die Aktien hier nicht verkauft haben, darum geht's doch. Und ich meine, da gibts auch so 'n Gesetz, daß man sich von Banken kein Geld leihen darf, um sich damit Aktien zu kaufen, und außerdem haben Sie mir damals am Telefon gesagt, Sie haben gesagt, daß Sie sie gar nicht verkaufen, ich meine, das ist echt schon ne ungeheure Enttäuschung für mich, Bast! Ich meine, echt, als ob Sie echt überhaupt kein Vertrauen in das ganze Unternehmen gehabt hätten, nicht die Spur von Loyalität und so, vor allem, wo wir uns doch gegenseitig immer so gut nützlich waren, aber Sie mußten ja unbedingt ...
—Hör zu, erstens habe ich die Aktien nicht verkauft und auch der Bank nicht gesagt, daß sie sie verkaufen soll, zweitens habe ich kein Geld von einer Bank geliehen, um sie zu kaufen, sondern ich habe es mir von meinen Tanten geliehen. Ich habe ihre Aktien eingesetzt, um darauf gerade soviel leihen zu können, damit ich die Aktien von der Option kaufen konnte, und dann habe ich diese Aktien als Sicherheit benutzt, um mir damit Geld zu leihen, Mister Davidoff hat noch gesagt, daß siebentausend Dollar verfügbar seien und der Rest dazu benutzt würde, um den Kredit auf die Aktien meiner Tante zu tilgen und sie dann schnell wieder auf ihr Depot bei Mister Crawley zu tun, und genau das habe ich ...
—Was? Die Aktien lauten nicht auf ihren Namen?
—Wir sind da, Sir.
—Weil, dann sollten sich Ihre Tanten aber vorsehen, eh ...
—Warte mal einen Moment. Fahrer? Wo, wo sind wir ...
—Pennsylvania Station.
—Was wollen wir denn hier? Wir wollen ...
—Sir, laut Auftrag sollen wir Ihre Gruppe zurück zur Penn ...
—Ich dachte, Sie fahren uns nach Long Island, wir ...
—Weil, wenn Crawley und Wiles und die anderen Broker diese Sicherheiten für ihre Großkredite brauchen, dann ...
—Sei still. Fahrer? Hören Sie, bringen Sie uns trotzdem dahin, Sie können es auf die gleiche Rechnung setzen, die Firma, die ...
—Das darf ich nicht, Sir, dazu bin ich nicht befugt ...
—Also dann gebe ich Ihnen hiermit die Befugnis dazu, ich gebe Ihnen die Befugnis!
—Das darf ich nicht, Sir, ich bin nicht befugt, von Ihnen Befugnisse ...
—Verstehen Sie, die kriegen soviel Druck von dieser Warenterminbörse, daß die Reserve kaum noch ausreicht, seit die Bäuche so stark gefallen sind ...

—Sei still! Hören Sie, Sie wissen wohl nicht, wer wir, Moment mal, hast du Geld bei dir?
—Klar, das schon, aber ...
—Also gut, Fahrer? Dann zahlen wir die Fahrt eben in bar, wieviel kostet das ...
—Das darf ich nicht, Sir, wir sind nur ein Subunternehmen und dürfen keine ...
—Wieso dürfen Sie nicht? Warum haben Sie das nicht gleich gesagt? Hier, los jetzt, dann steigen wir eben hier ...
—Wollen Sie den Rest von dem Napfkuchen?
—Nimm ihn mit, ja, nimm alles mit, du kannst das sowieso nicht im Wagen liegen ...
—Okay, können Sie das hier mal 'n Moment halten, bis ich ...
—Ich kann gar nichts 'n Moment halten, hier, gib mir den Karton und heb auf, was da auf dem Boden ...
—Mann, das hätte ich fast hier liegenlassen, das ist dieses Tonbanddings, eh, haben Sie eigentlich die Bänder aufgenommen, die ich Ihnen am Telefon überspielt habe? Weil ...
—Sir, würden Sie bitte auch die Banane von der Armlehne entfernen, Sir?
—Verstehen Sie, Piscator hat nämlich gesagt, daß man diese ganzen Telefonbänder beschlagnahmen wird, und deshalb sollten wir uns die vorher besser nochmal anhören ...
—Nimm jetzt die Scheißbanane da weg! Los, alles aussteigen, hier entlang, hier entlang ...
—Gehen wir jetzt ins Kino, Mister Bast?
—Der Typ mit den ausgestopften Köpfen, dürfen wir da nochmal hingehen?
—Und die Frauen, die so mit den Aalen in der ...
—Wir gehen nirgendwo mehr hin, wir fahren jetzt nach Hause! Und bleibt jetzt zusammen ...!
—Weil nämlich jetzt auch das ganze Geschäft versaut ist, das Sie aufbauen sollten, Ray-X kriegt kein Rhodium aus diesem Land da, Gandia oder so, weil die da nämlich so 'n Krieg haben, und da gibts dann so 'n blödes Gesetz, daß man von denen keine Exporte mehr kaufen darf, und da war dann so 'n Handelsdirigierter oder so was aus diesem kaputten Land, Malwi, was ja direkt neben Gandia ist, und den sollten Sie eigentlich im Waldorf treffen, bevor Sie ...
—Hier entlang, bleibt zusammen!

—Als sie die Exportlizenz schon nicht gekriegt haben, um die Bäuche nach China zu exportieren, da hätten wir sie aber gut nach diesem Malwi exportieren können, und die in Malwi hätten es weiterexportiert nach China, hätte uns ein Prozent gekostet, und nochmal ein Prozent für das Rhodium, wenn als Herkunftsland Malwi draufsteht, so hätten wir das ganz leicht importieren können, mit Malwi als Herkunftsland, müssen Sie unbedingt so schnell rennen, eh? Ich verlier noch meinen ...
—Hier entlang, beeilt euch ...!
—Aber dann wird auf einmal auch Malwi in diesen bescheuerten Krieg reingezogen ...
—Ich hab gesagt, ihr sollt zusammenbleiben!
—Und diese Gespräche im Senat wegen dem Handel mit China und Rußland und so, dieser Senator Broos hat die platzen lassen, und da sinken natürlich die Bäuche, und Crawley und Wiles und die ganzen anderen Broker sind stinksauer auf mich, weil die jetzt wahnsinnigen Druck von der Warenterminbörse kriegen, weil die Reserven für die Verluste vorne und hinten nicht reichen, aber ich hab ja auch kein Geld mehr, also müssen sie, eh, warten Sie doch mal ...
—Da vorn ist unser Bahnsteig, beeilt euch, der Zug geht in vier Min, wo ist, wo ist er ...
—Er ist da drüben und holt sich ne Zeitung, dürfen wir uns was Süßes kaufen?
—Nein! Steigt schon ein, ich hole ihn, auch das noch, Entschuldigung, tut mir leid, das hat noch gefehlt, Entschuldigung ...
—Eh, Bast? Haben Sie mal etwas Kleingeld? Ich komm gerade nicht an mein ...
—Laß sein! Der Zug ...
—Aber ich hab die Zeitung ja schon, Sie haben doch gesagt, daß Sie siebendreißig Cent ...
—Also, Scheiße hier! Beeil dich jetzt ...
—Mann, Sie hätten fast die alte Frau umge ...
—Egal, beeil dich!
—Eh, warten Sie, mein Schnürsenkel, heilige ...
—Nicht drängeln da vorne! Bleibt zusam ...
—Mann, das hätte ich nicht mehr geschafft, wenn Sie mich nicht ...
—Setz dich hin! Und alle anderen auch, setzt euch hin ...!
—Wollen Sie ans Fenster oder ...
—Mir egal, setz dich hin!

—Okay, tun Sie mal Ihren Fuß da weg? Ich komm sonst nicht, diese neuen Schnürsenkel, Mann, ich hätte da hinten fast meinen Turnschuh verloren, können Sie mal Ihren ...
—Nein, kann ich nicht, nimm deinen Fuß da runter! Kannst du dich denn nicht ...
—Wo soll ich ihn denn hintun?
—Versuchs doch mal mit dem Fußboden! Und nimm bitte dein Knie von meinem ...
—Nee, aber ich muß doch dieses Ding hier irgendwo aufstellen wegen der Telefonbänder hier, damit wir uns anhören können, was da alles ...
—Hör mal, wenn du dir Tonbänder anhören willst, such dir einen anderen Platz, ich bin ...
—Nee, aber wir müssen uns die noch anhören, bevor die beschlagnahmt werden, ich meine, sonst wissen wir doch gar nicht, was drauf ist. Ich meine, Sie haben mir mal eins geschickt, und als ich gerade dabei war, Ihnen zu erklären, daß wir Riesendruck vom Innenministerium kriegen wegen dieser Ace-Schürfrechte, ist da plötzlich so 'n Gesang drauf und irgend so 'n Typ sagt, Sie hörten soeben Fischer-Diskjock oder so ähnlich, der sowas Ausländisches gesungen ...
—Ich dachte, das Band wäre leer! Ich, ich habe nur einige Stücke von diesem Miniradio überspielt, sonst nichts, ist doch auch völlig egal ...
—Überhaupt nicht egal! Wenn die das jetzt beschlagnahmen, als Beweis? Weil nämlich, diese alte Dame Begg oder so, die verklagt mich auch, sie läßt alle Unterlagen beschlagnahmen, die, wo wir Eagle übernommen haben, und wenn's da das Band gibt, wo ich sage, daß wir die Aktionäre schützen wollen, weil Eagle ja nur Geld verliert und wir deshalb den ganzen Laden nach Georgia verfrachten, damit wir ...
—Deine Papiere fallen überall auf den ...
—Moment, das liegt hier unten, ich meine, wir helfen sogar dieser blöden Gemeinde von Union Falls mit dem ganzen Friedhofsdings und geben denen das Eagle-Gelände für den Park und die Rennbahn, aber wie dankt uns das die Begg? Die geht hin und erzählt den andern Aktionären, daß ich sie beschissen hätte, weil ich meine Vorzugsaktien in Stammaktien umgewandelt hab, um die Kontrollmehrheit zu kriegen, damit ich, warten Sie mal, hier ist es ja, bei der Begg-Klage handelt es sich um eine Gemeinschaftsklage ehemaliger Aktionäre der Firma Eagle, Moment, nee, das hier ist Ihre, wo ist ...
—Meins? Was, was ist ...

—Wo die auch auf Sie stinksauer ist, hier, die Klage stützt sich auf eine mutmaßliche Verletzung von Abschnitt zehn b des Wertpapierhandelsgesetzes von neunzehnhundertvierunddreißig sowie auf Paragraph zehn b fünf ratti, vier, rattivier ...
—Ratifiziert, gib mir das mal! Was? Sie verklagt mich auch?
—Sie brauchen mir das ja nicht gleich so wegzureißen, ich meine, haben Sie das denn nicht gekriegt? Piscator hat mir diese Kopie ge ...
—Moment mal jetzt, nur weil sie dich verklagt, und ich wußte nicht einmal, was der, ich bin da doch nur hingefahren und mußte mir diesen ekelhaften Candle-Salat mit ...
—Nee, aber gucken Sie mal, die verklagt Sie wegen der andern Sache, eh, wo ich da die Kontrolle übernommen hab, um die anderen Aktionäre zu schützen und wo dann der Kurs von J R Corp. erst unheimlich angezogen hat, ich meine, was wäre gewesen, wenn sie da verkauft hätten? Bloß als die dann auf fünf ein Achtel gefallen sind und sie dann verkaufen mußten wie die alte Begg, da sind die jetzt natürlich alle stinksauer auf Sie wegen der elfeinhalb, wo Sie ja die ganze Zeit gewußt haben, was läuft ...
—Was läuft? Wo? Ich ...
—Was in der Firma gelaufen ist und so, deshalb nennen die das ja auch Insider-Klage, verstehen Sie, und da sind Sie der ...
—Insider? Das ist ja, wie sollte ich Insider sein? Also, ich faß es nicht, der einzige Insider war dein Mann im Ohr, die Presseerklärungen, die du abgibst, die Bänder, die du am Telefon den Zeitungen vorspielst, Mineralien und Gasvorkommen, das Gesundheitspaket von morgen, die Reise der Zukunft, irgendein Reporter fragt mich sogar, ob es zutrifft, daß wir jetzt auch Geräusche einfrieren wollen, ich meine, das ist doch kompletter ...
—Nee, Moment mal, das stand doch sogar in der Zeitung, eh, es ...
—Hör bloß auf, weiter in deinem Müll herumzuwühlen, kapierst du denn nicht, daß das alles nur ...
—Nee, aber das versuch ich Ihnen ja zu erklären, ich hab versucht, die Aktionäre zu schützen, indem ich den Wert der Aktie hochgedrückt hab, ich meine, da machen die Börsenanalytiker jetzt ne große Sache draus, weil Ray-X jetzt auch noch mit hohen Konventionalstrafen gearscht wird, und nur wegen der alten Festpreisverträge, weil die ja kein Rhodium mehr kriegen, und die Produkte alle rückrufen, alle die Gruftis mit ihren Herzschrittmacherdingern, die es jetzt nicht mehr tun, deswegen müssen sie sich jetzt neue einbauen lassen, und wir müssen

sogar noch das Krankenhaus bezahlen und alles, und ich meine, ausgerechnet jetzt, wo wir die volle Kostendeckung plus Gewinngarantie an Land gezogen haben. Hier, guck, Frigicom, ein völlig neuartiges Verfahren, das derzeit bei, Moment, das System arbeitet mit Überschallgeschwindigkeit und ist in der Lage, auftretende Schallspitzen mit Hilfe von flüssigem Stickstoff in handliche Blöcke zu ...
— Aber kapierst du das denn nicht? Das ist doch das gleiche wie die Geschichte mit dem Indianerreser ...
— Wo die da alles kurz und klein geschlagen haben? Okay, aber wieso beschmeißen diese Studenten General Haight mit Steinen? Ich meine, wir haben dieser Universität da unten bei Ray-X doch 'n großen Gefallen getan, daß wir denen das Gelände so einfach, jedenfalls, als er da hingekommen ist, um den Ehrendoktor zu kriegen, da sind die Studenten stinksauer geworden, weil wir ihnen wieder nur einen Gefallen tun wollten mit dieser militärischen Forschung und Entwicklung, die wir ihnen besorgt haben, verstehen Sie? Und dann fängt das gleiche Arschgesicht, dieser Senator Broos, der fängt da mit seinen geheimen Anhörungen an, wo sie den Verteidigungshaushalt überprüfen, ich meine, das sind echt hundert Milliarden Dollar, und sein bescheuerter Militärausschuß macht dann ne große Sache aus diesen lausigen achtunddreißig Millionen Mehrkosten wegen der technischen Probleme mit ihren Schallspitzen und so, eh, was ist los, Bast?
— Was?
— Sie haben gerade so ausgesehen, als ob Sie gar nicht zuhören, ich meine, wußten Sie eigentlich, daß wir Mister diCephalis eingestellt haben, eh?
— Nein, und das will ich auch gar nicht ...
— Ich meine, ich hab das selbst nicht gewußt, die haben den über die Computervermittlung gekriegt, wo alle so ne Nummer sind, und als wir da so einen ausgebildeten Betriebspsychologen gesucht haben, hat seine Nummer genau hingehauen, ist das nicht witzig, eh?
— Das Witzigste, was ich je ...
— Ich weiß, ich meine, ich wußte das ja selber nicht, bis wir ihn zu diesem Superwissenschaftler geschickt haben, den er da unten in Texas für uns eingestellt hat, dieser Doktor Vogel. Echt, ich hab sogar in der Zeitung gelesen, daß wir ihm gesagt haben, daß er bloß nicht wiederkommen soll, bevor sie nicht die technischen Probleme mit diesen Schallspitzen hingekriegt haben, und dann noch diese große Sache, die ich Ihnen die ganze Zeit erzählen wollte, eh, gucken Sie doch mal. Hier,

da steht, eine Transportmethode, die so revolutionär ist, daß das ganze Projekt vom Verteidigungsministerium als top secret eingestuft wird, ich meine, das konnte ich Ihnen ja nicht einfach so am Telefon erzählen, verstehen Sie? Ich meine, wir haben speziell dafür eine eigene Firma gegründet, wie heißt sie gleich noch mal? Richtig, Teletravel, ja, verstehen Sie, worum's da geht, das hier, eh? Eh, Bast?
—Was, was ...
—Ich dachte schon, Sie wären eingeschlafen, ich meine, ich erzähl Ihnen hier ne unglaubliche ...
—Laß den Schaffner nicht warten und bezahl meinen ...
—Wir haben diesmal alle Rückfahrkarten, damit wir nicht ...
—Ich aber nicht! Bezahl jetzt!
—Okay, werden Sie bloß nicht sauer, ich meine, können Sie mal 'n Moment das Zeug hier festhalten, weil ich sonst nicht ...? Zeitungsfetzen, das Taschentuchknäuel, ein Bündel Banknoten kamen zum Vorschein, auch Münzen ... —eh? Haben Sie vielleicht mal ...
—Ich hab dir doch gerade die Zeitung gekauft, ich habe nicht einmal mehr die siebenunddreiß ...
—Nee, ich meine, wenn Sie mir siebzehn Cent geben, dann muß ich den Vierteldollar hier nicht anbrechen, dann können Sie ...
—Bezahl!
—Mach ich ja schon! Aber, Moment mal, geben Sie mir mal zwei Cent, dann muß ich mein Fünfcentstück nicht anbrech ... okay, okay! Sie müssen ja nicht gleich wieder sauer werden, ich meine, die Zeitung hier, die können Sie ja dann auf Ihre Spesenrech, Moment mal, Moment, wo ist sie eigentlich ...
—Los, mach schon ...
—Nee, aber wo ist sie denn geblieben, heilige, sie muß runtergefallen sein, liegt sie vielleicht da unten neben Ihren Füßen, eh?
—Du hast sie wahrscheinlich auf dem Bahnsteig verloren, kauf dir doch ne neue, das ist doch egal ...
—Nee, aber wo doch heute so viel passiert ist, ich muß doch wissen, was los ist, ich meine, dieser Prozeß und diese unterirdische Sprengung wegen dem Riesengasvorkommen, und diese Radikalen, die den Zeitungen und so erzählt haben, daß das so gefährlich sein soll, und auf einmal mit ner einstweiligen Verfügung ankommen, was issen los, eh? Warum zittern Sie denn so?
—Weil, weil mir kalt ist ...
—Wie kann Ihnen denn kalt sein? Sie sind ja total naßgeschwitzt ...

—Nimm jetzt, nimm jetzt bitte dein Zeug von meinem Schoß, ich will ein bißchen schlafen.
—Was? Schlafen? Nee, aber Moment mal, wir müssen noch diese ganzen Sachen besprechen und die Tonbänder und alles, und ich meine...
—Ich hab dir doch gesagt, setz dich woanders hin, da kannst du dann in aller Ruhe deine Bänder...
—Nee, aber Sie müssen mir beim Zuhören helfen, ich, woher soll ich denn wissen, wer da überhaupt redet? Ich meine, dauernd les ich in der Zeitung, daß irgendein Firmensprecher wieder irgendeine Erklärung abgegeben hat, und ich weiß nicht mal, wer das überhaupt ist, genauso wie bei dieser Sprengung hier, da steht, unbestätigten Verlautbarungen aus Firmenkreisen zufolge mache es doch keinen Unterschied, ob dabei der ganze Staat in die Luft fliegt, denn vermissen würde ihn ohnehin niemand, darüber war Senator Milliken natürlich stinksauer, und wir müssen dringend da hin und gucken, wie wir...
—Hör mal, ich bin ja nicht mal hier gewesen, wie soll ich denn...
—Nee, aber das meine ich doch, Bast, wer zum Beispiel hat das mit der Bombendrohung gesagt? Und diese Firmensprecher, die ich überhaupt nicht kenne und nicht weiß, wer eigentlich was ist, wie bei diesem Mister Greenspan hier, ich meine, Piscator hat gesagt, er ist für Sie eingesprungen, als Sie auf Geschäftsreise waren, aber das haben Sie mir überhaupt nicht erzählt, und dann verkauft der einfach das komplette Lager von Ray-X, obwohl wir das gerade voll abgeschrieben hatten, haben Sie das gewußt?
—Nein, ich weiß ja nicht mal, wo er...
—Ich auch nicht, ich meine, ich frag Piscator, und der weiß auch nur, daß die Französisch gesprochen haben, demnach muß das jemand aus Frankreich gewesen sein, die haben das alles zum vollen Einzelhandelspreis gekauft und auch gleich bar bezahlt, und das rechnet sich Piscator natürlich als sein Verdienst an, wie er das auch vorher schon mit dem super Triangle-Geschäft gemacht hat, was sich aber eigentlich Beamish ausgedacht hat, verstehen Sie, wir müssen uns dringend die Bänder anhören, damit wir...
—Begreifst du denn gar nicht, daß ich überhaupt nicht da war? Alle Bänder, die ich bekommen habe, sind gemacht worden, bevor ich weggefahren bin, ich habe sie nur mit mir rumgeschleppt, um sie dir zusammen mit dem ganzen anderen Müll wiederzugeben. Ich weiß nicht, was darauf ist, ich weiß nicht mal, ob dieses Tonbandding noch am Telefon angeschlossen war, als ich wiederkam, wimmelte der Laden

von Marshals, die mit Vorladungen rumgefuchtelt haben, irgend jemand steckt seinen Kopf ins Autofenster und sagt mir, daß du alle Leute rausschmeißt und dein Gesundheitspaket an Lizenznehmer verkaufst, während du selbst angeblich schon auf dem Weg zum Gericht bist, und Crawley macht Pleite, wie soll ich da ...
—Aber das versuch ich Ihnen doch zu erklären! Ich meine, Crawley und die andern Broker sind stinksauer auf mich geworden, als sie sich das Geld für die Verluste von den gleichen Banken leihen mußten, von denen wir mit ihrer Hilfe die großen Kredite gekriegt haben, und da fangen die Gläubigerbanken natürlich an zu schreien, von wegen daß sie sich absichern müssen, ich meine, ich muß meinen ganzen Aktienbesitz in diesen Voting-trust einbringen, wo sie die Hand draufhalten, so kündigen sie uns wenigstens nicht die alten Kredite, und frisches Geld gibts auch, aber daß du deine Aktien verkauft hast, das hat ihnen den Rest gegeben, nur deswegen haben sie unsern Vorstand gefeuert und einen neuen da hingesetzt, und der wird jetzt das ganze Management von J R Corp. auf die Straße setzen, und mich verklagen sie wegen Miß Management ...
—Mit anderen Worten, alles meine Schuld?
—Nee, aber irgendwie schon, weil man ...
—Weil eine Bank meine Aktien verkauft und mich rausschmeißt, weil ich sie verkauft habe, und dann verklagt mich noch jemand und noch jemand, während du rumrennst und auf irgendwelche Vermögenswerte neue Kredite beschaffst, um damit dann wieder irgendwelche Vermögenswerte zu kaufen, die dann ihrerseits beliehen werden, hör mal, hab ich dir nicht gesagt, hör auf damit? Schon als alles anfing? Hör auf und laß dir von irgend jemand helfen, der ein bißchen mehr Übersicht hat, aber du mit deinem ewigen mehr! mehr! Je mehr du bekommst, desto mehr willst du, und jetzt weißt du nicht einmal mehr, was du, ich meine, das Ganze ist so unglaublich, daß es, einfach so unglaublich, daß es einfach nicht zu glauben ist.
—Nee, aber so macht man das eben! Ich meine, als die gesagt haben, wenn man schon spielt, kann man auch spielen, um zu gewinnen, aber ich meine, selbst wenn man gewinnt, muß man doch immer weiterspielen! Wie die Broker, die Anteilszeichner, die Banken, von allem, was man macht, kriegt irgend jemand Prozente für sich selbst ab, hier eine Provision, da ein paar Zinsen, und alle kennen sie sich untereinander und sprechen sich ab und geben einem Ratschläge, weil sie ja die großen Experten sind, wie soll ich da einfach aufhören?

—Wenn du wenigstens nicht so geizig gewesen wärst, wenn du wenigstens jemanden eingestellt hättest, der ein bißchen Ahnung...
—Okay, soll ich etwa hundertmal diese tollen Regeln da abschreiben? Wo dann da steht, stellen Sie kluge Köpfe ein, aber behalten Sie die Oberaufsicht, ich meine, wie behält man bei den klugen Köpfen die Oberaufsicht. Ich meine, dieser Mister Greenspan zum Beispiel, der ist so ein kluger Kopf, deswegen wollen den auch alle haben, selbst Crawley sagt, der hat 'n totalen Riecher für Markttrends und will ihn einstellen, angeblich war sogar dieser Leva hinter ihm her, und ich meine, da hab ich natürlich auch versucht, ihn anzurufen, aber irgend jemand hat den Hörer nicht aufgelegt, und ich wußte nicht mal...
—Nimm jetzt bitte endlich diesen ganzen Kram von meinem...
—Okay, warten Sie mal, ich such nur kurz den Artikel von der Wirtschaftsseite, wo steht, daß er vielleicht diese grausige Eminenz ist hinter dem meteoritenhaften Aufstieg von JR Corp., ich meine, ich weiß nicht mal, wer das ist! Ich meine, da steht, angeblich gibt es sogar Gerüchte, daß der neue Vorstand ihn einstellen will, weil er den Erebus-Deal eingefädelt hat, aber mich verklagen Sie deswegen, und natürlich wegen Miß Management, aber das ist ein und dasselbe, eh, eh? Können Sie denn nicht mal...
—Nein, ich kann nicht mal mehr meine Knie bewegen, und du nimmst jetzt endlich den Kram...
—Nee, aber Sie hören mir ja gar nicht richtig zu, Bast, ich meine...
—Interessiert mich nicht, was du meinst! Wie wollen sie dich denn verklagen...
—Ich sag doch, wegen Miß Management und so, was weiß ich? Ich meine, Piscator hat das gesagt, Moment, wo hab ich, hab mir das alles aufgeschrieben, echt, die lassen auch gar nichts aus, zum Beispiel, daß unsere Ertragserwartungen fürs nächste Quartal völlig überzogen sind, weil wir die Einkünfte von JR Shipping Corp. reingerechnet haben, außerdem gibts da jede Menge Vorschriften für Exporte mit der amerikanischen Handelsmarie, aber genau da sollten ja unsere Bäuche mit fahren, versteh bloß nicht, was diese Handelsmarie mit Miß Management zu tun hat?
—Ich weiß es auch nicht, ich weiß gar nicht, wovon du sprichst, hör mal zu, Piscator ist der einzige, der überhaupt noch etwas erreichen kann, warum sprichst du nicht einfach...
—Nee, Mann, der hat doch schon alles gemacht, ich meine, der hat doch diese eidesstattliche Erklärung abgegeben, daß ich nicht da sein

kann und mich von so einem Vertreter anwaltlich vertreten lasse, ich meine, das mit dem Vertreter ist irgendwie erst recht totaler Blödsinn, weil, ich will denen doch nichts verkaufen, aber dann behaupten so 'n paar blöde Zeitungen, der Firmensprecher hätte irgendwie bestätigt, daß ich vielleicht in Honduras bin oder so, aber ich weiß gar nicht, wo das ist, und die neuen Vorstandsleute haben es dann per Gericht so hingekriegt, daß ich meine ganzen Aktien in diesen Voting-trust tun muß, damit auch sichergestellt ist, daß ich heute da auch wirklich erscheine, um alles zu verteidigen, echt, dieser Richter Ude hat uns nicht mal ne Fristverlängerung bewilligt, sonst hätten wir sicher noch irgendein Gesetz gefunden, wo wir, ich meine, heilige Scheiße, wie soll ich denn vor Gericht erscheinen?
—Vor Gericht! Aber du, das hört sich aber gar nicht gut an ...
—Das versuch ich Ihnen ja zu ...
—Nein, aber was kann, was hat Piscator gesagt? Daß man uns nicht einfach verhaften wird? Ich habe ja nicht mal ...
—Nee, Moment, verstehen Sie, das sind zwei völlig verschiedene Sachen, wo die Aktionäre sagen, daß Sie sie gefickt haben, das ist praktisch dasselbe, wie wenn Sie es nur für sich selbst machen, und bei der Sache heute kann ich schon deshalb nicht verhaftet werden, weil ich bei allem, was ich gemacht hab, war das nur für die Firma, ich meine, das ist ja gerade der Punkt bei der beschränkten persönlichen Haftung hier, verstehen Sie? Wenn die neuen Vorstandsleute sauer auf mich sind wegen dieser Miß Management oder was, dann war das ja nur für die Firma, und ich hab alles nur für die Aktionäre gemacht, mit dieser beschränkten Haftung ist das so, als ob die Firma alles selbst gemacht hätte, und man kann ja keine Firma in den Knast stecken, ich meine, das wär ja so, als ob man 'n Haufen Papier in den Knast stecken würde, verstehen Sie? Und deswegen ...
—Also komme ich ins Gefängnis, und du mußt dir keine Sorgen machen, du gehst nicht einmal vor Gericht, sondern ...
—Nee nee, das erklär ich Ihnen doch gerade, eh! Ich meine, wenn ich da nicht erscheine und die so 'n Urteil fällen und mir alle Aktien wegnehmen und ich dann die Mehrheit verliere, dann kann ich nicht mal mehr ...
—Ja, aber das ist, dann ist es vorbei! Alles ist vorbei!
—Nee, aber Moment mal ...
—Heute, jetzt im Augenblick müßtest du da sein, stimmts? Und du bist es nicht! Also verlierst du, du verlierst deine Aktien, du verlierst

die ganze Sache, du bist aus dem ganzen Chaos raus, warum hast du mir das nicht gleich gesagt?
—Okay, aber Mo...
—Okay, was meinst du mit okay? Das ist doch das beste, was passieren konnte, warum hast du mir das nicht gesagt, anstatt, hör mal, was soll das überhaupt noch alles? Du wußtest davon, von dem Gerichtstermin von allem, und trotzdem kommst du heute mit dem Klassenausflug nach New York und tust so, als ob alles...
—Nee, aber woher sollte ich denn wissen, daß diese Gerichtssache heute ist! Ich meine, Mann, Mister Stye wird vielleicht sauer sein, echt, ich meine, er und Mister Davidoff haben den Ausflug vorbereitet wegen diesem Publicityding, weil wir ja die Schule von dem Bezirksschulrat gekauft haben, von diesem Mister Teakel, bevor er bei dem Autounfall ums Leben gekommen ist, verstehen Sie? Das Ganze ist praktisch unser Schaufenster...
—Hör auf! Schulen kann man nicht kaufen, man kann nicht mal...
—Nee, also die Sache ist nämlich die, daß diese Steuerzahler hier so 'n Referendum, Moment, ich such das mal raus, verstehen Sie, die sind total sauer wegen den Schulsteuern und so, deshalb machen die so 'n Referendum, daß die JR Foundation die Schule übernimmt, und JR Corp. least dann von der Stiftung für neunundneunzig Jahre sämtliche Einrichtungen, wo wir dann auch die laufenden Kosten übernehmen, weil, die sind sowieso alle absetzbar, so eine Schule ist das ideale Schaufenster für diese nachwachsende Generation von Lehrbüchern und den anderen neuen Innervationen, verstehen Sie? Was haben Sie denn...?
—Laß mich nur meinen Fuß...
—Ich meine, wo die Schule doch sonst nur so 'n ätzenden Scheiß bringt, der nie was mit dem richtigen Leben zu tun hat, verstehen Sie? Und als Whiteback gekündigt hat, haben wir diesen Mister Stye genommen, der ist jetzt praktisch der Zweigstellenleiter, ich meine, der war früher bei einer Versicherung und weiß also, was die Sachen so wert sind, verstehen Sie? Wir haben da echt so ne super Idee, daß man keine blöden Noten mehr kriegt, sondern bezahlt wird, verstehen Sie? Statt ner Eins kriegt man einen Dollar, ne Zwei bringt fünfzig Cent, für ne Drei gibts 'n Vierteldollar, Vier is gar nix mehr, und statt ner Fünf muß man fünf Cent zahlen, warten Sie, was machen Sie denn, eh...?
—Nimm mal deine Knie da weg, ich setze mich woanders hin, ich kann diesen Blödsinn einfach nicht mehr...
—Nee, aber warten Sie doch mal! Ich meine, was...

—Du hast mir doch gesagt, daß alles vorbei ist! Die ganze Sache, alles vorbei, kannst du dann nicht endlich aufhören ...
—Nee, aber Sie haben mich ja nicht ausreden lassen, wir machen einfach ne Gegenklage, eh! Ich meine, wenn die uns verklagen, dann verklagen wir die gleich wieder zurück! Ich meine, so macht man das doch! Ich meine, so wegen dem Antitrustgesetz und dem ganzen Kartellding und Bildung einer Kriminellenvereinigung, weil, die wollen mich bloß aus dem Geschäft haben, deshalb auch der Voting-trust, eh, was issen los?
—Mir geht es, geht es nicht so gut ...
—Sie sind ja ganz weiß, eh, Moment, nehmen Sie Ihr Knie, Moment, ich nehm mal meine, halten Sie das Zeug mal 'n Moment, bleiben Sie sitzen, ich meine, bloß um mich fertigzumachen, verstehen Sie? Und da benutzen sie diese alten Kredite, um uns gleich die nächsten anzudrehen, mit denen wir dann diese Vermögenswerte aufbauen sollen, Sie sabbern sich da übers Kinn, eh, und plötzlich fällt ihnen ein, daß wir überschuldet sind, und drücken uns in diesen Voting-trust, wo die Schuldknechtschaft nichts gegen ist, hören Sie doch auf, so mit den Knien zu zappeln, ich versuch, diesen Artikel hier zu finden, gucken Sie mal ...
—Ich, nein ...
—Okay, Moment, dann les ich's Ihnen vor, hören Sie zu. Wie heute bekannt wurde, steht jene kleine, straff organisierte Firma, die sich quasi über Nacht aus den Trümmern einer maroden Textilmühle im Norden von New York zur vielge, stellt, staltigen, Millionen Dollar schweren J R Corp. entwickelt hat, kurz vor der Zahlungsunfähigkeit, mit Auswirkungen auf das Börsengeschehen, die in vollem Umfang noch gar nicht abzuschätzen sind, ich meine, das war also Dienstag. Angezogen von, hier ist es ja, hören Sie zu, eh, von der Aussicht auf schnelle Gewinne und ausgestattet mit ungewöhnlicher Risikobereitschaft, war dem Newcomer binnen kürzester Zeit der Einstieg in die unterschiedlichsten Märkte wie Pap, Moment mal, wo steht denn das über mich? Hier unten irgendwo, ich dachte, ich hätts mir angestrichen, hier, stand er schon bald in dem Ruf eines rücksichtslosen Plattmachers mit einem klaren, ja, das bin ich jetzt, eh, einem klaren Blick für die vielfältigen Möglichkeiten des amerikanischen Steuerrechts, galt andererseits zugleich als einer der wenigen echten Querdenker der Branche, der mit geradezu anti, antipastitorischer, irgendsowas jedenfalls, Hellsicht die pure Chance in reinen Profit verwandeln konnte, weil er in der Lage

war, bereits fertige Lösungen anzubieten zu einem Problem, das als solches noch gar nicht, Fortsetzung auf, wo ist denn der Schluß? Moment, ich habs mir sogar angestrichen, weil, die schreiben da, ich hätte den Unterkiefer einer Bulldogge, und so schwingt wohl mehr Wahrheit, wieso hab ich das denn angestrichen? Moment, nee, Moment, jetzt kommen Sie, eh, hören Sie zu! Hören Sie zu?
—Nimm deinen Kram von meinen ...
—Okay, kleinen Moment noch, hören Sie zu, eh. Und so schwingt wohl mehr Wahrheit als Dichtung im Wort Shakespeares, der da schrieb, in Musik liegt eine Zauberkraft, die selbst das wilde Pünktchen Pünktchen Pünktchen, für ihren engeren Freundeskreis jedenfalls kommt wenig überraschend, daß Boody Selk, die funverliebte Millionenerbin, ihren dunkelhäutigen, sitarzupfenden Begleiter verlassen hat und extra für ihr jüngstes Tetäh, atete mit dem weltgewandten jungen Geschäftsmann Edward Bast in ein atemberaubendes Oben-ohne-Modell des neuen Designerpapstes Harry Bosch geschlüpft ist, sofern es sein prallvoller Terminkalender überhaupt zuläßt, greift Lover Ed, sein Vater kommt übrigens ebenfalls vom Fach, ist ein bekannter Agent bei der Long Island Railroad, in seiner spärlichen Freizeit gerne selber in die Tasten oder versucht sich an eigenen Kompositionen, bei soviel Sinn für Zahlen kein Wunder, trotzdem dürfte am Ende kaum eine Fuge dabei herauskommen, sondern eine Fusion der etwas anderen Art, eh, Moment mal, was machen Sie ...
—Ich glaube, ich muß ...
—Nee, Moment, setzen Sie sich richtig hin, ich hab hier sogar ein Bild aus ner Zeitschrift, die Davidoff mir geschickt hat, die sollte ich Ihnen zeigen, hier unten, das ist sie, gucken Sie doch mal, eh, zurück von einer Spritztour auf die griechischen Inseln, Mann, die hat vielleicht zwei, passen Sie doch auf! Sie husten ja voll auf ...
—Ich glaube, ich muß mich ...
—Ich meine, Sie haben voll auf meine, heilige, eh, warten Sie! Ganz fest schlucken, schnell, erst mal mein Zeug hier weg, versuchen Sie mal, ganz fest zu schlucken, eh, hier, lassen Sie mich mal mit meinem Taschentuch ... über das Bild gebeugt, drehte er sich von ihm weg, tupfte mit dem Knäuel vorsichtig über einen bernsteinfarbenen Po vor der glitzerndes Ägäis, leckte sich über die Lippen, —na, was ist, sind Sie jetzt wieder okay, eh? Eh, Bast ...?
Zitternd kam auf einmal der Zug zum Stehen, und er preßte seinen Haufen Papier fest gegen seine Brust, keilte seine Fußspitze noch tie-

fer in den Spalt des Vordersitzes, stemmte das Knie gegen die Vorderlehne, —ich meine, Sie müssen ja nicht immer gleich auf alles sauer werden, ich meine, Sie haben sogar da hingespuckt, wo das mit dem Querdenker steht und so ... das Taschentuchknäuel wischte es fort, und die Taschentuchhand hob sich, um sich mit dem Handrücken die Nase abzuwischen, dann kauerte er sich wieder über seinen Stapel, zerrte zerfetzte Zeitungsausschnitte hervor, ausgerissene Zeitschriftenseiten, —mit sicherem Gespür für einen veränderten Markt und die Bedürfnisse seiner Kunden, gucken Sie mal, das bin immer noch ich, am meisten verblüffte die Fachwelt jedoch, welche Erfolge sich allein durch unkonventionelle Personalentscheidungen gepaart mit straffer Führung erzielen lassen, der Manager als Schlachtenlenker, Vorbild für, hier, gucken Sie mal, hier steht das mit dem Papierbaron, Papierbaron im doppelten Sinn heißt das bei denen, hier, wo wir den Überraschungs-Coup bei Eagle gelandet haben, sehen Sie? Danach die Idee mit X-L wegen der Streichholzreklame, damit die Leute den Bekanntheitsgrad unserer rasanten Produktpalette kennenlernen, dann der Griff nach der Holzwirtschaft und wo wir uns an Triangle rangemacht haben und diesen Duncan und so, eh? Eh, wissen Sie das Neueste schon? D & S will, daß ich ein Buch darüber schreibe, was veröffentlicht werden soll! Echt, die haben auch schon den Titel: Wie macht man eine Million, obwohl, ich finde ja, verdient ist besser: Wie verdient man eine Million, ich finde, das klingt einfach seriöser, verstehen Sie? Diesen biographischen Kram, den haben sie ja etwas aufpoliert, wo zum Beispiel steht, daß mein Golfspiel in den achtzigern ist und so, aber die helfen mir dann auch mit dem Buch, ich meine, Mister Davidoff hat gesagt, sie würden es für mich schreiben, verstehen Sie ...? Und der Ellenbogen, der oben auf der Sitzlehne zur Ruhe gekommen war, ließ eine Hand zur Nase hinabbaumeln, wo der Daumen prompt nach Beschäftigung suchte, —echt, diese Sache hier, die Virginia über mich in Die geschrieben hat und wo Mister Davidoff gesagt hat, daß das so 'n männliches Image für die ganzen weiblichen Leser schafft, und für die haben die das dann so geschrieben, ich meine, das ist so 'n intimes Porträt von ihrem Boß, weil sie ja von Anfang an bei mir war, bis zum glorreichen Aufstieg und so, ich dachte, das gibt der Zeitschrift so das Feeling von Erfolg, wenn ich das mit meinem eigenen Erfolg verkupple, verstehen Sie? Ich meine, was da in der Zeitung stand von wegen ich wüßte, wohin die Reise geht, Moment mal eben ...

Der Zug ruckelte kurz, glitt dann störungsfrei weiter, stoppte, seine freie Hand schützte den Haufen Papier vor dem Sog der abfließenden Schritte, dann förderte er einen weiteren zerfledderten Zeitungsausriß zutage, —hören Sie sich das an, eh! Männer, die mit ihm jahrelang zusammengearbeitet haben, ich meine, das bin ich, dieser jemand, gearbeitet haben, sagen übereinstimmend, seine Haupteigenschaft sei eine enorme Konzentrationsfähigkeit in Verbindung mit einer unermüdlichen Beharrlichkeit, die ihn nicht eher ruhen läßt, als bis ein anstehendes Problem auch tatsächlich gelöst ... der Daumen drang tiefer in die Nase ein, kam nur kurz wieder zum Vorschein, um das Ergebnis der Bohrung offenzulegen, —vermittelt ganz den Eindruck eines Mannes, der lange vor allen anderen weiß, wohin die Reise geht, und aus diesem Grund auch leicht die Führung übernehmen, klingt doch irre, eh! Qualitäten, die ihn für eine Karriere im öffentlichen Leben, wo er bereits die ersten Spuren hinterlassen hat, gewissermaßen päder, prädestinieren, ich meine, was heißt denn eigentlich prädestinieren? Manche von diesen Worten kenn ich noch gar nicht, muß mir das Zeug wohl alles noch mal durchlesen, prädestinieren. Dem steht freilich als wesentliches Hindernis seine natürliche Bescheidenheit entgegen, eine ausgesprochene Zurückhaltung, was die eigene Person angeht, die deshalb sogar die größten Erfolge noch auf das Walten eines geheimnisvollen Dings zurückführt, obschon wahrscheinlich nichts weniger als das kreative Potential hinter der JR-Firmengruppe insgesamt, ich meine, das hab ich eigentlich so nie gesagt. Aber dann steht da noch, sobald er auf die Umsätze zu sprechen kommt, welche die Aktie seiner Gesellschaft über Nacht zu einem der begehrtesten Wertpapiere gemacht haben, glimmt so etwas wie Stolz in seinen Augen, eine läßliche Sünde, bedenkt man, eh? Bast ...?

Er hatte sich vorgebeugt, machte seine Hand frei und begann sich zu kratzen, hob den ausgefransten Saum seines Pulloverärmels und wischte sich damit die Nase ab, wandte sich mit zitternden Lippen dem regungslosen Profil zu, das zwischen ihm und der schmutzigen Scheibe hin- und herschwankte, doch diese kurze unerwartete Begegnung preßte ihm auf einmal die zitternden Lippen zusammen, und so etwas wie ein Zögern glomm in seinen Augen, wie angerührt von einem flüchtigen Schimmer draußen aus der zunehmenden Dunkelheit, —okay, dann hören Sie eben nicht zu ...! Er kauerte sich wieder zusammen und bohrte mit dem Daumen in einem Nasenloch, —wenn Sie nicht mal den Brief hören wollen, daß Sie zu diesem Bankett ein-

geladen sind, weil wir der Kunst helfen und so, ich meine, wo ich doch gerade erst diese Stiftung auf die Beine gestellt habe, damit sie diese Musik da spielen, von der Sie mir dauernd vorheulen, ich meine, nach allem, was ich für Sie schon getan hab, Mann, wo hab ich das nur hingelegt...? Und die Mappe riß noch ein Stück weiter auf. —Es ist uns ein Vergnügen, Sie, da gibts noch 'n anderes, weil wir die ganzen alten Nobili-Medikamente nach Asien verschenkt haben, und Davidoff hat draufgeschrieben: Wäre gerne bereit, Sie dort zu vertreten, falls Mister B. verhindert, ich meine, woher weiß er denn eigentlich, ob ich da nicht selbst hingehen will, wo steht das noch mal gleich? Zu diesem Bankett von Meines Bruders Hüter, um mir da diese Auszeichnung abzuholen, ich meine, schließlich gehört die mir, oder nicht...? Fanatisch bohrte der Daumen, —echt, alle gehen dauernd zu diesen Banketten, nur ich bin noch nie bei einem gewesen...
Bebend kam der Zug zum Stillstand, wartete ächzend am Bahnsteig und lief als Ruck durch das Schweigen auf dem Nebensitz, als er wieder anfuhr, —wollen Sie den Rest von dem Napfkuchen hier, eh...? Und stopfte ihn wieder in die Mappe, drückte den Turnschuh fester in den Vordersitz, streckte sich halb in den Gang und kratzte sich, —seine Verbundenheit mit den überlieferten Vorstellungen und Werten, die Amerika zu dem gemacht haben, was es heute ist... er sank wieder in sich zusammen und wischte Krümel von der zerknitterten Zeitschriftenseite. —Ein ruhiger, eher bescheidener Mann mit leiser Stimme, entspanntem, gelassenem Gesichtsausdruck unter buschigen Augenbrauen, mit tiefliegenden Augen, deren verblüffende Klarheit eine beinah hit, hypnotische Wirkung ausüben. Von ihnen geht ein stahlblaues, kühles Strahlen aus, das von strenger Selbstdisziplin und einem ganz und gar individuellen Understatement kündet. Das ändert sich allerdings, sobald das Gespräch auf seine Jugendzeit kommt, dann nämlich entspannt sich jenes Kinn, das dem einer Bulldogge nicht unähnlich ist, und ein breites, gewinnendes, jungenhaftes Lächeln leuchtet aus... er beugte sich tiefer über das Stück Zeitung, um einen Krümel Zuckerguß wegzupusten, —aus seinen Augen, denn die Erfahrungen der Kindheit prägen noch heute Konzept und Philosophie seiner erfolgreichen Marketingidee, eine Philosophie übrigens, die er erst kürzlich in einem Interview in dem schlichten Satz zusammengefaßt hat: Alles, was geht. Als treibende Kraft hinter dem enormen Preisnachlaß für Schulbücher und dem mittlerweile algen, algegenwärtigen Kinderlexikon ebenso wie als Vorreiter einer völlig

andersgearteten Pädergogik, welche vom Elternbei ... der Daumen stieß erneut in das Nasenloch vor, während die freie Hand nach der Stelle suchte mit dem —entspanntem, gelassenem Gesichtsausdruck unter buschigen Augenbrauen ... woraufhin er die Nase hochzog, den Blick hob und, vorsichtig vorbei an der hin und her schwankenden Gestalt im Fenster dahinter, starrend vor Schmutz und Dunkelheit, sein Spiegelbild suchte, auf den Lippen die Worte, —buschige Augenbrauen ... wobei sich seine Brauen zusammenzogen und sich bei —ein stahlblaues kühles Strahlen ... wieder entspannten, während der Zug von Halt zu Halt keuchte, —das so leuchtet wie ein, wie hieß das noch mal ...? Und die Brauen hoben und senkten sich bei dem verzweifelten Versuch, so etwas wie —ein breites, gewinnendes, jungenhaftes Lächeln ... auszustrahlen, vor allem unter Beibehaltung jenes Kinns, —das dem einer Bulldogge nicht unähnlich ... wobei er das schmale Kinn nach vorne reckte wie bei einer Leistungsschau kieferorthopädischer Hoffnungslosigkeit. Doch verschwand dieses Bild plötzlich aus der Scheibe, verdrängt von einem zweiten Gesicht, das ihm vom Bahnsteig aus die lange Nase zeigte. —Heilige, wir sind da, heilige Scheiße, aufwachen, Bast, aufwachen!
—Was, was ...?
—Schnell, stehen Sie auf, wir sind da, alle steigen aus, Mann, dieser Klugscheißer, eh, los, wir müssen raus! Schnell, nehmen Sie Ihren Kram und ...
—Laß es liegen, ich ...
—Das können Sie doch nicht liegenlassen, eh! Moment, halten Sie die Aktentasche zusammen ...!
—Warte, gib mir deinen Arm, mir geht es nicht ...
—Eh, Moment noch, erst aussteigen! Alles in Ordnung, eh? Mann, ist das kalt, Moment mal ... Während der Zug in der Trostlosigkeit des Abends verschwand, versuchte er, im Schutz eines Graffitos Zoff! einen Arm voller Unterlagen zu ordnen, mußte jedoch an einem Brotlaib mit der Aufschrift: Das ißt Father Haight auch, erneut haltmachen, um die flatternden Zeitungsausschnitte in seine Mappe zurückzustopfen und erfolglos an dem Reißverschluß zu zerren. —Mann, eh, wenn ich etwas nicht leiden kann, dann ist es dieser Wind hier ... Sie erreichten die Betontreppe und gingen hinunter. —Eh, alles klar? Ich meine, können Sie mir nicht mal mein Zeug abnehmen? Ich muß mal eben, heilige Scheiße, der hat ja zu, schauen Sie sich das an, der Kiosk hat einfach zu!

—Ich will jetzt sowieso nichts Süßes, wo gibts hier ein Taxi?
—Nee, ich meine, die Zeitung, jetzt krieg ich keine Zeitung mehr, ich meine, wie sollen wir denn jetzt wissen, was bei dem Gerichtsdings rausgekommen ist und ...
—Mir egal, wie es ausgegangen ist, wo ist ein Taxi?
—Da stehen keine, da stehen nicht mal mehr Busse, eh, warten Sie doch! Ich meine, haben Sie denn nicht gehört, was passiert ist? Weil nämlich, die gleiche neue Bank aus der City, die auch die Gottlieb-Kredite übernommen hat, weil er die Raten nicht gezahlt hat, und deshalb haben die sein Ace Transportation kassiert, die Taxis, aber auch die ganzen Schulbusse, ich meine, das ist die gleiche Bank, die auch, warten Sie, wo wollen Sie denn hin ...?
—Was glaubst du wohl, wo ich hin will? Ich will ...
—Nee, aber warten Sie doch mal ... welkes Laub wirbelte hinter ihm her und fegte die Straße hinab, wo die Scheinwerfer eines Autos seinen Schatten auf jene Gestalt warfen, die vor ihm den Bordstein hochging, —eh, Bast? Ich meine, das ist genau die gleiche Bank aus der City, können Sie denn nicht mal ne Sekunde zuhören? Das ist nur so ne neue Filiale von der gleichen Bank, die auch uns gefickt hat, ich meine, die Banken verlieren doch nie, ich meine, es ist immer dasselbe, wir werden gefickt, genauso wie Crawley gefickt wurde und all die anderen, die auch gefickt werden, nur die Banken, die werden nie gefickt, die holen aus der größten Scheiße immer noch ein paar Prozent raus, ich meine, auf die Idee hätte ich eigentlich auch selbst ... er stolperte, —ich meine, ich muß das ganze Zeug hier schleppen, ich kann ja kaum sehen, wo, eh ...?
Ein Auto fuhr vorbei, dessen plötzlicher Lichtkegel ihre Schatten verschmolz und fast ebenso schnell wieder verwarf, nur um das Fundament des Marinedenkmals für Augenblicke bröckelnder Klarheit dem Dunkel zu entreißen. —Ich meine, eine Bank schluckt ne andere Bank, daran hätte ich eben von alleine denken müssen, eh? Genau wie in diesem Zeitungsbericht, wo die Muttergesellschaft, also das bin ich, wie diese Muttergesellschaft hinter dieser SSS Spar- und Kreditbank her ist mit jeder Menge Cash im Kreuz, erst da hab ich überhaupt kapiert, wie das läuft, nur wegen diesem Zeitungsbericht, wo es immer heißt, die Muttergesellschaft hat dieses, die Muttergesellschaft hat das, ich meine, die Muttergesellschaft, das bin doch ich! Verstehen Sie, ich hab noch gar nicht richtig angefangen, eh, wenn wir erst mal alles geregelt haben, eh, ich hab noch jede Menge Pläne ... seine Zähne klapperten vor

Kälte, —ich meine, Banken, echt, wir sollten gleich mehrere Arten von Banken haben, also normale Banken und diese Blutbanken und Augenbanken und Knochenmarks, was, wo wollen Sie hin...?
—Muß mich hinsetzen, ich, ich habe das Gefühl, als ob ich...
—Warten Sie mal, kommen Sie hierhinter, wo kein Wind ist, eh... er stieß gegen den bröckelnden Sockel des Denkmals, —will erst mal das Zeug ablegen, wo können wir denn, warten Sie, wollen Sie sich hier 'n Augenblick hinsetzen?
—Ja, ich, mir ist schwin...
—Okay, weil, mir sind gerade wieder die Bänder von Ihnen eingefallen, ich meine, die können wir doch jetzt abspielen und dann, Mann, diese schöne Aktentasche, die ich Ihnen extra besorgt habe, und Sie lassen die total versauen! Wo ist mein, ich kann kaum was erkennen, Moment mal, eins hab ich hier noch drin...

> —rum gehts doch in Amerika und hält den ganzen Betrieb am Laufen, denn nichts kann wirklich funktionieren, solange nicht für jeden etwas drin ist...

—Eh, das issen Band, das ich mal gemacht hab, weil, diese achte Klasse aus diesem Orange in New Jersey, die auch einen Anteil an Amerika kaufen wollte, also die wollten da so einen Vortrag von mir, und ich hab mir gedacht, vielleicht wollen Sie ja auch, soll ich es Ihnen mal vorspiele, eh?
—Nein!
—Okay, wir nehmen auch lieber erst mal die andern, die Batterien sind schon ziemlich schwach, wo ist Ihr, warten wir mal das Auto ab, dann kann ich was sehen, Mann, die glauben, die können mich fertigmachen, dabei habe ich gerade erst angefangen, dieses Ding müßte eigentlich hier reinpassen, Moment mal, ich habs verkehrt rum drin, jedenfalls, sobald wir das hier geregelt kriegen, lagern wir das ganze Gesundheitspaket aus, und bei diesem Endo-Deal sollten wir auch erst mal abwarten, was uns solche Goodwill-Aktionen eigentlich bringen, denn wie Wiles schon sagte, wir haben da einen guten Freund bei der Chase Man, eh, hören Sie mal...

> —diese Kapseln kosten Nobili in der Herstellung gerade mal fünf Cent pro Stück, und das Verfallsdatum läuft ab, und da müßten wir die ja sowieso wegschmeißen, und das für einen Verlustabzug von lausigen fünf Cent, aber verkauft werden die für 'n Vierteldollar, wenn wir das Ganze aber einfach zur Sachspende erklären, sind die fünfundzwanzig Cent voll steuerwirksam, und das bei einer Aufwendung von fünf...

—Setzen Sie sich doch hin, eh, die Batterien sind echt schwach, und da muß man schon genau hinhö ...

—unserer Steuerklasse kommen zwar nochmal fünfzig Prozent runter, aber auch so bringt uns jede Fünf-Cent-Kapsel, die wir verschenken, noch einen Nettogewinn von zehn Cerrrroooo ja ach ja ich bin verlor ...

—Eh, was, jetzt macht er das schon wieder!
—Warte, hör doch zu ...!

—nein du bist erkoren ...

—Diese blöde Singerei, echt, du läßt wohl nichts aus! Und ausgerechnet da, wo ich meine, heilige Scheiße, echt, genau da, wo ich gerade, auuu! Du spinnst wohl, laß mich los, was soll, auuu!
—Du hörst jetzt zu! Halt mal eine Minute lang die Klappe und hör zu!

—nein du hassest mich ...!

—Nee, aber, heilige Scheiße, Bast! Auf diesem Band hier war ...
—Mir egal, was drauf war! Ich wußte gar nicht mehr, daß ich es noch hatte, ich habe sogar vergessen, daß ich es überhaupt, bleib sitzen! Und hör jetzt zu! Einmal, nur ein einziges Mal wirst du dir etwas anhören, das ...
—Nee, aber, hei ...
—Und sag nicht dauernd heilige Scheiße! Das ist nämlich das einzige, was man sich überhaupt anhören sollte, heilige, und deshalb wirst du es dir jetzt auch anhören, los, spul das Band zurück und halt den Mund und hör dir nur dieses Stück an, es ist von einem der ...
—Nee, aber verstehen Sie doch, eh! Mir ist arschkalt, ich meine, wir können hier doch nicht im Dunkeln sitzen und uns Musik ...
—Mir ist auch kalt! Mir ist kalt, schwindelig, und mir ist schlecht, besonders, wenn ich mir dabei noch dein Gerede anhören muß, was uns die Goodwill-Aktion eigentlich bringt, und dann dieser Freund, glaubst du im Ernst, wir hätten irgendwo in der Welt auch nur einen einzigen Freund? Wieviel Goodwill meinst du finden wir hier ...?
—Nee, Moment mal, eh, ich meine, heilige Scheiße, ich meine ja gar nicht, daß uns alle wahnsinnig toll finden und so, Goodwill heißt doch nur der Überschuß aus dem Verkaufspreis gegen das Nettobetriebsvermögen, und da haben die uns bei dem Endo-Deal echt gefickt, verstehen Sie, auuu!
—Das heißt es ganz und gar nicht! Das versuche ich dir ja zu, ich will

doch nur, daß du für eine Minute den Kopf freibekommst von Steuervergünstigungen und Nettovermögen und dir ein Stück großartiger Musik anhörst, es ist eine Kantate von Bach, Kantate Nummer einundzwanzig von Johann Sebastian Bach, Scheiße, J R, kapierst du denn nicht, was ich dir, dir zeigen will? Daß es so etwas wie, wie einen Wert gibt, den man nicht in Dollar und Cent umrechnen kann? Das wollte ich dir schon an dem einen Abend da erklären, erinnerst du dich noch an den Himmel? Als wir von der Probe kamen, das Gefühl von, von reiner Verzückung in Rheingold, weißt du das noch?
—Tja, ich, klar, ich meine, wir haben es ja immer noch, Mrs. di...
—Wie es dich über dich selbst hinaushebt und dich Dinge empfinden läßt, die, weißt du überhaupt, wovon ich rede?
—Klar doch, ich, ich meine, zum Beispiel bei diesem Sturm da, da macht die Kunstklasse für Mrs. diCephalis diese dicken Wolken aus Pappe, die dann so an der Wäscheleine vorbeigezogen werden, und jemand rüttelt mit so Murmeln in ner Kuchenform rum, und da kriegt man dann echt so 'n Gefühl von...
—Aber so muß es doch nicht sein! Das meine ich doch, Musik ist ein, nicht nur Klangeffekte, es gibt Dinge, die man nur in Musik ausdrücken kann, Dinge, die man nicht aufschreiben oder auf eine Wäscheleine hängen kann, Dinge, die...
—Okay! Können Sie mal, ich meine, können Sie jetzt mal meine Schulter loslassen, das Ding hier ist zurückgespult, was soll ich jetzt...
—Dann hör es dir an! Halt es hoch, du wirst zwei Stimmen hören, einen Sopran und einen Baß, es ist eine Art Dialog zwischen der Seele und Jes...
—Okay okay! Ich meine, wie soll ich denn was hören, wenn Sie mich dauernd...
—Also gut, hör zu! Seine Hand ließ den zerrissenen Pullover los und schützte nun gemeinsam mit der anderen sein Gesicht vor den herannahenden Scheinwerfern auf der Straße.
—Okay, ich habs gehört, ich meine, es fängt an zu regnen, und wir sollten lieber...
—Alles! Er kam näher, hustete, schob eine zitternde Hand wieder in die andere, schlang sie um die Knie, ließ den Kopf darauf sinken, und der Wind fegte in dieses hohle Gemäuer, und bei jeder Bö drehten sich welke Blätter tanzend im Kreis, ohne Aussicht auf ein Entrinnen.
—Eh? Okay, ich hab mirs angehört, ich meine, das ist jetzt das Ende vom...

—Ist das alles?
—Klar, ich meine, das ist das Ende vom ...
—Mehr hast du nicht zu sagen? Als okay, ich habs mir angehört?
—Doch, ich, klar, ich meine, was soll ich denn sagen?
—Dann sag mir, was du gehört hast, sag mir einfach, was du gehört hast.
—Also ich, ich meine, wissen Sie ...
—Warum kannst du mir nicht einfach sagen, was du gehört hast?
—Also weil, weil ...
—Weil was? Was ist der Grund ...
—Weil Sie dann sauer werden, ich meine, Sie sind ja jetzt schon sauer! Ich meine, ich, ich kann sagen, was ich will, und Sie sind sauer, alle sind sauer, ich meine, wieso sind eigentlich immer alle sauer auf mich? Was soll ich denn ma, eh, warten Sie, ich dachte, Sie wollten sich hier'n Moment hinsetzen, ich meine, bloß weil ich ...
—Ist doch egal!
—Nee, aber warten Sie doch, eh! Ich meine, heilige, der ganze Kram hier, ich ...
—Laß ihn liegen, wozu soll der noch gut sein?
—Nee, aber wenn die das doch beschlagnahmen, ich meine, ich muß das wieder in meinen Spind in der Schule einschließen, weil nämlich die ganze Sache ...
—Kapierst du denn nicht, Scheiße! Kapierst du denn nicht, daß das Müll ist? Es ist nur Müll, es war immer nur Müll, alles! Die Vermögenswerte, die Abschreibungen, der Querdenker, alles, kapierst du das denn immer noch nicht?
—Nee, aber, eh? Eh, Bast? Warten Sie doch, man sieht ja nicht mal die Hand vor, eh ...? Durch welkes Laub watete er hinter ihm her und erreichte die Überreste eines Gehwegs, —ich meine, wie meinen Sie das mit diesem, diesem Querdenker? Ich meine, was ist Müll daran?
—Weil du selber weißt, daß alles Müll ist! Du weißt selbst, daß es von Anfang an Müll war, daß so etwas wie der Coup mit der Eagle-Übernahme klappen kann, hat dich selber wohl am allermeisten überrascht, du wußtest ja nicht mal, was X-L herstellte, als du es gekauft hast, du hast mich damals gefragt, was eine Lithographie ist, du wärst nie auf die Idee gekommen, das Land mit diesen Scheiß-Streichholzheftchen zu überschwemmen, wenn du nicht irgendwo gelesen hättest, daß du das bereits getan hättest, genauso, wie du gelesen hast, daß du nur wegen der hohen Rücklagen hinter dieser Versicherungsgesellschaft her

warst, denn zu Anfang wolltest du sie nur, weil es dir zuwider war, daß all die Angestellten anderswo Prämien zahlen, du wolltest sie mit einer Hand bezahlen und ihnen mit der anderen das Geld wieder abnehmen, du weißt genau, was wirklich passiert ist! Auch an dem Holzgeschäft warst du nie ernsthaft interessiert, sondern hast nur auf ein paar Schürfrechten gesessen in einer Gegend, von der du nicht mal wußtest, wo die ist, alles nur Schwindel, genauso wie die auswärtigen Investoren in Union Falls, wie dieses Käseblatt schrieb, du wußtest genau, daß die auswärtigen Investoren gar nicht existierten, genausowenig wie dieser Querdenker da oder diese, diese intimen Einblicke in dein Leben von dieser Kuh Virginia, du wußtest doch, daß das alles nicht echt war!
—Nee, okay, aber, eh, hören Sie mal zu...
—Das ist nicht okay! Dieses in seiner spärlichen Freizeit und greift selber gern in die Tasten, oder mein Vater, angeblich ein bekannter Agent der, wie kann jemand bei der Long Island Railroad als Agent arbeiten...
—Nee, aber das haben Sie mir doch selbst mal erzählt, eh, und außerdem...
—Außerdem was? Ich habe dir im Leben nicht so etwas Groteskes erzählt...
—Nee, aber, außerdem lassen Sie mich ja nie ausreden, eh, warten Sie mal, heilige, meine Turnschuhe sind ganz naß geworden, eh, warten Sie!
—Warten? Worauf denn? Ausreden? Was denn? Dein weltgewandter junger Geschäftsführer, dieses Tetähtäh mit dieser, du weißt doch ganz genau, daß kein Wort davon wahr ist!
—Okay, das stimmt. Aber das war doch nur so ne Idee von mir, als ich Ihnen im Zug das Bild von dem nackten Mädchen gezeigt hab und Ihnen vorgelesen hab, was dieser Klatschkolonist geschrieben hat, daß Sie mit der was haben, eh, Bast? Ich meine, bloß noch dieses eine Mal, bis dieses Teletraveldings in die praktische Erprobung, ich meine, die ist doch so ne Millionenerbin von zweihunderttausend Anteilen an Diamond Cable, eh, Bast? Und wenn die darüber dann verfügen kann, dann heiraten Sie die einfach, und wir machen dann 'n tolles Kaufangebot, eh? Und dann können Sie sich ja scheiden lassen, wie das alle machen, eh, Bast? Vorsicht...! Scheinwerfer zuckten über den verwilderten Seitenstreifen, der dort von den Spuren eines Feldwegs unterbrochen wurde, —so 'n Arschgesicht! Der hat mich total naßgespritzt, eh, warten Sie, ich kann nicht mal sehen, wo Sie, haben Sie

mich verstanden? Nur dieses eine einzige Mal noch, eh? Und dann übernehmen wir Western Union und machen ein großes Kabel-Travel daraus, Mann, wenn die denken, sie können mich fertigmachen, ich hab gerade erst angefangen, ich meine, wir legen mit Banken los, wir bringen den Energiekomplex auf die Schiene mit den riesigen Gasvorkommen und diesen Mineralien, wo Sie ja gerade den Superdeal mit den Indianern hingekriegt haben, und dann packen wir uns den ganzen Bildungsmarkt und, aua! Au au au ...! Der Wind blies sein Haar zurück, als er dort auf einem Knie kauerte und ihn die Scheinwerfer von hinten in lange Schatten tauchten, die abrupt versiegten, sobald der Wagen vorüber war, —auuu ...
—Was ist denn passiert?
—Dieser Scheißweg mit dieser Kante, ich hab mir den Knöchel gestoßen, ich meine, jetzt wird alles naß, heilige Scheiße, ich meine, können Sie denn nicht mal das Tonbandding tragen? Das haut dauernd gegen mein ...
—Also schön, aber wo? Was machst du ...
—Ich meine, ich seh überhaupt nichts mehr, haben Sie denn verstanden, was ich gesagt hab? Ich meine, nur noch dieses eine Mal, nein, warten Sie! Ich meine, wofür soll denn sonst alles gut gewesen sein?
—Das versuche ich dir ja schon die ganze Zeit zu erklär ...
—Was? Mir was erklären? Ich meine, Sie erzählen mir, wie toll der Himmel aussieht, Sie sagen, ich soll mir diese Musik hier reinziehen, Sie werden sogar stinksauer, wenn ich ...
—Ich habe dich gefragt, was du gehört hast! Sonst nichts, ich ...
—Nein, Sie wollten wissen, ob mich das irgendwie hinausgehoben ...
—Unsinn, da hast du mich mißverstanden.
—Was sollte ich denn hören deiner Meinung nach?
—Du solltest! Du solltest überhaupt nichts hören, das versuch ich dir ja zu er ...
—Und wieso sollte ich dann zuhören?
—Damit du endlich hörst! Damit du, damit du endlich mal etwas fühlst, und damit du vielleicht ...
—Okay okay! Ich meine, also erstmal hab ich diese hohen Töne gehört, richtig? Und dann fängt diese Frau da zu singen an, leck mich, leck mich oder so ähnlich, und dann fängt der Mann zu singen an, tief rein und so, und dann kommen irgendwelche Worte, und dann fängt sie auch an mit tief rein, tief rein, aber er dann, leck mich, und so geht das ne ganze Weile hin und her, das mit dem leck mich, tief rein,

leck mich, tief rein, ich meine, das ist das was ich gehört habe. Ich meine, wollen Sie, daß ich mir das nochmal anhöre?
—Nein!
—Sehen Sie, ich wußte ja, daß Sie sau...
—Ich will, daß du das nie wieder hörst, ich will es selber nie wieder hören! Du, du zerstörst alles, was du berührst!
—Moment mal, Moment, eh, treten Sie doch nicht...
—Glaubst du etwa, ich könnte das noch einmal hören, ohne auch gleich dich zu hören? Alles und jedes machst du kaputt! Du zerstörst alles, was du...
—Hören Sie doch auf, dagegen zu treten! Sie, jetzt isses kaputt, warum haben Sie das...
—Wieso nicht? Wieso nicht alles kaputtmachen? Charley Yellow Brook in dem schrottreifen Cadillac mit der Flasche in der Hand sagt mir, die Erde sei seine Mutter und der Mais eine Gottheit, und erzählte mir von Wasser-Wasser und dankte mir dafür, daß ich versuchen wollte, oder Mooneyham, kurz vor seinem Herzinfarkt, den Tränen nahe über seinem Omelette, oder George Wonder, der sich an mich klammerte, als die Polizei ihm das Gewehr abnahm, Ihnen kann ich vertrauen, Bast, Sie sind der einzige Freund, den ich habe, außer von Bierbrauen habe ich von nichts eine Ahnung, und jetzt drängt man mich raus, ich habe sonst nichts, Bast, Sie sind der einzige Freund, den ich habe, und dieser, und dieser arme Brisboy, unsere ganze Hoffnung ruht jetzt auf Ihnen, mach sie doch alle kaputt! Mach aus Union Falls einen großen Friedhof, mit diesem Halbidioten Bunky, der da deine violetten Plastiknarzissen verkauft, das alles geschieht natürlich nur, um ihm zu helfen, allen willst du immer nur helfen, aber alles machst du kaputt, sogar, sogar Musik, ein herrliches Musikstück, von dem ich dachte, daß es über alles erhaben sei, sogar über dein, ich dachte, daß vielleicht sogar du etwas hören würdest, daß irgendwo in dir etwas aufwachen würde und sich vielleicht einen Monent lang aufschwingen könnte zu etwas Höherem, verstehst du mich? Nur für einen Augenblick!
—Mann, und das, nachdem ich soviel für Sie getan hab...
—Viel für mich getan, du hast nichts für mich getan, nichts, und was ich auch tue, was ich, in dem billigen Transistorradio gab es einen Sender mit vernünftiger Musik, der einzige Sender, der noch übrig war, bis dann eines Abends auch damit Schluß war, statt dessen nichts als Lärm, ohrenbetäubender, nervenzerfetzender Lärm, meine Damen

und Herren, auch diese neue beliebte Sendung ist wieder das Werk der JR-Firmengruppe, Sie wissen ja: JR, Wir bringen Ihnen die Unterhaltung, die Sie verdienen ...
—Nee, aber ...
—Nee aber gar nichts! Das warst du doch auch, oder etwa nicht? Sogar das war deine Idee, nicht wahr?
—Okay, aber was ist daran denn so ...
—Okay, gar nichts, es ist die ganze Sache! Ich meine, es ist ja nur ein Beispiel für die Verkommenheit hinter allem, etwas, das sogar du kapieren müßtest, der einzige Sender, der noch richtige Musik spielte, große Musik, der letzte Sender in der ganzen lauten, billigen, lärmenden Dummheit des Radios, aber keine Angst, du findest ihn schon und machst ihn billig und dumm wie alles andere, was dir zwischen die Finger kommt, wenn es hier draußen zwischen all dem Matsch und Unkraut und kaputten Klobrillen noch eine einzige Blume gäbe, dann würdest du sie finden und drauftreten, sobald du auch nur ...
—Okay, Moment mal, ist das denn etwa meine Schuld, wenn ...
—Sobald du etwas zwischen die Finger bekommst, die Kraft, so etwas sich selbst zu überlassen, die bringst du nicht auf, du könntest es nicht einmal sein lassen für die paar Leute, die immer noch das Schöne suchen, Leute, die für eine Konzertkarte hungern würden, die immer noch, die einer wunderbaren Sopranstimme lauschen, die ach nein singt, aber du hörst ja nur tief rein, alles andere geht über dein Niveau, und deshalb ziehst du es auf deins herunter, jede nur denkbare Weise, etwas zu ruinieren, es herabzuwürdigen, es billig zu machen, du schaffst es ...
—Aber ist das denn meine Schuld, wenn so ne Sinfonie gleich ne ganze halbe Stunde dauert? Ich meine, Sie sagen billig machen, Mann! Die ganze Sache ist zwei Millionen Dollar wert, und ich meine, diesen lausigen Sender wollte sonst ja sowieso niemand kaufen! Ich meine, die Pomerance-Agentur hat sich für uns erkundigt, weil wir ja nur eine Stunde pro Nacht wollten, um unsere Message rüberzubringen, und dann haben sie uns den Preis genannt, wollten aber den Programminhalt immer noch selber bestimmen, und das sind halt so Sinfonien und so, ich meine, wieviel Message kann man denn in dieser einen einzigen Stunde rüberbringen, wenn die Band allein schon die Hälfte braucht, um so ne Sinfonie zu spielen für so komische Leute, die, und wo doch der andere Mist bloß drei Minuten pro Stück dauert? Ich meine, mir ist das doch scheißegal, was die da spielen! Wir zahlen die

schließlich für die volle Stunde, oder etwa nicht? Ich meine, wenn man so ne Sinfonie in fünf Minuten abspielen könnte und wo wir dann unsere Message zwischenschieben könnten, für die wir ja bezahlen, ich meine, dann ist mir das doch Wurscht, was die spielen! Ich meine, wer bezahlt die denn, daß die diese ganze großartige Musik spielen können? Leute, die nicht hungern müssen wie die in Rußland, wo sie nur einen Sender haben, den alle hören müssen. Echt, ich meine, der Sender da, der macht so hohe Verluste, daß der sowieso nicht überleben kann, und ich meine, da müssen wir den doch kaufen, um denen zu helfen, ich meine, was soll ich denn sonst machen? So macht man das eben!
—Also gut, also gut! Hör zu, ich kann nicht...
—Nee, aber, heilige Scheiße, Bast, ich meine, so macht man das eben! Echt, ich meine, zum Beispiel diese Indianer da, ist das denn etwa meine Schuld, wenn die glauben, daß der Mais ne Gottheit ist, wo die noch nicht mal Strom haben? Ist das meine Schuld, wenn ich die Pachtrechte von denen nicht kriegen kann und sie da dann bleiben lasse, und dann kommt jemand anderes und bescheißt die um alles? Ist das meine Schuld, wenn ich was als erster mache, was sonst ein anderer machen würde, wenn ich's nicht tun würde? Ich meine, wieso sind eigentlich immer alle so sauer auf mich? Ich meine, wir besorgen uns Milliken, damit er uns dabei hilft, so Gesetze zu machen, damit wir Marihuana verkaufen können, um den Ritz-Aktionären zu helfen, aber da wird Beamish stinksauer und schmeißt alles hin, bloß weil ich das als erster gemacht hab, genauso wie mit den Anzeigen in den Schulbüchern und so, ich meine, der ist stinksauer, weil ich der erste bin, aber dann isser auch sauer, wenn ich was mache, was alle andern auch machen, wenn wir zum Beispiel das Gesundheitspaket da auslagern, ich meine, wo die uns die Pflegeheime und Beerdigungen und so weiter alles abkaufen müssen und wir dann dafür verlangen können, was wir wollen und sie jederzeit auspressen können, ist das denn meine Schuld? So ist das eben mit Lizenzen! Ich meine, Beamish ist ja schon stinksauer geworden, als wir den Wasserturm von Triangle wie ne riesige Rolle Klopapier angemalt haben, und dann erlaubt er sich vorzuschlagen, daß wir die ganze Enklypozädie einstampfen lassen sollen, ich meine, ist das denn meine Schuld, wenn wir da schon über dreihunderttausend Dollar reingesteckt haben, und dann kriegen irgendwelche Klugscheißer raus, daß sich die Autoren die meisten Artikel einfach ausgedacht haben, aber keiner weiß welche. Ich meine, und dann sagt einer von denen

noch glatt, was erwarten Sie eigentlich für einen halben Cent pro Wort, was soll ich da denn machen? Einstampfen und die ganzen Buchbinder und Drucker und Vertreter rausschmeißen, damit sie dann auch noch so sauer auf mich sind wie bei Eagle? Ich meine, wir machen das Werk dicht, und dann sind alle stinksauer wegen der Urlaubstage, die sie angespart haben, ist das denn meine Schuld, daß die ihren bescheuerten Urlaub nicht vorher genommen haben? Und dann streiken sie und verklagen uns und so, und dann kommt dieser Billy Shorter, ich meine, wir geben seinem doofen Sohn die Vertriebslizenz für Wonder-Bier, damit seine Gewerkschaft das Maul hält, aber dann versaut der Blödmann alles, und wir müssen die Lizenz von ihm für fünfzigtausend Dollar zurückkaufen, ich meine, was soll ich da denn machen? Eh...? Mein Knöchel, ich kann kaum noch, eh? Bast...? Den Packen Papier fest gegen die Brust gepreßt, arbeitete er sich durch schulterhohes Unkraut und setzte mit einem großen Schritt über den zerfurchten Matsch hinweg, —ich kann Sie gar nicht mehr sehen, eh, warten Sie doch mal... er lehnte sich einen Moment lang gegen eine rostige Stange, die mit einem unentzifferbaren Schild die Lichtung ankündigte, —ich meine, haben Sie überhaupt gehört, was ich Ihnen eben alles gesagt hab?
—Nein, ich möchte nur noch...
—Ich meine, Sie sagen mir dauernd, daß ich alles kaputtmache, aber Sie hören mir nicht mal zu! Zum Beispiel dieser Bunky da, Sie haben gesagt, ich hätt den beschissen, weil er die Plastikblumen auf dem Friedhof verkaufen durfte, Mann, aber wissen Sie auch, was der Scheißkerl gemacht hat? Ich meine, Sie halten den vielleicht für ziemlich beschränkt, aber als wir Eagle übernommen haben, hab ich seinem Vater 'n großen Gefallen getan, ich hab seinem Sohn diesen Job da gegeben, wo die Rabatte verhandelt werden für die Stoffe, mit denen irgendwas nicht stimmt. Und auf einmal ist da ein Kunde, der hat immer doppelt so viele Beanstandungen wie bei den anderen, und auch die Rabatte sind höher, ich versuch also rauszukriegen wieso, warten Sie doch...! Die Gräser schlossen sich hinter ihm, —wieso die schlechten Stoffe immer ausgerechnet bei dieser einen Firma landen, und dann komm ich dahinter, daß es so ne Firma gar nicht gibt! Ich meine, das hätten wir sonst überhaupt nicht gemerkt, daß er so ne Scheinfirma aufgezogen hat und der dann die ganzen Rabatte gegeben hat, wie er das mit richtigen Firmen gemacht hätte, bloß daß er jetzt den ganzen Gewinn, hören Sie mir doch zu! Ich meine, ich erzähl Ihnen...

—Ich hab dich genau verstanden! Kannst du denn nicht, verdammt noch mal, hast du denn nichts daraus gelernt? Diese Gier kommt mir bekannt vor...
—Ich meine, das sag ich doch gerade! Ich meine, wieso stehlen, wenn es so Gesetze gibt, wo man sich alles nehmen kann, was man haben will, und trotzdem ist es legal? Ich meine, ich mach nur, was nicht verboten ist, und trotzdem ist jeder sauer auf...
—Aber hör doch mal, warum muß man das überhaupt machen? Das versuch ich dir...
—Nee, Sir, Mann, Sie, ich meine, Sie sagen mir, ich soll mir dieses Gedudel anhören, und dann soll ich sagen, was ich gehört habe, aber wenn ich's Ihnen sage, dann sind Sie auf einmal so sauer, daß Sie das Gerät kaputtmachen, bloß weil ich nicht gehört hab, was ich hören sollte, Sie erzählen mir, wie toll der Himmel ist und so, genau wie an dem Abend, als Mrs. Joubert mich angefaßt hat, damit ich mir den Himmel ansehe, und da hat sie dann da hinten hingezeigt, sehen Sie? Die Spitze von dem runden weißen Ding da, was so beleuchtet ist, hinter den Bäumen da hinten, da quetscht die mich an ihre Titten und zeigt da drauf, daß ich kaum noch Luft kriege, und sagt zu mir, siehst du, wie der Mond aufgeht? Ist mit dem Mond etwa schon einer Millionär geworden? Und ich, ich mach mich so von ihr los, und sie ist plötzlich sauer und sagt nur, ist ja auch egal, ich meine, warum konnte sie nicht, ich meine, warum kann niemand...
—Aber sie ist, kapierst du denn nicht, was sie dir, warum hast du dich ihr entzogen, sie wollte doch nur, verstehst du denn nicht, was sie dir erklären wollte? Sie...
—Was soll ich ihr denn sagen? Daß das die Spitze von der Carvel-Eiscremebude da ist? Soll ich ihr sagen, sie kann ihren Arsch drauf wetten, daß jemand mit diesem Zeug Millionär geworden ist? Mann! Sie sagen mir, daß es egal ist, obwohl Sie nur gekriegt haben, was Sie haben wollten! Ich meine, Sie geben mir die Schuld, daß ich alles und jeden kaputtmach wie diesen Bunky, aber wissen Sie auch, warum er das gemacht hat? Ich meine, der blöde Scheißkerl unterschreibt doch glatt für neunzehntausendvierhundert Dollar Tanzstunden, der müßte eigentlich in den Knast, aber ich hab ihm geholfen, ich hab ihm die Lizenz für die Plastikblumen gegeben und hab ihnen sogar noch gesagt, daß sie da Schilder aufstellen sollen, daß man keine frische Blumen auf den Friedhof mitbringen darf wegen den Reinigungskosten und Umweltschutz und so, und alles nur, damit er die Tanzstunden

abbezahlen kann, ich meine, das ist fast so wie Sie mit Ihrer, kapieren Sie das denn nicht...?
—Wie ich? Was soll das...
—Diese Musik hier, Ihre Musik, ich meine, was denn sonst? Ich meine, okay, ich sag ja nicht, daß Sie direkt was geklaut haben wie er, und Sie laufen auch nicht rum wie ne durchgedrehte Windmühle, wie Sie das damals genannt haben, aber bei ihm sind es bloß diese doofen Tanzstunden und nicht gleich ein ganzes Operndind mit allem, was dazugehört, stimmt doch, oder?
—Aber ich, wie kommst du denn auf die Idee, ich...
—Diese hundert Musikinstrumente, die alle auf einmal spielen, was sie dann auf Band aufnehmen und so, ich meine, das stimmt doch! Sie haben gesagt, daß Sie das einfach tun müssen, weil Sie sonst niemand sind, ich meine, wo issen da der Unterschied? Selbst wenn ich das vielleicht gar nicht verstehe? Ich meine, bloß weil Sie wissen, was Sie machen müssen, ohne daß Ihnen dauernd jemand sagt, was Sie machen müssen, wo issen da der Unterschied, wenn ich da rüberguck, seh ich dieses Eistütending da, aber Mrs. Joubert sieht den Mond aufgehen. Und immer, wenn ich versuche rauszukriegen, was ich machen soll, sagen Sie, das ist alles Müll. Dabei steht hier in der Zeitung, ich wär so einer von diesen Querdenkern, trotzdem sagen Sie, es wär alles nur Müll. Oder daß ich einfach die Führung übernehmen kann, weil ich überall schon diese Spuren hinterlassen habe, oder daß ich genau der Richtige bin für ne Karriere im öffentlichen Leben, ich meine, die achte Klasse da aus Orange, der hab ich gesagt, wenn man schon spielt, kann man auch spielen, um zu gewinnen, bloß daß es gar kein Spiel ist, sogar, wenn man nur macht, was man machen soll, ich meine, man macht nur, was man machen muß, selbst wenn's der totale Müll ist, oder nicht?
—Aber ich habe, die Musik, hör zu, das will ich dir doch nur...
—Nee, das is schon okay, ich meine, bloß daß Sie das auch so machen, sonst nix. Ich meine, Sie müssen sich wirklich nicht bei allen bedanken, Bast, aber als wir damals gesagt haben, daß wir uns gegenseitig nützlich sein können, und ich meine, sogar Crawley erzählt mir, daß diese Musik so wichtig ist und daß Sie so hart daran arbeiten und so, ich meine, sogar als Sie nicht mal mehr die Post aufgemacht haben oder ans Telefon gegangen sind, und selbst da bin ich nicht sauer geworden, weil ich ja die ganze Zeit noch große Pläne hatte, verstehen Sie das, eh? Ich meine, nicht für mich allein, sondern für uns beide...

—Hör zu, das will ich dir ja die ganze Zeit erklären. Ich, diese Chance, ich hatte die Chance, aber ich hab sie nicht genutzt...
—Nee, das meine ich gar nicht. Ich meine, gleich von Anfang an, wo ich dachte, so ein Kredit von so ner Bank, das wäre ne Riesensache, aber dann hab ich rausgefunden, den ganzen Krediten kann man gar nicht entgehen, bis sie einen am Ende alle am Arsch haben, ich meine, ich hätte mir selber von Anfang an ne Bank beschaffen müssen! Ich meine, diese Low-cost-Operationen bringen es am Ende auch nicht, etwa dieses Dreckloch, wo Sie Ihr Büro hatten, und die Busfahrten und diese Dollars für achtundvierzig Cent, woher sollte ich denn wissen, daß man um so mehr kriegt, je mehr man ausgibt? Ich meine, ich hätte von Anfang an nur diese Sachen machen sollen, wo der Gewinn garantiert ist! Ich meine, diese kleinen Broschüren erklären einem nie, wie man die Prozente kriegt, wenn man besonders viel ausgibt, aber diese Aufsichtsbehörden, FCC und PSC und so, die mischen da voll mit und helfen einem, daß man kriegt, was man haben will. Ich meine, wo Sie ja auch gesagt haben, daß ich mich lieber gleich an so eine Versicherungsgesellschaft halten soll, schon wegen der Rücklagen, statt bloß nur die blöden Angestellten zu versichern, und dann sind die ja nicht mal selber versichert, eh, wie dieser Typ, dem sie die ganzen Gedärme rausgeschnitten haben, der kriegt gar nix, sondern nur der Arzt da, der kriegt desto mehr, je mehr er rausholt, ich meine, der und die Krankenhäuser und alle, die sind versichert, die kriegen soviel Geld, wie sie wollen, weil die diese großen Lobbies haben und so, ich meine, ich wußte ja noch nicht mal, was ne Lobby ist, eh! Ich dachte, das wär so 'n Raum in nem Hotel, wo man sich hinsetzen kann, ich meine, ich komm jetzt langsam dahinter, daß alles ganz anders läuft, als wie ich mir das gedacht hab, haben Sie das gemeint, eh? Bast...?
—Nein, es ist, es ist sinnlos, nein, ich gebe auf, ich kann nicht mehr...
—Nee, aber Sie können jetzt doch nicht aufgeben, eh, warten Sie doch! Ich meine, wo wir jetzt gerade rauskriegen, wie das alles läuft, eh? Ich meine, bloß weil ich einmal was versägt hab, wo wir dieses PR-Zeug nicht richtig gemacht haben, eh? Ich meine, wenn Davidoff und diese Typen, wenn die nicht so 'n Scheiß gebaut hätten mit dem ganzen PR-Zeug, wofür mir jetzt alle die Schuld geben, daß der ganze Markt eingebrochen ist und so, ich meine, wenn wir erst mal dieses ganze PR-Zeug richtig machen, eh, Bast? Wo Sie da in der Zeitung waren, als Sie zu diesen ganzen wichtigen Funktionen hingegangen sind mit nem Smoking, wie ihn die andern großen Politiker dauernd anhaben

bei solchen Banketts und so, eh? Und wo Sie dann Golf spielen mit Billy Graham, eh? Warten Sie doch, ich meine, der Regen, das kommt mir so vor, als wär das jetzt Schnee, eh, Bast? Ich meine, hören Sie doch, warten Sie, brauchen Sie vielleicht Geld, bevor Sie morgen in die Schule gehen, um sich Ihren Scheck abzuholen, eh?
—Nein ...!
—Weil ich Sie nämlich kaum noch sehen kann, ich meine, was wollen Sie denn jetzt machen, eh? Weil, ich hab mir nämlich gedacht, eh, Bast? Ich meine, wo Sie doch auf diese Vortragsreise gehen könnten, wie das alle machen, eh? Erst versauen Sie alles, und dann gehen Sie auf diese Vortragsreise durch die ganzen super Colleges und so, und dann schreiben Sie so 'n Buch und kommen ins Fernsehen und machen 'n Haufen Knete, während Sie sich schon überlegen, was Sie auf dem nächsten Bankett alles anstellen können und so, eh? Aber Sie sind nicht mal auf dieses Bankett da gegangen von Meines Bruders Güter, das ich Ihnen im Zug vorgelesen hab, wenn Sie wenigstens da hingegangen wären, ich meine, ich bin noch nie auf einem gewesen! Er stolperte, trat mit dem Fuß in das nasse Unkraut, und eine Dose kollerte auf den bröckelnden Seitenstreifen, —wie das von Union Falls, von dem Sie mir ganz am Anfang erzählt haben, eh? Mit dieser Banane, die da aus der Ananas rausguckt, und mit der Erdnußbutter und den Marshmallows und so? Ich meine, das hab ich nie vergessen ... er hob einen Arm und wischte sich mit dem nassen Ärmel die Nase ab, —eh? Weil nämlich, wegen der Klage von Begg und so, wenn wir da nicht was drehen können, ich meine, vielleicht könnten Sie einfach ne Zeitlang pleite gehen, verstehen Sie, eh? Weil, ich hab mal irgendwo so 'n Ding gekriegt, wie man für fünfundsiebzig Dollar Konkurs anmelden kann, und dann fängt man einfach wieder von vorne an, eh? Ich meine, da steht drin: Sind Sie über einundzwanzig und können Sie die Raten für Ihr Auto nicht mehr bezahlen? Unbürokratische Sofort-Hilfe auch bei Pfändung oder schlechter Auskunft, einfach herkommen und losfahren. Ich meine, wir verrechnen das einfach mit den zehn Dollar für die Fahrkarten, aber die Zinsen und so, das hat Zeit, bis Sie wieder auf die Beine kommen. Ich meine, ich bring das morgen mal mit zur Schule, wenn Sie den Scheck abholen kommen, und, eh, hören Sie ... klang es windverloren über dem nassen Unkraut, —ich hab hier sogar so ne alte Broschüre von der Regierung, wie man trotzdem noch an ein Stück eigenes Land kommen kann, das hatten wir in der Schule, als wir das mit den guten alten Zeiten durchgenommen haben, eh! Da kriegt

man dann siebzig Hektar umsonst, bloß daß man sich die urbar machen muß und alle Bäume abholzen muß und so, ich meine, ich bring das morgen mal mit, okay? Und, eh, Bast? Ich meine, irgendwann ... der Wind riß ihm das Wort vom Mund, schleuderte es ins verwilderte Gras, um es dann hoch in die Luft zu wirbeln, —wollen Sie sich nicht wenigstens das Band anhören, ich meine, irgendwann mal, ich meine, wo wir schon für die ganzen Hörner und Kesselpauken bezahlt haben ... nur mal kurz reinhören, eh, ich wette, das ist mindestens so gut wie das Ding, was Sie mir ... eh? Auch wenn ich nicht immer höre, was ich hören soll ...?

Und der Wind fuhr auf die Erde nieder, keiner Stimme mehr achtend außer dem eigenen Geheul und den wütend verhakten Schlachten der nackten Äste über dem ausgefahrenen Weg, der dann in einen weiteren mündete, diesmal mit Resten von Bürgersteig, einem verrosteten Auspuffrohr und der verquollenen Masse einer Matratze, kleine Fähnchen von zerfetztem Papier flatterten mit den Blättern, und plötzlich, im Schlamm vor ihnen, die gußeiserne Nacktheit einer Klavierharfe mit erhaltenen Saiten, gleich dem fossilen Zeugnis eines Bettrosts im Augenblick seiner höchsten Deformation, lichtüberzuckt von dort, wo die Furchen des Wegs sich in schimmernder Dunkelheit verloren und wo die Lichter nun mit maritimer Verachtung beidrehten und anhielten, dazu das Aufblitzen einer Taschenlampe, danach nur noch die knirschenden Schritte eines Streifenbeamten.

—Hallo? Dieser Herr sucht das Haus der Basts, wissen Sie vielleicht ...

—Ich auch, wo ist das Haus geblieben?

—Moment mal, Officer, wer ist dieser ...

—Eins nach dem anderen, sag mir erst mal deinen Namen, und was hast du hier eigentlich ...

—Aber ich, ich bin doch Bast, ich bin Edward Bast, ich bin ...

—Mister Bast, ach du meine Güte! Sie, ich bin Mister Coen, der Anwalt Ihrer ...

—Aber wo ist das Haus, wo ist mein, wo ist, wo ist das alles, wo ist der ...

—Ich bin gleichermaßen verwirrt, Mister Bast, ja, soweit ich mich erinnere, stand es gleich hinter dieser Biegung hinter einer langen Hecke, aber der Polizeibeamte hier sagt, daß sich seines Wissens nach hier nur die neue Kultur-Plaza befindet, ich fürchte, daß wir beide ...

—Hecke, ja, Hecke, wo ist die Hecke? Wo die Bäume? Wo ist mein,

Moment, er ist, Sie, Sie sind doch einer von denen, einer der Polizisten, Sie waren an dem Abend hier in der Scheune, das Studio, direkt hier, ein großer Raum, direkt hier, Sie sind darin gewesen, ein großer Steinkamin, und genau hier stand ein Klavier, genau da, wo das Auto steht, ein Flügel, Sie haben noch zu mir gesagt, ich soll es mit Brettern vernageln, Sie, Bücher, da lagen überall zerrissene Bücher auf dem Boden, und Sie haben noch gesagt, der Einbruch ginge wahrscheinlich auf das Konto von ein paar Jugendlichen, wissen Sie nicht mehr...
—Solche Anrufe kriegen wir jede Nacht, Sie können ja auf dem Revier vorbeikommen und in den Unterlagen nachsehen, ob sich jemand beschwert hat...
—Ich will wissen, wo mein Haus ist!
—Mehr kann ich Ihnen nicht, he, was soll das? Na schön, dann kommen Sie eben mit uns...
—Aua!
—Nein, warten Sie, Officer, bitte! Er ist, er ist bestimmt nur ausgerutscht, das Ganze war etwas zuviel für ihn, lassen Sie ihn doch mit mir fahren, ich bin Rechtsanwalt, er wird in einer dringenden Angelegenheit gebraucht, und ich, gut, vielen Dank, hier entlang, Mister Bast, vielen Dank, Officer...
—Sorgen Sie dafür, daß er sich hier nicht mehr blicken läßt...
—Gut, ja, danke, nicht diese Tür, Mister Bast, Vorsicht...
—Wer sind Sie?
—Ich bin, mein Name ist Coen, Mister Bast, steigen Sie bitte ein, ich habe schon vor einiger Zeit versucht, Sie zu erreichen, haben Ihre Tanten Ihnen denn nicht gesagt, daß ich...
—Wo sind sie?
—Ich weiß es nicht, Mister Bast, ich habe keine Ahnung, ich habe den ganzen Tag lang versucht, einen von Ihnen zu erreichen, aber man sagte mir, daß das Telefon abgemeldet sei, deshalb bin ich schließlich selbst hierhergefahren, um, bitte Mister Bast, steigen Sie doch ein, Sie sind ja klatschnaß, wir können hier nicht stehenbleiben, es fängt schon wieder an zu, so gehts ja, Vorsicht mit Ihrer Hand, sonst klemmen Sie sich noch die...
—Wo sind die Bäume?
—Auf dem Rücksitz liegt mein Mantel, legen Sie sich den um, bevor wir, ja, und würden Sie bitte Ihre Füße da wegnehmen, ich kann nicht fahren, wenn Sie...
—Was ist das für ein Ding? Das Ding da...!

—Ja, das ist so eine Art Großplastik aus Metall, deswegen war die Polizei auch hier, ein Kind ist darin eingeklemmt, und man wartet jetzt auf die Versicher ...
—Sehen Sie doch!
—Wo? Ach so, das Einkaufszentrum, ja, ich muß zugeben, das Einkaufszentrum direkt vor Ihrer Tür war mir auch neu, Mister Bast, bitte machen Sie die Tür zu! Machen Sie die Tür zu, Sie können doch nicht, Sie hätten sich böse verletzen können, bitte, Sie müssen ...
—Die Hecke, wo ist die, Blumen, da war ein Feld mit Dahlien, Chrysanthemen und Dahlien, wo, wo ...
—Bitte setzen Sie sich ruhig hin, Mister Bast, ja, ich glaube, wir biegen hier ab, ich fürchte, daß ich ein paar äußerst unangenehme Nachrichten für ...
—Anhalten, halten Sie an ...!
—Aber doch nicht in diesem schweren Graupelschauer, Mister Bast, ich glaube nicht, daß wir ...
—Ich muß mich übergeben, halten Sie an!
—Moment, Moment, ja ja, ich halte an, nein, runterdrücken, ja, runter, das ist, könnten Sie sich noch ein bißchen weiter hinauslehnen, und Vorsicht, der Ärmel, so, so ja, das müßte, beeilen Sie sich, wir stehen direkt vor einer Kirche, und das könnte leicht mißverstanden werden, sind Sie sicher, daß das alles war? Ja, direkt, direkt vor Ihnen, Moment, Moment, hier ist ein, ich habe kein Taschentuch dabei, Moment, direkt, Moment, hier, es ist nur ein Fenstertuch, damit können Sie sich abwischen, sind Sie sicher, daß das alles war? Wenn's geht, nehmen Sie Ihr, hier, lassen Sie mich mal die Tür richtig zumachen, so, fühlen Sie sich jetzt besser? Legen Sie sich den Mantel um, ja, und wenn's geht, lehnen Sie sich bitte weiter zurück, es ist schwierig, die Straße zu erkennen, wenn Sie ...
—Da ist es! Anhalten, da ist es! Das ist es!
—Was, was ist da? Was ...
—Das Haus, halten Sie an, wir sind gerade dran vorbeigefahren!
—Mister Bast, ich bitte Sie, wir können nicht, ich kann nicht fahren, wenn Sie so ...
—Ich habs gesehen, wir sind gerade dran vorbeigefahren, ich habs genau erkannt!
—Drücken Sie bitte den Knopf da runter, damit Ihre Tür verriegelt ist, Mister Bast, ich mag mich ja geirrt haben, daß Ihr Haus dort hinten an der Kurve stand, aber ich bin absolut sicher, daß es nicht unmittelbar

neben einer katholischen Kirche war, vor allem, wenn man bedenkt, welche Abneigung Ihre Tanten gegen die katholische ...
—Sind Sie Anwalt, Mister Coen?
—Wieso, ja, ich, genau das bin ich, aber warum fragen Sie ...
—Schon mal einen Konkurs abgewickelt?
—Wieso, natürlich, das ist eine reine Routineangelegenheit, Mister Bast, aber ich bin wegen einer äußerst dringenden Sache hergekommen, und zwar geht es um den Gatten Ihrer Cousine, Mister Angel, ich vermute, daß Sie noch nicht davon gehört haben ...
—Fängt nochmal ganz von vorn an, stimmts?
—Wie bitte? Oh, ach so, bei einem Konkurs, ja, so könnte man es ausdrücken, Mister Bast, aber der Mann Ihrer Cousine, Mister Angel, er liegt im Krankenhaus, ich vermute, Sie wissen noch nicht, was passiert ist ...
—Was passiert ist? Warten Sie mal, sechzehn Tote bei Flugzeugabsturz in Chicago?
—Nein, nein, er war in keinem ...
—Sechzehn Tote bei Flugzeugabsturz in Chicago, das hab ich in der Zeitung gelesen, glauben Sie mir das etwa nicht?
—Wieso, ich verstehe nicht, was das jetzt mit dem vorliegenden, sehen Sie, Mister Angel liegt als Folge einer Schußverletzung im Koma, und Ihre Cousine, Mrs. Angel, Ihre Cousine Stella, die Polizei hat ...
—Fängt noch mal ganz von vorn an, stimmts?
—Mister Bast, vielleicht, ich meine, Sie sind doch Mister Bast, nicht wahr, Edward Bast?
—Mit einem e, Edwerd, mit e, Ed ...
—Einem, einem e, ja, natürlich, wissen Sie, einen Augenblick war ich tatsächlich der Meinung, ich hätte da irgend so einen Landstreicher, also den Umständen nach zu urteilen, die ja mehr als ungewöhnlich, bitte, Ihr Fuß! Ich kann nicht fahren, wenn Ihr Fuß unter meinem, so geht es, ja, natürlich, wenn ich Sie dem Polizisten überlassen hätte und Sie tatsächlich der Edward Bast sind, den, nein nein, passen Sie auf! Wir wären fast von der Straße ... Ihr Husten klingt ja fürchterlich, Ihnen geht es wirklich nicht gut, Sie, Ihnen wird doch nicht schon wieder schlecht? Versuchen Sie, hier, wickeln Sie sich in den Mantel, Sie zittern ja, ich stelle mal die Heizung höher, so. Ihre Cousine, Mister Bast, Ihre Cousine Stella, Mrs. Angel, der Schock hat sie schwer mitgenommen, wie Sie sich ja gewiß vorstellen können, der erste Schock, als sie, also schon die Entdeckung an sich, und dann die nervliche Belastung durch

die Vernehmung bei der Polizei, die Protokolle, die Fotografen der Spurensicherung noch am Tatort, als man noch einmal ...
—Lassen Sie den Laden mit Brettern vernageln.
—Wie bitte?
—Trockenes Plätzchen zum Bumsen, wo sie sich nicht die Eier abfrieren, lassen Sie den Laden mit Brettern vernageln.
—Mister Bast, ich versuche Ihnen, ich spreche von Mrs. Angel, Ihrer Cousine Stella, bei meiner Abfahrt unterzog sie sich gerade einem Paraffintest, dessen Ergebnis zweifelsohne negativ ausfallen wird, andererseits ...
—Bei diesem Sauwetter braucht man schon ein trockenes Plätzchen zum ...
—Andererseits sind seine Überlebenschancen offenbar alles andere als günstig, was den Sachverhalt zumindest dahingehend ändert, als daß die Angelegenheit in die Zuständigkeit der Mordkommission übergeht, welche in ihren Ermittlungen auszugehen hat von vorsätzlicher schwerer Körperverletzung mit Todesfolge, jedenfalls solange nicht zweifelsfrei erwiesen ist, daß ...
—Sind Sie Anwalt, Mister Coen?
—Ja, ich bin Anwalt, Mister Bast! Und ich, es handelt sich um eine äußerst ernste Angelegenheit, die nach Lage der Dinge meine volle Aufmerksamkeit erfordert. Als ich ging, schien Mrs. Angel nicht einmal mehr einschätzen zu können, ob sie nun als Zeugin vernommen oder als Tatverdächtige festgehalten werden sollte, immerhin ja ein fundamentaler Unterschied, und ich dachte, ich hatte gehofft, daß Sie, wenn Sie mit ihr reden könnten ...
—Muß mich nicht dauernd bei allen bedanken.
—Nein, das ist auch kaum nötig, Mister Bast, ich meinte nur, daß, wenn Sie vielleicht vernünftig mit Mrs. Angel reden könnten, daß wir dann möglicherweise ihre Entlassung erreichen. Andernfalls wäre, selbst wenn kein ausreichendes Beweismaterial vorliegen sollte, um sie weiterhin als tatverdächtig anzusehen, also, es wäre durchaus die Möglichkeit gegeben, daß man sie für die übliche Beobachtungszeit von zehn Tagen ins Bellevue einweist ...
—Fängt noch mal von vorn an, stimmts?
—Mister Bast, Sie haben offenbar nicht, setzen Sie sich hin! Sie sind, hier vorne ist einfach nicht genügend Platz zum Hinlegen, schließlich muß ich den Wagen ...
—Sie sind doch nicht sauer auf mich, Mister Coen?

—Wieso, wieso, nein, aber...
—Ich meine, wieso sind immer alle sauer auf mich?
—Dem ist, dem ist mit Sicherheit nicht so, Mister Bast, andererseits ist die Fahrerei bei diesem Wetter schon schwer genug, wenn Sie also bitte...
—Regen und Hagel, Feuer und Schnee rüttet selbst Berg und eisige Höh, man braucht nur die Murmeln in der Kuchenform zu rütteln und dann den Laden vernageln, aber das hat sie Ihnen natürlich nicht gesagt.
—Nein, ich, ich fürchte nein, Mister Bast, sie, als ich das letztemal mit Ihren Tanten telefonierte, hatte ich den Eindruck, daß Sie auf Geschäftsreise waren, und es gibt da noch eine ganze Reihe von Dingen die ich gerne mit Ihnen besprochen hätte...
—Das mit dem Schuhgeschäft, hat sie Ihnen das erzählt? Der Ort nennt sich Trib, Trib, wo der Dreck ins Meer rinnt...
—Mister Bast, ich glaube, ich glaube, unter diesen Umständen...
—Oder Burmesquik, der ideale Standort für Import-Export, wo man die krummen Arschlöcher dräht...
—Ich glaube, es wäre klug, Ihr Treffen mit Mrs. Angel zu verschieben, in Anbetracht ihres gegenwärtigen Zustands und natürlich in Kenntnis Ihrer, bitte! Achten Sie auf Ihre Füße, da ich bereits das Vergnügen hatte, mit Ihren Tanten in Kontakt zu treten, hätte ich mir natürlich darüber im klaren sein müssen, daß Sie gewissermaßen alle eher labil...
—Alle sind sauer, weil ihre Bäuche gefallen sind, ich meine, ich verstehe bloß nicht, was an Miß Management so erotisch sein soll.
—Ich, das weiß ich natürlich auch nicht, Mister Bast, warum entspannen Sie sich nicht mal ein paar Minuten, vielleicht finden wir etwas nette Musik...
—In Musik wohnt eine Zauberkraft, die selbst das wilde Pünktchen Pünktchen Pünktchen, man sollte sich irgend ne Wilde zur Frau nehmen...
—Lehnen Sie den Kopf ruhig zurück, ja, ich glaube, wir interessieren uns beide für Ihr Knie, Mister Bast! Nehmen Sie doch bitte Ihr Knie beiseite, für gute Musik...
—Sie wird meine vertrocknete Nachkommenschaft großziehen wollen, Sie wissen, was Skrotum auf Dänisch heißt, Mister Coen?
—Nein, eigentlich nicht, wenn ich doch nur, wenn ich doch nur Musik finden könnte, ja, also wenn ich etwas hasse, Mister Bast, dann ist das Unordnung, und Überraschungen liebe ich auch nicht, das Gejaule der

meisten Radiosender, deshalb habe ich mir auch das UKW-Radio hier geleistet, da, hören Sie! Das ist, ich glaube, wir haben Händel erwischt, so, schon besser, nicht wahr? Ja, Jephtha? Händels Jephtha, ich kann mich gut an diese Melodie erinnern, als Kind dachte ich immer, der Sopran hier singt get away get away, nein nein, halt! Halt! Wir wären fast, warum tun Sie das? Wollen Sie uns umbringen? Nehmen Sie Ihren Fuß da weg!
—Tief rein, Mister Coen.
—Aber Sie, Sie haben Ihren Fuß direkt aufs ...
—Tief rein, tief rein du haaaassest mich!
—Nein nein, hören Sie, Mister Bast, hören Sie auf zu singen! Ich kann nicht nein, nein, Sie müssen schon ruhig sitzen bleiben, ich kann nicht fahren, wenn Sie ...
—Wir helfen uns gegenseitig, Mister Coen, für ganze fünfundsiebzig Dollar.
—Wieso, wieso was ...
—Schon mal einen Konkurs abgewickelt?
—Mister Bast, ich ...
—Denn gemeint und geschissen ist zweierlei, Mister Coen.
—Ja, natürlich, ja, ich, ganz gewiß Mis ...
—Entschieden zweierlei.
—Gewiß, ja doch, ich, allerdings hab ich das so in der Form noch nie gesehen, und bitte ...
—Das sollten Sie aber, Mister Coen, und wenn's geht, in genau der Form, einfach herfahren und losgehen, ist aber, wie gesagt, zweierlei.
—Gewiß, Mister Bast, bleiben Sie bitte sitzen, oder wir müssen ...
—Was ist das, was ist das? Das, das weiße Ding da, das runde weiße Ding ...
—Das ist nur der Knopf für die Lüftung, und bitte ...
—Da kann sie ihren Arsch drauf verwetten, daß mit solchen Dingern schon jemand Millionär geworden ist, schätze mal, die Wette würden Sie gern gewinnen, was, Mister Coen? Nur ein einziges Mal nen richtigen Blick darauf werfen, ich meine, wo er sie bereits so nett angelächelt hat, dafür macht man sogar ne Scheidung mit, tut ja jeder.
—Ganz gewiß, Mister Bast, so ist es besser, ja, lehnen Sie sich zurück ...
—Kriegen dann den Großen Preis der Bruderschaft vom unehrlichen Finder, müssen zu Banketten, sagen Sie, haben Sie den Transport auch über die amerikanische Handelsmarie abgewickelt?

—Ich denke, wir fahren direkt in das Krankenhaus, in dem auch Mister Angel liegt, ich bin sicher, daß sein Arzt auch Sie aufnehmen wird, mein Gott, Sie sind ja, hier, legen Sie sich den Mantel über, Sie zittern ja, wo ist das, das Fenstertuch, Sie sind ja schweißnaß, ja, ich dachte mir, falls Mrs. Angel ins Bellevue überwiesen wird, ließe sich möglicherweise auch für Sie noch ein Bett bekommen, das weitaus größere Problem wäre jedoch später Ihre Entlassung ...
—Man könnte da aber in Ruhe ne Bank gründen, meinen Sie nicht? Auswärtige Investoren und so, könnten mit so ner Bank glatt auch die Führung übernehmen, First National Bank of Burmesquik, kein Pfand, keine Rücknahme, na, was halten Sie davon?
—Das würde ich an Ihrer Stelle gewiß auch tun, Mister Bast, ja ja, wir sind gleich da ... und seine Hand, die wischenderweise soeben noch die Windschutzscheibe von Beschlag befreit hatte, griff nun nach unten, um jene andere Gefahr abzuwehren, Gefahr nämlich in Gestalt eines Fußes, der mit nie erlahmender Unberechenbarkeit nach einem Platz auf dem Gaspedal strebte, doch die Hand tauchte wieder auf, wischte, das blendende Gegenlicht wurde nun häufiger, wich schließlich dem hermetischen Gleißen eines Tunnels, dann weiter über offenes Ampelgrün und Warnrot in BAR, CHEMISCHE REINIGUNG, SCHNELLRESTAURANT, NOTAUFNAHME. —Ja, wir sind da, oh ...! Wo dann die Glastüren, nachdem er sie hastig durchschritten hatte, so still in ihren Rahmen hingen, als sei der Anblick eines bei der übereilten Ankunft entstandenen, leichten Blechschadens am Kotflügel mehr als genug für sie, welche kurz darauf erneut aufgestoßen wurden, um einen Rollstuhl passieren zu lassen, —warten Sie, ja, ich glaube, er schläft, hier, lassen Sie mich mal ...
—Nee, lassen Sie mal, der wiegt ja nix, nehmen Sie die Decke ... Und wieder pendelten die Türen, dann Ruhe und stille Beschäftigung wie zuvor, —in die Aufnahme?
—Wo sind die Bäume ...?
—Er, was hat er gesagt?
—Er, nein nein, ich glaube, das ist nicht nötig, ich habe seine Aufnahme schon besprochen mit Miss, Miss ...?
—Ist das der Neue? Er muß mir alles genau erzählen ...
—Ich glaube nicht, daß er das kann, er fiebert stark, schon auf dem Weg hierher hat er nur noch wirres Zeug geredet, vor allem in einer Sprache, die sonst wohl überhaupt nicht seiner Art ent ...
—Keine Sorge, wir sind hier einiges gewöhnt, außerdem hab ich vorher

an ner öffentlichen Schule gearbeitet, ach ja, und der Mann auf der Intensivstation, nach dem Sie gerade gefragt haben, dieser Mister Angel, also, sein Zustand ist unverändert, die Kugel ist direkt neben dem Auge eingetreten und steckt im Gehirn, wenn Sie noch etwas bleiben, kann man Ihnen vielleicht ...
—Nein, das geht nicht, nein, ich muß rüber aufs neunzehnte Revier, falls er, falls sein Zustand sich ändert, sollte die Polizei sofort benachrichtigt werden und, Mister Bast? Gute Nacht, ich muß jetzt gehen, ich schaue morgen wieder herein, vielleicht ergibt sich dann ein klareres Bild der ...
—Auf gehts, Mister Bast, den Namen hab ich doch richtig verstanden? Also, Mister Bast, wir fahren jetzt mal zusammen auf die ...
—Einfach rausgehen und einfahren.
—Ja, wir ziehen uns jetzt mal schön die nassen Sachen aus, und dann nehmen wir etwas, damit wir schön schlafen können, nicht wahr, Joe? Sagen Sie dem Arzt, Zimmer dreihundertneunzehn, und besorgen Sie vorsichtshalber lieber auch mal gleich ein Sauerstoffzelt ... und Räder rollten durch bulläugige Flügeltüren, hinein in die schläfrig-schwebende Temperatur des Fahrstuhls, dann Flure entlang, in denen es grünte wie nirgends sonst in der Natur. —Da sind wir schon ...
—Wo sind die Bäume?
—Ach, Dummchen, hier gibts doch keine Bäume ... nur das Gestöber von Händen und Laken, das Geklapper von Essenswagen und Tabletts, schließlich fiel der Vorhang über den glühenden Punkt an einer Wandsteckdose, verwandelte den Tag in die Nacht und machte die Nacht zum Tag.
—Ich kann dir sagen, der Laden hier ist das reine Vergnügen, nach dem, wo ich früher war, hab ich dir schon mal erzählt, was ...
—Moment, hallo ...? Er liegt auf dreihundertneunzehn, ja, Moment, Miss Waddams ist auch hier, Sie kann Ihnen ...
—Hallo ...? Oh, Tag ... gestern abend, ja, aber ich mach ab heute wieder die Tagschicht, ihm gehts ganz gut, er ist noch nicht einmal aufgewacht, seit Sie ... jetzt? Mit ihm? Nein, wir haben ihn in ein Zelt gelegt, er ist nicht mal ... nein, ein Sauerstoffzelt, Mister Coen, er kriegt schon so kaum Luft, geschweige denn telefonieren ... Ja, ich weiß, er hat wirklich das große Los gezogen, doppelseitige Lungenentzündung, Nervenzusammenbruch ... was? Unterernährt war er auch, keine Ahnung, vielleicht ein paar Tage, wissen Sie, bei so etwas muß man immer mit Komplikationen rechnen. Und wie gehts Ihrem

anderen Patienten ...? Nein, ich meine, Ihren Freund auf der Intensivstation ... Sie haben aber auch wirklich alle Hände voll zu tun, Mister Coen, was ...? Mach ich, Mis ... aber klar doch, Mister Coen, Wiedersehen, der Laden hier ist das reine Vergnügen nach dem, wo ich früher ...
—Für die Dreihundertneunzehn auch kein Mittagessen?
—Nein, da läuft noch ne Infusion, besser, ich schau gleich mal nach, aber bleib noch ein bißchen hier, du ahnst ja nicht, was da an der Junior High dauernd das Klo verstopft hat ... und sie ging durch diesen trostlosen Schlauch von Korridor, bis dem ewigen Grün Einhalt geboten wurde von VORSICHT SAUERSTOFF RAUCHEN VERBOTEN, Tür, mit der Schulter aufgestoßen, sein Puls, ertastet und tastbar, teigigfahl in jener Unmenge Weiß und deshalb kurzerhand weiterer Besserung überlassen im gleichgültigen Glühen aus der Steckdose, wo der Tag zur Nacht wurde und die Nacht zum Tag.
—Also jedenfalls, was ich dir ja gestern schon erzählt hab, also zu unserer Zeit hätte es sowas nicht gegeben, schon gar nicht an einer Schule, ich sag dir, nach alledem ist das hier das reine ... Moment mal, hallo ...? Oh, Tag, Mister Coen? Ja, ich bins, ihm gehts gut, er ist immer noch nicht ganz bei sich ... nein, ich meine, nur für Untersuchungen und so, aber die Infusionen sind nach wie vor ... nein, aber selbst wenn Sie diese dringenden Angelegenheiten mit ihm besprechen müssen, er könnte nicht mal ... Ganz bestimmt, Mister Coen, und wie gehts Ihrem anderen Patienten, Sie haben ja wirklich alle Hände voll zu tun, nicht wahr, Sie müssen ja ... klar doch, Mister Coen, Wiedersehen. Ich schau lieber noch mal nach ihm, bleib hier, ich hab dir noch gar nicht erzählt, wie das mit dem Jungen war, der die Leute immer mit einer Spielzeugpistole erschreckt hat ... und ging den Korridor hinunter, drückte mit der Schulter gegen VORSICHT SAUERSTOFF RAUCHEN VERBOTEN, —na, wie gehts uns denn heute, Mister Bast ...? ließ eine Lampe aufleuchten, fühlte einen Puls, —na, wer sagts denn? Geht ja jeden Tag besser ... womit dieser Tag beschlossen war, der sich, im ewigen Glühen aus der Steckdose, ohnehin nicht vom nächsten unterschied.
—Ich kann dir sagen, nach dem, wo ich gearbeitet hab, aber langweilt man sich hier nicht auf die Dauer? Hallo ...? Für Mister, wen ...? Nein, dreihundertzwölf kann nicht stimmen, dreihundertzwölf ist eine Hysterektomie ... von sieben bis acht, ja, Wiedersehen, also, hab ich dir eigentlich schon mal erzählt, als sämtliche Mädchen von der Junior

High ihre Urinproben für, Moment, hallo …? Oh, Tag auch, Mis … viel besser, ja, er ist schon aus dem Zelt raus, besuchen Sie ihn doch mal, er ist immer so allein … nein, er spricht, das schon, aber … klar, aber er sagt so Sachen wie: ein Dollar ist eine Fünf, fünfzig Cents sind eine Vier, ein Vierteldollar ist … ja, und dann hat er noch gesagt, Mais ist eine Gottheit, aber wir haben nicht mal elektrischen Strom, und alles, wozu er noch taugt, wäre allerhöchstens ein öffentliches Amt, und dann sagt er mir irgendwelche Gedichte über antike Quellen auf, und was er von der Gegend gesagt hat, wo er angeblich war, was man da alles so macht, ich würde nicht mal … klar doch, Mister Coen, und wie gehts Ihrem anderen Pat … Sie haben aber auch wirklich alle Hände voll zu … aber klar, Mister Coen, Wiedersehen. Was ist das …?
—Ein Frischoperierter für dreihundertneunzehn.
—Gut, er wird sich über etwas Gesellschaft freuen.
—Ja …? Sie schoben das Bett den Flur entlang, —wart mal ab, bis er den Kollegen gesehen hat.
—Mister Bast? Sind Sie wach? Wir bringen Ihnen hier einen Zimmergenossen … Doch als das rollende Bett seinen Standort erreicht hatte, ertönte als einziges Lebenszeichen aus dem ansonsten leblosen Bündel ein unanständiges Geräusch, das als stets wiederkehrendes Leitmotiv die ganze Nacht über nicht aufhörte.
Das Rollo ratterte nach oben und gab den Blick frei auf ein Frühgrau, das noch Licht aus dem Raum herauszusaugen schien. —Und wie gehts meinen Jungs heute morgen? Mister Bast? Sind Sie wach?
—Er ist wieder eingeschlafen, wie heißen Sie?
—Ich bin Miss Waddams, habt ihr euch denn heute schon gewaschen, Jungs?
—Besorgen Sie mir mal 'n paar Zeitungen, hab seit einer Woche keine Zeitung mehr gelesen, was machen Sie da?
—Ich muß Ihren Puls messen, würden Sie mir bitte Ihren Arm geben.
—Suchen Sie doch mal!
—Na na, nun wollen wir uns aber schön wie erwachsene Menschen benehmen, haben Sie sich letzte Nacht schon mit Mister Bast bekannt gemacht?
—Der denkt, ich bin sein Vater, er sagt, wir müssen Orange, irgendwas mit Orange, wir müssen es urbar machen, indem wir da alles abholzen, wie in der guten alten Zeit.
—Das hat rein gar nichts zu bedeuten, mir hat er gesagt, daß jemand in sein Haus eingebrochen ist, und als ich fragte, wer denn, sagt er, Sie

waren das! Und dann erzählt er mir dauernd so Gruselgedichte, wie schaurig es ist, übers Moor zu gehn, und will unbedingt die Narbe an meinem Hals sehen, weil ich angeblich eine Hexe bin, und daß ich mir nachts den Kopf abschraube.
—Ich wette, das tun Sie tatsächlich, Waddles, kommen Sie heute nacht doch mal vorbei, und dann machen wir ...
—Na na, nun wollen wir uns aber mal schön wie erwachsene Menschen benehmen ...
—Ich will nur zusammengebracht werden, und dann ...
—Wir flicken Sie schon wieder zusammen, keine Sorge, ich hol Ihnen jetzt Ihre Zeitungen ...
—Bast? Sind Sie wach ...? Dann war es still, bis das Rascheln des Bettzeugs vom Geknister des Zeitungspapiers abgelöst wurde, vom Klappern der Tabletts, —ich glaube, der wacht nicht mal zum Essen auf. Was ist denn das für ein Zeug? Fischaugen?
—Das ist Tapioka.
—Nein, Fischaugen ...! Ein Klappern, gefolgt von etlichen Seufzern der Erleichterung, dann Stille, die erst wieder vom Geknister der Zeitung unterbrochen wurde. —Bast? Sind Sie wach? Ich les Ihnen mal was aus der Zeitung vor, das wird Sie aufmuntern, die ist so voll mit dem Elend anderer Leute, daß es einem gleich bessergeht, hören Sie sich mal das hier an. Im Verhör gab sie an, ihren Ehemann seit dem besagten Abend in der vergangenen Woche nicht mehr gesehen zu haben, da nämlich hatte sie sich im Wandschrank versteckt und konnte von dort aus beobachten, wie er sich erst sorgfältig das Gesicht schminkte und sich Frauenkleidung anzog, bevor er verschwand. Als sie einige Minuten später auf ein Klopfen hin die Tür öffnete, habe er vor der Tür gestanden und behauptet, er sei seine eigene Schwester und gerade auf dem Weg in die Stadt und wolle nur einmal kurz hallo sagen. Unbeeindruckt von ihrer Aufforderung, mit dem Unsinn aufzuhören und hereinzukommen, habe er sich plötzlich umgedreht und sei weggegangen, und seitdem habe sie nie wieder etwas von ihm gehört. Besonders verärgert zeigte sich Mrs. Teets über die seidene Unterwäsche, die er in großen Mengen in seiner Hemdschublade versteckt hatte, zumal sie selbst sich in allen Ehejahren stets mit Baumwolle und Synthetik hatte begnügen müssen, weil das Geld für andere Dinge gebraucht wurde. Nach Mister Teets wird im Zusammenhang mit einer Vorladung gefahndet, die ...
—Haben wir denn heute auch schön die Bettpfanne benutzt?

—Meinen Sie etwa, daß wir beide da drauf passen? Warten Sie, bleiben Sie, Waddles, der eigentliche Hammer kommt erst noch, wenn Sie die Decke hochheben ...
—Na na ...
—Ach, Sie sind ja 'n richtiger Spielverderber, hören Sie sich das mal an. Seit fünf Tagen steckt der tapfere kleine Schuljunge in jener hochragenden Stahlskulptur namens Cyclone Seven und verfolgt mit bewundernswerter Geduld die weitere gerichtliche Entwicklung. Kenner aus beiden Branchen erwarten vom Ausgang dieses Prozesses eine grundsätzliche Neuordnung der Beziehungen zwischen Kunst und Versicherungswesen. Von der örtlichen Feuerwehr, welche die Sicherung des Objekts übernommen hat, war zwar offiziell keine Stellungnahme zu erhalten, aber die Schweißbrenner liegen schon bereit, um den Jungen umgehend aus seinem Gefängnis zu befreien, das als eins der hervorragendsten, zeitgenössischen Umsetzungen von Raummasse in Skulpturisches bezeichnet worden ist. Derweil sind Versicherungsjuristen rund um die Uhr damit beschäftigt, anhand des Kleingedruckten aus einer Vielzahl von Einzelpolicen die Leistungspflicht der betroffenen Versicherung gerichtsverwertbar darzulegen. Hoffnungen auf eine außergerichtliche Einigung, von denen gestern noch gerüchteweise die Rede war, waren zerplatzt, als eine Initiative von Kunstfreunden mit dem Namen Modern Alliance for Mandible Art mit einer einstweiligen Anordnung gegen die willkürliche Zerstörung des Objekts vorging. Nach Auskunft der Anwälte von MAMA handelt es sich dabei um die einzigartige Metapher der menschlichen Beziehung zum Universum, weswegen bereits die kleinste Detailänderung das bewußt Arbiträre in Ausdruck und Form unwiederbringlich zerstören würde, alles Eigenschaften, so die weitere Begründung, welche das gigantische Werk in seiner Feier männlich-dominierten Freiheitswillens grundsätzlich jeder herkömmlichen Kategorisierung entzögen. Unterdessen sammeln sich, keinen Steinwurf vom Stein des Anstoßes entfernt, die ersten Demonstranten auf dem menschenleeren Gelände der Kultur-Plaza. Trotz stundenlangen Eisregens und zum Teil heftiger Graupelschauer haben Freunde und Nachbarn der Eltern ein behelfsmäßiges Zelt errichtet, das den eingeschlossenen Jungen wenigstens halbwegs vor, Bast? Sehen Sie sich mal das Foto an, sieht aus, als hätte ihn das Ding bei lebendigem Leib gefressen, apropos, was ist denn das, Waddles? Fisch?
—Ihr Abendessen.

—Das ist Fisch!
—Mister Bast? Abendessen, wachen Sie auf, wir müssen doch was essen!
—Immer schön fröhlich bleiben, Bast, das Schlimmste kommt noch. Warten Sie erst mal, bis Sie den Fisch hier probiert haben, wissen Sie noch, was Sie mir gestern abend erzählt haben? Daß man keine frischen Blumen auf den Friedhof mitbringen darf? Im übrigen, was wissen Sie in Ihrem Alter denn schon von gescheiterten Hoffnungen? Sie haben doch noch nie etwas geleistet, also hören Sie endlich auf, den großen Versager raushängen zu lassen. Sie haben über Ihren Vater geredet, angeblich hat er sich den falschen Jungen ausgesucht, haben wohl Angst um Ihr Erbe, aber lassen Sie sich eins gesagt sein, ich versuch seit vierzehn Jahren, aus dem Tapetengeschäft auszusteigen, was sagen Sie dazu? Diese großen Pläne, die er mit Ihnen hatte, damit aus Ihnen was wird? Was heißt das überhaupt, was werden? Ihr Bild in der Zeitung mit nem Smoking an? So einen Schlangenfraß hab ich noch nie gegessen, das krieg ich nicht runter. Ich erzähl Ihnen mal was von meinem Sohn. Sie erzählen mir was über diese beschränkte Haftung, die Sie im Müll gefunden haben, und dann erzähl ich Ihnen was von meinem Sohn. Es war in dem Krieg da, den die gleichen Arschlöcher geführt haben, die vor zehn Jahren das Land ruiniert haben, jedenfalls, da hat er in Übersee ein Mädchen kennengelernt und mit nach Haus gebracht, na schön, sie war schwanger, bei dem Fisch muß ich gleich kotzen. Schließlich hat er mir gesagt, daß er nicht beschwören kann, daß das Kind von ihm ist, was ich ihm schon beim ersten Blick hätte sagen können, aber offenbar hat ihm das nichts ausgemacht, er sagte mir, er wollte nur jemanden retten, jemanden lieben, ein kleines bißchen Wiedergutmachung für die vielen vielen Hände und Füße, die wir da drüben auf dem Gewissen haben, alles andere wäre nicht so wichtig, und außerdem bräuchte ja niemand zu wissen, daß das Kind nicht von ihm wäre, also hat er sie geheiratet, und sie bekam das Kind, und das war schwarz wie die Nacht, na, was sagen Sie dazu? Ein kleiner Junge, inzwischen in der zweiten Klasse und so schwarz wie die Nacht, verstehen Sie, was ich sagen will? Ich habe vierzehn Jahre gebraucht, um aus dem Tapetengeschäft auszusteigen, die Leute meinen, es gehe immer nur ums Gewinnen, aber fragen Sie mal einen der Arschlöcher, die diesen Krieg zu verantworten hatten, das ganze Land haben sie dabei ruiniert, wo ist denn bloß diese Frau, diese Waddles? Kommen Sie her und nehmen Sie das Tablett weg, das ist der mieseste Fraß, den ich je gegessen habe!

—Haben wir denn auch schön unsere Medizin genommen?
—Welche Medizin? Nehmen Sie bloß das Tablett da weg.
—Der kleine weiße Becher, na bitte, Sie haben sie ja genommen, wenn das Abführmittel nicht hilft, müssen wir's mal mit dem Klistier versuchen.
—Kurbeln Sie mich mal ein bißchen tiefer, ich dachte, das war die Soße für den Fisch, hier, geben Sie mir mal die Zeitungen, damit ich was über die Sorgen anderer Leute lesen kann, verstehen Sie, was ich sagen will, Bast? Hat immer nur Klistiere im Kopf, hier ist was, erinnern Sie sich noch an die Zeit, wo sie lauter solche Schutzbunker gebaut haben? Auf Long Island steht jetzt so ein Ding, das hat ein derart aufwendiges Abwassersystem, daß der ganze Bezirk mit den Gebühren nicht mehr hinkommt, sehen Sie sich das an, und aus purer Angst, die Bundessubventionen zu verlieren, wollen sie das Ding jetzt verstaatlichen und machen daraus eine öffentliche Bedürfnisanstalt, sehen Sie sich das an, gibt sicher ne hübsche Fünfzig-Loch-Anlage, stimmts, Waddles? Waren Sie schon mal auf Long Island? Hier steht, daß sich andernfalls wegen des hohen Grundwasserspiegels die ganze Insel in ein einziges Rieselfeld verwandelt und vielleicht zum Katastrophengebiet erklärt werden muß, ich meine, das hätte ich ihnen auch gleich sagen können ...
—Sind Sie auch fertig, Mister Bast?
—Wenn der Fisch ihn nicht fertiggemacht hat, macht ihn auch nichts anderes fertig, messen Sie lieber mal seinen Puls, falls er überhaupt noch einen hat, hier gibts einen Senatsunterausschuß, der immer noch glaubt, daß es nur ums Gewinnen geht, Anhörungen über ein Projekt von so einer Firma, gehört übrigens den gleichen Arschlöchern, die mich aus dem Tapetengeschäft gedrängt haben, hören Sie sich das an. Bei seiner Aussage vor dem Broos-Ausschuß erklärte Doktor Vogel, gewisse technische Probleme bestünden noch beim Transport der sogenannten Lärm- oder auch Schallspitzen sowie bei der zeitlichen Optimierung des Abbauprozesses. Möglicherweise, so Vogel, sei es für Beethovens Fünfte als Härtetest für das System einfach noch zu früh gewesen. Als außerordentlich störanfällig erwies sich nicht allein das Handling des Tiefkühlschalls, auch der kontrollierte Abtauvorgang bereitete noch manch unvorhergesehenes Problem. So erschien Vogel, der ganz und gar unkonventionelle Leiter der Forschungsabteilung, mit Gipsarm und teilweise bandagiertem Gesicht vor dem Ausschuß, Folge eines Zwischenfalls mit gefrorenem Beethoven, wobei laut Vogel

auch vier seiner technischen Mitarbeiter zu Schaden gekommen seien, als nämlich der gesamte erste Satz der Sinfonie innerhalb von nur vier Sekunden verpuffte, vermutlich aufgrund der markanten Eröffnungstakte...
—Tun Sie mal Ihre Füße hier weg, damit ich das Laken umschlagen kann, ich glaube nicht, daß Mister Bast versteht, was Sie sagen, ich glaube, er ist wieder eingeschlafen.
—Er weiß, wie man mit Leuten umgeht, und er ist ein guter Zuhörer, stimmts, Bast? Geben Sie mir mal seinen Orangensaft, den trinkt er sowieso nicht. Die nächste Versuchsreihe wird deshalb mit Auszügen aus The Red Mill von Victor Herbert durchgeführt, ein Werk, das Doktor Vogel speziell im Hinblick auf das geringe Gefahrenpotential für das beteiligte Team ausgesucht hat, denn immer noch sind Fehlfunktionen eher die Regel als die Ausnahme. Das aus noch ungeklärten Gründen vom Verteidigungsministerium angeschobene Frigicom-Projekt findet unterdessen auch außerhalb des militärischen Bereichs ein immer breiteres Echo, mehrere Städte haben bereits mit eigenen Lärmmessungen begonnen, und sogar die Schallplattenindustrie bekundet ihr Interesse, da dieses Verfahren im Vergleich zu herkömmlichen Aufnahmetechniken praktisch ohne Reibungsverluste arbeitet. Vogels abschließende Bemerkung vor dem Untersuchungsausschuß, nun würde er gerne auch die andere Wange hinhalten, darf getrost als Anspielung auf die fragliche Realisierbarkeit seines nächsten Projekts verstanden werden, ähnlich teuer wie sein letztes und ebenso streng geheim, eine revolutionäre Transportmethode, die sogleich die Aufmerksamkeit des Militärs auf sich gezogen hat. Wie aus gewöhnlich gut informierten Kreisen verlautete, war auch Vogels plötzliche Abreise nach Texas noch am gleichen Abend nichts weniger als der gut getarnte Probelauf dieser neuartigen, Waddles, was suchen Sie denn da unten?
—Suchen tu ich gar nichts, Dummchen, ich kontrolliere nur Ihre Verbände.
—Kontrollieren Sie doch mal 'n Stückchen tiefer, dann erleben Sie ne Überraschung.
—Na na, Mister Duncan, jetzt wollen wir uns aber mal wie erwachsene Menschen...
—Ich will nur, daß Sie mich zusammenflicken, und dann nix wie zurück nach Zanesville, kurbeln Sie mich bitte mal ein bißchen tiefer... drang aus dem Zeitungsdurcheinander, und sie zog die Tür hinter sich zu, —hier ist was Hübsches, Bast? Sind Sie wach? Da hat

ein Politiker ein Mädchen aus dem Bürofenster gestoßen, weil die ihm angeblich versichert hat, sie könne fliegen ...
Und den Flur hinunter, —da ist ein Anruf für dich auf der Zwei, ich glaube, das ist wieder dieser Anwalt ...
—Hallo, Mister Coen ...? Klar, ihm gehts heute wesentlich bess ... nein, er schläft noch viel, aber er scheint sich langsam zu ... nein, nein, Besuch hatte er noch nicht, aber auf seinem Zimmer liegt jetzt ein echter Gemütsmensch, und die beiden ... morgen? Klar, Sie ... klar doch, Mister Coen, ja, bis morgen also ...
Aus der schwebenden Temperatur des Fahrstuhls durch bulläugige Flügeltüren hinaus auf den grünen Korridor, dem die Morgensonne nicht mehr schien, weil sie ohnehin im Sinken begriffen war, —entschuldigen Sie, Schwester, ich suche ...
—Sind Sie der Mann, der das Diathermiegerät reparieren soll? Es steht im ...
—Nein, nein, ich möchte einen Patienten besuchen, ist Miss Wad ...
—Jetzt ist keine Besuchszeit, Miss Waddams ...?
—Oh, Tag, Mister Coen, nun haben Sie's ja endlich mal geschafft, er liegt den Gang runter. Und wie gehts Ihrem anderen Patienten?
—Ja, ich war gerade auf der Intensivstation, sein Zustand ist unverändert, aber eine Operation ist zu riskant ...
—Ich weiß, aber manche von denen sind wirklich zäh, obwohl eigentlich keine ...
—Ja also, wie geht es Mister Bast? Hat er ...
—Ach, dem gehts gut, er wird wohl in ein paar Tagen entlassen, beim Aufwachen heute morgen hat er nach fünfzig spitzen Bleistiften verlangt, er malt den ganzen Tag Bilder, nein, gleich hier hinein, warten Sie erst mal ab, bis Sie seinen Freund kennenlernen ...
—Heute landesweit über den Ladentisch. Ursächlich hierfür, so ein Sprecher von Triangle Paper, sei ein bedauerliches Versehen bei der Fakturierung der Ware, übrigens dieselben Arschlöcher, die mich aus dem Tapetengeschäft gedrängt haben, wie finden Sie das ...?
—Mister Bast ...?
—Ursprünglich nur für den Versandhandel bestimmt, landeten sechzehntausend Kisten des unappetitlichen Hygienepapiers landauf, landab in den Regalen von normalen Supermärkten, es handelt sich dabei jedoch primär um Scherzartikel, kenntlich an dem zotigen Aufdruck auf jedem zweiten Blatt ...
—Mister Bast, sehen Sie mal, Sie haben Besuch!

—Wir haben einen Karton davon nach Zanesville geschickt bekommen, wissen Sie, was da für Sprüche draufstehen?
—Mister Bast? Ich freue mich, daß Sie sich so gut erholt haben, Sie sehen...
—Wer sind Sie?
—Ihr Freund, Mister Coen.
—Ihr Freund, Mister Cohen, Bast, vielleicht hat er Ihnen ja Bleistifte mitgebracht, wissen Sie, was da für Sprüche...
—Ja, vermutlich erinnern Sie sich nicht mehr an unsere gemeinsame Autofahrt, Mister Bast, ich muß sagen, ich bin höchst erleichtert, daß es Ihnen wieder bessergeht und, was machen Sie denn da...?
—Er schreibt ein Solostück für Cello, weil sie ihm nur einen einfachen Buntstift gegeben haben, er sagt, er muß vor seinem Tod noch etwas vollenden.
—Blödsinn, der stirbt noch lange nicht, lassen Sie jetzt Mis...
—Dann geben Sie ihm doch endlich seine fünfzig Bleistifte, woher wollen Sie eigentlich wissen, wer stirbt, Waddles? Sie geben ihm das Malpapier und einen violetten Buntstift, mehr als ein Solostück ist damit nicht drin. Wenn Sie ihm fünfzig spitze Bleistifte geben, kann er uns wahrscheinlich ein ganzes Konzert schreiben, und mir bringen Sie bitte noch ein paar Zeitungen...!
—Mister Bast? Sie erinnern sich vielleicht nicht mehr an das, was ich Ihnen über Mrs. Angel erzählt habe, Ihre Cousine Stella? Sie ist immer noch, immer noch recht unkooperativ, ich war gestern abend bei ihr, ich sagte ja bereits, daß sie möglicherweise zur Beobachtung...
—Bevor Sie sich hinsetzen, Cohen, können Sie mir vom Nachttischchen da vorne mal die Urinflasche geben?
—Wieso, was, ja, entschuldigen Sie, Mister Bast, nein, lassen Sie sich nicht stören, ich will Ihnen nur kurz, hier, bitte. Also. Was Ihre Tanten betrifft, Mister Bast, so habe ich keine Anstrengungen gescheut herauszufinden, was aus ihnen geworden ist, ich dachte schon, daß sie vielleicht nach Indiana zurückgekehrt seien. Immerhin haben sie ja sogar der dortigen Lokalzeitung die Treue gehalten, und ich konnte mich glücklicherweise auch noch an den Namen erinnern und habe sogar inseriert, damit sie sich mit uns in Verbindung setzen, ich habe ebenfalls meine Anstrengungen verstärkt, ihren Anwalt zu erreichen, einen gewissen Mister Lemp. Denn, um es kurz zu sagen, Mister Bast, scheint im Fall Ihrer Tanten höchste Eile geboten...
—Könnten Sie das mal wieder zurückstellen, Cohen? Vorsicht...! Ist

ja nur die Manschette, das sieht man gar nicht mehr, wenn's getrocknet ist, hören Sie sich das hier mal an ...
—Entschuldigen Sie, Mister Bast, dürfte ich mir mal den Waschlappen leihen, ja, so, ja, im Hinblick auf die mit Mister Angels gegenwärtigem Zustand einhergehenden Komplikationen und möglicherweise auch mit dem Zustand seiner Frau, soweit dieser die Rechte Ihrer Tanten in der Erbschaftssache berührt, bin ich dem Verbleib ihrer Anteile an dem Familienunternehmen nachgegangen, dabei kam heraus, daß sich der überwiegende Teil ihrer Wertpapiere auf einem Treuhandkonto befand, was durch eine Reihe von Fehlentscheidungen Ihrerseits bereits zu substantiellen Verlusten geführt hat, und da die noch verbliebenen Aktien von einem Börsenmakler verwaltet wurden, und zwar auf seinen Namen, sind diese aller Wahrscheinlichkeit nach als Sicherheit für ein nicht unbedeutendes Darlehen eingesetzt worden, das er nun offenbar nicht mehr bedienen ...
—Hören Sie sich das an, da gibts ein paar illegale Mexikaner, und einer von denen kauft sich für fünf Dollar 'n Cadillac, der andere hat ne Fünfundzwanzigmeter-Yacht für zehn, wie finden Sie das?
—Bedienen konnte, Mister Bast, ich nehme, nehme an, Sie haben noch nichts von Ihrem Vater gehört?
—Der nicht, aber dafür ich, Cohen.
—Wie bitte?
—Ist doch richtig? Cohen? Mit h? Sind Sie Anwalt Cohen?
—Ja, wieso, ja, ja, ich ...
—Hab hier einen interessanten Fall für Sie, was meinen Sie, kann man die Stadt dafür verklagen? Ich geh da so die Straße lang, kommt ne Nutte an und sagt, sie würds mir für fünf Dollar gleich im Hauseingang besorgen, aber ich hatte bloß 'n Zehner dabei, wissen Sie, was die gesagt hat? Sie sagte, sie geht nur schnell nach oben zu ihrer Schwester und wechselt das Geld für mich, aber so blöd bin ich ja nun auch nicht, sondern ich sag noch, dann komm ich eben mit, der Flur da oben so schwarz wie die Nacht und zack! Deshalb bin ich hier, Milzriß, drei Rippen gebrochen, ein angeknackster ...
—Offen gesagt, Sir, ich würde die Erfolgsaussichten eher gering einschätzen, falls Sie eine Klage gegen die Stadt New York in Erwägung ziehen, Mis ...
—Duncan, Isadore Duncan, vielleicht haben Sie schon mal was von meiner ...
—Der Name kommt mir bekannt vor, ja, aber ich fürchte, daß ich ...

—Ist ja auch egal, Hauptsache, ich werde wieder gesund, und dann nix wie zurück nach Zanesville.
—Ich verstehe, ich, dafür habe ich durchaus Verständnis, und jetzt, Mister Bast? Ja, was wollte ich noch, Mrs. Angel, ja, wie ich schon vermutete, fiel das Ergebnis des Paraffin-Tests negativ aus, wie natürlich auch die Suche nach Fingerabdrücken an der Waffe, ein altes Jagdgewehr Kaliber zweiundzwanzig mit achteckigem Lauf, eine Art Erinnerungsstück aus Mister Angels Kindheit, glaube ich. Natürlich stand für mich von Anfang an außer Frage, daß er sich die Wunde selbst beigebracht hat, ich weiß nicht, inwieweit Sie über die zunehmenden Depressionen im Bilde sind, unter denen er seit einiger Zeit litt, aber für einen Mann mit einem so ausgeprägten Sinn für Unabhängigkeit ist natürlich der Gedanke, seine eigene Firma in eine ...
—Hier in der Zeitung steht, daß sich so ein Typ bei der Gelegenheit glatt das Hirn amputiert hat, eine schulmäßige Lobotomie, haben Sie das gelesen, Cohen? Hat sich die Kanone an die Schläfe gesetzt und abgedrückt und fertig, die Kugel ging direkt durch seinen Kopf durch, ein Neurochirurg hätte das nicht besser gekonnt ...
—Das ist wirklich sehr interessant, Mister Duncan, ja, aber ich, wenn Sie uns vielleicht entschuldigen würden, wir müssen hier einige höchst wichtige ...
—Setzte die Kanone einfach wieder ab und fertig, wußte nicht mal, was er getan hatte, war natürlich hinterher etwas unterbelichtet, aber ich finde, das ist doch immer noch besser als ...
—Nein, machen Sie ruhig weiter, Mister Bast, ich werde einfach ganz leise reden, seiner Herkunft und seinem Temperament entsprechend hat er natürlich alles sehr persönlich genommen, als er mit ansehen mußte, wie die Familienfirma, die er unter so großen Anstrengungen aufgebaut hatte, aufgrund der Erbschaftssteuer nur als Aktiengesellschaft weiterexistieren konnte, sehr zu Herzen gegangen sind ihm insbesondere die jüngsten Entwicklungen, über die Sie vielleicht nicht informiert sind, Sie, können Sie mich verstehen, Mister Bast? Ja, wie dem auch sei, bei dem Versuch, der ja nun als gescheitert angesehen werden muß, die Einstellung der Produktion abzuwenden und die unvermeidlichen Entlassungen nach diesem, diesem Unglücksfall, also ursprünglich war auch lediglich an den Verkauf von etwa zwanzig Prozent des Unternehmens gedacht, was zumindest hingereicht hätte, um die Umwandlung in eine Aktiengesellschaft zu umgehen, ein Ziel, für das Mister Angel zu erheblichen Opfern bereit gewesen wäre. Unglück-

licherweise konnte der weitere Verlauf dieser Verhandlungen seine Zweifel nicht zerstreuen, daß ein Verkauf seines Minderheitsanteils ihn endgültig an diese weitverzweigte Firmengruppe ausliefern würde, die praktisch ohnehin schon einen Fuß in der ...
—Ich kann Sie hier kaum verstehen, Cohen.
—Nein, also ich, lassen Sie sich von uns bitte nicht stören, wir ...
—Klingt wie die gleichen Arschlöcher, die mich aus dem Tapetengeschäft gedrängt haben.
—Ich verstehe, ja, was wollte ich, also, diese Firmengruppe, die ohnehin schon einen Fuß in der Tür hatte durch jenen fünfprozentigen Anteil, der ihr als Sicherheit für ein Darlehen zugefallen war, mit dem ein gewisser Mister Skinner ein Verlagsunternehmen hatte aufbauen wollen, einen Anteil, den er wie gesagt verlor, als er die Option nicht ausüben konnte ...
—Ist das derselbe Skinner wie der, der das Mädchen zum Dinner, wie ging das noch, Cohen?
—Bitte, ich habe nicht die leiseste ...
—Um Viertel vor zehn konnt sie nicht mehr stehn, irgendwie so, dazu violetter Lippenstift, mehr oder weniger über die Zähne verschmiert, meinen Sie den?
—Ich habe keine Ahnung, ich, der von mir erwähnte Herr ist meines Wissens für sein Ausscheiden aus dem Management in den Genuß einer bescheidenen Abfindung gekommen und hat sich neuen Aufgaben zugewandt, Mister Bast, ich weiß, daß Sie sich wegen der unvermeidlichen Entlassungen Sorgen machen, aber vielleicht freut es Sie zu erfahren, daß eine eher zufällige Empfehlung meinerseits während der Verhandlungen schließlich dazu geführt hat, daß zwei ausgesprochen sympathische junge Damen aus Mister Angels Büro inzwischen bei Mister Skinner untergekommen sind, wo ihre natürlichen Talente offenbar voll zur Geltung kommen ...
—Um Viertel vor neun, da tranken sie Wein, und der Nachtisch war auch nicht von Pappe, irgendwie so in der Art, ich komm jetzt nicht drauf ...
—Ich verstehe, ja, das, das mag wohl so sein, und wie ich schon, die fünf Prozent, ja, Mister Bast, offenbar sind sie Skinner in die Hände gefallen, und zwar durch die Exfrau eines ehemaligen Mitarbeiters, der sie ihr im Rahmen einer Scheidungsregelung überschrieben hat, was jedoch alles gar nicht recht zur Sache gehört, allein die Tatsache, daß sich ihr Wert zum Zeitpunkt der Übertragung bereits im Bereich

von etwa einhundertzwanzigtausend Dollar bewegte, vermittelt Ihnen einen Eindruck von der rasanten Entwicklung der Firma, denn als er seinerzeit die Aktien erhielt, waren diese kaum mehr als sieben- oder achttausend Dollar wert, etwaige Steuerschulden aufgrund der Wertsteigerung, schätzungsweise fünfundzwanzig bis dreißigtausend Dollar, haben natürlich mit der Firma selbst direkt nichts zu tun. Genau besehen entspricht der derzeitige Kurs nicht einmal dem tatsächlichen Wert der Aktie, der unter den gegebenen Umständen ohnehin diskutabel ist, denn ebendiese Tranche entscheidet über die Aktienmehrheit, vor allem, wenn man bedenkt, daß der Spielraum in jüngster Zeit auch so schon ziemlich, wie bitte, Mister Bast? Nein, ich, ich dachte, Sie hätten etwas gesagt, können Sie mich hören? Leider weiß ich ja immer noch nicht, welche Ansprüche Sie selber geltend machen wollen. Denn nach Recht und Gesetz sind Sie...
—Warum das Gesetz brechen, wenn wir auch so bekommen, was wir wollen, ganz legal?
—Bitte nicht so laut, nein, nein, ich habe nicht die Absicht...
—Da hat er Sie aber voll erwischt, was, Cohen?
—Mister Duncan, bitte, wir...
—Oder kurzerhand die Gesetze ändern, nachdem er sie gebrochen hat, aber dann wär unser Rechtsverdreher hier schnell arbeitslos, hören Sie sich das mal an. Ausschuß befürwortet Legalisierung privaten Marihuana-Konsums, wie finden Sie das? Vieles spricht dafür, so Doktor James Carey, Professor für Kriminologie an der University of California, daß wir uns allmählich in einer Situation befinden, wie sie auch unmittelbar vor der Aufhebung der Prohibition...
—Bitte, Mister Duncan, bitte, das hat doch nichts zu tun mit...
—Schon gut, Cohen, Sie haben mich ja nicht ausreden lassen, die Empfehlung läuft jedoch nicht auf eine völlige Entkriminalisierung hinaus, weil sowohl der Anbau als auch die Weitergabe an Freunde und Bekannte sowie der Transport oder das Rauchen in der Öffentlichkeit nach wie vor strafbar bleiben, wie finden Sie das? Allerdings haben neuere Untersuchungen gezeigt, daß...
—Mister Duncan, bitte! Was ich hier mit Mister Bast zu besprechen habe, hat rein gar nichts mit Marihuana zu...
—Kommt immer nur darauf an, wem die heilige Kuh gehört, die da geschlachtet werden soll. Die konservative Mehrheit besteht auf der Beibehaltung der Strafbarkeit für den einfachen Verkauf der Droge, also nur den Verkauf im privaten Bereich, privat heißt hier alle, die

nicht zur ganz legalen Drogenmafia gehören, auf daß die Welt heil bleibe für Schnapsbrenner wie Seagram Distillers oder die National Tobacco Company und die ganzen Arschlöcher, die mich aus dem Tapetengeschäft rausgedrängt haben, so siehts doch aus, Cohen! Oder wie finden Sie das hier? In Houston sitzt ein junger Bürgerrechtler eine dreißigjährige Haftstrafe ab, weil er Marihuana-Zigaretten an einen V-Mann...
—Mister Duncan! Ich habe kein Mandat für die von Ihnen erwähnten Sonderinteressen, ich bin lediglich hier, um mit Mister Bast eine sehr ernste und komplizierte Familienangelegenheit zu besprechen, und ich muß Sie bitten, sich doch anderweitig zu unterhalten...
—Wenn Sie ne Familienangelegenheit besprechen wollen, Cohen, dann kann ich Ihnen ja mal erzählen, was meine Frau gemacht hat, ich habe einen Teil des Geschäfts aus Steuergründen auf ihren Namen überschrieben, aber als ich aussteigen wollte, hat sie sich einfach geweigert, wie finden Sie das? Hat immer alles gekriegt, was sie haben wollte, vierzehn Jahre lang. Ich hab ihr ein Haus bauen lassen, das so groß ist, daß sie immer ihre Handtasche mitschleppt, wenn sie von einem Zimmer ins andere geht, aber scheiden lassen will sie sich nicht, sie hat mich wegen zehn Prozent beim Finanzamt angezeigt, hat mich von Detektiven beschatten und sich von einem jüdischen Anwalt beraten lassen, auf Ihre Vorschläge wäre ich gespannt.
—Nein, nein, danke, nein, ich kann Ihnen in dem von Ihnen geschilderten Fall ohnehin nicht...
—Die Leute sagen doch immer, daß man nur gegen jüdische Anwälte ankommt, wenn man sich selber 'n jüdischen Anwalt nimmt, ich hab vierzehn Jahre lang versucht, aus dem verdammten Tapetengeschäft auszusteigen, und wissen Sie, was ich schließlich gemacht hab? Hab einfach die Rechnungen unseres Papierlieferanten nicht mehr bezahlt, bis dann eine andere Firma den übernommen und mir angeboten hat, die Rechnungen als Anzahlung abzuschreiben, haben mir versprochen, daß sie dann den Rest aus Gewinnen begleichen würden, Arschlöcher, haben mich schließlich aus dem Tapetengeschäft rausgedrängt, wie finden Sie das?
—Das ist sehr interessant, ja, und mit Sicherheit brauchen Sie keinen jüdischen Anwalt, und jetzt...
—Ich erzähl Ihnen mal, was ich hier gerade über diesen illegalen Mexikaner gelesen hab, der sich für fünf Dollar 'n neuen Cadillac gekauft hat, als einer dieser Millionäre aus Texas gestorben ist, hat er den Erlös

aus dem Verkauf seines Cadillacs und seiner Yacht irgend ner Nutte hinterlassen, was wollen Sie jetzt denn schon wieder, Waddles?
—Wir machen einen kleinen Ausflug, Mister Duncan, in der Röntgenabteilung will man ein Foto von Ihnen machen, Moment, ich schiebe nur den Rollstuhl ans Bett, hier, und nun wollen wir mal schön die Füße herausnehmen und ...
—Ich werde mich beeilen, Cohen, keine ...
—Nein nein, bitte, also meinetwegen müssen Sie nichts überstürzen, Mis ...
—Mister Duncan!
—Ich hab Ihnen doch gesagt, daß ich ne Überraschung für Sie habe, Waddles! Warten Sie auf mich, Cohen, ich wollte Sie noch etwas anderes fragen ...
—Gott sei Dank! Also, Mister Bast, vielleicht können wir uns jetzt konzen, was brauchen Sie? Mehr Papier? Es liegt hier unten, Moment, ich gebe Ihnen, hier, ja, Sie können mir gewiß folgen, während Sie mit Ihrer Arbeit fortfahren, sehen Sie, Mister Bast, unter den gegebenen Umständen, anders ausgedrückt, es hat den Anschein, als seien Sie das einzig erreichbare Familienmitglied und darüber hinaus in der Lage, die Angelegenheit mit mir zu besprechen, vielleicht können Sie mir bei der Klärung einiger Sachverhalte behilflich sein, immerhin geht es ja auch um Ihre Interessen und Ansprüche, ob nun berechtigt oder nicht, jedenfalls, ich will versuchen, mich kurz zu fassen. Wie Sie vielleicht bemerkt haben oder auch nicht, scheint sich vor seinem Unfall zwischen Mister Angel und seiner Frau, Ihrer Cousine Stella, ein gewisses Mißtrauen aufgetan zu haben, und zwar was die Kontrollmehrheit an General Roll betrifft. Was dieses zunehmende Mißtrauen, übrigens auf beiden Seiten, ausgelöst hat, ist mir natürlich nicht bekannt, obwohl ich sagen darf, daß ich aufgrund meines häufigen engen Kontakts mit Mister Angel sagen darf, und dies um so mehr vor dem Hintergrund der jüngsten, äußerst unerfreulichen Ereignisse, daß sein Mißtrauen unendlich viel weniger auf eine Charaktereigenschaft zurückgeht, welche man unter anderen Gegebenheiten als diesen vermutlich als Geldgier bezeichnen würde, denn auf die angesichts der beträchtlichen Summen nur allzu verständliche Angst, Angst eines Mannes der nach seiner, der nach äh ...
—Herkunft und Tempera ...
—Herkunft und ja, ja, Sie folgen mir also ...
—Nein, ich höre nur zu.

—Ja, das ist es, was ich, ich verstehe, ja, wie dem auch sei, da ich Mister Angels Testament aufgesetzt habe, in dem ich als Nachlaßverwalter eingesetzt bin, steht es mir unter den gegebenen Umständen natürlich nicht zu, mich über den Inhalt zu äußern, wie auch immer die Verfügungen lauten mögen, doch selbst wenn seine Frau, Ihre Cousine Stella, in diesem Testament nicht berücksichtigt sein sollte, sind wir uns natürlich alle darüber im klaren, daß ihr in jedem Fall der gesetzliche Pflichtteil zusteht, das wären nach Steuern schätzungsweise achtzehn Prozent der Firma, das heißt, ihr eigener Anteil plus die Hälfte des Nachlasses ihres Vaters, der ihr ja ebenso zusteht, ergeben alles in allem etwa achtzehneinhalb Prozent gegenüber den fünfundzwanzig Prozent, die jetzt von diesem Mischkonzern kontrolliert werden, und den siebenundzwanzig Prozent Ihrer Tanten und deren Bruder James, Ihres Vaters wollte ich sagen, falls sich in dieser Sache keine neuen Erkenntnisse ergeben, wobei dann natürlich der Anspruch Ihrer Cousine Stella auf den Nachlaß ihres Vaters als Ganzes in Verbindung mit dem gesetzlichen Pflichtteil am Erbe ihres Mannes, vorausgesetzt, er erliegt seinen Verletzungen, ihr eine Mehrheit verschaffen...
—Wer von Ihnen ist Mister Duncan?
—Was? Wie bitte? Ach, ach so, der ist nicht hier, Miss, nein, ich glaube, er ist zum Röntgen...
—Sagen Sie ihm, er soll in der Verwaltung anrufen wegen seiner Krankenversicherung, kommt er gleich wieder?
—Das will ich nicht hoffen, aber ich vermag natürlich nicht mit Bestimmtheit zu sagen...
—Sagen Sie ihm einfach, er soll noch vor dem Abendessen in der Verwaltung anrufen, wegen seines Gesundheitsvorsorgeplans, ja? Wird er bis dahin wieder da sein?
—Daran besteht wohl keinerlei Zweifel, ja, und jetzt die, Mister Bast? Ja, jetzt zur Frage der, Mister Angel, ja, wo, was wollte ich noch...
—Vorausgesetzt, er erliegt seinen Verletzungen...
—Seinen, richtig, ja, und ihr mit etwa einunddreißig Prozent die Kontrollmehrheit sichern und unliebsame Überraschungen von dritter Seite ausschließen würde, die dritte Seite, das sind in diesem Falle Sie, beziehungsweise ist Ihre Rolle in der Angelegenheit, die zu klären ich seit geraumer Zeit praktisch jeden erdenklichen Versuch unternommen habe, denn der ohnedies bereits komplizierte Sachverhalt dürfte sich noch um etliches komplexer darstellen, sollte sich bewahrheiten, daß Sie und der soeben erwähnte Mischkonzern ähnliche Interessen ver-

folgen, nun gut, vielleicht bringt ja die fällige Umstrukturierung etwas Licht in das Dunkel, neben einer Welle langwieriger Klagen und Gegenklagen, versteht sich, wozu ja ein Bankrott dieser Größenordnung reichlich Gelegenheit bietet, ganz zu schweigen von dem bereits jetzt auf dem Markt spürbaren Effekt, insofern, als dieser unerwartete Abwärtstrend, der keinerlei Anzeichen einer Erholung aufweist, zu einem dramatischen Vertrauensverlust bei den kleinen Anlegern führt, mit Panikverkäufen und einer generellen Flucht aus der Aktie, eine Entwicklung, die von einer wachsenden Zahl von Wertpapierexperten auf die Praktiken und die unklare Organisationsstruktur dieses Konzerns zurückgeführt wird, die Zeitungen waren ja voll davon, wobei ich aber davon ausgehe, daß Sie unter den gegebenen Umständen darüber nicht informiert waren, Mister Bast? Ich, ich dachte, Sie hätten etwas gesagt...
—Haben Sie einen Bleistift?
—Wieso, ja, ja, daran hätte ich natürlich denken müssen, hier, ja, ich erwähne das alles nur ganz nebenbei, Mister Bast, da ja immerhin noch die, wenn auch entfernte, Möglichkeit besteht, daß die rechte Hand nicht wußte, was die linke tut, jedenfalls habe ich diese Möglichkeit bei Lektüre dieser Zeitungsmeldungen durchaus in Betracht gezogen, vor allem im Zusammenhang mit einem dubiosen Manager der Firma, dessen Aktivitäten zumindest in einem Fall zu einem gerichtlichen Nachspiel geführt haben, leider war das dazugehörige Foto kaum zu verwerten, denn es zeigte ihn als Beteiligten bei bürgerkriegsähnlichen Ausschreitungen, im übrigen war er vermummt, genauer gesagt, er trug einen indianischen Kopfschmuck, so daß...
—Hat jemand in diesem Zimmer Zeitungen bestellt?
—Wie...? Oh, ach so, das Bett da drüben, glaube ich, ja, danke. Ja, Mister Bast, im Verlauf meiner Gespräche...
—Macht einen Dollar zehn.
—Die, ach so? Ich verstehe, also gut, ja, ja, hier, wie gesagt, im Zuge der bereits erwähnten Verhandlungen kam mir sogar der Gedanke, dieser Zufall könne möglicherweise der entscheidende Anstoß gewesen sein, auf einen Ausstieg des langjährigen Mehrheitsaktionärs General Roll bei der Nathan Wise Company hinzuwirken, das Interessante dabei ist, daß ein gewisser Senator, dessen Familie übrigens zu den Gründungsmitgliedern von Nathan Wise zählt, etwa zur selben Zeit ein Gesetz auf den Weg bringt, das es Nathan Wise ermöglicht, den gigantischen Lagerbestand der Firma kurzerhand auf

den bevölkerungsreichen indischen Subkontinent zu werfen, als humanitäre Maßnahme, übrigens in voller Höhe steuerwirksam, das heißt, es gilt der ursprünglich kalkulierte Endverkaufspreis, welcher hierzulande jedoch kaum noch erzielt worden wäre, weil sich die pharmazeutische Alternative unter unseren Landsleuten allgemein größerer Beliebtheit...
—Immer noch da, Cohen? Gut...
—Lieber Himmel, ich, das ging aber schnell...
—Die Brille des Röntgentechnikers war kaputt, wie finden Sie das? Passen Sie doch auf, Waddles...
—Ich verstehe, nun ja, ja, für Sie sind ein paar Zeitungen gebracht worden, Mister Duncan, in denen Sie sicherlich viele interessante Neuigkeiten finden werden, während Mister Bast und ich zum Abschluß noch die Vermögenslage der Firma durchgehen, sehen Sie, Mister Bast, nach dem Verkauf der Nathan-Wise-Aktien bleibt der Firma lediglich das Werk in Astoria mit Inventar, ich verhehle jedoch nicht, daß Ihnen umfangreiche Schadensersatzleistungen seitens der EDV- und Lochkartenbranche ins Haus stehen könnten, sollte es einmal tatsächlich zu einer letztinstanzlichen Entscheidung in Ihrer Klage gegen JMI Industries als Rechtsnachfolgerin jener Jubilee Musical Instrument Company kommen, dazu müssen Sie wissen, daß dieser Rechtsstreit schon anhängig war, bevor ich selbst für die Firma tätig geworden bin, Gegenstand des Verfahrens war seinerzeit die Anwendung der Jacquard-Technik auf die Informationsspeicherung und -wiedergabe in Form gestanzter Löcher wie beispielsweise beim Pianola...
—Loch ist immer gut, aber man steckt halt nicht drin, Cohen, ich meine, nur, falls Sie wissen wollen, was auf diesem Scherz-Lokuspapier so alles steht.
—Ich verstehe, ja, danke, Mister Duncan, und um auf Ihre eigene Position in dieser Situation zurückzukommen, Mister Bast, insbesondere im Hinblick auf die soeben erwähnten Eventualitäten, bin ich mir natürlich bewußt, daß Sie, vom rein finanziellen Standpunkt aus betrachtet, wohl schwerlich auf die Möglichkeit verzichtet hätten, Ihren Anspruch auf den rechtmäßigen Anteil an dem fraglichen Erbe zu erheben, das Sie danach auch anstandslos hätten beleihen können, zumal die erst kürzlich erfolgte Novellierung des Volljährigkeitsparagraphen keine Zweifel an Ihrer Geschäftsfähigkeit mehr...
—Soll ich Ihnen mal ein paar Rollen von diesem Scherz-Lokuspapier schicken, wenn ich wieder in Zanesville bin, Cohen? Der Spitzenmann

in der Firma hat das Zeug gleich kistenweise an seine Unterbosse gehen lassen, sozusagen als kleine Aufmunterung, wenn man mal wieder gerade mitten in der ...
—Nein, nein danke, nein, ich möchte nicht ...
—Möchten nicht, daß deswegen jemand leer ausgeht? Keine Angst, die haben das Zeug in rauhen Mengen, muß bloß erst gesund werden, und dann nix wie zurück nach Zanesville ...
—Das würde ich aus vollem Herzen unterstützen, Mister Duncan, Mister Bast, wenn wir jetzt noch diesen einen zentralen Punkt klären könnten, der bisher einer vernünftigen und befriedigenden Lösung der gesamten Angelegenheit stets im Wege stand, und zwar von dem Tag an, an dem ich zum erstenmal mit Ihren Tanten konfron, mit Ihren Tanten zu tun hatte ...
—Sagen Sie mal, Cohen, bevor Sie weiter ins ...
—Mister Duncan, bitte! Ich, ich habe soeben erst diese Zeitungen für Sie gekauft in der zugegebenermaßen verzweifelten Hoffnung, daß eine stille Lektüre Ihnen genug Kurzweil verschaffen könnte, um uns in Ruhe ...
—Danke, genau das will ich jetzt auch machen, wieviel schulde ich Ihnen?
—Nichts, lediglich einen kurzen Moment des Schwei ...
—Ich wollte Sie nur noch bitten, mir aus dem Nachttischchen da drüben die Bettpfanne zu reichen ...
—Ich, ja. Ja. Mister Bast? Unter den gegebenen Umständen ...
—Sie wollen doch nicht schon gehen, Cohen?
—Ich denke doch, ja, ich, ich muß zurück in die Stadt zu einem möglicherweise ebenso fruchtlosen wie, hier, bitte, Mister Duncan, und wenn ich morgen wiederkomme, hat man einen von Ihnen vielleicht entlassen, wenigstens einen, ist schon bald egal wen ...
—Moment noch, wollen Sie diesen Artikel haben über den illegalen Mexikaner mit seinem Fünf-Dollar-Cadillac? Ich reiß Ihnen die Geschichte raus, Testamente und Nachlaßverwalter sind doch Ihr Thema, und dieser dämliche Millionär hier hat seine Frau als Nachlaßverwalterin eingesetzt, und als er den Erlös aus dem Verkauf seiner Yacht und von dem Cadillac an irgend ne Nutte vermachte ...
—Nein nein, verbindlichen Dank, Mister Duncan, unsere Rechtsgelehrsamkeit kennt genug solcher Torheiten, guten Abend, guten Abend, Mister Bast, ich hoffe, Sie ...
—Danke für den Bleistift, Mister Coen.

—Cohen? Bringen Sie ihm morgen bitte wieder welche mit, aber spitze, er braucht unbedingt fünfzig spitze Bleistifte zum Weitermachen, die, die er jetzt hat, sind so stumpf, daß man sich damit nur noch in der Nase bohren kann, hier, Bast, hören Sie sich das mal an. Davenport, Iowa. Auf ungewöhnliche Weise wiederaufgetaucht ist hier gestern abend die Ehefrau eines wohlhabenden Verlagsmanagers aus Scarsdale, New York. Die Frau war zu Weihnachten vergangenen Jahres spurlos verschwunden und arbeitete seitdem als Serviererin in einem Coffeeshop. Als Grund für ihren Entschluß gab sie an, sie habe ihrem Mann aus einer finanziellen Notlage helfen wollen, die er sogar vor ihr verheimlicht hätte, na, wie finden Sie das? Einziger Kommentar dieses Mannes, der über ein sechsstelliges Jahreseinkommen verfügt und in Boca Raton an einer Verlagskonferenz teilnahm, angesichts der Ersparnisse seiner Frau: Peanuts! Die neunhundert Dollar und elf Cent in kleinen Scheinen und Münzen kamen zufällig zum Vorschein, als in dem Zimmer, das sie hier für vier Dollar die Woche gemietet hatte, ein Feuer ausgebrochen war, verdammt, können die einen nicht eine Minute in Ruhe lassen, was wollen Sie?
—Sind Sie Mister Duncan? Sie sollten doch das Büro anrufen wegen Ihrer Versicherung, dieses Gesundheitspaket, das Sie, ist das alles, was Sie haben?
—Wieso? Was ist denn damit? Ich hab das von den gleichen Arschlöch...
—Das ist hochinteressant, so etwas haben wir hier noch nie gesehen, aber wie es aussieht, übernimmt diese Versicherung Ihre Kosten erst dann, wenn Sie im Altersheim sind.
—Wieso sollte ich denn ins Altersheim gehen?
—Wegen der Kostenübernahme, hier, Seite elf, zwölf, hier unten, Zusätzliche Vereinbarungen, Moment, ich habe ein Vergrößerungsglas mitgebracht, staatlich anerkannte Heimunterbringung einschließlich der verordneten Medikamente und Prothetik gemäß Absatz sechzehn, Paragraph zwanzig g, im Todesfall Transport im heimeigenen Leichenwagen, Verbringung in Kunststoffsarg und Beisetzungszeremonie je nach Konfession mit kostenlosem Trauerschmuck (Plastik) auf Ihrer für Sie persönlich reservierten Grabstelle von ein Meter zwanzig mal zwei Meter vierzig mit Blick auf den malerischen Ferienort Union...
—Moment, geben Sie mir mal die Zeitung da, nein, die da drunter, dieses Arsch... sehen Sie, Pflegegesetz verabschiedet, das Altenpflegegesetz ist verabschiedet worden, das müßte...

—Unseren Unterlagen zufolge sind Sie aber erst ...
—Dann bleib ich einfach hier sitzen, bis ich alt genug bin, wie finden Sie das, Waddles? Schaffen Sie diese Frau hier raus, sie geht mir auf die Nerven, und holen Sie mich von diesem Ding hier runter, was soll das sein? Wackelpudding?
—Das ist Ihr Abendessen.
—Wackelpudding.
—Mister Bast? Jetzt tun wir mal schön das ganze Papier weg, hier kommt nämlich jetzt das Tablett hin, Sie waren heute aber fleißig.
—Geben Sie mir nur noch die Wirtschaftsseite rüber, bevor Sie gehen, Waddles, ich lese sie beim Essen, dann muß ich wenigstens nur einmal kotzen, haben Sie das gelesen, Bast? Der Dow steht jetzt bei vier dreiundfünfzig, der Anblick gibt den Engeln Stärke, das ganze Schweinesystem geht also endlich vor die Hunde, ich sag Ihnen was, eines Morgens wachen Sie auf, und es ist einfach nicht mehr da, und ich sage Ihnen noch was, Bast, Versager kann man nur sein, wenn man überhaupt schon mal was geleistet hat. Ruinieren das ganze Land, lassen dreißig- bis vierzigtausend Jungs über die Klinge springen, aber den Leuten machen sie vor, es wär gar kein Krieg, weil die Steuern nicht erhöht werden, diese Arschlöcher, die immer noch glauben, daß es nur ums Gewinnen geht, die sollten mal diesen Pudding hier probieren, mal sehen, was sie dann sagen, der ist ja noch schlimmer als der Fisch neulich, sowas Widerliches hab ich ja noch nie gegessen. Lügen dir was vor mit Ihren Steuern, der ganze Staatshaushalt ist ne einzige Mogelpackung, noch ein paar Jahre, und die Privatverschuldung ist doppelt so hoch wie das Bruttoinlandsprodukt, aber egal, dann verdreifachen wir eben den Leitzins, und alles geht weiter wie zuvor, kriegst sogar ein Bäumchen auf den Perdinalies dafür oder die Weltbank oder ne Dreimilliarden-Dollar-Stiftung mit nem Jahresgehalt von gut und gerne neunzigtausend, wir hams ja, und diese Frau in Davenport sitzt allein auf ihrem Zimmer und zählt nach, was sie heute an Trinkgeld verdient hat, ich will Ihnen was sagen, Bast, wenn man ne Million machen will, braucht man von Geld gar nichts zu verstehen, was man begreifen muß, ist die Angst, die die Leute um ihr Geld haben, nur darauf kommts an, probieren Sie mal den Wackelpudding zusammen mit dem Blumenkohl, das neutralisiert sich gegenseitig, und da jammern die Leute über die Inflation, obwohl nur die Inflation dafür sorgt, daß nicht alles zusammenbricht, wie soll man denn auch sonst die zwei Dollar aufbringen, die man am Ende auf jeden Dollar Gewinn löhnen muß, hier,

noch einer von diesen Arschlöchern, hören Sie sich das an. Mit einem nachdrücklichen Appell im Anschluß an die heutige Senatsanhörung, die sich mit der geforderten staatlichen Kreditgarantie in Höhe von zweihundert Millionen Dollar an die an der Sanierung der angeschlagenen Firmengruppe beteiligten Banken, dieselben Arschlöcher, die mich aus dem Tapetengeschäft gedrängt ...
—Sind wir denn auch alle schön fertig?
—Das ist das richtige Wort, Waddles, ich werde nie wieder auch nur einen einzigen Bissen essen.
—So etwas sollten Sie nicht sagen, Mister Duncan, ein kleiner Einlauf, und sie fühlen sich gleich viel besser.
—Kaffee?
—Kaffee dürfen Sie nicht, aber ich hole Ihnen Saft, wenn Sie ...
—Ich rede von dem Einlauf, möglichst ein Einlauf mit Kaffee, Waddles? Kolumbianischer Kaffee, haben Sie verstanden? Nicht nur die Gefahr steigender Erwerbslosigkeit überall dort, wo der Konzern, Arschlöcher, wo war ich, ach hier, wo der Konzern seine Ableger hatte, so Senator Broos, gefährde die politische Stabilität in diesem Land, sondern, mehr noch, die dramatischen Einbrüche auf dem Aktienmarkt, mit wachsender Verunsicherung des mittelständischen Anlegers, jetzt tun diese Arschlöcher so, als läge ihnen ausgerechnet der kleine Mann am Herzen, war das eigentlich Mark Twain, von dem der Satz stammt, ein Politiker ist ein Esel, auf dem schon alles mögliche gesessen hat, bloß kein Mensch? Leidenschaftlich plädierte Senator Broos für die Schaffung eines wirtschaftlichen Klimas, das Investitionen und freie Kapitalbildung nicht länger behindert, es gehe nicht an, daß dem Ansehen der Marktwirtschaft in der Bevölkerung weiterer Schaden zugefügt werde, schließlich habe allein der Glaube an das freie Spiel der Kräfte Amerika, Arschlöcher, die immer noch glauben, daß es nur ums Gewinnen geht, wenn die Reallöhne hoch genug sind und die Kurse steigen, dann nennt sich das freie Marktwirtschaft, und wenn irgendwas schiefgeht, dann waren Doppelbesteuerung und irgendwelche Beschränkungen schuld, aber wenn alles nichts mehr hilft mit der freien Marktwirtschaft und sie den Karren in den Dreck gefahren haben, dann sind sie die ersten, die die Hand aufhalten und nach staatlichen Bürgschaften schreien, und der gleiche Scheiß geht wieder von vorne los ...
—Also, Mister Duncan, nun wollen wir uns mal schön ...
—Was ist das denn, Waddles? Ich hab doch Kaffee gesagt.

—Nur etwas Vaselinöl, tut auch gar nicht weh, nun wollen wir uns mal schön auf die Seite legen und uns entspann...
—Seit dem Aufstand auf dem Haymarket Square in Chicago hat es in diesem Land keine freie Marktwirtschaft mehr gegeben, in dem Augenblick, da irgend etwas die freie Kapitalbildung bedroht...
—So ists recht, ganz ruhig liegenbleiben, versuchen Sie, es so lange wie möglich in sich zu halten, ja, so...
—Die freie Kapitalbildung bedroht, sind sie die ersten, die nach Kreditbürgschaften schreien, aber das Geld dafür, das Geld kommt aus den Steuern, unter anderem von der kleinen Serviererin, die abends auf ihrem Schlafsofa für vier Dollar die Woche das Trinkgeld zählt, das sie an diesem Tag...
—Das wars schon, jetzt schön drinbehalten...
—Und alles, um diesen Arschlöchern aus der Bredouille zu helfen, diese Frau weiß nämlich, daß es im Grunde immer nur gegen das Verlieren geht, also, ich weiß nicht, wie lange ich das noch...
—Nur noch ein kleines bißchen, Sie machen das sehr gut...
—Die Schuldenlast steigt doppelt so schnell wie das Einkommen, allein schon der Preis für Rohstoffe heutzutage, haben Sie das in der Zeitung gelesen? Der Gegenwert der im menschlichen Körper vorhandenen Rohstoffe beträgt drei Dollar fünfzig, früher warens nur achtundneunzig Cent, als ich noch, ich kann nicht, guter Moment für den totalen Ausverkauf, vielleicht kriegen wir ja so die Inflation in den Griff, der ganze Wertpapiermarkt bricht, bricht zusammen ebenso wie der Kapitalmarkt, was zu einem massiven, ich kann nicht mehr...
—Nur noch ein Minütchen...
—Zu einem massiven Abfluß von...
—Halt, hier ist die Pfanne! Hier ist die Pfanne! Meine Güte...
—Ich, ich fühl mich aber gar nicht gut, Waddles...
—Legen Sie sich wieder auf den Rücken, alles vorbei, das Bett werd ich neu beziehen...
—Lassen Sie mich, geben Sie mir mal die Zeitung da, da ist noch etwas, das ich Bast vorlesen wollte.
—Er hatte einen anstrengenden Tag, Mister Duncan, ich glaube nicht, daß er noch...
—Bast? Sind Sie noch wach? Ich dachte, Sie wollten wissen, wie's mit unserem tapferen kleinen Schuljungen weitergegangen ist, hören Sie mal. Zu einem kurzen Zwischenfall, bei dem auch Steine flogen, kam es heute morgen, als Würstchen- und Andenkenverkäufer mit

Mitgliedern der MAMA-Organisation aneinandergerieten, die sich mit ihren Transparenten zu einer Protestveranstaltung vor der unwirtlichen Kultur-Plaza und Cyclone Seven versammelt hatten. Seit nunmehr acht Tagen wartet ein erschöpfter Feuerwehrmann der hiesigen Wehr, den Schweißbrenner griffbereit, auf den Befehl, den tapferen kleinen, wieso denn seit nunmehr acht Tagen, kann doch nicht stimmen, was für ein Tag ist heute, Waddles?

—Ich weiß nicht, Mittwoch vielleicht? Jetzt nehmen Sie mal schön Ihre Füße...

—Wo ist der Rest von der Zeitung, Moment mal, Bast? Wie finden Sie das hier? Ein älterer Landstreicher, der in den vergangenen Jahren Unterschlupf bei einer hier ansässigen Familie gefunden hatte, wurde heute in kritischem Zustand aufgefunden. Er wurde von zwei kleinen Kindern gepflegt, die ihm, vermutlich nach einem Sturz, eine Mischung aus Ahornsirup und Gips zu essen gegeben hatten. Die Eltern der Kinder, die aus bislang ungeklärten Gründen nicht zu Hause waren, waren offenbar der Meinung gewesen, es handle sich bei dem betagten Gast um den jeweiligen Schwiegervater. Das ergaben Nachforschungen in der Nachbarschaft und bei der Verwaltung der Schule, an der beide bis vor kurzem unterrichtet hatten. In der letzten Zeit war es...

—Mister Duncan, jetzt ruhen Sie sich einmal schön aus, und wir schalten das Licht aus, ich glaube, Mister Bast ist schon...

—Er ist ein guter Zuhörer, stimmts, Bast? Das ist das ganze Geheimnis, wie aus Leuten wie Ihnen gute Amerikaner werden, Sie wollen immer nur neue Freunde gewinnen. Ich habe mal einen Dale-Carnegie-Kurs gemacht und dabei gelernt, daß man niemandem trauen kann, daß man nicht mal sich selbst trauen kann, wie finden Sie das? Diese Arschlöcher pusten denen Arme und Beine weg, ruinieren die gesamte Wirtschaft dabei, und alles bloß, weil sie Freunde gewinnen wollen, können Sie sich vorstellen, daß ich mal katholisch gewesen bin? Wenn was Ernsthaftes zu beichten gab, schlich man sich in die Slums und beichtete bei den Franziskanern, die waren ja einiges gewöhnt, Vergewaltigung, Inzest, das geklaute Haushaltsgeld, genauso, wie Sie mir neulich erzählt haben, wie Sie die Chance Ihres Lebens vertan hätten, so ähnlich. Hatte man in einem Laden was geklaut, sowas machte ich damals durchaus, dann verpaßten sie einem fünf Ave Marias, übrigens, die Geschichte, die ich Ihnen von meinem Sohn erzählt hab, die haben Sie doch nicht etwa geglaubt, oder? Ich hab das mal irgendwo in der Zeitung gelesen, und ich hab es Ihnen nur erzählt, damit Sie sich nicht

dauernd selber runterziehen, Sie sollten besser von sich denken, Bast, mehr Lebensmut, eines Tages geben Sie den Löffel ab und stehen vor Ihrem Schöpfer, und dann?
—Nun machen wir mal schön das Licht aus und legen uns hin, Mister Duncan, ich glaube, Sie brauchen ...
—Ich will nur wieder gesund werden, und dann nix wie zurück nach Zanesville ...
—Keine Sorge, wir kriegen Sie schon wieder hin ...
—Gute Nacht, Schwester. Also dann eben nicht.
—Gute Nacht, bis morgen früh in alter Frische ... und das Glühen aus der Wandsteckdose mischte sich in den versiegenden Tag, sah an gegen die Akkumulation der Nacht.
—Bast? Sind Sie noch wach? Bast? Können Sie mir hier mal helfen?
—Was, was ist denn los? Mister Duncan?
—Ich kann es nicht finden, helfen Sie mir doch bitte mal.
—Ja, aber, Moment mal, ja. Was ist, aber wonach suchen Sie denn ...
—Raten Sie mal.
—Was?
—Die Leute da drüben im anderen Bett, sind das, ich kann sie nicht verstehen, sind das Puertoricaner?
—Mister Duncan, da ist niemand ...
—Wie wärs mit nem Bier? Wollen Sie sich mit mir ein Bier teilen?
—Also, also, na gut, aber ...
—Waren Sie jemals beim Militär, Bast?
—Nein, ich, nie ...
—Ich hab vierzehn Jahre gebraucht, um aus dem Tapetengeschäft rauszukommen, jedenfalls, ich war damals in Fort Dix, und am ersten Zahltag hab ich dieses Knobelspiel angefangen, Crap, wissen Sie, aber dann kamen die Arschöcher und erhöhten auf einen Dollar, fünf Dollar, zehn, ich stieg aus und fing ein neues Spiel an, wieder mit zehn Cent, aber da passierte dasselbe, passierte so lange, bis ich da ganz allein saß, überall um mich herum spielten sie Crap, ein Spiel, das ich angefangen hatte, wie finden Sie das? Ich hab Sie gefragt, wie Sie das finden?
—Also, ich, tut mir leid, daß es so ausging, vielleicht sollte ich lieber ...
—So gehts immer, Bast, so gehts immer, das Leben läßt uns nicht im Stich, am ersten Abend an der Front hat man uns in den Hürtgenwald geschickt, und Marty schreit zu uns rüber, wollt ihr Jungs mal 'n toten Deutschen sehen? Und tatsächlich, da im Mondlicht, da war er, hockte auf der Erde mit heruntergelassener Hose, aber sein halber Kopf war

weg, einfach weg, ich konnte fünf Tage lang nicht mehr scheißen. Mensch Bast, besorg dir nen Heimatschuß oder irgendwas, egal, Hauptsache, es geht nach Hause. Hast du schon zu Mittag gegessen?
—Also, also ja, wir ...
—Was gibts zum Abendessen?
—Also wir, wir haben doch eben erst ...
—Hast du das Geld? Zeig mal her ...
—Mis, Mister Duncan, ich klingele lieber mal nach der Schwester ...
—Stehen bei drei fünfzig, wir sollten jetzt alles abstoßen, ich hab eine Tochter verloren, hab ich dir das schon mal erzählt, Bast? Wir werden beide wieder gesund, und dann nix wie nach Hause, sie konnte fast alles buchstabieren, wie findest du das? Bekam Klavierunterricht und alles, und dann hat man ihr den Blinddarm rausgenommen, auf diese Arschlöcher ist ja Verlaß, aber es war gar nicht ihr Blinddarm. Ich brachte ihr ne Brautpuppe mit, die hatte sie sich gewünscht, ne Brautpuppe, sie erwischte immer die falschen Tasten, versuchte es wieder und wieder und lernte ein Lied, das hieß für Alise oder so ähnlich, ich habs nie so gehört, wie es klingen sollte, immer erwischte sie die falschen Tasten, ließ kleine Teile aus und fing wieder von vorn an, und ich dachte, vielleicht bekomm ich es ja eines Tages mal richtig zu hören, ein einziges Mal richtig, damals gabs in unserer Nähe so 'n Lebensmittelladen, der hieß auch so, Alise, deshalb hab ich das behalten, und immer hör ich noch, wie sie dieses Lied spielt, und mehr, mehr will ich ja gar nicht, immer hör ich dieses Lied, hörst du es auch, hörst du es ...
—Wer hat hier geklingelt?
—Ich, Schwester, es geht um Mister Duncan, er ist, ich bin mir nicht sicher, ob es ihm gut geht, er ...
—Gehen Sie wieder ins Bett, ich kümmere mich um ihn ... der tanzende Lichtstrahl glitt über die Decke, konzentrierte sich grell, suchte unter weißem Laken nach weißem Gewebe, schrak hoch und war still, —schlafen Sie weiter, der stört Sie nicht mehr ... und leuchtete ihm ins Gesicht und verschwand, während das Glühen aus der Steckdose die Dunkelheit bestätigte, bis es im Morgengrauen verblich.
—Mister Duncan? Sind Sie wach? Wasserreflexe zitterten an der Decke des Zimmers, —die Spiegelung da oben, sehen Sie, wie das schlägt, genau im Takt. Ich glaube, das ist mein Puls, erst wußte ich nicht, woran es liegt, war mir auch egal, Mister Duncan? Wissen Sie, wovor ich Angst habe? Ich liege hier und beobachte es, es kommt wohl von dem Wasserglas da unten, weil da mein Fuß draufliegt, ich habe über

alles nachgedacht, was Sie gesagt haben, ich dachte immer, daß es so viele Dinge gibt, die es nicht wert sind getan zu werden, und plötzlich dachte ich, daß ich vielleicht nie etwas tun werde. Davor habe ich Angst, ich habe immer gedacht, ich müßte unbedingt, also die Musik, ich habe immer gedacht, daß ich unbedingt komponieren muß, aber plötzlich dachte ich, was wäre denn eigentlich, wenn ich es nicht täte? Vielleicht muß ich es ja gar nicht tun, daran hatte ich noch nie gedacht, vielleicht muß ich es gar nicht! Ich meine, vielleicht war das der große Denkfehler und der Grund dafür, daß ich nie wirklich, also, ich hab eben über alles nachgedacht, was Sie mir gesagt haben, ich meine, was wäre, wenn man einfach mal davon ausgeht, daß das, was getan werden muß, daß das sich trotzdem irgendwie lohnt, weil man sonst erst recht mit leeren Händen dasteht, man wäre nicht mal der, der man jetzt ist, Mister Duncan? Wo ist die, Schwester? Miss Waddams, sind Sie das da draußen...?

—Na, haben wir uns heute denn schon gewaschen?

—Nein, aber Mister Duncan, ist er, ich glaube, er schläft noch, ich habe heute nacht bereits die Krankenschwester kommen lassen, weil es ihm irgendwie nicht...

—Mister Duncan...?

—Ich habe ihm gerade erzählt, wie sehr ich, Moment mal, warum machen Sie denn den Vorhang zu...?

—Joe? Hol mir mal einen Rollstuhl.

—Halt, was machen Sie denn mit ihm? Ist er überhaupt wach, Mister Duncan? Mir ist gerade etwas eingefallen, gibt es hier vielleicht irgendwo ein Klavier, Miss Waddams? Das Stück, das Ihre Tochter immer geübt hat und das Sie nie ganz richtig gehört haben, ich glaube, ich weiß, was es ist...

—Nein, hier drüben, Joe, Mister Bast geht ins Solarium, das würde Ihnen doch sicher Spaß machen, nicht wahr, Mister Bast?

—Also, also schön, ja, aber ich hab noch nicht mal gefrühstückt, ich meine, was ist...

—Wir bringen Ihnen das Frühstück da hin, und jetzt schön die Füße auf den Boden, ja, so, Ihr Freund Mister Coen hat angerufen und gesagt, daß er Ihre Cousine mitbringt, also die, wo der Mann auf der Intensivstation liegt, und jetzt einen Schritt zurück, ja, so, das ist doch nett, nicht wahr? Lehnen Sie sich jetzt zurück, sitzen Sie gut?

—Ja, wunderbar, aber was, halt, er schläft doch noch, ich wollte ihm nur sagen, das Stück, das Ihre Tochter geübt hat, Mister Duncan? Ich

glaube, ich weiß, was das war, ich spiele es Ihnen dann später vor, wissen Sie, ich glaube es ist ein Klavierstück, das Beethoven für seine ...
—Los los, Joe, Beeilung ... sie folgte ihnen, —und komm sofort wieder ... doch an der Tür hielt sie an, griff nach einem Papiertaschentuch und trat erst dann auf den Korridor hinaus. —Ist schon ein Arzt auf der Station?
—Wieso, was ist denn los?
—Die von der Nachtschicht haben mir einen Exitus hinterlassen, auf dreihundertneunzig, hast du viel zu tun?
—Ich hab auf dreihundertelf jemand, der nachher operiert wird, so einen fiesen alten ...
—Willst du mit mir tauschen?
—Was? Gegen die Dreihundertneunzig? Klar, aber wieso ...
—Ich bin bloß, manchmal gewinnt man sie irgendwie lieb ...
—Keine Sorge, das kann dir mit meinem nicht passieren, paß aber auf, ich hab gehört, der sitzt hier im Verwaltungsrat ...
—Danke ... sie wartete vor der Tür, trocknete sich dort mit dem Papiertaschentuch nochmals die Augen und stieß mit der Schulter die Tür auf. —Guten Morgen, sind wir schon fert ...
—Wo sind die beiden Telefone, die ich bestellt habe?
—Da steht ein Telefon, direkt neben dem Bett, Sir, wenn Sie ...
—Ich hab angeordnet, daß zwei Amtsleitungen hier reingelegt werden, kann doch nicht den halben Tag damit verschwenden, mich durch Ihre Zentrale durchzutelefonieren, wenn ich ...
—Halt den Rand, John, dein Schrittmacher kann warten, Schwester, ich habe vorne an der Rezeption ein Bananx bestellt, wo bleibt das?
—Ich weiß nicht, Ma'am, ich glaube nicht, daß wir ...
—Ist das hier ein Krankenhaus oder nicht? Da werdet ihr doch auch ein paar Medikamente haben?
—Schon, Ma'am, aber wir dürfen sie nicht an Besucher aushändigen, ohne daß ein Arzt ...
—Besucher! Ich zeig Ihnen gleich mal einen Besucher, der Ihnen was aushändigt, ich händige Ihnen ne Ohrfeige aus, wenn Sie nicht, wer setzt das Implantat? Handler? Rufen Sie sofort Doktor Han ...
—Scheiße, Zona, verschone uns mit deinem Gemecker, oder nimm dir ein eigenes Zimmer, wo zum Teufel steckt Beaton? Hätte schon vor drei Minuten hier sein sollen.
—Hier würd ich mir nicht mal 'n Zimmer nehmen, wenn ich 'n eingewachsenen Zehnagel hätte, ich war mal vor drei Jahren hier, um

mir die Eileiter rausnehmen zu lassen, aber der Anblick von diesem entsetzlichen Grün und dann diese Gardinen und das grauenhafte Mobiliar, hat eine Ewigkeit gedauert, bis sie alles so hatten, wie ich es wollte, guck dir doch bloß mal den Stuhl an, ich komm mir vor, als säß ich auf'm Pott.
—Siehst auch so aus, Zona, kurz bevor das Trommelfeuer losgeht, was zum Teufel wollen Sie denn hier?
—Würden Sie bitte Ihren Morgenmantel anziehen, Sir, wir ...
—Erst mal muß ich ja wohl mein Scheißhemd ausziehen, oder nicht? Geben Sie mir mal, da ist er ja, Beaton? Hängen Sie das in den Schrank und schnappen Sie sich den Direktor hier, wie heißt er doch noch gleich? Der soll die Telefone anschließen lassen, halten Sie mal meinen Arm fest, junge Frau, verplemper einen ganzen Tag, um mir dieses Scheißding einsetzen zu lassen, und dann gleich noch einen, um es gegen ein anderes auszuwechseln, ich hab Ihnen doch gesagt, daß Sie sich mal diese Firma vornehmen sollen, Beaton, Broos zieht da unten Anhörungen über diese Forschungsprojekte durch, wenn der Kram nämlich genauso beschissen funktioniert wie dieses Scheißding hier, dann wären sie besser bei ihrem Spielzeug geblieben, laß mich mal los, Mädchen!
—Ich habe mich informiert, jawohl, Sir, das Ganze klingt absolut grotesk ...
—Nun gucken Sie sich doch dieses vertrocknete Männlein an, wie kommen Sie eigentlich darauf, daß die kein Spielzeug mehr machen? Heben Sie mal das Nachthemdchen hoch, Beaton, mal sehen, ob das Spielzeugherz, das sie ihm verpaßt haben, auch ich liebe dich sagen kann ...
—Zona, Scheiße, halt die Klappe, ich hab Sie nicht gefragt, wie es klingt, Beaton, ich hab Sie gefragt, was Sie da unten rausgefunden haben, ziehen Sie mir mal den Schuh aus.
—Ja, Sir, ich erwarte jeden Augenblick einen Anruf von einem der Mitarbeiter des Senators, der sich als Beobachter in einer der texanischen Niederlassungen der Firma aufhält, wegen dieser Teletrav ...
—Scheiße, passen Sie doch auf! Wollen Sie mir den Fuß abreißen ...
—Jawohl, Sir, entschuldigen Sie, er hat mir gesagt, daß der Personalchef der Firma hingefahren ist, um die Probleme zu klären, dieser Mann wird auch an der ersten praktischen Erprobung teilnehmen, sobald man ...
—Armer Teufel, wo wollen sie ihn denn hinschießen?

—Man hat eine geheime Fernleitung der Telefongesellschaft gemietet, die an einem unbekannten Punkt irgendwo in Maine endet, Sir, ich vermute, daß es sich um eine Armeebasis handelt, der Leiter der Entwicklungsabteilung der Firma besteht darauf, von vorneherein die große Reichweite des Systems unter Beweis zu stellen, obwohl es wohl kaum...
—Nach dem, was ich in der Zeitung gelesen habe, offenbar dasselbe Manöver wie bei dem Frigicom-Projekt, jedesmal muß ihm das Verteidigungsministerium die ökologische Unbedenklichkeit bescheinigen, nur damit diese Naturschützer Ruhe geben, dabei hätte für ein blödes Experiment ne Autohupe durchaus gereicht, statt dessen legt er gleich mit so nem scheißkomplizierten Musikstück los...
—Jawohl, Sir, obwohl ich darauf hingewiesen habe, daß er dem Ausschuß sein Wort gegeben hat, daß diese Musik eigentlich...
—Ich hab Ihnen doch gesagt, daß Sie sich diesen Typ persönlich vorknöpfen sollen, oder nicht? Finden Sie raus, was zum Teufel, hier, hängen Sie das mal in den Schrank...
—Ja, Sir, das habe ich auch getan, obschon eher aus Zufall, ich traf ihn in der Herrentoilette im Bürogebäude des Senats, wo er mir auf die Hose, ich räume ein, daß er durch Verbände behindert war, aber er hat mein Hosenbein völlig naßgemacht, aber allein diese kurze Unterhaltung hat mich davon überzeugt, daß der Mann mit Sicherheit geisteskrank ist, ehrlich gesagt, Sir, ist die Idee, Menschen per Telefonleitung von einem Ort zum anderen zu transportieren, so durch und durch absurd, daß ich...
—Klingt so, als habe er auch Ihren Stolz ein wenig naßgemacht, Beaton, Scheiße, Sie sind doch genausowenig Wissenschaftler wie ich, denken Sie doch mal daran, wie absurd Fernsehen noch vor ein paar Jahren zu sein schien, und heutzutage hängt alle Welt vor dem Scheißkasten, haben Sie schon mal Farbfernsehen gesehen? Ein Blödmann nach dem anderen auf der Mattscheibe, aber wenn man schon die blöden Bilder über tausend Meilen in Farbe senden kann, warum nicht eines Tages auch den Blödmann dazu?
—Zugegeben, Sir, aber...
—Früher sind nur die richtigen Leute verreist, und die Blödmänner blieben zu Haus, aber heute verreist ja niemand mehr, bin selber nirgends mehr gewesen, seitdem man mir die Berengaria rausgenommen hat, hier, hängen Sie das mal auf. Heute bleiben die richtigen Leute zu Hause, und die Blödmänner und Laufburschen werden hin und her

geschossen wie früher die Rohrpost, wissen nicht, wo sie hinfahren, wissen nicht mal, wo sie herkommen, wenn man die wie 'n Infanterieregiment antreten läßt und wegtelegrafiert, würden die nicht mal den Unterschied bemerken, die Sache kostet uns keinen Cent, wir brauchen nur abzuwarten, was diese Entwicklung uns bringt, auf jeden Fall ist Diamond mit dabei. War vermutlich auch der Grund, warum sich diese Leute für Diamond interessiert haben, und deshalb will ich, daß das Verkaufsangebot sofort durchgeht, wenn nämlich aus dem Projekt mal was wird, bekommen wir es garantiert mit dem Kartellamt zu tun, dann stehen wir da, mit nem frommen Wunsch in der Hand, und wo zum Teufel ist denn die junge Frau geblieben?
—Holt mir mein Bananx, während Beaton nur dasitzt mit dem Finger im...
—Nein, ich habe es Ihnen mitgebracht, Ma'am, Moment, ich habe es hier im...
—Dann geben Sie schon her, stehen Sie nicht so blöd rum mit dem Finger im...
—Scheiße, Zona, er ist doch nicht deine Kammerzofe, wer zum Teufel hat dich heute morgen überhaupt hergebracht? Hat man denn nicht mal hier vor dir Ruhe...
—Beaton hat mich hergebracht, machen Sie das auf, Beaton.
—Beaton, wenn sie damit fertig ist, sagen Sie ihr, daß sie sich ihre kostenlosen Scheißpillen anderswo besorgen soll, die zweihunderttausend Diamond-Aktien, auf denen sie als Boodys Vormund gesessen hat, und auf einmal läuft das Gör frei rum und macht, was es will, warum soll ich mir noch länger ihr Scheißgelaber anhören...
—Sagen Sie ihm, er soll den Rand halten, Beaton, was meint er überhaupt mit macht, was sie will?
—Ich meine, genau, was ich gesagt habe, als was will sie denn Boody bezeichnen? Als die Bank von England? Wo man auch hinschaut, überall lösen sich die Gesetze auf, plötzlich haben sogar Achtzehnjährige das Recht zu klagen, zu wählen, Verträge abzuschließen und so weiter und so fort, ich seh schon, wie Boody irgendeinen Schwarzen heiratet, sich 'n Winkeladvokaten sucht und, ziehen Sie mir mal die Socke aus, Beaton, deshalb hab ich Ihnen auch gesagt, daß Sie sich mal mit diesen Klatschspalten beschäftigen sollen und rausfinden, ob diese Sache da von langer Hand geplant war, um Diamond von hinten durch die kalte Küche aufzurollen, oder einfach nur Scheißhabgier von diesem, wie heißt er noch gleich? Bast? Das ist auch 'n Schwarzer, oder?

—Ich glaube nicht, Sir, es handelt sich da um ein Mißverständnis aufgrund der schlechten Qualität eines Zeitungsfotos, denn als uns die Aktivitäten dieser Firma erstmals zur Kenntnis gelangten ...
—Ich will Ihnen mal was sagen, jeder, egal, ob schwarz oder weiß, der Boody heiraten will, ist allein hinter den Anteilen her. Denn keiner, der sie auch nur ein bißchen näher kennt ...
—Beaton, sagen Sie ihm mal, daß jeder, der an diesen Anteilen schnuppern will, mich am Arsch lecken kann, und zwar beide Backen, sagen Sie ihm, daß ich sie in eine Anstalt einweisen lasse, die entsprechenden Unterlagen liegen bereits unterschriftsreif bei Ude ...
—Der feiert Samstag seine eigene Beerdigung, fragen Sie sie mal, wie zum Teufel sie seine Unterschrift kriegen will, als ich gestern da war, kippten sich seine Frau und seine Tochter eimerweise Scotch in den Schädel, aus Angst vor der Erbschaftssteuer ...
—Also sagen Sie es ihm schon, Beaton!
—Jawohl, Ma'am, die Papiere sind letzte Woche aufgesetzt worden, Sir, Richter Ude hat sie noch an dem Morgen unterzeichnet, an dem er ...
—Entschuldigen Sie, Sir, könnten Sie sich bitte hinlegen und mir Ihren Arm reichen ...
—Schwester, bringen Sie mir mal ein Glas Wasser.
—Scheiße, Zona, das ist doch nicht deine ...
—Wieso binden Sie ihm denn ein Radio um, Schwester? Der will doch nirgends hin, und jetzt holen Sie mir Wasser.
—Das ist ein externer Herzschrittmacher, Ma'am, nur bis er ...
—Du willst immer von Kopf bis Fuß bedient werden, Scheiße, Zona, wo hast du dein schwarzes Hausmädchen gelassen? Das ist hier ein Kranken ...
—Das möchte ich auch gerne wissen, wo die ist, Beaton, bringen Sie mir endlich das Wasser.
—Deleserea ist immer noch im Gefängnis, Ma'am, sie ...
—Was macht sie denn da? Haben Sie denn nicht nachgewiesen, daß sie da an der besagten Straßenecke nicht auf den Strich gegangen ist? Sie haben doch gesagt, daß Sie beweisen könnten, daß sie sich nur nach dem Weg erkundigt hat, und dafür haben sie sogar das Schild von der Bushaltestelle in den Gerichtssaal geschleppt, weil nämlich kein normaler Mensch diese Schilder versteht, was macht sie also im Knast?
—Sie ist medizinisch gründlich untersucht worden und dann in ein Rehabilitationsprogramm aufgenommen worden, zu dem auch eine

Schönheitsfarm gehört, da kann sie ihre Freizeit damit verbringen, sich frisieren und maniküren zu lassen, zu duschen und fernzusehen...
—Was fällt der denn ein? Ich hab morgen zwölf Personen zum Essen!
—Das habe ich ihr auch gesagt, Ma'am, aber da hat sie dann plötzlich ihre Meinung geändert und sich schuldig bekannt, sie...
—Diese bodenlose Undankbarkeit, los, her damit, sie verschütten ja alles, was ist bloß in die Leute gefahren? Denken nur noch an sich, die ist auch nicht besser als Vidas Mädchen gestern abend, sie hätte uns beinahe den ganzen Abend verdorben...
—Erklär mir mal, wie man einen Abend mit Vida noch weiter verderben kann, das ist auch so schon die beschissenste Zeitverschwendung...
—Wir standen da herum, als sie plötzlich mit einem Tablett voll mit Vidas bestem Waterford umkippte, und irgendein Wichtigtuer mußte natürlich auch gleich die Polizei anrufen, die dann gesagt hat, daß sie erst so liegenbleiben müßte, höchstens mit einem Tischtuch zugedeckt, bis die Gerichtsmedizin...
—Aber das Kristall war doch wohl versichert, oder nicht? Ich dachte auch, daß ich irgendwann mal was fallen gehört habe, das muß zu der Zeit gewesen sein, als ich mit Handler telefoniert habe, Handler operiert heute morgen doch selbst, oder nicht, Schwester? Muß noch etwas mit ihm besprechen, bevor's losgeht...
—Die Implantation? Ja, Sir, aber Sie bekommen eine Spritze, bevor Sie in den OP gebracht werden, ich glaube nicht, daß Sie dann noch etwas besprechen können...
—Dann kümmern Sie sich darum, Beaton, Handler ist stinksauer, er sagt, er habe sich nach guten Abschreibungsmöglichkeiten erkundigt, und Crawley hat ihm geraten, in eine Theaterproduktion von so ner Truppe namens Angels East zu investieren, hat noch gesagt, das Ganze wäre so schlecht, daß es schon am ersten Abend wieder abgesetzt wird, trotzdem ist es ständig ausverkauft, muß doch ne Möglichkeit geben, die Sache zu kippen, Brandschutz, fehlende Toiletten, Gewerkschaften, Verträge, da hat ihn jemand verarscht, das ist sicher, ich hab noch nie jemanden aus der Theaterszene getroffen, der nicht 'n Gauner, 'n Vollidiot oder beides zugleich gewesen wäre, einer von diesen Typen ohne Krawatte hat sich gestern abend bei Vida an mich rangemacht und mir irgendwelchen Stuß erzählt, von wegen was Pound alles mitgemacht hätte, erst der Boom, dann die Unterbewertung bis zum absoluten Desinteresse der Öffentlichkeit, und schließlich stellt sich raus, daß er

nicht vom englischen Pfund, sondern von irgendeinem bescheuerten Dichter faselt, wir mußten ihn schließlich vor die Tür setzen, schon nach ein paar kostenlosen Drinks hat er Vida beleidigt, indem er ihrem Mann erzählt, sie betrögen die Literatur, wenn sie an die gleiche Scheißbande verkaufen, von der wir hier reden, mit der Bank als Verwalter der Duncan-Aktie, und mir erzählt natürlich niemand ein Sterbenswörtchen, wie zum Teufel die das überhaupt in die Finger bekommen konnten.
—Sir, nach allem, was zu erfahren war, haben sie im Zuge der Übernahme von Triangle Paper von den nicht unerheblichen Außenständen der Firma profitiert, diese Außenstände betrafen jedoch eine ganz andere Duncan & Co., einen Tapetenhersteller aus Ohio, aber für ein Täuschungsmanöver hat es gereicht...
—Wenn's andersrum gelaufen wäre, würd ich's ja noch kapieren, Tapeten werden immer gekauft, mit Tapeten kann man rechnen, egal, wie häßlich die sind, Häuser, die aussehen wie von ner Motelkette, trotzdem weiß man gleich, wie viele Rollen man verkaufen kann, bei diesen Scheißbüchern braucht man einen Hellseher für die Kalkulation, wenn von zehn publizierten Büchern nur eins richtig Geld verdient und die anderen neun mit durchziehen muß, so kann man doch kein Geschäft führen!
—Nein, Sir, aber ihr Hauptziel bei dem Versuch, die Backlist und das Schulbuchprogramm von Duncan zu übernehmen, bestand offensichtlich darin, das Produkt als Werbeträger zu...
—Wenn man erst mal mit dem Massendruck von Taschenbüchern anfängt, kann man bei einer Auflage von fünfhunderttausend dreihunderttausend gleich wieder einstampfen, und wenn ich etwas hasse, dann ist das Verschwendung, außerdem gibt es in der ganzen Kalkulation zu viele Unbekannte, und wie gesagt, viel zuviel Verschwendung...
—Nun ja, Sir, der Kostenfaktor spielt dort nicht mehr die entscheidende Rolle, und was, wie Sie sagen, die Verschwendung angeht, so verfolgen sie auch hier eine im Verlagsgeschäft völlig unorthodoxe Strategie, indem sie das gesamte Programm einfach als Werbeträger nutzen, sie...
—Bewerben müssen sie die Scheißdinger natürlich, wie wollen sie die denn auch sonst verkaufen?
—Nein, Sir, in den Büchern, ich meine Anzeigen direkt in den Büchern, Sir, Schulbücher und Romane voll mit Werbeanzeigen, wobei die effektivste Plazierung natürlich an ihre eigenen Tochterunternehmen geht,

doch sind die meisten Anzeigen offenbar höchst geschmacklos, und was die Zahlen betrifft, die ich aus meinen Quellen in Erfahrung bringen konnte, so deutet alles darauf hin, daß der Werbeanteil inzwischen ein Ausmaß erreicht hat, das, entschuldigen Sie, Sir, in meiner Aktentasche habe ich, ja, hier sind einige der Zahlen, die ganze Branche, allen voran der Schulbuchsektor, war mehr als ungehalten über diese Entwicklung, und einige prominente Autoren haben bereits ihren entschlossenen Widerstand angekündigt ...
—Die sind doch immer gegen alles, das ist ja auch der einzige Grund, warum sie überhaupt Schriftsteller geworden sind, wenn die endlich Ruhe geben würden, könnte das Land wenigstens ungestört seinen Geschäften nachgehen, und wenn diese Leute das nicht gemacht hätten, hätte es eben jemand anderes gemacht, was sind das also für Zahlen? Hab meine Brille gerade nicht ...
—Das sind, ach ja, das ist das Kinderlexikon, das sie herausbringen, Sir, es scheint äußerst erfolgreich zu sein, obwohl es dort von Fehlern nur so wimmelt und eine ganze Reihe namhafter Pädagogen bereits gefordert hat, das Buch vom Markt ...
—Ich hab Sie nicht nach Ihrer redaktionellen Meinung gefragt, Beaton, ich will die Zahlen wissen.
—Hier unten, Sir, die ursprüngliche Investition bewegt sich in einer Größenordnung von etwa dreihundertdreißigtausend, zweihundertsechsundsechzigtausend für Werbung, sechsundsechzigtausend für die Herstellung und, ja, sechshundertsechzig Dollar für Recherche, Autoren und die Lektoratskosten, kein Wunder, daß ...
—Beaton, was ist das, die Zeitschrift da, geben Sie mal her.
—Wo die, ach die, ja, Ma'am, das ist ihre Zeitschrift Die, sie haben die alte Zeitschrift Sie übernommen und zu einer ...
—Labern Sie doch kein dummes Zeug, geben Sie schon her, die auf dem Umschlag sieht ja aus wie Emily.
—Was? Zeig mal her, sieht aus wie Amy als runtergekommene Zweidollar ...
—Zweidollarkalterfisch, die würde doch nicht mal ihre Zehen spreizen, selbst wenn der König von ...
—Ist das hier das Zimmer von Mister Katz?
—Was zum Teufel will der denn?
—Sind Sie Mister Katz?
—Welcher Mister Katz? Schmeißen Sie ihn raus.
—Warten Sie, Sir, er, wie war der Name, den Sie ...

—Zimmer dreihundertelf, ich soll hier die bestellten Telefone anschließen, hier, c, a, t, e, s. Katz.
—Also gut, ja, schließen Sie sie so schnell wie möglich ...
—Hier bei mir natürlich, Scheiße! Oder glauben Sie etwa, ich spreche mit den Füßen? An solchen Sachen sehen Sie, daß es vollkommen schnurz ist, ob jetzt ein weiteres verkorkstes Lexikon auf den Markt kommt oder nicht. Dieser Blödmann, wie heißt er doch noch gleich? Bei Duncan, dieser Verkaufsleiter, ist der nicht ausgeschieden und hat ne eigene Firma gegründet?
—Dieser Skinner, ja, Sir, er hat die Option wahrgenommen, aber ...
—Skinntopp, so heißt das, Skinntopp, was meinen Sie wohl, was die herstellen? Schuhbänder? Der macht einen Film mit dem Titel Zwei Sexy Girls, und Vidas Psychia ...
—Mir doch scheißegal, was der macht, Zona, halt die Klappe, ich will nur wissen, wie diese Bande da reingeraten konnte.
—Diese kleine bebrillte Schweinebacke, die gestern abend überall ihre Visitenkarte verteilt hat, wo draufsteht, daß er mit Damenunterwäsche handelt, spielt die Rolle des Psychia ...
—Scheiße, Zona, sei still! Hat die Option wahrgenommen, um ins Verlagsgeschäft einzusteigen, stimmts, Beaton? Aber wie zum Teufel ...
—Ursprünglich ja, Sir, und zwar unter dem Impressum D & S, aber laut Bericht eines Branchenblatts ist ein Roman, den er soeben herausgebracht hat, ein Western mit dem Titel Das Blut auf Rot-Weiß-Blau, schon vorher mehrmals erschienen, etwa als Die Kanonen des Herrn, und übrigens jedesmal unter einem anderen Pseudonym, der Autor wird derzeit wegen Plagiats verklagt, und zwar von den Produzenten eines Films mit dem Titel Dreckige ...
—Ich hab Sie nicht nach irgendwelchem Klatsch gefragt, ich will wissen, wie die Bande da reinkommen konnte!
—Ja, Sir, er, sie haben diesem Skinner gestattet, eine Duncan-Option zu erwerben, sie haben ihm sogar das Geld dafür beschafft, als Sicherheit diente ein kleiner Anteil an einer anderen Firma, als er diesen Kredit nicht mehr bedienen konnte, waren sie nicht nur im Besitz der Sicherheit, auch sein Management-Vertrag war damit hinfällig ...
—Ihnen muß man aber auch alles einzeln aus der Nase ziehen, was war das für eine Sicherheit?
—Ein kleiner Anteil von fünf Prozent, glaube ich, Sir, an einer Firma namens General Roll, eine kleine Firma hier draußen in Astoria, sie stellt ...

—Scheißegal, ob die Papierpuppen oder sonstwas herstellt, die gleiche Bande hat sich vor einiger Zeit bereits zwanzig Prozent von denen unter den Nagel gerissen, als dieser Laden wegen der Erbschaftssteuer in Schwierigkeiten kam, und da sitzen Sie hier herum und faseln was von Tapeten und einem bescheuerten Lexikon, ich sag Ihnen was, die waren die ganze Zeit schon hinter diesem Laden her, verdammt noch mal, bei so ner Familienfirma reichen unter Umständen schon fünfundzwanzig Prozent für die absolute Kontrolle, ist das denn so schwer zu begreifen, Beaton?
—Ja, also, nein, Sir, aber das ist doch nur eine ganz kleine Fir ...
—Scheißegal, und wenn die nur so groß ist wie Ihr Daumen! Die sitzen da nämlich auf diesen alten Patentansprüchen, der Prozeß gegen JMI, lesen Sie denn nicht mal Ihre eigenen Scheiß-Fachzeitschriften? Was zum Teufel glauben Sie wohl, warum Stamper damals JMI bei diesem Hypothekengeschäft in Dallas übernommen hat? Glauben Sie etwa, der hat Verwendung für ne Million gebrauchter Musikboxen? Und trotzdem ist sogar so ne Pleitefirma am Ende noch zu etwas gut, denn je nachdem hat er jetzt die gesamte Lochkartenindustrie an den, hier, junge Frau, stecken Sie das mal rein, Beaton, besorgen Sie mir den Diamond-Kurs.
—Ja, Sir, aber das ist, Schwester, was ist das ...?
—Das ist so ein Monitor, um das Herz des Patienten zu kontrollieren, damit der Schrittmacher richtig eingestellt werden kann und ...
—Ich hab doch gesagt, daß hier ein Quotron angeschlossen werden soll, wo zum Teufel bleibt das Ding?
—Ein was? Was hat er gesagt?
—Quotron, Scheiße, kann sie denn nie ...
—Es handelt sich um eine Maschine, mit der man die aktuellen Börsenkurse abrufen kann, Schwester, und die eigentlich längst ...
—Wie dieser kleine Fernseher? Der steht draußen, aber sie haben gesagt, daß er nicht benutzt werden soll, weil er den Monitor stören könnte, liegen Sie bitte ganz ruhig, Sir.
—Bei Gott, ich lieg hier rum und kenn von nichts den Kurs, wie stand der Scheiß-Dow, als Sie gekommen sind, Beaton?
—Hat mit zwei achtzig eröffnet, Sir, bei weiterhin starken Verkäufen, aber der ...
—Zwei achtzig, bei Gott, das ist die Stunde der Aasgeier, aua!
—Nur ein kleiner Pieks, Sir, ganz ruhig ...
—Hallo, Vermittlung, nur ne Sprechprobe ...

—Das ist vor allem eine Vorsichtsmaßnahme mit Rücksicht auf das Alter des Patienten, denn wenn der Schrittmacher falsch eingestellt ist, könnte das ...
—Ich will, daß Sie sich umgehend um diese General Roll kümmern, und zwar persönlich, haben Sie mich verstanden, Beaton? In den meisten Familien passiert am Ende immer die gleiche Scheiße, da gibt es wahrscheinlich zehn verschiedene Parteien, und alle würden sie sich am liebsten gegenseitig die Gurgel durchschneiden, die fünfundzwanzig Prozent reichen wahrscheinlich schon für die Mehrheit, ich will, daß das geklärt ist, bevor der Untersuchungsausschuß zu Ergebnissen kommt, Stamper meinte, die Chancen für die stehen gar nicht mal schlecht, und ich will nicht, daß wir am Ende dastehen wie die Doofen, mit JMI in der Hand und ...
—Dieses Foto ist überhaupt nicht Emily, sondern irgend ne vulgäre, Schwester? Was ist das für ein Gestank?
—Haben Sie das kapiert, Beaton?
—Bis zu, ja, Sir, bis zu einem bestimmten Punkt, wie können wir mit Mrs. Stampers Kooperation hinsichtlich JMI rechnen? Sie macht auf mich einen ausgesprochen aggressiven Eindruck, seit ...
—Die muß doch von der Sache überhaupt nichts erfahren, oder? Seit der Hypothekensache in Dallas laufen die JMI-Aktien doch auf seinen Namen, oder nicht?
—Ja, Sir, aber ...
—Würden Sie bitte Ihren Aktenkoffer dort wegnehmen, Sir? Es könnte sein, daß der Patient versehentlich ...
—Und er hat sie doch zusammen mit dem Rest des Depots der Bank übergeben, als wir ihm aus diesen Scheißbäuchen rausgeholfen haben, was machen Sie da eigentlich, junge Frau? Wo ist das Scheißtelefon? Ich hab Monty gesagt, er soll mich anrufen, sobald ...
—Der Geruch kommt aus dem Päckchen da, das man eben reingebracht hat, machen Sie mal auf, Schwester.
—Darfs ein Trimline-Telefon mit Touch-tone sein, Mister Katz? Das gibts in Antikbeige, Aqua ...
—Antik bei Gott! Stehen Sie da nicht rum und stellen bescheuerte Fragen, schließen Sie das Telefon an, Scheiße!
—Vorschriften, ich muß den Kunden fragen, ob ...
—Schließen Sie irgendeins an, das am schnellsten geht, los jetzt. Ich wollte noch sagen, Sir, daß die Anwälte in der Erbsache um einen Kontenüberblick gebeten haben und Mrs. Stam ...

—Das ist der alte Käse, den jemand für den Patienten gebracht hat, riecht wie ...
—Das ist ein Stilton, Sie blöde Gans, wer hat den bestellt?
—Ich habe ihn bringen lassen, Ma'am, ich weiß, daß er ihn gerne ...
—Der Patient darf jetzt nichts mehr essen, Sir, er muß ...
—Aber ich darf doch wohl was essen, Schwester? Holen Sie mir mal einen Teller.
—Vermittlung? Neuanschluß auf Amtsleitung, Dienstnummer drei fünf neun sieb ...
—Ich sagte, Sie sollen mir ein Messer und einen Teller bringen!
—Bei Gott, besorgt ihr einen Löffel, dann kann sie sich gleich über den ganzen Käse hermachen, Beaton? Ich will den Bericht des Rechnungsprüfers haben, ich will, daß die ganze Sache unter Dach und Fach ist, bevor ich unters Messer komme.
—Vermittlung, Name des Teilnehmers ist Katz, wie c, a, t ...
—Beaton!
—Bitte sagen Sie dem Patienten, daß er still liegen muß, er ist ...
—Ja, Sir, ich wollte noch sagen, daß einiges darauf hindeutet, daß Mrs. Stamper wohl auf dem Klageweg ...
—Die klagt sich noch mal um Kopf und Kragen, hatte sie nicht auch schon die Scheidung eingereicht? Der Vollidiot sagt ihr nach sechs Monaten Ehe, ich weiß nicht, was du vorhast, aber ich geh jetzt angeln, und fliegt an den Indischen Ozean, und da schreibt sie ihm natürlich 'n Zettel, ich weiß nicht, was du vorhast, aber ich laß mich scheiden, wenn sie klagen will, soll sie doch Crawley verklagen, das haben andere auch schon versucht, aber nem nackten Mann kann man nicht in die Tasche fassen, und wenn ihre Anwälte auch nur halbwegs ihr Geld wert sind, dann lassen sie es erst auf einen Prozeß ankommen, wenn auch die Sache mit den Nationalparks rauskommt, schon der Film war die totale Idiotie, überall diese Zebras, sollte wohl so aussehen wie ein Naturschutzprojekt, und Crawley ist wahrscheinlich blöd genug, um den ganzen Schwindel zu glauben, ich hab Ihnen doch gesagt, daß Sie Frank Black wegen der neuen Gesetzesvorlage anrufen sollen, oder nicht?
—Ja, Sir, aber im Hinblick auf die Aktionen dieser Verbraucherschutzgruppe, die ihn zwingen will, sich als Interessenvertreter registrieren zu lassen, dachte ich, daß Sie vielleicht noch abwarten wollen, bis die X-L Litho ...
—Abwarten, bis diese Bande das ganze Land übernommen hat? Bei

Gott, Beaton, mit Ihnen ist auch nichts mehr los, das ist doch bloß eine einzelne Verbraucherschutzgruppe, und die schluckt das, oder sie schluckt es eben nicht, was zum Teufel glauben Sie eigentlich, worum's in der Marktwirtschaft geht? Diese Leute sollen mal einen Blick in die gesetzlichen Bestimmungen werfen, Abschnitt drei hundertacht, nichts davon trifft auf ihn zu, und er steht auch nicht auf unserer Gehaltsliste als Lobbyist. Wir zahlen ihm einen Vorschuß für seine anwaltlichen Bemühungen, glauben Sie denn, die Revision im Fall von X-L Lithograph wär ein Kinderspiel, die haben einen Riesenschadensersatz am Hals wegen dieser Umweltgeschichte plus die Kosten des Verfahrens, weil dieser Mooneysowieso, dieser Mooney zu besoffen war, um wenigstens zur Verhandlung zu erscheinen, ich hab Frank Black gesagt, er soll auf eine Aufhebung des Urteils hinarbeiten und ein Vergleichsverfahren in die Wege leiten, Mann, Sie sind doch selber Anwalt, muß ich Ihnen sogar das noch vorsagen?
—Ja, Sir, aber ...
—Kein Aber mehr, Sie machen dem mal Feuer unterm Arsch, kapiert? Ich will ganz sicher sein, daß der neue Gesetzesentwurf diesem ganzen Umweltverträglichkeitsquatsch ein für allemal einen Riegel vorschiebt, das gilt ganz besonders für dieses Gaskonsortium, das Stampers Leute da gerade aufbauen, danach kümmern wir uns um diese Tochter, diese Alsaka, diese Idioten mußten natürlich unbedingt diese Sprengung durchführen, mit dem Ergebnis, daß sich jetzt jede sentimentale Trantüte im Land vor Betroffenheit in die Hose macht, sagen Sie mal der jungen Frau, sie soll mir ein Taschentuch besorgen, wo zum Teufel ist denn der Affe geblieben, der die Telefone anschließt ...
—Unterm Bett, Sir, ich glaube, er ...
—Ich hab Sie nicht danach gefragt, was Sie glauben, lassen Sie das Ding anschließen, womit fuchteln Sie mir denn da vor der Nase rum?
—Ja, Sir, Sie wollten doch noch den Bericht des Rechnungsprüfers über die J R Corp. ...
—Hab jetzt keine Zeit, mir den ganzen Quatsch anzuhören, ich will nur wissen, ob die Scheißzahlen überhaupt halbwegs stimmen, die Bank meinte nämlich, sie hätten noch nie eine derartige Kontoführung gesehen, sogar der Firmenchef persönlich verhaut sich andauernd um zwei Stellen mit dem Komma, hat ihn denn die Börsenaufsicht wenigstens wegen Betrug am Wickel?
—Nein, Sir, soviel ich weiß, konnte ihm kein vorsätzliches Fehlverhalten nachgewiesen werden, da die Unregelmäßigkeiten ebensooft zum

eigenen Nachteil beigetragen haben wie umgekehrt, und die allgemein unorthodoxen ...
—Aber die hatten doch einen Buchhalter, oder nicht?
—Ja, Sir, aber offensichtlich war er nicht mit Transaktionen dieser Größenordnung vertraut, er ist anscheinend nur deshalb eingestellt worden, weil er der Schwager des Leiters ihrer PR-Agentur war, welcher wiederum von seinem Bruder eingestellt worden ist, ihrem Rechtsberater Mister Piscator, der jetzt den Prozeß von Pomerance Associates als einem der Hauptgläubiger gegen die Stammfirma führt, so daß eigentlich die gesamte ...
—Ich hab Sie nicht nach Klatsch und Tratsch gefragt, Beaton, tun Sie lieber Ihre Arbeit, die anderen lassen auch nichts anbrennen, was ist das denn? Diese verdammten labberigen Papiertaschentücher, halten nichts aus, sehen Sie das Loch hier? Ich hab doch gesagt ein Taschentuch, oder nicht? In meinem Jackett da ist ein erstklassiges Leinentaschentuch, junge Frau, ich hab Ihnen doch gesagt, Sie sollen den Rundbrief an die Aktionäre mitbringen, Beaton, der muß heute noch raus und ist noch nicht mal fertig?
—Ich habe den endgültigen Entwurf dabei, jawohl, Sir, wollen Sie ...
—Verplempern Sie keine Zeit mit Ihrem Gequatsche, lesen Sie vor.
—Schwester, nun lassen Sie mal Mister Katz in Ruhe und holen mir ein paar Kräcker.
—Die Amtsleitung steht, Vermittlung, versuchen Sie mal, eh, Mann, bist du's, Doris?
—Beaton, worauf warten Sie noch?
—Ja, Sir. Zwischen Geschäftsleitung und den wichtigsten Hausbanken herrscht weitgehendes Einvernehmen über die Umverteilung der Verbindlichkeiten bei gleichzeitiger Rekapitalisierung der ...
—Den Teil kenn ich schon, nächster Absatz.
—Eh, Mann, ich dachte, du bist bei den Ferngesprächen ...
—Das neue Management Ihrer Firma schlägt aus diesem Grunde vor, als Alterna...
—Scheiße, Beaton, was ist denn da unten los?
—Katz, ja, genau der, der ist hier im Bett, Mann, da ist 'n Anruf aus Wash ...
—Beaton!
—Hier, geben Sie her! Hallo ...? Ja, Sir, er ... hier spricht Beaton, ja, Sir, er ist hier, Mister Moncrieff, Sir, er ist ...
—Halten Sie's mir ans Ohr! Da unten kann ich ihn ja wohl nicht hören!

Monty...? Nein, aber hast du deinen Schreibtisch schon geräumt...? Nein, noch nicht, ich bin in ein paar Minuten dran, Beaton ist hier wegen, Scheiße, halten Sie das dichter ran, ich kann mir die Nase doch nicht quer durchs Zimmer putzen! Was...? Hab Beaton darauf angesetzt und versuche die ganze Zeit Broos zu erreichen, um rauszukriegen, wieso die sich ewig an dieser Kreditbürgschaft aufhalten, bevor wir... weiß ich noch nicht, warte noch auf nähere Informationen über diese Kabeltransportsache, wenn da irgendwas bei rumkommen sollte, muß die Diamond-Offerte so bald wie möglich... dürfte unproblematisch sein, Zona, sitzt hier neben mir und frißt Stilton in sich rein, daß es nur so eine Freude ist, richtig, die Anmut selbst, meint aber, daß mit Boody alles klar ist, bleib mal kurz dran, Beaton? Hab ich etwa gesagt, Sie sollen aufhören zu lesen? Sie hören auf, wenn ich es Ihnen sage, kapiert? Monty...?
—Jawohl, Sir, schlägt vor, als Alternative zur Liquidation einen Vergleich mit den Gläubigern gemäß Absatz elf Konkursgesetz anzustreben. Danach hat der Schuldner das Recht, weiterhin über sein Eigentum zu verfügen und selbständig die Geschäfte...
—Das hab ich alles in der Zeitung gelesen, Monty, bist du noch da? Alles Unsinn, bei nem Interview hat man nichts zu gewinnen, warum hast du denen überhaupt eins gegeben? Die sind da unten den Umgang mit irgendwelchen Koofmichs von Politikern gewohnt, und wenn sie schon keinen frischen Skandal haben, dann kochen sie eben einen alten wieder auf, hast du gesehen, was sie letzte Woche über mich geschrieben haben? Kriegten sich gar nicht mehr ein wegen der engen Zusammenarbeit mit Pythian und dem angeblichen Filz in den Aufsichtsräten, holten all die alten Sachen aus der Mottenkiste bis hin zum Bitterroot-Streik von vor hundert Jahren, Scheiß-Linkspresse versucht das so darzustellen, als ob du wegen des Arsenkies-Vertrags kündigst, aber wo zum Teufel ist da der Unterschied? Vertrag ist Vertrag, will diesmal nur sichergehen, daß er auch eingehalten wird, verstehst du? Das Hüttenwerk, das wir da drüben gebaut haben, geht als ausgemusterte Überkapazität an Typhon und müßte eigentlich inzwischen die Produktion aufgenommen haben, der dämliche Krieg ist ja zu Ende, und das Land läuft jetzt so reibungslos wie ein Industriestandort hierzulande, Arbeitskräfte gibts übrigens genug... was? Direkt von nebenan, ja, Malwi, ich hab Blaufinger gesagt, sie sollen das gleich mit annektieren, wo sie gerade dabei sind, Zona würde sich... Nein nein, aber Zona würde sich freuen, weil, sie findet hier

nie einen Parkplatz, und da wäre es das Einfachste, wenn man einfach, bleib dran, was ist los, Beaton?
—Die Einstellung des Handels mit Aktien der Firma sowie den konvertierbaren neunprozentigen Schuldverschreibungen von dem Zeitpunkt an, an dem die Wertpapiere der Firma nicht mehr notiert wurden, weil die Firma die Voraussetzungen für eine Börsennotierung nicht mehr ...
—Monty? Hab dich nicht verstanden, Beaton faselt hier was von der Umschuldung, Scheiße, Beaton, halten Sie mir das Scheißding ans Ohr, glauben Sie etwa ich höre mit dem Kinn? War was ...? Annektiert, hab gesagt, sie sollen da einfach einmarschieren und ... wie zum Teufel ist denn das möglich? Er hat doch gesagt, mit Widerstand sei eigentlich nicht zu rechnen, Blaufinger meinte, die hätten nicht mal ne Steinschleuder, und deshalb könnten die Uaso-Truppen einfach einmar ... bei Gott ... Mein Gott, einfach abgeschlach ... was? Arme Schweine, wo haben die denn ... hatten geglaubt, die sind echt? Wo zum Teufel haben sie die denn her, sowas hab ich ja noch nie ... weiß ich nicht, Scheiße, das bedeutet also, daß wir Arbeitskräfte aus Angola oder aus nem anderen, Scheiße, bleib dran, was zum Teufel wollen Sie?
—Bitte hier unterschreiben, Mister Katz.
—Hier, hier, geben Sie her, ich unterschreib das. So. Zu diesem Datum ...
—Monty? Wie abhörsicher ist eure Telefonanlage ...?
—Erklärte die City National Bank als Verwalterin der neunprozentigen konvertierbaren Schuldverschreibungen den Eintritt des Zahlungsverzugs und forderte die Begleichung der ausstehenden Gesamtsumme sowie der aufgelaufenen Zins ...
—Man vermutet die Vorkommen irgendwo flußaufwärts von der Brauerei, jedenfalls stammen von dort die Spuren von Kobalt, das für die Schaumkrone auf dem Bier sorgt, aber diese Idioten müssen natürlich gleich alles preisgeben, nur um an diese Sonderabschreibung für nicht erneuerbare ... das weiß ich, aber das ist doch wohl kein Grund, alles an die große Glocke zu hängen. Du stehst schon wegen dem Typhon-Vertrag unter Beschuß, übrigens sind die nationalen Kobaltreserven die einzige Grundlage dafür, wenn erst mal alle linken Blätter das ... der Rücktritt wird aber nicht vor morgen wirksam, oder? Gibts denn gar keine Möglichkeit, daß du die ganze Angelegenheit zur Verschlußsache erklärst, bevor du da deinen Schreibtisch räumst? Gibts keine ...

Nein, das Management weiß nichts von der guten Ertragslage, aber wir haben es, glaube ich, mit drin, um später leichter an Kapital zu kommen, Moment, bleib mal dran, Beaton? Steht da was über den Verkauf der Brauerei?
—Ja, Sir, im nächsten Absatz ...
—Dann lesen Sie.
—Jawohl, Sir. Der Geschäftsbetrieb der Wonder-Brauerei wird wie gewohnt weitergeführt. Die Firma hat mehrere Anfragen erhalten, die den Verkauf dieses Geschäftszweigs betreffen, und prüft derzeit die Angebote. Ein Vorgehen gemäß Abschnitt elf wirft gewisse Schwierigkeiten auf, andererseits ...
—Rausstreichen. Monty ...? Nein, behalt die Sache einfach für dich ... sollte keine Probleme geben, nein, angeblich hat man ihn eingesperrt, nachdem er vor der Brauerei mit nem Gewehr auf die Polizei losgegangen ist, also behalt das erst mal für dich, vielleicht kann man das später noch irgendwo in der Pipelinegeschichte unterbringen, und sobald Broos diese Kreditbürgschaft ... und was das ursprüngliche Angebot von Stamper angeht, bevor er die Düse gemacht hat, ja, ganz genau, Alberta Western mit allem ... Scheißegal, wie niedrig es war, war doch auf Treu und Glauben, oder nicht? Ich denke, wir ... weil der ganze Schamott schon vierzig Millionen gekostet hat mit all den Untersuchungen, Gutachten, Anhörungen, Umweltverträglichkeitsprüfungen einschließlich Rechtsstreit mit diesen Scheißökos, und immer noch kein einziger Zentimeter Pipeline fertig ... weil das Bankkonsortium für jeden einzelnen Scheißpenny geradestehen muß, deshalb! Verkaufen denen lieber die komplette Alsakageschichte, ist die einzige Möglichkeit, die Zügel in der Hand zu behalten ... Börsenaufsicht? Wieso sollte denn die Scheiß-Börsenaufsicht querschießen? Wir rekapitalisieren doch nur die Konzernmutter, befriedigen die Gläubiger und sparen auch noch Geld für die Scheißaktionäre, irgendwie müssen wir doch Kapital aufbringen, oder nicht? Und der hohe Cash-flow wird auch den ganzen Papierkomplex zusammenhalten, Triangle und Konsorten, gibt doch überhaupt keinen Grund ... das weiß ich, ja, aber immer noch vorwiegend Holzwirt ... also bei Gott, Beaton?
—Und gemäß des geltenden Konkursrechts bei dem zuständigen Gericht einen Einigungsvorschlag zu Protokoll gegeben, der die Ansprüche nicht abgesicherter Gläubiger an die Firma ...
—Beaton!

—Und zwar, jawohl, Sir?
—Wissen Sie was über diese Scheiß-Schürfrechte? Monty sagt, es habe soeben einen Beschluß gegeben, der die alle für ungültig erklärt, wer zum Teufel ...
—Jawohl, Sir, vielleicht erinnern Sie sich daran, wie Sie vorgeschlagen haben, daß ich Klage einreichen sollte, als Mister Stampers Angebot abgelehnt wurde. Ich konnte nachweisen, daß die Schürfgesetze sich ausdrücklich auf den Abbau über Tage beziehen, was große Mengen verfügbaren Wassers voraussetzt, wohingegen das gesamte fragliche Gebiet aus trockenem ...
—Monty? Beaton beweist uns schon wieder, was für ein ... ja, ich weiß, daß du auch, er ... weiß ich doch, Scheiße, ich habs eben vergessen, gibt es denn irgendeinen Scheißgrund, warum du deine Position nicht einfach rückgängig machen kannst, bevor du da deinen Schreibtisch räumst? Ich will das alles an einem Stück, das Alberta-Western-Gelände und dann weiter schnurstracks durch dieses ... ja, ich weiß, aber das Scheißreserva ... haben die denn diese Brook-Brüder nicht verhaftet? Auf dem Foto in der Zeitung von gestern werden sie gerade aus dem Büro für Indianerangelegenheiten abtransportiert, nach der Show im Reservat hätten sie fast auch noch da alles auseinandergenommen ... FBI ...? Die Zahl der als gestohlen gemeldeten Fahrzeuge? Zu was anderem ist das FBI auch nicht in der Lage, irgend nen bekloppten Händler finden sie allemal, aber wenn's um den Angriff auf einen Bundesmarshal geht, dann ... Die Ansprüche auf das ganze Scheißding sind doch gelöscht worden, oder nicht? Müßten eigentlich an die Liegenschaftsverwaltung zurückfallen, aber sie verklagen Alsaka und die Konzernmutter wegen der Pachtverträge, und das ist die größte Schadensersatzforderung, mit der die Firma sich je herumschlagen mußte, und die Linkspresse gießt noch Öl ins Feuer, und am Ende gibts Geschworene, die zu viele idiotische Filme gesehen haben und ihnen jeden einzelnen Penny zusprechen, den ... Wenn die gewinnen, haben sie genug Geld um mitzubieten, kaufen das ganze Scheißding zurück, einen von denen hab ich mal auf nem Telefontonband rumbrüllen hören, daß er ... was? Bei Gott, nein, hab ich nicht genehmigt, hab ich auch gar nicht verlangt, du mußt mich ja für 'n Vollidioten halten, Monty ... von Tonbändern weiß ich nichts, aber plötzlich waren sie da, sämtliche Gespräche aus ihrem Hauptquartier, Beaton hat den Scheißladen nicht mal finden können, obwohl er sich von Zona 'n paar halbgare Detektive ausgeliehen hat, aber die hatten

am Ende auch nur einen Haufen unbrauchbarer Informationen, diese Typen kannst du vergessen... Ob die über was geredet haben...? Weiß ich nicht, nein, Beaton hat sie sich alle angehört, ich ruf dich deswegen nochmal an, haben Sie die Tonbänder mitgebracht, Beaton?
—Für Inhaber der, jawohl, Sir, neunprozentigen konvertierbaren Schuldverschreibungen besteht die Möglichkeit des Umtauschs, vorgesehen sind acht Stammaktien pro tausend Dollar der geschuldeten Summe...
—Das Büro für Indianerangelegenheiten hat was? Du mußt lauter sprechen, Beaton hält das Scheißtelefon meilenweit von mir weg... Mündel, genau, das sind Mündel der Regierung, hängen am öffentlichen Tropf seit Custers letztem... gut, genauso machen wir es... dafür brauchen die jeden Scheißcent, den sie auftreiben können, wenn wir das so deichseln, ist an eine Revision nicht zu denken, genau, die ganze Scheißsache schon im Keim ersticken, wer ist... gut, ja, und um Broos kümmere ich mich, sobald ich ihn erwische, Stampers Leute, die da draußen rumbuddeln, sagen, daß es nur minderwertige Kohle gibt, hab ihnen gesagt, sie sollen mal mit dem kleinen Juden von der Energiekommission reden, vielleicht kommt ja eine Vergasungsanlage in Betracht... wer? Die Stamper-Geschichte? Beaton? Nein, der hat mir kein Wort davon gesagt, steht hier neben mir und quasselt... dürfte eigentlich nicht passieren, nein, sorg aber dafür, daß das Liegenschaftsamt den Erbpachtvertrag auf neunundneunzig Jahre mit ihnen abschließt, bevor du deinen Schreibtisch da räumst, je weniger Scheißpublicity, desto besser, Beaton hat mir erzählt, daß die verdammte Frau von Stamper nur Däumchen dreht... Crawley? Was hat... Ich weiß, daß das sein Werk war, aber... Mit dieser Operation hab ich überhaupt nichts am Hut, Monty, nein, Stamper hat ihm diese Nationalparknummer aufs Auge gedrückt, tatsächlich wollte er an die Everglades ran, Hunderttausende von Hektar, wenn man da die Bohrrechte hätte, aber Seminoles und andere Hottentotten sitzen auf dem Land, der angrenzende Bezirk beliefert Miami mit Wasser, aber ansonsten die letzte Gegend, nur Rentner und Sozialfälle, und nix los außer der Klospülung, wer da einsteigt, dem würden die ihre eigene Mutter verkaufen, Scheiße, Beaton, wollen Sie mir das Ohr zerquetschen? Ich sag dir ja, daß Crawley von Tuten und Blasen keine... kann ich doch nicht ändern, Scheiße, diese Heulsuse hat mich auch angerufen, von wegen daß er jetzt den Hunden zum Fraß vorgeworfen... weiß ich ja, Monty, aber wenn der so ne Nummer abzieht, geht er eben unter, wie

kann man denn in so einer Lage, wo jeder Investor dreimal überlegt, wie kann man da überhaupt auf diese Bäuche setzen, das kapier ich nicht. Erwartet jetzt von der Börse, daß sie achtundzwanzig Millionen aufbringt und ihn raushaut, aber die haben ohnehin schon alle Hände voll zu tun, daß nicht alles den Bach runtergeht, könnte vielleicht selbst zwei bis drei Millionen zusammenkratzen und dann seine Klienten mit acht bis zehn Cent pro Dollar abfinden ... Keine andere Wahl, Monty, Scheiße, nein, wenn die kleinen Investoren mit bis zu zwei, dreihunderttausend untergehen, spürt auch die Bank die Folgen, und deshalb hat Wiles alles, was sich noch unter Crawleys Namen im Depot befand, schleunigst bei Emily Cates und Francis Joubert in Sicherheit gebracht, weil im Augenblick der Scheißmarkt schneller bergab geht, als wir verdienen können, aber wenn wir auf diese Weise unser Schuldenkonto bei beiden Stiftungen ausgleichen können, um so besser... War aber trotzdem richtig, Wiles aus dem Spiel zu nehmen. Soviel Gemauschel bringt am Ende bloß ne Klage gegen ihn und Crawley, und dann purzelt das ganze System wie eine Reihe Dominosteine, immerhin hat die Börsenaufsicht selber die Hosen voll und beläßt es bei der einfachen Verwarnung, von wegen Sie müssen doch wissen, wer Ihre Kunden sind, aber diese Idioten behaupten steif und fest, sie hätten ihn noch nie gesehen, angeblich will ihn nicht einmal dieser Idiotenverein von Vorstand je zu Gesicht ...
—Entschuldigen Sie, ich müßte noch einmal an den Arm des Patienten, er sollte jetzt nicht ...
—Wen ...? Nein, es gibt eigentlich nur einen, der ihn persönlich kennt, jedenfalls behauptet er das, dieser arschkriecherische Blödmann bei Typhon, der versucht hat, die Firma zu verschenken, David Sowieso, hat gerade diesen idiotischen Preis als Werbemann des Jahres gewonnen ... das gleiche Scheißding ist hier abgelaufen, bloß, wenn man dem die Daumenschrauben anlegt, dann schiebt er die Schuld eine Etage höher, wollte seinen Boß vor diese Nobili-Anhörung zitieren lassen, zu der er aber nicht erschienen ist, die FDC war wohl selber nicht sonderlich daran ... Jemand, der sich nicht mal zum Vorwurf des Mißmanagements äußert, sondern lieber seinen ganzen Laden verliert, läßt erst recht so einen Blödmann hängen. Dasselbe bei dieser Vaterschaftsklage, aber es scheint ihn gar nicht zu interessieren, dabei ist ihr Foto in der Zeitung, Herr im Himmel, so ein schlachtreifes Monstrum wäre bei den Geschworenen sofort durchgefallen, er hätte gewonnen, ohne einen Finger krumm zu machen ... Weiß ich nicht, Crawley sagte

was von Honduras, angeblich will er das ganze Land kaufen, aber Mut hat er ja, hat mich sogar in der Bank angerufen, hörte sich an, als säße er in einer Regentonne, hab kaum verstanden, was er ... Nein, irgendein Geschäft, wollte, daß ich ihm nur dieses eine Mal helfe, und redete irgendwas davon, daß er eigentlich von Anfang an eine Bank gebraucht hätte, und irgendwie hat er noch einen Freund bei der Chase ... Scheiße, ja, ich habs so kurz wie möglich gemacht und ihm nur noch gesagt, daß er endlich aufhören soll, die Presse mit diesen bescheuerten Erklärungen zu versorgen, da war zu lesen, daß die Konzernmutter trotz der immensen Verschuldung noch frei über ihre Aktiva verfügen könne, er selber wäre nämlich diese verdammte Mutter und würde demnächst mit einer Gegenklage antworten, er sagt, er will nur das Firmensiegel zurück, sagt ... Ist den Aufwand nicht wert, Scheiße nein, US-Marshals haben irgendwo in der Stadt irgendwas versiegelt und im Waldorf abgeholt, angeblich haben Zonas dämliche Detektive sogar irgendwo in nem Schulspind was gefunden, was da versteckt war, aber ... Wen hat er angerufen ...? Also, bei Gott, kannst du ... sagt, daß es so aussieht, als hätten die sich immer an den Scheißbuchstaben des Scheißgesetzes gehalten, Scheiße, Monty, aber das Finanzamt sagt, daß seine Steuernummer die gleiche ist, die auch auf ner Million Musterkarten steht, die immer in neuen Brieftaschen stecken, fällt unter was? Wäre also kaum schwerer Betrug, oder? Die einzige Klage gegen ihn, von der ich was weiß, bezieht sich auf die seltsame Aktienkonversion, die er bei Übernahme dieser Textilfabrik ganz am Anfang durchgezogen hat, ne verärgerte Aktionärin, die ihre Ersparnisse verloren hat, das Kaff ist ne Geisterstadt, nennenswert ist nur noch der Friedhof, seit diese Scheißbande den Laden dichtgemacht hat, die Webstühle mit nem Steuertrick nach Südamerika verscheuert und ne neue Fabrik mit billigem Gerät und voll absetzbarer Maintenance in Georgia gebaut hat, das Ding ist so billig, da lohnt sich nicht mal Überprüfung, befindet sich auf dem Hinterhof von nem Gebrauchtwagenhändler, und wenn sie nicht gestorben sind, sitzen sie da noch immer auf ihrer alten Steuerbefreiung, zusammen mit ner Schiffsladung Scheißpullover aus Hongkong, ich will dir was sagen, so ein Prozeß juckt ihn gar nicht. In der Presseerklärung steht, daß er ausschließlich für die Aktionäre ... und jetzt trennt er sich eben von allem, beispielsweise von diesem Friedhof, war mal Bestandteil dieses idiotischen Gesundheitspakets, das er aber in Lizenz an diese Beerdigungsleute abgegeben hat, irgend so 'n Möchtegerncowboy, den Beaton auch

mal kennengelernt hat, und der Schrotthändler da unten will ebenfalls klagen, viel Glück dabei, er erwischt höchstens noch ein paar Lizenznehmer ... Das sag ich ja gerade! Ruft den Generalstaatsanwalt an, offenbar will er wenigstens seinen Geschäfts ... sagt dem glatt ins Gesicht, weil man das eben so macht, Scheiße, das finde ich auch! Sieht ganz so aus, als wollte er wenigstens seinen Geschäftsführer vom Haken holen, Beaton, bleib dran, Beaton? Was ist das für ne Scheißklage gegen diesen, wie heißt er noch gleich? Dieser Geschäftsführer, von dem wir gerade sprechen?
—Fünftens. Barzahlung in voller Höhe an sämtliche nicht abgesicherte Kläger, deren abzugsfähige Ansprüche hundert Dollar ...
—Beaton! Zona rülpst hier rum, man versteht ja sein eigenes ...
—Nicht überschreiten, jawohl, Sir, oder die ihre Ansprüche auf diesen Betrag reduzieren, die Klage gegen Mister Bast betrifft sein Insiderwissen, Sir, allem Anschein nach hat er seine Anteile an der Stammfirma ausgerechnet zu einem Zeitpunkt verkauft ...
—Insiderwissen, wohl wahr, der alte Trick, man benutzt die Bank für das eigentliche Geschäft, denn genau das hat er getan, als er seine Aktien als Sicherheit hinterlegt und uns damit gezwungen hat, sie für ihn zu verkaufen, bevor sie in den Keller fielen, so kam er ganz locker um die Optionsbedingungen rum, ist mir immer noch schleierhaft, wie Crawley zulassen konnte, daß er die Scheißoption vor Fälligkeit ausgeübt hat, ist das ne Gemeinschaftsklage, Beaton?
—Die Ausgabe von, jawohl, Sir, sowohl diese als auch der Prozeß gegen den Vorstandsvorsitzenden der besagten Firma sind Gemeinschaftsklagen und werden vom gleichen Kläger angestrengt, seit die Liegenschaften der Textilfirma für einen öffentlichen Park mit angeschlossener Rennbahn gestiftet wurden, mehren sich die Klagen über steigende Soziallasten in der Stadt Union ...
—Hab Sie nicht um ne Führung durch das Scheißkaff gebeten, Beaton, beantworten Sie einfach meine Fragen, kapiert? Monty? Hab ich Ihnen etwa gesagt, daß Sie aufhören sollen zu lesen, Beaton?
—Nein, Sir, Ausgabe von achthunderttausend Anteilen in Stammaktien an alle anderen nicht abgesicherten Kläger entsprechend der ...
—Sieht nicht so aus, nein, beides Gemeinschaftsklagen, werden wahrscheinlich sofort abgeschossen, bei Briefmarken kann ja auch nicht jeder einfach den Preis erhöhen, im übrigen ist dieses Grundsatzurteil sonnenklar, ich kann nicht überall rumrennen und jedem potentiellen Kläger den Arsch hinterhertragen, wenn der nicht von selber drauf

kommt, das ist das erste anständige Urteil, seit Roosevelt den Kram hingeschmissen ...
—Diese Vereinbarung ist gebunden an die Zustimmung der Aktionäre zu einer Verminderung des Splittings im Verhältnis vierundzwanzig zu eins ...
—Streichen Sie das, schreiben Sie zwanzig zu eins, wir sollten den kleinen Anleger nicht ganz verschrecken, und halten Sie mir das Scheißding wieder ans Ohr, was hast du gesagt, Monty ...? Nein, wozu sollte das denn gut ... schließt ihn vom Börsengeschäft aus, sonst nichts, damit ist niemandem gedient ... Also, bei Gott, nein, weil, dann sieht das für die verdammte Geschäftswelt nur noch schlimmer aus, deshalb, Scheiße! Die Börsenaufsicht hat zivilrechtliche Schritte gegen ihn eingeleitet, und der ganze Schamott liegt jetzt sowieso beim Konkursverwalter, oder? Aktiengesellschaften sind jetzt für diesen Bast und diesen JR, wie heißt der Scheißkerl eigentlich wirklich? Jedenfalls sind Aktiengesellschaften für die beiden jetzt tabu, und das ist die Hauptsache, mehr kann die Börsenaufsicht ohnehin nicht unternehmen. Bei Gott, Monty, das Strafrecht hat hier grundsätzlich nichts zu suchen, wenn man das zu weit treibt, dann schreibt jeder Idiot, der jemals mit irgendwelchen Wertpapieren fünf Cent verloren hat, an seinen Abgeordneten und ... Nein, aber, bei Gott, darum geht es doch überhaupt nur, Scheiße! Bei Zivilklagen kriegen sich doch bloß die Anwälte beim Mittagessen wegen irgendwelcher Details in die Haare, aber, bei Gott, wenn man den Kongress zu sehr unter Druck setzt, hat man sehr schnell ne Diskussion losgetreten, die man kaum noch in den Griff kriegt, dann faseln alle was von kriminellen Machenschaften, und bevor du weißt, wie dir geschieht, haben wir so ein Scheißgesetz am Hals, und das einzige Gesicht im Union Club ist das von dem schwarzen Kellner, man hat doch die beiden bereits für alle wichtigen Börsenplätze gesperrt, oder nicht? Wem nützt das denn, wenn wir da jetzt noch nachlegen? Die Gefängnisse gleichen schon jetzt eher der Harvard Business School, und auf der Straße laufen die Schwarzen frei rum und schneiden einem die Kehle durch, aber du brauchst bloß die Zeitung aufzuschlagen, und schon wieder ist da einer mit nem Anzug von Brooks unterwegs in den Knast, aua! Bei ...
—Sie dürfen den Patienten jetzt nicht mehr so aufregen, er kommt in ein paar Minuten dran, wenn diese Spritze ihn nicht beruhigt, müssen wir ...
—Geben Sie das Scheißtelefon wieder her! Monty? Lassen Sie mich

endlich los, ich bin doch kein Baby! Muß mich noch um fünfzig andere Firmen kümmern, und wenn ich bei dieser Sache jetzt das Kindermädchen spielen muß, kostet mich das zuviel Zeit, ich dachte, daß du vielleicht das Rekapitalisierungsprogramm übernehmen könntest, sobald du herkommst, aber vielleicht hast du ja mit Typhon schon alle Hände voll zu tun, da solltest du besser mal sofort nachsehen, wo Pythian steht und ... weiß ich nicht, vielleicht kann Cutler das übernehmen, da braut sich ein Prozeß zusammen, und von der Organisationsstruktur her hätte das jeder Affe besser hingekriegt, glaubst du, daß er ... hab ich nicht, nein, nicht, seit sie ... kein Sterbenswörtchen von ihr, nein, hab ihr Foto hier auf ner Zeitschrift von dieser Scheißfirma gesehen ... hat nichts davon gesagt, nein, Beaton?
—Die Firmenleitung bedankt sich im voraus für Ihre Geduld in dieser schwierigen Lage, Mit freundlichen Grüßen, Ihr, ja, Sir?
—Haben Sie schon mit Emily gesprochen, seit sie wieder da ist?
—Ja, Sir. Allerdings glaube ich, Sie sollten sich allmählich auf Ihre ...
—Sagt, er hätte mit ihr gesprochen, sie braucht wohl noch etwas Zeit, bis sie wieder vernünftig wird ... Weiß ich ja, Scheiße, aber sie hat den Jungen zurück, oder nicht? Hätte auch nie gedacht, daß sie uns das so übelnehmen würde, Cutler sollte ihr vielleicht mal gut zureden, jetzt wo alles geregelt ist ... der einzige Scheißgrund, warum sie die Vollmachten nicht unterschrieben hat, bevor sie nach Genf abgereist ist, war der, daß sie beweisen wollte, daß sie auch, Beaton! Das Scheißtelefon klingelt, warum muß ich Ihnen erst sagen, daß Sie den Hörer abnehmen sollen? Vielleicht ist das Broos, Monty ...?
—Ja, Sir, aber das ist das Zimmertelefon, ich, hallo ...?
—Ich weiß genausogut wie du, daß sie Freddies Vormund ist, Monty, wenn jetzt was schiefgeht und wir haben keine Unterschriften auf den Vollmachten, dann hat sie nicht nur die anderen Treuhänder am Arsch, sondern kontrolliert plötzlich auch beide Stiftungen mit allem, was dazugehört, gibt es irgendeinen Scheißgrund, daß etwas schiefgehen könnte ...?
—Sie stehen also in Maine, Colonel, was ... Schon passiert? Wann rechnen Sie mit ...
—Wir wollten doch von Anfang an drei Dividenden ausfallen lassen, oder nicht? Dadurch ergeben sich keinerlei Stimmrechte, erst nach der vierten, aber wenn wir die ausschütten, haben wir wieder alles im Griff, aber Beaton paßt schon auf ... wer? Freddie? Haben Sie was von Freddie gehört, Beaton?

—Ach, Sie meinen, daß der eigentliche Wiederherstellungsprozeß noch nicht ganz, entschuldigen Sie, nein, Sir, aber Mrs. Cutler gibt immer wieder Suchanzeigen auf ...
—Läuft noch frei rum, Monty, nein, Wiles meint, er hätte ihn mal im Fahrstuhl bei Tripler's gesehen, angeblich war er da mit Emily zusammen, aber da hat er sich wohl geirrt, Beaton sagt, daß sie Suchanzeigen aufgegeben ... muß das wohl vom Portier erfahren haben, als sie in ihrer alten Wohnung in der sechsundsiebzigsten Straße diesen Säufer aufgenommen hat ... Joubert? Nein, weiß ich nicht, sie ... weiß ich nicht, wird ihn wohl ausgezahlt haben, der Scheißgigolo braucht das für seine Anwälte, hatte da in der Schweiz 'n Job bei ner Bank und hat dabei in die Kasse gegriffen, mit dem Geld hat er sich wieder bei Nobili eingekauft, nachdem diese Leute sie auf neunzehn runtergewirtschaftet hatten, ist aber dann schnell wieder ausgestiegen, als die sich ihren Laden mit ihrem eigenen Fernostmarkt kaputtgemacht haben, jetzt ist nichts mehr übrig außer, was ...?
—Während der Übertragung verlorengegangen, aber das ist ja absurd ...
—Übrigens der gleiche Vollidiot, ja, sobald man dem auch nur leicht die Daumenschrauben anlegt, plaudert der alles aus, na egal, jedenfalls wollten sie ne große Medikamentenspende, übrigens alle schon verfallen, zum Endverkaufspreis von der Steuer absetzen, aber da hat das Finanzamt nicht mitgespielt, streicht ihnen den Betrag bis auf die Selbstkosten zusammen, das sind dann weniger als achtzigtausend bei einem Großhandelspreis von bald zwei Millionen, ne bittere Pille, die Medikamente tauchten dann auf jedem Schwarzmarkt im pazifischen Raum auf, aber weil die Haltbarkeitsdaten überschritten sind, schicken die Scheißapotheker alles schnurstracks zurück und bekommen den Einkaufspreis erstattet, von der ganzen Firma ist nichts mehr übrig außer diesen Glückspillen, die sich Zona reinzieht, und wenn sie noch die Patentklage verlieren, haben sie nur noch dieses scheißgrüne Aspirin, Gesundheitsbehörde hat sie schon auf die schwarze Liste ... Hängt davon ab, was Broos auf den Tisch legt, Beaton steht hier rum und quasselt am anderen Telefon, hab schon versucht, ihn zu erreichen wegen dieser ... was, wer hat Broos angerufen ...?
—Er ist, was, mit dem Zug ...?
—Muß wohl dieser White, wie hieß noch das Arschgesicht? Whitefoot? Dieser Idiot, den wir bei der Übernahme dieser Bank geerbt haben, ich meine, wir bringen ihn in der FCC unter, schicken ihn noch

extra dahin, was glaubt er wohl, was er da soll ... der gleiche kleine Spaghettifresser, mit dem er schon vorher rumgekungelt hat, richtig, derselbe, aus dem staatlichen Bankausschuß, der hat doch gerade das Mädchen da aus dem Fenster ... Werd Broos fragen, wenn ich ihn erwische, ja, ich versuch, das zu klären ...
—Nein, es sei denn, die Lage entwickelt sich positiv, Colonel, Wiedersehen, danke für Ihren ...
—Legen Sie mal das Scheißding auf, Beaton, glauben Sie etwa, ich will hier rumliegen und mir das Getute anhören? Wer zum Teufel war das?
—Sir, das war ein Anruf von ...
—Was ist denn jetzt mit dem Brief an die Aktionäre? Ich hab kein Wort davon gehört, daß wir die Scheißtabakfirma abstoßen.
—Ja, Sir, das ist aufgrund des Widerspruchs des Anwalts einer gewissen Mrs. Schramm gestrichen worden, denn die Anteilsmehrheit an Ritz Tobacco ist durch den Erwerb von Triangle Paper nicht mitübertragen worden, außerdem verfügt sie als Vermächtnisnehmerin ebenfalls über Anteile an Triangle, und da die Gewinnprognosen von Ritz weitgehend abhängig sind von der Einführung zweier neuer Zigarettenmarken, nämlich Ace und Mary Jane, beides Produkte mit einem astronomischen Werbeetat, und darüber hinaus die Bilanzen der vergangenen Jahre wenig Grund bieten zu der Annahme ...
—Die versucht doch nur, uns auszunehmen, soll sich die Klitsche doch sonstwo hinstecken, wenn wir etwas nicht gebrauchen können, dann sind das weitere Abschreibungsobjekte, was zum Teufel stehen Sie da denn so rum, ich hab Ihnen doch gesagt, Sie sollen Broos anrufen. Erkundigen Sie sich, wie sie mit dem neuen Tagebaugesetz vorankommen, Monty sagt mir, daß Stampers Leute schon angefangen haben, diese minderwertige Kohle aus dem Boden zu scharren, übrigens genau dort, wo dieses Indianerdorf steht, wollen das Zeug für die Stromerzeugung vergasen, das haben diese Deppen dann davon, daß sie ihre Waschmaschinen kaputtgemacht haben, ich hab Ihnen doch gesagt, daß Sie das im Auge behalten sollen, oder nicht?
—Das habe ich auch, Sir, aber wie es aussieht, wird es in der näheren Umgebung des Reservats in absehbarer Zeit keinen elektrischen Strom geben, entschuldigen Sie, das Telefonkabel hat sich verheddert, vorgesehen ist lediglich die Versorgung einer vierhundert Meilen entfernten Stadt, genauer, des dortigen Kraftwerks, und da voraussichtlich alles im Reservat verfügbare Wasser benötigt wird, um die Kohle per Pipeline dorthin zu transportieren, müßten die verbliebenen Bewohner ihr

Wasser aus großer Entfernung und in Eimern auf ihre Maisfelder tragen, welche ihre einzige, entschuldigen Sie, Sir, hallo? Ich möchte Senator Broos sprechen für ... wie bitte? Danke, ja, bitte, so bald wie möglich, er ist hier nur noch wenige Minuten erreichbar, ja, Wiederhören. Der Senator wird gleich zurückrufen, Sir, er ist gerade im Plenum wegen der Abstimmung über den Wehretat...
—Hab ihm doch gesagt, daß er das so lange hinauszögern soll, bis wir wissen, was bei diesen Ray-X-Projekten rauskommt, ich dachte, die wollten Sie noch wegen dieser Teletravelsache anrufen.
—Ja, Sir, das war der Anruf vor einer Minute, ein Colonel Moyst steht da am vorgesehenen Zielpunkt in Maine, Sir, er...
—Was zum Teufel ist denn eigentlich mit Ihnen los? Stehen hier rum und quasseln was von Indianern, die ihren Scheißmais begießen, man hat ihn also durch die Leitung gejagt?
—Man, jawohl, Sir, zumindest behaupten sie, daß der Start in Texas reibungslos vonstatten gegangen sei, nur am Zielpunkt bestehen offenbar erhebliche Schwierigkeiten beim Wiederherstellungsprozeß, allgemein wird befürchtet, daß der, also daß der Passagier bei der Übertragung verschollen ist oder sich aufgelöst hat, aber wie auch immer, man will nun einen zweiten Mann absenden und erhofft sich dabei Aufschlüsse darüber, was mit dem ersten passiert ist, aber wie die Dinge stehen, hat sich bislang kein Freiwilli...
—Vollidioten! Genau wie mit dem anderen Projekt, das hätte man mit ner Autohupe testen können, warum konnten die ihn nicht schon an der Grenze zu Arkansas abfangen? Wo ist denn der dämliche Entwicklungsleiter, sollen sie den doch absenden!
—Ich stimme Ihnen völlig zu, jawohl, Sir, aber dafür ist es jetzt zu spät, er hat soeben die Anlage in Texas verlassen und wird in etwa drei Tagen am Zielpunkt erwartet, weil er lieber mit dem Zug...
—Drei Tage, bei Gott, dann ist der Wehretat längst gegessen, ich sag Ihnen was, wenn diese beiden Projekte fehlschlagen, ist die Firma keinen Pfifferling mehr wert, und wer dann noch so dämlich sein sollte, diesen Laden zu übernehmen, hat nichts weiter in der Hand als einen beschissenen Festpreisvertrag über die Lieferung von elektronischen Thermometern, und rufen Sie Box an, bringen Sie ihn mit dem General zusammen, den die in ihrem Vorstand hatten, scheißegal, wer das war, und dann sollen die beiden zusammen...
—Jawohl, Sir, General Haight, aber entschuldigen Sie bitte, ich bezweifele, daß das möglich sein wird, denn aufgrund persönlicher

Animositäten, die noch aus der Ardennenoffensive neunzehnhundertvierundvierzig herrühren, wo der eine den Vormarsch von General Blaufinger auf Saint Fiacre aufgehalten hat und ...
—Ist das derselbe, der zusammen mit den anderen Clowns vor dem Broos-Ausschuß antanzen mußte?
—Nein, Sir, General Haight wurde gestattet, sich einer Befragung zu unterziehen, für die er seine Suite im Waldorf nicht verlassen mußte, soviel ich weiß, weigert er sich, dort seine Rechnung zu begleichen und sagt, man solle doch die Firma verklagen, die wiederum behauptet, das Hotel habe ihn als Ehrengast für Publicityzwecke eingeladen, aber mittlerweile hat er damit begonnen, seine Memoiren zu schreiben und seine gesamten Aktenschränke herschaffen lassen ...
—Der Vollidiot hat dafür gesorgt, daß deren Aktien derart gefallen sind, hat sämtliche Studentenvertreter gegen sich aufgebracht, die dann die Universitäten gezwungen haben, die Aktien abzustoßen, war doch so, oder? Und dann fährt auch noch da hin und wird prompt mit Steinen beworfen, weil er verlangt hat, daß man die Uni nach ihm benennt, weil er für die irgend so einen Immobiliendeal mit besonders schönen Abschreibungsmöglichkeiten eingefädelt hat, war doch so, oder?
—Soweit ich weiß, Sir, sollte sich die Universität umbenennen, um seine Leistungen im künstlerischen Bereich zu würdigen und als Dankesgeste für die Übereignung einer Sammlung seiner eigenen Gemälde, die er aus steuerlichen Gründen preislich extrem hoch einschätzen ließ, und zwar durch das Gutachten einer Fernakademie, die seine künstlerische Bedeutung mit der von Norman Rockwell verglich, aber offenbar haben alle Studenten dieser Fernakademie gleichlautende Schreiben erhalten, dazu kommt, daß das Finanzamt aufgrund der geänderten Gesetzeslage seine Gemälde nicht als geldwerte Zuwendungen anerkennt ...
—Geänderte Gesetzeslage? Beaton, wovon reden Sie eigentlich?
—Bei Gott, die Stimme aus der Unterwelt, ist sie etwa immer noch da? Dachte schon, sie sei zur Salzsäule ..
—Das Gesetz, das nun lediglich noch die Materialkosten als steuerabzugsfähig anerkennt, Ma'am, Farben, Pinsel, Leinw ...
—Was denn? Ich kann nur noch die Fassadenfarbe absetzen, die dieser Affe für seine schmierigen Scheußlichkeiten verbraucht hat? Für die ich im übrigen gutes Geld bezahlt habe? Wollen Sie damit etwa sagen, daß sich die Gesetzeslage verändert hat, während Sie hier rumgestanden haben mit dem Finger im ...

—Nein nein, Ma'am, nein, als Sammlerin können Sie natürlich den vollen Marktpreis der Gemälde absetzen, wie wir das auch bereits mit Ihrer Cousine im Museumsvorstand besprochen haben, dieses Gesetz bezieht sich nur auf den Künstler selbst, wenn beispielsweise Mister Schepperman dem Museum seine Gemälde schenken wollte, könnte er lediglich die tatsächlichen Kosten der verwendeten Materialien absetzen, ähnlich bei Schriftstellern, welche die Kosten für Papier, Radiergummis, Farbbän ...
—Der Affe verschenkt doch nicht mal das Schwarze unterm ...
—Scheiße, Zona, halt die Klappe, hast deinen Scheißkäse gekriegt, hast deine Pillen umsonst gekriegt, oder etwa nicht? Hast sogar deinen Scheißparkplatz wieder, was zum Teufel willst du eigentlich noch ...
—Parkplatz? Was soll ich denn jetzt damit? Drauf kampieren oder was? Wenn du Nick rausschmeißt, dann kannst du dich aber auf was gefaßt machen ...
—Den hab ich schon rausgeschmissen, als deine dusseligen Detektive behauptet haben, daß sie deinen Wagen mehrmals vor dem Büro dieser Firma haben parken sehen, und wir dürfen jetzt die Scherben aufsammeln, was zum Teufel hat er da eigentlich gemacht? Hausseelsorge? Die Deppen, die da sogar noch den Müll duchsucht haben, haben die noch mehr Hinweise gefunden, Beaton?
—Das bezweifele ich, Sir, sie haben in Brooklyn zwei Tage lang den Halter eines Wagens mit der Nummer K vier sechs sechs beschattet, bis sich herausstellte, daß es sich dabei lediglich um ein Konzert von Mozart handelt, und natürlich sind die Tonbänder ...
—Ich hab Ihnen doch gesagt, daß ich davon nichts wissen will, Scheiße, sagen Sie mal, haben Sie die Tonbänder mitgebracht?
—Ja, Sir, aber wie Sie schon, ich würde sagen, es handelt sich lediglich um Fragmente, wenige Worte und lange Pausen, und immer wieder diese Wassergeräusche, die alles übertönen ...
—Scheiße, spielen Sie sie einfach mal ab, mal sehen, ob Emily da irgendwo drauf ist, haben Sie irgendwo ihre Stimme wiedererkannt?
—Aber, aber nein, Sir, ich, wieso, wieso sollte ...
—Sie sehen doch selbst, wie sie da überall mit drinhängt, ihr Bild erscheint sogar auf dem Titelblatt von einer ihrer Zeitschriften, oder irre ich mich?
—Oh, o nein, Sir, das ist ...
—Das ist gar nicht Emily, ich hab dir doch vorhin schon gesagt, das ist nichts weiter als ne ganz vulgäre, Schwester, ich hab Ihnen doch gesagt,

Sie sollen mir ein paar Kräcker holen, übrigens die ekelhafteste Zeitschrift, die ich je gesehen habe, schlaffe Bäuche, Hängetitten, Abführmittel und dann diese grauenhafte Kreatur in dem Bodystocking mit diesen Yogi-Übungen, hier, Beaton, zeigen Sie ihm das mal. Da, sieht die etwa wie Emily aus?
—Hier, Sir, es ist, eine gewisse oberflächliche Ähnlichkeit ist zwar vorhanden, aber ich glaube, es handelt sich hier um die Frau des Personalchefs dieser Firma, derselbe Mann, der zur Zeit noch vermißt wird, nachdem er an diesem Teletravel-Experiment teilgenommen hat, offenbar hat er seinen Einfluß geltend gemacht und ihr eine Stellung bei diesem Hilfsprojekt für Indien ...
—Welche Stellung? Zeigen Sie ihm doch mal die allererste, Beaton, zeigen Sie ihm El Hedouli, können Sie sich dabei Emily vorstellen? Die ist doch so verklemmt, die kriegt ihre Beine nicht mal für den König von ...
—Wollte doch zusammen mit diesem Säufer in ihre alte Wohnung ziehen. Aber die Sache ist wohl wieder gestorben, oder, Beaton?
—Nach Aussage des Portiers ist er dort nie wieder gesehen worden, nachdem sie ...
—Monty ist immer noch sauer, daß sie sich einfach so aus dem Staub gemacht hat, hab ihm gesagt, daß Cutler sie vielleicht wieder zur Besinnung bringt, warum zum Teufel sollte sie ...
—Cutler ist ja ein noch größerer Blindgänger als sie, ohne ne schriftliche Einladung geht der ihr garantiert nicht an die Wäsche, was glaubst du wohl, warum sie sich den ausgesucht hat? Weil sie immer noch ne verklemmte Ziege ist, deshalb, Sie haben sie doch nach ihrer Rückkehr getroffen, Beaton?
—Nein, sie, ich habe sie nicht gesehen, Ma'am, ich habe nur mit ihr telefo ...
—Aber ne verklemmte Ziege ist sie trotzdem. Haben Sie gehört, was sie über mich gesagt hat, als wir ..
—Am Telefon klang sie sehr kühl, Ma'am, ja, aber eher so, als sei sie innerlich erfroren, emotional, verstehen Sie?
—Wenn du fünfzig Cent für ihr Hochzeitsgeschenk ausgibst und mit nem Stapel Tischsets ankommst, dann kannst du doch auch nichts anderes erwarten, Zona, wo ist das Taschentuch, Scheiße, Beaton, ich hab Ihnen doch gesagt ...
—Und ich will auch meine Detektive wiederhaben, die haben den Affen aus den Augen verloren, als du sie für dich gebraucht hast, und

wenn dem irgendwas zustößt, Beaton, dann will ich das wissen, sein Preis könnte sich glatt verdoppeln, und dann sitz ich da mit dem Finger im ...
—Ja, Ma'am, im Falle seines Ablebens würde sein Nachlaß natürlich nach dem tatsächlichen Marktwert veranlagt, aber Sie hätten Anspruch auf alles, was sich noch in seinem Besitz ...
—Alles, was sich irgendwo in irgendwelchem Besitz befindet, gehört mir, was ist mit dem Haufen Schrott, den er weggeschleppt hat, damit ich nicht mehr an mein Geld komme?
—Ja, Ma'am, davon hat er einen Großteil verkauft, aber wir haben sofort sein Konto einfrieren lassen ...
—Dahinter steckt wieder die gleiche Scheißfirma, über die wir hier die ganze Zeit reden, Zona, die haben so ne affige Kunststiftung eingerichtet und dafür zwanzigtausend ausgeworfen, haben sogar noch mal neunzig für irgend so ein Scheißorchester bezahlt, ich will, daß das Geld auf ein Anderkonto kommt, Beaton, stellen Sie fest, ob diese Stiftung überhaupt legal ...
—Wenn Sie das Geld auf ein Anderkonto legen, Beaton, dann leg ich Sie auch auf 'n Anderkonto, und Mister Katz gleich dazu, und ...
—Bei Gott ...
—Bitte, ich glaube, Sie sollten jetzt besser gehen, damit der Patient ...
—Beaton, sagen Sie ihm, daß ich ihn verklage, wenn er das versucht, diesen vertrockneten Pinocchio mit einem Herz aus Blech, ich verklag ihn wegen Hochstapelei, weil er in betrügerischer Absicht als Mister Katz aufgetreten ist, er ist doch gar nichts, er besteht doch nur noch aus alten Ersatzteilen, er existiert gar nicht mehr, er fing schon vor achtzig Jahren an auseinanderzufallen, mit einem Fingernagel gings los, damals auf dem Nachtschiff nach Albany, und sein dämlicher Klassenkamerad Handler flickt ihn seitdem immer wieder zusammen, fing mit ner Blinddarmoperation an, dabei hat er die Milz punktiert und rausgenommen, dann war die Gallenblase dran, damit's von Anfang an nach ner Blinddarmentzündung aussah, und sehen Sie ihn sich jetzt an, er hört mit dem Innenohr eines wildfremden Menschen, und die Hornhauttransplantate erst, weiß der Geier, durch wessen Augen er guckt, wie ne Aufziehpuppe mit einem Herz aus Blech, der endet noch mal mit nem Hundehirn und Negernieren, warum kann ich ihn nicht vor Gericht bringen und ihn für nichtexistent erklären lassen? Für null und nichtig und schlichtweg nicht vorhanden, wieso geht das nicht, Beaton?

—Nun ja, das, das wäre ein bisher einzigartiger Sachverhalt, Ma'am, ich wage zu bezweifeln, daß es bereits einschlägige Urteile gibt, und bis zu einer endgültigen Entscheidung würden sicherlich Jahre ...
—Bei Gott, Beaton, können Sie dieses Weib nicht abstellen? Und nehmen Sie endlich den Scheißhörer ab!
—Der Patient wird in wenigen Minuten in den OP gebracht, und Sie sollten jetzt besser ...
—Halten Sie das Scheißding näher! Wer ist ... Broos? Was macht Ihre Scheißabstimmung über diese Kreditbürgschaft ...? Wer ist? Dann machen Sie doch 'n Deal, verdammt noch mal, die brauchen demnächst Ihre Stimme bei den Subventionen für die Zuckerindustrie. Sonst geht noch die ganze verdammte Wirtschaft den Bach runter ... hab Ihre Rede gelesen, ja, tolle Rede, aber wenn der Dow nicht wieder auf die Beine kommt ... Scheiße, ja, das weiß ich, aber wir müssen doch erst mal deren Scheißschulden umschichten, dachte, daß ich das an Monty übergebe, sobald dieser Hochofen einmal läuft ... Bei Gott, was hat das denn damit zu tun? Scheißdreck ... Sie sind doch selber 'n Scheißpolitiker, da müßten Sie doch wissen, daß das totaler Schwachsinn ist! Die Linkspresse kocht jeden Mist hoch und bewirft uns dann mit Dreck, Monty hat doch den Arsenkies-Vertrag an Land gezogen, bevor er in der Scheißregierung war, oder etwa nicht? Offiziell war er zu diesem Zeitpunkt immer noch für die Scheißaktionäre tätig. Und es war sein verdammter Job bei Typhon, dabei für die Aktionäre das beste rauszuholen, was drin ist, nimmt sogar ne Gehaltskürzung in Kauf, um seinem Scheißland zu dienen, und dann kommt die linke Presse und jagt ihn aus dem Amt, kein Wunder, daß sich in ganz Washington kein einziger guter Mann mehr findet, der ... Der Scheißvertrag besagt doch nur, daß die ganze Schmelzanlage da drüben offiziell nicht mehr gebraucht wird und deshalb an uns abgegeben wird, im übrigen geht sie die nationale Kobaltpolitik einen Scheißdreck, das Scheißding müßte eigentlich jeden Tag in Betrieb gehen, das Problem ... das Problem sind nur die Scheiß-Arbeitskräfte, denn sie haben halb Malwi ausgerottet, wie zum Teufel konnte das bloß passieren? Dés Leute sollten das Land annektieren, aber ich habe eben erfahren, daß diese Blödmänner bis an die Zähne bewaffnet waren, als er einmarschierte, Dés Leute drehen durch und machen alles nieder, was sich bewegt, später stellt sich raus, daß das alles nur Spielzeugwaffen waren, Pistolen, Karabiner, Maschinengewehre, Raketenwerfer, jede Scheißwaffe, die man sich nur vorstellen kann, aber alles aus Plastik, die armen Idioten

müssen ... weiß ich nicht, Scheiße, nein, vielleicht Gandia oder was davon übrig ist, hab gehört, daß das rote Regime zusammengebrochen ist, als Nowunda plötzlich nicht mehr da war, wahrscheinlich versteckt er sich unter Millikens, Telefon, Scheiße Beaton, muß ich Ihnen denn jedesmal sagen, daß Sie das Scheißding abnehmen sollen? So wie dieser Vollidiot sich aus dem Fenster gelehnt hat, als er die UN-Resolution unterstützt hat, die ein Eingreifen befürwor... was?
—Ja...? Nein, das ist hier ein Krankenzimmer, wer ist denn...
—Wer? Milliken? Dem muß ich wohl mal in den Hintern treten, seine Kanzlei hat sich ausgerechnet von dieser Scheißfirma, dieser Alsaka, anheuern lassen. Ist immer noch sauer, weil die ihm ne ganze Ecke aus seinem Staat weggesprengt haben, hat aber keine Wähler dabei verloren, oder doch? Die paar Schafe und Indianer sind ja kein Grund, gleich so... wer, die ganze Scheißbande, die da draußen kampiert hat? Der ganze Vertrag ist für nichtig erklärt worden, und das Liegenschaftsamt hat jetzt jedes Scheißrecht, es für neunundneunzig Jahre zu verpa... sind nichts weiter als Mündel der Scheißregierung, oder? Scheißprozeß, selbst wenn sie den gewinnen sollten, ist das Büro für Indianerangelegenheiten immer noch ihr Vormund und muß jeden Pfennig genehmigen, den sie ausgeben, stimmts? Wenn es jetzt nach Recht und Gesetz zugeht, haben die mit den Prozessen die nächsten zehn Jahre zu tun, Einbruch ins Büro für Indianerangelegenheiten, gestohlenes Auto über die Staatsgrenze geschmuggelt, einen Autohändler umgebracht, sein Sohn schwerverletzt im Krankenhaus, angeblich auch tätlicher Angriff auf einen US-Marshal, Tatwaffe ein Scheißfön, wenn man dann noch die Kosten für den Prozeß dazuzählt, den sie gegen die bankrotten Zementfabriken wegen ihrem ursprünglichen Reservat führen, dann bleibt denen am Ende nicht mal mehr 'n Pott zum... Wer von denen da bleiben will, soll doch bleiben und arbeiten, hab gehört, daß die da jetzt mit dem Abbau von Braunkohle anfangen, ist doch Arbeit für alle da, und deshalb will ich diesen Scheiß... nein, ich hab Beaton darauf angesetzt, aber jeder Affe hätte das besser hingekriegt... ich weiß, daß die Zahlen unvollständig sind, Scheiße, das ist ja gerade das, was...? Nie gehört, bleiben Sie dran, Beaton?
—Ich ebenfalls noch nicht, einen Moment, bitte...
—Beaton? Der will das Vermögen der J R Shipping Corp. wissen, irgend ne Anfrage wegen einer sechsprozentigen Subvention, wer zum Teufel ist das denn?

—Ein Mister, einen Moment, sagte ich! Ja, Sir, die habe ich hier, die meisten Angestellten der Stammfirma scheinen dort auf der Gehaltsliste gestanden zu haben, aber der einzige Vermögenswert, den ich ausfindig machen konnte, ist ein, hier ist es ja, ein noch im Bau befindliches Schiff mit der Rumpfnummer drei fünf neun sieben, das derzeit in beschädigtem Zustand in der Nähe von Meile sechzehn Komma sechs am Galveston River liegt, etwa vier Mei ...
—Broos? Beaton sucht noch nach den Zahlen, hört sich nach einem der Tricks an, womit sie im letzten Moment noch ihren Arsch retten wollten, schieben jeden aus dieser Scheißfirmengruppe bis runter zur Putzfrau auf die Gehaltsliste von Ray-X, weil sie laut Vertrag die Entwicklungskosten auf jeden Fall erstattet kriegen plus einen satten Gewinn, sieht so aus, als habe das halbe Land da mitgearbeitet, sie ... Scheiße, das weiß ich doch, und mit der Scheißbank ist das genauso, Sie erwarten doch wohl nicht von uns, daß wir die mit durchziehen? Ich dachte, daß Typhon das vielleicht übernehmen könnte, Beaton sagt mir, nicht mehr lange, und wir kommen mit dem Kartellrecht in Konflikt, nichts mit diesem Scheiß zu tun, das ist Sache des Verteidigungsministeriums, wenn die mit ihrem Geld so umgehen ... Also, bei Gott, wessen Schuld ist das denn? Es ist ein Projekt des Verteidigungsministeriums, oder etwa nicht? Und das Verteidigungsministerium hat die Verträge gemacht, nicht wir. Die sind an sämtlichen Kosten schon so sehr beteiligt, daß die im Grunde gleich den ganzen Laden übernehmen könnten, von den Aktionären kann man schließlich nicht erwarten, daß ... gibt doch überhaupt keinen Grund, warum die Scheißarmee das nicht im Rahmen der Notstandsgesetzgebung machen kann, oder? Alle Ray-X-Vorzugsaktien aufkaufen, wie die Scheißmarine das hier vor zwei oder drei Jahren mit der Waffenfabrik auf Long Island gemacht hat? Keine Dividende, kein Stimmrecht, nicht konvertierbar, die Firma tilgt den Betrag nach fünf Jahren aus dem Reingewinn ... also was zum Teufel glauben Sie wohl, warum ich Ihnen gesagt hab, daß Sie diese Scheißabstimmung aufschieben sollen, bei nem Wehretat von dieser Größenordnung können Sie doch die paar Millionen noch unauffällig irgendwo unterbringen, merkt sowieso keiner ...
—Entschuldigen Sie, können wir jetzt bitte mit dem Telefonieren aufhören? Der Patient ...
—Wasser, hol mir doch jemand etwas Wasser ...
—Scheiße, Beaton, hiergeblieben! Broos ... Hab Sie nicht verstanden,

nein, wer ... hab jetzt keine Zeit, mich auch noch um diesen Scheiß zu kümmern, hab gerade mit Monty telefoniert, Ärger wegen diesem TV-Kanal, die Frage ist, wer die Antragsteller sind, wahrscheinlich wieder ein Trick von diesem kleinen schmierigen Spaghettifresser, will sich vermutlich als Präsidentschaftskandidat aufstellen lassen, falls ihm der Knast erspart bleibt, können wir ihn hier mit nem Richterposten versorgen ... wen anrufen? Bei Gott, nein, würde nicht mal 'n Straßenköter darum bitten, ihn zu ernennen, wir besorgen ihm nur die Scheißnominierung für den zehnten Justizbezirk, überhaupt kein Risiko, seit McKinleys Zeiten fest in republikanischer Hand, weiß ich ja, Scheiße, aber er hat enge Verbindungen zu dieser Flo-Jan Company, die sich da draußen um die Scheißlizenz für den TV-Kanal bewirbt. Er und dieser Whitefoot oder wie der Idiot heißt, hab seine Scheißbank aus dem Sumpf gezogen und ihm ne Stelle bei der Fernmeldebehörde verschafft, aber der ist schlicht zu blöd, um sein dämliches Maul zu ... Also, bei Gott, kommen Sie mir doch nicht damit, daß ich mich überall einmische, irgend jemand muß den Laden schließlich zusammenhalten, Scheiße, so ist das doch! Der größte Ärger in der Welt wird von Vollidioten gemacht, die nichts Richtiges zu tun haben, gebt denen was zu tun, holt sie von der Scheißstraße runter, aber es hängt mir bei Gott zum Halse raus, wenn ich erleben muß, daß sie ausgerechnet die Hand beißen, die sie ernährt. Das sind die Leute, die nur das für sinnvoll halten, wofür sie bezahlt werden, kaum ist der erste Dollar verdient, da gehts auch schon los, und sie protzen mit ihren Scheißautos rum, ihrem Eigenheim, Swimmingpool im Garten, Boote mit Außenbordmotor, die Kinder fressen Erdnußbutter, verschulden sich, als ob sie diejenigen wären, die ihren Erfolg höchstpersönlich erfunden hätten, können Sie sich etwa vorstellen, daß ich mich in nen Scheiß-Swimmingpool im Garten lege? Oder Urlaub mache? Wenn sich nicht jemand jede Scheißminute dafür abrackern würde, daß der Scheißladen läuft, dann säßen die heute auf dem Rasen vorm Weißen Haus wie seinerzeit die Arbeitslosen von Coxey's Army, nur verdammt noch mal hundertmal beschissener dran als damals, bei Gott, Broos, kommen Sie mir bloß nicht damit, daß ich mich überall einmische! Könnt ihr Politiker euch nicht endlich entscheiden, was ihr wollt, mit der einen Hand wollt ihr eure Gewinne einsacken, aber mit der anderen jedem Blödmann die Hand schütteln, und dann wollt ihr auch noch geliebt werden, also bei Gott, ich hab meine Wahl vor achtzig Jahren getroffen und hab das nie, Scheiße, her damit!

—Na na, nun wollen wir uns aber mal schön wie erwachsene Menschen benehmen, lassen Sie das Tele...
—Hier, Schwester, geben Sie's mir, hallo? Senator? Ja, Sir, er muß jeden Moment in den OP, er ist... Sie später zurückrufen, Sir, ja, das wird er bestimmt tun, Wiedersehen...
—Etwas, Wasser...!
—Ich gehe dann, wenn ich fertig bin! Beaton? Was war das für ein Anruf?
—Das war noch einmal Mister Leva, Sir, er...
—Sind die Scheißzahlungen eingestellt worden?
—Nein, Sir, dafür war es zu spät, Mister Crawley hat bereits Verhandlungen...
—Tropfen auf den heißen Stein, wird Crawley auch nichts mehr nützen. Haben Sie rausgefunden, wo er die Rechte für diese Scheißmusik hergekriegt hat?
—Nein, Sir, er sagt, er habe sie in Auftrag gegeben, aber...
—Könnten Sie bitte Ihren Aktenkoffer aus dem Weg nehmen, Sir? Wir...
—Passen Sie doch auf meinen Fuß auf, Scheiße! Was zum Teufel will denn dieser Leva?
—Er ist wütend, weil das neue Management Erebus empfohlen hat, ihn rauszuschmeißen, Sir, er beruft sich darauf, daß dieser Mister Grynszpan ihm versichert habe, er...
—Scheiße, dreißig Millionen reichen dem noch nicht für einen einzigen Film, sondern der geht los und schmeißt nochmal sechzigtausend für Musik aus dem Fenster, gefeuert habe ich ihn selbst, Scheiße, dachte, daß wir statt dessen diesen Grynszpan einstellen, der hat denen doch auch den Laden dazugekauft, stimmts? Nicht dumm der Mann, gar nicht dumm, wenn man sich ansieht, wie er die Sache anpackt, wäre möglicherweise genau der Richtige, den Laden auf Vordermann zu bringen, hab ich Ihnen nicht gesagt, Sie sollen sich über ihn etwas umhören?
—Ja, Sir, und in der Tat gibt es Spekulationen, daß er als graue Eminenz hinter dem kometenhaften Aufstieg der Firma gesteckt haben könnte, er scheint eine äußerst bewegte Karriere hinter sich zu haben. Laut Zeitung von gestern soll er die Grynszpan-Theorie der gemeinsamen Brennpunkte entwickelt und sich jahrelang mit der Wechselwirkung zwischen Mechanisierung und Kunst befaßt haben, offenbar hat er sich sein Studium in Harvard durch den Verkauf von Enzyklopädien

finanziert und der Universität eine bedeutende Summe in Form von Wertpapieren und Immobilien hinterlassen, obwohl bei Testamentseröffnung sowohl das Finanzamt als auch die Edison Comp ...
—Testamentseröffnung? Scheiße, soll das etwa heißen, er ist tot?
—Ja, Sir, mehreren Berichten zufolge soll er plötzlich in Yucatan an Leukä ...
—Tot? Dann nützt er uns ja nichts mehr! Scheiße, Beaton, was ...
—Joe, schieb da mal den Fuß vom Bett und ...
—Wasser ...?
—Bei Gott, Scheiße, Beaton? Wo zum Teufel sind Sie? Schicken Sie den Scheißbrief an die Aktionäre raus, wenn ich unterm Messer liege, Beaton, kapiert? Informieren Sie sich über die Eigentumsverhältnisse in diesem chaotischen Familienunternehmen mit dem Scheiß-Patentprozeß, und wenn ich wiederkomme, sind Sie damit fertig, kapiert? Wenn die recht bekommen, wird derjenige, der auf den JMI-Aktien sitzt, gnadenlos durch die Instanzen gehen, da steht zuviel auf dem Spiel, als daß wir uns noch einen Patzer erlauben dürfen, und Sie erkundigen sich, inwieweit wir unsere eigenen Scheißfinger bei JMI drin haben, kapiert, Beaton? Wo zum Teufel ...
—Bitte, der Patient muß liegenblei ...
—Scheiße, gehen Sie doch aus dem Weg, wo ist er denn, Beaton? Kommen Sie hier rüber, damit ich Sie sehen kann, Sie machen das mit JMI, kapiert?
—Nein, Sir.
—Und erkundigen Sie sich nach den Eigentums, was haben Sie eben gesagt?
—Das Vermögen beider Stiftungen wurde durch eine einstweilige Anordnung eingefroren, Sir.
—Was zum Teufel soll das, warum haben Sie mir das nicht gesagt? Was ...
—Sie haben mich ja nicht gefragt, Sir.
—Also, bei Gott, dann frage ich Sie eben jetzt! Einstweilige Anordnung, wer steckt dahinter?
—Mrs. Cutler, Sir.
—Mrs. Emily? Bei Gott, was ...
—Ja, Sir, sie hat mich heute morgen darüber informiert, daß sie eine einstweilige Verfügung erwirkt hat, mit der die Vermögenswerte eingefroren werden, solange die Frage nach der Kontrolle über beide Stiftungen in der Schwebe ...

—Kontrolle der, Amy, bei Gott, das ist doch überhaupt keine Frage, wer die Stiftungen kontroll, wann ist die Dividende fällig? Ich hab Ihnen doch gesagt, daß Sie die verdammte vierte Dividende im Auge behalten sollen, nicht wahr?
—Das habe ich auch getan, ja, Sir.
—Also, Scheiße, wann ist sie denn fällig?
—In ungefähr zwanzig Minuten, Sir. Ich nehme sogar an, daß sie in diesem Moment mit den anderen Treuhändern konferiert, und wenn bis dahin keine Dividende bekanntgegeben ist, geht aufgrund der Tatsache, daß sie die letzten beiden Vollmachten nicht unterschrieben hat, sowohl die Stimme ihres Bruders als auch die ihres Sohnes auf ihre eigene Person...
—Ich gebe sie hiermit bekannt, haben Sie verstanden?
—Nein, halt seinen Arm fest, Joe, hier, halt seinen Arm fest! Der fällt uns sonst noch aus dem...
—Sie selbst wird in beiden Stiftungen zum gesetzlichen Vormund sowohl...
—Die scheißvierte Dividende, sie wird hiermit ausgeschüttet, haben Sie gehört? Haben Sie mich gehört?
—Hol den Stationspfleger, Joe, die vielen Extrasystolen gefallen mir gar nicht, ich glaube, Sie gehen jetzt lieber, Sir, der Patient ist...
—Ja, ich, ich auch, wo ist die Toilette? Schnell...
—Da vorne links, gleich...
—Ach, und die Dame hier, Schwester... zwischen raschelndem Klinikweiß hindurch bahnte er sich einen Weg zur Tür, —ihr scheint es ebenfalls nicht so gut zu gehen, ich habe sie noch nie mit einer derartigen Gesichtsfarbe gesehen...
—Haben Sie mich verstanden...?
Quietschend fiel die Tür hinter ihm zu, als auch schon die erste Welle aus ihm herausschoß, würgend klammerte er sich an den erstbesten Beckenrand, hielt sich daran fest, zusammengekrümmt unter immer neuen Wellen, hielt sich fest, krampfhaft fest.
—Entschuldigen Sie, wollen Sie, brauchen Sie ein...?
—Was? Oh, danke... Eine Hand löste sich, griff nach dem nassen Handtuch —tut mir, nett von Ihnen, leid, ich, ich hoffe, ich habe Sie nicht...
—Nein, schon gut, es, ich meine, mir ist gerade dasselbe passiert, brauchen Sie Hilfe? Soll ich Ihnen eine Schwester vorbeischicken oder...

—Nein! Nein, danke, ich bin, mir gehts schon wieder besser.
—Ja also, wenn Sie meinen, daß Sie ... Die Tür quietschte wieder.
—Vorsicht! Klappernd kam der Wagen mit Essenstabletts zum Stehen, —Sie wollen doch nicht noch am Entlassungstag überfahren werden, Mister Bast, aber immer noch ein bißchen wacklig auf den Beinen, was? Ihr Freund Mister Coen ist eben gekommen, er wartet in Ihrem Zimmer, der Anzug steht Ihnen aber wirklich nicht schlecht ... vorbei am Grün kam sie näher und drückte die Tür auf, —da sind wir schon, Mister Coen. Setzen Sie sich doch vielleicht auf das leere Bett da, Mister Bast, solange ich die Laken von Ihrem abziehe. Der Anzug steht ihm wirklich nicht schlecht, finden Sie nicht auch, Mister Coen? Wenn er die Jacke zugeknöpft läßt wegen der Hose, die ist ihm nämlich etwas zu weit. Es ist natürlich nicht die neuste Mode, aber das, was er bei seiner Einlieferung anhatte, das war so eingelaufen, daß er es überhaupt nicht mehr tragen konnte, nicht wahr, Mister Bast?
—Nein, aber wenn Sie meinen, daß ich diesen Anzug nehmen kann, dann ...
—Es wäre in seinem Sinne gewesen, wenn Sie ihn annehmen, er mochte Sie wirklich sehr gern, Mister Bast, er hat uns immer gesagt, daß wir etwas für Sie tun sollen, und wie er Ihnen aus der Zeitung vorgelesen hat ... Ein Laken bauschte sich und segelte zu Boden. —Er war wirklich ein ungewöhnlicher Mensch, nicht wahr?
—Aber, ja, aber wie ist es denn passiert?
—Nun wollen wir uns aber nicht aufregen, Mister Bast, manchmal entschlafen sie eben einfach so ... Das zweite Laken folgte zerknüllt, —da kann man nichts machen. Manchmal, wenn man denkt, daß sie einfach nicht mehr können und es hinter sich bringen wollen, dann geht es doch noch weiter, wie mit Ihrem Freund auf der Intensivstation, sagten Sie nicht, daß auch seine Frau gerade gekommen ist, Mister Coen? Er hat sie wahrscheinlich gar nicht erkannt, nicht wahr?
—Nein, nein, er erkennt niemanden, nein, sie dürfte jeden Moment hier sein, Mister Bast, und ich glaube, sie, ich denke, Sie sollten sich auf die Tatsache gefaßt machen, daß dieses Ereignis seinen Tribut gefordert hat. Wie es aussieht, hat sie sich für das, was passiert ist, die Schuld gegeben und sich aus diesem Grunde auch in polizeilichen Gewahrsam begeben, dieser Schuldkomplex ist leider immer noch nicht abgeklungen. Lassen Sie sich durch ihre äußere Ruhe nicht täuschen, ihre Reaktionen auf bestimmte Sachen sind immer noch etwas, etwas merkwürdig, insbesondere im Hinblick auf die ungelösten Aspekte Ihrer

familiären Situation, jedenfalls soweit sie den Nachlaß ihres Vaters betreffen. Je eher Ihre und die rechtliche Position Ihrer Tanten in dieser Sache geklärt werden kann ...
—Nein, aber, Moment mal, sie, was ist denn passiert, wo sind sie ...
—Ja, das wollte ich gerade sagen, es ist mir endlich gelungen, in Erfahrung zu bringen, daß sie anscheinend in diese Stadt in Indiana zurückgekehrt und dort in einem Altenheim untergekommen sind. Ich habe sie dort auch telefonisch zu erreichen versucht, aber da sagte man mir, daß sie wegen eines Zimmerbrands im oberen Stockwerk vorübergehend evakuiert worden seien, außerdem schulde ich Ihnen noch eine Entschuldigung, Mister Bast. Es war in der Tat Ihr Haus, das wir in jener Nacht gesehen haben, als Sie verständlicherweise so verwirrt waren. Es hat inzwischen den Anschein, daß im Zuge der Enteignung des Besitzes die Bekanntgabe der Zwangsversteigerung des Hauses lediglich in einer Zeitung in Poughkeepsie erschien, und bei der Auktion in Albany gab es daher nur ein einziges Gebot und zwar von einem gewissen Mister Cibo, Geschäftsführer einer gewissen Catania Paving Company, ja, so heißt das, glaube ich. Weitere Nachforschungen haben ergeben, daß sein Gebot von einem Dollar offenbar im Namen eines gewissen Father Haight abgegeben wurde, im Gegenzug erhielt Mister Cibo den, ich darf sagen, außergewöhnlich lukrativen Auftrag, besagtes Haus direkt neben die Kirche zu verlegen, wo wir es ja in jener Nacht auch sahen, es dient dort als Jugendclub für ...
—Aber, nein, wie konnte das ...
—Ich weiß, daß das wohl kaum dem Wunsch Ihrer Tanten entspricht, Mister Bast, aber Sie, vielleicht freut es sie ja zu hören, daß es in seiner alten Form erhalten geblieben ist ...
—Nein, aber, für einen Dollar? Wie konnte ...
—Das erscheint äußerst unbillig, da stimme ich Ihnen zu, gleichwohl gibt der Staat in solchen Fällen allen Geboten, die höher als ein Penny sind, den Zuschlag, insofern es nämlich dem Käufer obliegt, das Gebäude von dem enteigneten Gelände zu entfernen, was dem Staat die Abrißkosten erspart, wie bereits mit der Scheune im hinteren Teil des Grundstücks geschehen, wo, oh, Mrs., Mrs. Angel, kommen Sie herein, tut mir leid, ich habe Sie gar nicht gesehen, bitte kommen Sie herein und, und setzen Sie sich, ja, Mister Bast und ich sprachen gerade ...
—Hallo, Edward. Ich habe gehört, worüber Sie gesprochen haben, Mister Coen, fahren Sie bitte fort.
—Es gibt dazu eigentlich nichts mehr zu sagen, abgesehen von den, den

Umständen der Entdeckung, die fast schon komisch waren. Die Einzelheiten kamen ans Licht, als eine vermögende Frau, deren philanthropische Neigungen sich auch auf den Erhalt von Ateliers bekannter amerikanischer Künstler erstrecken, zufälligerweise erfuhr, daß das Bast-Anwesen planiert und einem Kulturzentrum weichen sollte, für das sie sich gleichfalls als Sponsorin eingesetzt hatte, wie dem auch sei, in ihrer Eigenschaft als Mitglied des Kuratoriums des Philharmonischen Orchesters muß ihr plötzlich der Gedanke gekommen sein, James Bast zur Rückkehr aus seinem offenkundig freiwilligen Exil zu bewegen, da er ihrer Meinung nach der einzige Dirigent ist, der dem Orchester wieder zu seinem alten Glanz verhelfen kann, welcher bekanntlich in jüngster Zeit etwas gelitten hat ...
—Entschuldigen Sie, Mister Coen, wo soll ich die ganze Musik hier hintun, Mister Bast? Mister Bast ...?
—Was?
—Die Musik, die Sie hier geschrieben haben, wo soll ich die ...
—Einfach, schmeißen Sie sie einfach weg, es ist, schmeißen Sie es weg.
—Aber Sie haben doch so hart daran gearbeitet, das kann ich doch nicht so einfach wegschmeißen, nachdem Sie so hart ...
—Ich sagte, schmeißen Sie, hier! Geben Sie her, ich schmeiß es selber weg! Es ist, ist ...
—Aber Sie haben so hart daran gearbeitet, wissen Sie noch, wie stolz Mister Dunc ...
—Er hat ja nicht mal, ich habe ihm heute morgen gesagt, daß ich es nicht mehr muß, daß ich keine Musik mehr schreiben muß ... Er hob den Fuß und stampfte die Blätter in den Papierkorb, —ich mußte es noch nie, es war nur etwas, was ich vorher nie in Frage gestellt hatte, ich dachte, daß ich nur dafür auf der Welt sei, und er, alle dachten das, sie dachten, ich täte etwas, was es wert sei, getan zu werden, er dachte das auch, aber er, nichts ist es wert, getan zu werden, hat er zu mir gesagt, nichts ist wirklich der Mühe wert, bis man es tut, und dann war es der Mühe wert, selbst wenn es das nicht war, weil man sonst gar nichts ...
—Mister Bast, ich bitte Sie ...
—Es gibt kein, bitte, nein, es gibt kein, bitte, lassen Sie mich, Schluß, Ende. Der, der Schaden, den ich angerichtet habe, weil alle dachten, daß das, was ich versuchte, es wert sei, aber am Ende hab ich es nicht mal geschafft ...! Er bückte sich und hob die Blätter auf, die sein Fuß wieder aus dem Papierkorb gerissen hatte, stopfte sie mit der Faust zurück, —ich, ich hätte von Anfang an nur das tun sollen, was Sie von

mir wollten, Mister Coen, diesen, diese Vollmacht zu unterschreiben oder was immer das war, mein Anspruch auf die Hälfte des Erbes, und allem anderen einfach seinen Lauf ...
—Nein, aber, Mister Bast, Sie, ich fürchte, Sie mißverstehen die Funktion einer Vollmacht, es handelte sich einfach um, in diesem Moment ist die Frage natürlich völlig irrelevant, aber wenn Sie jetzt beabsichtigen, Ihren Anspruch ...
—Entschuldigen Sie, ist, Mrs. Angel ...?
—Ja, ich, das bin ich, Doktor, was ...
—Das ist doch Ihr Mann auf der Intensivstation? Ja, ich habe eine ...
—Aber was ist denn los? Was ist passiert?
—Nein nein, bitte bleiben Sie sitzen, nein, er ist, sein Zustand ist unverändert, ich weiß, daß dies für Sie ein extrem schwieriger Moment ist, Mrs. Angel, aber wir hätten da eine Bitte, von der ich hoffe, daß Sie zumindest darüber nachdenken, ohne ...
—Ja, worum geht es denn?
—Ja also, sehen Sie, der, Sie wissen vermutlich, daß trotz unserer Bemühungen die Wahrscheinlichkeit nicht sehr hoch ist, daß Ihr Mann überlebt, es könnte sehr plötzlich passieren, wir können das wirklich kaum abschätzen. Abgesehen von dieser furchtbaren Verletzung scheint seine Gesundheit gleichwohl, scheint ausgezeichnet zu sein, da es keinerlei Hinweise darauf gibt, daß weitere Organe in Mitleidenschaft gezogen wurden, und ...
—Sie meinen, daß er vielleicht, daß Sie ihn vielleicht doch noch ...
—Nein nein, ich fürchte, ich, sehen Sie, Mrs. Angel, bei der Transplantation eines lebenswichtigen Organs muß die Entscheidung so schnell wie möglich erfolgen, sobald der, der Spender verschieden ist und, sehen Sie, Sie als seine Frau, wir benötigten bereits im voraus Ihre Einwilligung zur unverzüglichen Entnahme ...
—Nein.
—Wenn ich noch erwähnen dürfte, daß in diesem Moment ein anderer Patient im OP liegt, dessen Überleben davon abhängt, daß ...
—Nein! Lassen Sie mich in Ruhe, nein!
—Doktor, ich, da ich ihr Anwalt bin, können Sie die Angelegenheit mit mir klären, wenn wir auf den Flur ...
—Stella ...
—Ich hab gesagt, laßt mich in Ruhe! Hast du nicht schon genug angerichtet, Edward? Hast du nicht eben gesagt, daß du genug angerichtet hast? Du hast ihn verachtet, du ...

—Ich? Ich habe ihn nicht mal, nein, an dem Abend in der Scheune, der Abend damals, ich höre immer noch seine Schritte auf dem zerbrochenen Glas da unten im Dunkeln, du hast nicht mal mit der Wimper gezuckt, als er, alles zerschlagen und aufgebrochen, als ich dich da oben erwischt habe und du ...
—Glaubst du etwa, ich hätte es getan? Daß ich eingebrochen bin und alles zerschlagen ...
—Ich meine nicht das Geschirr! Geschirr ist doch völlig, völlig gleichgültig, nein, du bist eingebrochen, Stella, du bist eingebrochen und hast alles zerstört, da oben, ich seh dich immer noch vor mir, die Blitze, ich seh dich immer noch auf dem Bett da oben, ich seh immer noch deinen Hals und kann immer noch deine Stimme hören, du mußt, du mußt mich nicht verführen, ich kann immer noch deine Hand spüren, wie ...
—Zerstört! Natürlich war ich das! Du glaubst doch nicht im Ernst, daß ich, daß ich dich wollte, oder doch? Du glaubst doch nicht, daß ich, an dem Tag in den Bergen, daß ich nicht genau gewußt hätte, daß du mich beobachtest? Als du mir flußaufwärts gefolgt bist, bis ich meinen Badeanzug ausgezogen habe und du da im Gebüsch gehockt und mich beobachtet hast? Daß dieses ganze absurde, absurde Spiel im Stil von, ihr Busen erbebt unter dem plötzlichen Ansturm von Seufzern, dieser ganze furchtbare romantische Alptraum, in den du mich versetzt hast, alles, alles! Diese, diese Scheune da draußen, wo diese Ideen, diese Phantasien, diese, diese Obsessionen vielleicht eine Art Frieden hätten finden können, bis du die Tür erneut aufgestoßen hast, diese Angst, daß du vielleicht gar nicht James' Talent geerbt haben könntest und dich mit Geld zufriedengibst, so siehts doch aus! Deine Musik da im Papierkorb, alles!
—Nein, du, du bist nicht du selbst, Stella, du bist, er hat gesagt, du bist eine, ja, eine Hexe, das bist du doch, oder ...?
—Wer hat das gesagt? Wer?
—Dein Hals, ja, die Narbe, ich spüre sie immer noch im Dunkeln, die Schritte auf dem zerbrochenen Glas, du hast ihn zerstört, du hast versucht, ihn zu zerstören ...
—Es war Jack, nicht wahr? Es war Jack ...
—Welcher Jack? Wer? Jack hätte es mir gar nicht zu sagen brauchen, denn den hast du auch zerstört, ja, du ...
—Wo ist er?
—Er ist, ich weiß nicht, wo er ist, er ist, die Wohnung, in der ich gearbeitet habe, er wollte da an seinem Buch schreiben, nein, er hätte es

mir gar nicht sagen brauchen, nein, nein, ich hätte es ihm genausogut sagen können, seit du ein Kind warst, hab ich immer wieder gehört, was du alles zerstören kannst, ich habe immer gehört, wie man über dich redete, daß du dir Sachen ausgedacht hast und Geschichten verbreitet hast, weil du sie gehaßt hast, in einem Sommer, als du noch ein Kind warst, in einem Sommer in Tannersville hast du meine Mutter für das gehaßt, was sie deinem Vater angetan hat, so war es doch! Weil sie ihn verlassen hat, als sie ihn verlassen hat wegen...
—Wegen deinem, ja, wegen deinem! Als sie meinen Vater verlassen hat und James heiraten wollte, aber er wollte nicht, weil er Angst um sein Werk hatte, sogar noch, als du geboren wurdest und sie ihn bat, es doch wenigstens zu versuchen, aber er wollte nicht, er hatte Angst vor allem, was zwischen ihn und sein Werk treten könnte, und als es dann passierte, haben sie mir die Schuld gegeben, alle haben mir die Schuld gegeben! Diese schreckliche Frau auf dem Jahrmarkt in jenem Sommer in Tannersville, dieses Zelt, ich bin reingegangen, um mir die Zukunft vorhersagen zu lassen, drinnen war es fast ganz dunkel, sie hatte Tücher und Ohrringe an und war stark geschminkt und trug falschen Schmuck, ich hielt sie wirklich für eine echte Zigeunerin, ich war so aufgeregt, sie sagte mir ein paar dumme schmeichelhafte Dinge, sie hatte eine Kristallkugel, aber das war nur ein umgedrehtes Aquarium, und sie sah hinein und sagte, sie sagte, du bist wirklich ein unglückliches kleines Mädchen, nicht wahr? Und ich fing plötzlich an zu erzählen, ich wußte gar nicht, was ich ihr erzählte, ich merkte nicht mal, daß sie mir Fragen stellte, dein Vater und meiner und Nellie, was ich gesehen hatte, was ich gehört hatte, alles, ich wußte nicht mal mehr, daß ich es ihr erzählt hatte, als es vorbei war, und als sie sagte: Bedecke meine Hand mit Silber, und ich ihr die zehn Cent gab, sah ich ihren Finger, die Spitze eines Fingers fehlte, und da wußte ich, wer sie war, ich wußte nicht einmal, wovor ich mich fürchtete, ich rannte hinaus in die Sonne und fiel hin, und dein Vater fand mich, wie ich mich hinter dem Wagen übergab, dann brachte er mich nach Haus, niemand wußte, was passiert war, und niemand hat es je erfahren, aber alle haben mir die Schuld gegeben, alle, und ich konnte keinem einzigen von ihnen je wieder vertrauen!
—Aber ich weiß nicht, ich weiß nicht, was du...
—Weil sie sich das Leben genommen hat! Deine Mutter Nellie hat sich das Leben genommen! Als er sie nicht heiraten wollte, als James sie nicht heiraten wollte und sie ein Testament geschrieben hat, da hat sie ihn zu deinem Vormund bestimmt, jedenfalls hat er das später Tante

Julia erzählt, er hat ihnen beiden erzählt, daß er sie heimlich geheiratet hätte, aus Rücksicht auf meinen Vater, begreifst du jetzt endlich ...
—Oh, entschuldigen Sie, Mrs. Angel? Ich habe mit dem Arzt gesprochen, und ich denke, daß jetzt alles, geht es Ihnen nicht gut?
—Doch, mir geht es gut! Ich hätte gern ein Glas Wasser.
—Natürlich, ja, ich werde, hier, hier, Sie sehen aber gar nicht gut aus ...
—Danke. Also, was wollten Sie mit uns besprechen, Mister Coen?
—Ja also, natürlich, natürlich, diese Erbsache, Mrs. Angel, aber Sie sind beide stark angespannt, und das sind kaum ideale Bedingungen für eingehendere Erörterungen, außerdem hat mir die Stationsschwester eben gesagt, daß dieses Zimmer in Kürze wieder belegt wird, aber ich wollte doch zumindest Ihnen beiden den dringenden Rat geben, unabhängig vom Ausgang Ihrer persönlichen Differenzen den anstehenden Gerichtsentscheid in Sachen JMI in Ruhe abzuwarten und zumindest bis dahin den äußeren Frieden zu wahren, denn ich gehe davon aus, daß wer auch immer die Kontrollmehrheit an General Roll übernehmen mag, mit einer entschlossen geführten Revision rechnen muß. Genau dies war auch der Grund für meinen Versuch, Ihre Tanten direkt zu kontaktieren, wie ich vorhin ja bereits erwähnte, denn da ich soeben erfahren habe, daß ihr Anwalt Mister Lemp seit fast sechzehn Jahren tot ist, bin ich darum bemüht, auch die Angelegenheiten Ihrer Tanten einer vernünftigen Lösung zuzuführen, vielleicht gelingt es mir, aus der Konkursmasse ihres Börsenmaklers sechs bis sieben Cent pro Dollar zu ...
—Moment, wer, Mis, Mister Crawley? Was meinen Sie mit Konk ...
—Seine Firma, ja, mußte Konkurs anmelden, ich glaube, ich habe Ihnen bereits gesagt, daß das Konto Ihrer Tanten stark angegriffen wurde, als er in immer schnellerer Folge eine Vielzahl von Kauf- und Verkaufsgeschäften tätigte, vermutlich, um auf diesem Wege noch möglichst viele Provisionen ...
—Aber er schuldet mir, er schuldet mir immer noch vierhundert Dollar, er hat gesagt, er würde mir einen Scheck schicken, heißt das, sein Konto würde dann gesperrt?
—Das vermag ich nicht zu sagen, Mister Bast, wenn es sich um ein Privatkonto handeln sollte, hätten Sie vielleicht noch, entschuldigen Sie bitte. Schwester ...?
—Joe, bring mal 'n Rollstuhl rein, um Mister Bast zum Ausgang zu fahren, Sie haben ja alles für ihn unterschrieben, nicht wahr, Mister Coen? Ich muß Sie jetzt leider hinauskomplimentieren, wir brauchen

das Zimmer sofort, und Joe? Komm gleich zurück, es muß geputzt werden, und zwar alles inklusive der Rollos, wenn sie sich wieder erholt hat, müssen wir wahrscheinlich auch die streichen lassen.
—Joe, warte noch, warte, der Papierkorb ...
—Bitte, Mister Bast, wir haben keine Zeit mehr ...
—Ich auch nicht! Nein, nur die Papiere ganz oben ...
—Aber was ...
—Weil das alles ist, was ich besitze. Ich brauche keinen Rollstuhl, ich muß in die sechsundneunzigste Straße und nachsehen, ob der Scheck angekommen ist, ich kann nicht warten, bis Sie mich ...
—Tut mir leid, Mister Bast, aber so sind die Vorschriften, und Joe, stell den Stuhl raus, sie haßt Grün, und die Vorhänge müssen auch gewechselt werden, sie sitzt mit im Verwaltungsrat, wir hatten sie schon mal hier wegen einer Tubeninsufflation und mußten dafür praktisch den gesamten Flügel umbauen lassen.
—Mrs. Angel, darf ich Ihnen in den Mantel helfen? Ich hoffe, daß Sie oder Mister Bast sich mit mir in Verbindung setzen, sobald Sie Mister Basts Standpunkt in dieser Sache ...
—Es gibt nichts mehr zu besprechen! Nichts mehr! Ich hab mich genug um anderer Leute Dinge gekümmert und dabei auch viel Schaden angerichtet, von nun an kümmere ich mich nur noch um meine eigenen Sachen, und wenn ich dabei Schaden anrichte, so geht das niemanden etwas an, Moment, meine Notenblätter, geben Sie mir diese Blätter ...
—Und, Joe, sag in der Küche Bescheid, daß sie ihr eigenes Tafelsilber mitbringt und sich das Essen von draußen kommen läßt, ihr Hausmädchen bringt später ihren Schmuck und ihr Make-up vorbei und bestellt auch den Friseur, sieh mal nach, welche Vorhangfarben wir dahaben, ihr Mädchen holt dann von Saks das passende Nachthemd dazu, die Farben dürfen sich nicht ...
—Sie wollen uns also wirklich verlassen, Mister Bast? Da verpassen Sie ja unseren Weihnachtsbaum. Kommen Sie mal wieder vorbei und ...
—Ja also, vielen Dank für, für alles ... die Räder surrten den Flur entlang, umfuhren die schwerfällige Annäherung eines Betts mit einer massigen Gestalt unter dem weißen Laken und schwenkten durch die bulläugigen Doppeltüren hinein in die schwebende Temperatur des Fahrstuhls. Dann schwangen die Glastüren auf. —Vielen Dank, Mister Coen, auf Wiedersehen, und, Stella, Wieder ...
—Ich komme mit.
—Wieso? Weswegen denn? Wir haben uns nichts ...

—Wegen Jack! Da fährst du doch jetzt hin, oder?
—Ja, aber, also gut. Ich geh jetzt hier runter zum Bus, wenn du ...
—Zum Bus? Sei doch nicht albern, Mister Coen, könnten Sie uns bitte das Taxi da heranwinken? Sie erreichen mich zu Hause, wenn sich irgend etwas Neues ergibt.
—Natürlich ja, Mrs. Angel, sobald sich der Zustand Ihres Mannes verändert ...
—Ich glaube nicht, daß wir darauf warten müssen. Falls die Tatsache, daß ich in seinem Namen die Geschäfte weiterführe, irgendein Problem darstellt, können Sie mir unter den gegebenen Umständen sicherlich irgendeine Art Vollmacht ausfertigen, nicht wahr?
—Wieso, ja, wenn Sie ...
—Ach ja, und nebenbei bemerkt, es dürfte wohl keinen Grund mehr geben, meine Tanten in dieser Sache weiter zu behelligen, der Anteil meines Mannes an der Firma zusammen mit dem Nachlaß meines Vaters ist sicherlich Mehrheit genug für alle Entscheidungen, die ich treffe. Und was den von Ihnen erwähnten Rechtsstreit angeht, so möchte ich über ein eventuelles Urteil umgehend informiert werden, damit wir unverzüglich darauf reagieren können und, Mister Coen, für den Fall, daß es nicht zugunsten von General Roll ausfällt, tragen Sie schon einmal Material für eine Berufung zusammen, ich habe nämlich nicht die Absicht, so schnell aufzugeben, damit ist dann wohl alles klar?
—Wieso, äh, ja, Mrs. Angel, ja natürlich, ja, hier, ich halte Ihnen die Tür auf ...
—Und nochmals vielen Dank, Sie waren wirklich eine große Hilfe, Fahrer? In die sechsundneunzigste Straße, war doch in der sechsundneunzigsten Straße, oder, Edward?
—Ja, es ist, es ist zwischen Second und Third Avenue, ja, sechsundneunzigste Straße zwischen Second und Third Avenue ... unsanft fuhr das Taxi an, und er hielt die Notenblätter schützend an seine Brust, die Knie eng nebeneinander, saß er auf der Polsterkante und sah hinaus, als sei er sich der Blicke hinter seinem Rücken nur zu bewußt, Augen, die seinen Hinterkopf anstarrten, und als neben ihm plötzlich ein Knie übergeschlagen wurde, sah er ebenso abrupt nach unten und schlug sein Knie gleichfalls über.
—Du solltest dir wirklich eine andere Hose besorgen, Edward, wir können bestimmt irgendwo anhalten und dir eine Hose und einen Mantel kaufen, du hast ja nicht mal einen Mantel ...
—Nein! Ich hab, ich habe alles ... er schob die Blätter von sich weg,

zog an seinem Hosenbund, setzte die Knie wieder nebeneinander und beugte sich vor, —wußtest du, daß er, mein Vater, wußtest du, daß er zurückkommt?
—Ich habe selber den Vorschlag gemacht.
—Oh ... Mit hochgezogenen Schultern drückte er sich gegen die Seitenscheibe und starrte nach draußen auf das mächtige Seitenteil eines Lastzugs, auf dem fünf Zwerge frohgemut verkündeten: Wir sind klein geblieben aber nicht unser Geschäft, worauf der Laster vorzog, dann zurückfiel und den Blick freigab auf eine Frau ohne Hut, die sich die Nase putzte, US Mail, Dumor Delivery, ein brauner Hund schnupperte an einer Glasscherbe.
—Ich hab nicht verstanden, was du ...
—Nichts, ich hab nichts gesagt ...! Ein Bus schaffte sich Bahn, fiel zurück, gab den Blick frei auf Department of Correction, die Frau knüllte jetzt das Taschentuch zusammen, Ace Photo Service, Emergency, —an der nächsten Ecke ... National Casket Co, XL Cab, —Fahrer ...?
—Begreifst du denn immer noch nicht? Glaubst du etwa, daß er, daß er wußte, was passieren würde? Den Mut, den er aufbringen mußte, um sich weiterhin mit der ...
—Fahrer! Da, da vorne hinter dem Krankenwagen ...
—Wo die ganzen Mülleimer vor stehen?
—Ja, genau ... er drückte die Notenblätter an sich und beugte sich nach vorn zur Tür, —direkt hier, ja ... er stieg aus, hielt die Taxitür auf. —Du wartest lieber hier, bis ich weiß, was da ...
—Das hatte ich sowieso vor.
—Ja also, wenn er, wenn Mister Gibbs oben ist, was soll ich ihm dann sagen, was du von ihm willst?
—Nichts! Gar nichts! Begreifst du denn immer noch nicht? Daß dein egoistisches Leiden viel einfacher ist, als das Leiden zu ertragen, das du verursacht hast und nie wiedergutmachen kannst, Edward, glaubst du etwa, ich würde dir das ... aber ich ...
Er geriet aus dem Gleichgewicht, als ihm die Tür aus der Hand gerissen wurde, und ging zwischen dem ausgebrannten Autowrack und dem Krankenwagen hinduch, der mit geöffneter Heckklappe am Bordstein parkte, und weiter durch scheppernde Türen, über Linoleumbelag und die Treppe hinauf, jeweils zwei Stufen auf einmal, —Entschuldigung ...! und trat eine Stufe zurück, und noch eine, drehte sich um und wartete auf dem Treppenabsatz, während Klinikweiß Gestalt annahm und auf dem Weg nach unten die ganze Breite der engen Treppe beanspruchte.

—Können Sie uns mal die Tür aufhalten? Ja, so, noch etwas weiter, gehts noch etwas weiter?
—Es, nein, weiter gehts nicht ...
—Moment mal, Jim, halt etwas tiefer, hätten ihn doch besser aus dem Fenster gehievt.
—Geht doch gar nicht, wir haben doch nur Seil für vier Stockwerke.
—Mister?
—Ja, so, noch ein bißchen, jetzt, so gehts ...
—Mister, kann ich fahren mit Sie zu Krankenhaus, Mister?
—Wir fahren nicht ins Krankenhaus, so gehts, ja genau. Kommst du durch?
—Aber mein Frau, Mister, ich können mit ihr fahren, wo Sie hinfahren?
Die Türen schepperten. Er hielt das kalte Metall des Treppenpfostens umklammert und stieg dann, die Hand am Geländer, eine Stufe nach der anderen nach oben und ging bis ans Ende des Flurs, wo die Tür ausgehängt an der Wand lehnte. —Hallo? Er klopfte dagegen, —ist, oh, Mister Eigen, hallo, ist Mis...
—Herrgott, wo haben Sie denn gesteckt? Kommen Sie rein, ich telefoniere gerade ...
—Ich bin eben aus dem Kranken ...
—Was ...?
—Aus dem Krank ...
—Hör zu, ich will nicht die Scheißvereinbarung ändern, sondern ich habe dich nur gefragt, ob es möglich ist, daß ich ihn statt heute morgen nachmittag besuche, ich war ... nein, das weiß ich, aber ... An was nicht gewöhnt ...? Nein, warte mal, hör zu, glaubst du etwa, du könntest da ein großartiges Privileg draus machen, wenn ich meinen eigenen Sohn besuche? Erwartest du etwa ... ja gut, warum sollte er dir nicht erzählen, wo wir gewesen sind, sie ist eine ausgesprochen nette Frau, die ... was hat er ...? Moment, ich habe nie zu ihm gesagt, daß es auch deine Kinder wären, wenn ich jetzt wieder heiraten und Kinder haben wollte, jetzt ... Weil ich ihr bei ein paar Details im Zusammenhang mit Schramms Nachlaß geholfen habe, deshalb! Sie ist eine ausgesprochen nette ... Nein, wo ... nein, hab ich nicht, wenn er das haben wollte, warum hast du es dann nicht mitgenommen wie alles andere auch ... ja, Bruckner und den Scheiß-Doppelboiler, das weiß ich zufällig ganz genau! Hör zu, wenn ich die Krippe finde, bring ich sie mit, wenn ich ... Also, Herrgott noch mal, ich weiß, daß er die Weihnachten

haben will! Was ... weil das so vom Gericht verfügt worden ist, daß wir nämlich dieses Weihnachten noch zusammen verbringen. Hör mal, ist David da? Kann ich ... ja, kannst du ihn denn nicht für einen Moment herholen ...? Also gut! Dann sag mir nur, um welche Zeit ich anrufen soll, damit ich ihn ... Weil ich unter diesem Anschluß nicht mehr erreichbar bin, nein, ich bin bloß hier, um noch ein paar Dinge zu klären und meine Papiere zusammenzusuchen, bis der Lieferwagen kommt ... kannst du ihm denn wenigstens sagen, daß ich angerufen habe? Ich versuchs später noch mal, sobald ... also gut, ich versuchs einfach nochmal! Wiedersehen! Herrgott ...!
—Aber Mister Eigen, wer ...
—Blöde Fotze!
—Ja, aber, ich meine, wer, wer ist der Mann, der mich die ganze Zeit so anstarrt, und dieses, dieses chinesische Mädchen, das da auf dem Karton ...
—Ja, wer zum Teufel wird das schon sein? Sie ist zusammen mit einer Lieferung Pullover für Ihre Firma aus Hongkong angekommen, hat kein Rückflugticket, keine Papiere, sie spricht nicht mal Englisch, die Einwanderungsbehörde schickt jemanden vorbei, der sie als illegale Ausländerin verhaften soll, ich meine, wissen Sie überhaupt, was hier los war, Bast? US-Marshals, Postinspektoren, Steuerfahndung, machen jeden Fetzen Papier zu nem juristischen Streitfall, ich hab bis vorhin noch kein einziges Stück meiner eigenen Sachen an mich nehmen können, überall liegen kostbare Manuskripte rum, da kann man noch von Glück sagen, daß die nicht in Flammen aufgegangen sind, wo doch diese Scheiß-Streichhölzer von Ihnen überall rumfliegen, sehen Sie sich das doch mal an! Fünfmal hat uns die Feuerwehr schon aufgefordert, den Kram zu beseitigen, dann sind die Leute vom Gesundheitsamt gekommen, haben einen Blick in den Kühlschrank geworfen und ...
—Ja, aber, also die Streichhölzer gehören eigentlich nicht mir, ich meine, sie sind ...
—Ja? Weswegen steht denn überall J R drauf? Das ist doch wohl Ihre Firma, oder? Er hat hier auch angerufen, hab ihn kaum verstanden, fassen Sie mal an der Ecke von dem Karton da an. Schieben Sie ihn neben die Wanne, hörte sich so an, als hätte er sich erkältet und könne Sie deswegen nicht treffen, und dann wäre da noch was mit einer Schule, die Ihnen einen Scheck schicken soll, auf den Sie warten, hat auch gefragt, ob Sie sauer sind und was überhaupt mit Ihnen los ist, nein, Moment,

noch etwas weiter, damit ich das mit Tesa zukleben kann. Anwälte, Reporter, der Vermittlungsservice für Führungskräfte, Verein für Menschenrechte, Gewerkschaft, ein besoffener General und noch irgend jemand, der Sie erreichen wollte, ich meine, wissen Sie überhaupt, was hier los war, Bast? Rechtshilfeverein für Indianer, irgendeine Scheiß-Talkshow, ein Bürgerverein für Stadtverschönerung aus einem Kaff, wo Sie den Wasserturm haben anstreichen lassen, die wollen Ihnen auf ihrem jährlichen Bankett einen Preis verleihen. Jemand namens Crawley ruft dauernd an, und die Telefongesellschaft, ich meine, wissen Sie eigentlich, daß sich die Scheiß-Telefonrechnung auf über elftausend Dollar beläuft?
—Nein, aber warten Sie mal, dieser Mister Crawley, ging es da um einen Scheck, den er ...
—Sagte nur was von Dias, die er Ihnen geliehen habe, klang schwer beleidigt, weil Sie die nicht zurückgegeben hätten, geben Sie mir mal den Schnellhefter rüber, der da auf der Wanne, hab ihn endlich doch noch gefunden, war unter irgendwelche Kartons gerutscht, aber ich werd den Teufel tun und mich auch noch, nein, der mit den Flecken drauf, hören Sie mal, wo wollen Sie jetzt eigentlich hin? Haben Sie's eilig?
—Also, nein, nicht direkt, ich weiß nicht genau wohin, nein, ich bin nur vorbeigekommen, um nachzusehen, ob mein ...
—Na prima, dann könnten Sie ja was für mich erledigen, bringen Sie Freddie dahin, wo er hingehört, sobald ich den Anruf bekomme. In der Zeitung war ne Suchanzeige, die seine Schwester aufgegeben hat, weiß Gott, seit wann er schon vermißt wird, ich hab einen Anwalt eingeschaltet, der die Einzelheiten klärt, ich warte im Augenblick darauf, daß er zurückruft, ich würds ja selber machen, aber ich warte auf den Lieferwagen, der, können Sie mir mal helfen, den Karton hier hochzuheben?
—Ja, aber, ich meine, wer ist, ist das da Freddie auf dem ...
—Ja, dem gehts bestens, machen Sie sich keine Sorgen, erst hat er gemeint, der Wackelkontakt in der Lampe, das sei seine Mutter, die ihm irgendwelche Botschaften funkt, weil die immer an- und ausgeht, aber mittlerweile haben wir die Birne rausgedreht, und jetzt ist Ruhe, halten Sie mal, damit ich's zubinden kann. Dem gehts gut, seitdem er das Scheißradio zusammengeschossen hat, hat sich nicht mal davon stören lassen, daß die Jones-Jungs da unten in ihrem Clubhaus 'n Feuerchen gemacht haben, das einzige, was ihn aufgeregt hat, war die ertrunkene

Katze, die man in der Wanne gefunden hat, als sie das Wasser abgedreht haben, können Sie mal den Karton da rausziehen, ich halt dafür die Filmdosen fest. Ich hab da nämlich Schmerzen, die fangen hier oben an und ziehen sich bis zum Knie runter, und ich will nicht, daß alles noch schlimmer wird.
—Aber, aber, ich meine, Freddie, wo kommt er denn her, und wer ...
—Können Sie ihn noch etwas weiter rausziehen? Jack hat ihn eines Tages mitgebracht, als er draußen im Regen stand, kannte ihn noch aus dem Internat, und seitdem ist er hier, geben Sie mir bitte mal das Klebeband. Sie haben irgendwo ein Golf-Übungsset gefunden und auf den Büchern und Kartons aufgebaut, Jack hat ihm Golf beigebracht, sie haben gefriergetrocknetes Hähnchen Marengo gegessen und diesen Scheiß-Traubensaft getrunken, ich will nur, daß er unbeschadet zu seiner Familie zurückkommt, bevor Jack anfängt, Moment, drücken Sie das mal runter, damit ich das Klebeband, ja so, und, wer ...
—Ja, aber, wo ist Mister Gib ...
—Allo ...?
—Großer Gott, wer ...
—Ist Mister Grinschpan ier? General Motors at ihm ein ...
—Nein, er ist nicht hier, aber kommen Sie doch rein, kommen Sie ...
—Ich bin sähr beschäftischt. Wann ist wieder ier?
—Er kommt überhaupt nicht mehr, er ist weg, er ist tot, aber kommen Sie doch herein, ich ...
—Er is tot? Das ist aber nischt übsch, nein, das mach isch nischt, non. Goodbye ...
—Großer Gott, wo kam die denn her ...
—Das weiß ich auch nicht, aber was ist mit Mister Grynszpan pass ...
—Hat zuviel Ärger gemacht, da hat Jack ihm eben ne nette Grabrede geschrieben und Schluß, geben Sie mir mal den Karton von der Wanne, vielleicht passen die hier noch rein, Britannica, hat ihn schließlich doch noch erwischt, hat sich sein Studium damit finanziert, es gab damals zwanzig Dollar für jede verkaufte Ausgabe, Jack und ich haben uns bei seinen Examen abgewechselt, damit er mit Summa durchkam, seit zwanzig Jahren sind sie hinter ihm her, aber viel bringen wird das wohl nicht, Edison Company hat gemerkt, daß der Stromzähler abgeklemmt war und will ihn wegen Betrug verklagen, das Finanzamt präsentiert ihm ellenlange Wettgewinnlisten von der Rennbahn, so ne alte Frau sucht ihn für ein Treffen ehemaliger KZ-Insassen, und irgendwie hat auch das Straßenbauamt Connecticut auf sein Betreiben hin eine Straße

gebaut und ist dabei auf ein Familiengrab gestoßen, das, Moment mal, ich geh ans Telefon, vielleicht ist das der Anruf, auf den ich, hallo ...? Ja, ja gut ... gut, ja, es ist gerade jemand hier, der ihn begleiten kann, hat sie gesagt, ob ... Hat nur ganz friedlich hier gesessen, nein, mit Handgreiflichkeit oder Gewalt hat das nichts zu tun, er hat dem Inspektor nur die Pistole aus der Hand gerissen, als das Menuett in G-Dur durch eine Aspirinwerbung unterbrochen wurde, und dann hat er so lange auf das Radio geschossen, bis das Ding endlich ... das meine ich ja, sobald er in der Obhut seiner Schwester ist, ja, er ... Jetzt gleich, ja, hier ist jemand, der ihn hinbringen kann, kleinen Moment mal eben. Können Sie Freddie nach Hause bringen, irgendwo in der Nähe der siebzigsten Straße ...
—Also ja, also, sobald ich weiß, ob hier ein Brief für mich ...
—Sehen Sie mal da hinten zwischen Appletons' nach, bei GRIN-LOC Band drei, Jack hat gesagt, daß er da Post abgelegt hat. Hallo? Gut, ja, er sucht hier nur noch seine Post zusammen, dann kommen sie, was ist jetzt mit ... Das sag ich ihm, aber was ist jetzt mit der Angelegenheit, wegen der ich vorher angerufen hatte, das ... ich will ihn verklagen, und diesen Walldecker auch, ja, hören Sie, mir stellt sich die Sache folgendermaßen dar. Ich habe eine Kopie meines Stücks zum Lesen, ausschließlich zum Lesen, an einen gewissen Mister Gall gegeben, an diesen jungen Mann, aber statt dessen verkauft er es für fünfzehnhundert Dollar in Aktien an diese Angels West Company, und die haben es dann für hunderttausend in Aktien an Angels East weiterverkauft, laut Bilanz ein Gewinn von achtundneunzigtausendfünfhundert Dollar, als der ... nein, weil sie ja beide Walldecker gehören, das ist es ja gerade, Angels East und Angels West gehören beide Walldecker, und als er ... Nein, aber es ist aufgeführt worden, das ist doch der Punkt! Lief drei Tage lang und war ausverkauft, aber dann haben sich die Geldgeber plötzlich zurückgezogen und das Stück abgesetzt und zwar ohne jede Begrün ... Moment mal, was soll das denn heißen, Ordnungswidrigkeit? Die ... Nein, wegen Rufmord, Diebstahl geistigen Eigentums, alles, was Ihnen da so einfällt, ja, alle, auch die Geldgeber, alle, und hören Sie, da ist noch was, ich ... Nein, nein, es geht um eine Anzeige aus der Zeitung von heute, das Konzert irgendeiner Rockgruppe, die sich Jesse the Kid und die drei heilen Könige nennt, ich ... nein Jesse, Jesse, ich will eine einstweilige Verfügung gegen die Leute, die ihnen die Verwendung des Namens untersagt, ich weiß nicht, wie zum Teufel die ... Weil sie keine Rechte darauf haben, die gehören mir! Ich ... nein,

Titelschutz habe ich nicht angemeldet, nein, aber er ist, hören Sie, es geht da um persönliche Erinnerungen, er gehört mir und meinem Sohn, und ich lasse nicht zu, daß er durch den Schmutz ... wer? Mein Sohn? Scheiße, hören Sie, der ist vier Jahre alt, wie soll er da denn eine Rockgruppe haben? Er hat ja nicht mal ... derselbe, ja, David, der einzige, den ich habe, ja, da fällt mir ein, wann bekomme ich eigentlich die Unterlagen vom Vormundschafts ... Worüber keine Buchung ...? Nein, nein, ich habe diesen Nachlaßleuten gleich am nächsten Morgen einen Scheck über achtundsechzig Dollar geschickt, wenn es keine Buchung von Mister Gibbs gibt, dann hat er wahrscheinlich auch keinen geschickt, er ist, ich gebe Ihnen das lieber persönlich, sonst wird das nie was, das Finanzamt sitzt ihm im Nacken, weil er seiner Frau als Unterhaltspauschale Aktien überschrieben hat, die ... hatte überhaupt keine Ahnung, nein, er dachte, die seien vielleicht ein paar hundert oder vielleicht auch tausend wert, das war eine Abfindung, die er von einem kleinen Familienbetrieb bekommen hat, für den er mal gearbeitet hat, und seitdem haben die ihre Gewinne immer direkt wieder in die Firma investiert. Aber als er die Aktien im Zusammenhang mit der Unterhaltspauschale überschrieb, kam das Finanzamt an und errechnete daraus eine Kapitalertragssteuer von etwa achtundzwanzigtausend Dollar, obwohl er nie auch nur einen einzigen Penny ... ja, das weiß ich, aber ... Er ist hier, ja, aber er kann nicht ans Telefon kommen, er ist ... Hören Sie, das würde doch auch gar nichts nützen! Ich mußte ihm eben erst zwanzig Dollar leihen, damit er seiner Tochter ein Paar Stiefel kaufen konnte, wenn er sie heute nachmittag sieht, sonst hat er nicht mal ... Ja, natürlich bin ich mir darüber im klaren, daß Sie der Anwalt des Erblassers sind, Mister Beamish, aber ... ja, in Granit, ich weiß, daß das teuer ... Ich weiß, daß sie verärgert ist, und das nehme ich ihr auch gar nicht übel, wir haben heute morgen beim Frühstück darüber gesproch ... welcher Brief? Aus Arlington? Nein, nein nur den Zeitungsartikel, in dem die Grabinschrift als Beleidigung bezeichnet wurde für alle, die ihr Blut fürs Vaterland und jetzt an diesem geheiligten Ort ihre letzte ... Na ja, dafür kann man ihn ja wohl nicht mehr verklagen, oder? Im Testament ist er als Nachlaßverwalter eingesetzt, und er sagt, daß er lediglich das getan hätte, was Schramm ... Also gut, ich rede heute abend nochmal mit ihr, ich denke, wir kriegen das noch vor Ihrer Abreise hin ... was? Auf die Tabakaktien? Ich dachte, sie hätte sich entschieden, alles zu halten? Ja, natürlich freut sie sich über diesen unglaublichen Anstieg, ich rufe Sie dann morgen

wieder an, gut ... Das hab ich mir notiert, ja, danke, daß Sie sich drum kümmern, Wiedersehen. Bast? Haben Sie Ihre Post gefunden?
—Ja, aber, wer ist denn das da hinten in der ...
—Herrgott, gehen Sie bloß vom Fenster weg!
—Ja, aber, was ist denn da hinten passiert? Wer ist, da ist ja alles über und über ...
—Was soll schon passiert sein? Der alte Mann hat die Tür zugeknallt, dabei ist die halbe Zimmerdecke runtergekommen, als er, sehen Sie die, sehen Sie die Papiere zwischen den Papiertüten da, ja, direkt darunter, ja, ist das mein, nein, nein, Herr im Himmel, was für ein Chaos, er muß sie da selber hingestopft haben, hier, schmeißen Sie sie einfach, nein, Moment, der Karton mit den Kosmetiktüchern 2-lagig, nein, da rechts auf dem Waschbecken, ist der leer? Schmeißen Sie die einfach da rein, vielleicht will er sie ja trotzdem aufbewahren, obwohl, ich werd aus dem ganzen Zeug einfach nicht schlau, Moment, Moment, wo wollen Sie denn hin ...?
—Ich glaube, ich habe eben Mister Gibbs zusammen mit jemand anderem da hinten in Schramms, in der hinteren Wohnung, ich muß noch etwas mit ihm ...
—Verdammt noch mal, ich habs Ihnen doch gerade erzählt, oder nicht? Es ist uns gerade mühsam gelungen, ihn etwas zu beruhigen, es ging um das Porträt, das er schon seit ewigen Zeiten vollenden wollte, wie gesagt, eines Abends klopft der alte Mann an die Tür, und er zerrt ihn in die Wohnung rein und läßt ihn Tag und Nacht Modell sitzen, mit nichts als Salzkartoffeln zu essen, bis das Bild schließlich fertig ist, doch plötzlich rennt der alte Mann aus der Tür, und der Putz kommt von der Decke und fällt direkt auf die frische Farbe, wir versuchen jetzt, ihn zu beruhigen, Jack ist bei ihm und liest ihm Brochs Schlafwandler vor, seit zwei Stunden sind sie auf Seite fünfunddreißig, und wenn Sie da jetzt reingehen, dann geht alles wieder von vorne los, der greift Sie sich und brüllt nur: Seht her! Wenn Ihr doch nur sehen könntet, was ich gesehen habe! Also hören Sie, die warten darauf, daß Sie Freddie abliefern, haben Sie Ihre Post ...?
—Nein, aber ich muß Mister Gibbs etwas sagen, jemand wartet draußen auf ihn, eine Frau wartet unten in einem Taxi, sie ...
—Herrgott, woher weiß sie, ich meine, Sie kennen sie also auch?
—Ja also, sie ist ...
—Gut, ich werds ihm ausrichten, ich werds ihm ausrichten, und Sie ...
—Nein, aber wenn er nicht runterkommt, dann wird sie bestimmt ...

—Hören Sie, ich bin über alles informiert, ich werds ihm ausrichten! Und jetzt ...
—Aber warum kann er nicht ...
—Weil man ihm nach einem weiteren Scheiß-Bluttest mitgeteilt hat, daß er noch fünfzig Jahre leben wird, deshalb! Daß die Anzahl der weißen Blutkörperchen so hoch war, lag nur an dem Penicillin, das er wegen seiner Angina genommen hat, und als sie ihn dann endlich anrief, wollte er nicht mit ihr reden, als er ihre Stimme erkannte, hat er so getan, als wär er der schwarze Hausmeister, jau M'am, jau M'am, der olle Mistah Gibbs, dat issen richtjer Schwerenöter mit die Damen, und sagt, daß er sich ganz weit weg nach Burmesquik verdünnisiert hat und sich da ne kleine Fabrik aufbaut, und seitdem ist er nicht mehr an das verdammte Telefon gegangen, also hier ist die Adresse, es ist seine Schwester, Mrs., wo zum Teufel ist die Suchanzeige ...?
—Aber, ich meine, ich verstehe immer noch nicht ...
—Hören Sie mal, Bast, das müssen Sie auch gar nicht verstehen! Das erwartet ohnehin niemand von Ihnen! Was Sie da eben in den Karton auf dem Waschbecken geschmissen haben, alle diese Papiere, niemand erwartet von Ihnen, daß Sie begreifen, welche Mühe ihn das gekostet hat, niemand erwartet von Ihnen, daß Sie sehen, was er gesehen hat, überall diese Papiere, die Kartons, alles, was wir hier gesehen haben, das Gemälde da hinten ist großartig, selbst jetzt noch, es ist immer noch großartig, und er rutscht auf den Knien rum und kratzt den Putz von der Farbe, niemand erwartet von Ihnen, daß Sie sehen, was er gesehen hat! Was Jack gesehen hat oder Schramm ...
—Mister Eigen?
—Was jeder von uns gesehen hat! Weil Sie nur ein junger ...
—Können Sie mir einen Scheck einlösen? Ich habe hier einen Scheck über vierhundert Dollar, aber ich weiß nicht ob der gedeckt ist, einen von der Ascap über sechsundzwanzig fünfzig, einen von einer Schule über einen Dollar zweiundfünfzig und dann noch den mit dem Riß hier von Texas Gulf über fünfzehn Cent. Wir brauchen etwas Fahrgeld.
—Herrgott, ja, hier, nehmen Sie das, und Moment, hier ist die Adresse, Mrs. Cutler, sie hat dem Portier gesagt, daß Sie kommen, hier, Mrs. Richard Cutler, bei der noblen Adresse kriegen Sie vielleicht noch 'n Trinkgeld, Freddie? Auf gehts, dieser junge Mann bringt dich jetzt zu deiner Schwester, sie wartet auf dich ...
—Und ein paar Papiere, ich habe hier irgendwo ein paar Papiere hingelegt, als ich ...

—Also, Herrgott, wie sehen sie denn aus?
—Die sehen nach gar nichts aus, Mister Eigen, nur ein Haufen Papier mit Buntstift ...
—Moment, gucken Sie mal unter die, die da?
—Ja, ja, da sind sie, ja. Die sehen wirklich nicht so besonders aus, nicht wahr?
—Ja, gut, und jetzt ...
—Eigentlich nichts weiter als Gekrakel, nicht wahr? Sehen Sie mal. Gekrakel. Und trotzdem hab ich das alles mal gehört.
—Gut, ja! Jetzt ...
—Ich meine, solange kein Musiker hört, was ich höre, und andere Leute nicht das hören, was er hört, solange ist es nur ein Haufen Müll, nicht wahr, Mister Eigen? Es ist nur Müll, wie alles in dieser Wohnung, alles, was Sie und Mister Gibbs und Mister Schramm, was Sie alle hier gesehen haben, ist Müll!
—Hören Sie, gehen Sie, Scheiße, machen Sie doch, was Sie wollen oder müssen oder was weiß ich, ist eh schon alles egal ...
—Das werde ich auch, ja! Ja, und sagen Sie Mister Gibbs ...
—Ja, mach ich, keine Angst ...! Und bückte sich mit schmerzverzerrtem Gesicht, hob Wise Kartoffelchips Knuspriger Knisperspaß! auf die Wanne und starrte hinein, bevor er den Karton verschnürte. Als nächstes schloß er den Karton mit der verhedderten Marionette, einem roten Turnschuh ohne Senkel, einem Arm, der eine Trompete hielt, einem beinlosen Schaf und der verstümmelten Heiligen Jungfrau, immer noch voller Verwunderung über den erlittenen Verlust, und murmelte, —verdammter Grünschnabel, von nix ne Ahnung ... nahm das Klebeband, griff aber dann zum Telefon, —Scheiße, hallo! Ja, Moment mal ... und ließ den Hörer auf 24-0,5 Liter Mazola Neu Noch Besser herunterbaumeln. —Ja ...?
—Einwanderungsbehörde, ist das ...
—Sie sitzt da hinten ... er drückte sich gegen Mazola Neu Noch Besser, um die Uniformen vorbeizulassen.

> —Sie endlich erwischt, Mann, ich meine, heilige Scheiße, echt, wo haben Sie denn die ganze Zeit ge ...

—Eigen?
—Was? Ja, was ist ...
—Dumor Delivery, sind Sie die Adresse, wo 'n Lieferwagen bestellt hat?

—Na endlich sind Sie da, ja...
—Heilige, Moment mal, Kumpel, das paßt aber nicht alles in meinen...
—Hören Sie, ich bin nicht Ihr Kumpel und ich bin auch keine Adresse, und niemand verlangt von Ihnen, die ganze Wohnung zu verfrachten. Nur die Kartons hier und der Stapel auf der Wanne, die gehen in die vierundsechzigste Straße East, hier, zu Händen von Schramm, hier auf der obersten Kiste steht die Adresse, ich treffe Sie gleich unten, Moment, Moment, geben Sie mir den Schnellhefter, den brauch ich noch... und schob 500 Scherz-Rollen 1-lagig Weiß beiseite, um den Weg freizumachen für das gefesselte Nylon, den harten verächtlichen Blick unter dem langen schwarzen Haar, die Uniformen, Schritte, die Streichholzheftchen zertraten, graue Quadrate, Filmbilder in perforierter Folge, gläserne Quadrate mit lauter Streifen auf der Flucht.

> —ka ausmacht und was wir schützen müssen und wie wir immer allen helfen und wie eigentlich jeder das so machen sollte wie wir, verstehen Sie? Aber meinen Sie, der hätte mir mal persönlich geschrieben, eh...?

—Kann ich mir 'n paar Streichhölzer einstecken, Kumpel? Brauch gerade...
—Nehmen Sie sich, nehmen Sie tausend, Herrgott. Brauchen Sie vielleicht auch Klopapier?
—Also, Moment mal...
—Hören Sie, tun Sie einfach das, wofür Sie bezahlt werden! Scheiße, warum können denn nicht, warum können die Leute nicht die Schnauze halten und einfach das tun, wofür sie bezahlt werden! Ich treff Sie dann unten.

> —für diese ganzen Angebote und Briefe, die ich krieg, weil, ich meine, erinnern Sie sich noch an das Buch, wo die damals wollten, daß ich über Erfolg schreibe und freies Unternehmertum und so, eh? Und wissen Sie noch, als ich Ihnen im Zug mal vorgelesen hab, wie ich überall meine Spuren hinterlassen hätte und deshalb gut die Führung übernehmen könnte, so in nem öffentlichen Amt und so? Ich meine, hören Sie mir mal zu, ich hab da echt ne tolle Idee, eh, hören Sie mir zu? Eh? Hören Sie mich...?

Die Fälschung der Welt von William Gaddis: „Einer der wichtigsten Romane der Moderne."

William Gaddis' enzyklopädischer Debütroman avancierte in Amerika gleich nach Erscheinen „zu einem Kultbuch, und erreichte den Ruf eines „Schlüsselwerks der US-amerikanischen Nachkriegsliteratur" (Die Presse). Don DeLillo, der neben Thomas Pynchon wohl bedeutendste lebende amerikanische Schriftsteller, ist überzeugt: „Wer auch nur den ersten Abschnitt von ‚Die Fälschung der Welt' liest, wird erkennen: das ist so gut wie Homer." „Sein erstaunlicher Erstling, über 1.200 Seiten dick, gilt heute unbestritten als einer der wichtigsten Romane der Moderne", schreibt Gustav Seibt in der Berliner Zeitung, für den Gaddis der „vielleicht größte amerikanische Prosaschriftsteller der zweiten Jahrhunderthälfte" ist.

„Im Zentrum steht die Geschichte des Kunstfälschers Wyatt Gwyon. Da dieser zum Originalkunstwerk nicht im Stande ist, kopiert und imitiert er die flämischen Meister - auch um zu ergründen, welcher Geist hinter diesen Gemälden steckt. Das ‚Wiedererkennen' (wörtlich für *recognition*) von Original und Fälschung wird bei Gaddis satirisch pervertiert: Gwyon arbeitet bald für einen Kunstfälscherring, der mit seinen Kopien richtig gutes Geld verdient" (Abendzeitung). Immer häufiger müssen sie jedoch feststellen, daß es sich bei den vermeintlich echten Meistern, die sie plagiieren, bereits um Fälschungen aus Antike oder Mittelalter handelt. Doch für Gaddis ist dies nur eine Variante des großen Spiels der Täuschungen, bei dem es letztlich um die Fälschung der Welt geht, an der alle beteiligt sind: Fernsehsender, Zeitungen, Werbetexter, Drehbuchautoren, Schriftsteller, Journalisten, Verleger, Historiker, Forscher, Expertisenschreiber, Künstler und Politiker. William Gaddis „Die Fälschung der Welt" in der „rasant lesbaren Übersetzung" (Die Woche) von Marcus Ingendaay. *Zweite, durchgesehene Auflage.* 1.241 Seiten, Fadenheftung, fester Einband. Nur bei Zweitausendeins. 78 DM. Nummer 18197.

Zweitausendeins Versand, Postfach, 60381 Frankfurt am Main.
Telefon 069-420 800 0, Fax 069-415 003, Internet: www.zweitausendeins.de